O. Sc

MW01674845

Zeitschrift für Mathematik und Physik

Achter Jahrgang

Anatiposi

O. Schlömilch, E. Kahl, M. Cantor

Zeitschrift für Mathematik und Physik

Achter Jahrgang

Unveränderter Nachdruck der Originalausgabe von 1863.

1. Auflage 2023 | ISBN: 978-3-38200-958-8

Anatiposi Verlag ist ein Imprint der Outlook Verlagsgesellschaft mbH.

Verlag: Outlook Verlag GmbH, Zeilweg 44, 60439 Frankfurt, Deutschland
Vertretungsberechtigt: E. Roepke, Zeilweg 44, 60439 Frankfurt, Deutschland
Druck: Books on Demand GmbH, In de Tarpen 42, 22848 Norderstedt, Deutschland

Zeitschrift

für

Mathematik und Physik

herausgegeben

von

Dr. O. Schlömilch, Dr. E. Kahl

und

Dr. M. Cantor.

Achter Jahrgang.

Mit 4 lithographirten Tafeln und Holzschnitten.

LEIPZIG,

Verlag von B. G. Teubner.

1863.

I.

Ueber die Complanation der centrischen Flächen zweiter Ordnung.

Von O. Schlömilch.

(Aus den Sitzungsberichten der königl. sächsischen Gesellschaft der Wissenschaften vom 1. Juli 1862.)

Was man von der Complanation der centrischen Flächen zweiter Ordnung weiss, beschränkt sich heute noch auf den bereits von Legendre gefundenen Satz, dass der Inhalt eines von vier Krümmungslinien begrenzten Flächenstückes durch elliptische Integrale ausgedrückt werden kann. Abgesehen von dem sehr speciellen Falle, wo es sich um den Octanten des Ellipsoides handelt, sind aber die betreffenden Formeln ziemlich verwickelt, wenn die angedeutete Reduction vollständig ausgeführt wird, und es liegt hierin jedenfalls der Grund, weshalb man noch keinen Satz kennt, der als das stereometrische Seitenstück zum Fagnano'schen Theoreme anzusehen wäre. Unter diesen Umständen ist es wohl nicht überflüssig, wenn ich im Folgenden zeige, dass sich auf jeder centrischen Fläche zweiter Ordnung unendlich viel Zonen oder Kappen construiren lassen, deren Inhalte durch elliptische Integrale erster und zweiter Gattung ausdrückbar sind, sowie ferner, dass Zonen und Kappen angegeben werden können, deren Inhaltsdifferenzen algebraische Werthe haben.

Die Gleichungen der drei aus den Halbachsen a, b, c construirten centrischen Flächen zweiter Ordnung mögen sein

$$\left(\frac{x}{a}\right)^2+\left(\frac{y}{b}\right)^2+\left(\frac{z}{c}\right)^2=1,$$

$$\left(\frac{x}{a}\right)^2+\left(\frac{y}{b}\right)^2-\left(\frac{z}{c}\right)^2=1,$$

$$-\left(\frac{x}{a}\right)^2-\left(\frac{y}{b}\right)^2+\left(\frac{z}{c}\right)^2=1,$$

statt deren in den Fällen, wo keine Unterscheidung nöthig ist, einfacher

$$1)\qquad Ax^2+By^2+Cz^2=1$$

geschrieben werden soll. Zur Abkürzung sei ferner

$$\alpha = \sqrt{1-\frac{A}{C}}, \quad \beta = \sqrt{1-\frac{B}{C}}, \tag{2}$$

so dass α und β die numerischen Excentricitäten der Ha
Ebenen xz und yz bedeuten. Um jederzeit reelle α un
zu erhalten, ist bei dem Ellipsoide $a > b > c$, bei den Hyp
vorauszusetzen.

In der Horizontalebene xy mögen nun zwei concen
construirt sein, die eine mit den Halbachsen a_0 und b_0, die
Halbachsen $a_1 > a_0$ und $b_1 > b_0$; die zwischen beiden El
ringförmige Fläche denken wir uns als Horizontalprojecti
der Fläche zweiter Ordnung und nennen Z den Inhalt jener
diesen Bestimmungen ist

$$\tfrac{1}{4} Z = \int\int \sqrt{\frac{1 - A\alpha^2 x^2 - B\beta^2 y^2}{1 - Ax^2 - By^2}}\, dx\, dy,$$

wobei sich die Integrationen auf alle positiven x und y bezie
den Bedingungen

$$\left(\frac{x}{a_0}\right)^2 + \left(\frac{y}{b_0}\right)^2 \geqq 1, \quad \left(\frac{x}{a_1}\right)^2 + \left(\frac{y}{b_1}\right)^2 \leqq 1$$

gleichzeitig genügen. Führt man Polarcoordinaten ein mit
wöhnlichen Formeln

$$x = r\cos\vartheta, \quad y = r\sin\vartheta, \quad dx\,dy = r\,d\vartheta\,dr,$$

und setzt zur Abkürzung

$$P = A\cos^2\vartheta + B\sin^2\vartheta,$$
$$Q = A\alpha^2\cos^2\vartheta + B\beta^2\sin^2\vartheta,$$
$$R_0 = \left(\frac{\cos\vartheta}{a_0}\right)^2 + \left(\frac{\sin\vartheta}{b_0}\right)^2,$$
$$R_1 = \left(\frac{\cos\vartheta}{a_1}\right)^2 + \left(\frac{\sin\vartheta}{b_1}\right)^2,$$

so ergiebt sich

$$Z = 4\int_0^{\frac{1}{2}\pi}\int_{\frac{1}{\sqrt{R_0}}}^{\frac{1}{\sqrt{R_1}}} \sqrt{\frac{1 - Qr^2}{1 - Pr^2}}\, r\,d\vartheta\,dr.$$

Um das auf r bezügliche Integral rational zu machen, benu
Substitution

$$\frac{1 - Pr^2}{1 - Qr^2} = u^2,$$

woraus

$$r^2 = \frac{1 - u^2}{P - Qu^2}, \quad r\,dr = -\frac{P - Q}{(P - Qu^2)^2}\,du$$

folgt; wir gelangen dadurch zu der Formel

$$\int_0^{\frac{1}{2}\pi} \frac{A(1-\alpha^2)\cos^2\vartheta + B(1-\beta^2)\sin^2\vartheta}{[A(1-\alpha^2u^2)\cos^2\vartheta + B(1-\beta^2u^2)\sin^2\vartheta]^2}\,d\vartheta$$

$$= \frac{\pi}{4\sqrt{AB}}\left\{\frac{1-\alpha^2}{1-\alpha^2u^2} + \frac{1-\beta^2}{1-\beta^2u^2}\right\}\frac{1}{\sqrt{(1-\alpha^2u^2)(1-\beta^2u^2)}};$$

hiernach wird

$$7)\quad Z = \frac{\pi}{\sqrt{AB}}\int_{u_1}^{u_0}\left\{\frac{1-\alpha^2}{1-\alpha^2u^2} + \frac{1-\beta^2}{1-\beta^2u^2}\right\}\frac{du}{\sqrt{(1-\alpha^2u^2)(1-\beta^2u^2)}}.$$

Eine etwas andere Form erhält dieses Integral, wenn die identische Gleichung

$$\int\left\{\frac{1-\alpha^2}{1-\alpha^2u^2} + \frac{1-\beta^2}{1-\beta^2u^2}\right\}\frac{du}{\sqrt{(1-\alpha^2u^2)(1-\beta^2u^2)}}$$

$$= \frac{1}{u}\left\{1 - \frac{1-u^2}{\sqrt{(1-\alpha^2u^2)(1-\beta^2u^2)}}\right\} + \int\frac{du}{u^2}\left\{1 - \frac{1-u^2}{\sqrt{(1-\alpha^2u^2)(1-\beta^2u^2)}}\right\}$$

zu Hilfe genommen wird; führt man nämlich die Grenzen u_0 und u_1 ein, substituirt in dem vom Integralzeichen freien Theile die Werthe von u_0, u_1, α^2, β^2 und setzt zur Abkürzung

$$8)\quad D = \sqrt{\frac{C+H_0}{C}}\left\{1 - \frac{H_0}{\sqrt{(A+H_0)(B+H_0)}}\right\} - \sqrt{\frac{C+H_1}{C}}\left\{1 - \frac{H_1}{\sqrt{(A+H_1)(B+H_1)}}\right\},$$

so gelangt man zu der Formel

$$9)\quad Z = \frac{\pi}{\sqrt{AB}}\left[D + \int_{u_1}^{u_0}\left\{1 - \frac{1-u^2}{\sqrt{(1-\alpha^2u^2)(1-\beta^2u^2)}}\right\}\frac{du}{u^2}\right].$$

Um das gefundene Resultat soweit als möglich geometrisch zu interpretiren, bemerken wir Folgendes. Giebt man den H jedes Mal dasselbe Vorzeichen, welches C besitzt, so bedeutet die Gleichung

$$A^2x^2 + B^2y^2 - CHz^2 = 0$$

einen elliptischen Kegel; dieser schneidet die Fläche

$$Ax^2 + By^2 + Cz^2 = 1$$

in einer doppelt gekrümmten Curve, deren Horizontalprojection durch die Gleichung

$$A(A+H)x^2 + B(B+H)y^2 = H$$

bestimmt, also eine Ellipse mit den Halbachsen

$$\sqrt{\frac{H}{A(A+H)}},\quad \sqrt{\frac{H}{B(B+H)}}$$

ist. Der Vergleich zwischen den vorstehenden und den unter No. 3) und 5) angegebenen Werthen erlaubt nun die Aufstellung des folgenden Satzes:

Wenn die centrische Fläche zweiter Ordnung

$$Ax^2 + By^2 + Cz^2 = 1$$

von den beiden elliptischen Kegeln

$$A^2x^2 + B^2y^2 - CH_0z^2 = 0,$$
$$A^2x^2 + B^2y^2 - CH_1z^2 = 0,$$

geschnitten wird, so entstehen auf jener Fläche zwei symmetrich gleiche und entgegengesetzt liegende Zonen; der Inhalt jeder solchen Zone lässt sich nach den Formeln 7) und 9) durch elliptische Integrale erster und zweiter Art ausdrücken.

Die Construction der beiden Kegel ist übrigens für alle drei Flächen eine und dieselbe. Substituirt man nämlich die anfangs erwähnten Werthe von A, B, C und setzt

$$H_0 = \pm\frac{1}{h_0^2}, \quad H_1 = \pm\frac{1}{h_1^2},$$

wobei die oberen Zeichen für ein positives, die unteren für ein negatives C gelten, so erhält man in allen Fällen dieselben Kegelgleichungen:

$$\frac{x^2}{a^4} + \frac{y^2}{b^4} - \frac{z^2}{(ch_0)^2} = 0,$$
$$\frac{x^2}{a^4} + \frac{y^2}{b^4} - \frac{z^2}{(ch_1)^2} = 0.$$

Die beiden Kegel lassen sich demnach construiren, indem man ihre Höhen $OH_0 = h_0$, $OH_1 = h_1$ willkürlich auf der z Achse wählt, ferner die Strecken

$$F_0H_0 = F_1H_1 = \frac{\overline{OA}^2}{OC} = \frac{a^2}{c},$$
$$G_0H_0 = G_1H_1 = \frac{\overline{OB}^2}{OC} = \frac{b^2}{c}$$

parallel zu den Halbachsen a, b legt und die congruenten Ellipsen F_0G_0, F_1G_1 als Grundflächen der Kegel nimmt. Bei dem Ellipsoid sind h_0 und h_1 ganz beliebig, bei dem einfachen Hyperboloid müssen beide kleiner als die kleinere Halbachse a, bei dem getheilten Hyperboloid grösser als die grössere Halbachse b genommen werden.

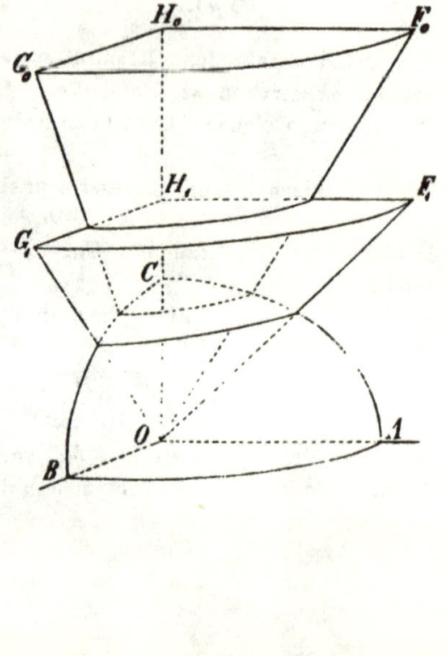

Behufs der Reduction auf elliptische Integrale sei in No. 7)

10) $$\varkappa = \frac{\beta}{\alpha} = \sqrt{\frac{C-B}{C-A}}, \quad u = \frac{\sin\varphi}{\alpha};$$

es wird dann

$$\int \left\{ \frac{1-\alpha^2}{1-\alpha^2 u^2} + \frac{1-\beta^2}{1-\beta^2 u^2} \right\} \frac{du}{\sqrt{(1-\alpha^2 u^2)(1-\beta^2 u^2)}}$$
$$= \frac{1}{\alpha} \int \left\{ \frac{1-\alpha^2}{\cos^2\varphi} + \frac{1-\beta^2}{1-\varkappa^2 \sin^2\varphi} \right\} \frac{d\varphi}{\sqrt{1-\varkappa^2 \sin^2\varphi}}$$
$$= \frac{1-\alpha^2}{\alpha(1-\varkappa^2)} [(1-\varkappa^2) F(\varkappa, \varphi) - E(\varkappa, \varphi) + \Delta(\varkappa, \varphi) \tan\varphi]$$
$$+ \frac{1-\beta^2}{\alpha(1-\varkappa^2)} \left[E(\varkappa, \varphi) - \frac{\varkappa^2 \sin\varphi \cos\varphi}{\Delta(\varkappa, \varphi)} \right]$$
$$= \frac{1}{C\alpha} \left[(C-A) E(\varkappa, \varphi) + A F(\varkappa, \varphi) + \frac{A-(C-B)\cos^2\varphi}{\Delta(\varkappa, \varphi)} \tan\varphi \right].$$

Zur Abkürzung setzen wir

$$11) \qquad G(\varkappa, \varphi) = \frac{A-(C-B)\cos^2\varphi}{\Delta(\varkappa, \varphi)} \tan\varphi$$

und bestimmen die Grenzwerthe von φ mittelst der Formeln

$$12) \qquad \begin{cases} \sin\varphi_0 = \alpha u_0 = \sqrt{\dfrac{C-A}{C+H_0}}, \\ \sin\varphi_1 = \alpha u_1 = \sqrt{\dfrac{C-A}{C+H_1}}; \end{cases}$$

die Gleichung 9) geht dann in die folgende über

$$13) \quad Z = \frac{\pi}{\sqrt{ABC(C-A)}} \Big\{ (C-A)[E(\varphi_0) - E(\varphi_1)] + A[F(\varphi_0) - F(\varphi_1)] + G(\varphi_0) - G(\varphi_1) \Big\}.$$

Selbstverständlich kann dafür geschrieben werden

$$14) \quad Z = \frac{\pi}{\sqrt{ABC(C-A)}} \Big\{ (C-A) E(\tau) + A F(\tau) + G(\varphi_0) - G(\varphi_1) - \varkappa^2 \sin\varphi_0 \sin\varphi_1 \sin\tau \Big\},$$

worin τ durch die bekannte Formel

$$15) \qquad \sin\tau = \frac{\sin\varphi_0 \cos\varphi_1 \Delta(\varphi_1) - \sin\varphi_1 \cos\varphi_0 \Delta(\varphi_0)}{1-\varkappa^2 \sin^2\varphi_0 \sin^2\varphi_1}$$

bestimmt ist.

Bei dem Ellipsoid kann man den Grössen H_0 und H_1 die Werthe 0 oder ∞ geben und gelangt dann zu einer bemerkenswerthen Folgerung. Für $H_0 = 0$ oder $h_0 = \infty$ geht die Zone Z in eine Kappe über, von welcher die Figur einen Quadranten CU_1V_1 zeigt, und deren Flächeninhalt Z_1 heissen möge. Die erste Gleichung in No. 12) giebt dann $\sin\varphi_0 = \alpha$ oder, wenn wir diesen speciellen Werth von φ_0 mit σ bezeichnen,

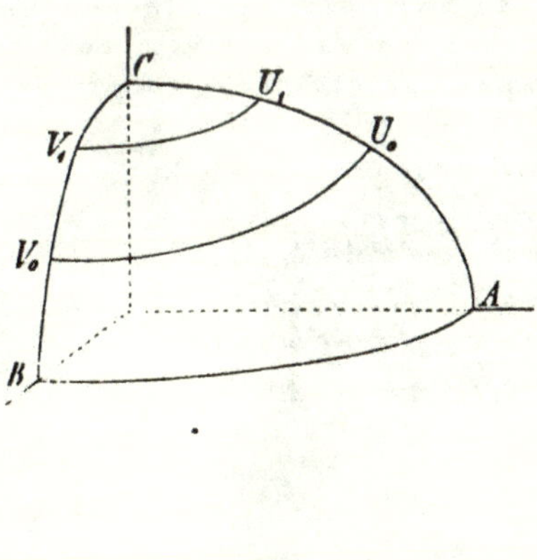

$$16) \quad \sin\sigma = \alpha = \frac{\sqrt{a^2-c^2}}{a},$$

und nach No. 13) ist

$$Z_1 = \frac{\pi b}{\sqrt{a^2-c^2}} \Big\{(a^2-c^2)[E(\sigma)-E(\varphi_1)] + c^2[F(\sigma)-F(\varphi_1)] \\ + a^2c^2[G(\sigma)-G(\varphi_1)]\Big\}.$$

Im Falle $H_1 = \infty$ oder $h_1 = 0$ wird die untere Begrenzungslinie der Zone Z identisch mit der Horizontalspur des Ellipsoides; der Flächeninhalt dieser besonderen Zone, deren Quadrant ABU_0V_0 in der Figur sichtbar ist, heisse Z_0. Die Formeln 12) und 13) geben als Werth desselben

$$Z_0 = \frac{\pi b}{\sqrt{a^2-c^2}} \Big\{(a^2-c^2)E(\varphi_0) + c^2F(\varphi_0) + a^2c^2G(\varphi_0)\Big\},$$

woraus, beiläufig bemerkt, für $h_0 = \infty$, $\varphi_0 = \sigma$ die bekannte Formel für die Oberfläche des Halbellipsoides folgt. Man hat ferner

$$Z_0 - Z_1 = \frac{\pi b}{\sqrt{a^2-c^2}} \Big\{(a^2-c^2)[E(\varphi_0)+E(\varphi_1)-E(\sigma)] \\ + c^2[F(\varphi_0)+F(\varphi_1)-F(\sigma)] \\ + a^2c^2[G(\varphi_0)+G(\varphi_1)-G(\sigma)]\Big\}$$

und wenn hier h_0 und h_1 so gewählt werden, dass φ_0 und φ_1 der Gleichung

$$17)\qquad \cos\sigma = \cos\varphi_0 \cos\varphi_1 - \sin\varphi_0 \sin\varphi_1 \Delta(\sigma)$$

genügen, so ist nach dem Additionstheoreme

$$E(\varphi_0) + E(\varphi_1) - E(\sigma) = \varkappa^2 \sin\varphi_0 \sin\varphi_1 \sin\sigma,$$
$$F(\varphi_0) + F(\varphi_1) - F(\sigma) = 0,$$

mithin erhält $Z_0 - Z_1$ den algebraischen Werth

$$18)\qquad Z_0 - Z_1 = \frac{\pi b}{\sqrt{a^2-c^2}} \Big\{(a^2-c^2)\varkappa^2 \sin\varphi_0 \sin\varphi_1 \sin\sigma \\ + a^2c^2[G(\varphi_0)+G(\varphi_1)-G(\sigma)]\Big\}.$$

Der in den Gleichungen 17) und 18) liegende Satz lässt sich, wenn Alles durch a, b, c, h_0, h_1 ausgedrückt wird, auf folgende Weise darstellen:

Wenn die Kegelhöhen h_0 und h_1 der Bedingung

$$\frac{\sqrt{(a^2+h_0^2)(a^2+h_1^2)}}{a} - \frac{\sqrt{(c^2+h_0^2)(c^2+h_1^2)}}{c} = \frac{(a^2-c^2)h_0h_1}{abc}$$

genügen, so ist die Differenz zwischen den Flächen der vom ersten Kegel bestimmten Zone und der vom zweiten Kegel abgeschnittenen Kappe algebraisch quadrirbar, nämlich

$$Z_0 - Z_1 = \pi \Big\{\frac{(a^2-c^2)(b^2-c^2)h_0h_1}{ab\sqrt{(c^2+h_0^2)(c^2+h_1^2)}} - c^2 \\ + \frac{(b^2c^2+c^2a^2-a^2b^2+c^2h_0^2)h_0}{\sqrt{(a^2+h_0^2)(b^2+h_0^2)(c^2+h_0^2)}} \\ + \frac{(b^2c^2+c^2a^2-a^2b^2+c^2h_1^2)h_1}{\sqrt{(a^2+h_1^2)(b^2+h_1^2)(c^2+h_1^2)}}\Big\}.$$

Sehr einfach werden diese Formeln für $h_0 = h_1$, d. h. wenn nur ein Kegel von der Höhe h vorhanden ist, welcher die Fläche des Halbellipsoides in eine Kappe Z_1 und in die Zone Z_0 theilt. Die vorige Bedingungsgleichung liefert jetzt den Werth

$$h = \sqrt{\frac{abc}{a+b+c}},$$

und als Differenz beider Flächen ergiebt sich

$$Z_1 - Z_0 = \pi \left\{ ab - \frac{(a^2+b^2)c}{a+b} \right\},$$

was geometrisch leicht zu deuten ist.

Für die Hyperboloide kann man ähnliche Sätze aufstellen, welche indessen, der Natur der Sache nach, keine so einfachen Specialisirungen zulassen. Jedoch werden folgende Bemerkungen nicht ohne Interesse sein.

Versucht man, H_0 oder H_1 so zu wählen, dass entweder $a_0 = b_0$ oder $a_1 = b_1$ wird, so findet man für H_0 oder H_1 den Werth $-(A+B)$, welcher nur bei dem einfachen Hyperboloid möglich ist. Dies giebt folgenden bemerkenswerthen Fall. Man nehme

$$H_0 = \infty \text{ also } a_0 = a, \; b_0 = b,$$
$$H_1 = -(A+B) \text{ oder } h_1 = \frac{ab}{\sqrt{a^2+b^2}},$$

woraus

$$a_1 = b_1 = \sqrt{a^2+b^2}$$

folgt; auf dem einfachen Hyperboloid entsteht dann eine Zone Z_0, die einerseits von der Horizontalspur der Fläche, andererseits von derjenigen Curve begrenzt wird, in welcher sich das Hyperboloid und ein gerader, mit dem Radius $\sqrt{a^2+b^2}$ beschriebener Kreiscylinder schneiden. Nach No. 12) ist

$$\varphi_0 = 0, \; \sin\varphi_1 = \sqrt{\frac{A-C}{A+B-C}} \text{ oder } \tan\varphi_1 = \sqrt{\frac{A-B}{B}},$$

und die Formel 13) liefert nun die Fläche Z_0, wobei die Werthe

$$A = \frac{1}{a^2}, \; B = \frac{1}{b^2}, \; C = -\frac{1}{c^2}$$

zu substituiren sind.

Für das getheilte Hyperboloid empfiehlt sich die Wahl

$$H_0 = 0 \text{ also } a_0 = 0, \; b_0 = 0,$$
$$H_1 = \frac{AB}{A+B} \text{ oder } h_1 = \sqrt{a^2+b^2},$$

woraus

$$a_1 = \frac{a^2}{b}, \; b_1 = \frac{b^2}{a}$$

folgt. Auf der Fläche hat man in diesem Falle eine Kappe, und die Horizontalprojection derselben ist eine Ellipse, deren Halbachsen mit dem grössten und kleinsten Krümmungshalbmesser einer aus den Halbachsen a und b construirten Ellipse zusammenfallen.

Wir kehren noch einmal zu den allgemeinen Formeln 3) und 5) zurück, um eine zweite Construction derselben mitzutheilen, welche erst bemerkt wurde, nachdem das Vorige schon gesetzt war. Bezeichnet man die Endpunkte von a_0 und b_0 mit S_0 und T_0, dem entsprechend die Endpunkte von a_1 und b_1 mit S_1 und T_1, wonach S_0, S_1, T_0, T_1 die Horizontalprojectionen der Punkte U_0, U_1, V_0, V_1 sind, so lauten die Gleichungen der Geraden $S_0 T_0$ und $S_1 T_1$

$$\frac{x}{a_0}+\frac{y}{b_0}=1 \quad \text{und} \quad \frac{x}{a_1}+\frac{y}{b_1}=1.$$

Ferner zeigt die Elimination von H_0 aus No. 3), ebenso die von H_1 aus No. 5), dass die vier Halbachsen an die zwei Bedingungen

$$\frac{1}{(Aa_0)^2}-\frac{1}{(Bb_0)^2}=\frac{1}{A}-\frac{1}{B}, \quad \frac{1}{(Aa_1)^2}-\frac{1}{(Bb_1)^2}=\frac{1}{A}-\frac{1}{B}$$

gebunden sind. Betrachtet man in den beiden Gleichungen, welche a_0 und b_0 enthalten, a_0 als veränderlichen Parameter und sucht die Einhüllende des Systems von Geraden, welche der stetigen Aenderung des a_0 (mithin auch des b_0) entsprechen, so findet man als Gleichung der einhüllenden Curve:

$$A^2x^2-B^2y^2=\frac{AB}{B-A}.$$

Dasselbe ergiebt sich, wenn man die beiden Gleichungen mit a_1 und b_1 ebenso behandelt. Um hiernach die beiden Ellipsen zu erhalten, welche die Horizontalprojection einer quadrirbaren Zone begrenzen, construirt man zunächst die Hyperbel

$$\frac{(B-A)A}{B}x^2-\frac{(B-A)B}{A}y^2=1$$

und legt an dieselbe zwei Tangenten, deren erste die Coordinatenachsen in S_0 und T_0, und deren zweite dieselben Achsen in S_1 und T_1 schneidet; die Strecken OS_0 und OT_0 sind dann die Halbachsen der einen, OS_1 und OT_1 die der anderen Ellipse. Diese Construction empfiehlt sich der früheren gegenüber dadurch, dass sie in einer Ebene ausgeführt werden kann.

Das Verfahren, welches zur Reduction des Doppelintegrales für Z diente, ist auch anwendbar auf das allgemeinere Doppelintegral

$$19)\qquad S=\iint x^{2m-1}\,y^{2n-1}\,F\left(\frac{1-Ax^2-By^2}{1-A\alpha x^2-B\beta y^2}\right)dx\,dy,$$

worin F eine beliebige Function bezeichnet und die Integrationen auf alle positiven, den Bedingungen

$$20)\qquad \left(\frac{x}{a_0}\right)^2+\left(\frac{y}{b_0}\right)^2\geq 1, \quad \left(\frac{x}{a_1}\right)^2+\left(\frac{y}{b_1}\right)^2\leq 1$$

genügenden x und y zu beziehen sind. Führt man zuerst Polarcoordinaten ein, setzt zur Abkürzung

$$P = A\cos^2\vartheta + B\sin^2\vartheta, \quad Q = A\alpha\cos^2\vartheta + B\beta\sin^2\vartheta$$

und versteht unter R_0, R_1 dieselben Grössen wie früher, so erhält man

$$S = \int_0^{\frac{1}{2}\pi}\int_{\frac{1}{\sqrt{R_0}}}^{\frac{1}{\sqrt{R_1}}} r^{2(m+n-1)} F\left(\frac{1-Pr^2}{1-Qr^2}\right) \cos^{2m-1}\vartheta \sin^{2n-1}\vartheta \, r \, d\vartheta \, dr$$

Mittelst der Substitution

$$\frac{1-Pr^2}{1-Qr^2} = t, \quad r^2 = \frac{1-t}{P-Qt}$$

ergiebt sich weiter

$$S = \frac{1}{2}\int_0^{\frac{1}{2}\pi}\int_{t_1}^{t_0} \frac{(P-Q)(1-t)^{m+n-1} F(t) \cos^{2m-1}\vartheta \sin^{2n-1}\vartheta}{(P-Qt)^{m+n+1}} d\vartheta \, dt,$$

$$t_0 = \frac{R_0 - P}{R_0 - Q}, \quad t_1 = \frac{R_1 - P}{R_1 - Q}.$$

Wählt man a_0, b_0, a_1, b_1 so, dass

$$21) \quad \begin{cases} a_0^2 = \dfrac{K_0}{A(1-\alpha+K_0)}, & b_0^2 = \dfrac{K_0}{B(1-\beta+K_0)}, \\ a_1^2 = \dfrac{K_1}{A(1-\alpha+K_1)}, & b_1^2 = \dfrac{K_1}{B(1-\beta+K_1)}, \end{cases}$$

worin K_0 und K_1 beliebige Grössen bedeuten, so erhalten die Integrationsgrenzen t_0, t_1 die constanten Werthe

$$22) \quad t_0 = \frac{1}{1+K_0}, \quad t_1 = \frac{1}{1+K_1},$$

und man kann daher die Reihenfolge der Integrationen umkehren; dies giebt

$$S = \frac{1}{2}\int_{t_1}^{t_0} (1-t)^{m+n-1} F(t) \, dt \int_0^{\frac{1}{2}\pi} \frac{(P-Q)\cos^{2m-1}\vartheta \sin^{2n-1}\vartheta}{(P-tQ)^{m+n+1}} d\vartheta.$$

Um die auf ϑ bezügliche Integration auszuführen, bedarf es nur der bekannten Formel

$$\int_0^{\frac{1}{2}\pi} \frac{\cos^{2m-1}\vartheta \sin^{2n-1}\vartheta \, d\vartheta}{(\mu\cos^2\vartheta + \nu\sin^2\vartheta)^{m+n}} = \frac{\Gamma(m)\,\Gamma(n)}{2\,\Gamma(m+n)} \cdot \frac{1}{\mu^m \nu^n};$$

differenzirt man dieselbe einmal in Beziehung auf μ, das andere Mal nach ν, so erhält man die beiden Formeln

$$\int_0^{\frac{1}{2}\pi} \frac{\cos^{2m+1}\vartheta \sin^{2n-1}\vartheta \, d\vartheta}{(\mu \cos^2\vartheta + \nu \sin^2\vartheta)^{m+n+1}} = \frac{\Gamma(m)\,\Gamma(n)}{2\,\Gamma(m+n+1)} \cdot \frac{m}{\mu^{m+1}\nu^{n}},$$

$$\int_0^{\frac{1}{2}\pi} \frac{\cos^{2m-1}\vartheta \sin^{2n+1}\vartheta \, d\vartheta}{(\mu \cos^2\vartheta + \nu \sin^2\vartheta)^{m+n+1}} = \frac{\Gamma(m)\,\Gamma(n)}{2\,\Gamma(m+n+1)} \cdot \frac{n}{\mu^{m}\nu^{n+1}},$$

welche zu dem genannten Zwecke unmittelbar dienlich sind, sobald man die Werthe von P und Q einsetzt. Die Integration nach ϑ giebt nun

$$\frac{\Gamma(m)\,\Gamma(n)}{2\,\Gamma(m+n+1)\,A^m B^n} \left\{ \frac{m(1-\alpha)}{1-\alpha t} + \frac{n(1-\beta)}{1-\beta t} \right\} \frac{1}{(1-\alpha t)^m\,(1-\beta t)^n}$$

und daher ist

$$S = \frac{\Gamma(m)\,\Gamma(n)}{4\,\Gamma(m+n+1)\,A^m B^n} \int_{t_1}^{t_0} \left\{ \frac{m(1-\alpha)}{1-\alpha t} + \frac{n(1-\beta)}{1-\beta t} \right\} \frac{(1-t)^{m+n-1} F(t)\, dt}{(1-\alpha t)^m\,(1-\beta t)^n}.$$

Setzt man in den Formeln 19) bis 22) $Ax^2 = \xi$, $By^2 = \eta$

$$K_0 = \frac{1-\lambda_0}{\lambda_0}, \quad K_1 = \frac{1-\lambda_1}{\lambda_1},$$

so gelangt man durch Zusammenfassung alles Vorigen zu dem Satze:

Wenn sich in dem Doppelintegrale

$$\int\int \xi^{m-1}\,\eta^{n-1}\,F\left(\frac{1-\xi-\eta}{1-\alpha\xi-\beta\eta}\right) d\xi\, d\eta$$

die Integrationen auf alle positiven ξ und η erstrecken, welche den Bedingungen

$$\frac{1-\alpha\lambda_0}{1-\lambda_0}\xi + \frac{1-\beta\lambda_0}{1-\lambda_0}\eta \geq 1, \quad 0 \leq \lambda_0 \leq 1,$$

$$\frac{1-\alpha\lambda_1}{1-\lambda_1}\xi + \frac{1-\beta\lambda_1}{1-\lambda_1}\eta \leq 1, \quad 0 \leq \lambda_1 \leq 1,$$

gleichzeitig genügen, so ist jenes Doppelintegral gleich dem einfachen Integrale

$$\frac{\Gamma(m)\,\Gamma(n)}{\Gamma(m+n+1)} \int_{\lambda_1}^{\lambda_0} \left\{ \frac{m(1-\alpha)}{1-\alpha t} + \frac{n(1-\beta)}{1-\beta t} \right\} \frac{(1-t)^{m+n-1} F(t)\, dt}{(1-\alpha t)^m\,(1-\beta t)^n}.$$

Zu demselben Resultate führt auch die bekannte Substitution $\xi = st$, $\eta = s(1-t)$, sobald man die Integrationsgrenzen für t constant werden lässt.

In dem speciellen Falle $\lambda_0 = 1$, $\lambda_1 = 0$ ist die erste Integrationsbedingung von selbst erfüllt; die zweite geht über in $\xi + \eta \leq 1$, und damit kommt man auf eine besondere, von Catalan angegebene Formel zurück.

Auch bei mehrfachen Integralen obiger Art lässt sich derselbe Gedankengang rein analytisch verfolgen, indem man die Substitutionen

$$\xi = st, \quad \eta = s(1-t)u, \quad \zeta = s(1-t)(1-u)v, \ldots$$

benutzt und die Integrationsgrenzen zu Constanten macht; man gelangt hierdurch zu einer Reduction, welche der vorhin angegebenen völlig analog ist. Dasselbe Resultat habe ich übrigens schon im Jahre 1848 gefunden und im zweiten Bande meiner analytischen Studien S. 192 mitgetheilt, ohne jedoch seine eleganten geometrischen Consequenzen gewahr zu werden.

II.

Ueber Functionen complexer Grössen.

Von Dr. Gustav Roch.

§. 1.

Ich versuche im Folgenden einen Abriss der Theorie der Functionen complexer Grössen zu geben, um den Eingang in diese schon jetzt so ausserordentlich wichtige Disciplin zu erleichtern. Zugleich werde ich in der Darstellungsweise sowohl als in einzelnen erläuternden Beispielen die Vorlesungen meines hochverehrten Lehrers Riemann mehrfach benutzen, der mir den Inhalt derselben vollständig zu benutzen gütigst erlaubt hat.

Betrachtet man eine Grösse y in irgend einer Weise von einer andern x als abhängig, so heisst y eine Function von x. Man ist gewohnt, dann y als Resultat irgend einer an x angebrachten mathematischen Operation anzunehmen. Es hat nun weniger Wichtigkeit, für jedes x den Zahlenwerth des zugehörigen y als vielmehr Eigenschaften der Functionen zu entwickeln, mit Hilfe deren man mit ihr rechnen kann, als ob ihr Werth bekannt wäre. Man gelangt so zu der Auffassung, das Resultat einer jeden mathematischen Operation als etwas Bekanntes anzusehen und für die Rechnung mit solchen Grössen ihre Eigenschaften zu benutzen; z. B. für die Exponentialgrösse $y = a^x$ die Eigenschaft

$$a^x \, . \, a^{x_1} = a^{x+x_1} \, ,$$

die allgemeiner

$$f(x) f(x_1) = f(x + x_1)$$

geschrieben werden kann. Aus dieser Fundamentaleigenschaft folgen dann alle andern, und man braucht für die Rechnung gar nicht zu wissen, welches der mathematische Ausdruck einer Function ist, die eine solche oder eine andere Eigenschaft besitzt.

Wir werden bald sehen, dass sogar die Eigenschaften meistentheils das Ursprüngliche sind und dass die Bedeutung der mathematischen Operation erst aus derselben entwickelt ist.

Ehe wir dazu übergehen, soll noch auf einen andern Punkt aufmerksam gemacht werden, der hier von Wichtigkeit ist.

Es giebt viele mathematische Ausdrücke, namentlich bestimmte Integrale und Reihen, welche nur innerhalb gewisser Gränzen der Variabelen eine bestimmte Bedeutung haben; entwickelt man dann aus diesen Ausdrücken Eigenschaften, so kann man sich immer andere Ausdrücke denken, welche dann, wenn die ersteren sinnlos werden, einen Sinn erhalten, und denen in diesem neueren Gebiete der Variabelen wieder dieselben Eigenschaften zukommen; das System der Eigenschaften würde demnach überall seinen Sinn behalten, würde aber je nach den Werthen der Variabelen andere analytische Ausdrücke verlangen; diese letzteren dürften also nicht mehr benutzt werden, obgleich man mit ihnen rechnen könnte, als ob sie einen Sinn hätten. Demnach erscheint es viel natürlicher, sich gar nicht an den Ausdruck einer Function zu halten, sondern gleich das System der Eigenschaften anzugeben, wodurch sie bestimmt ist; es muss desshalb als sehr wichtig erscheinen, genau zu wissen, was man zur eindeutigen Bestimmung einer jeden Function geben muss und darf, damit zugleich diese Bestimmungen nichts Ueberflüssiges oder Widersprechendes enthalten.

Dazu kann man nur gelangen, wenn man sich die Variabele nicht nur reell, sondern ganz allgemein complex von der Form

$$x + y\sqrt{-1} = x + y \, . \, i$$

denkt.

Um diese Untersuchung vollständig führen zu können, müssen wir zunächst die Bedeutung der mathematischen Operationen für complexe Variabeln feststellen. Wir werden dabei schon zu sehr interessanten Fragen gelangen, so dass es gerechtfertigt erscheint, sich hierbei etwas länger aufzuhalten.

§. 2.

Wir beginnen also, ehe wir dazu übergehen, die Functionen complexer Grössen durch ihre Eigenschaften zu definiren, mit der Untersuchung solcher Functionen, welche durch mathematische Operationen aus der complexen Grösse

$$z = x + yi$$

entwickelt werden können.

Diese complexe Grösse kann man geometrisch darstellen, indem man x und y zu den rechtwinkligen Coordinaten eines Punktes in einer Ebene macht, und es ist diese Darstellungsweise ausserordentlich naturgemäss. Zwei complexe Grössen nennt man gleich, wenn ihre reellen und ihre imaginären Theile gleich sind; eine Veränderung des imaginären Theiles afficirt den reellen gar nicht, ebensowenig wie die Veränderung des y eines Punktes das x vergrössert oder verkleinert; es verhält sich demnach der imaginäre Theil zum reellen so indifferent, wie die y-Achse gegen die positive und negative x-Achse, da sie, zu beiden rechtwinklig, symmetrisch gegen beide liegt. Es erscheint daher die angegebene geometrische Abbildung der complexen Grösse durch die Natur der Sache vollständig gerechtfertigt, wenn auch für den eigentlichen metaphysischen Inhalt der imaginären Grösse nichts gewonnen ist.

Die Bedeutung einer mathematischen Operation, die an solchen Grössen vollzogen wird, kann nun leicht gewonnen werden und es soll, um bei den elementaren Operationen stehen zu bleiben, als Beispiel die Exponentialgrösse gewählt werden, wonach dann die Bedeutung der übrigen elementaren Operationen ohne Schwierigkeiten zu finden ist.

Die Algebra definirt zuerst die Potenz a^b als Product gleicher Factoren a von der Anzahl b. Danach hat dieselbe nur Bedeutung, wenn b ganz und positiv; es zeigt aber schon die Algebra, wie man einer Potenz mit negativen, oder gebrochenen, oder irrationalem Exponenten einen Sinn beilegen kann. Der Weg, um diese Bedeutung zu finden, besteht darin, dass für a^b das Gesetz entwickelt wird

$$a^b\, a^c = a^{b+c},$$

welches zunächst für ganze b und c besteht; man nimmt nun willkürlich an, dass a^b eine solche Function von b sein soll, dass dies Gesetz stets giltig bleibt; dies ist erlaubt, da man jeder Bezeichnung eine willkührliche Bedeutung geben kann. In derselben Weise verallgemeinert man den Begriff der Exponentialgrösse bis dahin, dass die Variable complex wird; es soll also immer, wenn

$$z = x + yi, \quad z_1 = x_1 + y_1 i$$

ist,

$$a^z \,.\, a^{z_1} = a^{z+z_1}, \quad \text{oder auch } e^z \,.\, e^{z_1} = e^{z+z_1}$$

sein, wobei e die Basis der natürlichen Logarithmen bedeutet.

Zugleich muss

$$e^{x+yi}$$

für $y = 0$ mit der schon festgestellten Bedeutung von e übereinstimmen. Der Werth, den auf diese Weise e^{x+yi} erhält, findet man durch Benutzung der Gleichung:

$$e = Lim\left(1 + \frac{1}{\omega}\right)^{\omega} \text{ für } \omega = \infty.$$

Aus derselben folgt:

$$e^x = Lim\left(1 + \frac{1}{\omega}\right)^{\omega x} = Lim\left(1 + \frac{x}{m}\right)^m \text{ für } m = \infty,$$

wobei ωx durch m bezeichnet ist. Behält man nun diesen letzten Werth auch zur Definition der complexen Exponentalgrösse bei, so genügt er den verlangten Bedingungen; es sei nämlich $z = x + yi$, $z_1 = x_1 + y_1 i$, so ist:

$$a)\quad \begin{cases} e^z = Lim\left(1+\frac{z}{m}\right)^m, \quad e^{z_1} = Lim\left(1+\frac{z_1}{m}\right)^m, \\ e^z \,.\, e^{z_1} = Lim\left(1+\frac{z+z_1}{m}+\frac{z z_1}{m^2}\right)^m. \end{cases}$$

Für $m = \infty$ ist $\frac{z z_1}{m^2}$ zu vernachlässigen und es entsteht:

$$e^z \,.\, e^{z_1} = Lim\left(1+\frac{z+z_1}{m}\right)^m = e^{z+z_1};$$

das Grundgesetz für die Rechnung mit reellen Exponenten gilt daher auch für complexe z, wenn die Gleichung a) benutzt wird. Diese liefert nach Ausführung der Rechnung (s. Schlömilch's Comp. d. h. Anal. 2. Aufl. §. 55)

$$e^{x+yi} = e^x (\cos y + i \sin y).$$

Es ist auf dieses bekannte Resultat deshalb so weitläufig zurückgegangen worden, um zu zeigen, welche Willkürlichkeiten in der Verallgemeinerung der mathematischen Operationen liegen; es wird alle Mal die bequemste Verallgemeinerung gewählt, nämlich diejenige, welche für die Rechnung möglichst allgemeine Grundgesetze giebt. Eine metaphysische Bedeutung ist diesen so erhaltenen Gleichungen nicht beizulegen.

Auch der Satz

$$(-m)(-n) = mn$$

ist in derselben Weise ganz willkürlich gemacht worden.

Nach diesen Bemerkungen ist es nicht nöthig, über die Verallgemeinerung der übrigen algebraischen, logarithmischen etc. Rechnungen Weiteres hinzuzufügen.

§. 3.

Nachdem auf diese Weise die Bedeutung der Grössenoperationen für complexe Variabeln festgestellt ist, kommen wir dazu, eine Fundamentaleigenschaft aller durch solche mathematische Ausdrücke darstellbaren Functionen zu beweisen.

Die Bedeutung des Differentialquotienten einer complexen Function $w = u + vi$ von $z = x + yi$ soll in derselben Weise gefasst werden, wie der bei reellen Variablen:

$$\frac{dw}{dz} = \frac{du + dvi}{dx + dyi},$$

wenn du und dv die Aenderungen sind, die u und v erleiden [illegible] dx, y um dy geändert wird, oder w als Function[illegible] gen[illegible]

$$\frac{dw}{dz} = Lim \frac{w(x+yi+\triangle x+\triangle yi) - w(x+yi)}{\triangle x + \triangle yi} \text{[illegible]}$$

Bezeichnet nun w eine mit z vorgenomme[illegible] kommt, wie man weiss, in dem letzten Gren[illegible] und es ist $\frac{dw}{dz}$ wieder eine durch Rechnungsoperationen von $z = x + yi$ abhängige Function, die dz nicht enthält.*)

Wir werden gleich sehen, zu welchen Beziehungen für u und v diese Eigenschaft führt. Soll w nicht durch mathematische Ausdrücke aus z entwickelbar sein, so braucht $\frac{dw}{dz}$ nicht von dz unabhängig zu sein.

Es ist nämlich:

$$\frac{du + dvi}{dx + dyi} = \tfrac{1}{2}\left(\frac{\partial u}{\partial x} + \frac{\partial v}{\partial y}\right) + \tfrac{1}{2}\left(\frac{\partial v}{\partial x} - \frac{\partial u}{\partial y}\right) i$$
$$+ \tfrac{1}{2}\left[\frac{\partial u}{\partial x} - \frac{\partial v}{\partial y} + \left(\frac{\partial v}{\partial x} + \frac{\partial u}{\partial y}\right) i\right] \frac{dx - dyi}{dx + dyi}.$$

Hierin sind die beiden ersten Glieder rechts, da sie gewöhnliche Differentiale enthalten, von dx und dy unabhängig, aber im letzten Gliede kommt der Factor

$$\frac{dx - dyi}{dx + dyi}$$

vor, welcher von dx und dy abhängt.

Untersuchen wir, wie diese Unabhängigkeit von dx und dy des Ausdrucks $\frac{dw}{dz}$ durch Formeln dargestellt werden kann. Es soll also

$$Lim \left\{\frac{\Delta u + \Delta vi}{\Delta x + \Delta yi} = \left[\frac{\partial u}{\partial x}\Delta x + \frac{\partial u}{\partial y}\Delta y + \left(\frac{\partial v}{\partial x}\Delta x + \frac{\partial v}{\partial y}\Delta y\right) i\right] \frac{1}{\Delta x + \Delta yi}\right\}$$

nur $\frac{\partial u}{\partial x}, \frac{\partial u}{\partial y}, \frac{\partial v}{\partial x}, \frac{\partial v}{\partial y}$ enthalten. Schreiben wir die Gleichung:

$$\frac{dw}{dz} = Lim \frac{\Delta u + \Delta vi}{\Delta x + \Delta yi} = Lim \frac{\Delta x\left(\frac{\partial u}{\partial x} + i\frac{\partial v}{\partial x}\right) + i\Delta y\left(\frac{\partial v}{\partial y} - i\frac{\partial u}{\partial y}\right)}{\Delta x + i\Delta y},$$

so sehen wir, dass sich $\Delta x + i\Delta y$ nur weghebt, wenn:

$$\frac{\partial u}{\partial x} + i\frac{\partial v}{\partial x} = \frac{\partial v}{\partial y} - i\frac{\partial u}{\partial y},$$

oder da $-i = \frac{1}{i}$, wenn:

$$1) \qquad i\frac{\partial w}{\partial x} = \frac{\partial w}{\partial y}.$$

Zerlegt man diese Gleichung in ihren reellen und imaginären Theil, so liefert sie dieselbe Bedingung, wie auch unser früher angegebener Ausdruck für $\frac{du + dvi}{dx + dyi}$ liefern würde, wenn der Factor von $\frac{dx - dyi}{dx + dyi}$ gleich Null gesetzt wird, nämlich

*) Zugleich folgt aus der von uns gewählten Definition der mathematischen Operationen für complexe Grössen, dass die für reelle Variabeln entwickelten Differentialformeln ihre Giltigkeit auch hier behalten, wegen der Allgemeinheit der Fundamentalgesetze für diese Operationen.

$$2) \qquad \frac{\partial u}{\partial x} = \frac{\partial v}{\partial y}, \quad \frac{\partial v}{\partial x} = -\frac{\partial u}{\partial y}.$$

Es ist daher der Differentialquotient nach $x + yi$ in Folge dieser Gleichungen unabhängig sowohl von der absoluten Grösse, als auch von der Richtung der Verschiebung von P (s. Fig. 1, Taf. I), wenn P das Bild der complexen Grösse $x + yi$, seine Verschiebungen die $\triangle(x + yi)$ bedeuten, oder der Differentialquotient ist nach allen Richtungen constant. Man sieht leicht, dass die Gleichungen, vermöge deren wir 1) erhielten, eine nothwendige Folge der zuerst aufgestellten Definition des Differentialquotienten sind, so dass die Gleichungen 2) als sofortige Folgerungen dieser Definition erscheinen.

Man kann denselben ausser der eben entwickelten noch eine andere sehr interessante geometrische Bedeutung beilegen.

Wird der Werth von $w = u + vi$ durch einen Punkt O (Fig. 2, Taf. I) einer zweiten Ebene dargestellt, so wird dem Punkt P_1 ein anderer O_1, dem P_2 ein O_2 entsprechen.

Man kann nun immer: *)

$$x + yi = R\,(\cos\varphi + i\sin\varphi),$$
$$u + vi = S\,(\cos\psi + i\sin\psi);$$

ebenso:

$$\triangle_1(x + yi) = r_1(\cos\varphi_1 + i\sin\varphi_1), \quad \triangle_2(x + yi) = r_2(\cos\varphi_2 + i\sin\varphi_2)$$
$$\triangle_1(u + vi) = s_1(\cos\psi_1 + i\sin\psi_1), \quad \triangle_2(u + vi) = s_2(\cos\psi_2 + i\sin\psi_2)$$

setzen, wenn $\triangle_1$ und $\triangle_2$ zwei von einander verschiedene Aenderungen des z und w sind; nun ist:

$$\frac{\triangle_1(u + vi)}{\triangle_1(x + yi)} = \frac{\triangle_2(u + vi)}{\triangle_2(x + yi)}$$

nach dem Obigen, oder:

$$\frac{r_1}{s_1}[\cos(\varphi_1 - \psi_1) + i\sin(\varphi_1 - \psi_1)] = \frac{r_2}{s_2}[\cos(\varphi_2 - \psi_2) + i\sin(\varphi_2 - \psi_2)],$$

und dies ist nur möglich, wenn

$$\frac{r_1}{s_1} = \frac{r_2}{s_2}, \quad \varphi_1 - \psi_1 = \varphi_2 - \psi_2.$$

Da nun hierin

$$\varphi_1 - \varphi_2 = \angle P_2 P P_1, \quad \psi_1 - \psi_2 = \angle O_2 O O_1, \quad r_1 = PP_1, \quad s_1 = OO_1 \text{ etc.},$$

so folgt die Aehnlichkeit der Dreiecke $P_1 P P_2$ und $O_1 O O_2$.

Wird also der Werth $u + vi$ einer Function w von $x + yi$ auch geometrisch dargestellt durch die Coordinaten u und v eines Punktes O einer Ebene (der w Ebene), so wird zunächst einer Veränderung der Lage von P eine Veränderung der Lage von O herbeiführen und werden verschiedenen Verschiebungen von P solche von O entsprechen, die den ersteren

---

*) Dann ist, wie man weiss: $MP = R$, $LO = S$, $\angle PMX = \varphi$, $\angle OLU = \psi$, und man kann auch schreiben: $x + yi = Re^{\varphi i}$, $u + vi = Se^{\psi i}$.

ähnlich sind. Durchläuft P einen unendlich kleinen Umfang, so durchläuft O einen diesem ähnlichen. Bildet man die Werthe von w auf diese Weise ab, welche allen Punkten eines begrenzten Theiles der xy Ebene entsprechen, so werden diese Punkte auch einen begrenzten Theil der w Ebene ausfüllen und man sagt dann, dass der Theil der xy Ebene in den kleinsten Theilen ähnlich auf dem entsprechenden Theile der uv Ebene abgebildet sei. Je nach der Beschaffenheit der Function w wird der letztere die verschiedensten Formen haben können. Ebenso wird einer in der xy Ebene gezogenen Curve eine in der uv Ebene entsprechen und man kann so zu einer sehr allgemeinen Auffassung der Verwandtschaft der Figuren gelangen.

Mit der Aufgabe, Theile einer Fläche ähnlich auf einer anderen abzubilden, haben sich z. B. Gauss und Jacobi beschäftigt; die Abhandlung des Ersteren ist in Schumacher's astron. Nachrichten, Altona 1815; die von Letzterem in Crelle's Journal. Die hierauf basirte Verwandtschaft der Curven hat Siebeck in Crelle's Journal näher untersucht.

Aus den Gleichungen 2) kann man zwei andere herleiten, die u und v getrennt enthalten. Es entsteht, indem die erste von ihnen nach x, die zweite nach y differenzirt wird, durch Subtraction

$$3)\qquad \frac{\partial^2 u}{\partial x^2} + \frac{\partial^2 u}{\partial y^2} = 0$$

und wird die erste nach y, die zweite nach x differenzirt, so giebt die Addition:

$$4)\qquad \frac{\partial^2 v}{\partial x^2} + \frac{\partial^2 v}{\partial y^2} = 0.$$

Diese Gleichungen sind der ähnlich, welcher das Potential P von Massen genügt, die alle ausserhalb des Raumes liegen, in welchem dasselbe untersucht wird. Diese Gleichung ist:

$$\frac{\partial^2 P}{\partial x^2} + \frac{\partial^2 P}{\partial y^2} + \frac{\partial^2 P}{\partial z^2} = 0.$$

Man kann deshalb ohne Weiteres die von Gauss in seiner Abhandlung über die nach dem umgekehrten Quadrat der Entfernung wirkenden Anziehungs- und Abstossungskräfte (Resultate des magnetischen Vereins, Göttingen) für das Potential entwickelten Resultate auf die u und v einzeln übertragen, indem $z = Const.$ gesetzt wird; dies braucht nur für u zu geschehen; 2) liefert dann die Gesetze für v, und es ist so möglich, zu allgemeinen Resultaten über Functionen complexer Grössen zu gelangen, wie dies von Riemann in seiner Inauguraldissertation (Göttingen, Verlag von Huth, 1851) gethan worden ist.

Zu diesen Betrachtungen über Functionen, die unabhängig von jedem bestimmten mathematischen Ausdruck für dieselben gegeben sein sollen, gehen wir noch nicht über. Die bis jetzt für dieselben entwickelten Resultate schlossen sich so naturgemäss an die Betrachtung des Differentialquotienten an, dass wir sie hier ohne Bedenken geben konnten, zumal sie für den nun folgenden Paragraph von grosser Wichtigkeit sind. Einige weitere Bemerkungen werden noch, da sie nöthig sind, in diesem Paragraph hinzugefügt werden.

§. 4.

Wir gelangen jetzt zur Theorie der bestimmten Integrale mit complexen Grenzen. Dies schliesst die unbestimmten Integrale mit ein, da letztere immer als bestimmte mit variabeln Grenzen angesehen werden können. Vorher aber müssen wir Einiges erörtern.

Die Algebra schon zeigt, dass es Functionen giebt, welche für einen Werth der Variabeln mehrere Werthe haben können. Es seien dieselben $w_1, w_2, \ldots w_n$. Untersuchen wir den Verlauf von w etwas näher. Legen wir dem w im Punkte xy (für den Werth $x+yi$) z. B. den Werth w_1 bei, so hat w in einem Nachbarpunkte $[x+yi+d(x+yi)]$ die n Werthe:

$$w_1+dw_1,\ w_2+dw_2, \ldots w_n+dw_n.$$

Sind nun die $w_2, \ldots w_n$ alle verschieden von w_1, so werden auch $w_2+dw_2, \ldots w_n+dw_n$ alle von w_1+dw_1 verschieden sein; soll nun w in $x+yi+d(x+yi)$ so bestimmt werden, dass $\frac{dw}{d(x+yi)}$ einen Sinn hat, so muss, da w in $x+yi$ gleich w_1 gesetzt wurde, dasselbe im Nachbarpunkte $x+yi+d(x+yi)$ den Werth w_1+dw_1 haben. Man sieht hieraus, dass, wenn dem w in einem Punkte einer der n Werthe beigelegt wird, es in allen Nachbarpunkten durch die Bedingung, keine Sprünge (wie von w_1 auf w_2) zu machen, bestimmt ist. Von diesen Nachbarpunkten kann man wieder weiter gehen und es folgt so, dass, so lange man keinen Punkt $x+yi$ berührt, in welchem eines der w_2 bis w_n gleich w_1 wird, w durch die Wahl seines Anfangswerthes w_1 bestimmt sein wird auf jeder von diesem Anfangspunkte ausgehenden Linie, sobald es sich stetig auf diesen ändern soll.

Danach wird bei Verfolgung des Weges LML_1 $w(x+yi)$ zu $w(x_1+y_1i)$ (Fig. 3, Taf. I) gelangen.

Die Curve $LM'L_1$ berühre nun, wie LML_1 keinen Punkt, in welchem eines der $w_2 \ldots w_n$ gleich w_1 wird. D[illegible] er letzteren Curve stetig fortgesetzt, w_1 immer n[illegible] rden nach dem Gesetze der Stetigkeit. Alle Punk[illegible] ch nahe, so können daher die Werthe von w in [illegible] denen in M unterscheiden, so dass man [illegible] nach L_1 gelangt, zu keinem [illegible] eine endliche Grösse von dem [illegible] des Weges LML_1 erhalten [illegible] $LM''L_1$ gelten u. s. f., sobald [illegible] lich nahe kommt, wo eines der $w_2 \ldots w_n$ gleich w_1 wird. Daraus folgt dann, dass man nach den Gesetzen der Stetigkeit zu demselben Werthe von w in L_1 gelangen wird, man mag auf LML_1 oder etwa auf LKL_1 vorwärts gehen (s. Fig. 4, Taf. I), sobald nur zwischen beiden Curven keiner dieser mehrfach erwähnten Punkte liegt. Geht die Curve, auf welcher w stetig fortgesetzt wird, durch einen solchen Punkt, so wird die Fortsetzung von w von demselben an wieder mehrdeutig, denn es werde z. B. daselbst $w_2 = w_1$, so widerspricht es der Stetigkeit nicht, nach Ueberschreitung dieses Punktes den analytischen Ausdruck von w_2 zur weiteren Fortsetzung von w_1 zu benutzen.

Es hat z. B. $\sqrt{z-c}$ die beiden Werthe $+\sqrt{z-c}$ und $-\sqrt{z-c}$,

$$z = x + yi, \quad c = a + bi.$$

Im Punkte (a, a) werden diese beiden Werthe gleich Null; hat man daher $+\sqrt{z-c}$ stetig bis an (a, b) fortgesetzt, so wird die stetige Fortsetzung über c hinaus sowohl den positiven als den negativen Werth haben können.

Liegt zwischen den beiden Curven LML_1 und LKL_1 ein solcher Punkt, so wird man im Allgemeinen zu zwei verschiedenen Werthen von w kommen, wenn w_1 auf beiden Wegen stetig fortgesetzt wird. Es soll dies an einem Beispiele klar gemacht werden.

Bekanntlich kann $z = x + yi$ auch durch $re^{\varphi i}$ ersetzt werden (siehe §. 3 Anmerkung). Dann ist $\angle LOX = \varphi$, $OL = r$ (Fig. 5, Taf. I)

$$\sqrt{x+yi} = \sqrt{r} \,.\, e^{\frac{\varphi}{2} i}.$$

Hier darf für $\sqrt{r}$ immer der positive Werth genommen werden, da sich die Zweideutigkeit der Wurzel durch die Exponentialgrösse ausdrücken lässt.

Es ist nämlich:

$$re^{\varphi i} = re^{(\varphi + 2\pi)i},$$

da

$$e^{2\pi i} = \cos 2\pi + i \sin 2\pi = 1;$$

daher ebensowohl:

$$\sqrt{re^{\varphi i}} = \sqrt{x+yi} = \sqrt{r}\, e^{\frac{\varphi}{2} i}$$

als

$$\sqrt{re^{\varphi i}} = \sqrt{x+yi} = \sqrt{r} \,.\, e^{(\frac{\varphi}{2}+\pi)i} = -\sqrt{r}\, e^{\frac{\varphi}{2} i},$$

da $e^{\pi i} = -1$. Gehen wir nun vom Punkte -1 zu $+1$

$$-1 = e^{\pi i},$$

einmal oberhalb, einmal unterhalb der x-Achse; im ersteren Falle nimmt φ von π bis zu Null ab und $+\sqrt{x+yi}$ gelangt von $+\sqrt{-1}$ zu $e^{0 \cdot i} = +1$; im zweiten Falle wächst φ von π zu 2π und $+\sqrt{x+yi}$ gelangt von $+\sqrt{-1}$ zu $e^{\pi i} = -1$, d. h. zum zweiten Werthe, den die Wurzel erlangen kann. Dies liegt daran, dass der Punkt o, für welchen beide gleich sind, von den zwei Wegen eingeschlossen wird. Solche Punkte nennen wir Verzweigungspunkte.

Wir sagen, wenn in einem Theile der xy-Ebene keiner der n-Werthe, die w hat, einem der $n-1$ übrigen gleich wird, die Function w sei innerhalb dieses Raumes eindeutig; giebt man dem w in einem Punkte desselben einen beliebigen dieser n Werthe, so ist w dadurch eindeutig in allen anderen Punkten dieses Raumes bestimmt. Entgegengesetzten Falles nennen wir die Function mehrdeutig innerhalb des Raumes.

Behufs der Theorie der bestimmten Integrale, zu der wir nun übergehen, wollen wir nur eindeutige Functionen betrachten. Wir integriren demnach Functionen, wie $\sqrt{z}$ etc. nur in Theilen der z-Ebene, die keinen Verzweigungspunkt enthalten.

§. 5.

Um zu dem Fundamentalsatze über die bestimmten Integrale zu gelangen, können wir einen Weg einschlagen, welcher nur Integration über reelle Variabele verlangt. Betrachten wir

$$\iint\left(\frac{\partial X}{\partial x}-\frac{\partial Y}{\partial y}\right)dx\,dy$$

ausgedehnt über einen Theil der xy-Ebene, X und Y als Functionen von (x, y) vorausgesetzt. Zunächst giebt, wenn X_1, $Y_1, \ldots$ die Werthe von X und Y in 1... (Fig. 6, Taf. I) bedeuten:

$$\iint\frac{\partial X}{\partial x}dx\,dy=\int(X_1-X_2)\,dy$$

$$\iint\frac{\partial Y}{\partial y}dx\,dy=\int(Y_1-Y_2)\,dx.$$

Sind nun ξ und η die Winkel, welche die nach Innen gerichtete Normale p mit x und y einschliesst, so ist:

$$\frac{\partial x}{\partial p}=\cos\xi,\quad \frac{\partial y}{\partial p}=\cos\eta.$$

Ferner sei s das Umfangselement, welches positiv sei in der vom Pfeile angegebenen Richtung:

$$\frac{\partial x}{\partial s}=\cos\eta,\quad \frac{\partial y}{\partial s}=-\cos\xi.$$

Den Elementen der unabhängig Variabeln nun ist im Allgemei[n] bei der Integration immer das + Zeichen zu geben. Da nun $\cos\xi$ neg[ativ] ist in 1), also $\left(\frac{\partial y}{\partial s}\right)_1$ positiv, so ist $X_1\,dy$ durch $\frac{\partial y}{\partial s}ds$ zu ersetzen; dage[gen] ist $\left(\frac{\partial y}{\partial s}\right)_2$ negativ, also $X_2\,dy$ durch $-\frac{\partial y}{\partial s}ds$ zu ersetzen, s[o]

$$\iint\frac{\partial X}{\partial x}dx\,dy=\int X\,.\,\frac{\partial y}{\partial s}ds$$

das Integral über den ganzen Umfang ausgedehnt.

Ferner ist $\left(\frac{\partial x}{\partial s}\right)_1$ negativ, $\left(\frac{\partial x}{\partial s}\right)_2$ positiv, also:

$$\int\int\frac{\partial Y}{\partial y}\,dx\,dy = -\int Y\frac{\partial x}{\partial s}\,ds,$$

und im Ganzen:

$$\int\int\left(\frac{\partial X}{\partial x}-\frac{\partial Y}{\partial y}\right)dx\,dy = \int(X\,dy + Y\,dx),$$

das Integral rechts über den Umfang immer in derselben Richtung genommen.

Sei nun $X = wi$, $Y = w$, so ist:

$$\int\int\left(\frac{\partial (wi)}{\partial x}-\frac{\partial w}{\partial y}\right)dx\,dy = \int(wi\,dy + w\,dx).$$

Nach §. 3 ist $\frac{\partial wi}{\partial x} = \frac{\partial w}{\partial y}$, wenn w eine Function von $x+yi$, mithin:

$$\int w\,(dx + i\,dy) = 0,$$

das Integral über eine geschlossene Curve ausgedehnt.

Damit dieser Beweis streng sei, ist zweierlei nöthig: es darf keine der Differenzen $X_1 - X_2$ oder $Y_1 - Y_2$ unbestimmt sein, also darf kein Verzweigungspunkt im Innern liegen; oder vielmehr, wenn X und Y stetig auf den Coordinatenrichtungen (2, 1) oder (3, 1) gebildet werden, darf man nicht zu anderen X und Y kommen, als wenn man auf dem Umfange fortgeht; denn da für $\int\frac{\partial X}{\partial x}\,dx$ die Differenz der X an den Grenzen 2 und 1 gesetzt wurde, muss X stetig auf den Parallelen (2, 1) zur x-Achse sein. Das Integral $\int\left(X\frac{\partial y}{\partial s} + Y\frac{\partial x}{\partial s}\right)ds$ aber würde, wenn X und Y auf dem Umfange stetig entwickelt würden, beim Vorhandensein eines Verzweigungspunktes ganz andere X und Y enthalten können, als

$$\int[(X_1 - X_2)\,dy + (Y_2 - Y_1)]\,dx.$$

Ferner darf w nicht unendlich werden im Innern der Fläche, da sonst nicht stets $\int\frac{\partial X}{\partial x}\,dx = X_1 - X_2$ gesetzt werden dürfte.

Aus der jetzt durchgeführten Entwickelung ergiebt sich zugleich der Sinn, den wir einem Integrale mit complexen Grenzen beilegen. Da $\int\int\left(\frac{\partial X}{\partial x}-\frac{\partial Y}{\partial y}\right)dx\,dy$ als Grenze einer Summe aufgefasst werde, kann nach den bekannten Definitionen der Integrale mit reellen Variabeln, so hat hiernach auch ein bestimmtes Integral mit complexen Grenzen den Sinn eines Grenzwerthes einer Summe.

Das Integral über den Umfang $L_0 L_1 L_2 \ldots L_i \ldots L_n$ (Fig. 7, Taf. I) ausgedehnt, wäre der Grenzwerth, dem sich

$$w_0(z_1 - z_0) + w_1(z_2 - z_1) + \ldots + w_i(z_{i+1} - z_i) + \ldots w_n(z_0 - z_n)$$

nähert; wenn L_0, L_1 ... unendlich nahe rücken, die Differenz ihrer $x + yi$ oder z zu Differentialen werden, n ins Unendliche wächst. Das Integral von L_0 bis L_i kann man als den Grenzwerth ansehen, dem sich die ähnliche Summe nähert, wenn zwischen L_0 und L_i unendlich viele Zwischenpunkte eingeführt werden. Offenbar ist dann das Integral von L_0 bis L_i genommen, da dann die Differenzen der z alle das entgegengesetzte Zeichen haben. Das Integral über den geschlossenen Umfang $L_0 L_i L_0$ kann nun in das von L_0 über $L_1 L_2$ nach L_i und in das von L_i über L_n nach L_0 genommene zerlegt werden; es ist daher nach dem Obigen:

$$\int_{z_0}^{z_i} w\,dz + \int_{z_i}^{z_0} w\,dz = 0$$

oder

$$\int_{z_0}^{z_i} w\,dz = \int_{z_0}^{z_i} w\,dz,$$

Die Integrale über diese verschiedenen Wege ausgedehnt, oder in Worten: Das Integral einer Function w von $x + yi$ ist, zwischen zwei beliebigen Punkten genommen, unabhängig vom Integrationswege, sobald zwischen den mit einander zu vergleichenden Wegen kein Unendlichkeits- oder Verzweigungspunkt von w liegt.

Dieser Satz giebt die Mittel an die Hand, wenn die Unendlichkeitspunkte innerhalb eines Umfanges liegen, das über denselben ausgedehnte Integral zu berechnen. Sei LKL_1L (Fig. 8, Taf. I) ein solcher Umfang, dann ist das Integral von L über K nach L_1 gleich dem von L über M, K, nach L_1 und von L_1 links herum nach L gleich dem von L_1 nach M_1 links herum nach M und L. Die Integrale über LM und L_1M_1 kommen zwei Mal nach entgegengesetzten Richtungen vor und heben sich weg, so dass das Integral über den Umfang MM_1M dem über LL_1L gleich ist. Man kann so das Integral über einen endlichen Umfang, der einen Punkt P enthält, wo w unendlich wird, ersetzen durch ein Integral, welches über einen dem P sehr nahen Umfang von beliebiger Gestalt, etwa der eines um P beschriebenen Kreises, ausgedehnt wird. Aehnliches gilt, wenn P ein Verzweigungspunkt ist; symbolisch ist dann:

$$\int_M^L + \int_L^M + \int_M^{M_1} + \int_{M_1}^{L_1} + \int_{L_1}^{M_1} + \int_{M_1}^{M} = \int_M^{M_1} + \int_{M_1}^{M}$$

wo die rechte Seite das über den ganzen äusseren Umfang ausgedehnte Integral. Nun ist aber

$$\int_L^M + \int_M^{M_1} + \int_{M_1}^{L_1} + \int_{L_1}^{M_1} + \int_{M_1}^{M} + \int_M^L = \int_L^{L_1} + \int_{L_1}^{L}$$

und daher: die Differenz des über M weniger des über L ausgedehnten Integrals gleich

$$\int_M^L - \int_M^L,$$

wobei in das letzte Integral der Werth von w einzusetzen ist, in den es nach einem Umlauf um P übergeht. Derselbe sei w', so ist also diese Differenz:

$$\int_M^L (w - w')\, dz,$$

abhängig vom Anfangspunkte M und L, so dass diese Umfangsintegrale verschiedene sein werden, je nach dem Punkte, von dem man ausgeht. Das Integral von w über einen geschlossenen Umfang ausgedehnt, hat also nur dann einen bestimmten Sinn, wenn w nach Durchlaufung desselben seinen ursprünglichen Werth wieder annimmt.

Wir werden später vermöge dieser letzten beiden Sätze unser Fundamentaltheorem der bestimmten Integrale auf eine interessante Weise in eine allgemeinere Form bringen können. Jetzt verlassen wir die mehrdeutigen Functionen und wollen an einigen Beispielen für eindeutige die hohe Wichtigkeit unseres Theorems für die Theorie der bestimmten Integrale zeigen.

Sehr allgemeine Formeln hat Cauchy in seinem „*Mémoire sur les intégrales définies prises entre des limites imaginaires*“ auf diese Weise entwickelt.

Eine der wichtigsten Anwendungen, die man machen kann, ist der Beweis des Taylor'schen Lehrsatzes, wobei zugleich das allgemeinste Gesetz über die Convergenz der Potenzreihen entwickelt wird.

Es sei t ein specieller Werth der complexen Variabeln z, und werde

$$\int \frac{f(z)}{z-t}\, dz$$

betrachtet, über einen Umfang ausgedehnt, innerhalb dessen t liegt und innerhalb dessen $f(z)$ überall endlich, stetig und eindeutig bleibt. Dann ist dieses Integral identisch mit einem über einen kleinen um t beschriebenen Kreis ausgedehnten Integrale. Dort ist $f(z)$ nahezu constant gleich $f(t)$; $z - t$ werde $= \varrho e^{\varphi i}$ gesetzt, $dz = \varrho i e^{\varphi i} d\varphi$:

$$\int \frac{f(t)\, \varrho i e^{\varphi i}\, d\varphi}{\varrho e^{\varphi i}} = 2\pi i f(t),$$

also:

1) $$2\pi i f(t) = \int \frac{f(z)}{z-t}\, dz.$$

Sobald nun der Modul von z grösser als der von t ist, kann $\frac{1}{z-t}$ in eine Reihe entwickelt werden, wie:

$$\frac{1}{z-t}=\frac{1}{z\left(1-\frac{t}{z}\right)}=\frac{1}{z}+\frac{t}{z^2}+\frac{t^2}{z^3}+\dots,$$

so dass:

$$2)\qquad \int\frac{f(z)}{z-t}\,dz=\sum_0^\infty{}_n\, t^{(n)}\int\frac{f(z)}{z^{n+1}}\,dz$$

oder wenn:

$$\frac{1}{z-t}=\frac{1}{z-a-(t-a)}=\frac{1}{(z-a)}+\frac{t-a}{(z-a)^2}+\frac{(t-a)^2}{(z-a)^3}+\dots$$

gesetzt wird, was voraussetzt, dass der Modul von $z-a$ grösser als der von $t-a$:

$$3)\qquad \int\frac{f(z)}{z-t}\,dz=\sum_0^\infty{}_n\int\frac{f(z)}{(z-a)^{n+1}}\,dz\,.\,(t-a)^n.$$

2) und 3) sind, mit 1) zusammengenommen, der Maclaurin'sche und der Taylor'sche Lehrsatz. Aus 1) folgt nämlich:

$$4)\qquad \begin{cases} 2\pi i f(a)=\int\frac{f(z)\,dz}{z-a}, \\ 2\pi i f^{(n)}(a)=1\,.\,2\dots n\int\frac{f(z)\,dz}{(z-a)^{n+1}}. \end{cases}$$

Die Differentiation von 1) ist erlaubt, da innerhalb der in das Integral eingehenden z werden $f(z)$ noch $\frac{1}{z-t}$ unendlich wird. Aus 1) folgt daher noch der wichtige Satz, dass jede Function da, wo sie endlich eindeutig und stetig ist, auch endliche, eindeutige und stetige Differentialquotienten hat. 1), 2), 3), 4) liefern:

$$f(t)=\sum_0^\infty{}_n\frac{1}{1\,.\,2\dots n}\,.\,f^{(n)}(0)\,.\,t^n$$

$$f(t)=\sum_0^\infty{}_n\frac{1}{1\,.\,2\dots n}\,.\,f^{(n)}(a)\,.\,(t-a)^n.$$

Diese Reihe gilt also, wenn t innerhalb eines um a beschriebenen Kreises liegt, der keinen Unendlichkeits- oder Verzweigungspunkt enthält. Es sei A (Fig. 9, Taf. I) ein solcher Punkt, so lässt sich demnach f für alle innerhalb des Kreises gelegene Punkte entwickeln, wenn die Werthe von f und seinen Differentialquotienten in a gegeben sind. Ausserhalb des Kreises wird die Reihe nicht convergiren, da dort $\frac{1}{z-t}$ nicht mehr

$$\frac{1}{z-t}=\frac{1}{z-a-(t-a)}=\frac{1}{z-a}+\frac{t-a}{(z-a)^2}+\frac{(t-a)^2}{(z-a)^3}+\dots$$

geschrieben werden darf; denn für äussere Punkte ist der Modul von $z-a$ kleiner, als der von $t-a$, eine Vergrösserung des Kreises ist aber nicht erlaubt, da sonst der Punkt A in ihn fällt und daher nicht über den Umfang ohne Weiteres integrirt werden darf. Dies ist die allgemeinste Convergenzbedingung der Potenzreihen.

Ganz so wie die aufsteigenden, lassen sich auch die absteigenden Potenzreihen behandeln; diese werden ausserhalb eines gegebenen Kreises convergiren, und Reihen, die sowohl die aufsteigenden, als absteigenden Potenzen der Variabeln enthalten, werden auf einer Ringfläche, die von zwei concentrischen Kreisen begrenzt ist, convergiren.

III.

Ueber die Bewegung flüssiger Körper.

Von Dr. J. Stefan,

correspondirendem Mitgliede der kaiserlichen Akademie der Wissenschaften zu Wien.

I. Ueber die Reibung in Flüssigkeiten.

Die analytische Mechanik geht bei ihren Untersuchungen über das Gleichgewicht und die Bewegung der Körper von idealen Zuständen derselben aus. Die festen betrachtet sie als absolut starr, die flüssigen wieder extrem als solche, deren einzelne Theile absolut leicht gegen einander verschiebbar sind und nur durch die nach allen Seiten gleichmässige Fortpflanzung des Druckes in Wechselwirkung zu einander stehen. Sobald es sich jedoch um Erscheinungen handelt, welche bei festen Körpern wesentlich oder einzig von der relativen Verschiebbarkeit der einzelnen Theile abhängen, muss die Mechanik der starren Systeme durch die Theorie der Elasticität ergänzt werden. Aehnlich verhält es sich mit den Flüssigkeiten, namentlich bei jenen Bewegungsphänomenen, für deren Gestaltung die Einflüsse der bewegten Flüssigkeit an der sie begrenzenden festen Wand sowohl als auch der Cohäsion der Flüssigkeitstheile unter sich massgebend sind, welche Einflüsse daher, wenn man diesen Erscheinungen rechnend folgen will, nicht vernachlässigt werden dürfen.

Zuerst hatten die Vorgänge, welche beim Strömen von Flüssigkeiten in Röhren auftreten, eine Vervollständigung der hydrodynamischen Gleichungen, eine der Wirklichkeit näher stehende Theorie gefordert. Man war hier zuerst genöthigt von Widerständen der Bewegung zu reden und ihren Grund in den Einflüssen der Wand, in der Zähigkeit der Flüssigkeiten zu suchen. Schon Newton hatte bei Betrachtung der Strömungserscheinungen an die Stelle der Hypothese einer absolut leichten Verschiebbarkeit die Annahme gesetzt, dass zur relativen Verschiebung zweier Schichten einer Flüssigkeit eine gewisse Kraft erforderlich sei, dass somit ungleich schnell bewegte Flüssigkeitsschichten einander wechselweise in ihren Bewegungen beschleunigend oder verzögernd beeinflussen. Er nannte diese Wechselwirkung Reibung der Flüssigkeitsschichten unter einander, führte dieselbe zugleich auf ein bestimmtes Mass zurück und ermöglichte dadurch die Aufnahme derselben in die Rechnung. Er nahm an, dass die Grösse der Reibung, d. h. die Grösse der Beschleunigung der langsameren durch die schnellere oder die Grösse der dem absoluten Werthe nach gleichen Verzögerung der schnelleren durch die langsamere von zwei über einander gleitenden Schichten proportional sei der Berührungsfläche der beiden Schichten und der Differenz ihrer Geschwindigkeiten.

Dieses Princip lässt sich sowohl in dem Falle zur Anwendung bringen, wenn es sich um zwei sich berührende Schichten einer und derselben Flüssigkeit handelt, als auch dann, wenn die sich berührenden Schichten heterogenen Flüssigkeiten angehören, oder eine der beiden durch eine feste Wand vertreten ist. Nur ist die Art der Anwendung des Princips in den drei Fällen wenigstens scheinbar eine verschiedene. Nur in den beiden letzteren Fällen kommt es unmittelbar in der oben ausgesprochenen Form in Gebrauch. Handelt es sich aber um zwei Nachbarschichten einer und derselben Flüssigkeit, in welcher die Geschwindigkeit von Punkt zu Punkt continuirlich sich ändernd angenommen werden muss, so nimmt man nach der gewöhnlichen Methode der Differentialrechnung den Abstand der beiden Schichten gleich dem Differential einer gegen dieselben normalen Linie und erhält demgemäss auch den Unterschied ihrer Geschwindigkeiten gleich dem Differentiale der Geschwindigkeitsfunction nach dieser Normale. Nicht diesem Differentiale sondern dem Differentialquotienten der Geschwindigkeit proportional ist die Grösse der Reibung zu setzen. Denn die Differentiale sind Rechnungsgrössen und nur ihr Verhältniss kann gleich gesetzt werden dem zwischen der wirklichen Geschwindigkeitsdifferenz und dem wirklichen Abstande der Schichten. Letzterer muss aber in den Proportionalfactor mit einbezogen gedacht werden.

Obwohl durch die von Newton gegebene Bestimmung der Reibung diese hinlänglich definirt ist, um der Rechnung unterzogen werden zu können, so wird es doch gut sein, zu untersuchen, welche Vorstellung man sich von dem Wesen derselben zu bilden habe. Handelt es sich um Reibung zwischen festen Körpern, so fassen wir darunter sehr mannigfaltige und von Fall zu Fall verschiedene Vorgänge zusammen. Die Reibung in Flüssigkeiten dürfte eher eines einheitlichen Ursprunges sein. Die Untersuchung über das Wesen derselben ist auch desshalb von grösserer Wichtigkeit, weil sie zu Aufschlüssen über die innere Constitution der Flüssigkeiten führen kann.

Navier ist zuerst in seinem *mémoire sur les lois du mouvement des fluides**) von einer bestimmten Hypothese über die Natur der Reibung ausgegangen. Er stellte das Princip auf, dass die abstossenden Kräfte zwischen den Molekülen der Flüssigkeit durch die Bewegung geändert werden und zwar vergrössert oder vermindert um eine der Geschwindigkeit, mit der die Moleküle einander sich nähern oder von einander entfernen, proportionale Grösse. Von dieser Hypothese ausgehend, gelangt er zu denselben Gleichungen, welche wir unter Voraussetzung des Newton'schen Principes erhalten werden und die wenigstens annäherungsweise als die richtigen angesehen werden müssen. Die Hypothese selbst entbehrt aber jeder innern Wahrscheinlichkeit insoferne nämlich, als sie als letzter erklärender Grund angesehen werden soll. Denn sonst ist sie ja gewissermassen nur ein anderer Ausdruck des Newton'schen Princips. Man erinnert sich an die ähnliche von so schönen Erfolgen gekrönte Weber'sche Correction des elektrostatischen Anziehungsgesetzes, doch auch für diese spricht nur der Erfolg. Ein Grund für dieselbe könnte darin gesucht werden, dass man die Molekularactionen mit bestimmten Geschwindigkeiten sich fortpflanzend denkt, doch eher dürften mit diesen die Geschwindigkeiten der strömenden Elektricitäten vergleichbar sein, die gewöhnlich vorkommenden relativen Geschwindigkeiten zweier Moleküle einer Flüssigkeit sicher nicht.

Innere Reibung findet nicht bloss in tropfbaren sondern auch in ausdehnsamen Flüssigkeiten Statt. Sie ist nach den Versuchen von Stokes **) und Meyer ***) in den letzteren gar nicht unbedeutend gegen die Reibung in ersteren. Die namentlich von Clausius ausgebildete Hypothese über die Constitution der Gase, nach welcher die Moleküle in einem solchen sich nach allen möglichen Richtungen sehr rasch progressiv bewegen und beim Aneinanderprallen wie elastische Körper sich verhalten, gibt auch von dem Wesen der inneren Reibung eine bestimmte, der Berechnung zugängliche Vorstellung. Denken wir uns durch das Gas eine Ebene gelegt, welche zwei parallel zu dieser Ebene in gleicher Richtung aber mit ungleichen Geschwindigkeiten bewegten Schichten trennt. Die Moleküle bewegen sich in beiden Schichten nach allen möglichen Richtungen, nur sind die mittleren Componenten der Geschwindigkeit im Sinne der gemeinschaftlichen Bewegung der beiden Schichten grösser, als die nach anderen Richtungen geschätzten mittleren Componenten und zwar ungleich grösser für die beiden Schichten. Aus der langsameren Schichte treten fortwährend Moleküle in die schneller bewegte und umgekehrt, oder die beim Uebertritte an einander prallenden Moleküle tauschen ihre Geschwindigkeiten

*) *Mém. de l'acad. des sciences.* 1822. VI 390.
**) Cambridge, Transact. IX. 8 Phil. Mag. (4) I. 337.
***) Pogg. Annalen. CXIII. 383.

aus. Die der gemeinschaftlichen Bewegungsrichtung parallele mittlere Componente der Molekulargeschwindigkeit in der langsameren Schichte erhält dadurch in jeder Zeiteinheit einen Zuwachs, dieselbe Componente in der schnelleren Schichte erleidet gleichzeitig eine ebenso grosse Abnahme, welche der Differenz der beiden Componenten proportional ist, oder die langsamere Schichte erhält von der schelleren einer ihrer Geschwindigkeitsdifferenz proportionale Beschleunigung und umgekehrt.

Man kann nun diese zunächst für Gase gemachte von Maxwell*) auch zur Berechnung der Reibung benützte Vorstellung auch auf tropfbare Flüssigkeiten übertragen. Es ist wahrscheinlich, dass auch in einer ruhenden tropfbaren Flüssigkeit die einzelnen Moleküle keine bestimmten Plätze einnehmen, ja auch nicht um fixe Gleichgewichtslagen oscilliren. Die Moleküle befinden sich in sehr raschen Bewegungen, nur werden die mittleren Wege, welche von den einzelnen von einem Zusammenstosse bis zum nächsten gemacht werden, sehr kurze sein. Zu dieser Annahme zwingt die geringe Zusammendrückbarkeit der tropfbaren Flüssigkeiten. Dies hindert jedoch nicht, dass in längerer Zeit ein Molekül sehr weit wandere. Für solche Wanderungen spricht das Stattfinden der Diffussion tropfbarer Flüssigkeiten, die Langsamkeit jedoch mit der diese vor sich geht, andererseits wieder für die Kürze der mittleren Wege der Moleküle. Die Anschauung, welche die neue Theorie der Gase von der Diffusion derselben gibt, lässt sich freilich nicht unbedingt auch auf die Diffusion tropfbarer Flüssigkeiten übertragen, weil von letzteren nicht alle diffundiren. Die Actionen zwischen den Molekülen namentlich heterogener Flüssigkeiten dürften nicht nur in vielen Fällen nicht als nebensächlich vernachlässigt werden, sondern spielen geradezu die Hauptrolle. Dagegen ist aber noch zu bemerken, dass zur Erklärung der Reibung in der oben angedeuteten Weise die Annahme eines Uebertrittes von Molekülen aus einer Schichte in die andere gar nicht nothwendig ist und der blosse Zusammenstoss der Moleküle der beiden Nachbarschichten denselben Effect hervorbringt. Dadurch ist die Anwendung dieser Hypothese auch für Schichten zweier nicht diffundirenden Flüssigkeiten und für die Reibung zwischen einer Flüssigkeit und einem festen Körper möglich.

Diese Hypothese der Geschwindigkeitsmischung führt aber zu einer Schlussfolgerung, welche mit den Thatsachen nicht in Uebereinstimmung steht. Aus ihr folgt nämlich, dass der Geschwindigkeitsaustausch zwischen zwei Schichten um so rascher erfolgen müsse, je schneller die den Molekülen eigenthümlichen Bewegungen vor sich gehen. Wenn man nun durch die lebendige Kraft dieser Bewegungen die Temperatur der Flüssigkeit misst, so folgt daraus eine Zunahme der inneren Reibung bei steigender Temperatur der Flüssigkeit, gerade so wie die nach denselben Principien

*) Phil. Mag. XIX. 19.

von Maxwell und Clausius bearbeitete Theorie der Wärmeleitung in Gasen eine Zunahme des Leitungsvermögens mit der Temperatur liefert. Die aus Versuchen abgeleiteten Werthe der Reibung für verschiedene Temperaturen lehren aber gerade das Gegentheil, dass die Reibung mit wachsender Temperatur sehr schnell abnimmt. Wenigstens für tropfbare Flüssigkeiten ist es durch die Versuche von Poiseuille, Hagen, Meyer und anderen dargethan worden. Wie es sich mit den Gasen verhält, lässt sich aus den wenigen bisher gemachten Versuchen nicht schliessen. Jedenfalls wäre eine Untersuchung in der Richtung geeignet, für oder gegen die Theorie der Gase ein wichtiges Wort zu reden.

Für tropfbare Flüssigkeiten wird jedoch noch folgender Umstand zu berücksichtigen sein. Wenn wir uns jedes Molekül aus einem ponderablen Kerne und einer ihn umhüllenden Aethersphäre bestehend denken, so können wir von den Molekülen einer tropfbaren Flüssigkeit annehmen, dass sie sich so nahe an einander befinden, dass sich ihre Aethersphären theilweise durchdringen. Desshalb brauchen die Moleküle noch keine fixen Positionen einzunehmen, sondern können beliebig sich gegen einander bewegen. Das Gesagte gilt dann für ihre mittleren Lagen. Denken wir uns aber zunächst zwei ruhende Moleküle und ertheilen einem derselben eine bestimmte Geschwindigkeit. Wie dieses seine Bewegung antritt, muss es seine Aethersphäre von der des Nachbars losreissen und theilt diesem dadurch Geschwindigkeit in seiner Richtung mit. Gleichzeitig kommen aber beide Moleküle in drehende Bewegungen um Axen, welche zur gemeinschaftlichen Richtung der progressiven Bewegungen senkrecht stehen. Die Reibung besteht daher nicht bloss in einer Mittheilung der progressiven Bewegung von einer Schichte zur andern, sondern gleichzeitig auch in einer Umsetzung der progressiven Bewegung in eine drehende der Moleküle. Dies ist um so bemerkenswerther, als die aus dem Newton'schen Principe abgeleiteten hydrodynamischen Gleichungen eine Transformation zulassen, welche lehrt, dass in Flüssigkeiten, in denen Reibung zwischen einzelnen Schichten stattfindet, Drehungen der kleinsten Theile nothwendige Begleiter jeder Bewegung sind und der Einfluss der Reibung umgekehrt durch diese Drehungen bestimmt werden kann. Doch wäre es zu umständlich, diese Hypothese zum Ausgangspunkte der Rechnung zu machen. Letztere steht auf der Grundlage des Newton'schen Principes allein sicherer, wenn dieses gewissermassen als Erfahrungssatz aufgestellt werden kann.

II. Analytische Bestimmung der Reibung in Flüssigkeiten.

Fasst man die Reibung in Flüssigkeiten als eine Folge der Cohäsion derselben auf, so kann eine besondere Untersuchung dieser Cohäsionswirkung überflüssig erscheinen, da die Theorie der Elasticität der festen Körper es mit einem ähnlichen Problem zu thun hat, und die Ergebnisse derselben auf flüssige Körper übertragen werden könnten. Doch besteht zwischen den beiden Fällen ein wesentlicher Unterschied. In festen Körpern befinden sich im Normalzustande die einzelnen Theile, Moleküle, in Positionen des stabilen Gleichgewichtes oder schwingen um solche. Die Theorie der Elasticität beschränkt sich auf die Betrachtung sehr kleiner Verschiebungen aus diesen Positionen, jedes Molekül behält während und nach den in Betracht kommenden Deformationen des Körpers dieselben Nachbarn, im Zusammenhange derselben tritt keinerlei Störung ein. Der Widerstand, welchen die einzelnen Theile eines festen Körpers relativen Verschiebungen entgegensetzen, ist lediglich eine Folge der Stabilität ihrer relativen Lagen. Der als Reibung bezeichnete Widerstand gegen die Verschiebungen der einzelnen Theile einer Flüssigkeit ist aber ganz andern Ursprungs. Er äussert sich nur so lange, als die relativen Positionen der einzelnen Theilchen sich ändern. Ist die gegenseitige Lage der Moleküle eine andere geworden, so treibt dieselben keine Kraft in ihre früheren Orte. Während der Bewegung der Flüssigkeit erhält ein Theilchen derselben im Allgemeinen immer andere und andere Nachbarn, die relativen Verschiebungen werden sehr gross. Daher kommt es, dass nicht diese selbst, sondern nur ihre auf eine bestimmte Zeit entfallenden Werthe in Betracht kommen. Während die Theorie der Elasticität auf dem Hooke'schen Fundamentalsatze: *ut tensio sic vis*, die Kraft ist der relativen Verschiebung proportional, ruht, lehnt sich die Theorie der Bewegung der Flüssigkeiten auf das verwandte Newton'sche Princip: Die Kraft ist der relativen Geschwindigkeit proportional.

Die Aehnlichkeit der den beiden Theorien zu Grunde gelegten Principe bedingt natürlich auch eine Aehnlichkeit in der Art ihrer Entwickelung, und ich will diese Aehnlichkeit in der folgenden Darstellung auch vollständig hervortreten lassen.

Wir können die Reibung in der Flüssigkeit, wie die Spannung in einem festen elastischen Körper als Flächenkraft betrachten und in jedem Punkte der Flüssigkeit Reibungen für bestimmte Ebenen unterscheiden. Legen wir durch einen beliebigen Punkt im Innern der bewegten Flüssigkeit eine Ebene und schneiden aus dieser ein kleines Stückchen aus, dessen Schwerpunkt der gewählte Punkt sein mag. Die Flüssigkeitstheile diesseits und jenseits dieses Flächenstückchens werden in Folge vorhandener Geschwindigkeitsunterschiede beschleunigend und verzögernd auf einander wirken mit Kräften, ihrer Grösse nach abhängig von der Grösse des gewählten Flächenstückchens, ihrer Grösse und Richtung nach abhängig von den vorhandenen Geschwindigkeitsabstufungen. Die Kräfte werden von Punkt zu Punkt des angenommenen Flächenstückchens verschieden sein, wird aber dieses unendlich klein vorausgesetzt, so kann man innerhalb desselben die Kräfte als constant betrachten sowohl der Grösse als auch der Richtung nach. Denken wir uns alle Actionen summirt, welche die auf einer Seite des Flächenstückchens liegenden Theilchen angreifen, und die Summe durch die Grösse des Flächenstückchens dividirt, so gibt der Quotient den auf die Flächeneinheit entfallenden Betrag jener Kräfte. Dieser soll Reibung in dem betrachteten Punkte für die gewählte Ebene heissen. Die Grösse und Richtung dieser Reibung wird abhängig sein von der Lage der gewählten Ebene. Zerlegen wir die Reibung in drei zu den Coordinatenaxen parallele Componenten, so werden diese als Functionen der Coordinaten des Punktes und der Winkel, welche die Normale zur gewählten Ebene mit den drei Coordinatenaxen bildet, betrachtet werden müssen.

Nennen wir die Normale zu dieser Ebene n, so soll die dieser Ebene zugehörige Reibung N heissen. Ihre nach der Richtung r geschätzte Componente werde dadurch bezeichnet, dass an N der Index r angefügt wird. Sie ist also N_r. Demnach bedeuten X, Y, Z die Reibungen in dem gewählten Punkte für drei zu den Coordinatenaxen x, y, z normale Ebenen, X_x Y_x Z_x X_y Y_y Z_y X_z Y_z Z_z ihre nach diesen Axen geschätzten Componenten.

Um die Beziehungen, welche zwischen den Reibungen für verschiedene Ebenen in einem und demselben Punkte stattfinden, und zugleich die Grössen der Beschleunigungen, welche von den Reibungen einem Flüssigkeitstheilchen ertheilt werden, zu finden, will ich von der durch Cauchy in die Theorie der Elasticität eingeführten Betrachtung eines elementaren Tetraëders und zwar noch in ausgedehnterem Masse Gebrauch machen. In dem Punkte x, y, z sollen drei zu den Coordinatenaxen parallele Kanten a, b, c eines sehr kleinen Tetraëders zusammenstossen. Die drei durch diesen Punkt gehenden Seitenflächen sind daher parallel zu den Coordinatenebenen. Die vierte Fläche mag gegen diese beliebig geneigt sein. Die vom Punkte x, y, z auf diese Fläche gefällte Normale, die Höhe des Tetraëders, soll s heissen und mit den Axen x, y, z Winkel bilden, deren Cosinus m, n, p sind. Dann ist:

$$1)\qquad s = ma = nb = pc$$

Bezeichnet man mit σ den Inhalt der schiefen Fläche, so ist:

$$2)\qquad \frac{bc}{2} = m\sigma, \quad \frac{ac}{2} = n\sigma, \quad \frac{ab}{2} = p\sigma.$$

Die Coordinaten der Schwerpunkte der 4 Flächen $\frac{bc}{2}$, $\frac{ac}{2}$, $\frac{ab}{2}$, σ sind:

$$\frac{b}{3}, \frac{c}{3}; \frac{c}{3}, \frac{a}{3}; \frac{a}{3}, \frac{b}{3}; \frac{a}{3}, \frac{b}{3}, \frac{c}{3}.$$

Die Reibungen im Punkte x, y, z für die zu den Richtungen x, y, z, s normalen Ebenen bezeichnen wir mit X, Y, Z, S. Für die Tetraëderflächen sollen in ihren Schwerpunkten die Reibungen X', Y', Z', S' sein. Führen wir die symbolischen Bezeichnungen

$$\delta_x = \frac{b}{3}\frac{\partial}{\partial y} + \frac{c}{3}\frac{\partial}{\partial z}$$
$$\delta_y = \frac{c}{3}\frac{\partial}{\partial z} + \frac{a}{3}\frac{\partial}{\partial x}$$
$$\delta_z = \frac{a}{3}\frac{\partial}{\partial x} + \frac{b}{3}\frac{\partial}{\partial y}$$
$$\delta = \frac{a}{3}\frac{\partial}{\partial x} + \frac{b}{3}\frac{\partial}{\partial y} + \frac{c}{3}\frac{\partial}{\partial z}$$

ein, so haben wir, die Taylor'sche Formel verwendend:

$$X' = X + \delta_x X$$
$$Y' = Y + \delta_y Y$$
$$Z' = Z + \delta_z Z$$
$$S' = S + \delta S.$$

Diese vier Gleichungen vertreten die Stelle von zwölf, indem für jede der nach den Coordinatenaxen geschätzten Reibungscomponenten eine derartige Gleichung gilt. Diese zwölf Gleichungen erhält man aus den vier voranstehenden, wenn man jede der darin vorkommenden Grössen, nicht aber die Symbole, nach einander mit den Zeigern x, y, z versieht.

Die in dem Tetraëder befindliche Flüssigkeit erhält von den Reibungen an den Flächen desselben eine gewisse Beschleunigung. Die Componenten derselben seien f_x, f_y, f_z. Ist ϱ die Dichte der Flüssigkeit, so ist $\frac{\varrho\sigma s}{3}$ die im Tetraëder enthaltene Masse. Multiplicirt man mit dieser die drei Componenten der Beschleunigung, so erhält man die aus der Reibung hervorgehenden beschleunigenden Kräfte. So ist die zur Axe x parallele Componente

$$\frac{\varrho\sigma s}{3} f_x = \sigma S'_x - \frac{bc}{2} X'_x - \frac{ac}{2} Y'_x - \frac{ab}{2} Z'_x,$$

oder mit Rücksicht auf die Gleichungen (2) und (3)

$$4)\quad \frac{\varrho s}{3} f_x = S_x - (mX_x + nY_x + pZ_x) + \delta S_x - (m\delta_x X_x + n\delta_y Y_x + p\delta_z Z_x)$$

Da die beschleunigende Kraft und die mit den Operationszeichen δ versehenen Glieder unendlich kleine Grössen erster Ordnung repräsentiren, so giebt diese Gleichung bei Vernachlässigung derselben

$$S_x = m X_x + n Y_y + p Z_z.$$

Zwei ähnliche Gleichungen erhalten wir für S_y und S_z durch Betrachtung der beiden anderen Componenten der beschleunigenden Kraft, so dass wir folgende drei Relationen besitzen:

$$5)\quad \begin{aligned} S_x &= m X_x + n Y_x + p Z_x \\ S_y &= m X_y + n Y_y + p Z_y \\ S_z &= m X_z + n Y_z + p Z_z. \end{aligned}$$

Unter Berücksichtigung der ersten dieser Gleichungen geht 4) über in

$$\frac{\varrho s}{3} f_x = m(\delta - \delta_x) X_x + n(\delta - \delta_y) Y_x + p(\delta - \delta_z) Z_x.$$

Aus der Bedeutung der Symbole δ und den Gleichungen 1) findet man leicht

$$m(\delta - \delta_x) = \frac{s}{3} \frac{\partial}{\partial x}, \; n(\delta - \delta_y) = \frac{s}{3} \frac{\partial}{\partial y}, \; p(\delta - \delta_z) = \frac{s}{3} \frac{\partial}{\partial z}.$$

somit bleibt

$$\varrho f_x = \frac{\partial X_x}{\partial x} + \frac{\partial Y_x}{\partial y} + \frac{\partial Z_x}{\partial z}.$$

Zwei ähnliche Gleichungen erhält man für ϱf_y und ϱf_z. Man braucht nur in der vorstehenden Gleichung den Index x einmal mit y, das anderemal mit z zu vertauschen. Somit sind die drei Componenten der durch die Reibung hervorgerufenen Beschleunigung gegeben durch:

$$6)\quad \begin{aligned} \varrho f_x &= \frac{\partial X_x}{\partial x} + \frac{\partial Y_x}{\partial y} + \frac{\partial Z_x}{\partial z} \\ \varrho f_y &= \frac{\partial X_y}{\partial x} + \frac{\partial Y_y}{\partial y} + \frac{\partial Z_y}{\partial z} \\ \varrho f_z &= \frac{\partial X_z}{\partial x} + \frac{\partial Y_z}{\partial y} + \frac{\partial Z_z}{\partial z}. \end{aligned}$$

Weitere drei Gleichungen liefert die Betrachtung der Winkelbeschleunigungen, welche aus den Reibungen resultiren. Legen wir durch den Schwerpunkt des Tetraëders eine Axe parallel zur Axe x, so suchen die Componenten Z'_y und Y'_z um diese Axe das Tetraëder zu drehen. Ihre Hebelarme sind $\frac{c}{4}$ und $\frac{b}{4}$. Nennen wir T das Trägheitsmoment des Tetraëders für die angenommene Axe, γ die Winkelbeschleunigung, so ist

$$T\gamma = Y'_z \cdot \frac{ac}{2} \cdot \frac{b}{4} - Z'_y \cdot \frac{ab}{2} \cdot \frac{c}{4}.$$

Daraus folgt mit Vernachlässigung der Glieder von höherer als der dritten Ordnung

$$Y_z = Z_y.$$

Die Betrachtung der Drehungsgleichungen für zwei andere zu den y und z parallele Axen liefert zwei ähnliche Gleichungen, so dass wir folgende Relationen

$$7)\quad Y_z = Z_y, \; Z_x = X_z, \; X_y = Y_x$$

besitzen. Vermöge dieser und der Gleichungen 5) sind in jedem Punkte die Reibungscomponenten für alle möglichen Ebenen durch sechs zu drei Orthogonalebenen gehörige Componenten X_x, Y_y, Z_z, Y_z, X_z, X_y gegeben. Durch die Gleichungen 7) vereinfachen sich auch die Gleichungen 6).

Nun sind noch die Reibungscomponenten als Functionen der Geschwindigkeiten darzustellen. Ich will dazu das Newton'sche Princip in einer ähnlichen Erweiterung verwenden, wie sie das Hooke'sche in der Elasticitätstheorie erfahren hat. Ich setze nämlich jede der Reibungscomponenten allgemein einer linearen Function der in dem betreffenden Punkte stattfindenden Geschwindigkeitsabstufungen gleich und bestimme hinterher diese Functionen so, das sie den Bedingungen des Problems genügen. Da es der Geschwindigkeitsabstufungen neun, der zur Bestimmung der Reibung in jedem Punkte nothwendigen Componenten sechs giebt, so würden die Ausdrücke für die letzteren vierundfünfzig Constante beherbergen, wenn nicht die Gleichartigkeit eines flüssigen Körpers nach allen Seiten von vorneherein die Anzahl dieser Constanten auf zehn vermindern liesse. Es ist nämlich klar, dass die Reibungscomponenten als lineare Fuctionen der Geschwindigkeitsabstufungen nur folgende Formen haben können:

$$
\begin{aligned}
X_x &= A\Theta + B\frac{\partial u}{\partial x} + C\left(\frac{\partial u}{\partial y} + \frac{\partial u}{\partial z}\right) + D\left(\frac{\partial v}{\partial x} + \frac{\partial w}{\partial x}\right) + E\left(\frac{\partial v}{\partial z} + \frac{\partial w}{\partial y}\right)\\
Y_y &= A\Theta + B\frac{\partial v}{\partial y} + C\left(\frac{\partial v}{\partial z} + \frac{\partial v}{\partial x}\right) + D\left(\frac{\partial w}{\partial y} + \frac{\partial u}{\partial y}\right) + E\left(\frac{\partial w}{\partial x} + \frac{\partial u}{\partial z}\right)\\
Z_z &= A\Theta + B\frac{\partial w}{\partial z} + C\left(\frac{\partial w}{\partial x} + \frac{\partial w}{\partial y}\right) + D\left(\frac{\partial u}{\partial z} + \frac{\partial w}{\partial x}\right) + E\left(\frac{\partial u}{\partial y} + \frac{\partial v}{\partial x}\right)\\
Y_z &= \mathfrak{A}\Theta + \mathfrak{B}\frac{\partial u}{\partial x} + \mathfrak{C}\left(\frac{\partial v}{\partial z} + \frac{\partial w}{\partial y}\right) + \mathfrak{D}\left(\frac{\partial v}{\partial x} + \frac{\partial w}{\partial x}\right) + \mathfrak{E}\left(\frac{\partial u}{\partial y} + \frac{\partial u}{\partial z}\right)\\
X_z &= \mathfrak{A}\Theta + \mathfrak{B}\frac{\partial v}{\partial y} + \mathfrak{C}\left(\frac{\partial w}{\partial x} + \frac{\partial u}{\partial z}\right) + \mathfrak{D}\left(\frac{\partial w}{\partial y} + \frac{\partial u}{\partial y}\right) + \mathfrak{E}\left(\frac{\partial v}{\partial z} + \frac{\partial v}{\partial x}\right)\\
X_y &= \mathfrak{A}\Theta + \mathfrak{B}\frac{\partial w}{\partial z} + \mathfrak{C}\left(\frac{\partial u}{\partial y} + \frac{\partial v}{\partial x}\right) + \mathfrak{D}\left(\frac{\partial u}{\partial z} + \frac{\partial v}{\partial z}\right) + \mathfrak{E}\left(\frac{\partial w}{\partial x} + \frac{\partial w}{\partial y}\right).
\end{aligned}
\tag{8}
$$

In diesen Formeln bedeutet Θ die für den Punkt x, y, z geltende durch die Bewegung der Flüssigkeit hervorgebrachte Aenderung der Volumseinheit, nämlich es ist

$$\Theta = \frac{\partial u}{\partial x} + \frac{\partial v}{\partial y} + \frac{\partial w}{\partial z}$$

gesetzt. A, B, C, D, E, $\mathfrak{A}$, $\mathfrak{B}$, $\mathfrak{C}$, $\mathfrak{D}$, $\mathfrak{E}$ sind die Constanten. Die Anzahl dieser lässt sich durch die folgende Betrachtung bis auf zwei vermindern.

Die Formeln 6) für die Componenten der aus der Reibung resultirenden Beschleunigung zeigen, dass diese Componenten vermöge der Gleichungen 8) lineare Functionen der zweiten Differentialquotienten der Geschwindigkeiten u, v, w nach x, y, z sein werden. Die Gleichartigkeit der Flüssigkeiten nach allen Seiten erfordert nun wieder, dass die auf ein beliebiges Coordinatensystem bezogenen Componenten der Beschleunigung solche Functionen der zweiten Differentialquotienten sind, dass jede beliebige Transformation der Coordinaten ihre Form nicht ändert. Dies ist, wie aus Cauchy's Untersuchungen in der Theorie des Lichtes bekannt ist, der Fall, wenn

$$\varrho f_x = L\frac{\partial\Theta}{\partial x} + M\triangle u$$

9) $$\varrho f_y = L\frac{\partial\Theta}{\partial y} + M\triangle v$$

$$\varrho f_z = L\frac{\partial\Theta}{\partial z} + M\triangle w$$

worin L und M zwei Constante bedeuten, $\triangle$ aber durch die symbolische Gleichung

$$\triangle = \frac{\partial^2}{\partial x^2} + \frac{\partial^2}{\partial y^2} + \frac{\partial^2}{\partial z^2}$$

bestimmt ist. Setzt man die in den Gleichungen 8) enthaltenen Werthe der Reibungscomponenten in die Formel 6), so findet man leicht, dass sich die Substitutionsresultate nur dann auf die Formen 9) reduciren, wenn

$$C = D = E = \mathfrak{A} = \mathfrak{B} = \mathfrak{D} = \mathfrak{E} = 0$$

und zwischen B und $\mathfrak{C}$ die Relation

$$B = 2\mathfrak{C}$$

besteht. Die in 9) enthaltenen Constanten L und M sind dann

$$L = A + \mathfrak{C}, \quad M = \mathfrak{C}.$$

Setzen wir des bequemeren Gebrauchs wegen λ und μ für A und $\mathfrak{C}$, so haben wir für die Reibungscomponenten die Werthe

10) $$\begin{aligned} X_x &= \lambda\Theta + 2\mu\frac{\partial u}{\partial x} & Y_z &= \mu\left(\frac{\partial v}{\partial z} + \frac{\partial w}{\partial y}\right) \\ Y_y &= \lambda\Theta + 2\mu\frac{\partial v}{\partial y} & X_z &= \mu\left(\frac{\partial w}{\partial x} + \frac{\partial u}{\partial z}\right) \\ Z_z &= \lambda\Theta + 2\mu\frac{\partial w}{\partial z} & X_y &= \mu\left(\frac{\partial u}{\partial y} + \frac{\partial v}{\partial x}\right) \end{aligned}$$

und für die Componenten der Beschleunigung

$$\varrho f_x = (\lambda + \mu)\frac{\partial\Theta}{\partial x} + \mu\triangle u$$

11) $$\varrho f_y = (\lambda + \mu)\frac{\partial\Theta}{\partial y} + \mu\triangle v$$

$$\varrho f_z = (\lambda + \mu)\frac{\partial\Theta}{\partial z} + \mu\triangle w$$

Die Formeln für die Reibungscomponenten haben dieselbe Gestalt, wie die für die Componenten der Spannungen in der Theorie die Elasticität, nur dass die Verschiebungen der Theilchen, welche in letzteren vorkommen, in unsere Formeln durch die Geschwindigkeiten vertreten sind. Ich wollte diese Formeln nicht von vorne herein annehmen, weil die Gewinnung derselben in der Elasticitätstheorie gewöhnlich von der Betrachtung specieller Fälle, welche auf flüssige Körper nicht übertragen werden können, abhängig gemacht wird.

In der Theorie der Elasticität der festen Körper lässt sich zwischen den Constanten λ und μ keine Relation gewinnen, wohl aber in unserem Falle.

In jedem Punkte hat die Flüssigkeit zu einer bestimmten Zeit eine bestimmte Geschwindigkeit c, deren Richtung gegeben ist durch die Cosinus $\frac{u}{c}$, $\frac{v}{c}$, $\frac{w}{c}$, welche zu den Winkeln gehören, die sie mit den Coordinatenaxen bildet. Legen wir uns nun durch den Punkt x, y, z eine die Richtung c enthaltende Ebene, so muss die Reibung für diese Ebene in dieselbe fallen und zwar der Richtung von c parallel sein. Nennen wir die Normale zu dieser Ebene a, die Reibung für dieselbe somit A, so sind die Bedingungen, unter welchen die Richtung von A mit der von c zusammenfällt

$$A_a = 0, \quad A_b = 0,$$

wenn b eine in der Ebene gewählte und zu c senkrechte Linie bedeutet.

Sind die Cosinus der Winkel, welche a mit den Coordinatenaxen bildet h, k, l, so haben wir nach den Formeln 5) und 7)

$$\begin{aligned} A_x &= hX_x + kX_y + lX_z \\ A_y &= hX_y + kY_y + lY_z \\ A_z &= hX_z + kY_z + lZ_z . \end{aligned}$$

Wegen $A_a = hA_x + kA_y + lA_z$ ist dann

$$A_a = h^2X_x + k^2Y_y + l^2Z_z + 2klY_z + 2klX_z + 2hkX_y .$$

Führt man die Werthe 10) für die Reibungscomponenten in diese Formel ein, so bringt man A_a leicht auf folgende Form

$$A_a = \lambda\Theta + 2\mu\left(h\frac{\partial}{\partial x} + k\frac{\partial}{\partial y} + l\frac{\partial}{\partial z}\right)(hu + kv + lw).$$

Da die beiden Richtungen a und c senkrecht auf einander stehen, so ist

$$hu + kv + lw = 0,$$

also bleibt nur

$$A_a = \lambda\Theta$$

übrig. Soll diese Componente der Reibung verschwinden, so muss

$$\lambda = 0$$

sein. Die zweite der oben angeführten Bedingungen nämlich $A_b = 0$ ist schon durch die Werthe 10) erfüllt, wie man sich leicht durch eine ähnliche Rechnung, wie sie für A_a geführt wurde, überzeugt.

Die Formeln, durch welche die Reibungscomponenten als Functionen der Geschwindigkeiten bestimmt werden, sind demnach folgende:

$$12)\qquad \begin{aligned} X_x &= 2\mu\frac{\partial u}{\partial x}, & Y_z &= \mu\left(\frac{\partial v}{\partial z} + \frac{\partial w}{\partial y}\right) \\ Y_y &= 2\mu\frac{\partial v}{\partial y}, & X_z &= \mu\left(\frac{\partial w}{\partial x} + \frac{\partial u}{\partial z}\right) \\ Z_z &= 2\mu\frac{\partial w}{\partial z}, & X_y &= \mu\left(\frac{\partial u}{\partial y} + \frac{\partial v}{\partial x}\right) \end{aligned}$$

und für die Componenten der Beschleunigung bleiben die Gleichungen

$$\varrho f_x = \mu \frac{\partial \Theta}{\partial x} + \mu \Delta u$$

13) $$\varrho f_y = \mu \frac{\partial \Theta}{\partial y} + \mu \Delta v$$

$$\varrho f_z = \mu \frac{\partial \Theta}{\partial z} + \mu \Delta w$$

Diese vereinfachen sich noch mehr, wenn es sich um eine tropfbare Flüssigkeit handelt, welche man als incompressibel betrachtet. Für eine solche hat man nämlich

14) $$\Theta = 0$$

als Bedingungsgleichung für alle möglichen Bewegungen und die Formeln 13) gehen demnach über in

15) $$\varrho f_x = \mu \Delta u, \quad \varrho f_y = \mu \Delta v, \quad \varrho f_z = \mu \Delta w.$$

Die Ausdrücke Δu, Δv, Δw lassen für den Fall, dass die Gleichungen 14) stattfindet, noch eine bemerkenswerthe Umformung zu. Setzt man nämlich in Δu

$$\frac{\partial^2 u}{\partial x^2} = - \frac{\partial^2 v}{\partial x \partial y} - \frac{\partial^2 w}{\partial x \partial z},$$

welche Relation durch Differenzirung der Gleichung 14) nach x gewonnen wird, so erhält man

$$\Delta u = \frac{\partial}{\partial y}\left(\frac{\partial v}{\partial x} - \frac{\partial u}{\partial y}\right) + \frac{\partial}{\partial z}\left(\frac{\partial v}{\partial z} - \frac{\partial w}{\partial y}\right)$$

und zwei ähnliche Gleichungen erhält man für Δv und Δw. Setzen wir der Kürze halber

$$\frac{\partial v}{\partial z} - \frac{\partial w}{\partial y} = 2\xi$$

16) $$\frac{\partial w}{\partial x} - \frac{\partial u}{\partial z} = 2\eta$$

$$\frac{\partial u}{\partial y} - \frac{\partial v}{\partial x} = 2\zeta$$

so sind die neuen Formeln für Δu, Δv, Δw die folgenden:

$$\Delta u = 2\left(\frac{\partial \zeta}{\partial y} - \frac{\partial \eta}{\partial z}\right)$$

17) $$\Delta v = 2\left(\frac{\partial \xi}{\partial z} - \frac{\partial \zeta}{\partial x}\right)$$

$$\Delta w = 2\left(\frac{\partial \eta}{\partial x} - \frac{\partial \xi}{\partial y}\right)$$

und dem gemäss können auch die Formeln 15) transformirt werden. Die Grössen ξ, η, ζ bedeuten, wie Helmholtz in seiner Abhandlung über Integrale der hydrodynamischen Gleichungen, welche den Wirbelbewegungen entsprechen*) nachweist, nichts anderes, als die Winkelgeschwindigkeiten

*) Crelle-Borchardt, Journal für Mathematik, LV. 1.

mit denen sich ein Flüssigkeitselement um drei durch seinen Schwerpunkt zu x, y, z parallele Axen dreht.

Sind u, v w die Componenten der Geschwindigkeit im Punkte x, y, z und u', v', w' im Punkte x', y', z', so ist

$$
\begin{aligned}
u' - u &= \frac{\partial u}{\partial x}(x' - x) + \frac{\partial u}{\partial y}(y' - y) + \frac{\partial u}{\partial z}(z' - z) \\
18)\quad v' - v &= \frac{\partial v}{\partial x}(x' - x) + \frac{\partial v}{\partial y}(y' - y) + \frac{\partial v}{\partial z}(z' - z) \\
w' - w &= \frac{\partial w}{\partial x}(x' - x) + \frac{\partial w}{\partial y}(y' - y) + \frac{\partial w}{\partial z}(z' - z);
\end{aligned}
$$

führt man die Bezeichnungen

$$
\frac{\partial u}{\partial x} = a,\ \frac{\partial v}{\partial y} = b,\ \frac{\partial w}{\partial z} = c
$$

$$
\frac{\partial v}{\partial z} + \frac{\partial w}{\partial y} = \alpha,\ \frac{\partial w}{\partial x} + \frac{\partial u}{\partial z} = \beta,\ \frac{\partial u}{\partial y} + \frac{\partial v}{\partial x} = \gamma
$$

ein und macht auch von den Formeln 16) Gebrauch, so lassen sich die Gleichungen 18) leicht in folgender Form darstellen:

$$
\begin{aligned}
u' - u &= a(x' - x) + \gamma(y' - y) + \beta(z' - z) + \zeta(y' - y) - \eta(z' - z) \\
19)\quad v' - v &= \gamma(x' - x) + b(y' - y) + \alpha(z' - z) - \zeta(x' - x) + \xi(z' - z) \\
w' - w &= \beta(x' - x) + \alpha(y' - y) + c(z' - z) + \eta(x' - x) - \xi(y' - y)
\end{aligned}
$$

Betrachten wir die von ξ, η, ζ freien Glieder für sich, so lassen sich die durch sie ausgedrückten Theile der relativen Geschwindigkeiten als die nach x', y', z' genommenen partiellen Differentialquotienten des Polynoms

$$
\begin{aligned}
P = \tfrac{1}{2}a(x' - x)^2 &+ \tfrac{1}{2}b(y' - y)^2 + \tfrac{1}{2}c(z' - z)^2 + \alpha(y' - y)(z' - z) \\
&+ \beta(z' - z)(x' - x) + \gamma(x' - x)(y' - y)
\end{aligned}
$$

darstellen. Denkt man sich durch dieses eine krumme Fläche zweiter Ordnung, deren Mittelpunkt die Coordinaten x, y, z hat, bestimmt, so kann man ein neues Coordinatensystem so wählen, dass die neuen Axen parallel gehen den Axen der krummen Fläche. Werden die neuen Coordinaten mit $\mathfrak{x}$, $\mathfrak{y}$, $\mathfrak{z}$, $\mathfrak{x}'$, $\mathfrak{y}'$, $\mathfrak{z}'$ bezeichnet, so nimmt nach der Transformation das obige Polynom die Form

$$
\tfrac{1}{2}\mathfrak{a}(\mathfrak{x}' - \mathfrak{x})^2 + \tfrac{1}{2}\mathfrak{b}(\mathfrak{y}' - \mathfrak{y})^2 + \tfrac{1}{2}\mathfrak{c}(\mathfrak{z}' - \mathfrak{z})^2
$$

an. Die partiellen Differentialquotienten dieses Trinoms nach $\mathfrak{x}'$, $\mathfrak{y}'$, $\mathfrak{z}'$, geben dann die oben hervorgehobenen Antheile der relativen Geschwindigkeiten zerlegt nach den neuen Axen. Diese neuen Componenten haben daher die Eigenschaft, dass für alle in einer der neuen Coordinatenebenen liegenden Punkte die zu dieser Ebene normale Geschwindigkeitscomponente dieselbe ist. Ein Element der Flüssigkeit in Form eines Parallelepipedes, dessen Kanten parallel zu den neuen Coordinatenaxen sind, erhält also in Folge dieser Theile der Geschwindigkeiten nur eine Translation, die mit Verdichtungen oder Dehnungen des Elementes in der Richtung seiner Kanten verbunden ist. Um die vollständige Bewegung des Elementes darzustellen, muss man zu diesen Antheilen der Geschwindigkeit noch die aus Rotationen um die Axen x, y, z hervorgehenden Componenten hinzufügen. Sind nun ξ, η, ζ die Winkelgeschwindigkeiten, mit denen sich das Element um drei zu den Coordinatenaxen parallele Axen dreht, so liefern diese in der Richtung von

$$\begin{array}{llll} x \text{ die Componenten} & 0\,, & -(z'-z)\eta, & (y'-y)\zeta \\ y \;\;\text{"}\;\;\;\;\text{"} & (z'-z)\xi, & 0\,, & -(x'-x)\zeta \\ z \;\;\text{"}\;\;\;\;\text{"} & -(y'-y)\xi, & (x'-x)\eta, & 0 \end{array}$$

fügt man diese zu den aus den Formeln 19) hervorgehobenen Theilen hinzu, so erhält man genau die Formeln 19) und erkennt die Bedeutung der darin vorkommenden ξ, η, ζ.

Aus den Formeln 17) folgt nun, dass der Einfluss der inneren Reibung in einer tropfbaren Flüssigkeit durch die in dieser stattfindenden Rotationen der einzelnen Flüssigkeitselemente vollständig bestimmt ist. Umgekehrt ist Reibung in einer tropfbaren Flüssigkeit ohne gleichzeitige Drehungen ihrer Moleküle nicht denkbar. Sobald daher die Reibung in einer tropfbaren Flüssigkeit bei einem Probleme in Betracht kommt, so ist es nicht mehr erlaubt, die Componenten der Geschwindigkeit als partielle Differentialquotienten einer Function der Coordinaten zu betrachten, wie man es hier bei den meisten Problemen, die man einer analytischen Behandlung unterwarf, anzunehmen pflegte. Mit dieser Annahme sind nämlich ξ, η, ζ der Null gleich gesetzt und dadurch verschwinden auch die Ausdrücke für die aus der inneren Reibung hervorgehenden Beschleunigungen.

III. Die hydrodynamischen Differentialgleichungen.

Wenn wir wieder mit x, y, z die orthogonalen Coordinaten eines Punktes des von der Flüssigkeit erfüllten Raumes bezeichnen und mit u, v, w die Componenten der Geschwindigkeit, welche die zur Zeit t in diesem Punkte befindliche Flüssigkeit hat, mit p den Druck, mit ϱ die Dichte der Flüssigkeit in diesem Punkte zur Zeit t, sind ferner X, Y, Z die Componenten der von den äusseren Kräften herrührenden Beschleunigungen; so haben die Bewegungsgleichungen bekanntlich die Form

$$X - \frac{1}{\varrho}\frac{\partial p}{\partial x} = \frac{d\,.\,u}{dt}, \quad Y - \frac{1}{\varrho}\frac{\partial p}{\partial y} = \frac{d\,.\,v}{dt}, \quad Z - \frac{1}{\varrho}\frac{\partial p}{\partial z} = \frac{d\,.\,w}{dt},$$

wenn symbolisch

$$\frac{d}{dt} = u\frac{\partial}{\partial x} + v\frac{\partial}{\partial y} + w\frac{\partial}{\partial z}$$

gesetzt wird. Bei der Aufstellung dieser Gleichungen ist auf die Reibung in der Flüssigkeit keine Rücksicht genommen. Soll diese auch in Rechnung gezogen werden, so hat man zu den von den äusseren Kräften kommenden Beschleunigungen noch die von der Reibung herrührenden hinzuzufügen und die in dieser Hinsicht vervollständigten Bewegungsgleichungen sind dann

$$X + f_x - \frac{1}{\varrho}\frac{\partial p}{\partial x} = \frac{d.u}{dt}$$

20) $$Y + f_y - \frac{1}{\varrho}\frac{\partial p}{\partial y} = \frac{d.v}{dt}$$

$$Z + f_z - \frac{1}{\varrho}\frac{\partial p}{\partial z} = \frac{d.w}{dt}$$

worin für f_x, f_y, f_z die durch die Gleichungen 13) bestimmten Werthe dieser Grössen zu setzen sind, oder für den Fall, wenn es sich um eine incompressible Flüssigkeit handelt, die durch die Gleichungen 15) gegebenen. Für diesen Fall sind also die Gleichungen folgende:

$$X - \frac{1}{\varrho}\frac{\partial p}{\partial x} = \frac{\partial u}{\partial t} + u\frac{\partial u}{\partial x} + v\frac{\partial u}{\partial y} + w\frac{\partial u}{\partial z} - \frac{\mu}{\varrho}\left(\frac{\partial^2 u}{\partial x^2} + \frac{\partial^2 u}{\partial y^2} + \frac{\partial^2 u}{\partial z^2}\right)$$

21) $$Y - \frac{1}{\varrho}\frac{\partial p}{\partial y} = \frac{\partial v}{\partial t} + u\frac{\partial v}{\partial x} + v\frac{\partial v}{\partial y} + w\frac{\partial v}{\partial z} - \frac{\mu}{\varrho}\left(\frac{\partial^2 v}{\partial x^2} + \frac{\partial^2 v}{\partial y^2} + \frac{\partial^2 v}{\partial z^2}\right)$$

$$Z - \frac{1}{\varrho}\frac{\partial p}{\partial z} = \frac{\partial w}{\partial t} + u\frac{\partial w}{\partial x} + v\frac{\partial w}{\partial y} + w\frac{\partial w}{\partial z} - \frac{\mu}{\varrho}\left(\frac{\partial^2 w}{\partial x^2} + \frac{\partial^2 w}{\partial y^2} + \frac{\partial^2 w}{\partial z^2}\right).$$

Diese Gleichungen genügen aber, so wie die gewöhnlichen, nicht zur Bestimmung aller in ihnen enthaltenen unbekannten Grössen, nämlich u, v, w und p. Man braucht, damit das Problem ein bestimmtes werde, noch eine vierte Gleichung, welche aus der Bedingung, dass die Flüssigkeit während der Bewegung fortwährend und überall ein Continuum bilde, gezogen wird. Sie ist

22) $$\frac{\partial \varrho}{\partial t} + \frac{\partial (u\varrho)}{\partial x} + \frac{\partial (v\varrho)}{\partial y} + \frac{\partial (w\varrho)}{\partial z} = 0$$

und für eine incompressible Flüssigkeit, für welche ϱ als constant betrachtet wird

23) $$\frac{\partial u}{\partial x} + \frac{\partial v}{\partial y} + \frac{\partial w}{\partial z} = 0.$$

Die aus diesen Gleichungen gezogenen Werthe von u, v, w, p werden immer entweder mit willkürlichen Functionsformen oder mit arbiträren Constanten versehen sein. Diese zu bestimmen, dienen die Bedingungen, welche den Zustand der Flüssigkeit zu Anfang der Zeit und an den Grenzen des von ihr erfüllten Raumes darstellen. Einer besonderen Betrachtung bedürfen nur die Bedingungen an jenen Grenzen der Flüssigkeit, welche von festen Wänden oder von einer zweiten Flüssigkeit gebildet werden.

Wenn wir nämlich auf die Reibung zwischen den einzelnen Flüssigkeitstheilchen Rücksicht nehmen, müssen wir nothwendiger Weise auch die in vielen Fällen noch weit bedeutendere zwischen der Flüssigkeit und den von ihr bespülten festen Wänden oder einer zweiten sie berührenden Flüssigkeit in Rechnung ziehen. Zur Bestimmung des Einflusses dieser Reibung verwenden wir das Newton'sche Princip in seiner ursprünglichen Form. Die Reibung sei der Berührungsfläche zwischen Wand und Flüssigkeit und dem Geschwindigkeitsunterschiede zwischen beiden proportiona-

Setzen wir die Wand als ruhend voraus, so ist die Reibung der Geschwindigkeit der Flüssigkeit an der betreffenden Wandstelle proportional und gleich gerichtet mit dieser Geschwindigkeit. Die Richtung dieser ist aber immer parallel zur Wandfläche oder sie fällt in die berührende Ebene dieser Fläche, wenn die Flüssigkeit während ihrer Bewegung den von der Wand begrenzten Raum immer stetig erfüllen soll.

Nennen wir die Normale in irgend einem Punkte der Wand s und sind m, n, p die Cosinus der Winkel, welche die Normale mit den Richtungen x, y, z bildet, so haben wir zunächst die Bedingung

$$24)\qquad mu + nv + pw = 0.$$

Zerlegen wir die Geschwindigkeit an der Wand in zwei zu einander senkrechte übrigens beliebig gerichtete Componenten φ und ψ, so ist

$$25)\qquad \begin{aligned} \varphi &= m'u + n'v + p'w \\ \psi &= m''u + n''v + p''w \end{aligned}$$

wenn m', n', p' und m'', n'', p'' die Cosinus der Winkel sind, welche die Richtungen von φ und ψ mit den Coordinatenaxen bilden. Die Reibung zwischen Wand und Flüssigkeit wird daher durch die beiden Componenten

$$-M\varphi, \quad -M\psi$$

bestimmt sein, wenn M der Proportionalfactor zwischen Reibung und Geschwindigkeit ist. Das negative Zeichen bedeutet, dass die zwischen Wand und Flüssigkeit wirkende Reibung verzögernd auf die Bewegung der Flüssigkeit wirkt.

Die Geschwindigkeit wird sich in der bewegten Flüssigkeit so ordnen, dass an der Wand jede Störung der Continuität gehoben wird. Der Einfluss der Wand wird dann der nämliche, den eine an ihrer Stelle befindliche ideelle Flüssigkeitsschichte ausüben würde. Der Bewegungszustand dieser folgt aus den allgemeinen Functionen, welche denselben innerhalb der Flüssigkeit bestimmen, wenn man in diese die der ideellen Schichte entsprechenden Coordinaten einführt. Wir können daher als Bedingungen für die Flüssigkeit an der Wand setzen:

$$26)\qquad -M\varphi = S_\varphi, \quad -M\psi = S_\psi$$

wenn S_φ und S_ψ die nach den Richtungen φ und ψ geschätzten Componenten der Reibung für eine zu s normale Ebene an der Grenze der Flüssigkeit bedeuten.

Nun hat man

$$\begin{aligned} S_\varphi &= m'S_x + n'S_y + p'S_z \\ S_\psi &= m''S_x + n''S_y + p''S_z. \end{aligned}$$

Substituirt man diese Werthe in die Gleichungen 26) und setzt darin für φ und ψ die Werthe aus 25), so hat man

$$\begin{aligned} (Mu + S_x)m' + (Mv + S_y)n' + (Mw + S_z)p' &= 0 \\ (Mu + S_x)m'' + (Mv + S_y)n'' + (Mw + S_z)p'' &= 0 \end{aligned}$$

welche Gleichungen wegen der beliebigen Richtung von φ und ψ zu den folgenden führen:

$$Mu + S_x = 0, \quad Mv + S_y = 0, \quad Mw + S_z = 0.$$

Nun hat man nach den Formeln 5) und 12)

$$S_x = \mu\left[2m\frac{\partial u}{\partial x} + n\left(\frac{\partial u}{\partial y} + \frac{\partial v}{\partial x}\right) + p\left(\frac{\partial u}{\partial z} + \frac{\partial w}{\partial x}\right)\right]$$

oder mit Berücksichtigung der Gleichung 24)

$$S_x = \mu\left(m\frac{\partial u}{\partial x} + n\frac{\partial u}{\partial y} + p\frac{\partial u}{\partial z}\right)$$

und ähnliche Werthe folgen für S_y und S_z, indem die Stelle von u durch v und w ersetzt wird. Wir können demnach die Bedingungen für die Grenzfläche in folgender Form schreiben:

$$\begin{aligned} Mu + \mu\left(m\frac{\partial u}{\partial x} + n\frac{\partial u}{\partial y} + p\frac{\partial u}{\partial z}\right) &= 0 \\ Mv + \mu\left(m\frac{\partial v}{\partial x} + n\frac{\partial v}{\partial y} + p\frac{\partial v}{\partial z}\right) &= 0 \qquad (27) \\ Mw + \mu\left(m\frac{\partial w}{\partial x} + n\frac{\partial w}{\partial y} + p\frac{\partial w}{\partial z}\right) &= 0 \end{aligned}$$

oder auch, weil

$$m\frac{\partial}{\partial x} + n\frac{\partial}{\partial y} + p\frac{\partial}{\partial z} = \frac{\partial}{\partial s}$$

gesetzt werden kann,

$$Mu + \mu\frac{\partial u}{\partial s} = 0, \quad Mv + \mu\frac{\partial v}{\partial s} = 0, \quad Mw + \mu\frac{\partial w}{\partial s} = 0.$$

Für den Fall, als die Flüssigkeit an der festen Wand so adhärirt, dass die Flüssigkeitstheilchen an derselben gar keine Bewegung annehmen, hat man M unendlich gross gegen μ zu setzen und die für die Wand geltenden Bedingungen sind dann

$$u = v = w = 0.$$

Ist ein Theil der Oberfläche der Flüssigkeit frei, so hat man für diesen $M = 0$ und die Bedingungen für diesen Theil sind dann

$$\frac{\partial u}{\partial s} = \frac{\partial v}{\partial s} = \frac{\partial w}{\partial s}$$

welche auch für eine feste Wand gelten, wenn die Reibung zwischen ihr und der Flüssigkeit gegen die innere Reibung in dieser vernachlässigt wird.

Die hier abgeleiteten Gleichungen, insoferne sie für incompressible Flüssigkeiten gelten, sind auch von den früheren Bearbeitern der Reibung in Flüssigkeiten gefunden worden, obwohl auf ganz verschiedenen Wegen. Eine Zusammenstellung der älteren Arbeiten giebt Meyer in seiner Abhandlung über die Reibung in Flüssigkeiten *). Die allgemeine Theorie betreffen die Abhandlungen von Euler, Navier, Poisson, Stockes und Meyer. Von den übrigen wesentlich verschieden ist die von Euler**) seiner Theorie zu Grunde gelegte Hypothese, indem er die Reibung zwischen

*) Crelle-Borchardt, Journal für Mathematik, LIX. 229.

**) *Novi commentarii Petropolitani*, VI. 338. 1756. 1757.

zwei Flüssigkeitsschichten von ihrer relativen Geschwindigkeit unabhängig und dem hydrostatischen Drucke proportional setzt. Das Princip, von welchem Navier ausgeht, ist schon oben angegeben worden. Poisson*) behandelt das Problem nach derselben Methode, welche er für die Theorie der Elasticität der festen Körper adoptirt hat. Er nimmt auch bei den tropfbaren Flüssigkeiten auf Aenderungen der Dichte Rücksicht und führt ausserdem noch die Annahme ein, dass die Fortpflanzung des Druckes in einer Flüssigkeit mit einer von ihrem Bewegungszustande abhängigen Geschwindigkeit vor sich gehe. Die von ihm aufgestellten Gleichungen enthalten die Navier'schen als speciellen Fall. Die von Stockes**) gegebene Theorie umfasst auch die Reibung in Gasen oder überhaupt in compressiblen Flüssigkeiten. Seine Gleichungen für die aus der Reibung hervorgehenden Beschleunigungen folgen aus den oben gegebenen Gleichungen 10), wenn man zur Aufstellung einer Relation zwischen den zwei darin enthaltenen Coëfficienten λ und μ die Annahme verwendet, dass in jedem Punkte der bewegten Flüssigkeit die Summe der Normalcomponenten der Reibungen für drei orthogonale Ebenen der Null gleich sei.

Für den speciellen Fall der Bewegung der Flüssigkeiten in Röhren wurde zuerst von Hagen***), dann von Wiedemann†) und Hagenbach††) das Newton'sche Princip verwendet. Auf dasselbe stützt sich auch die exacte Behandlung desselben Problems von Neumann, welche Jacobson†††) mitgetheilt hat. An diese schliesst sich die schon genannte Arbeit von Meyer an. In dieser wird das Newton'sche Princip in ausgedehnterer Gestalt verwendet, indem zu der Annahme, dass Reibung zwischen über einander gleitenden Schichten stattfinde, noch die weitere hinzugefügt wird, dass zwei zur gemeinschaftlichen Bewegungsrichtung normale sich berührende Schichten ebenfalls beschleunigend auf einander wirken. Ferner beruht die Rechnung Meyer's noch auf der Annahme, dass jede Reibungscomponente für irgend eine Ebene nur abhängig sei von der mit ihr gleichgerichteten Componente der Geschwindigkeit. Diese Annahme führt aber zu der Folgerung, dass bei einer gleichförmigen Rotation eines flüssigen Körpers Reibungen zwischen den einzelnen Flüssigkeitsschichten stattfinden, was unmöglich ist, da bei dieser Bewegung keine relativen Verschiebungen der einzelnen Flüssigkeitstheilchen vorkommen. Auf die Gestalt der Gleichungen für die Beschleunigungen, welche aus der Reibung resultiren, hat diese Annahme keinen Einfluss, sobald es sich um incompressible Flüssigkeiten handelt, auf welchen Fall auch Meyer die Rechnung beschränkt hat.

---

*) *Journal de l'école polytechnique*, cah. XX. 139.
**) *Cambridge transactions*. VIII. 287.
***) Pogg. Ann. XLVI. 423.
†) Pogg. Ann. LXXXIX.
††) Pogg. Ann. CIX. 385.
†††) Reichert und Du Bois, Archiv für Anatom. u. Phys. 1860, p. 80.

Kleinere Mittheilungen.

I. Notiz über das System der tetraedrischen Punktcoordinaten; nebst einer Ergänzung und Berichtigung. Von Dr. WILH. FIEDLER.

1. Wenn

$$\alpha = 0,\ \beta = 0,\ \gamma = 0,\ \delta = 0$$

die Gleichungen von vier Ebenen repräsentiren, die in der Form

$$\alpha \equiv A_i x + B_i y + C_i z + D_i = 0 \quad (i = 1, 2, 3, 4)$$

gegeben sein können, so kann die Gleichung jeder beliebigen fünften Ebene

$$Ax + By + Cz + D = 0$$

in die Form

$$a\alpha + b\beta + c\gamma + d\delta = 0$$

gebracht werden.

Die Einführung der den Grössen α, β, γ, δ entsprechenden Polynome liefert in der That die vier Bedingungsgleichungen

$$\begin{aligned} aA_1 + bA_2 + cA_3 + dA_4 &= A, \\ aB_1 + bB_2 + cB_3 + dB_4 &= B, \\ aC_1 + bC_2 + cC_3 + dC_4 &= C, \\ aD_1 + bD_2 + cD_3 + dD_4 &= D \end{aligned}$$

zur Bestimmung der Constanten a, b, c, d. Man findet daraus

$$a = \frac{\begin{vmatrix} A, & A_2, & A_3, & A_4 \\ B, & B_2, & B_3, & B_4 \\ C, & C_2, & C_3, & C_4 \\ D, & D_2, & D_3, & D_4 \end{vmatrix}}{\begin{vmatrix} A_1, & A_2, & A_3, & A_4 \\ B_1, & B_2, & B_3, & B_4 \\ C_1, & C_2, & C_3, & C_4 \\ D_1, & D_2, & D_3, & D_4 \end{vmatrix}},$$

$$b = \frac{\begin{vmatrix} A_1, & A, & A_3, & A_4 \\ B_1, & B, & B_3, & B_4 \\ C_1, & C, & C_3, & C_4 \\ D_1, & D, & D_3, & D_4 \end{vmatrix}}{\begin{vmatrix} A_1, & A_2, & A_3, & A_4 \\ B_1, & B_2, & B_3, & B_4 \\ C_1, & C_2, & C_3, & C_4 \\ D_1, & D_2, & D_3, & D_4 \end{vmatrix}}$$

und analoge Werthe für c und d.

Jene Darstellung ist also immer möglich und bestimmt, sobald nicht die als gemeinschaftlicher Nenner auftretende Determinante den Werth Null annimmt, d. h. so lange nicht die vier festen Ebenen

$$\alpha=0,\quad \beta=0,\quad \gamma=0,\quad \delta=0$$

durch denselben Punkt hindurchgehen; denn dieser Besonderheit ihrer Lage entspricht die Relation

$$\begin{vmatrix} A_1, & A_2, & A_3, & A_4 \\ B_1, & B_2, & B_3, & B_4 \\ C_1, & C_2, & C_3, & C_4 \\ D_1, & D_2, & D_3, & D_4 \end{vmatrix} = 0.$$

Wenn man die speciellere Form der Gleichung der Ebene in rechtwinkeligen Cartesischen Coordinaten

$$x\cos\alpha + y\cos\beta + z\cos\gamma - p = 0$$

voraussetzt, worin α, β, γ die von der Normale der Ebene mit den Coordinatenachsen der x, y, z respective gebildeten Winkel und p die Länge der Normale vom Anfangspunkte bis zur Ebene bedeuten, so erkennt man, dass α, β, γ, δ als die senkrechten Abstände eines Punktes im Raume von den vier festen Ebenen

$$\alpha=0,\quad \beta=0,\quad \gamma=0,\quad \delta=0$$

betrachtet werden dürfen. Jene, als welche sich nicht in einem Punkte schneiden dürfen, bilden das Fundamental-Tetraeder eines Coordinatensystems, in welchem diese Perpendikel die Coordinaten eines Punktes sind.

2. Man erkennt sofort, dass diese vier Coordinaten durch die Relation

$$\alpha A + \beta B + \gamma C + \delta D = V$$

verbunden sind, in welcher A, B, C, D die Flächen der den Ebenen $\alpha=0$, $\beta=0$, $\gamma=0$, $\delta=0$ respective angehörenden Seitenflächen des Tetraeders und V das dreifache Volumen desselben bezeichnen, dass also ein Punkt im Raume durch die Verhältnisse

$$\alpha : \beta : \gamma : \delta$$

seiner tetraedrischen Coordinaten bestimmt ist, und schliesst daraus nebenbei, dass die paradoxe Gleichung

$$\alpha A+\beta B+\gamma C+\delta D=0$$

die Ebene der unendlich entfernten Punkte repräsentirt. Auf dies Coordinatensystem lassen sich alle die Anwendungen, welche das dreiseitige Punktcoordinatensystem in der Ebene findet, leicht ausdehnen. Es soll hier nur von einer derselben die Rede sein, nämlich von der **Ableitung der geradlinigen Entfernung zweier Punkte im Raume aus ihren tetraedrischen Coordinaten.** Sie kann wie folgt gegeben werden. Für die Punkte P_1 und P_2 von den Coordinaten $\alpha_1, \beta_1, \gamma_1, \delta_1$ und $\alpha_2, \beta_2, \gamma_2, \delta_2$ ist das Quadrat ihres Abstandes nothwendig eine rationale ganze Function der Differenzen

$$\alpha_1-\alpha_2,\quad \beta_1-\beta_2,\quad \gamma_1-\gamma_2,\quad \delta_1-\delta_2,$$

wie sich leicht auch geometrisch aus der Betrachtung der Figur des Problems erweisen lässt. Nun entspringe den Identitäten

$$\alpha_1 A+\beta_1 B+\gamma_1 C+\delta_1 D=V,$$
$$\alpha_2 A+\beta_2 B+\gamma_2 C+\delta_2 D=V$$

die Gleichung

$$A(\alpha_1-\alpha_2)+B(\beta_1-\beta_2)+C(\gamma_1-\gamma_2)+D(\delta_1-\delta_2)=0$$

und man erhält aus ihr durch die Multiplication mit

$$(\alpha_1-\alpha_2),\quad (\beta_1-\beta_2),\quad (\gamma_1-\gamma_2),\quad (\delta_1-\delta_2)$$

respective die Relationen

$$(\alpha_1-\alpha_2)^2=-\frac{B}{A}(\alpha_1-\alpha_2)(\beta_1-\beta_2)-\frac{C}{A}(\alpha_1-\alpha_2)(\gamma_1-\gamma_2)-\frac{D}{A}(\alpha_1-\alpha_2)(\delta_1-\delta_2),$$

$$(\beta_1-\beta_2)^2=-\frac{A}{B}(\alpha_1-\alpha_2)(\beta_1-\beta_2)-\frac{C}{B}(\beta_1-\beta_2)(\gamma_1-\gamma_2)-\frac{D}{B}(\beta_1-\beta_2)(\delta_1-\delta_2)$$

nebst zwei analogen für $(\gamma_1-\gamma_2)^2$ und $(\delta_1-\delta_2)^2$. Da nach diesen die Quadrate der Coordinatendifferenzen durch die Producte derselben ersetzt werden können, so ist die allgemeine Form der den Werth von r^2 repräsentirenden Function

$$r^2=L(\alpha_1-\alpha_2)(\beta_1-\beta_2)+M(\alpha_1-\alpha_2)(\gamma_1-\gamma_2)+N(\alpha_1-\alpha_2)(\delta_1-\delta_2)$$
$$+P(\beta_1-\beta_2)(\gamma_1-\gamma_2)+Q(\beta_1-\beta_2)(\delta_1-\delta_2)+R(\gamma_1-\gamma_2)(\delta_1-\delta_2).$$

Die Werthe der Constanten $L, M \ldots R$ lassen sich leicht aus den speciellen Werthen bestimmen, welche die Function für das Zusammenfallen der Punkte P_1, P_2 mit den Ecken des Fundamental-Tetraeders annimmt; denn dieselben liefern sechs Bedingungsgleichungen für diese Constanten.

3. Man bezeichne durch a, b, c, d die den Flächen $\alpha, \beta, \gamma, \delta$ oder A, B, C, D gegenüberliegenden Ecken des Tetraeders und durch (ab), (ac), (ad), (bc), (bd), (cd) die Längen seiner Kanten; man nenne die vier jenen Ecken entsprechenden Höhenperpendikel des Tetraeders p, p', p'', p''', so dass die Coordinaten der vier Ecken a, b, c, d respective sind

$$p, 0, 0, 0;\quad 0, p', 0, 0;$$
$$0, 0, p'', 0;\quad 0, 0, 0, p'''.$$

Dann hat man die Gleichungen

$$(ab)^2 = -L \cdot pp', \quad (ac)^2 = -M \cdot pp'', \quad (ad)^2 = -N \cdot pp''',$$
$$(bc)^2 = -P \cdot p'p'', \quad (bd)^2 = -Q \cdot p'p''', \quad (cd)^2 = -R \cdot p''p''';$$

somit

$$L = -\frac{(ab)^2}{pp'}, \quad M = -\frac{(ac)^2}{pp''}, \quad N = -\frac{(ad)^2}{pp'''},$$
$$P = -\frac{(bc)^2}{p'p''}, \quad Q = -\frac{(bd)^2}{p'p'''}, \quad R = -\frac{(cd)^2}{p''p'''}$$

und

$$1)\ r^2 = -\frac{1}{pp'p''p'''}\Big\{(ab)^2 \cdot p''p'''(\alpha_1-\alpha_2)(\beta_1-\beta_2) + (ac)^2 \cdot p'p'''(\alpha_1-\alpha_2)(\gamma_1-\gamma_2)$$
$$+ (ad)^2 \cdot p'p''(\alpha_1-\alpha_2)(\delta_1-\delta_2) + (bc)^2 \cdot pp'''(\beta_1-\beta_2)(\gamma_1-\gamma_2)$$
$$+ (bd)^2 \cdot pp''(\beta_1-\beta_2)(\delta_1-\delta_2) + (cd)^2 \cdot pp'(\gamma_1-\gamma_2)(\delta_1-\delta_2)\Big\}.$$

In diesem Ausdrucke können die Höhen p, p', p'', p''' durch die gleichbedeutenden Verhältnisse $\frac{V}{A}, \frac{V}{B}, \frac{V}{C}, \frac{V}{D}$ ersetzt werden.

Für Punkte der Ebene $\delta = 0$ erhält man den reducirten Ausdruck

$$2)\ r^2 = -\frac{1}{pp'p''}\Big\{(ab)^2 \cdot p''(\alpha_1-\alpha_2)(\beta_1-\beta_2) + (ac)^2 \cdot p'(\alpha_1-\alpha_2)(\gamma_1-\gamma_2)$$
$$+ (bc)^2 \cdot p(\beta_1-\beta_2)(\gamma_1-\gamma_2)\Big\}.$$

Man kann aber den Abstand zweier Punkte $P_1(\alpha_1, \beta_1, \gamma_1)$, $P_2(\alpha_2, \beta_2, \gamma_2)$ in der Ebene eines Fundamentaldreiecks

$$\alpha = 0, \quad \beta = 0, \quad \gamma = 0$$

nach dreiseitigen Punktcoordinaten ganz auf dieselbe Weise direct bestimmen. Man hat

$$r^2 = L(\alpha_1-\alpha_2)(\beta_1-\beta_2) + M(\beta_1-\beta_2)(\gamma_1-\gamma_2) + N(\gamma_1-\gamma_2)(\alpha_1-\alpha_2)$$

und für die Dreiecksecken a, b, c die Coordinaten

$$p,\ 0,\ 0$$
$$0,\ p',\ 0$$
$$0,\ 0,\ p',$$

so dass man bekommt

$$(ab)^2 = -Lpp', \quad (bc)^2 = -Mp'p'', \quad (ca)^2 = -Np''p,$$

d. i.

$$L = -\frac{(ab)^2}{pp'}, \quad M = -\frac{(bc)^2}{p'p''}, \quad N = -\frac{(ca)^2}{p''p}$$

und

$$3)\ r^2 = -\frac{1}{pp'p''}\Big\{(ab)^2 \cdot p''(\alpha_1-\alpha_2)(\beta_1-\beta_2) + (bc)^2 \cdot p(\beta_1-\beta_2)(\gamma_1-\gamma_2)$$
$$+ (ca)^2 \cdot p'(\gamma_1-\gamma_2)(\alpha_1-\alpha_2)\Big\},$$

worin für p, p', p'', wenn F den doppelten Inhalt des Fundamentaldreiecks bezeichnet, die Verhältnisse $\frac{F}{(bc)}, \frac{F}{(ca)}, \frac{F}{(ab)}$ gesetzt werden dürfen.

4. Die vollständige Uebereinstimmung dieses Ausdrucks 3) mit dem aus 1) reducirten 2) darf nicht vergessen lassen, dass die Bedeutung

der mit gleichen Buchstaben bezeichneten Grössen in beiden eine ganz verschiedene ist; während dort p, p', p'' die den Ecken a, b, c entsprechenden Höhenperpendikel des Tetraeders und $\alpha_1, \alpha_2, \beta_1, \beta_2 \ldots$ Parallelen zu ihnen von den gegebenen Punkten bis zu den nämlichen Tetraederflächen vorstellen, sind hier jene die Höhen des Dreiecks abc für dieselben Ecken und $\alpha_1, \alpha_2, \beta_1 \ldots$ die Abstände jener Punkte von den Seiten eben dieses Dreiecks; die einen können aber für die anderen gesetzt werden in Folge der Homogeneität der Functionen in 2) und 3) auf Grund der unveränderlichen Verhältnisse, die zwischen den p der einen und denen der anderen, eben so wie zwischen den α, β, γ der einen und den α, β, γ der anderen bestehen; in der That sind diese Verhältnisse die Sinus der Flächenwinkel des Tetraeders, für welche die Kanten (bc), (ca), (ab) die Scheitelkanten sind.

Auf eine bemerkenswerthe Folge dieser Uebertragungsfähigkeit von dem ebenen dreiseitigen auf das räumliche vierflächige System mag hier nur noch eingegangen werden.

Die Gleichung des dem Fundamentaldreieck abc oder

$$\alpha = 0, \quad \beta = 0, \quad \gamma = 0$$

umschriebenen Kreises ist im 136. Artikel der „Analyt. Geometrie der Kegelschnitte" in der Form

$$\alpha\beta \,.\, \sin C + \beta\gamma \,.\, \sin A + \gamma\alpha \,.\, \sin B = 0$$

abgeleitet worden; man geht leicht von derselben auf

$$(ab)\,\alpha\beta + (bc)\,\beta\gamma + (ca)\,\gamma\alpha = 0$$

und auf

$$\frac{(ab)^2 \,.\, \alpha\beta}{pp'} + \frac{(bc)^2 \,.\, \beta\gamma}{p'p''} + \frac{(ca)^2 \,.\, \gamma\alpha}{p''p} = 0$$

über, unter Beibehaltung der vorigen Bezeichnungen (Formel 3).

Da für die übrigen Dreiecksflächen des Fundamentaltetraeders abd, bcd, cad die analogen Gleichungen

$$\frac{(ab)^2\,\alpha\beta}{pp'} + \frac{(bd)^2\,\beta\delta}{p'p'''} + \frac{(da)^2\,\delta\alpha}{p'''p} = 0,$$

$$\frac{(bc)^2\,\beta\gamma}{p'p''} + \frac{(cd)^2\,\gamma\delta}{p''p'''} + \frac{(db)^2\,\delta\beta}{p'''p'} = 0,$$

$$\frac{(ad)^2\,\alpha\delta}{pp'''} + \frac{(cd)^2\,\gamma\delta}{p''p'''} + \frac{(ac)^2\,\alpha\gamma}{p''p} = 0$$

für die umschriebenen Kreise gelten, da dieselben auf die räumlichen Coordinaten des Systems in 2) sofort übertragen werden können und alle diese Kreise auf der dem Fundamentaltetraeder umschriebenen Kugel liegen, so ist die Gleichung dieser letzteren nothwendig die folgende

$$\frac{(ab)^2\alpha\beta}{pp'} + \frac{(ac)^2\alpha\gamma}{pp''} + \frac{(ad)^2\alpha\delta}{pp'''} + \frac{(bc)^2\beta\gamma}{p'p''} + \frac{(bd)^2\beta\delta}{p'p'''} + \frac{(cd)^2\gamma\delta}{p''p'''} = 0,$$

für welche sich einige äquivalente Formeln leicht ableiten lassen.

Man knüpft daran leicht noch die Entwickelung der Bedingung, unter welcher die allgemeine homogene Gleichung zweiten Grades mit einer Veränderlichen eine Kugel repräsentirt; denn die Gleichung einer Kugel in beliebiger vom Fundamentaltetraeder unabhängiger Form kann von der eben gefundenen Gleichung umschriebenen Kugel nur um die Glieder der die unendlich entfernte Ebene repräsentirenden Gleichung

$$\alpha A + \beta B + \gamma C + \delta D = 0$$

abweichen, welche jetzt im Einklang mit dem Vorigen in der Form

$$\frac{\alpha}{p} + \frac{\beta}{p'} + \frac{\gamma}{p''} + \frac{\delta}{p'''} = 0$$

geschrieben wird.

Ist nun

$$A\alpha^2 + B\beta^2 + C\gamma^2 + D\delta^2 + 2L\beta\gamma + 2M\gamma\alpha + 2N\alpha\beta + 2P\alpha\delta + 2Q\beta\delta + 2R\gamma\delta = 0$$

die allgemeine Gleichung, so erhält man sofort die Bedingungen für die Kugel in der Form

$$\frac{Ap^2 + Bp'^2 - 2Npp'}{(ab)^2} = \frac{Ap^2 + Cp''^2 - 2Mpp''}{(ac)^2}$$
$$= \frac{Ap^2 + Dp'''^2 - 2Ppp'''}{(ad)^2} = \frac{Bp'^2 + Cp''^2 - 2Lp'p''}{(bc)^2}$$
$$= \frac{Bp'^2 + Dp'''^2 - 2Qp'p'''}{(bd)^2} = \frac{Cp''^2 + Dp'''^2 - 2Rp''p'''}{(cd)^2},$$

wie sie im 15. Hefte des *Quarterly Journals* von Rev. Salmon gegeben worden sind.

Andererseits kann man leicht zur Gleichung der eingeschriebenen Kugel übergehen, deren Mittelpunkt die Coordinaten

$$\alpha = \beta = \gamma = \delta = \frac{V}{A + B + C + D}$$

besitzt, und sodann Eigenschaften dieser Kugel ableiten, wovon vielleicht ein anderes Mal. Mit einer Veränderung der Vorzeichen würden dieselben auf das System der sämmtlichen die vier Ebenen berührenden Kugeln sich übertragen.

5. Hier bietet der Zusammenhang des Vorigen mit den entsprechenden Problemen der Geometrie der Ebene und speciell ihrer Darlegung in den Artikeln 58 — 66 meines Buches: „Analytische Geometrie der Kegelschnitte" ein anderes sehr nahe liegendes Beispiel des Zusammenhanges dar, welcher zwischen den Systemen der dreiseitigen und vierflächigen Verhältniss-Coordinaten in der Ebene und im Raume stattfindet.

Unter den vorbereitenden Beispielen des Art. 60 lässt sich das zweite mit grösster Leichtigkeit auf den Raum übertragen.

In der That, sind wie vorher a, b, c, d die Eckpunkte des Fundamentaltetraeders und ist O ein beliebiger Punkt im Raume, so gelangt man durch eine der folgenden Constructionen zu einer dem Punkte O in Bezug auf das Tetraeder ebenso entsprechenden Ebene, wie dem Punkte O der angeführten Aufgabe die gerade Linie LMN entspricht.

Erstens. Man denke die durch den Punkt mit je einer der Kanten des Tetraeders bestimmten Ebenen und bemerke in jeder derselben den Punkt, in welchem sie die Kante des Tetraeders schneidet, die der sie mit bestimmenden gegenüberliegt. Die durch die Kanten ab, bc, ca, ad, bd cd respective gehenden Ebenen bestimmen so in den gegenüberliegenden Kanten cd, ad, bd, bc, ac, ab die Schnittpunkte 12, 23, 31, 14, 24, 34. (Die Ziffern entsprechen der Buchstabenordnung der Kanten des Tetraeders, welche die Ebenen enthalten.) Jedem dieser letzteren entspricht ein conjugirt harmonischer Punkt in Bezug auf die Eckpunkte des Tetraeders in der zugehörigen Kante; die Reihe derselben in analoger Ordnung sei durch cd, ad, bd, bc, ac, ab bezeichnet, in dem jeder die Buchstaben seiner Kante erhält.

Diese Punkte liegen in einer Ebene und bestimmen in derselben ein vollständiges Vierseit.

Zweitens. Man verbinde O durch gerade Linien mit den Eckpunkten des Tetraeders und bestimme die Durchschnittspunkte derselben mit den bezüglichen Gegenflächen; so entsprechen den Eckpunkten a, b, c, d respective die Punkte 1, 2, 3, 4. Zu jedem derselben bestimme man durch Verbindung mit den Ecken seiner Dreiecksfläche die Theilpunkte der Gegenseiten und die conjugirt harmonischen derselben, sowie durch die letzteren ihre gerade Verbindungslinien. Man erhält so beispielsweise in der Fläche bcd die Theilpunkte 12, 13, 14 und ihre harmonisch conjugirten cd, bd, bc; sie bestimmen eine gerade Linie, die man etwa mit A bezeichnen könnte. Ebenso entsprechen den Flächen acd, abd, abc die geraden Linien B, C, D. Alle diese vier Geraden liegen in der vorbezeichneten Ebene und sind die Seiten jenes vollständigen Vierseits.

6. Beide Constructionen sind gleichzeitig analytisch darzustellen nach den folgenden Andeutungen.

Die Punkte $\alpha_1, \beta_1, \gamma_1, \delta_1$; $\alpha_2, \beta_2, \gamma_2, \delta_2$; $\alpha_3, \beta_3, \gamma_3, \delta_3$ liegen in der Ebene

$$A\alpha + B\beta + C\gamma + D\delta = 0,$$

wenn man hat

$$A = -\begin{vmatrix} \beta_1, & \gamma_1, & \delta_1 \\ \beta_2, & \gamma_2, & \delta_2 \\ \beta_3, & \gamma_3, & \delta_3 \end{vmatrix},$$

$$B = \begin{vmatrix} \alpha_1, & \gamma_1, & \delta_1 \\ \alpha_2, & \gamma_2, & \delta_2 \\ \alpha_3, & \gamma_3, & \delta_3 \end{vmatrix},$$

$$C = -\begin{vmatrix} \alpha_1, & \beta_1, & \delta_1 \\ \alpha_2, & \beta_2, & \delta_2 \\ \alpha_3, & \beta_3, & \delta_3 \end{vmatrix},$$

$$D = \begin{vmatrix} \alpha_1, & \beta_1, & \gamma_1 \\ \alpha_2, & \beta_2, & \gamma_2 \\ \alpha_3, & \beta_3, & \gamma_3 \end{vmatrix}.$$

In Folge dessen sind die Ebenen

$$ABO,\ ACO,\ BCO,\ ADO,\ BDO,\ CDO$$

durch die Gleichungen

$$\delta_1\gamma - \gamma_1\delta = 0,\quad \delta_1\beta - \beta_1\delta = 0,$$
$$\alpha_1\delta - \delta_1\alpha = 0,\quad \beta_1\gamma - \gamma_1\beta = 0,$$
$$\alpha_1\gamma - \gamma_1\alpha = 0,\quad \alpha_1\beta - \beta_1\alpha = 0$$

respective ausgedrückt. Dieselben Gleichungen bezeichnen aber auch in Gemässheit des Zusammenhanges zwischen dem räumlichen und ebenen System die Linienpaare

$$b1,\ a2;\quad c1,\ a3;$$
$$c2,\ b3;\quad d1,\ a4;$$
$$d2,\ b4;\quad c4,\ d3.$$

Die conjugirt harmonischen derselben in Bezug auf die entsprechenden Paare der Kanten

bc, bd und ac, ad; cb, cd und ab, ad;
ca, cd und ba, bd; db, dc und ab, ac;
da, dc und ba, bc; ca, cb und da, db

werden daher durch die Gleichungen

$$\delta_1\gamma + \gamma_1\delta = 0,\quad \delta_1\beta + \beta_1\delta = 0,$$
$$\alpha_1\delta + \delta_1\alpha = 0,\quad \beta_1\gamma + \gamma_1\beta = 0,$$
$$\alpha_1\gamma + \gamma_1\alpha = 0,\quad \alpha_1\beta + \beta_1\alpha = 0$$

dargestellt. Dieselben Gleichungen bestimmen die Punkte cd, bd, ad, bc, ac, ab der Kanten und zeigen, dass je drei derselben in einer der geraden Linien liegen, welche die Gleichungen

$$\frac{\alpha}{\alpha_1} + \frac{\beta}{\beta_1} + \frac{\gamma}{\gamma_1} = 0,\quad \delta = 0;$$
$$\frac{\alpha}{\alpha_1} + \frac{\beta}{\beta_1} + \frac{\delta}{\delta_1} = 0,\quad \gamma = 0;$$
$$\frac{\alpha}{\alpha_1} + \frac{\gamma}{\gamma_1} + \frac{\delta}{\delta_1} = 0,\quad \beta = 0;$$
$$\frac{\beta}{\beta_1} + \frac{\gamma}{\gamma_1} + \frac{\delta}{\delta_1} = 0,\quad \alpha = 0$$

haben, nämlich die Punktegruppen

ab, bc, ca,
ab, bd, da,
ac, cd, da,
bc, cd, da.

Alle diese Geraden liegen aber in der einen Ebene

$$\frac{\alpha}{\alpha_1} + \frac{\beta}{\beta_1} + \frac{\gamma}{\gamma_1} + \frac{\delta}{\delta_1} = 0.$$

Es ist gerechtfertigt, diese Ebene und den Punkt O, aus dem sie abgeleitet ist, als Polarebene und Pol in Bezug auf das Tetraeder $abcd$ zu benennen. Herr Hermes hat hierin im 56. Bande des „Journals für reine und angew. Mathematik" p. 204 einfache und interessante Entwickelungen geknüpft.

Hier nur noch die Bemerkung, dass das Vorstehende in dem die Ebene betreffenden Theil eine Ergänzung zu Art. 64 meiner Analytischen Geometrie der Kegelschnitte enthält. Dort ist in der 6. Aufgabe die analoge Ableitung der Entfernung zweier Punkte in dreiseitigen Coordinaten unter der Voraussetzung

$$\alpha+\beta+\gamma=1$$

gegeben, welche nicht dem allgemeinen Falle — aber z. B. einem gleichseitigen Fundamentaldreieck — entspricht;*) die auch als Ausgangspunkt eines besonderen Coordinatensystems benutzt werden kann, in welchem die Verhältnisse der von ihm mit den Seiten des Fundamentaldreiecks bestimmten Dreiecksflächen zur Fläche des Fundamentaldreiecks die Coordinaten eines Punktes sind.

Wenn die Aufgaben jenes Artikels ihren Zweck, als Uebungsbeispiele anregend zu wirken, auch eben dadurch mit erfüllen, dass sie keinerlei Vollständigkeit sich vorsetzen, so mag ich doch einem wissenschaftlichen Freunde, der mich darauf aufmerksam macht, gern zugeben, dass die hier gegebene Ergänzung vielleicht in jene Reihe von Aufgaben eingerückt sein möchte.

Die Uebertragung der in den Aufgaben 7—9 a. a. O. enthaltenen Ergebnisse für den allgemeinen Fall auf den Raum von drei Dimensionen ist ohne wesentliche Schwierigkeit.

Chemnitz, im Februar 1862.

II. Ueber Fusspunktflächen. Von Dr. A. Enneper. — In den „*Compt. rend.*" (T. XV, p. 572) hat Hirst über das Volumen der Fusspunktflächen eine Anzahl interessanter Sätze mitgetheilt, deren möglichst einfache Ableitung im Folgenden versucht ist.

Fällt man von einem festen Punkte O aus Perpendikel auf die berührenden Ebenen zu einer Fläche S, so heisst nach Steiner der Ort der Fusspunkte dieser Perpendikel die Fusspunktfläche von S in Beziehung auf O. Der Kürze halber soll statt Fusspunktfläche das Wort Podare (*podaire*) gebraucht werden.

Die orthogonalen Coordinaten x, y, z eines Punktes einer Fläche S seien Functionen zweier Variabeln φ und ϑ. Für eine Curve auf der

*) Man wird überdies leicht erkennen, dass auf Seite 78, Zeile 10 v. o. auf der rechten Seite des Ausdrucks der Factor abc fälschlich fehlt.

Fläche wird zwischen φ und ϑ eine Relation bestehen. Verbindet man jeden Punkt einer Curve C auf der Fläche mit einem festen Punkte O durch Geraden, so erhält man eine Kegelfläche, deren Basis das von C begrenzte Stück der Fläche ist. Sind ξ, η, ζ die Coordinaten von O, so hat man für das Volumen V der Kegelfläche folgende Gleichung:

$$1) \qquad \pm 3V = \iint \begin{vmatrix} x-\xi & y-\eta & z-\zeta \\ \frac{\partial x}{\partial \vartheta} & \frac{\partial y}{\partial \vartheta} & \frac{\partial z}{\partial \vartheta} \\ \frac{\partial x}{\partial \varphi} & \frac{\partial y}{\partial \varphi} & \frac{\partial z}{d\varphi} \end{vmatrix} \partial\vartheta\,\partial\varphi,$$

wo links das obere oder untere Zeichen zu nehmen ist, je nachdem die rechte Seite positiv oder negativ ist.

Sei ϑ der Winkel, welchen die Normale im Punkte (x, y, z) mit der Achse der z bildet, und φ der Winkel, welchen die Projection der Normalen auf die xy-Ebene mit der Achse der x einschliesst. Die Gleichung der berührenden Ebene im Punkte (x, y, z) ist dann:

$$(x_1 - x) \sin\vartheta \cos\varphi + (y_1 - y) \sin\vartheta \sin\varphi + (z_1 - z) \cos\vartheta = 0.$$

Fällt man vom Punkte (ξ, η, ζ) aus ein Perpendikel auf diese Ebene, so ist der Fusspunkt (x_1, y_1, z_1) durch folgende Gleichungen bestimmt:

$$2) \quad \begin{cases} x_1 - \xi = p \cos\varphi \sin\vartheta, \quad y_1 - \eta = p \sin\varphi \sin\vartheta, \quad z_1 - \zeta = p \cos\vartheta, \\ p = (x - \xi) \sin\vartheta \cos\varphi + (y - \eta) \sin\vartheta \sin\varphi + (z - \zeta) \cos\vartheta. \end{cases}$$

Sind x, y, z in Function von ϑ und φ ausgedrückt, so giebt die Elimination von ϑ und φ zwischen den Gleichungen 2) die Gleichung der Podare der primitiven Fläche in Beziehung auf (ξ, η, ζ). Ersetzt man in der Gleichung 1) x, y, z durch x_1, y_1, z_1, so erhält man eine Gleichung für das Volumen des Kegels, dessen Spitze (ξ, η, ζ) und dessen Basis ein Theil der Podare ist, welcher einem bestimmten Theil der primitiven Fläche S entspricht. Aus den Gleichungen 2) findet man leicht, dass

$$\begin{vmatrix} x_1 - \xi & y_1 - \eta & z_1 - \zeta \\ \frac{\partial x_1}{\partial \vartheta} & \frac{\partial y_1}{\partial \vartheta} & \frac{\partial z_1}{\partial \vartheta} \\ \frac{\partial x_1}{\partial \varphi} & \frac{\partial y_1}{\partial \varphi} & \frac{\partial z_1}{\partial \varphi} \end{vmatrix}$$

gleich ist

$$\begin{vmatrix} \sin\vartheta \cos\varphi & \sin\vartheta \sin\varphi & \cos\vartheta \\ \cos\vartheta \cos\varphi & \cos\vartheta \sin\varphi & -\sin\vartheta \\ -\sin\vartheta \sin\varphi & \sin\vartheta \cos\varphi & 0 \end{vmatrix} p^3 = \sin\vartheta_1\, p^3.$$

Setzt man für p seinen Werth aus 2) ein, so erhält man für das Volumen V der Podare folgende Gleichung:

$$3) \quad \pm 3V = \iint \{(x - \xi) \sin\vartheta \cos\varphi + (y - \eta) \sin\vartheta \sin\varphi + (z - \zeta) \cos\vartheta\}^3 \sin\vartheta\, \partial\vartheta\, \partial\varphi.$$

Entwickelt man den Term unter dem Integralzeichen nach Potenzen von ξ, η, ζ, so ist auch:

$$\pm 3V = A\xi^3 + A'\eta^3 + A''\zeta^3 + \text{etc.},$$

wo A, A', A'' ... Doppelintegrale sind, die sich auf einen bestimmten Theil der primitiven Fläche S beziehen. Nimmt man in der vorstehenden Gleichung V constant und ξ, η, ζ variabel, so erhält man folgendes Theorem:

Der Punkt P, für welchen alle Podaren, die sich auf einen bestimmten Theil der primitiven Fläche S beziehen, gleiches Volumen haben, liegt auf einer Fläche dritten Grades.

Ist die primitive Fläche S eine geschlossene, so möge V das Volumen der Podare für alle Punkte von S bezeichnen. Die Gleichung 3) wird dann:

$$4)\quad \pm 3V = \int_0^{\pi} \sin\vartheta\,\partial\vartheta \int_0^{2\pi} \{(x-\xi)\sin\vartheta\cos\varphi + (y-\eta)\sin\vartheta\sin\varphi + (z-\zeta)\cos\vartheta\}^3\,\partial\varphi.$$

Entwickelt man unter dem Integralzeichen nach Potenzen von ξ, η, ζ, so ist offenbar:

$$\int_0^{\pi} \partial\vartheta \int_0^{2\pi} (\xi\sin\vartheta\cos\varphi + \eta\sin\vartheta\sin\varphi + \zeta\cos\vartheta)^3 \sin\vartheta\,\partial\varphi = 0,$$

so ergiebt sich dann eine Gleichung von der Form:

$$5)\quad \pm 3V = A\xi^2 + A'\eta^2 + A''\zeta^2 + 2B''\xi\eta + 2B'\xi\zeta + 2B\eta\zeta + 2Cx + 2C'y + 2C''z + D,$$

wo A, A', A'' ... Constanten sind. Nimmt man V constant, so folgt:

Der Punkt P, für welchen alle Podaren, die sich auf alle Punkte einer geschlossenen Fläche beziehen, dasselbe Volumen haben, liegt auf einer Fläche zweiten Grades.

Sucht man den Punkt (ξ, η, ζ), für welchen V ein Minimum wird, so ist derselbe nach 5) durch $\frac{\partial V}{\partial \xi} = 0$, $\frac{\partial V}{\partial \eta} = 0$, $\frac{\partial V}{\partial \zeta} = 0$ bestimmt. Dieselben Gleichungen geben aber auch den Mittelpunkt der Fläche 5), wenn V constant angenommen wird. Dieser Mittelpunkt ändert seine Lage nicht, wenn V verschiedene constante Werthe annimmt. Hieraus folgt:

Die verschiedenen Systeme von Flächen zweiten Grades für den Punkt P sind concentrisch, ihr gemeinschaftiiches Centrum giebt die Podare vom kleinsten Volumen.

Es ist $p = x\sin\vartheta\cos\varphi + y\sin\vartheta\sin\varphi + z\cos\vartheta$ die Länge des Perpendikels, gefällt vom Anfangspunkt der Coordinaten auf die berührende Ebene im Punkte (x, y, z). Hat eine Fläche ein Centrum, welches mit dem Anfangspunkt der Coordinaten zusammenfallen möge, so ändert p seinen Werth nicht, wenn φ und ϑ respective ersetzt werden durch $\pi \pm \varphi$, $\pi - \vartheta$. In dem Integral

$$\pm 3V = \int_0^\pi \partial\vartheta \int_0^{2\pi} (p - \xi \sin\vartheta \cos\varphi - \eta \sin\vartheta \sin\varphi - \zeta \cos\vartheta)^3 \sin\vartheta \, \partial\varphi$$

verschwinden die Factoren von ξ, η, ζ, $\xi\eta$, $\xi\zeta$, $\eta\zeta$, wenn der Term unter dem Integralzeichen nach Potenzen von ξ, η, ζ entwickelt wird, man erhält dann ein Resultat von der Form:

$$3V = A^2\xi^2 + A'^2\eta^2 + A''^2\zeta^2 + D^2.$$

Für ein constantes V repräsentirt diese Gleichung ein Ellipsoid, dessen Mittelpunkt ($\xi=0$, $\eta=0$, $\zeta=0$) die Podare vom kleinsten Volumen giebt.

Für die Ellipsoidfläche:

$$\frac{x^2}{a} + \frac{y^2}{b} + \frac{z^2}{c} = 1$$

ist:

$$\frac{x}{a \sin\vartheta \cos\varphi} = \frac{y}{b \sin\vartheta \sin\varphi} = \frac{z}{c \cos\vartheta} = q.$$

Mit Hilfe dieser Gleichungen findet man leicht:

$$x \sin\vartheta \cos\varphi + y \sin\vartheta \sin\varphi + z \cos\vartheta = p$$
$$= q \{(a \cos^2\varphi + b \sin^2\varphi) \sin^2\vartheta + c \cos^2\vartheta\},$$
$$q^2 (a \cos^2\varphi + b \sin^2\varphi) \sin^2\vartheta + c \cos^2\vartheta) = 1.$$

Setzt man zur Abkürzung:

6) $$\Delta = \sqrt{\{(a \cos^2\varphi + b \sin^2\varphi) \sin^2\vartheta + c \cos^2\vartheta\}},$$

so geben die obigen Gleichungen $p = \Delta$.

Die Gleichung 4) wird in diesem Falle:

$$3V = \int_0^\pi \partial\vartheta \sin\vartheta \int_0^{2\pi} \partial\varphi \{\Delta^3 + (\sin^2\vartheta \cos^2\varphi \, \xi^2 + \sin^2\vartheta \sin^2\varphi \, \eta^2$$
$$+ \cos^2\vartheta \, \zeta^2) \, 3\Delta\},$$

oder da, nach 6), $2 \frac{\partial}{\partial a} \Delta^3 = 3 \sin^2\vartheta \cos^2\varphi \, \Delta$, etc., so lässt sich die Gleichung für V einfacher schreiben:

7) $$3V = \int_0^\pi \partial\vartheta \sin\vartheta \int_0^{2\pi} \partial\varphi \left\{ \Delta^3 + 2\xi^2 \frac{\partial\Delta^3}{\partial a} + 2\eta^2 \frac{\partial\Delta^3}{\partial b} + 2\zeta^2 \frac{\partial\Delta^3}{\partial c} \right\}.$$

Ist V_0 das Volumen der Podare für den Mittelpunkt der Ellipsoidfläche, so hat man:

8) $$3V_0 = \int_0^\pi \partial\vartheta \int_0^{2\pi} \partial\varphi \sin\vartheta \, \Delta^3$$

$$= \int_0^\pi \partial\vartheta \int_0^{2\pi} \sin\vartheta \, \partial\varphi \{(a \cos^2\varphi + b \sin^2\varphi) \sin^2\vartheta + c \cos^2\vartheta\}^{\frac{3}{2}}.$$

Die Gleichung 7) lässt sich wegen 8) auf folgende Weise darstellen:

$$7)' \qquad V = V_0 + 2\xi^2 \frac{\partial V_0}{\partial a} + 2\eta^2 \frac{\partial V_0}{\partial b} + 2\zeta^2 \frac{\partial V_0}{\partial c}.$$

Der Werth von V_0 genügt nach 8) der Differentialgleichung:

$$8)' \qquad \tfrac{3}{2} V_0 = a \frac{\partial V_0}{\partial a} + b \frac{\partial V_0}{\partial b} + c \frac{\partial V_0}{\partial c}.$$

Auf der Fläche:

$$\frac{x^2}{a'} + \frac{y^2}{b'} + \frac{z^2}{c'} = 1$$

seien (ξ_1, η_1, ζ_1), (ξ_2, η_2, ζ_2), (ξ_3, η_3, ζ_3) die Endpunkte dreier conjugirten Diameter. Für diese Punkte seien V_1, V_2, V_3 die Volumina der Podaren von $\frac{x^2}{a} + \frac{y^2}{b} + \frac{z^2}{c} = 1$. Da nun:

$$\xi_1^2 + \xi_2^2 + \xi_3^2 = a', \quad \eta_1^2 + \eta_2^2 + \eta_3^2 = b', \quad \zeta_1^2 + \zeta_2^2 + \zeta_3^2 = c'$$

(siehe die Anmerkung), so giebt die Gleichung 7)':

$$V = 3V_0 + 2a' \frac{\partial V_0}{\partial a} + 2b' \frac{\partial V_0}{\partial b} + 2c' \frac{\partial V_0}{\partial c}.$$

Für den Fall, dass $a' = a$, $b' = b$, $c' = c$, folgt nach 8)' $V = 6V_0$. Die Summe der Volumina dreier Podaren einer Ellipsoidfläche für die Endpunkte dreier conjugirten Diameter ist gleich dem sechsfachen Volumen der Podare des Mittelpunktes.

Anmerkung. Sind:

$$1) \qquad \begin{cases} \dfrac{x}{a\cos\alpha} = \dfrac{y}{b\cos\beta} = \dfrac{z}{c\cos\gamma}, \\ \dfrac{x}{\cos\alpha'} = \dfrac{y}{\cos\beta'} = \dfrac{z}{\cos\gamma'}, \\ \dfrac{x}{\cos\alpha''} = \dfrac{y}{\cos\beta''} = \dfrac{z}{\cos\gamma''}, \end{cases}$$

die Gleichungen dreier conjugirten Diameter der Fläche:

$$2) \qquad \frac{x^2}{a} + \frac{y^2}{b} + \frac{z^2}{c} = 1,$$

so finden zwischen den Cosinus von α, β etc. folgende Relationen statt:

$$3) \qquad \begin{cases} \cos\alpha\cos\alpha' + \cos\beta\cos\beta' + \cos\gamma\cos\gamma' = 0, & \cos^2\alpha + \cos^2\beta + \cos^2\gamma = 1, \\ \cos\alpha\cos\alpha'' + \cos\beta\cos\beta'' + \cos\gamma\cos\gamma'' = 0, & \cos^2\alpha' + \cos^2\beta' + \cos^2\gamma' = 1, \\ \dfrac{\cos\alpha'\cos\alpha''}{a} + \dfrac{\cos\beta'\cos\beta''}{b} + \dfrac{\cos\gamma'\cos\gamma''}{c} = 0, & \cos^2\alpha'' + \cos^2\beta'' + \cos^2\gamma'' = 1. \end{cases}$$

Sind (ξ_1, η_1, ζ_1), (ξ_2, η_2, ζ_2), (ξ_3, η_3, ζ_3) die Schnittpunkte der Geraden mit der Fläche 2), so findet man:

$$4) \qquad \begin{cases} \xi_1^2 = \dfrac{\cos^2\alpha'}{\dfrac{\cos^2\alpha'}{a} + \dfrac{\cos^2\beta'}{b} + \dfrac{\cos^2\gamma'}{c}}, \quad \xi_2^2 = \dfrac{\cos^2\alpha''}{\dfrac{\cos^2\alpha''}{a} + \dfrac{\cos^2\beta''}{b} + \dfrac{\cos^2\gamma''}{c}}, \\ \xi_3^2 = \dfrac{a^2\cos^2\alpha}{a^2\cos^2\alpha + b^2\cos^2\beta + c^2\cos^2\gamma}. \end{cases}$$

Bezeichnet y eine Unbestimmte, so gehen die zweite und dritte der Gleichungen 3):

$$g\cos\alpha''=\frac{\cos\beta\cos\gamma'}{c}-\frac{\cos\beta'\cos\gamma}{b},\quad g\cos\beta''=\frac{\cos\gamma\cos\alpha'}{a}-\frac{\cos\gamma'\cos\alpha}{b}$$

$$g\cos\gamma''=\frac{\cos\alpha\cos\beta'}{b}-\frac{\cos\beta\cos\alpha'}{a}.$$

Aus den vorstehenden Gleichungen findet man nach 3):

$$g^2\left(\frac{\cos^2\alpha''}{a}+\frac{\cos^2\beta''}{b}+\frac{\cos^2\gamma''}{c}\right)$$

$$=\left(\frac{\cos^2\alpha'}{a}+\frac{\cos^2\beta'}{b}+\frac{\cos^2\gamma'}{c}\right)(a\cos^2\alpha+b\cos^2\beta+c\cos^2\gamma)\frac{1}{abc}.$$

Mittelst dieser Gleichung des Werthes von $g\cos\alpha''$ erhält man aus 4) für $\xi_1^2+\xi_2^2$ folgenden Ausdruck:

$$5)\quad \xi_1^2+\xi_2^2=\frac{\cos^2\alpha'(a\cos^2\alpha+b\cos^2\beta+c\cos^2\gamma)+abc\left(\frac{\cos\beta\cos\gamma'}{c}-\frac{\cos\beta'\cos b}{b}\right)^2}{\left(\frac{\cos^2\alpha'}{a}+\frac{\cos^2\beta'}{b}+\frac{\cos^2\gamma'}{c}\right)(a\cos^2\alpha+b\cos^2\beta+c\cos^2\gamma')}.$$

Der Zähler dieses Ausdrucks lässt sich auf folgende Form bringen:

$$a(b\cos^2\beta+c\cos^2\gamma)\left(\frac{\cos^2\alpha'}{a}+\frac{\cos^2\beta'}{b}+\frac{\cos^2\gamma'}{c}\right)$$

$$+a\{\cos^2\alpha\cos^2\alpha'-(\cos\beta\cos\beta'+\cos\gamma\cos\gamma')^2\}.$$

Da nun $\cos\beta\cos\beta'+\cos\gamma\cos\gamma'=-\cos\alpha\cos\alpha'$, so wird die Gleichung 5):

$$\xi_1^2+\xi_2^2=a\frac{b\cos^2\beta+c\cos^2\gamma}{a\cos^2\alpha+b\cos^2\beta+c\cos^2\gamma}.$$

Diese Gleichung in Verbindung mit ξ_3^2 aus 4) giebt: $\xi_1^2+\xi_2^2+\xi_3^2=a$. Ebenso erhält man die beiden anderen angemerkten Gleichungen, wenn a, b, c respective mit a', b', c' vertauscht werden.

III. Ueber eine Differentialgleichung zweiten Grades. Von Dr. A. Enneper.

Die Bestimmung der Krümmungslinien einer Fläche hängt bekanntlich von der Integration einer Differentialgleichung zweiten Grades ab. Für die Ellipsoidfläche hat Joachimsthal (Crelle's Journal T. XXVI) diese Bestimmung auf die Integration einer Differentialgleichung zweiter Ordnung zurückgeführt, durch deren Integration sich eine zweite Gleichung zweiten Grades ergiebt. Diese Gleichung, die vorgelegte Differentialgleichung und die Gleichung der Fläche reduciren das Problem auf die Elimination von zwei Unbekannten zwischen drei Gleichungen. Für die Mittelpunktsflächen zweiten Grades lässt sich die Differentialgleichung der Krümmungslinien leicht direct integriren, ohne dass die Rechnung weitläufiger ist, wie bei dem oben angegebenen Verfahren.

Sei $f=0$ die Gleichung einer Fläche in orthogonalen Coordinaten, $\frac{\partial f}{\partial x}=X$, $\frac{\partial f}{\partial y}=Y$, $\frac{\partial f}{\partial z}=Z$. Für eine bestimmte Curve auf der Fläche kann man x, y, z als Functionen eines Parameters ω ansehen; unter dieser Voraussetzung sei: $\frac{\partial x}{\partial\omega}=x'$, $\frac{\partial X}{\partial\omega}=X'\ldots$ Die Krümmungslinien von f sind dann durch folgende Differentialgleichung bestimmt:

$$1)\qquad \begin{vmatrix} x' & y' & z' \\ X & Y & Z \\ X' & Y' & Z' \end{vmatrix} = 0.$$

Für die Fläche

$$\frac{x^2}{a^2} + \frac{y^2}{b^2} + \frac{z^2}{c^2} = 1$$

hat man

$$X = 2\frac{x}{a^2}, \quad X' = 2\frac{x'}{a^2} \ldots$$

Die Gleichung 1) wird in diesem Falle:

$$2)\qquad \begin{vmatrix} x' & y' & z' \\ \frac{x}{a^2} & \frac{y}{b^2} & \frac{z}{c^2} \\ \frac{x'}{a^2} & \frac{y'}{b^2} & \frac{z'}{c^2} \end{vmatrix} = 0.$$

Setzt man:

$$3)\qquad x^2 + y^2 + z^2 = p, \quad \frac{x^2}{a^4} + \frac{y^2}{b^4} + \frac{z^2}{c^4} = q,$$

so folgt, wegen $\frac{x^2}{a^2} + \frac{y^2}{b^2} + \frac{z^2}{c^2} = 1$:

$$4)\qquad \frac{x^2}{a^6} + \frac{y^2}{b^6} + \frac{z^2}{c^6} = qk + \frac{p - (a^2 + b^2 + c^2)}{a^2 b^2 c^2},$$

$$k = \frac{1}{a^2} + \frac{1}{b^2} + \frac{1}{c^2}.$$

Multiplicirt man die Determinante 2) mit:

$$\begin{vmatrix} x & y & z \\ \frac{x}{a^2} & \frac{y}{b^2} & \frac{z}{c^2} \\ \frac{x}{a^4} & \frac{y}{b^4} & \frac{z}{c^4} \end{vmatrix} = xyz\,\frac{(a^2 - b^2)(a^2 - c^2)(b^2 - c^2)}{a^2 b^2 c^2},$$

so folgt, wegen der Gleichungen 3) und 4):

$$\begin{vmatrix} p' & 0 & q' \\ 1 & q & \frac{p - (a^2 + b^2 + c^2)}{a^2 b^2 c^2} + qk \\ 0 & q' & \frac{p'}{a^2 b^2 c^2} + q'k \end{vmatrix} = 0,$$

wo $p' = \frac{\partial p}{\partial \omega}$, $q' = \frac{\partial q}{\partial \omega}$. Multiplicirt man die zweite Verticalreihe mit k und zieht dieselbe von der dritten ab, so reducirt sich die vorstehende Determinante auf:

$$\begin{vmatrix} p' & 0 & q' \\ 1 & q & \dfrac{p-(a^2+b^2+c^2)}{a^2b^2c^2} \\ 0 & q' & \dfrac{p'}{a^2b^2c^2} \end{vmatrix} = 0.$$

Diese Gleichung geht für:

5) $$p = a^2 + b^2 + c^2 - p_1 a^2 b^2 c^2, \quad q = q_1 a^2 b^2 c^2.$$

über in:

$$\begin{vmatrix} -p_1' & 0 & q_1' \\ 1 & q_1 & -p_1 \\ 0 & q_1' & -p_1' \end{vmatrix} = 0,$$

d. h.

$$p_1'(q_1 p_1' - q_1' p_1) + q_1'^2 = 0.$$

Setzt man hierin $q_1 = \frac{1}{4} p_1^2 (1 - r^2)$, so folgt $(p_1' r + p_1 r')^2 = p_1'^2$, oder $p_1' r + p_1 r' = \pm p_1'$. Bezeichnen u, v Constanten, so folgt durch Integration:

$$p_1(1-r) = 2\frac{u^2}{a^2b^2c^2}, \quad p_1(1+r) = 2\frac{v^2}{a^2b^2c^2},$$

wo der Factor $\frac{2}{a^2b^2c^2}$ zur Vereinfachung der folgenden Formeln beigefügt ist. Aus den vorstehenden Gleichungen findet man, mit Rücksicht auf 5):

$$p_1 a^2 b^2 c^2 = u^2 + v^2 = a^2 + b^2 + c^2 - p,$$

$$\frac{p_1^2}{4}(1 - r^2) = q_1 = \frac{u^2 v^2}{a^4 b^4 c^4} = \frac{q}{a^2 b^2 c^2}.$$

Substituirt man hierin für p und q ihre Werthe aus 3), so folgt:

$$x^2 + y^2 + z^2 = a^2 + b^2 + c^2 - u^2 - v^2,$$

$$\frac{x^2}{a^4} + \frac{y^2}{b^4} + \frac{z^2}{c^4} = \frac{u^2 v^2}{a^2 b^2 c^2}.$$

Aus diesen Gleichungen und $\frac{x^2}{a^2} + \frac{y^2}{b^2} + \frac{z^2}{c^2} = 1$ findet man:

6) $$\left\{\begin{aligned} &\frac{x^2}{a^2} = \frac{(a^2-u^2)(a^2-v^2)}{(a^2-b^2)(a^2-c^2)}, \quad \frac{y^2}{b^2} = \frac{(b^2-u^2)(v^2-b^2)}{(a^2-b^2)(b^2-c^2)}, \\ &\frac{z^2}{c^2} = \frac{(u^2-c^2)(v^2-c^2)}{(a^2-b^2)(b^2-c^2)}. \end{aligned}\right.$$

Setzt man $a^2 - \lambda^2$, $b^2 - \lambda^2$, $c^2 - \lambda^2$ statt a^2, b^2, c^2 und $\lambda^2 + u^2 = \mu^2$, $\lambda^2 + v^2 = \nu^2$, so erhält man aus 6) die bekannten Gleichungen:

7) $$\left\{\begin{aligned} &\frac{x^2}{a^2-\lambda^2} + \frac{y^2}{b^2-\lambda^2} + \frac{z^2}{c^2-\lambda^2} = 1, \\ &\frac{x^2}{a^2-\mu^2} + \frac{y^2}{b^2-\mu^2} + \frac{z^2}{c^2-\mu^2} = 1, \\ &\frac{x^2}{a^2-\nu^2} + \frac{y^2}{b^2-\nu^2} + \frac{z^2}{c^2-\nu^2} = 1. \end{aligned}\right.$$

Für $a > b > c$ muss nach 6) $b > u > c$, $a > v > b$ sein, also in den Gleichungen 7) $c > \lambda$, $b > \mu > c$, $a > \nu > b$. Die Gleichungen 7) repräsentiren demnach drei confocale Flächen zweiten Grades, das Ellipsoid und die beiden Hyperboloide.

IV. Ueber ein Theorem von Malus. Von Dr. A. Enneper. — Eine Fläche, welche zwei homogene Medien von verschiedener Dichtigkeit trennt, werde von einem leuchtenden Strahl im Punkte P getroffen, wo derselbe von der Fläche reflectirt oder gebrochen wird. Ist δ der Winkel, welchen der auffallende Strahl, und δ' der Winkel, welchen der gebrochene Strahl mit der Normalen im Punkte P bildet, so finden nach den Fundamenten der Dioptrik und Katoptrik folgende Sätze statt: der primitive Strahl, der gebrochene oder reflectirte Strahl und die Normale zur Fläche liegen in einer Ebene, für zwei bestimmte Medien ist das Verhältniss $\frac{\sin\delta}{\sin\delta'}$ constant, wenn es sich um einen reflectirten Strahl handelt, im Falle der Reflexion ist einfach $\delta=\delta'$. Die Winkel δ und δ' werden spitz angenommen, so dass jeder derselben zwischen 0 und 90° variirt.

Mittelst dieser Principien hat Malus (*Mém. sur l'optique. Journal de l'école polyt. Cah.* 14, *T. VII*) folgenden Satz bewiesen. Fallen von einem Punkte O aus Strahlen auf eine Fläche, so können die gebrochenen (oder reflectirten) Strahlen als Durchschnitte zweier Systeme developpabler Flächen angesehen werden, deren Wendecurven auf zwei bestimmten Flächen liegen. Etwas einfacher lässt sich das Theorem von Malus auf folgende Weise aussprechen. Fallen von einem leuchtenden Punkte aus Strahlen auf eine Fläche, so sind die gebrochenen (oder reflectirten) Strahlen Normalen einer bestimmten Fläche und ihrer Parallelflächen. Dieser Satz bleibt auch noch giltig, wenn das Verhältniss $\frac{\sin\delta}{\sin\delta'}$ in jedem Punkte der Fläche variabel genommen wird, und zwar so, dass dieses Verhältniss eine beliebige Function der Entfernung des Punktes der Fläche vom leuchtenden Punkte ist.

Sei (ξ, η, ζ) der leuchtende Punkt, von welchem aus ein Strahl eine Fläche im Punkte (x, y, z) treffe. Die Normale im Punkte (x, y, z) bilde mit den Coordinatenachsen die Winkel a, b, c, ferner seien a_1, b_1, c_1 die Winkel, welche die Richtung des gebrochenen (oder reflectirten) Strahles bestimmen. Die Distanz der beiden Punkte (ξ, η, ζ) und (x, y, z) bezeichne man durch r. Für r, δ, δ' hat man dann folgende Gleichungen:

$$1)\quad \begin{cases} \sqrt{(x-\xi)^2+(y-\eta)^2+(z-\zeta)^2}=r, \\ \frac{x-\xi}{r}\cos a+\frac{y-\eta}{r}\cos b+\frac{z-\zeta}{r}\cos c=\cos\delta, \\ \cos a\cos a_1+\cos b\cos b_1+\cos c\cos c_1=\cos\delta'. \end{cases}$$

Ist (x_1, y_1, z_1) ein Punkt des gebrochenen (oder reflectirten) Strahles, so hat man für denselben folgende Gleichungen:

2) $x_1 = x + r_1 \cos a_1, \quad y_1 = y + r_1 \cos b_1, \quad z_1 = z + r_1 \cos c_1,$
wo r_1 die variable Distanz der Punkte (x, y, z), (x_1, y_1, z_1) bezeichnet. Die Bedingung, dass der primitive und abgelenkte Strahl mit der Normalen in einer Ebene liegen, wird ausgedrückt durch:

$$\begin{vmatrix} \cos a_1 & \cos b_1 & \cos c_1 \\ \cos a & \cos b & \cos c \\ x-\xi & y-\eta & z-\zeta \end{vmatrix} = 0.$$

Bezeichnen f und g zwei Unbestimmte, so lässt sich diese Gleichung durch die folgenden ersetzen:

$$3)\quad \begin{cases} \cos a_1 = f\dfrac{x-\xi}{r} + g\cos a, \\[2ex] \cos b_1 = f\dfrac{y-\eta}{r} + g\cos b, \\[2ex] \cos c_1 = f\dfrac{z-\zeta}{r} + g\cos c. \end{cases}$$

Multiplicirt man diese Gleichungen respective mit $\cos a$, $\cos b$, $\cos c$, bildet die Summe der Producte, so folgt nach 1):

$$4)\qquad f\cos\delta + g = \cos\delta'.$$

Die Gleichungen 3) quadrirt und addirt geben:

$$4)'\qquad 1 = f^2 + 2fg\cos\delta + g^2.$$

Setzt man $h = f + g\cos\delta$, so geben die Gleichungen 4) und 4)':

$$f = \frac{h - \cos\delta\cos\delta'}{\sin^2\delta}, \quad g = \frac{\cos\delta' - h\cos\delta}{\sin^2\delta},$$

$$h = \cos(\delta \mp \delta').$$

Für f und g erhält man also folgendes doppelte System von Werthen:

$$5)\qquad f = \frac{\sin\delta'}{\sin\delta}, \quad g = \frac{\sin(\delta - \delta')}{\sin\delta},$$

$$5)'\qquad f = -\frac{\sin\delta'}{\sin\delta}, \quad g = \frac{\sin(\delta + \delta')}{\sin\delta},$$

Diesen Werthen von f und g entsprechen nach 3) zwei Richtungen, welche beide mit der Normalen den Winkel δ' bilden, einander also entgegengesetzt sind. Für den Fall der Refraction muss man die Gleichungen 5) nehmen. Setzt man nämlich $\delta = \delta'$, so geben die Gleichungen 5) $f = 1$, $g = 0$, man erhält dann nach 3) die Richtung des primitiven Strahles. Für $\delta = \delta'$ geben die Gleichungen 5)' und 3) $f = -1$, $g = 2\cos\delta$,

$$6)\quad \begin{cases} \cos a_1 = 2\cos\delta\cos a - \dfrac{x-\xi}{r}, \\[2ex] \cos b_1 = 2\cos\delta\cos b - \dfrac{y-\eta}{r}, \\[2ex] \cos c_1 = 2\cos\delta\cos c - \dfrac{z-\zeta}{r}. \end{cases}$$

Durch diese Gleichungen ist die Richtung des reflectirten Strahles bestimmt. Aus den Gleichungen 3) und 5) folgt:

$$7)\quad \begin{cases} \cos a_1 = \dfrac{\sin(\delta-\delta')}{\sin\delta}\cos a + \dfrac{x-\xi}{r}\dfrac{\sin\delta'}{\sin\delta}, \\ \cos b_1 = \dfrac{\sin(\delta-\delta')}{\sin\delta}\cos b + \dfrac{y-\eta}{r}\dfrac{\sin\delta'}{\sin\delta}, \\ \cos c_1 = \dfrac{\sin(\delta-\delta')}{\sin\delta}\cos c + \dfrac{z-\zeta}{r}\dfrac{\sin\delta'}{\sin\delta}. \end{cases}$$

Diese Gleichungen bestimmen die Richtung des gebrochenen Strahles. In den Gleichungen 2) und 7) sind a_1, b_1, c_1 Functionen von x, y, z. Durch Differentiation folgt aus 2):

$$\partial x_1 = \partial x + \cos a_1\,\partial r_1 + r_1\,\partial\cos a_1,$$
$$\partial y_1 = \partial y + \cos b_1\,\partial r_1 + r_1\,\partial\cos b_1,$$
$$\partial z_1 = \partial z + \cos c_1\,\partial r_1 + r_1\,\partial\cos c_1.$$

Da $\cos a_1\,\partial\cos a_1 + \cos b_1\,\partial\cos b_1 + \cos c_1\,\partial\cos c_1 = 0$, so findet man aus vorstehenden Gleichungen:

$$\cos a_1\,\partial x_1 + \cos b_1\,\partial y_1 + \cos c_1\,\partial z_1 = \cos a_1\,\partial x + \cos b_1\,\partial y + \cos c_1\,\partial z + \partial r_1,$$

oder, wenn man rechts für $\cos a_1$, $\cos b_1$, $\cos c_1$ ihre Werthe aus 7) substituirt und $\cos a\,\partial x + \cos b\,\partial y + \cos c\,\partial z = 0$ berücksichtigt:

$$\cos a_1\,\partial x_1 + \cos b_1\,\partial y_1 + \cos c_1\,\partial z_1$$
$$= \partial r_1 + \left(\frac{x-\xi}{r}\partial x + \frac{y-\eta}{r}\partial y + \frac{z-\zeta}{r}\partial z\right)\frac{\sin\delta'}{\sin\delta}$$
$$= \partial r_1 + \frac{\sin\delta'}{\sin\delta}\partial r.$$

Verschwindet die rechte Seite dieser Gleichung, so ist:

$$\cos a_1\,\partial x_1 + \cos b_1\,\partial y_1 + \cos c_1\,\partial z_1 = 0,$$

d. h. man hat die totale Differentialgleichung einer Fläche, deren Normale im Punkte (x_1, y_1, z_1) mit den Achsen die Winkel a_1, b_1, c_1 bildet. In diesem Falle ist $\partial r_1 + \dfrac{\sin\delta'}{\sin\delta}\partial r = 0$, eine Gleichung, welche nur dann integrabel ist, wenn $\dfrac{\sin\delta'}{\sin\delta} = \dfrac{\partial R}{\partial r}$, wo r eine beliebige Function von r bedeutet. Durch Integration folgt dann:

$$r_1 = k_1 - R,$$

wo k_1 eine Constante ist. Setzt man zur Vereinfachung $\dfrac{\partial R}{\partial r} = R'$, so gehen die Gleichungen 7) für $\dfrac{\sin\delta'}{\sin\delta} = R'$ über in:

$$8)\quad \begin{cases} \cos a_1 = \dfrac{x-\xi}{r}R' + \{\sqrt{(1-R'^2\sin^2\delta)} - R'\cos\delta\}\cos a_1, \\ \cos b_1 = \dfrac{y-\eta}{r}R' + \{\sqrt{(1-R'^2\sin^2\delta)} - R'\cos\delta\}\cos b_1, \\ \cos c_1 = \dfrac{z-\zeta}{r}R' + \{\sqrt{(1-R'^2\sin^2\delta)} - R'\cos\delta\}\cos c_1. \end{cases}$$

Die Gleichungen 2) werden für $r_1 = k_1 - R$

$$9)\quad \begin{cases} x_1 = x + (k_1 - R)\cos a_1, \\ y_1 = y + (k_1 - R)\cos b_1, \\ z_1 = z + (k_1 - R)\cos c_1. \end{cases}$$

Nach 8) sind $\cos a_1$, $\cos b_1$, $\cos c_1$ Functionen von x, y, z. Eliminirt man diese Variabeln zwischen den Gleichungen 8), 9) und der Gleichung der brechenden Fläche, so erhält man eine Relation zwischen x_1, y_1, z_1, d. h. die Gleichung einer Fläche, welche zu den gebrochenen Strahlen normal ist. Diese Gleichung enthält eine beliebige Constante k_1, sie repräsentirt eine Parallelfläche zu der Fläche, für welche $k_1 = 0$ ist. Aus dem Vorhergehenden folgt:

> Fallen von einem leuchtenden Punkte Strahlen auf eine Fläche, und werden dieselben derart gebrochen, dass das Verhältniss des Sinus des Einfallswinkels zum Sinus des Brechungswinkels in jedem Punkte der Fläche eine beliebige Function der Entfernung dieses Punktes vom leuchtenden Punkte ist, so sind die gebrochenen Strahlen Normalen einer bestimmten Fläche und ihrer Parallelflächen.

Für den Fall der Natur ist $R' = k$, $R = kr$, wo k eine Constante bedeutet. Die Gleichungen 8) und 9) geben dann für $k_1 = 0$:

$$10)\quad \begin{cases} x_1 - \xi = (x - \xi)(1 - k^2) + k(kp - \Delta)\cos a, \\ y_1 - \eta = (y - \eta)(1 - k^2) + k(kp - \Delta)\cos b, \\ z_1 - \zeta = (z - \zeta)(1 - k^2) + k(kp - \Delta)\cos c, \\ \qquad p = (x - \xi)\cos a + (y - \eta)\cos b + (z - \zeta)\cos c, \\ \qquad \Delta = \sqrt{\{r^2(1 - k^2) + k^2 p^2\}}. \end{cases}$$

Aus den Gleichungen 2) und 6) findet man leicht:

$$\cos a_1\,\partial x_1 + \cos b_1\,\partial y_1 + \cos c_1\,\partial z_1 = \partial r_1 - \left(\frac{x-\xi}{r}\partial x + \frac{y-\eta}{r}\partial y + \frac{z-\zeta}{r}\partial z\right)$$
$$= \partial r_1 - \partial r.$$

Setzt man $r_1 = r$, so erhält man aus 2) die Gleichung einer Fläche, welche die reflectirten Strahlen orthogonal schneidet. Für $r_1 = r$ geben die Gleichungen 2) und 6):

$$11)\quad \begin{cases} x_1 - \xi = 2p\cos a, \quad y_1 - \eta = 2p\cos b, \quad z_1 - \zeta = 2p\cos c, \\ \qquad p = (x - \xi)\cos a + (y - \eta)\cos b + (z - \zeta)\cos c. \end{cases}$$

Diese Gleichungen erhält man auch unmittelbar aus 10) für $k = -1$. Sind l, m, n die Winkel, welche die Verbindungslinie der Punkte (x, y, z), (ξ, η, ζ) mit den Achsen bildet, so hat man:

$$\frac{x-\xi}{r} = \cos l, \quad \frac{y-\eta}{r} = \cos m, \quad \frac{z-\zeta}{r} = \cos n.$$

Die Gleichungen 7) lassen sich dann schreiben:

$$12)\quad \begin{cases} \cos a_1 = \dfrac{\sin(\delta - \delta')}{\sin\delta} \cos a + \dfrac{\sin\delta'}{\sin\delta} \cos l, \\ \cos b_1 = \dfrac{\sin(\delta - \delta')}{\sin\delta} \cos b + \dfrac{\sin\delta'}{\sin\delta} \cos m, \\ \cos c_1 = \dfrac{\sin(\delta - \delta')}{\sin\delta} \cos c + \dfrac{\sin\delta'}{\sin\delta} \cos n. \end{cases}$$

Nimmt man in diesen Gleichungen l, m, n constant, so wird die bre chende Fläche von parallelen Strahlen beleuchtet. Bildet man mittelst de Gleichungen 2) und 12) $\cos a_1\, \partial x_1 + \cos b_1\, \partial y_1 + \cos c_1\, \partial z_1 = 0$, so folgt:

$$\partial r_1 + \frac{\sin\delta'}{\sin\delta} (\cos l\, \partial x + \cos m\, \partial y + \cos n\, \partial z = 0,$$

oder

$$13)\qquad x \cos l + y \cos m + z \cos n = q$$

gesetzt, $\partial r_1 + \dfrac{\sin\delta'}{\sin\delta} \partial q = 0$. Diese Gleichung ist nur dann integrabe wenn $\dfrac{\sin\delta'}{\sin\delta} = \dfrac{\partial Q}{\partial q} = Q'$, wo Q eine beliebige Function von q bezeichnet. I diesem Falle folgt $r_1 = k_1 - Q$, wo k_1 eine Constante ist. Für die voi stehenden Werthe von r_1 und $\dfrac{\sin\delta'}{\sin\delta}$ geben die Gleichungen 2) und 12):

$$14)\quad \begin{cases} x_1 = x + (k_1 - Q) \cos a_1,\quad y_1 = y + (k_1 - Q) \cos b_1, \\ \qquad z_1 = z + (k_1 - Q) \cos c_1, \\ \cos a_1 = Q' \cos l + \{\sqrt{(1 - Q'^2 \sin^2\delta)} - Q' \cos\delta\} \cos a, \\ \cos b_1 = Q' \cos m + \{\sqrt{(1 - Q'^2 \sin^2\delta)} - Q' \cos\delta\} \cos b, \\ \cos c_1 = Q' \cos n + \{\sqrt{(1 - Q'^2 \sin^2\delta)} - Q' \cos\delta\} \cos c, \\ \cos\delta = \cos a \cos l + \cos b \cos m + \cos c \cos n. \end{cases}$$

Durch Elimination von x, y, z zwischen diesen Gleichungen und de der brechenden Fläche erhält man die Gleichung aller Flächen, welche z der parallel sind, für welche $k_1 = 0$ ist. Legt man durch den Anfang punkt der Coordinaten eine Gerade parallel zur Richtung der Strahlen, s ist $q = x \cos l + y \cos m + z \cos n$ die Projection des Radiusvector des Punk tes (x, y, z) auf die bemerkte Gerade. Aus dem Vorstehenden folgt:

> **Wird eine Fläche von Strahlen beleuchtet, die sämmtlic einer Geraden G parallel sind, welche durch einen Punkt O geht ist das Verhältniss des Sinus des Brechungswinkels zum Sinus de Einfallswinkels eine beliebige Function der Projection von O auf G, so sind die gebrochenen Strahlen Normalen einer be stimmten Fläche und ihrer Parallelflächen.**

Für die Kugelfläche $x^2 + y^2 + z^2 = r^2$ geben die Gleichungen 14

$$\cos\delta = \frac{q}{r},$$

$$x_1^2 + y_1^2 + z_1^2 = r^2 + Q^2 - 2Qr \sqrt{\left(1 - Q'^2 + \frac{Q'^2 q^2}{r^2}\right)},$$

$$x_1 \cos l + y_1 \cos m + z_1 \cos n = q - Q Q' \left(1 - \frac{q^2}{r^2}\right) - Q \frac{q}{r} \sqrt{\left(1 - Q'^2 + \frac{Q'^2 q^2}{r^2}\right)}.$$

Durch Elimination von q zwischen diesen Gleichungen erhält man ein Resultat von der Form

$$x_1 \cos l + y_1 \cos m + z_1 \cos n = f(x_1^2 + y_1^2 + z_1^2),$$

was die Gleichung einer Rotationsfläche ist.

Für das gewöhnliche Brechungsgesetz ist $Q' = k$, $Q = kq$, wo k eine Constante bedeutet. Die Gleichungen 14) geben für $k_1 = 0$ in diesem Falle:

$$x_1 = x - kq\{(\Delta - k\cos\delta)\cos a + k\cos l\},$$
$$y_1 = y - kq\{(\Delta - k\cos\delta)\cos b + k\cos m\},$$
$$z_1 = z - kq\{(\Delta - k\cos\delta)\cos c + k\cos n\},$$
$$\Delta = \sqrt{(1 - k^2 \sin^2\delta)}.$$

Aus den vorstehenden Gleichungen erhält man unmittelbar die entsprechenden für die Reflexion, wenn $k = -1$ gesetzt wird,

$$x_1 = x + q\,(2\cos\delta\cos a - \cos l),$$
$$y_1 = y + q\,(2\cos\delta\cos b - \cos m),$$
$$z_1 = z + q\,(2\cos\delta\cos c - \cos n).$$

V. Ueber die Integration der linearen Differentialgleichung

1) $$A_1 \xi \frac{d^n y}{d\xi^n} + B_1 \frac{d^{n-1} y}{d\xi^{n-1}} = \xi^m \left(A \xi \frac{dy}{d\xi} + By\right)$$

in welcher $m\, n\, A\, A_1\, B\, B_1$ constante Zahlen bedeuten. Von Simon Spitzer, Professer an der Wiener Handelsakademie.

Bevor ich mich mit der Integration der Gleichung 1) beschäftige, will ich selbe vereinfachen. Ich führe zu dem Zwecke für ξ eine neue Variable x ein, mittelst der Substitution

2) $$\xi = ax,$$

woselbst a eine constante Zahl bedeutet, und erhalte, da

$$\frac{\partial y}{\partial \xi} = \frac{1}{a} \frac{\partial y}{\partial x},$$
$$\frac{\partial^{n-1} y}{\partial \xi^{n-1}} = \frac{1}{a^{n-1}} \frac{\partial^{n-1} y}{\partial x^{n-1}},$$
$$\frac{\partial^n y}{\partial \xi^n} = \frac{1}{a^n} \frac{\partial^n y}{\partial \xi^n}$$

ist, zwischen y und x folgende Gleichung:

3) $$A_1 x \frac{\partial^n y}{\partial x^n} + B_1 \frac{\partial^{n-1} y}{\partial x^{n-1}} = a^{m+n-1} x^m \left(Ax \frac{\partial y}{\partial x} + By\right).$$

Nun wähle ich a so, auf dass

4) $$A_1 = a^{m+n-1} A$$

wird, denn hierdurch geht die Gleichung 3) über in

$$A_1 x \frac{\partial^n y}{\partial x^n} + B_1 \frac{\partial^{n-1} y}{\partial x^{n-1}} = \frac{A_1}{A} x^m \left(Ax \frac{\partial y}{\partial x} + By\right)$$

und diese kann auch folgendermaassen geschrieben werden:

$$5)\qquad x\frac{\partial^n y}{\partial x^n}+\frac{B_1}{A_1}\frac{\partial^{n-1} y}{\partial x^{n-1}}=x^m\left(x\frac{\partial y}{\partial x}+\frac{B}{A}y\right).$$

Der Kürze halber setze ich:

$$6)\qquad \frac{B_1}{A_1}=\lambda,\quad \frac{B}{A}=\mu$$

und habe dann die Gleichung:

$$7)\qquad x\frac{\partial^n y}{\partial x^n}+\lambda\frac{\partial^{n-1} y}{\partial x^{n-1}}=x^m\left(x\frac{\partial y}{\partial x}+\mu y\right),$$

welche auf einfachere Weise als die Gleichung 1) gebaut ist und welche ich nun zu integriren versuche.

Ich setze das Integrale der Gleichung 7) in folgender Form voraus:

$$8)\qquad y=\left\{\frac{\partial^h}{\partial u^h}[\psi(ux)W]\right\}_\alpha,$$

in welchen $\psi(x)$ das Integrale der Gleichung

$$9)\qquad \psi^{(n-1)}(x)=x^m\psi(x)$$

bedeutet und W eine, einstweilen noch unbekannte Function von u ist. Wird dann $\psi(ux).W$ differenzirt, und zwar $h$mal bezüglich u, so erhält man eine Function von u und von x; wird in diese Function von u und x für u die, einstweilen ebenfalls unbekannte constante Zahl α gesetzt, so erhält man für y eine reine Function von x, und diese soll vorausgesetztermaassen das Integral der Gleichung 7) sein.

Die mir obliegende Aufgabe ist nun für W eine solche Function von u, und für h und α solche constante Zahlen zu suchen, welche machen, dass das in 8) aufgestellte y wirklich ein der Gleichung 7) genügender Ausdruck sei.

Aus 8) folgt:

$$\begin{aligned}\frac{\partial y}{\partial x}&=\left\{\frac{\partial^h}{\partial u^h}[\psi'(ux).uW]\right\}_\alpha,\\ \frac{\partial^{n-1} y}{\partial x^{n-1}}&=\left\{\frac{\partial^h}{\partial u^h}[\psi^{(n-1)}(ux).u^{n-1}W]\right\}_\alpha,\\ \frac{\partial^n y}{\partial x^n}&=\left\{\frac{\partial^h}{\partial u^h}[\psi^{(n)}(ux).u^nW]\right\}_\alpha,\end{aligned}$$

und werden diese Werthe in 7) eingeführt, so soll folgende Gleichung identisch stattfinden:

$$10)\qquad \left\{\frac{\partial^h}{\partial u^h}[x\psi^{(n)}(ux).u^nW+\lambda\psi^{(n-1)}(ux).u^{n-1}W]\right\}_\alpha$$
$$=x^m\left\{\frac{\partial^k}{\partial u^h}[x\psi'(ux).uW+\mu\psi(ux)W]\right\}_\alpha.$$

Diese Gleichung lässt sich nun in anderer Form geben. Denn es ist

$$9)\qquad \psi^{(n-1)}(x)=x^m\psi(x),$$

folglich:

$$11)\qquad \psi^{(n)}(x)=x^m\psi'(x)+mx^{m-1}\psi(x)$$

und daher hat man auch

$$12)\quad \begin{cases} \psi^{(n-1)}(ux) = u^m x^m \psi(ux), \\ \psi^{(n)}(ux) \quad = u^m x^m \psi'(ux) + m u^{m-1} x^{m-1} \psi(ux), \end{cases}$$

führt man diese Werthe in 10) ein, so erhält man:

$$\left\{ \frac{\partial^h}{\partial u^h} [x u^{m+n} \psi'(ux) W + m u^{m+n-1} \psi(ux) W + \lambda u^{m+n-1} \psi(ux) W] \right\}_\alpha$$

$$= \left\{ \frac{\partial^h}{\partial u^h} [x \psi'(ux) u W + \mu \psi(ux) W] \right\}_\alpha,$$

oder anders geschrieben:

$$13)\quad \left\{ \frac{\partial^h}{\partial u^h} [(u^{m+n} - u) x W \psi'(ux) + (m u^{m+n-1} + \lambda u^{m+n-1} - \mu) W \psi(ux)] \right\}_\alpha = 0.$$

Damit aber dieser Ausdruck identisch stattfinde, ist es erforderlich, dass er in folgende Form

$$14)\quad \left\{ \frac{\partial^h}{\partial u^h} [(u-\alpha) \frac{\partial \varphi}{\partial u} - h \varphi] \right\}_\alpha = 0$$

gebracht werden könne; denn führt man die hier vorkommende $h$malige Differentiation bezüglich u wirklich aus, so erhält man

$$15)\quad \left\{ (u-\alpha) \frac{\partial^{h+1} \varphi}{\partial u^{h+1}} \right\}_\alpha = 0,$$

was im Allgemeinen identisch ist.

Durch Gleichsetzen der Ausdrücke 13) und 14) kommt man zu folgender Gleichung

$$16)\quad W[(u^{m+n} - u) x \psi'(ux) + (m u^{m+n-1} + \lambda u^{m+n-1} - \mu) \psi(ux)]$$

$$= (u-\alpha) \frac{\partial \varphi}{\partial u} - h \varphi,$$

aus welcher nun φ und W zu bestimmen sind.

Ich setze:

$$17)\quad \varphi = \psi(ux) . Z,$$

unter Z eine neue Variable verstanden, und habe dann, da

$$18)\quad \frac{\partial \varphi}{\partial u} = \psi(ux) \frac{\partial Z}{\partial u} + x \psi'(ux) Z$$

ist, für die Gleichung 16) folgende Gleichung:

$$19)\quad W[(u^{m+n} - u) x \psi'(ux) + (m u^{m+n-1} + \lambda u^{m+n-1} - \mu) \psi(ux)]$$

$$= (u-\alpha) \psi(ux) \frac{\partial Z}{\partial u} + (u-\alpha) x \psi'(ux) Z - h \psi(ux) Z$$

und diese zerfällt in:

$$20)\quad \begin{cases} (u^{m+n} - u) W = (u-\alpha) Z, \\ (m u^{m+n-1} + \lambda u^{m+n-1} - \mu) W = (u-\alpha) \dfrac{\partial Z}{\partial u} - h Z, \end{cases}$$

aus welchen Gleichungen W und Z leicht zu finden ist. Es ist nämlich

$$21)\quad W = u^{\mu-1} (1 - u^{m+n-1})^{\frac{\lambda+1-n-\mu}{m+n-1}} (u-\alpha)^{h+1},$$

folglich ist

$$22)\quad y = \left\{ \frac{\partial^h}{\partial u^h} \left[u^{\mu-1} (1-u^{m+n-1})^{\frac{\lambda+1-n-\mu}{m+n-1}} (u-\alpha)^{h+1} \psi(ux) \right] \right\}_\alpha$$

das Integrale der Gleichung 7); vorausgesetzt, dass $\psi(x)$ der Gleichung 9) genügt.

Das so eben gefundene y ist, wenn h eine ganze positive Zahl bedeutet (und unter dieser Voraussetzung ist die ganze Analyse tadellos) und α ganz willkürlich ist, stets gleich Null. Blos in den beiden speciellen Fällen, wo α gleich Null oder gleich Eins ist, ergiebt sich für y ein anderer Werth.

Ich setze daher erstens

$$\alpha = 0$$

und erhalte hierdurch

$$y = \left\{ \frac{\partial^h}{\partial u^h} \left[u^{h+\mu} (1-u^{m+n-1})^{\frac{\lambda+1-n-\mu}{m+n-1}} \psi(ux) \right] \right\}_0,$$

was sich vereinfacht für

$$23)\quad k + \mu = 0,$$

folglich hat man nachstehendes Integrale für die Gleichung 7)

$$24)\quad y = \left\{ \frac{\partial^h}{\partial u^h} \left[(1-u^{m+n-1})^{\frac{\lambda+1-n+h}{m+n-1}} \psi(ux) \right] \right\}_0,$$

und dies Integrale ist tadellos, wenn μ eine ganze negative Zahl, soweit h eine ganze positive Zahl ist und die Ausdrücke

$$\psi(0),\ \psi'(0),\ \psi''(0), \ldots \psi^{(h)}(0)$$

nicht unendlich gross sind. Entwickelt man den Ausdruck 24), indem man

$$(1-u^{m+n-1})^{\frac{\lambda+1-n+h}{m+n-1}} \psi(ux)$$

einer $h$maligen Differentiation unterwirft, und setzt nach vorgenommener Differentiation $u=0$, so erscheint y in folgender Form

$$25)\quad y = C_0 + C_1 x + C_2 x^2 + \ldots + C_h x^h,$$

wo $C_0, C_1, C_2, \ldots C_h$ bestimmte Constante bedeuten. Sind diese Constanten sämmtlich gleich Null, so ist auch $y=0$, und man sieht hieraus, dass in einem solchen Falle dieser Weg zu keinem particulären Integrale führt. Sei z. B. gegeben die Gleichung

$$26)\quad x(xy''' + 2y'') = xy' - 5y.$$

Ihr Integrale ist:

$$27)\quad y = \left\{ \frac{\partial^5}{\partial u^5} \left[(1-u)^5 \psi(ux) \right] \right\}_0,$$

vorausgesetzt, dass

$$28)\quad x\psi''(x) = \psi(x)$$

ist. Der Ausdruck 27) giebt entwickelt

$$y = \Big\{ (1-u)^5 x^5 \psi^{(5)}(ux) - 25(1-u)^4 x^4 \psi^{(4)}(ux) + 200(1-u)^3 x^3 \psi'''(ux)$$
$$- 600(1-u)^2 x^2 \psi''(ux) + 600(1-u) x \psi'(ux) - 120\psi(ux) \Big\}_0,$$

und wenn man hierin $u=0$ setzt, so erhält man:

$$y=x^5\psi^{(5)}(0)-25x^4\psi^{(4)}(0)+200x^3\psi'''(0)-600x^2\psi''(0)-600x\psi'(0)-120\psi(0).$$

Aus 28) folgt:

$$\begin{aligned}
\psi(x) &= x\psi''(x),\\
\psi'(x) &= x\psi'''(x)+\psi''(x),\\
\psi''(x) &= x\psi^{(4)}(x)+2\psi'''(\psi),\\
\psi'''(x) &= x\psi^{(5)}(x)+3\psi^{(4)}(x),\\
\psi^{(4)}(x) &= x\psi^{(6)}(x)+4\psi^{(5)}x),
\end{aligned}$$

und setzt man hierein $x=0$, so erhält man:

$$\begin{aligned}
\psi(0) &= 0,\\
\psi'(0) &= \psi''(0),\\
\psi''(0) &= 2\psi'''(0),\\
\psi'''(0) &= 3\psi^{(4)}(0),\\
\psi^{(4)}(0) &= 4\psi^{(5)}(0).
\end{aligned}$$

Aus diesen Gleichungen folgen:

$$\begin{aligned}
\psi(0) &= 0,\\
\psi'(0) &= 24\psi^{(5)}0),\\
\psi''(0) &= 24\psi^{(5)}(0),\\
\psi'''(0) &= 12\psi^{(5)}(0),\\
\psi^{(4)}(0) &= 4\psi^{(5)}(0).
\end{aligned}$$

Daher erhält man, durchgehends den constanten Factor $\psi^{(5)}(0)$ weglassend, folgenden Werth für y

$$y=x^5-100x^4+2400x^3-14400x^2+14400x,$$

welcher in der That der Gleichung 26) genügt.

Ich setze nun zweitens in die Gleichung 22) für α die Zahl 1 und habe sodann

$$y=\left\{\frac{\partial^h}{\partial u^h}[u^{\mu-1}(1-u^{m+n-1})^{\frac{\lambda+1-n-\mu}{m+n-1}}(1-u)^{h+1}\psi(ux)]\right\}_1.$$

Dies vereinfacht sich für jenen Werth von h, der sich aus der Gleichung

$$\frac{\lambda+1-n-\mu}{m+n-1}+h+1=0$$

ergiebt, d. i. für

$$h=\frac{\mu-m-\lambda}{m+n-1}; \tag{29}$$

hierfür wird nämlich

$$y=\left\{\frac{\partial^h}{\partial u^h}\left[u^{\mu-1}\left(\frac{1-u}{1-u^{m+n-1}}\right)^{h+1}\psi(ux)\right]\right\}_1, \tag{30}$$

und dieses ist tadellos, wenn h eine ganze positive Zahl ist. Schreibt man dies der Kürze halber in folgender Form

$$y=\left\{\frac{\partial^h}{\partial u^h}[W\psi(ux)]\right\}_1,$$

so kommt man, dies entwickelnd, auf

$$y = \left\{ W x^h \psi^{(h)}(ux) + \binom{h}{1} \frac{\partial W}{\partial u} x^{h-1} \psi^{(h-1)}(ux) + \binom{h}{2} \frac{\partial^2 W}{\partial u^2} x^{h-2} \psi^{(h-2)}(ux) + .. \right\}_1$$

und führt man die Substitution $u=1$ aus, so geht dieser Ausdruck über in

31) $y = C_0 x^h \psi^{(h)}(x) + C_1 x^{h-1} \psi^{(h-1)}(x) + \ldots + C_{h-1} x \psi'(x) + C_h \psi(x)$,

woselbst $C_0, C_1, \ldots C_{h-1}, C_h$ bestimmte Constante bedeuten.

Sei z. B. gegeben die Gleichung

32) $$x y''' + 6 y'' = x^2 (x y' + 16 y).$$

Aus ihr folgt:

33) $$y = \left\{ \frac{\partial^2}{\partial u^2} \left[u^{15} \left(\frac{1-u}{1-u^4} \right)^3 \psi(ux) \right] \right\}_1,$$

woselbst

$$\psi''(x) = x^2 \psi(x)$$

ist. Der Ausdruck 33) lässt sich auch so schreiben

$$y = \left\{ \frac{\partial^2}{\partial u^2} \left[\frac{u^{15}}{(1+u+u^2+u^3)^3} \psi(ux) \right] \right\}_1$$

und dies giebt entwickelt

34) $$\begin{cases} y = \left\{ \dfrac{u^{15}}{(1+u+u^2+u^3)^3} x^2 \psi''(ux) + 2 \dfrac{d}{du} \left[\dfrac{u^{15}}{(1+u+u^2+u^3)^3} \right] x \psi'(ux) \right. \\ \qquad \left. + \dfrac{\partial^2}{\partial u^2} \left[\dfrac{u^{15}}{(1+u+u^2+u^3)^3} \right] \psi(ux) \right\}_1. \end{cases}$$

Nun ist

$$\frac{\partial}{\partial u} \left[\frac{u^{15}}{(1+u+u^2+u^3)^3} \right] = \frac{3u^{14}(5+4u+3u^2+2u^3)}{(1+u+u^2+u^3)^4},$$

$$\frac{\partial^2}{\partial u^2} \left[\frac{u^{15}}{(1+u+u^2+u^3)^3} \right] = \frac{6u^{13}(35+55u+61u^2+54u^3+31u^4+15u^5+5u^6)}{(1+u+u^2+u^3)^5},$$

folglich hat man, diese Werthe in 34) einführend und sodann $u=1$ setzend

$$y = \tfrac{1}{64} x^2 \psi''(x) + \tfrac{21}{64} x \psi'(x) + \tfrac{3}{2} \psi(x).$$

Es ist daher das Integrale der Gleichung

32) $$x y''' + 6 y'' = x^2 (x y' + 16 y)$$

folgendes:

35) $$y = x^2 \psi''(x) + 21 x \psi'(x) + 96 \psi(x)$$

und hier genügt $\psi(x)$ der Gleichung

36) $$\psi''(x) = x^2 \psi(x).$$

Um $\psi(x)$ zu finden, setze man

$$x^2 = \xi,$$

dadurch erhält man

$$\xi \frac{d^2 \varphi}{d \xi^2} + \tfrac{1}{2} \frac{d \varphi}{d \xi} - \tfrac{1}{4} \xi \varphi = 0,$$

hieraus folgt:

$$\varphi = C_1 \int_{-\frac{1}{2}}^{+\frac{1}{2}} \frac{e^{u\xi} \, du}{\sqrt[4]{(u^2 - \frac{1}{4})^3}} + C_2 \sqrt{\xi} \int_{-\frac{1}{2}}^{+\frac{1}{2}} \frac{e^{u\xi} \, du}{\sqrt[4]{u^2 - \frac{1}{4}}},$$

und wenn man hierein $\xi = x^2$ und $u = \frac{\lambda}{2}$ setzt, so erhält man

$$\varphi(x) = C_1 \int_{-1}^{+1} \frac{e^{\frac{\lambda}{2}x^2} d\lambda}{\sqrt[4]{(1-\lambda^2)^3}} + C_2 x \int_{-1}^{+1} \frac{e^{\frac{\lambda}{2}x^2} d\lambda}{\sqrt[4]{1-\lambda^2}}.$$

VI. Die Dalton'sche Dampftheorie und ihre Anwendung auf den Wasserdampf der Atmosphäre. — Sie werden, wie ich glaube, mit mir darin übereinstimmen, dass wir jetzt in der Meteorologie an dem Punkte angekommen sind, wo es unbedingt nothwendig wird, auf unzweideutige Weise zu entscheiden, in welchem Verhältnisse der in der Atmosphäre vorhandene Wasserdampf zu der Atmosphäre selbst steht. Bildet der Wasserdampf eine von der Luft unabhängige Atmosphäre für sich, oder ist er blos mechanisch mit der Luft gemischt, so dass er als ein in keiner chemischen Verwandtschaft zu der Luft stehendes Gas das Volumen und das Gewicht der Atmosphäre vermehrt?

Von den vielen wichtigen Fragen, welche sich auf die Aenderungen des Barometers beziehen, kann keine gründlich erörtert werden, ohne dass man vorher hierüber ins Klare kommt. Zugleich handelt es sich hier um ein wichtiges Problem der allgemeinen Physik, wo ebenfalls die gegenseitigen Beziehungen von Luft und Dampf noch keineswegs mit der nöthigen Sicherheit bisher ermittelt worden sind. Eine Untersuchung, welche ich in dieser Richtung angestellt habe, hat nun zu einem, wie mir scheint, entscheidenden Resultate geführt, und ich glaube Ihnen um so mehr darüber Mittheilung machen zu müssen, als das erlangte Resultat mit den allgemein herrschenden Ansichten der Physiker und Meteorologen im Widerspruche steht und auf die Nothwendigkeit führt, die Grundsätze, welche bisher hinsichtlich des Wasserdampfes allgemeine Geltung gehabt haben, theilweise durch neue zu ersetzen.

Des Zusammenhanges wegen wird es vor Allem nothwendig sein, dass ich mit wenigen Worten den Entwickelungsgang der Lehre vom Dampfdrucke andeute.

Als Begründer der Lehre vom Verhalten des Wasserdampfes haben wir Dalton zu betrachten, der so umfassende und gründliche Versuche angestellt, dass durch die Arbeiten späterer Forscher nichts Wesentliches hinzugefügt worden ist. Wenn man die Versuche Dalton's genau durchgeht, so wird man daraus hauptsächlich folgende Ergebnisse ableiten können:

1) Im luftleeren Raume verdampft das Wasser nur so lange, bis der Dampf eine bestimmte, von der Temperatur abhängige Expansivkraft erlangt hat, so dass in jedem mit Dampf gesättigten luftleeren Raume einer bestimmten Temperatur ein bestimmter Dampfdruck entspricht.

2) Im lufterfüllten Raume verdampft eben so viel Wasser, wie im luftleeren Raume, und das Verhältniss zwischen Temperatur und Expansivkraft bleibt sich ganz gleich, ob Luft in demselben Raume sich befindet oder nicht.

3) Die Verdampfung des Wassers geht im luftleeren Raume schnell, im lufterfüllten Raume aber sehr langsam vor sich, und selbst da, wo sie durch stärkere Luftbewegung befördert wird, nimmt sie noch immer beträchtliche Zeit in Anspruch.

In solcher Weise wird durch Dalton's Versuche die Entwickelung und Spannung des Wasserdampfes im luftleeren und lufterfüllten Raume bestimmmt: was die gegenseitigen Beziehungen zwischen Dampf und Luft, wenn sie gleichzeitig in demselben Raume vorhanden sind, betrifft, so geben die Versuche darüber gar keine Auskunft, und diese Lücke hat Dalton in der Weise ausgefüllt, dass er dem zweiten oben angeführten Satze die Auslegung gab, als sei zwischen Dampf und Luft gar keine gegenseitige Beziehung vorhanden, und als bestünden sie neben einander, ohne irgend eine mechanische Einwirkung auf einander auszuüben. Es ist sonderbar, dass die Physiker unbedenklich diesen so wichtigen und folgereichen Lehrsatz allgemein angenommen haben, ohne zu beachten, dass er eine mögliche aber nicht eine nothwendige Folgerung der Versuche bildet. Nicht minder sonderbar ist es, dass die Meteorologen die von Dalton gemachte Anwendung auf den Wasserdampf der Atmosphäre gelten liessen, und eine von der Luft unabhängige und für sich allein im Gleichgewichte stehende Dampf-Atmosphäre annahmen, ungeachtet der dritte oben angeführte Satz eigentlich ausspricht, dass zwar immer ein normales Verhältniss angestrebt wird und im Herstellen begriffen ist, aber nie erreicht wird, weil bei den beständig eintretenden Aenderungen zu einer Ausgleichung die erforderliche Zeit gar nicht vorhanden ist.

Von Zeit zu Zeit sind übrigens gegen das Vorhandensein einer für sich bestehenden Dampf-Atmosphäre Einwendungen vorgebracht worden. Bessel hat (Astron. Nachrichten No. 236) den Umstand hervorgehoben, dass bei einer solchen Dampf-Atmosphäre die Expansivkraft der übereinander gelagerten Schichten nach bestimmtem Verhältnisse abnehmen müsse, dieses Verhältniss aber verschiedenen Beobachtungen zufolge in der Wirklichkeit nicht vorhanden sei; seine Argumente scheinen jedoch — wohl hauptsächlich wegen des Mangels an hinlänglichen Beobachtungsdaten — keinen Eindruck hervorgebracht zu haben; ebenso wenig Beachtung fanden die Versuche von Broun in Makerstoun *to Sir Th. Brisbane*) und Jelinek in Prag (Denkschriften der Wiene math.-naturw. Classe II. Bd.), welche durch Versuche nachgewiese dass an verschiedenen, ganz nahe aneinander gelegenen Localitä gleicher Barometerstand beobachtet wird, der Dunstdruck seh schieden sich zeigen kann. Einer der eifrigsten Gegner der D schen Theorie war Espy, der (besonders in seinem *Second Report on meteorology*) mit vielem Scharfsinne die Mängel derselben aufdeckte, ohne jedoch einen eigentlichen Gegenbeweis zu liefern. Den ersten Beweis von der Unrichtigkeit der Theorie glaube ich (Denkschriften der Münchner Akad. math.-phys. Cl. Bd. VIII.) im Jahre 1857 hergestellt zu haben, indem ich durch vieljährige Beobachtungen zeigte, dass bei geringem Dunstdrucke das Barometer im Mittel eben so hoch steht, als bei hohem Dunst-Drucke; zugleich gab ich einen leicht auszuführenden Versuch an, wo im Widerspruche mit der Dalton'schen Theorie eine Dampfmasse und eine Luftmasse, mit einander in Communication stehend, sich gegenseitig das Gleichgewicht halten, ohne dass der Dampf in die Luft oder die Luft in den Dampf eindringt. In Folge dessen stellte ich den Satz auf, dass der Dampf auf die Luft und die Luft auf den Dampf einen Druck ausübe, und die Atmosphäre als ein Gemisch von feuchteren und trockeneren Luftmassen zu betrachten sei. Einen zweiten sehr gründlichen Beweis gegen die Zulässigkeit der Dalton'schen Theorie lieferte Strachey in einem Vortrage, den er vor der Royal Society in London im Jahre 1861 hielt. Ausgehend von Betrachtungen, welche im Grunde mit den von Bessel entwickelten gleichbedeutend sind, gab er eine Zusammenstellung der Beobachtungsresultate, welche auf hohen Bergen und bei Luftballon-Expeditionen erlangt worden waren, und zeigte, dass sie mit der Annahme einer für sich bestehenden Dampfatmosphäre unvereinbar sind. Um nur einen Punkt hervorzuheben, kann hier erwähnt werden, dass die Beobachtungen von Welsh, der im Ballon bis 23000 Fuss sich erhob, uns in den Stand setzen, den Druck zu berechnen, den der in der Atmosphäre enthaltene Dampf an der Erdoberfläche ausüben sollte, das auf solche Weise gefundene Resultat aber nur den vierten Theil beträgt, von dem wirklich durch das Psychrometer angegebenen Drucke. Nach der Klarheit der Beweisführung und der grossen Uebereinstimmung sämmtlicher Beobachtungsresultate hätte man glauben sollen, dass hiermit eine endgültige Entscheidung gewonnen sei; gleichwohl finden wir noch in neuester Zeit den „Druck der trockenen Luft“ und den „Druck der Dampfatmosphäre“ von einander getrennt wie zuvor. Es giebt, glaube ich, kein Mittel, die eingewurzelten Vorstellungen, bei denen man stets auf die Dalton'schen Gesetze“ sich beruft, zu beseitigen, als die directe Nachweisung, dass die Dalton'schen Gesetze selbst eine wesentliche Unrichtigkeit enthalten.

In dieser Absicht habe ich die Eingangs erwähnte Versuchsreihe vor Kurzem unternommen. Zunächst überzeugte ich mich, wie äusserst langsam der Dampf in der Luft sich von einem Theile des Raumes auf einen andern ausbreitet, wenn man, ohne die Communication aufzuheben, die freie Circulation der Luft hemmt. Die Circulation der Luft ist es hauptsächlich, welche den Dampf von der verdunstenden Oberfläche fortträgt, und den bereits verbreiteten Dampf zum Chlorkalk behufs der Absorption hinführt; man sollte fast glauben, dass die einzelnen Luftmolecule an die Wasserfläche kommen müssten, um sich da ihre Feuchtigkeit zu holen, und an den Chlorkalk, um ihre Feuchtigkeit abzugeben; die eigene Expansivkraft des Dampfes ist bei der Verbreitung desselben in der Luft jedenfalls von geringer Bedeutung. Wenn man demnach eine verschlossene, mit Luft gefüllte Röhre *ABCD* (Fig. 10, Taf. I) hat, und eine kleine Quantität Wasser etwa durch eine Oeffnung bei *A*, die dann gleich zugemacht wird, auf den Boden *AB* bringt, so fängt das Wasser an, allmählig zu verdampfen, und der Dampf erhebt sich nach Verlauf einer bestimmten Zeit bis *ab*. Wie wird alsdann der Druck auf den inneren Wänden der Röhre vertheilt sein?

Wenn, wie ich durch das obenerwähnte Experiment zu beweisen gesucht habe, der Dampf und die Luft gegenseitigen Druck auf einander ausüben, so wirken die Expansivkräfte der Luft und des Dampfes zusammen, so dass ihre Summe auf allen Punkten der inneren Wand drückt, und wenn man den Druck des Dampfes für sich ausscheiden will, so ist er eben so gross, als wenn die vorhandene Dampfmasse im ganzen Raume *ABCD* gleichmässig vertheilt wäre. Ganz anders wird der Erfolg ausfallen, wenn die von Dalton aufgestellte und allgemein von den Physikern angenommene Ansicht begründet ist, denn da dieser Ansicht zufolge der Dampf in den Zwischenräumen der Luftmolecule sich verbreitet, ohne auf die Molecule selbst irgend eine mechanische Wirkung auszuüben, so kann unter den oben bezeichneten Umständen gar kein Druck auf die innere Wand durch die Expansivkraft des Dampfes entstehen, und es kommt erst dann ein Druck zu Stande, wenn der Dampf die obere Begrenzungsfläche *CD* erreicht.

Der hier angedeutete Zustand ist nur ein vorübergehender; ein ähnlicher Zustand kann jedoch permanent hergestellt werden dadurch, dass man im unteren Raume *ABab* eine höhere, im oberen Raume *abCD* eine tiefere Temperatur erhält. Bezeichnet man den unteren Raum mit V, den obern mit V', die untere Temperatur mit t, die obere mit t' und die entsprechenden Expansivkräfte des Dunstes mit $f(t)$ und $f(t')$, dann die Expansiv-Kräfte der eingeschlossenen Luftmassen mit $k(1+\alpha t)$ und $k(1+\alpha t')$, so hat man nach der von mir vertretenen Hypothese die Expansivkraft der Mischung

$$= \frac{V}{V+V'}\Big[k(1+\alpha t)+f(t)\Big]+\frac{V'}{V+V'}\Big[k(1+\alpha t')+f(t')\Big]$$
$$= k+\frac{k\alpha}{V+V'}\Big(Vt+V't'\Big)+\frac{1}{V+V'}\Big(Vf(t)+V'f(t')\Big),$$

während nach der Dalton'schen Theorie die Expansivkraft blos

$$k+\frac{k\alpha}{V+V'}\Big(Vt+V't'\Big)+f(t')$$

betragen wird, indem der mit der Kraft $f(t)-f(t')$ in den Raum $abCD$ übergehende Dampf sich condensiren muss. Daraus folgt unmittelbar, dass wenn die Temperatur t' des oberen Raumes constant bleibt, die Temperatur des untern Raumes aber allmählig zunimmt, der Druck auf die obere Grenzfläche CD nach der Dalton'schen Theorie nur durch die Expansion der Luft, nicht aber durch den neu sich entwickelnden Dampf vermehrt wird, während nach meiner Annahme ausser der Wirkung, welche durch die Expansion der Luft zu Stande kommt, eine sehr bedeutende Vermehrung des Druckes durch den neu gebildeten Dampf entsteht. Da sich die hier bezeichneten Bedingungen praktisch ausführen lassen, so haben wir ein einfaches und sicheres Mittel, um über die Richtigkeit der Dalton'schen Theorie eine Entscheidung zu erhalten, und es handelt sich nur darum, eine zweckmässige Einrichtung des Experimentes zu treffen. Ich habe folgende Einrichtung gewählt. Eine Glasröhre, gebogen in der (Fig. 11, Taf. I) dargestellten Form, war am einen Ende mit einer Kugel K versehen, am andern Ende bei e offen, und enthielt im geraden Theile de einen Quecksilbertropfen q. Der gekrümmte Theil ckd der Röhre tauchte in ein mit kaltem Wasser gefülltes Gefäss BB; in ein Gefäss AA, wo sich die Kugel K befand, konnte abwechselnd kaltes und warmes Wasser gebracht werden. Zuerst wurde die Kugel mit trockener Luft gefüllt, und der Versuch ergab, dass, wenn die Temperatur von 15°,7 bis 41°,8 zunahm, der Quecksilbertropfen um 11,47 Par. Zoll vorwärts sich bewegte. Während dieses Versuches stand das im Gefässe BB befindliche Thermometer auf 12°. Darauf wurde durch Abbrechen der feinen Spitze a die Kugel geöffnet, etwas Wasser hineingebracht und dann die Spitze wieder zugeschlossen. Es wurde nun neuerdings kaltes und warmes Wasser in das Gefäss AA gebracht, während die Temperatur des Rohres unverändert blieb, und dabei hätte nach Dalton's Theorie eine Temperatur-Erhöhung von 15°,7 bis 41°,8, wenn der Dampf in dem Rohre nicht bis zum Quecksilbertropfen vorgedrungen war, letztern wieder um 11,41 Zoll, und wenn der Dampf vorgedrungen war, höchstens um $\frac{1}{38}$ weiter fortbewegen sollen: anstatt dessen betrug in der Wirklichkeit die Bewegung nahe das Doppelte. Die genaue Messung ergab, dass, wenn die Temperatur von 15°,7 auf 30°,9 erhöht wurde, schon die 11,47 Zoll zurückgelegt waren.

Ein zweites Glasrohr, in ähnlicher Weise geformt und mit kleinerer Kugel, gab, so lange nur trockene Luft in der Kugel sich befand, für eine Temperatur-Erhöhung von 14°,4 auf 44°,24 eine Bewegung des Quecksilbertropfens von 12,86 Par. Zoll, und nachdem eine kleine Quantität Wasser in die Kugel gebracht worden war, bewegte sich der Quecksilbertropfen um die eben erwähnte Grösse, wenn die Temperatur von 14°,4 auf 31°,1 stieg. Da vermuthet werden durfte, dass der Dampf nach längerer Zeit in der Röhre bis zum Quecksilbertropfen vordringen und dann einen verschiedenen Erfolg hervorbringen könne, so wurde die Kugel eine ganze Stunde im warmen Wasser gelassen; der Stand des Quecksilbertropfens blieb aber unverändert. Auch konnte nach Vollendung des Versuches weder in der ersten, noch in der zweiten Röhre eine Spur von Niederschlag zwischen *c* und *d* wahrgenommen werden, so dass wahrscheinlich der Dampf in die Röhren entweder gar nicht oder nur bis auf eine kleine Strecke eingedrungen ist. In dieser Voraussetzung würde die Beobachtung fordern, dass die Zunahme der Expansivkraft der trockenen Luft von 15°,7 bis 41°8 eben so gross sei, als die Zunahme der Expansivkraft der Luft und des Wasserdampfes von 15°,7 bis 30°,9, und dies trifft auch genau zu, denn die erstere Zunahme berechnet sich auf 0,119, und die letztere beträgt

für die Luft . . . 0,070
für den Dampf . . 0.048
also zusammen 0,118

Im zweiten Experimente hat man die Zunahme der Expansivkraft
für trockene Luft von 14°,4 bis 44°,24 0,136

dann

für Luft von 14°,4 bis 31°,1 0,076
für Dampf von 14°,4 bis bis 31°,1 0,052
also zusammen 0,128

wenig von der vorhergehenden Zahl abweichend.

Um noch grössere Sicherheit zu erhalten, modificirte ich den Versuch in folgender Weise. Der Glasröhre gab ich die Form Fig. 12 (Taf. I), die darin von der früheren Form sich unterscheidet, dass bei *k* eine Kugel von ungefähr derselben Grösse wie die Kugel *K* angeblasen ist: ausserdem wurde das Gefäss *BB* mit zerstossenem Eise und Wasser angefüllt, so dass die Temperatur constant auf + 0°,2 erhalten wurde. Die Resultate waren wie folgt:

1) wie die Röhre mit trockener Luft gefüllt war, so bewegte sich bei einer Temperatur - Erhöhung von 12°,7 auf 49°,2 der Quecksilbertropfen um 11,38 Par. Zoll,
2) als etwas Wasser in die Kugel *A* gebracht wurde, bewegte sich der Quecksilbertropfen wieder um 11,38 Par. Zoll, wenn die Temperatur von 12°,7 auf 35°,3 stieg.

Berechnet man die Zunahme der Expansivkraft wie oben, so hat man:

für trockene Luft bei einem Steigen der Temperatur von
12°,7 auf 49°,2 0,174
für Luft und Dampf zugleich bei einem Steigen der Temperatur
von 12°,7 bis 35°,3, und zwar für Luft 0,103
für Dampf 0,082
zusammen 0,185

Dieses Resultat ist etwas grösser, als das für trockene Luft erhaltene, und es möchte daraus vermuthet werden, dass etwas Dampf von der Kuge

K nach *k* gelangt sein müsse, indessen kann die Quantität nur sehr gering gewesen sein, denn wenn das Gefäss *AA* Wasser von constanter Temperatur (13°) enthielt und in das Gefäss *BB* abwechselnd kaltes und warmes Wasser gebracht wurde, so war, um den Quecksilbertropfen 7,80 Par. Zoll zu bewegen, ein Steigen der Temperatur erforderlich wie folgt:

vor den obigen Versuchen	von 13°,5 bis 47°,0
nach den obigen Versuchen	von 13,5 bis 45,8
und nachdem die Kugel *K* hierauf noch zwei Stunden im Wasser von 35° — 40° gestanden hatte	von 13°,5 bis 44°,6

Aus letzterer Bestimmung ist zu entnehmen, dass ungeachtet so lange Zeit hindurch in der Kugel *K* ein bedeutender Dampfdruck fortwährend erhalten wurde, dennoch in die Kugel *k* nicht so viel Dampf gelangt war, als nöthig gewesen wäre, um den Raum bei einer Temperatur von 0° zu sättigen, obwohl die Oeffnung des Rohres 1,1 Par. Linien Durchmesser hatte.

Aus diesen Versuchen geht unwiderlegbar hervor, dass die Dalton'sche Theorie, insofern sie die Luft und den Dampf als von einander unabhängig in demselben Raume bestehend voraussetzt, völlig unbegründet ist, vielmehr die Luft auf den Dampf und der Dampf auf die Luft einen Druck ausübt. Dieser Ausdrucksweise bediene ich mich hier nur, um den Erfolg darzustellen: ich hoffe bei einer anderen Gelegenheit zeigen zu können, dass man die Feuchtigkeit als an die Luftmolecule adhärirend betrachten müsse, und dass durch eine naturgemässe Hypothese über die Expansion trockener und feuchter Luftmolecule die Erscheinungen einfach erklärt werden können.

Will man die im Vorhergehenden entwickelten Lehrsätze auf die Verhältnisse des Wasserdampfes in der Atmosphäre anwenden, so geht vor Allem daraus hervor, dass, da die Verbreitung des Dampfes in der Luft nur sehr langsam zu Stande kommt und an verschiedenen Orten je nach der Wärme und der Grösse der offenliegenden Wasserflächen sehr verschiedene Dampfmengen in die Luft übergehen, bezüglich auf die Feuchtigkeit der Luft streng genommen keine gesetzmässigen Verhältnisse bestehen. Allerdings bewirken die beständig vorhandenen Luftströmungen eine Durchmischung der trockeneren und feuchteren Luftmassen, aber nicht in regelmässiger Weise, und deshalb besteht zwischen der Feuchtigkeit in verschiedenen Punkten des Raumes kein strenges Abhängigkeitsverhältniss. Insbesondere erscheint die Vorstellung einer für sich bestehenden Dampfatmosphäre als unzulässig, und die Angaben des Psychrometers können nur mehr als Ausdruck der localen Feuchtigkeit betrachtet werden.

(Auszug aus einem Schreiben von Prof. Lamont an Herrn Prof. Kämtz in Dorpat d. d. München den 28. August 1862.)

VII. Wanderung der Spectrallinien. (Sitzungsberichte der kaiserl. Akademie der Wissenschaften Bd. 43, S. 208; ferner Sitzungsberichte der kaiserl. Akademie der Wissenschaften, 1858, Bd. 30, S. 389; Pogg. Ann., Bd. 112, S. 153; Bd. 116, S. 191.)

Als Dr. Adolph Weiss, Docent an der k. k. Universität in Wien, die Distanzen der Mitten der Absorptionsstreifen in Untersalpetersäure und Chlorophylllösung bei verschiedenen Dicken der absorbirenden Substanzen mass, fand er, dass die Streifenmitten bei Verdickung der Schichten des Absorbens zusammenrückten. Die Beobachtung des Chlorophyllspectrums zeigte die Erscheinung so charakteristisch, dass sie hierbei bis in Details verfolgt werden konnte, die zu einer Erklärung führten. Dr. Weiss fand nämlich, dass in Chlorophylllösung die Streifen sich mit Verdickung der Schicht des Absorbens nach dem violetten Ende hin in solcher Weise verdicken, dass dadurch die Wanderung der Streifenmitten erklärt werden konnte. Die wiederholte Beobachtung der Absorptionsstreifen von Untersalpetersäure herrührend, führte auch für diese zur nämlichen Erklärung. Als nun Dr. Weiss die gewöhnlichen Frauenhofer'schen Streifen bei hohem und niederem Sonnenstande beobachtete, fand er, dass bei hohem Sonnenstande die Distanzen der Mitten der Linien constant zu sein schienen, während sich bei niederem Sonnenstande Verdickung einzelner Linien, somit auch Verschiebung ihrer Mitten einstellte. Die Abbildungen der Spectrallinien von Kirchhoff (Untersuchungen über das Sonnenspectrum), welche für hohen Sonnenstand gelten, bedürfen hiernach keiner Correction. Nach seinen sehr genauen Messungen zieht Dr. Weiss noch den Schluss aus seinen Arbeiten: „Für Bestimmungen von Brechungsexponenten, welche eine Genauigkeit von nur etwa drei Decimalen erfordern, wie es in vielen Fällen auch ausreichend ist, bleibt das Spectrum des Gases der Untersalpetersäure natürlich noch immer nicht nur das bequemste, sondern auch ein völlig verlässliches Mittel, da für geringe Variationen in der Dicke oder Dichte sich die relative Lage der Spectrallinien so gut wie gar nicht ändert, allein, wo es darauf ankommt, Resultate zu erzielen, welche etwa die 5. oder 6. Decimale noch sicher haben sollen, wird man von der Anwendung derselben abstehen und die weit zarteren Frauenhofer'schen Linien, welche bei nicht gar zu tiefem Sonnenstande gewiss für unsere Instrumente absolut constante Distanzen haben, benutzen müssen." Dr. K.

VIII. Die Anwendbarkeit von Spectralbeobachtungen bei der chemischen Analyse. — Kirchhoff (Untersuchungen über das Sonnenspectrum etc.) hat ein charakteristisches Spectrum von vielen chemischen Elementen erhalten, indem er entweder eine geeignete Verbindung des Elementes auf Platindraht in die Bunsen'sche Flamme brachte, oder den

Funken eines Ruhmkorf'schen Apparates zwischen Elektroden überschlagen liess, welche aus den Drähten des Elementes gebildet waren und indem er das entstehende Licht durch seinen vorzüglichen Spectralapparat analysirte. Simmler (Pogg. Ann., Bd. 515, S. 242 und 425) hat mit einem minder vollkommenen Spectroskop und unter Anwendung der Bunsen'schen Flamme, in die er am Platindraht flüchtige Verbindungen der Elemente brachte, eine grosse Anzahl von Versuchen gemacht und ist hierbei zu folgenden Erfahrungen gekommen: 1) Viele flüchtige Verbindungen der Elemente veranlassen, in die Flamme gebracht (vielleicht weil die Temperatur der Flamme nicht die geeignete ist), gar keine bemerkenswerthe Erscheinung, z. B. die flüchtigen Verbindungen von Magnesium, Aluminium, Eisen, Mangan, Kobalt, Nickel, Chrom, Uran und Zink. 2) Nicht jede gefärbte Flamme giebt ein durch helle Linien unterbrochenes Spectrum; so geben z. B. Phosphorsäure, tellurige Säure, Molybdänsäure ein continuirliches Spectrum. 3) Nur die elektropositivsten Metalle geben ein Spectrum, in dem wenige hellere charakteristische Linien auftreten. (Das erst nach Beendigung von Simmler's Arbeiten durch Crookes und Lamy bekannt gewordene Thallium, welches physikalisch dem Blei, chemisch aber den Alkalimetallen ähnlich ist, zeichnet sich ebenfalls durch eine einzige grüne Linie im Spectrum aus.) 4) Ausser den Alkali- und Erdverbindungen können nur folgende Verbindungen auf dem Spectralwege mit der Flamme aufgefunden werden: Borsäure, welche 3 grüne und 1 blaue Linie giebt; Kupferchlorid, welches 15 helle Linien im ganzen Spectrum zeigt; Manganchlorür, welches 4 grüne und 1 violette Linie zeigt. — Die Untersuchungen von Simmler zeigen die Grenzen der Anwendbarkeit der Spectralanalyse, wenn man Gebrauch von der Bunsen'schen Flamme macht. Innerhalb dieser Grenzen darf jedoch die Spectralanalyse immer nur mit der grössten Umsicht angewendet werden. Mitscherlich (Pogg. Ann., Bd. 116, S. 495) zeigt nämlich, dass durch Zusatz von Beimischungen zu den analysirten Substanzen Linien neu hinzu kommen oder vorhandene verschwinden. So z. B. entstehen zwei Linien mehr, wenn man Salmiak und Chlorbarium spectralanalytisch prüft, als wenn man Chlorbarium allein anwendet. Dr. Kahl.

IV.

Theorie des Ausströmens vollkommener Gase aus einem Gefässe und ihres Einströmens in ein solches.

Von Joh. Bauschinger,

Lehrer an der königl. Gewerbe- und Handelsschule in Fürth.

§. 1.

Die theoretischen Untersuchungen über die in der Ueberschrift bezeichneten Erscheinungen beschränken sich fast allein darauf, die Ausflussgeschwindigkeit eines Gases aus einem Behälter, in welchem es einen gewissen Druck besitzt, in einen Raum, in welchem ein kleinerer Druck stattfindet, zu bestimmen.

Poncelet in seinem „Lehrbuch der Anwendung der Mechanik auf Maschinen" findet für die Ausflussgeschwindigkeit einer gasförmigen Flüssigkeit durch die Oeffnung ω eines Gefässes (Fig. 1, Taf. II), in welchem in Folge der Einwirkung auf den abwärts gehenden Stempel O der Druck p auf die Flächeneinheit herrscht, während aussen der Druck p' auf die Flächeneinheit stattfindet:

$$a)\qquad \gamma=\sqrt{\frac{2g\left(h+pv\,Log\,\frac{p}{p'}\right)}{1-\frac{v^2\omega^2}{v'^2O^2}}},$$

wo v und v' die specifischen Volumina (Volumen der Gewichtseinheit) des Gases in und ausser dem Gefässe, ω und O bezüglich die Grösse der Ausflussöffnung und Stempelfläche, h die Höhe des Schwerpunktes der Stempelfläche über den der Ausflussöffnung und g die Beschleunigung der Schwere bezeichnet. Log bedeutet den natürlichen Logarithmus. — Poncelet macht bei der Entwickelung dieser Formel die Voraussetzung, dass das Gas, indem es sich so ausdehnt, dass sein Druck von p auf p' herabsinkt, das Mariotte'sche Gesetz befolge, dass also eine Temperaturveränderung nicht stattfinde.

Für den Fall, dass h gegen $pv\,Log\,\frac{p}{p'}$ sehr klein ist, was besonders bei geringer Höhe des Ausflussbehälters angenommen werden darf, und für den Fall, dass O bedeutend das ω überwiegt, erhält man aus obiger die einfachere Formel:

$$b) \qquad \gamma = \sqrt{2gpv \, Log \frac{p}{p'}},$$

welche wiederum für geringere Druckunterschiede in und ausser dem Gefässe in die folgende einfachste und gewöhnlich angewandte übergeht:

$$c) \qquad \gamma = \sqrt{2gpv\left(1 - \frac{p'}{p}\right)}.$$

Diese Formel stimmt mit der für den Ausfluss tropfbarer Flüssigkeiten überein und wird in vielen Lehrbüchern der Physik und Mechanik unmittelbar von dieser herübergenommen, indem man von der Zusammendrückbarkeit des Gases abstrahirt und annimmt, dass es mit der constanten, im Innern des Behälters herrschenden Dichtigkeit aus der Oeffnung trete.

Weisbach berücksichtigt in seinem „Lehrbuch der Ingenieur- und Maschinenmechanik", I. Bd., S. 818 auch die Temperaturänderungen, welche nothwendig stattfinden müssen, wenn der Druck des Gases plötzlich von p auf p' herabsinkt, indem er statt des einfachen Mariotte'schen Gesetzes $pv = p'v'$ das sogenannte erweiterte

$$\frac{p}{p'} = \left(\frac{v'}{v}\right)^{\varkappa}$$

zu Grunde legt, wo $\varkappa$ das Verhältniss $\frac{c}{c_1}$ der specifischen Wärme c des Gases bei constantem Druck zu der c_1 bei constantem Volumen bezeichnet. Er findet so für die Ausflussgeschwindigkeit:

$$d) \qquad \gamma = \sqrt{2gpv \frac{\varkappa}{\varkappa - 1}\left[1 - \left(\frac{p'}{p}\right)^{\frac{\varkappa-1}{\varkappa}}\right]}.$$

Für $\varkappa = \infty$, also unter der Annahme, dass $\frac{v'}{v} = \left(\frac{p}{p'}\right)^0 = 1$, d. h. also unter der Voraussetzung, dass keine Ausdehnung des Gases beim Ausflusse selbst, insoweit sie die Geschwindigkeit beeinflussen kann, stattfindet, folgt aus dieser letzteren Formel wieder die c).

Alle diese Formeln sind nur anwendbar, wenn entweder der Druck und die Dichtigkeit des Gases in und ausser dem Gefässe constant bleiben, oder wenn sie wenigstens in dem Augenblick, für welchen die Ausflussgeschwindigkeit zu bestimmen ist, bekannt sind.

In einem Gefässe von constantem Inhalt, aus welchem ein Gas ausströmt, ohne dass es in demselben Maasse wieder ersetzt wird, oder in einem Gefässe von gleicher Beschaffenheit, in welches Gas einströmt, sind der Druck und die Dichtigkeit in steter Veränderung begriffen. Weisbach bestimmt diese Aenderungen für den Fall des Ausströmens eines

Gases aus einem Gefässe unter der Voraussetzung, dass die Temperatur in letzterem constant bleibt, und unter der Zugrundelegung der Formel *c*) für die Geschwindigkeit.

Aber die Ausflussgeschwindigkeit der Gase ist meist so gross, und die dadurch hervorgebrachten Aenderungen des Druckes und der Dichtigkeit in den betreffenden Gefässen gehen so rasch vor sich, dass stets eine grössere oder geringere Temperaturerhöhung oder -Erniedrigung in den letzteren stattfinden muss. Es wird daher nothwendig, die Aenderungen des Druckes und der Dichtigkeit sowohl, als auch der Temperatur in einem Gefässe, aus welchem Gas ausströmt, oder in welches Gas einströmt, unter der Voraussetzung kennen zu lernen, dass dem Gefässe während jener Vorgänge weder Wärme entzogen, noch solche mitgetheilt wird. Dies ist die hauptsächlichste Aufgabe der nachstehenden Untersuchungen, die, wie ich glaube, besonders in physikalischer Beziehung interessante Resultate ergeben haben und eine schöne Anwendung der mechanischen Wärmetheorie bilden. Wenn ich dabei auch die Formel *d*) für die Ausflussgeschwindigkeit nochmals entwickelt habe, so war das für den Zusammenhang des Ganzen nothwendig; übrigens ist meine Entwickelung von der Weisbach'schen gänzlich verschieden.

Der zunächst liegende Weg für die eben bezeichneten Untersuchungen bietet sich natürlich vom Standpunkte der mechanischen Wärmetheorie aus dar, und auf diesem Wege werden dieselben auch ziemlich einfach. Nur muss man eine Voraussetzung, die man fast in allen Arbeiten auf diesem Gebiete trifft, und durch welche man sich, wie mir scheint, Untersuchungen wie die vorliegenden sehr erschwert hat, fallen lassen. Man nimmt nämlich gewöhnlich an, dass ein Gas oder irgend ein anderer Körper, der plötzlich einem geringeren Druck von aussen als bisher ausgesetzt wird und sich in Folge dessen ausdehnt, bei dieser Ausdehnung einen Widerstand überwindet, der geringer als seine Spannung ist. Durch diese Annahme werden aber die gewöhnlichen Formeln der mechanischen Wärmetheorie unbrauchbar, da bei ihrer Entwickelung vorausgesetzt wird, dass bei der Ausdehnung oder Zusammendrückung eines Körpers stets ein seiner Spannung gleicher Widerstand überwunden, bezüglich eine jener Spannung gleiche Kraft aufgeboten wird.*) — Wie ich mir die Sache denke, hat jeder Körper, indem er sich in Folge seiner Spannkraft ausdehnt, unter allen Verhältnissen einen, dieser Spannung gleichen Widerstand zu überwinden. Wenn der äussere Gegendruck kleiner als diese Spannkraft ist, so werden die in Bewegung zu setzenden Theile, seien nun diese ein vor sich herzuschiebender Kolben oder blos Moleküle des sich ausdehnenden Körpers selbst oder beide zugleich, gezwungen, eine immer

*) Vergl. z. B. Zeuner, „Grundzüge der mechanischen Wärmetheorie," S. 54 und 127.

grössere und grössere Geschwindigkeit anzunehmen; sie erhalten also eine gewisse Beschleunigung, die in jedem Augenblicke dem Ueberschuss der Spannung des Körpers über den äusseren Gegendruck proportional ist. Und der Widerstand, welchen in Folge ihrer Trägheit die zu bewegenden Theile dieser Beschleunigung ihrer Bewegung entgegensetzen, ist nach dem Princip der gleichen Wirkung und Gegenwirkung genau gleich dem Unterschiede der Spannung und des äusseren Gegendrucks. Freilich erhalten jene Theile mit wachsender Geschwindigkeit auch eine immer grösser werdende lebendige Potenz (so nennen wir hier nach dem Vorgange französischer Mechaniker mit Jolly und Anderen das halbe Product aus der Masse in das Quadrat der Geschwindigkeit eines Körpers, oder die halbe lebendige Kraft desselben), sie sammeln so·zu sagen immer mehr an Arbeit in sich auf, welche in dem Falle, dass sie wieder zur Ruhe kommen, zur Leistung einer genau ebenso grossen Arbeit verwendet, oder auch — im Sinne der mechanischen Wärmetheorie — in ihr Aequivalent von Wärme verwandelt werden kann.

Dies sind die Anschauungen, welche den nachfolgenden Entwickelungen, die ganz auf dem Boden der mechanischen Wärmetheorie stehen, zu Grunde liegen. Ich glaube, die Resultate dieser Entwickelungen werden ihre Richtigkeit sowohl, wie ihre Anwendbarkeit bestätigen und dadurch eine nicht unbedeutende Stütze der mechanischen Theorie der Wärme bilden.

§. 2.

Die Aufgabe, welche ich mir in vorliegender Abhandlung gestellt habe, ist die folgende:

In einem Gefässe *ABCD* (Fig. 2, Taf. II), dessen Wände für die Wärme undurchdringlich vorausgesetzt werden, und dessen inneres Volumen constant gleich V sei, befinde sich ein vollkommenes, d. h. das Mariotte-Gay-Lussac'sche Gesetz befolgendes Gas von dem anfänglichen Drucke p_0 auf die Flächeneinheit, der Temperatur t_0 und dem specifischen Volumen (Volumen der Gewichtseinheit) v_0; in einem zweiten, dicht daran befindlichen Gefässe *DCEF* von derselben Beschaffenheit wie jenes und dem constanten Inhalt V' sei die nämliche Gasart, jedoch von dem anfänglichen Drucke p_0', der Temperatur t_0' und dem specifischen Volumen v_0' enthalten. Der Druck p_0 im ersten Gefäss sei grösser als der p_0' im zweiten. — Wenn nun beide Gefässe durch eine Oeffnung ω in sehr dünner Wand miteinander in Verbindung gesetzt werden, so dass das Gas von V nach V' überströmt: welches ist zu irgend einem Zeitpunkt während dieses Ueberströmens der Zustand des Gases in dem Ausströmungsgefäss V sowohl, wie in dem Einströmungsgefäss V'; wie gross ist ferner die Geschwindigkeit des durch die Oeffnung fliessenden Gasstromes in eben jenem Augenblicke; in welchem Zustande befindet sich das Gas in jedem der beiden Gefässe zu Ende des Vorganges, unmittelbar, nachdem das Ueberströmen aufgehört hat, der Druck in beiden Gefässen also gleichgross geworden ist, und welche Gasmenge ist bis dahin übergegangen; welche Arbeit endlich wird von dem im Ausströmungsgefäss enthaltenen Gase geleistet und von dem im Einströmungsgefässe befindlichen aufgenommen? Etwa stattfindende Reibungshindernisse werden unberücksichtigt gelassen, weshalb wir die Oeffnung in sehr dünner Wand und beide Gefässe unmittelbar nebeneinander stehend oder doch nur durch ein sehr kurzes und weites Röhrenstück verbunden voraussetzen.

Wir nehmen als Einheit des Längen-, Flächen- und Körpermaasses den Meter, Quadrat- und Cubikmeter und als Einheit des Gewichtes oder Druckes das Kilogramm. Die Temperatur drücken wir in Graden der Centesimalscala aus.

Bevor wir jedoch zur Lösung unseres Problems übergehen, mögen noch folgende geschichtliche Erinnerungen und Bemerkungen ihre Stelle finden.

Bekanntlich hat Gay-Lussac*) zuerst den Versuch gemacht, einen mit Gas gefüllten Ballon mit einem gleich grossen luftleeren in Verbindung zu setzen; er fand eine Temperaturerniedrigung in dem ersten und eine gleichgrosse Temperaturerhöhung in dem zweiten Ballon; ausserdem ergaben sich diese Temperaturänderungen um so kleiner, je geringer die Spannkraft des Gases in dem ersten Ballon war, und zwar war Gay-Lussac geneigt, die Temperaturänderungen den Aenderungen der Dichtigkeit proportional zu setzen. Damals setzte namentlich die Temperaturerhöhung in dem vorher ausgepumpten Gefäss in Erstaunen; man hatte, da sich das Gas auch in ihm ausdehnt, ebenfalls eine Temperaturerniedrigung erwartet. Eine Erklärung des Phänomens giebt Gay-Lussac nicht; er bestreitet nur die Ansicht, dass dem Vacuum Wärme zuzuschreiben sei, oder dass die Temperaturerhöhung aus der Zusammendrückung des wenigen, im ausgepumpten Ballon noch enthaltenen Gases erklärt werden müsse.

Clément und Desormes fanden die Versuche Gay-Lussac's bestätigt und suchten die räthselhafte Erscheinung der Temperaturerhöhung im ausgepumpten Ballon durch Annahme einer Wärmecapacität und Temperatur des Vacuums zu erklären.

In neuerer Zeit lenkte Assmann**) wieder das Augenmerk auf die Gay-Lussac'schen Versuche und kommt zu dem Schlusse, dass die Temperaturerhöhung in dem zweiten Ballon aus den Principien, wie er sie in seinem Aufsatze entwickelt, unerklärlich sei: es müsste, meint er, in demselben, da sich die Luft in ihm ausdehnt, eine Temperatur-Erniedrigung, keine -Erhöhung eintreten.

*) Gilbert's Annalen, Bd. 30, S 249.

**) Poggendorff's Annalen, Bd. 85, S. 34.

Nachdem endlich noch Joule jene Versuche wiederholt und die Temperaturänderungen genau gemessen hat, kommt auch Koosen *) nochmals auf sie zu sprechen und deutet zum ersten Mal den richtigen Gesichtspunkt an, aus welchem sie erklärt werden müssen, indem er bemerkt, „dass die Ausgleichung der Spannung zwischen dem vollen und luftleeren Gefässe nicht plötzlich geschieht, sondern einer gewissen Zeit bedarf, in deren einzelnen Abschnitten die im gefüllten Gefässe befindliche Luft, um in das leere oder nur zum Theil gefüllte überzutreten, allerdings eine Arbeit zu leisten hat, indem sie den Widerstand der schon im vorher leeren Gefässe befindlichen Luft überwindet.“ Mit dem im Uebrigen von Koosen eingeschlagenen Weg kann ich mich jedoch, wie meine folgende Behandlung zeigt, nicht einverstanden erklären. Uebrigens werden die nachfolgend angestellten Untersuchungen zeigen, dass sich die Temperaturerhöhung im Einströmungsgefäss, auch wenn es ursprünglich ganz luftleer ist, ganz ungezwungen und natürlich ergiebt, und zwar in letzterem Falle, ohne irgend eine Hypothese über die „Temperatur des luftleeren Raumes“ annehmen zu müssen.

Ich gehe nun an die Lösung der gestellten Aufgabe.

§. 3.

Das Ueberströmen des Gases aus dem Gefässe V in das Gefäss V' geschieht natürlich nicht in der Weise, dass das Gas bis zum Eintritt in die Oeffnung ω den im Gefäss V herrschenden Druck behält und unmittelbar nach dem Verlassen dieser Oeffnung plötzlich den im Gefässe V' stattfindenden Druck annimmt. Der wahre Vorgang ist sicherlich der, dass das Gas in dem Ausströmungsgefässe V, indem es von allen Seiten her gegen die Oeffnung strömt, schon eine Strecke vor dieser anfängt, sich auszudehnen, und dass seine Spannung allmälig abnimmt, bis es eine gewisse Strecke hinter der Oeffnung den Druck des Gases in dem Einströmungsgefässe V', wie er eben dort herrscht, annimmt. Wenn wir also in irgend einem Augenblicke während der Bewegung des Gases den Druck (auf die Flächeneinheit, wie immer im Nachfolgenden) die Temperatur und das specifische Volumen in dem Gefässe V bezüglich mit p, t, v und in dem Gefässe V' mit p', t', v' bezeichnen, so stellen wir uns vor, dass bis zur Fläche ab vor der Oeffnung der Druck des Gases im Gefässe V durchweg gleich p sei, dass er von dieser Fläche an bis zu der auf der anderen Seite der Oeffnung gelegenen Fläche cd stetig abnehme und in dieser letzteren endlich die Grösse des im Gefässe V' eben herrschenden Druckes p' erhalte. Ebenso denken wir uns die ganze Gasmasse in dem Gefässe V bis zur Fläche ab hin als ruhig und nur allmälig sich ausdehnend, während in der Fläche ab die Gasmoleküle anfangen sich zu bewegen, ihre

*) Poggendorff's Annalen, Bd. 89, S. 449.

Geschwindigkeit allmälig vergrössern und endlich beim Durchgange durch die Fläche *cd* das Maximum ihrer Geschwindigkeit, die eigentliche Ausflussgeschwindigkeit γ, erreichen; was von da ab noch mit ihnen vorgeht, wird Aufgabe der Betrachtung des weiteren Vorganges im Einströmungsgefässe sein.

Ueber die Grösse und Form der Flächen *ab* und *cd* werden wir hier keine weiteren Voraussetzungen, die sich natürlich nur auf angestellte Versuche stützen könnten, machen und zu machen brauchen; nur das werden wir bei der Unkenntniss, in der wir uns über sie befinden, später annehmen müssen, dass sie nicht weit von der Oeffnung entfernt liegen, sodass die zwischen ihnen und der Oeffnung gelegenen Räume gegen den Inhalt der ganzen Gefässe vernachlässigt werden dürfen.

Denken wir uns in dem in Betracht gezogenen Augenblicke unmittelbar vor der Fläche *ab* eine unendlich kleine, in dem Raume zwischen *ab* und *a'b'* enthaltene Gasmasse dm vom Volumen dV gelegen, wobei wir hier und in Zukunft der Kürze halber unter dem Worte Gasmasse und der Bezeichnung m nicht eigentlich die „Masse", sondern das Gewicht des in Rede stehenden Gasquantums verstehen werden. — Diese Gasmasse dm hat natürlich den Druck p, die Temperatur t und das specifische Volumen v, wie sie im Gefässe V eben bestehen. Verfolgen wir nun den Weg dieser Gasmasse durch den Raum *abcd*, bis sie als die in dem Raume zwischen *cd* und *c'd'* enthaltene gleiche Luftmasse dm vom Volumen dV', dem Drucke p', wie er eben im Gefässe V' stattfindet, einer noch zu bestimmenden Temperatur (t') und einem noch zu bestimmenden specifischen Volumen (v') mit der gesuchten Geschwindigkeit γ austritt. Die während dieses Vorganges auf die Gasmasse wirkenden und in derselben thätigen Kräfte und ihre Arbeitsleistungen sind:

1. Die Gasmasse dm dehnt sich, ohne dass ihr Wärme von Aussen mitgetheilt oder entzogen würde, wie wir wegen der Schnelligkeit des Vorganges wohl annehmen dürfen, und unter fortwährender Verrichtung einer ihrem Drucke entsprechenden Arbeit aus, bis ihr Druck von p auf p' herabgesunken ist. Die mechanische Wärmetheorie lehrt, dass dann ihre Temperatur (t') und ihr specifisches Volumen (v') durch die Formeln

$$1)\qquad \frac{(v')}{v} = \left(\frac{p'}{p}\right)^{-\frac{1}{\varkappa}},$$

$$2)\qquad \frac{a+(t')}{a+t} = \left(\frac{p'}{p}\right)^{\frac{\varkappa-1}{\varkappa}}$$

gefunden werden, wo a die sogenannte absolute Temperatur des Nullpunktes, 273° C., und $\varkappa$ das Verhältniss der specifischen Wärme bei constantem Druck zu der bei constantem Volumen bezeichnet, eine Zahl, welche bei atmosphärischer Luft ungefähr den Werth 1,41 hat. Für vollkommene Gase, wie allerdings streng genommen wohl kaum eines existirt, darf bekanntlich diese Zahl $\varkappa$ als constant betrachtet werden, was wir ir der Folge immer thun wollen. Allerdings begehen wir dann bei der Anwendung unserer Resultate auf wirkliche Gase einen geringen Fehler, den wir aber, sowie auch den, der aus der Anwendung des Mariotte-Gay-Lussac'schen Gesetzes auf solche Gase entspringt, hier vernachlässigen.

Die bei jener Ausdehnung der Gasmasse dm geleistete Arbeit ist nach den Principien der mechanischen Wärmetheorie:

$$3)\qquad dA_1 = -\frac{1}{A} c_1\, dm\, [(t') - t],$$

wo $\frac{1}{A}$ das sogenannte mechanische Aequivalent der Wärme oder die Zahl 424 Kilogrammeter und c_1 die specifische Wärme unseres Gases bei constantem Volumen bezeichnet. Der obige Werth von dA_1 schreibt sich auch:

$$dA_1 = -\frac{1}{A} c_1\, dm\, (a+t) \left[\frac{a+(t')}{a+t} - 1\right]$$

und geht nun mit Benutzung der Formel 2) über in:

$$4)\qquad dA_1 = \frac{1}{A} c_1\, dm\, (a+t) \left[1 - \left(\frac{p'}{p}\right)^{\frac{\varkappa-1}{\varkappa}}\right].$$

2. Während des Durchflusses durch den Raum $abcd$ (Fig. 2) finden von beiden Seiten her Drückungen gegen die Gasmasse dm statt, deren Arbeitsleistungen einfach folgendermaassen bestimmt werden können: Sei durch $abcd$ (Fig. 3, Taf. II) der in Fig. 2 mit denselben Buchstaben bezeichnete Raum nochmals, vergrössert und in anderer Gestalt, auf welche es hier gar nicht ankommt, dargestellt; ebenso seien $a'b'ba$ und $c'd'dc$ (Fig. 3) die in Fig. 2 mit den nämlichen Buchstaben bezeichneten Räume. Die Gasmasse dm vom ursprünglichen Volumen $a'b'ba = dV'$ nehme nach und nach die Räume $abb_1a_1 = dV_1$, $a_1b_1b_2a_2 = dV_2$, $a_2b_2b_3a_3 = dV_3 \ldots$ $a_nb_ndc = dV_{n+1}$ und endlich $cdd'c' = dV'$ ein. In den Querschnitten ab, a_1b_1, a_2b_2, $a_3b_3 \ldots a_nb_n$, cd, $c'd'$, oder vielmehr, wie wir annehmen, in den ganzen vor ihnen liegenden Räumen: $a'b'ba$, abb_1a_1, $a_1b_1b_2a_2$, $a_2b_2b_3a_3 \ldots a_{n-1}b_{n-1}b_na_n$, a_nb_ndc, $cdd'c'$ sollen die bezüglichen Drückungen: p, p_1, p_2, $p_3 \ldots p_n$, p_{n+1}, p' herrschen, so ist die durch diese Drückungen geleistete Arbeit:

während dm von	$a'b'ba$	nach	abb_1a_1	übergeht gleich	$pdV - p_1dV_1$
„ „ „	abb_1a_1	„	$a_1b_1b_2a_2$	„ „	$p_1dV_1 - p_2dV_2$
„ „ „	$a_1b_1b_2a_2$	„	$a_2b_2b_3a_3$	„ „	$p_2dV_2 - p_3dV_3$
. . .	.	.	.	. .	.
. . .	.	.	.	. .	.
. . .	.	.	.	. .	.
„ „ „	$a_{n-1}b_{n-1}b_na_n$	„	a_nb_ndc	„ „	$p_ndV_n - p_{n+1}dV_{n+1}$
„ „ „	a_nb_ndc	„	$cdd'c'$	„ „	$p_{n+1}dV_{n+1} - p'dV'$.

Die Summe dieser einzelnen Arbeitsleistungen, also die Gesammtarbeit, gethan, während dm von $a'b'ba$ nach $cdd'c'$ übergeht, ist, wie leicht ersichtlich:

$$dA_2 = p\,dV - p'dV',$$

wobei

$$dm = \frac{dV}{v} = \frac{dV'}{(v')},$$

folglich wird

$$dA_2 = pv\,dm - p'(v')\,dm = pv\,dm\left[1 - \frac{p'}{p}\cdot\frac{(v')}{v}\right],$$

oder mit Benutzung der Formel 1)

5) $$dA_2 = pv\,dm\left[1 - \left(\frac{p'}{p}\right)^{\frac{\varkappa-1}{\varkappa}}\right].$$

Nun ist das Mariotte-Gay-Lussac'sche Gesetz ausgedrückt durch die Formel

$$pv = R(a+t),$$

wo R eine Constante, gleich $\frac{p_0 v_0}{a+t_0}$, bezeichnet, unter p_0, v_0, t_0 Druck, specifisches Volumen und Temperatur des Gases in irgend einem bestimmten Zustande verstanden.

Für atmosphärische Luft fand bekanntlich Regnault bei der Temperatur $t_0 = 0$ und dem Drucke p_0 von einer Atmosphäre, gleich 10334 Kilogramm auf den Quadratmeter, den Werth für $\frac{1}{v_0}$ (Gewicht der Volumeneinheit) gleich 1,2932 Kilogramm, woraus

$$R = 29{,}272$$

folgt. Für andere Gase darf diese Zahl nur mit deren specifischem Gewichte in Bezug auf Luft dividirt werden.

Mit Benutzung des Mariotte-Gay-Lussac'schen Gesetzes wird der Werth für dA_2:

6) $$dA_2 = R(a+t)\,dm\left[1 - \left(\frac{p'}{p}\right)^{\frac{\varkappa-1}{\varkappa}}\right].$$

3. Die Wirkung der Schwere auf das Element dm vernachlässigen wir hier.

Die auf die Gasmasse dm übertragene und von ihr selbst geleistete Arbeit $dA_1 + dA_2$ hat zur Folge, dass sie*) von dem Zustande der Ruhe, bei ab, aus nach und nach die Geschwindigkeit γ, bei cd, annimmt, dass ihr also die lebendige Potenz

---

*) Man kann sich hierbei, wenn man lieber will, immerhin auch vorstellen, dass die vom Element dm während seiner Ausdehnung geleistete Arbeit dA_1 auf das nächst vorausgehende Element übertragen wird, und dass dieses letztere es auch ist, welches die durch die Druckunterschiede hervorgebrachte Arbeit dA_2 aufnimmt.

$$\tfrac{1}{2}\frac{dm}{g}\gamma^2$$

mitgetheilt wird, unter g die Beschleunigung der Schwere gleich 9,8088 Meter (für Paris) verstanden. Wir haben somit die Gleichung:

$$\frac{1}{A}c_1\,dm\,(a+t)\left[1-\left(\frac{p'}{p}\right)^{\frac{\varkappa-1}{\varkappa}}\right]+R\,(a+t)\,dm\left[1-\left(\frac{p'}{p}\right)^{\frac{\varkappa-1}{\varkappa}}\right]=\tfrac{1}{2}\frac{dm}{g}\gamma^2$$

oder einfacher:

$$\left(\frac{c_1}{A}+R\right)(a+t)\left[1-\left(\frac{p'}{p}\right)^{\frac{\varkappa-1}{\varkappa}}\right]=\frac{\gamma^2}{2g}.$$

Nun ist aus der mechanischen Wärmetheorie die Formel bekannt:

$$c-c_1=AR,$$

wo c die specifische Wärme des Gases bei constantem Drucke bedeutet; es ist folglich

$$\frac{c_1}{A}+R=\frac{c}{A}$$

und obige Gleichung geht daher über in

$$7)\qquad \frac{\gamma^2}{2g}=\frac{c}{A}(a+t)\left[1-\left(\frac{p'}{p}\right)^{\frac{\varkappa-1}{\varkappa}}\right],$$

woraus

$$8)\qquad \gamma=\sqrt{\frac{2cg}{A}(a+t)\left[1-\left(\frac{p'}{p}\right)^{\frac{\varkappa-1}{\varkappa}}\right]}.$$

Hierin ist wieder

$$\frac{c}{A}(a+t)=\frac{c}{c-c_1}R\,(a+t)=\frac{\varkappa}{\varkappa-1}R\,(a+t)=\frac{\varkappa}{\varkappa-1}pv,$$

sodass obige Formel in folgende übergeht:

$$8a)\qquad \gamma=\sqrt{2g\frac{\varkappa}{\varkappa-1}R(a+t)\left[1-\left(\frac{p'}{p}\right)^{\frac{\varkappa-1}{\varkappa}}\right]}$$
$$=\sqrt{2g\frac{\varkappa}{\varkappa-1}pv\left[1-\left(\frac{p'}{p}\right)^{\frac{\varkappa-1}{\varkappa}}\right]}.$$

Dies ist die schon oben (S. 82) unter d) aufgeführte Weisbach'sche Formel. Aus ihr kann also γ für jeden Zeitpunkt entnommen werden, vorausgesetzt, dass für denselben die Werthe von t, p und p' oder v, p und p' bekannt sind. Diese letzteren Grössen, überhaupt den Zustand des Gases in jedem der Gefässe für irgend einen Augenblick kennen zu lernen, wird nun unsere Aufgabe sein.

§. 4.

Wir beschäftigen uns zunächst mit dem Ausströmungsgefässe V. In diesem dehnt sich fortwährend, in Impulsen, wie wir annehmen können, das Volumen $V-dV$ oder $V-v\,dm$ zum Volumen V aus, ohne dass Wärme zu- oder abgeleitet wird. Wir verstehen nun hier und in der Folge *immer unter V das* Volumen des ganzen Gefässes mit Abzug des zwischen

grösser sein als das soeben in 18) erhaltene L_1, wie auch die directe Vergleichung dieser Werthe leicht zeigt.

§. 5.

Viel complicirter als im Ausströmungsgefäss ist der Vorgang im Einströmungsbehälter V', dem wir nun unsere Aufmerksamkeit zuwenden wollen. Wir theilen diesen Vorgang in drei Abschnitte, die wir einzeln nach einander betrachten werden:

I. Die Gasmasse dm hat in dem Moment, wo sie an der Fläche cd (Fig. 2) ankommt, den Druck p', die Temperatur (t'), das specifische Volumen (v') und die Geschwindigkeit γ, während wir den Zustand der übrigen im Gefässe V' enthaltenen Gasmasse als durch die Werthe p', t', v' bestimmt voraussetzen. Diese Gasmasse dm hat zunächst die Aufgabe, sich Raum zu verschaffen, d. h. die in dem Gefässe V' schon enthaltene Luftmasse $\frac{V'}{v'}$ von dem Volumen V' auf das Volumen $V' - (v')\,dm$ zurückzudrängen und ihr dadurch den Druck $p' + \Delta p'$, die Temperatur $t' + \Delta t$ und das specifische Volumen $v' + \Delta v'$ zu ertheilen, unter Δ nicht endliche Differenzen, sondern Differentiale verstanden. Wir bezeichnen hier ähnlich wie oben, bei V, mit V' den Inhalt des Einströmungsgefässes mit Abzug des zwischen der Fläche cd und der Oeffnung ω gelegenen kleinen Raumes, und alles dort Gesagte kann hier wiederholt werden. Die Luftmasse dm wird bei jenem Vorgange gleichfalls gezwungen, den Druck $p' + \Delta p'$ anzunehmen; ihre Temperatur (t') und ihr specifisches Volumen (v') wird daher gleichfalls geändert werden und die bezüglichen Werthe $(t') + \Delta (t')$ und $(v') + \Delta (v')$ annehmen müssen. Wir hätten also oben eigentlich sagen sollen, dass das Volumen V' auf das $V' - [(v') + \Delta (v')]\,dm$ zurückgedrängt werde, welch letzterer Werth aber unter Vernachlässigung unendlich kleiner Grössen zweiter Ordnung immerhin gleich $V' - (v')\,dm$ gesetzt werden kann. —

Nehmen wir wieder an, dass jene Zusammendrückungen ohne Wärme-Zu- oder Ableitung stattfinden, und dass stets ein der Spannung gleicher Widerstand überwunden wird, so liefern die Principien der mechanischen Wärmetheorie folgende Relationen:

Für die Aenderung $\Delta v'$ des specifischen Volumens ergiebt sich zunächst ohne Weiteres, da die Luftmasse constant bleibt:

$$\frac{V'}{v'} = \frac{V' - (v')\,dm}{v' + \Delta v'};$$

hieraus folgt wieder unter Vernachlässigung unendlich kleiner Grössen höherer Ordnung

$$\Delta v' = -\frac{v'}{V'}(v')\,dm$$

oder mit Benutzung der Gleichung 1)

$$\varDelta v' = -\frac{v'}{V'} v \left(\frac{p'}{p}\right)^{-\frac{1}{\varkappa}} dm = -\frac{v'}{V'} v \left(\frac{p'}{p_0}\right)^{-\frac{1}{\varkappa}} . \left(\frac{p_0}{p}\right)^{-\frac{1}{\varkappa}} dm,$$

welches wiederum, in Folge der Gleichung 14a), übergeht in:

19) $$\varDelta v' = -v' \frac{v_0}{V'} \left(\frac{p'}{p_0}\right)^{-\frac{1}{\varkappa}} dm.$$

Für die Aenderung $\varDelta p'$ des Druckes p' erhält man:

$$\frac{p' + \varDelta p'}{p'} = \left(\frac{v' + \varDelta v'}{v'}\right)^{-\varkappa},$$

woraus

$$\varDelta p' = -\varkappa \frac{p'}{v'} \varDelta v',$$

oder mit Benutzung der Gleichung 19)

20) $$\varDelta p' = \varkappa p' \frac{v_0}{V'} \left(\frac{p'}{p_0}\right)^{-\frac{1}{\varkappa}} dm.$$

Für die Aenderung $\varDelta t'$ der Temperatur t' ergiebt sich:

$$\frac{a + t' + \varDelta t'}{a + t'} = \left(\frac{v' + \varDelta v'}{v'}\right)^{-(\varkappa - 1)},$$

woraus

$$\varDelta t' = -(\varkappa - 1)(a + t') \frac{\varDelta v'}{v'},$$

oder mit Benutzung der Gleichung 19)

21) $$\varDelta t' = (\varkappa - 1)(a + t') \frac{v_0}{V'} \left(\frac{p'}{p_0}\right)^{-\frac{1}{\varkappa}} dm.$$

Die Aenderungen $\varDelta(v')$ und $\varDelta(t')$ sind, wie sogleich ersichtlich werden wird, zur weiteren Verfolgung des Vorganges nicht nothwendig.

Die bei der eben behandelten Zusammendrückung der Luftmasse $\frac{V'}{v'}$ in Anspruch genommene Arbeit, oder vielmehr deren Wärmeäquivalent, ist:

22) $$\varDelta L' = \frac{V'}{v'} c_1 \varDelta t' = (c - c_1) \frac{v_0}{v'} (a + t') \left(\frac{p'}{p_0}\right)^{-\frac{1}{\varkappa}} dm,$$

oder da $c - c_1 = AR$ und $R(a + t') . \frac{1}{v'} = p'$ ist

22a) $$\varDelta L' = A v_0 p' \left(\frac{p'}{p_0}\right)^{-\frac{1}{\varkappa}} dm = AR (a + t_0) \Big($$

II. Der zweite Abschnitt des Vorganges im Ei
steht nun darin, dass sich die eingedrungene G
$p' + \varDelta p'$, vom specifischen Volumen $(v') +$
$(t') + \varDelta(t')$ mit der Luftmasse $\frac{V'}{v'}$ von dem
schen Volumen $v' + \varDelta v'$ und der Temperatu
eine Ausgleichung sowohl in der Dichtigkei

führt. Die hierdurch entstehende Luftmasse $\frac{V'}{v'} + dm$ erhalte den Druck $p' + \delta p'$, die Temperatur $t' + \delta t'$ und das specifische Volumen $v' + \delta v'$; ihr Gesammtvolumen aber ist offenbar noch V'.

Für die Aenderung $\delta v'$ des specifischen Volumens ergiebt sich hier zunächst die Gleichung:

$$\frac{V'}{v'} + dm = \frac{V'}{v' + \delta v'}$$

oder auch die

$$\frac{V' - [(v') + \varDelta(v')]\,dm}{v' + \varDelta v'} = \frac{V'}{v' + \delta v'} - dm,$$

welche beide, letztere freilich erst nach einiger Reduction mit Benutzung früherer Gleichungen, zu der folgenden führen, die unendlich kleinen Grössen höherer Ordnung wieder vernachlässigt:

$$23) \qquad \delta v' = -\frac{v'^2}{V'}\,dm.$$

Um die Aenderung $\delta t'$ der Temperatur zu erhalten, denken wir uns die beiden Luftmassen dm und $\frac{V'}{v'}$ ruhig neben einander liegen bleibend und ihre Wärme austauschend, die eine, indem sie bei constantem Volumen Wärme abgiebt, die andere, indem sie diese Wärme bei constantem Volumen aufnimmt, bis sie beide gleiche Temperaturen haben. Der wahre Vorgang ist nicht so; denn die Gasmasse dm dringt mit der Geschwindigkeit γ in das Gefäss V' ein und mischt sich auch räumlich mit dem in demselben enthaltenen Gase. Aber das Endresultat dieses wirklichen Vorganges ist, wie einige Ueberlegung zeigt, kein anderes als das, welches wir unter der obigen Annahme erhalten. Da aber dabei die eine Gasmasse genau die nämliche Wärmemenge aufnimmt, welche die andere abgiebt, so erhält man die Gleichung:

$$c_1\,dm\,\{t' + \delta t' - [(t') + \varDelta(t')]\} = c_1 \frac{V'}{v'}\,[t' + \varDelta t' - (t' + \delta t')],$$

woraus, wieder mit Vernachlässigung unendlich kleiner Grössen höherer Ordnung, folgt:

$$\delta t' = \varDelta t' - \frac{v'}{V'}\,[t' - (t')]\,dm$$

oder mit Einsetzung von $\varDelta t'$ aus 21) und (t') aus 2)

$$\delta t' = (\varkappa - 1)\,(a + t')\,\frac{v_0}{V'}\left(\frac{p'}{p_0}\right)^{-\frac{1}{\varkappa}} dm - \frac{v'}{V'}\left[(a + t') - (a + t)\left(\frac{p'}{p}\right)^{\frac{\varkappa - 1}{\varkappa}}\right] dm,$$

welches wir auch so schreiben können:

$$\delta t' = (\varkappa - 1)\,(a + t')\,\frac{v_0}{V'}\left(\frac{p'}{p_0}\right)^{-\frac{1}{\varkappa}} dm - \frac{v'}{V'}\left[(a + t') - (a + t_0)\,\frac{a + t}{a + t_0}\left(\frac{p'}{p_0}\right)^{\frac{\varkappa - 1}{\varkappa}}\left(\frac{p_0}{p}\right)^{\frac{\varkappa - 1}{\varkappa}}\right] dm.$$

Nun ist nach Gleichung 15 a)

$$\frac{a+t}{a+t_0}\cdot\left(\frac{p_0}{p}\right)^{\frac{\varkappa-1}{\varkappa}}=1,$$

folglich erhält man

$$24)\quad \delta t'=(a+t')\frac{v'}{V'}dm\left[(\varkappa-1)\frac{v_0}{v'}\left(\frac{p'}{p_0}\right)^{-\frac{1}{\varkappa}}+\frac{a+t_0}{a+t'}\left(\frac{p'}{p_0}\right)^{\frac{\varkappa-1}{\varkappa}}-1\right].$$

Die Aenderung $\delta p'$ des Druckes endlich findet sich durch Anwendung des Mariotte-Gay-Lussac'schen Gesetzes, also aus der Gleichung:

$$(p'+\delta p')(v'+\delta v')=R(a+t'+\delta t'),$$

woraus unter Vernachlässigung unendlich kleiner Grösse zweiter Ordnung und Berücksichtigung, dass auch

$$p'v'=R(a+t')$$

folgt:

$$\frac{\delta p'}{p'}+\frac{\delta v'}{v'}=\frac{\delta t'}{a+t'},$$

und mit Einsetzung der Werthe für $\delta v'$ und $\delta t'$ aus 23) und 24)

$$\delta p'=p'\frac{v_0}{V'}dm\left[(\varkappa-1)\left(\frac{p'}{p_0}\right)^{-\frac{1}{\varkappa}}+\frac{v'}{v_0}\left(\frac{p'}{p_0}\right)^{\frac{\varkappa-1}{\varkappa}}\cdot\frac{a+t_0}{a+t'}\right].$$

Da aber nach dem Mariotte-Gay-Lussac'schen Gesetz

$$\frac{a+t_0}{v_0}\cdot\frac{v'}{a+t'}=\frac{p_0}{R}\cdot\frac{R}{p'}=\frac{p_0}{p'},$$

so folgt viel einfacher:

$$25)\quad \delta p'=\varkappa p'\frac{v_0}{V'}\left(\frac{p'}{p_0}\right)^{-\frac{1}{\varkappa}}dm.$$

Arbeit wird bei diesem zweiten Abschnitte des Vorganges nicht geleistet, und da auch von Aussen weder Wärme zu- noch abgeführt wird, so bleibt in dieser Beziehung alles unverändert.

III. Der dritte Abschnitt des Vorganges im Einströmungsgefäss besteht endlich darin, dass die Gasmasse dm, welche mit der Geschwindigkeit γ in diesem Gefässe ankommt, diese Geschwindigkeit verliert und zur Ruhe gelangt. Sie verliert aber dadurch offenbar die lebendige Potenz $\frac{1}{2}\frac{dm}{g}\gamma^2$, welche in Arbeit oder, wie hier der Fall, in das entsprechende Aequivalent $\frac{1}{2}A\frac{dm}{g}\gamma^2$ Wärme verwandelt wird. Wir können also die Sache so betrachten, als ob der Luftmasse $\frac{V'}{v'+\delta v'}$ im Gefässe V' bei constantem Volumen die Wärmemenge $\frac{1}{2}A\frac{dm}{g}\gamma^2$ zugeführt würde. (Ich nehme hier die ganze Luftmasse $\frac{V'}{v'+\delta v'}$, mit Einschluss von dm, da ja auch dieses a der Erwärmung theilnimmt, welche aus der lebendigen Potenz entspringt

Wenn sich hierbei der Druck im Gefässe V' in $p'+dp'$, das specifische V lumen in $v'+dv'$ und die Temperatur in $t'+dt'$ verwandelt, so finden si diese Aenderungen dp', dv', dt' auf folgendem Wege.

Da das Volumen constant bleibt, so ist:

$$dv' = \delta v' = -\frac{v'^2}{V'}\,dm. \tag{26}$$

In Folge der Erwärmung bei constantem Volumen hat man

$$\tfrac{1}{2} A \frac{dm}{g} \gamma^2 = \frac{V'}{v'+\delta v'}\, c_1 \,[t'+dt'-(t'+\delta t')]$$
$$= \frac{V'}{v'}\, c_1 \,(dt'-\delta t'),$$

wenn wieder unendlich kleine Grössen höherer Ordnung vernachläss werden. Mit Einsetzung von γ aus 7) und $\delta t'$ aus 24) erhält man:

$$dt' = \frac{c}{c_1}(a+t)\left[1-\left(\frac{p'}{p}\right)^{\frac{\varkappa-1}{\varkappa}}\right]\frac{v'}{V'}\,dm$$
$$+ (a+t')\frac{v'}{V'}\,dm\left[(\varkappa-1)\frac{v_0}{v'}\left(\frac{p'}{p_0}\right)^{-\frac{1}{\varkappa}} + \frac{a+t_0}{a+t'}\left(\frac{p'}{p_0}\right)^{\frac{\varkappa-1}{\varkappa}} - 1\right].$$

Setzt man hierin die Werthe von $a+t$ und p aus 15) und 14), so erhält m

$$dt' = \varkappa(a+t_0)\frac{v'}{V'}\,dm\left(\frac{V}{V-mv_0}\right)^{-(\varkappa-1)}\left[1-\left(\frac{p'}{p_0}\right)^{\frac{\varkappa-1}{\varkappa}}\left(\frac{V}{V-mv_0}\right)^{\varkappa-1}\right]$$
$$+ (a+t')\frac{v'}{V'}\,dm\left[(\varkappa-1)\frac{v_0}{v'}\left(\frac{p'}{p_0}\right)^{-\frac{1}{\varkappa}} + \frac{a+t_0}{a+t'}\left(\frac{p'}{p_0}\right)^{\frac{\varkappa-1}{\varkappa}} - 1\right],$$

$$dt' = (a+t')\frac{v'}{V'}\,dm\left[\varkappa\frac{a+t_0}{a+t'}\left(\frac{V}{V-mv_0}\right)^{-(\varkappa-1)} - (\varkappa-1)\frac{a+t_0}{a+t'}\left(\frac{p'}{p_0}\right)^{\frac{\varkappa-1}{\varkappa}}\right.$$
$$\left. + (\varkappa-1)\frac{v_0}{v'}\left(\frac{p'}{p_0}\right)^{-\frac{1}{\varkappa}} - 1\right].$$

Nun ist aber nach dem Mariotte-Gay-Lussac'schen Gesetz:

$$p'v' = R(a+t')$$
$$p_0 v_0 = R(a+t_0),$$

woraus:

$$\frac{a+t_0}{a+t'}\cdot\frac{p'}{p_0} = \frac{v_0}{v'}$$

oder auf beiden Seiten mit $\left(\frac{p'}{p_0}\right)^{-\frac{1}{\varkappa}}$ multiplicirt

$$\frac{a+t_0}{a+t'}\cdot\left(\frac{p'}{p_0}\right)^{\frac{\varkappa-1}{\varkappa}} = \frac{v_0}{v'}\cdot\left(\frac{p'}{p_0}\right)^{-\frac{1}{\varkappa}},$$

sodass also der Werth von dt' übergeht in:

$$dt' = (a+t')\frac{v'}{V'}\,dm\left[\varkappa\frac{a+t_0}{a+t'}\left(\frac{V}{V-mv_0}\right)^{-(\varkappa-1)} - 1\right] \tag{27}$$
$$= \frac{v'}{V'}\,dm\,[\varkappa(a+t) - (a+t')].$$

Den Werth für dp' finden wir wieder aus der Gleichung

$$(p'+dp')(v'+dv')=R(a+t'+dt'),$$

woraus

$$dp'=p'\left(-\frac{dv'}{v'}+\frac{dt'}{a+t'}\right),$$

oder mit Einsetzung der Werthe für dv' und dt' aus 26) und 27)

$$dp'=p'\left[\frac{v'}{V'}dm+\varkappa\frac{a+t_0}{a+t'}\frac{v'}{V'}dm\left(\frac{V}{V-mv_0}\right)^{-(\varkappa-1)}-\frac{v'}{V'}dm\right],$$

oder wieder mit Benutzung des Mariotte-Gay-Lussac'schen Gesetzes

$$\text{28)}\quad dp'=\varkappa\frac{R}{V'}(a+t_0)\left(\frac{V}{V-mv_0}\right)^{-(\varkappa-1)}dm=\varkappa\frac{R}{V'}(a+t)\,dm.$$

Die bei diesem dritten Abschnitt des Vorganges im Einströmungsgefäss in Gestalt von Wärme aufgenommene Arbeit ist:

$$\text{29)}\quad \delta L'=\tfrac{1}{2}A\frac{dm}{g}\gamma^2=c\,dm\,(a+t)\left[1-\left(\frac{p'}{p}\right)^{\frac{\varkappa-1}{\varkappa}}\right]$$

oder mit Einsetzung der Werthe für $a+t$ und p aus 15) und 14) und nach geringer Reduction:

$$\text{30)}\quad \delta L'=c\,dm\,(a+t_0)\left[\left(\frac{V}{V-mv_0}\right)^{-(\varkappa-1)}-\left(\frac{p'}{p_0}\right)^{\frac{\varkappa-1}{\varkappa}}\right]$$

$$=c\,dm\,(a+t_0)\left[\left(\frac{p}{p_0}\right)^{\frac{\varkappa-1}{\varkappa}}-\left(\frac{p'}{p_0}\right)^{\frac{\varkappa-1}{\varkappa}}\right].$$

Die gesammte, vom Gefäss V' in Gestalt von Arbeit oder Wärme aufgenommene Arbeit oder vielmehr deren Wärmeäquivalent ist folglich gleich $dL'=\varDelta L'+\delta L'$ oder nach Gleichung 22a) und 30)

$$dL'=AR(a+t_0)\left(\frac{p'}{p_0}\right)^{\frac{\varkappa-1}{\varkappa}}dm+c\,dm\,(a+t_0)\left[\left(\frac{p}{p_0}\right)^{\frac{\varkappa-1}{\varkappa}}-\left(\frac{p'}{p_0}\right)^{\frac{\varkappa-1}{\varkappa}}\right]$$

oder, da $AR=c-c_1$

$$\text{31)}\quad \begin{cases} dL'=c\,dm\,(a+t_0)\left(\dfrac{p}{p_0}\right)^{\frac{\varkappa-1}{\varkappa}}-c_1\,dm\,(a+t_0)\left(\dfrac{p'}{p_0}\right)^{\frac{\varkappa-1}{\varkappa}}, \\ dL'=c_1(a+t_0)\,dm\left[\varkappa\left(\dfrac{p}{p_0}\right)^{\frac{\varkappa-1}{\varkappa}}-\left(\dfrac{p'}{p_0}\right)^{\frac{\varkappa-1}{\varkappa}}\right]. \end{cases}$$

Während also das Gas im Gefässe V die Arbeit dL (Gleichung 16) leistet, wird im Gefässe V' die Arbeit dL' (Gleichung 31) aufgenommen. Es ist leicht einzusehen, dass dL nicht gleich dL' sein kann; denn in letzterer Arbeit ist auch diejenige mit inbegriffen, welche das überströmende Gas leistet, indem es sich ausdehnt, bis sein Druck von p auf p' herabsinkt. Diese letztere Arbeit haben wir in Gleichung 4) als dA_1 bestimmt; es muss folglich die Gleichung

$$dL=dL'-A\,dA_1$$

erfüllt sein. In der That ist mit Benutzung der Gleichung 15a)

$$L' = \frac{AV}{\varkappa(\varkappa-1)}\left[\varkappa(p_0-p)+\left(\frac{V}{V'}\right)^\lambda \int_{p_0}^{p} dp \left\{\left(\frac{p}{P}\right)^{-\lambda} - \lambda\left(\frac{p}{P}\right)^{1-\lambda} - \frac{\lambda(1-\lambda)}{1.2}\left(\frac{p}{P}\right)^{2-\lambda} - \frac{\lambda(1-\lambda)(2-\lambda)}{1.2.3}\left(\frac{p}{P}\right)^{3-\lambda} - \dots\right\}\right]$$

oder integrirt:

$$38)\quad L' = \frac{AV}{\varkappa(\varkappa-1)}\left[\varkappa(p_0-p)+\left(\frac{V}{V'}\right)^\lambda P.\right.$$

$$\left.\left\{\begin{array}{l}\frac{1}{1-\lambda}\left(\frac{p}{P}\right)^{1-\lambda} - \frac{\lambda}{2-\lambda}\left(\frac{p}{P}\right)^{2-\lambda} - \frac{\lambda(1-\lambda)}{1.2(3-\lambda)}.\left(\frac{p}{P}\right)^{3-\lambda} - \frac{\lambda(1-\lambda)(2-\lambda)}{1.2.3.(4-\lambda)}\left(\frac{p}{P}\right)^{4-\lambda}\dots \\ -\left[\frac{1}{1-\lambda}\left(\frac{p_0}{P}\right)^{1-\lambda} - \frac{\lambda}{2-\lambda}\left(\frac{p_0}{P}\right)^{2-\lambda} - \frac{\lambda(1-\lambda)}{1.2(3-\lambda)}.\left(\frac{p_0}{P}\right)^{3-\lambda} - \frac{\lambda(1-\lambda)(2-\lambda)}{1.2.3.(4-\lambda)}\left(\frac{p_0}{P}\right)^{4-\lambda}\dots\right]\end{array}\right\}\right]$$

wo die Convergenz der durch Integration erhaltenen Reihen erst nachzuweisen ist.

Um diesen Beweis zu führen, nehmen wir zuerst an, $\frac{p}{P}$ oder $\frac{p_0}{P}$ bleibe kleiner als ein gewisser angebbarer ächter Bruch α. Das Verhältniss zweier aufeinander folgender Glieder in obigen Reihen ist:

$$\frac{r_{n+1}}{r_n} = \frac{(n-1-\lambda)(n-\lambda)}{n(n+1-\lambda)}\frac{p}{P},$$

folglich

$$\frac{r_{n+1}}{r_n} < \frac{n-1-\lambda}{n}\frac{p}{P}.$$

Nun nähert sich mit wachsendem n der Bruch $\frac{n-1-\lambda}{n}$ der Einheit, und da $\frac{p}{P} < \alpha$ bleibt, so ist

$$\frac{r_{n+1}}{r_n} < \alpha;$$

also ist das Verhältniss zweier aufeinander folgender Glieder kleiner, als ein angebbarer ächter Bruch, d. h. die Reihe eine convergente.

Für gewisse specielle Fälle kann aber $\frac{p_0}{P} = 1$ werden. Dann wird die zweite der obigen Reihen:

$$39)\quad S = \frac{1}{1-\lambda} - \frac{\lambda}{2-\lambda} - \frac{\lambda(1-\lambda)}{1.2.(3-\lambda)} - \frac{\lambda(1-\lambda)(2-\lambda)}{1.2.3(4-\lambda)} - \dots$$

Die Summe der Glieder dieser Reihe, vom $(n+2)$ten an, ist, absolut genommen,

$$\mathfrak{R}_{n+2} = \lambda\frac{1-\lambda}{1}.\frac{2-\lambda}{2}.\frac{3-\lambda}{3}\dots\frac{n-\lambda}{n}.\frac{1}{n+1}.\frac{1}{n+2-\lambda} + \lambda\frac{1-\lambda}{1}.\frac{2-\lambda}{2}\dots\frac{n+1-\lambda}{n+1}.\frac{1}{n+2}.\frac{1}{n+3-\mu} + \dots$$

Es ist daher, da ja $\lambda < 1$ ist:

$$\mathfrak{R}_{n+2} < \lambda \left\{ \frac{1}{(n+1)^2} + \frac{1}{(n+2)^2} + \frac{1}{(n+3)^2} + \dots \right\}.$$

Die Reihe in der Klammer ist der Rest der Reihe

$$\frac{1}{1^2} + \frac{1}{2^2} + \frac{1}{3^2} + \frac{1}{4^2} + \dots$$

vom $(n+1)$ten Gliede an genommen, und da diese Reihe nachgewiesen convergent ist, so verschwindet dieser Rest mit wachsendem n; dasselbe gilt folglich auch für $\mathfrak{R}_{n+2}$, dem Reste der mit S bezeichneten Reihe, welche sonach convergent ist.

Um eine obere Grenze für den Rest der Reihe S zu erhalten, weiss man, dass die Summe der unendlichen Reihe

$$\frac{1}{1^2} + \frac{1}{2^2} + \frac{1}{3^2} + \frac{1}{4^2} + \dots$$

gleich $\frac{\pi^2}{6}$ ist. Bezeichnet man daher mit $\mathfrak{S}_n$ die Summe der n Glieder

$$\frac{1}{1^2} + \frac{1}{2^2} + \frac{1}{3^2} + \dots + \frac{1}{n^2},$$

so ist diese obere Grenze des Restes der Reihe S

40) $$\mathfrak{R}_{n+2} < \lambda \left(\frac{\pi^2}{6} - \mathfrak{S}_n \right).$$

Für die obere Grenze des Restes $\mathfrak{R}'_{n+2}$ der Reihen in Gleichung 38) unter der Voraussetzung, dass $\frac{p}{P}$ oder $\frac{p_0}{P}$ kleiner als 1 ist, erhält man nun leicht:

41) $$\mathfrak{R}'_{n+2} < \left(\frac{p}{P} \right)^{n+2-\lambda} \lambda \left(\frac{\pi^2}{6} - \mathfrak{S}_n \right).$$

Aber die Reihe S in Gleichung 39) convergirt nur äusserst langsam. Für die Summe der 20 ersten Glieder erhält man für $\varkappa = 1{,}41$ und folglich $\lambda = 0{,}291$, entsprechend der atmosphärischen Luft, noch ein Restglied $\mathfrak{R}_{21}$, dessen obere Grenze 0,0159 ist. Wenn also die Summe jener Reihe für einen gewissen Werth von λ numerisch auf eine grössere Anzahl von Stellen zu berechnen ist, so lässt sich das auf directem Wege kaum durchführen. Als ein indirecter Weg bietet sich leicht folgender dar: Der Werth der in Rede stehenden Reihe S (Gleichung 39) ist, wie leicht zu sehen, gleich dem Werthe des bestimmten Integrals

42) $$S = \int_0^1 \frac{(1-x)^\lambda}{x^\lambda} dx,$$

wenn man nur immer im Auge hat, dass $\lambda < 1$ ist. Dass dieses Integral einen bestimmten endlichen Werth hat, obgleich der Werth der Function unter dem Integralzeichen für die untere Grenze unendlich wird, lässt sich nicht schwer nachweisen. Betrachtet man nämlich das obige Integral als

$$Lim \int_{\varepsilon}^{1} \frac{(1-x)}{x^{\lambda}} dx$$

für ein nach Null convergirendes ε, und bezeichnet k einen Bruch nahe an ε aber grösser als ε, so hat man

$$43) \quad \int_{0}^{1} \frac{(1-x)^{\lambda}}{x^{\lambda}} dx = \int_{k}^{1} \frac{(1-x)^{\lambda}}{x^{\lambda}} dx + \int_{0}^{k} \frac{(1-x)}{x^{\lambda}} dx.$$

Der Werth der Function unter dem ersten Integralzeichen auf der rechten Seite bleibt zwischen 1 und k endlich und stetig; das erste Integral ist also eine endliche Grösse. Was das zweite betrifft, so ist der grösste Werth von $(1-x)^{\lambda}$ offenbar der für $x=0$, also 1, und der kleinste Werth dieses Ausdruckes der für $x=k$, also $(1-k)^{\lambda}$. Man hat daher zwischen den Grenzen k und 0

$$\frac{(1-k)^{\lambda}}{x^{\lambda}} < \frac{(1-x)^{\lambda}}{x^{\lambda}} < \frac{1}{x^{\lambda}}$$

und folglich:

$$\int_{\varepsilon}^{k} \frac{(1-k)^{\lambda}}{x^{\lambda}} dx < \int_{\varepsilon}^{k} \frac{(1-x)^{\lambda}}{x^{\lambda}} dx < \int_{\varepsilon}^{k} \frac{1}{x^{\lambda}},$$

d. h.

$$\frac{(1-k)^{\lambda}}{1-\lambda} [k^{1-\lambda} - \varepsilon^{1-\lambda}] < \int_{\varepsilon}^{k} \frac{(1-x)^{\lambda}}{x} dx < \frac{1}{1-\lambda} [k^{1-\lambda} - \varepsilon^{1-\lambda}].$$

Wenn folglich jetzt ε gegen 0 convergirt, so ist, da immer $\lambda < 1$ ist,

$$\frac{(1-k)^{\lambda}}{1-\lambda} k^{1-\lambda} < \int_{0}^{k} \frac{(1-x)^{\lambda}}{x^{\lambda}} dx < \frac{k^{1-\lambda}}{1-\lambda}.$$

Das zweite Integral der rechten Seite der Gleichung 43) hat also ebenfalls einen endlichen Werth und daher nun auch das in Gleichung 42) mit S bezeichnete. Der Werth dieses Integrals kann folglich auf einem der bekannten Näherungswege für irgend einen Werth von $\varkappa$ oder λ berechnet werden.

§. 6.

Wir sind zu den in den Gleichungen 33), 34) und 36) enthaltenen Resultaten für das specifische Volumen, den Druck und die Temperatur im Einströmungsgefäss auf einem Wege gelangt, welcher so zu sagen dem Vorgange in seiner Entwickelung gefolgt ist. Diese Resultate können aber

...en, nachdem man, wie in §. 4 geschehen, diejenigen für das Ausstr mungsgefäss gefunden hat, auf folgendem Wege erhalten werden.

Da die Luftmasse in beiden Gefässen constant bleibt, so hat man di Gleichung:

44) $$\frac{V}{v}+\frac{V'}{v'}=\frac{V}{v_0}+\frac{V'}{v_0'},$$

welche in jedem Augenblick während des Vorganges erfüllt sein muss.

Der ganzen in beiden Gefässen enthaltenen Luftmasse wird weder Wärme zugeführt, noch solche entzogen; da nun dieselbe nach Aussen hin auch keinerlei Arbeit leistet oder solche von Aussen aufnimmt, so ist klar, dass die (von Kirchhoff*) so genannte) Wirkungsfunction der ganzen Masse immer die nämliche bleiben muss. Nun ist nach den Principien der mechanischen Wärmetheorie die Wirkungsfunction U einer Luftmasse m von der Temperatur t

$$U=U_0+mc_1(t-t_0),$$

wenn U_0 diese Function bei der Temperatur t_0 und c_1 wie bisher die specifische Wärme bei constantem Volumen bezeichnet.

Nennen wir daher u_0 die Wirkungsfunction der Gewichtseinheit unseres Gases bei der Temperatur des absoluten Nullpunktes — 273° C., so muss in jedem Augenblick des Vorganges folgende Relation stattfinden:

$$\frac{V}{v_0}u_0+\frac{V}{v_0}c_1(a+t_0)+\frac{V'}{v_0'}u_0+\frac{V'}{v_0'}c_1(a+t_0')=\frac{V}{v}u_0+\frac{V}{v}c_1(a+t)$$
$$+\frac{V'}{v'}u_0+\frac{V'}{v'}c_1(a+t'),$$

welche unter Berücksichtigung der Gleichung 44) übergeht in:

45) $$\frac{V}{v_0}(a+t_0)+\frac{V'}{v_0'}(a+t_0')=\frac{V}{v}(a+t)+\frac{V'}{v'}(a+t').$$

Aus dieser Gleichung endlich erhält man mittelst des Mariotte-Gay-Lussac'schen Gesetzes:

46) $$Vp_0+V'p_0'=Vp+V'p'.$$

Die hier aufgestellten drei Gleichungen 44) bis 46) reichen offenbar hin, v', t' und p' zu finden, wenn v, t, p bekannt sind. Wir werden diese Rechnung nicht ausführen, da wir jene Grössen bereits gefunden haben. Aber aus den Gleichungen 13) und 32), wo dem m beidesmal derselbe Werth gegeben werden muss, sowie aus der Gleichung 35) und aus der Gleichung 37) sieht man unmittelbar, dass die von uns bereits gefundenen Werthe die oben aufgestellten Gleichungen erfüllen.

§. 7.

Nachdem wir nun im Vorhergehenden den Zustand der Luft in beiden Gefässen für irgend einen Augenblick kennen gelernt haben, dürfen wir

*) Poggendorff's Annalen Bd. 103, S. 177.

nur die erhaltenen Resultate in die Formel 7) oder 8) für die Geschwindigkeit γ einsetzen, um auch diese, ausgedrückt durch die bis zum betrachteten Moment ausgeströmte Gasmasse m, zu erhalten. Man findet, wie leicht zu sehen:

$$47)\quad \frac{\gamma^2}{2g}=\frac{c}{A}(a+t_0)\left[\left(\frac{V-mv_0}{V}\right)^{\varkappa-1}-\left\{\frac{p_0'}{p_0}+\frac{V}{V'}-\frac{V}{V'}\left(\frac{V-mv_0}{V}\right)^{\varkappa}\right\}^{\frac{\varkappa-1}{\varkappa}}\right],$$

welche Formel mit Hilfe der Gleichungen 14) und 34) in folgende übergeht:

$$47a)\quad \gamma=\sqrt{2g\frac{\varkappa}{\varkappa-1}R(a+t_0)\left\{\left(\frac{p}{p_0}\right)^{\frac{\varkappa-1}{\varkappa}}-\left(\frac{p'}{p_0}\right)^{\frac{\varkappa-1}{\varkappa}}\right\}}$$
$$=\sqrt{2g\frac{\varkappa}{\varkappa-1}p_0v_0\left\{\left(\frac{p}{p_0}\right)^{\frac{\varkappa-1}{\varkappa}}-\left(\frac{p'}{p_0}\right)^{\frac{\varkappa-1}{\varkappa}}\right\}}.$$

wo p und p' jedesmal aus den Gleichungen 14) und 34) zu entnehmen sind.

Für p constant $=p_0$ und p' constant $=p_0'$ geht obige Formel über in

$$47b)\quad \gamma=\sqrt{2g\frac{\varkappa}{\varkappa-1}p_0v_0\left\{1-\left(\frac{p_0'}{p_0}\right)^{\frac{\varkappa-1}{\varkappa}}\right\}}$$
$$=\sqrt{2g\frac{\varkappa}{\varkappa-1}R(a+t_0)\left\{1-\left(\frac{p_0'}{p_0}\right)^{\frac{\varkappa-1}{\varkappa}}\right\}}.$$

welche wie natürlich mit der für irgend einen bestimmten Moment giltigen Gleichung 8a) der Form nach vollständig übereinstimmt.

Die Differenz zwischen der Formel 47b) oder auch 8a) und der gewöhnlich gebrauchten c) S. 82 zeigt folgende kleine Tabelle. Dieselbe ist für atmosphärische Luft ($\varkappa=1{,}41$) und die Temperatur t oder $t_0=0^0$ mit Zugrundelegung der Werthe $g=9{,}8088^{\mathrm{m}}$, $R=29{,}272$ und $a=273$ berechnet:

$\frac{p_0'}{p_0}$	γ aus Form. 47b)	γ aus Form. c)
0,9	165,45 m	125,22 m
0,7	298,95	216,88
0,5	406,89	279,99
0,3	517,60	331,28
0,1	665,29	375,64

Wir haben bisher den Zeitpunkt, für welchen wir den Zustand des Gases in unseren beiden Gefässen, sowie die geleistete und aufgenommene Arbeit, zuletzt auch noch die Geschwindigkeit bestimmt haben, dadurch fixirt, dass wir uns dachten, es sei die Gasmasse m aus- oder eingeströmt. Um diesen Zeitpunkt durch die vom Beginn an verflossene Zeit τ festzusetzen, ist es nöthig, die Grösse der Ausflussöffnung mit in Betracht zu ziehen, oder eigentlich, da wir die Geschwindigkeit, mit welcher das Gas durch die Ausflussöffnung selbst strömt, gar nicht kennen, die Grösse der Fläche cd (Fig. 2, Taf. II), durch welche gleichzeitig die Gasmoleküle mit der gemeinschaftlichen Geschwindigkeit γ fliessen. Diese Fläche aber ist nicht bekannt; sie ist sogar, wie gezeigt werden wird, mit der Ausflussgeschwindigkeit und mit der Natur des Gases veränderlich. Wie man nun sieht, war es oben schon dieser Umstände wegen viel vortheilhafter, den betrachteten Zeitpunkt durch die aus- und eingeströmte Gasmasse m, anstatt durch die seit dem Beginn verstrichene Zeit, festzusetzen.

Bezeichnen wir einstweilen mit o einen mittleren Werth der Grösse der Fläche cd, es allenfallsigen späteren Versuchen überlassend, diese Grösse näher zu bestimmen, so hängen, wie leicht ersichtlich, die Grössen m und τ durch die Differentialgleichung

$$dm = \frac{1}{(v')} o \,.\, \gamma d\tau$$

zusammen, welche mit Hilfe von Gleichung 1) und 8) übergeht in

$$48)\qquad dm = \frac{o}{v}\left(\frac{p'}{p}\right)^{\frac{1}{\varkappa}} d\tau \sqrt{\frac{2cg}{A}(a+t)\left\{1-\left(\frac{p'}{p}\right)^{\frac{\varkappa-1}{\varkappa}}\right\}}.$$

Da man v, p, t und p' durch m ausgedrückt gefunden hat, so erhält man die einfache Differentialgleichung

$$d\tau = \frac{1}{o} f(m)\, dm$$

und daher

$$49)\qquad \tau = \frac{1}{o}\int_0^m f(m)\, dm.$$

Dieses Integral kann freilich auf endlichem Wege nicht mehr hergestellt werden. Wenn es übrigens für bestimmte Fälle auf irgend eine Art ausgewerthet wird, so liefert es ein Mittel, durch Messung von τ und m zugleich das o zu bestimmen, und es wird dies wohl das einzige Mittel sein, auf dem Wege des Versuchs Aufschluss über die Fläche cd (Fig. 2) zu erhalten.

Unter der Voraussetzung, dass der Druck p und die Temperatur t im Ausströmungsgefäss constant gleich p_0 und t_0 bleiben, sowie dass der Druck p' ausserhalb dieses Gefässes immer die nämliche Grösse p_0' behalte, wird die Gleichung 48), weil dann auch v constant gleich v_0 bleibt:

$$dm = \frac{o}{v_0}\left(\frac{p_0'}{p_0}\right)^{\frac{1}{\varkappa}} d\tau \sqrt{2g\,\frac{\varkappa}{\varkappa-1}\,R(a+t_0)\left\{1-\left(\frac{p_0'}{p_0}\right)^{\frac{\varkappa-1}{\varkappa}}\right\}}.$$

Hieraus ergiebt sich für die Ausflussmenge (in Gewicht ausgedrückt) per Secunde

$$48a)\qquad m_1 = \frac{o}{v_0}\left(\frac{p_0'}{p_0}\right)^{\frac{1}{\varkappa}} \sqrt{2g\,\frac{\varkappa}{\varkappa-1}\,R(a+t_0)\left\{1-\left(\frac{p_0'}{p_0}\right)^{\frac{\varkappa-1}{\varkappa}}\right\}}.$$

während die gewöhnliche Formel c) S. 82, unter ω die Grösse der Oeffnung selbst und unter α den sogenannten Ausflusscoefficienten verstanden, ergiel

$$48b) \qquad m_1' = \alpha \frac{\omega}{v_0} \sqrt{2g R(a+t_0)\left(1-\frac{p_0'}{p_0}\right)},$$

da ja bei jener Formel c) vorausgesetzt wird, dass das Gas mit der im Behälter bestehenden Dichtigkeit aus der Oeffnung trete.

Die Vergleichung der Gleichungen $48a$) und b) giebt uns nun einigen Anhaltspunkt über die Grösse o der Fläche cd (Fig. 2). Wenn nämlich m_1' durch Versuche richtig gefunden ist, so ist m_1' immerhin die richtige Ausflussmenge, sodass wir $m_1 = m_1'$ zu setzen haben. Thun wir dies, so folgt:

$$48c) \qquad o = \omega \,.\, \alpha \,.\left(\frac{p_0'}{p_0}\right)^{-\frac{1}{\varkappa}} \sqrt{\frac{\varkappa-1}{\varkappa} \,.\, \frac{1-\frac{p_0'}{p_0}}{1-\left(\frac{p_0'}{p_0}\right)^{\frac{\varkappa-1}{\varkappa}}}}$$

eine Gleichung, welche zeigt, dass die Grösse o der Fläche cd (Fig. 2) von dem Verhältniss $\frac{p_0'}{p_0}$, d. h. also von der Ausflussgeschwindigkeit, und von $\varkappa$, also von der Natur des Gases, abhängig ist.

Für atmosphärische Luft z. B. ($\varkappa = 1{,}41$) und für

$$\frac{p_0'}{p_0} = 0{,}9;\ 0{,}5;\ 0{,}1$$

erhält man

$$o = 1{,}057\,\alpha\,\omega;\ 1{,}458\,\alpha\,\omega;\ 3{,}746\,\alpha\,\omega,$$

oder wenn wir mit Weisbach (Ingenieur- und Maschinen-Mechanik I, S. 811) $\alpha = 0{,}60$ setzen, so folgt:

$$o = 0{,}634\,\omega;\ 0{,}875\,\omega;\ 2{,}248\,\omega.$$

Die Fläche cd (Fig. 2) ist demnach bei geringeren Ausflussgeschwindigkeiten kleiner, bei grösseren dagegen grösser als die Oeffnung ω, vorausgesetzt, dass α für alle diese Geschwindigkeiten dasselbe ist, was mir freilich sehr unwahrscheinlich scheint.

Es ist hier nicht der Ort, die Consequenzen, welche sich hieraus für die Versuche über den Ausfluss der Luft ergeben, weiter zu verfolgen. Vielleicht bietet sich hierzu eine andere Gelegenheit dar.

§. 8.

Der Vorgang des Ueberströmens des Gases von einem Gefässe in das andere ist offenbar dann zu Ende, wenn der Druck in beiden Gefässen gleich, wenn also $p = p'$ geworden ist. Die bis dahin, und also im Ganzen durch die Oeffnung geflossene Gasmasse M wird erhalten, wenn man die Werthe von p und p' in Gleichung 14) und 34) einander gleichsetzt; man erhält so die Gleichung:

$$p_0\left(\frac{V-Mv_0}{V}\right)^{\varkappa} = p_0' + p_0\frac{V}{V'} - p_0\frac{V}{V'}\left(\frac{V-Mv_0}{V}\right)^{\varkappa},$$

woraus

$$50)\qquad \frac{V - Mv_0}{V} = \left\{\frac{p_0 V + p_0' V'}{p_0 (V + V')}\right\}^{\frac{1}{\varkappa}}$$

und daher

$$51)\qquad M = \frac{V}{v_0}\left\{1 - \left(\frac{p_0 V + p_0' V'}{p_0 (V + V')}\right)^{\frac{1}{\varkappa}}\right\}.$$

Durch Einsetzen dieses Werthes für m in Gleichung 14) oder 34) erhält man den in beiden Gefässen gleich gewordenen Druck:

$$52)\qquad \mathfrak{p} = \frac{p_0 V + p_0' V'}{V + V'},$$

wie aus Gleichung 46) auch unmittelbar für $p = p' = \mathfrak{p}$ gefolgt wäre.

Um die specifischen Volumen $\mathfrak{v}$ und $\mathfrak{v}'$, sowie die Temperaturen $\mathfrak{t}$ und $\mathfrak{t}'$ in beiden Gefässen für das Ende des Vorganges zu erhalten, muss man obigen Werth M für m in die Gleichungen 13), 15), 33) und 36) setzen. Man erhält so:

$$53)\qquad \mathfrak{v} = v_0 \left(\frac{p_0 V + p_0' V'}{p_0 (V + V')}\right)^{-\frac{1}{\varkappa}}$$

oder mit Benutzung von 52)

$$53a)\qquad \mathfrak{v} = v_0 \left(\frac{\mathfrak{p}}{p_0}\right)^{-\frac{1}{\varkappa}},$$

was schon aus Gleichung 14a) folgt. Ferner wird

$$54)\qquad a + \mathfrak{t} = (a + t_0)\left(\frac{p_0 V + p_0' V'}{p_0 (V + V')}\right)^{\frac{\varkappa - 1}{\varkappa}},$$

oder wieder mit Benutzung von Gleichung 52)

$$54a)\qquad a + \mathfrak{t} = (a + t_0)\left(\frac{\mathfrak{p}}{p_0}\right)^{\frac{\varkappa - 1}{\varkappa}},$$

was gleichfalls schon aus Gleichung 15a) hervorgeht. Für das Einströmungsgefäss hat man:

$$55)\qquad \mathfrak{v}' = \frac{V'}{\frac{V'}{v_0'} + \frac{V}{v_0}\left\{1 - \left(\frac{p_0 V + p_0' V'}{p_0 (V + V')}\right)^{\frac{1}{\varkappa}}\right\}}$$

oder kürzer mit Benutzung von Gleichung 53)

$$55a)\qquad \mathfrak{v}' = \frac{V'}{\frac{V}{v_0} + \frac{V'}{v_0'} + \frac{V}{\mathfrak{v}}},$$

wie auch unmittelbar aus Gleichung 44) folgt. Endlich ist nach leichter Reduction aus Gleichung 36)

$$56)\qquad a + \mathfrak{t}' = (a + t_0')\,\frac{\frac{V'}{v_0'}\cdot\frac{p_0 V + p_0' V'}{p_0' (V + V')}}{\frac{V'}{v_0'} + \frac{V}{v_0}\left\{1 - \left(\frac{p_0 V + p_0' V'}{p_0 (V + V')}\right)^{\frac{1}{\varkappa}}\right\}}$$

Aus der Gleichung 45) würde folgen:

$$56a)\quad a+\mathfrak{t}'=\frac{\mathfrak{v}'}{V'}\left\{\frac{V'}{v_0}(a+t_0)+\frac{V}{v_0'}(a+t_0')-\frac{V}{\mathfrak{v}}(a+\mathfrak{t})\right\},$$

wie auch aus Gleichung 56) mit Benutzung von 55), 54) und 53) nach leichter, aber etwas weitläufiger Reduction hervorgeht.

Die gesammte, vom Gas im Ausströmungsgefässe geleistete Arbeit $\mathfrak{L}$ oder vielmehr deren Aequivalent an Wärme erhält man durch Einsetzen des Werthes M für m in Gleichung 17)

$$57)\quad \begin{cases}\mathfrak{L}=\frac{AV}{\varkappa}p_0\left(1-\frac{p_0V+p_0'V'}{p_0(V+V')}\right),\\ \mathfrak{L}=\frac{A}{\varkappa}(p_0-p_0')\frac{VV'}{V+V'}.\end{cases}$$

Um endlich noch die gesammte, vom Gase im Einströmungsgefässe aufgenommene Arbeit $\mathfrak{L}'$ oder deren Aequivalent an Wärme zu erhalten, müssen wir in Gleichung 38) für p den Werth $\mathfrak{p}$ in Gleichung 52) setzen. Dadurch wird

$$p_0-p=(p_0-p_0')\frac{V'}{V+V'},$$

ferner

$$\frac{p}{P}=\frac{V}{V-V'}$$

und endlich ist noch ausserdem

$$\frac{p_0}{P}=\frac{p_0V}{p_0V+p_0'V'}.$$

Wenn wir daher der Kürze halber die constanten Grössen

$$\frac{V}{V+V'}=\alpha \text{ und } \frac{p_0V}{p_0V+p_0'V'}=\beta$$

setzen, so folgt:

$$\mathfrak{L}'=\frac{AV}{\varkappa(\varkappa-1)}\Bigg[\varkappa(p_0-p_0')\frac{V'}{V+V'}+\left(\frac{V}{V'}\right)^{\lambda}\frac{p_0V+p_0'V'}{V}\cdot$$

$$\left\{\begin{array}{l}\frac{1}{1-\lambda}\alpha^{1-\lambda}-\frac{\lambda}{2-\lambda}\alpha^{2-\lambda}-\frac{\lambda(1-\lambda)}{1.2.(3-\lambda)}\alpha^{3-\lambda}-\frac{\lambda(1-\lambda)(2-\lambda)}{1.2.3.(4-\lambda)}\alpha^{4-\lambda}\ldots\\ -\left[\frac{1}{1-\lambda}\beta^{1-\lambda}-\frac{\lambda}{2-\lambda}\beta^{2-\lambda}-\frac{\lambda(1-\lambda)}{1.2.(3-\lambda)}\beta^{3-\lambda}-\frac{\lambda(1-\lambda)(2-\lambda)}{1.2.3.(4-\lambda)}\beta^{4-\lambda}\ldots\right]\end{array}\right\}\Bigg]$$

oder nach leichter Reduction, wenn man zugleich die obigen Reihen in der Klammer mit S_α und S_β bezeichnet:

$$58)\quad \mathfrak{L}'=\frac{A}{\varkappa(\varkappa-1)}(p_0-p_0')\frac{VV'}{V+V'}\left\{\varkappa+\frac{1}{\alpha\beta}\left(\frac{V}{V'}\right)^{\lambda+1}\frac{p_0}{p_0-p_0'}(S_\alpha-S_\beta)\right\}.$$

(Schluss im nächsten Hefte.)

V.

Ein neues empirisches Gesetz für die Wärmetransmission.

Von Dr. Th. Weiss,
Lehrer an der polytechnischen Schule in Dresden.

Für die Technik ist es von Wichtigkeit, die Wärmemenge berechnen zu können, welche beim Vorüberströmen eines heissen Gases oder einer heissen Flüssigkeit vor einer Platte oder Gefässwand von dieser Platte in den hinter derselben befindlichen kalten Körper transmittirt wird.

Bisher hat man, gestützt auf das Newton'sche Abkühlungsgesetz, angenommen, diese Wärmemenge sei der Temperaturdifferenz zwischen Heizgas und kaltem Körper, der Oberfläche der Platte und einem Coefficienten proportional, welcher mit der Natur des Heizgases und des kalten Körpers, wie mit der Materialbeschaffenheit und Dicke der Platte wechselt, sonst aber, also für dasselbe Heizgas, für denselben kalten Körper und für dieselbe Platte oder Wand unter allen Umständen constant ist. Neuerdings indessen habe ich aus Experimenten, welche in Mühlhausen und Wesserling mit Dampfgeneratoren angestellt wurden, zu finden geglaubt, dass jener Coefficient auch mit der Grösse des Canalquerschnittes variirt, durch welchen das Heizgas an der Platte hingeführt wird, und erlaube mir hierauf in dieser Zeitschrift aufmerksam zu machen, um dadurch einerseits eine belehrende und läuternde Kritik meiner Berechnungen zu veranlassen, wie andererseits, im Falle dieselben als einwurfsfrei und richtig sich herausstellen, eine Untersuchung nach den Gründen anzuregen, welche jene empirisch aufgefundene Abhängigkeit zwischen Coefficient und Canalquerschnitt theoretisch zu interpretiren geeignet sind.

Das Rechnungsverfahren, welches ich einschlug und welches ich in einer Schrift technischen Inhalts: „Regeln und Formeln zur Construction und Berechnung der Dampfgeneratoren, Leipzig, T. O. Weigel, 1862," umständlicher bereits aufgezeichnet habe, theile ich nachstehend in seinen Umrissen mit, glaube aber zur Erzielung eines deutlicheren Verständnisses folgende Ableitung der dabei verwendeten Grundformeln, wie sie übrigens schon von anderen Schriftstellern ähnlich gegeben ist, voranschicken zu müssen.

Unter der Annahme, dass der beredete Coefficient, welcher die Wärmequantität angiebt, die bei 1 Grad Temperaturdifferenz zwischen Heizgas und kaltem Körper in der Zeiteinheit durch die Flächeneinheit der Platte dringt, nicht von der Grösse des Canalquerschnittes abhängt, oder dass der Canalquerschnitt überall von gleicher Grösse ist, findet sich bei oben bezeichneter Abhängigkeit zwischen überströmender Wärmemenge und Temperaturdifferenz, dass durch das Flächenelement df der Platte die Wärmequantität

$$1)\qquad dW = w\,(T - t)\,df$$

in den kalten Körper von der Temperatur t übertritt, sofern T die Temperatur des heissen Gases und w den Coefficienten bedeutet.

Wären die Temperaturen T und t an allen Orten der Platte constant, so würde hiernach die gesammte, durch die ganze Plattenfläche oder Heizfläche F dringende Wärmemenge zu

$$W = w\,(T - t)\,F$$

sich berechnen. Allein jene Temperaturen verändern sich in dem Maasse, als sich das in den Canälen an der Platte oder Gefässwand hinströmende Heizgas durch Abgabe seiner Wärme abkühlt, und der kalte Körper durch Aufnahme dieser Wärme heisser wird.

Setzt man nun voraus, das Heizgas erneuere sich in permanenter Aufeinanderfolge, so dass in allen gleichgrossen Zeittheilen gleichgrosse Mengen durch jeden Querschnitt strömen, und dasselbe sei mit dem kalten Körper, irgend einer tropfbaren gasförmigen Flüssigkeit, der Fall, so unterliegt die Veränderung jener Temperaturen einer bestimmten Gesetzmässigkeit, so können dieselben als von der Grösse der Heizfläche abhängende Variabeln dargestellt werden, und alsdann ist man die erste obiger Gleichungen zu integriren, oder mit anderen Worten, die Wärmemenge W zu berechnen im Stande. Unter den oben gestellten Voraussetzungen wird nämlich nach einer gewissen Zeitdauer, vom Beginn des Vorganges an gerechnet, in jedem Querschnitt sowohl des Heizcanales, als des kalten Körpers die Temperatur constant bleiben und daher jeder Querschnitt fortwährend dieselbe Wärmemenge hindurchströmen lassen, und da nun diese Wärmemenge, wie weiter unten gezeigt werden wird, durch Rechnung ermittelt werden kann, so ist man auch im Stande, unter vorausgesetzter Kenntniss der Gas- und Flüssigkeitsquantität, wie der specifischen Wärme dieser Körper, die Temperaturen zu berechnen, oder direct deren Abhängigkeit von den Einzelgrössen der Heizfläche oder der Canallänge anzugeben.

Versteht man zu diesem Ende unter:

Q die Heizgasquantität in Kilogrammen, welche nach Voraussetzung in der Zeiteinheit (Stunde) durch jeden Querschnitt der Canäle fortwährend strömt,

T_0 die Temperatur (Celsius) des Heizgases am Anfange des Canallaufes oder der Heizfläche,

T_1 die Temperatur am Ende des Canallaufes,

T die Temperatur an einem willkürlich zu denkenden Orte des Canallaufes,

σ die specifische Wärme des Heizgases,

so sind nach obigen Auseinandersetzungen T_0, T_1 und T fortwährend constant, so dass durch den Anfangsquerschnitt fortwährend die Wärmequantität $Q\sigma T_0$, durch den Endquerschnitt fortwährend die Wärmequantität $Q\sigma T_1$ fliesst und demnach die Wärmemenge $Q\sigma(T_0-T_1)$ in den Canälen verbleibt.

Setzt man die nicht als Heizfläche functionirenden Wandungen der Canäle als undurchdringlich für die Wärme voraus, so giebt dieser letzte Werth die ganze Wärmequantität in Calorien an (à Cal. = 1 Kilogramm Wasser auf 1 Grad Cels.), welche pro Stunde in den kalten Körper transmittirt wird.

Ebenso ist die Wärmequantität W, welche bis zu dem Orte der Heizfläche, an welchem die Temperatur T herrscht, aus den Gasen verschwindet, respective an den kalten Körper übergeht:

2) $$W = Q\sigma(T_0 - T)$$

und daraus folgt, dass die im Längenelement des Canales verschwindende Wärmemenge

$$dW = -Q\sigma dT$$

ist. Diese letzte muss aber offenbar der von Gleichung 1) bezeichneten durch das Element der Heizfläche fliessenden gleich sein, und daher ergiebt sich für die ganze Heizfläche und für das ganze dieser Heizfläche entsprechende Temperaturintervall

$$-Q\sigma\int_{T_0}^{T_1}\frac{dT}{T-t} = \int_0^F w\,df.$$

Bemerkt man nun noch, dass, wenn:

q die hinter der Heizfläche pro Stunde vorüberströmende Menge der zu erwärmenden Flüssigkeit oder überhaupt des kalten Körpers in Kilogrammen,

t_0 die Temperatur des kalten Körpers beim Antritt an die Heizfläche,

t_1 die Temperatur am Ende der Heizfläche,

t die Temperatur an irgend einem willkürlich zu denkenden, aber dem Punkte T gegenüber gelegenen Orte der Heizfläche und

s die specifische Wärme der zu erwärmenden Flüssigkeit

bedeutet, und wenn der kalte Körper nach einer Richtung sich bewegt, welche derjenigen des Heizgasstromes gerade entgegenläuft,

3) $$\begin{cases} qs(t_1 - t_0) = Q\sigma(T_0 - T_1), \\ qs(t_1 - t) = Q\sigma(T_0 - T) \end{cases}$$

und demnach

$$t = t_1 - \frac{Q\sigma}{qs}(T_0 - T)$$

ist, so stellt sich durch Einführung dieses letzten Werthes:

$$-Q\sigma \int_{T_0}^{T_1} \frac{dT}{T\left(1 - \frac{Q\sigma}{qs}\right) + \frac{Q\sigma}{qs} T_0 - t_1} = \int_0^F w\, df$$

heraus, und da w für die ganze Länge der Canäle, also für die ganze Heizfläche constant sein soll,

$$-\frac{Q\sigma}{1 - \frac{Q\sigma}{qs}} \, lnt \left\{ \frac{T_1\left(1 - \frac{Q\sigma}{qs}\right) + \frac{Q\sigma}{qs} T_0 - t_1}{T_0\left(1 - \frac{Q\sigma}{qs}\right) + \frac{Q\sigma}{qs} T_0 - t_1} \right\} = wF.$$

Ein Vergleich mit Gleichung 3) zeigt aber, dass

$$T_1\left(1 - \frac{Q\sigma}{qs}\right) + \frac{Q\sigma}{qs} T_0 - t_1 = T_1 - t_0$$

ist, und daher schreibt sich einfacher

$$4) \qquad wF = \frac{Q\sigma}{1 - \frac{Q\sigma}{qs}} \, lnt \left(\frac{T_0 - t_1}{T_1 - t_0}\right).$$

Die ganze aus den Gasen verschwindende und durch die Heizfläche dringende Wärme W_g is nach Obigem

$$W_g = Q\sigma(T_0 - T_1);$$

man kann daher die letzte Gleichung mit Rücksicht auf 3) auch schreiben

$$5) \qquad wF = \frac{W_g}{T_0 - T_1 - t_1 + t_0} \, lnt \left(\frac{T_0 - t_1}{T_1 - t_0}\right)$$

und hieraus die zu Berechnung von W_g gesuchte Formel direct ablesen.

Zur Bestimmung des Coefficienten w, worauf es mir vornehmlich ankam, habe ich indessen Formel 4) benutzt, da die in derselben erscheinenden Grössen durch die Resultate der Beobachtung direct gegeben waren, bin aber dabei von der Voraussetzung ausgegangen, dass in den behandelten Dampfgeneratoren keine Strömung des kalten Körpers, des Wassers, wenigstens nicht in einflussreichem Grade stattgefunden habe, dass demnach die Temperatur an allen Orten des Innern von gleicher Höhe und zwar überall gleich t_1 gewesen sei und dass demzufolge obige Formel in der Umgestaltung

$$5) \qquad w = \frac{Q\sigma}{F} \, lnt \left(\frac{T_0 - t_1}{T_1 - t_1}\right)$$

zur Anwendung gelangen könne, was übrigens noch den Vortheil der einfacheren Behandlung in sich schloss. Zu erwähnen will ich dabei nicht unterlassen, dass ich in einigen Fällen, in denen eine Strömung des Wassers in der bei Ableitung obiger Formel vorausgesetzten Weise unzweifelhaft oder muthmasslich stattgefunden hatte, diese Formel 4) ohne Abänderung benutzt und dabei gefunden habe, dass die Abweichungen ihrer Resultate von denen der Formel 5) ein beachtenswerthes Maass nicht erreichten.

Es ergab sich nun mit fünf sehr verschieden construirten und unter ausserordentlich wechselnden Umständen in Function gesetzten Generatoren von Eisenblech folgende Reihe von Werthen für w

27	22	16,62	14,41
26	20,5	16,5	14,31
26	20	16,5	14,0
22,5	20	16,5	13,72
22,21	18,5	15,5	12,64
22	17	15,5	12,5
22	17	14,42	12,01,

ferner für einen Kessel aus Messingröhren

10,14 8,40 8,15,

für einen Kessel theils aus Eisenblech und theils aus Messing

20 19,5 19

und für einen Kessel theils aus Eisenblech und theils aus Gusseisen

19,9 bis 23,31.

Fasst man zunächst nur die Werthe, welche sich für die blechernen Kessel ergeben kaben, ins Auge, so bemerkt man, dass dieselben keineswegs, wie es nach den bisherigen Annahmen der Fall sein müsste, einander gleich sind, sondern vielmehr innerhalb der sehr weiten Grenzen 12 bis 27 variiren; es wirft sich daher die Frage auf, welches die Ursachen dieser Variationen gewesen sein mögen oder von welchen bisher unberücksichtigt gelassenen Umständen der Coefficient w noch abhängt, eine Frage, deren Beantwortung umsomehr als wichtig für die Technik erkannt werden wird, als man bei Inspection der Formeln 4) und 5) wahrnimmt, dass die Heizfläche oder auch die Wärmemenge W_g unter sonst gleichen Umständen ein genau Vielfaches vom Coefficienten w ist und dass daher, wenn man den grössten obiger Werthe als richtig annehmen und zur Anwendung bringen wollte, die Wärmemenge W_g über doppelt so gross als bei Anwendung des kleinsten jener Werthe sich berechnen würde.

Die Hypothesen oder Vermuthungen, welche man in dieser Beziehung hegen kann, sind folgende:

Erstens kann man meinen, dass der Coefficient w mit der absoluten Höhe der Temperatur variire, oder dass mit anderen Worten die vom Heizgase in das Wasser überströmende Wärmemenge nicht blos mit der Temperaturdifferenz zwischen diesen beiden Körpern proportional sei, sondern mit einer Zunahme der Temperatur des Heizgases einer stärker wachsenden oder fallenden Progression unterworfen werde. Um diese Vermuthung zu prüfen, liefern die Experimente geeignetes Material. Wäre sie nämlich begründet, so müsste bei denjenigen Versuchen, bei denen die mittler

Temperatur $\frac{T_0+T_1}{2}$ oder die mittlere Temperaturdifferenz $\frac{T_0+T_1}{2}-\frac{t_1+t_0}{2}$ höher war, unter sonst gleichen Umständen ein relativ höherer oder niederer Betrag für den Coefficienten w in der Rechnung zum Vorschein gekommen sein. In der That aber findet dieser Umstand keine Bestätigung; es gehört der grösste obiger Werthe nicht der höchsten, der kleinste nicht der niedrigsten Temperatur oder Temperaturdifferenz an, noch zeigt sich das Umgekehrte, und daher ist man anzunehmen berechtigt, dass in Uebereinstimmung mit der ursprünglichen Voraussetzung keine Variationen mit der absoluten Höhe der Temperatur oder doch nur in so geringem Grade existiren, dass sie in den Fehlerquellen der Beobachtung zerfliessen.

Zweitens kann man vermuthen, dass die Form der Heizfläche, d. h. die grössere oder geringere Krümmung des Querschnittes derselben von Einfluss gewesen sei, da theoretischen Rechnungen über den Durchgang der Wärme durch verschieden gestaltete Platten oder Wände zufolge, der Coefficient w in dem Falle, wo die Heizfläche auf der Innenseite einer Röhre liegt und das Heizgas durch diese Röhre strömt, grösser als in dem Falle ist, wo die Heizfläche eine ebene Wand bildet, und in diesem letzten Falle wieder grösser als in demjenigen, wo die Heizfläche auf der Aussenseite einer Röhre sich befindet und das Heizgas diese Röhre umströmt.

Rechnet man aber mit den von Péclet gegebenen experimentellen Unterlagen den Coefficienten w für diese drei Fälle aus und legt dabei bezüglich der Form der Heizfläche die äussersten Extreme zu Grunde, d. h. vergleicht mit der ebenen Wand eine Röhre von nur 0,05 Meter äusserem und 0,045 innerem Durchmesser, so ergeben sich die Werthe respective 3,16; 3,00 und 2,86, nach deren sehr geringer Abweichung von einander man anzunehmen sich genöthigt finden wird, dass, wenn auch die Form der Heizfläche von Einfluss gewesen ist, derselbe doch nur unübersehbar gering und nicht entfernt so bedeutend gewesen sein kann, um die starken Differenzen in obigen Werthen verursacht zu haben.

Drittens ist der Grösse des Canalquerschnitts, durch welchen die Heizgase strömen, ein beeinflussender Charakter beizumessen und zwar aus mehreren Gründen.

α. Zunächst werden durch Erweiterung des Canalquerschnitts einige Gastheilchen in grössere Entfernung von der Heizfläche gerückt und dadurch ihre Wärme abzugeben verhindert, da die Strahlung mit der Entfernung und zwar in quadratischem Verhältnisse abnimmt, während die Leitung von Theilchen zu Theilchen nur sehr gering, nach den neuesten Untersuchungen von August ausser beim Wasserstoffgase sogar verschwindend klein zu nennen ist.

β. wird durch Erweiterung des Canalquerschnitts die innere Begrenzungswand weiter von der Heizfläche entfernt und dadurch ebenfalls die

Wärmeabgabe geringer, weil die Rückstrahlung dieser Wand sich abschwächt.

γ. Ferner wird durch Erweiterung des Canalquerschnitts die Spannung oder Pressung der Heizgase gesteigert, da die Geschwindigkeit sich vermindert und nach dem Grundsatze von der Erhaltung oder dem fortwährenden Constantbleiben der lebendigen Kräfte oder der mechanischen Wirkungsquantität in umgekehrtem Verhältnisse zu der Geschwindigkeit steht.

δ. Endlich vergrössert sich durch Erweiterung des Canalquerschnitts die Dauer der Berührungszeit des Heizgases mit der ganzen Heizfläche, da dieselbe in umgekehrtem Verhältnisse zu der Geschwindigkeit und diese wieder unter sonst gleichen Umständen in umgekehrtem Verhältnisse zu dem Querschnitte steht.

Diese Umstände, von denen α und β eine Verminderung, γ und δ dagegen eine Vergrösserung des Coefficienten w bewirken, können aber nur dann in der hier bezeichneten Weise zutreffen, wenn in allen Fällen die durchströmende Gasmenge unverändert bleibt, denn wenn man den Canalquerschnitt beispielsweise um das Doppelte seiner ursprünglichen Grösse erweitert und gleichzeitig auch die durchströmende Gasmenge um das Doppelte ihres anfänglichen Betrages vermehrt, so bleiben in beiden Fällen Spannung und Berührungsdauer dieselben und geben daher keinen Anlass zu einer Veränderung des Coefficienten w. Denkt man sich ebenso den Canalquerschnitt fortwährend von gleicher Grösse und die durchströmende Gasmenge variabel, so sieht man, dass bei Vermehrung dieser Quantität eine relativ grössere Anzahl von Gastheilchen in geringere Entfernung von der Heizfläche hingeführt und dass dadurch dem Coefficienten w ein grösserer Betrag ertheilt wird, ein Räsonnement, welches durch einen Vergleich der Gasmengen und der zugehörigen Coefficienten aller mit ein und demselben Apparate, also mit derselben Canalweite vorgenommenen Versuche auch vollkommene Bestätigung findet.

Es ist daher zu vermuthen, dass der Coefficient w einmal in umgekehrtem Verhältnisse mit dem Canalquerschnitt ω, das andere Mal in geradem Verhältnisse mit der durchströmenden Gasmenge Q, oder zusammengefasst in geradem Verhältnisse mit dem Quotienten $\frac{Q}{\omega}$ variirt.

Bei Prüfung dieser Vermuthung und bei Forschung nach der Gesetzmässigkeit jener Variation bin ich auf die Formel

$$w = p\sqrt[3]{\frac{Q}{\omega}}$$

gekommen und habe weiter gefunden, dass die nur mit dem Material variirende Constante p für Eisenblech 1,2, für Messing 0,6 und für Gusseisen $= 2$ ist.

Nachstehende Zusammenstellung legt den Grad der Uebereinstimmung der aus der Beobachtung abgeleiteten und von der Formel berechneten Zahlen vor Augen.

Coefficient *w*					
beobachtet	berechnet	beobachtet	berechnet	beobachtet	berechnet
27	28,6	19,5	19,9	14,41	16,42
26	27,6	19	18,9	14,31	14,15
26	26,0	19	20,9	14	13,3
22,5	18,4	18,5	18,3	13,72	14,36
22,21	19,04	17	14,1	13	13,1
22	20,8	17	15,8	12,64	16,02
22	18,2	16,62	16,78	12,5	13,2
22	21,3	16,5	15,8	12,01	14,59
20,5	21,4	16,5	14,1	10,14	9,27
20	20,8	15,5	15,4	8,40	9,27
20	21	15,5	13,9	8,15	8,7
20	19	14,42	16,02		

Die diesen Zahlen zu Grunde liegenden Beobachtungsdaten sind an sieben ausserordentlich verschieden construirten Generatoren erhoben; die Heizgasmenge Q variirte dabei innerhalb der weiten Grenzen von 755 bis 2230 Kilogramm, der Canalquerschnitt ω von 0,165 bis 0,66 □Meter; bedenkt man daher noch, dass bei der Complication der Versuchsapparate und der immerhin nur zu Annäherungen führenden Versuchsmethoden die Beobachtung auf mancherlei Ungenauigkeiten gestossen und dass unter Anderem der Zustand der Heizfläche, wie überhaupt des ganzen Apparates wegen ungleicher Russ- und Kesselsteinablagerung nicht immer ein ordnungsmässiger gewesen sein wird, so verdient der Grad der Uebereinstimmung zwischen beobachteten und berechneten Ziffern ein zufriedenstellender genannt zu werden und scheint mir mindestens genügend zu sein, um mich zu Empfehlung einer weitergehenden Prüfung der abgeleiteten Formel oder des darin ausgesprochenen, durch den Lauf einer cubischen Parabel graphisch dargestellten Gesetzes zu berechtigen.

Dabei will ich indessen darauf hinzuweisen nicht versäumen, wie man bisher durch Rechnung zu einer Bestimmung des Coefficienten w zu gelangen suchte und wie die Voraussetzung, derselbe variire, abgesehen von der Grösse des Canalquerschnitts und der Quantität der vorüberströmenden Gase, im einfachen Verhältnisse mit der Temperaturdifferenz, eine nur angenäherte und keineswegs durchaus mit der Wirklichkeit harmonirende ist.

Der Gesammtvorgang des Wärmeübertrittes vom Heizgase in den kalten Körper setzt sich aus drei Einzelvorgängen zusammen, nämlich aus dem Wärmeübertritt vom Heizgase in die äussere Oberfläche der Platte oder Wand, aus der Wärmeleitung in dieser Platte und aus dem Wärmeübertritt von der inneren Oberfläche der Platte in den kalten Körper.

Sind die Wärmemengen, welche diesen drei Vorgängen entsprechen, welche also respective in die äussere Oberfläche treten, geleitet werden und aus der inneren Oberfläche in den kalten Körper übergehen, $= W_1$, W_2 und W_3 und bezeichnet man ferner die gesammte übertretende Wärmequantität mit W, so gilt für den Beharrungszustand, in welchem in gleichen Zeiträumen gleiche Wärmemengen aus dem Heizgase verschwinden und von dem kalten Körper aufgenommen werden, die Gleichung

$$W_1 = W_2 = W_3 = W.$$

Es würde sich daher, um W zu ermitteln, darum handeln, eine von den drei übrigen Wärmequantitäten berechnen zu können.

Diese Berechnung unterstellt man der Voraussetzung, dass die vom Gase in die äussere Oberfläche übertretende Wärmemenge der Temperaturdifferenz von Gas und Oberfläche und der Grösse dieser Oberfläche proportional sei, dass dasselbe mit der von der inneren Oberfläche in den kalten Körper überströmenden Wärme stattfinde und dass die geleitete Wärmemenge ebenfalls in directer Proportionalität zu der Temperaturdifferenz der beiden Oberflächen, wie in indirecter zu der Plattendicke stehe, so dass also, wenn

T die Temperatur des heissen Gases,
t die Temperatur des kalten Körpers,
τ die Temperatur der äusseren Oberfläche,
Θ die Temperatur der inneren Oberfläche,
δ die Dicke der Platte oder Wand,
F die Oberflächengrösse der Platte und
w_1, w_2, w_3 Erfahrungscoefficienten

bedeuten, welche die pro Temperaturdifferenz-Einheit, pro Zeiteinheit und pro Flächeneinheit respective übertretenden und geleiteten Wärmemengen angeben, die Gleichungen

$$6)\quad W_1 = w_1 (T - \tau) F,$$

$$7)\quad W_2 = w_2 \frac{(\tau - \Theta)}{\delta} F,$$

$$8)\quad W_3 = w_3 (\Theta - t) F$$

entstehen. Durch Verbindung dieser Gleichungen erhält man

$$W = \frac{1}{\frac{1}{w_1} + \frac{\delta}{w_2} + \frac{1}{w_3}} (T - t) F$$

und indem man

$$9)\quad \frac{1}{\frac{1}{w_1} + \frac{\delta}{w_2} + \frac{1}{w_3}} = w$$

schreibt:

$$W = w\,(T - t)\,F,$$

eine Gleichung, welche mit derjenigen übereinstimmt, von der ich im Anfange dieses Aufsatzes ausging und in welcher w den besprochenen Wärmeüberführungs-Coefficienten bedeutet.

Hiernach würde also wirklich, wie angenommen wird, die Wärmemenge W einfach proportional mit der Temperaturdifferenz zwischen heissem Gase und kaltem Körper, oder der Coefficient w, abgesehen vom Canalquerschnitt und der vorüberströmenden Gasmenge, für dieselbe Platte unter allen Umständen constant sein. Allein die obigen Voraussetzungen und die daraus fliessenden Formeln 6), 7) und 8) sind keineswegs mit der Wirklichkeit genau harmonirende; es hat sich vielmehr aus den umfangreichen Experimenten G. Bischoff's und C. W. Böckmann's ergeben, dass die Wärmeleitung durch ein gänzlich anderes Gesetz namentlich beim Holze, wenn auch weniger bei Metallen geregelt wird, es sprechen sich ebenfalls die in der „*Théorie mathématique de la chaleur*" veröffentlichten, rein speculativen Untersuchungen Poisson's in widerstreitendem Sinne aus; man hat ferner Grund anzunehmen, dass der Wärmeübergang von der inneren Oberfläche in den kalten Körper weit eher dem complicirteren Petit-Dulong'schen Abkühlungsgesetze oder der auf dieses Gesetz gestützten, durch Péclet experimentell ermittelten Formel sich unterwirft, und muss endlich auch der Analogie mit jenem Wärmeübergange wegen vermuthen, dass der Wärmeübertritt von der inneren Oberfläche in den kalten Körper auf eine andere als auf die von obiger Voraussetzung involvirte Basis sich stützt.

Fasst man alles Dieses mit den Erörterungen zusammen, welche über die Abhängigkeit von der Canalweite und dem durchströmenden Gasquantum angestellt wurden, so thürmen sich die Schwierigkeiten, welche der Lösung der beregten Aufgabe entgegentreten, um so massenhafter auf, um so interessanter ist daher aber eine dahin abzielende Untersuchung, und gleichzeitig ist sie, wie ich bereits im Anfange hervorhob, von weittragendem Nutzen für die Technik.

Kleinere Mittheilungen.

IX. Ueber wulstförmige Flächen. — Da es, abgesehen von Cylinder- und Rotationsflächen, wenige Flächen giebt, deren Complanation auf einfache Formeln führt, so ist die nachstehende Mittheilung vielleicht solchen Lehrern willkommen, die auf elegante Beispiele etwas halten, oder häufig Aufgaben zu stellen haben.

In der Horizontalebene xy sei eine beliebige Curve AQB gezeichnet und durch jeden ihrer Punkte, wie z. B. Q, und durch die z-Achse eine Ebene gelegt; wird nun in dieser Ebene über OQ als Durchmesser ein Kreis construirt, so entsteht aus der stetigen Folge aller derartigen Kreise eine Fläche von wulstförmiger Gestalt. Sehr einfach ist die Polargleichung einer solchen Fläche, wobei für irgend einen ihrer Punkte (Fig. 4, Taf. II)

$$OP = r,\quad \angle POQ = \psi,\quad \angle XOQ = \omega$$

sein möge; setzt man nämlich $OQ = R$ und denkt sich die Polargleichung der ebenen Leitcurve AQB in der Form

$$1)\qquad R = F(\omega)$$

gegeben, so hat man augenblicklich $r = R\cos\psi$ oder

$$2)\qquad r = F(\omega)\cos\psi.$$

Um ferner dasjenige Flächenstück ABO zu quadriren, welches von der Leitcurve AB und den beiden über OA und OB construirten Halbkreisen begrenzt wird, setzen wir $ABO = S$, $\angle AOX = \alpha$, $\angle BOX = \beta$ und wenden die bekannte Formel

$$S = \iint r\sqrt{\left[r^2 + \left(\frac{\partial r}{\partial\psi}\right)^2\right]\cos^2\psi + \left(\frac{\partial r}{\partial\omega}\right)^2}\, d\omega\, d\psi$$

auf den obigen Fall an; dies giebt

$$S = \int_\alpha^\beta \int_0^{\frac{1}{2}\pi} F(\omega)\sqrt{[F(\omega)]^2 + [F'(\omega)]^2}\cos^2\psi\, d\omega\, d\psi.$$

Die Integration nach ψ lässt sich sofort ausführen, und es bleibt, wenn zur Abkürzung $F(\omega)$ mit R, $F'(\omega)$ mit R' bezeichnet wird,

$$3)\qquad S = \tfrac{1}{4}\pi\int_\alpha^\beta R\sqrt{R^2 + R'^2}\, d\omega$$

oder, was manchmal bequemer ist,

4) $$S = \frac{1}{4}\pi \int_{\alpha}^{\beta} \sqrt{R^4 + (RR')^2}\, d\omega.$$

Die Einfachheit dieser Formeln lässt augenblicklich erkennen, dass es unter den besprochenen Flächen nicht wenige geben wird, deren Complanation mit Leichtigkeit ausgeführt werden kann. Wir wollen einige Fälle der Art angeben.

a. Das unter dem Integralzeichen stehende Radical erhält seinen einfachsten Werth, wenn als Leitcurve eine Lemniscate genommen wird; es ist dann

$$R = a\sqrt{\cos 2\omega}, \quad R\sqrt{R^2 + R'^2} = a^2,$$

5) $$S = \frac{1}{4}\pi a^2 (\beta - \alpha).$$

Für $\alpha = 0$, $\beta = \frac{1}{4}\pi$ giebt diese Formel den Flächeninhalt eines Octanten; die Gesammtoberfläche des Wulstes ist daher

6) $$W = \frac{1}{2}\pi a^2.$$

b. Nimmt man als Leitlinie eine Conchoide, so hat man

$$R = a(1 + \cos\omega) = 2a\cos^2\frac{1}{2}\omega,$$

$$S = \pi a^2 \int_{\alpha}^{\beta} \cos^3\frac{1}{2}\omega\, d\omega,$$

d. i.

7) $$S = 2\pi a^2 \left[\sin\frac{1}{2}\beta - \sin\frac{1}{2}\alpha - \frac{1}{3}(\sin^3\frac{1}{2}\beta - \sin^3\frac{1}{2}\alpha)\right].$$

Die Werthe $\alpha = 0$, $\beta = \pi$ geben die Quadrantenfläche, mithin ist die Gesammtoberfläche

8) $$W = \frac{16}{3}\pi a^2.$$

c. Die Leitlinie sei die Fusspunktcurve der Ellipse, mithin

$$R^2 = a^2\cos^2\omega + b^2\sin^2\omega;$$

die Formel 4) giebt dann

$$S = \frac{1}{4}\pi \int_{\alpha}^{\beta} \sqrt{a^4\cos^2\omega + b^4\sin^2\omega}\, d\omega.$$

Ist in der Figur 5 (Taf. II) $OA = a$, $OB = b$, $AB = c = \sqrt{a^2 + b^2}$, OC senkrecht auf AB, endlich $AC = a'$, $BC = b'$, so hat man $a^2 = a'c$, $b^2 = b'c$, mithin

9) $$S = \frac{1}{4}\pi c \int_{\alpha}^{\beta} \sqrt{a'^2\cos^2\omega + b'^2\sin^2\omega}\, d\omega.$$

Das Integral bedeutet hier denjenigen Bogen einer aus den Halbachsen a' und b' construirten Ellipse, welcher zwischen den beiden, durch die Amplituden α und β bestimmten Punkten liegt. Für $\alpha = 0$, $\beta = \frac{1}{2}\pi$

geht dieser Bogen in den Ellipsenquadranten über, den wir mit E bezeichnen wollen; für die Gesammtoberfläche ist dann

$$10)\qquad W = 2\pi c E.$$

d. Nimmt man als Leitlinie eine Gerade, welche auf der x-Achse die Strecke a, auf der y-Achse das Stück b abschneidet, so hat man

$$R = \frac{1}{\frac{\cos\omega}{a} + \frac{\sin\omega}{b}},$$

oder, wenn $\sqrt{a^2+b^2} = c$ und der zwischen c und a enthaltene Winkel $= \gamma$ gesetzt wird,

$$R = \frac{ab}{c\sin(\omega+\gamma)}.$$

Daraus ergiebt sich

$$S = \frac{\pi}{4}\cdot\frac{a^2b^2}{c^2}\int_\alpha^\beta \frac{d\omega}{\sin^2(\omega+\gamma)}$$

oder

$$11)\qquad S = \frac{\pi}{8}\cdot\frac{a^2b^2}{c^2}\left\{\frac{\cos(\alpha+\gamma)}{\sin^2(\alpha+\gamma)} - \frac{\cos(\beta+\gamma)}{\sin^2(\beta+\gamma)} + l\left(\frac{\tan\frac{1}{2}(\beta+\gamma)}{\tan\frac{1}{2}(\alpha+\gamma)}\right)\right\}.$$

Für $\alpha = 0$, $\beta = \frac{1}{2}\pi$ und durch Multiplication mit 8 erhält man die Oberfläche des ganzen rhomboidalen Wulstes, nämlich

$$S = \pi\frac{a^2b^2}{c^2}\left\{\frac{\cos\gamma}{\sin^2\gamma} + \frac{\sin\gamma}{\cos^2\gamma} + l\left(\frac{\tan(\frac{1}{4}\pi+\frac{1}{2}\gamma)}{\tan\frac{1}{2}\gamma}\right)\right\}$$

oder, wenn Alles durch a, b, c ausgedrückt wird,

$$12)\qquad S = \pi\left\{\frac{a^3+b^3}{c} + \frac{a^2b^2}{c^3}\, l\left(\frac{a+b+c}{a+b-c}\right)\right\}.$$

e. Wählt man zur Directrix eine Ellipse, so kommt man auf elliptische Integrale dritter Gattung, welche in dem speciellen Falle, wo die Oberfläche des ganzen Wulstes gesucht wird, zu vollständigen Integralen dieser Art werden und dann durch elliptische Integrale erster und zweiter Gattung ausdrückbar sind. Die Formeln werden jedoch etwas complicirt und dürften daher nicht viel Interesse darbieten. Schlömilch.

X. Integration der Gleichung

$$1)\qquad sy'' + (r+qx)y' + (p+nx+mx^2)y = 0,$$

in welcher s, r, q, p, n, m constante Zahlen bedeuten. Von Prof. Simon Spitzer.

Liouville hat im *Journal de l'école polyt., tom. XIII, cah. XXI* zuerst Gleichungen der Form 1) integrirt, dann haben Petzval und Weiler, im Wesentlichen den Gang von Liouville folgend, sich mit der obigen Gleichung beschäftigt.

Auch ich habe mich wiederholt mit Gleichungen der Form 1) befasst, und bin zu zwei Integrationsmethoden gekommen, welche sich wesentlich von den Methoden unterscheiden, die man bisher für Gleichungen der Form 1) anwandte. Sie hier vorzuführen, ist der Zweck dieser Note.

1. Methode. Ich setze y in folgender Form voraus:

$$2)\qquad y=\int_{u_1}^{u_2} e^{ux^2+vx}\,W\,du,$$

woselbst v und W einstweilen noch unbekannte Functionen von u bedeuten, u_1, u_2 aber unbekannte constante Zahlen sind.

Aus 2) folgt:

$$y'=\int_{u_1}^{u_2} e^{ux^2+vx}(2ux+v)\,W\,du,$$

$$y''=\int_{u_1}^{u_2} e^{ux^2+vx}[(2ux+v)^2+2u]\,W\,du$$

und substituirt man diese Werthe in 1), so erhält man, gleich ordnend:

$$\int_{u_1}^{u_2} e^{ux^2+vx}\,W\Big\{x^2(4u^2s+2uq+m)+x(4uvs+2ur+qv+n)$$
$$+(v^2s+2us+vr+p)\Big\}\,du=0.$$

Setzt man der Kürze halber

$$3)\qquad \begin{cases} 4u^2s+2uq+m=L,\\ 4uvs+2ur+qv+n=M,\\ v^2s+2us+vr+p=N,\end{cases}$$

so ist

$$4)\qquad \int_{u_1}^{u_2} e^{ux^2+vx}\,W(Lx^2+Mx+N)\,du=0.$$

Berücksichtigt man nun, dass die Gleichung

$$Lx^2+Mx+N=L(x^2+v'x)+x(M-Lv')+N,$$

woselbst $v'=\frac{\partial v}{\partial u}$ bedeutet, identisch stattfindet, und wählt man v so, dass

$$5)\qquad M-Lv'=0$$

wird, so erhält man statt der Gleichung 4) die Gleichung

$$6)\qquad \int_{u_1}^{u_2} e^{ux^2+vx}\,W[L(x^2+v'x)+N]\,du=0.$$

Nun ist aber

$$\int_{u_1}^{u_2} e^{ux^2+vx}\, W L (x^2 + v'x)\, du = \int_{u_1}^{u_2} W L \frac{\partial (e^{ux^2+vx})}{\partial u}\, du,$$

und dies Integrale giebt, nach der Methode des theilweisen Integrirens behandelt

$$\left\{ W L e^{ux^2+vx} \right\}_{u_1}^{u_2} - \int_{u_1}^{u_2} e^{ux^2+vx} \frac{\partial (WL)}{\partial u}\, du.$$

Es geht somit das Resultat der Substitution von 2) in die vorgelegte Gleichung über in

$$\left\{ W L e^{ux^2+vx} \right\}_{u_1}^{u_2} + \int_{u_1}^{u_2} e^{ux^2+vx} \left[N W - \frac{\partial (WL)}{\partial u} \right] du = 0,$$

und dieser genügt für solche W, welche der Gleichung

$$7) \qquad N W - \frac{\partial (WL)}{\partial u} = 0$$

genügen, und für solche constante Zahlen u_1, u_2, welche die Gleichung

$$8) \qquad W L e^{ux^2+vx} = 0$$

identisch machen.

Die Gleichung 5) kann so geschrieben werden:

$$(4u^2 s + 2uq + m) v' = (4us + q) v + 2ur + n$$

und ist, wie man sieht, linear und von der ersten Ordnung; ihr Integrale ist

$$v = \frac{nq - 2rm}{4ms - q^2} + 2u \frac{2ns - rq}{4ms - q^2} + C\sqrt{L},$$

vorausgesetzt, dass $4ms - q^2$ nicht gleich Null ist. Setzt man die willkürliche Constante der Integration, d. i. C der Einfachheit halber gleich Null, so ist

$$9) \qquad v = \frac{nq - 2rm}{4ms - q^2} + 2u \frac{2ns - rq}{4ms - q^2},$$

und die Gleichung 7) giebt integrirt

$$10) \qquad W = \frac{1}{L} e^{\int \frac{N du}{L}}.$$

Setzt man

$$L = 4s(u - \alpha)(u - \beta)$$

und zerlegt man sodann $\frac{N}{L}$ in Partialbrüche, so dass

$$\frac{N}{L} = k + \frac{A}{u - \alpha} + \frac{B}{u - \beta}$$

wird, so ist das Integrale der vorgelegten Differentialgleichung 1)

$$y = \int_{\alpha}^{\beta} e^{ux^2+vx+ku} (u - \alpha)^{A-1} (u - \beta)^{B-1}\, du,$$

grössern, zugleich aber in der darauf senkrechten Richtung der erwähnten auf (α, β, γ) senkrechten Ebene eine lineare Quercontraction $K'P$ für jede Längeneinheit hervorrufen. Es seien nur x, y, z die von einem als relativ ruhend gedachten Molekül O aus gezählten auf rechtwinklige in O mündende Achsen bezogene Coordinaten eines beliebigen Moleküls m, und r dessen Entfernung von O, welche mit den Achsen die Winkel (a, b, c) bilden möge. Erfolgt nun der Zug P parallel der Richtung (α, β, γ), so wird sich m in eben dieser Richtung um $PKr \cos w$, zugleich aber auch innerhalb der durch zwei parallel zu (α, β, γ), (a, b, c) im Ursprung sich schneidenden Geraden gelegten Ebene um $PK'r \sin w$ nach der Geraden (α, β, γ) senkrecht hinneigen, wo w den, durch die in O sich schneidenden parallel (α, β, γ), (a, b, c) gehenden Geraden, gebildeten Winkel bezeichnet. Die auf die Achsen bezogenen Richtungen der Quercontraction seien durch die Winkel $(\alpha', \beta', \gamma')$ angedeutet, für welche, wenn sie von der Linie (α, β, γ) abwärts gerichtet als positiv gerechnet werden, die Gleichungen gelten

$$\cos\alpha' = \frac{\cos a - \cos\alpha \cos w}{\sin w}, \quad \cos\beta' = \frac{\cos b - \cos\beta \cos w}{\sin w},$$

$$\cos\gamma' = \frac{\cos c - \cos\gamma \cos w}{\sin w}.$$

Nachdem der Zug P gewirkt hat, werden die Verschiebungen ξ, v, ζ des Punktes m hiernach sein

$$\xi = r \cos w \,.\, PK \cos\alpha - r \sin w \,.\, K'P \cos\alpha',$$

d. h.

$$\xi = rP[K \cos w \cos\alpha - K'(\cos a - \cos\alpha \cos w)],$$

und ebenso

$$v = rP[K \cos w \cos\beta - K'(\cos b - \cos\beta \cos w)],$$

$$\zeta = rP[K \cos w \cos\gamma - K'(\cos c - \cos\gamma \cos w)].$$

Lassen wir daher gleichzeitig mehrere Kräfte $P, P_1, P_2 \ldots$ in beliebigen Richtungen (α, β, γ), $(\alpha_1, \beta_1, \gamma_1) \ldots$ wirken, so müssen wir ein Summenzeichen S einführen; und wenn wir dann zugleich berücksichtigen, dass $r \cos a = x$, $r \cos b = y$, $r \cos c = z$, so entsteht

$$1)\quad \left\{\begin{aligned} \xi &= x[(K+K')SP\cos^2\alpha - K'SP] + y.(K+K')SP\cos\alpha\cos\beta \\ &\qquad + z.(K+K')SP\cos\alpha\cos\gamma, \\ v &= x.(K+K')SP\cos\alpha\cos\beta + y[(K+K')SP\cos^2\beta - K'SP] \\ &\qquad + z.(K+K')SP\cos\beta\cos\gamma, \\ \zeta &= x.(K+K')SP\cos\alpha\cos\gamma + y.(K+K')SP\cos\beta\cos\gamma \\ &\qquad + z[(K+K')SP\cos^2\gamma - K'SP]. \end{aligned}\right.$$

Die durch die letzten Formeln ausgedrückten Verschiebungen werden nun im Allgemeinen nicht in der Richtung des Radius r erfolgen; wenn dies aber geschieht, so wollen wir diese Verschiebungsrichtungen **Hauptdilatationsachsen** nennen. Dieselben müssen offenbar so beschaffen sein, dass

$$1\,a)\quad \frac{\xi}{x} = \frac{v}{y} = \frac{\zeta}{z}.$$

Bezeichnen wir diese drei Brüche durch λ, so haben wir, wenn der Kürze halber gesetzt wird

$$A=(K+K')\,SP\cos^2\alpha-K'SP,\quad B=(K+K')\,SP\cos^2\beta-K'SP,$$
$$C=(K+K')\,SP\cos^2\gamma-K'SP,$$
$$D=(K+K')\,SP\cos\beta\cos\gamma,\quad E=(K+K')\,SP\cos\alpha\cos\gamma,$$
$$F=(K+K')\,SP\cos\alpha\cos\beta,$$

die Gleichungen 1) in der Form

$$2)\quad \begin{cases}\xi=Ax+Fy+Ez,\\ v=Fx+By+Dz,\\ \zeta=Ex+Dy+Cz.\end{cases}$$

Dieselben geben, da für die Hauptdilatationsachsen die Gleichungen 1*) stattfinden:

$$3)\quad \begin{cases}(A-\lambda)x+Fy+Ez=0,\\ Fx+(B-\lambda)y+Dz=0,\\ Ex+Dy+(C-\lambda)z=0,\end{cases}$$

woraus sich nach Elimination von x, y, z zur Bestimmung der Grösse λ die cubische Gleichung ergiebt

$$4)\quad \begin{vmatrix}(A-\lambda) & F & E\\ F & (B-\lambda) & D\\ E & D & (C-\lambda)\end{vmatrix}=0,$$

deren Wurzeln, wie Cauchy, Kummer, Borchardt, Sylvester verschiedentlich bewiesen haben, immer reell sind. Hiernach giebt es im Allgemeinen drei Hauptdilatationsachsen für jedes Kräftesystem $P, P_1, P_2 \ldots$

Die Richtungen dieser Achsen anlangend, so sind dieselben, nachdem die Wurzeln $\lambda_1, \lambda_2, \lambda_3$ durch 4) bestimmt sind, durch die sich aus 3) ergebenden Verhältnisse von x, y, z oder $\cos a, \cos b, \cos c$ gegeben. Aus der Form der Gleichungen 3) ergiebt sich aber, dass die fraglichen Richtungen drei auf einander rechtwinkeligen Geraden entsprechen, da die Gleichungen 3) genau mit denjenigen übereinstimmen, welche sich für die Richtungen der Hauptachsen der Mittelpunktsfläche zweiten Grades

$$5)\quad \varphi=Ax^2+By^2+Cz^2+2Dyz+2Exz+2Fxy-G=0$$

ergeben.*)

---

*) Um die Bedeutung von λ, ξ, v, ζ im Zusammenhange mit den Gleichungen 3) ins Klare zu setzen, wollen wir uns erlauben, die mehrfach von Cauchy, Jacobi u. s. w. behandelte Frage nach Grösse und Richtung der Hauptachsen der Fläche 5) kurz zu erledigen. Da der Radius r an den Endpunkten der Hauptachsen der Fläche auf derselben senkrecht steht, so muss daselbst ∂r verschwinden, d. h. es muss

$$5a)\quad 2x\,dx+2y\,dy+2z\,dz=0$$

sein. Da aber hierin dx, dy, dz nicht unabhängig sind, sondern der Bedingung 5) oder $\partial\varphi=0$, d. h.

$$5b)\quad \frac{\partial\varphi}{\partial x}dx+\frac{\partial\varphi}{\partial y}dy+\frac{\partial\varphi}{\partial z}dz=0$$

Was die Richtung der durch ξ, v, ζ bestimmten Verschiebungen anlangt, so ergiebt sich aus 2), dass für alle Punkte der Oberfläche

$$\xi : v : \zeta = \frac{\partial \varphi}{\partial x} : \frac{\partial \varphi}{\partial y} : \frac{\partial \varphi}{\partial z},$$

und da bekanntlich die drei letzten Grössen sich verhalten, wie die Cosinus der Winkel, welche die Normale der Fläche $\varphi = 0$ mit den Achsen bildet, so müssen die Verschiebungen stets senkrecht auf der durch den Punkt (x, y, z) gelegten Fläche 5) stehen.

Durch eine Transformation der Coordinatenachsen kann man die Hauptdilatationsachsen stets mit den Hauptachsen der Fläche 5) zusammenfallen lassen, d. h. man kann stets solche Coordinatenachsen wählen, dass $D = E = F = 0$, d. h.

6a) $SP \cos\alpha \cos\beta = 0, \quad SP \cos\alpha \cos\gamma = 0, \quad SP \cos\beta \cos\gamma = 0.$

Die Verschiebungen sind alsdann, wenn wieder

6) $(K+K') SP \cos^2\alpha - K'SP = A, \quad (K+K') SP \cos^2\beta - K'SP = B,$
$(K+K') SP \cos^2\gamma - K'SP = C$

gesetzt wird:

7) $$\xi = Ax, \quad v = By, \quad \zeta = Cz$$

und die Gleichung der Dilatationsfläche ist

7a) $$Ax^2 + By^2 + Cz^2 = G.$$

Sind die Kräfte P theils dehnende, theils drückende, d. h. einige positiv, andere negativ, so können A, B, C mehrerlei Vorzeichen haben. Stellt die Gleichung 7a) ein Ellipsoid vor, so kann durch allmählige Aenderung von G der ganze Raum in eine Schaar consecutiver ähnlicher concentrischer Ellipsoide zerlegt werden. Wenn aber 7a) ein Hyperboloid darstellt, so lässt sich, indem G von $+\infty$ bis $-\infty$ variirt, der Raum in zwei Schaaren conjugirter einmanteliger und zweimanteliger Hyperboloide eintheilen, welchen der sich für $G = 0$ ergebende gemeinschaftliche asymptotische Kegel zukommt.

Aus den Gleichungen 6) folgt, dass jedes System von Zugkräften, $P, P_1, P_2 \ldots$ durch drei rechtwinkelige, in seinen Hauptdilatationsachsen wirksame Zugkräfte P_x, P_y, P_z ersetzt werden könne; man hat, es zu beweisen, nur nöthig, P_x, P_y, P_z aus den drei Gleichungen, in welchen $K + K' = H$ gesetzt ist,

---

unterworfen sind, so muss behufs Elimination des abhängigen Differentiales die Gleichung 5a), mit einem unbestimmten constanten Factor λ multiplicirt, von 5b) subtrahirt werden. Die Annullirung der Coefficienten von dx, dy, dz in der so entstehenden Gleichung giebt dann geradezu die Gleichungen 3), woraus hervorgeht, dass in denselben x, y, z die Coordinaten der Endpunkte der Hauptachsen vorstellen. Die Grösse derselben anlangend, so multipliciren wir die Gleichungen 3) resp. mit x, y, z und addiren, wonach unter Berücksichtigung der Gleichung 5) folgt

$$\lambda (x^2 + y^2 + z^2) = G.$$

Die Grössen λ sind hiernach den Quadraten der Hauptachsen der Fläche 5) verkehrt proportional.

$$A = HP_x - K'(P_x + P_y + P_z),\quad B = HP_y - K'(P_x + P_y + P_z),$$
$$C = HP_z - K'(P_x + P_y + P_z)$$

zu bestimmen, welche

$$P_x + P_y + P_z = \frac{A + B + C}{K - 2K'},\quad \text{also}\quad P_x = \frac{A(K - K') + (B + C)K'}{(K + K')(K - 2K')},$$

und analoge Ausdrücke für P_y und P_z ergeben. Der Fall $K = 2K'$, wo das Volumen constant bleibt, scheint von Natur ausgeschlossen werden zu müssen. Da aber alsdann, in Folge der Gleichungen 6), $A + B + C = 0$ ist, welcher Ausdruck für $K = 2K'$ ein Factor des letzten Bruches wird, so haben wir einen leicht bestimmbaren Werth $\frac{0}{0}$.

Sollen zwei Systeme von Kräften $P, P_1, P_2 \ldots; P', P_1', P_2' \ldots$ identisch dieselben Molecularverschiebungen hervorrufen, so müssen für beide die Flächen φ dieselben sein, d. h. es muss $A = A'$, $B = B'$, $C = C'$, $D = D'$, $E = E'$, $F = F'$ sein, d. h. wenn $K' : (K + K') = \vartheta$ gesetzt wird:

$$8)\left\{\begin{array}{l} SP\cos\alpha\cos\beta = SP'\cos\alpha'\cos\beta',\ SP\cos\alpha\cos\gamma = \text{etc.},\ SP\cos\beta\cos\gamma = \text{etc.} \\ SP\cos^2\alpha - \vartheta SP = SP'\cos^2\alpha' - \vartheta SP' \\ SP\cos^2\beta - \vartheta SP = SP'\cos^2\beta' - \vartheta SP' \\ SP\cos^2\gamma - \vartheta SP = SP'\cos^2\gamma' - \vartheta SP'. \end{array}\right.$$

Aus den drei letzten Gleichungen folgt auch durch Addition

$$(1 - 3\vartheta) SP = (1 - 3\vartheta) SP',$$

d. h. $SP = SP'$, so lange nicht $1 = 3\vartheta$, d. h. $K = 2K'$, in welch letzterem Falle statt sechs Bedingungsgleichungen 8) nur die fünf ersten nöthig sind, weil dann die sechste von selbst erfüllt wird.

Will man ausdrücken, dass die durch zwei Kräftesysteme hervorgebrachten Verschiebungen, ohne zusammenzufallen, doch nur insofern verschieden sind, als die Molecule des einen durch eine passende Drehung des ganzen Körpers mit den gleichverschobenen Moleculen des anderen Systems zum Zusammenfallen gebracht werden können, so müssen die entsprechenden Flächen φ, φ', ohne zusammenzufallen, dieselben Hauptachsen haben; sonach muss, da in der Gleichung 4) λ^3 den Coefficienten 1 hat,

$$A + B + C = A' + B' + C'$$
$$D^2 + E^2 + F^2 = D'^2 + E'^2 + F'^2$$
$$3ABC - AD^2 - BE^2 - CF^2 = 3A'B'C' - A'D'^2 - B'E'^2 - C'F'^2$$

sein. — Zu den Gleichungen 8) bemerken wir noch, dass ihnen zufolge ein gegebenes System von Zugkräften, oder selbst eine einzelne solche Kraft P, nicht durch drei nach willkürlichen rechtwinkeligen Achsen, etwa den Coordinatenachsen, gerichtete Componenten ersetzt werden könne, schon aus dem einfachen Grunde, weil mit drei Componenten X, Y, Z nicht jenen sechs Gleichungen zu genügen ist. Ausgenommen ist nur der Fall, wo fragliche rectanguläre Achsen mit den Hauptdilatationsachsen zusammenfallen, indem nach (6, a) alsdann die drei ersten der Gleichungen 8) von selbst erfüllt sind.

Obwohl die Gleichungen 7) die Grösse der Verschiebungen vollständig bestimmen, während ihre Richtungen der Normale der Dilatationsfläche parallel laufen, so können wir doch noch über die Gesammtverschiebung $\nu = \pm\sqrt{\xi^2+\upsilon^2+\zeta^2}$ einen Satz aufstellen. Dieselbe ist nämlich nach 7)

$$\nu = \pm\sqrt{A^2x^2+B^2y^2+C^2z^2}.$$

Andererseits ist aber das vom Ursprung auf die in (x, y, z) berührende Tangentialebene der Fläche (7a) gefällte Perpendikel q bestimmt durch

$$q = \frac{G}{\sqrt{A^2x^2+B^2y^2+C^2z^2}},$$

mithin die gesammte Normalverschiebung

$$\nu = \pm\frac{G}{q},$$

d. h. in den verschiedenen Punkten einer und derselben Dilatationsfläche verhalten sich die Normalverschiebungen verkehrt wie die vom Centrum auf die Tangentialebene gefällten Perpendikel. Denken wir uns nun weiter zum Semidiameter r, parallel zur Tangentialebene die conjugirte Diametralebene gelegt, und in derselben zwei conjugirte Semidiameter r', r'' gezogen, so ist bekanntlich das Volumen des der Dilatationsfläche (7a) umschriebenen Parallelepipedes, dessen Kanten parallel r, r', r'' laufen, constant gleich dem Producte der Hauptachsen $=\sqrt{G^3:ABC}$. Das Parallelogramm $r'r''$, als Grundfläche des Parallelepipedes, ist seinerseits wieder dem Rechtecke gleich, welches dem conjugirten Diametralschnitte umschrieben ist, und letzteres ist, so oft der conjugirte Diametralschnitt eine Ellipse sein wird, der mit $\frac{1}{\pi}$ multiplicirten Fläche Q dieses Schnittes gleich. Da letzterer, mit dem Perpendikel q multiplicirt, das mit π vervielfachte Parallelepiped $rr'r''$ ergiebt, so haben wir

$$q = \frac{\pi G\sqrt{G}}{\sqrt{ABC}} : Q,$$

wonach

$$\nu = \pm\frac{\sqrt{ABC}}{\pi\sqrt{G}} \cdot Q, \tag{9}$$

d. h.: In den verschiedenen Punkten einer und derselben Dilatationsfläche verhalten sich die Normalverschiebungen am Endpunkte der Radien r direct wie die Flächen der diesen Radien conjugirten Diametralschnitte. Es wurde hierbei stillschweigend vorausgesetzt, dass der conjugirte Diametralschnitt eine Ellipse sei, was immer zutrifft, wenn die Fläche (7a) ein Ellipsoid vorstellt. Bei den Hyperboloiden, wo der conjugirte Schnitt keine gehlossene Figur bildet, hat man dem Producte $r'r''$ den geschlossenen congirten Diametralschnitt des sogenannten conjugirten Hyperboloies zu substituiren. So werden also zu r begrenzte conjugirte Diametralhnitte entstehen, wenn man gleichzeitig die beiden Hyperboloide

$$Ax^2 + By^2 + Cz^2 = + G, \quad Ax^2 + By^2 + Cz^2 = - G$$

trachtet, d. h. der aus 9) abgeleitete Satz ist allgemein giltig.

Ein gewisses Interesse hat auch die in der Richtung des Radiusvector schätzte, d. h. auf ihn projicirte Ausdehnung. Um die auf die Richtung s Radius projicirte Verschiebung zu finden, hat man nämlich offenbar r die Gleichungen 7), entsprechend mit den Cosinus

$$\frac{x}{r}, \frac{y}{r}, \frac{z}{r}$$

ultiplicirt, zu addiren, wodurch, wenn die Ausdehnung längs r durch ϱ zeichnet wird,

$$\varrho = \frac{Ax^2 + By^2 + Cz^2}{r} = \frac{G}{r}$$

tsteht, d. h. die nach der Richtung des Radius geschätzten ilatationen sind diesem verkehrt proportional für alle unkte derselben Dilatationsfläche, woraus sich noch einfach giebt:

Die nach der Richtung des Radius geschätzten, auf die ängeneinheit bezogenen Dilatationen verhalten sich für unkte derselben Dilatationsfläche umgekehrt wie die Quarate ihrer Entfernungen vom Centrum.

XII. Neue Auflösung der quadratischen, cubischen und biquadratschen Gleichungen. Von Dr. Ludwig Matthiessen in Jever.

Die allgemeine Methode der Auflösung dieser Gleichungen besteht kanntlich darin, eine Hilfsgleichung (Resolvente) zu finden, deren rdnungsexponent um eine Einheit niedriger ist, als der der gegebenen. s soll nun gezeigt werden, wie sich noch andere ausser den bis jetzt benten herstellen lassen.

1. Gegeben sei $x^2 + ax + b = 0$. Man setze $x = y + z$, woraus

$$y^2 + (2z + a)y + (z^2 + az + b) = 0,$$

ler kurz

1) $$y^2 + \alpha y + \beta = 0.$$

amit dies Trinom das Quadrat einer linearen Function von y werde, ist forderlich, dass

$$\left(\frac{2z + a}{2}\right)^2 = z^2 + az + b$$

ler

$$a^2 - 4b = 0$$

i.

Um diese Bedingung zu erfüllen, bilde man die Gleichung, deren Wurzeln die Wurzelquadrate der gegebenen Gleichung 1) sind, nämlich

$$y_1^2-(\alpha^2-2\beta)y_1+\beta^2=0,$$

oder kurz

2) $$y_1^2-my_1+n=0.$$

Es ist also

$$m=\alpha^2-2\beta=2z^2+2az+(a^2-2b)$$
$$n=\beta^2=(z^2+az+b)^2.$$

Damit das Trinom 2) das Quadrat der linearen Function y_1-A werde, ist erforderlich, dass sie

$$m^2-4n=(a^2-4b)z^2+a(a^2-4b)z+\frac{a^2}{4}(a^2-4b)=0,$$

oder wenn man mit a^2-4b multiplicirt und hierauf radicirt,

3) $$(a^2-4b)z+\frac{a}{2}(a^2-4b)=0,$$

welcher als die **Resolvente** der quadratischen Gleichung 2) angesehen werden kann. Sie hat nur eine Wurzel $-\frac{a}{2}$; für $a=0$ geht sie über in

4) $$z=0.$$

Substituirt man den Wurzelwerth in 2), so ist

$$m=\tfrac{1}{2}(a^2-4b);\quad n=\tfrac{1}{16}(a^2-4b)^2,$$

also $$y_1=\tfrac{1}{4}(a^2-4b);\quad y=\sqrt{y_1}=\pm\tfrac{1}{2}\sqrt{a^2-4b};$$

$$x=z+y=-\frac{a}{2}\pm\tfrac{1}{2}\sqrt{a^2-4b}.$$

2. Gegeben sei $x^3+ax^2+bx+c=0$. Man setze $x=z+y$, woraus

$$y^3+(3z+a)y^2+(3z^2+2az+b)y+(z^3+az^2+bz+c)=0,$$

oder kurz

5) $$y^3+\alpha y^2+\beta y+\gamma=0.$$

Diese Gleichung lässt sich zurückführen auf die rein cubische

6) $$(y_1+A)^3-B=0.$$

Entwickelt man dieselbe, so ist

$$y_1^3+3Ay_1^2+3A^2y_1+A^3-B=0.$$

Die Bedingungsgleichungen sind

$$3A=3z+a;\quad 3A^2=3z^2+2az+b,$$

also $a^2-3b=0$.

Um diese Bedingung zu erfüllen, bilde man wiederum die Gleichung

$$y_1^3-(\alpha^2-2\beta)y_1^2+(\beta^2-2\alpha\gamma)y_1-\gamma^2=0,$$

wo $y_1=y^2$ ist; oder kurz

7) $$y_1^3-my_1^2+ny_1-p=0.$$

Es ist folglich

$$m=\alpha^2-2\beta=3z^2+2az+(a^2-2b),$$
$$n=\beta^2-2\alpha\gamma=3z^4+4az^3+2a^2z^2+(2ab-bc)z+b^2-2ac,$$
$$p=\gamma^2=(z^3+az^2+bz+c)^2.$$

Nun sei

$-3n = 0 = (4a^2 - 12b)z^2 + (4a^3 - 2ab + 18c)z + (a^4 - 4a^2b + bac + b^2)$,
elche Gleichung die **Resolvente** der cubischen Gleichungen ist.

Berechnet man hieraus z, so erhält man weiter

$$A = -\frac{m}{3}, \quad B = A^2 + p,$$

lso, wenn η, η_1, η_2 die Wurzeln der Gleichung 6) darstellen,

$$8) \quad \begin{cases} \eta = -A + \sqrt[3]{A^2 + p}, \\ \eta_1 = -A + j\sqrt[3]{A^2 + p}, \\ \eta_2 = -A + j^2\sqrt[3]{A^2 + p}. \end{cases}$$

Es ist daher $x_1 = z + y = z + \sqrt{\eta}$.

Bemerkenswerth ist, dass die Resolvente für $a^2 - 3b = 0$ in eine Gleiung vom ersten Grade übergeht. Ist $a = 0$, so nimmt sie die Form an:

$$9) \quad 12bz^2 - 18cz - b^2 = 0.$$

Setzt man $z = \frac{b^2}{2u}$, so geht 9) über in

$$10) \quad u^2 + 9cu - 3b^3 = 0.$$

Beispiel: Die Gleichung $x^3 - 3x + 2 = 0$ aufzulösen.

Die Resolvente ist

$$z^2 + z + \tfrac{1}{4} = 0,$$

so $z_1 = -\frac{1}{2}$; $z_2 = -\frac{1}{2}$. Ferner findet man $m = 6\frac{3}{4}$, $A = 2\frac{1}{4}$, $\gamma = 3\frac{3}{8}$; so $y_1 = 2\frac{1}{4}$, $y = \sqrt{y_1} = \pm\frac{3}{2}$; wobei noch über das Vorzeichen zu entheiden ist. Dieses lässt sich entweder durch Probiren, oder durch Subtution des anderen Wurzelwerthes von z thun. Wählt man letzteres ittel, so ist klar, dass man dieselben Werthe wieder erhält. Daher sind er beide Vorzeichen giltig, und die Gleichung hat zwei **gleiche** Wurln. Es ist nämlich

$$x = z + y = -\tfrac{1}{2} \pm \tfrac{3}{2}; \quad x_1 = 1, \quad x_2 = -2, \quad x_3 = 1.$$

Anderes Beispiel: Die Gleichung $x^3 - 24x - 48 = 0$ aufzulösen.

Die Resolvente ist

$$z^2 - 3z + 2 = 0;$$

so $z_1 = 1$, $z_2 = 2$. Für $z_1 = 1$ bestimmen sich

$$m = 51, \quad A = -17, \quad \gamma = -71; \quad y_1 = 17 + \sqrt[3]{128} = 22{,}03968,$$
$$y = \pm 4{,}60464; \quad x = y + z_1 = \pm 4{,}69464 + 1.$$

Ueber das Vorzeichen entscheidet Probe oder der Werth z_2, wie folgt:

$$m = 60, \quad A = -20, \quad \gamma = -88; \quad y_1 = 20 + \sqrt[3]{-256} = 13{,}6504 \text{ und}$$
$$y = \pm 3{,}69464; \quad x = y + z_2 = \pm 3{,}69464 + 2.$$

ithin hat die Gleichung nur eine **reelle**, zwei **complexe** Wurzeln:

$$x_1 = 5{,}69464, \quad x_2 \text{ und } x_3 = -2{,}84732 \pm 0{,}532\ldots\sqrt{-1}.$$

3. Gegeben sei $x^4 + ax^3 + bx^2 + cx + d = 0$. Man setze $x = z + y$, oraus

$$y^4+(4z+a)y^3+(6z^2+3az+b)y^2+(4z^3+3az^2+2bz+c)y$$
$$+[z^4+az^3+bz^2+cz+d]=0,$$

oder kürzer

11) $$y^4+\alpha y^3+\beta y^2+\gamma y+\delta=0.$$

Man bilde die Gleichung, deren Wurzeln die Wurzelquadrate der Gleichung 11) sind, also

$$y_1^4-(\alpha^2-2\beta)y_1^3+(\beta^2-2\alpha\gamma+2\delta)y_1^2-(\gamma^2-2\beta\delta)y_1+\delta^2=0,$$

oder kurz

12) $$y_1^4-my_1^3+ny_1^2-py_1+q=0.$$

Diese Gleichung lässt sich auf eine quadratische reduciren, wenn sich die Bedingung

13) $$m^3-4mn+8p=0$$

erfüllen lässt. Setzt man nämlich

$$\left(y_1^2-\frac{m}{2}y_1+A\right)^2-B=0,$$

so ist

$$y_1^4-my_1^3+\left(2A+\frac{m^2}{4}\right)y_1^2-mAy_1+A^2+B=0.$$

Die Bedingungsgleichungen der Identität mit 12) sind

$$n=2A+\frac{m^2}{4},\quad p=mA,\quad \text{also}\quad A=\frac{4n-m^2}{8}=\frac{p}{m}$$

oder

$$m^3-4mn+8p=0.$$

Die gesuchten Wurzeln sind alsdann aus den Werthen von y_1 zu berechnen:

$$y_1=\frac{m}{4}\pm\sqrt{\frac{m^2}{16}-A\pm\sqrt{A^2-q}}.$$

Nun ist

$$m=\alpha^2-2\beta=4z^2+2az+(a^2-2b),$$
$$n=\beta^2-2\alpha\gamma+2\delta=6z^4+6az^3+(3a^2-2b)z^2+(2ab-bc)z+(b^2-2ac+2d),$$
$$p=\gamma^2-2\beta\delta=4z^6+6az^5+(3a^2+2b)z^4+(4ab-4c)z^3+(2b^3-12d)z^2$$
$$+(2bc-bad)z+(c^2-2bd),$$
$$A=\tfrac{1}{8}(4n-m^2)=z^4+\alpha z^3+6z^2-\tfrac{1}{2}(a^3-4ab+6c)z-\tfrac{1}{8}(a^4-4a^2b+8ac-8d).$$

Setzt man diese Werthe in 13) ein, so erhält man die Resolvente der biquadratischen Gleichung, nämlich

14) $$(8a^3-32ab+64c)z^3+(12a^4-56a^2b+80ac+32b^2-128d)z^2$$
$$+[6a^5-32a^3b+40a^2c+32a(b^2-2d)-32bc]z$$
$$+[a^6-6a^4b+8a^3c+8a^2(b^2-d)-16abc+8c^2]=0,$$

welche mit der Schlömilch'schen und der verallgemeinerten Euler'schen Resolvente in dem Coefficienten des ersten Gliedes übereinstimmt. Auch hier ist zu bemerken, dass, wenn von den Grössen a, b, c die Bedingung 13) erfüllt wird, die Resolvente vom zweiten Grade wird. Ist $a=0$, so vereinfacht sich die Gleichung sehr; sie wird

$$15)\qquad 8cz^3+(4b^2-16d)z^2-4bz+c^2=0,$$

ıd wenn man $z=-\frac{c}{2u}$ setzt, geht sie in die Euler'sche Resolvente über

$$u^3+2bu^2+(b^2-4d)u-c^2=0.$$

Setzt man z_1 statt z, so ist die Wurzel der gegebenen Gleichung

16)

$$=-z_1\pm\sqrt{z_1^2-\frac{b}{2}\pm\sqrt{-2bz_1^2-3cz_1+\frac{1}{4}(b^2-4d)\pm\sqrt{8cz_1(z_1^4+bz_1^2+cz_1+d)}}},$$

orin das erste $\pm$ unentschieden ist.

Beispiel. Gegeben sei die Gleichung $x^4-22x^2-24x+45=0$.

Die Resolvente ist

$$3z^3-10z^2+33z-9=0.$$

ie Wurzeln sind

$$z_1=3;\quad z_2=3;\quad z_3=\tfrac{1}{3}.$$

immt man $z_1=3$, so bestimmen sich

$$m=80,\quad A=144,\quad q=(-144)^2,\quad \text{und}\quad y_1=20\pm16.$$

olglich erhält man

$$\eta=36,\quad \eta_1=4,\quad \text{sowie}\quad y'=\pm6,\quad y''=\pm2.$$

urch Substitution des Werthes $z_3=\frac{1}{3}$ resultiren

$$m=44\tfrac{4}{9},\quad A=66\tfrac{46}{81},\quad \varphi=(34\tfrac{46}{81})^2,\quad \text{und}\quad y_1=11\tfrac{1}{9}\pm\sqrt{\tfrac{512}{9}\pm\tfrac{512}{9}}.$$

s folgen hieraus die Wurzeln

$$=11\tfrac{1}{9},\quad \eta_3=21\tfrac{7}{9},\quad \eta_4=\tfrac{4}{9},\quad \text{sowie}\quad y'''=\pm\tfrac{10}{3},\quad y''''=\pm\tfrac{14}{3},\quad y'''''=\pm\tfrac{2}{3}.$$

a nun $x=z+y$ ist, so würde man folgende Werthe für x erhalten:

1) $x_1=3\pm6$ oder 9 und -3;

$x_2=3\pm2$ oder 5 und 1;

2) $x_3=\frac{1}{3}\pm\frac{10}{3}$ oder $\frac{11}{3}$ und -3;

$x_4=\frac{1}{3}\pm\frac{14}{3}$ oder 5 und $-\frac{13}{3}$;

$x_5=\frac{1}{3}\pm\frac{2}{3}$ oder 1 und $-\frac{1}{3}$.

Da jeder Werth von z alle Auflösungen geben muss, so sind die wierholten Werthe von x wahre Wurzelwerthe der gegebenen Gleichung, ithin $x_1=-3$, $x_2=5$, $x_3=1$, worunter eine Wurzel zwei Mal vormmen muss. Man findet sie aus der Bedingung

$$x_4=3+5+1=0,\quad x_4=-3.$$

Statt den zweiten Werth von z zuzuziehen, sehe man zu, welche der er Werthe die Gleichung zu Null machen:

1) Coefficienten:	1	0	-22	-24	$+45$	
$x=9$,	1	$+9$	$+59$	$+507$	(4608),	

so ist nicht 9, sondern -3 eine Wurzel.

2) Coefficienten:	1	0	-22	-24	$+45$	
$x=5$,	1	$+5$	$+3$	-9	(0),	

so sind 5 und 1 beide Wurzeln.

4. Zur Auflösung der cubischen Gleichungen kann man auch noch

einen anderen Weg einschlagen: Gegeben sei $x^3+ax^2+bx+c=0$. Man setze wiederum $x=y+z$, so wird

$$y^3+(3z+a)y^2+(3z^2+2az+b)y+(z^3+az^2+bz+c)=0,$$

kürzer:

$$y^3+\alpha y^2+\beta y+\gamma=0.$$

Man führe diese Gleichung auf folgende rein cubische zurück:

17) $$(y+m)^3=n^3y^3.$$

Entwickelt man dieselbe, so wird

18) $$y^3+\frac{3m}{1-n^3}y^2+\frac{3m^2}{1-n^3}y+\frac{m^3}{1-n^3}=0.$$

Setzt man diese Gleichung der obigen transformirten gleich, so erhält man die Bedingung $\beta^2-3\alpha\gamma=0$, oder

19) $$(3z^2+2az+b)^2=3(3z+a)(z^3+az^2+bz+c),$$

woraus die Resolvente erhalten wird, nämlich

20) $$(a^2-3b)z^2+(ab-9c)z+(b^2-3ac)=0,$$

welche für $a=0$ übergeht in

21) $$3bz^2+9cz-b^2=0,$$

oder wenn $z=\frac{b^2}{-u}$ gesetzt wird,

22) $$u^2+9cu-3b^3=0$$

in Uebereinstimmung mit 10).

Um x zu berechnen, hat man weiter

$$m=\frac{\beta}{\alpha}=\frac{3z^2+2az+b}{3z+a},$$

$$n=\sqrt[3]{1-\frac{3m}{\alpha}}=\sqrt[3]{\frac{a^2-3b}{(3z+a)^2}}$$

und

$$y=\frac{m}{n-1},\quad y_1=\frac{m}{Jn-1},\quad y_2=\frac{m}{J'n-1}.$$

5. Auf demselben Princip gründet sich folgende Auflösung biquadratischer Gleichungen. Gegeben sei $x^4+ax^3+bx^2+cx+d=0$.

Setzt man $x=y+z$, also

$$y^4+(4z+a)y^3+(4z^2+3az+b)y^2+(4z^3+3az^2+2bz+c)y$$
$$+(z^4+az^3+bz^2+cz+d)=0,$$

oder kürzer

$$y^4+\alpha y^3+\beta y^2+\gamma y+\delta=0,$$

so lässt sich diese transformirte Gleichung auf die quadratische

23) $$(y^2+my+n)^2=p^2y^2$$

zurückführen. Entwickelt man dieselbe in

24) $$y^4+2my^3+(m^2+2n-p^2)y^2+2mny+n^2=0,$$

so ist die Bedingung der Identität, dass $\gamma^2-\alpha^2\delta=0$ sei, oder

25) $$(4z^3+3az^2+2bz+c)^2=(4z+a)^2(z^4+az^3+bz^2+cz+d),$$

raus eine **Resolvente** erhalten wird, welche mit der Schlömilch'schen ereinstimmt, nämlich:

$$) \quad (a^3-4ab+8c)z^3+(a^2b+2ac-4b^2+16d)z^2+(a^2c+8ad-4bc)z + (a^2d-c^2)=0.$$

ir $a=0$ geht sie über in

$$27) \qquad 8cz^3-4(b^2-4d)z^2-4bcz-c^2=0$$

id wenn man $z=\frac{c}{2u}$ setzt,

$$u^3+2bu^2+(b^2-4d)u-c^2=0.$$

'enn man z bestimmt hat, so berechne man weiter m, n, p

$$m=2z+\frac{a}{2};$$

$$n=\sqrt{z^4+az^3+bz^2+cz+d};$$

$$p=\pm\sqrt{-2z^2-az+\tfrac{1}{4}(a^2-4b)+2\sqrt{z^4+az^3+bz^2+cz+d}}.$$

lsdann ist

$$x=z+y=z-\tfrac{1}{2}(m\pm p)\pm\tfrac{1}{2}\sqrt{(m\pm p)^2-4n}.$$

Beispiel: Gegeben sei $x^4-25x^2+60x-36=0$.

Die Resolvente ist

$$120z^3-769z^2+1500z-900=0$$

nd ihre Wurzeln:

$$z=\tfrac{10}{3},\quad z_1=\tfrac{15}{8},\quad z_2=\tfrac{6}{5}.$$

ieraus berechnet sich

$$m=\tfrac{20}{3},\quad n=\tfrac{28}{9},\quad p=\pm 3,$$

so

$$x=\tfrac{10}{3}-\tfrac{1}{2}(\tfrac{20}{3}\pm 3)\pm\tfrac{1}{2}\sqrt{(\tfrac{20}{3}\pm 3)^2-4\cdot\tfrac{28}{9}},$$

$$\left.\begin{matrix}x\\x_1\end{matrix}\right\}=\tfrac{10}{3}-\tfrac{1}{2}\left\{\frac{29\pm 27}{3}\right\},\quad \begin{matrix}x=3,\\x_1=-6,\end{matrix}$$

$$\left.\begin{matrix}x_2\\x_3\end{matrix}\right\}=\tfrac{10}{3}-\tfrac{1}{2}\left\{\tfrac{11}{3}\pm 3\right\},\quad \begin{matrix}x_2=1,\\x_3=2.\end{matrix}$$

6. Eine dritte Methode der Auflösung cubischer und biquadratischer leichungen endlich ergiebt sich, wenn man aus den gegebenen Gleichunn zwei Glieder wegschafft. Gegeben sei $x^3+ax^2+bx+c=0$; unterellen wir ferner den Grössen y, z, y_1, α, β, γ, m, n, p dieselbe Bedeutung ie sub 2, so ist die Bedingung, dass α und β gleich Null werden in den leichungen

$$z=-\frac{a}{3},\quad a^2-3b=0,$$

thalten. Um diese Bedingung zu erfüllen, setze man weiter

$$y_1=y_2+z_1 \text{ und } z_1=\frac{m}{3}, \text{ sowie } m^2-3n=0.$$

af die oben angegebene Art (cf. 2) findet man z, und sie mittelst m, n id p. Die Gleichung

$$y_2^3+(3z_1-m)y_2^2+(3z_1^2-2mz_1+n)y_2+(z_1^3-mz_1^2+nz_1-p)=0$$

reducirt sich auf die rein cubische

$$y_2^3=\tfrac{1}{27}(2m^3-qmn+27p)=\tfrac{1}{27}(-m^3+27p),$$

woraus wiederum

$$y_1=\frac{m}{3}-\sqrt[3]{\left(\frac{m}{3}\right)^3-p}$$

gefunden wird in Uebereinstimmung mit der in 8) aufgestellten Formeln.

Gegeben sei $x^4+ax^3+bx^2+cx+d=0$. Man suche eine Gleichung zu erhalten, worin das zweite und vierte Glied fehlt. Damit α und γ gleich Null werde, ist Bedingung

$$z=-\frac{a}{4},\quad a^3-4ab+8c=0.$$

Um diese Bedingung zu erfüllen, setze man $y_1=y_2+z_1$, ferner $z_1=\frac{m}{4}$ und $m^3-4mn+8p=0$, woraus z gefunden wird, und mittelst dieser Grösse m, n, p und q. Hierdurch wird die gegebene Gleichung auf die quadratische

$$y_2^4+(6z_1^2-3mz_1^2+n)y_2^2+(z_1^4-mz_1^3+nz_1^2+pz_1+q)=0$$

reducirt oder weil $z_1=\frac{m}{4}$,

$$y_2^4-\tfrac{1}{16}(6m^2-16n)y_2^2-\tfrac{1}{256}(3m^4-16m^2n+64mp-256q)=0$$

und wegen $m^3-4mn+8p=0$

$$y_2=\pm\tfrac{1}{4}\sqrt{3m^2-8n\pm\sqrt{(2m^2-8n)^2-256q}}.$$

Man findet alsdann durch Einführung der ursprünglichen Unbekannten wieder

$$x=z+y=z\pm\sqrt{y_1}=z\pm\sqrt{\frac{m}{4}+y_2}.$$

Ueber das von den beiden Vorzeichen $\pm$ giltige ist dann noch eine weitere Prüfung anzustellen.

Zahlenbeispiel: $x^4-22x^2-24x+45=0$ (siehe oben); $z=3$, $m=80$, $n=18888$, $q=(-144)^2$; $y_2=\pm16$, $y_1=20\pm16$ u. s. w.

XIII. Eine neue Auflösung der biquadratischen Gleichungen. Von Dr. Ludwig Matthiessen in Jever.

Bekanntlich wurde zuerst von Ludovico Ferrari in Bologna (geb. 1522, gest. 1565) eine Lösung der Gleichungen vierten Grades gefunden, indem derselbe sie auf die Auflösung einer cubischen Gleichung zurückführte, von welcher die sogenannte Euler'sche Resolvente nur eine Umformung ist. Die von Euler gegebene Auflösung ($x=\sqrt{y_0}+\sqrt{y_1}+\sqrt{y_2}$) übertrifft alle bisher gefundenen durch ihre Eleganz, indessen dürfte wohl die Auflösung, welche ich hier geben werde, jener an Einfachheit gleich kommen.

Sei gegeben

$$x^4 + m x^3 + n x^2 + p x + q = 0.$$

Man transformire diese Gleichung so, dass das Absolutglied $= + 1$ werde, welches sehr leicht geschieht, indem man $x = x_1 \sqrt[4]{q}$ setzt. Man erhält so eine Gleichung von der Form

$$x^4 - a x^3 + b x^2 - c x + 1 = 0.$$

Die Wurzeln dieser Gleichung seien x_0, x_1, x_2, x_3 und

$$y_0 = x_0 x_1 \qquad y_3 = x_1 x_2 = \frac{1}{y_2}$$

$$y_1 = x_0 x_2 \qquad y_4 = x_1 x_3 = \frac{1}{y_1}$$

$$y_2 = x_0 x_3 \qquad y_5 = x_2 x_3 = \frac{1}{y_0}$$

Diese sechs Werthe von y gehören nun offenbar einer reciproken Gleichung vom sechsten Grade an, also etwa

$$y^6 - A y^5 + B y^4 - C y^3 + B y^2 - A y + 1 = 0.$$

Nun ist

$$\Sigma(y) = b = A,$$
$$\Sigma(y^2) = b^2 - 2ac + 2 = A^2 - 2B,$$
$$\Sigma(y^3) = b^3 + 3a^2 - 3abc - 3b + 3c^2 = A^3 - 3AB + 3C,$$

woraus folgt:

$$A = b, \quad B = ac - 1, \quad C = a^2 + c^2 - 2b$$

und weiter

$$y^6 - b y^5 + (ac - 1) y^4 - (a^2 + c^2 - 2b) y^3 + (ac - 1) y^2 - b y + 1 = 0.$$

Setzt man für $y + \frac{1}{y}$ den Buchstaben z, so verwandelt die Resolvente sich in

$$z^3 - b z^2 + (ac - 4) z - (a^2 + c^2 - 4b) = 0,$$

vermittelst welcher sich die Werthe von y berechnen lassen.

Die Wurzeln der Gleichung $x^4 - a x^3 + b x^2 - c x + 1 = 0$ sind alsdann

$$x_0 = \sqrt{y_0 y_1 y_2}, \quad x_1 = \sqrt{y_0 y_3 y_4}, \quad x_2 = \sqrt{y_1 y_3 y_5}, \quad x_3 = \sqrt{y_2 y_4 y_5}.$$

Als Beispiel diene die Gleichung

$$x^4 - 3x^3 - 4\tfrac{1}{4} x^2 + \tfrac{3}{4} x + 1 = 0.$$

Die Resolvente ist alsdann

$$y^6 + 4\tfrac{1}{4} y^5 - 3\tfrac{1}{4} y^4 - 18\tfrac{1}{16} y^3 - 3\tfrac{1}{4} y^2 + 4\tfrac{1}{4} y + 1 = 0$$

oder

$$z^3 + 4\tfrac{1}{4} z^2 - 6\tfrac{1}{4} z - 16\tfrac{1}{16} = 0.$$

Die Wurzeln dieser Gleichung sind

$$z_0 = 2\tfrac{1}{2}, \quad z_1 = -2\tfrac{1}{2}, \quad z_2 = -4\tfrac{1}{4}.$$

Mithin ist

$$y_0 = 2,\quad y_1 = -2,\quad y_2 = -4,$$
$$y_3 = \tfrac{1}{2},\quad y_4 = -\tfrac{1}{2},\quad y_5 = -\tfrac{1}{4};$$

also

$$x_0 = \frac{y_0 y_1 y_2}{\sqrt{y_0 y_1 y_2}} = 4,\qquad x_1 = \frac{y_0}{\sqrt{y_0 y_1 y_2}} = +\tfrac{1}{2};$$
$$x_2 = \frac{y_1}{\sqrt{y_0 y_1 y_2}} = -\tfrac{1}{2},\quad x_3 = \frac{y_2}{\sqrt{y_0 y_1 y_2}} = -1.$$

Obige Auflösung steht in einer merkwürdigen Beziehung zur Euler'schen, indem in dieser der Werth von $\sqrt{y}$ das arithmetische Mittel je zweier Werthe von x, in jener das geometrische Mittel derselben darstellt, also

$$\sqrt{y_0} = \frac{x_0 + x_1}{2} \text{ und } \sqrt{y_0} = \sqrt{x_0 x_1}.$$

XIV. Complanation der konischen Keilfläche. — Vom Coordinatenanfang O aus sei auf der x-Achse die Strecke $OA = a$, auf der y-Achse die Strecke $OB = b$ abgeschnitten, ferner BC parallel und $= OA$, und CD ein mit dem Radius a um den Mittelpunkt B beschriebener Kreis, dessen Ebene vertical stehen möge (siehe Fig. 6, Taf. II); bewegt sich nun eine Gerade so, dass sie der Ebene OBD (oder yz) parallel bleibt und zugleich die x-Achse und den Kreis schneidet, so beschreibt sie eine sogenannte konische Keilfläche, deren Gleichung ist

$$z = \frac{y\sqrt{a^2 - x^2}}{b}.$$

Diese Fläche denken wir uns von einem geraden verticalen Kreiscylinder geschnitten, welcher mit dem Radius a um die z-Achse beschrieben ist, und suchen den innerhalb des Cylinders liegenden Theil der Keilfläche zu quadriren. Nennen wir S das Flächenstück OAF, dessen Horizontalprojection der Kreisquadrant ist, so haben wir

$$S = \int_0^a \int_0^{\sqrt{a^2 - x^2}} \sqrt{1 + \left(\frac{\partial z}{\partial x}\right)^2 + \left(\frac{\partial z}{\partial z}\right)^2}\, dx\, dy$$
$$= \int_0^a \int_0^{\sqrt{a^2 - x^2}} \sqrt{1 + \frac{x^2 y^2}{b^2 (a^2 - x^2)} + \frac{a^2 - x^2}{b^2}}\, dx\, dy.$$

Durch Einführung einer neuen Variabelen t mittelst der Substitution

$$y = \sqrt{a^2 - x^2}\,.\,t$$

wird hieraus

$$1)\qquad S = \frac{1}{b} \int_0^a \int_0^1 \sqrt{(a^2 - x^2)(a^2 + b^2 - x^2 + x^2 t^2)}\, dx\, dt,$$

wobei zur Abkürzung

2) $$a^2 + b^2 = c^2$$

sein möge. Es macht nun zwar keine Mühe, die auf t bezügliche Integration auszuführen, aber man behält dann ein einfaches Integral übrig, nämlich

3) $$S = \frac{1}{2b}\int_0^a \sqrt{a^2 - x^2}\left\{c + \frac{c^2 - x^2}{2x}\, l\left(\frac{c+x}{c-x}\right)\right\} dx,$$

dessen weitere Behandlung ziemlich unbequem sein würde. Dieser Schwierigkeit entgeht man dadurch, dass man in der Gleichung 1) oder

$$S = \frac{1}{b}\int_0^a \sqrt{a^2 - x^2}\, dx \int_0^1 \sqrt{c^2 - x^2 + x^2 t^2}\, dt$$

von der Formel

$$\int_0^1 \sqrt{\lambda + \mu t^2}\, dt = \frac{\sqrt{\lambda + \mu}}{2}\left\{1 + \lambda \int_0^1 \frac{du}{\lambda + \mu - \mu u^2}\right\}$$

Gebrauch macht, deren Richtigkeit durch Ausführung der beiderseitigen Integrationen leicht zu prüfen ist. Man erhält auf diesem Wege

$$S = \frac{c}{2b}\int_0^1 \sqrt{a^2 - x^2}\, dx \left\{1 + (c^2 - x^2)\int_0^a \frac{du}{c^2 - x^2 u^2}\right\}$$

$$= \frac{c}{2b}\left[\tfrac{1}{4}\pi a^2 + \int_0^a \int_0^1 \frac{(c^2 - x^2)\sqrt{a^2 - x^2}}{c^2 - x^2 u^2}\, dx\, du\right].$$

Kehrt man in dem noch übrigen Doppelintegrale die Reihenfolge der Integrationen um und setzt

$$x = a \sin\omega, \quad \frac{a}{c} = \gamma,$$

so gelangt man zu der Formel

$$S = \frac{a^2 c}{2b}\left[\tfrac{1}{4}\pi + \int_0^1 du \int_0^{\frac{1}{2}\pi} \frac{(1 - \gamma^2 \sin^2\omega)\cos^2\omega}{1 - \gamma^2 u^2 \sin^2\omega}\, d\omega\right]$$

und darin ist identisch

$$\int_0^{\frac{1}{2}\pi} \frac{(1 - \gamma^2 \sin^2\omega)\cos^2\omega}{1 - \gamma^2 u^2 \sin^2\omega}\, d\omega$$

$$= \frac{1}{\gamma^2 u^4}\int_0^{\frac{1}{2}\pi}\left[-1 + (1 + \gamma^2)u^2 - \gamma^2 u^2 \sin^2\omega + \frac{(1 - u^2)(1 - \gamma^2 u^2)}{\cos^2\omega + (1 - \gamma^2 u^2)\sin^2\omega}\right] d\omega$$

Nimmt man nun an, der schwere Punkt habe seine Anfangsgeschwindigkeit c erlangt, indem er auf einer Curve um die Höhe h herabgefallen ist, so wäre

$$c^2 = 2gh$$

und daher die verticale Erhebung der Leitlinie über der Horizontalebene des Ausgangspunktes h; d. h. gleitet ein schwerer Punkt auf einer Curve um die Höhe h herab und bewegt sich vom Endpunkte der Curve an vermöge seiner Endgeschwindigkeit in einer Parabel wieder aufwärts, so liegt die Leitlinie der Parabel ebenso hoch, als der Ausgangsort des Punktes auf der Curve.

Wenn die Curve, auf welcher der Punkt herabgleitet, an ihrem unteren Ende eine schiefe Ebene tangirt, so wird der Punkt vermöge seiner auf der Curve erlangten Endgeschwindigkeit eine Parabel auf der schiefen Ebene beschreiben. Ist der Winkel, welchen die Richtung der Anfangsgeschwindigkeit des Punktes auf der schiefen Ebene mit dem Durchschnitt der schiefen Ebene mit einer Horizontalebene bildet, α und die Neigung der schiefen Ebene selbst ε, so hat man in allen vorhergehenden Gleichungen $g \sin \varepsilon$ statt g einzusetzen und erhält somit für die auf der schiefen Ebene gemessene Erhebung der Leitlinie der Parabel über die in der schiefen Ebene liegende Horizontallinie des Ausgangspunktes

$$\frac{1}{2} \frac{c^2}{g \sin \varepsilon} = \frac{h}{\sin \varepsilon},$$

es ist demnach die absolute Erhebung der Leitlinie über die Horizontalebene des Ausgangspunktes wieder h. Dr. Kahl.

XVI. Ueber die ungleiche Erwärmung der Elektroden beim Inductionsfunken. Von Dr. Edmund Reitlinger, Privatdocent der Physik an der Wiener Universität. — Es ist bekannt, dass ein eigenthümlicher Unterschied zwischen den Wärmeerscheinungen des Volta Bogens und der Inductionsfunkens stattfindet. Bei dem ersteren ist nämlich, nach allgemeiner Angabe der positive Pol der wärmere, während beim letzteren der negative Pol bedeutend heisser wird. Dieser Umstand hat die Aufmerksamkeit mehrerer Physiker auf den Wärmeunterschied zwischen den beiden Polen eines Inductionsfunkens gelenkt. Poggendorff wies denselben durch das Thermometer nach, indem er die Temperaturerhöhung beobachtete, die das Thermometer an den Polen binnen 1 Minute erfuhr.*) Auch im partiellen Vacuo wies Poggendorff nach dieser Methode die Temperaturungleichheit der Pole nach**) und theilte in einer ferne-

*) Pogg. Annal. XCIV. p. 634.
**) l. c. p. 636.

ren Mittheilung mehreres Interessante bezüglich der Beobachtungen im Vacuo mit.*)

Der Verfasser dieser Note beobachtete statt der Steigerung der Temperatur in 1 Minute das Maximum der Temperatur, welches das Thermometer an den Elektroden durch den regelmässig fortgesetzten Inductionsstrom erweist. Natürlich können hier nur Beobachtungen bei gleich schnellem Gange des Hammers mit einander verglichen werden. Die Thermometer befanden sich in Metallhülsen, an denen die Elektroden angebracht waren. Das wahrgenommene Maximum ist offenbar jene Temperatur, bei welchem die durch den Inductionsstrom an der Elektrode zugeführte Wärmemenge der durch Wärmeausströmung an die Umgebung verloren gehenden gleich ist. Der Verfasser machte nach dieser Methode mehrere hundert Beobachtungen, indem er die umgebende Luft verdünnte, die Luft mit anderen Gasen vertauschte, und die Entfernung der Elektroden veränderte. Ausser einem für diese Veränderungen besonders vorgerichteten Apparat schaltete er noch eine zweite Unterbrechungsstelle ein, wo er bei veränderten Umständen und gleichen Temperaturmaximis auf die gleiche Stromstärke schloss, auf welche er alle seine Versuche entweder direkt zu bringen oder durch Rechnung mindestens zu beziehen suchte. Er erhielt in dieser Weise folgende Resultate:

1) Bei allen Graden der Verdünnung bei sämmtlichen von ihm beobachteten Gasen: Luft, Sauerstoff, Wasserstoff, Kohlensäure, Kohlenoxyd und bei beliebig veränderter Entfernung der Elektroden beobachtete der Verfasser stets ein viel höheres Maximum am negativen als am positiven Pole. Nimmt man den Unterschied des Maximums gegen die ursprüngliche Temperatur, so fand der Verfasser denselben bei vielen Beobachtungen mehr als viermal so gross am negativen als am positiven Pole. Doch verhält sich das Maximum am positiven Pole weniger constant und gesetzmässig als am negativen Pole, daher der Verfasser bis jetzt nur Gesetze der negativen Maxima aufsuchte.

2) Bei Luftverdünnung an der einen Unterbrechungsstelle stieg das Maximum an beiden Unterbrechungsstellen. Wurde aber durch eine dritte Luftstelle oder eine eingeschaltete Wassersäule das frühere Maximum an der äusseren Unterbrechungsstelle hergestellt, so wurden die mittleren Unterschiede an der verdünnten Stelle so gering, dass der Verfasser wahrscheinlich findet, dass sie von veränderter Lage des Funkens gegen das Thermometer durch den Einfluss der Verdünnung und von der durch eben diesen Einfluss veränderten Wärmeausströmung herrühren und dass die vom Funken an die negative Elektrode übertragene Wärmemenge bei gleicher Stärke des Inductionsstromes trotz der Verschiedenheit in der

*) Monatsber. der Berliner Akademie 1861 p. 354.

äussern Erscheinung des Funkens bei allen Graden der Verdünnung die gleiche bleibt.

3) Wurde Luft durch Kohlensäure, Sauerstoff, Kohlenoxyd ersetzt, so blieb die Veränderung des Maximums, nach Ausgleichung der Stromstärke unter der äussersten Fehlergrenze, welche man bei den Beobachtungen in Luft unter gleichen Umständen ermittelt hatte. Bei Kohlenoxyd war auch der Unterschied so gering, dass man von ihm absehen konnte. In Sauerstoff und Kohlensäure waren aber die Mittel der Maxima so deutlich höher, dass man es berücksichtigen musste. Gerade so musste es aber sein, wenn der Funke die gleiche Wärmemenge zugeführt hatte, da die Wärmeausströmung in diesen Gasen geringer ist. Eine bedeutende Erniedrigung des mittleren Maximums nahm man im Wasserstoff wahr. Verglich man aber diese Erniedrigung mit der Erhöhung in Kohlensäure und zog die beiderseitige Veränderung der Wärmeausströmung in Betracht, so war die Beobachtung völlig im Einklange mit der Annahme einer stets gleich grossen zugeführten Wärmemenge.

4) Da die Entfernung der Elektroden, soweit der Verfasser beobachtete, keinen Einfluss zu üben scheint, so wäre wohl als eigentlicher Sitz der Wärmezufuhr, die das besagte Maximum misst, die negative Elektrode selbst zu betrachten.

Es scheint demnach folgender Satz sehr wahrscheinlich: Die von einem Inductionsfunken an die negative Elektrode abgegebene Wärmemenge ist unabhängig von der Dichtigkeit und chemischen Beschaffenheit des Mediums, in welchem der Funke entsteht, ferner von der Entfernung der Elektroden und ist bei gleicher Stromstärke und gleicher metallischer Beschaffenheit der Elektroden unter Veränderung obiger Umstände stets dieselbe. Bei gleichem Metalle der Elektroden und gleich schnellem Gange des Unterbrechers würde daher diese Wärmemenge einzig und allein eine Function der Stromstärke sein. In Ermanglung eines Galvanometers mit isolirten Dräthen suchte der Verfasser durch Stromtheilung diese Function zu ermitteln, indem er mehrere gleiche Apparate obiger Art verwandte. Die Versuchsreihen stimmten so vortrefflich, dass es bereits als sehr wahrscheinlich bezeichnet werden muss, dass die an der negativen Elektrode abgegebene Wärmemenge der Stromstärke direct proportional ist.

Der Verfasser behält sich vor, den oben ausgesprochenen Satz noch einer strengen Prüfung durch ein Galvanometer mit isolirten Dräthen zu unterwerfen. Er wird dann auch untersuchen, ob das gleiche Gesetz bei dem Peltier'schen Phänomene, dass nämlich Wärme proportional der Stromstärke ist, auf eine Zusammengehörigkeit hindeutet, oder ob man sogar durch passende Hypothesen dieses Gesetz mit dem der Erwärmung von Dräthen proportional dem Quadrate der Stromstärke in Zusammenhang bringen kann. Ebenso hofft der Verfasser später auch nachweisen zu können, dass nicht nur hier eine allgemeine Analogie mit elektrolytischen Grundgesetze Faraday's vorliegt, sondern dass die mechanische Wärmetheorie durch eine mechanische Elektricitätstheorie ergänzt eine gemeinschaftliche Ableitung gestattet. In dieser Hinsicht erlaubt sich der Verfasser vorläufig nur auf seine Bemerkungen bezüglich des elektrolytischen Grundgesetzes in einer kürzlich erschienenen von ihm verfassten Abhandlung zu verweisen.*)

Nur noch auf einen Punkt will der Verfasser aufmerksam machen. Bei einer Stärke des Inductionsstromes bei der man im Luftthermometer noch gar keine Anzeigen erhält, beim Voltameter noch kaum messbare Zersetzungsspuren findet und bei einem kostspieligen Galvanometer mit isolirten Drähten nur sehr schwache Ablenkungen wahrnimmt, zeigt das Thermometer am negativen Pole Unterschiede von 30—40°. Wenn fernere Beobachtungen die Unabhängigkeit vom Barometerstand und von der Beschaffenheit der äusseren Luft und die so einfache Abhängigkeit der Wärme von der Stromstärke bestätigen, wie es nach den bisherigen Versuchen sehr wahrscheinlich ist, so wird sich auch gewiss eine passende Form finden, auf die Erwärmung der negativen Elektroden ein speciell für Inductionsapparate geeignetes wenig kostspieliges und sehr empfindliches Messinstrument zu gründen. Bei der Anwendung der Inductionsapparate zu medizinischen Zwecken dürfte ein solches Instrument in Bälde zu praktischer Bedeutung gelangen.

XVII. Die inneren Ursachen der magnetischen und diamagnetischen Erscheinungen.

Wilhelm Weber hatte bekanntlich bereits früher Betrachtungen über diesen Gegenstand angestellt und in den Abhandlungen der mathematisch-physikalischen Classe der königl. sächsischen Gesellschaft der Wissenschaften, 1852, S. 487 ff. mitgetheilt. Er unterscheidet folgende vier mögliche Ursachen:

1) Die Existenz zweier magnetischen Fluida, welche innerhalb der Molecüle beweglich sind (Poisson und Neumann).

2) Drehbare Molecularmagnete; der Magnetismus ist in den Molecülen bleibend geschieden, die Molecüle sind um ihren Schwerpunkt drehbar.

3) Beharrliche Molecularströme, welche mit den Molecülen drehbar sind (Ampère).

4) Zwei bewegliche elektrische Fluida, welche in sich zurücklaufenden, die Molecüle umgebenden Canälen beweglich sind.

Diese vier möglichen Annahmen lassen sich auf folgende zwei zurückführen:

*) Reitlinger, über Töne und Bewegungserscheinungen im Schliessungsbog des galvanischen Stromes. Sitzungsber. d. kais. Akad. d. Wissensch. XLV. p. 478.

1) Zwei scheidbare oder geschiedene magnetische Fluida in den Molecülen.

2) Die beiden elektrischen Fluida sind in geschlossenen, die Molecüle umgebenden Canälen beweglich.

Welche von beiden Ansichten man zur Erklärung annehmen will, ist gleichgiltig; hat man aber die eine gewählt, so kann die andere als überflüssig wegfallen. W. Weber hat nun a. a. O. gezeigt, dass der Vorstellung der Molecularströme Realität zukommt, da sich die Erscheinungen des Diamagnetismus und des Magnetismus zugleich nur durch diese genügend erklären lassen. Bei diamagnetischen Körpern muss man in sich geschlossene feste Canäle annehmen, in denen das elektrische Fluidum, durch Induction in Bewegung gesetzt, sich ohne Widerstand bewegt; die magnetischen Körper enthalten in sich geschlossene, mit den Molekülen drehbare Canäle, in denen der Molecularstrom des elektrischen Fluidums ohne Widerstand stattfindet. Obwohl nun die Annahme von Molecularströmen zur Erklärung der zwei Classen magnetischer und diamagnetischer Erscheinungen nothwendig ist, so kann doch die Annahme magnetischer Fluida immer noch als eine in vielen Fällen brauchbare ideale Vorstellung gelten.

Ob man in den Molecülen scheidbares oder schon geschiedenes magnetisches Fluidum anzunehmen habe, hat W. Weber a. a. O. bekanntlich auf folgende Weise entschieden. Nimmt man mit Coulomb, Poisson und Neumann in den Molekülen neutrales magnetisches Fluidum an, so folgt hieraus, dass bei Einwirkung einer scheidenden Kraft auf Eisen das Verhältniss der Scheidungskraft zum Momente, welches sie ertheilt, vor der gänzlichen Trennung des magnetischen Fluidums in den Molekülen einem ganz anderen Gesetze folgen muss, als nachher. Dieses Verhältniss muss vor der totalen Trennung constant, nach der Trennung im schnellen Abnehmen begriffen sein. Aus der Annahme drehbarer Molecularmagnete folgt aber, dass das Verhältniss der Scheidungskraft zum magnetischen Momente, welches sie ertheilt, vom Anfang an stetig abnimmt und dass das magnetische Moment einen Grenzwerth erreichen muss. Die Versuche, welche Weber mit einem dünnen und langen Eisenstabe (in einer Stromspirale eingeschlossen) machte, entschieden bekanntlich bestimmt für die Richtigkeit der Annahme drehbarer Molecularmagnete.

Weber's Versuche stimmten sehr gut mit den früheren Versuchen von Joule und Müller überein; Plücker (Pogg. Ann., Bd. 91, S. 1) erklärte jedoch das Resultat aus der Annahme scheidbarer magnetischer Fluida in den Molekülen durch die Hilfsannahme eines Widerstandes, welcher bei fortschreitender Scheidung der magnetischen Fluida in den Molekülen wachsen sollte.

Wenn die Erscheinungen einer Classe nicht hinreichen, um sich mit Bestimmtheit für die eine oder andere der Hypothesen entscheiden zu können, welche zur Erklärung der Erscheinungen dienen können, dann sind neue Thatsachen sehr willkommen. Dergleichen Thatsachen bieten folgende Mittheilungen dar:

W. Beetz (Pogg. Ann., Bd. 111, S. 107) liess auf elektrolytischem Wege Eisenniederschläge zwischen den Polen eines Hufeisenmagneten entstehen und versuchte diese galvanoplastischen Niederschläge noch stärker zu magnetisiren, indem er sie nach dem Ablösen von der Kathode in eine Magnetisirungsspirale einschob. Wurden galvanoplastische Niederschläge von bedeutenderen Dimensionen zwischen den Polen des Hufeisenmagneten gebildet, so zeigen sich dieselben nach der Ablagerung nur schwach magnetisch, vermuthlich, weil auf die Richtung der später abgelagerten Molecularmagnete die Richtkraft des Hufeisenmagneten und die Richtkraft der bereits abgelagerten benachbarten Molecularmagnete zugleich einwirkte, wovon letztere verhindern mussten, dass die Achsen der später abgelagerten Molecularmagnete mit den Achsen der zuerst abgelagerten Molecularmagneten parallel wurden. Starke Ablagerungsmagnete liessen sich nur erzielen, sobald man durch kurze Dauer und durch die Gestalt der Kathode eine Ablagerung in Form eines dünnen Drathes hervorbrachte; eine voluminöse Ablagerung fällt stets wegen Einwirkung der bereits vorhandenen Molecularmagnete schwach magnetisch aus. Beetz konnte den dünnen drathförmigen Ablagerungsmagneten durch die Magnetisirungsspirale oder durch einen Streichmagneten keinen stärkeren Magnetismus beibringen, ein Verhalten, welches sich nur durch Annahme drehbarer Molecularmagneten, nicht aber durch die Annahme der Scheidung des Magnetismus in den Molekülen erklären lässt.

G. Wiedemann (Pogg. Ann., Bd. 100, S. 235) theilt unter anderen Erfahrungen folgende mit, welche für die Annahme drehbarer Molecularmagneten sprechen. Weiche Stahlstäbe erhalten durch Magnetisirungsspiralen erst dann einen Magnetismus, dessen Moment in regelmässiger Weise mit der Scheidungskraft der Spiralen zusammenhängt, wenn sie durch einen Strom bis zur Sättigung magnetisirt und dann durch einen Gegenstrom wieder entmagnetisirt worden sind; es scheinen nach Wiedemann die Moleküle des Stahles durch das Magnetisiren und Entmagnetisiren erst eine gewisse Beweglichkeit erlangen zu müssen, ehe eine gesetzmässige Abhängigkeit des Magnetismus von der Scheidungskraft eintreten kann. Magnetisirt man einen Stahl durch einen Strom und entmagnetisirt man ihn hierauf durch einen Gegenstrom, so ist letzterer immer viel schwächer, als ersterer. Der letztere oder ein schwächerer Strom noch einmal angewandt, ertheilen dem Stabe keinen Magnetismus in dem der ersten Magnetisirung entgegengesetzten Sinne, was unmöglich aus der Annahme der Scheidung der Magnetismen in den Molekülen erklärt werden kann. Stösse, Schläge, überhaupt Erschütterungen eines Stabes während oder nach dem Magnetisiren verändern seinen Magnetismus.

Es existiren noch eine Reihe von Erfahrungen, welche vielleicht bei sehr genauer Discussion im Stande sind, in günstiger Weise ein Licht auf die Hypothese drehbarer Molecularmagneten zu werfen; sie sind enthalten in folgenden Abhandlungen:

Ueber die magnetischen Wirkungen der Torsion von Wertheim (Pogg. Ann., Bd. 96, S. 171).

Ueber die Beziehungen zwischen Magnetismus, Wärme und Torsion von G. Wiedemann (Pogg. Ann., Bd. 103, S. 563).

Ueber die Torsion und die Beziehungen derselben zum Magnetismus von G. Wiedemann (Pogg. Ann., Bd. 106, S. 161).

Magnetische Untersuchungen von G. Wiedemann (Pogg. Annalen, Bd. 117, S. 194).

In der letzten Abhandlung theilt Herr Wiedemann Versuche mit über das Verhältniss des temporären Elektromagnetismus zur Scheidungskraft und giebt sodann neue Resultate von Torsionsversuchen magnetisirter Stäbe und ihre Erklärungen unter Zugrundelegung der Annahme drehbarer Molecularmagneten an. Insofern die sehr zahlreichen Versuche Wiedemann's über Beziehungen von Torsion und Magnetismus sich ungezwungen durch die Annahme drehbarer Molecularmagneten erklären lassen, sprechen sie für die letztere Hypothese; sehr interessant wäre es jedenfalls, wenn die von Wiedemann sehr ins Detail verfolgten Beziehungen von Wärme und Magnetismus näher ins Auge gefasst und aus ihnen ein Gewinn für die theoretischen Vorstellungen über den Magnetisirungsvorgang zu ziehen versucht würde.

Von den Resultaten Wiedemann's über Torsionsbeziehungen hebe ich einige wenige hervor, die besonders ins Auge fallen.

Wird ein schwach tordirter Drath durch einen Magnetisirungsstrom magnetisirt, so nimmt seine Torsion zu oder ab.

Tordirt man einen Drath während oder nach dem Hindurchleiten eines galvanischen Stromes in Richtung seiner Achse, so wird er magnetisch.

Leitet man einen galvanischen Strom durch einen Magneten in Richtung seiner Achse, so tordirt er sich.

Diese wenigen Beispiele dürften schon die möglichen Beziehungen der ausserordentlich umfänglichen Versuche Wiedemann's zeigen; die nähere Einsicht in Wiedemann's Arbeiten liefert überreiches Material zu Discussionen über den Gegenstand der Ueberschrift.

Dr. Kahl.

VI.

Theorie des Ausströmens vollkommener Gase aus einem Gefässe und ihres Einströmens in ein solches.

Von Joh. Bauschinger,
Lehrer an der königl. Gewerbe- und Handelsschule in Fürth.

(Schluss.)

§. 9.

Wir wenden uns nun dazu, aus den bisher aufgestellten allgemeinen Resultaten die für specielle Fälle giltigen abzuleiten und werden dabei besonders auf bereits angestellte oder erst noch auszuführende Versuche, die zur Bestätigung unserer Theorie dienen können, Rücksicht nehmen. Wir begnügen uns mit drei Fällen:

Erster specieller Fall: Das Gas, oder wie wir gleich annehmen wollen, atmosphärische Luft ströme aus einem Gefässe V, in welchem sie comprimirt ist, ins Freie. Wir haben somit $V' = \infty$ zu setzen; die Anfangstemperaturen in und ausser dem Gefäss, t_0 und t_0', werden wir, wo dies von Einfluss ist, als gleich voraussetzen.

Die Formeln 13) bis 17) für das specifische Volumen, den Druck, die Temperatur und die geleistete Arbeit im Ausströmungsgefäss zu irgend einem Zeitpunkt während des Vorganges bleiben durch unsere Annahme ganz ungeändert, da sie V' gar nicht enthalten. Wir setzen sie jedoch der besseren Uebersicht halber nochmals hierher:

59) $$v = v_0 \frac{V}{V - m v_0},$$

60) $$p = p_0 \left(\frac{V}{V - m v_0}\right)^{-\varkappa},$$

60a) $$\frac{p}{p_0} = \left(\frac{v}{v_0}\right)^{-\varkappa},$$

61) $$a + t = (a + t_0) \left(\frac{V}{V - m v_0}\right)^{-(\varkappa - 1)},$$

61a) $$\frac{a + t}{a + t_0} = \left(\frac{v}{v_0}\right)^{-(\varkappa - 1)} = \left(\frac{p}{p_0}\right)^{\frac{\varkappa - 1}{\varkappa}},$$

62) $$L=\frac{AV}{\varkappa}p_0\left[1-\left(\frac{V}{V-mv_0}\right)^{-\varkappa}\right]=\frac{AV}{\varkappa}(p_0-p).$$

Die Formeln 33) bis 36) liefern für das specifische Volumen, den Druck und die Temperatur im Einströmungsfässe, d. h. hier in der freien Luft, wie ganz natürlich

63) $$v'=v_0',$$

64) $$p'=p_0',$$

65) $$a+t'=a+t_0'=a+t_0,$$

d. h. constant von der Grösse, wie sie anfangs waren.

Um die von der Luft ausser dem Gefässe aufgenommene Arbeit L' für irgend einen Zeitpunkt während des Vorganges aus der allgemeinen Formel 38) abzuleiten, hat man vor Allem zu bedenken, dass für $V'=\infty$ auch $P=\frac{p_0V+p_0'V'}{V}$ unendlich gross wird; in den beiden unendlichen Reihen dürfen daher alle Glieder gegen das erste vernachlässigt werden, sodass man erhält:

$$L'=\frac{AV}{\varkappa(\varkappa-1)}\left[\varkappa(p_0-p)+\left(\frac{V}{V'}\right)^{\lambda}P^{\lambda}.\frac{1}{1-\lambda}(p^{1-\lambda}-p_0^{1-\lambda})\right]$$
$$=\frac{AV}{\varkappa(\varkappa-1)}\left[\varkappa(p_0-p)+\left(p_0\frac{V}{V'}+p_0'\right)^{\lambda}.\frac{1}{1-\lambda}(p^{1-\lambda}-p_0^{1-\lambda})\right]$$

oder $V'=\infty$ und für λ seinen Werth $\frac{\varkappa-1}{\varkappa}$ gesetzt:

66) $$L'=\frac{AV}{\varkappa-1}\left[(p_0-p)-p_0'^{\frac{\varkappa-1}{\varkappa}}\left(p_0^{\frac{1}{\varkappa}}-p^{\frac{1}{\varkappa}}\right)\right].$$

Die bis zum Ende des Vorganges, also im Ganzen, ausgeflossene Luftmasse M ergiebt sich aus Formel 51) oder direct durch Gleichsetzung der Werthe für p und p' in Gleichung 60) und 64) als

67) $$M=\frac{V}{v_0}\left[1-\left(\frac{p_0'}{p_0}\right)^{\frac{1}{\varkappa}}\right].$$

Der Druck, das specifische Volumen und die Temperatur sind zu Ende des Vorganges im Ausströmungsgefäss nach Formel 52) bis 54) oder direct durch Einsetzen des Werthes von M in 67) in die Gleichungen 59) bis 61):

68) $$\mathfrak{p}=p_0',$$

69) $$\mathfrak{v}=v_0\left(\frac{p_0'}{p_0}\right)^{-\frac{1}{\varkappa}},$$

70) $$a+\mathfrak{t}=(a+t_0)\left(\frac{p_0'}{p_0}\right)^{\frac{\varkappa-1}{\varkappa}},$$

also von der Grösse des Gefässes unabhängig.

Die gesammte von der Luft im Ausströmungsgefässe geleistete Arbeit ist nach Formel 57) oder 62)

71) $$\mathfrak{L}=\frac{AV}{\varkappa}(p_0-p_0'),$$

und die gesammte von der äusseren Luft aufgenommene Arbeit ist aus Gleichung 58) oder 66)

$$72)\qquad \mathfrak{L}' = \frac{AV}{\varkappa - 1}\left[(p_0 - p_0') - p_0'^{\frac{\varkappa-1}{\varkappa}}\left(p_0^{\frac{1}{\varkappa}} - p_0'^{\frac{1}{\varkappa}}\right)\right].$$

Die Ausflussgeschwindigkeit für irgend einen Zeitpunkt des Vorganges findet sich für unseren Fall am besten aus Gleichung 7) mit Benutzung von Formel 60), 61) und 64) als:

$$73)\qquad \frac{\gamma^2}{2g} = \frac{c}{A}(a + t_0)\left[\left(\frac{V}{V - mv_0}\right)^{-(\varkappa-1)} - \left(\frac{p_0'}{p_0}\right)^{\frac{\varkappa-1}{\varkappa}}\right]$$

$$= \frac{c}{A}(a + t_0)\left[\left(\frac{p}{p_0}\right)^{\frac{\varkappa-1}{\varkappa}} - \left(\frac{p_0'}{p_0}\right)^{\frac{\varkappa-1}{\varkappa}}\right].$$

Als Beispiel habe ich folgenden Fall angenommen und nach obigen Formeln berechnet: In einem Gefässe vom Inhalt $V = 1$ Cubikmeter befinde sich atmosphärische Luft von dem anfänglichen Drucke $p_0 = 5$ Atmosphären, der Temperatur $t_0 = 13^0$ C. und folglich dem specifischen Volumen $v_0 = 0,1620$ Cubikmeter; das Gefäss enthalte also die Luftmasse von 6,172 Kilogramm. Der Druck der äusseren Luft betrage $p_0' = 1$ Atmosphäre $= 10334$ Kilogramm auf den Quadratmeter, und ihre Temperatur t_0' sei ebenfalls 13^0 C., ihr specifisches Volumen v_0' also gleich 0,8102 Cubikmeter. Bei der Berechnung legte ich folgende Werthe der Constanten zu Grunde:

$\varkappa = 1,41$; $A = \frac{1}{424}$; $c = 0.2377$; $R = 29,272$; $a = 273$; $g = 9,8088$ Meter.

Die Ausflussgeschwindigkeit beträgt am Anfang 459,8 Meter und wird immer geringer, bis sie am Ende des Vorganges, wo der Druck im Gefässe ebenfalls 1 Atmosphäre geworden ist, Null wird. Die bis dahin ausgeströmte Luftmasse M beträgt $4,200^k$, so dass nur noch $1,972^k$ im Gefässe verbleiben, die ein specifisches Volumen $\mathfrak{v} = 0,5072$ Cubikmeter und eine Temperatur $\mathfrak{t} = -93,9^0$ C. haben. Die gesammte von der Luft im Gefässe geleistete Arbeit (hier die Arbeit selbst, nicht ihr Wärmeäquivalent verstanden) ist gleich 29316 Kilogrammeter und die von der äusseren Luft aufgenommene 47133^{km}. Nachdem erst die Luftmasse $m = \frac{1}{2}M = 2,100^k$ ausgeflossen ist, beträgt der Druck der Luft im Gefässe noch 2,781 Atmosphären; ihr specifisches Volumen v ist gleich $0,2456^{mc}$ und ihre Temperatur $t = -31,8^0$ C. Die bis zu diesem Zeitpunkt innen geleisteten und aussen aufgenommenen Arbeitsgrössen betragen bezüglich 16263 und 20087^{km}, und die Geschwindigkeit in diesem Moment ist $350,3^m$ per Sekunde.

Fig. 1 (Taf. III) stellt den Gang der Werthe für den Druck, das specifische Volumen und die Temperatur im Ausströmungsgefässe, ferner für die im Gefässe geleistete, sowie die aussen aufgenommene Arbeit und endlich für die Geschwindigkeit durch Curven dar, die für Werthe von m berechnet sind, welche von 0 an von $\frac{1}{10}M$ zu $\frac{1}{10}M$ bis M wachsen. Die ganze Abscisse ab ist also gleich $M = 4,200^k$ und in 10 Theile getheilt. Die Einheit der Ordinaten, ac, beträgt für die Curve des Drucks $\frac{1}{2}$ Atmosphäre, für die des specifischen Volumens $\frac{1}{20}$ Cubikmeter, für die Temperaturcurve 10° C., für die beiden Arbeitscurven 5000[km] und für die Geschwindigkeitscurve 100[m]. Sämmtliche Ordinaten sind von *ab* an aufwärts gezählt, mit Ausnahme derer für die Temperatur, die von der Linie *de* anfangen.

Unter den hier behandelten Fall stellen sich die bekannten Versuche, welche von Gay-Lussac und Welter, sowie später von Weisbach angestellt wurden, und zwar zu dem Zweck, um den Werth von $\varkappa$, des Verhältnisses der specifischen Wärme bei constantem Druck zu der bei constantem Volumen, für atmosphärische Luft zu bestimmen. In einem Gefässe, das mittelst eines Hahnes verschlossen war, wurde die Luft bis zum Drucke p_0 comprimirt und gewartet, bis die Temperaturen in und ausser dem Gefässe sich ausgeglichen hatten ($t_0 = t_0'$). Hierauf wurde der Hahn geöffnet, wodurch der Druck im Gefässe auf p herabsank. Dieser Druck war bei Weisbach noch über den der äusseren Luft (p_0'), bei Gay-Lussac und Welter aber, die bis zum Ende des Ausflusses warteten, gleich jenem. Die Drückungen wurden an einem Manometer, das am Gefässe angebracht war, gemessen. Es ist nun klar, dass, wenn man in Gleichung 61 *a*) noch t (Weisbach) oder in Gleichung 70) t (Gay-Lussac und Welter) kennt, $\varkappa$ daraus gefunden werden kann. Diese Endtemperaturen wurden aber in beiden Fällen, wie am natürlichsten, dadurch bestimmt, dass man den Hahn sofort wieder schloss, wartete, bis sich die Temperatur im Gefässe mit der äusseren ausgeglichen hatte und nun den Druck π der Luft im Gefässe am Manometer mass. Da der letztere Vorgang bei constantem Volumen stattfindet, so folgt aus dem Mariotte-Gay-Lussac'schen Gesetz, wenn wir nur mit dem einen der beiden Fälle fortrechnen:

$$\frac{p}{\pi} = \frac{a + t}{a + t_0'},$$

woraus in Verbindung mit Gleichung 61 *a*), da $t_0' = t_0$

$$\frac{p}{\pi} = \left(\frac{p}{p_0}\right)^{\frac{\varkappa - 1}{\varkappa}}.$$

Hieraus folgt, unter *log* Brigg'sche Logarithmen verstanden,

$$\frac{\varkappa - 1}{\varkappa} = \frac{\log p - \log \pi}{\log p - \log p_0}$$

und folglich:

$$\varkappa = \frac{\log p - \log p_0}{\log \pi - \log p_0}. \tag{74}$$

Dies ist dieselbe Formel, nur in anderer Bezeichnung, wie sie schon Weisbach *) angegeben hat.

Für den Fall, dass p, p_0 und π nur wenig verschieden sind, kann

*) Ingenieur- und Maschinen-Mechanik. II. Bd., S. 781. (3. Auflage.)

$$\log p - \log p_0 = \log \frac{p}{p_0} = \log\left(1 + \frac{p-p_0}{p_0}\right) = \mu \frac{p-p_0}{p_0},$$

$$\log \pi - \log p_0 = \log \frac{\pi}{p_0} = \log\left(1 + \frac{\pi-p_0}{p_0}\right) = \mu \frac{\pi-p_0}{p_0},$$

wo μ den Modul des Brigg'schen Systems bedeutet, gesetzt werden, woraus dann:

$$\text{74}a) \qquad \varkappa = \frac{p_0 - p}{p_0 - \pi}$$

folgt. Dies ist die Formel, welche Laplace *) zur Berechnung der Gay-Lussac und Welter'schen Versuche angewendet hat.

Bei den Gay-Lussac- und Welter'schen Versuchen ergab sich, wie Laplace am oben citirten Orte angiebt, in unserer Bezeichnung

$$p_0 = 773{,}3644^{mm}; \quad p = 757^{mm}; \quad \pi = 761{,}4409^{mm},$$

woraus nach Formel 74) folgt:

$$\varkappa = 1{,}376.$$

Nach den Weisbach'schen Versuchen (siehe den oben citirten Ort) ist

$$p_0 = 1452{,}2^{mm}; \quad p = 1323{,}2^{mm}, \quad \pi = 1359{,}2^{mm},$$

woraus nach Formel 74)

$$\varkappa = 1{,}405.$$

Die Laplace'sche Formel 74a) würde aus den Gay-Lussac- und Welter'schen Versuchen

$$\varkappa = 1{,}372$$

und aus den Weisbach'schen, wo die Näherung jedoch sicher nicht mehr anwendbar ist:

$$\varkappa = 1{,}387$$

ergeben haben.

Aus unseren Formeln ergiebt sich noch ein zweiter Weg zur Bestimmung des Werthes von $\varkappa$. Wenn man nämlich durch Abwiegen des Gefässes vor und nach dem Versuche die ausgeströmte Gasmenge M bestimmt, oder, wenn man nicht ganz bis zur völligen Ausgleichung der Drucke wartet, die Gasmasse m und zugleich den Enddruck p, so findet sich aus Gleichung 67) oder 60) gleichfalls $\varkappa$. Doch würden hierbei allerdings an die Stelle der zweiten Manometerbeobachtung π zwei viel umständlichere und zeitraubendere Wägungen gesetzt.

§. 10.

Zweiter specieller Fall: In ein Gefäss V', in welchem sich verdünnte atmosphärische Luft befindet, strömt nach Oeffnung eines Hahnes Luft von Aussen ein. Hier ist also $V = \infty$ zu setzen. Die Anfangstemperaturen t_0 und t_0' ausser- und innerhalb des Gefässes setzen wir, wo es von Einfluss ist, wieder als gleich voraus.

*) *Oeuvres V*, S. 151.

Für das specifische Volumen, den Druck und die Temperatur zu irgend einem Zeitpunkt im Ausströmungsgefässe, hier die freie Luft, findet man aus den Formeln 13) bis 15) wie natürlich:

75) $$v = v_0,$$

76) $$p = p_0,$$

77) $$a + t = a + t_0,$$

also constant. Die von der äusseren Luft geleistete Arbeit wird nach Gleichung 17)

$$L = \frac{AV}{\varkappa} p_0 \left[1 - \left(1 - m\frac{v_0}{V}\right)^\varkappa\right],$$

oder, nach der Binomialformel entwickelt und wegen $V = \infty$ alle Glieder vom dritten an gegen die beiden ersten vernachlässigt:

78) $$L = Amv_0 p_0 = ARm(a + t_0) = (c - c_1) m (a + t_0),$$

welches Resultat sich auch von selbst versteht, wenn man bedenkt, dass mv_0 das eingeströmte Gasvolumen vom specifischen Volumen v_0 und dem Drucke p_0 ist.

Für das specifische Volumen v' im Einströmungsgefässe bleibt wie in Gleichung 33)

79) $$v' = v_0' \frac{V'}{V' + mv_0'}.$$

Für den Druck p' ergiebt sich aus Gleichung 34)

$$p' = p_0' + p_0 \frac{V}{V'} - p_0 \frac{V}{V'}\left(1 - m\frac{v_0}{V}\right)^\varkappa,$$

oder, nach der Binomialformel entwickelt und wegen $V = \infty$ die Glieder vom dritten an gegen die beiden ersten vernachlässigt:

$$p' = p_0' + p_0 \frac{V}{V'} - p_0 \frac{V}{V'} + p_0 \frac{V}{V'} \varkappa m \frac{v_0}{V},$$

d. h.

80) $$p' = p_0' + \varkappa \frac{p_0 v_0}{V'} m = p_0' + \varkappa \frac{R(a + t_0)}{V'} m.$$

Auf demselben Wege findet sich aus Gleichung 36)

81) $$a + t' = (a + t_0') \frac{V'}{V' + mv_0'} \left[1 + \varkappa \frac{p_0 v_0}{p_0' V'} m\right]$$
$$= (a + t_0') \frac{V'}{V' + mv_0'} \left[1 + \varkappa \frac{R(a + t_0)}{p_0' V'} m\right].$$

Die von dem Einströmungsgefässe bis zu irgend einem Moment aufgenommene Arbeit ist aus Gleichung 38) nicht wohl abzuleiten; wir müssen hier auf die Differentialgleichung 31) zurückgreifen und in derselben p_0 für p und für p' den in Gleichung 80) erhaltenen Werth setzen. So wird:

$$dL' = c_1 (a + t_0)\, dm \left[\varkappa - \left(\frac{p_0'}{p_0} + \varkappa \frac{v_0}{V'} m\right)^{\frac{\varkappa - 1}{\varkappa}}\right]$$

und zwischen den gehörigen Grenzen integrirt:

$$L' = c_1 (a + t_0) \left\{ \varkappa m - \frac{V'}{(2\varkappa - 1) v_0} \left[\left(\frac{p_0'}{p_0} + \varkappa \frac{v_0}{V'} m \right)^{\frac{2\varkappa-1}{\varkappa}} - \left(\frac{p_0'}{p_0} \right)^{\frac{2\varkappa-1}{\varkappa}} \right] \right\},$$

oder, weil

$$c_1 \frac{a + t_0}{v_0} = p_0 \frac{c_1}{R} = A p_0 \frac{c_1}{c - c_1} = \frac{A p_0}{\varkappa - 1},$$

so wird

$$82) \quad L' = \frac{A p_0}{\varkappa - 1} \left\{ \varkappa m v_0 - \frac{V'}{2\varkappa - 1} \left[\left(\frac{p_0'}{p_0} + \varkappa \frac{v_0}{V'} m \right)^{\frac{2\varkappa-1}{\varkappa}} - \left(\frac{p_0'}{p_0} \right)^{\frac{2\varkappa-1}{\varkappa}} \right] \right\}$$

$$= \frac{A p_0}{\varkappa - 1} \left\{ \varkappa m v_0 - \frac{V'}{2\varkappa - 1} \left[\left(\frac{p'}{p_0} \right)^{\frac{2\varkappa-1}{\varkappa}} - \left(\frac{p_0'}{p_0} \right)^{\frac{2\varkappa-1}{\varkappa}} \right] \right\}.$$

Das Ende des Vorganges bestimmt sich, anstatt aus Gleichung 51), leichter direct durch Gleichsetzung der Werthe für p und p' in 76) und 80). Man erhält so:

$$p_0 = p_0' + \varkappa p_0 v_0 \frac{M}{V'},$$

woraus:

$$83) \quad M = \frac{(p_0 - p_0') V'}{\varkappa p_0 v_0} = \frac{(p_0 - p_0') V'}{R \varkappa (a + t_0)}.$$

Durch Einsetzen dieses Werthes in die Gleichungen 79) bis 81) findet sich für den Zustand der Luft im Einströmungsgefässe zu Ende des Vorganges

$$84) \quad \mathfrak{p}' = p_0,$$

$$85) \quad \mathfrak{v}' = v_0' \cdot \frac{\varkappa p_0 v_0}{\varkappa p_0 v_0 + (p_0 - p_0') v_0'},$$

$$86) \quad a + \mathfrak{t}' = (a + t_0') \frac{p_0}{p_0'} \frac{\varkappa p_0 v_0}{\varkappa p_0 v_0 + (p_0 - p_0') v_0'},$$

oder mit Berücksichtigung, dass $t_0 = t_0'$ und daher

$$p_0 v_0 = p_0' v_0'$$

$$85a) \quad \mathfrak{v}' = \frac{R \varkappa (a + t_0)}{(\varkappa - 1) p_0' + p_0},$$

$$86a) \quad a + \mathfrak{t}' = \frac{\varkappa (a + t_0)}{(\varkappa - 1) p_0' + p_0} p_0.$$

Die gesammte, von der äusseren Luft geleistete Arbeit ergiebt sich aus Gleichung 57) oder 78)

$$87) \quad \mathfrak{L} = \frac{A}{\varkappa} (p_0 - p_0') V'$$

und die von der Luft im Einströmungsgefäss aufgenommene Gesammtarbeit findet sich endlich aus Gleichung 82)

$$88) \quad \mathfrak{L}' = \frac{A V'}{\varkappa - 1} \left\{ (p - p_0') - \frac{p_0}{2\varkappa - 1} \left[1 - \left(\frac{p_0'}{p_0} \right)^{\frac{2\varkappa-1}{\varkappa}} \right] \right\}.$$

Dieses Resultat kann nun auch aus Gleichung 58), wiewohl erst nach umständlichen Reductionen und durch Auswerthung vorkommender unbestimmter Formen, $\infty \cdot 0$ und $\frac{0}{0}$, abgeleitet werden, bestätigt aber dadurch die Richtigkeit der Gleichung 82).

Für die Geschwindigkeit folgt aus Gleichung 7) mittelst 76), 77) und 80)

$$89) \qquad \frac{\gamma^2}{2g} = \frac{c}{A}(a+t_0)\left[1-\left(\frac{p_0'}{p_0}+\frac{\varkappa v_0}{V'}m\right)^{\frac{\varkappa-1}{\varkappa}}\right].$$

Von besonderem Interesse ist hier der Fall, wo das Gefäss, in welches die Luft von Aussen einströmt, ursprünglich luftleer ist. Man erhält die hierauf bezüglichen Gleichungen aus den vorhergehenden No. 75 bis 88 für $p_0' = 0$ und $v_0' = \infty$. Zusammengestellt sind sie:

$$90) \qquad v = v_0,$$

$$91) \qquad p = p_0,$$

$$92) \qquad a+t = a+t_0,$$

$$93) \qquad L = A m v_0 p_0,$$

$$94) \qquad v' = \frac{V'}{m},$$

$$95) \qquad p' = \varkappa p_0 v_0 \frac{m}{V'} = R\varkappa(a+t_0)\frac{m}{V'},$$

$$96) \qquad a+t' = \varkappa(a+t_0)\text{*)},$$

$$97) \qquad L' = \frac{A\varkappa}{\varkappa-1} m p_0 v_0 \left[1-\frac{1}{2\varkappa-1}\left(\frac{\varkappa v_0}{V'}m\right)^{\frac{\varkappa-1}{\varkappa}}\right]$$

$$= \frac{A\varkappa}{\varkappa-1} m p_0 v_0 \left[1-\frac{1}{2\varkappa-1}\left(\frac{p'}{p_0}\right)^{\frac{\varkappa-1}{\varkappa}}\right]$$

$$= c m (a+t_0)\left[1-\frac{1}{2\varkappa-1}\left(\frac{p'}{p_0}\right)^{\frac{\varkappa-1}{\varkappa}}\right].$$

Für das Ende des Vorganges ist:

$$98) \qquad M = \frac{V'}{\varkappa v_0},$$

$$99) \qquad \mathfrak{p}' = p_0,$$

$$100) \qquad \mathfrak{v}' = \varkappa v_0,$$

$$101) \qquad a+\mathfrak{t}' = \varkappa(a+t_0),$$

---

*) Unmittelbar mittelst des Mariotte-Gay'-Lussac'schen Gesetzes $a+t' = \frac{p'v'}{R}$ aus den Gleichungen 94) und 95) oder auch aus Gleichung 81) auf folgendem Wege:

$$a+t' = (a+t_0')\frac{V'}{V'+mv_0'} + (a+t_0')\frac{V'}{V'+mv_0'}\cdot\varkappa\frac{p_0 v_0}{p_0' V'}m$$

$$= \frac{p_0'}{R}\cdot\frac{V'}{\frac{V'}{v_0'}+m} + \frac{1}{\frac{V'}{v_0'}+m}\varkappa(a+t_0)m,$$

und für $p_0' = 0$ und $v_0' = \infty$, wenn nur m nicht zugleich 0 ist, d. h. wenn man nur nicht den Anfang des Vorganges, wo t' noch gleich dem unbestimmten t_0' zu setzen wäre, nimmt, ist in der That auch

$$a+t' = \varkappa(a+t_0).$$

102) $$\mathfrak{L} = \frac{AV'}{\varkappa} p_0,$$

103) $$\mathfrak{L}' = 2\frac{AV'}{2\varkappa - 1} p_0.$$

Für die Geschwindigkeit ist

104) $$\frac{\gamma^2}{2g} = \frac{c}{A}(a + t_0)\left[1 - \left(\frac{\varkappa v_0}{V'} m\right)^{\frac{\varkappa-1}{\varkappa}}\right].$$

Bei der Ableitung dieser Resultate ist besonders bemerkenswerth, dass sie durchgeführt werden kann, ohne auf die Anfangstemperatur t_0' im luftleeren Einströmungsgefässe irgendwelche Rücksicht zu nehmen, dass sie ganz unabhängig von dieser bleibt und folglich über die „Temperatur des Vacuums" keinerlei Hypothese gemacht zu werden braucht, selbst nicht die, dass sie gleich derjenigen der Umgebung ist. Dies zeigt namentlich die Ableitung der Gleichung 95), wie sie in der Note dortselbst gegeben ist, und es ist dies um so wichtiger, als das Mariotte-Gay-Lussac'sche Gesetz

$$p_0' v_0' = R(a + t_0')$$

für diesen Fall, d. h. für $p_0' = 0$ und $v_0' = \infty$, die Temperatur t_0' eben auch unbestimmt lässt.

Die Gleichung 96) zeigt übrigens auch noch, dass die sogenannte absolute Temperatur $a + t'$ im ursprünglich luftleeren Einströmungsgefässe bei Beginn des Einströmens sofort gleich $\varkappa(a + t_0)$ wird und auf diesem Punkte während des ganzen Vorganges unverrückt stehen bleibt. Dass dieses merkwürdige und sonderbare Resultat in der That richtig ist, soll in der folgenden „Anmerkung" noch weiter nachgewiesen werden.

Anmerkung.

Die soeben aus den allgemeinen Gleichungen für den speciellen Fall abgeleiteten Formeln, dass die Einströmung in ein ursprünglich luftleeres Gefäss geschieht, dürfen, so weit sie den Zustand des Gases im Einströmungsgefässe betreffen, nicht ohne Weiteres als richtig anerkannt werden, da jene allgemeinen Formeln im §. 5 unter Voraussetzungen abgeleitet wurden, die wenigstens für den Beginn des Vorganges in diesem speciellen Falle nicht mehr erfüllt sind. Es ist daher nöthig, diesen Umstand zu berücksichtigen und die speciellen Formeln, wenn es nothwendig wird, darnach zu modificiren.

Wir denken uns zu diesem Behufe, dass zu allererst eine sehr kleine Gasmasse μ in das luftleere Gefäss V' einströmt, sei es von der freien Luft her, sei es von einem anderen Gefässe V. Diese Luftmasse μ hat, nach unserer bisherigen Bezeichnung, das Volumen μv_0, den Druck p_0 und die Temperatur t_0. Sie dehnt sich in dem luftleeren Gefässe plötzlich zum Volumen V' aus und erhalte dadurch den Druck (p'), die Temperatur (t_0') und das specifische Volumen (v_0'), entsprechend den folgenden Formeln:

105) $$(v_0') = \frac{V'}{\mu},$$

106) $$\frac{(p_0')}{p_0} = \left(\frac{(v_0')}{v_0}\right)^{-\varkappa} = \left(\frac{V'}{\mu v_0}\right)^{-\varkappa},$$

107) $$\frac{a + (t_0')}{a + t_0} = \left(\frac{V'}{\mu v_0}\right)^{-(\varkappa-1)}.$$

Diese Luftmasse μ kommt aber mit der Geschwindigkeit γ_0 im Einströmungsgefässe an, welche wir ohne Weiteres aus der Gleichung 7) für $p' = 0$, welche Gleichung ihrer ganzen Ableitung zu Folge auch für diesen Fall richtig bleibt, entnehmen dürfen. Es wird so:

$$\frac{\gamma_0^2}{2g} = \frac{c}{A}(a + t_0).$$

Die im Einströmungsgefässe ankommende Luftmasse μ besitzt also die lebendige Potenz $\frac{1}{2}\frac{\mu}{g}\gamma_0^2$, welcher das Wärmeäquivalent

108) $$\tfrac{1}{2} A \frac{\mu}{g}\gamma_0^2 = \mu c (a + t_0)$$

entspricht. Wir können uns nun vorstellen, dass die Luftmasse μ im Gefässe V' mittelst dieser Wärmemenge bei constantem Volumen erwärmt werde und dadurch das specifische Volumen v_0', den Druck p_0' und die Temperatur t_0' erhalte, für welche man folgende Relationen bekommt:

109) $$v_0' = (v_0') = \frac{V'}{\mu}.$$

Ferner für die Temperatur nach Gleichung 108):

$$\mu c_1 \{(a + t_0') - [a + (t_0')]\} = \mu c (a + t_0),$$

woraus nach 107)

$$a + t_0' = \varkappa (a + t_0) + (a + t_0)\left(\frac{V'}{\mu v_0}\right)^{-(\varkappa-1)}.$$

Da aber μ als eine sehr kleine Grösse angenommen wurde, so kann das zweite Glied rechter Hand gegen das erste endliche vernachlässigt werden, und wir erhalten:

110) $$a + t_0' = \varkappa (a + t_0),$$

d. h. also, die absolute Temperatur im Einströmungsgefässe wird sofort nach Beginn des Einströmens $\varkappa(a + t_0)$, wie schon oben die Gleichung 96) zeigte.

Aus 109) und 110) folgt endlich:

111) $$p_0' = \frac{R(a + t_0')}{v_0'} = \frac{R\varkappa (a + t_0)}{V'}\mu.$$

In Bezug auf die vom Einströmungsgefässe aufgenommene Arbeit, die von 0 an stetig wächst, können die in §. 5 entwickelten Formeln, wie ein Blick auf ihre Ableitung zeigt, ohne Weiteres beibehalten werden.

Für den weiteren Verlauf des Vorganges im Einströmungsgefässe hat nun die Entwickelung in §. 5 ihre volle Giltigkeit, wenn man nur statt der dort angenommenen Zahlen p_0', t_0', v_0' für den Anfangszustand des Gases im Einströmungsgefässe die hier in 109) bis 111) erhaltenen nimmt. Bei der Integration der Gleichungen 26) und 28) müssen dann aber natürlich statt der Grenzen m und 0 die Grenzen m und μ genommen werden. So wird aus Gleichung 26) auf ähnlichem Wege wie in §. 5:

$$m-\mu=V'\left(\frac{1}{v'}-\frac{1}{v_0'}\right),$$

oder mittelst der Gleichung 109)

$$m-\mu=V'\left(\frac{1}{v'}-\frac{\mu}{V'}\right)=\frac{V'}{v'}-\mu,$$

woraus

$$m=\frac{V'}{v'}$$

und daher

$$v'=\frac{V'}{m}, \tag{112}$$

welches genau die Gleichung 94) und die weiter unten folgende Gleichung 120*), bei welch' letzterer $V'=V$ gesetzt wurde, ist.

Aus Gleichung 28) folgt:

$$\begin{aligned}p'-p_0'&=\varkappa\frac{R}{V'}(a+t_0)\int\limits_\mu^m\left(1-\frac{v_0}{V}m\right)^{\varkappa-1}dm\\&=-R\frac{a+t_0}{v_0}\frac{V}{V'}\left[\left(\frac{V-mv_0}{V}\right)^\varkappa-\left(\frac{V-\mu v_0}{V}\right)^\varkappa\right],\end{aligned}$$

oder, da μ sehr klein ist und für p_0' zugleich sein Werth aus 111) gesetzt werden kann,

$$\begin{aligned}p'-\frac{R\varkappa(a+t_0)}{V'}\mu&=-R\frac{a+t_0}{v_0}\frac{V}{V'}\left[\left(\frac{V-mV_0}{V}\right)^\varkappa-1+\frac{\varkappa v_0}{V}\mu\right]\\&=+R\frac{a+t_0}{v_0}\frac{V}{V'}\left[1-\left(\frac{V-mv_0}{V}\right)^\varkappa\right]-\frac{R\varkappa(a+t_0)}{V'}\mu,\end{aligned}$$

also:

$$p'=p_0\frac{V}{V'}\left[1-\left(\frac{V-mv_0}{V}\right)^\varkappa\right]. \tag{113}$$

Für $V=\infty$ folgt hieraus nach leichter Reduction

$$p'=\frac{\varkappa p_0v_0}{V'}m,$$

also genau die obige Gleichung 95), und für $V=V'$ kommt

$$p'=p_0\left[1-\left(\frac{V-mv_0}{V}\right)^\varkappa\right],$$

d. h. die weiter unten folgende Gleichung 121*).

Mit den Gleichungen 94) und 95) [und weiter unten 120*) und 121 ist nun auch die Gleichung 96) [bezüglich die weiter unten folgende 122 welche mittelst des Mariotte-Gay'-Lussac'schen Gesetzes aus jenen hervorgeht, gerechtfertigt.

Wir haben somit erwiesen, dass die obigen speciellen Gleichungen, welche aus den allgemeinen für den Fall abgeleitet wurden, dass die Einströmung in ein luftleeres Gefäss vor sich geht, ihre volle Richtigkeit haben. Die dabei gegebene Auseinandersetzung liefert uns nun aber auch eine Erklärung des auf den ersten Anblick sonderbar erscheinenden Phänomens, welches in der Gleichung 96) ausgedrückt ist.

Die zuerst in das luftleere Gefäss stürzende kleine Luftmasse μ erleidet allerdings durch ihre Ausdehnung vom Volumen μv_0 bis zum Volumen V' eine sehr bedeutende Erkältung; sie besitzt aber dabei auch eine sehr bedeutende Geschwindigkeit und also eine sehr bedeutende lebendige Potenz, die nicht blos von der bei ihrer Ausdehnung geleisteten, sondern auch von derjenigen Arbeit herkommt, welche die äussere Luft infolge ihres Druckes verrichtet. Jene Erkältung wird also nicht nur aufgehoben, wozu schon jener erste Theil der lebendigen Potenz hingereicht hätte, sondern die Temperatur wird in Folge des zweiten Theiles der lebendigen Potenz noch auf $\varkappa(a+t_0)$, also um $(\varkappa-1)(a+t_0)$ erhöht. Denn zu dieser Erhöhung ist die Wärmemenge $(\varkappa-1)c_1\mu(a+t_0)$ gleich $(c-c_1)\mu(a+t_0)$ gleich $AR(a+t_0)\mu$ erforderlich, welche in der That aus der Gleichung 4) für $p'=0$ hervorgeht. Da wir aber die Luftmassen immer nur im Zustande der Ruhe betrachten, so ist die plötzliche Annahme der Temperatur $\varkappa(a+t_0)$ gerechtfertigt.

Um dann noch einzusehen, dass die Temperatur im Einströmungsgefässe während des ganzen Vorganges wirklich auf $\varkappa(a+t_0)$ stehen bleibt, kann man folgendermassen schliessen. Es muss in diesem Falle in jedem gegebenen Augenblicke die Wärmemenge, welche durch das Zusammendrücken der im Einströmungsgefässe bereits enthaltenen Gasmasse entsteht und in Gleichung 22a) enthalten ist, plus der Wärmemenge, welche aus der lebendigen Potenz der mit der Geschwindigkeit γ ankommenden Luftmenge resultirt und in Gleichung 29) bestimmt ist, gleich sein der Wärmemenge, welche nothwendig ist, um die Luftmasse dm, die mit der Temperatur (t') [aus Gleichung 2)] im Einströmungsgefässe ankommt, bei constantem Volumen auf die Temperatur $\varkappa(a+t_0)$ zu bringen. Es muss also die folgende Relation bestehen:

$$AR(a+t_0)\left(\frac{p'}{p_0}\right)^{\frac{\varkappa-1}{\varkappa}} dm + c\,dm\,(a+t)\left[1-\left(\frac{p'}{p}\right)^{\frac{\varkappa-1}{\varkappa}}\right]$$
$$= c_1\,dm\,\{\varkappa(a+t_0)-[a+(t')]\}.$$

Da aber für unseren Fall t constant gleich t_0 und p constant gleich p_0 ist, und da ausserdem bekanntlich $AR=c-c_1$, so geht die linke Seite obiger Relation über in:

[illegible]

[illegible] mit Hilfe [illegible]

[illegible]

[illegible]

[illegible] Fall [illegible] Luft [illegible] das specifische Volumen [illegible] wurden [illegible] angenommen.

[illegible] wird immer geringer [illegible] im Einströmungsgefässe [illegible] wird. [illegible] $M = 1{,}[illegible]^k$ [illegible] sich sofort nach Beginn des Einströmens [illegible] des ganzen Vorganges auf dieser Höhe [illegible] äusseren Luft geleistete Arbeit [illegible] beträgt [illegible] Kilogrammeter und die vom Einströmungsgefässe aufgenommene [illegible]. Nachdem erst die Luftmasse [illegible] ist, beträgt der Druck der Luft im Gefässe eine halbe Atmosphäre [illegible] specifisches Volumen [illegible] und ihre Temperatur [illegible] C. [illegible] diesem Zeitpunkte von der Luft ausser dem Gefässe geleisteten [illegible] der im Gefässe aufgenommenen Arbeitsgrössen sind [illegible] und 6043[illegible], und die Geschwindigkeit in diesem Moment ist noch [illegible] Meter per Secunde.

Der Vorgang im Einströmungsgefässe wird durch die Fig. [illegible] Taf. III veranschaulicht, welche eine ganz ähnliche Einrichtung wie Fig. 1 besitzt. Nur ist hier die Temperaturcurve ganz weggelassen und für die übrigen Curven wurde als Einheit der Ordinaten angenommen, bei der Curve des Druckes $\frac{1}{10}$ Atmosphäre, bei der Curve für das specifische Volumen 1 Cubikmeter, bei den beiden Arbeitscurven 1000 Kilogrammeter und bei der Geschwindigkeitscurve 100 Meter. — Die ganze Abscisse $a\delta$ beträgt natürlich hier $M = 0{,}875^k$.

Unter den im gegenwärtigen Paragraph abgehandelten speciellen Fall stellen sich die bekannten Versuche von Clément und Desormes*),

*) Laplace, *Oeuvres V*, S. 148.

welche diese anstellten, um den Werth $\varkappa$, das Verhältniss der specifischen Wärme bei constantem Druck zu der bei constantem Volumen, für atmosphärische Luft zu bestimmen. Die Luft wurde in einem Ballon verdünnt, bis sie den Druck p_0' besass, der an einem Manometer abgelesen werden konnte, nachdem man gewartet, bis sich die Temperaturen in und ausser dem Gefässe wieder ausgeglichen hatten, bis also $t_0' = t_0$ war. Alsdann liess man durch einen Hahn die Luft so lange einströmen, bis der Druck im Gefässe gleich dem der äusseren Luft, also $\mathfrak{p}' = p_0$, geworden war. Es ist klar, dass, wenn dann $\mathfrak{t}'$, die Temperatur innerhalb des Gefässes, am Ende des Vorganges bekannt wäre, $\varkappa$ aus Gleichung 86) bestimmt werden könnte. Aus dieser Gleichung findet sich nämlich, wie eine leichte Rechnung und die Rücksichtnahme auf das Mariotte-Gay'-Lussac'sche Gesetz zeigt:

$$\varkappa = \frac{p_0 - p_0'}{\frac{a+t_0}{a+\mathfrak{t}'} p_0 - \frac{a+t_0}{a+t_0'} p_0'},$$

oder, da $t_0 = t_0'$

$$114)\qquad \varkappa = \frac{p_0 - p_0'}{\frac{a+t_0}{a+\mathfrak{t}'} p_0 - p_0'}.$$

Um aber $\mathfrak{t}'$ zu bestimmen, wurde bei sofort wieder geschlossenem Hahn gewartet, bis die Luft im Gefässe die Temperatur t_0 der äusseren Luft angenommen hatte, und hierauf am Manometer der Druck π im Ballon gemessen. In Folge dieses letzten Vorganges hat man, da er bei constantem Volumen geschieht:

$$\frac{a+t_0}{a+\mathfrak{t}'} = \frac{\pi}{p_0}$$

und dies in Gleichung 114) eingesetzt, giebt:

$$115)\qquad \varkappa = \frac{p_0 - p_0'}{\pi - p_0'}.$$

Dies ist genau die Formel, wie sie Laplace am oben citirten Orte zur Berechnung der Clément- und Désormes'schen Versuche anwendet.*) (Vgl. auch Formel 74*a*.)

Clément und Désormes maassen

$$p_0 - p_0' = 13{,}81^{\text{mm}} \text{ und } p_0 - \pi = 3{,}611^{\text{mm}},$$

woraus folgt:

*) Diese Formel, welche hier als streng richtig nachgewiesen wurde, ist bei Laplace nur eine Näherungsformel, da er bei ihrer Entwickelung für die Differentiale dp und $d\varrho$ des Druckes und der Dichtigkeit die endlichen Unterschiede dieser Grössen, wie sie der Versuch ergiebt, setzt. Aber Laplace vernachlässigt auch die lebendige Potenz, welche die einströmende Luft mit sich bringt, und es ist wohl möglich, ja nach unserer Theorie gewiss, dass der eine dieser Fehler den anderen aufhebt. Bei einem Gefässe, aus welchem die Luft strömt (vergl. den vorigen Paragraph), kann dies nicht mehr der Fall sein, weshalb auch die Formel 74*a*) Näherungsformel bleibt.

$$\varkappa = \frac{13,81}{10,199} = 1,354.$$

Die Gleichungen 81) und 80) in Verbindung zeigen, dass der Vorgang des Einströmens bis zum Ende verlaufen muss, um durch Messung von p' und $a+t'$, bezüglich $a+t'$, den Werth $\varkappa$ finden zu können. Dagegen ergiebt sich aus Gleichung 83) noch ein zweiter Weg zur Bestimmung von $\varkappa$, indem man nämlich neben $p_0 - p_0'$ das M durch Abwiegen des Ballons vor und nach dem Versuche bestimmt. Wenn man hierbei nicht bis zur Beendigung des Einströmens warten wollte, so würde man $\varkappa$ aus Gleichung 80) durch Bestimmung von p', p_0' und m erhalten.

Einen hübschen Satz zeigt die Gleichung 100). Nach derselben ist nämlich $\varkappa$ gleich dem Verhältnisse der specifischen Volumina der Luft ausserhalb des Gefässes und der innerhalb desselben, unmittelbar nach Beendigung des Einströmens, vorausgesetzt, dass das Gefäss ursprünglich luftleer ist. Mittelst dieses Satzes könnte also $\varkappa$ allein durch zwei Wägungen, durch welche v' bestimmt wird, gefunden werden, angenommen natürlich, dass v_0 bekannt ist. Will man das letztere nicht voraussetzen, so hält man sich besser an die Gleichung 98). Nach dieser ist, wenn wir mit M_0 die Luftmenge $\frac{V'}{v_0}$ bezeichnen, welche das Gefäss V' beim Drucke und bei der Temperatur der äusseren Luft zu fassen vermag:

$$\varkappa = \frac{M_0}{M},$$

sodass zur Bestimmung von $\varkappa$ drei Wiegungen vollständig hinreichen: Man wiegt 1) das luftleere Gefäss, 2) das mit M gefüllte Gefäss, den Hahn unmittelbar nach Beendigung des Einströmens geschlossen, und 3) das mit M_0 gefüllte Gefäss, d. h. das Gefäss mit schon längere Zeit zuvor geöffnetem Hahn.

§. 11.

Dritter specieller Fall. Wir nehmen nun den Inhalt der beiden Gefässe gleichgross, also $V = V'$ an. Wo die Anfangstemperaturen t_0 und t_0' wesentlich in Betracht kommen, sollen sie ebenfalls als gleich vorausgesetzt werden.

Die Formeln für das Ausströmungsgefäss, No. 13 und 17), bleiben durch diese Annahme wieder ganz unberührt. Wir setzen sie jedoch, der Uebersichtlichkeit halber, nochmals hierher.

116) $$v = v_0 \frac{V}{V - m v_0},$$

117) $$p = p_0 \left(\frac{V}{V - m v_0}\right)^{-\varkappa},$$

117 a) $$\frac{p}{p_0} = \left(\frac{v}{v_0}\right)^{-\varkappa},$$

118) $$a+t=(a+t_0)\left(\frac{V}{V-m v_0}\right)^{-(\varkappa-1)},$$

118 a) $$\frac{a+t}{a+t_0}=\left(\frac{v}{v_0}\right)^{-(\varkappa-1)}=\left(\frac{p}{p_0}\right)^{\frac{\varkappa-1}{\varkappa}},$$

119) $$L=\frac{AV}{\varkappa}p_0\left[1-\left(\frac{V}{V-m v_0}\right)^{-\varkappa}\right]=\frac{AV}{\varkappa}(p_0-p).$$

Für das Einströmungsgefäss folgt aus den Formeln 33) bis 38)

120) $$v'=v_0'\frac{V}{V+m v_0'},$$

121) $$p'=p_0'+p_0-p_0\left(\frac{V}{V-m v_0}\right)^{-\varkappa},$$

oder, mit Benutzung von Gleichung 117),

121 a) $$p'=p_0'+p_0-p,$$

wie schon aus 46) unmittelbar folgt.

122) $$a+t'=(a+t_0')\frac{V}{V+m v_0'}\left[1+\frac{p_0}{p_0'}-\frac{p_0}{p_0'}\left(\frac{V}{V-m v_0}\right)^{-\varkappa}\right]$$
$$=(a+t_0')\frac{v'}{v_0'}\left(1+\frac{p_0}{p_0'}-\frac{p}{p_0'}\right),$$

123) $$L'=\frac{AV}{\varkappa(\varkappa-1)}\left[\varkappa(p_0-p)+(p_0+p_0')\cdot\right.$$
$$\left.\cdot\left\{\begin{array}{l}\frac{1}{1-\lambda}\left(\frac{p}{p_0+p_0'}\right)^{1-\lambda}-\frac{\lambda}{2-\lambda}\left(\frac{p}{p_0+p_0'}\right)^{2-\lambda}-\frac{\lambda(1-\lambda)}{1.2.(3-\lambda)}\left(\frac{p}{p_0+p_0'}\right)^{3-\lambda}-\frac{\lambda(1-\lambda)(2-\lambda)}{1.2.3.(4-\lambda)}\left(\frac{p}{p_0+p_0'}\right)^{4-\lambda}\cdots\\ -\left[\frac{1}{1-\lambda}\left(\frac{p_0}{p_0+p_0'}\right)^{1-\lambda}-\frac{\lambda}{2-\lambda}\left(\frac{p_0}{p_0+p_0'}\right)^{2-\lambda}-\frac{\lambda(1-\lambda)}{1.2.(3-\lambda)}\left(\frac{p_0}{p_0+p_0'}\right)^{3-\lambda}-\frac{\lambda(1-\lambda)(2-\lambda)}{1.2.3.(4-\lambda)}\left(\frac{p_0}{p_0+p_0'}\right)^{4-\lambda}\cdots\right]\end{array}\right\}\right]$$

Für das Ende des Vorganges folgt aus Gleichung 51) oder aus den Gleichungen 117) und 121)

124) $$M=\frac{V}{v_0}\left[1-\left(\frac{p_0+p_0'}{2p_0}\right)^{\frac{1}{\varkappa}}\right]$$

und hierauf:

125) $$\mathfrak{p}=\tfrac{1}{2}(p_0+p_0'),$$

126) $$\mathfrak{v}=v_0\left(\frac{p_0+p_0'}{2p_0}\right)^{-\frac{1}{\varkappa}},$$

127) $$a+\mathfrak{t}=(a+t_0)\left(\frac{p_0+p_0'}{2p_0}\right)^{\frac{\varkappa-1}{\varkappa}},$$

128) $$\mathfrak{L}=\frac{AV}{2\varkappa}(p_0-p_0'),$$

129) $$\mathfrak{p}'=\tfrac{1}{2}(p_0+p_0'),$$

130) $$\mathfrak{v}'=\frac{v_0'}{1+\frac{v_0'}{v_0}\left[1-\left(\frac{p_0+p_0'}{2p_0}\right)^{\frac{1}{\varkappa}}\right]}$$

oder für gleiche Anfangstemperaturen:

$$130a)\qquad \mathfrak{v}' = \frac{v_0}{1 + \frac{p_0'}{p_0} - \left(\frac{p_0 + p_0'}{2p_0}\right)^{\frac{1}{\varkappa}}}.$$

Ferner wird

$$131)\qquad a + t' = \frac{a + t_0'}{1 + \frac{v_0'}{v_0}\left[1 - \left(\frac{p_0 + p_0'}{2p_0}\right)^{\frac{1}{\varkappa}}\right]} \cdot \frac{p_0 + p_0'}{2p_0},$$

oder wieder für gleiche Anfangstemperaturen:

$$131a)\qquad a + t' = \frac{a + t_0}{2 - \left(\frac{p_0 + p_0'}{2p_0}\right)^{-\frac{\varkappa-1}{\varkappa}}},$$

$$132)\ \mathfrak{L}' = \frac{AV}{2\varkappa(\varkappa-1)}\left[\varkappa(p_0 - p_0') + 2(p_0 + p_0')\left\{\frac{1}{1-\lambda}\left[(\tfrac{1}{2})^{1-\lambda} - \left(\frac{p_0'}{p_0 + p_0'}\right)^{1-\lambda}\right]\right.\right.$$
$$\left.\left. - \frac{\lambda}{2-\lambda}\left[(\tfrac{1}{2})^{2-\lambda} - \left(\frac{p_0}{p_0 + p_0'}\right)^{2-\lambda}\right] - \frac{\lambda(1-\lambda)}{1.2.(3-\lambda)}\left[(\tfrac{1}{2})^{3-\lambda} - \left(\frac{p_0}{p_0 + p_0'}\right)^{3-\lambda}\right] \dots \right\}\right].$$

Für die Geschwindigkeit endlich erhält man

$$133)\quad \frac{\gamma^2}{2g} = \frac{c}{A}(a + t_0)\left[\left(\frac{V - mv_0}{V}\right)^{\varkappa-1} - \left\{1 + \frac{p_0'}{p_0} - \left(\frac{V - mv_0}{V}\right)^{\varkappa}\right\}^{\frac{\varkappa-1}{\varkappa}}\right].$$

Besonderes Interesse gewinnen diese Formeln wieder für den Fall, dass das Einströmungsgefäss ursprünglich luftleer ist, dass somit $p_0' = 0$ und $v_0' = \infty$ vorausgesetzt werden. Wir stellen die hierauf bezüglichen, aus 116) bis 133) folgenden Formeln zusammen.

Die Gleichungen 116) bis 119) bleiben ungeändert.

$$120^*)\qquad v' = \frac{V}{m},$$

$$121^*)\qquad p' = p_0\left[1 - \left(\frac{V}{V - mv_0}\right)^{-\varkappa}\right] = p_0 - p,$$

$$122^*)\quad a + t' = \frac{p_0}{R}\frac{V}{m}\left[1 - \left(\frac{V}{V - mv_0}\right)^{-\varkappa}\right] = \frac{V}{mR}(p_0 - p),$$

$$123^*)\qquad L' = \frac{AV}{\varkappa(\varkappa-1)}\left[\varkappa(p_0 - p) + p_0 \cdot\right.$$
$$\left.\cdot\left\{\begin{matrix}\frac{1}{1-\lambda}\left(\frac{p}{p_0}\right)^{1-\lambda} - \frac{\lambda}{2-\lambda}\left(\frac{p}{p_0}\right)^{2-\lambda} - \frac{\lambda(1-\lambda)}{1.2(3-\lambda)}\left(\frac{p}{p_0}\right)^{3-\lambda} - \frac{\lambda(1-\lambda)(2-\lambda)}{1.2.3.(4-\lambda)}\left(\frac{p}{p_0}\right)^{4-\lambda} \dots \\ - \left[\frac{1}{1-\lambda} - \frac{\lambda}{2-\lambda} - \frac{\lambda(1-\lambda)}{1.2(3-\lambda)} - \frac{\lambda(1-\lambda)(2-\lambda)}{1.2.3.(4-\lambda)} \dots\right]\end{matrix}\right\}\right],$$

$$124^*)\qquad M = \frac{V}{v_0}\left[1 - (\tfrac{1}{2})^{\frac{1}{\varkappa}}\right],$$

$$125^*)\qquad \mathfrak{p} = \tfrac{1}{2}p_0,$$

126*) $$\mathfrak{v} = v_0 \left(\tfrac{1}{2}\right)^{-\frac{1}{\varkappa}},$$

127*) $$a + \mathfrak{t} = (a + t_0) \left(\tfrac{1}{2}\right)^{\frac{\varkappa - 1}{\varkappa}},$$

128*) $$\mathfrak{L} = \frac{AV}{2\varkappa} p_0, {}^{*})$$

129*) $$\mathfrak{p}' = \tfrac{1}{2} p_0,$$

130*) $$\mathfrak{v}' = \frac{v_0}{1 - \left(\tfrac{1}{2}\right)^{\frac{1}{\varkappa}}},$$

131*) $$a + \mathfrak{t}' = (a + t_0) \frac{\tfrac{1}{2}}{1 - \left(\tfrac{1}{2}\right)^{\frac{1}{\varkappa}}},$$

132*) $$\mathfrak{L}' = \frac{AV}{2\varkappa(\varkappa - 1)} p_0 \Big[\varkappa + 2 \Big\{ \frac{1}{1-\lambda} \left[\left(\tfrac{1}{2}\right)^{1-\lambda} - 1\right] - \frac{\lambda}{2-\lambda} \left[\left(\tfrac{1}{2}\right)^{2-\lambda} - 1\right]$$
$$- \frac{\lambda(1-\lambda)}{1.2.(3-\lambda)} \left[\left(\tfrac{1}{2}\right)^{3-\lambda} - 1\right] - \frac{\lambda(1-\lambda)(2-\lambda)}{1.2.3.(4-\lambda)} \left[\left(\tfrac{1}{2}\right)^{4-\lambda} - 1\right] - \ldots \Big\}\Big].$$

133*) $$\frac{\gamma^2}{2\gamma} = \frac{c}{A}(a + t_0) \left\{ \left(\frac{V - m v_0}{V}\right)^{\varkappa - 1} - \left[1 - \left(\frac{V - m v_0}{V}\right)^{\varkappa}\right]^{\frac{\varkappa - 1}{\varkappa}} \right\}.$$

Bemerkenswerth ist auch bei diesen Formeln wieder, dass bei ihrer Ableitung aus den allgemeinen Gleichungen die Temperatur t_0' in dem anfangs luftleeren Einströmungsgefässe ganz unberücksichtigt und daher gleichgiltig bleibt. Im Uebrigen gilt für sie ebenfalls, was in der Anmerkung des vorigen Paragraphen gesagt wurde, wie denn dort schon auf sie Bezug genommen ist.

Hierher gehören die ersten überhaupt in dieser Beziehung angestellten Versuche, die bekannten Versuche von Gay-Lussac**). Dieser nahm zwei Ballons von je 12 Liter Inhalt, die mittelst Tubulaturen und einer kleineren Röhre mit einander in Verbindung standen und durch zwei Hähne beliebig in und ausser Communication gesetzt werden konnten. In jedem der beiden Ballons befand sich ein Weingeist-Thermometer, um die Temperaturveränderungen zu messen. Der eine Ballon, No. 1, enthielt anfangs atmosphärische Luft oder ein anderes Gas vom Drucke einer Atmosphäre $= 0{,}76^{\text{m}}$ Quecksilber; der andere, No. 2, wurde luftleer ge-

*) Für den Ausfluss der Luft aus einem Gefässe V, worin sie den Druck P hat, in ein gleichgrosses luftleeres findet Koosen (Poggendorff's Annalen, Bd. 89, S. 451) die Gesammtarbeit, geleistet von der Luft im Ausströmungsgefässe, gleich $PV(Log\,2 - \tfrac{1}{2}) = 0{,}1931\,PV$, während aus obiger Formel für atmosphärische Luft, also $\varkappa = 1{,}41$, diese Arbeit $\frac{L}{A} = 0{,}3546\,PV$ folgt. Aber Koosen hat bei der Ableitung seiner Formel nur das Mariotte'sche Gesetz angewandt und auf die Temperaturänderungen keine Rücksicht genommen.

**) Gilbert's Annalen, Bd. 30, S. 249.

pumpt. Nach dem ersten Versuche, und nachdem man Druck und Temperatur durch Offenstehenlassen der Hähne sich hatte ausgleichen lassen, durfte nur der eine wieder ausgepumpt werden, um Gas vom halben Drucke wie vorhin und derselben Anfangstemperatur (20° C.) vom Ballon No. 1 in den luftleeren überströmen zu lassen. In ähnlicher Weise konnte der Anfangsdruck im Ballon No. 1 auf $\frac{1}{4}$, $\frac{1}{8}$ Atmosphäre gebracht werden.

Das erste Resultat, welches Gay-Lussac aus seinen Versuchen zieht, ist das, dass die Thermometeränderungen in beiden Gefässen, die Erniedrigung im Ausströmungs- und die Erhöhung im Einströmungsgefässe, einander gleich sind; das zweite, dass diese Thermometeränderungen für dieselbe Gasart den Veränderungen der Dichtigkeit, welche sie erleidet, also dem Anfangsdruck im Ballon No. 1 oder, da die Anfangstemperaturen immer gleich 20° C. waren, der Dichtigkeit in demselben proportional sind; das dritte, dass diese Thermometerveränderungen nicht dieselben sind für alle Gasarten; dass sie desto grösser ausfallen, je kleiner das specifische Gewicht der Gasart ist.

Um diese Resultate mit denen unserer Theorie zu vergleichen, ist vor Allem zu beachten, dass die von Gay-Lussac beobachteten Thermometer-Veränderungen, von welchen die grösste noch keinen Grad Cels. beträgt, nicht mit den Temperatur-Veränderungen der Luft in den Gefässen zu verwechseln sind. Gay-Lussac selbst sagt (S. 258): „Um sich von dieser (von der Menge des verschluckten oder frei gewordenen Wärmestoffs) einen richtigen Begriff zu machen, müsste man auf die Massen der Recipienten und der Thermometer sehen, die im Vergleiche mit der Masse der Luft sehr bedeutend sind. Ein Luftthermometer, unter dieselben Umstände wie das Alkoholthermometer versetzt, zeigte statt 0°,61 volle 5°,0 Temperaturveränderung."

Unsere Formel No. 127*) ergiebt für atmosphärische Luft ($\varkappa = 1{,}41$) und die Anfangstemperatur $t_0 = 20°$ C. eine Temperaturerniedrigung von 53°,6 C. im Ausströmungsgefässe und die Formel 131*) eine Temperaturerhöhung von 84°,2 im Einströmungsgefässe; beide Formeln geben überdies diese Temperaturänderungen unabhängig von dem ursprünglichen Drucke im Gefässe No. 1, also unabhängig von der Grösse der Gefässe und blos abhängig von der Anfangstemperatur t_0 und von $\varkappa$, d. h. von der Natur des Gases. — In den Gay-Lussac'schen Versuchen beträgt die grösste Thermometerveränderung noch nicht 1° C. Diese Thermometeränderungen messen also vielmehr die im Ausströmungsgefässe verschwundene und im Einströmungsgefässe aufgenommene Wärmemenge, anstatt die Temperaturveränderungen, oder richtiger gesagt, sie messen die Wärmemenge, welche der Luft im Ausströmungsgefässe mitgetheilt und der im Einströmungsgefässe entzogen werden muss, um sie wieder auf gleiche und zwar, wie wir unter Vernachlässigung der kleinen, keinen ganzen Grad betragenden Thermometeränderungen sagen können, auf die ursprüngliche Temperatur t_0 des Ausströmungsgefässes zurückzubringen. Das erste Resultat Gay-Lussac's sagt also eigentlich, dass diese Wärmemengen in beiden Gefässen gleichgross sind. Diese Wärmemengen sind aber nicht blos den Temperatur-Erhöhungen und Erniedrigungen, sondern auch den in beiden Gefässen am Schlusse des Versuchs enthaltenen Luftmassen, also dem Product aus beiden, proportional, und das erste Gay-Lussac'sche Resultat, in unseren Zeichen ausgedrückt, wäre somit:*)

$$\frac{V}{\mathfrak{v}} \cdot [(a+t_0)-(a+\mathfrak{t})] = \frac{V}{\mathfrak{v}'} [(a+\mathfrak{t}')-(a+t_0).$$

In der That, setzt man hierin die Werthe für $\mathfrak{v}$, $a+\mathfrak{t}$, $\mathfrak{v}'$, $a+\mathfrak{t}'$ aus den Formeln 126*), 127*), 130*), 131*), so kommt:

$$(\tfrac{1}{2})^{\frac{1}{\varkappa}}\left[1-(\tfrac{1}{2})^{\frac{\varkappa-1}{\varkappa}}\right] = \left[1-(\tfrac{1}{2})^{\frac{1}{\varkappa}}\right]\left[\frac{\frac{1}{2}}{1-(\frac{1}{2})^{\frac{1}{\varkappa}}}-1\right]$$

oder

$$(\tfrac{1}{2})^{\frac{1}{\varkappa}} - \tfrac{1}{2} = (\tfrac{1}{2})^{\frac{1}{\varkappa}} - \tfrac{1}{2}$$

eine identische Gleichung.

Dieses Gay-Lussac'sche Resultat gilt aber nicht blos für den speciellen Fall gleicher Gefässe, von denen das eine luftleer ist, es ist vielmehr im Sinne der mechanischen Wärmetheorie von selbst verständlich und allgemein giltig, wie man sogleich sieht, wenn man es in folgender Form ausdrückt:

W e n n z w e i G e f ä s s e , i n w e l c h e n s i c h G a s v o n v e r s c h i e d e n e n D r ü c k u n g e n p_0 u n d p_0', a b e r g l e i c h e n T e m p e r a t u r e n t_0 b e f i n d e t , m i t e i n a n d e r i n V e r b i n d u n g g e s e t z t w e r d e n , u n d d a d u r c h i n d e m e i n e n d i e T e m p e r a t u r e r h ö h t , i n d e m a n d e r e n e r n i e d r i g t w i r d , u n d m a n f ü h r t , n a c h d e m m a n d i e V e r b i n d u n g z u i r g e n d e i n e m Z e i t p u n k t e , a l s o n i c h t b l o s n a c h v o l l e r B e e n d i g u n g d e s U e b e r s t r ö m e n s , w i e d e r u n t e r b r o c h e n h a t , d e m e i n e n G e f ä s s e b e i c o n s t a n t e m V o l u m e n w i e d e r s o v i e l W ä r m e z u u n d e n t z i e h t z u g l e i c h d e m a n d e r e n u n t e r d e r s e l b e n B e d i n g u n g s o v i e l W ä r m e , d a s s i h r e T e m p e r a t u r e n w i e d e r d i e u r s p r ü n g l i c h e n g l e i c h e n t_0 s i n d , s o s i n d d i e s e b e i d e n W ä r m e m e n g e n g l e i c h g r o s s.

In der That muss ja, da dem Ganzen während des Vorganges des Ueberströmens weder Wärme zugeführt, noch entzogen wird, alle Wärme, die in dem einen Gefässe mehr enthalten ist, aus dem anderen herstammen.

Der Satz wird denn auch in dieser seiner Allgemeinheit von unseren

---

*) Wir nehmen dabei an, dass die Wärme-Mittheilung und Entziehung wenigstens der Hauptsache nach erst nach beendigtem Ueberströmen stattfindet, was den Angaben Gay-Lussac's zufolge, nach welchen das Ueberströmen 11 Secunden, der ganze Vorgang aber 2 Minuten dauerte, wohl erlaubt sein wird.

allgemeinen Formeln bestätigt. In unserer gewohnten Bezeichnung ausgedrückt, giebt er:

$$c_1 \frac{V}{v} [(a+t_0) - (a+t)] = c_1 \frac{V'}{v'} [(a+t') - (a+t_0)],$$

d. h.

$$\left(\frac{V}{v} + \frac{V'}{v'}\right)(a+t_0) = \frac{V}{v}(a+t) + \frac{V'}{v'}(a+t'),$$

oder nach Gleichung 44)

$$\left(\frac{V}{v_0} + \frac{V'}{v_0'}\right)(a+t_0) = \frac{V}{v}(a+t) + \frac{V'}{v'}(a+t'),$$

welches nach Gleichung 45), in dieser $t_0 = t_0'$ gesetzt, in der That eine richtige Gleichung ist.

In gleicher Weise stimmt das zweite Resultat Gay-Lussac's mit unserer Theorie überein. Nach unserer obigen Auseinandersetzung sind die beiden gleichen Thermometerveränderungen für ein und dieselbe Gasart proportional der Zahl

$$\frac{V}{v} [(a+t_0) - (a+t)],$$

oder nach Gleichung 126*) und 127*) der Zahl

$$134)\qquad V\frac{a+t_0}{v_0}\left[(\tfrac{1}{2})^{\frac{1}{\varkappa}} - \tfrac{1}{2}\right] = \frac{Vp_0}{R}\left[(\tfrac{1}{2})^{\frac{1}{\varkappa}} - \tfrac{1}{2}\right],$$

also für dieselbe Gasart proportional dem im Ausströmungsgefässe ursprünglich vorhandenen Drucke p_0 oder, für gleiche Anfangstemperaturen t_0, proportional den Dichtigkeitsänderungen.

Um endlich noch die Thermometerveränderungen in ihrer Abhängigkeit von der Natur des Gases zu untersuchen, muss die oben in No. 134) erhaltene Zahl, welcher sie proportional sind, noch mit der specifischen Wärme multiplicirt werden, ob mit der bei constantem Volumen oder der bei constantem Drucke, hängt von den Umständen ab, unter welchen die Wärme-Mittheilung und Entziehung in beiden Gefässen stattfindet; geschieht sie bei sogleich nach Beendigung des Ueberströmens wieder unterbrochener Verbindung, so ist natürlich die Wärmecapacität bei constantem Volumen, c_1, zu nehmen. Nun ist es zwar in der Beschreibung der Gay-Lussac'schen Versuche (wenigstens in der mir allein zu Gebote stehenden Uebersetzung derselben in Gilbert's Annalen) nicht direct gesagt, aber Alles lässt vermuthen, dass die Verbindungshähne so lange offen blieben, bis der ganze Erfolg der Thermometeränderung zu Stande kam; in diesem Falle ist aber, wie eine leichte Ueberlegung zeigt, viel näher die specifische Wärme c bei constantem Drucke, als die bei constantem Volumen zu setzen. Thun wir dies, so ist die Zahl, welcher die Thermometeränderungen bei verschiedenen Gasarten proportional zu setzen sind:

$$135)\qquad c\frac{Vp_0}{R}\left[(\tfrac{1}{2})^{\frac{1}{\varkappa}} - \tfrac{1}{2}\right] = AVp_0\frac{\varkappa}{\varkappa-1}\left[(\tfrac{1}{2})^{\frac{1}{\varkappa}} - \tfrac{1}{2}\right],$$

d. h.: Bei verschiedenen Gasen sind unter denselben Umständen (V und p_0) die Thermometeränderungen der Zahl

$$136)\qquad \varphi = \frac{\varkappa}{\varkappa - 1}\left[\left(\tfrac{1}{2}\right)^{\frac{1}{\varkappa}} - \tfrac{1}{2}\right]$$

proportional, also nur abhängig von der Grösse $\varkappa$ und, direct wenigstens, unabhängig vom specifischen Gewicht. Gay-Lussac gründet seinen oben angegebenen Schluss nur auf Beobachtungen an den vier Gasen: atmosphärische Luft, Wasserstoff, Sauerstoff und Kohlensäure, die in Bezug auf ihr specifisches Gewicht, vom geringeren zum grösseren fortschreitend, die Ordnung: Wasserstoff, atmosphärische Luft, Sauerstoff, Kohlensäure befolgen, und in derselben Ordnung stehen allerdings die Thermometeränderungen, welche Gay-Lussac bei ihnen beobachtet hat, wie folgende Zusammenstellung der Zahlen zeigt, welche derselbe bei einem Anfangsdruck 0,76^{m} Quecksilber erhielt:

	Wasserstoff	atmosphärische Luft	Sauerstoff	Kohlensäure
Kälteerzeugung im Ballon No. 1	0°,92 C.	0°,61	0,58	0,56
Wärmeerzeugung im Ballon No. 2	0°,71	0°,58	0,56	0,50

Der oben in 136) enthaltene Werth φ, welchem unserer Theorie zufolge die Thermometeränderungen proportional sein sollen, wächst, wenigstens in den hier in Betracht kommenden Grenzen, mit $\varkappa$, wie folgende kleine Tabelle zeigt:

$\varkappa =$	1,2	1,3	1,4	1,5
$\varphi =$	0,367	0,376	0,383	0,390

Die Angaben von $\varkappa$ für obige Gase sind sehr schwankend. Dulong*) findet es für die Gase: Wasserstoff, Sauerstoff und atmosphärische Luft, fast gleich (1,41), während er für Kohlensäure einen entschieden kleineren Werth 1,337—1,340 erhält.**) Demnach müssten unserer Theorie zufolge

*) Poggendorff's Annalen, Bd. 16, S. 454.

**) Es sei mir bei dieser Gelegenheit folgende kurze Bemerkung gestattet: Die mechanische Wärmetheorie stellt bekanntlich für Gase, soweit sie das Mariotte-Gay-Lussac'sche Gesetz befolgen, die Gleichung auf:

$$c - c_1 = AR,$$

aus dieser folgt nach leichter Rechnung:

$$\varkappa = \frac{c}{c - AR},$$

sodass also $\varkappa$ aus der Wärmecapacität bei constantem Drucke (für gleiche Gewichte) und aus dem specifischen Gewichte eines Gases, dem R bekanntlich umgekehrt proportional ist, berechnet werden kann. Bezeichnet c' die specifische Wärme bei constantem Drucke für gleiche Volumen, so erhält man, wie leicht zu sehen, wenn R_a den Werth 29,272 von R für atmosphärische Luft bezeichnet:

$$\varkappa = \frac{c'}{c - AR_a}$$

oder für $A = \frac{1}{424}$

$$\varkappa = \frac{c'}{c' - 0{,}0690}.$$

die Thermometerveränderungen für obige drei Gase fast gleich, für Kohlensäure kleiner ausgefallen sein, was nur zum Theil mit den Gay-Lussac'schen Beobachtungen übereinstimmt. Doch ist auf diese in dieser Beziehung kein grosses Gewicht zu legen. Fürs Erste ist die Dauer des Ueberströmens bei den Gay-Lussac'schen Beobachtungen ziemlich bedeutend, 11 Secunden, sodass die Voraussetzung, die wir bei unserer Theorie machten, dass den Gefässen während dieses Vorganges weder Wärme mitgetheilt, noch entzogen wird, nicht eben gut erfüllt ist; fürs Zweite tritt, nach Beendigung des Ueberströmens, wenn die Verbindung hergestellt bleibt, immer noch Luft aus dem ersten Ballon in den zweiten, und fürs Dritte scheinen die Reibung und der Verlust an lebendiger Potenz durch Schallerregung bei den in Rede stehenden Beobachtungen ziemlichen Einfluss geübt zu haben.

Unter den in diesem Paragraphen abgehandelten Fall scheinen auch noch gewisse Versuche von Joule zu gehören, die ich jedoch nur aus der kurzen Erwähnung kenne, die Koosen in Poggendorff's Annalen, Bd. 89, S. 449 und 452 von ihnen macht: „Joule wandte bei seinen Versuchen ein 134 Cubikzoll (engl.?) haltendes Gefäss an, welches mit Luft von 22 Atmosphären Druck gefüllt wurde. Nach Ausgleichung der Drucke (zwischen ihm und einem gleichgrossen luftleeren) war eine Wärmemenge entwickelt und resp. verschwunden, welche 1 Pfund Wasser um nahe an 3° C. zu erwärmen vermochte." Nach unseren obigen Auseinandersetzungen müsste die in beiden Gefässen entwickelte, resp. verschwundene

---

Für die einfachen Gase: Sauerstoff, Stickstoff, Wasserstoff und atmosphärische Luft, deren specifische Wärme für gleiche Volumen nach Regnault (Poggendorff's Annalen, Bd. 89, S. 347) sehr wenig von einander abweichen, ergiebt sich also auch x sehr nahe gleichgross, eine Eigenschaft, welche bekanntlich schon Dulong (Poggendorff's Annalen, Bd. 16, S. 454) aus seinen Beobachtungen geschlossen hat. Die für jene Gase von Dulong beobachteten Werthe von x stimmen überdies, so genau als zu erwarten, mit dem aus obiger Formel berechneten und in untenstehender Tabelle enthaltenen. Für die einfachen Gase Chlor und Brom, deren specifische Wärme für gleiche Volumen zwar unter sich gleich, aber sehr bedeutend höher sind, als die für die übrigen einfachen und oben angegebenen Gase (Regnault), findet sich x ebenfalls gleich, aber bedeutend kleiner als für jene.

Benennung der Gase.	Spec. W. bei const. Dr f. gl. Volumen n. Regnault.	x aus obiger Formel ⊙
Atmosphärische Luft . .	0,237	1,41
Sauerstoff	0,2412	1,40
Stickstoff	0,2370	1,41
Wasserstoff	0,2356	1,41
Chlor	0,2962	1,30
Brom	0,2992	1,30
Kohlensäure	0,3308	1,26

Wärmemenge, vorausgesetzt, dass in Gleichung 135) statt c die specifische Wärme bei constantem Volumen c_1 zu setzen ist,

$$c_1 \cdot \frac{Vp_0}{R}\left[(\tfrac{1}{2})^{\frac{1}{\varkappa}} - \tfrac{1}{2}\right] = AVp_0 \frac{(\frac{1}{2})^{\frac{1}{\varkappa}} - \frac{1}{2}}{\varkappa - 1} \text{ Calorien}$$

betragen, unter einer Calorie die Wärmemenge verstanden, die im Stande ist, 1 Kilogramm Wasser um 1° C. zu erwärmen. Setzt man für $A = \frac{1}{424}$, für $p_0 = 22 \times 10334^k$ auf den Quadratmeter, für V das oben angegebene Volumen des Gefässes, ausgedrückt in Cubikmetern, und für $\varkappa$ endlich 1,41, so erhält man die Zahl 0,31 Calorien, während Joule 1,36 Calorien fand, also über das Vierfache. Leider kann ich, so lange es mir nicht möglich ist, die Versuche Joule's näher kennen zu lernen, diese Sache nicht weiter verfolgen.*)

Meiner Ansicht nach wären gerade solche Versuche, wo Gase aus einem Gefässe in ein gleichgrosses anderes überströmen, der Fall, wie er eben in diesem gegenwärtigen Paragraphen behandelt worden ist, besonders geeignet, eine Bestätigung unserer Theorie zu liefern und dadurch eine neue Stütze der mechanischen Wärmetheorie zu werden. Ich bin leider gegenwärtig nicht in der Lage, solche Versuche mit nur einigermassen zureichender Genauigkeit anstellen zu können. Doch erlaube ich mir, sie im Nachfolgenden zu skizziren und die Resultate, welche sie ergeben müssten, anzugeben. Es würde mich sehr freuen, wenn sie ein Anderer, der besser mit Instrumenten versehen ist als ich, wirklich ausführen wollte.

Zwei gleichgrosse Ballons (nicht zu gross, damit der Vorgang des Ausströmens schnell zu Ende und folglich weniger Zeit gelassen ist, während derselben Wärme an die Wände der Gefässe abzugeben oder von denselben aufzunehmen) seien durch ein weites und kurzes Röhrenstück mit einander verbunden. Durch einen Hahn oder eine sonstige Vorrichtung kann diese Verbindung willkürlich unterbrochen und wieder hergestellt werden. In letzterem Falle sei dafür gesorgt, dass sich die Ausströmungsöffnung in dünner Wand befindet und überhaupt alle Gelegenheit zur Reibung des Gases während seiner Bewegung möglichst sorgfältig vermieden ist. Die Ausströmungsöffnung selbst sei möglichst gross, ebenfalls aus dem Grunde, den Vorgang des Ueberströmens rasch zu beendigen. — An jedem der beiden Ballons sei ein Manometer angebracht, derart eingerichtet, dass die durch dasselbe bedingte Volumänderung des betreffenden Ballons nicht sehr bedeutend ist. Doch zeigt die Rechnung, dass der Einfluss dieser Volumänderungen auf die unten folgenden Resultate nur von sehr geringem Belang ist, sodass es hinreichen wird, als solche Ma-

*) Vergl. weiter unten den Zusatz.

nometer möglichst dünne, gebogene Glasröhrchen zu nehmen, die, wenn die Druckunterschiede nicht zu klein sind, mit Quecksilber gefüllt werden.

Bei unterbrochener Verbindung werde es nun auf irgend eine Weise dahin gebracht, dass der Druck in dem einen Ballon, No. 1, grösser als in den anderen ist. Es steht dabei natürlich ganz im Belieben, ob man atmosphärische Luft oder irgend ein anderes Gas zum Versuche verwenden will. Nachdem man hierauf gewartet hat, bis die Temperatur in beiden Ballons sicher gleichgross ($t_0 = t_0'$) und gleich der der umgebenden Luft geworden ist, liest man beide Manometer ab, wodurch man, in unserer gewohnten Bezeichnung, p_0 und p_0' erhält. Nun öffnet man den Hahn, aber nur gerade so lange, bis der Vorgang des Ueberströmens beendigt ist, also beide Manometer gleichen Druck $\mathfrak{p} = \mathfrak{p}'$ zeigen. Dieser Druck muss nach den Gleichungen 125) und 129) gleich dem arithmetischen Mittel der ursprünglich vorhanden gewesenen Spannungen p_0 und p_0' sein. Um die Endtemperaturen $\mathfrak{t}$ und $\mathfrak{t}'$ [Formel 127) und 131)] zu messen, benutzt man am besten die beiden Ballons selbst mit ihren Manometern sogleich als Luftthermometer: Bei sogleich nach beendigtem Ueberströmen wieder unterbrochener Verbindung wartet man so lange, bis man sicher ist, dass die Luft in beiden Gefässen wieder die Temperatur t_0 der äusseren Luft angenommen hat, und liest dann die Manometerstände ab, wodurch man die Drucke π und π' erhalte. Man hat dann, da bei dieser Temperaturausgleichung das Volumen der Luft in beiden Gefässen constant blieb, die Gleichungen

$$\frac{\mathfrak{p}}{\pi} = \frac{a + \mathfrak{t}}{a + t_0} \quad \text{und} \quad \frac{\mathfrak{p}}{\pi'} = \frac{a + \mathfrak{t}'}{a + t_0}$$

und setzt man in diese Werthe die Formeln 127) und 131), so folgt:

$$137) \qquad \frac{\pi}{\mathfrak{p}} = \left(\frac{p_0 + p_0'}{2p_0}\right)^{-\frac{\varkappa-1}{\varkappa}} = \left(\frac{p_0}{\mathfrak{p}}\right)^{\frac{\varkappa-1}{\varkappa}},$$

$$138) \qquad \frac{\pi'}{\mathfrak{p}} = 2 - \left(\frac{p_0 + p_0'}{2p_0}\right)^{-\frac{\varkappa-1}{\varkappa}} = 2 - \left(\frac{p_0}{\mathfrak{p}}\right)^{\frac{\varkappa-1}{\varkappa}}.$$

Hieraus geht sofort wieder hervor:

$$139) \qquad \frac{\pi}{\mathfrak{p}} + \frac{\pi'}{\mathfrak{p}} = 2,$$

$$\mathfrak{p} = \tfrac{1}{2}(\pi + \pi'),$$

d. h.: Nach Ausgleichung der Temperaturen in beiden Ballons entfernen sich die Manometerstände an denselbe der gleichweit von dem durch $\mathfrak{p}$ gemessenen mittleren S und zwar nach entgegengesetzten Seiten hin um je

$$140) \qquad \frac{\pi - \pi'}{2} = \left[\left(\frac{p_0 + p_0'}{2p_0}\right)^{-\frac{\varkappa-1}{\varkappa}} - 1\right]\mathfrak{p} = \left[\left(\frac{p_0}{\mathfrak{p}}\right)^{\frac{\varkappa-1}{\varkappa}} - 1\right]\mathfrak{p}.$$

Dies sind sicher sehr leicht erkennbare Proben für unsere Theorie u[illegible] daraus gezogenen Resultate.

Für die Bestimmung von $\varkappa$, des Verhältnisses der specifischen Wärme bei constantem Drucke zu der bei constantem Volumen, wären Versuche von der Art, wie wir sie soeben beschrieben haben, aus verschiedenen Gründen sehr geeignet. Erstens gewähren sie infolge der Controlen, welche bei ihnen stattfinden können, eine grössere Genauigkeit als die schon in den §§. 9 und 10 besprochenen Versuche von Gay-Lussac, Welter, Weisbach, Clément und Désormes mit nur einem Gefässe. Zweitens ist es möglich, den Druck in beiden Gefässen beliebig abzuändern und so die Frage zu entscheiden, ob $\varkappa$ bei verschiedenen Spannungen und Temperaturen bei ein und demselben Gas constant bleibt, und, wenn das nicht der Fall ist, das Gesetz seiner Aenderung auf experimentellem Wege zu ermitteln. Drittens endlich ist es möglich, in die Ballons beliebige Gase zu füllen und durch ihr Ueberströmen von dem einen in den anderen den Werth von $\varkappa$ für dieselben zu bestimmen.

Dieser Werth von $\varkappa$ ergiebt sich, wie man sieht, durch einen einzigen Versuch aus obigen Gleichungen auf drei Wegen, die natürlich in ihren Resultaten übereinstimmen, wenn die oben angegebenen Controlen zutreffen.

1. Aus Gleichung 137) folgt für $\varkappa$

141) $$\varkappa = \frac{\log p_0 - \log \mathfrak{p}}{\log p_0 - \log \pi},$$

welche Gleichung ganz der No. 74 entspricht und aus welcher, wie dort, für kleine Druckunterschiede folgt:

141 a) $$\varkappa = \frac{p_0 - \mathfrak{p}}{p_0 - \pi} = \frac{1}{2}\frac{p_0 - p_0'}{p_0 - \pi}.$$

2. Aus Gleichung 138) folgt

142) $$\varkappa = \frac{\log p_0 - \log \mathfrak{p}}{\log p_0 - \log(2\mathfrak{p} - \pi')},$$

oder annäherungsweise für kleine Druckunterschiede

142 a) $$\varkappa = \frac{p_0 - \mathfrak{p}}{\pi' - p_0'} = \frac{1}{2}\frac{p_0 - p_0'}{\pi' - p_0'},$$

was, da $\pi' - p_0' = p_0 - \pi$ [nach Gleichung 139) und 125)] mit 141 a) übereinstimmt.

3. Aus Gleichung 140) folgt endlich:

143) $$\varkappa = \frac{\log p_0 - \log \mathfrak{p}}{\log p_0 - \log\left(\mathfrak{p} + \frac{\pi - \pi'}{2}\right)},$$

oder annäherungsweise für kleine Druckunterschiede

143 a) $$\varkappa = \frac{p_0 - p_0'}{p_0 - p_0' - (\pi - \pi')},$$

143 b) $$\frac{\varkappa - 1}{\varkappa} = \frac{\pi - \pi'}{p_0 - p_0'}.$$

Dass $\varkappa$ auch aus einer der Gleichungen 120), 124), 126) oder 130) bestimmt werden kann, braucht wohl keiner weiteren Ausführung. Ein besonders einfaches Resultat giebt aber wieder die Gleichung 124*) für den Fall, dass das Einströmungsgefäss ursprünglich luftleer ist. Bezeichnet M_0 die anfänglich im Ausströmungsgefässe enthaltene Luftmasse $\frac{V}{v_0}$, oder eigentlich, wie wir es immer verstanden haben, deren Gewicht, so ergiebt sich aus jener Gleichung

$$\varkappa = \frac{\log 2}{\log M_0 - \log (M_0 - M)}, \tag{144}$$

oder wenn $\mathfrak{M}_0$ die am Ende des Versuchs im Ausströmungsgefässe verbliebene Luftmasse bezeichnet

$$\varkappa = \frac{\log 2}{\log M_0 - \log \mathfrak{M}_0},$$

sodass also $\varkappa$ wieder **allein** durch drei Abwägungen bestimmbar ist: Man wiegt das Ausströmungsgefäss zuerst luftleer, sodann gefüllt mit der Gasmenge $\frac{V}{v_0}$, die es ursprünglich, vor dem Ueberströmen, enthalten soll, und endlich noch gefüllt mit der Gasmenge, die es unmittelbar nach dem Ueberströmen eines Theils seines Inhalts in ein gleichgrosses luftleeres Gefäss noch enthält.

Zusatz.

Eine schöne Bestätigung erhält die in vorstehender Abhandlung gegebene Theorie noch durch die Versuche, welche zuerst von Joule angestellt und später von Regnault wiederholt worden sind.

Joule nahm zwei ganz gleiche Ballons von Kupfer, den einen leer, den anderen mit Gas von 22 Atmosphären Druck gefüllt. Beide waren in ein Reservoir, gefüllt mit Wasser, getaucht. Nachdem sie mit einander in Verbindung gesetzt waren, konnte nicht die geringste Temperaturänderung in dem umgebenden Wasser nachgewiesen werden. Wenn sich dagegen das Gas des Ballons mit 22 Atmosphären Druck unter einer mit Wasser gefüllten Glocke entleerte, so wurde eine bedeutende Temperaturerniedrigung gefunden.*)

Dies letztere folgt aus den vorstehenden Formeln unmittelbar. Ebenso die Bemerkung Regnault's, dass der Druck nach Oeffnung des Hahns, welcher die beiden gleichen Ballons trennt, gleich der Hälfte des ursprünglichen Druckes ist. Ich halte mich daher nur noch an das Hauptresultat, an das Gleichbleiben der Temperatur des Wassers, und nehme grösserer Allgemeinheit wegen an, dass das Einströmungsgefäss ursprüng-

---

*) Einer Abhandlung von Cazin (*Ann. d. chim. et d. phys. Nov.* 1862) entnomr

lich nicht luftleer, sondern mit demselben Gase von dem ursprünglichen Drucke p_0' gefüllt sei. Wenn man überhaupt die oben eingeführten Bezeichnungen beibehält, so erhält man für die Temperaturen $\mathfrak{t}$ und $\mathfrak{t}'$ und die specifischen Volumen $\mathfrak{v}$ und $\mathfrak{v}'$ in beiden Ballons in dem Momente, wo das Aus- und Einströmen beendigt ist, nach oben für den Fall zweier gleicher Gefässe und für gleiche Anfangstemperaturen:

$$1)\qquad a+\mathfrak{t}=(a+t_0)\left(\frac{p_0+p_0'}{2p_0}\right)^{\frac{\varkappa-1}{\varkappa}},$$

$$2)\qquad a+\mathfrak{t}'=\frac{a+t_0}{2-\left(\frac{p_0+p_0'}{2p_0}\right)^{\frac{1}{\varkappa}-1}}=\frac{a+t_0}{\frac{p_0+p_0'}{p_0}-\left(\frac{p_0+p_0'}{2p_0}\right)^{\frac{1}{\varkappa}}}\,\frac{p_0+p_0'}{2p_0},$$

$$3)\qquad \mathfrak{v}=v_0\left(\frac{p_0+p_0'}{2p_0}\right)^{-\frac{1}{\varkappa}},$$

$$4)\qquad \mathfrak{v}'=\frac{v_0}{1+\frac{p_0'}{p_0}-\left(\frac{p_0+p_0'}{2p_0}\right)^{\frac{1}{\varkappa}}}.$$

Es kommt nun, zwar nicht für das Endresultat, wie gezeigt werden wird, doch für den weiteren Verlauf des Versuchs darauf an, ob sogleich nach dem Moment, für welchen obige Formeln gelten, der Hahn geschlossen, oder während des ganzen übrigen Verlaufs offen behalten wird.

I. Nehmen wir zunächst das Erstere an, so wird in diesem weiteren Verlaufe das Gas im Ausströmungsgefässe, das sich unter seine Anfangstemperatur t_0 und folglich auch unter die des umgebenden Wassers, das natürlich dieselbe ursprüngliche Temperatur t_0 hat, erkältet hatte, bei constantem Volumen erwärmt, das im Einströmungsgefässe dagegen bei constantem Volumen abgekühlt. Wenn daher die Endtemperatur des Ganzen, der beiden Gefässe, sowie des umgebenden Wassers, mit τ bezeichnet wird, so ist die dem Ausströmungsgefässe mitgetheilte Wärmemenge, mit c_1 die specifische Wärme des Gases bei constantem Volumen bezeichnet:

$$5)\qquad Q=\frac{V}{\mathfrak{v}}\,c_1\,(\tau-\mathfrak{t})$$

und die dem Einströmungsgefässe entzogene:

$$6)\qquad Q'=\frac{V}{\mathfrak{v}'}\,c_1\,(\mathfrak{t}'-\tau).$$

Ausserdem hat man, wenn M das Gewicht des umgebenden Wassers und γ dessen specifische Wärme bezeichnet:

$$7)\qquad Q'-Q=M\gamma\,(\tau-t_0).$$

Setzt man für $\mathfrak{t}$, $\mathfrak{t}'$, $\mathfrak{v}$ und $\mathfrak{v}'$ ihre Werthe aus den Gleichungen 1) bis 4) in die Gleichungen 5) und 6) ein und subtrahirt hierauf diese, so erhält man im Zusammenhalt mit der Gleichung 7) nach leichter Reduction:

$$8)\qquad Q'-Q=\frac{V}{v_0}\,c_1\,\frac{p_0+p_0'}{p_0}\,(t_0-\tau)=M\gamma\,(\tau-t_0),$$

welche Gleichung nur für $\tau = t_0$ befriedigt ist; zugleich erhält man dann $Q = Q'$. Es erleidet folglich das Wasser gar keine Temperaturveränderung; dem Einströmungsgefässe wird genau dieselbe Menge Wärme entzogen, die dem Ausströmungsgefässe mitgetheilt wird.*)

II. Wenn der Hahn nach Beendigung des, durch den ursprünglichen Druckunterschied hervorgebrachten Aus- und Einströmens offen bleibt, so ist klar, dass durch die nachfolgende Erwärmung des Ausströmungsgefässes sowohl, als die Erkaltung des Gases im Einströmungsgefässe noch mehr Gas aus ersterem in letzteres übergeht. Ob dies bei dem constanten Drucke $\mathfrak{p} = \frac{1}{2}(p_0 + p_0')$, der in beiden Gefässen nach Beendigung des ersten Aus- und Einströmens stattfindet, geschieht, oder ob sich dieser Druck z. B. erniedrigt, indem das Einströmungsgefäss verhältnissmässig rascher erkaltet, als das Ausströmungsgefäss erwärmt wird, kann im Allgemeinen nicht bestimmt werden. Es hängt dies offenbar von der Beschaffenheit der Wände der Ballons, von den Temperaturen der Gase in denselben, von den Massen dieser Gase, von der Art und Weise, wie behufs Ausgleichung der Temperatur das Wasser unter einander gerührt wird, und endlich von der Grösse der Abkühlungs- und Erwärmungsflächen ab, welch' letztere in dem Maasse, als Gas aus dem kälteren in den wärmeren Ballon strömt, sich ändern. Wie dem aber auch sei: Wir bezeichnen wieder mit τ die Endtemperatur des Ganzen, des Wassers, wie der Gase in beiden Ballons. Da der Druck π am Ende in beiden Ballons ebenfalls gleich ist, so muss auch das specifische Volumen des Gases in denselben gleich werden; wir bezeichnen es mit ν. Die uns unbekannten Ausdrücke, durch welche der Druck der Gasmassen $\frac{V}{\mathfrak{v}}$ und $\frac{V}{\mathfrak{v}'}$ in beiden Gefässen während der Erwärmung in dem einen und Erkaltung in dem anderen als Function des specifischen Volumens v und v' gegeben ist, seien mit $(p)_v$ und $[p]_{v'}$ bezeichnet. Dann sind die dem Einströmungs- und bezüglich dem Ausströmungsgefässe mitzutheilenden Wärmemengen nach der mechanischen Wärmetheorie:

$$9)\qquad Q = \frac{V}{\mathfrak{v}}\left[c_1(\tau - \mathfrak{t}) + \int_{\mathfrak{v}}^{\nu} A(p)_v\, dv\right],$$

$$10)\qquad Q' = \frac{V}{\mathfrak{v}'}\left[c_1(\tau - \mathfrak{t}') + \int_{\mathfrak{v}'}^{\nu} A[p]_{v'}\, dv'\right]$$

und für das Wasser hat man:

$$11)\qquad Q + Q' = M\gamma(t_0 - \tau).$$

---

*) Vergl. oben (S. 172) die Besprechung der Gay-Lussac'schen Versuche.

Nun ist sicher, dass der Druck der sich ausdehnenden Gasmasse $\frac{V}{\mathfrak{v}}$ im Ausströmungsgefässe in jedem Augenblicke gleich ist dem Drucke der sich zusammenziehenden Gasmasse $\frac{V}{\mathfrak{v}'}$ im Einströmungsgefässe. Ebenso ist gewiss, dass die Volumänderung der Gasmasse des Ausströmungsgefässes stets genau gleich ist der Volumänderung der Gasmasse im Einströmungsgefässe und nur das entgegengesetzte Zeichen hat. Es ist daher die von der Gasmasse des einen Gefässes geleistete äussere Arbeit genau gleich der von der Gasmasse des anderen Gefässes aufgenommen, d. h.

$$\frac{V}{\mathfrak{v}}\int_{\mathfrak{v}}^{v} A(p)\,dv = -\frac{V}{\mathfrak{v}'}\int_{\mathfrak{v}'}^{v} A[p]\,dv',$$

sodass aus 9) und 10) folgt:

$$Q + Q' = \frac{V}{\mathfrak{v}}\,c_1(\tau - t) + \frac{V}{\mathfrak{v}'}\,c_1(\tau - t).$$

Aus dieser Gleichung und den Gleichungen 1) bis 4), sowie der 11) folgt aber nun ganz so wie im ersten Fall

$$12)\qquad Q + Q' = \frac{V}{v_0}\,c_1\,\frac{p_0 + p_0'}{p_0}(\tau - t_0) = M\gamma(t_0 - \tau),$$

welche Gleichung wiederum durch $\tau = t_0$ und $Q = -Q'$ befriedigt wird. Es bleibt also auch in diesem zweiten Falle die Temperatur des Wassers ungeändert, indem dem Ausströmungsgefässe genau so viel Wärme mitgetheilt, als dem Einströmungsgefässe entzogen wird.

Was den Enddruck π des Gases in beiden Gefässen betrifft, so bestimmt sich derselbe nun leicht wie folgt: Die in beiden Gefässen gleiche Endtemperatur ist t_0. Das Gesammtgewicht des Gases in denselben, wie am Anfang, gleich $\frac{V}{v_0} + \frac{V}{v_0'}$. Da das Gesammtvolumen nun $2V$ ist, so ist das durchweg gleiche specifische Volumen

$$v = \frac{2V}{\frac{V}{v_0} + \frac{V}{v_0'}} = \frac{2\,v_0 v_0'}{v_0 + v_0'}.$$

Dem Mariotte-Gay-Lussac'schen Gesetze zufolge ist daher:

$$13)\qquad \pi = \frac{R(a + t_0)}{v} = R(a + t_0)\,\frac{v_0 + v_0'}{2\,v_0 v_0'}.$$

Nun war ursprünglich, da die Temperatur in beiden Gefässen $a + t_0$ war:

$$14)\qquad p_0 v_0 = R(a + t_0) \text{ und } p_0' v_0' = R(a + t_0).$$

Setzt man v_0 und v_0' aus 14) in die Gleichung 13) ein, so folgt:

$$15)\qquad \pi = \frac{p_0 + p_0'}{2} = \mathfrak{p},$$

d. h. der Druck in beiden Ballons am Ende des ganzen Vorgangs ist gleich dem Drucke, welcher unmittelbar nach Beendigung des durch den ursprünglichen Druckunterschied hervorgebrachten Aus- und Einströmens, also unmittelbar vor dem Beginn der Temperaturausgleichung in beiden Gefässen stattfindet. Wenn sich also dieser Druck auch während der Temperaturausgleichung verändert, am Ende derselben hat er wieder denselben Werth wie an ihrem Anfang.

VII.

Ueber Functionen complexer Grössen.

Von Dr. Gustav Roch.

(Fortsetzung aus No. II, Jahrg. 8, Heft 1.)

---

§. 6.

Eine andere Anwendung des Fundamentaltheorems über bestimmte Integrale, als die im vorigen Paragraph gezeigte, besteht in der Werthermittelung derselben.

Es kommt häufig vor, dass der Werth eines von einem Punkt a nach einem anderen b genommenen Integrales auf dem einen Wege gefunden werden kann. Dann ist der Werth, den dasselbe bei anderem Integrationswege erhält, durch unser in §. 5 gegebenes Fundamentaltheorem bestimmt, wenn es möglich ist, die um etwaige zwischen beiden Wegen liegenden Unstetigkeitspunkte herum erstreckten Integrale zu berechnen, oder wenn gar keine solchen Punkte zu berücksichtigen sind.

Da dies nur eine beiläufige Anwendung ist, so wollen wir uns mit einem einzigen Beispiele begnügen. Allgemeine Formeln hat Cauchy in dem schon erwähnten „*Mémoire sur les intégr. déf. prises entre des limites imagin.*" entwickelt.

Sei $\frac{e^{-z}}{z}$ die zu integrirende Function. Dieselbe ist für solche z, deren reeller Theil positiv ist, endlich, für $z = +\infty$ ist sie sammt ihrem unbestimmten Integrale Null, da ja schon $\int e^{-z}\,dz$ im Unendlichen verschwindet, mithin umsomehr $\int \frac{e^{-z}\,dz}{z}$ verschwinden muss. Es möge nun der äussere Halbkreis in Fig. 3 (Taf. III) einen unendlich grossen Radius, R

erhalten, während der innere mit einem sehr kleinen, δ, um $z=0$ herumbeschrieben sei. Dann wird $\frac{e^{-z}}{z}$ unendlich oder unstetig im Innern des Theiles der z-Ebene, welcher durch diese Halbkreise und die y-Achse begrenzt ist; das Integral über die gesammte Begrenzung ausgedehnt ist also Null.

Wird in den Halbkreisen $z=Re^{\varphi i}$ und $z=\delta e^{\varphi i}$ gesetzt, so übersieht man zunächst, dass der $z=Re^{\varphi i}$ entsprechende Theil verschwindet, denn:

$$\frac{dz}{z}=i d\varphi, \quad e^{-z}=0;$$

in dem $z=\delta e^{\varphi i}$ entsprechenden Theile ist e^{-z} nahezu gleich 1; φ geht von $-\frac{\pi}{2}$ bis $+\frac{\pi}{2}$ und giebt

$$\int\limits_{\varphi=-\frac{\pi}{2}}^{\varphi=+\frac{\pi}{2}} e^{-z}\frac{dz}{z}=\pi i.$$

In dem von $z=-\infty . i$ bis $z=-\delta i$ erstreckten Integrale setzen wir $z=-si$, in der zweiten Hälfte dieses geradlinigen Weges hingegen $z=+si$, so vereinigen sich diese beiden Theile in einen und es entsteht:

$$\int\limits_{\delta}^{R}\frac{e^{-si}-e^{si}}{s}\,ds+\pi i=0,$$

oder, da δ gegen Null abnimmt, R unendlich wächst:

$$\int\limits_{0}^{\infty}\frac{\sin s\,ds}{s}=\frac{\pi}{2}.$$

Es ist hier der geeignetste Ort, auf eine andere Darstellungsweise der complexen Grösse z aufmerksam zu machen, die wir in der Folge häufig auch anwenden werden.

Man kann sich einen im Endlichen verlaufenden Umfang auch als die vollständige Begrenzung des äusseren unendlichen Theiles der z-Ebene denken; denn wollte man dazu noch einen im Unendlichen verlaufenden Kreis nehmen, so würde dieser die Werthe $z=\infty$ ausschliessen.

Diese Anschauungsweise, welche vielen noch zu entwickelnden Resultaten eine allgemeinere und elegantere Form geben wird, brauchen wir nur für die Theorie der bestimmten Integrale zu rechtfertigen, um mit ihr eben so genaue Resultate zu erhalten, wie mit der bisherigen. Sobald der endliche Umfang U als Begrenzung sowohl des äusseren, als des inneren Theiles der z-Ebene aufgefasst werden kann, wird es auch nicht als widersinnig erscheinen, dem ganzen äusseren Theile eine endliche Darstellung zu geben; diese wird dadurch erlangt, dass man die Werthe der z nicht auf einer Ebene, sondern auf einer geschlossenen Fläche aufträgt, die den Werth $z = \infty$ durch einen einzigen Punkt abbildet.

Es laufe U um einen Punkt a (Fig. 4, Taf. III); wird $z_1 - a_1 = \frac{1}{z-a}$ gesetzt, so durchläuft z_1 einen endlichen Umfang U_1, wenn z U durchläuft: $aA = \varrho e^{\varphi i}$ gesetzt giebt $a_1 A_1 = \frac{1}{\varrho} e^{-\varphi i}$; jedem äusseren Punkte P im ersten Bilde wird ein innerer P_1 im zweiten entsprechen und umgekehrt. Durch die Substitution $z_1 - a_1 = \frac{1}{z-a}$ verwandelt sich also ein Umfang U, der den äusseren Theil begrenzt, in einen anderen U_1, der als Begrenzung des inneren Theiles gelten muss, und dem $z = \infty$ entspricht ein Punkt $z_1 = a_1$. Ein durch U genommenes Integral $\int fz\, dz$ geht in

$$-\int f_1(z_1) \frac{dz_1}{(z_1 - a_1)^2}$$

über. Das Fundamentaltheorem über bestimmte Integrale wird hiernach für $\int fz\, dz$ auch seine Giltigkeit behalten, wenn U als Begrenzung des äusseren Theiles angesehen wird; nur wird immer $z = \infty$ als Unendlichkeitspunkt von $f(z)$ angesehen werden müssen, sobald $\frac{f_1(z_1)}{(z_1 - a_1)^2}$ oder $f(z).(z-a)^2$ für $z = \infty$ unendlich ist. Sobald man die Vorsicht anwendet, $fz.z^2$ (welches für $z = \infty$ mit $fz\,(z-a)^2$ identisch ist) in dieser Weise zu untersuchen, so ist es auch immer gestattet, $z = \infty$ als einen Punkt darzustellen, oder die Werthe von z auf einer geschlossenen Fläche abgebildet zu denken. Dies gesammte Gebiet der z wird zu einem begrenzten, wenn aus dieser Fläche ein einziger Punkt herausgenommen wird. —

Da z_1 den Umfang U_1 in entgegengesetzter Richtung durchläuft, wie U von z durchlaufen wird, so folgt, dass die Richtung der Curve U, in welcher sie die Begrenzung des inneren Theiles in positivem Sinne bildet, die negative Richtung sein wird, U als Begrenzung des äusseren Theiles gedacht. Wir werden positive Begrenzungsrichtung immer die nennen, in welcher die nach dem Innern desselben gerichtete Normale so gegen das positive Curvenelement ds (Fig. 5, Taf. III) liegt, wie $+y$ gegen $+x$: Die Genauigkeit dieser Definition wird sich im Laufe der folgenden Untersuchungen von selbst herausstellen.

§. 7.

In §. 3 ist gezeigt worden, welche Eigenschaften allen durch mathematische Ausdrücke gegebenen Functionen zukommen; sie sind durch Gleichung 1) oder 2) desselben Paragraphen ausgedrückt. Wir wollen nun überhaupt als Function von $z = x + yi$ jede von x und y abhängige Grösse w bezeichnen, welche diesen Gleichungen genügt.

Ob alle solche Functionen wirklich durch mathematische Operationen erhalten werden können, ist eine Frage, die vorläufig gar nicht untersucht zu werden braucht.

Die Entwickelungen der §§. 5 und 6 sind, ohne dass ein solcher Ausdruck vorausgesetzt zu werden brauchte, geführt worden; man wird daher die erhaltenen Resultate auf diesen allgemeinsten Begriff der Function, wie er eben gegeben worden ist, anwenden können; es wird darnach z. B. immer convergirende Reihenentwickelungen einer Function geben, deren Verzweigungs- oder Unendlichkeitspunkte nicht in der ganzen z-Ebene einander unendlich nahe liegen. Setzen wir ferner voraus, dass diese Punkte keine geschlossene Curve stetig erfüllen, so kann man die Reihen zur stetigen Fortsetzung der Function bis zu jedem Werthe von z benutzen.

Die sämmtlichen Coefficienten der Taylor'schen Reihe sind gegeben, sobald man den Werth der Function auf einer endlichen, sonst beliebig kleinen Curve l (Fig. 6, Taf. III) kennt, da dann alle ihre Differentialquotienten in einem beliebigen Punkte der Curve eindeutig gegeben sind. Liegt in der kleinen, um dieselbe beschriebenen Fläche kein solcher Ausnahmepunkt, in dessen Nähe die Reihe ungiltig wird, so ist die Function für diese ganze Fläche bestimmbar.

Nehmen wir an, dass diese Bedingungen innerhalb der Fläche erfüllt seien, oder dass die Function für diese Fläche gegeben sei, so wird man einen beliebigen Punkt A der letzteren wieder als Anfangspunkt einer Reihenentwickelung betrachten können, sobald es möglich ist, um A einen endlichen Kreis zu beschreiben, der alle singulären Punkte, wie P und P_1 (Fig. 6, Taf. III) ausschliesst. Wird diese Reihe benutzt, die Function sammt allen ihren Differentialquotienten für einen anderen Punkt A_1 dieses Convergenzbezirks zu berechnen, so kann in A_1 eine weitere Reihe gebildet werden. Eine Function, die in einem beliebig kleinen Flächentheile des z-Gebietes bestimmt ist, kann demnach über dieses Gebiet hinaus immer und nur auf eine Weise stetig fortgesetzt werden, wenn es Flächenstreifen von endlicher Breite giebt, die von diesem Flächentheile ausgehen, innerhalb deren die Reihenentwickelungen convergiren.

Es ist hier nicht der Raum, den Beweis zu führen, dass ausserhalb des Kreises, der eben noch alle Unendlichkeits- oder Verzweigungspunkte der Function ausschliesst, dio Reihe auch immer divergirt; diesen Satz als wahr angenommen, übersieht man dann sofort, dass man nicht besondere Untersuchungen nothwendig hat, um zu entscheiden, ob diese singulären Punkte den Flächentheil, von welchem die Fortsetzung ausgeht, stetig einschliessen, sondern dass darüber die Convergenz oder Divergenz der Reihen selbst entscheidet. Die Form, in der wir den Satz ausgesprochen haben, ist daher ganz streng.

Es folgt aus der allgemeinen Giltigkeit der Reihenentwickelung auch, dass das, was wir Function von z nennen, immer eines, wenigstens für ein endliches Gebiet von z giltigen Ausdruckes fähig sein wird, bis auf ganz eigenthümliche Ausnahmefälle, mit denen sich auch mehr oder weniger fast gar nichts anfangen lässt. Eine solche Ausnahme wäre z. B. eine Function, die für ein commensurables x und ein commensurables y den Werth 1, sonst den Werth 2 hätte.

§. 8.

Nach diesen allgemeinen Bemerkungen über die Anwendbarkeit der Reihenentwickelungen ist es erlaubt, letztere zum Beweise eines Satzes zu benutzen, den wir zwar später nochmals als speciellen Fall eines allgemeineren Theorems erhalten werden, welcher aber schon so allgemeine Folgerungen hat, dass sein besonderer Beweis, wie er von Professor Riemann in den Vorlesungen gegeben ist, nichts schaden mag, zumal er den Beweis des angedeuteten allgemeineren Theorems erleichtern wird.

Wir werden in den folgenden Entwickelungen dieses Theiles der Abhandlung verschiedene Resultate für eindeutige Functionen entwickeln, um sie in einem folgenden Theile auf mehrdeutige zu verallgemeinern.

Den speciellsten Fall eindeutiger Functionen bilden die überall endlichen und stetigen Functionen. Für diese ist der Convergenzbezirk der Reihenentwickelung ein beliebig grosser. Oder man darf das Integral

$$\int \frac{f(z)}{(z-t)}\, dz = 2\pi i f(t)$$

auf einen unendlich grossen Kreis ausdehnen. Dann influirt von der Reihe:

$$\frac{1}{z-t} = \frac{1}{z}\left(1 + \frac{t}{z} + \frac{t^2}{z^2} + \cdots\right)$$

nur das constante Glied auf den Werth des Integrals, so dass

$$f(t) = \frac{1}{2\pi i}\int \frac{f(z)}{z}\, dz,$$

d. h. unabhängig von t wird.

Jede überall endliche, stetige, eindeutige Function von $z = x + yi$ ist daher eine Constante.

Durch diesen Satz kann man dazu gelangen, Ausdrücke von Functionen zu bilden, wenn man weiss, wie sie unendlich werden.

Es werde $w(z)$ unendlich für $z = a$; setzen wir voraus, dass es eine endliche Potenz μ *) von $z - a$ gebe, mit welcher multiplicirt $w(z)$ endlich und von Null verschieden bleibe für $z = a$ und sei n die nächst höhere ganze Zahl nach μ, oder μ selbst, wenn μ ganz ist, so dass

$$w(z) \,.\, (z-a)^n = \varphi(z)$$

gleich einer endlichen Grösse, die möglicher Weise Null ist, wird für $z = a$.

---

*) Dann heisst μ die Ordnung, in welcher w unendlich wird.

Dann ist $\varphi(z)$ eine Function von z, die nach Potenzen von $z-a$ entwickelbar ist, da sie in der Nähe von $z=a$ endlich, stetig und eindeutig bleibt:

$$w(z)(z-a)^n = a_0 + a_1(z-a) + a_2(z-a)^2 + \dots,$$

mithin

$$a) \quad w(z) = \frac{a_0}{(z-a)^n} + \frac{a_1}{(z-a)^{n-1}} + \dots + \frac{a_{n-1}}{(z-a)} + f(z),$$

wo $f(z)$ endlich ist für $z=a$.

Hieraus folgt, dass eine eindeutige Function da, wo sie unendlich wird, nothwendig von ganzer Ordnung unendlich wird.

Sind alle Punkte gegeben, in denen w unendlich werden soll, sammt den Coefficienten, die dem $a_0 \dots a_{n-1}$ in a) entsprechen, so ist $w(z)$ bis auf eine additive Constante bestimmt. Sei z. B. noch ein Unendlichkeitspunkt für die Function, b, vorhanden, so dass:

$$w(z) = \frac{b_0}{(z-b)^m} + \frac{b_1}{(z-b)^{m-1}} + \dots + \frac{b_{m-1}}{z-b} + f_1(z),$$

$f_1(z)$ endlich für $z=b$, so ist:

$$w(z) - \frac{a_0}{(z-a)^n} - \frac{a_1}{z-a^{n-1}} - \text{etc.} - \frac{b_0}{(z-b)^m} - \frac{b_1}{(z-b)^{m-1}} - \text{etc.} = F(z)$$

endlich stetig und eindeutig für $z=a$ und $z=b$; weder w noch die Subtrahenden werden unendlich für andere z als diese, mithin $F(z)$ überall endlich, mithin constant.

Wir unterlassen es, die Modificationen zu entwickeln, welche eintreten, wenn z. B. b unendlich wird. Führt man erst eine andere Variable z_1 ein, die für $z=\infty$ irgend einen Werth b_1 annimmt, und drückt z_1 dann wieder durch z aus, so erkennt man, dass eine Function w, die für $z=\infty$ eindeutig, aber unendlich wird, die Form haben muss

$$b) \quad w = b_0 z^n + b_1 z^{n-1} + \dots + b_{n-1} z + f(z),$$

wo $f(z)$ stetig und endlich für $z=\infty$. Bleibt w im Endlichen endlich, so ist $f(z)$ constant.

n heisst hier auch wieder die Ordnung der Unendlichkeit von w.

Die Anzahl der Punkte, in denen eine Function w innerhalb einer gegebenen Begrenzung Null und unendlich wird, hängt mit dem über die Letztere ausgedehnten Integrale von

$$\int d \log w = \int \frac{dw}{dz} \frac{dz}{w}$$

sehr nahe zusammen.

Wir wollen ein Nullwerden $m$ter Ordnung auffassen als Unendlichwerden von $(-m)$ter Ordnung. Dies tritt ein, wenn in der Reihe für w die Glieder inclusive $(z-a)^{m-1}$ fehlen. Aus unserer Definition dieses Begriffes geht hervor, dass, wird eine Function w für $z=a$ unendlich $m$ter Ordnung (m positiv oder negativ), $w.(z-a)^m$ endlich und von Null verschieden bleibt für $z=a$, oder

$$w = (z-a)^{-m} \psi(z),$$

$\psi(a)$ von Null und unendlich verschieden. — Ebenso wird, wenn w für $z=\infty$ unendlich m'ter Ordnung (m' positiv oder negativ)

$$w = z^{m'}\psi(z),$$

$\psi(\infty)$ endlich und von Null verschieden. Einem endlich bleibenden w entspricht $m'=0$. Ein Nullwerden $m$ter Ordnung tritt für $z=\infty$ ein, wenn in der Reihe, die für grosse z gilt (s. Ende §. 5):

$$w = b_0 + \frac{b_1}{z} + \frac{b_2}{z^2} + \ldots$$

alle Glieder, bis $\frac{b_{m-1}}{z^{m-1}}$ inclusive verschwinden. Einer Reihenentwickelung dieser Form, in welcher b_0 sicher von Null verschieden, ist $\psi(z)$ fähig für $z=\infty$; $\frac{d\psi(z)}{dz} = -\left(\frac{b_1}{z^2} + \frac{2b_2}{z^3} + \ldots\right)$ ist daher Null zweiter oder höherer Ordnung für $z=\infty$.

Betrachten wir nun die log dieser Ausdrücke von w; für $z=a$ ist:

$$\log w = \log\psi - m\log(z-a),\quad d\log w = \frac{d\psi}{dz}\,\frac{dz}{\psi} - m.\frac{dz}{z-a}.$$

Die Integration von $d\log w$ positiv (s. Ende §. 6) um a herum giebt, da $\frac{d\psi}{dz}$ wegen der Endlichkeit von z auch endlich (s. pag. 25 d. Jahrg.), ψ von Null verschieden ist

$$-m\int\frac{dz}{z-a} = -m\int\frac{d(Re^{\varphi i})}{Re^{\varphi i}} = -mi\int d\varphi,$$

den Werth $-m2\pi i$. Liegen innerhalb des geschlossenen Umfanges, über welchen integrirt wird, mehrere solche Punkte, denen Ordnungszahlen m_1, m_2 etc. zukommen, so giebt die Integration:

$$1)\qquad \int d\log w = -(m+m_1+m_2+\text{etc.})\,2\pi i.$$

Dieser Umfang kann nun auch als negative Begrenzung des äusseren Theiles des Gebietes von z angesehen werden, und es muss nun der Werth für $z=\infty$ nach der in §. 6 angegebenen Regel untersucht werden.

Für $z=\infty$ ist nach dem Vorigen:

$$d\log w = m'\frac{dz}{z} + \frac{d\psi}{dz}.\frac{dz}{\psi}.$$

Für $z=\infty$ ist $\frac{d\psi}{dz}$ unendlich klein zweiter Ordnung, ψ nicht Null, mithin nach §. 6 das Integral

$$\int\frac{d\psi}{dz}.\frac{dz}{\psi},$$

um $z=\infty$ herumgenommen, Null. $m'\frac{dz}{z}$ integrirt, giebt $m'2\pi i$.

Liegen ausserhalb des Umfanges noch andere Punkte, für welche $w=0$ oder $=\infty$ ist, denen Ordnungszahlen m_1', m_2' etc. zukommen, so giebt die Integration in der früheren Richtung (also negativ um diese Punkte herum):

$$2) \qquad \int d \log w = + (m' + m_1' + m'' + \ldots) 2\pi i.$$

Um sich genaue Rechenschaft von diesen Vorzeichen zu geben, braucht man nur die im §. 6 schon einmal angewandte Transformation anzuwenden; doch ist es wohl nicht nöthig, dies hier wirklich durchzuführen.

1) und 2) zusammengehalten, liefern folgende beiden wichtigen Sätze:

Das Integral $\int d \log w$ positiv um die Begrenzung irgend eines (endlichen oder unendlichen) Theiles des Gebietes von z herum genommen, ist gleich $-2\pi i$ mal der Anzahl, wie oft w innerhalb dieses Gebietes unendlich gross, weniger der Anzahl, wie oft w unendlich klein erster Ordnung wird.

Eine eindeutige Function von z wird eben so oft unendlich klein, als unendlich gross erster Ordnung. Hierbei ist ein Null- oder Unendlichwerden $n$ter Ordnung als $n$maliges aufgefasst.

Die Function $w - a$, wo a eine Constante, wird so oft unendlich wie w, also auch so oft Null; es folgt daher, dass w jeden Werth eben so oft annehmen muss, wie den Werth Null oder Unendlich.

Da

$$a + bz + cz^2 + \ldots hz^n$$

für endliche z endlich, für unendliche z unendlich $n$ter Ordnung ist, so muss es $n$mal Null werden, also n Wurzeln haben. Dies ist der dritte Gauss'sche Beweis für dieses algebraische Fundamentaltheorem.

Vermöge der Eigenschaften überall eindeutiger Functionen, nur von ganzer Ordnung unendlich zu werden, kann dem ersten in diesem Paragraph entwickelten Satze eine andere Form gegeben werden. Wird w unendlich für $z = a$, so ist unbedingt die unbestimmte Integralfunction $\int_b^z w\,dz$ unendlich für $z = a$; es genügt daher, um zu beweisen, dass w constant ist, zu zeigen, dass $\int w\,dz$ überall endlich und stetig bleiben, dagegen für $z = \infty$ unendlich erster Ordnung werden muss. Bleibt $\int w\,dz$ auch endlich für $z = \infty$, so muss w überall Null sein. Die Bedingung der Stetigkeit ist erfüllt, sobald w keine Sprünge macht. In dieser Form kommt der Satz behufs des Beweises des Abel'schen Additionstheorems in Anwendung.

Ferner kann man vermöge der Entwickelungen des Paragraphen den Satz über das Verschwinden von Begrenzungsintegralen anders fassen.

Nach §. 5 ist $\int fz\,dz$, über einen Umfang ausgedehnt, Null, wenn innerhalb desselben $f(z)$ endlich, stetig und eindeutig ist. Es genügt aber zu wissen, dass die unbestimmte Integralfunction endlich ist. Sei $\int^{z} f(z)\,dz = u$, $f(z)$ in einem Punkte unendlich, aber $u = \alpha$. Das Integral von $d\log u$, um diesen Punkt genommen, ist Null, wenn $\alpha \gtrless 0$. Auf dem sehr kleinen Umfange ist u nahezu constant α, mithin, da $\int d\log u = 0$, auch $\alpha \int \frac{du}{u} = \alpha \int \frac{du}{\alpha} = \int du = \int f(z)\,dz = 0$. Ist $u = \beta = 0$, so ist zwar $\int d\log u = 2\pi i$, aber $\beta \int \frac{du}{u} = 0$, mithin ist das Integral $\int fz\,dz = \int du$ in der Begrenzung eines Theiles des Gebietes von z genommen, in welchem u überall endlich ist, Null.

Ich habe es vorgezogen, diesen Satz, der daraus, dass eindeutige Functionen nur unendlich von ganzer Ordnung werden können, ganz ohne Rechnung folgt, hier etwas umständlicher zu beweisen, da dieser letztere Beweis später verallgemeinert werden soll; dessen ist der andere, kürzere Beweis für diese Bedingung des Verschwindens von Begrenzungsintegralen nicht fähig. In dieser Fassung sind die Sätze über das Verschwinden der Integrale ohne Modification bei endlichen und unendlichen Gebieten streng richtig. Die Sätze über die Anzahl der Null- und Unendlichkeitspunkte gelten natürlich streng nur so lange, als diese Anzahl nicht unendlich ist. Man kann für diesen Fall nur behaupten, dass nicht die Anzahl der Punkte, in denen w Null ist, eine endliche sein kann, während dasselbe in unendlich vielen unendlich wird, oder umgekehrt.

§. 9.

Ich will jetzt, um die Nützlichkeit der im vorigen Paragraph entwickelten Sätze zu zeigen, ein von Professor Riemann in seinen Vorlesungen gegebenes Beispiel vorführen.

Wir nennen die trigonometrischen Functionen $\sin x$, $\cos x$ etc. einfach periodisch, weil sie die Eigenschaft haben, dieselben Werthe anzunehmen, wenn x um 2π, oder Vielfache davon wächst, aber bei jeder anderen Veränderung von x andere Werthe erhalten.

Es giebt nun solche Functionen, welche nach zweierlei Zunahmen des Arguments dieselben Werthe annehmen, so dass

$$\varphi(v+k) = \varphi(v), \quad \varphi(v+k') = \varphi(v).$$

k und k' heissen Periodicitätsmoduln; dieselben müssen, in der bekannten Weise als complexe Grössen abgebildet, vom Nullpunkt aus in verschiedenen Richtungen liegen, indem sie sonst, wie leicht zu sehen, auf einfache Periodicität mit einem Modul führen, welcher durch das gemeinschaftliche Maass von k und k' bestimmt ist.

Die Function $y = \varphi(v)$ ist für alle Werthe von v bekannt, sobald sie für sämmtliche innerhalb eines Parallelogramms (Fig. 8, Taf. III) liegenden v bekannt ist. Man braucht daher nur zu wissen, wo und wie y in einem solchen Parallelogramm unendlich wird, um alle für die Bestimmung von y nöthigen Bedingungen zu haben.

Es möge y in $a_1, a_2 \ldots$ unendlich erster Ordnung werden und sich in der Nähe dieser Punkte um endlich bleibende Functionen von

$$\frac{c_1}{v - a_1}, \quad \frac{c_2}{v - a_2} \ldots$$

unterscheiden.

Zwischen den c findet dann eine Bedingung statt:

$$\int \varphi(v)\, dv,$$

über das Parallelogramm (Fig. 8) ausgedehnt, ist Null, da in je zwei Seiten $\varphi(v)$ immer dieselben, dv die entgegengesetzten Werthe annimmt. Dieses Integral ist auch den um die Punkte a herum genommenen gleich und die Summe dieser ist

$$-\Sigma(c)\, 2\pi i.$$

Die c unterliegen demnach der Bedingung, dass $\Sigma(c) = 0$; y muss deshalb in mindestens zwei Punkten unendlich erster Ordnung werden. Diesen einfachsten Fall wollen wir auch allein weiter untersuchen.

y sei in der Nähe von $v = r$ bis auf eine endliche Grösse $\frac{a}{v - r}$, bei $v = s$ mithin $-\frac{a}{v - s}$.

Aehnliche Eigenschaften hat $\varphi(r + s - v) = \varphi(v')$. Dies wird für $v' = r$ unendlich wie $\frac{a}{v' - r}$, oder was auf dasselbe hinauskommt, für $v = s$ unendlich, wie $\frac{a}{s - v} = -\frac{a}{v - s}$. Für $v' = s$ wird $\varphi(v')$ unendlich wie $-\frac{a}{v' - s}$, oder für $v = r$ unendlich wie $-\frac{a}{r - v} = \frac{a}{v - r}$. Die Differenz

$$\varphi(r + s - v) - \varphi(v).$$

ist folglich überall endlich, stetig, eindeutig, d. h. constant, und da $r + s - v = v$ sein kann, nämlich für $v = \frac{r + s}{2}$, so ist sie überall Null.

$$\varphi(v') = \varphi(v), \quad \text{wenn } v + v' = r + s.$$

Offenbar ist dann auch $\frac{d\varphi(r + s - v)}{dv} = +\frac{d\varphi(v)}{dv}$, oder, $dv' = -dv$:

$$-\frac{d\varphi(v')}{dv'} = \frac{d\varphi(v)}{dv}.$$

$\frac{dy}{dv}$ hat daher in den zwei Punkten, in denen die y dieselben sind, immer entgegengesetzte Werthe, folglich nimmt $\left(\frac{dy}{dv}\right)^2$ stets dieselben Werthe wieder an, sobald y dieselben Werthe erlangt; $\left(\frac{dy}{dv}\right)^2$ ist daher eine eindeutige Function von y. Denn da y völlig eindeutig von v abhängt, so wird $\frac{dy}{dv}$ nur unendlich, wenn y unendlich wird (s. pag. 25 d. Jahrg.).

Die Ordnung, in welcher $\left(\frac{dy}{dv}\right)^2$ unendlich wird, ist leicht zu bestimmen. Sobald $y=\frac{a}{v-r}$, ist $\frac{dy}{dv}=-\frac{a}{(v-r)^2}$, $\left(\frac{dy}{dv}\right)^2=\frac{a^2}{(v-r)^4}$; $\left(\frac{dy}{dv}\right)^2$ ist daher von vierter Ordnung unendlich für unendliche y. Nach b) (§. 8) muss folglich zwischen $\left(\frac{dy}{dv}\right)^2$ und y eine Gleichung der Form bestehen:

$$\left(\frac{dy}{dv}\right)^2=Ay^4+By^3+Cy^2+Dy+E$$
$$=A(y-\alpha)(y-\beta)(y-\gamma)(y-\delta);$$

oder:

$$\int^y\frac{dy}{\sqrt{(y-\alpha)(y-\beta)(y-\gamma)(y-\delta)}}=\sqrt{A}\,.\,v.$$

Die doppelt periodischen Functionen sind also die Umkehrungsfunctionen der elliptischen Integrale, die elliptischen Functionen.

Ist im Vorigen $r=s$, oder für $v=r$:

$$y=\frac{c}{(v-r)^2},$$

so gilt Alles, wie vorher, nur ist $\frac{dy}{dv}$ von dritter, $\left(\frac{dy}{dv}\right)^2$ von sechster, während y von zweiter Ordnung unendlich ist. In Bezug auf y ist daher $\left(\frac{dy}{dv}\right)^2$ von dritter Ordnung unendlich,

$$\int\frac{dy}{\sqrt{(y-\alpha_1)(y-\beta_1)(y-\gamma_1)}}=\sqrt{A_1}\,.\,v;$$

dies führt auch zu den elliptischen Functionen.

Es erscheint nicht möglich, diesen Fundamentalsatz über die eindeutigen doppelt periodischen Functionen einfacher zu beweisen, und es wird dies Beispiel genügen, um zu zeigen, wie viel sich durch geschickte Anwendung schon der bisher erlangten Sätze thun lässt.

§. 10.

Eine viel weiter gehende Anwendung erhalten diese Sätze, sobald es gelingt, Functionen als eindeutige darzustellen, welche in gewöhnlichem Sinne vieldeutig sind. Ich will dies jetzt für solche Integralfunctionen thun, bei denen man nicht nöthig hat, das Gebiet der z anders, als die unendliche Ebene, oder als eine einfache geschlossene Fläche aufzufessen. Indem dies auf eine Haupteigenschaft der Integrale näher aufmerksam macht, wird es zugleich die beste Vorbereitung für den nächsten Theil dieser Arbeit bilden, in welchem wir ganz ähnliche Begriffe, wie sie in diesem Paragraph entwickelt werden sollen, nöthig haben werden.

Das Integral einer überall eindeutigen Function, von einem beliebigen, festen Anfangspunkte bis zu dem Werthe z erstrecht, ist nach §. 5 vom Wege der Integration insoweit abhängig, als es für zwei Wege, zwischen denen ein Unendlichkeitspunkt der Function liegt, um den Werth des um diesen Punkt herum genommenen Integrales verschieden ist. Das Integral ist also eine mehrdeutige Function der oberen Grenze. Offenbar ist dies Integral eine Function der oberen Grenze z in dem Sinne, wie dieser Begriff Anfang §. 7 definirt worden ist. Denn der Differentialquotient des Integrals nach z ist ja von dem Werthe des Differentials dz unabhängig. Diese Bemerkung ist, wie ich glaube, zuerst von Professor Riemann für nöthig gehalten und in den Vorlesungen mitgetheilt worden.*)

Untersuchen wir

$$\int \varphi(z)\, dz = w(z).$$

Im Punkte $z=a$ sei $f(z)$ endlich

$$\varphi(z) = \frac{A_n}{(z-a)^n} + \frac{A_{n-1}}{(z-a)^{n-1}} + \dots + \frac{A_1}{z-a} + f(z).$$

Das um a herum genommene Integral $\int \varphi(z)\, dz$, dessen Werth, k, der Periodicitätsmodul des Integrales heisse (diese Benennung rechtfertigt sich dadurch, dass z als Function von w betrachtet, periodisch nach, k, ist, und wenn w um k wächst, immer dieselben Werthe annimmt), kann durch die schon so häufig benutzte Substitution

$$z - a = \delta e^{\varphi i}$$

gefunden werden; indem man in einem Kreise um a herumgeht, bleibt δ constant, φ wächst von 0 bis $2\pi i$.

$$k = A_n \int_0^{2\pi} i d\varphi \,.\, \delta^{-n+1} \,.\, e^{(-n+1)\varphi i} + A_{n-1} \int_0^{2\pi} i d\varphi \,.\, \delta^{-n+2} \,.\, e^{(-n+2)\varphi i}$$

$$+ \text{etc.} + A_1 \int_0^{2\pi} i d\varphi.$$

*) Ich füge gleich Folgendes bei: Sobald w eine Function von z, ist die Abbildung von w in einer anderen Ebene der der z in der z-Ebene ähnlich, also auch umgekehrt; daraus folgt, dass auch z eine Function von w in unserem Sinne ist.

Hierbei verschwinden, da $e^{m\varphi i} = \cos m\varphi + i \sin m\varphi$, alle Integrale, ausser dem letzten, welches

$$k = 2\pi i A_1$$

giebt.

Als besonderes Beispiel betrachten wir

$$\log(s) = \int_1^z \frac{dz}{z}.$$

Dies hat für $z = 0$, und da $\frac{1}{s} \cdot s^2 = s$ für $s = \infty$ unendlich erster Ordnung wird, für $z = \infty$ unendliche Werthe, und nimmt, da $A_1 = 1$, um $2\pi i$ verschiedene Werthe an, wenn es stetig um diese Punkte herum bis wieder zu demselben s fortgesetzt wird. Dies rechtfertigt sich auch daraus, dass:

$$e^{\log s + 2\pi i} = e^{\log s} = s;$$

denn diese Gleichung zeigt, dass allen um $2\pi i$ oder Vielfache von $2\pi i$ verschiedenen Logarithmen dieselbe Zahl zugehört.

Ebenso wird

$$\int ds \left(\frac{1}{1+s} + \frac{1}{1-s}\right) = \log \frac{1+s}{1-s}$$

um $s = +1$ oder $s = -1$ herum stetig fortgesetzt, um $2\pi i$ verschiedene Werthe haben. Solche Punkte heissen Verzweigungspunkte. In ihnen selbst muss die Integralfunction unendlich sein, da in ihnen die um endliche Constanten verschiedenen w als gleich zu betrachten sind. Es wird dies gleich noch mehr durch das Folgende deutlich werden.

Untersuchen wir den Verlauf, z. B. von $w = \log \frac{1+s}{1-s}$, etwas näher.

Wird von -1 nach $+1$ eine beliebige (nur sich selbst nicht schneidende) Linie (Fig. 9, Taf. III) gezogen, so ist aus dem Vorigen zunächst klar, dass w immer denselben Werth annimmt, wenn es, von P aus auf einem Umfange U bis zu P zurück, stetig fortgesetzt wird, welcher l gar nicht schneidet; anders ist es mit einer stetigen Fortsetzung auf U_1, welches einmal von l geschnitten wird. Dieser stetigen Fortsetzung entspricht ein Integriren von $\varphi(s) = \frac{1}{1+z} + \frac{1}{1-s}$ von dem beliebigen Anfangspunkte (hier $s = 0$) aus bis zu den successiven Punkten dieses Umfanges U_1; daher wird zwischen dem ersten Integrationswege von O nach P und dem nach Durchlaufen des Umfanges entstandenen der Punkt $(+1)$ liegen; w wird um das, positiv um $+1$ genommene Integral gewachsen sein, wenn U_1 in der Richtung des Pfeiles durchlaufen wird; dieses Integral, auf welches

$$\int \frac{dz}{1+s}$$

ohne Einfluss ist, beträgt $\int \frac{dz}{1-z} = -2\pi i$. Wird aber angenommen, dass w längs der Linie l um $2\pi i$ verschiedene Werthe hat, so dass es oberhalb um $2\pi i$ kleiner ist, als unterhalb, so wird auch der Umfang U_1 immer zu denselben Werthen von w zurückführen; denn dann wird w bei Ueberschreiten des l plötzlich um $2\pi i$ wachsen und die Abnahme durch die stetige Fortsetzung aufheben.

Wir sehen hieraus, dass es möglich ist, w für das ganze Gebiet der z eindeutig zu machen, durch die Annahme, dass es längs einer Linie l, die wir als Querschnitt bezeichnen, beiderseits um eine Constante verschiedene Werthe habe.

Für die Function $\log z$ muss eine solche Linie von 0 bis ∞ gezogen werden.

Sind mehr als zwei Punkte vorhanden, in denen die zu integrirende Function $\varphi(z)$ unendlich erster Ordnung wird, so wird auch mehr als ein Querschnitt nöthig sein um

$$w = \int \varphi(z)\, dz$$

eindeutig zu machen.

Es seien $a_1, a_2 \ldots a_n$ diese Punkte, so ergiebt sich die Anordnung der Querschnitte z. B. wie folgt.

Einer stetigen Fortsetzung von w um $a_1, a_2 \ldots a_n$ mögen Periodicitätsmoduln $A_1, A_2 \ldots A_n$ entsprechen. Dann kann man auch um a_1 einzeln gehen, ferner um a_1 und a_2, um a_1, a_2 und a_3 etc. bis um $a_1, a_2 \ldots$ und a_{n-1}, welches dasselbe sein wird, wie ein negativer Umgang um a_n.

Solchen Periodicitätsmoduln entspricht die Anordnung (Fig. 10, Taf. III) der Querschnitte, welche w eindeutig machen, wenn demselben auf den l_1, l_2, l_3 etc. l_{n-1} beiderseitig um

$$A_1,\ A_1 + A_2,\ A_1 + A_2 + A_3 \ldots,\ A_1 + \ldots + A_{n-1} = -A_n$$

verschiedene Werthe gegeben werden.

Man kann auch die Querschnitte von einem Punkte, a_n (Fig. 11), etwa aus, ziehen. Auf diesen hat dann w beiderseitig um $A_1, A_2 \ldots A_{n-1}$ verschiedene Werthe zu erhalten.

Zu diesen Querschnitten wird uns die Betrachtung der mehrdeutigen Functionen auf ganz anderem Wege nochmals führen. Für die Bestimmung der Functionen mit Periodicitätsmoduln haben wir durch die früheren Sätze bis jetzt noch gar nichts gewonnen; ich gehe deshalb zunächst dazu über, diese wichtige Lücke in unserer Theorie der Functionen auszufüllen, und ein Princip zu entwickeln, durch welches auch Functionen, die erst durch ein solches künstliches Wegschneiden der mehrdeutigen Werthe eindeutig gemacht worden sind, ohne dass man einen Ausdruck für sie zu *haben braucht, bestimmt* und untersucht werden können.

Anmerkung. Da durch diese Querschnitte $\int \psi\, dz = u$ eindeutig geworden ist, so wird u, stetig längs der Querschnitte, welche die Begrenzung der z-Ebene bilden, fortgesetzt, nach Rückkehr zum Anfangspunkte dieselben Werthe angenommen haben, oder $\int du = \int \psi\, dz$ ist längs der ganzen Begrenzung des Gebietes der z, innerhalb dessen ψ endlich bleibt, Null. War ψ in einem Punkte unendlich klein oder unendlich gross höherer und erster Ordnung, so gab er nicht zu Querschnitten Veranlassung; dann ist auch $\int \psi\, dz$ um ihn herum genommen, Null. Die Sätze über das Verschwinden von Begrenzungsintegralen, oder der Satz, dass Letztere gleich der Summe der um die Unendlichkeitspunkte von ψ herum genommenen gleich sind, bleiben also auch hier giltig und zwar gelten die Punkte $a_1, a_2 \ldots a_n$ (Fig. 10 oder 11), die zur Begrenzung gehören, nicht mehr als innere Punkte. So ist $\frac{1+z}{1-z}$ in der wie Fig. 9 zerlegten z-Ebene als überall endlich und stetig zu betrachten.

§. 11.

Jeder Theil der Function w, sowohl der reelle als der imaginäre, genügen einer linearen partiellen Differentialgleichung zweiter Ordnung, als deren Integral sie aufgefasst werden können. Diese Gleichung ist schon in §. 3 aufgestellt worden.

Es genügt, nur den einen, z. B. reellen Theil u von w in dieser Weise zu untersuchen, da durch Bestimmung von u der imaginäre Theil v bis auf eine additive Constante bestimmt ist.

$$\frac{\partial v}{\partial x} = -\frac{\partial u}{\partial y}, \quad \frac{\partial v}{\partial y} = \frac{\partial u}{\partial x},$$

oder:

$$1) \qquad v = \int\left(-\frac{\partial u}{\partial y}\,dx + \frac{\partial u}{\partial x}\,dy\right).$$

u genügt der Gleichung:

$$2) \qquad \frac{\partial^2 u}{\partial x^2} + \frac{\partial^2 u}{\partial y^2} = 0.$$

Zur Integration dieser Gleichung kann man ein von Dirichlet gegebenes Princip benutzen, welches von diesem zur Integration der analogen Potentialgleichung mit drei Variabeln benutzt worden, und in gleicher Weise auf 2) anwendbar ist.

Hier sind nun die Modificationen besonders wichtig, welche eintreten, wenn nicht mehr u überall im Innern eines gegebenen Gebietes endlich bleibt; dieselben hat Professor Riemann in seiner Inauguraldissertation (Göttingen 1852) und in Crelle, Bd. 56, entwickelt und dabei zugleich das Princip in die für diese Anwendung brauchbarste Form gebracht. Hier will ich der Bequemlichkeit wegen zunächst bei endlich bleibenden u stehen bleiben, um dann diese Modificationen anzubringen. Es wird sich so der eigentliche Gedankengang klarer herausschälen, und dies ist gerade hier von Wichtigkeit, da man sich schliesslich ganz deutlich bewusst sein

$$\Omega(u+\sigma)=\iint\left[\left(\frac{\partial(u+\sigma)}{\partial x}\right)^2+\left(\frac{\partial(u+\sigma)}{\partial y}\right)^2\right]dT$$
$$=\Omega(u)+\Omega(\sigma)+2\iint\left(\frac{\partial u}{\partial x}\frac{\partial \sigma}{\partial x}+\frac{\partial u}{\partial y}\frac{\partial \sigma}{\partial y}\right)dT.$$

Wird σ sehr klein gemacht, so muss $\Omega(\sigma)$ gegen den letzten Theil verschwinden; da dieser aber für ein entgegengesetztes σ das Entgegengesetzte giebt, das Vorzeichen des Wachsthums von $\Omega(u)$ aber nach der Natur des Maximums oder Minimums vom Vorzeichen von σ unabhängig sein muss, so wird dieser letzte Theil Null sein müssen, so dass

$$\Omega(u+\sigma)=\Omega(u)+\Omega(\sigma);$$

da $\Omega(\sigma)$, wie $\Omega(u)$ positiv ist, so wird $\Omega(u)$ ein Minimum und kein Maximum sein.

Es sei jetzt σ eine endliche, von x und y beliebig abhängende Grösse, und werde vorausgesetzt, dass

$$\Omega(u+\sigma)$$

auch ein Minimum sei. Ist h eine beliebige, zwischen 0 und 1 liegende, aber von x und y unabhängige Grösse, so wird

$$\Omega(u+h\sigma)$$

für $h=0$ sowohl als $h=1$ ein Minimum sein müssen. Nun ist aber, wie die letzten Entwickelungen zeigen:

$$\Omega(u+h\sigma)=\Omega(u)+h^2\Omega(\sigma),$$

mithin $\Omega(u+h\sigma)$, als Function von h betrachtet, durch eine Parabel dargestellt, welche nur ein Minimum hat, für $h=0$. Sobald also $\Omega(\sigma)>0$, giebt es nur ein Minimum für $h=0$. Soll nun $\Omega(\sigma)=0$ sein, so muss, von einzelnen Punkten abgesehen,

$$\left(\frac{\partial\sigma}{\partial x}\right)^2+\left(\frac{\partial\sigma}{\partial y}\right)^2=0,$$

σ eine Constante sein. Da σ in der Grenze Null ist, so ist es also überall Null, wenn man nicht zulässt, dass es in singulären Punkten davon verschieden ist.

Durch die früher angegebenen Bedingungen ist also u eindeutig bestimmt, wenn solche Unstetigkeiten ausgeschlossen sind, welche durch Abänderung des Werthes der Function in einzelnen Punkten hebbar wären.

Eine solche Unstetigkeit macht $\Omega(\sigma)$ nicht unendlich, während Unstetigkeiten längs einer Linie anderswo als an den Querschnitten ausgeschlossen sind. Eine durch Aenderung des Werthes in einem Punkte hebbare Unstetigkeit wäre z. B. für ein reelle Function einer reellen Variabeln eine solche, die man erhält, wenn man in der die Function darstellenden Curve einen einzelnen Punkt herausnimmt und in anderer Höhe placirt.

Die letzteren Betrachtungen sind ganz davon unabhängig, in welcher Weise man in $\delta\Omega(\alpha)$ die Integrale an den Querschnitten verschwinden macht, und so wird dies Resultat auch für andere Querschnittsbedingungen seine Giltigkeit behalten. Eine solche ist z. B. die, dass δu, $\frac{\partial u}{\partial x}$ und $\frac{\partial u}{\partial y}$ beiderseits gleiche und entgegengesetzte Werthe haben sollen. Dann sind $\delta\alpha\frac{\partial\alpha}{\partial x}$, $\delta\alpha\frac{\partial\alpha}{\partial y}$ in a) beiderseits gleich und heben sich, mit dx, dy resp. multiplicirt, weg, da diese entgegengesetzte Werthe haben. Ein solches u ist, wenn T das unendliche z-Gebiet ist, auch bis auf eine additive Constante bestimmt.

Es gehe an $l\cdot u$ beim Uebergange über den Querschnitt in $-u+c$ über. Aendert man u zu $u+a$ um, so geht auch der andere Werth $-u+c$ in $-u+c+a$ über. Wird dieses Letzte geschrieben $-(u+a)+c+2a$, so sieht man, dass durch Wahl von a eines der c beliebige Werthe erhält; ein Periodicitätsmodul wird demnach einflusslos. Ebenso erhält der imaginäre Theil eine solche einflusslose Constante.

Ich werde bei anderer Gelegenheit hierauf Bezug nehmen, um einen für die Theorie der Abel'schen Functionen wichtigen Satz in grösster Allgemeinheit zu beweisen.

§. 12.

Integrale eindeutiger Functionen, welche Periodicitätsmoduln haben, z. B. der Logarithmus, sind stets in einzelnen Punkten unendlich; wir haben daher im Vorigen, da wir u endlich voraussetzten, einen nicht vorkommenden Fall behandelt, der erst später durch die Theorie der Integrale algebraischer Functionen seine Bedeutung erlangen wird. Deshalb müssen wir zunächst die Voraussetzung der Endlichkeit von u und v fallen lassen.

Die vorigen Betrachtungen bedürfen, um auch dann noch streng zu bleiben, einer leicht verständlichen Modification.

Sei $\alpha+\beta i$ eine beliebige Function von x und y, die sich aber in den Punkten, wo sie unendlich ist, von einer daselbst gegebenen Function von $x+yi$ um etwas Endliches unterscheidet. Dann ist $\frac{\partial\alpha}{\partial x}-\frac{\partial\beta}{\partial y}$, sowie $\frac{\partial\alpha}{\partial y}+\frac{\partial\beta}{\partial x}$ überall endlich und das Integral:

$$\Omega(\alpha)=\iint\left[\left(\frac{\partial\alpha}{\partial x}-\frac{\partial\beta}{\partial y}\right)^2+\left(\frac{\partial\alpha}{\partial y}+\frac{\partial\beta}{\partial x}\right)^2\right]dT$$

muss wenigstens für ein α ein Minimum erlangen.

Aehnlich wie früher ist:

$$a)\quad \Omega(\alpha+\lambda)=\Omega(\alpha)+2\iint\left[\frac{\partial\lambda}{\partial x}\left(\frac{\partial\alpha}{\partial x}-\frac{\partial\beta}{\partial y}\right)+\frac{\partial\lambda}{\partial y}\left(\frac{\partial\alpha}{\partial y}+\frac{\partial\beta}{\partial x}\right)\right]dT$$
$$+\iint\left[\left(\frac{\partial\lambda}{\partial x}\right)^2+\left(\frac{\partial\lambda}{\partial y}\right)^2\right]dT.$$

Wir denken uns hierin für λ nur endlich bleibende Functionen eingesetzt, so wird $\alpha+\lambda$ immer so unendlich werden wie α, und wenn jetzt der

Nachweis geführt wird, dass es immer nur ein endlich bleibendes λ giebt, welches $\Omega(\alpha+\lambda)$ zum Minimum macht, so ist $\alpha+\lambda=u$ genau so wie durch die Bedingungen in §. 11 bestimmt, wenn noch in den Punkten, wo $w=u+vi$ unendlich wird, eine Function von $x+yi$ gegeben ist, von welcher sich w nur um eine endliche Grösse unterscheiden soll.

Die Bedingungen dafür, dass $\Omega(u)$ ein Minimum sein soll, sind wieder:

$$0=\delta\Omega(u)=-2\int\int\left(\frac{\partial^2 u}{\partial x^2}+\frac{\partial^2 u}{\partial y^2}\right)\delta u\,dx\,dy$$
$$+2\int\left[\left(\frac{\partial u}{\partial x}-\frac{\partial\beta}{\partial y}\right)dy-\left(\frac{\partial u}{\partial y}+\frac{\partial\beta}{\partial x}\right)dx\right]\delta u,$$

und ergeben, dass im Innern

$$\frac{\partial^2 u}{\partial x^2}+\frac{\partial^2 u}{\partial y^2}=0,$$

ferner der Werth an den einfachen Begrenzungstheilen und die Periodicitätsmoduln an den Querschnitten gegeben sein müssen; die Bedingungen an den Querschnitten, wie sie Ende des vorigen Paragraphen gegeben sind, würden auch hier zulässig sein; es werden sich je zwei Elemente der darauf bezüglichen Integrale wegheben, wenn δu, $\frac{\partial u}{\partial x}$, $\frac{\partial\beta}{\partial x}$, $\frac{\partial u}{\partial y}$, $\frac{\partial\beta}{\partial y}$ beiderseits gleich oder beiderseits entgegengesetzt sind, da dy und dx beiderseitig entgegengesetzte Werthe haben.

Der Nachweis, dass es nur ein Minimum, also nur ein u giebt, welches diesen Bedingungen genügt, ist wieder wie in §. 11 aus a) (§. 12) zu schliessen. Schreiben wir u statt α, $h\sigma$ statt λ, wo h von x und y unabhängig ist, so folgt:

$$\Omega(u+h\sigma)=\Omega(u)+h^2\int\int\left[\left(\frac{\partial\sigma}{\partial x}\right)^2+\left(\frac{\partial\sigma}{\partial y}\right)^2\right]dx\,dy.$$

Dies kann für kein h, als $h=0$ ein Minimum sein; oder es muss

$$\int\int\left[\left(\frac{\partial\sigma}{\partial x}\right)^2+\left(\frac{\partial\sigma}{\partial y}\right)^2\right]dx\,dy=0$$

sein. Letzteres ist nur möglich, wenn $\frac{\partial\sigma}{\partial x}=\frac{\partial\sigma}{\partial y}=0$, oder nur in einzelnen Punkten σ von einem constanten Werthe verschieden ist; sobald u an der Grenze gegeben, muss σ demnach überall gleich Null sein.

Die Untersuchungen dieses Paragraphen haben gezeigt, dass man zur Bestimmung einer eindeutigen Function u in einem Gebiete T der z-Ebene folgende Bedingungen, welche von einander unabhängig sind, geben kann:

1) Den Werth des reellen Theiles an den einfachen Begrenzungstheilen.

2) Die Periodicitätsmoduln des reellen Theiles von den Querschnitten.

3) In den Punkten, wo w unendlich wird, Functionen von $x+yi$, von denen sich w nur um endliche Grössen unterscheiden darf.

Dann ist

$$v = \int\left(-\frac{\partial u}{\partial y}dx + \frac{\partial u}{\partial x}dy\right)$$

bis auf eine additive Constante bestimmt. Ist T das ganze Gebiet der z, so ist durch 2) und 3) u bis auf eine reelle, w also bis auf eine complexe additive Constante eindeutig bestimmt.

Dieser Satz enthält den des §. 8 als speciellen Fall in sich.

Der *log* einer eindeutigen Function $\psi(z)$, welche keine Periodicitätsmoduln hat, wird nun unendlich, wenn $\psi(z) = 0$ oder $= \infty$; die Art des Unendlichwerdens ist nur von der Ordnung abhängig (siehe §. 8), von welcher $\psi(z) = 0$ oder ∞ wird. Durch die Angabe dieser Ordnung sind auch die Periodicitätsmoduln des *log* bestimmt; es folgt daher aus den bisherigen Entwickelungen, dass $\log\psi(z)$ bis auf eine additive, oder $\psi(z)$ bis auf eine multiplicatorische Constante eindeutig bestimmt ist, wenn die Punkte, in denen $\psi(z)$ verschwinden oder unendlich werden, und die Ordnungen, von welchen dies geschehen soll, gegeben sind.

Soll ψ in $a_1, a_2 \ldots$ Null, in $b_1, b_2 \ldots$ unendlich erster Ordnung werden, so ist der Ausdruck desselben:

$$\psi(z) = \frac{(z-a_1)(z-a_2)\text{ etc.}}{(z-b_1)(z-b_2)\text{ etc.}}.$$

Ist die Anzahl der a und b unendlich, so müssen die Producte in Zähler und Nenner convergent gemacht werden, und dies kann entweder durch geeignete Anordnung der Factoren oder durch Hinzufügen eines Factors, welcher Function von z ist, geschehen. Immer wird aber durch genaue Angabe der Ordnung, in welcher ψ Null oder unendlich wird, oder durch Angabe der Functionen, deren Verhältniss zu ψ in dem a oder b endlich und von Null verschieden ist, ψ eindeutig bis auf einen constanten Factor bestimmt sein. Beispiele hierfür liefern die Bestimmung von $\Gamma(z)$ und die elliptischen Functionen.

VIII.

Ueber die scheinbare Aenderung des Ortes und der Gestalt unter Wasser befindlicher Objecte.

Von Dr. O. Bermann,
Oberlehrer am Gymnasium zu Stolp.

Dass die von einem leuchtenden Punkte ausgehenden Strahlen, wenn sie an der Grenzfläche eines isotropen, optisch verschiedenen Mediums gebrochen werden, ein System zweier Brennflächen umhüllen, hat schon Malus im „*Journal de l'école polytechnique*“, *T. VII*, *cah.* 14, *p.* 5, dargethan. Indem das Auge das Bild des Punktes dahin versetzt, von wo die in dasselbe gelangenden Strahlen zu divergiren scheinen, wird es, wenn es sich zwischen den beiden Brennflächen befindet, dasselbe da sehen, wo der Sehstrahl die Brennfläche trifft, der das Auge zugewendet ist. Wenn es sich vor beiden Brennflächen befindet, so soll (Malus a. a. O. p. 23) die scheinbare Entfernung des Bildes „eine Combination der Distanzen des Auges von beiden Brennflächen“ sein. Dass hiermit gesagt sei, das Bild liege dann zwischen den beiden Brennflächen, kann keinem Zweifel unterliegen. Sonach würden dann zwei Bilder, wovon das eine genau vor dem anderen liegt, da ihre Punkte auf denselben Sehstrahlen befindlich sind, in eines zusammenrücken und auch dann nicht als im Raume hintereinanderliegend erscheinen, wenn ihr Abstand so beträchtlich wäre, dass der successiven Fixirung derselben eine veränderte Accommodation des Auges entspräche. Die Uebereinstimmung dieser Ansicht mit der wirklichen Erscheinung hat Malus an keinem Beispiel erläutert, und es ist mir auch zweifelhaft, dass der bezügliche Nachweis überhaupt geführt werden könne, indem in den mir bekannten unter den hierher gehörigen Fällen, bei der Brechung an einer Ebene und an einer Rotationsfläche, der Umstand hinzukommt, dass die Dichtigkeit*) der einen Diakaustik gegen die der anderen in gleicher Sehstrahlrichtung überall verschwindend klein

---

*) Hinsichtlich des Begriffs der Dichtigkeit beziehe ich mich auf die wichtige Abhandlung von Kummer im 57. Bande des Borchardt'schen Journals: „Allgemeine Theorie der gradlinigen Strahlensysteme.“

und überhaupt an allen Stellen, vielleicht mit Ausnahme eines kleinen Theiles in der Nähe ihres Durchschnittes mit der anderen Diakaustik*), eine so geringe ist, dass die Wahrnehmung eines Bildes auf derselben schon an und für sich nicht gleich sein kann. Ist insbesondere die Grenzfläche eine Ebene, so reducirt sich (vgl. Malus S. 23) die eine Brennfläche auf eine Rotationsfläche, die andere auf die Achse derselben, also auf eine gerade Linie, die mit der vom leuchtenden Punkt auf die Grenzebene gefällten Senkrechten zusammenfällt. Die Rotationsfläche wird bekanntlich durch die Evolute einer Ellipse oder Hyperbel, je nachdem der Punkt im dichteren oder dünneren Medium liegt, erzeugt, und zwar ist (Fig. 13) der Punkt P selbst ein Brennpunkt, der Fusspunkt O der Mittelpunkt des Evolventen-Kegelschnittes, während seine Excentricität durch den Brechungsindex gegeben ist. Lamé (*Traité de physique*) sagt nun: „*Supposons que le point P* (Fig. 13, Taf. III) *soit dans l'eau et que le niveau de ce liquide soit AB, l'oeil étant placé dans l'air en E. Si dans le plan POE on construit la caustique méridienne Pmn et qu'on mène à cette courbe la tangente Amq qui rencontre la caustique rectiligne PO en q, l'expérience prouve que l'oeil rapporte en ce point l'image de P.*“ Die eigentliche Begründung fehlt hier. Dieselbe muss dahin lauten, dass das Bild deshalb in der Senkrechten OP erscheint, weil gegen die Dichtigkeit dieser geradlinigen Brennfläche die der Rotationsfläche verschwindend klein ist. Letzteres kann auf folgende einfache Weise gezeigt werden:

Diejenigen der von P (Fig. 14, Taf. III) ausgehenden Strahlen (Punkt P unter Wasser, Auge bei A in der atmosphärischen Luft), welche das Niveau treffen, werden gleich stark nach Aussen gebrochen, wenn sie vom Fusspunkt O gleichweit entfernt auffallen, so dass einer von P ausgehenden Strahlenkegelfläche ein stumpfer Kegel entspricht, dessen Spitze q zwischen O und P liegt. Die Strahlen des in die Pupille eintretenden gebrochenen Strahlenbündels gehören zu einer Folge solcher Kegelflächen, deren Scheitelpunkte ein Stück der Senkrechten OP einnehmen. Man kann nun das Bild von P als den Inbegriff der Durchschnittspunkte der successiven Strahlen entweder in der Weise suchen, dass man die Folge derselben in den durch die Senkrechte OP gehenden und die Pupille schneidenden Ebenen berücksichtigt oder in der Art, dass man ihrer Aufeinanderfolge in den Kegelflächen selbst nachgeht. Im ersteren Falle erhält man einen oval begrenzten Theil der oben genannten Rotationsfläche, indem in jeder der in Rede stehenden Ebenen ein Bogen der Ellipsenevolute umhüllt wird, und zwar wird der in der Ebene APq umhüllte Bogen, wo A ein Punkt der Augenachse ist, als dem Durchmesser der Pupille entsprechend, der grösste sein, also einen Hauptdurchmesser des

*) Ein solcher Durchschnitt findet übrigens nur dann statt, wenn die brechende Fläche eine Ebene ist; ist sie nämlich eine Rotationsfläche, so ergiebt sich ein Cylinder als die eine und dessen Achse als die andere Brennfläche.

beiderseits von ihm symmetrischen Flächenstückes vorstellen. (Den Ausdruck für die Länge dieses Bogens habe ich im Anfange berechnet.) Es ist derselbe und mit ihm der in Rede stehende Flächentheil zwar im Allgemeinen klein, doch keineswegs verschwindend; bei gehöriger Tiefe von *P* und geringer Entfernung des Auges vom Niveau kann derselbe aber verhältnissmässig beträchtlich werden. Es wird mithin, da jeder Punkt desselben nur der Durchschnitt zweier successiver Strahlen ist, von vornherein unwahrscheinlich, dass ein solches Bild des Punktes *P* zur Wahrnehmung gelange.*) Jedenfalls wird die Intensität desselben in unvergleichbarer Weise von der desjenigen Bildes überwogen, welches man auf die zweite Art erlangt, indem man von den in die Pupille gelangenden Strahlen die zu derselben Kegelfläche gehörigen bis zu ihrem Durchschnitt verlängert; es schneiden sich hier nämlich sämmtliche Strahlen in einem Punkte, dem Scheitelpunkte der jedesmaligen Kegelfläche, und es kann demnach keinem Zweifel unterliegen, dass dieses Bild, da von jedem seiner Punkte unendlich viele Strahlen ausgehen, einen deutlichen Lichteindruck bewirken werde. Die Erfahrung bestätigt diese Ansicht vollständig, indem, wie allbekannt, ein senkrecht ins Wasser gehaltener geradliniger Stab sich weder an seiner Einsenkungsstelle gebrochen, noch weiterhin gekrümmt darstellt, wie es bei einem schräg hineingehaltenen der Fall ist, sondern nur verkürzt, wonach also ein unter Wasser befindlicher Punkt nur vertical gehoben, nicht aber seitwärts verschoben erscheint. Dessenungeachtet ist die Annahme, dass das Bild auf der Rotationsfläche liege, noch eine sehr verbreitete, ja die gewöhnliche, während die andere, richtige Annahme meines Wissens erst im Jahre 1845 von Vallée in seiner *Théorie de l'oeil* aufgestellt, bei den deutschen Physikern wenigstens noch nicht allgemein Beachtung gefunden zu haben scheint. Wie wäre es sonst möglich, dass in dem so vorzüglichen Werke über darstellende Optik von Schellbach und Engel die erstere Annahme beibehalten worden ist? Hätten die Verfasser in Tafel I, Fig. 4 das Bild eines gegen das Niveau senkrechten Pfeils nach ihrer Weise entworfen, so würde ihnen der Contrast des erhaltenen Bildes gegen die wirkliche Erscheinung eines senkrecht eingetauchten Stabes unmöglich haben entgehen können. Bei (gegen das Niveau) fast senkrechter Richtung des Sehstrahles freilich wäre eine Täuschung in dieser Hinsicht noch denkbar; bei etwas schräger Richtung aber würde die Einknickung und Krümmung des Bildes in der Zeichnung so bedeutend hervorgetreten sein, dass auch der Einwand, das Auge merke dieselbe nicht, weil es in der Ebene des Bildes liege, nicht möglich gewesen wäre (siehe die weiter unten erwähnte Beobachtung an getheilten

---

*) Vallée (*Th. de l'oeil p.* 420 *sqq.*) hat ausführlich nachgewiesen, dass das ins Auge gelangende Strahlenbündel an der Stelle, wo der Sehstrahl die Rotations-Diakaustik berührt, keine derartige Zusammenziehung (*étranglement*) erfährt, dass der Eindruck eines dort befindlichen Punktes möglich wäre.

Massstäben). — Nach Vallée findet sich die Erörterung der durch einfache Brechung gesehenen Bilder schon bei dem Père Tacquet (*Opera mathematica* 1669) und bei Barrow (*Lectiones opticae* 1674), auf den auch der grosse Newton, sein Amtsnachfolger, mehrfach verweist. Wie sie, so spricht sich Newton selbst (*Lectiones opiicae*, *Prop.* 8) über den Ort des Bildes nur ganz unbestimmt aus („... *adeo ut respectu oculi, per cujus pupilli centrum radius RM transit, locus imaginis per totum spatium fD diffundi debeat: vel potius cum spatium fD sit unici tantum puncti F imago, debemus uni cum aliquod in eo punctum quod omnis lucis ab eo versus oculum pergentis meditullium occupet, inter puncta D et f in media circiter distantia interjacens, pro sensibili imagine statuere. Puncti vero illius accurates determinatio ... problema solutu difficillimum praebebit etc.*") und nicht in der unserer zweiten Annahme entsprechenden Weise. d'Alembert (*Opuscules Vol. I, p.* 274) beschränkt sich darauf, zu sagen, dass die von Barrow, Newton und P. Tacquet angedeuteten Schwierigkeiten keineswegs gehoben seien. Spätere Physiker (Hany, Hachette) folgten der gewöhnlichen ersten Annahme. Auch Malus scheint, die überwiegende Dichtigkeit der linearen Brennfläche nicht beachtend, nach seiner oben angeführten allgemeinen Annahme das Bild als zwischen den beiden Brennflächen liegend anzusehen. Gegen die Ansicht von Malus im Allgemeinen scheint die Beobachtung Vallée's zu sprechen (*Th. de l'oeil*, S. 201, Note), dass man mit Hilfe einer starken Sammellinse das Bild auch auf der Rotationsbrennfläche hervorrufen kann. („*Si l'on observe avec une forte loupe les deux cheveux et qu'on se place aux distances convenables pour que le foyer réponde à la caustique non linéaire ou à la c. linéaire, les cheveux vus seront à volonté sur l'une ou l'autre des deux caustiques. Il est clair que, l'effet de la loupe étant de resserrer dans un espace beaucoup plus étroit les rayons qui ne concourraient pas sur la caustique non linéaire, il n'est pas surprenant qu'on voie l'objet ou sur cette caustique ou sur la c. linéaire suivant que le foyer de la loupe répond à l'une ou à l'autre de ces deux caustiques.*") — Es kann nach dem Vorgange solcher Autoritäten nicht auffallen, dass die interessanten Untersuchungen Vallée's über „*Objets vus par reflexion et par refraction*" im vierten Buche seiner *Théorie de l'oeil* noch nicht allseitig Beachtung gefunden haben, da überdies in demselben Werke manches nicht haltbar Befundene aufgestellt worden ist (so z. B. die Hypothese einer ungleichförmigen Dichtigkeit des Glaskörpers zur Erklärung der Deutlichkeit des Sehens, durch welche Vallée in Streitigkeiten mit Arago verwickelt wurde).

Oben wurde bemerkt, dass das Bild des Punktes *P* auch bei unserer Annahme nicht wiederum ein Punkt, sondern ein kleines Linienstück ist. Gleichwohl stellen sich Objecte, welche in einer klaren und ruhigen Flüssigkeit untergetaucht sind, scharf begrenzt und ohne farbige Ränder dar. Vallée hebt diesen Umstand hervor, erklärt ihn aber in einer Weise, die mich nicht befriedigt hat. In seiner *Théorie de l'oeil* führt er Gründe psychologischer Natur an, namentlich die Gewöhnung (*éducation*) des Auges. In einer späteren Abhandlung (*Mémoires de l'Institut* 1854) statuirt er eine besondere Accommodation des Auges der Art, dass die Wölbung der Hornhaut sich beim Hinsehen auf ein untergetauchtes Object so ändere, dass das Linienstück als ein Punkt erscheinen müsse; er berechnet auch die Curve (Optoide), welche den Normalschnitt der Hornhaut dann vorstellen soll. Mir scheint, nachdem Vallée die Unhaltbarkeit seiner psychologischen Begründung selbst zugestanden hat, die Erklärung zu genügen, dass nur ein sehr kleiner mittlerer Theil unseres Linienstückes sichtbar ist, indem nur die diesem sehr kleinen Theile entsprechenden Sectoren von Strahlenkegelflächen (*ab* in Fig. 15), die in die Pupille eindringen, ihrer Grösse nach hierzu ausreichen, während dieses bei den mehr nach dem oberen und unteren Rand der Pupille hin eindringenden (*cd*) nicht der Fall ist. Es wird ferner, da *rt* nur ein virtuelles Bild ist, dessen Ort auf der Verticalen von dem des Auges abhängt, der Beobachter letzteres so eingestellt haben, dass ein mittlerer Strahl *Ss* mit der Sehachse coïncidirt, und nur die den unmittelbar an *s* grenzenden Punkten von *rt* entsprechenden Sectoren treffen daher die Retina in der Weise, dass die Vereinigung der Strahlen, aus denen sie bestehen, in einem Punkte der Retina ermöglicht wird, während die andere, schräg eindringend, sich vor oder hinter ihr vereinigen und daher nur als einzelne Elementarstrahlen zu ihr gelangen. (Von einer successiven Wahrnehmung der Punkte von *r* bis *t* kann natürlich keine Rede sein.)

Beim binocularen Sehen wird nur der Fall zu berücksichtigen sein, wo man den Punkt oder die verschiedenen Punkte eines ausgedehnten Objects nacheinander fixirt. Es liegt dann das Bild des Punktes in der sogenannten Medianebene, und in beide Augen dringen Strahlen, die zu derselben Folge von Kegelflächen gehören. Andernfalls müssten Doppelbilder entstehen, da sich die Sehstrahlen nicht schneiden würden; werden aber solche oder undeutliche Ränder auch dann nicht wahrgenommen, so kann dieses nur einen physiologischen Grund haben, in dem unbewussten Streben nämlich, jene durch angemessene Bewegungen der Augenmuskeln zur Deckung zu bringen.

Für die monoculare Anschauung giebt es bekanntlich kein sicheres Urtheil über die Entfernung des Wahrgenommenen. Dove hat nachgewiesen, dass dann durch die Brechung eine Hebung überhaupt nicht erfolgt (Monatsberichte der Akademie vom Mai 1858). In diesem Falle ist eine Abschätzung der Entfernung von Objecten, die durch Brechung gesehen werden, nur dann möglich, wenn anderweitige Anhaltspunkte gegeben sind, und es überwiegt das physische Element so sehr, dass man das Bild entweder in eine Fläche von bekannter Entfernung verlegt, oder auch noch fortwährend da zu sehen glaubt, wo man es bei der binocularen

Betrachtung gesehen hatte, wenn eine solche voranging. So sah Dove die untere Fläche des Glaswürfels in der Ebene des Tisches, deren Entfernung ihm bekannt war; so glaubt man, am Rande eines Teiches stehend und mit einem Auge in denselben sehend, den Boden desselben oder Objecte, welche in unbekannter Tiefe in ihm schwimmen, dicht unter dem Wasserspiegel zu erblicken, wie man auch, wenn man von der Seite her auf ein zum Theil mit Wasser gefülltes Glas mit einem Auge hinsieht, den Boden des Glases gleichsam in den Wasserspiegel eingezeichnet zu sehen glaubt. Sieht man in allen diesen Fällen mit beiden Augen, so stellen sich bekanntlich die Objecte gehoben dar, welche Wahrnehmung sich aber auch nicht merklich ändert, wenn man, nachdem nicht zu kurze Zeit hingesehen worden ist, das eine Auge schliesst.

Bei der nachfolgenden Berechnung habe ich die binoculare Fixirung, also die gewöhnliche Anschauungsweise vorausgesetzt. Ich denke mir hierbei den Halbirungspunkt der sogenannten Basis, d. h. der Linie, welche die Kreuzungspunkte des rechten und linken Auges verbindet, statt dieser beiden Augen als Ort der Wahrnehmung substituirt. Bleibt nämlich dieser Punkt an derselben Stelle, so wird eine seitliche Neigung des Kopfes nichts ändern, indem sich um ihn als Mittelpunkt eine Bewegung der beiden Augen in Kreisbogen vornehmen lässt, ohne dass dieselben in irgend einer Lage aufhörten, die Strahlen derselben Kegelflächen aufzunehmen.

Setzt man (Fig. 16, Taf. III) die Entfernung des Auges O vom Niveau, welches zur xy-Ebene gewählt werde, $= D$ und nimmt das auf diese Ebene gefällte Loth zur Achse der z mit der positiven Seite im dichteren Medium, bezeichnet ferner Ap mit R, AS mit r, die Coordinaten des leuchtenden Punktes P mit x_0, y_0, z_0, die seines Bildes Q mit x, y, z, so ist $z = \frac{D(R-r)}{r}$, $r = \frac{DR}{z+D}$. — Nach dem Brechungsgesetz ist nun $\cos ASO = n \cos PSp$ oder $\left(\text{wegen } \tan ASO = \frac{D}{R},\ \tan PSp = \frac{z_0}{R-r}\right)$

$$\frac{1}{\sqrt{1+\frac{D^2}{r^2}}} = \frac{n}{\sqrt{1+\frac{z_0^2}{(R-r)^2}}}$$

oder

$$R - r = \frac{r z_0}{\sqrt{(n^2-1) r^2 + n^2 D^2}}.$$

Nun ist also

$$\frac{D z_0}{\sqrt{\frac{(n^2-1) D^2 R^2}{(z+D^2)} + n^2 D^2}}$$

und hieraus

$$1)\qquad z_0 = z\sqrt{n^2 + \frac{(n^2-1)(x^2+y^2)}{(z+D)^2}},$$

während $x_0 = x$, $y_0 = y$ ist.

Die Hebung

$$z_0 - z = z\left[\sqrt{n^2 + \frac{(n^2-1)R^2}{(z+D)^2}} - 1\right]$$

wächst mit der Tiefe z des Objects und seinem horizontalen Abstand R vom Auge, sowie dem Brechungsvermögen (n Brechungsindex) des Mediums, in dem es sich befindet. Sie tritt um so stärker hervor, je näher das Auge dem Niveau ist (je kleiner D). Für senkrecht unter dem Auge befindliche Objecte ($R=0$) ist sie $=(n-1)z$ oder $\left(1-\frac{1}{n}\right)z_0$, so dass dann die scheinbare Tiefe $\frac{1}{n}$ der wahren ist: ein Resultat, dass sich auch bei der anderen Ansicht ergiebt und vielleicht dazu beigetragen hat, sie als richtig erscheinen zu lassen. Aus dem Ausdruck für

$$dz_0 H = 1 - \frac{\sqrt{n^2 + \frac{(n^2-1)R^2}{(z+D)^2}}}{n^2 + \frac{(n^2-1)R^2 D}{(z+D)^3}}$$

ergiebt sich die Gleichung

$$z^3 - 3D^2 z = 2D\left[D^2 + \left(1-\frac{1}{n^2}\right)R^2\right],$$

welche nur eine reelle Wurzel hat, für das z, bis zu welchem $dz_0 H$ selbst abnimmt, um weiterhin wieder mit (ins Unendliche) wachsendem z sich dem Grenzwerthe $1-\frac{1}{n}$ zu nähern. Dass die Hebung bis zu diesem Werthe von z immer langsamer, weiterhin aber wieder rascher erfolgt, lässt sich in der Weise veranschaulichen, dass man einen eingetheilten Massstab senkrecht ins Wasser taucht und aus einiger Entfernung auf ihn hinsieht, indem man das Auge dem Niveau nähert. (Das störende, vom Wasserspiegel reflectirte Tageslicht beseitigte ich durch gehörige Beschattung, oder indem ich durch ein Nicol'sches Prisma sah.) Es erscheinen dann die Theile ungleichmässig verkürzt, freilich in ganz anderer Weise, als es bei vorhandener Krümmung nach dem Auge hin der Fall gewesen sein würde, am meisten oben; weiter abwärts werden sie grösser, anfangs in rascher, dann in langsamer Zunahme. Es erklärt sich dieses leicht, indem die Zunahme der Hebung langsamer erfolgt, als es der Fall sein würde, wenn dieselbe der Tiefe proportional wäre. Bei gleichmässig zunehmender Tiefe erscheinen die Theilstriche also immer weiter auseinandergerückt, und zwar muss bis zu dem durch obige Gleichung gegebenen

Werthe von z, dessen zugehöriges z_0 sich leicht berechnen lässt, die Grösse der Theile immer rascher, weiter abwärts aber wieder langsamer zunehmen, und sich dabei immer mehr der Grenze nähern, wo jeder Theil unter $\frac{1}{n}$ (für Wasser etwa $\frac{3}{4}$) derjenigen Länge erscheint, unter welcher er gesehen würde, wenn keine Flüssigkeit zwischen ihm und dem Auge wäre. — Die Grösse der Hebung lässt sich in jedem Falle nach dem Vorstehenden leicht berechnen. Setzt man $\frac{R}{z+D} = cotan\, v$, wo also v den Winkel bezeichnet, unter dem das Auge beim Betrachten des Bildes auf das Niveau hinsieht und $\frac{\sqrt{n^2-1}}{n}\, cotan\, v = cotan\, w$, so ist $z_0 = n\, z\, cosec\, w$. Wird also die Tiefe des Bildes $=1$ gesetzt, so hat man z_0, die wahre Tiefe des Objects, zu berechnen aus $z_0 = \frac{n}{sin\, w}$.

Für Wasser, dessen $n = 1{,}337$ ist (bei 15° R.), hat man hier

$$log\, cotan\, w = 0{,}82201 + log\, cotan\, v,\ log\, z_0 = 0{,}12613 - log\, sin\, w.$$

Ich habe hiernach Tabellen berechnet, welche ich demnächst dem Drucke zu übergeben beabsichtige.

Suchen wir nunmehr das Bild einer geraden Linie, die gegen das Niveau unter dem beliebigen Winkel α geneigt ist. Nehmen wir die der Neigungsebene der Graden parallele durch das Auge gelegte Ebene als die der xz an, so sind, wenn die Distanz dieser Ebene vom Auge mit c in die Tiefe der Graden unter dem Niveau an der dem Auge senkrecht gegenüberliegenden Stelle mit h bezeichnet wird, die beiden Gleichungen der Linie $y_0 = c$ und $z_0 = h - x_0\, tan\, \alpha$ und mithin nach Gleichung 1) die ihres Bildes

$$3)\qquad y = c,\ z\sqrt{n^2 + \frac{(n^2-1)\,(x^2+y^2)}{(z+D)^2}} = h - x\, tan\, \alpha,$$

von denen die erste anzeigt, dass das Bild in der Neigungsebene der Graden liegt; die zweite ist ungültig für $\alpha = 90^0$, wo statt der Gleichung $z_0 = h - x_0\, tan\, \alpha$ der Graden die Gleichung $x_0 = k$, statt dieser also $x = k$ zu setzen ist, d. h. das Bild einer gegen das Niveau senkrechten unbegrenzten Graden fällt mit ihr selbst der Richtung nach zusammen. Für ein positives z ist, wenn $\alpha < 90^0$, $h - x\, tan\, \alpha$ positiv, also x stets $< h\, cotan\, \alpha$; ist aber h negativ und $\alpha > 90^0$, $= 180^0 - \alpha'$, wo dann die verlängerte Grade die Achse der z im d ü n n e r e n Medium trifft, so ist $x > h\, cotan\, \alpha'$, wie zu erwarten war, da $h\, cotan\, \alpha$ das x der Einsenkungsstelle bezeichnet.

Die weitere Untersuchung der zweiten der Gleichungen 3) hat mir für den im dichteren Medium liegenden reellen Zweig der Curve, auf den es hier ja allein ankommt, folgende Resultate geliefert:

Es hat das Bild nur e i n e n Krümmungswechsel, indem es dem Niveau zunächst die convexe, weiterhin aber die concave Seite zuwendet, was sich nur für $\alpha = 0$ modificirt. Ist $\alpha < \varepsilon$ oder $> 90^0 + \varepsilon$, wo ε das Complement des Grenzwinkels bezeichnet (bekanntlich des Winkels, dessen Sinus $= \frac{1}{n}$ ist), so hat sie eine geradlinige Asymptote, und zwar für $\alpha < \varepsilon$ (Fig. 17, Taf. III) eine dem Niveau in der Tiefe $\frac{D}{cotan\,\alpha \sqrt{n^2-1}-1}$, für $\alpha > \varepsilon$ 90^0 x in der Tiefe $\frac{D}{cotan\,\alpha' \sqrt{n^2-1}-1}$ (wo $\alpha' = 180^0 - \alpha$) parallele, unterhalb jenes Inflexionspunktes liegende. Für $h = 0$ (Fig. 18), also wenn das Auge der Einsenkungsstelle senkrecht gegenüberliegt, geht die Curve nicht unter diese Asymptote hinab; sonst aber schneidet sie dieselbe, geht bis zu der Tiefe hinab, welche durch die Gleichung

$$[n^2(z+D)^2 + (n^2-1)c^2]\,[(n^2-1)z^2 - (z+D)^2 \tan^2\alpha] = (n^2-1)h^2$$

gegeben ist, und nähert sich ihr dann allmälig wieder. Liegt α zwischen ε und $90^0 + \varepsilon$, so hat das Bild eine der beiden geradlinigen, gegen das Niveau geneigten Asymptoten

$$z \mp \frac{\sqrt{\tan^2\alpha - (n^2-1)}}{n}\,.\,x \pm \frac{n\,h\,\tan\alpha}{\sqrt{\tan^2\alpha - (n^2-1)}} + \frac{(n^2-1)\,D}{\tan^2\alpha - (n^2-1)} = 0 \text{ (Fig.19)},$$

von denen die eine (oberes Vorzeichen) für ein spitzes, die andere (unteres Vorzeichen) für ein stumpfes α gilt; nach unten hin ist dann die Curve nicht mehr begrenzt. Für $\alpha = \varepsilon$ oder $90^0 + \varepsilon$ hat die Curve keine Asymptote. Für c und $\alpha = 0$, d. h. wenn das Auge auf eine in der Tiefe h unter dem Niveau gelegene wagerechte Gerade senkrecht hinabsieht, hat die Curve die Gestalt Fig. 20. Die grösste Tiefe ist dann $\frac{h}{n}$; für die Tiefe der beiden Inflexionspunkte ergiebt sich die einfache Gleichung

$$(z+D)^3 + 3D^2(z+D) = 2D\left(\frac{h^2}{n^2} - D^2\right),$$

für den Krümmungsradius an der tiefsten Stelle (unterhalb des Auges):

$$\frac{\left(1-\frac{1}{n^2}\right)\left(\frac{h}{n}+D\right)^2}{\frac{h}{n}}.$$

Ist für $c = 0$ auch α nicht $= 0$, so ergiebt sich doch für die tiefste Stelle der Curve der Ausdruck

$$\frac{n\,D\,\sin^2\alpha + \cos\alpha\sqrt{n^2-1}\sqrt{n^2D^2\sin^2\alpha + (n^2\cos^2\alpha - 1)h^2}}{n\,(n^2\cos^2\alpha - 1)}.$$

Setze ich in den für das $d_x z$ der Curve erhaltenen Ausdruck $z = 0$ und $x = h\,cotan\,h$ (die Coordinaten der Einsenkungsstelle), so ergiebt sich für *die Winkel φ, unter* welchem ein gerader Stab, den man unter dem Neigungswinkel α schräg in eine ruhige Flüssigkeit taucht, unterhalb des Spiegels gegen diesen geneigt erscheint,

$$4) \qquad tan\,\varphi = \frac{D\,tan\,\alpha}{\sqrt{n^2 D^2 + (n^2 - 1)(c^2 + h^2\,cotan^2\,\alpha)}}$$

ein Ausdruck, der sich für c und $h = 0$ auf $tan\,\varphi = \frac{tan\,h}{n}$ erklärt.

Differenzirt man, um den Winkel der stärksten scheinbaren Einknickung eines schräg eingetauchten Stabes zu finden, $tan\,(\alpha - \varphi)$ nach α, so ergiebt sich

$$d_\alpha\,tan\,(\alpha - \varphi) = \frac{1 - d_\alpha\varphi}{-\,cos^2\,(\alpha - \varphi)} = 0 \text{ oder } d_\alpha\varphi = 1.$$

Nimmt man nun in Gleichung 4) beiderseits die Logarithmen und differenzirt hierauf nach α, so folgt, wenn man zugleich berücksichtigt, dass hier $d_\alpha\varphi = 1$ zu setzen ist,

$$\frac{1}{sin\,2\varphi} = \frac{1}{sin\,2\alpha} + \frac{(n^2 - 1)\,h^2\,cos\,\alpha}{2\,sin^3\alpha\,[n^2 D^2 + (n^2 - 1)(c^2 + h^2\,cotan^2\,\alpha)]}.$$

Für $h = 0$ ist hier $sin\,2\varphi = sin\,2\alpha$, also $\varphi = \frac{\pi}{2} - \alpha$. Das der stärksten Einknickung entsprechende α ist demnach für $h = 0$ das Complement des zugehörigen α. Aus Gleichung 4) ergiebt sich dann weiter

$$tan\,\alpha = \sqrt[4]{n^2 + (n^2 - 1)\frac{c^2}{D^2}},$$

insbesondere für $c = 0$

$$tan\,\alpha = \sqrt{n}.$$

Für ein von Null verschiedenes α bringe man den vorstehenden Ausdruck auf die Form

$$\left(tan^2\alpha + \frac{n^2 h^2}{n^2 D^2 + (n^2 - 1)\,c^2}\right)\left(tan^2\alpha - \frac{2\,tan\,\alpha}{sin\,2\varphi} + 1\right) + \frac{2\,(n^2 - 1)\,h^2\,tan\,\alpha}{[n^2 D^2 + (n^2 - 1)\,c^2]\,sin\,2\varphi} = 0.$$

Setzt man hier den für $h = 0$ ermittelten Werth des Winkels α ein, so verschwindet der Ausdruck in der zweiten Parenthese und es bleibt links nur noch ein positives und mit h wachsendes Glied. Bei einem beliebigen h findet demnach die stärkste Einknickung bei einem grösseren Werthe des α statt als für $h = 0$.

Für $h = 0$ hat man aus Gleichung 4)

$$tan\,\varphi = \frac{D\,tan\,\alpha}{\sqrt{n^2 D^2 + (n^2 - 1)\,c^2}} = \frac{tan\,\alpha}{\sqrt{n^2 + (n^2 - 1)\,cotan^2\,v}},$$

wo v der Winkel (gegen das Niveau) ist, unter welchem man auf die Einsenkungsstelle hinabsieht. Indem nun die stärkste Einknickung bei einem durch $tan\,\alpha_0 = \sqrt[4]{n^2 + (n^2 - 1)\,cotan^2\,v}$ gegebenen α stattfindet, ergiebt sich

$$\tan \varphi = \frac{\tan \alpha}{\tan^2 \alpha_0}.$$

Hiernach sind die beiden im Anhange gegebenen Tabellen für Wasser ($n = 1,337$) und für Argumente, die von 5 zu 5° wachsen, berechnet, wobei der Hilfswinkel λ durch $\cos \lambda = \frac{\cos v}{n}$ eingeführt wurde, wodurch

$$\tan \alpha_0 = \sqrt{\frac{n \sin \lambda}{\sin v}}$$

wird.

Zum experimentellen Nachweis der Richtigkeit der in den Tabellen berechneten Werthe bediente ich mich nachfolgender Vorrichtung, die freilich von vornherein als eine unvollkommene bezeichnet werden muss. Der Rahmen *ABCQP* (Fig. 21, Taf. III) besteht aus dem 2^cm^ breiten und 20^mm^ dicken Quadrantenbogen *ABC* (von hartem Holz), dessen Radius 20^cm^ beträgt. In der Mitte seiner Breite, bei *C*, trägt er in der Richtung seines Diameters den starken (gefirnissten) Eisendrath *CQ* von 25^cm^ Länge, an dem ein von 10 zu 10 Grad mit ausgezogenen Radien, am Rande mit Gradtheilung versehener Halbkreis aus Zinkblech *MJN* (Fig. 21*a*, Taf. III) senkrecht gegen die Ebene des Quadranten und so, dass sein Mittelpunkt *D* dem unteren Endpunkte *A* des Bogens gerade gegenüber liegt (also dem Mittelpunkte des Quadranten entsprechend), befestigt wird. Einen Durchmesser dieses Halbkreises stellt der bewegliche Zeiger *iK* dar, welcher durch die Klemmschraube *i* festgestellt werden kann. Der Radius des Halbkreises beträgt 3^cm^, so dass also der Zeiger unten eben so viel hervorragt. Bei *Q* (Fig. 21) biegt der Eisendrath rechtwinklig um und läuft bis *R* 2^cm^ weit in der Ebene des Quadranten, biegt dann bei *R* wieder senkrecht gegen *S* um, so dass *RS* = 1^cm^ und von *S* in einen nach unten concaven Bogen zu dem Punkt *P* an der Seite des Quadranten. In der Mitte des letzteren sind von *A* bis *C* die kreisrunden Löcher *l*, *l* in der Richtung nach *D* zu eingebohrt, so dass man durch sie den Halbkreis *MJN* sehen kann, und zwar so, dass die Winkel *lDA* von 5 zu 5° wachsen. Der Quadrantenbogen ist unten mit dem 3^cm^ langen Vorsprung *AG* versehen, der bei *G* durch ein Kugelgelenk mit dem Fuss *GF* verbunden ist, und dieser passt in die Höhlung des mit Blei ausgegossenen und vorn abgeflachten Statives *H*, in welcher er durch eine Schraube in jeder Höhe festgestellt werden kann. — Bei dem Gebrauche wird das Stativ dicht an das Gefäss geschoben, welches die Flüssigkeit enthält, und der Rahmen so eingestellt, dass der Drath *CQ* genau senkrecht steht, was durch das bei *C* befestigte kleine Bleiloth *CH* controlirt wird, und zwar in der Höhe, dass der untere Rand des Halbkreises *MJN* das Niveau der Flüssigkeit genau berührt. Dieser Rand ist, um der strömenden Adhäsion zu begegnen, die eine Verzerrung des Spiegelbildes des Halbkreises hervorruft, mit einer fettigen Substanz überzogen, wodurch die Hebung in eine schwache Depression umgewandelt wird, welche weit weniger stört; ganz beseitigen lässt sich eine Krümmung des Niveaus an dieser Stelle freilich nicht. Die Biegungen des übrigen Drathes haben den Zweck, dem Auge den freien Hinblick auf MJN zu ermöglichen und für einen etwa vorragenden Rand des Gefässes Raum zu lassen. Wenn ferner der senkrechte Drath mit DQ in die Flüssigkeit hinabgeht, so soll dieses auch nur die Einwirkung der Adhäsion verhüten, welche sonst noch stärker influiren würde. — Beim Hindurchsehen durch die Oeffnungen l erscheint dann die untergetauchte Hälfte des Zeigers iD, welche hell gefärbt ist, auf dem Spiegelbilde des Halbkreises und lässt so eine wenn auch nicht strenge, doch zu dem vorliegenden Zweck hinreichend genaue Abschätzung des Winkels φ zu, indem der Zeiger oben auf einem bestimmten Gradstrich α am Rande des Halbkreises MJN eingestellt wird.

So weit sich solches mit Hilfe dieser Vorrichtung constatiren liess, war die Uebereinstimmung der beobachteten mit den berechneten Werthen eine durchaus befriedigende. Bei den Beobachtungen, welche auf die Constatirung der berechneten Werthe von α_0 (der stärksten Einknickung) gerichtet waren, wurde darauf gesehen, dass dann das dioptrische Bild der untergetauchten Zeigerhälfte mit dem Spiegelbilde der über der Flüssigkeit befindlichen Hälfte einen rechten Winkel bildete, was sich auf dem Spiegelbilde der Gradtheilung leicht feststellen liess. Wegen der Unvollkommenheit des Apparates und der schon bei diesem kleinen Radius des getheilten Halbkreises merklichen Krümmung des dioptischen Bildes war ein Abschätzen auf genauer als ungefähr 1° nicht möglich.

Das Bild einer Ebene ergiebt sich aus dem bisher Erörterten unmittelbar. Nimmt man die vom Anfangspunkt auf die Durchschnittslinie (Trace) der Ebene mit dem Niveau gefällte Senkrechte zur Achse der x, so ist ihre allgemeine Gleichung $z_0 = h - x_0 \tan\alpha$, so dass ihr Bild durch die Fläche vierten Grades $(z+D)^2 [(h - x \tan\alpha)^2 - n^2 z^2] = (n^2 - 1)(x^2+y^2) z^2$ dargestellt wird. Sie ist der Ort für die Bilder aller unter 3) bei veränderlichem c subsumirten Graden und hat deshalb auch, so lange $\alpha < \varepsilon$ ist, eine dem Niveau in der Entfernung $\dfrac{D}{\operatorname{cotan}\alpha\sqrt{n^2-1}-1}$ parallele Ebene zur Asymptote. — Ist sie dem Niveau in der Tiefe h parallel, so reducirt sich die Gleichung ihres Bildes auf

$$x^2 + y^2 = \left(\frac{z+D}{z}\right)^2 \left(\frac{h^2 - n^2 z^2}{n^2 - 1}\right),$$

eine Rotationsfläche, welche durch horizontale Drehung des Bildes einer dem Niveau in derselben Tiefe parallelen Geraden entstanden ist. In dieser Gestalt zeigt sich z. B. der horizontale Boden einer ausgedehnten Wasserfläche. Dieser erscheint unterhalb des Beobachters am tiefsten und von da nach allen Seiten hin gleichmässig, anfangs concav, weiterhin schwach concav zum Niveau aufsteigend.

Das Bild einer Curve einfacher Krümmung muss auf der Bildfläche ihrer Ebene liegen. Wird die Ebene eines Neigungswinkels der Curve gegen das Niveau als Coordinatenebene der xz angenommen, so sind die Gleichungen der Curve $z_0 = h - x_0 \tan\alpha$, $y_0 = f(x_0)$, und ihr Bild ist demnach der Durchschnitt des Cylinders $y = f(x)$ mit der vorhin angegebenen Bildfläche der Ebene, eine Curve doppelter Krümmung. — Nimmt man, was nur für $\alpha = 0$ unmöglich ist, den Durchschnitt der bekannten Curvenebene mit dem Niveau zur Achse der η und den Punkt, wo diese die Achse der x schneidet, zum Anfangspunkte rechtwinkliger Coordinaten der ζ und η in der Curvenebene, so wird, wenn die Curve durch $\zeta = f(\eta)$ gegeben ist, da $y = \eta$, $\zeta \cos\alpha = h \operatorname{cotan}\alpha - x$ ist, die Gleichung der Curve sein:

$$\frac{h}{\sin\alpha} - \frac{x}{\cos\alpha} = f(y).$$

Für einen Kreis z. B., dessen Mittelpunkt senkrecht unterhalb des Auges liegt, für den also $\zeta^2 + \eta^2 = r^2$ gilt, ergiebt sich

$$\frac{(h - x\tan\alpha)^2}{\sin^2\alpha} + y^2 = r^2$$

und

$$(z + D)^2 [(h - x\tan\alpha)^2 - n^2 z^2] = (n^2 - 1) z^2 \left[x^2 + r^2 - \frac{(h - x\tan\alpha)^2}{\sin^2\alpha}\right],$$

welche letztere Projectionsgleichung sich auch schreiben lässt:

$$(h - x\tan\alpha)^2 = \frac{n^2 (z + D)^2 + (n^2 - 1)(x^2 + r^2)}{\left(\frac{z + D}{2}\right)^2 - \frac{n^2 - 1}{\sin^2\alpha}}.$$

Ist hier überdies $h = 0$, d. h. liegt der Mittelpunkt des Kreises im Niveau, so hat man

$$\frac{x^2}{\cos^2\alpha} + y^2 = r^2$$

$$x^2 \tan^2\alpha + \left(\frac{z + D}{z}\right)^2 (x^2 \tan^2\alpha - n^2 z^2) = r^2$$

als die beiden Projectionsgleichungen.

Für einen dem Niveau in der Tiefe parallelen Kreis, dessen Mittelpunkt senkrecht unter dem Auge liegt, ergeben sich die Projectionsgleichungen des Bildes

$$5)\quad \begin{cases} x^2 + y^2 = r^2 \\ (z + D)\sqrt{h^2 - n^2 z^2} = r z \sqrt{n - 1}, \end{cases}$$

wo die letztere Gleichung die einer dem Niveau parallelen Ebene ist, in welcher das Bild, ein seinem Objecte gleicher Kreis, liegen muss.

Ist die Curvenebene senkrecht gegen das Niveau und, ihre Gleichung

$x_0 = q$, die der Curve aber $z_0 = \varphi(y_0)$, so hat man als Gleichung des Bildes, ausser $x = q$:

$$\varphi(y) = z\sqrt{n^2 + \frac{(n^2-1)(q^2+y^2)}{(z+D)^2}}$$

oder

$$(z+D)^2(\varphi y^2 - n^2 z^2) = (n^2-1)(q^2+y^2)z^2.$$

Für den das Niveau im Anfangspunkte berührenden senkrechten Kreis ist hiernach

$$6)\qquad r + \sqrt{r^2 - y^2} = z\sqrt{n^2 + \frac{(n^2-1)y^2}{(z+D)^2}},$$

für den, dessen Mittelpunkt im Niveau liegt,

$$(z+D)^2(r^2 - y^2 - n^2 z^2) = (n^2-1)(q^2+y^2)z^2$$

die Gleichung des Bildes. Es würde zwecklos sein, diese Beispiele noch durch andere zu vermehren.

Sei eine Curve doppelter Krümmung durch $\varphi(x_0, y_0) = 0$, $\psi(x_0, z_0) = 0$ gegeben, so sind die Gleichungen ihres dioptischen Bildes

$$\varphi(x, y) = 0 \quad \text{und} \quad \psi\left[x, z\sqrt{n^2 + \frac{(n^2-1)(x^2+y^2)}{(z+D)^2}}\right].$$

Ist nun aus der ersteren $y = \chi(x)$ und aus der zweiten $z = f(x)$, so stellen

$$y = \chi(x) \quad \text{und} \quad z\sqrt{n^2 + \frac{(n^2-1)(x^2+y^2)}{(z+D)^2}} = f(x)$$

oder

$$(n^2-1)[x^2 + \chi(x)^2] = (z+D)^2[f(x)^2 - n^2 z^2]$$

das gesuchte Bild vor.

Ganz ebenso für $\varphi(x, y) = 0$, $\psi(y, z) = 0$ als Gleichungen der Curve.

Die Curve z. B., in welcher der Cylinder $(x-\alpha)^2 + y^2 = \beta^2$ die Kugel $x^2 + y^2 + z^2 = R^2$ schneidet, ist

$$(x-\alpha)^2 + y^2 = \beta^2$$
$$z^2 + 2\alpha x = R^2 + \alpha^2 - \beta^2,$$

und dieses giebt neben der ersteren Gleichung noch als Projectionsgleichung des Bildes

$$(z+D)^2(n^2 z^2 + 2\alpha x - R^2 - \alpha^2 + \beta^2) + (n^2-1)(2\alpha x + \beta^2 - \alpha^2) = 0.$$

Bei den Bildern von **Flächen** kommt es besonders auf die **Begrenzung** an, unter der sie dem Auge erscheinen. Es sei $\varphi(x_0, y_0, z_0) = 0$ die gegebene Fläche, so ist nach dem Bisherigen

$$\varphi\left[x, y, z\sqrt{n^2 + \frac{(n^2-1)(x^2+y^2)}{(z+D)^2}}\right] = 0$$

die Gleichung ihres Bildes. Seien ferner (Fig. 16) x', y' die Coordinaten des Punktes S, in welchem der vom Objectspunkte P ausgehende, das Auge treffende Strahl das Niveau trifft, so hat man offenbar $\frac{y_0}{y'} = \frac{x_0}{x'}$ und, wenn man die zu Anfang aufgestellte Beziehung

$$R = r + \frac{r z_0}{\sqrt{(n^2-1) r^2 + n^2 D^2}}$$

einmal mit $\sin p A x$, dann mit $\cos p A x$ multiplicirt

$$y_0 = y' \left[1 + \frac{z_0}{\sqrt{(n^2-1)(x'^2+y'^2)+n^2 D^2}}\right],$$

$$x_0 = x' \left[1 + \frac{z_0}{\sqrt{(n^2-1)(x'^2+y'^2)+n^2 D^2}}\right].$$

Soll nun der durch x', y' gehende Strahl die Fläche berühren, so tritt die Bedingung $(x'-x_0)\, d_{x_0}\varphi + (y'-y_0)\, d_{y_0}\varphi - z_0 d_{z_0}\varphi = 0$ hinzu. Um hiernach die Gleichung der Grenzcurve zu finden, hat man zunächst x' und y' aus dreien dieser Gleichungen zu eliminiren. Wird überall der Index Null weggelassen und substituirt man den Werth von y' in die beiden letzten Gleichungen, setzt sodann die für x' und $x-x'$ erhaltenen Werthe in die andere Gleichung ein, so resultirt nach einer leichten Reduction

$$x d_x\varphi + y d_y\varphi + z d_z\varphi = \frac{n D d_z\varphi (x d_x\varphi + y d_y\varphi)}{\sqrt{(x d_x\varphi + y d_y\varphi)^2 - (n^2-1)(x^2+y^2) d_z\varphi^2}}$$

oder wegen

$$d_x\varphi + d_z\varphi\, d_x z = 0$$
$$d_y\varphi + d_z\varphi\, d_y z = 0$$

$$7)\quad x d_x z + y d_y z - z = \frac{n D (x d_x z + y d_y z}{\sqrt{(x d_x z + y d_y z)^2 - (n^2-1)(x^2+y^2)}}.$$

Die Projectionsgleichungen der Grenzcurve werden sodann durch Elimination der einen oder anderen der drei Variabeln aus vorstehender und der Gleichung $\varphi = 0$ erhalten. Es bleibt dann noch übrig, das Bild derselben zu suchen, indem man statt des z der gefundenen Gleichungen

$$z \sqrt{n^2 + \frac{(n^2-1)(x^2+y^2)}{(z+D^2)}}$$

substituirt. Ist die Fläche z. B. eine Kugel, also $\varphi = (x-a)^2 + (y-c)^2 + (z-c)^2 - R^2$, so ergiebt sich die Bedingungsgleichung

$$8)\quad ax+by+cz+R^2-a^2-b^2-c^2 = \frac{n D (z-c)(x^2+y^2-ax-by)}{\sqrt{(ax+by)^2+(x^2+y^2)[n^2(z-c)^2+a^2+b^2-R^2]}}.$$

Für den einfachen Fall, dass die Kugel das Niveau im Anfangspunkte berührt, hat man zunächst als Gleichung des Bildes

$$z \sqrt{n^2 + \frac{(n^2-1)(x^2+y^2)}{(z+D)^2}} - \sqrt{R^2-x^2-y^2} = R,$$

welche Gleichung auch erhalten wird, wenn man das durch Gleichung 5) vorgestellte Bild um seine verticale Achse rotiren lässt. — Zur Bestimmung der diesem Fall entsprechenden Grenzcurve ist zwischen der Flächengleichung

$$x^2 + y^2 + (z - R)^2 = R^2$$

und der Bedingungsgleichung, auf welche sich Gleichung 8) reducirt, nämlich

$$n^2 D^2 (x^2 + y^2)(z - R)^2 = R^2 z^2 [R^2 - n^2 (z - R)^2],$$

zu eliminiren. Als Grenzcurve resultirt, wie zu erwarten war, ein dem Niveau paralleler Kreis, dessen Mittelpunkt senkrecht unter dem Auge liegt und dessen Tiefe z unter dem Niveau und Radius ϱ sich bestimmen durch die Gleichungen

$$z^3 - \frac{2R(2D^2 - R^2)}{D^2 - R^2} \cdot z^2 + \frac{5n^2 D^2 R^2 - (n^2 - 1) R^4}{n^2 (D^2 - R^2)} z - \frac{2D^2 R^3}{D^2 - R^2} = 0$$

und

$$\varrho = \sqrt{2Rz - z^2}.$$

Schliesslich ist dann noch in der bekannten Weise das Bild des Grenzkreises zu suchen.

Ist hier z. B. die Höhe des Auges über dem Niveau gleich dem Radius der Kugel, so reducirt sich, wenn man diese beiden Grössen $= 1$ setzt, die erstere dieser beiden Gleichungen auf

$$z^2 - \frac{4n^2 + 1}{2n^2} \cdot z + 1 = 0;$$

für Wasser:

$$z^2 - 2{,}28 z + 1 = 0,$$

woraus $z = 0{,}59$ und dann $\varrho = 0{,}91$.

Die Tiefe des Bildes (ein dem Grenzkreise congruenter, senkrecht über ihm befindlicher Kreis) bestimmt sich sodann nach Gleichung 5) durch

$$(z + 1)^2 (0{,}59^2 - n^2 z^2) = (n^2 - 1)\, 0{,}91^2 \cdot z^2$$

oder

$$z^4 + 2z^3 + 1{,}166 z^2 - 0{,}391 z - 0{,}196 = 0,$$

$$z = 0{,}42.$$

In analoger Weise ergiebt sich für die Tiefe des Grenzkreises eines verticalen Rotationsparaboloids vom Parameter p, dessen Scheitel das Niveau im Anfangspunkte berührt, die Gleichung

$$z' = \frac{n^2 - 1}{8} \cdot p + \sqrt{\frac{(n^2 - 1)^2}{64} p^2 + \frac{n^2 D^2}{9}} = 0{,}1 p + \sqrt{0{,}01 p^2 + 0{,}09 D^2} \text{ (f. Wasser)}$$

und sodann für die Tiefe z und die Radius ϱ des Bildes

$$(z + D)^2 \varrho^2 = p^2 z^2 - p z \sqrt{0{,}78 p^2 z^2 + 1{,}78 (z + D)^4},$$

wo $\varrho = \sqrt{p z'}$ ist.

Es ist zu Eingang des Vorstehenden von dem Curvenbogen der Ellipsen-Evolute die Rede, als dem Durchmesser des Theiles der Rotationsbrennfläche, von welchem Strahlen ins Auge gelangen.

Bezeichnet d die Tiefe des leuchtenden Punktes unter dem Niveau, so ist die Gleichung der Evolute bekanntlich

$$1)\qquad (n^2-1)^{\frac{1}{3}}\,x^{\frac{2}{3}}+(ny)^{\frac{2}{3}}=d^{\frac{2}{3}},$$

wenn die von P ausgehende Verticale als Achse der y, der Durchschnitt der durch dieselbe und die Achse des Auges gehenden Ebene mit dem Niveau als die der x angenommen wird. Es ist dann die vom Mittelpunkte der Pupille, dessen Coordinaten ξ, η seien, ausgehende Tangente

$$2)\qquad \eta-y=-\frac{(n^2-1)^{\frac{1}{3}}}{n^{\frac{2}{3}}}\left(\frac{y'}{x'}\right)^{\frac{1}{3}}(\xi-x).$$

Durch Elimination aus 1) und 2) bestimmt sich sodann die Abscisse x' des Tangentialpunktes durch

$$3)\qquad \left[d^{\frac{2}{3}}x'^{\frac{1}{3}}-(n^2-1)^{\frac{1}{3}}\xi\right]\sqrt{d^{\frac{2}{3}}-(n^2-1)^{\frac{1}{3}}x'^{\frac{2}{3}}}=n\,\eta\,x'^{\frac{1}{3}},$$

woraus sich, wenn im Folgenden überall die Accente bei y', x' weggelassen werden, ableiten lässt:

$$4)\qquad \begin{cases} d_\xi x=\dfrac{3\,(n^2-1)^{\frac{1}{3}}\,x^{\frac{4}{3}}\,y}{d^{\frac{2}{3}}\,(y-\eta)} \\[2ex] d_\eta x=-\dfrac{3\,n^{\frac{4}{3}}\,x^{\frac{4}{3}}\,y^{\frac{1}{3}}}{(n^2-1)^{\frac{1}{3}}\,d^{\frac{2}{3}}\,(x-\xi)}. \end{cases}$$

Sind $\xi \pm \Delta\xi$, $\eta \pm \Delta\eta$ die Endpunkte des in der bezeichneten Ebene (xy) liegenden Durchmessers 2ϱ der Pupille und bezeichnet ω die Neigung des Sehstrahles gegen das Niveau, so ist $\Delta\xi=-\varrho\sin\omega$, $\Delta\eta=\varrho\cos\omega$, oder da nach 2) $\tan\omega=-\dfrac{(n^2-1)^{\frac{1}{3}}}{n^{\frac{2}{3}}}\left(\dfrac{y}{x}\right)$,

$$5)\qquad \Delta\xi=\frac{-\varrho\,(n^2-1)^{\frac{1}{3}}\,y^{\frac{1}{3}}}{\sqrt{(n^2-1)^{\frac{2}{3}}\,y^{\frac{2}{3}}+n^{\frac{4}{3}}\,x^{\frac{2}{3}}}},\quad \Delta\eta=\frac{\varrho\,x^{\frac{1}{3}}}{\sqrt{(n^2-1)^{\frac{2}{3}}\,y^{\frac{2}{3}}+n^{\frac{4}{3}}\,x^{\frac{2}{3}}}}.$$

Bedeuten x_1, x_2 die diesen Randstrahlen entsprechenden Berührungspunkts-Abscissen, so ist, da $\Delta\xi$, $\Delta\eta$ höchstens dem Radius der Pupille gleich werden, bei Vernachlässigung der höheren Dimensionen dieser Grössen:

$$6)\qquad \begin{cases} x_1=x+d_\xi x\,.\,\Delta\xi+d_\eta x\,.\,\Delta\eta \\ x_2=x-d\;\;x\,.\,\Delta\xi-d^\eta x\,.\,\Delta\eta. \end{cases}$$

Nun ist die gesuchte Bogenlänge

$$\int_{x_2}^{x_1}\sqrt{1+d_x y^2}\,.\,dx$$

hier

$$=\int_{x_2}^{x_1}\sqrt{1+\frac{(n^2-1)^{\frac{2}{3}}}{n^{\frac{4}{3}}}\left(\frac{y}{x}\right)^{\frac{2}{3}}}\,.\,dx,$$

woraus, nach Substitution des Werthes von y aus 1), eine leichte Integration:

$$7)\qquad s=\frac{[x_1^{\frac{2}{3}}+(n^2-1)^{\frac{2}{3}}d^{\frac{2}{3}}]^{\frac{3}{2}}-[x_2^{\frac{2}{3}}+(n^2-1)^{\frac{2}{3}}d^{\frac{2}{3}}]^{\frac{3}{2}}}{n}$$

liefert.

Setzt man hierin aus 6) die Werthe von x_1, x_2 ein, so ergiebt sic Ausführung der successiven Potenzirungen, wenn man nur die erste tenzen von $\Delta\xi$, $\Delta\eta$ beibehält:

$$s=\frac{2}{n}[x^{\frac{2}{3}}+(n^2-1)^{\frac{2}{3}}d^{\frac{2}{3}}]^{\frac{1}{2}}(d_\xi x\,.\,\Delta\xi+d_\eta x\,.\,\Delta\eta)$$

oder bei Berücksichtigung der Gleichungen 1), 4) und 5):

$$8)\qquad s=\frac{6\varrho(xy)^{\frac{1}{3}}[(n^2-1)y(\xi-x)+n^{\frac{4}{3}}x(\eta-y)]}{nd^{\frac{2}{3}}(n^2-1)^{\frac{1}{3}}(\xi-x)(\eta-y)}\,.\,\sqrt{\frac{x^{\frac{2}{3}}+(n^2-1)}{n^{\frac{4}{3}}x^{\frac{2}{3}}+(n^2-1}}$$

Wird z. B. $d=1'$, $\xi=1'$, $\eta=-0{,}1'$, $\varrho=0',005$ angenon $n=1{,}337$ (Wasser), so berechnet sich aus 3) x' zu 0,71 und dann $y'=0{,}295$. Dies in 8) substituirt, giebt $s=0',029$, also nahe $=3'''$

Tabelle I.

v	α_0			$\varphi_0=90^0-\alpha_0$			Einknickungswinkel $=270^0-2\alpha_0$		
5°	72°	37′	30″	17°	22′	21″	124°	44′	42″
10	66	19	2	23	40	58	137	21	56
15	62	4	12	27	55	48	145	51	36
20	59	1	54	30	58	6	151	56	12
25	56	43	43	33	16	7	156	32	34
30	54	58	6	35	1	54	160	3	48
35	53	36	8	36	23	52	162	47	44
40	52	32	10	37	27	50	164	55	40
45	51	41	52	38	18	8	166	36	16
50	51	2	10	38	57	50	167	55	40
55	50	30	48	39	29	12	168	58	24
60	50	6	7	39	53	53	169	47	46
65	49	46	51	40	13	9	170	26	18
70	49	32	9	40	27	51	170	55	42
75	49	21	18	40	38	42	171	17	24
80	49	13	52	40	46	8	171	32	16
85	49	9	31	40	50	29	171	41	0
90	49	8	6	40	51	54	171	43	50

Tabelle II.

Werthe von φ.

(Mit α und v wachsend und zwar für α immer rascher, für v immer langsamer.)

α	v 5°			10°			15°			20°			25°			30°			35°			40°			45°		
°	°	′	″	°	′	″	°	′	″	°	′	″	°	′	″	°	′	″	°	′	″	°	′	″	°	′	″
5	0	29	26	0	57	51	1	24	31	1	48	17	2	9	26	2	27	53	2	43	20	2	56	28	3	7	14
10	0	59	20	1	56	34	2	50	14	3	38	0	4	20	39	4	57	29	5	28	26	5	54	43	6	16	14
15	1	30	8	2	57	3	4	18	23	5	30	42	6	34	51	7	30	36	8	22	23	8	56	33	9	28	46
20	2	2	25	4	0	19	5	50	27	7	28	4	8	54	23	10	9	9	11	11	21	12	3	55	12	46	45
25	2	36	48	5	7	34	7	27	59	9	31	58	11	21	7	12	55	17	14	13	14	15	18	53	16	12	11
30	3	14	4	6	20	17	9	13	1	11	44	44	13	57	35	15	51	27	17	25	12	18	43	46	19	47	6
35	3	55	14	7	40	19	11	8	0	14	9	11	16	46	38	19	0	32	20	50	1	22	21	10	23	34	25
40	4	41	43	9	10	11	13	16	11	16	48	50	19	51	48	22	25	57	24	30	50	26	13	57	27	36	17
45	5	35	25	10	53	22	15	41	54	19	48	20	23	17	40	26	11	49	28	31	20	30	25	27	31	55	46
50	6	39	12	12	54	48	18	31	6	23	13	43	27	9	47	30	23	5	32	55	50	34	59	14	36	35	58
55	7	57	27	15	21	46	21	52	11	27	13	4	31	35	10	35	5	37	37	49	0	39	59	10	41	40	5
60	9	37	24	18	25	43	25	57	25	31	57	15	36	42	47	40	26	11	43	16	5	45	29	15	47	11	7
65	12	7	0	22	25	8	31	4	42	37	40	45	42	43	0	46	32	8	49	22	21	51	32	57	53	30	31
70	15	3	6	27	51	32	37	40	30	44	41	45	49	47	24	53	30	24	56	11	20	58	12	36	59	42	43
75	20	4	0	35	40	39	46	22	3	53	20	58	58	6	15	61	25	34	63	45	18	65	28	28	66	43	59
80	29	2	5	47	29	35	57	53	48	63	54	45	67	43	44	70	19	29	72	1	28	73	17	15	74	12	3
85	48	12	30	65	32	44	72	42	34	76	20	44	78	30	54	79	55	1	80	51	17	81	31	36	82	0	19

α	v 50°			55°			60°			65°			70°			75°			80°			85°			90°		
°	°	′	″	°	′	″	°	′	″	°	′	″	°	′	″	°	′	″	°	′	″	°	′	″	°	′	″
5	3	16	30	3	23	57	3	29	59	3	34	48	3	38	33	3	41	21	3	43	17	3	44	26	3	45	17
10	6	34	44	6	49	34	7	1	36	7	11	11	7	18	40	7	24	15	7	28	6	7	30	22	7	31	7
15	9	56	26	10	18	35	10	36	38	10	50	49	11	1	56	11	10	14	11	15	58	11	19	20	11	21	58
20	13	23	27	13	52	47	14	16	28	14	35	20	14	50	0	15	0	57	15	8	29	15	12	55	15	14	22
25	16	57	41	17	33	58	18	3	14	18	26	27	18	44	30	18	57	55	19	7	12	19	12	40	19	14	25
30	20	41	16	21	24	12	21	58	40	22	26	2	22	47	12	23	2	58	23	13	50	23	20	12	23	22	18
35	24	36	25	25	25	30	26	4	48	26	35	52	26	59	52	27	17	42	27	30	0	27	37	14	27	39	35
40	28	45	32	29	40	6	30	23	38	30	57	54	31	24	20	31	43	55	31	57	24	32	5	20	32	7	52
45	33	11	14	34	10	20	34	57	15	35	34	5	36	2	25	36	23	20	36	37	44	36	42	10	36	45	5
50	37	56	10	38	58	32	39	47	48	40	26	17	40	55	48	41	17	33	41	32	29	41	41	12	41	44	3
55	43	2	54	44	6	50	44	58	30	45	36	15	46	5	58	46	27	54	46	42	55	46	51	40	46	54	32
60	48	33	53	49	37	16	50	26	44	51	5	0	51	34	7	51	55	28	52	10	2	52	18	53	52	21	18
65	54	30	49	55	30	58	56	17	36	56	53	32	57	20	42	57	40	38	57	54	10	58	2	6	58	4	37
70	60	54	18	61	48	10	62	29	40	63	1	28	63	25	28	63	42	59	63	54	53	64	1	48	64	4	4
75	67	43	21	68	27	42	69	1	38	69	27	31	69	47	0	70	1	11	70	10	50	70	16	24	70	18	14
80	74	54	45	75	26	25	75	50	33	76	8	54	76	22	40	76	32	40	76	39	27	76	43	23	76	44	39
85	82	22	53	82	39	25	82	57	58	83	1	29	83	8	36	83	13	48	83	17	18	83	19	20	83	20	0

Kleinere Mittheilungen.

XVIII. Ueber die Reduction der biquadratischen Gleichungen. — In Theil VI, S. 49 dieser Zeischrift habe ich bemerkt, dass die Auflösung der allgemeinen Gleichung vierten Grades auf die Lösung einer reciproken Gleichung desselben Grades zurückgeführt werden kann, und dass diese Reduction in nahem Zusammenhange mit der Euler'schen Methode stehen müsse. Durch die in Heft 2 des laufenden Jahrganges mitgetheilten Arbeiten über die biquadratischen Gleichungen bin ich wieder an jenes Thema erinnert worden und kann nun in der That nachweisen, wie sich die eine Auflösung aus der anderen herleiten lässt.

Wie in Theil VI sei die gegebene Gleichung

$$x^4 + bx^2 + cx + d = 0$$

und

1) $$x = q\xi + r;$$

bestimmt man r und q mittelst der Gleichungen

2) $$8cr^3 - 4(b^2 - 4d)r^2 - 4bcr - c^2 = 0,$$

3) $$q^2 = \frac{4r^3 + 2br + c}{4r},$$

so erhält man für ξ die reciproke Gleichung

$$\xi^4 + \frac{4r}{q}\xi^3 + \frac{6r^2 + b}{q^2}\xi^2 + \frac{4r}{q}\xi + 1 = 0,$$

welche in die beiden quadratischen Gleichungen

4) $$\xi + \frac{1}{\xi} = \eta, \quad \eta^2 + \frac{4r}{q}\eta + \frac{6r^2 + b}{q^2} = 2$$

zerfällt. Diese geben, in umgekehrter Ordnung genommen, η und ξ, woraus schliesslich x nach No. 1) folgt.

Durch Ausführung der angedeuteten Operationen findet man zunächst

$$\eta = \frac{-2r \pm \sqrt{2(q^2 - r^2) - b}}{q}$$

oder, wenn im Zähler der Werth von q^2 substituirt wird,

5) $$\eta = \frac{1}{q}\left(-2r \pm \sqrt{\frac{c}{2r}}\right).$$

Weiter ist nach No. 4)

$$\xi = \frac{\eta \pm \sqrt{\eta^2 - 4}}{2},$$

mithin nach No. 1)

$$x = \frac{q\eta \pm \sqrt{(q\eta)^2 - 4q^2}}{2} + r.$$

Substituirt man für $q\eta$ seinen Werth aus No. 5) und für q^2 seinen Werth aus No. 3), so erhält man

$$x = \tfrac{1}{2}\left\{\pm\sqrt{\frac{c}{2r}} \pm \sqrt{-2b - \frac{c}{2r} \pm 2\sqrt{2cr}}\right\}.$$

Die zur Bestimmung von r dienende Gleichung 2) wird für

$$r = \frac{c}{2\varrho}$$

identisch mit der Euler'schen Resolvente

6) $$\varrho^3 + 2b\varrho^2 + (b^2 - 4d)\varrho - c^2 = 0,$$

und der vorige Werth von x nimmt folgende Gestalt an

7) $$x = \tfrac{1}{2}\left\{\pm\sqrt{\varrho} \pm \sqrt{-2b - \varrho \mp \frac{2c}{\sqrt{\varrho}}}\right\},$$

so dass die gesuchten vier Wurzeln sind:

8) $$\left\{\begin{aligned} x_1 &= \tfrac{1}{2}\left\{+\sqrt{\varrho} + \sqrt{-2b - \varrho - \frac{2c}{\sqrt{\varrho}}}\right\}, \\ x_2 &= \tfrac{1}{2}\left\{+\sqrt{\varrho} - \sqrt{-2b - \varrho - \frac{2c}{\sqrt{\varrho}}}\right\}, \\ x_3 &= \tfrac{1}{2}\left\{-\sqrt{\varrho} + \sqrt{-2b - \varrho + \frac{2c}{\sqrt{\varrho}}}\right\}, \\ x_4 &= \tfrac{1}{2}\left\{-\sqrt{\varrho} - \sqrt{-2b - \varrho + \frac{2c}{\sqrt{\varrho}}}\right\}, \end{aligned}\right.$$

worin für ϱ irgend eine der Wurzeln von No. 6) zu substituiren ist.

Die Formeln 8) stimmen genau mit denen überein, welche Ampère auf ganz anderem Wege gefunden hat (vergl. Grunert's Archiv, Theil I, S. 16), sie lassen sich aber auch sehr einfach aus der Euler'schen Auflösung herleiten. Versteht man nämlich im Folgenden unter ϱ dieselbe Wurzel der Resolvente wie in No. 8) und unter ϱ', ϱ'' die beiden übrigen Wurzeln, so ist nach der Euler'schen Auflösung

9) $$x = \tfrac{1}{2}[\pm\sqrt{\varrho} \pm (\sqrt{\varrho'} \mp \sqrt{\varrho''})],$$

wobei die Vorzeichen nach einer bekannten Regel bestimmt werden. Andererseits hat man

$$\varrho + \varrho' + \varrho'' = -2b, \quad \varrho\varrho'\varrho'' = c^2$$

oder

$$\varrho' + \varrho'' = -2b - \varrho, \quad 2\sqrt{\varrho'\varrho''} = \frac{2c}{\sqrt{\varrho}};$$

hieraus findet sich sehr leicht

$$\sqrt{\varrho'} \mp \sqrt{\varrho''} = \sqrt{-2b - \varrho \mp \frac{2c}{\sqrt{\varrho}}},$$

und nach Substitution dieses Werthes geht die Formel 9) in No. 7) über.

Für die praktische Rechnung dürften die Formeln 8) einige Vortheile vor der Euler'schen Methode haben. Erstens bedarf es keiner Unterscheidung der Fälle, ob c positiv oder negativ ist; zweitens braucht man nicht alle drei Wurzeln der Resolvente, vielmehr wird man für ϱ immer die eine positive Wurzel nehmen, die jederzeit vorhanden ist; drittens erhält man die etwaigen complexen Werthe von x sogleich in der Normalform, während die Formel 9) bei complexen ϱ' und ϱ'' zu Ausdrücken führt, die erst mittelst der Gleichung

$$\sqrt{\lambda + \mu\sqrt{-1}}$$
$$= \sqrt{\tfrac{1}{2}(\sqrt{\lambda^2+\mu^2}+\lambda)} + \sqrt{\tfrac{1}{2}(\sqrt{\lambda^2+\mu^2}-\lambda)}\sqrt{-1}$$

umgerechnet werden müssen. Ist z. B. die gegebene Gleichung

$$x^4 - 14x^2 + 40x - 75 = 0,$$

so erhält man

$$\varrho^3 - 28\varrho^2 + 496\varrho - 1600 = 0,$$
$$\varrho = 4, \quad \varrho' = 12 + 16\sqrt{-1}, \quad \varrho'' = 12 - 16\sqrt{-1},$$

mithin nach den Euler'schen Formeln

$$x_1 = +1 + \sqrt{3+4\sqrt{-1}} - \sqrt{3-4\sqrt{-1}},$$
$$x_2 = +1 - \sqrt{3+4\sqrt{-1}} + \sqrt{3-4\sqrt{-1}},$$
$$x_3 = -1 + \sqrt{3+4\sqrt{-1}} + \sqrt{3-4\sqrt{-1}},$$
$$x_4 = -1 - \sqrt{3+4\sqrt{-1}} - \sqrt{3-4\sqrt{-1}},$$

d. i. wegen $\sqrt{3 \pm 4\sqrt{-1}} = 2 \pm \sqrt{-1}$

$$x_1 = 1 + 2\sqrt{-1}, \quad x_2 = 1 - 2\sqrt{-1}, \quad x_3 = +3, \quad x_4 = -5.$$

Dieselben Werthe findet man rascher aus No. 8) mittelst der einen Wurzel $\varrho = 4$.

Schlömilch.

XIX. Ueber die Complanation gewisser Fusspunktflächen. — Projicirt man den Mittelpunkt eines aus den Halbachsen a, b, c construirten Ellipsoides auf alle Berührungsebenen desselben, so erhält man bekanntlich als geometrischen Ort jener Projectionen die nämliche Fläche vierten Grades, welche Fresnel in seinen Untersuchungen über die doppelte Strahlenbrechung als Elasticitätsfläche bezeichnet hat, und deren Gleichung ist

$$(x^2 + y^2 + z^2)^2 = a^2x^2 + b^2y^2 + c^2z^2.$$

Wir denken uns dieselbe von zwei, durch die Gleichungen

$$M_0 x^2 + N_0 y^2 = z^2,$$
$$M_1 x^2 + N_1 y^2 = z^2$$

bestimmten Kegeln geschnitten und suchen den Flächeninhalt Z einer so entstandenen Zone zu ermitteln.

Behufs der Einführung von Polarcoordinaten nennen wir r den Radiusvector des Punktes xyz, ferner ψ den Neigungswinkel von r gegen die Horizontalebene xy, endlich ω den Winkel zwischen der x-Achse und der Horizontalprojection von r; es ist dann

$$x = r\cos\psi\cos\omega,\quad y = r\cos\psi\sin\omega,\quad z = r\sin\psi;$$

die Gleichung der Fusspunktfläche wird

$$r^2 = a^2\cos^2\psi\cos^2\omega + c^2\cos^2\psi\sin^2\omega + c^2\sin^2\psi,$$

und die Gleichungen der beiden Kegel gehen über in

$$[(M_0+1)\cos^2\omega + (N_0+1)\sin^2\omega]\cos^2\psi = 1,$$
$$[(M_1+1)\cos^2\omega + (N_1+1)\sin^2\omega]\cos^2\psi = 1.$$

Zur Complanation der angegebenen Zone benutzen wir die Formel

$$S = \int\int r\sqrt{\left[r^2 + \left(\frac{\partial r}{\partial\psi}\right)^2\right]\cos^2\psi + \left(\frac{\partial r}{\partial\omega}\right)^2}\, d\omega\, d\psi$$
$$= \int\int\sqrt{\left[r^4 + \left(\frac{r\,\partial r}{\partial\psi}\right)^2\right]\cos^2\psi + \left(\frac{r\,\partial r}{\partial\omega}\right)^2}\, d\omega\, d\psi$$

und erhalten im vorliegenden Falle

$$Z = 4\int_0^{\frac{1}{2}\pi}\int_{\psi_0}^{\psi_1}\sqrt{a^4\cos^2\psi\cos^2\omega + b^4\cos^2\psi\sin^2\omega + c^4\sin^2\psi}\,\cos\psi\, d\omega\, d\psi,$$

wobei sich die Integrationsgrenzen aus den Kegelgleichungen bestimmen, nämlich

$$\cos^2\psi_0 = \frac{1}{(M_0+1)\cos^2\omega + (N_0+1)\sin^2\omega},$$
$$\cos^2\psi_1 = \frac{1}{(M_1+1)\cos^2\omega + (N_1+1)\sin^2\omega}.$$

Zur Abkürzung führen wir folgende Bezeichnungen ein

$$A = a^4,\quad B = b^4,\quad C = c^4,$$
$$Q = A\cos^2\omega + B\sin^2\omega - C = (A-C)\cos^2\omega + (B-C)\sin^2\omega,$$
$$R_0 = (M_0+1)\cos^2\omega + (N_0+1)\sin^2\omega,$$
$$R_1 = (M_1+1)\cos^2\omega + (N_1+1)\sin^2\omega,$$

und haben dann

$$Z = 4\int_0^{\frac{1}{2}\pi}\int_{\psi_0}^{\psi_1}\sqrt{C + Q\cos^2\psi}\,\cos\psi\, d\omega\, d\psi.$$

Das auf ψ bezügliche Integral wird rational, wenn man die Substitution

$$\frac{C\sin^2\psi}{C + Q\cos^2\psi} = t^2$$

anwendet; diese liefert nämlich:

$$\cos\psi = \sqrt{\frac{C(1-t^2)}{C+Qt^2}}, \qquad \sin\psi = \sqrt{\frac{C+Q}{C+Qt^2}}\,t,$$

$$\sqrt{C+Q\cos^2\psi} = \sqrt{\frac{C(C+Q)}{C+Qt^2}}, \quad \cos\psi\, d\psi = \frac{C\sqrt{C+Q}}{\sqrt{(C+Qt^2)^3}}\,dt,$$

$$Z = 4\sqrt{C^3}\int_0^{\frac{1}{2}\pi}\int_{t_0}^{t_1}\frac{C+Q}{(C+Qt^2)^2}\,d\omega\, dt,$$

und zwar sind hier die Integrationsgrenzen:

$$t_0 = \sqrt{\frac{C(1-\cos^2\psi_0)}{C+Q\cos^2\psi_0}} = \sqrt{\frac{C(R_0-1)}{CR_0+Q}},$$

$$t_1 = \sqrt{\frac{C(1-\cos^2\psi_1)}{C+Q\cos^2\psi_1}} = \sqrt{\frac{C(R_1-1)}{CR_1+Q}},$$

oder vermöge der Werthe von Q, R_0 und R_1,

$$t_0 = \sqrt{\frac{C(M_0\cos^2\omega + N_0\sin^2\omega)}{(A+CM_0)\cos^2\omega + (B+CN_0)\sin^2\omega}},$$

$$t_1 = \sqrt{\frac{C(M_1\cos^2\omega + N_1\sin^2\omega)}{(A+CM_1)\cos^2\omega + (B+CN_1)\sin^2\omega}}.$$

Nimmt man

$$M_0 = \frac{A}{K_0}, \quad N_0 = \frac{B}{K_0}, \quad M_1 = \frac{A}{K_1}, \quad N_1 = \frac{B}{K_1},$$

wo K_0 und K_1 irgend welche constante Grössen bedeuten, so werden die Integrationsgrenzen t_0, t_1 constant, nämlich:

$$t_0 = \sqrt{\frac{C}{C+K_0}}, \qquad t_1 = \sqrt{\frac{C}{C+K_1}},$$

und in diesem Falle ist es erlaubt, die auf t und ω bezüglichen Integrationen umgekehrt anzuordnen; man hat also

$$Z = 4\sqrt{C^3}\int_{t_0}^{t_1}\int_0^{\frac{1}{2}\pi}\frac{C+Q}{(C+Qt^2)^2}\,dt\, d\omega$$

d. i. vermöge des Werthes von Q

$$Z = 4\sqrt{C^3}\int_{t_0}^{t_1}dt\int_0^{\frac{1}{2}\pi}\frac{A\cos^2\omega + B\sin^2\omega}{\{[C+(A-C)t^2]\cos^2\omega + [C+(B-C)t^2]\sin^2\omega\}^2}\,d\omega.$$

Unter der Voraussetzung $a < b < c$ also $A < B < C$ sei ferner

$$\alpha^2 = 1 - \frac{A}{C} = 1 - \frac{a^4}{c^4}, \quad \beta^2 = 1 - \frac{B}{C} = 1 - \frac{b^4}{c^4};$$

es wird dann

$$Z = 4\sqrt{C}\int_{t_0}^{t_1}dt\int_0^{\frac{1}{2}\pi}\frac{(1-\alpha^2)\cos^2\omega + (1-\beta^2)\sin^2\omega}{[(1-\alpha^2t^2)\cos^2\omega + (1-\beta^2t^2)\sin^2\omega]^2}\,d\omega$$

und durch Ausführung der ersten Integration

$$Z = \pi \sqrt{C} \int_{t_0}^{t_1} \left\{ \frac{1-\alpha^2}{1-\alpha^2 t^2} + \frac{1-\beta^2}{1-\beta^2 t^2} \right\} \frac{dt}{\sqrt{(1-\alpha^2 t^2)(1-\beta^2 t^2)}}.$$

Hieran knüpft sich eine sehr einfache Vergleichung zwischen der bisher betrachteten und einer ellipsoidischen Zone. Schneidet man nämlich ein aus den Halbachsen a', b', c' construirtes Ellipsoid durch die beiden elliptischen Kegel

$$\frac{x^2}{a'^4} + \frac{y^2}{b'^4} = \frac{H_0 z^2}{c'^2},$$
$$\frac{x^2}{a'^4} + \frac{y^2}{b'^4} = \frac{H_1 z^2}{c'^2},$$

so entsteht eine ellipsoidische Zone, deren Flächeninhalt Z' durch die (in Heft 1 laufenden Jahrganges S. 4 unter No. 7 angegebene) Formel

$$Z' = \pi a' b' \int_{u_1}^{u_0} \left\{ \frac{1-\alpha'^2}{1-\alpha'^2 u^2} + \frac{1-\beta'^2}{1-\beta'^2 u^2} \right\} \frac{du}{\sqrt{(1-\alpha'^2 u^2)(1-\beta'^2 u^2)}}$$

bestimmt wird, wobei

$$\alpha'^2 = 1 - \frac{c'^2}{a'^2}, \qquad \beta'^2 = 1 - \frac{c'^2}{b'^2},$$

$$u_0 = \frac{1}{\sqrt{1 + H_0 c'^2}}, \quad u_1 = \frac{1}{\sqrt{1 + H_1 c'^2}}.$$

Die Formeln für Z und Z' werden nun völlig identisch, wenn

$$a' = \frac{bc}{a}, \quad b' = \frac{ca}{b}, \quad c' = \frac{ab}{c}$$

$$H_0 = \frac{K_1}{a^2 b^2 c^2}, \quad H_1 = \frac{K_0}{a^2 b^2 c^2}$$

genommen wird, wobei der Homogenität wegen $K_0 = k_0^4$, $K_1 = k_1^4$ sein möge. Man hat dann folgendes Theorem:

Der Durchschnitt der Fusspunktfläche

$$(x^2 + y^2 + z^2)^2 = a^2 x^2 + b^2 y^2 + c^2 z^2$$

mit den beiden Kegeln

$$a^4 x^2 + b^4 y^2 = k_0^4 z^2,$$
$$a^4 x^2 + b^4 y^2 = k_1^4 z^2$$

giebt eine Zone, welche denselben Flächeninhalt besitzt, wie die elliptische Zone, die aus dem Durchschnitte des Ellipsoides

$$a^4 x^2 + b^4 y^2 + c^4 z^2 = a^2 b^2 c^2$$

und der beiden Kegel

$$a^8 x^2 + b^8 y^2 = c^4 k_0^4 z^2,$$
$$a^8 x^2 + b^8 y^2 = c^4 k_1^4 z^2$$

hervorgeht. Beide Zonen sind durch elliptische Integrale quadrirbar.

Beiläufig bemerkt, hat das neue Ellipsoid denselben cubischen Inhalt wie das ursprüngliche Ellipsoid, aus welchem die Fusspunktfläche abgeleitet wurde; die Halbachsen des zweiten Ellipsoides verhalten sich umgekehrt wie die Quadrate der Halbachsen des ersten.

Für $k_0 = 0$ und $k_1 = \infty$ geht die Zone Z in die halbe Fusspunktfläche, Z' in das Halbellipsoid über, mithin besitzt dann die ganze Fusspunktfläche denselben Flächeninhalt wie das zweite Ellipsoid. Diesen speciellen Satz hat bereits Tortolini in Crelle's Journal, Bd. 31, S. 17, mitgetheilt.

Für die Fusspunktflächen der beiden Hyperboloide bleibt die Rechnung im Wesentlichen ganz dieselbe, weil die Aenderung der Vorzeichen von a^2, b^2 oder c^2 keinen Einfluss auf A, B, C hat; man kann daher das obige Theorem leicht auf die genannten Fusspunktflächen ausdehnen.

(Aus den Sitzungsber. d. K. S. Gesellsch. d. W.) SCHLÖMILCH.

XX. Ueber zwei bestimmte Integrale. Von Dr. J. STEFAN. — (Aus dem Jahresberichte [1862] der Oberrealschule am Bauernmarkte in Wien.)

Auf die bekannten Integrale

$$1)\qquad \int_0^\infty \frac{\sin ax}{x}\,dx = \frac{\pi}{2},$$

$$2)\qquad \int_0^\infty \frac{1-\cos ax}{x^2}\,dx = \frac{a\pi}{2}$$

lassen sich leicht die beiden folgenden

$$\int_0^\infty \frac{\sin x^{2n+1}}{x}\,dx \quad \text{und} \quad \int_0^\infty \frac{\sin x^{2n}}{x^2}\,dx$$

reduciren, wenn man von folgenden Formeln Anwendung macht

$$3)\quad (-1)^n 2^{2n} \sin x^{2n+1} = \sin(2n+1)x - (2n+1)_1 \sin(2n-1)x + \ldots + (-1)^n (2n+1)_n \sin x,$$

$$4)\quad (-1)^{n-1} 2^{2n-1} \sin x^{2n} = \cos 2nx - (2n)_1 \cos(2n-2)x + \ldots + (-1)^{n-1} (2n)_{n-1} \cos 2x + (-1)^n \tfrac{1}{2}(2n)_n.$$

Multiplicirt man die erste dieser Gleichungen mit $\frac{dx}{x}$ und integrirt auf beiden Seiten des Gleichheitszeichens von 0 bis ∞, so erhält man, die Formel 1) anwendend,

$$(-1)^n 2^{2n} \int_0^\infty \frac{\sin x^{2n+1}}{x}\,dx = \frac{\pi}{2}\left\{1 - (2n+1)_1 + (2n+1)_2 - \ldots + (-1)^n (2n+1)_n\right\}.$$

Um die Summe der innerhalb der Klammern stehenden Reihe zu finden, nehmen wir die leicht zu erweisende Eigenschaft der Binomialcoefficienten zu Hilfe, nämlich

$$5)\qquad (p+1)_k = p_k + p_{k-1}.$$

Setzen wir $2n$ an die Stelle von p und für k der Reihe nach $0, 1, 2, \ldots n$, so resultiren die Gleichungen

$$\begin{aligned}(2n+1)_0 &= (2n)_0\\ -(2n+1)_1 &= -(2n)_1 - (2n)_0\\ +(2n+1)_2 &= +(2n)_2 + (2n)_1\\ &\ldots\ldots\\ (-1)^n(2n+1)_n &= (-1)^n(2n)_n + (-1)^n(2n)_{n-1}.\end{aligned}$$

Addirt man alle diese Gleichungen, so folgt

$$6)\quad 1-(2n+1)_1+(2n+1)_2-\ldots+(-1)^n(2n+1)_n = (-1)^n(2n)_n$$

und somit erhalten wir das einfache Resultat

$$7)\qquad \int_0^\infty \frac{\sin x^{2n+1}}{x}\,dx = \frac{\pi}{2^{2n+1}}(2n)_n.$$

Setzt man in der Formel 4) $x=0$, so wird

$$0 = 1-(2n)_1+(2n)_2-\ldots+(-1)^{n-1}(2n)_{n-1}+(-1)^n\tfrac{1}{2}(2n)_n.$$

Zieht man von dieser die Gleichung 4) ab, multiplicirt das Resultat auf beiden Seiten mit $\frac{dx}{x^2}$ und integrirt von 0 bis ∞, so erhält man, die Formel 2) anwendend,

$$(-1)^{n-1}2^{2n-1}\int_0^\infty \frac{\sin x^{2n}}{x^2}\,dx = \frac{\pi}{2}\Big\{2n-(2n)_1(2n-2)+(2n)_2(2n-4)-\ldots$$
$$+(-1)^{n-1}(2n)_{n-1}\cdot 2\Big\}.$$

Um für die innerhalb der Klammern befindliche Reihe die Summe zu erhalten, benutzen wir wieder die in 5) ausgesprochene Eigenschaft der Binomialcoefficienten. Wird $2n-1$ für p und für k der Reihe nach $0, 1, 2, \ldots n-1$ gesetzt, so folgen die Gleichungen

$$\begin{aligned}(2n)_0 &= (2n-1)_0\\ (2n)_1 &= (2n-1)_1 + (2n-1)_0\\ (2n)_2 &= (2n-1)_2 + (2n-1)_1\\ &\ldots\ldots\\ (2n)_{n-1} &= (2n-1)_{n-1} + (2n-1)_{n-2}.\end{aligned}$$

Multipliciren wir diese Gleichungen der Reihe nach mit

$$+2n,\quad -(2n-2),\quad +(2n-4),\ldots\ (-1)^{n-2}\cdot 2$$

und addiren die erhaltenen Producte, so haben wir auf der ersten Seite die zu suchende Reihe, die zweite Seite reducirt sich auf

$$2[1-(2n-1)_1+(2n-1)_2-\ldots+(-1)^{n-1}(2n-1)_{n-1}],$$

wofür wir nach der Formel 6) schreiben können

$$(-1)^{n-1}\,2\,(2n-2)_{n-1}.$$

Dies ist somit die gesuchte Summe für die in Frage stehende Reihe und für das behandelte Integral erhalten wir das einfache Resultat

$$8)\qquad \int_0^\infty \frac{\sin x^{2m}}{x^2}\,dx = \frac{\pi}{2^{2n-1}}\,(2n-2)_{n-1}.$$

Die Vergleichung dieser Formel mit 7) giebt noch die interessante Beziehung

$$9)\qquad \int_0^\infty \frac{\sin x^{2n-1}}{x}\,dx = \int_0^\infty \frac{\sin x^{2n}}{x^2}\,dx = \frac{\pi}{2^{2n-1}}\,(2n-2)_{n-1}.$$

Auf die Integrale 7) und 8) kommt man zurück, wenn man die allgemeineren

$$\int_0^\infty \frac{\sin x^{2h}}{x^{2k}}\,dx \quad \text{und} \quad \int_0^\infty \frac{\sin x^{2h+1}}{x^{2k+1}}\,dx$$

behandelt, in welchen k gleich h oder kleiner sein muss, wenn ein solches Integral einen endlichen Werth besitzen soll. Man gelangt nämlich durch theilweise Integration leicht zu der Reductionsformel

$$10)$$

$$\int_0^\infty \frac{\sin x^m}{x^n}\,dx = \frac{m(m-1)}{(n-1)(n-2)}\int_0^\infty \frac{\sin x^{m-2}}{x^{n-2}}\,dx - \frac{m^2}{(n-1)(n-2)}\int_0^\infty \frac{\sin x^m}{x^{n-2}}\,dx.$$

Sie ist unter der Voraussetzung, dass n nicht grösser als m ist, abgeleitet und für ihre Anwendbarkeit ist noch die Bedingung, dass n grösser als 2, nothwendig.

Eine andere Reductionsformel für das letztere Integral wendet Schlömilch in diesem Journal, Jahrg. V, S. 288, an.

Die Formel 10) liefert z. B.

$$\int_0^\infty \frac{\sin x^{2n+1}}{x^3}\,dx = \frac{\pi}{1.2.2^{2n}}\,\frac{2n+1}{n}\,(2n-2)_{n-1},$$

$$\int_0^\infty \frac{\sin x^{2n}}{x^4}\,dx = \frac{\pi}{1.2.3.2^{2n-4}}\,\frac{n}{n-1}\,(2n-4)_{n-2}.$$

XXI. Der Fagnano'sche Satz auf der Kugelfläche. Von Dr. A. Enneper. — Wird der Berührungspunkt P einer Ebene E mit der Kugelfläche K zum Mittelpunkt einer Ellipse genommen, welche in der Ebene E liegt, verbindet man jeden Punkt der Ellipse mit dem Centrum von K

durch Geraden, so entsteht eine Kegelfläche, welche die Kugelfläche in einer Curve doppelter Krümmung schneidet. Diese Curve, die sphärische Ellipse, hat bekanntlich die Eigenschaft, dass die Summe der Entfernungen, gemessen durch Bögen grösster Kreise, eines ihrer festen Punkte von zwei festen Punkten der Kugelfläche constant ist. Nimmt man die Ebene E parallel der xy-Ebene, so ist die sphärische Ellipse der Durchschnitt der beiden Flächen:

$$x^2+y^2+z^2=r^2,\quad \frac{x^2}{p^2}+\frac{y^2}{q^2}=\frac{z^2}{r^2}.$$

Setzt man $p=r\tan a$, $q=r\tan b$, $a>b$, so lassen sich die vorstehenden Gleichungen ersetzen durch:

$$1)\qquad \left\{\begin{aligned} \frac{x}{r}&=\frac{\cos a\tan^2 a\cos\varphi}{\sqrt{(\tan^2 a\cos^2\varphi+\tan^2 b\sin^2\varphi)}},\\ \frac{y}{r}&=\frac{\cos b\tan^2 b\sin\varphi}{\sqrt{(\tan^2 a\cos^2\varphi+\tan^2 b\sin^2\varphi)}},\\ \frac{z}{r}&=\sqrt{\frac{\sin^2 a\cos^2\varphi+\sin^2 b\sin^2\varphi}{(\tan^2 a\cos^2\varphi+\tan^2 b\sin^2\varphi)}}.\end{aligned}\right.$$

Sei $f(\varphi)$ der Bogen der sphärischen Ellipse von dem Punkte an, für welchen $\varphi=0$, bis zu dem Punkte, für welchen $\varphi=\varphi$, also:

$$f(\varphi)=\int_0^\varphi\partial\varphi\sqrt{\left\{\left(\frac{\partial x}{\partial\varphi}\right)^2+\left(\frac{\partial y}{\partial\varphi}\right)^2+\left(\frac{\partial z}{\partial\varphi}\right)^2\right\}}.$$

Mittelst der Gleichungen 1) folgt:

$$\frac{1}{r}f(\varphi)=\int_0^\varphi\frac{\cos a\cos b\,(\tan a\tan b)^2}{\tan^2 a\cos^2\varphi+\tan^2 b\sin^2\varphi}\,\frac{\partial\varphi}{\sqrt{(\sin^2 a\cos^2\varphi+\sin^2 b\sin^2\varphi)}}.$$

Setzt man:

$$1-\frac{\sin^2 b}{\sin^2 a}=k^2,\quad \frac{\sin b}{\sin a}=k',\quad \int_0^{\frac{\pi}{2}}\frac{\partial\varphi}{\sqrt{(1-k^2\sin^2\varphi)}}=K,$$

so wird die Gleichung für $f(\varphi)$:

$$2)\qquad \frac{1}{r}f(\varphi)=\int_0^\varphi\frac{k'^2\sin a\cos a}{\sqrt{(1-k'^2\sin^2 a)}}\,\frac{1}{1-\dfrac{k^2\sin^2\varphi}{1-k'^2\sin^2 a}}\,\frac{\partial\varphi}{\sqrt{(1-k^2\sin^2\varphi)}}.$$

Nimmt man ferner: $\varphi=am\,u$,

$$\sin a=\sin am\,(w,k')=-\frac{1}{k'}\cot coam\,(wi),$$

$$\cos a=\cos am\,(w,k')=\frac{1}{k'}\,\frac{\Delta\, coam\,(wi)}{\sin coam\,(wi)},$$

$$\sqrt{(1-k'^2\sin^2 a)}=\Delta am\,(w,k')=\frac{1}{\sin coam\,(wi)},$$

so geht die Gleichung 2) über in:

$$\frac{1}{r} f(\varphi) = -\int_0^u \frac{i \cot coam(wi)\, \Delta\, coam(wi)}{1 - k^2 \sin^2 coam(wi) \sin^2 am\, u} \partial u,$$

oder

$$3) \qquad \frac{1}{r} f(am\, u) = -i\, u \cot coam(wi)\, \Delta\, coam(wi)$$

$$- i \int_0^u \frac{A^2 \sin coam(wi) \cos coam(wi)\, \Delta\, coam(wi) \sin^2 am\, u}{1 - k^2 \sin^2 coam(wi) \sin^2 am\, u} \partial u.$$

Nach dem Additionstheorem der elliptischen Integrale dritter Gattung erhält man hieraus:

$$f[am(u+v)] - f(am\, u) - f(am\, v) = \frac{r}{2i} \log \frac{1+\Omega}{1-\Omega},$$

wo

$$\Omega = k^2 \sin coam(wi) \sin am\, u \sin am\, v \sin am(u + v - K + wi).$$

Für

$$u + v = K,\ \sin am\, u = \varphi,\ \sin am\, v = \sin\psi,\ \sin coam(wi) = \frac{1}{\sqrt{(1 - k'^2 \sin^2 a)}},$$
$$\sin am(wi) = i \tan a$$

wird

$$\Omega = i \frac{k^2 \tan a}{\sqrt{(1 - k'^2 \sin^2 a)}} \sin\varphi \sin\psi$$

und

$$4) \quad \left[f\left(\frac{\pi}{2}\right) - f(\psi)\right] - f(\varphi) = r \arctan\left[\frac{k^2 \tan a}{\sqrt{(1 - k'^2 \sin^2 a)}} \sin\varphi \sin\psi\right].$$

Setzt man für $\tan a$, $\tan b$ ihre Werthe $\frac{A}{r}$, $\frac{B}{r}$ ein, so ist:

$$\frac{k^2 \tan a}{\sqrt{(1 - k'^2 \sin^2 a)}} = \frac{A^2 - B^2}{r A} \frac{1}{\sqrt{\left(1 + \frac{B^2}{r^2}\right)}}.$$

Geht die Kugelfläche in eine Ebene über, so erhält man aus 4) für $r = \infty$ unmittelbar das Theorem von Fagnano. In der Gleichung 4) sind die Winkel φ, ψ durch folgende Relation verbunden:

$$k' \tan\varphi \tan\psi = 1 \text{ oder } \frac{\sin b}{\sin a} \tan\varphi \tan\psi = 1.$$

Legt man an die Kegelfläche $x^2 \cot^2 a + y^2 \cot^2 b = z^2$ eine berührende Ebene im Punkte (ξ, η, ζ), so ist deren Gleichung:

$$x\xi \cot^2 a + y\eta \cot^2 b = z\zeta.$$

Geht diese Ebene durch den Punkt bestimmt durch die Gleichungen 1), so hat man

$$x \cos a \cos\varphi + y \cos b \cos\varphi = z \sqrt{(\sin^2 a \cos^2\varphi + \sin^2 b \sin^2\varphi)}.$$

Diese Ebene schneidet die Kugelfläche in einem grössten Kreise, welcher die sphärische Ellipse in dem durch φ bestimmten Punkte berührt. Setzt man zur Abkürzung: $\sin^2 a \cos^2\varphi + \sin^2 b \sin^2\varphi = R$, so lässt sich ein Punkt der bemerkten sphärischen Tangente in Function eines variabeln Winkels λ auf folgende Weise darstellen:

$$5)\quad \begin{cases} \dfrac{x}{r} = \left(\cos a \cos\varphi \cos\lambda + \dfrac{\cos b \sin\varphi \sin\lambda}{\sqrt{R}}\right)\sqrt{\dfrac{R}{1-R}}, \\ \dfrac{y}{r} = \left(\cos b \sin\varphi \cos\lambda - \dfrac{\cos a \cos\varphi \sin\lambda}{\sqrt{R}}\right)\sqrt{\dfrac{R}{1-R}}, \\ \dfrac{z}{r} = \cos\lambda \sqrt{(1-R)}. \end{cases}$$

Für das Bogenelement ∂s dieser Tangente findet die Gleichung statt:

$$6)\qquad \partial s = r\,\partial\lambda.$$

Der Punkt, in welchem die sphärische Tangente die grosse Achse der sphärischen Ellipse schneidet, liegt in der xz-Ebene. Setzt man in 5) $y=0$, so hat man für diesen Punkt:

$$7)\qquad \tan\lambda = \frac{\cos b}{\cos a}\tan\varphi \sqrt{R}.$$

Für den Berührungspunkt müssen die Gleichungen 1) und 5) identisch sein, man hat dann:

$$8)\qquad \tan\lambda = \frac{\cos a \cos b \sin\varphi \cos\varphi (\tan^2 a - \tan^2 b)}{\sqrt{R}}.$$

Integrirt man die Gleichung 6) nach λ zwischen den Grenzen, bestimmt durch die Gleichungen 6) und 8), so folgt:

$$9)\quad \frac{s}{r} = \operatorname{arctan}\frac{\cos b}{\cos a}\tan\varphi\sqrt{R} - \operatorname{arctan}\frac{\cos a \cos b \sin\varphi \cos\varphi (\tan^2 a - \tan^2 b)}{\sqrt{R}}$$
$$= \operatorname{arctan}\frac{\cos a \cos b \tan^2 b \tan\varphi}{\sqrt{(\sin^2 a \cos^2\varphi + \sin^2 b \sin^2\varphi)}},$$

wo s der Bogen der Tangente zwischen ihrem Berührungspunkt mit der Ellipse und ihrem Durchschnitt mit der grossen Achse der Ellipse ist.

Auf dem Umfang der sphärischen Ellipse bestimme man einen zweiten Punkt durch den Winkel ψ und lege durch denselben eine Tangente zur Curve. Diese Tangente schneidet die kleine Achse der Ellipse in einem Punkte, welcher in der yz-Ebene liegt, für den also $x=0$ ist. Setzt man in der ersten Gleichung 5) $x=0$ und ψ statt φ, so folgt:

$$\tan\lambda = -\frac{\cos a}{\cos b}\cot\psi \sqrt{(\sin^2 a \cos^2\psi + \sin^2 b \sin^2\psi)}.$$

Für den Berührungspunkt hat man dieselbe Gleichung wie 8), wenn φ mit ψ vertauscht wird. Bezeichnet man den Bogen dieser zweiten Tangente zwischen ihrem Berührungspunkt und ihrem Durchschnitt mit der kleinen Achse der sphärischen Ellipse durch s', so folgt:

$$\frac{s'}{r} = arctan \frac{\cos a}{\cos b} \cot\psi \sqrt{(\sin^2 a \cos^2\psi + \sin^2 b \sin^2\psi)}$$
$$+ arctan \frac{\cos a \cos b \sin\psi \cos\psi (\tan^2 a - \tan^2 b)}{\sqrt{(\sin^2 a \cos^2\psi + \sin^2 b \sin^2\psi)}}$$
$$= arctan \frac{\cos a \cos b \tan^2 a \cot\psi}{\sqrt{(\sin^2 a \cos^2\psi + \sin^2 b \sin^2\psi)}}.$$

Besteht zwischen φ, ψ die Relation $1 = \frac{\sin b}{\sin a} \tan\varphi \tan\psi$, so lässt sich der vorstehende Werth von s' auch schreiben:

$$\frac{s'}{r} = arctan \frac{\cos b}{\cos a} \sqrt{(\sin^2 a \cos^2\varphi + \sin^2 b \sin^2\varphi)} \tan\varphi.$$

Aus dieser Gleichung und 9) folgt:

$$\frac{s'-s}{r} = arctan \frac{\sin^2 a - \sin^2 b}{\cos a \cos b} \frac{\sin\varphi \cos\varphi}{\sqrt{(\sin^2 a \cos^2\varphi + \sin^2 b \sin^2\varphi)}}$$
$$= arctan \frac{\sin^2 a - \sin^2 b}{\sin^2 a} \cdot \frac{\tan a}{\cos b} \sin\varphi \sin\psi.$$

Setzt man wieder $\frac{\sin b}{\sin a} = k'$, so folgt:

$$s' - s = r\, arctan \frac{k^2 \tan a}{\sqrt{(1 - k'^2 \sin^2 a)}} \sin\varphi \sin\psi.$$

Diese Gleichung in Verbindung mit 4) giebt:

$$\left[f\left(\frac{\pi}{2}\right) - f(\psi)\right] - f(\varphi) = s' - s.$$

Auf dem Quadranten einer sphärischen Ellipse lassen sich also, von den Endpunkten der Hauptachsen aus, beliebig viele Paare von Bögen abschneiden, so dass ihre Differenz gleich dem Bogen eines grössten Kreises ist.

XXII. Bemerkung über einen Lehrsatz der Geometrie. Von Dr. E. W. Grebe. — Zu den schönsten Sätzen der Elementargeometrie gehört wohl der, welcher behauptet, dass, wenn in einen Kreis regelmässige Polygone von fünf, sechs und zehn Seiten beschrieben sind, das Quadrate der Fünfeckseite so gross ist als die Quadrate der Sechseckseite und der Zehneckseite zusammengenommen. Zu beklagen ist es nur, dass die Beweise für diesen Satz, welche bis jetzt bekannt geworden sind, insgesammt etwas Künstliches und Gesuchtes haben; welchem Umstande es auch ohne Zweifel zuzuschreiben ist, dass der Satz in viele Lehrbücher der Elementar-Geometrie gar nicht aufgenommen worden ist. Von dem Beweise, welchen Euclides (Elem. XIII., 10) gibt, urtheilt Keppler *difficultatem habet captus*, was wohl weniger heissen soll, der Beweis sei schwer zu verstehen, als vielmehr er sei schwer zu fassen, zu behalten. Die Erfahrung nämlich macht jeder Lehrer, der diesen Beweis Anfängern vorträgt, dass derselbe den Schülern viel rascher abhanden kommt, als mancher andere, eben weil der Gang des Beweises kein einfach durch den Gegenstand selbst vorgezeichneter ist. Nicht anders jedoch muss das Urtheil über den Beweis unseres Satzes von Keppler (*Harmonice mundi lib. I.*) ausfallen, und auch der Beweis, welchen Kunze (Lehrbuch der Geometrie §. 173) zu den beiden genannten hinzufügt, führt uns erst auf Umwegen und durch einiges Dorngestrüppe zu seinem anmuthigen Ziele.

Bei dem Beweise eines Satzes, der wie der vorliegende aussagt, dass ein Quadrat so gross sein solle, als zwei andere zusammengenommen, erwartet man nicht blos, nein man verlangt sogar die Benutzung des pythagoräischen Lehrsatzes. Es handelt sich also in unserem Falle darum, dass das rechtwinklige Dreieck aufgezeigt werde, dessen Hypothenuse die Fünfeckseite, dessen Katheten die Sechseckseite und die Zehneckseite von regelmässigen in denselben oder in gleiche Kreise beschriebenen Polygonen sind. An der Stelle der Geometrie, wo dieses in einfacher Weise geschehen kann, ist die Heimath unseres Satzes, an andere Stellen verpflanzt, ist er ein Fremdling.

Unser Satz gehört in die Lehre von den regulären Körpern. Da lässt er sich nicht allein sehr kurz und einfach beweisen, sondern wir erkennen auch aus den verwandten Sätzen, in deren Gesellschaft er auftritt, dass er hier seine richtige Stelle hat.

Wir betrachten ein reguläres Dodecaeder oder Icosaeder und fassen zwei in einer Kante zusammenstossende Grenzflächen eines solchen Körpers näher ins Auge. Die vier Mitten der der gemeinschaftlichen Seite benachbarten Seiten dieser Grenzflächen sind die Eckpunkte eines Rechtecks. Die Diagonale des Rechtecks ist die Fünfeckseite, von den Seiten des Rechtecks ist die längere die Sechseckseite und die kürzere die Zehneckseite eines regelmässigen Polygons, bei welchem der Halbmesser des umschriebenen Kreises die Entfernung der Mitte einer Kante von dem Mittelpunkte des regulären Körpers ist.

Aus der Betrachtung des regulären Hexaeders oder Octaeders ergiebt sich auf dieselbe Weise der Satz, dass für einerlei Kreis das Quadrat der Seite des regelmässigen Dreiecks so gross ist, als die Quadrate des regelmässigen Vierecks und regelmässigen Sechsecks zusammengenommen. Die Betrachtung des regulären Tetraeders ergiebt nur, dass das Quadrat der Seite des regelmässigen Vierecks doppelt genommen gleich sei dem Quadrate des Durchmessers oder des regelmässigen Zweiecks, indem das oben erwähnte Rechteck hier in ein Quadrat übergeht.

Da sich bei den regulären Körpern auch sonst noch Mitten von vier Kanten zusammenstellen lassen, welche die Eckpunkte eines Rechtecks (oder Quadrats) sind, so erhalten wir noch mehrere verwandte Sätze, in denen aber freilich auch Diagonalen regelmässiger Polygone vorkommen. Um hier diese verwandten Sätze noch kurz aufführen zu können, wollen wir uns einer Bezeichnung bedienen, bei welcher durch den Nenner eines

Bruchs die Zahl der Polygonseiten überhaupt, durch den Zähler aber die kleinere Zahl der durch die Diagonale abgeschnittenen Polygonseiten angegeben wird. Der Zähler 1 drückt dabei aus, dass nicht von einer Diagonale, sondern von der Seite selbst die Rede sein soll. Sind hiernach die bisher besprochenen Relationen darzustellen:

1) $(\frac{1}{5})^2 = (\frac{1}{6})^2 + (\frac{1}{10})^2$, 2) $(\frac{1}{3})^2 = (\frac{1}{4})^2 + (\frac{1}{6})^2$, 3) $(\frac{1}{2})^2 = (\frac{1}{4})^2 + (\frac{1}{4})^2$;

so ergiebt sich aus der Betrachtung des Hexaeders und Octaeders noch

4) $(\frac{1}{4})^2 = (\frac{1}{6})^2 + (\frac{1}{6})^2$, 5) $(\frac{1}{2})^2 = (\frac{1}{3})^2 + (\frac{1}{6})^2$,

und aus der Betrachtung des Dodecaeders und Icosaeders

6) $(\frac{1}{3})^2 = (\frac{1}{10})^2 + (\frac{3}{10})^2$, 7) $(\frac{2}{5})^2 = (\frac{1}{6})^2 + (\frac{3}{10})$,

8) $(\frac{1}{2})^2 = (\frac{2}{5})^2 + (\frac{1}{10})^2$, 9) $(\frac{1}{2})^2 = (\frac{1}{5})^2 + (\frac{3}{10})$.

Von diesen Relationen verdienen nur 6) und 7) einige Beachtung, die übrigen folgen aus den schon bekanntesten Sätzen der Geometrie auf die einfachste Weise.

XXIII. Zur Geschichte der Spectralanalyse und der Analyse der Sonnenatmosphäre, von G. Kirchhoff. (Pogg. Ann., Bd. 118, S. 94.)

Die wichtigen Entdeckungen von Kirchhoff und Bunsen haben Prioritätsansprüche von Seiten englischer Gelehrten hervorgerufen, die durch die oben citirte Abhandlung von Kirchhoff zurückgewiesen werden. Es lässt sich allerdings nicht läugnen, dass sich bereits vor Kirchhoff und Bunsen mehrere Gelehrte mit farbigen Flammen und deren Absorption beschäftigt haben, allein Kirchhoff's Auseinandersetzung, deren Resultate wir im Folgenden mittheilen, zeigt, dass die Vorgänger der genannten deutschen Spectralanalytiker keineswegs Das klar und bestimmt ausgesprochen haben, was Kirchhoff und Bunsen als Resultat ihrer Untersuchungen hinstellen konnten und wodurch sie sich so hohes Verdienst erworben haben.

1. J. Herschel (*Edinb. Phil. Trans.* 1822, *p.* 455) beschreibt kurz die Spectren von Chlorstrontium, Chlorkalium, Kupferchlorid, salpetersaurem Kupferoxyd und Borsäure. Im Artikel *Light* (*Encyclop. Metrop.* 1827, *p.* 438) sagt er, dass Natronsalze ein reichliches homogenes Gelb, Kalisalze ein schönes blasses Violett geben. Herschel führt die Chlorverbindungen als besonders geeignet zur Hervorbringung der Farbenerscheinungen an Flammen an, weil sie am flüchtigsten sind, und berührt die Farben, welche von den Salzen von Calcium, Strontium, Lithium, Baryum, Kupfer und Eisen veranlasst werden. Auch erwähnt er, dass die reinen Erden, in kleinen Partien in die durch einen Sauerstoffstrom von einer Spirituslampe erhaltene Stichflamme gebracht, ein helles Licht geben, welches bei der prismatischen Analyse begrenzte Streifen zeigt, durch deren Farbe die Flamme charakterisirt sei und welche jedenfalls von den Molecülen der färbenden Substanz herrühren, welche in Dampf übergeführt und stark

erhitzt erhalten werden. Allein Herschel spricht sich über den Zusammenhang in besonderen Fällen nirgends bestimmt aus, so dass er zwar angiebt, bei heftigen Verbrennungen, z. B. des Schwefels in einem weissglühenden Tiegel, einen gelben Streifen gesehen zu haben, jedoch nicht versucht, denselben durch die Anwesenheit von Natronsalzen zu erklären.

Talbot (*Brewster's Journ. of Science V*, 1826, *Chemical News April* 27, 1861) erwähnt, dass die prismatische Analyse in der Flamme von einer Mischung von Schwefel und Kalisalpeter einen rothen, wahrscheinlich den Kalisalzen angehörigen Streifen zeige und spricht die Hoffnung aus, dass die Untersuchung der Flamme durch das Prisma Substanzen darin nachzuweisen vermöchte, welche ausserdem nur durch eine chemische Analyse entdeckt werden könnten. Aber Talbot hat den gelben Streifen gesehen, „wo kein Natron da sein konnte“, und da er diesen Streifen oft da fand, wo wasserhaltige Substanzen, wie z. B. Holzsplitter, Salze mit Krystallwasser, in die Flamme gebracht wurden, so schreibt er ihn dem Wasser zu, in anderen Fällen allerdings auch dem Schwefel.

Die Versuche von Wheatstone, Masson, Angström, van der Willigen, Plücker und Despretz über das Spectrum des elektrischen Lichtes wiesen wohl darauf hin, dass die hellen Linien des Spectrums der Flamme ausschliesslich durch deren Bestandtheile hervorgebracht sein könnten, sie lieferten jedoch den bestimmten Beweis dafür nicht.

Im Jahre 1845 hat A. Miller die durch Salze gefärbte Alkoholflamme durch das Prisma analysirt und Abbildungen der erhaltenen Spectren geliefert, die indess so wenig gut ausgefallen sind, dass es manchem der neueren Beobachter nicht gelungen ist, aus der Abbildung das zu charakterisirende Element zu erkennen.

Swan hat bei Gelegenheit seiner Arbeit über die prismatischen Spectren der Flammen von Kohlenwasserstoffverbindungen bemerkt, dass eine oft auftretende gelbe Linie wahrscheinlich von der Anwesenheit sehr geringer Mengen von Natriumsalzen herrühren möge; allein da sich seine Untersuchungen hauptsächlich auf die Kohlenwasserstoffe beziehen sollten, hat er die in der Flamme flüchtigen Salzverbindungen nicht besonders zum Object seiner Untersuchungen gemacht, sondern sich nur mit der ihres häufigen Vorkommens wegen auffälligen Natronlinie beschäftigt.

2. Angström (Pogg. Ann., Bd. 94) hat allerdings schon eine Hypothese über die Absorption von Lichtstrahlen durch farbige Flammen und zwar ziemlich undeutlich ausgesprochen, allein es ist das nicht der von Kirchhoff durch Experiment und theoretische Speculation erwiesene Satz, der die Grundlage der Theorie der Chemie der Sonne bildet, dass ein glühender Körper, der nur Lichtstrahlen von gewissen Wellenlängen aussendet, auch nur Lichtstrahlen von diesen Wellenlängen absorbirt.

Nach Versuchen, die Stewart (*Trans. of the R. Soc. of Edinburgh* 1858) über Wärmestrahlung und Absorption gemacht hatte, sprach er ohne giltigen Beweis den Satz von der gleichen Absorption und Radiation für alle Strahlen aus.

A. Miller führt in seinem Berichte *on spectrum analysis* (*Chemical News* vom 19. April 1862) die absorbirende Eigenschaft leuchtender Atmosphären an, ohne zu berühren, wie er zu ihrer Kenntniss gelangt sei; Crookes hat hierauf, diesen Ausspruch für ein Resultat von Miller's Arbeit von 1845 nehmend, diesem die Entdeckung der absorbirenden Eigenschaften der Flamme (17 Jahre vor Kirchhoff) zugeschrieben. Nach einem Briefe von W. Thomson hat Stokes in Folge eines Experimentes von Miller die Vermuthung (s. a. *Phil. Mag.* Febr. 1862) geäussert, dass gefärbte Flammen die Strahlen ihrer eigenen Farbe absorbiren möchten und dass man aus den dunkeln Linien des Sonnenspectrums auf die chemische Beschaffenheit der Sonnenatmosphäre würde schliessen können; allein die Vermuthung Stokes' über die Absorption haben doch erst Bunsen und Kirchhoff durch ihre Versuche und Letzterer allein durch seine theoretischen Betrachtungen erwiesen. Dr. Kahl.

XXIV. Die Quecksilberluftpumpe von J. Kravogel. (Pogg. Ann., Bd. 117, S. 606.)

Bei den Quecksilberluftpumpen setzt man bekanntlich den zu evacuirenden Recipienten unterhalb mit einem Rohre in Verbindung, in welchem man das Quecksilber bis zum Recipienten steigen lassen kann. Die anfangs im Steigrohre enthaltene Luft muss durch einen dicht am Recipienten angebrachten Hahn, resp. Ventil beim Emporsteigen des Quecksilbers entweichen können. Ist das Quecksilber durch mechanischen Druck mittelst eines Kolbens oder durch Einfüllen in ein mit dem Steigrohr communicirendes Rohr bis an den Recipienten gestiegen, so wird eine Verbindung zwischen letzterem und dem Steigrohr mittelst Hahn oder Ventil hergestellt und man bewirkt nun, dass das Quecksilber im Steigrohr sinken kann, entweder durch Oeffnen eines in demselben unten befindlichen Ausflusshahns oder durch Zurückziehen des Kolbens. Das Steigen des Quecksilbers treibt die Luft aus dem Steigrohr, das Sinken desselben verdünnt die Luft im Recipienten, Wiederholung des Verfahrens macht endlich den Recipienten luftleer. Unter den bekannteren älteren Quecksilberluftpumpen ist es die von Baader, bei welcher ein communicirendes Füllrohr und Ausflusshahn, die von Hindenborg, bei welcher ein Kolben angewendet ist.

Bei der Pumpe von Kravogel ist ein vertical stehender Glascylinder verwendet, welcher seitlich durch ein Rohr mit dem Recipienten communicirt. Das Verbindungsrohr enthält einen Hahn, der dem Recipienten mit dem Cylinder zu verbinden oder von ihm abzuschliessen gestattet. Der Kolben, von unten in den Cylinder eintretend, welcher über dem Kolben mit Quecksilber ausgefüllt ist, schiebt beim Aufsteigen in den Cylinder das Quecksilber bis an das obere verjüngte und mit (nach Aussen sich öffnendem) Ventil versehenem Cylinderende, wobei natürlich der Verbindungshahn geschlossen sein muss. Beim Zurückziehen lässt der Kolben hinter sich einen fast luftleeren Raum, in welchen man durch Oeffnen des Verbindungshahns die Luft aus dem Recipienten einströmen lässt. Oeftere Wiederholung dieses Verfahrens brachte bei einer Kravogel'schen Pumpe den Druck im Recipienten bis unter ein Millimeter zuverlässig herunter. Sehr gute Resultate lieferte namentlich der Kunstgriff, nach einigen hundert Kolbenzügen das obere Cylinderende nicht mit der atmosphärischen Luft, sondern mit einem schon luftleer gemachten Raume correspondiren zu lassen.

Dr. Kahl.

XXV. Bemerkungen über Herrn Jos. Popper's „Beiträge zu Weddle's Methode der Auflösung numerischer Gleichungen". Von Simon Spitzer.

Weddle hat im Jahre 1843 eine Methode veröffentlicht, um die Wurzeln einer numerischen Gleichung in der Form

$$a_0\left(1+\frac{a_1}{10}\right)\left(1+\frac{a_2}{100}\right)\left(1+\frac{a_3}{1000}\right)\left(\frac{a_4}{10000}\right)\cdots$$

zu bestimmen, in welcher a_0 ein genäherter Werth der Wurzel und a_1, a_2, a_3, a_4 ... ganze positive Zahlen bedeuten, die kleiner als 10 sind.

Diese Methode hat Schnuse in seiner im Jahre 1850 erschienenen Schrift über höhere Gleichungen mitgetheilt und durch einige Beispiele erläutert.

Im Jahre 1851 habe ich eine Schrift über Gleichungen unter folgendem Titel veröffentlicht: „Allgemeine Auflösung der Zahlen-Gleichungen mit einer oder mehreren Unbekannten" und in derselben Seite 69 bis 73 nicht nur die Weddle'sche Methode reproducirt, sondern auch dieselbe ausgedehnt auf die Berechnung der imaginären Wurzeln höherer Gleichungen und auf die Berechnung der Wurzeln bei Systemen höherer Gleichungen mit mehreren Unbekannten.

Herr Josef Popper hat nun im letzten Hefte dieser Zeitschrift (Jahrg. VII, Seite 384) unter dem Titel: „Beiträge zu Weddle's Methode der Auflösung numerischer Gleichungen" fast durchgehends meine eben erwähnte Arbeit, die er kannte und über welche ich mit ihm vor vier Jahren sprach, reproducirt, ohne dieselbe auch nur im Entferntesten zu erwähnen.

Ich halte es daher für meine Pflicht, mir die Priorität auf die genannte Erweiterung der Weddle'schen Methode zu wahren und bedaure nur, dass Herr Popper mich in die peinliche Lage brachte, dieses thun zu müssen.

Wien, den 16. December 1862.

IX.

Ueber einige Formeln aus der analytischen Geometrie der Flächen.

Von Dr. A. Enneper,
Docent an der Universität Göttingen.

(Fortsetzung der Abhandlung T. VII, p. 365 dieser Zeitschrift.)

XII.

Von den beiden Systemen der Krümmungslinien einer Fläche sei das eine (v) plan, das zweite (u) sphärisch. Man hat dann nach 60) und 59) die beiden folgenden Gleichungen:

$$N = U\frac{Q}{r'}, \quad \frac{1}{R_1} = \frac{\cos\vartheta_1}{r''} + \sin\vartheta_1 \frac{M}{P},$$

wo U nur von u abhängt und R_1, ϑ_1 Functionen von v allein sind. Setzt man zur Abkürzung:

89) $$R_1 \cos\vartheta_1 = p, \quad R_1 \sin\vartheta_1 = q, \quad \frac{r''-p}{q} = t,$$

so werden die obigen Gleichungen einfacher:

90) $$N = U\frac{Q}{r'}, \quad M = \frac{P}{r''}t.$$

Mittelst dieser Gleichungen und 38) findet man:

91) $$\left\{\begin{aligned} &\frac{\partial}{\partial v}\frac{P}{r''} = -\frac{Q}{r'}M = -\frac{PQ}{r''r'}t, \quad \frac{\partial}{\partial u}\frac{Q}{r'} = -\frac{P}{r''}N = -\frac{PQ}{r''r'}U, \\ &\frac{\partial M}{\partial v} = \frac{P}{r''}\frac{\partial t}{\partial v} - \frac{PQ}{r''r'}t^2, \qquad \frac{\partial N}{\partial u} = \frac{Q}{r'}U' - \frac{PQ}{r''r'}U^2, \end{aligned}\right.$$

wo $U' = \frac{\partial U}{\partial u}$. Die Gleichung $\frac{\partial M}{\partial v} + \frac{\partial N}{\partial u} = \frac{PQ}{r''r'}$ wird hierdurch:

$$\frac{P}{r''}\frac{\partial t}{\partial v} + \frac{Q}{r'}U' = \frac{P}{r''}\frac{Q}{r'}(1 + U^2 + t^2),$$

oder, wenn g eine Unbestimmte bedeutet,

92) $$\frac{P}{r''} = \frac{U'}{1 + U^2 + t^2}(1 + g), \quad \frac{Q}{r'} = \frac{\frac{\partial t}{\partial v}}{1 + U^2 + t^2}\left(1 + \frac{1}{g}\right).$$

Substituirt man diese Werthe von $\frac{P}{r''}$, $\frac{Q}{r'}$ in $\frac{\partial}{\partial v}\frac{P}{r''}=-\frac{P}{r''}\frac{Q}{r'}t$, so folgt:

$$\frac{t\frac{\partial t}{\partial v}}{1+t^2+U^2}=\frac{g\frac{\partial g}{\partial v}}{g^2-1},$$

oder integrirt:

93) $$g^2-1=\frac{1+U^2+t^2}{U_1^2},$$

wo U_1 eine beliebige Function von u bezeichnet. Mittelst dieser Gleichung lassen sich die Gleichungen 92) auf folgende Art schreiben:

92) $$\frac{P}{r''}=\frac{U'}{U_1^2}\frac{1}{g-1},\quad \frac{Q}{r'}=\frac{1}{g(g-1)U_1^2}\frac{\partial t}{\partial v}.$$

Nach 38) und 91) ist:

$$-(r''-r')\frac{\partial}{\partial v}\frac{P}{r''}=\frac{P}{r''}\frac{\partial r''}{\partial v}=(r''-r')\frac{P}{r''}\frac{Q}{r'}t,$$

also

$$\frac{\partial r''}{\partial v}=(r''-r')\frac{Q}{r'}t,$$

und da nach 89) $r''=p+qt$, so folgt:

94) $$q'+(r'-p)\frac{Q}{r'}=\frac{1}{t}\left(qt^2\frac{Q}{r'}-q\frac{\partial t}{\partial v}-p'\right),$$

wo $p'=\frac{\partial p}{\partial v}$, $q'=\frac{\partial q}{\partial v}$. Sind ξ, η, ζ die Coordinaten des Mittelpunktes der osculatorischen Kugelfläche einer Krümmungslinie des Systems (u), so hat man nach 61) und 89):

95) $$\begin{cases}\xi=x+p\cos a+q\cos a'',\\ \eta=y+p\cos b+q\cos b'',\\ \zeta=z+p\cos c+q\cos c'',\end{cases}$$

wo ξ, η, ζ nur von v abhängen. Setzt man $\frac{\partial\xi}{\partial v}=\xi'$, so giebt die erste der vorstehenden Gleichungen nach v differentiirt:

$$\xi'=\left(p'+q\frac{Q}{r'}\right)\cos a+Nq\cos a'+\left[q'+\frac{Q}{r'}(r'-p)\right]\cos a''.$$

Wegen $U\frac{Q}{r'}=N$ und 94) lässt sich die vorstehende Gleichung auch schreiben:

95)' $$\xi'=\left(p'+q\frac{Q}{r'}\right)\cos a+qU\frac{Q}{r'}\cos a'+\frac{1}{t}\left[qt^2\frac{Q}{r'}-q\frac{\partial t}{\partial v}-p'\right]\cos a''.$$

Analoge Gleichungen erhält man für η', ζ'. Quadrirt man diese Gleichungen, bildet die Summe der Quadrate, so folgt:

$$\xi'^2+\eta'^2+\zeta'^2=\left(p'+\frac{Q}{r'}q\right)^2+\left(qU\frac{Q}{r'}\right)^2+\frac{1}{t^2}\left[qt^2\frac{Q}{r'}-q\frac{dt}{dv}-p'\right]^2.$$

Diese Gleichung geht wegen

$$\frac{Q}{r'} = \frac{1}{g(g-1)U_1^2}\frac{\partial t}{\partial v},\quad g^2 - 1 = \frac{1+t^2+U^2}{U_1^2}$$

über in:

$$\left(q\frac{\partial t}{\partial v}\right)^2 \frac{1+U^2+U_1^2}{1+U^2+U_1^2+t^2} + 2p'q\frac{\partial t}{\partial v}t + p'^2(1+t^2) = (\xi'^2+\eta'^2+\zeta'^2)t^2,$$

oder wenn man zur Abkürzung setzt:

96) $$1+U^2+U_1^2 = \delta^2,$$

97) $$\left[q\frac{dt}{\partial v} + p'\left(1+\frac{t^2}{\delta^2}\right)\right]^2 = t^2\left(1+\frac{t^2}{\delta^2}\right)\left[\xi'^2+\eta'^2+\zeta'^2 - p'^2 + \frac{p'^2}{\delta^2}\right].$$

Da δ nur von u abhängt, so ist die Gleichung 97) allgemein integrabel in zwei Fällen, wenn nämlich p constant ist, oder $\xi'^2+\eta'^2+\zeta'^2 = p'^2k^2$, wo k eine Constante bedeutet. Diese beiden Fälle sind nun die einzigen, in welchen eine Fläche mit planen und sphärischen Krümmungslinien existiren kann, wie gezeigt werden soll. Die Cosinus der Winkel, welche die Ebene der planen Krümmungslinie mit den Achsen bildet, sind $U\cos a - \cos a'$, $U\cos b - \cos b'$, $U\cos c - \cos c'$ proportional, die Gleichung der Ebene ist:

98) $$x(U\cos a - \cos a') + y(U\cos b - \cos b') + z(U\cos c - \cos c') = f(u),$$

wo $f(u)$ eine beliebige Function von u ist, durch Differentiation nach v folgt nämlich, dass die linke Seite von 98) unabhängig von v ist. Die Gleichungen 95) respective mit $U\cos a - \cos a'$, $U\cos b - \cos b'$, $U\cos c - \cos c'$ multiplicirt und addirt geben, wegen 98),

99) $$\xi(U\cos a - \cos a') + \eta(U\cos b - \cos b') + \zeta(U\cos c - \cos c') = pU + f(u).$$

Die linke Seite dieser Gleichung besteht aus Termen, deren jeder das Product einer Function von u in eine Function von v ist, woraus folgt, dass ξ, η, ζ, p nicht von einander unabhängig sein können. Setzt man

$$\frac{\partial\xi}{\partial v} = \xi',\quad \frac{\partial^2\xi}{\partial v^2} = \xi'',\quad \frac{\partial^3\xi}{\partial v^3} = \xi''',\ldots,$$

so leitet man durch Differentiation nach v aus 99) folgende Gleichungen ab:

100)
$$\begin{cases} \xi(U\cos a - \cos a') + \eta(U\cos b - \cos b') + \zeta(U\cos c - \cos c') = pU + f(u), \\ \xi'(U\cos a - \cos a') + \eta'(U\cos b - \cos b') + \zeta'(U\cos c - \cos c') = p'U, \\ \xi''(U\cos a - \cos a') + \eta''(U\cos b - \cos b') + \zeta''(U\cos c - \cos c') = p''U, \\ \xi'''(U\cos a - \cos a') + \eta'''(U\cos b - \cos b') + \zeta'''(U\cos c - \cos c') = p'''U. \end{cases}$$

Setzt man

$$\begin{vmatrix} \xi & \eta & \zeta & p \\ \xi' & \eta' & \zeta' & p' \\ \xi'' & \eta'' & \zeta'' & p'' \\ \xi''' & \eta''' & \zeta''' & p''' \end{vmatrix} = \Delta,$$

so geben die obigen Gleichungen:

$$101)\quad \begin{cases} U\cos a - \cos a' = \dfrac{f(u)}{\varDelta}\dfrac{\partial \varDelta}{\partial \xi}, & U\cos b - \cos b' = \dfrac{f(u)}{\varDelta}\dfrac{\partial \varDelta}{\partial \eta}, \\ U\cos c - \cos c' = \dfrac{f(u)}{\varDelta}\dfrac{\partial \varDelta}{\partial \zeta}, & U = \dfrac{f(u)}{\varDelta}\dfrac{\partial \varDelta}{\partial p}. \end{cases}$$

In $\dfrac{U\cos a - \cos a'}{f(u)} = \dfrac{1}{\varDelta}\dfrac{\partial \varDelta}{\partial \xi}$ enthält die linke Seite nur u, die rechte nur v, jede Seite dieser Gleichung muss also constant sein. Analoges gilt für jede der Gleichungen (100). Die Gleichung 98) wird aber dann unabhängig von u und stellt eine feste Ebene vor. Hieraus folgt, dass die rechten Seiten der Gleichungen 101) in der Form $\frac{0}{0}$ erscheinen müssen, was stattfindet, wenn entweder

$$f(u) = 0,\ \varDelta = 0,\ \text{oder}\ \frac{\partial \varDelta}{\partial \xi} = 0,\ \frac{\partial \varDelta}{\partial \eta} = 0,\ \frac{\partial \varDelta}{\partial \zeta} = 0,\ \frac{\partial \varDelta}{\partial p} = 0.$$

Ist $f(u) = 0$, so geben die drei ersten Gleichungen 100):

$$102)\quad U\cos a - \cos a' = U\frac{\dfrac{\partial \varDelta}{\partial \xi}}{\dfrac{\partial \varDelta}{\partial p}},\quad U\cos b - \cos b' = U\frac{\dfrac{\partial \varDelta}{\partial \eta}}{\dfrac{\partial \varDelta}{\partial p}},\quad U\cos c - \cos c' = U\frac{\dfrac{\partial \varDelta}{\partial \zeta}}{\dfrac{\partial \varDelta}{\partial p}}.$$

Wären wieder $\dfrac{U\cos a - \cos a'}{U}, \ldots$ constant, so würde die Gleichung 98) für

$$f(u) = 0;\ (U\cos a - \cos a')\,x + (U\cos b - \cos b')\,y + (U\cos c - \cos c')\,z = 0$$

von u unabhängig sein, also eine feste Ebene vorstellen. Sieht man von diesem particulären Fall ab, so müssen die rechten Seiten der Gleichungen 102) die Form $\frac{0}{0}$ annehmen, was zu folgenden Annahmen führt:

$$U = 0,\ \frac{\partial \varDelta}{\partial p} = 0\ \text{oder}\ \frac{\partial \varDelta}{\partial \xi} = 0,\ \frac{\partial \varDelta}{\partial \eta} = 0,\ \frac{\partial \varDelta}{\partial \zeta} = 0,\ \frac{\partial \varDelta}{\partial p} = 0.$$

In allen Fällen muss also die Gleichung

$$\frac{\partial \varDelta}{\partial p} = \begin{vmatrix} \xi' & \eta' & \zeta' \\ \xi'' & \eta'' & \zeta'' \\ \xi''' & \eta''' & \zeta''' \end{vmatrix} = 0$$

erfüllt sein, d. h. ξ, η, ζ sind durch eine lineare Relation mit constanten Coefficienten unter einander verbunden, oder auch, der Punkt (ξ, η, ζ) liegt immer in einer festen Ebene. Da man immer annehmen kann, dass die feste Ebene durch den Anfangspunkt der Coordinaten gehe, so kann man setzen: $\xi\cos l'' + \eta\cos m'' + \zeta\cos n'' = 0$. Gehören die Winkel l, m, n; l', m', n'; l'', m'', n'', zu drei gegenseitig orthogonalen Richtungen im Raume, so lässt sich die Gleichung $\xi\cos l'' + \eta\cos m'' + \zeta\cos n'' = 0$ ersetzen durch

$$103)\quad \xi = V\cos l + V_1\cos l',\quad \eta = V\cos m + V_1\cos m',\quad \zeta = V\cos n + V_1\cos n',$$

wo V, V_1 zwei beliebige Functionen von v bedeuten. Durch die Gleichungen 103) ist die Gleichung $\dfrac{\partial \varDelta}{\partial p} = 0$ offenbar erfüllt. Finden noch die Gleichungen $\frac{\partial \Delta}{\partial \xi}=0$, $\frac{\partial \Delta}{\partial \eta}=0$, $\frac{\partial \Delta}{\partial \zeta}=0$ statt, so sind zwei Fälle zu unterscheiden, entweder p ist constant oder variabel. Im ersten Falle sind die bemerkten Gleichungen identisch erfüllt, im zweiten Falle sind ξ, η, ζ und p durch eine lineare Relation mit constanten Coefficienten unter einander verbunden, wegen der Gleichungen 103) findet dann eine solche Relation zwischen V, V_1 und p statt. Für ein variables p kann man in 103) einfach $V=p$ setzen und erhält so:

104) $\xi=p\cos l+V_1\cos l'$, $\eta=p\cos m+V_1\cos m'$, $\zeta=p\cos n+V_1\cos n'$.

Durch diese Werthe von ξ, η, ζ sind die Gleichungen

$$\frac{\partial \Delta}{\partial \xi}=0,\quad \frac{\partial \Delta}{\partial \eta}=0,\quad \frac{\partial \Delta}{\partial \zeta}=0,\quad \frac{\partial \Delta}{\partial p}=0$$

gleichzeitig erfüllt. Es lässt sich nun leicht zeigen, dass die Gleichungen 104) die Bedingung $f(u)=0$ nach sich ziehen. Substituirt man nämlich die Werthe von ξ, η, ζ aus 104) in 99), so folgt:

$$[(U\cos a-\cos a')\cos l+(U\cos b-\cos b')\cos m+(U\cos c-\cos c')\cos n-U]p$$
$$+[(U\cos a-\cos a')\cos l'+(U\cos b-\cos b')\cos m'+(U\cos c-\cos c')\cos n']V_1=f(u).$$

Differenzirt man diese Gleichung nach v, eliminirt zwischen der vorstehenden und der neuen Gleichung den Factor von V_1 und $\frac{\partial V_1}{\partial v}$, so folgt:

105) $$\frac{f(u)}{(U\cos a-\cos a')\cos l+(U\cos b-\cos b')\cos m+(U\cos c-\cos c')\cos n-U}$$
$$=p-p'\frac{V_1}{\frac{\partial V_1}{\partial v}}.$$

Jede Seite dieser Gleichung muss constant sein, man hat dann

$$\frac{\partial V_1}{\partial v}(p-h)=p'V_1 \text{ und } V_1=e(p-h),$$

wo e und h zwei Constanten sind. Für diesen Werth von V_1 zeigen die Gleichungen 104), dass der Punkt (ξ, η, ζ) auf einer festen Geraden liegt, da man immer annehmen kann, dass dieselbe durch den Anfangspunkt der Coordinaten geht, so ist $h=0$, die rechte Seite von 105) verschwindet dann, folglich $f(u)=0$. Aus dem Vorstehenden ergiebt sich nun, dass die Gleichung 99) zu folgenden drei Fällen Veranlassung giebt:

106) $$\begin{cases} p=k, \text{ wo } k \text{ eine Constante bedeutet,} \\ \xi=V\cos l+V_1\cos l',\quad \eta=V\cos m+V_1\cos m',\quad \zeta=V\cos n+V_1\cos n', \\ \xi(U\cos a-\cos a')+\eta(U\cos b-\cos b')+\zeta(U\cos c-\cos c')=f(u)+kU. \end{cases}$$

107) $$\begin{cases} f(u)=0,\quad U=0, \\ \xi=V\cos l+V_1\cos l',\quad \eta=V\cos m+V_1\cos m',\quad \zeta=V\cos n+V_1\cos n', \\ \xi\cos a'+\eta\cos b'+\zeta\cos c'=0. \end{cases}$$

$$108)\begin{cases} f(u)=0, \\ \xi=p\cos l+V_1\cos l', \quad \eta=p\cos m+V_1\cos m', \quad \zeta=p\cos n+V_1\cos n', \\ \xi(U\cos a-\cos a')+\eta(U\cos b-\cos b')+\zeta(U\cos c-\cos c')=pU. \end{cases}$$

Eine genauere Betrachtung dieser drei Fälle wird ergeben, dass sich dieselben auf zwei reduciren, entweder p constant, oder $\xi=p\cos l$, $\eta=p\cos m$, $\zeta=p\cos n$.

Die Gleichungen 106) geben durch Elimination von ξ, η, ζ:

$$109)\quad \begin{aligned} &[(U\cos a-\cos a')\cos l+(U\cos b-\cos b')\cos m+(U\cos c-\cos c')\cos n]V \\ &+[(U\cos a-\cos a')\cos l'+(U\cos c-\cos c')\cos m'+(U\cos c-\cos c')\cos n']V_1 \\ &=f(u)+kU. \end{aligned}$$

Differenzirt man diese Gleichung nach v, eliminirt den Factor von V_1 und $\frac{\partial V_1}{\partial v}$, so folgt:

$$\frac{f(u)+kU}{(U\cos a-\cos a')\cos l+(U\cos b-\cos b')\cos m+(U\cos c-\cos c')\cos n} = V-\frac{\partial V}{\partial v}\cdot\frac{V_1}{\frac{\partial V_1}{\partial v}}.$$

Hier muss jede Seite gleich einer Constanten h sein. Zwischen V und V_1 folgt dann die Relation $V_1=e(V-h)$. Die Gleichungen 106) zeigen dann, dass der Punkt (ξ, η, ζ) auf einer Geraden liegt; geht dieselbe durch den Anfangspunkt der Coordinaten, so ist $h=0$ also auch $f(u)+kU=0$. Die Gleichungen der bemerkten Geraden lassen sich immer auf die Form bringen:

$$\xi=V\cos l, \quad \eta=V\cos m, \quad \zeta=V\cos n,$$

man kann also einfach $V_1=0$ setzen. Die Gleichung 109) wird dann:

$$V.[(U\cos a-\cos a')\cos l+(U\cos b-\cos b')\cos m+(U\cos c-\cos c')\cos n]=0.$$

Je nachdem der eine oder andere Factor dieser Gleichung verschwindet, hat mau:

$$\begin{gathered} \xi=V\cos l, \quad \eta=V\cos m, \quad \zeta=V\cos n, \quad p=k, \quad f(u)+kU=0, \\ (U\cos a-\cos a')\cos l+(U\cos b-\cos b')\cos m+(U\cos c-\cos c')\cos n=0 \end{gathered}$$

und

$$\xi=0, \quad \eta=0, \quad \zeta=0, \quad p=k, \quad f(u)+kU=0.$$

Die Gleichung 109) wird identisch, wenn neben $f(u)+kU=0$ die Gleichungen stattfinden:

$$110)\begin{cases} (U\cos a-\cos a')\cos l+(U\cos b-\cos b')\cos m+(U\cos c-\cos c')\cos n=0, \\ (U\cos a-\cos a')\cos l'+(U\cos b-\cos b')\cos m'+(U\cos c-\cos c')\cos n'=0. \end{cases}$$

Differenzirt man diese Gleichungen nach u, eliminirt zwischen den beiden neuen Gleichungen $\frac{P}{r''}-U'$, so folgt:

$$\begin{aligned}&\{(\cos a\cos l'+\cos b\cos m'+\cos c\cos n')\times\\&\quad(\cos a'\cos l+\cos b'\cos m+\cos c'\cos n)\\&-(\cos a\cos l+\cos b\cos m+\cos c\cos n)\times\\&\quad(\cos a'\cos l'+\cos b'\cos m'+\cos c'\cos n')\}\ U\frac{P}{r''}\\&+\{(\cos a\cos l'+\cos b\cos m'+\cos c\cos n')\times\\&\quad(\cos a''\cos l+\cos b''\cos m+\cos c''\cos n)\\&-(\cos a\cos l+\cos b\cos m+\cos c\cos n)\times\\&\quad(\cos a''\cos l'+\cos b''\cos m'+\cos c''\cos n')\}\ M=0.\end{aligned}$$

Wegen der Gleichungen 110) folgt unmittelbar, dass der Factor $U\frac{P}{r''}$ verschwindet, folglich ist $M=0$, das zweite System von Krümmungslinien ist also ebenfalls plan. Die Gleichung $1=\frac{p}{r''}+q\frac{M}{P}$ wird dann für $p=k$, $M=0$, $r''=k$, der eine Hauptkrümmungshalbmesser ist also constant und die Fläche eine sogenannte Canalfläche.

Die Gleichungen 107) geben durch Elimination von ξ, η, ζ:

111) $$\begin{aligned}&V(\cos a'\cos l+\cos b'\cos m+\cos c'\cos n)\\&+V_1(\cos a'\cos l'+\cos b'\cos m'+\cos c'\cos n')=0.\end{aligned}$$

Die Factoren von V und V_1 können nicht gleichzeitig verschwinden, die vorstehende Gleichung kann also nur bestehen, wenn $V=0$, $V_1=0$ oder V und V_1 in einem constanten Verhältniss zu einander stehen. Im zweiten Falle liegt der Punkt (ξ, η, ζ) auf einer Geraden, geht dieselbe durch den Anfangspunkt der Coordinaten, so ist $V_1=0$. Die Gleichung 111) wird dann einfach:

$$\cos a'\cos l+\cos b'\cos m+\cos c'\cos n=0.$$

Die Gleichung 98) wird für $f(u)=0$, $U=0$

$$x\cos a'+y\cos b'+z\cos c'=0.$$

Wegen $\frac{\partial x}{\partial u}=P\cos a'$, $\frac{\partial y}{\partial u}=P\cos b'$, $\frac{\partial z}{\partial u}=P\cos c'$ hat man also:

$$\frac{\partial}{\partial u}[x\cos l+y\cos m+z\cos n]=0,\quad \frac{\partial}{\partial u}[x^2+y^2+z^2]=0,$$

oder

$$x\cos l+y\cos m+z\cos n=F(v),\quad x^2+y^2+z^2=F_1(v),$$

wo $F(v)$, $F_1(v)$ beliebige Functionen von v sind. Die Elimination von v zwischen diesen Gleichungen giebt ein Resultat von der Form:

$$x\cos l+y\cos m+z\cos n=\Phi(x^2+y^2+z^2),$$

d. h. die allgemeine Gleichung der Rotationsflächen, für welche bekanntlich beide Systeme von Krümmungslinien plan sind.

Die Gleichungen 108) geben durch Elimination von ξ, η, ζ:

$$\begin{aligned}&[(U\cos a-\cos a')\cos l+(U\cos b-\cos b')\cos m+(U\cos c-\cos c')\cos n-U]p\\&+[(U\cos a-\cos a')\cos l'+(U\cos b-\cos b')\cos m'+(U\cos c-\cos c')\cos n']V_1=0.\end{aligned}$$

Diese Gleichung kann nur bestehen, wenn p und V_1 in einem constanten Verhältniss zu einander stehen, oder die Factoren von p und V_1 gleichzeitig verschwinden. Im ersten Falle liegt der Punkt (ξ, η, ζ) auf einer Geraden, man kann dann einfach $V_1 = 0$ setzen nebst

$$(U\cos a - \cos a')\cos l + (U\cos b - \cos b')\cos m + (U\cos c - \cos c')\cos n = U.$$

Im zweiten Falle hat man:

$$(U\cos a - \cos a')\cos l + (U\cos b - \cos b')\cos m + (U\cos c - \cos c')\cos n = U,$$
$$(U\cos a - \cos a')\cos l' + (U\cos b - \cos b')\cos m' + (U\cos c - \cos c')\cos n' = 0.$$

Lässt man zur Vereinfachung die durch l, m, n; l', m', n' bestimmten Richtungen mit den Achsen der x und y zusammenfallen, so werden die vorstehenden Gleichungen $U\cos a - \cos a' = U$, $U\cos b - \cos b' = 0$, oder U eliminirt, $(1 - \cos a)\cos b' + \cos a' \cos b = 0$. Diese Gleichung nach u differenzirt giebt:

$$\frac{Mr''}{P} = \frac{\cos b}{(1 - \cos a)\cos b'' + \cos a'' \cos b}.$$

Wegen $(1 - \cos a)\cos b' + \cos a' \cos b = 0$ findet man leicht $\frac{\partial}{\partial u}\frac{Mr''}{P} = 0$, das zweite System von Krümmungslinien ist also ebenfalls plan.

Schliesst man die Fälle aus, in welchen beide Systeme plan sind, so gestattet die Gleichung 99) für die Flächen mit plano-sphärischen Krümmungslinien folgende Annahmen:

$$p = k, \quad \xi = V\cos l, \quad \eta = V\cos m, \quad \zeta = V\cos n,$$
$$(U\cos a - \cos a')\cos l + (U\cos b - \cos b')\cos m + (U\cos c - \cos c')\cos n = 0.$$

$$p = k, \quad \xi = 0, \quad \eta = 0, \quad \zeta = 0.$$

$$\xi = p\cos l, \quad \eta = p\cos m, \quad \zeta = p\cos n,$$
$$(U\cos a - \cos a')\cos l + (U\cos b - \cos b')\cos m + (U\cos c - \cos c')\cos n = U.$$

$$\xi = 0, \quad \eta = 0, \quad \zeta = 0, \quad U = 0.$$

Die zweite und vierte der vorstehenden Annahmen können als besondere Fälle der ersten und dritten angesehen werden; es ist indessen einfacher, dieselben für sich zu behandeln.

XIII.

Für $p = k$, $\xi = V\cos l$, $\eta = V\cos m$, $\zeta = V\cos n$ geht die Gleichung 97) über in:

$$\frac{1}{\delta} q \frac{\partial t}{\partial v} = \frac{t}{\delta} \sqrt{\left(1 + \frac{t^2}{\delta^2}\right)} \frac{\partial V}{\partial v}.$$

Durch Integration folgt hieraus:

$$\frac{\sqrt{\left(1 + \frac{t^2}{\delta^2}\right)} - 1}{\sqrt{\left(1 + \frac{t^2}{\delta^2}\right)} + 1} = U_2 e^{2\int \frac{1}{q}\frac{\partial V}{\partial v}\partial v},$$

wo U_2 eine näher zu bestimmende Function von u ist. Setzt man zur Vereinfachung:

$$\frac{\partial V}{\partial v}=V', \quad e^{2\int\frac{1}{q}\frac{\partial V}{\partial v}\partial v}=V_1,$$

so giebt die obige Gleichung:

$$\frac{t}{\delta}=\frac{2\sqrt{V_1 U_2}}{1-V_1 U_2}.$$

Die Gleichung 93)

$$g^2=\frac{1+U^2+U_1^2+t^2}{U_1^2}=\frac{\delta^2+t^2}{U_1^2}$$

wird dann:

$$g=\frac{\delta}{U_1}\,\frac{1+V_1 U_2}{1-V_1 U}.$$

Da $\frac{\partial V_1}{\partial v}=2\frac{V'V_1}{q}$, so ist $\frac{\partial t}{\partial v}=\frac{2\delta}{q}\,\frac{1+V_1U_2}{(1-V_1U_2)^2}\,V'\sqrt{V_1 U_2}$. Die vorstehenden Werthe von g und $\frac{\partial t}{\partial v}$ in die Gleichungen 92) substituirt geben:

$$\frac{P}{r''}=\frac{U'}{U_1}\cdot\frac{1-V_1U_2}{\delta-U_1+(\delta+U_1)\,V_1\,U_2},$$

$$\frac{Q}{r''}=\frac{V'}{q}\cdot\frac{2\sqrt{V_1U_2}}{\delta-U_1+(\delta+U_1)\,V_1U_2}.$$

Mittelst dieser Werthe von $\frac{P}{r''}$, $\frac{Q}{r'}$ geht $\frac{\partial}{\partial u}\log\frac{Q}{r'}=-U\frac{P}{r''}$ über in:

$$[\delta-U_1+(\delta+U_1)\,V_1]\left[\frac{1}{2}\frac{\partial U_2}{\partial u}+\frac{U_2}{U_1}\,\frac{\partial\delta}{\partial u}\right]=0.$$

Da der erste Factor nicht verschwinden kann, so ist:

$$\frac{1}{2}\frac{\partial U_2}{\partial u}+\frac{U_2}{U_1}\,\frac{\partial\delta}{\partial u}=0 \quad\text{oder}\quad U_2=k_1 e^{-2\int\frac{1}{U_1}\frac{\partial\delta}{\partial u}\partial u},$$

wo k_1 eine Constante bedeutet. Durch diese Gleichung ist U_2 bestimmt. Setzt man in 95)' $\xi=V\cos l$ und für $\frac{Q}{r'}$, t ihre obigen Werthe ein, so folgt:

$$112)\quad [\delta-U_1+(\delta+U_1)\,V_1U_2]\cos l=2(\cos a+U\cos a')\sqrt{V_1U_2}$$
$$-[\delta-U_1-(\delta+U_1)\,V_1U_2]\cos a''.$$

Die Quantitäten $U\cos a-\cos a'$, ... sind nur von u abhängig, ferner ist:

$$(U\cos a-\cos a')\cos l+(U\cos b-\cos b')\cos m+(V\cos c-\cos c')\cos n=0.$$

Sind durch l, m, n; l', m', n'; l'', m'', n'' drei gegenseitig orthogonale Richtungen im Raume bestimmt, so kann man setzen:

$$U\cos a-\cos a'=(\cos\omega\cos l'+\sin\omega\cos l'')\sqrt{(1+U^2)},$$
$$U\cos b-\cos b'=(\cos\omega\cos m'+\sin\omega\cos m'')\sqrt{(1+U^2)},$$
$$U\cos c-\cos c'=(\cos\omega\cos n'+\sin\omega\cos n'')\sqrt{(1+U^2)},$$

wo ω eine näher zu bestimmende Function von u bezeichnet. Die erste der vorstehenden Gleichungen nach u differentiirt giebt:

$$113)\quad \left(U' + \frac{P}{r''}\right) \cos a - U \frac{P}{r''} \cos a' - M \cos a'' = (\cos \omega \cos l' + \sin \omega \cos l'') \frac{UU'}{\sqrt{(1+U^2)}}$$
$$- (\sin \omega \cos l' - \cos \omega \cos l'') \sqrt{(1+U^2)} \frac{\partial \omega}{\partial u}.$$

Analoge Gleichungen erhält man durch Differentiation von $U \cos b - \cos b'$, $U \cos c - \cos c'$ nach u. Diese Gleichungen quadrirt und addirt geben:

$$\left(U' - \frac{P}{r''}\right)^2 + \left(U \frac{P}{r''}\right)^2 + M^2 = \frac{(UU')^2}{1+U^2} + (1+U^2)\left(\frac{\partial \omega}{\partial u}\right)^2.$$

Setzt man hierin: $M = \frac{P}{r''} t$, für $\frac{P}{r''}$, t ihre obigen Werthe, so folgt:

$$\frac{\partial \omega}{\partial u} = \frac{\delta U'}{U_1 \sqrt{(1+U^2)}}, \quad \omega = \int \frac{\delta U'}{U_1 \sqrt{(1+U^2)}} \partial u,$$

durch welche Gleichung ω bestimmt ist. Für den vorstehenden Werth von $\frac{\partial \omega}{\partial u}$ wird die Gleichung 113):

$$\left(U' - \frac{P}{r''}\right) \cos a - U \frac{P}{r''} \cos a' - M \cos a'' = (\cos \omega \cos l' + \sin \omega \cos l'') \frac{UU'}{\sqrt{(1+U^2)}}$$
$$- (\sin \omega \cos l' - \cos \omega \cos l'') \frac{\partial U'}{U}.$$

Mittelst dieser Gleichung, der Gleichung 112) und $U \cos a - \cos a' = (\cos \omega \cos l' + \sin \omega \cos l'') \sqrt{(1+U^2)}$ folgt:

$$114)\quad \begin{cases} [\delta - U_1 + (\delta + U_1) V_1 U_2] \cos a = 2 \cos l \,.\, \sqrt{V_1 U_2} \\ + [(\delta - U_1)(\sin \omega + U \cos \omega) - (\delta + U_1)(\sin \omega - U \cos \omega) V_1 U_2] \frac{\cos l'}{\sqrt{(1+U^2)}} \\ - [(\delta - U_1)(\cos \omega - U \sin \omega) - (\delta + U_1)(\cos \omega + U \sin \omega) V_1 U_2] \frac{\cos l''}{\sqrt{(1+U^2)}} \\ [(\delta - U_1) + (\delta + U_1) V_1 U_2] \cos a'' = - [(\delta - U_1) - (\delta + U_1) V_1 U_2] \cos l \\ \quad + 2 \sqrt{(V_1 U_2)} \sqrt{(1+U^2)} \,.\, \sin \omega \cos l' - 2 \sqrt{V_1 U_2} \,.\, \sqrt{(1+U^2)} \cos \omega \,.\, \cos l''. \end{cases}$$

Ganz analoge Gleichungen erhält man für $\cos b$, $\cos c$, $\cos b''$, $\cos c''$. Die Gleichungen 95) werden für $p = k$ und $\xi = V \cos l$, $\eta = V \cos m$, $\zeta = V \cos n$:

$$115)\quad \begin{cases} V \cos l = x + k \cos a + q \cos a'', \\ V \cos m = y + k \cos b + q \cos b'', \\ V \cos n = z + k \cos c + q \cos c''. \end{cases}$$

Substituirt man hierin für $\cos a$, $\cos a'' \ldots$ ihre Werthe, so erhält man x, y, z in Function von u und v. Die Gleichungen 115) repräsentiren alle Flächen, welche zu denen parallel sind, für welche $k = 0$ ist, d. h. derjenigen Flächen, welche von den osculatorischen Kugelflächen ihrer sphärischen Krümmungslinien orthogonal geschnitten werden. Man findet leicht, dass auf der Parallelfläche einer gegebenen Fläche die Krümmungslinien denen der ersten entsprechen. Setzt man nämlich

$$x_1 = x + k\cos a,\; y_1 = y + k\cos b,\; z_1 = z + k\cos c,$$

so folgt:

$$\frac{\partial x_1}{\partial u}\frac{\partial x_1}{\partial v} + \frac{\partial y_1}{\partial u}\frac{\partial y_1}{\partial v} + \frac{\partial z_1}{\partial u}\frac{\partial z_1}{\partial v} = 0.$$

Da ferner die Normale für den Punkt (x, y, z) auch Normale für den Punkt (x_1, y_1, z_1) ist, so folgt:

$$\cos a\frac{\partial^2 x_1}{\partial u\,\partial v} + \cos b\frac{\partial^2 y_1}{\partial u\,\partial v} + \cos c\frac{\partial^2 z_1}{\partial u\,\partial v} = 0.$$

Für den Punkt (x_1, y_1, z_1) gehen P, Q, r'', r' respective über in

$$P\left(1-\frac{k}{r''}\right),\quad Q\left(1-\frac{k}{r'}\right),\quad r''-k,\quad r'-k,$$

während M und N unverändert bleiben. Hieraus folgt, dass auch $\frac{Mr''}{P}$, $\frac{Nr'}{Q}$ unverändert bleiben, die planen Kümmungslinien einer Fläche auf der Parallelfläche wieder plan sind. Der Ausdruck für $\frac{1}{R_1^2}$ geht über in:

$$\frac{\left(\frac{\partial}{\partial u}\frac{Mr''}{P}\right)^2}{\left(\frac{\partial r''}{\partial u}\right)^2 + \left[(r''-k)\frac{\partial}{\partial u}\frac{Mr''}{P} - \frac{Mr''}{P}\frac{\partial r''}{\partial u}\right]^2}.$$

Ist die Krümmungslinie sphärisch, d. h.

$$\frac{1}{R_1} = \frac{\cos\vartheta_1}{r''} + \sin\vartheta_1\frac{M}{P},$$

so geht mittelst des vorstehenden Ausdrucks R_1 über in

$$R_1^2 + 2kR_1\cos\vartheta_1 + k^2,$$

welche Quantität von u unabhängig ist, der sphärischen Krümmungslinie entspricht auf der Parallelfläche wieder eine sphärische Krümmungslinie.

Mittelst der Gleichungen 114) und 115) erhält man zur Bestimmung von x, y, z folgende Gleichungen:

116)

$$x\cos l + y\cos m + z\cos n = V - 2k\frac{\sqrt{V_1 U_2}}{\delta - U_1 + (\delta+U_1)V_1 U_2} + q\frac{\delta - U_1 - (\delta+U_1)V_1U_2}{\delta - U_1 + (\delta+U_1)V_1U_2}$$

$$x\cos l' + y\cos m' + z\cos n' = -2q\frac{\sqrt{V_1U_2}}{\delta - U_1 + (\delta+U_1)V_1U_2}\sqrt{(1+U^2)}\sin\omega$$
$$-\frac{(\delta-U_1)(\sin\omega + U\cos\omega) - (\delta+U_1)(\sin\omega + U\cos\omega)V_1U_2}{\delta - U_1 + (\delta+U_1)V_1U_2}\frac{k}{\sqrt{(1+U^2)}}$$

$$x\cos l'' + y\cos m'' + z\cos n'' = 2q\frac{\sqrt{V_1U_2}}{\delta - U_1 + (\delta+U_1)V_1U_2}\sqrt{(1+U^2)}\cos\omega$$
$$+\frac{(\delta-U_1)(\cos\omega - U\sin\omega) - (\delta+U_1)(\cos\omega + U\sin\omega)V_1U_2}{\delta - U_1 + (\delta+U_1)V_1U_2}\frac{k}{\sqrt{(1+U^2)}}.$$

Die linken Seiten dieser Gleichungen werden etwas einfacher, wenn man die Richtungen, bestimmt durch die Winkel l, m, n etc. mit den Coordinatenachsen zusammenfallen lässt. Die Gleichungen 116) enthalten in Beziehung auf u und v nur zwei arbiträre Functionen. Denkt man sich u durch U ausgedrückt, so ist U_1 eine beliebige Function von U. Man hat ferner:

$$\log \frac{U_2}{k_1} = -2\int \frac{\partial \delta}{\partial u}\frac{1}{U_1}\partial u = -2\int \frac{1}{U_1}\frac{\partial \delta}{\partial U}\partial U,$$

$$\omega = \int \frac{\delta \frac{\partial U}{\partial u}}{U_1 \sqrt{(1+U^2)}}\partial u = \int \frac{\delta}{U_1\sqrt{(1+U^2)}}\partial U,$$

$$\delta^2 = 1 + U^2 + U_1^2.$$

Die Quantitäten U_2, ω, δ enthalten dann in Beziehung auf U als unabhängige Variabele nur die eine willkürliche Function U_1. Ebenso kann man sich in $q = \sqrt{(R_1^2 - k^2)}$ v durch V ausgedrückt denken, dann ist R_1 eine beliebige Function von V.

Für den besonderen Fall, dass $p = k$, $\xi = 0$, $\eta = 0$, $\zeta = 0$ wird die Gleichung 95)'

$$q\frac{Q}{r'}\cos a + qU\frac{Q}{r'}\cos a' + q\frac{Q}{r'}\left[t - \frac{g(g-1)U_1^2}{t}\right]\cos a'' = 0.$$

Diese Gleichung kann nur dann bestehen, wenn die Factoren von $\cos a$, $\cos a'$, $\cos a''$ einzeln verschwinden, d. h. wenn $\frac{Q}{r'} = 0$ oder $r' = \infty$ ist. Die gesuchten Flächen sind also developpabel. Da für $\frac{Q}{r'} = 0$ auch $N = 0$, so geben die Gleichungen 37)

$$\frac{\partial \cos a''}{\partial v} = 0, \quad \frac{\partial \cos b''}{\partial v} = 0, \quad \frac{\partial \cos c''}{\partial v} = 0;$$

$\cos a''$, $\cos b''$, $\cos c''$ sind also nur von u abhängig. Setzt man in den Gleichungen 115) $V = 0$, $k = 0$, so findet man leicht:

$$\frac{\cos a''}{\cos c''} = \frac{x}{z}, \quad \frac{\cos b''}{\cos c''} = \frac{y}{z}.$$

Die Elimination von u zwischen diesen Gleichungen giebt ein Resultat von der Form $\frac{y}{z} = F\left(\frac{x}{y}\right)$, was die Gleichung einer Kegelfläche ist. Die gesuchte developpable Fläche ist also die Parallelfläche einer Kegelfläche. Ist (x, y, z) ein Punkt einer Curve doppelter Krümmung, sind α, β, γ die Winkel, welche die Tangente mit den Achsen bildet, bedeutet k eine Constante, so hat man für den Punkt (x_1, y_1, z_1) der developpabeln Fläche folgende Gleichungen:

$$x_1 = k\frac{y\cos\gamma - z\cos\beta}{\sqrt{[x^2+y^2+z^2-(x\cos\alpha+y\cos\beta+z\cos\gamma)^2]}} + v\frac{x}{\sqrt{(x^2+y^2+z^2)}},$$

$$y_1 = k\frac{z\cos\alpha - x\cos\gamma}{\sqrt{[x^2+y^2+z^2-(x\cos\alpha+y\cos\beta+z\cos\gamma)^2]}} + v\frac{y}{\sqrt{(x^2+y^2+z^2)}},$$

$$z_1 = k\frac{x\cos\beta - y\cos\alpha}{\sqrt{[x^2+y^2+z^2-(x\cos\alpha+y\cos\beta+z\cos\gamma)^2]}} + v\frac{z}{\sqrt{(x^2+y^2+z^2)}}.$$

In den vorstehenden Gleichungen ist die Variabele u durch s ersetzt, wo $\partial s = \sqrt{[(\partial x)^2 + (\partial y)^2 + (\partial z)^2]}$ das Bogenelement der Wendecurve bedeutet.

XIV.

Ist p variabel, so hat man: $\xi = p \cos l$, $\eta = p \cos m$, $\zeta = p \cos n$, also $\xi'^2 + \eta'^2 + \zeta'^2 = p'^2$. Die Gleichung 97) wird in diesem Falle:

$$\left[\frac{q}{p'}\frac{\partial t}{\partial v} + 1 + \frac{t^2}{\delta^2}\right]^2 = \frac{t^2}{\delta^2}\left(1 + \frac{t^2}{\delta^2}\right),$$

oder integrirt:

$$\frac{t}{\delta} = \frac{1 - \left[U_2 + \frac{1}{\delta}\int \frac{p'}{q}\partial v\right]^2}{2\left[U_2 + \frac{1}{\delta}\int \frac{p'}{q} z v\right]},$$

wo U_2 eine näher zu bestimmende Function von u ist. Setzt man zur Abkürzung $\int \frac{p'}{q}\partial v = V$, so folgt:

$$t = \frac{\delta^2 - (\delta U_2 + V)^2}{2(\delta U_2 + V)}.$$

Für diesen Werth von t geben die Gleichungen 92) und 93):

$$g\,U_1 = \frac{\delta^2 + (\delta U_2 + V)^2}{2(\delta U_2 + V)},$$

$$\frac{P}{r''} = \frac{U'}{U_1}\,\frac{2(\delta U_2 + V)}{(\delta U_2 - U_1 + V)^2 + 1 + U^2},$$

$$\frac{Q}{r'} = -\frac{p'}{q}\cdot\frac{2}{(\delta U_2 - U_1 + V)^2 + 1 + U^2}.$$

Die vorstehenden Werthe von $\frac{P}{r''}$, $\frac{Q}{r'}$ transformiren die Gleichung $\frac{\partial}{\partial u}\frac{Q}{r'} = -\frac{P}{r''}\frac{Q}{r'}\,U$ in:

$$(\delta U_2 - U_1 + V)\left[\frac{\partial}{\partial u}(\delta U_2 - U_1) - \frac{UU'}{U'}\right] = 0,$$

d. h.

$$\frac{\partial}{\partial u}(\delta U_2 - U_1) = \frac{UU'}{U_1}, \quad \text{oder } \delta U_2 - U_1 = k + \int \frac{UU'}{U'}\partial u,$$

wo k eine Constante bedeutet. Durch diese Gleichung ist U_2 bestimmt. Es ist ferner:

$$(U\cos a - \cos a')\cos l + (U\cos b - \cos b')\cos m + (U\cos c - \cos c')\cos n = U.$$

Gehören die Winkel l, m, n; l', m', n'; l'', m'', n'' zu drei gegenseitig orthogonalen Richtungen im Raume, so kann man setzen:

$$117)\quad \begin{cases} U\cos a - \cos a' = U\cos l - (\cos\omega \cos l' + \sin\omega \cos l''), \\ U\cos b - \cos b' = U\cos m - (\cos\omega \cos m' + \sin\omega \cos m''), \\ U\cos c - \cos c' = U\cos n - (\cos\omega \cos n' + \sin\omega \cos n''), \end{cases}$$

wo ω nur von u abhängt. Die erste Gleichung nach u differenzirt giebt:

$$118)\qquad \left(U'-\frac{P}{r''}\right)\cos a - U\frac{P}{r'}\cos a' - M\cos a''$$
$$= U'\cos l + (\cos\omega\cos l'' - \sin\omega\cos l')\frac{\partial\omega}{\partial u}.$$

Analoge Gleichungen erhält man durch Differentiation von $U\cos b - \cos b'$, $U\cos c - \cos c'$. Diese Gleichungen quadrirt und addirt geben:

$$\left(\frac{\partial\omega}{\partial u}\right)^2 = \left(\frac{P}{r''}\right)^2 (1+U^2) + M^2 - 2\frac{P}{r''}U'$$

oder für $M = \frac{P}{r''}t$, $\frac{P}{r''}$ und t ihre obigen Werthe substituirt:

$$\frac{\partial\omega}{\partial u} = \frac{U'}{U_1},\quad \omega = \int\frac{U'}{U_1}\partial u = \int\frac{\partial U}{U_1},$$

durch welche Gleichung ω bestimmt ist. Setzt man hieraus den Werth von $\frac{\partial\omega}{\partial u}$ in 118), so folgt:

$$118)\qquad \left(U'-\frac{P}{r''}\right)\cos a - U\frac{P}{r''}\cos a' - \frac{P}{r''}t.\cos a''$$
$$= U'\cos l - (\cos\omega\cos l'' - \sin\omega\cos l')\frac{U'}{U_1}.$$

Die Gleichung 95)' wird für $\xi = p\cos l$,

$$\frac{p'}{q}\cos l = \left(\frac{p'}{q}+\frac{Q}{r'}\right)\cos a + U\frac{Q}{r'}\cos a' + \left(t\frac{Q}{r'} - \frac{1}{t}\frac{\partial t}{\partial v} - \frac{p'}{q}\right)\cos a''.$$

Berücksichtigt man $\frac{\partial t}{\partial v} = g(g-1)\,U_1^2\frac{Q}{r'}$, setzt für $\frac{Q}{r'}$, $\frac{P}{r''}$, t, g ihre oben gefundenen Werthe ein, so erhält man aus der vorstehenden Gleichung in Verbindung mit 118) und der ersten Gleichung 117):

$$[(\delta U_2 - U_1 + V)^2 + 1 + U^2]\cos a'' = 2(\delta U_2 - U_1 + V)\cos l$$
$$+ 2(\delta U_2 - U_1 + V)(\cos l'\cos\omega + \cos l''\sin\omega)U$$
$$- [(\delta U_2 - U_1 + V)^2 - 1 - U^2](\cos\omega\cos l'' - \sin\omega\cos l').$$
$$[(\delta U_2 - U_1 + V)^2 + 1 + U^2]\cos a = [(\delta U_2 - U_1 + V)^2 - 1 + U^2]\cos l$$
$$- 2U(\cos l'\cos\omega + \cos l''\sin\omega)$$
$$+ 2(\delta U_2 - U_1 + V)(\cos\omega\cos l'' - \sin\omega\cos l').$$

Analoge Gleichungen erhält man für $\cos b''$, $\cos c''$; $\cos b\cos c$. Mittelst dieser Gleichungen und:

$$p\cos l = x + p\cos a + q\cos a'',$$
$$p\cos m = y + p\cos b + q\cos b'',$$
$$p\cos n = z + p\cos c + q\cos c'',$$

erhält man für x, y, z folgende Relationen:

$$x\cos l + y\cos m + z\cos n = 2\,\frac{p - q(\delta U_2 - U_1 + V)}{(\delta U_2 - U_1 + V)^2 + 1 + U^2},$$

$$x\cos l' + y\cos m' + z\cos n' = 2p\,\frac{U\cos\omega + (\delta U_2 - U_1 + V)\sin\omega}{(\delta U_2 - U_1 + V)^2 + 1 + U^2}$$
$$-\frac{(\delta U_2 - U_1 + V + U\cot\omega)^2 - 1 - \left(\frac{U}{\sin\omega}\right)^2}{(\delta U_2 - U_1 + V)^2 + 1 + U^2}\,q\sin\omega,$$
$$x\cos l'' + y\cos m'' + z\cos n'' = 2p\,\frac{U\sin\omega - (\delta U_2 + U_1 + V)\cos\omega}{(\delta U_2 - U_1 + V)^2 + 1 + U^2}$$
$$+\frac{(\delta U_2 - U_1 + V - U\tan\omega)^2 - 1 - \left(\frac{U}{\cos\omega}\right)^2}{(\delta U_2 - U_1 + V)^2 + 1 + U^2}\,q\cos\omega.$$

Die Quantitäten U_1, U_2, ω können wieder als Functionen von U angesehen werden, die vorstehenden Gleichungen enthalten dann in Beziehung auf U nur eine willkürliche Function, ebenso ist V die einzige arbiträre Function in Beziehung auf v.

Für den besonderen Fall $\xi = 0$, $\eta = 0$, $\zeta = 0$ ist auch $N = 0$. Die Gleichung $0 = x + p\cos a + q\cos a''$ nach v differenzirt giebt:

$$0 = \left(p' + q\frac{Q}{r'}\right)\cos a + \left(q' + Q - \frac{Q}{r''}p\right)\cos a'',$$

d. h.

$$p' + q\frac{Q}{r'} = 0,\quad q' + Q - \frac{Q}{r'}p = 0.$$

Die Gleichung $\frac{\partial M}{\partial v} = \frac{P}{r''}\cdot\frac{Q}{r'}(1 + t^2))$ geht wegen 91) und $\frac{Q}{r'} = -\frac{p'}{q}$ über in:

$$\frac{\frac{\partial t}{\partial v}}{1 + t^2} = -\frac{p'}{q},$$

also $t = \tan(U - V)$, wo U eine beliebige Function von u bedeutet und zur Vereinfachung $\int\frac{p'}{q}\partial v = V$ gesetzt ist. Die Gleichung

$$\frac{\partial}{\partial v}\log\frac{P}{r''} = -\frac{Q}{r'}\,t = \tan(U - V)\frac{\partial V}{\partial v}$$

integrirt giebt:

$$\frac{P}{r''} = U_1\cos(U - V),$$

wo U_1 nur von u abhängt. Die Quantitäten $\cos a'$, $\cos b'$, $\cos c'$ sind unabhängig von v; bezeichnet ω eine näher zu bestimmende Function von u, gehören die Winkel l, m, n; l', m', n'; l'', m'', n'' zu drei gegenseitig orthogonalen Richtungen, so kann man setzen:

$$\cos a' = \cos l + \cos l'\cos\omega + \cos l''\sin\omega,$$
$$\cos b' = \cos m + \cos m'\cos\omega + \cos m''\sin\omega,$$
$$\cos c' = \cos n + \cos n'\cos\omega + \cos n''\sin\omega.$$

Diese Gleichungen nach u differenzirt, quadrirt und addirt geben:

$$\left(\frac{\partial \omega}{\partial u}\right)^2 = M^2 + \left(\frac{P}{r''}\right)^2 = U_1^2, \quad \text{oder} \quad \omega = \int U_1 \partial u.$$

Für diesen Werth von ω giebt die Gleichung $\cos a' = \cos l + \cos l' \cos \omega + \cos l'' \sin \omega$ nach u differenzirt:

$$\cos a \cos(U-V) + \cos a'' \sin(U-V) = \cos l'' \cos \omega - \cos l' \sin \omega.$$

Differenzirt man die vorstehende Gleichung wieder nach u, so folgt:

$$[\cos a'' \cos(U-V) - \cos a \sin(U-V)] \frac{\partial U}{\partial u} = U_1 \cos l.$$

Analoge Gleichungen erhält man zwischen $\cos b$, $\cos b''$, $\cos c$, $\cos c''$ Bildet man die Summe der Quadrate dieser Gleichungen, so folgt:

$$U_1^2 = \left(\frac{\partial U}{\partial u}\right)^2 \quad \text{oder} \quad U_1 = \frac{\partial U}{\partial u},$$

also $\omega = U + k$, wo k eine Constante bedeutet. Aus den Gleichungen:

$$\cos a'' \sin(U-V) + \cos a \cos(U-V) = \cos l'' \cos \omega - \cos l' \sin \omega,$$
$$\cos a'' \cos(U-V) + \cos a \sin(U-V) = \cos l,$$

folgt:

$$\cos a = (\cos l'' \cos \omega - \cos l' \sin \omega) \cos(U-V) - \cos l \sin(U-V),$$
$$\cos a'' = (\cos l'' \cos \omega - \cos l' \sin \omega) \sin(U-V) + \cos l \cos(U-V).$$

Analoge Gleichungen erhält man für $\cos b$, $\cos b''$, $\cos c$, $\cos c''$. Mittelst dieser Gleichungen und:

$$0 = x + p \cos a + q \cos a'', \quad 0 = y + p \cos b + q \cos b'', \quad 0 = z + p \cos c + q \cos c''$$

erhält man zur Bestimmung von x, y, z folgende Gleichungen, in denen $U = u$, $\omega = u + k$, $p = R_1 \cos \vartheta_1$, $q = R_1 \sin \vartheta_1$ gesetzt ist:

$$x \cos l + y \cos m + z \cos n = R_1 \sin(u - V - \vartheta_1),$$
$$x \cos l' + y \cos m' + z \cos n' = R_1 \cos(u - V - \vartheta_1) \sin(u + k),$$
$$x \cos l'' + y \cos m'' + z \cos n'' = -R_1 \cos(u - V - \vartheta_1) \cos(u + k).$$

XV.

Der feste Punkt (f, g, h) werde zum Centrum der Transformation mittelst reciproker Radienvectoren genommen. Sind R_1', R_2' die Radien der osculatorischen Kugelflächen der transformirten Krümmungslinien, in denen respective u oder v allein variirt, so hat man die Gleichungen:

$$119)\quad \begin{cases} \dfrac{1}{R_1'^2} = \dfrac{\left[\left(\dfrac{D}{r''} + 2H\right) \dfrac{\partial}{\partial u} \dfrac{M}{P} - \left(D \dfrac{M}{P} + 2H''\right) \dfrac{\partial}{\partial u} \dfrac{1}{r''}\right]^2}{\left(\dfrac{\partial}{\partial u} \dfrac{M}{P}\right)^2 + \left(\dfrac{\partial}{\partial u} \dfrac{1}{r''}\right)^2}, \\[2ex] \dfrac{1}{R_2'^2} = \dfrac{\left[\left(\dfrac{D}{r'} + 2H\right) \dfrac{\partial}{\partial v} \dfrac{N}{Q} - \left(D \dfrac{N}{Q} + 2H'\right) \dfrac{\partial}{\partial v} \dfrac{1}{r'}\right]^2}{\left(\dfrac{\partial}{\partial v} \dfrac{N}{Q}\right)^2 + \left(\dfrac{\partial}{\partial v} \dfrac{1}{r'}\right)^2}, \end{cases}$$

wo zur Abkürzung gesetzt ist:

$$\begin{aligned} H &= (x-f)\cos a + (y-g)\cos b + (z-h)\cos c, \\ H' &= (x-f)\cos a' + (y-g)\cos b' + (z-h)\cos c', \\ H'' &= (x-f)\cos a'' + (y-g)\cos b'' + (z-h)\cos c'', \\ D &= (x-f)^2 + (y-g)^2 + (z-h)^2. \end{aligned}$$

Ist die primitive Krümmungslinie (u) sphärisch, so hat man

$$1 = \frac{R_1 \cos \vartheta_1}{r''} + R_1 \sin \vartheta_1 \frac{M}{P},$$

die Gleichung für R_1' wird dann einfach:

$$120) \qquad \frac{R_1}{R_1'} = D + 2 H R_1 \cos \vartheta_1 + 2 H'' R_1 \sin \vartheta_1.$$

Die Gleichungen:

$$121) \qquad \begin{cases} \xi - f = x - f + R_1 \cos \vartheta_1 \cos a + R_1 \sin \vartheta_1 \cos a'', \\ \eta - g = y - g + R_1 \cos \vartheta_1 \cos b + R_1 \sin \vartheta_1 \cos b'', \\ \zeta - h = z - h + R_1 \cos \vartheta_1 \cos c + R_1 \sin \vartheta_1 \cos c'', \end{cases}$$

quadrirt und addirt geben:

$$(\xi - f)^2 + (\eta - g)^2 + (\zeta - h)^2 = D + 2 R_1 \cos \vartheta_1 \,.\, H + 2 R_1 \sin \vartheta_1 \,.\, H'' + R_1^2.$$

Mittelst dieser Gleichung geht 120) über in:

$$122) \qquad \frac{R_1}{R_1'} = (\xi - f)^2 + (\eta - g)^2 + (\zeta - h)^2 - R_1^2.$$

Multiplicirt man die Gleichungen 121) respective mit $x-f$, $y-g$, $z-h$, bildet die Summe der Producte, so folgt:

$$\begin{aligned} &(x-f)(\xi-f) + (y-g)(\eta-g) + (z-h)(\zeta-h) \\ &= D + R_1 \cos \vartheta_1 \,.\, H + R_1 \sin \vartheta_1 \,.\, H''. \end{aligned}$$

Die Gleichung 120) lässt sich mit Hilfe der vorstehenden Gleichung in folgende transformiren:

$$\begin{aligned} 122)' \quad \frac{R_1}{R_1'} = {} & 2(x-f)(\xi-f) + 2(y-g)(\eta-g) + 2(z-h)(\zeta-h) \\ & - (x-f)^2 - (y-g)^2 - (z-h)^2. \end{aligned}$$

Wird die primitive sphärische Krümmungslinie nach der Transformation plan, so ist $R_1' = \infty$, die Gleichung 120) geht dann über in:

$$\begin{aligned} &(x-f)^2 + (y-g)^2 + (z-h)^2 \\ &= 2(x-f)(\xi-f) + (y-g)(\eta-g) + (z-h)(\zeta-h). \end{aligned}$$

Diese Gleichung wird identisch für $x=f$, $y=g$, $z=h$, d. h. die osculatorische Kugelfläche im Punkte (x, y, z) geht durch den festen Punkt (f, g, h). Hieraus folgt unmittelbar: Sind die transformirten Krümmungslinien eines sphärischen Systems plan, so gehen die Kugelflächen des sphärischen Systems sämmtlich durch einen festen Punkt. Die Gleichung 122) giebt für $R_1' = \infty$

$$(\xi - f)^2 + (\eta - g)^2 + (\zeta - h)^2 = R_1^2,$$

dieses ist die nothwendige und hinreichende Bedingung, dass ein System sphärischer Krümmungslinien durch die Transformation mittelst reciproker Radienvectoren plan werde.

Von den beiden Systemen der Krümmungslinien sei das System (u) sphärisch, das andere plan. Man hat dann

$$N = U\frac{Q}{r'},\quad 1 = \frac{R_1\cos\vartheta_1}{r''} + R_1\sin\vartheta_1\frac{M}{P}.$$

Nimmt man den Anfangspunkt der Coordinaten zum Centrum der Transformation, setzt also $f=0$, $g=0$, $h=0$, so gehen die Gleichungen 119) über in:

$$123)\quad \begin{cases} \dfrac{R_1}{R_1'} = \xi^2+\eta^2+\zeta^2-R_1^2, \\ \dfrac{1}{R_2'} = 2\dfrac{(x\cos a+y\cos b+z\cos c)\,U-(x\cos a'+y\cos b'+z\cos c')}{\sqrt{(1+U^2)}}. \end{cases}$$

Ist $p=R_1\cos\vartheta_1$ constant, so hat man

$$(x\cos a+y\cos b+z\cos c)\,U-(x\cos a'+y\cos b'+z\cos c') = -k\,U.$$

Die Gleichungen 123) werden dann:

$$\frac{R_1}{R_1'} = \xi^2+\eta^2+\zeta^2-R_1^2,\quad \frac{1}{R_2'} = -2k\frac{U}{\sqrt{(1+U^2)}}.$$

Die primitive plane Krümmungslinie wird wieder plan, wenn $R_2'=\infty$, also $k=0$ oder $U=0$. Für $U=0$ hat man die Gleichungen

$$x\cos a'+y\cos b'+z\cos c'=0,\quad \cos l\cos a'+\cos m\cos b'+\cos n\cos c'=0,$$

welche auf Rotationsflächen führen, wie oben gezeigt wurde. Ist $p=R_1\cos\vartheta_1$ variabel, so hat man

$$(x\cos a+y\cos b+z\cos c)\,U-(x\cos a'+y\cos b'+z\cos c'=0,$$
$$\xi^2+\eta^2+\zeta^2=R_1^2\cos^2\vartheta_1,$$

die Gleichungen 123) werden dann:

$$\frac{1}{R_1'} = -R_1\sin^2\vartheta_1,\quad R_2'=\infty.$$

Bei der Transformation bleibt also für ein variables p die plane Krümmungslinie plan, die sphärische sphärisch. Die sphärische Krümmungslinie wird nur in einem Falle plan, wenn nämlich $\vartheta_1=0$, dann berührt die osculatorische Kugel die Fläche und da dieses in jedem Punkte der Fläche stattfinden muss, so ist dieselbe eine Kugelfläche.

Die vorstehenden Untersuchungen ergeben, dass die Flächen mit planen und sphärischen Krümmungslinien in zwei wesentlich verschiedene Classen zerfallen, je nachdem $R_1\cos\vartheta_1$ variabel oder constant ist. Im ersteren Falle erhält man durch die Transformation mittelst reciproker Radienvectoren immer wieder Flächen mit planen und spärischen Krümmungslinien. Ist $R_1\cos\vartheta_1$ constant, so sind die transformirten Flächen entweder wieder Flächen derselben Art, oder solche, für welche beide Systeme von Krümmungslinien sphärisch sind.

XVI.

Setzt man zur Abkürzung:

$$R_1\cos\vartheta_1=p_1,\quad R_1\sin\vartheta_1=q_1,\quad R_2\cos\vartheta_2=p_2,\quad R_2\sin\vartheta_2=q_2,$$

so sind nach 60) und 62)

$$1 = \frac{p'}{r''} + q_1 \frac{M}{P}, \quad 1 = \frac{p_2}{r'} + q_2 \frac{N}{Q},$$

die Bedingungen damit beide Systeme von Krümmungslinien sphärisch sind. Nach 61) und 63) sind die Mittelpunkte der osculatorischen Kugelflächen durch folgende Gleichungen bestimmt:

$$\xi_1 = x + p_1 \cos a + q_1 \cos a'', \quad \xi_2 = x + p_2 \cos a + q_2 \cos a',$$
$$\eta_1 = y + p_1 \cos b + q_1 \cos b'', \quad \eta_2 = y + p_2 \cos b + q_2 \cos b',$$
$$\zeta_1 = z + p_2 \cos c + q_1 \cos c'', \quad \zeta_2 = z + p_2 \cos c + q_2 \cos c'.$$

Die Quantitäten $\xi_1, \eta_1, \zeta_1, p_1, q_1$ hängen nur von v ab, $\xi_2, \eta_2, \zeta_2, p_2, q_2$ sind Functionen von u allein. Zur Vereinfachung soll gesetzt werden

$$p_1' = \frac{\partial p_1}{\partial v}, \quad p_1'' = \frac{\partial^2 p_1}{\partial v^2}, \ldots, \quad p_2' = \frac{\partial p_2}{\partial u}, \quad p_2'' = \frac{\partial^2 p_2}{\partial u^2} \ldots,$$

analoge Bedeutungen mögen $\xi_1', \xi_2' \ldots$ haben. Aus den Gleichungen für $\xi_1, \xi_2 \ldots$ folgt:

$$(\xi_1 - \xi_2)^2 + (\eta_1 - \eta_1)^2 + (\zeta_1 - \zeta_2)^2 = (p_1 - p_2)^2 + q_1^2 + q_2^2.$$

Diese Gleichung successive nach u und v differenzirt giebt:

$$\xi_1' \xi_2' + \eta_1' \eta_2' + \zeta_1' \zeta_2' = p_1' p_2'.$$

Differenzirt man die vorstehende Gleichung mehrfach nach u und v, so erhält man ein System von Gleichungen, mit dessen Hilfe sich sehr leicht folgende Gleichung beweisen lässt:

$$\begin{vmatrix} \xi_1' & \eta_1' & \zeta_1' \\ \xi_1'' & \eta_1'' & \zeta_1'' \\ \xi_1''' & \eta_1''' & \zeta_1''' \end{vmatrix} \begin{vmatrix} \xi_2' & \eta_2' & \zeta_2' \\ \xi_2'' & \eta_2'' & \zeta_2'' \\ \xi_2''' & \eta_2''' & \zeta_2''' \end{vmatrix} = 0.$$

Einer der Factoren der vorstehenden Gleichung muss verschwinden, sei dasselbe mit dem zweiten der Fall, so dass also ξ_2, η_2, ζ_2 durch eine lineare Relation mit constanten Coefficienten unter einander verbunden sind. Die Gleichung $\xi_1' \xi_2' + \eta_1' \eta_2' + \zeta_1' \zeta_2' = p_1' p_2'$ drei Mal nach u differenzirt, giebt ein System von Gleichungen, aus welchem man durch Elimination $\xi_1', \eta_1', \zeta_1', p_1'$ folgende Relation erhält:

$$\begin{vmatrix} \xi_2' & \eta_2' & \zeta_2' & p_2' \\ \xi_2'' & \eta_2'' & \zeta_2'' & p_2'' \\ \xi_2''' & \eta_2''' & \zeta_2''' & p_2''' \\ \xi_2'''' & \eta_2'''' & \zeta_2'''' & p_2'''' \end{vmatrix} = 0.$$

Die vorstehende Gleichung wird identisch, wenn p_2 constant ist; für ein variables p_2 muss zwischen $\xi_2, \eta_2, \zeta_2, p_2$ eine lineare Relation mit constanten Coefficienten stattfinden. Da eine solche Relation, wie oben bemerkt, zwischen ξ_2, η_2, ζ_2 stattfindet, so liegt der Punkt (ξ_2, η_2, ζ_2) in einer festen Ebene, welche durch den Anfangspunkt der Coordinaten gehen möge. Gehören die Winkel l, m, n; l', m', n' zu zwei gegenseitig orthogonalen Richtungen im Raume, sind U, U_1 beliebige Functionen von u, so kann man für ein constantes p_2 setzen:

$$\xi_2 = U\cos l + U_1 \cos l',$$
$$\eta_2 = U\cos m + U_1 \cos m',$$
$$\zeta_2 = U\cos n + U_1 \cos n'.$$

Ist p_2 variabel, so hat man:

$$\xi_2 = p_2 \cos l + U\cos l',$$
$$\eta_2 = p_2 \cos m + U\cos m',$$
$$\zeta_2 = p_2 \cos n + U\cos n'.$$

Es sei zuerst $p_2 = k$, wo k eine Constante bedeutet. Für $\xi_2 = U\cos l + U_1 \cos l' \ldots$ geht die Gleichung $\xi_1'\xi_2' + \eta_1'\eta_2' + \zeta_1'\zeta_2' = 0$ über in:

$$(\xi_1'\cos l + \eta_1'\cos m + \zeta_1'\cos n)\frac{\partial U}{\partial u} + (\xi_1'\cos l' + \eta_1'\cos m' + \zeta_1'\cos n')\frac{\partial U_1}{\partial u} = 0.$$

Diese Gleichung giebt zu folgenden Fällen Veranlassung: U, U_1 sind constant, U, U_1 stehen in einem constanten Verhältniss zu einander, die Factoren von $\frac{\partial U}{\partial u}$, $\frac{\partial U_1}{\partial u}$ verschwinden, oder endlich ξ_1, η_1, ζ_1 sind constant.

Sind U, U_1 constant, so ist dieses auch mit ξ_2, η_2, ζ_2 der Fall; die osculatorischen Kugelflächen des einen Systems sind dann concentrisch. Nimmt man den Anfangspunkt der Coordinaten zum gemeinschaftlichen Centrum, so hat man $\xi_2 = 0$, $\eta_2 = 0$, $\zeta_2 = 0$. Die Gleichung

$$(\xi_1 - \xi_2)^2 + (\eta_1 - \eta_2)^2 + (\zeta_1 - \zeta_2)^2 = (p_1 - k)^2 + q_1^2 + q_2^2$$

wird dann

$$\xi_1^2 + \eta_1^2 + \zeta_1^2 - (p_1 - k)^2 - q_1^2 = q_2^2,$$

da die linke Seite dieser Gleichung nur von v abhängt, die rechte nur von u, so muss jede ihrer Seiten constant sein, d. h. q_2 ist constant. Die Gleichungen

$$-x = k\cos a + q_2 \cos a', \quad -y = k\cos b + q_2 \cos b'', \quad z = k\cos c + q_2 \cos c''$$

geben dann

$$x^2 + y^2 + z^2 = k^2 + q_2^2,$$

was die Gleichung einer Kugelfläche ist.

Stehen $\frac{\partial U}{\partial u}$, $\frac{\partial U_1}{\partial u}$ in einem constanten Verhältniss zu einander, so liegt der Punkt (ξ_2, η_2, ζ_2) auf einer festen Geraden; geht dieselbe durch den Anfangspunkt der Coordinaten, so kann man einfach $U_1 = 0$ setzen. Man hat dann folgendes System von Gleichungen:

$$p_2 = k, \quad \xi_1'\cos l + \eta_1'\cos m + \zeta_1'\cos n = 0,$$
$$\xi_2 = U\cos l = x + k\cos a + q_2 \cos a',$$
$$\eta_2 = U\cos m = y + k\cos b + q_2 \cos b',$$
$$\zeta_2 = U\cos n = z + k\cos c + q_2 \cos c'.$$

Die Gleichung $\xi_1'\cos l + \eta_1'\cos m + \zeta_1'\cos n = 0$ zeigt, dass der Punkt (ξ_1, η_1, ζ_1) in einer festen Ebene liegt, welche auf der Geraden senkrecht steht, die den Punkt (ξ_2, η_2, ζ_2) enthält. Die Gleichungen für ξ_2, η_2, ζ_2 nach u differenzirt geben:

$$U'\cos l = q_2\left(\frac{P}{r''}\cos a + M\cos a''\right) + \left(q'_2 + P - k\frac{P}{r''}\right)\cos a',$$

$$U'\cos m = q_2\left(\frac{P}{r''}\cos b + M\cos b''\right) + \left(q_2' + P - k\frac{P}{r''}\right)\cos b',$$

$$U'\cos n = q_2\left(\frac{P}{r''}\cos c + M\cos c''\right) + \left(q_2' + P - k\frac{P}{r''}\right)\cos c',$$

wo $U' = \frac{\partial U}{\partial u}$. Aus den vorstehenden Gleichungen erhält man unmittelbar die folgenden:

$$U'(\cos a\ \cos l + \cos b\ \cos m + \cos c\ \cos n) = q_2\frac{P}{r''},$$

$$U'(\cos a''\cos l + \cos b''\cos m + \cos c''\cos n) = q_2 M,$$

und durch Division:

$$\frac{r''M}{P} = \frac{\cos a''\cos l + \cos b''\cos m + \cos c''\cos n}{\cos a\ \cos l + \cos b\ \cos m + \cos c\ \cos n}.$$

Aus dieser Gleichung findet man leicht $\frac{\partial}{\partial u}\frac{r''M}{P} = 0$, d. h. das System von Krümmungslinien, in welchen u allein variirt, ist plan. Sind ξ_1, η_1, ζ_1 constant, so kann man setzen $\xi_1 = 0$, $\eta_1 = 0$, $\zeta_1 = 0$. Die Gleichung

$$0 = x + p_1\cos a + q_1\cos a''$$

nach v differenzirt giebt:

$$\left(p_1' + q_2\frac{Q}{r'}\right)\cos a + Nq_1\cos a' + \left(q_1' + Q - \frac{Q}{r'}p_1\right)\cos a'' = 0.$$

Die Factoren von $\cos a$, $\cos a'$, $\cos a''$ müssen einzeln verschwinden; man hat also $Nq_1 = 0$. Da nun q_1 nicht verschwindet, so ist $N = 0$, das System der Krümmungslinien, in welchen v allein variirt, ist also plan.

Nimmt man endlich

$$\xi_1'\cos l + \eta_1'\cos m + \zeta_1'\cos n = 0,\quad \xi_1'\cos l' + \eta_1'\cos m' + \zeta_1'\cos n' = 0,$$

so liegt der Punkt (ξ_1, η_1, ζ_1) auf einer festen Geraden, welche auf der festen Ebene senkrecht steht, die den Punkt (ξ_2, η_2, ζ_2) enthält. Lässt man die Ebene und Gerade durch den Anfangspunkt der Coordinaten gehen, so hat man folgende Gleichungen:

$$p_2 = k,\quad \xi_1 = V\cos l,\quad \eta_1 = V\cos m,\quad \zeta_1 = V\cos n,$$

$$\xi_2\cos l + \eta_2\cos m + \zeta_2\cos n = 0,$$

wo V eine beliebige Function von v bezeichnet. Durch Elimination von $\cos l$, $\cos m$, $\cos n$ zwischen den vorstehenden Gleichungen folgt:

$$\xi_1\xi_2 + \eta_1\eta_2 + \zeta_1\zeta_2 = 0.$$

Die Gleichung

$$(\xi_1 - \xi_2)^2 + (\eta_1 - \eta_2)^2 + (\zeta_1 - \zeta_2)^2 = (p_1 - p_2)^2 + q_1^2 + q_2^2 = 0$$

wird dann, für $p_2 = k$,

$$\xi_1^2 + \eta_1^2 + \zeta_1^2 - (p_1 - k)^2 - q_1^2 = -(\xi_2^2 + \eta_2^2 + \zeta_2^2 - q_2^2).$$

Da die linke Seite dieser Gleichung nur v, die rechte nur u enthält, so kann man setzen:

$$\xi_2^2 + \eta_2^2 + \zeta_2^2 = q_2^2 - k_1^2,$$

wo k_1 eine Constante bedeutet. Wegen $\xi_2 \cos l + \eta_2 \cos m + \zeta_2 \cos n = 0$, $q_2^2 = R_2^2 - k^2$, lässt sich die vorstehende Gleichung auch schreiben:

$$[\xi_2 - \sqrt{(k^2+k_1^2)} \cos l]^2 + [\eta_2 - \sqrt{(k^2+k_1^2)} \cos m]^2 + [\xi_2 - \sqrt{(k^2+k_1^2)} \cos n]^2 = R_2^2.$$

Diese Gleichung enthält nach XV. die Bedingung, für welche das System (v) durch die Transformation mittelst reciproker Radienvectoren plan wird; die Flächen, welche also aus der obigen Annahme folgen, lassen sich umgekehrt durch die bemerkte Transformation aus den Flächen ableiten, in welchen ein System plan, das andere sphärisch ist. Nur für den Fall, dass p_1 ebenfalls constant ist, können die obigen Flächen durch Transformation aus denen abgeleitet werden, für welche beide Systeme von Krümmungslinien plan sind.

Ist p_2 variabel, so hat man: $\xi_2 = p_2 \cos l + U \cos l', \ldots$ Die Gleichung $\xi_1' \xi_2' + \eta_1' \eta_2' + \zeta_1' \zeta_2' = p_1' p_2'$ wird dann:

$$p_2' (\xi_1' \cos l + \eta_1' \cos m + \zeta_1' \cos n - p_1') + \frac{\partial U}{\partial u} (\xi_1' \cos l' + \eta_1' \cos m' + \zeta_1' \cos n') = 0.$$

Diese Gleichung kann nur bestehen, wenn p_2', $\frac{\partial U}{\partial u}$ in einem constanten Verhältniss zu einander stehen, oder die Factoren von p_2' und $\frac{\partial U}{\partial u}$ gleichzeitig verschwinden. Im ersten Falle liegt der Punkt (ξ_2, η_2, ζ_2) auf einer festen Geraden; man kann dann $U = 0$ setzen und erhält die Gleichungen:

$$\begin{aligned}
\xi_2 &= p_2 \cos l = x + p_2 \cos a + q_2 \cos a', \\
\eta_2 &= p_2 \cos m = y + p_2 \cos b + q_2 \cos b', \\
\zeta_2 &= p_2 \cos n = z + p_2 \cos c + q_2 \cos c'.
\end{aligned}$$

Durch Differentiation nach u folgt:

$$\begin{aligned}
p_2' \cos l &= \left(P - p_2 \frac{P}{r''} + q_2'\right) \cos a' + \left(p_2' + q_2 \frac{P}{r''}\right) \cos a + q_2 M \cos a'', \\
p_2' \cos m &= \left(P - p_2 \frac{P}{r''} + q_2'\right) \cos b' + \left(p_2' + q_2 \frac{P}{r''}\right) \cos b + q_2 M \cos b'', \\
p_2' \cos n &= \left(P - p_2 \frac{P}{r''} + q_2'\right) \cos c' + \left(p_2' + q_2 \frac{P}{r''}\right) \cos c + q_2 M \cos c''.
\end{aligned}$$

Aus diesen Gleichungen findet man unmittelbar:

$$p_2' (\cos l \cos a + \cos m \cos b + \cos n \cos c - 1) = q_2 \frac{P}{r''},$$

$$p_2' (\cos l \cos a'' + \cos m \cos b'' + \cos n \cos c'') = q_2 M,$$

und durch Division:

$$\frac{r'' M}{P} = \frac{\cos l \cos a'' + \cos m \cos b'' + \cos n \cos c''}{\cos l \cos a + \text{cns}\, m \cos b + \cos n \cos c - 1}.$$

Diese Gleichung nach u differenzirt giebt $\frac{\partial}{\partial u} \frac{r'' M}{P} = 0$, woraus folgt, dass das System (u) plan ist.

Die Annahme:

$$\xi_1' \cos l + \eta_1' \cos m + \zeta_1' \cos n = p_1',$$
$$\xi_1' \cos l' + \eta_1' \cos m' + \zeta_1' \cos n = 0,$$

zeigt, dass der Punkt (ξ_1, η_1, ζ_1) in einer festen Ebene liegt. Lässt man dieselbe durch den Anfangspunkt der Coordinaten gehen, sind l, m, n; l', m', n'; l'', m'', n'' die Winkel, welche drei gegenseitig orthogonale Richtungen im Raume mit den Achsen bilden, ist V eine beliebige Function von v, so kann man setzen:

$$\xi_1 = p_1 \cos l + V \cos l'', \quad \eta_1 = p_1 \cos m + V \cos m'', \quad \zeta_1 = p_1 \cos n + V \cos n'',$$
$$\xi_2 = p_2 \cos l + U \cos l', \quad \eta_2 = p_2 \cos m + U \cos m', \quad \zeta_2 = p_2 \cos n + U \cos n',$$

Aus diesen Gleichungen folgt unmittelbar: $\xi_1 \xi_2 + \eta_1 \eta_2 + \zeta_1 \zeta_2 = p_1 p_2$. Hierdurch geht

$$(\xi_1 - \xi_2)^2 + (\eta_1 - \eta_2)^2 + (\zeta_1 - \zeta_2)^2 = (p_1 - p_2)^2 + q_1^2 + q_2^2 = R_1^2 + R_2^2 - 2 p_1 p_2$$

über in:

$$-(\xi_1^2 + \eta_1^2 + \zeta_1^2 - R_1^2) = \xi_2^2 + \eta_2^2 + \zeta_2^2 - R_2^2.$$

Da die linke Seite dieser Gleichung nur v, die rechte nur u enthält, so muss jede Seite constant sein. Man hat also:

$$\xi_1^2 + \eta_1^2 + \zeta_1^2 = R_1^2 - k^2,$$
$$\xi_2^2 + \eta_2^2 + \zeta_2^2 = R_2^2 + k^2,$$

oder wegen $\xi_1 \cos l' + \eta_1 \cos m' + \zeta_1 \cos n' = 0$,

$$(\xi_1 - k \cos l')^2 + (\eta_1 - k \cos m')^2 + (\zeta_1 - k \cos n')^2 = R_1^2.$$

Diese Gleichung zeigt, dass nach XV. das System (v) durch die Transformation mittelst reciproker Radienvectoren plan wird, also umgekehrt die obigen Flächen durch die bemerkte Transformation aus denen mit planen und sphärischen Krümmungslinien abgeleitet werden können. Für $k = 0$ werden beide Systeme von Krümmungslinien der obigen Flächen durch die Transformation plan. Die sämmtlichen Flächen, für welche beide Systeme von Krümmungslinien sphärisch sind, lassen sich durch Transformation mittelst reciproker Radienvectoren aus denen ableiten, für welche entweder beide Systeme plan sind, oder ein System plan und das andere sphärisch ist.

X.

Integration der partiellen Differentialgleichung erster Ordnung mit n+1 Veränderlichen.

Von August Weiler,
Professor in Mannheim.

Vorwort.

Die Integration der partiellen Differentialgleichung erster Ordnung in der allgemeinsten Form, welche keine Beschränkung in der Zahl der Veränderlichen und in dem Vorkommen der Differentialquotienten macht, ist ein Gegenstand, welcher die Mathematiker schon lange beschäftigt. Die Lösung der Aufgabe für den Fall, dass nur drei Veränderliche in der Differentialgleichung vorkommen, die abhängige Veränderliche z und die beiden unabhängigen Veränderlichen y und x, dass also die Differentialgleichung nur die beiden Differentialquotienten $\frac{dz}{dx} = p$ und $\frac{dz}{dy} = q$ enthält, hat Lagrange im Jahre 1772 gegeben. Wenn auch damals noch viel gefehlt hat an der Lösung der Aufgabe für den allgemeinsten Fall, wo die Differentialgleichung beliebig viele Veränderliche enthält, so hat doch die Arbeit von Lagrange keine wesentliche Aenderung mehr erfahren. Es hat sich allmälig die Ueberzeugung festgestellt, dass Lagrange die angemessenste Behandlung des Gegenstandes gegeben hat, welche bei allen weiteren Unternehmungen der Art zur Richtschnur dienen müsse.

In den Abhandlungen der Berliner Akademie giebt Pfaff 1814 und 1815 die Lösung der Aufgabe für den allgemeinsten Fall, dass die Differentialgleichung beliebig viele Veränderliche hat. Pfaff verlässt aber den von Lagrange eingeschlagenen Weg in der Meinung, dass demselben für mehr als drei Veränderliche allzu grosse Schwierigkeiten entgegenstehen. Die Lösung der allgemeinen Aufgabe, welche Jacobi in dem 17. Bande des Crelle'schen Journals giebt, hat den grossen Vorzug vor der Pfaff'schen, dass die Zahl der zur Lösung führenden Integrationen viel kleiner ist als bei Pfaff. Andererseits aber bringt sie neue Schwierigkeiten in die Rechnung, welche in gewissen Eliminationen ihren Grund haben. Auch erfüllt diese Lösung von Jacobi nicht die oben gestellte Anforderung, dass sie in die von Lagrange vorgeschriebene Bahn einlenkt. Gegen Ende des Jahres 1858, nachdem ich während einer Reihe von Jahren die Aufgabe wiederholt angefasst hatte, brachte ich eine Lösung zu Stande, welche als Verallgemeinerung des von Lagrange gegebenen Verfahrens angesehen werden darf, da sie für den Fall dreier Veränderlichen genau dasselbe giebt. Als ich die Absicht hatte, mein Resultat zu veröffentlichen, ist mir die Mittheilung gemacht geworden, dass auch Jacobi eine Lösung gegeben habe, welche die Verallgemeinerung der von Lagrange gegebenen sei. Wenn auch angenommen werden darf, dass diese Lösung schon in den Jahren 1836 und 1837 zu Stande gekommen ist, so hat sich dieselbe doch zu Lebzeiten Jacobi's nicht der Veröffentlichung erfreut. Erst kürzlich wurde die Herausgabe der Arbeit, welche in den von Jacobi hinterlassenen Papieren sich vorfand, durch A. Clebsch besorgt, und ist dieselbe in dem Crelle'schen Journal abgedruckt. Ich glaubte damals, als ich mein Resultat gefunden hatte, und mir die Mittheilung von dieser Arbeit Jacobi's zukam, dasselbe dennoch veröffentlichen zu dürfen. Es findet sich in dem 33. Theile des Grunert'schen Archivs abgedruckt. Wenn es sich um eine Verallgemeinerung handelt, so sind ja mancherlei Darstellungen denkbar, welche unter sich zwar verschieden, in dem besonderen Falle aber identisch sind. Dies hat mich damals veranlasst, die Veröffentlichung nicht aufzugeben.

Mit Bezugnahme auf die Arbeit Jacobi's, als sie veröffentlicht war, macht in den *Comptes rendus* der Monate Februar und März 1862 Bour Mittheilung über eine von ihm geschriebene Abhandlung, welche schon im Jahre 1855 der Akademie der Wissenschaften vorgelegt worden und in dem *Recueil des savants étrangers* abgedruckt sei. Nach diesem Bericht stimmen die Resultate Bour's im Wesentlichen mit den Jacobi'schen überein. Das Verfahren aber, welches Jacobi eingeschlagen hat, scheine mit dem seinigen nicht übereinstimmend zu sein. Auch hat Ossian Bonnet gleichzeitig über denselben Gegenstand eine Abhandlung der Pariser Akademie der Wissenschaften vorgelegt. Ich habe Veranlassung genommen, auch meine Arbeit mit der Jacobi'schen zu vergleichen, wobei mich A. Clebsch in der freundlichsten Weise unterstützt hat. Es hat sich herausgestellt, dass nicht allein mein Verfahren von dem Jacobi'schen wesentlich abweicht, sondern dass auch mein Resultat ein anderes ist. Nach Lagra
ist die Lösung der Aufgabe auf die Integration von partielle
gleichungen zurückzuführen, worin die Differentialquoti
vorkommen. Jacobi nimmt an, dass die abhängige Ve
der Differentialgleichung nicht vorkomme. Wenn n die
hängigen Veränderlichen ist, so findet Jacobi, dass man
digen Lösung der Aufgabe je ein Integral bestimmen müsse
von $\frac{n(n-1)}{2}$ partiellen Differentialgleichungen.

dieser partiellen Differentialgleichungen mag es mir gestattet sein, zunächst nur den Fall $n=3$ zu betrachten. Man hat dann nur die beiden Gleichungen $\psi_1=0$ und $\psi_2=0$ darzustellen. Aus den drei Gleichungen $\psi=c$, $\psi_1=0$, $\psi_2=0$ bestimmen sich alsdann die drei Differentialquotienten p_1, p_2, p_3 als Functionen von x_1, x_2, x_3, z. Da ich in allen Fällen, wenn f eine Function der $n+1$ Veränderlichen $x_1, x_2, x_3, \ldots x_n, z$ ist, die Abkürzung

$$\frac{df}{dz}p_i + \frac{df}{dx_i} = \left(\frac{df}{dx_i}\right)$$

gebrauche, so zeigen sich die bekannten Beziehungen, welche zwischen den Differentialquotienten p_1, p_2, p_3 bestehen, in der Form:

$$a)\qquad \left(\frac{dp_1}{dx_2}\right)=\left(\frac{dp_2}{dx_1}\right),\quad \left(\frac{dp_1}{dx_3}\right)=\left(\frac{dp_3}{dx_1}\right),\quad \left(\frac{dp_2}{dx_3}\right)=\left(\frac{dp_3}{dx_2}\right).$$

Aus $\psi=c$ bildet man die Differentialgleichungen:

$$b)\qquad \begin{cases} \dfrac{d\psi}{dp_1}\left(\dfrac{dp_1}{dx_1}\right)+\dfrac{d\psi}{dp_2}\left(\dfrac{dp_2}{dx_1}\right)+\dfrac{d\psi}{dp_3}\left(\dfrac{dp_3}{dx_1}\right)+\left(\dfrac{d\psi}{dx_1}\right)=0,\\ \dfrac{d\psi}{dp_1}\left(\dfrac{dp_1}{dx_2}\right)+\dfrac{d\psi}{dp_2}\left(\dfrac{dp_2}{dx_2}\right)+\dfrac{d\psi}{dp_3}\left(\dfrac{dp_3}{dx_2}\right)+\left(\dfrac{d\psi}{dx_2}\right)=0,\\ \dfrac{d\psi}{dp_1}\left(\dfrac{dp_1}{dx_3}\right)+\dfrac{d\psi}{dp_2}\left(\dfrac{dp_2}{dx_3}\right)+\dfrac{d\psi}{dp_3}\left(\dfrac{dp_3}{dx_3}\right)+\left(\dfrac{d\psi}{dx_3}\right)=0. \end{cases}$$

Ebenso erhält man aus der Gleichung $\psi_1=0$ drei andere Differentialgleichungen $b)$, welche von den vorliegenden dadurch verschieden sind, dass überall ψ_1 an die Stelle von ψ tritt. Aus diesen sechs Differentialgleichungen eliminire man die Grössen $\left(\frac{dp_1}{dx_1}\right)$, $\left(\frac{dp_2}{dx_2}\right)$, $\left(\frac{dp_3}{dx_3}\right)$, und man behält die drei folgenden Differentialgleichungen:

$$\left(\frac{d\psi}{dp_2}\frac{d\psi_1}{dp_1}-\frac{d\psi}{dp_1}\frac{d\psi_1}{dp_2}\right)\left(\frac{dp_2}{dx_1}\right)+\left(\frac{d\psi}{dp_3}\frac{d\psi_1}{dp_1}-\frac{d\psi}{dp_1}\frac{d\psi_1}{dp_3}\right)\left(\frac{dp_3}{dx_1}\right)$$
$$+\left(\frac{d\psi}{dx_1}\right)\frac{d\psi_1}{dp_1}-\frac{d\psi}{dp_1}\left(\frac{d\psi_1}{dx_1}\right)=0,$$

$$\left(\frac{d\psi}{dp_1}\frac{d\psi_1}{dp_2}-\frac{d\psi}{dp_2}\frac{d\psi_1}{dp_1}\right)\left(\frac{dp_1}{dx_2}\right)+\left(\frac{d\psi}{dp_3}\frac{d\psi_1}{dp_2}-\frac{d\psi}{dp_2}\frac{d\psi_1}{dp_3}\right)\left(\frac{dp_3}{dx_2}\right)$$
$$+\left(\frac{d\psi}{dx_2}\right)\frac{d\psi_1}{dp_2}-\frac{d\psi}{dp_2}\left(\frac{d\psi_1}{dx_2}\right)=0,$$

$$\left(\frac{d\psi}{dp_1}\frac{d\psi_1}{dp_3}-\frac{d\psi}{dp_3}\frac{d\psi_1}{dp_1}\right)\left(\frac{dp_1}{dx_3}\right)+\left(\frac{d\psi}{dp_2}\frac{d\psi_1}{dp_3}-\frac{d\psi}{dp_3}\frac{d\psi_1}{dp_2}\right)\left(\frac{dp_2}{dx_3}\right)$$
$$+\left(\frac{d\psi}{dx_3}\right)\frac{d\psi_1}{dp_3}-\frac{d\psi}{dp_3}\left(\frac{d\psi_1}{dx_3}\right)=0.$$

Durch die Addition und mit Rücksicht auf die drei Beziehungen $a)$ gelangt man zu der Gleichung:

$$c)$$
$$\left(\frac{d\psi}{dx_1}\right)\frac{d\psi_1}{dp_1}-\frac{d\psi}{dp_1}\left(\frac{d\psi_1}{dx_1}\right)+\left(\frac{d\psi}{dx_2}\right)\frac{d\psi_1}{dp_2}-\frac{d\psi}{dp_2}\left(\frac{d\psi_1}{dx_2}\right)+\left(\frac{d\psi}{dx_3}\right)\frac{d\psi_1}{dp_3}-\frac{d\psi}{dp_3}\left(\frac{d\psi_1}{dx_3}\right)=0.$$

Die Gleichung $\psi_2=0$ führt auf ein drittes System von Differentialgleichungen der Form b), und wenn dasselbe ebenso mit dem ersten System verbunden wird, wie man soeben das zweite System damit verbunden hat, um zu der obigen Gleichung c) zu gelangen, so erhält man eine zweite Gleichung

$$c)\qquad \left(\frac{d\psi}{dx_1}\right)\frac{d\psi_2}{dp_1}-\frac{d\psi}{dp_1}\left(\frac{d\psi_2}{dx_1}\right)+\left(\frac{d\psi}{dx_2}\right)\frac{d\psi_2}{dp_2}-\frac{d\psi}{dp_2}\left(\frac{d\psi_2}{dx_2}\right)$$
$$+\left(\frac{d\psi}{dx_3}\right)\frac{d\psi_2}{dp_3}-\frac{d\psi}{dp_3}\left(\frac{d\psi_2}{dx_3}\right)=0.$$

Endlich findet man aus den Systemen 2 und 3 der Differentialgleichungen b) ganz ebenso eine dritte Gleichung

$$c)\qquad \left(\frac{d\psi_1}{dx_1}\right)\frac{d\psi_2}{dp_1}-\frac{d\psi_1}{dp_1}\left(\frac{d\psi_2}{dx_1}\right)+\left(\frac{d\psi_1}{dx_2}\right)\frac{d\psi_2}{dp_2}-\frac{d\psi_1}{dp_2}\left(\frac{d\psi_2}{dx_2}\right)$$
$$+\left(\frac{d\psi_1}{dx_3}\right)\frac{d\psi_2}{dp_3}-\frac{d\psi_1}{dp_3}\left(\frac{d\psi_2}{dx_3}\right)=0.$$

An die Stelle der drei Gleichungen a) treten also die drei Gleichungen c), und dies sind die partiellen Differentialgleichungen zur Bestimmung der Functionen ψ_1 und ψ_2.

Die Coefficienten der beiden ersten Gleichungen c) sind unmittelbar gegeben durch die Function ψ. Dieselben sind ausserdem der Reihe nach in den beiden Gleichungen übereinstimmend. Die erste Gleichung geht in die zweite über, wenn ψ_2 an die Stelle von ψ_1 kommt. Die Functionen ψ_1 und ψ_2 haben demnach die Eigenschaft mit einander gemein, dass sie der Gleichung:

$$\text{I)}\qquad \left(\frac{d\psi}{dx_1}\right)\frac{d\varphi}{dp_1}-\frac{d\psi}{dp_1}\left(\frac{d\varphi}{dx_1}\right)+\left(\frac{d\psi}{dx_2}\right)\frac{d\varphi}{dp_2}-\frac{d\psi}{dp_2}\left(\frac{d\varphi}{dx_2}\right)$$
$$+\left(\frac{d\psi}{dx_3}\right)\frac{d\varphi}{dp_3}-\frac{d\psi}{dp_3}\left(\frac{d\varphi}{dx_3}\right)=0$$

an der Stelle von φ Genüge leisten. Man sieht ein, dass auch die gegebene Function ψ diese Eigenschaft besitzt. Man schreibe ausserdem die Gleichung:

$$\text{II)}\qquad \left(\frac{d\psi_1}{dx_1}\right)\frac{d\varphi}{dp_1}-\frac{d\psi_1}{dp_1}\left(\frac{d\varphi}{dx_1}\right)+\left(\frac{d\psi_1}{dx_2}\right)\frac{d\varphi}{dp_2}-\frac{d\psi_1}{dp_2}\left(\frac{d\varphi}{dx_2}\right)$$
$$+\left(\frac{d\psi_1}{dx_3}\right)\frac{d\varphi}{dp_3}-\frac{d\psi_1}{dp_3}\left(\frac{d\varphi}{dx_3}\right)=0$$

an, und die dritte Gleichung c) wird erfüllt sein, sobald $\varphi=\psi_2$ auch die Gleichung II) befriedigt. Es ist leicht zu sehen, dass auch $\varphi=\psi_1$ der Gleichung II) genügt; und ebenso wird $\varphi=\psi$ der Gleichung II) genügen, weil $\varphi=\psi_1$ der Gleichung I) genügt. Denn setzt man hier $\varphi=\psi$ ein, so ist die Gleichung II) identisch mit der Gleichung I), nachdem man dort $\varphi=\psi_1$ gesetzt hat. Es ist demnach an die Functionen ψ_1 und ψ_2 die Anforderung gestellt, dass sie beide gleichzeitig den Gleichungen I) und

II) an der Stelle von φ genügen. Dieselbe Eigenschaft besitzt auch die gegebene Function ψ.

Die Rechnung kann leicht ausgedehnt werden auf den Fall, dass mehr als drei unabhängige Veränderliche vorkommen. Lässt man die n unabhängigen Veränderlichen $x_1, x_2, x_3, \ldots x_n$ in die Rechnung herein, so findet man, dass die $n-1$ unbekannten Functionen $\psi_1, \psi_2, \psi_3, \ldots \psi_{n-1}$ gleichzeitig $n-1$ verschiedenen partiellen Differentialgleichungen genügen müssen, welche Eigenschaft die gegebene Function ψ mit ihnen gemein hat. Diese $n-1$ partiellen Differentialgleichungen sind:

$$\sum_{t=1}^{t=n}\left[\left(\frac{d\psi}{dx_t}\right)\frac{d\varphi}{dp_t}-\frac{d\psi}{dp_t}\left(\frac{d\varphi}{dx_t}\right)\right]=0,$$

$$\sum_{t=1}^{t=n}\left[\left(\frac{d\psi_1}{dx_t}\right)\frac{d\varphi}{dp_t}-\frac{d\psi_1}{dp_t}\left(\frac{d\varphi}{dx_t}\right)\right]=0,$$

$$\sum_{t=1}^{t=n}\left[\left(\frac{d\psi_2}{dx_t}\right)\frac{d\varphi}{dp_t}-\frac{d\psi_2}{dp_t}\left(\frac{d\varphi}{dx_t}\right)\right]=0 \text{ etc.}$$

und endlich

$$\sum_{t=1}^{t=n}\left[\left(\frac{d\psi_{n-2}}{dx_t}\right)\frac{d\varphi}{dp_t}-\frac{d\psi_{n-2}}{dp_t}\left(\frac{d\varphi}{dx_t}\right)\right]=0.$$

Gebraucht man die Abkürzung:

$$\sum_{t=1}^{t=n}\left[\left(\frac{d\psi_k}{dx_t}\right)\frac{d\varphi}{dp_t}-\frac{d\psi_k}{dp_t}\left(\frac{d\varphi}{dx_t}\right)\right]=(\psi_k\varphi),$$

so schreiben sich die $n-1$ partiellen Differentialgleichungen in der Form:

$$(\psi\varphi)=0,\quad (\psi_1\varphi)=0,\quad (\psi_2\varphi)=0,\ldots\quad (\psi_{n-2}\varphi)=0.$$

Für den Fall $n=2$ behält man nur eine partielle Differentialgleichung; dieselbe ist identisch mit derjenigen, welche Lagrange aufgestellt hat, um daraus in Verbindung mit $\psi=c$ die beiden Differentialquotienten p_1 und p_2 als Functionen von x_1, x_2 und z darzustellen.

§. 2. Wie man das allgemeine Integral aus dem vollständigen Integral ableitet.

Wenn man die allgemeinsten Werthe der Differentialquotienten $p_1, p_2, p_3, \ldots p_n$, ausgedrückt durch die $n+1$ Veränderlichen $x_1, x_2, x_3, \ldots x_n, z$ in die vollständige Differentialgleichung

$$dz=p_1\,dx_1+p_2\,dx_2+p_3\,dx_3+\ldots+p_n\,dx_n$$

einsetzt, so versteht es sich, dass man durch die Integration dieser Gleichung das allgemeine Integral der partiellen Differentialgleichung $\psi=c$ erhält. Es wäre aber eine verwickelte Unternehmung, wollte man aus den in §. 1 aufgestellten partiellen Differentialgleichungen die allgemeinsten Werthe der Functionen $\psi_1, \psi_2, \psi_3, \ldots \psi_{n-1}$ ableiten, um daraus die Differentialquotienten $p_1, p_2, p_3, \ldots p_n$ als Function der Veränderlichen zu erhalten. Schon Euler hat gezeigt, dass man das allgemeine Integral der partiellen Differentialgleichung $\psi=c$ aus einem vollständigen Integral ableitet. Das vollständige Integral ist eine Gleichung, welche der partiellen

Differentialgleichung $\psi = c$ genügt, und ausser den $n+1$ Veränderlichen $x_1, x_2, x_3, \ldots x_n, z$ noch n willkürliche Beständige $c_1, c_2, c_3, \ldots c_n$ enthält. Um zu dem vollständigen Integral zu gelangen, wird man an die Stelle jener $n-1$ allgemeinen Gleichungen:

$$1) \qquad \psi_1 = 0, \quad \psi_2 = 0, \quad \psi_3 = 0, \ldots \psi_{n-1} = 0,$$

die einfacheren

$$2) \qquad \alpha_1 = c_1, \quad \alpha_2 = c_2, \quad \alpha_3 = c_3, \ldots \alpha_{n-1} = c_{n-1}$$

setzen, worin $c_1, c_2, c_3, \ldots c_{n-1}$ willkürliche Beständige sind; $\alpha_1, \alpha_2, \alpha_3, \ldots \alpha_{n-1}$ aber bestimmte Functionen der $n+1$ Veränderlichen $x_1, x_2, x_3, \ldots x_n, z$, und der Differentialquotienten $p_1, p_2, p_3, \ldots p_n$. Ich nehme an, die Gleichungen 2) seien aufgestellt. Man verbinde dieselben mit der Gleichung $\psi = c$ und entwickle daraus die n Differentialquotienten $p_1, p_2, p_3, \ldots p_n$ als Function der $n+1$ Veränderlichen $x_1, x_2, x_3, \ldots x_n, z$. Die vollständige Differentialgleichung

$$dz = p_1\, dx_1 + p_2\, dx_2 + p_3\, dx_3 + \ldots + p_n\, dx_n$$

liefert, nachdem man die Werthe $p_1, p_2, p_3, \ldots p_n$ eingesetzt hat, mit Hilfe eines integrirenden Factors das vollständige Differential

$$\frac{df}{dz} dz + \frac{df}{dx_1} dx_1 + \frac{df}{dx_2} dx_2 + \frac{df}{dx_3} dx_3 + \ldots + \frac{df}{dx_n} dx_n = 0.$$

Die Integration giebt eine Gleichung von der Form $f = b$, wo b eine neue willkürliche Beständige ist. Unter f hat man sich eine Function der $n+1$ Veränderlichen $x_1, x_2, x_3, \ldots x_n, z$ und jener $n-1$ willkürlichen Beständigen $c_1, c_2, c_3, \ldots c_{n-1}$ zu denken. Die Gleichung $f = b$ ist also ein vollständiges Integral.

Ich darf den Zusammenhang, welcher zwischen dem vollständigen und dem allgemeinen Integral besteht, nicht übergehen, da derselbe den wesentlichsten Aufschluss giebt über die Darstellungsweise jener Gleichungen

$$2) \qquad \alpha_1 = c_1, \quad \alpha_2 = c_2, \quad \alpha_3 = c_3, \ldots \alpha_{n-1} = c_{n-1},$$

woraus das vollständige Integral abzuleiten ist. Es versteht sich, dass diese Gleichungen einen bestimmten Fall der allgemeinen Gleichungen:

$$1) \qquad \psi_1 = 0, \quad \psi_2 = 0, \quad \psi_3 = 0, \ldots \psi_{n-1} = c_{n-1}$$

darstellen. Wollte man von den Gleichungen 2) zu den allgemeinen Gleichungen 1) übergehen, so käme es darauf an, die Grössen $c_1, c_2, c_3, \ldots c_{n-1}$, welche als willkürliche Beständige gedacht sind, durch veränderliche Grössen zu ersetzen, in der Art, dass den in §. 1 angesetzten partiellen Differentialgleichungen Genüge geschieht. Wenn man aber untersucht, in welcher Weise die willkürlichen Beständigen $c_1, c_2, c_3, \ldots c_{n-1}$ des vollständigen Integrals durch veränderliche Grössen ersetzt werden könnten, so dass das vollständige Integral doch noch der Gleichung $\psi = c$ genügt, so findet man leicht, dass es sehr allgemeine Functionen der Art giebt.

Man bemerke zunächst, dass die willkürliche Beständige b des vollständigen Integrals als willkürliche Function von $c_1, c_2, c_3, \ldots c_{n-1}$ aufgefasst werden darf. Wenn aber $c_1, c_2, c_3, \ldots c_{n-1}$ veränderlich sind, so wird man, um die Allgemeinheit des Resultats nicht aufzugeben, auch die Grösse b nicht mehr als willkürliche Beständige, sondern als willkürliche Function von $c_1, c_2, c_3, \dots c_{n-1}$ betrachten, und das vollständige Integral anschreiben: $f = \varphi(c_1, c_2, c_3, \dots c_{n-1})$.

Wenn diese Gleichung, worin nun $c_1, c_2, c_3, \dots c_{n-1}$ veränderlich gedacht sind, der Differentialgleichung $\psi = c$ wieder genügt, so wird man durch Differentiation nach den n unabhängigen Veränderlichen $x_1, x_2, x_3, \dots x_n$ und durch die Elimination des Willkürlichen auf die Differentialgleichung $\psi = c$ zurückgeführt. Man schreibe in dieser Absicht das vollständige Integral lieber in der Form:

$$\varphi(f, c_1, c_2, \dots c_{n-1}) = 0,$$

wo φ wieder eine willürliche Function ist. Durch die vollständige Differentiation entsteht:

$$\begin{aligned}\frac{d\varphi}{df}\left(\frac{df}{dz}dz + \frac{df}{dx_1}dx_1 + \frac{df}{dx_2}dx_2 + \dots + \frac{df}{dx_n}dx_n\right) \\ + \left(\frac{d\varphi}{df}\frac{df}{dc_1} + \frac{d\varphi}{dc_1}\right)dc_1 + \left(\frac{d\varphi}{df}\frac{df}{dc_2} + \frac{d\varphi}{dc_2}\right)dc_2 + \dots \\ + \left(\frac{d\varphi}{df}\frac{df}{dc_{n-1}} + \frac{d\varphi}{dc_{n-1}}\right)dc_{n-1} = 0.\end{aligned}$$

Gebraucht man zur Bestimmung der veränderlich gedachten $c_1, c_2, \dots c_{n-1}$ die $n-1$ Gleichungen:

$$3)\quad \frac{d\varphi}{df}\frac{df}{dc_1} + \frac{d\varphi}{dc_1} = 0,\quad \frac{d\varphi}{df}\frac{df}{dc_2} + \frac{d\varphi}{dc_2} = 0, \dots \frac{d\varphi}{df}\frac{df}{dc_{n-1}} + \frac{d\varphi}{dc_{n-1}} = 0,$$

so bleibt die einfachere Differentialgleichung:

$$\frac{df}{dz}dz + \frac{df}{dx_1}dx_1 + \frac{df}{dx_2}dx_2 + \dots + \frac{df}{dx_n}dx_n.$$

Daraus bestimmen sich die n Differentialquotienten

$$p_1 = \frac{dz}{dx_1},\quad p_2 = \frac{dz}{dx_2}, \dots p_n = \frac{dz}{dx_n}.$$

Die so gefundenen Werthe unterscheiden sich von den zur Darstellung des vollständigen Integrals benutzten nur dadurch, dass die willkürlichen Beständigen c_1, c_2, c_{n-1} jetzt veränderlich gedacht sind. Es versteht sich, dass man durch die Elimination von $c_1, c_2, \dots c_{n-1}$ auf ein und dieselbe Gleichung $\psi = c$ geführt wird, in dem einen, wie in dem anderen Falle. Es ist aber damit der Beweis geliefert, dass das vollständige Integral $f = b$ auch dann der partiellen Differentialgleichung $\psi = c$ genügt, wenn die willkürlichen Beständigen in der oben vorgeschriebenen Weise durch Veränderliche ersetzt werden.

Man kann nun auch leicht zeigen, dass man durch die angegebene Umwandlung des vollständigen Integrals das allgemeine Integral erhält. Es ist zunächst klar, dass jene $n-1$ Gleichungen:

$$3)\quad \frac{d\varphi}{df}\frac{df}{dc_1} + \frac{d\varphi}{dc_1} = 0,\quad \frac{d\varphi}{df}\frac{df}{dc_2} + \frac{d\varphi}{dc_2} = 0, \dots \frac{d\varphi}{df}\frac{df}{dc_{n-1}} + \frac{d\varphi}{dc_{n-1}} = 0$$

in jenen anderen:

1) $\psi_1 = 0, \ \psi_2 = 0, \ldots \ \psi_{n-1} = 0$

enthalten sein müssen, von welchen angenommen ist, dass dadurch die allgemeinsten Werthe der Differentialquotienten $p_1, p_2, \ldots p_n$ bestimmt sind. Man überzeugt sich aber, dass die letzteren Gleichungen keine grössere Allgemeinheit haben, als auch die Gleichungen 3).

Die partielle Differentialgleichung $(\psi\varphi) = 0$ hat $2n+1$ Veränderliche, und es giebt deshalb $2n$ verschiedene Functionen, welche an der Stelle von φ genügen. Es ist in §. 1 gezeigt worden, dass die $n-1$ Functionen $\psi_1, \psi_2, \ldots \psi_{n-1}$ gemeinschaftlich der Gleichung $(\psi\varphi) = 0$ genügen. Es folgt daraus, dass dieselben in ihrer allgemeinsten Form durch Functionen von $2n$ veränderlichen Grössen ausgedrückt sind. Wie diese Functionen auch immer beschaffen sein mögen, es wäre gestattet, an die Stelle jener $n-1$ Gleichungen

1) $\psi_1 = 0, \ \psi_2 = 0, \ldots \ \psi_{n-1} = 0$

eben so viele andere Gleichungen zu bringen, von denen jede Function ist von nur $n+2$ veränderlichen Grössen. Um irgend eine von diesen Gleichungen herzustellen, würde man aus den obigen $n-1$ Gleichungen irgend $n-2$ der vorkommenden $2n$ veränderlichen Grössen eliminiren. Es bliebe dann eine Gleichung zurück, worin nur $n+2$ veränderliche Grössen vorkommen. Die Gleichungen 3), welche zur Bestimmung der veränderlich gedachten Grössen $c_1, c_2, \ldots c_{n-1}$ aus dem vollständigen Integrale oben abgeleitet sind, besitzen aber dieselbe Eigenschaft. Jede von den Gleichungen:

$$3) \quad \frac{d\varphi}{df}\frac{df}{dc_1} + \frac{d\varphi}{dc_1} = 0, \quad \frac{d\varphi}{df}\frac{df}{dc_2} + \frac{d\varphi}{dc_2} = 0, \ldots \quad \frac{d\varphi}{df}\frac{df}{dc_{n-1}} + \frac{d\varphi}{dc_{n-1}} = 0.$$

enthält ausser den $n+1$ Functionen $c = \psi, \ c_1 = \alpha_1, \ c_2 = \alpha_2, \ldots c_{n-1} = \alpha_{n-1}$ und f noch eine von den $n-1$ Functionen $\frac{df}{dc_1}, \frac{df}{dc_2}, \ldots \frac{df}{dc_{n-1}}$. Ausserdem darf irgendeine von den vorliegenden Gleichungen als willkürliche Function der darin vorkommenden $n+2$ veränderlichen Grössen aufgefasst werden. Man ist also berechtigt, zu behaupten, dass man durch das soeben aus einander gesetzte Verfahren aus dem vollständigen Integral das allgemeine Integral der partiellen Differentialgleichung $\psi = c$ ableitet.

Man sieht nun, dass die Gleichung

$$\varphi(f, c_1, c_2, \ldots c_{n-1}) = 0$$

in Verbindung mit den $n-1$ Gleichungen 3) das allgemeine Integral der partiellen Differentialgleichung $\psi = c$ ausdrückt. Man kann auch, ohne die Allgemeinheit zu stören, die Form

$$f = \varphi(c_1, c_2, \ldots c_{n-1})$$

wählen, um dieselbe alsdann mit den $n-1$ Gleichungen

$$\frac{df}{dc_1} = \frac{d\varphi}{dc_1}, \quad \frac{df}{dc_2} = \frac{d\varphi}{dc_2}, \ldots \quad \frac{df}{dc_{n-1}} = \frac{d\varphi}{dc_{n-1}}$$

zu verbinden. Die letzteren Gleichungen unterscheiden sich von den obigen Gleichungen 3) dadurch, dass die Function f eliminirt ist.

§. 3. Die Function α_i bestimmt sich durch eine partielle Differentialgleichung der ersten Ordnung, worin die Differentialquotienten nur linear vorkommen.

Da es nun feststeht, dass man das allgemeine Integral aus dem vollständigen Integral ableiten kann, so ist die Integration der partiellen Differentialgleichung $\psi = c$ zurückgeführt auf die Bestimmung der $n-1$ Gleichungen:

2) $$\alpha_1 = c_1, \quad \alpha_2 = c_2, \quad \alpha_3 = c_3, \ldots \quad \alpha_{n-1} = c_{n-1},$$

wo $c_1, c_2, c_3, \ldots c_{n-1}$ willkürliche Beständige, $\alpha_1, \alpha_2, \alpha_3, \ldots \alpha_{n-1}$ aber bestimmte Functionen der $n+1$ Veränderlichen $z, x_1, x_2, \ldots x_n$ und der Differentialquotienten $p_1, p_2, \ldots p_n$ sind. Es ist nach §. 1 an diese Functionen die Anforderung gestellt, dass sie gleichzeitig den $n-1$ Differentialgleichungen

$$(\psi\alpha) = 0. \quad (\alpha_1 \alpha) = 0, \quad (\alpha_2 \alpha) = 0, \ldots \quad (a_{n-2}) = 0$$

an der Stelle von α genügen.

In §. 2 hat man gesehen, dass die allgemeine Gleichung $\psi_1 = 0$ durch eine willkürliche Function von irgend $n+2$ Integralen der Gleichung $(\psi\varphi) = 0$ ausgedrückt ist. Daraus folgt, dass irgend eines von den $2n$ Integralen der Gleichung $(\psi\alpha) = 0$ an die Stelle von α_1 zu setzen ist. Man bestimme deshalb ein Integral von $(\psi\alpha) = 0$, und man hat die Gleichung $\alpha_1 = c_1$.

Da nun α_1 bekannt ist, so kann man die zweite Gleichung $(\alpha_1 \alpha) = 0$ anschreiben. Die Coefficienten dieser partiellen Differentialgleichung sind gegeben durch die Function α_1. Die Function α_2 soll aber den beiden Gleichungen $(\psi\alpha) = 0$ und $(\alpha_1 \alpha) = 0$ gleichzeitig genügen. Man wird deshalb die $2n$ Integrale der Gleichung $(\psi\alpha) = 0$ als neue Veränderliche in die Gleichung $(\alpha_1 \alpha) = 0$ einsetzen. Man gelangt zu einer partiellen Differentialgleichung mit nur $2n$ Veränderlichen. Jede Function der neuen Veränderlichen, welche der transformirten Gleichung $(\alpha_1 \alpha) = 0$ genügt, wird auch die Gleichung $(\psi\alpha) = 0$ befriedigen.

Nun wird man fragen, wie die allgemeine Gleichung $\psi_2 = 0$ sich gestaltet, wenn die Gleichung $\psi_1 = 0$ in die einfachere $\alpha_1 = c_1$ übergeht. Um dies zu erfahren, komme man zurück auf das vollständige Integral

$$\varphi(f, c_1, c_2, \ldots c_{n-1}) = 0.$$

Man differentiire und betrachte dabei $c_2, c_3, \ldots c_{n-1}$ als veränderliche Grössen, während c_1 als willkürliche Beständige angenommen ist. Es entsteht dann die Gleichung

$$\begin{aligned}\frac{d\varphi}{df}\left(\frac{df}{dz}dz + \frac{df}{dx_1}dx_1 + \frac{df}{dx_2}dx_2 + \ldots + \frac{df}{dx_n}dx_n\right) \\ + \left(\frac{d\varphi}{df}\frac{df}{dc_2} + \frac{d\varphi}{dc_2}\right)dc_2 + \left(\frac{d\varphi}{df}\frac{df}{dc_3} + \frac{d\varphi}{dc_3}\right)dc_3 + \ldots \\ + \left(\frac{d\varphi}{df}\frac{df}{dc_{n-1}} + \frac{d\varphi}{dc_{n-1}}\right)dc_{n-1} = 0.\end{aligned}$$

Zur Bestimmung der Veränderlichen c_2, c_3, c_{n-1} hat man demnach unter der obigen Voraussetzung, dass $\psi_1 = 0$ in die einfachere Gleichung $\alpha_1 = c_1$ übergeht, die $n-2$ Gleichungen:

$$\frac{d\varphi}{df}\frac{df}{dc_2} + \frac{d\varphi}{dc_2} = 0, \quad \frac{d\varphi}{df}\frac{df}{dc_3} + \frac{d\varphi}{dc_3} = 0, \ldots \frac{d\varphi}{df}\frac{df}{dc_{n-1}} + \frac{d\varphi}{dc_{n-1}} = 0.$$

Man sieht, dass irgend eine von diesen Gleichungen eine willkürliche Function ist von $n+2$ veränderlichen Grössen. Ausser den $n+1$ Functionen $\psi = c$, $\alpha_1 = c_1$, $\alpha_2 = c_2$, ... $\alpha_{n-1} = c_{n-1}$ und f hat man jedesmal noch eine von den $n-2$ Functionen $\frac{df}{dc_2}$, $\frac{df}{dc_3}$, ... $\frac{df}{dc_{n-1}}$. Im Ganzen kommen $2n-1$ verschiedene Functionen vor. Daraus folgt, dass die transformirte Gleichung $(\alpha_1\,\alpha) = 0$, welcher alle jene Gleichungen $\psi_2 = 0$, $\psi_3 = 0$, ... $\psi_{n-1} = 0$ genügen, $2n-1$ Integrale α haben wird. Da aber eine partielle Differentialgleichung mit $2n$ Veränderlichen immer nur $2n-1$ Integrale hat, so sieht man ein, dass irgend eines von den $2n-1$ Integralen der transformirten Gleichung $(\alpha_1\,\alpha) = 0$ an die Stelle von α_2 gesetzt werden darf. Man bestimme eines von diesen Integralen, und man hat die Gleichung $\alpha_2 = c_2$.

Man kann nun die dritte Gleichung $(\alpha_2\,\alpha) = 0$ anschreiben. Da die Function α_3 den Gleichungen $(\psi\alpha) = 0$, $(\alpha_1\,\alpha) = 0$, $(\alpha_2\,\alpha) = 0$ gleichzeitig genügen soll, so führe man die $2n-1$ Integrale, welche den Gleichungen $(\psi\alpha) = 0$ und $(\alpha_1\,\alpha) = 0$ gemeinsam sind, als neue Veränderliche in die Gleichung $(\alpha_2\,\alpha) = 0$ ein. Man findet ganz ebenso wie vorhin, dass die $2n-2$ verschiedenen Integrale der transformirten Gleichung auch die beiden Gleichungen $(\psi\alpha) = 0$ und $(\alpha_1\,\alpha) = 0$ befriedigen. Irgend eines davon wird die Stelle von $\alpha_3 = c_3$ einnehmen.

Indem man so fortfährt, gelangt man endlich zu der Gleichung $(\alpha_{n-2}\alpha) = 0$. Die Function α_{n-1} ist in der Art zu bestimmen, dass sie gleichzeitig alle $n-1$ partiellen Differentialgleichungen befriedigt. Man führe deshalb die $2n-(n-3) = n+3$ Integrale, welche allen vorhergehenden Gleichungen gemeinsam sind, als neue Veränderliche in die Gleichung $(\alpha_{n-2}\,\alpha) = 0$ ein. Man findet, dass die $n+2$ verschiedenen Integrale der transformirten Gleichung gleichzeitig allen übrigen Gleichungen genügen, und dass also irgend eines davon die Gleichung $\alpha_{n-1} = c_{n-1}$ darstellt.

Es ist hieraus ersichtlich, dass in den partiellen Differentialgleichungen

$$(\psi\alpha) = 0, \quad (\alpha_1\,\alpha) = 0, \quad (\alpha_2\,\alpha) = 0, \ldots \quad (\alpha_{n-2}) = 0$$

jedesmal nur die Function α als Unbekannte vorkommt. Man hat deshalb zur Bestimmung der Functionen α_1, α_2, ... α_{n-1} jedesmal eine partielle Differentialgleichung, worin die Differentialquotienten der Unbekannten linear vorkommen.

§. 4. Wenn zwei Integrale α der partiellen Differentialgleichung $(\alpha_1\alpha)=0$ bekannt sind, so lassen sich daraus alle übrigen Integrale ableiten.

Bezeichnet man die $2n$ Werthe α, welche der Gleichung $(\alpha_1\alpha)=0$ genügen, durch $\beta_1, \beta_2, \beta_3, \ldots \beta_n$, so sind die den beiden Gleichungen $(\psi\alpha)=0$ und $(\alpha_1\alpha)=0$ gemeinsamen Integrale ausgedrückt durch Functionen von $\beta_1, \beta_2, \beta_3, \ldots \beta_{2n}$. Um die gemeinsamen Integrale zu bestimmen, wird man die Grössen $\beta_1, \beta_2, \beta_3, \ldots \beta_{2n}$ als neue Veränderliche in die Gleichung $(\psi\alpha)=0$ einsetzen. Man erhält dadurch die transformirte Gleichung

$$(\psi\beta_1)\frac{d\alpha}{d\beta_1}+(\psi\beta_2)\frac{d\alpha}{d\beta_2}+(\psi\beta_3)\frac{d\alpha}{d\beta_3}+\cdots+(\psi\beta_{2n})\frac{d\alpha}{d\beta_{2n}}=0.$$

Jede Function der neuen Veränderlichen, welche der transformirten Gleichung genügt, ist gemeinsames Integral der beiden Gleichungen $(\psi\alpha)=0$ und $(\alpha_1\alpha)=0$. Nach §. 3 ist deren Zahl $2n-1$. Man schliesst daraus, dass alle Coefficienten der transformirten Gleichung als Function der neuen Veränderlichen $\beta_1, \beta_2, \beta_3, \ldots \beta_{2n}$ sich darstellen lassen. Es versteht sich, dass man durch die $2n$ neuen Veränderlichen eben so viel von den $2n+1$ ursprünglichen Veränderlichen in den Coefficienten eliminiren kann. Bringt man aber den ersten Coefficienten auf die Einheit, indem man die ganze Gleichung durch $(\psi\beta_1)$ theilt, so wird in allen übrigen Coefficienten auch die letzte der ursprünglichen Veränderlichen hinausfallen. Wäre dies nicht so, so fänden sich für die partielle Differentialgleichung, welche $2n$ Veränderliche hat, weniger als $2n-1$ Integrale als Functionen der neuen Veränderlichen. Es werden also die Quotienten:

$$\frac{(\psi\beta_2)}{(\psi\beta_1)}, \frac{(\psi\beta_3)}{(\psi\beta_1)}, \ldots \frac{(\psi\beta_{2n})}{(\psi\beta_1)}$$

Functionen von $\beta_1, \beta_2, \beta_3, \ldots \beta_{2n}$ sein. Wenn nur zwei Integrale $\alpha=\beta_1$ und $\alpha=\beta_2$ der Gleichung $(\alpha_1\alpha)=0$ bekannt sind, so erhält man ein drittes $\alpha=\beta_3$ durch den Bruchwerth $\frac{(\psi\beta_2)}{(\psi\beta_1)}$, da jede Function der Integrale auch wieder ein Integral ist. Alsdann erhält man ein viertes Integral $\alpha=\beta_4$ durch den Bruchwerth $\frac{(\psi\beta_3)}{(\psi\beta_1)}$ u. s. w. auch die übrigen Integrale α. Es ist dabei freilich vorausgesetzt, dass $\alpha=\beta_1$ und $\alpha=\beta_2$ nicht auch Integrale der Gleichung $(\psi\alpha)=0$ sind, da sonst $(\psi\beta_1)=0$ und $(\psi\beta_2)=0$ wäre. Ferner ist die Anforderung gestellt, dass der Bruchwerth $\frac{(\psi\beta_2)}{(\psi\beta_1)}$ nicht in eine Function von β_1 und β_2 übergehe.

Bezeichnet man die $2n-1$ Werthe α, welche den beiden Gleichungen $(\alpha_1\alpha)=0$ und $(\alpha_2\alpha)=0$ gleichzeitig genügen, durch $\gamma_1, \gamma_2, \gamma_3, \ldots \gamma_{2n-1}$, so sind die den drei Gleichungen $(\psi\alpha)=0$, $(\alpha_1\alpha)=0$, $(\alpha_2\alpha)=0$ gemeinsamen Integrale ausgedrückt durch Functionen von $\gamma_1, \gamma_2, \gamma_3, \ldots \gamma_{2n-1}$.

Will man die gemeinsamen Integrale bestimmen, so wird man die Grössen $\gamma_1, \gamma_2, \gamma_3, \dots \gamma_{2n-1}$ als neue Veränderliche in die Gleichung $(\psi\alpha)=0$ einsetzen. Man erhält daraus die transformirte Gleichung

$$(\psi\gamma_1)\frac{d\alpha}{d\gamma_1}+(\psi\gamma_2)\frac{d\alpha}{d\gamma_2}+(\psi\gamma_3)\frac{d\alpha}{d\gamma_3}+\dots+(\psi\gamma_{2n-1})\frac{d\alpha}{d\gamma_{2n-1}}=0.$$

Jede Function der neuen Veränderlichen, welche der transformirten Gleichung genügt, ist gemeinsames Integral der drei Gleichungen $(\psi\alpha)=0$, $(\alpha_1\alpha)=0$, $(\alpha_2\alpha)=0$. Die Zahl der gemeinsamen Integrale ist $2n-2$. Man schliesst daraus, dass alle Coefficienten der transformirten Gleichung als Function der neuen Veränderlichen dargestellt werden können. Man theile die ganze Gleichung durch $(\psi\gamma_1)$, und alle Coefficienten müssen die erwähnte Eigenschaft besitzen. Es werden also die Quotienten:

$$\frac{(\psi\gamma_2)}{(\psi\gamma_1)},\ \frac{(\psi\gamma_3)}{(\psi\gamma_1)},\dots\ \frac{(\psi\gamma_{2n-1})}{(\psi\gamma_1)}$$

Functionen von $\gamma_1, \gamma_2, \gamma_3, \dots \gamma_{2n-1}$ sein. Wäre dies nicht so, so fänden sich für die vorliegende Differentialgleichung, welche $2n-1$ Veränderliche hat, weniger als $2n-2$ Integrale als Function der neuen Veränderlichen. Wenn zwei den Gleichungen $(\alpha_1\alpha)=0$ und $(\alpha_2\alpha)=0$ gemeinsame Integrale $\alpha=\gamma_1$ und $\alpha=\gamma_2$ bekannt sind, so erhält man ein drittes $\gamma_3=\frac{(\psi\gamma_2)}{(\psi\gamma_1)}$, daraus ein viertes $\gamma_4=\frac{(\psi\gamma_3)}{(\psi\gamma_1)}$ u. s. f. noch andere Integrale α.

Wenn zwei Integrale $\alpha=\delta_1$ und $\alpha=\delta_2$ bekannt sind, welche den drei Gleichungen $(\alpha_1\alpha)=0$, $(\alpha_2\alpha)=0$, $(\alpha_3\alpha)=0$ gemeinsam sind, so schliesst man in ähnlicher Weise wie vorhin, dass auch $\delta_3=\frac{(\psi\delta_2)}{(\psi\delta_1)}$ ein gemeinsames Integral der drei Gleichungen ist. Man erhält daraus ein viertes in der Form $\delta_4=\frac{(\psi\delta_3)}{(\psi\delta_1)}$ u. s. f. noch andere.

§. 5. Wie man aus einem Integral α der partiellen Differentialgleichung $(\alpha_1\alpha)=0$ alle übrigen Integrale dieser Gleichung ableitet.

Um die den Gleichungen $(\psi\alpha)=0$ und $(\alpha_1\alpha)=0$ gemeinsamen Integrale zu bestimmen, hat man in §. 4 die $2n$ Integrale $\beta_1, \beta_2, \beta_3, \dots \beta_{2n}$ der Gleichung $(\alpha_1\alpha)=0$ als neue Veränderliche in die Gleichung $(\psi\alpha)=0$ eingesetzt. Aus der transformirten Gleichung ergaben sich die $2n-1$ gemeinsamen Integrale. In derselben Absicht kann man auch irgend eine lineare Verbindung der Gleichungen $(\psi\alpha)=0$ und $(\alpha_1\alpha)_1=0$ herstellen. Die $2n$ Integrale der so entstehenden Gleichung $(\alpha_1\alpha)=0$ wird man als neue Veränderliche in die Gleichung $(\psi\alpha)=0$ einsetzen. Man wird dann auch wieder $2n-1$ gemeinsame Integrale finden. Man bezeichne zwei von den Integralen der Gleichung $(\alpha_1\alpha)_1=0$ durch $\alpha=\beta_1$ und α-

und man erhält daraus nach §. 4 ein drittes Integral dieser Gleichung in der Form $\beta_3 = \frac{(\psi\beta_2)}{(\psi\beta_1)}$, ein viertes $\beta_4 = \frac{(\psi\beta_3)}{(\psi\beta_1)}$ u. s. f. noch andere. Wenn aber die erwähnte lineare Verbindung von $(\psi\alpha) = 0$ und $(\alpha_1\alpha) = 0$ in der Weise zu Stande gebracht ist, dass der Differentialquotient $\frac{d\alpha}{dx_1}$ in der neuen Gleichung fehlt, so genügt derselben offenbar $\alpha = x_1$. Anstatt zwischen den beiden Gleichungen $(\psi\alpha) = 0$ und $(\alpha_1\alpha) = 0$ den Differentialquotienten $\frac{d\alpha}{dx_1}$ zu eliminiren, kann man in der nämlichen Absicht den Differentialquotienten p_1 in der Function α_1 durch $\psi = c$ eliminiren. Es ist dann $\frac{d\alpha_1}{dp_1} = 0$. Der Coefficient von $\frac{d\alpha}{dx_1}$ in der Gleichung $(\alpha_1\alpha) = 0$ ist aber $\frac{d\alpha_1}{dp_1}$. Es fehlt deshalb auch jetzt der Differentialquotient $\frac{d\alpha}{dx_1}$ in der Gleichung $(\alpha_1\alpha) = 0$, und man kann daraus den Schluss ziehen, dass die so erhaltene Gleichung $(\alpha_1\alpha) = 0$ identisch ist mit der obigen $(\alpha_1\alpha)_1 = 0$. Die Gleichung $(\alpha_1\alpha) = 0$ hat also das Integral $\alpha = x_1$, wenn sie erst dann hergestellt wird, nachdem der Differentialquotient p_1 durch $\psi = c$ in α_1 eliminirt worden. Man braucht dann nur ein einziges Integral der Gleichung $(\alpha_1\alpha) = 0$ aufzusuchen, da man alle übrigen Integrale durch Differentiation daraus ableitet. Man hat nämlich $\beta_2 = \frac{(\psi\beta_1)}{(\psi x_1)}$, $\beta_3 = \frac{(\psi\beta_2)}{(\psi x_1)}$ u. s. w.

Ferner hat man in §. 4 die $2n-1$ Integrale $\gamma_1, \gamma_2, \gamma_3, \ldots \gamma_{2n-1}$, welche den zwei Gleichungen $(\alpha_1\alpha) = 0$ und $(\alpha_2\alpha) = 0$ gemeinsam sind, in die Gleichung $(\psi\alpha) = 0$ als neue Veränderliche eingesetzt. Die transformirte Gleichung giebt die $2n-2$ gemeinsamen Integrale der drei Gleichungen $(\psi\alpha) = 0$, $(\alpha_1\alpha) = 0$, $(\alpha_2\alpha) = 0$. Nachdem man zwei Integrale $\alpha = \gamma_1$ und $\alpha = \gamma_2$, welche den Gleichungen $(\alpha_1\alpha) = 0$ und $(\alpha_2\alpha) = 0$ gemeinsam sind, aufgefunden hatte, ergaben sich die übrigen Integrale der Reihe nach in der Form $\gamma_3 = \frac{(\psi\gamma_2)}{(\psi\gamma_1)}$, $\gamma_4 = \frac{(\psi\gamma_3)}{(\psi\gamma_1)}$ u. s. w. Wenn man den Differentialquotienten p_1 in den Functionen α_1 und α_2 mittelst $\psi = c$ eliminirt, und alsdann erst die beiden Gleichungen $(\alpha_1\alpha) = 0$ und $(\alpha_2\alpha) = 0$ herstellt, so bedarf man nur eines einzigen Integrals $\alpha = \gamma_1$, welches den beiden Gleichungen $(\alpha_1\alpha) = 0$ und $(\alpha_2\alpha) = 0$ gemeinsam ist, um alle übrigen durch Differentiation daraus abzuleiten. Denn man hat dann $\frac{d\alpha_1}{dp_1} = 0$ und $\frac{d\alpha_2}{dp_1} = 0$. Da aber der Factor von $\frac{d\alpha}{dx_1}$ in diesen beiden Gleichungen beziehungsweise $\frac{d\alpha_1}{dp_1}$ und $\frac{d\alpha_2}{dp_1}$ ist, so sieht man, dass der Differentialquotient

$\frac{d\alpha}{dx_1}$ in denselben fehlt, und dass also $\alpha = x_1$ ein gemeinsames Integral ist. Man erhält dann ein zweites gemeinsames Integral in der Form $\gamma_2 = \frac{(\psi\gamma_1)}{(\psi x_1)}$, ein drittes $\gamma_3 = \frac{(\psi\gamma_2)}{(\psi x_1)}$ u. s. f. noch andere Integrale.

Damit die Gleichungen $(\alpha_1\alpha) = 0$, $(\alpha_2\alpha) = 0$, $(\alpha_3\alpha) = 0$ das gemeinsame Integral $\alpha = x_1$ haben, wird man dieselben erst dann herstellen, nachdem man den Differentialquotienten p_1 aus den Functionen α_1, α_2, α_3 mittelst $\psi = c$ eliminirt hat. Es genügt dann, ein einziges gemeinsames Integral $\alpha = s$ aufzusuchen, da alle übrigen durch Differentiation sich daraus ableiten lassen. Man erhält weitere gemeinsame Integrale nach einander in der Form $\delta_2 = \frac{(\psi\delta_1)}{(\psi x_1)}$, $\delta_3 = \frac{(\psi\delta_2)}{(\psi x_1)}$ u. s. w.

§. 6. Die Zahl der Integrationen bei der Bestimmung von α_i und die Zahl der Veränderlichen in den zu integrirenden partiellen Differentialgleichungen.

Die Gleichung $(\psi\alpha) = 0$ hat $2n+1$ Veränderliche. Eliminirt man p_1 mittelst $\psi = c$, so bleiben $2n$ Veränderliche. Man bestimme ein Integral, und man hat die Gleichung $\alpha_1 = c_1$.

Man kann nun die zweite Gleichung $(\alpha_1\alpha) = 0$ anschreiben. Es kommt darauf an, eine Function α zu bestimmen, welche den beiden Gleichungen $(\psi\alpha) = 0$ und $(\alpha_1\alpha) = 0$ gemeinschaftlich ist. Auch die Gleichung $(\alpha_1\alpha) = 0$ hat $2n+1$ Veränderliche, so lange α_1 als Function aller vorkommenden Veränderlichen gedacht wird. Die Veränderliche p_1 ist aber schon mittelst $\psi = c$ eliminirt. Man benutze auch die Gleichung $\alpha_1 = c_1$, um dadurch p_2 zu eliminiren. Da p_1 in der Function α_1 nicht vorkommt, so fehlt (vgl. §. 5) der Differentialquotient $\frac{d\alpha}{dx_1}$ in der Gleichung $(\alpha_1\alpha) = 0$, und man genügt derselben durch $\alpha = x_1$. Da ausser $\alpha = x_1$ auch $\alpha = \psi$ und $\alpha = \alpha_1$ Integrale sind, so hat die Differentialgleichung nur $2n-2$ Veränderliche. Man bestimme daraus ein weiteres Integral $\alpha = \beta_1$. Die übrigen Integrale erhält man alsdann der Reihe nach in der Form $\beta_2 = \frac{(\psi\beta_1)}{(\psi x_1)}$, $\beta_3 = \frac{(\psi\beta_2)}{(\psi x_1)}$ u. s. w. Die $2n$ Integrale $\beta_1, \beta_2, \ldots \beta_{2n}$ hat man in die Gleichung $(\psi\alpha) = 0$ als neue Veränderliche einzuführen. Die transformirte Gleichung liefert die den ursprünglichen $(\psi\alpha) = 0$ und $(\alpha_1\alpha) = 0$ gemeinsamen Integrale. Da schon $\alpha = \psi$ und $\alpha = \alpha_1$ genügen, so behält dieselbe $2n-2$ Veränderliche. Man bestimme ein Integral, und man hat die Gleichung $\alpha_2 = c_2$.

Man kann nun auch die Gleichung $(\alpha_2\alpha) = 0$ anschreiben. Man führe die $2n$ Integrale der Gleichung $(\alpha_1\alpha) = 0$ dahin ein. Es ist schon p_1 durch $\psi = c$ und p_2 durch $\alpha_1 = c_1$ eliminirt. Die Veränderliche p_3 eliminire man durch $\alpha_2=c_2$. Da p_1 in der Function α_2 nicht vorkommt, so fehlt der Differentialquotient $\frac{d\alpha}{dx_1}$, und man genügt der Gleichung $(\alpha_2\alpha)=0$ durch $\alpha=x_1$. Da ausser $\alpha=x_1$ auch $\alpha=\psi$, $\alpha=\alpha_1$ und $\alpha=\alpha_2$ Integrale dieser Gleichung sind, so behält dieselbe $2n-4$ Veränderliche. Es ergeben sich daraus die übrigen, den Gleichungen $(\alpha_1\alpha)=0$ und $(\alpha_2\alpha)=0$ gemeinsamen Integrale, deren Gesammtzahl $2n-1$ ist (vgl. §. 3). Man bestimme ein Integral $\alpha=\gamma_1$. Die übrigen Integrale erhält man alsdann der Reihe nach durch $\gamma_2=\frac{(\psi\gamma_1)}{(\psi x_1)}$, $\gamma_3=\frac{(\psi\gamma_2)}{(\psi x_1)}$ u. s. w. Die $2n-1$ Integrale $\gamma_1, \gamma_2, \ldots \gamma_{2n-1}$ hat man als neue Veränderliche in die Gleichung $(\psi\alpha)=0$ einzuführen. Aus der transformirten Gleichung ergeben sich die den drei ursprünglichen $(\psi\alpha)=0$, $(\alpha_1\alpha)=0$, $(\alpha_2\alpha)=0$ gemeinsamen Integrale. Da schon $\alpha=\psi$, $\alpha=\alpha_1$ und $\alpha=\alpha_2$ genügen, so behält dieselbe $2n-4$ Veränderliche. Man bestimme ein weiteres Integral. Dies ist $\alpha_3=c_3$.

Man kann nun die vierte Gleichung $(\alpha_3\alpha)=0$ anschreiben. Die $2n-1$ Integrale $\gamma_1, \gamma_2, \ldots \gamma_{2n-1}$, welche den Gleichungen $(\alpha_1\alpha)=0$ und $(\alpha_2\alpha)=0$ gemeinschaftlich sind, setze man dahin ein. Es ist schon p_1 durch $\psi=c$, p_2 durch $\alpha_1=c_1$ und p_3 durch $\alpha_2=c_2$ eliminirt. Man eliminire auch p_4 durch $\alpha_3=c_3$. Da p_1 in der Function α_3 nicht vorkommt, so fehlt das Glied $\frac{d\alpha}{dx_1}$ in der Differentialgleichung, und man genügt derselben durch $\alpha=x_1$. Da ausserdem $\alpha=\psi$, $\alpha=\alpha_1$, $\alpha=\alpha_2$, $\alpha=\alpha_3$ genügen, so behält dieselbe $2n-6$ Veränderliche. Es ergeben sich daraus die den Gleichungen $(\alpha_1\alpha)=0$, $(\alpha_2\alpha)=0$, $(\alpha_3\alpha)=0$ gemeinsamen Integrale, deren Gesammtzahl $2n-2$ ist. Man bestimme ein Integral $\alpha=\delta_1$. Die übrigen Integrale erhält man alsdann der Reihe nach in der Form $\delta_2=\frac{(\psi\delta_1)}{(\psi x_1)}$, $\delta_3=\frac{(\psi\delta_2)}{(\psi x_1)}$ u. s. w. Die $2n-2$ Integrale $\delta_1, \delta_2, \ldots \delta_{2n-2}$ wird man als neue Veränderliche in die Gleichung $(\psi\alpha)=0$ einführen. Die transformirte Gleichung liefert die den ursprünglichen $(\psi\alpha)=0$, $(\alpha_1\alpha)=0$, $(\alpha_2\alpha)=0$, $(\alpha_3\alpha)=0$ gemeinsamen Integrale. Es genügen schon $\alpha=\psi$, $\alpha=\alpha_1$, $\alpha=\alpha_2$, $\alpha=\alpha_3$, und es bleiben deshalb $2n-6$ Veränderliche. Man bestimme ein Integral, und man hat die Gleichung $\alpha_4=c_4$ u. s. w.

Das Bisherige lässt sich in der folgenden Regel zusammenfassen. Die Gleichung $\alpha_1=c_1$ verlangt eine Integration einer partiellen Differentialgleichung mit $2n$ Veränderlichen. Die Gleichung $\alpha_2=c_2$ verlangt je eine Integration zweier partiellen Differentialgleichungen mit $2n-2$ Veränderlichen; die Gleichung $\alpha_3=c_3$ je eine Integration … partiellen Differentialgleichungen mit $2n-4$ Veränderlichen; … $=c_4$ je eine

Integration zweier partiellen Differentialgleichungen mit $2n-6$ Veränderlichen u. s. w. Um zu der letzten Gleichung $\alpha_{n-1}=c_{n-1}$ zu gelangen, hat man je eine Integration auszuführen zweier partiellen Differentialgleichungen mit $2n-2(n-2)=4$ Veränderlichen.

§. 7. Ein anderes Verfahren, wodurch man aus einem Integral der partiellen Differentialgleichung $(\alpha_i\alpha)=0$ alle übrigen Integrale dieser Gleichung ableitet.

Ich gehe jetzt aus von der Gleichung $\psi=ap_{n+1}+\varphi=c$, wo φ eine Function von z, x_1, $x_2,\ldots x_n$, x_{n+1} und den Differentialquotienten p_1, $p_2,\ldots p_n$ ist, so dass also der Differentialquotient p_{n+1} nur mit dem beständigen Factor a verbunden in der Gleichung $\psi=c$ vorkommt. Die Coefficienten in der Gleichung $(\psi\alpha)=0$ sind unabhängig von p_{n+1}, und man findet deshalb auch α_1 von p_{n+1} unabhängig. Ferner hat die Gleichung $(\alpha_1,\alpha)=0$ das Integral $\alpha=x_{n+1}$ (vgl. §. 5). Hat man ausserdem das Integral $\alpha=\beta_1$ aufgefunden, so erhält man nach §. 5 noch weitere Integrale der Gleichung $(\alpha_1\alpha)=0$ in der Form

$$\beta_2=\frac{(\psi\beta_1)}{(\psi x_{n+1})},\quad \beta_3=\frac{(\psi\beta_2)}{(\psi x_{n+1})}\ \text{u. s. w.}$$

Nun ist aber diesmal $(\psi x_{n+1})=\dfrac{d\psi}{dp_{n+1}}=a$, was als Beständige angenommen ist. Da man den Nenner a in den obigen Integralen streichen kann, so erhält man dieselben in der Form $\beta_2=(\psi\beta_1)$, $\beta_3=(\psi\beta_2)$ u. s. w. Es versteht sich, dass dies auch dann noch Integrale der Gleichung $(\alpha_1\alpha)=0$ sein werden, nachdem man die Beständige $a=0$ gesetzt hat. Die obige Differentialgleichung $\psi=c$ ist dann mit der früher betrachteten Gleichung $\psi=c$ identisch, da für $a=0$ der Differentialquotient p_{n+1} wegfällt, und die Grösse x_{n+1} nur noch die Stelle einer Beständigen einnimmt. Man kann also auf diese Weise aus einem Integral der Gleichung $(\alpha_1\alpha)=0$ die übrigen Integrale durch Differentiation ableiten. Man darf dabei aber nicht übersehen, dass die beiden Grössen ψ und α_1 in den Gleichungen $(\psi\alpha)=0$ und $(\alpha_1\alpha)=0$ als Functionen aller $2n+1$ Veränderlichen z, x_1, $x_2,\ldots x_n$, p_1, $p_2,\ldots p_n$ gedacht sind, da nämlich keine Elimination mit Hilfe der Gleichungen $\psi=c$ und $\alpha_1=c_1$ vorgenommen ist. Umgekehrt wird man auch, wenn $\alpha=k_1$ ein Integral der Gleichung $(\psi\alpha)=0$ ist, die übrigen Integrale dieser Gleichung nach einander in der Form $k_2=(\alpha_1k_1)$, $k_3=(\alpha_1k_2)$ u. s. w. erhalten.

Gesetzt, es sei auch die Function α_2 bekannt, und man habe, wie in §. 5 geschehen ist, den Differentialquotienten p_2 mittelst $\alpha_1=c_1$ eliminirt, um alsdann die Gleichung $(\alpha_2\alpha)=0$ herzustellen. Es sei $\alpha=\beta_1$ ein Integral der Gleichung $(\alpha_1\alpha)=0$. Man würde nach dem Obigen ein zweites Integral $\beta_2=(\alpha_2\beta_1)$ erhalten, wenn man bei der Herstellung der Gleichung $(\alpha_2\alpha)=0$ gerade diejenige Form der Function α_2 gebraucht hätte, wie sie der Gleichung $(\alpha_1\alpha)=0$ ohne weitere Benutzung von $\alpha_1=c_1$ genügt. Man überzeugt sich aber leicht, dass auch in dem vorliegenden Falle, wo der Differentialquotient p_2 in α_2 mittelst $\alpha_1=c_1$ eliminirt ist, die Function $(\alpha_2\beta_1)$ ein Integral α der Gleichung $(\alpha_1\alpha)=0$ ist. Denn die obige Gleichung $(\alpha_2\alpha)=0$ unterscheidet sich von der zuletzt erwähnten Gleichung $(\alpha_2\alpha)=0$ nur dadurch, dass die erste eine lineare Verbindung der anderen und der Gleichung $(\alpha_1\alpha)=0$ (vgl. §. 5). Schreibt man die letztere in der Form $(\alpha_2\alpha)_1=0$, so hat man die identische Gleichung

$$(\alpha_2\alpha)=(\alpha_2\alpha)_1+\frac{d\alpha_2}{dc_1}(\alpha_1\alpha).$$

Da nun aber $\alpha=\beta_1$ als Integral der Gleichung $(\alpha_1\alpha)=0$ angenommen ist, da also $(\alpha_1\beta_1)=0$, so hat man $(\alpha_2\beta_1)=(\alpha_2\beta_1)_1$, und es versteht sich, dass in dem einen wie in dem anderen Falle ein Integral der Gleichung $(\alpha_1\alpha)=0$ gefunden wird. Hieraus ergiebt sich, dass man unter den bisherigen Voraussetzungen, wenn $\alpha=\beta_1$ ein Integral der Gleichung $(\alpha_1\alpha)=0$ ist, noch weitere Integrale dieser Gleichung nach einander in der Form $\beta_2=(\alpha_2\beta_1)$, $\beta_3=(\alpha_2\beta_2)$ u. s. w. erhält.

Wenn $\alpha=\gamma_1$ ein den beiden Gleichungen $(\alpha_1\alpha)=0$ und $(\alpha_2\alpha)=0$ gemeinsames Integral ist, so genügt den beiden Gleichungen auch der Ausdruck $(\alpha_3\gamma_1)$. Denn nach dem Obigen genügt dieser Ausdruck $(\alpha_3\gamma_1)$ sowohl der Gleichung $(\alpha_1\alpha)=0$ als auch der Gleichung $(\alpha_2\alpha)=0$, weil angenommen ist, dass $\alpha=\gamma_1$ ein Integral der einen und der anderen Differentialgleichung ist. Man erhält also aus dem einen Integral $\alpha=\gamma_1$ alle übrigen den beiden Gleichungen gemeinsamen Integrale nach einander in den Formen $\gamma_2=(\alpha_3\gamma_1)$, $\gamma_3=(\alpha_3\gamma_2)$ u. s. w.

Ebenso erhält man, wenn $\alpha=\delta_1$ ein Integral, welches den drei Gleichungen $(\alpha_1\alpha)=0$, $(\alpha_2\alpha)=0$, $(\alpha_3\alpha)=0$ gemeinsam ist, nach einander die übrigen gemeinsamen Integrale in der Form $\delta_2=(\alpha_4\delta_1)$, $\delta_3=(\alpha_4\delta_2)$ u. s. w.

§. 8. Betrachtung des Falles, dass man aus einem Integral nicht alle übrigen Integrale der Gleichung $(\alpha_i\alpha)=0$ ableiten kann.

Um zu den Gleichungen $\alpha_1=c_1$, $\alpha_2=c_2$, ... $\alpha_{n-1}=c_{n-1}$ zu gelangen, hat man eine Reihe von Integrationen auszuführen. In §. 6 ist gezeigt worden, wie gross die Zahl der Veränderlichen in der jedesmal zu integrirenden Gleichung ist. Die dort angegebene Zahl kann nicht überschritten werden. In der Regel aber wird die Zahl der Veränderlichen in den zu integrirenden Gleichungen kleiner sein, als die angegebene. Insofern dies den Fortgang der Rechnung, wie er in §. 6 angegeben worden ist, beeinflusst, soll nun auf diejenigen Umstände, wodurch die Zahl der Veränderlichen vermindert wird, näher eingegangen werden.

Ein Integral der Gleichung $(\alpha_1\alpha)=0$ ist $\alpha=x_1$ (vgl. §. 5). Man hat ausserdem durch Integration gefunden $\alpha = \beta_1$. Die übrigen Integrale der Gleichung $(\alpha_1 \alpha) = 0$ ergeben sich der Reihe nach in der Form

$$\beta_2 = \frac{(\psi \beta_1)}{(\psi x_1)}, \quad \beta_3 = \frac{(\psi \beta_2)}{(\psi x_1)} \text{ u. s. w.}$$

Wenn dieselben alle bekannt sind, so versteht es sich, dass der Bruchwerth $\frac{(\psi \beta_{2n})}{(\psi x_1)}$ als Function davon sich darstellt. Es wird aber oft vorkommen, dass der Bruchwerth $\frac{(\psi \beta_i)}{(\psi x_1)}$ in eine Function der bis dahin bekannten Integrale übergeht, wiewohl dieselben noch nicht vollzählig sind. Man findet dann auf dem vorgezeichneten Wege keine weiteren Integrale der Gleichung $(\alpha_1 \alpha) = 0$ mehr. Die übrigen noch fehlenden k Integrale sind dann zunächst entbehrlich. Man setze die bis dahin bekannten Integrale als neue Veränderliche in die Gleichung $(\psi \alpha) = 0$ ein. Die transformirte Gleichung, woraus α_2 gefunden wird, hat dann nicht $2n-2$ Veränderliche, wie es der Fall wäre, wenn alle $2n$ Integrale $\beta_1, \beta_2, \ldots \beta_{2n}$ eingeführt würden, sondern deren nur $2n-2-k$.

Nun sollen die $2n$ Integrale $\beta_1, \beta_2, \ldots \beta_{2n}$ als neue Veränderliche in die Gleichung $(\alpha_2 \alpha) = 0$ eingesetzt werden, um die den Gleichungen $(\alpha_1 \alpha) = 0$ und $(\alpha_2 \alpha) = 0$ gemeinsamen Integrale zu erhalten. Man kennt aber bis dahin nur $2n-k$ von diesen Integralen. Es kann sich treffen, dass die $2n-k$ Integrale hinreichend sind zu dem angegebenen Zweck. Man setze dieselben als neue Veränderliche in die Gleichung $(\alpha_2 \alpha) = 0$ ein. Wenn die Coefficienten der transformirten Gleichung als Function derselben $2n-k$ Integrale sich darstellen, so wird man aus einer Differentialgleichung mit $2n-4-k$ Veränderlichen ein Integral $\alpha = \gamma_1$ bestimmen. Im Allgemeinen aber werden jene $2n-k$ Integrale dazu nicht hinreichend sein. Man hat dann noch weitere Integrale der Gleichung $(\alpha_1 \alpha) = 0$ darzustellen. Man erhält dieselben nach §. 7 in der Form $\beta_{i+1} = (\alpha_2 \beta_1)$, $\beta_{i+2} = (\alpha_2 \beta_2)$ u. s. w. Gelangt man auch auf diesem Wege nicht zu allen $2n$ Integralen $\beta_1, \beta_2, \ldots \beta_{2n-1}$, da man nämlich, noch ehe dieselben alle aufgefunden sind, auf die schon bekannten Integrale zurückgeführt wird, so sind die noch fehlenden l Integrale entbehrlich. Denn setzt man die jetzt bekannten als neue Veränderliche in die Gleichung $(\alpha_2 \alpha) = 0$ ein, so lassen sich die Coefficienten der transformirten Gleichung als Functionen dieser Integrale darstellen. Man behält dann eine Differentialgleichung mit $2n-4-l$ Veränderlichen zur Bestimmung von $\alpha = \gamma_1$.

Ein Integral der transformirten Gleichung $(\alpha_2 \alpha) = 0$ ist $\alpha = x_1$. Durch Integration hat man ausserdem gefunden $\alpha = \gamma_1$. Die übrigen den Gleichungen $(\alpha_1 \alpha) = 0$ und $(\alpha_2 \alpha) = 0$ gemeinsamen Integrale ergeben sich der Reihe nach in der Form $\gamma_2 = \frac{(\psi \gamma_1)}{(\psi x_1)}$, $\gamma_3 = \frac{(\psi \gamma_2)}{(\psi x_1)}$ u. s. w. Wenn man auf diesem Wege die schon bekannten Integrale wieder erhält, noch ehe die

$2n-1$ Integrale vollzählig sind, so kann man die übrigen noch unbekannten Integrale zunächst entbehren. Die bekannten Integrale setze man als neue Veränderliche in die Gleichung $(\psi\alpha)=0$ ein. Nach vollzogener Transformation hat man nicht $2n-4$ Veränderliche, wie es der Fall wäre, wenn alle $2n-1$ Integrale $\gamma_1, \gamma_2, \ldots \gamma_{2n-1}$ eingeführt würden, sondern nur $2n-4-k$ Veränderliche in der partiellen Differentialgleichung, woraus $\alpha_3=c_3$ zu bestimmen ist.

Um die den drei Gleichungen $(\alpha_1\alpha)=0$, $(\alpha_2\alpha)=0$, $(\alpha_3\alpha)=0$ gemeinsamen Integrale zu erhalten, hat man die $2n-1$ Integrale $\gamma_1, \gamma_2, \ldots \gamma_{2n-1}$ als neue Veränderliche in die Gleichung $(\alpha_3\alpha)=0$ einzuführen. Es sind aber nur $2n-1-k$ von diesen Integralen bekannt. Es kann sich treffen, dass dieselben zu dem angegebenen Zwecke hinreichen. Man setze dieselben in $(\alpha_3\alpha)=0$ als neue Veränderliche ein. Wenn die Coefficienten der transformirten Gleichung als Function davon sich darstellen, so wird man aus einer Differentialgleichung mit $2n-4-k$ Veränderlichen ein Integral $\alpha=\delta_1$ ableiten, welches den drei Gleichungen $(\alpha_1\alpha)=0$, $(\alpha_2\alpha)=0$, $(\alpha_3\alpha)=0$ gemeinsam ist. Im Allgemeinen aber wird man dazu noch weitere Integrale nöthig haben, welche den Gleichungen $(\alpha_1\alpha)=0$ und $(\alpha_2\alpha)=0$ gleichzeitig genügen. Nach §. 7 erhält man dieselben nach einander in der Form $\gamma_{i+1}=(\alpha_3\gamma_1)$, $\gamma_{i+2}=(\alpha_3\gamma_2)$ u. s. w. Gelangt man auch auf diesem Wege nicht zu allen $2n-1$ Integralen $\gamma_1, \gamma_2, \ldots \gamma_{2n-1}$, so sind die übrigen noch fehlenden l Integrale jedenfalls entbehrlich. Man setze die bekannten Integrale als Veränderliche in die Gleichung $(\alpha_3\alpha)=0$ ein. Die Coefficienten der transformirten Gleichung werden sich als Functionen dieser Integrale angeben lassen, und man behält deshalb eine Differentialgleichung mit nur $2n-6-l$ Veränderlichen zur Bestimmung von $\alpha=\delta_1$.

Man gelangt zu dem folgenden Schlusse. Wenn man durch das Verfahren des §. 5 oder durch das Verfahren des §. 7 aus einem Integral nicht alle übrigen Integrale der Gleichung $(\alpha_i\alpha)=0$ ableiten kann, so hat dies jedesmal eine Verminderung in der Zahl der Veränderlichen der zunächst zu integrirenden Gleichung zur Folge. Die Zahl der Veränderlichen wird dann jedesmal um eben so viel kleiner, als Integrale der Gleichung $(\alpha_i\alpha)=0$ unbekannt geblieben sind.

§. 9. Betrachtung des Falles, dass man aus einem Integral kein anderes Integral der Gleichung $(\alpha_i\alpha)=0$ mehr ableiten kann.

Das Verfahren, wodurch man die den Gleichungen $(\alpha_1\alpha)=0$ und $(\alpha_2\alpha)=0$ gemeinsamen Integrale findet, erleidet unter gewissen Umständen eine Aenderung. Man hat in der genannten Absicht die Integrale der Gleichung $(\alpha_1\alpha)=0$ als neue Veränderliche in die andere $(\alpha_2\alpha)=0$ eingesetzt. Man hat ein Integral $\alpha=\beta_1$ der Gleichung $(\alpha_1\alpha)=0$ bestimmt. Die übrigen Integrale dieser Gleichung ergeben sich der Reihe nach in der Form

$$\beta_2 = \frac{(\psi\beta_1)}{(\psi x_1)},\quad \beta_3 = \frac{(\psi\beta_2)}{(\psi x_1)} \text{ u. s. w.}$$

Es kann aber vorkommen, dass der Bruchwerth $\frac{(\psi\beta_1)}{(\psi x_1)}$ eine Function der beiden Integrale β_1 und x_1 ist. Zur Bestimmung der Gleichung $\alpha_2 = c_2$ hat man dann nicht mehr eine Differentialgleichung mit $2n-2$ Veränderlichen, wie es der Fall wäre, wenn alle Integrale der Gleichung $(\alpha_1\alpha) = 0$ als Veränderliche eingeführt würden, sondern eine Differentialgleichung mit nur 2 Veränderlichen. Da nun alle übrigen Integrale $\beta_2, \beta_3, \ldots \beta_{2n}$ unbekannt geblieben sind, so bestimme man, um die den Gleichungen $(\alpha_1\alpha) = 0$ und $(\alpha_2\alpha) = 0$ gemeinsamen Integrale zu erhalten, ein Integral der Gleichung $(\alpha_2\alpha) = 0$. Die Function α_2 ist von p_1 und p_2 unabhängig gefunden worden, und man hat also $\frac{d\alpha_2}{dp_1} = 0$ und $\frac{d\alpha_2}{dp_2} = 0$. Dies sind aber die Coefficienten von $\frac{d\alpha}{dx_1}$ und $\frac{d\alpha}{dx_2}$ in der Gleichung $(\alpha_2\alpha) = 0$. Die genannten Differentialquotienten fallen demnach aus der Gleichung $(\alpha_2\alpha) = 0$ weg, und man genügt derselben durch $\alpha = x_1$ und $\alpha = x_2$. Da ausserdem $\psi = c$, $\alpha_1 = c_1$, $\alpha_2 = c_2$ genügen, so ist $(\alpha_2\alpha) = 0$ eine Differentialgleichung mit $2n-4$ Veränderlichen. Nachdem man ein Integral $\alpha = \beta_1'$ bestimmt hat, erhält man alle übrigen Integrale der Gleichung $(\alpha_2\alpha) = 0$ der Reihe nach in der Form

$$\beta_2' = \frac{(\alpha_1\beta_1')}{(\alpha_1 x_2)},\quad \beta_3' = \frac{(\alpha_1\beta_2')}{(\alpha_1 x_2)} \text{ u. s. w.}$$

Man setze die $2n$ Integrale $\beta_1', \beta_2', \ldots \beta_{2n}'$ als neue Veränderliche in die Gleichung $(\alpha_1\alpha) = 0$ ein. Da hier $\alpha = \psi$, $\alpha = \alpha_1$, $\alpha = \alpha_2$ und $\alpha = x_1$ genügen, so behält die transformirte Gleichung $2n-4$ Veränderliche. Es ergeben sich daraus die den Gleichungen $(\alpha_1\alpha) = 0$ und $(\alpha_2\alpha) = 0$ gemeinsamen Integrale. Nachdem man $\alpha = \gamma_1'$ durch Integration bestimmt hat, erhält man die übrigen Integrale der Reihe nach in der Form

$$\gamma_2' = \frac{(\psi\gamma_1')}{(\psi x_1)},\quad \gamma_3' = \frac{(\psi\gamma_2')}{(\psi x_1)} \text{ u. s. w.}$$

Wenn also der Ausdruck $\frac{(\psi\beta_1)}{(\psi x_1)}$ als Function von β_1 und x_1 sich darstellt, so dass man zur Bestimmung von α_2 eine Differentialgleichung mit nur 2 Veränderlichen hat, so verlangt die Bestimmung der den beiden Gleichungen $(\alpha_1\alpha) = 0$ und $(\alpha_2\alpha) = 0$ gemeinsamen Integrale je eine Integration zweier partiellen Differentialgleichungen mit $2n-4$ Veränderlichen.

Wenn man aus $\alpha = \beta_1$ ein zweites Integral der Gleichung $(\alpha_1\alpha) = 0$ erhält, in der Form $\beta_2 = \frac{(\psi\beta_1)}{(\psi x_1)}$, wenn aber $\frac{(\psi\beta_2)}{(\psi x_1)}$ eine Function von β_2, β_1, x_1 ist, so dass also zur Bestimmung von $\alpha_2 = c_2$ eine Differentialgleichung mit den 3 Veränderlichen β_2, β_1, x_1 vorliegt, so kann der Fall eintreten, dass man das hier gegebene Verfahren auch wieder einzuschlagen hat. Um nämlich die den beiden Gleichungen $(\alpha_1\alpha)=0$ und $(\alpha_2\alpha)=0$ gemeinsamen Integrale zu erhalten, hat man nach den §§. 6 und 8 die Integrale der Gleichung $(\alpha_1\alpha)=0$ als neue Veränderliche in die andere $(\alpha_2\alpha)=0$ einzuführen. Ausser $\alpha=\alpha_2$ kennt man nur das eine Integral $\alpha=\beta_2$. Nach §. 7 erhält man ein weiteres Integral der Gleichung $(\alpha_1\alpha)=0$ in der Form $\beta_3=(\alpha_2\beta_2)$. Es kann aber geschehen, dass der Ausdruck $(\alpha_2\beta_2)$ selbst eine Function von α_2, β_2, x_1 ist. Man kann dann aus $\alpha=\beta_2$ keine weiteren Integrale der Gleichung $(\alpha_1\alpha)=0$ mehr ableiten. Es ist offenbar, dass dann das obige Verfahren zum Ziel führt.

Gesetzt, es seien die den drei Gleichungen $(\alpha_1\alpha)=0$, $(\alpha_2\alpha)=0$, $(\alpha_3\alpha)=0$ gemeinsamen Integrale zu bestimmen. Man hat deshalb diejenigen Integrale, welche den beiden Gleichungen $(\alpha_1\alpha)=0$ und $(\alpha_2\alpha)=0$ gemeinsam sind, als neue Veränderliche in die Gleichung $(\alpha_3\alpha)=0$ eingeführt, und eine Differentialgleichung mit $2n-6$ Veränderlichen erhalten. Man ist aber zu den Integralen, welche den beiden Gleichungen $(\alpha_1\alpha)=0$ und $(\alpha_2\alpha)=0$ gemeinsam sind, auf zwei verschiedenen Wegen gelangt. Ich verfolge zunächst den in §. 6 vorgeschriebenen Weg. Man hat dort die Integrale der Gleichung $(\alpha_1\alpha)=0$ als neue Veränderliche in die Gleichung $(\alpha_2\alpha)=0$ eingesetzt. Alsdann hat man ein Integral $\alpha=\gamma_1$ der transformirten Gleichung bestimmt. Die übrigen gemeinsamen Integrale ergaben sich nach einander in der Form

$$\gamma_2=\frac{(\psi\gamma_1)}{(\psi x_1)},\quad \gamma_3=\frac{(\psi\gamma_2)}{(\psi x_1)}\ \text{u. s. w.}$$

Wenn es sich trifft, dass $\frac{(\psi\gamma_1)}{(\psi x_1)}$ eine Function von γ_1 und x_1 ist, so hat man zur Bestimmung von $\alpha_3=c_3$ eine Differentialgleichung mit nur 2 Veränderlichen γ_1 und x_1. Allein alle übrigen gemeinsamen Integrale sind dann unbekannt. Man setze deshalb die $2n$ Integrale $\beta_1, \beta_2, \ldots \beta_{2n}$ der Gleichung $(\alpha_1\alpha)=0$ als neue Veränderliche in die Gleichung $(\alpha_3\alpha)=0$ ein. Dieselben sind vorhin schon in die Gleichung $(\alpha_2\alpha)=0$ als Veränderliche eingeführt worden. Da man den beiden Gleichungen $(\alpha_2\alpha)=0$ und $(\alpha_3\alpha)=0$ genügt durch $\alpha=\psi$, $\alpha=\alpha_1$, $\alpha=\alpha_2$, $\alpha=\alpha_3$, $\alpha=x_1$, so behalten dieselben $2n-5$ Veränderliche. Durch die Elimination von $\frac{d\alpha}{d\beta_1}$ zwischen beiden stellt man aber eine andere Gleichung her, worin nur $2n-6$ Veränderliche vorkommen. Man bestimme ein Integral $\alpha=\delta_1$. Daraus erhält man die übrigen Integrale der Reihe nach in der Form

$$\delta_2=\frac{(\alpha_2\delta_1)}{(\alpha_2\beta_1)},\quad \delta_3=\frac{(\alpha_2\delta_2)}{(\alpha_2\beta_1)}\ \text{u. s. w.}$$

Man führe die $2n-1$ Integrale als neue Veränderliche in die Gleichung $(\alpha_3\alpha)=0$ ein. Da schon $\alpha=\psi$, $\alpha=\alpha_1$, $\alpha=\alpha_2$, $\alpha=\alpha_3$ und $\alpha=x_1$ genügen, so behält man eine Differentialgleichung mit $2n-6$ Veränderlichen.

Es ergeben sich daraus die den drei Gleichungen $(\alpha_1 \alpha) = 0$, $(\alpha_2 \alpha) = 0$, $(\alpha_3 \alpha) = 0$ gemeinsamen Integrale. Es reicht hin, das eine Integral $\alpha = \varepsilon_1$ zu bestimmen. Die übrigen Integrale erhält man der Reihe nach in der Form

$$\varepsilon_2 = \frac{(\psi \varepsilon_1)}{(\psi x_1)}, \quad \varepsilon_3 = \frac{(\psi \varepsilon_2)}{(\psi x_1)} \text{ u. s. w.}$$

Wenn man also zur Bestimmung von α_3 eine Differentialgleichung mit nur 2 Veränderlichen hat, da nämlich der Ausdruck $\frac{(\psi \gamma_1)}{(\psi x_1)}$ eine Function von γ_1 und x_1 ist, so verlangt die Bestimmung der den drei Gleichungen $(\alpha_1 \alpha) = 0$, $(\alpha_2 \alpha) = 0$, $(\alpha_3 \alpha) = 0$ gemeinsamen Integrale je eine Integration zweier partiellen Differentialgleichungen mit $2n-6$ Veränderlichen.

Es ist auch der Fall denkbar, dass man denselben Weg gehen muss, wenn aus $\alpha = \gamma_1$ zwar ein zweites Integral $\gamma_2 = \frac{(\psi \gamma_1)}{(\psi x_1)}$ folgt, wenn aber $\frac{(\psi \gamma_2)}{(\psi x_1)}$ eine Function von γ_2, γ_1, x_1 ist, so dass also zur Bestimmung von $\alpha_3 = c_3$ eine Differentialgleichung mit 3 Veränderlichen vorliegt. Es ist dies der Fall, wo man aus $\alpha = \gamma_2$ mit Hilfe des §. 7 keine weiteren Integrale ableitet, welche den beiden Gleichungen $(\alpha_1 \alpha) = 0$ und $(\alpha_2 \alpha) = 0$ gemeinsam sind, da nämlich der Ausdruck $(\alpha_2 \gamma_2)$ in eine Function von α_2, γ_2, x_1 übergeht.

Ich verfolge jetzt den andern Weg, welcher zu den gemeinsamen Integralen der beiden Gleichungen $(\alpha_1 \alpha) = 0$ und $(\alpha_2 \alpha) = 0$ geführt hat. Man hat das anderemal die Integrale der Gleichung $(\alpha_2 \alpha) = 0$ als neue Veränderliche in die Gleichung $(\alpha_1 \alpha) = 0$ eingeführt. Nachdem man ein Integral $\alpha = \gamma_1'$ der transformirten Gleichung bestimmt hatte, ergaben sich die übrigen Integrale dieser Gleichung nach einander in der Form $\gamma_2' = \frac{(\psi \gamma_1')}{(\psi x_1)}$, $\gamma_3' = \frac{(\psi \gamma_2')}{(\psi x_1)}$ u. s. w. Wenn es sich trifft, dass $\frac{(\psi \gamma_1')}{(\psi x_1)}$ eine Function von γ_1' und α_1 ist, so hat man zur Bestimmung von $\alpha_3 = c_3$ eine Differentialgleichung mit nur 2 Veränderlichen. Allein man kennt dann keine weiteren Integrale mehr, welche den Gleichungen $(\alpha_1 \alpha) = 0$ und $(\alpha_2 \alpha) = 0$ gemeinsam sind. Man setze deshalb die $2n$ Integrale $\beta_1', \beta_2', \ldots \beta_{2n}'$ der Gleichung $(\alpha_2 \alpha) = 0$ als neue Veränderliche in die Gleichung $(\alpha_3 \alpha) = 0$ ein. Da schon $\alpha = \psi$, $\alpha = \alpha_1$, $\alpha = \alpha_2$, $\alpha = \alpha_3$, $\alpha = x_1$, $\alpha = x_2$ genügen, so hat man eine Differentialgleichung mit nur $2n-6$ Veränderlichen. Nachdem man ein Integral $\alpha = \delta_1'$ bestimmt hat, ergeben sich die übrigen den Gleichungen $(\alpha_2 \alpha) = 0$ gemeinsamen und $(\alpha_3 \alpha) = 0$ Integrale nach einander in der Form $\delta_2' = \frac{(\alpha_1 \delta_1')}{(\alpha_1 x_2)}$, $\delta_3' = \frac{(\alpha' \delta_2')}{(\alpha_1 x_2)}$ u. s. w.

Diese $2n-1$ Integrale führe man als neue Veränderliche in die Gleichung $(\alpha_1 \alpha) = 0$ ein. Da hier $\alpha = \psi$, $\alpha = \alpha_1$, $\alpha = \alpha_2$, $\alpha = x_1$ genügen, so behält man $2n-6$ Veränderliche. Aus der transformirten Gleichung ergeben sich die den drei Gleichungen $(\alpha_1\alpha)=0$, $(\alpha_2\alpha)=0$, $(\alpha_3\alpha)=0$ gemeinsamen Integrale. Es genügt, eines davon $\alpha=\varepsilon_1'$ zu bestimmen. Die übrigen ergeben sich alsdann nach einander in der Form $\varepsilon_2'=\frac{(\psi\varepsilon_1')}{(\psi x_1)}$, $\varepsilon_3'=\frac{(\psi\varepsilon_2')}{(\psi x_1)}$ u. s. w. Wenn also zur Bestimmung von α_3 eine partielle Differentialgleichung mit nur 2 Veränderlichen vorliegt, da nämlich der Ausdruck $\frac{(\psi\gamma_1')}{(\psi x_1)}$ in eine Function von γ_1' und x_1 übergeht, so verlangt die Bestimmung der den drei Gleichungen $(\alpha_1\alpha)=0$, $(\alpha_2\alpha)=0$ gemeinsamen Integrale je eine Integration zweier partiellen Differentialgleichungen mit $2n-6$ Veränderlichen.

Man wird auch dann auf dies Verfahren zurückkommen, wenn ein zweites den Gleichungen $(\alpha_2\alpha)=0$ und $(\alpha_3\alpha)=0$ gemeinsames Integral durch $\gamma_2'=\frac{(\psi\gamma_1')}{(\psi x_1)}$ dargestellt ist; wenn aber die Grösse $\frac{(\psi\gamma_2')}{(\psi x_1)}$ durch γ_2, γ_1, x_1 sich ausdrückt, so dass also zur Bestimmung von $\alpha_3=c_3$ eine Differentialgleichung mit 3 Veränderlichen vorliegt.

Ich komme auf seine dritte Aenderung des Verfahrens, wodurch man die Integrale bestimmt, welche den drei Gleichungen $(\alpha_1\alpha)=0$, $(\alpha_2\alpha)=0$, $(\alpha_3\alpha)=0$ gemeinsam sind. Man hat soeben den Fall betrachtet, dass man aus $\alpha=\gamma_1'$ keine weiteren Integrale findet, welche den Gleichungen $(\alpha_1\alpha)=0$ und $(\alpha_2\alpha)=0$ gemeinsam sind, weil $\frac{(\psi\gamma_1')}{(\psi x_1)}$ eine Function von γ_1' und x_1 ist. Man hat deshalb die $2n$ Integrale β_1', $\beta_2'\dots\beta_{2n}'$ der Gleichung $(\alpha_2\alpha)=0$ als neue Veränderliche in die Gleichung $(\alpha_3\alpha)=0$ eingeführt, um die den Gleichungen $(\alpha_2\alpha)=0$ und $(\alpha_3\alpha)=0$ gemeinsamen Integrale zu erhalten. Von den Integralen der Gleichung $(\alpha_2\alpha)=0$ ist $\alpha=\beta_1'$ durch Integration bestimmt worden. Die übrigen hat man nach einander in der Form $\beta_2'=\frac{(\alpha_1\beta_1')}{(\alpha_1 x_1)}$, $\beta_3'=\frac{(\alpha_1\beta_2')}{(\alpha_1\alpha_2)}$ u. s. w. erhalten. Es kann vorkommen, dass $\frac{(\alpha_1\beta_1')}{(\alpha_1 x_2)}$ in eine Function von β_1' und x_2 übergeht. Man hat dann zur Bestimmung derjenigen Integrale, welche den Gleichungen $(\alpha_1\alpha)=0$ und $(\alpha_2\alpha)=0$ gemeinsam sind, eine Differentialgleichung mit nur 2 Veränderlichen. Allein die übrigen Integrale von $(\alpha_2\alpha)=0$ sind dann unbekannt. Wenn dieser Fall eintritt, so bestimme man vor Allem die Integrale der Gleichung $(\alpha_3\alpha)=0$. Da α_3 von p_1, p_2, p_3 unabhängig gefunden ist, so hat man $\frac{d\alpha_3}{dp_1}=0$, $\frac{d\alpha_3}{dp_2}=0$, $\frac{d\alpha_3}{dp_3}=0$. Dies sind die Coefficienten von $\frac{d\alpha}{d\alpha_1}$, $\frac{d\alpha}{dx_2}$, $\frac{d\alpha}{dx_3}$. Diese drei Differentialquotienten fallen deshalb aus der Gleichung $(\alpha_3\alpha)=0$ weg, und es genügen $\alpha=x_1$, $\alpha=x_2$, $\alpha=x_3$. Da ausserdem $\psi=c_1$, $\alpha_1=c_1$, $\alpha_2=c_2$, $\alpha_3=c_3$ genügen, so behält dieselbe $2n-6$

Veränderliche. Nachdem man ein Integral $\alpha = \beta_1''$ bestimmt hat, ergeben sich die übrigen der Reihe nach in der Form $\beta_2'' = \frac{(\alpha_2 \beta_1'')}{(\alpha_2 x_3)}$, $\beta_3'' = \frac{(\alpha_2 \beta_2'')}{(\alpha_2 x_3)}$ u. s. w. Man setze die $2n$ Integrale als neue Veränderliche in die Gleichung $(\alpha_2 \alpha) = 0$ ein. Da derselben schon $\alpha = \psi$, $\alpha = \alpha_1$, $\alpha = \alpha_2$, $\alpha = \alpha_3$, $\alpha = x_1$ und $\alpha = x_2$ genügen, so hat man wieder eine Differentialgleichung mit $2n - 6$ Veränderlichen. Daraus bestimmen sich diejenigen Integrale, welche den Gleichungen $(\alpha_2 \alpha) = 0$ und $(\alpha_3 \alpha) = 0$ gemeinsam sind. Nachdem man durch Integration $\alpha = \gamma_1''$ aufgefunden hat, erhält man die übrigen Integrale der Reihe nach in der Form $\gamma_2'' = \frac{(\alpha_1 \gamma_1'')}{(\alpha_1 x_2)}$, $\gamma_3'' = \frac{(\alpha_1 \gamma_2'')}{(\alpha_1 x_2)}$ u. s. w. Man setze die $2n - 1$ Integrale in die Gleichung $(\alpha_1 \alpha) = 0$ ein, um endlich die den drei Gleichungen $(\alpha_1 \alpha) = 0$, $(\alpha_2 \alpha) = 0$, $(\alpha_3 \alpha) = 0$ gemeinsamen Integrale zu erhalten. Da schon $\alpha = \psi$, $\alpha = \alpha_1$, $\alpha = \alpha_2$, $\alpha = \alpha_3$, $\alpha = x_1$ der Gleichung $(\alpha_1 \alpha) = 0$ genügen, so hat die transformirte Gleichung auch wieder $2n - 6$ Veränderliche. Man bestimme ein Integral $\alpha = \delta_1''$. Die übrigen Integrale erhält man alsdann nach einander in der Form $\delta_2'' = \frac{(\psi \delta_1'')}{(\psi x_1)}$, $\delta_3'' = \frac{(\psi \delta_2'')}{(\psi x_1)}$ u. s. w. Wenn man also zur Bestimmung von α_2 eine Differentialgleichung mit nur 2 Veränderlichen hat, und wenn zugleich die eine von den beiden partiellen Differentialgleichungen, woraus die der Gleichungen $(\alpha_1 \alpha) = 0$ und $(\alpha_2 \alpha) = 0$ gemeinsamen Integrale hervorgehen, nur 2 Veränderliche hat, da nämlich $\frac{(\alpha_1 \beta_1')}{(\alpha_1 x_2)}$ in eine Function von β_1' und x_2 übergeht, so verlangt die Bestimmung der den drei Gleichungen $(\alpha_1 \alpha) = 0$, $(\alpha_2 \alpha) = 0$, $(\alpha_3 \alpha) = 0$ gemeinsamen Integrale je eine Integration dreier partieller Differentialgleichungen mit $2n - 6$ Veränderlichen.

Wenn ein zweites Integral der Gleichung $(\alpha_2 \alpha) = 0$ in der Form $\beta_2' = \frac{(\alpha_1 \beta_1')}{(\alpha_1 x_2)}$ vorliegt, wenn aber die Grösse $\frac{(\alpha_1 \beta_2')}{(\alpha_1 x_2)}$ eine Function von β_2', β_1' und x_2 ist, so hat man zur Bestimmung der den Gleichungen $(\alpha_1 \alpha) = 0$ $(\alpha_2 \alpha) = 0$ gemeinsamen Integrale eine Differentialgleichung mit 3 Veränderlichen. Man wird auch in diesem Falle von dem zuletzt beschriebenen Verfahren Gebrauch machen. Dies wird dann geschehen müssen, wenn auch $(\alpha_3 \beta_1')$ eine Function von α_3, β_2', x_2, x_1 ist.

Es hat keine weitere Schwierigkeit, die vorkommenden Aenderungen anzugeben, welche das Verfahren erleidet, wenn diejenigen Integrale bestimmt werden sollen, welche den vier Gleichungen $(\alpha_1 \alpha) = 0$, $(\alpha_2 \alpha) = 0$, $(\alpha_3 \alpha) = 0$, $(\alpha_4 \alpha) = 0$ gleichzeitig genügen. Die Aenderung besteht jedesmal darin, dass an die Stelle einer partiellen Differentialgleichung mit i Veränderlichen zwei andere partielle Differentialgleichungen gesetzt werden, von denen die eine nur 2 oder 3, die andere $i - 2$ Veränderliche hat.

§. 10. Wie Jacobi verfährt bei der Integration der partiellen Differentialgleichung $\psi = c$.

Die Resultate der vorhergehenden Paragraphen lassen sich wie folgt zusammenfassen.

Die Bestimmung von α_1 verlangt:

1 Integral einer p. Dffgl. mit 2 n Ver.

Die Bestimmung von α_2 verlangt:

Alle Integrale einer p. Dffgl. m. 2 $(n-1)$ V. u. 1 Integral einer p. Dffgl. m. 2 $(n-1)$ V.

Die Bestimmung von α_3 verlangt:

Alle Integrale einer p. Dffgl. m. 2 $(n-2)$ V. u. 1 Integral einer p. Dffgl. m. 2 $(n-2)$ V.

Die Bestimmung von α_{i+1} verlangt:

Alle Integrale einer p. Dffgl. m. 2 $(n-i)$ V. u. 1 Integral einer p. Dffgl. m. 2 $(n-i)$ V.

Die Integrale der ersten Differentialgleichung jeder Zeile sind als neue Veränderliche in die zweite Differentialgleichung derselben Zeile einzuführen. Dieselben Veränderlichen sind in die erste Differentialgleichung der zunächst folgenden Zeile aufgenommen. In der ersten Zeile fehlt die erste Differentialgleichung. Es ist demnach an die Veränderlichen der zweiten Differentialgleichung dieser Zeile, und auch an die Veränderlichen der ersten Differentialgleichung in der zweiten Zeile keine bestimmte Anforderung gestellt. Man hat hier die Veränderlichen der zu integrirenden Gleichung $\psi = c$. Durch Integration ist jedesmal nur ein Integral zu bestimmen, sowohl in der ersten als auch in der zweiten Differentialgleichung jeder Zeile. Nachdem man ein Integral der ersten Differentialgleichung irgend einer Zeile bestimmt hat, ergeben sich alle übrigen Integrale dieser Differentialgleichung durch die Coefficientenbildung der zweiten Differentialgleichung derselben Zeilen oder auch durch die Coefficientenbildung der ersten Differentialgleichung in der zunächst folgenden Zeile.

Wenn in der i^{ten} Zeile die Coefficientenbildung der zweiten Differentialgleichung nicht mehr als ein Integral der ersten Differentialgleichung gibt, so behält die zweite Differentialgleichung nur 3 Veränderliche. Dagegen rückt in der $i+1^{ten}$ Zeile zu den beiden schon vorhandenen Differentialgleichungen eine neue mit ebenso vielen also $2(n-i)$ Veränderlichen in die erste Stelle ein. Wenn aber 3 Differentialgleichungen in einer Zeile stehen, so sind die Veränderlichen der ersten Differentialgleichung in der $i+1^{ten}$ Zeile gegeben durch die Integrale der drittletzten Differentialgleichungen in der i^{ten} Zeile oder durch die Integrale der vorletzten Gleichung in der $i-1^{ten}$ Zeile. Die Intgrale der ersten Differentialgleichung sind als Veränderliche in die zweite, die Integrale der zweiten Differentialgleichung als Veränderliche in die dritte derselben Zeile, und auch in die erste Differentialgleichung der zunächst folgenden Zeile einzuführen, wenn darin nur 2 Differentialgleichungen stehen. Von den erwähnten Integralen ist für jede Differentialgleichung wieder nur ein einziges durch Integration zu ermitteln; alle übrigen Integrale ergaben sich durch die Coefficientenbildung derjenigen Differentialgleichung, in welche dieselben als Veränderliche einzuführen sind.

Wenn die Coefficientenbildung nicht mehr als ein Integral der drittletzten Differentialgleichung in der i^{ten} Zeile oder der vorletzten Differentialgleichung in der $i-1^{ten}$ Zeile gibt, so behalten die zunächst folgenden Differentialgleichungen nur 3 Veränderliche. Dagegen rückt in der $i+1^{ten}$ Zeile zu den drei schon vorhandenen eine neue Differentialgleichung mit ebensovielen also $2(n-i)$ Veränderlichen in die erste Stelle ein. Wenn aber 4 Differentialgleichungen in einer Zeile vorkommen, so sind die Veränderlichen der ersten Differentialgleichung in der $i+1^{ten}$ Zeile gegeben, durch die Integrale der viertletzten Differentialgleichung in der i^{ten} Zeile, oder der drittletzten in der $i-1^{ten}$ Zeile, oder auch der vorletzten in der $i-2^{ten}$ Zeile. Die Integrale der ersten Differentialgleichung werden als Veränderliche in die zweite Differentialgleichung, die der zweiten als Veränderliche in die dritte, die der dritten als Veränderliche in die vierte Differentialgleichung derselben Zeile und auch in die erste Differentialgleichung der zunächst folgenden Zeile eingesetzt, wenn darin nur 2 Differentialgleichungen stehen. Von den erwähnten Integralen ist aber immer nur ein einziges durch Integration zu ermitteln. Alle übrigen Integrale ergeben sich durch die Coefficientenbildung derjenigen Differentialgleichung, in welche dieselben als Veränderliche eingeführt werden sollen.

Man sieht ein, dass die Zahl der Differentialgleichungen in einer Zeile noch grösser werden kann. Diese Zahl kann übrigens höchstens die Ordnungszahl der Zeile erreichen. In der i^{ten} Zeile kann man also höchstens i Differentialgleichungen haben. Wenn die Zahl der Differentialgleichungen in jeder Zeile der Ordnungszahl dieser Zeile gleichkommt, so haben alle Differentialgleichungen höchstens 3 Veränderliche, mit Ausnahme der ersten Differentialgleichung jeder Zeile, welche die vorschriftsmässige Zahl haben kann. Die Veränderlichen der ersten Differentialgleichung sind dann jedesmal die Veränderlichen der zu integrirenden Differentialgleichung $\psi = c$.

Eine Aenderung des Verfahrens ist immer nur dann nothwendig, wenn es sich um die Veränderlichen der ersten Differentialgleichung einer Zeile handelt, da nämlich nicht hinreichend Integrale einer anderen Differentialgleichung bekannt sind, welche als Veränderliche in die erste Differentialgleichung eingeführt werden sollen. Da in dem zuletzt erwähnten Falle die erste Differentialgleichung jeder Zeile die Veränderlichen der Differentialgleichung $\psi = c$ hat, so wird der dort eingeschlagene Weg auch in allen anderen Fällen zum Ziel führen. Die Differentialgleichungen haben aber nur dann die vorhin angegebenen Zahl der Veränderlichen, wenn diejenigen Bedingungen erfüllt sind, unter welchen dies Verfahren das einzig mögliche ist. Im Allgemeinen, wenn dies Verfahren auch da eingehalten wird, wo die vorher bezeichneten Wege zum Ziel führen, werden alle $i+1$ Differentialgleichungen der $i+1^{ten}$ Zeile $2(n-i)$ Veränderliche haben. Es ist dies aber genau derjenige Weg, welchen Jacobi eingeschlagen hat. Jacobi hat diese Lösung nur mit der Beschränkung gegeben, dass die abhängige Veränderliche z in der Gleichung $\psi = c$ nicht vorkomme. Dieselbe wird dann auch in allen zur Lösung des Problems führenden Gleichungen fehlen, und es kann deshalb überall $\frac{d\alpha}{dz} = 0$ gesetzt werden. Die $i+1$ Differentialbezeichungen der $i+1^{ten}$ Zeile behalten dann, so wie es Jacobi angegeben hat, nur $2(n-i)-1$ Veränderliche.

Kleinere Mittheilungen.

XXVI. Integration der linearen Differentialgleichung

$$1)\qquad x^2 y''' - y = 0$$

mittelst bestimmter Integrale. Von Prof. Simon Spitzer.

Es ist sehr leicht, ein particuläres Integrale der Gleichung 1) in Form einer unendlichen Reihe aufzustellen; man findet nämlich auf bekannte Weise vorgehend für y folgenden Werth:

$$2)\qquad y = \frac{x^2}{2!} + \frac{x^3}{2!\,3!} + \frac{x^4}{2!\,3!\,4!} + \frac{x^5}{3!\,4!\,5!} + \frac{x^6}{4!\,5!\,6!} + \dots$$

und dieses y in Form eines bestimmten Integrales wiedergegeben, ist der eigentliche Zweck dieser Note.

Setzen wir:

$$3)\qquad z = 1 + x + \frac{x^2}{2!\,2!\,2!} + \frac{x^3}{3!\,3!\,3!} + \frac{x^4}{4!\,4!\,4!} + \dots$$

so ist, wie man sich leicht überzeugt,

$$4)\qquad y = x^2 \frac{d^2}{dx^2}\left(x \frac{\partial z}{\partial x}\right);$$

kennt man daher z, so ergiebt sich leicht aus selbem mittelst der Gleichung 4) das y.

Um z zu finden, bedienen wir uns der Parseval'schen Methode, nach welcher man die Summe der Reihe

$$A_0 B_0 + A_1 B_1 + A_2 B_2 + A_3 B_3 + \dots$$

anzugeben vermag, falls die Summen der zwei folgenden Reihen:

$$A_0 + A_1 u + A_2 u^2 + A_3 u^3 + \dots = \varphi(u),$$

$$B_0 + \frac{B_1}{u} + \frac{B_2}{u^2} + \frac{B_3}{u^3} + \dots = \psi(u)$$

bekannt sind, und zwar ist nach Parseval

$$5)\qquad A_0 B_0 + A_1 B_1 + A_2 B_2 + A_3 B_3 + \dots$$

$$= \frac{1}{2\pi} \int_0^{\pi} \left[\varphi(e^{\omega\sqrt{-1}})\, \psi(e^{\sqrt{-1}}) + \varphi(e^{-\omega\sqrt{-1}})\, \psi(e^{-\omega\sqrt{-1}}) \right] d\omega.$$

Im vorliegenden Falle ist:

$$6)\quad \begin{cases} 1 + ux + \dfrac{u^2x^2}{2!2!} + \dfrac{u^3x^3}{3!3!} + \dfrac{u^4x^4}{4!4!} + \dots = \dfrac{1}{\pi} \displaystyle\int_0^{\pi} e^{2\sqrt{ux}\cos\alpha}\, d\alpha, \\[2ex] 1 + \dfrac{x}{u} + \dfrac{x^2}{2!\,u^2} + \dfrac{x^3}{3!\,u^3} + \dfrac{x^4}{4!\,u^4} + \dots = e^{\frac{x}{u}}; \end{cases}$$

folglich hat man:

$$1 + x^2 + \frac{x^4}{2!\,2!\,2!} + \frac{x^6}{3!\,3!\,3!} + \frac{x^8}{4!\,4!\,4!} + \dots$$

$$= \frac{1}{\pi^2} \int_0^{\pi}\!\! \int_0^{\pi} e^{x\cos\beta + 2\sqrt{x}\cos\alpha\cos\frac{\beta}{2}} \cos\left(x\sin\beta - 2\sqrt{x}\cos\alpha\sin\frac{\beta}{2}\right) d\alpha\, d\beta,$$

und das in 3) stehende z ist somit gleich

$$7)\qquad z = \frac{1}{\pi^2} \int_0^{\pi}\!\! \int_0^{\pi} e^{\sqrt{x}\cos\beta + 2\sqrt[4]{x}\cos\alpha\cos\frac{\beta}{2}} \cos\left(\sqrt{x}\sin\beta - 2\sqrt[4]{x}\cos\alpha\sin\frac{\beta}{2}\right) d\alpha\, d\beta.$$

Wollte man umgekehrt das eben aufgestellte Doppelintegrale in eine Reihe entwickeln, so müsste man auf den in 3) stehenden Ausdruck kommen, und dies wollen wir zunächst nachweisen.

Setzt man:

$$8)\quad \begin{cases} \dfrac{1}{\pi} \displaystyle\int_0^{\pi} e^{2\sqrt[4]{x}\cos\alpha\cos\frac{\beta}{2}} \cos\left(2\sqrt[4]{x}\cos\alpha\sin\frac{\beta}{2}\right) d\alpha = \varphi_1(x), \\[2ex] \dfrac{1}{\pi} \displaystyle\int_0^{\pi} e^{2\sqrt[4]{x}\cos\alpha\cos\frac{\beta}{2}} \sin\left(2\sqrt[4]{x}\cos\alpha\sin\frac{\beta}{2}\right) d\alpha = \psi_1(x), \end{cases}$$

so ist

$$9)\qquad z = \frac{1}{\pi} \int_0^{\pi} e^{\sqrt{x}\cos\beta} \left[\cos(\sqrt{x}\sin\beta)\, \varphi_1(x) + \sin(\sqrt{x}\sin\beta)\, \psi_1(x)\right] d\beta.$$

Man kann nun $\varphi_1(x)$ und $\psi_1(x)$ auch so schreiben:

$$10)\quad \begin{cases} \varphi_1(x) = \dfrac{1}{2\pi}\displaystyle\int_0^\pi \left[e^{2\sqrt[4]{x}\cos\alpha \,.\, e^{\frac{\beta}{2}\sqrt{-1}}} + e^{2\sqrt[4]{x}\cos\alpha \,.\, e^{-\frac{\beta}{2}\sqrt{-1}}} \right] d\alpha. \\ \psi_1(x) = \dfrac{1}{2\pi\sqrt{-1}}\displaystyle\int_0^\pi \left[e^{2\sqrt[4]{x}\cos\alpha \,.\, e^{\frac{\beta}{2}\sqrt{-1}}} - e^{2\sqrt[4]{x}\cos\alpha \,.\, e^{-\frac{\beta}{2}\sqrt{-1}}} \right] d\alpha, \end{cases}$$

und bedenkt man, dass

$$11)\quad \frac{1}{\pi}\int_0^\pi e^{2x\cos\alpha}\, d\alpha = 1 + x^2 + \frac{x^4}{2!\,2!} + \frac{x^6}{3!\,3!} + \frac{x^4}{4!\,4!} + \ldots$$

ist, so erhält man:

$$12)\quad \begin{cases} \varphi_1(x) = 1 + \sqrt{x}\cos\beta + \dfrac{x\cos 2\beta}{2!\,2!} + \dfrac{x\sqrt{x}\cos 3\beta}{3!\,3!} + \dfrac{x^2\cos 4\beta}{4!\,4!} + \ldots \\ \psi_1(x) = \qquad \sqrt{x}\sin\beta + \dfrac{x\sin 2\beta}{2!\,2!} + \dfrac{x\sqrt{x}\sin 3\beta}{3!\,3!} + \dfrac{x^2\sin 4\beta}{4!\,4!} + \ldots \end{cases}$$

Setzt man alsdann diese Werthe in 9), so erhält man:

$$13)\quad z = \frac{1}{\pi}\int_0^\pi e^{\sqrt{x}\cos\beta}\Big[\cos(\sqrt{x}\sin\beta) + \sqrt{x}\cos(\beta - \sqrt{x}\sin\beta)$$

$$+ \frac{x\cos(2\beta - \sqrt{x}\sin\beta)}{2!\,2!} + \frac{x\sqrt{x}\cos(3\beta - \sqrt{x}\sin\beta)}{3!\,3!}$$

$$+ \frac{x^2\cos(4\beta - \sqrt{x}\sin\beta)}{4!\,4!} + \ldots\Big]\, d\beta,$$

welcher Ausdruck nun auch weiter vereinfacht werden muss. Zu dem Zwecke setzen wir:

$$f(x) = \int_0^\pi e^{x\cos\beta}\cos(n\beta - x\sin\beta)\, d\beta,$$

und differenziren dieses nach x. Wir erhalten hierdurch

$$f'(x) = \int_0^\pi e^{x\cos\beta}\cos[(n-1)\beta - x\sin\beta]\, d\beta,$$

$$f''(x) = \int_0^\pi e^{x\cos\beta}\cos[(n-2)\beta - x\sin\beta]\, d\beta,$$

. . . .

$$f^{(n)}(x) = \int_0^\pi e^{x\cos\beta}\cos(x\sin\beta)\, d\beta.$$

Differenzirt man die letzte Gleichung noch einmal, so erhält man:

$$f^{(n+1)}(x)=\int_0^\pi e^{x\cos\beta}\,[\cos\beta\cos(x\sin\beta)-\sin\beta\sin(x\sin\beta)]\,d\beta,$$

und da

$$\int_0^\pi e^{x\cos\beta}\sin\beta\sin(x\sin\beta)\,d\beta=-\frac{1}{x}\int_0^\pi \sin(x\sin\beta)\frac{\partial e^{x\cos\beta}}{d\beta}\,d\beta$$

ist, so hat man, letzteres Integrale nach der Methode des theilweisen Integrirens behandelnd:

$$\int_0^\pi e^{x\cos\beta}\sin\beta\sin(x\sin\beta)\,d\beta=-\frac{1}{\pi}\Big\{e^{x\cos\beta}\sin(x\sin\beta)\Big\}_0^\pi$$

$$+\int_0^\pi e^{x\cos\beta}\cos(x\sin\beta)\cos\beta\,\partial\beta,$$

oder kürzer:

$$\int_0^\pi e^{x\cos\beta}\sin\beta\sin(x\sin\beta)\,\partial\beta=\int_0^\pi e^{x\cos\beta}\cos\beta\cos(x\sin\beta)\,\partial\beta;$$

folglich ist:

$$14)\qquad f^{(n+1)}(x)=\int_0^\pi e^{x\cos\beta}\cos(\beta+x\sin\beta)\,\partial\beta=0.$$

Man hat demzufolge

$$f^{(n)}(x)=\int_0^\pi e^{x\cos\beta}\cos(x\sin\beta)\,\partial\beta=Const.$$

Um nun diese Constante zu finden, setzen wir in $f^{(n)}(x)$ für x die Zahl 0, dies giebt dann

$$Const.=\pi,$$

also ist:

$$f^{(n)}(x)=\int_0^\pi e^{x\cos\beta}\cos(x\sin\beta)\,\partial\beta=\pi$$

und jetzt ist es leicht, $f^{(n-1)}(x)$ zu bestimmen. Es ist nämlich:

$$f^{(n-1)}(x)=\int_0^\pi e^{x\cos\beta}\cos(\beta-x\sin\beta)\,\partial\beta=\pi x+C_1.$$

Um C_1 zu bestimmen, setze man wieder $x=0$, man erhält sodann

$$C_1 = \int_0^\pi \cos\beta\,\partial\beta = 0;$$

folglich ist

$$f^{(n-1)}(x) = \int_0^\pi e^{x\cos\beta}\cos(\beta - x\sin\beta)\,\partial\beta = \pi x.$$

Auf gleiche Weise erhält man

$$f^{(n-2)}(x) = \int_0^\pi e^{x\cos\beta}\cos(2\beta - x\sin\beta)\,\partial\beta = \frac{\pi x^2}{2!},$$

$$f^{(n-3)}(x) = \int_0^\pi e^{x\cos\beta}\cos(3\beta - x\sin\beta)\,\partial\beta = \frac{\pi x^3}{3!},$$

$$\cdots\cdots\cdots\cdots\cdots\cdots$$

$$f(x) = \int_0^\pi e^{x\cos\beta}\cos(n\beta - x\sin\beta)\,\partial\beta = \frac{\pi x^n}{n!}.$$

Setzt man in den so eben gefundenen Formeln statt x, $\sqrt{x}$, so erhält man:

$$15)\quad \begin{cases} \int_0^\pi e^{\sqrt{x}\cos\beta}\cos(\sqrt{x}\sin\beta)\,\partial\beta = \pi, \\ \int_0^\pi e^{\sqrt{x}\cos\beta}\cos(\beta - \sqrt{x}\sin\beta)\,\partial\beta = \pi\sqrt{x}, \\ \int_0^\pi e^{\sqrt{x}\cos\beta}\cos(2\beta - \sqrt{x}\sin\beta)\,\partial\beta = \frac{\pi x}{2!}, \\ \int_0^\pi e^{\sqrt{x}\cos\beta}\cos(3\beta - \sqrt{x}\sin\beta)\,\partial\beta = \frac{\pi x\sqrt{x}}{3!}, \\ \cdots\cdots\cdots\cdots\cdots\cdots \\ \int_0^\pi e^{\sqrt{x}\cos\beta}\cos(n\beta - \sqrt{x}\sin\beta)\,\partial\beta = \frac{\pi x^{\frac{n}{2}}}{n!}, \end{cases}$$

und diese Werthe in 13) eingeführt geben

$$z = 1 + x + \frac{x^2}{2!\,2!\,2!} + \frac{x^3}{3!\,3!\,3!} + \frac{x^4}{4!\,4!\,4!} + \ldots$$

was nachzuweisen war.

Dieses z genügt auch, wie man sieht, folgender linearen Differentialgleichung:

16) $$x^2z'''+3xz''+z'-z=0,$$
folglich ist ein particuläres Integrale derselben:

17) $$z=\int_0^\pi\int_0^\pi e^{\sqrt{x}\cos\beta+2\sqrt[4]{x}\cos\alpha\cos\frac{\beta}{2}}\cos\left(\sqrt{x}\sin\beta-2\sqrt[4]{x}\cos\alpha\sin\frac{\beta}{2}\right)d\alpha\,d\beta.$$

Nachdem wir das z gefunden haben, ist es leicht, ein particuläres Integrale der Gleichung

1) $$x^2y'''-y=0$$
aufzustellen; es ist nämlich vermöge der Gleichung 4)

18) $$y=x^2\frac{\partial^2}{\partial x^2}\left[x\frac{\partial}{\partial x}\int_0^\pi\int_0^\pi e^{\sqrt{x}\cos\beta+2\sqrt[4]{x}\cos\alpha\cos\frac{\beta}{2}}\cos\left(\sqrt{x}\sin\beta-2\sqrt[4]{x}\cos\alpha\sin\frac{\beta}{2}\right)\partial\alpha\,\partial\beta\right].$$

Dieser Ausdruck lässt sich jedoch vereinfachen. Denn differenzirt man z nach x, so erhält man:

19) $$\frac{\partial z}{\partial x}=\frac{1}{2}\int_0^\pi\int_0^\pi e^{\sqrt{x}\cos\beta+2\sqrt[4]{x}\cos\alpha\cos\frac{\beta}{2}}\left[\frac{1}{\sqrt{x}}\cos\left(\beta+\sqrt{x}\sin\beta-2\sqrt[4]{x}\sin\frac{\beta}{2}\cos\alpha\right)\right.$$
$$\left.+\frac{1}{\sqrt[4]{x^3}}\cos\alpha\cos\left(-\frac{\beta}{2}+\sqrt{x}\sin\beta-2\sqrt[4]{x}\sin\frac{\beta}{2}\cos\alpha\right)\right]d\alpha\,d\beta.$$

Nun ist aber, wie man sich leicht überzeugt:
$$\int e^{\sqrt{x}\cos\beta+2\sqrt[4]{x}\cos\alpha\cos\frac{\beta}{2}}\left[\frac{1}{\sqrt{x}}\cos\left(\beta+\sqrt{x}\sin\beta-2\sqrt[4]{x}\sin\frac{\beta}{2}\cos\alpha\right)\right.$$
$$\left.-\frac{1}{\sqrt[4]{x^3}}\cos\alpha\cos\left(-\frac{\beta}{2}+\sqrt{x}\sin\beta-2\sqrt[4]{x}\sin\frac{\beta}{2}\cos\alpha\right)\right]d\beta$$
$$=\frac{1}{x}e^{\sqrt{x}\cos\beta+2\sqrt[4]{x}\cos\alpha\cos\frac{\beta}{2}}\sin\left(\sqrt{x}\sin\beta-2\sqrt[4]{x}\sin\frac{\beta}{2}\cos\alpha\right),$$
folglich hat man:
$$\int_0^\pi e^{\sqrt{x}\cos\beta+2\sqrt[4]{x}\cos\alpha\cos\frac{\beta}{2}}\left[\frac{1}{\sqrt{x}}\cos\left(\beta+\sqrt{x}\sin\beta-2\sqrt[4]{x}\sin\frac{\beta}{2}\cos\alpha\right)\right.$$
$$\left.-\frac{1}{\sqrt[4]{x^3}}\cos\alpha\cos\left(-\frac{\beta}{2}+\sqrt{x}\sin\beta-2\sqrt[4]{x}\sin\frac{\beta}{2}\cos\alpha\right)\right]d\beta$$
$$=-\frac{1}{x}e^{-\sqrt{x}}\sin(2\sqrt[4]{x}\cos\alpha).$$

Wird diese Gleichung mit $\partial\alpha$ multiplicirt, und innerhalb der Grenzen 0 und π integrirt, so erhält man auf der rechten Seite der Gleichung den Ausdruck

$$-\frac{1}{x}e^{-\sqrt{x}}\int_0^\pi \sin(2\sqrt[4]{x}\cos\alpha)\,d\alpha,$$

welcher sich durch die Substitution $\cos\alpha = u$ vereinfacht, und hierdurch übergeht in

$$-\frac{1}{x}e^{-\sqrt{x}}\int_{-1}^{+1}\sin(2u\sqrt[4]{x})\frac{du}{\sqrt{1-u^2}},$$

was gleich Null ist.

Es ist demnach

$$\frac{1}{\sqrt{x}}\int_0^\pi\int_0^\pi e^{\sqrt{x}\cos\beta+2\sqrt[4]{x}\cos\alpha\cos\frac{\beta}{2}}\cos\left(\beta+\sqrt{x}\sin\beta-2\sqrt[4]{x}\sin\frac{\beta}{2}\cos\alpha\right)\partial\alpha\,\partial\beta$$

$$=\frac{1}{\sqrt[4]{x^3}}\int_0^\pi\int_0^\pi e^{\sqrt{x}\cos\beta+2\sqrt[4]{x}\cos\alpha\cos\frac{\beta}{2}}\cos\alpha\cos\left(-\frac{\beta}{2}+\sqrt{x}\sin\beta\right.$$
$$\left.-2\sqrt[4]{x}\sin\frac{\beta}{2}\cos\alpha\right)\partial\alpha\,\partial\beta$$

und folglich

$$20)\quad y = x^2\frac{\partial^2}{\partial x^2}\left[\sqrt{x}\int_0^\pi\int_0^\pi e^{\sqrt{x}\cos\beta+2\sqrt[4]{x}\cos\alpha\cos\frac{\beta}{2}}\cos\left(\beta+\sqrt{x}\sin\beta\right.\right.$$
$$\left.\left.-2\sqrt[4]{x}\sin\frac{\beta}{2}\cos\alpha\right)\partial\alpha\,\partial\beta\right],$$

welche Form einfacher ist, als die in 18) hingestellte.

Aber auch dieses y lässt sich noch sehr vereinfachen. Es ist nämlich

$$\frac{\partial}{\partial x}\left[\sqrt{x}\int_0^\pi\int_0^\pi e^{\sqrt{x}\cos\beta+2\sqrt[4]{x}\cos\alpha\cos\frac{\beta}{2}}\cos\left(\beta+\sqrt{x}\sin\beta\right.\right.$$
$$\left.\left.-2\sqrt[4]{x}\sin\frac{\beta}{2}\cos\alpha\right)d\alpha\,d\beta\right]$$

$$=\frac{1}{2}\int_0^\pi\int_0^\pi e^{\sqrt{x}\cos\beta+2\sqrt[4]{x}\cos\alpha\cos\frac{\beta}{2}}\left[\frac{1}{\sqrt{x}}\cos\left(\beta+\sqrt{x}\sin\beta-2\sqrt[4]{x}\sin\frac{\beta}{2}\cos\alpha\right)\right.$$
$$+\cos\left(2\beta+\sqrt{x}\sin\beta-2\sqrt[4]{x}\sin\frac{\beta}{2}\cos\alpha\right)$$
$$\left.+\frac{1}{\sqrt{x}}\cos\alpha\cos\left(\frac{\beta}{2}+\sqrt{x}\sin\beta-2\sqrt[4]{x}\sin\frac{\beta}{2}\cos\alpha\right)\right]d\alpha\,d\beta.$$

Aus der identischen Gleichung

$$\int e^{\sqrt{x}\cos\beta+2\sqrt[4]{x}\cos\alpha\cos\frac{\beta}{2}}\left[\frac{1}{\sqrt{x}}\cos\left(\beta+\sqrt{x}\sin\beta-2\sqrt[4]{x}\sin\frac{\beta}{2}\cos\alpha\right)\right.$$

$$+\cos\left(2\beta+\sqrt{x}\sin\beta-2\sqrt[4]{x}\sin\frac{\beta}{2}\cos\alpha\right)$$

$$\left.-\frac{1}{\sqrt[4]{x}}\cos\alpha\cos\left(\frac{\beta}{2}+\sqrt{x}\sin\beta-2\sqrt[4]{x}\sin\frac{\beta}{2}\cos\alpha\right)\right]d\beta$$

$$=\frac{1}{\sqrt{x}}e^{\sqrt{x}\cos\beta+2\sqrt[4]{x}\cos\alpha\cos\frac{\beta}{2}}\sin\left(\beta+\sqrt{x}\sin\beta-2\sqrt[4]{x}\sin\frac{\beta}{2}\cos\alpha\right)$$

folgt, wenn man das Integrale innerhalb der Grenzen 0 und π nimmt

$$\int_0^\pi e^{\sqrt{x}\cos\beta+2\sqrt[4]{x}\cos\alpha\cos\frac{\beta}{2}}\left[\frac{1}{\sqrt{x}}\cos\left(\beta+\sqrt{x}\sin\beta-2\sqrt[4]{x}\sin\frac{\beta}{2}\cos\alpha\right)\right.$$

$$+\cos\left(2\beta+\sqrt{x}\sin\beta-2\sqrt[4]{x}\sin\frac{\beta}{2}\cos\alpha\right)$$

$$\left.-\frac{1}{\sqrt[4]{x}}\cos\alpha\cos\left(\frac{\beta}{2}+\sqrt{x}\sin\beta-2\sqrt[4]{x}\sin\frac{\beta}{2}\cos\alpha\right)\right]d\beta$$

$$=\frac{1}{\sqrt{x}}e^{-\sqrt{x}}\sin(2\sqrt[4]{x}\cos\alpha).$$

Wird die eben aufgestellte Gleichung mit $d\alpha$ multiplicirt, und innerhalb der Grenzen 0 und π integrirt, so erhält man als Werth des auf der rechten Seite der Gleichung stehenden Ausdrückes Null, demnach ist

$$\frac{\partial}{\partial x}\left[\sqrt{x}\int_0^\pi\int_0^\pi e^{\sqrt{x}\cos\beta+2\sqrt[4]{x}\cos\alpha\cos\frac{\beta}{2}}\cos\left(\beta+\sqrt{x}\sin\beta\right.\right.$$

$$\left.\left.-2\sqrt[4]{x}\sin\frac{\beta}{2}\cos\alpha\right)d\alpha\,d\beta\right]$$

$$=\frac{1}{\sqrt[4]{x}}\int_0^\pi\int_0^\pi e^{\sqrt{x}\cos\beta+2\sqrt[4]{x}\cos\alpha\cos\frac{\beta}{2}}\cos\alpha\cos\left(\frac{\beta}{2}+\sqrt{x}\sin\beta\right.$$

$$\left.-2\sqrt[4]{x}\sin\frac{\beta}{2}\cos\alpha\right)d\alpha\,d\beta$$

und folglich

$$21)\quad y=x^2\frac{d}{dx}\left[\frac{1}{\sqrt[4]{x}}\int_0^\pi\int_0^\pi e^{\sqrt{x}\cos\beta+2\sqrt[4]{x}\cos\alpha\cos\frac{\beta}{2}}\cos\alpha\cos\left(\frac{\beta}{2}+\sqrt{x}\sin\beta\right.\right.$$

$$\left.\left.-2\sqrt[4]{x}\sin\frac{\beta}{2}\cos\alpha\right)\right]d\alpha\,d\beta.$$

Wird nun die letzte hier angezeigte Differentiation durchgeführt, so erhält man:

$$y = x^2 \int_0^\pi \int_0^\pi e^{\sqrt{x}\cos\beta + 2\sqrt[4]{x}\cos\alpha\cos\frac{\beta}{2}} \cos\alpha \Big[-\frac{1}{4x\sqrt[4]{x}} \cos\Big(\frac{\beta}{2} + \sqrt{x}\sin\beta - 2\sqrt[4]{x}\sin\frac{\beta}{2}\cos\alpha\Big) + \frac{1}{2\sqrt[4]{x^3}} \cos\Big(\tfrac{3}{2}\beta + \sqrt{x}\sin\beta - 2\sqrt[4]{x}\sin\frac{\beta}{2}\cos\alpha\Big) + \frac{1}{2x}\cos\alpha\cos\Big(\sqrt{x}\sin\beta - 2\sqrt[4]{x}\sin\frac{\beta}{2}\cos\alpha\Big)\Big] d\alpha\, d\beta.$$

Nun ist aber wieder identisch

$$\int e^{\sqrt{x}\cos\beta + 2\sqrt[4]{x}\cos\alpha\cos\frac{\beta}{2}} \cos\alpha \Big[-\frac{1}{4x\sqrt[4]{x}} \cos\Big(\frac{\beta}{2} + \sqrt{x}\sin\beta - 2\sqrt[4]{x}\sin\frac{\beta}{2}\cos\alpha\Big) - \frac{1}{2\sqrt[4]{x^3}} \cos\Big(\tfrac{3}{2}\beta + \sqrt{x}\sin\beta - 2\sqrt[4]{x}\sin\frac{\beta}{2}\cos\alpha\Big) + \frac{1}{2x}\cos\alpha\cos\Big(\sqrt{x}\sin\beta - 2\sqrt[4]{x}\sin\frac{\beta}{2}\cos\alpha\Big)\Big] d\beta$$

$$= -\frac{1}{2x\sqrt[4]{x}} e^{\sqrt{x}\cos\beta + 2\sqrt[4]{x}\cos\alpha\cos\frac{\beta}{2}} \cos\alpha \sin\Big(\frac{\beta}{2} + \sqrt{x}\sin\beta - 2\sqrt[4]{x}\sin\frac{\beta}{2}\cos\alpha\Big),$$

folglich hat man

$$\int_0^\pi e^{\sqrt{x}\cos\beta + 2\sqrt[4]{x}\cos\alpha\cos\frac{\beta}{2}} \cos\alpha \Big[-\frac{1}{4x\sqrt[4]{x}} \cos\Big(\frac{\beta}{2} + \sqrt{x}\sin\beta - 2\sqrt[4]{x}\sin\frac{\beta}{2}\cos\alpha\Big) - \frac{1}{2\sqrt[4]{x^3}} \cos\Big(\tfrac{3}{2}\beta + \sqrt{x}\sin\beta - 2\sqrt[4]{x}\sin\frac{\beta}{2}\cos\alpha\Big) + \frac{1}{2x}\cos\alpha\cos\Big(\sqrt{x}\sin\beta - 2\sqrt[4]{x}\sin\frac{\beta}{2}\cos\alpha\Big)\Big] d\beta$$

$$= -\frac{1}{2x\sqrt[4]{x}} e^{-\sqrt{x}} \cos\alpha\cos\Big(2\sqrt[4]{x}\cos\alpha\Big).$$

Wird diese Gleichung mit $d\alpha$ multiplicirt, und innerhalb der Grenzen 0 und π integrirt, so erscheint rechts Null, und folglich hat man

$$22)\quad y = x\sqrt[4]{x}\int_0^\pi\int_0^\pi e^{\sqrt{x}\cos\beta+2\sqrt[4]{x}\cos\alpha\cos\frac{\beta}{2}}\cos\alpha\cos\left(\tfrac{3}{2}\beta+\sqrt{x}\sin\beta\right.$$
$$\left.-2\sqrt[4]{x}\sin\frac{\beta}{2}\cos\alpha\right)d\alpha\,d\beta$$

als particuläres Integrale der Gleichung

$$1)\qquad x^2y'''-y=0.$$

Man kann sich mit grosser Leichtigkeit von der Richtigkeit des eben gefundenen particulären Integrales überzeugen. Denn schreibt man y auf folgende Weise:

$$y=\frac{x\sqrt[4]{x}}{\pi^2}\int_0^\pi\int_0^\pi e^{\sqrt{x}\cos\beta+2\sqrt[4]{x}\cos\alpha\cos\frac{\beta}{2}}\Big[\cos(\tfrac{3}{2}\beta+\sqrt{x}\sin\beta)$$
$$\cos\left(2\sqrt[4]{x}\cos\alpha\sin\frac{\beta}{2}\right)$$
$$+\sin(\tfrac{3}{2}\beta+\sqrt{x}\sin\beta)\sin\left(2\sqrt[4]{x}\cos\alpha\sin\frac{\beta}{2}\right)\Big]\cos\alpha\,d\alpha\,d\beta,$$

so hat man

$$23)\quad\begin{cases}\dfrac{1}{\pi}\displaystyle\int_0^\pi e^{2\sqrt[4]{x}\cos\alpha\cos\frac{\beta}{2}}\cos\alpha\cos\left(2\sqrt[4]{x}\cos\alpha\sin\frac{\beta}{2}\right)d\alpha=\varphi_2(x),\\[2ex]\dfrac{1}{\pi}\displaystyle\int_0^\pi e^{2\sqrt[4]{x}\cos\alpha\cos\frac{\beta}{2}}\cos\alpha\sin\left(2\sqrt[4]{x}\cos\alpha\sin\frac{\beta}{2}\right)d\alpha=\psi_2(x)\end{cases}$$

setzend,

$$24)\qquad y=\frac{x\sqrt[4]{x}}{\pi}\int_0^\pi e^{\sqrt{x}\cos\beta}\Big[\cos(\tfrac{3}{2}\beta+\sqrt{x}\sin\beta)\varphi_2(x)$$
$$+\sin(\tfrac{3}{2}\beta+\sqrt{x}\sin\beta)\psi_2(x)\Big]d\beta.$$

$\varphi_2(x)$ und $\psi_2(x)$ können aber auch so geschrieben werden:

$$\varphi_2(x)=\frac{1}{2\pi}\int_0^\pi\cos\alpha\left[e^{2\sqrt[4]{x}\cos\alpha\, e^{\frac{\beta}{2}\sqrt{-1}}}+e^{2\sqrt[4]{x}\cos\alpha\, e^{-\frac{\beta}{2}\sqrt{-1}}}\right]d\alpha,$$

$$\psi_2(x)=\frac{1}{2\pi\sqrt{-1}}\int_0^\pi\cos\alpha\left[e^{2\sqrt[4]{x}\cos\alpha\, e^{\frac{\beta}{2}\sqrt{-1}}}-e^{2\sqrt[4]{x}\cos\alpha\, e^{-\frac{\beta}{2}\sqrt{-1}}}\right]d\alpha$$

und da

$$\frac{1}{\pi}\int_0^\pi e^{2x\cos\alpha}\cos\alpha\,d\alpha = x + \frac{x^3}{1!\,2!} + \frac{x^5}{2!\,3!} + \frac{x^7}{3!\,4!} + \dots$$

ist, wie man sich durch Differenziren der Gleichung 11) überzeugen kann, so hat man

$$\varphi_2(x) = \sqrt[4]{x}\cos\frac{\beta}{2} + \frac{\sqrt[4]{x^3}\cos\frac{3}{2}\beta}{1!\,2!} + \frac{\sqrt[4]{x^5}\cos\frac{5}{2}\beta}{2!\,3!} + \frac{\sqrt[4]{x^7}\cos\frac{7}{2}\beta}{3!\,4!} + \dots$$

$$\psi_2(x) = \sqrt[4]{x}\sin\frac{\beta}{2} + \frac{\sqrt[4]{x^3}\sin\frac{3}{2}\beta}{1!\,2!} + \frac{\sqrt[4]{x^5}\sin\frac{5}{2}\beta}{2!\,3!} + \frac{\sqrt[4]{x^7}\sin\frac{7}{2}\beta}{3!\,4!} + \dots$$

und daher ist

$$25)\quad y = \frac{x\sqrt[4]{x}}{\pi}\int_0^\pi e^{\sqrt{x}\cos\beta}\Big[\sqrt[4]{x}\cos(\beta + \sqrt{x}\sin\beta) + \frac{\sqrt[4]{x^3}\cos(\sqrt{x}\sin\beta)}{1!\,2!}$$
$$+ \frac{\sqrt[4]{x^5}\cos(\beta - \sqrt{x}\sin\beta)}{2!\,3!} + \frac{\sqrt[4]{x^7}\cos(2\beta - \sqrt{x}\sin\beta)}{3!\,4!} + \dots\Big]\,d\beta.$$

Beachtet man nun die Gleichungen 14) und 15), so geht das eben gewonnene y über in

$$y = \frac{x^2}{2!} + \frac{x^3}{2!\,3!} + \frac{x^4}{3!\,4!} + \dots$$

und die Richtigkeit des Integrales 22) ist hierdurch dargethan.

Wir stellen zum Schluss diejenigen bestimmten Integrale zusammen, die uns durch diese Analysis geboten wurden, und die uns neu vorkommen, sie sind:

$$\frac{1}{\pi}\int_0^\pi e^{x\cos\alpha}\cos(n\alpha - x\sin\alpha)\,d\alpha = \frac{x^n}{n!},$$

$$\frac{1}{\pi}\int_0^\pi e^{2x\cos\alpha\cos\lambda}\cos(2x\cos\alpha\sin\lambda)\,d\alpha = 1 + x^2\cos 2\lambda + \frac{x^4\cos 4\lambda}{2!\,2!} + \frac{x^6\cos 6\lambda}{3!\,3!} + \dots$$

$$\frac{1}{\pi}\int_0^\pi e^{2x\cos\alpha\cos\lambda}\sin(2x\cos\alpha\sin\lambda)\,d\alpha = x^2\sin 2\lambda + \frac{x^4\sin 4\lambda}{2!\,2!} + \frac{x^6\sin 6\lambda}{3!\,3!} + \dots$$

$$\frac{1}{\pi}\int_0^\pi e^{2x\cos\alpha\cos\lambda}\cos\alpha\cos(2x\cos\alpha\sin\lambda)\,d\alpha = x\cos\lambda + \frac{x^3\cos 3\lambda}{1!\,2!} + \frac{x^5\cos 5\lambda}{2!\,3!} + \dots$$

$$\frac{1}{\pi}\int_0^\pi e^{2x\cos\alpha\cos\lambda}\cos\alpha\sin(2x\cos\alpha\sin\lambda)\,d\alpha = x\sin\lambda + \frac{x^3\sin 3\lambda}{1!\,2!} + \frac{x^5\sin 5\lambda}{2!\,3!} + \dots$$

XXVII. Note über einige Integrale. — Um die irrationalen Ausdrücke:

I) $$P = \int \frac{(1 + x^2)\,dx}{(1 - x^2)\sqrt{1 + x^4}},$$

II) $$Q = \int \frac{dx\,.\,(1 - x^2)}{(1 + x^2)\sqrt{1 + x^4}},$$

III) $$y = \int \frac{dx\,.\,\sqrt{1 + x^4}}{1 - x^4},$$

IV) $$y = \int \frac{x^2\,dx}{(1 - x^4)\sqrt{1 + x^4}}$$

zu integriren, fand L. Euler (enthalten in seinem Werke über Integralrechnung, deutsche Uebersetzung von Dr. J. Salomon, 4. Band) zwei Kunstgriffe, nämlich die Formen:

$$\frac{x\sqrt{2}}{1 + x^2} = p \quad \text{und} \quad dy = \frac{\frac{1}{2}\,dx\,(1 + x^2)}{(1 - x^4)\sqrt{1 + x^4}} \mp \frac{\frac{1}{2}\,dx\,(1 - x^2)}{(1 + x^2)\sqrt{1 - x^4}},$$

mittelst welchen man, zufolge einer weiteren Reduction, die Integrabilität dieser Ausdrücke erzielt.

Ich habe gefunden, dass man vermöge einer einzigen und zwar äusserst einfachen Substitution sämmtliche vier oben angeführten Ausdrücke integrabel machen kann. Diese Substitution ist, dass man durchwegs statt $x^2 = tan\,\eta$ setzt. Die hierbei sich ergebende Reduction ist nun folgende.

1. Setzt man in I) statt $x^2 = tan\,\eta$, so folgt:

$$dP = \frac{(1 + tan\,\eta)\,d\,.\sqrt{tan\,\eta}}{(1 - tan\,\eta)\sqrt{1 + tan^2\eta}} = \frac{cos\,\eta + sin\,\eta}{cos\,\eta - sin\,\eta}\,.\,\frac{d\,.\sqrt{tan\,\eta}}{sec\,\eta}$$

$$= \frac{(cos\,\eta + sin\,\eta)^2\,d\eta}{cos\,2\eta\,.\,2\,sec\,\eta\,.\,cos^2\eta\sqrt{tan\,\eta}} = \frac{1}{2}\,\frac{(1 + sin\,2\eta)\,d\eta}{cos\,2\eta\,.\,cos\,\eta\sqrt{\frac{sin\,\eta}{cos\,\eta}}}$$

$$= \frac{1}{2}\,\frac{(1 + sin\,2\eta)\,d\eta}{cos\,2\eta\sqrt{\frac{1}{2}\,sin\,2\eta}} = \frac{1}{\sqrt{2}}\,\frac{(1 + sin\,2\eta)\,d\eta}{cos\,2\eta\sqrt{sin\,2\eta}}.$$

Nun ist aber $d\sqrt{sin\,2\eta} = \frac{cos\,2\eta\,d\eta}{\sqrt{sin\,2\eta}}$ und daraus

A) $$\frac{d\eta}{\sqrt{sin\,2\eta}} = \frac{d\,.\sqrt{sin\,2\eta}}{cos\,2\eta},$$

welches, in dP eingesetzt, giebt:

$$dP = \frac{1}{\sqrt{2}}\,\frac{(1 + sin\,2\eta)\,d\,.\sqrt{sin\,2\eta}}{cos^2 2\eta} = \frac{1}{\sqrt{2}}\ [illegible]$$

und daher

$$P = \frac{1}{\sqrt{2}}\int \frac{dp}{1 - [illegible]}\ \text{u. s. w.}$$

2. Wenn man im Ausdrucke II) statt $x^2 = tan\,\eta$ schreibt, so ist:

$$dQ = \frac{(1 - tan\,\eta)\, d\sqrt{tan\,\eta}}{(1 + tan\,\eta)\sqrt{1 + tan^2\eta}} = \frac{cos\,\eta - sin\,\eta}{cos\,\eta + sin\,\eta} \cdot \frac{d\eta}{2\,cos\,\eta\sqrt{\frac{sin\,\eta}{cos\,\eta}}}$$

$$= \frac{1}{\sqrt{2}} \cdot \frac{(1 - sin\,2\eta)\, d\eta}{cos\,2\eta\sqrt{sin\,2\eta}},$$

in welche Gleichung statt $\frac{d\eta}{\sqrt{sin\,2\eta}}$ aus A) der Werth eingesetzt, giebt:

$$dQ = \frac{1}{\sqrt{2}} \frac{(1 - sin\,2\eta)\, d\sqrt{sin\,2\eta}}{cos^2 2\eta} = \frac{1}{\sqrt{2}} \frac{1 - z}{1 - z^2} d\sqrt{z},$$

alsdann:

$$Q = \frac{1}{\sqrt{2}} \int^v \frac{dv}{1 + v^2} \text{ u. s. w.}$$

3. Wird nun in den Ausdruck III) statt $x^2 = tan\,\eta$ gesetzt, so erhält man:

$$dy = \frac{\sqrt{1 + tan^2\eta}}{1 - tan^2\eta} d\sqrt{tan\,\eta} = \frac{sec\,\eta \,.\, d\eta}{\frac{cos\,2\eta}{cos^2\eta} \,.\, 2\,cos^2\eta\sqrt{\frac{sin\,\eta}{cos\,\eta}}} = \frac{d\eta}{\sqrt{2} \,.\, cos\,2\eta\sqrt{sin\,2\eta}}$$

und mit Benutzung der Gleichung A) ist:

$$dQ = \frac{1}{\sqrt{2}} \frac{d\sqrt{sin\,2\eta}}{cos^2 2\eta} = \frac{1}{\sqrt{2}} \frac{dv}{1 - v^4},$$

alsdann

$$Q = \frac{1}{\sqrt{2}} \int^v \frac{dv}{1 - v^4} \text{ u. s. w.}$$

4. Wenn man endlich statt $x^2 = tan\,\eta$ in den letzten Euler'schen Ausdruck setzt, so folgt:

$$dy = \frac{tan\,\eta\, d\sqrt{tan\,\eta}}{(1 - tan^2\eta)\sqrt{1 + tan^2\eta}} = \frac{sin\,2\eta\, d\eta}{2\sqrt{2} \,.\, cos\,2\eta\sqrt{sin\,2\eta}}$$

und vermöge der Gleichung A) ebenfalls:

$$dy = \frac{1}{2\sqrt{2}} \frac{sin\,2\eta\, d\sqrt{sin\,2\eta}}{cos^2 2\eta},$$

$$y = \frac{1}{2\sqrt{2}} \int^v \frac{v^2\, dv}{1 - v^4} \text{ u. s. w.}$$

5. Bei der Behandlung des Ausdruckes

$$\alpha) \qquad u = \int^x \frac{dx}{(1 - x^2)\sqrt[4]{2x^2 - 1}}$$

fand Euler, dass sich diejenige Substitution, welche diesen Ausdruck in eine rationale Form verwandelt, derart verallgemeinern lässt, dass dieselbe, nämlich

$$\frac{x}{\sqrt[2n]{a+2bx^n}} = Z \text{ (gesetzt)}$$

die Integration der **allgemeinen** Form

$$\int \frac{dx}{(a+bx^n)\sqrt[2n]{a+2bx^n}}$$

ermöglicht. (Enthalten im 4. Bande der Euler'schen Integralrechnung.)

Beschränkt man sich blos auf den unter α) oben angeführten Ausdruck, so genügen die einfachen Substitutionen entweder $2x^2-1 = tan^2\eta$ oder $x = cos\,\varphi$, um diesen Ausdruck auf eine rationale Form zu transformiren.

Setzt man zuerst $2x^2-1 = tan^2\eta$, also $x = \frac{sec\,\eta}{\sqrt{2}}$, so ist:

$$du = \frac{\frac{1}{\sqrt{2}}\,d.\,sec\,\eta}{\left(1-\frac{1}{2\,cos^2\eta}\right)\sqrt[4]{sec^2\eta-1}} = \sqrt{2}\,\frac{sin\,\eta\,d\eta}{cos\,2\eta\sqrt{\frac{sin\,\eta}{cos\,\eta}}}$$

$$= \frac{sin\,2\eta\,d\eta}{cos\,2\eta\sqrt{sin\,2\eta}}$$

und da

$$\frac{d.\sqrt{sin\,2\eta}}{cos\,2\eta} = \frac{d\eta}{\sqrt{sin\,2\eta}}$$

ist, so folgt:

$$du = \frac{sin\,2\eta\,d.\sqrt{sin\,2\eta}}{cos^2 2\eta}$$

und sodann

β) $$u = \int \frac{v^2\,dv}{1-v^4}.$$

Vergleicht man diesen Integralausdruck β) mit der Schlussform des unter IV) bezeichneten Integralausdruckes, so ist klar, dass die Integralform

$$\int \frac{dx}{(1-x^2)\sqrt[4]{2x^2-1}}$$

auf die Form

$$\int \frac{x_1^2\,dx_1}{[illegible]\sqrt{1+x_1^4}}$$

gebracht werden [illegible] ist, diese beiden Formen lassen sich auf die For[illegible]

bringen. Dasselb[illegible] die oben

angeführte zweite Substitution, nämlich $x = \cos\varphi$, einführt. Sodann hat man

$$du = \frac{d.\cos\varphi}{(1-\cos^2\varphi)\sqrt[4]{2\cos^2\varphi - 1}} = \frac{-\sin\varphi\, d\varphi}{\sin^2\varphi\sqrt[4]{\cos 2\varphi}} = \frac{-d\varphi}{\sin\varphi\sqrt[4]{\cos 2\varphi}}$$

und wird $\cos 2\varphi = w^4$ gesetzt, alsdann

$$d\varphi = \frac{-2w^3\, dw}{\sqrt{1-w^8}},$$

ferner

$$\sin\varphi = \sqrt{\tfrac{1}{2}(1-w^4)},$$

so ist:

$$du = \frac{2\sqrt{2}\, w^3\, dw}{w\sqrt{1-w^8}\,.\sqrt{1-w^4}}$$

und endlich

$$u = 2\sqrt{2}\int\frac{w^2\, dw}{(1-w^4)\sqrt{1+w^4}},$$

welcher Integralausdruck dieselbe Form wie der unter IV angeführte Integralausdruck hat. G. Skrivan, Prof. am Polytechnikum zu Prag.

XXVIII. Ueber den Fagnano'schen Satz auf dem Ellipsoid. Von Staatsrath Dr. Malmstén.

Es sind schon mehr als 100 Jahre verflossen, seitdem Fagnano (*produzioni mathem.* 1750, *Tom. II.*) bewiesen hat, dass zu je einem in der kleinen Achse beginnenden Ellipsenbogen immer ein anderer, von der grösseren Achse gerechnet, sich so bestimmen lässt, dass die Differenz zwischen diesen beiden Bögen dem Theile der im Endpunkte gezogenen Tangente gleich ist, der zwischen dem Berührungspunkte und dem Fusspunkte einer vom Coordinatenanfange herabgelassenen Senkrechten liegt. Ob eine analoge Eigenschaft bei dem Ellipsoid im Allgemeinen stattfinde, hat man noch nicht (so weit es mir bekannt ist) untersucht; deshalb wage ich zu hoffen, dass folgende Mittheilung nicht ohne Interesse sein wird.*)

Das Theorem Fagnano's sagt in der That, dass jedem Punkte in einem Ellipsquadranten ein anderer Punkt in demselben Quadranten so entspricht, dass der Unterschied zwischen den beiden Bögen, von denen der eine an der kleinen Achse, der andere an der grösseren Achse beginnt, und die in den genannten Punkten sich endigen, einer leicht bestimmbaren Geraden gleich ist.

Die analoge Eigenschaft bei dem Ellipsoid kann keine andere sein

*) Nachträglich ersehe ich, dass Prof. Dr. Schlömilch, in letzter Zeit mit der Complanation krummer Flächen beschäftigt, den Fagnano'schen Satz auf die *centrischen Flächen* zweiter Ordnung ausgedehnt hat.

als diese, dass zu jedem System von Punkten (d. h. jeder Curve) auf einer Ellipsoidfläche ein anderes entsprechendes Punktsystem (d. h. eine andere entsprechende Curve) gehört, von der Art, dass zwischen je zweien gegen die x-Achse perpendikulären Ebenen die Differenz zwischen den krummen Flächen, deren eine von der xy-Ebene, die andere von der xz-Ebene gerechnet, von den genannten Curven begrenzt sind, einer ohne Schwierigkeit bestimmbaren ebenen Fläche gleich ist.

Eine solche Ausdehnung des Theorems Fagnano's habe ich bewiesen im folgenden Theorem:

Es seien auf dem Ellipsoide

$$\frac{x^2}{a^2}+\frac{y^2}{b^2}+\frac{z^2}{c^2}=1, \quad (a>b>c)$$

zwei Curven gezogen, deren Projectionen in der xy-Ebene sind

$$v_1=f_1(x), \quad v_2=f_2(x),$$

und von der Art, dass

$$\left(\frac{b_1^2}{v_1^2}-1\right)\left(\frac{b_1^2}{v_2^2}-1\right)=\frac{c_1^2}{b_1^2}=1-e_1^2,$$

wo b_1, c_1 und e_1 folgender Weise bestimmt sind

$$b_1^2=b^2\left(1-\frac{x^2}{a^2}\right),$$

$$\frac{c_1^2}{b_1^2}=\frac{c^2}{b^2}\cdot\frac{1-\frac{k^2x^2}{a^2}}{1-\frac{k_1^2x^2}{a^2}},$$

$$e_1^2=1-\frac{c_1^2}{b_1^2}=\frac{k_2^2b_1^2}{b^2\left(1-\frac{k_1^2x^2}{a^2}\right)},$$

$$k^2=1-\frac{b^2}{a^2}, \quad k_1^2=1-\frac{c^2}{a^2}, \quad k_2^2=1-\frac{c^2}{b^2},$$

so ist die Differenz zwischen dem Theile des krummen Ellipsoidquadranten, der von zwei gegen die x-Achse perpendikulären Ebenen $x=x_0$, $x=X$, von der xz-Ebene und der Ellipsoidcurve $v_1=f_1(x)$ begrenzt ist, und dem Theile derselben Fläche, der von denselben Ebenen $x=x_0$, $x=X$, von der xz-Ebene und der Ellipsoidcurve $v_2=f_2(x)$ eingeschlossen ist, der ebenen Fläche gleich, die zwischen der x-Achse, der Curve $y=\frac{k_2e_1}{b_1}\cdot f_1(x)\cdot f_2(x)$, und den beiden Ordinaten dieser Curve für $x=x_0$, $x=X$ in der xy-Ebene eingefasst liegt.

Dieses Theorem ist nur ein sehr specieller Fall eines viel allgemeineren Satzes, auf den ich bei der Discussion einer besonderen Classe noch nicht untersuchter krummen Flächen, die durch mehrere sehr merkwürdige Eigenschaften sich auszeichnen, gekommen bin.

Vertauscht man gegeneinander x und y oder x und z, und gleichzeitig a und b oder a und c, so bekommt man zwei neue Theoreme, die sich ebenso auf die y-Achse oder z-Achse beziehen, wie das oben angeführte Theorem auf die x-Achse.

Die drei Theoreme geben mit grösster Leichtigkeit nicht nur die Formeln für die planifiabeln Ellipsoidzonen, welche Lebesgue behandelt (*Liouv. Journ. des math.*, *Tom. XI*, *pag.* 333), sondern auch mehrere andere neue Formeln für die Fälle, wo die Flächendifferenz durch elliptische Functionen ausdrückbar ist.

Bei einer anderen Gelegenheit werde ich diesen Stoff ausführlicher behandeln, und beschränke mich für jetzt auf den speciellen Fall

$$a)\qquad v_1^2 = v_2^2 = \frac{b_1^2}{1+\frac{c_1}{b_1}}.$$

Es sei

A_1 der von den Ebenen $x = x_0$, $x = X$ begrenzte Theil der krummen Ellipsoidfläche, von der xz-Ebene an bis zur Curve a) gerechnet,

A_2 der entsprechende Theil derselben Fläche, von der xy-Ebene an bis zu derselben Curve a) gerechnet;

dann wird die Differenz

$$A_1 - A_2 = b\int_0^x \sqrt{1-\frac{k_1^2 x^2}{a^2}}\,dx - c\int_0^x \sqrt{1-\frac{k^2 x^2}{a^2}}\,dx,$$

und wir haben das folgende merkwürdige*) Theorem:

Es sei

$$\frac{x^2}{a^2}+\frac{y^2}{b^2}+\frac{z^2}{c^2}=1$$

ein Ellipsoid, dessen drei Halbachsen $a > b > c$ sind und dessen Durchschnitt mit der xy-Ebene die Ellipse RR_1R_2A bildet;

es seien ferner $RS'S''TA_1$ und $QQ'Q''TA_2$ zwei Ellipsen in der xy-Ebene, deren Gleichungen

$$\frac{k_1^2 x^2}{a^2}+\frac{y^2}{b^2}=1 \text{ und } \frac{k^2 x^2}{a^2}+\frac{y^2}{c^2}=1$$

respective sind, wo der Kürze wegen gesetzt ist

$$k_1^2 = 1-\frac{c^2}{a^2} \text{ und } k^2 = 1-\frac{b^2}{a^2};$$

es sei φ ein solcher Winkel, dass

$$c = b \sin\varphi$$

*) Die Figur, worauf das Theorem sich bezieht, kann der Leser selbst zeichnen.

und $PP'P''A$ eine solche Curve in der xy-Ebene, dass in jedem Punkte die φ-Projection der Ordinate die Mittelproportionale ist zwischen der grösseren (correspondirenden) Ellipsenordinate und der Differenz zwischen dieser grösseren und der (correspondirenden) kleineren Ellipsenordinate; und

es sei endlich diese Curve $PP'P''A$ die Directrix einer gegen die xy-Ebene winkelrechten cylindrischen Fläche, die den Ellipsoidquadranten so schneidet, dass der eine Theil davon inwendig, der andere Theil auswendig liegt;

dann ist, wenn je zwei Ebenen das Ellipsoid winkelrecht gegen die x-Achse (in den Punkten M_1 und M_2) schneiden, die Differenz zwischen dem Theile des Ellipsoidquadranten, der, von den genannten Ebenen begrenzt, inwendig liegt, und dem Theile, der auswendig liegt, der Differenz zwischen den ebenen Ellipsenflächen $S'S''M''M'$ und $Q'Q''M'M''$, d. h. der ebenen Fläche $S'S''Q''Q'$, gleich.

(Aus den Sitzungsberichten der königl. Akademie zu Stockholm.)

XXIX. Das Gesetz und die Theorie der Stürme. Von Dr. F. Dellmann. — Am Weihnachtsabend des Jahres 1821 sank das Barometer in einem grossen Theile Europas zu einer bedeutenden Tiefe. Brandes, damals Physiker in Breslau, erlies eine Aufforderung an die Meteorologen, ihre Beobachtungen ihm zuzusenden. Im Jahre 1826 legte er die Ergebnisse seiner Studien dieser Erscheinung in einer Abhandlung dem Publicum vor. Das Resultat seiner Arbeit war, dass eine unbekannte Ursache verminderten Luftdruckes über einen grossen Theil von Europa in einer bestimmten Richtung fortgeschritten sei. Die Deutung der Thatsachen verfehlte Brandes, da er der Ansicht war, dass nach der jedesmaligen Stelle des verminderten Luftdruckes die Luft von allen Seiten zugeströmt sei. Dove bewies zwei Jahre später, dass dies nicht der Fall gewesen, dass die Luft vielmehr um diese Stelle herumgeströmt sei, und dass die Drehung um einen Mittelpunkt sich auch in allen von ihm untersuchten Orkanen der südlichen Halbkugel nachweisen lasse, aber eine Drehung in entgegengesetzter Richtung.

In Amerika wiederholte sich ein paar Jahre später dasselbe. Redfield in Newyork veröffentlichte vom Jahre 1831 an eine Reihe von Aufsätzen, anfänglich ohne Dove's Arbeiten zu kennen, in denen er die drehende Bewegung der Luftmassen der Stürme nachwies und zugleich das neue Factum hinzufügte, dass beim Fortschreiten der Drehung diese erst nach NW, dann nach N und endlich nach NO gehe, dass also die Bahn eine krumme Linie sei im nördlichen atlantischen Ocean, mit ihrem convexen Scheitel nach W gekehrt. Espy und Bache aus Philadelphi aber widersprachen und vertheidigten die Ansicht von Brandes; Redfield liess sich nicht aus dem Felde schlagen. Da erschien 1838 das ausgezeichnete Werk von Reid über die Stürme in Westindien, dann das von Piddington über die in den chinesischen Meeren und das von Horsburgh über die im indischen Ocean, welche Redfield's Beobachtungen bestätigten und zeigten, dass die Krümmung der Bahn, ebenfalls mit dem convexen Scheitel nach W gerichtet, auch in den südlich vom Aequator gelegenen Meeren stattfinde.

Im November 1840 las Dove in der Berliner Akademie die erste Abhandlung über die Theorie der Stürme. Er zeigte, dass, wenn eine Luftmasse aus dem oberen Passat in den unteren sinkt, diese dann an der Ostseite, wenn sie der unteren nicht gerade entgegengesetzt gerichtet ist, abgelenkt werde, und aus diesen beiden Bewegungen (wie bei der Cirkularpolarisation des Lichtes) eine Kreisbewegung entstehen muss, auf der südlichen Erdhälfte in der Richtung der Bewegung eines Uhrzeigers, auf der nördlichen in entgegengesetzter Richtung. In der Tropenzone werden der obere und untere Passat nur selten gerade entgegengesetzte Richtung haben, da dieselben aus ihrer ursprünglichen nach den Meridianen gehenden Richtung mehr und mehr durch die Achsendrehung der Erde abgelenkt werden, der untere Passat aber am Ende und der obere am Anfange dieser Einwirkung ist. Da nun Luftmassen so gut, wie alle Körper, Beharrungsvermögen haben, so werden die Massen aus dem oberen Passat ihre ursprüngliche Richtung behalten wollen, und da der Widerstand beim Fortschreiten auch fortwirkt, so entsteht eine dauernde Drehung. Dass dabei der ganze Wirbel anfangs nach NW geht, folgt aus der Richtung des Widerstandes; dass aber jenseits der Passatregion, wo der Widerstand aufhört, der Wirbel mehr und mehr die ursprüngliche Richtung annimmt und sich dann NO wendet, folgt aus dem Beharrungsvermögen und dem dauernden Einwirken der Rotation der Erde. Ebenso muss die Ausdehnung des Wirbels zunehmen, wenn der zusammendrückende Widerstand aufhört.

Gegen diese Theorie trat Hare in Philadelphia auf mit dem doppelten Einwande:

1) dass die Angabe der Ursache fehle, welche das Herabsinken von Theilen des oberen Passats in den unteren erkläre;
2) vermisse man die Kraft, welche die Wirbelbewegung so lange unterhalte, da Stürme oft mehrere hundert Meilen weit fortgehen.

Dove versuchte diese Einwände zu beseitigen in einer Abhandlung, gelesen in der Berliner Akademie am 27. Mai 1852. Für beide glaubte er den gemeinsamen Grund gefunden zu haben in einer bedeutenden Auflockerung, Verdünnung der Luft im Sommer über den grossen Steppen- und Wüstengebieten des mittleren Asiens und Afrikas. Dass diese Luft-*verdünnung stattf*inde, bewies er durch eine Zusammenstellung von Barometer-Beobachtungen in jenen Gebieten. Durch diese Luftverdünnung sollten, meint er, dauernde Kämpfe zweier Luftströme in der höheren Atmosphäre, des oberen Passats und localer, namentlich über den Sandflächen aufgestiegener Luftmassen entstehen, da letztere dem ersteren den Weg versperrten. Wenn auch hierdurch der erste Einwand, welcher ohnehin nur geringes Gewicht hat, etwa beseitigt wird, so doch keineswegs der zweite; denn es lies sich nicht annehmen, dass diese Strömungen dem fortschreitenden Wirbel folgen, was doch sein müsste, wenn sie immer neue Kraft ihm zuführen sollten.

Mittlerweile hatte Maury in Nordamerika seine rastlose und erfolgreiche Thätigkeit begonnen; 1853 fand der meteorologische Congress in Brüssel statt, und schon vorher war das meteorologische Institut in Utrecht gegründet worden. Die Wind- und Sturmbeobachtungen zur See nahmen eine Dimension an und wurden mit einer Genauigkeit ausgeführt, wie nie vorher, da sich bereits die hohe Bedeutung solcher Beobachtungen für die Schifffahrt durch Maury's Arbeiten herausgestellt hatte.

Maury sammelte alle Wahrnehmungen über Winde, im Betrage von 1,213,930, und ordnete sie nach den Weltgegenden und nach den geographischen Breiten. Er fand, dass in der Breite von 30° bis 35° südlich und nördlich, im atlantischen Ocean sowohl, als im indischen, alle Winde, welche zwischen zwei Hauptrichtungen in der Mitte liegen, also die NO, SO, SW und NW, fast genau den vierten Theil des Jahres oder etwa 90 Tage wehen. Wenn man sich aber dem Aequator nähert vom 30. Grade der Breite an bis etwa zum 5. Grade Breite, so vermehrt sich bis zu einer gewissen Grenze die Zahl der Tage im Jahr, an denen die Passate wehen, und sie nimmt dann wieder bis zum Aequator ab. Die Passatwinde sind aber, wie bekannt, auf der nördlichen Erdhälfte im atlantischen Ocean NO-, auf der südlichen SO-Winde. Die Steigerung vom 30. Grade der Breite an ist so bedeutend, dass die NO-Winde von 20° bis 10° nördl. Br. an 244 Tagen, die SO-Winde von 5° bis 10° südl. Br. an 327 Tagen wehen. Es fragt sich nun, woher der Wind kommt, welcher an so vielen Tagen in den angegebenen Breiten weht. Unter 30° Br. weht derselbe Wind nur etwa 90 Tage; also kann er daher an den übrigen Tagen nicht kommen. Es kann also nur der herabgekommene obere Passat sein, und damit ist dann das Sinken des oberen Luftstromes bis zur Erdoberfläche im Gebiete der Passate als Factum nachgewiesen. Der allgemeine Grund des Sinkens ist auch bekannt; es ist die Erkaltung. Und jede aufgestiegene Luftmasse erkaltet oben, muss also auch wieder herunterkommen.

Das niederländische meteorologische Institut besteht aus zwei Abtheilungen, aus einer Abtheilung für die Beobachtungen zu Lande, deren Director Herr Dr. Krecke ist, und aus einer Abtheilung für Beobachtungen zur See, welche den Capitain erster Classe, Herrn Andrau, zum Director hat; Herr Buys-Ballot ist Generaldirector. Dies Institut hat seit etwa 10 Jahren eine sehr fruchtbare Thätigkeit entwickelt.

Herr Andrau hat im Sommer 1862 eine Schrift herausgegeben unter dem bescheidenen Titel: Das Gesetz der Stürme. Sie enthält nicht nur bedeutende Zusätze zu dem bisher bekannten Gesetzmässigen der Stürme, sondern auch eine wesentliche Ergänzung der Theorie, da sie einen besseren Erklärungsversuch der Fortdauer der Wirbelbewegung der Stürme enthält, als Dove ihn gegeben, eine Erklärung, welche den Grund der fortgesetzten Wirbelbewegung in den Stürmen selbst findet.

Wie Maury zum Studium der Passate, so hat auch Andrau zur genaueren Erforschung der Stürme ein sehr grosses Beobachtungsmaterial benutzt; die Zahl der von acht zu acht Stunden aufgezeichneten Beobachtungen ist 305,712. Wenn man diese Facta nur oberflächlich übersieht, so ergiebt sich Folgendes.

Viele Stürme, bei Weitem die meisten, lassen einen Wirbel gar nicht erkennen; das wusste man bisher schon. Andrau hat aber zuerst gezeigt, dass, wenn man sich alle Stürme als Wirbel denkt, sie den dem Aequator zugewendeten Bogen um so grösser erscheinen lassen, je näher dem Aequator sie wahrgenommen werden. Durch diese Thatsache kam Andrau auf den Gedanken, dass wirklich alle Stürme Wirbel seien, dass aber die Drehungsebene mit der Entfernung vom Aequator eine immer grössere Neigung gegen den Horizont annehme, und zwar so, dass der Wirbel an der dem Aequator zugewendeten Seite immer an der Oberfläche der Erde bleibe, an der entgegengesetzten Seite aber sich hebe mit der Entfernung vom Aequator, also unten nicht mehr wahrgenommen werde. Für diese Erscheinung suchte er den Grund und fand ihn auch im Beharrungsvermögen, in dem Bestreben rotirender Massen, die Rotationsebene beizubehalten.*) Und damit war denn auch der Grund zur Fortdauer der Wirbelbewegung gefunden.

*) Um dies wichtige Naturgesetz zur Anschauung zu bringen, bedarf es keines Bohnenberger'schen oder Fessel'schen Apparates. Man kauft jetzt in England metallene Kreisel (*Patent top*) zu 5 Sgr. unseres Geldes, welche sich ganz gut dazu eignen. Auf einem Stahlstift läuft eine Metallscheibe, welche am Rande verdickt ist, um ihr mehr Schwung zu geben. Diese Scheibe hat an der unteren Seite eine walzenförmige Nase zum Aufdrehen der Kordel. Hat das Aufdrehen stattgefunden, so setzt man das untere Ende des Stiftes etwa auf einen Tisch oder den Fussboden, hält mit der einen Hand das obere Ende des Stiftes und zieht mit der anderen die Kordel ab. Dann lässt man den Stift los, welcher nun mit herumläuft. Auf diese Weise ist das Setzen des Kreisels erleichtert und er läuft sehr schön und lange. Bindet man an das obere Ende des Stiftes eine Kordel, welche man am anderen Ende in den Fingern der einen Hand hält, während man mit der anderen Hand die Kordel abzieht, wobei man den ganzen Apparat so hält, dass der Stift in horizontaler Richtung sich befindet, die Scheibe also in verticaler Ebene rotiren muss; lässt man dann den ganzen Apparat fallen, so hängt er also an der Kordel und die Scheibe rotirt fort. Da zeigt sich denn dasselbe, was man am Fessel'schen Apparat auch sieht, die Scheibe rotirt fort in verticaler Ebene, wenigstens so lange sie schnell rotirt; sie hebt durch Rotation ihr eigenes Gewicht auf und das des Stiftes. Zugleich sieht man, wie beim

Denken wir uns in niederen Breiten einen Wirbel entstehend und vom Aequator sich entfernend, dabei aber die Drehungsebene, oder, was dasselbe ist, die Richtung seiner Drehungsachse beibehaltend, so gesellt sich durch Hebung der Drehungsebene an der einen vom Aequator abgewandten Seite bald eine neue Ursache der Luftbewegung zur Entstehungsursache hinzu; es ist die Ursache, welche in der Temperaturdifferenz der Luftmassen liegt. Warme Luft steigt in die Höhe, kalte sinkt herunter. Ist also die Drehungsebene gegen den Horizont geneigt, so heben die die Erdoberfläche berührenden Luftmolecüle als wärmere das Bestreben, in die Höhe zu gehen; die oberen müssen als erkaltete herabfallen. Auf dem Wege einer ganzen Umdrehung verändern sowohl warme, als kalte Lufttheilchen ihre Temperatur. Die herabfallenden kalten erhalten erst ihre höchste Wärme beim Ueberschreiten ihres tiefsten Punktes und müssen dann nothwendig wieder steigen; so muss die Drehung fortgehen. Beim allmähligen Fortschreiten hebt sich an der vom Aequator abgewandten Seite die Wirbelebene immer mehr, und es fragt sich, ob der Drehungskreis dabei seine Form behalten, sowie auch, ob dann wirklich die Drehungsebene der ursprünglichen Richtung parallel bleiben kann. Dass Letzteres verneint werden müsse, sieht man sogleich ein, da auf der langen, wenn auch krummlinigen Bahn der Wirbel sich immer mehr vom Aequator entfernt, und bei der grossen Ausdehnung desselben sein oberster Theil sich bald so hoch in die Atmosphäre erheben würde, dass er sogar über die Grenze der Atmosphäre hinausreichte. Das Erstere wird man aber auch leicht verneinen müssen, da der dem Aequator zugewandte Theil des Wirbels beständig gegen die Erdoberfläche drückt, also wohl nach oben gebogen werden wird, und der vom Aequator abgewandte Theil sich im verdünnten Luftraume befindet, wo er schwerlich dieselbe Gestalt haben kann, als der ihm entgegengesetzte. Doch wollen wir diese Abweichungen später noch besonders erörtern.

Als Andrau mit dieser Theorie wieder an die Erscheinungen ging, zeigte sich im Ganzen Uebereinstimmung mit derselben. Zuerst wurden die Windrichtungen der Stürme studirt; zu dem Zwecke wurden 162,779 der besten Beobachtungen ausgewählt, nach ihrer Breite und Windrichtung verzeichnet und die Zahl einer jeden der acht Windrichtungen in Procenten der ganzen Summe berechnet. So entstand folgende Uebersicht:

Fessel'schen Apparat, den Stift langsam rotiren in horizontaler Richtung. Ich habe mir eine Spindel mit Scheibe und Nuss von einer meiner Drehbänke zu demselben Apparat leicht vorgerichtet, indem ich die beiden Enden eines etwa 2 Linien dicken Eisendrathes zuspitzte, den Drath zweckmässig bog und die Spindel zwischen die Enden des Drathes einklemmte. Der Verf.

N. Br.	S.	SW.	W.	NW.	N.	NO.	O.	SO.	Summe der Beobachtungen.
60°	7½	33½	33½	16½	¾	5	¾	2½	500
55°	4½	21½	24	28½	6	5	3½	7	6315
50°	10½	21	18½	21¼	8	7½	7½	7	36908
45°	8	15½	15	29½	11	8½	5½	7	37304
40°	7½	14	14	27½	12½	12	5½	7	31884
35°	9½	19½	10	20	11½	15½	8½	5½	26649
30°	7	12	11	15	17	15	12	11	23219

Daraus folgt also:

Zwischen 60° u. 50° Br. beob. man vorzugsweise SW, W, NW.
„ 50° „ 45° „ „ „ „ S, SW, W, NW.
„ 45° „ 35° „ „ „ „ S, SW, W, NW, N, NO.
„ 35° „ 30° „ „ „ „ S, SW, W, NW, N, NO, O.
„ 30° „ 25° „ „ „ „ S, SW, W, NW, N, NO, O, SO.

Es ist also darin der erste Hauptsatz ausgesprochen, dass mit der Entfernung vom Aequator die Windrichtungen der vom Aequator abgewandten Seite des Wirbels immer mehr zurücktreten in den Beobachtungen. Es liegt also gewiss nahe, anzunehmen, dass da, wo sie nicht wahrgenommen werden, sie doch vorhanden sind, aber in der Höhe. Dass sie dennoch zuweilen beobachtet werden, hat darin seinen Grund, dass die Stürme unter sehr verschiedenen Breiten entstehen und dass unter der Grundebene des Wirbels an seiner erhabenen Seite ein Gemisch von Winden herrscht, in dem an dem betreffenden Beobachtungsorte auch gerade unten derselbe vorkommen kann, welcher oben weht.

Der zweite Punkt der Untersuchung betraf die Windstärke der Stürme. Hier waren zwei Fragen zu beantworten:

1) Wie verhält sich die Windstärke eines Sturmes, wenn man ihn sich als Ganzes denkt?

2) Wie verhält sich die Windstärke eines Sturmes in verschiedenen Entfernungen von seinem Centrum?

Ein Sturm ist ein Individuum, welches in einer krummlinigen Bahn, mit der convexen Seite nach Westen gewendet, gewöhnlich Hunderte von Meilen fortschreitet und dabei meist beständig sich ausdehnt. Die Ausdehnung erfolgt meist auffallend deutlicher ausserhalb der Passatzone. Das allgemeine Gesetz der Windstärke ist:

Die Stärke des Sturmes nimmt mit dem Fortschreiten ab.

Beide Erscheinungen, die Abnahme der Stärke und die Zunahme der Ausdehnung, stehen sicher im Causalzusammenhange. Dove hat die Zunahme der Ausdehnung ausserhalb der Passatzone vom Aufhören des Druckes des Passats auf die Wirbelsäule abgeleitet; daraus würde dann die Abnahme der Stärke folgen. Andrau hingegen ist der Ansicht, dass die Abnahme der Stärke das Erste sei und die Zunahme der Ausdehnung eine Folge davon. Er deutet die Ursache der Abnahme der Stärke dadurch an, dass er die Vermuthung ausspricht, die obere Hälfte habe eine grössere Kraft, als die untere*), und dass also auch die Kraft des ganzen Wirbels abnehmen müsse in dem Maasse, als das Stück abnimmt, welches man unten wahrnimmt. Ref. möchte unmassgeblich folgende Ansicht darüber vorschlagen.

Wärme ist bewegende Kraft und alle Luftbewegungen werden durch Wärme hervorgerufen. Wir finden deshalb auch, dass die Luft an dem Orte und zu der Zeit am stärksten in Bewegung ist, wo und wann es am wärmsten ist. In diese allgemeine Gesetzmässigkeit sind die Stürme mit einbegriffen. Ferner:

Da die Atmosphäre vom Boden aus ihre Wärme erhält, so wird allerdings sein Einfluss unter dem Aequator höher hinaufreichen, als unter höheren Breiten; aber da die Luft, am Boden erwärmt, in die Höhe steigt, kühlt sie sich beim Steigen wieder ab und verliert bald den vom Boden geübten Einfluss; und je wärmer sie war, desto schneller kühlt sie sich ab. Es ist wohl gewiss, dass die Temperaturdifferenz zwischen der Luft am Boden und der in gewisser Höhe unter dem Aequator höher ist, als in höheren Breiten, oder mit anderen Worten, dass mit steigender Höhe die Temperatur um so rascher abnimmt, je mehr man sich dem Aequator nähert. Ebenso wird in den gemässigten Zonen die Abnahme im Sommer schneller erfolgen, als im Winter, wofür auch die Temperatur-Beobachtungen sprechen, welche man in Luftballons gemacht hat. In den kältesten Gegenden wird im Winter kaum eine Abnahme der Temperatur mit der Höhe stattfinden. Wenn nun nach der Andrau'schen Theorie die Wirbelebene eines Sturmes mit der einen Seite hoch in die Atmosphäre hinaufreicht, so nimmt also die Temperaturdifferenz der beiden Seiten ab im Allgemeinen, wie sich der Wirbel vom Aequator entfernt, also auch die Kraft der Wirbelbewegung.

Was die Beantwortung der zweiten der obigen Fragen betrifft, so hat Andrau gefunden, dass die durchschnittliche Kraft des Wirbels in der vom Aequator abgewandten Hälfte geringer ist, wie in der anderen, und dass im Allgemeinen diese Kraft steigt in der Richtung nach der Seite, woher der Sturm kommt. Von diesem Gesetze ist indess auszuschliessen ein kleiner Kreis um das Centrum, in welchem Windstille herrscht. Auch wird die Stärke umsomehr in beiden Hälften gleichgross wahrgenommen, je näher der Sturm noch dem Aequator ist. Man sieht, wie dies Alles mit der allmälig sich steigernden Neigung seiner Drehungsebene stimmt.

Andrau hat dann die Verbreitung der Stürme genauer studirt und dadurch wieder eine neue Stütze für seine Theorie gewonnen. Er hat den ganzen atlantischen Ocean durch Meridiane und Parallelkreise von 5 zu

---

*) Was aber sicher nicht der Fall ist, da es nicht sein kann. Der Verf.

5 Grad in Vierecke getheilt und in jedes für die beiden Hauptsturmperioden des Jahres, den Winter und Sommer, die Anzahl der Procente der Stürme hineingeschrieben. Daraus ergiebt sich, dass der Golfstrom und die brasilianische Südströmung auf die Häufigkeit der Stürme bedeutenden Einfluss haben, am meisten aber der Golfstrom. Dabei tritt jedoch wieder die merkwürdige Verschiedenheit hervor, dass der südliche Theil des atlantischen Oceans in beiden Perioden fast gleich viel Stürme hat, der nördliche bedeutend mehr im Winter, als im Sommer, und diese grössere Sturmmenge des Winters ist wieder an der westlichen Seite des Golfstromes grösser, als an der östlichen. Zwischen 55 und 60 Grad nördl. Breite kommen im atlantischen Ocean nach den bisherigen Beobachtungen im Sommer gar keine, im Winter die meisten Stürme vor. Ref. will auch für diese Thatsachen einen Erklärungsversuch mittheilen, da Andrau darüber schweigt.

Man kann den Grund dieser Erscheinungen in der Temperaturdifferenz zwischen der Erdoberfläche und den höheren Luftschichten suchen. Die beiden genannten Meeresströmungen haben bekanntlich eine höhere Temperatur, als die übrigen Theile des atlantischen Oceans unter derselben Breite, weil sie aus der Tropenzone kommen. Nun legt uns die Schrift von Andrau vom Standpunkte der Erfahrung aus den Gedanken schon nahe, welchen auch er S. 8 ausspricht, dass alle Winde Wirbelwinde sind, und die Theorie der Luftströmungen muss diesen Gedanken billigen. Wir haben bisher schwache Winde nicht zu denen gerechnet, auf welche die Theorie der Stürme anwendbar sei. Wenn wir aber für alle Winde diese Theorie gelten lassen, so erklären sich die angeführten Erscheinungen im atlantischen Ocean ganz ungezwungen. Die Wirbelwinde treten nämlich über den genannten Strömungen heftiger auf, erscheinen als Stürme aus demselben Grunde, aus welchem die Heftigkeit der Wirbel unter geringeren Breiten grösser ist, oder, weil die höhere Temperatur der Oberfläche dieser Strömungen die Heftigkeit eines Wirbels steigert, welcher über dem übrigen Theile des Oceans nicht als Sturm erschien. Damit hängt wohl auch zusammen die grössere Häufigkeit der Winterstürme über dem Golfstrome, sowie die grössere Zahl der Stürme über diesem im Vergleich mit der brasilianischen Südströmung, und die grössere Häufigkeit derselben an der Westseite des Golfstromes; immer ist an dem betreffenden Orte oder zu der bestimmten Zeit, wo die grössere Zahl der Stürme sich findet, auch der Ocean wärmer, als an dem anderen Orte und zu der anderen Zeit. Wenn man auf der vom königl. niederl. meteorologischen Institut herausgegebenen werthvollen Karte der Temperatur des Meerwassers an der Oberfläche des nördlichen atlantischen Oceans die Grenzen des Golfstromes einzeichnet, tritt die Temperaturdifferenz an den Orten und in den Monaten, wo die Stürme am häufigsten sind, am grössten hervor. Diese Temperaturdifferenz benachbarter Meerestheile legt freilich auch noch eine zweite Erklärung nahe, nämlich die, diese Differenz als letzte und Hauptursache der Stürme zu betrachten, indem man über der wärmeren Stelle die Luft aufsteigen und von der kälteren herbeiströmen lässt. Es muss weiteren Forschungen überlassen werden, die eine oder die andere dieser Erklärungen als die richtigere nachzuweisen.

Ueber die letzte Classe von Sturmerscheinungen, welche ein College des Herrn Andrau, Herr van Asperen, untersuchte, berichtet ebenfalls die Schrift des Ersteren; sie betreffen den Barometerstand. Um über diese Erscheinungen ein sicheres Urtheil zu gewinnen, müssen wir zuerst ermitteln, welche Figur die Schwerelinien auf der Horizontalebene bilden. Zu dem Zwecke denken wir uns die Figur des Wirbels als Kreis. Die Schwerelinien schneiden sich im Mittelpunkte der Erde. Wird eine Gerade, welche durch diesen Mittelpunkt geht, um die Peripherie des Wirbelkreises gedreht, so entsteht die Oberfläche eines schiefen Kegels, und wird dieser durch die Horizontalebene geschnitten, so ist diese Schnittfläche eine Ellipse; ist sie keine Ellipse, so ist also die Wirbelfigur ein Kreis.

Der Mittheilung der Beobachtungsresultate gehen allgemeine Sätze voraus, von denen einige hier stehen mögen.

Wenn über einen Ort eine Luftverdichtung strömt, muss das Barometer steigen; strömt eine Luftverdünnung darüber weg, so muss es fallen. Es ist also klar, dass in Luftwirbeln vermöge der Centrifugalkraft der Lufttheilchen in der Umdrehungsachse die Luft verdünnt wird und der tiefste Barometerstand wahrgenommen werden muss. Diese Luftverdünnung im Centrum der Stürme hat in unseren Breiten meist einen deutlich in die Länge gezogenen Lauf in der Richtung von WSW nach ONO. Zuweilen ist der ganze Lauf nur ein grosses Thal, zuweilen werden auch zwei Thäler gebildet, die durch einen kleinen Damm geschieden sind; oder es bilden sich kleine Becken von verschiedener Länge, die zusammen eine unregelmässige, langgezogene Figur darstellen.

1. Uebersicht der Beobachtungsresultate.

Barometerstände, wahrgenommen in verschiedenen Entfernungen vom Centrum.

		mm
9	Schiffe, welche sich in od. nahe beim Centrum befand., hatten i. Mittel	733,4
15	„ „ „ 10 – 20 deutsche Meil. v. Cent. bef., „ „ „	737,6
14	„ „ „ 20—30 „ „ „ „ „ „ „ „	740
14	„ „ „ 30—40 „ „ „ „ „ „ „ „	742,5
11	„ „ „ 40—50 „ „ „ „ „ „ „ „	743,5
20	„ „ „ 50—60 „ „ „ „ „ „ „ „	746
28	„ „ „ 70—80 „ „ „ „ „ „ „ „	748,7
23	„ „ „ 90—100 „ „ „ „ „ „ „ „	752,4
18	„ „ „ 120—130 „ „ „ „ „ „ „ „	754,3
6	„ „ „ 150—160 „ „ „ „ „ „ „ „	756,8
12	„ „ „ 180—200 „ „ „ „ „ „ „ „	758

Beobachtungen haben gelehrt, dass innerhalb der Wendekreise der tiefste Barometerstand in oder nahe bei dem Centrum des Sturmes beobachtet wurde, und dass die Kreise gleicher Barometerhöhen dort das Centrum des Sturmes zum Mittelpunkt haben. Ausserhalb der Wendekreise aber ist dies nicht mehr der Fall; die Linien gleicher Barometerhöhen bilden hier Ellipsen.

Aus diesen Angaben folgt, dass ein Schiff, welches unter der vom Aequator abgewandten Hälfte des Wirbels dem Centrum zuführt, am sichersten am Fallen des Barometers wahrnehmen kann, was oben im Luftkreise sich ereignet, und was ihm bevorsteht, wenn es seinen Cours in dieser Richtung fortsetzt.

2. Uebersicht der Beobachtungsresultate.

Stündlicher Fall des Barometers in verschiedenen Entfernungen vom Centrum.

Südlicher Theil des Wirbels. Abstand des Schiffes vom Centrum in deutschen Meilen.	Stündl. Fall. mm	Nördlicher Theil des Wirbels. Abstand des Schiffes vom Centrum in deutschen Meilen.	Stündl. Fall. mm
Von 0—5 Meilen Abstand .	1,25	Von 0—5 Meilen Abstand .	1,30
„ 5—10 „ „ .	1,07	„ 5—10 „ „ .	1,20
„ 10—15 „ „ .	0,36	„ 10—15 „ „ .	1,23
„ 15—20 „ „ .	0,37	„ 15—20 „ „ .	0,86
„ 20—25 „ „ .	0,43	„ 20—25 „ „ .	0,97
„ 25—30 „ „ .	0,55	„ 25—30 „ „ .	0,90
„ 30—35 „ „ .	0,35	„ 30—35 „ „ .	0,73
„ 35—40 „ „ .	0,38	„ 35—40 „ „ .	0,73
„ 40—45 „ „ .	0,55	„ 40—45 „ „ .	0,64
„ 45—50 „ „ .	0,50	„ 45—50 „ „ .	0,63
„ 50—55 „ „ .	0,44	„ 50—55 „ „ .	0,60
„ 55—60 „ „ .	0,28	„ 55—60 „ „ .	0,59
„ 60—65 „ „ .	0,20	„ 60—65 „ „ .	0,52
„ 65—70 „ „ .	0,22	„ 65—70 „ „ .	0,54
„ 70—75 „ „ .	0,21	„ 70—75 „ „ .	0,46
„ 75—80 „ „ .	0,21	„ 75—80 „ „ .	0,60
„ 70—85 „ „ .	0,42	„ 80—85 „ „ .	0,66
„ 85—90 „ „ .	0,36	„ 85—90 „ „ .	0,60
„ 90—95 „ „ .	0,34	„ 90—95 „ „ .	0,55
„ 95—100 „ „ .	0,35	„ 95—100 „ „ .	0,55

Wenn man bedenkt, wie schwer es ist, namentlich ausserhalb der Tropen, aus den Beobachtungen auf nur einigen Schiffen mit einiger Bestimmtheit die wahre Stelle des Centrums zu ermitteln, so kann man mit den vorstehenden Reihen zufrieden sein, welche so auffällig zeigen, dass auf der Nordseite das Barometer durchgängig etwa doppelt so schnell fällt, als auf der Südseite, und dass nahe beim Centrum auf beiden Seiten in gleichen Entfernungen das Fallen beinahe gleich und hier auch bedeutend stärker.ist, als an Orten, welche grössere Entfernung vom Centrum haben. Es folgt also aus dieser zweiten Uebersicht, dass das schnell fallende Barometer unter der Nordseite des Wirbels, wo meist nur veränderliche und schwache Winde wahrgenommen werden, deutlich zu erkennen giebt, dass hoch oben in der Atmosphäre Luftströmungen schnell ab- und zugeführt werden.

Es wird von Herrn Andrau noch eine weitere Prüfung seiner Theorie vorgenommen an den Erscheinungen, welche bestimmte, genauer beobachtete Stürme (9 an der Zahl) zu erkennen gegeben. Ein Sturm vom 21. bis 28. März 1856 ist so genau beobachtet worden, dass es möglich war, eine kleine Karte desselben von 8 zu 8 Stunden zu entwerfen. Wenn die Resultate aus diesen Special-Untersuchungen zusammengestellt werden, so erhält man nur Sätze, welche im Vorigen schon ausgesprochen sind.

Zum Schlusse wollen wir zum Vorstehenden noch einige kritische Bemerkungen fügen.

Da Stürme sich im Durchschnitt beim Fortrücken um viele Grade vom Aequator entfernen, häufig aus der Tropenzone bis tief in die gemässigte hineingehen, so ist es durchaus unmöglich, dass die Rotations-Ebene der ursprünglichen Richtung parallel bleibt. Eine einfache Rechnung wird dies zeigen.

Sind α und β kleine Winkel, so gilt bekanntlich der Satz:

$$sec\,\alpha - 1 : sec\,\beta - 1 = \alpha^2 : \beta^2.$$

Dieser Satz gilt für Winkel von 5 bis 6 Grad noch fast genau, wie die Sekanten-Tabellen zeigen; denn $sec\,1^0 = 1{,}0001523$, und $sec\,5^0 = 1{,}0038198$ nach den Tabellen, also $sec\,5^0 - 1 = 0{,}0038198$; und nach obigem Satze, wenn bei der Berechnung $sec\,1^0$ zu Grunde gelegt wird, ist $sec\,5^0 - 1 = 0{,}0038075$. Wenn wir nun, wie in Fig. 0, an einen bestimmten Punkt p in der Peripherie eines Kreises eine Tangente pm ziehen, den Punkt p immer um gleiche Bogen, etwa 1^0, nach q, r, s fortrücken lassen und die Parallelen der Tangente qu und vo ziehen, so ist so z. B. für 3^0, was $sec\,1^0 - 1$ für 1^0 ist, d. h. die Erhebung über den Horizont, wenn wir uns statt des Kreises die Erdkugel denken; und hier können wir, ohne einen grossen Fehler zu begehen auch $mn = no = sec\,1^0 - 1$ setzen. So sehen wir ein, dass die Erhebung über den Horizont bei 2^0 das $4 - 1$ fache, und bei 3^0 das $9 - 2$ fache der bei

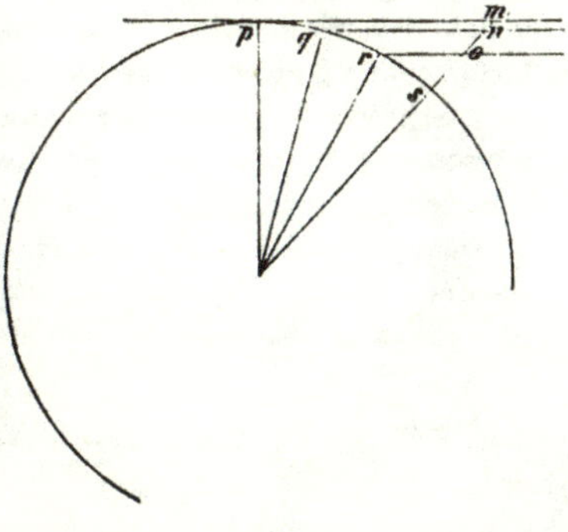

0,0001523 und der Erdradius 1720 Meilen beträgt, so ist für 1° die Erhebung über den Horizont 0,2619 Meilen, für 2° ist sie 0,7857 Meilen, für 3° aber schon 1,8333 Meilen, und für 4° sogar = (16 — 3), 0,2619 = 3,4047 Meilen, eine Grösse, die in der Wirklichkeit nicht vorkommen kann. Bei unserer Annahme ist aber der Wirbel nur 1° oder 15 Meilen im Durchmesser; ist er grösser, so kann er also noch weniger mit Beibehaltung der Richtung seiner Ebene bis 4° sich fortschieben. Neigt sich also diese Ebene mehr und mehr gegen den Horizont, so geht der obere Theil durch einen luftverdünnten Raum. Auch nimmt die Schwere oben etwas ab, und wenn die Lufttheilchen eine Meile hoch stiegen, um $\frac{1}{860}$. Diese Gründe müssen auf die Ablenkung der Drehungs-Ebene im oberen Theile einwirken. Ferner drückt der untere Theil gegen den Boden und wird dadurch aufgebogen. Auch wird die Bahn der Lufttheilchen kein Kreis bleiben können.

Wenn Andrau sagt, dass ausserhalb der Tropen die Linien gleicher Barometerhöhen Ellipsen bilden, so hat er dafür den Beweis nicht geliefert; aber wohl hat er den Beweis geliefert, dass dies nicht der Fall ist. Die zweite Uebersicht zeigt, dass ein bedeutender Unterschied in der Breite der beiden Hälften stattfindet, und das spricht entschieden gegen die Ellipse, deren grosse Achse doch die beiden Seiten, die vorderen und hinteren, oder die südlichen und nördlichen trennen müsste.

Dove erklärte in einer Sitzung der geographischen Gesellschaft in Berlin sich gegen diese Theorie, weil eine in Drehung befindliche Luftmasse sich anders verhalte, als ein drehender fester Körper, da bei diesem die grösste Geschwindigkeit in der Peripherie, bei jenem im Centrum liege.

Herr Andrau selbst sagt, dass die Sache mit seiner Arbeit noch nicht abgeschlossen sei und empfiehlt den Seeleuten namentlich sorgfältige Beobachtung des Zuges der oberen Wolken, um dadurch vielleicht zu einer neuen Stütze für seine Theorie zu gelangen. Auf dem Gebiete der Naturforschung giebt es keinen Abschluss, aber wohl Fortschritt.

Abgesehen von der Darstellungsweise, welche öfter zu tadeln ist, müssen wir Herrn Andrau das Zeugniss geben, dass er einen sehr dankenswerthen Beitrag geliefert hat zur genaueren Erforschung eines für die Wissenschaft sowohl, als auch für die Schifffahrt höchst wichtigen Gegenstandes. Seine Schrift zeigt grossen Fleiss, Kenntniss der Literatur und sichere Handhabung der wahren Methode echter Naturforschung.

XI.

Ueber die Genauigkeit der Winkel- und Linien-Messungen.

Von Dr. OTTO BÖRSCH,
Lehrer an der höheren Gewerbeschule in Kassel.

Nach den Principien der Ausgleichungsrechnung wächst die Genauigkeit eines Winkels, welcher durch das arithmetische Mittel von einander unabhängigen, einfachen Winkelbeobachtungen, oder durch Repetiren erhalten wird, proportional der Quadratwurzel aus der Anzahl der einzelnen Beobachtungen, beziehungsweise aus der Repetitionszahl; bei einer Linienmessung dagegen ist die Genauigkeit der Quadratwurzel aus der Länge der Linie umgekehrt proportional. Diese durch die Wahrscheinlichkeitsrechnung theoretisch aufgestellten Sätze haben aber bis jetzt, meines Wissens wenigstens, durch die Erfahrung, d. h. durch eine Untersuchung *a posteriori*, ihre nähere Begründung noch nicht erhalten, sie sind im Gegentheil von mehreren Seiten angegriffen worden.

Was zuerst die Winkelmessungen betrifft, so erschien 1834 unter No. 256 der astronomischen Nachrichten von Schumacher eine Abhandlung von Bessel: „Betrachtungen über die Methode der Vervielfältigung der Beobachtungen," in welcher eine Sonderung der Fehler des Visirens von den Fehlern des Ablesens empfohlen, das bisherige Verfahren des Repetirens angefochten und als „nicht zu vertheidigen" hingestellt, statt dessen aber die Bestimmung der Winkel aus sog. Satzbeobachtungen vorgeschlagen wird, welche Methode jedoch, da sie wieder auf dem arithmetischen Mittel der Sätze beruht, in einem wesentlichen Punkte wenigstens mit dem Repetitionsverfahren übereinstimmt. Ueber diese Abänderung des Verfahrens und den in der erwähnten Abhandlung enthaltenen Vorwurf, welcher namentlich gegen Gauss gerichtet war, hat sich der Letztere zwar nie öffentlich ausgesprochen, aber auch in der von ihm angewendeten Methode nicht beirren lassen; seine Ansicht hierüber findet sich kurz ausgesprochen in dem jetzt erschienenen Briefwechsel von Gauss und Schumacher, IV. pag. 219.

Die Bessel'schen Betrachtungen sind nur von der seitherigen Regel abweichende, sie enthalten aber keinen Angriff gegen die Grundlagen der Ausgleichungsrechnung; in dem letzten Decennium dagegen haben zwei Schriftsteller über die Bestimmung der Genauigkeit von Winkel- und Linien-Messungen Ansichten ausgesprochen, welche von den der beiden erwähnten grossen Autoritäten zugleich abweichen, und ausserdem auch gegen die Grundlagen der Ausgleichungsrechnung gerichtet sind.

1. Hartner, Professor am k. k. polytechnischen Institute in Wien, setzt in seinem Handbuche der niederen Geodäsie (zweite Auflage, Wien 1856) pag. 387 die Gewichte zweier, durch Repetitionen erhaltener, Winkel proportional den Quadraten der Repetitionszahlen, also die Genauigkeiten proportional den Repetitionszahlen.

2. Vorländer, königlich preussischer Steuerrath in Minden, hat die Kettenmessungen einer Vergleichung unterworfen, und die aus einer grossen Anzahl gemessener Linien gewonnenen Resultate im ersten Jahrgange (1856) dieser Zeitschrift No. IX, pag. 142 etc. veröffentlicht; hiernach sollen die Genauigkeiten bei Linienmessungen den Längen der Linien selbst umgekehrt proportional sein, so dass die Fehlercurve sich als gerade Linie darstellen würde.

Zur Lösung der hierdurch aufgeworfenen Streitfrage glaube ich nun meine, in der Praxis gesammelten, Erfahrungen nicht nützlicher verwenden zu können, als wenn ich auch einmal *a posteriori* die Genauigkeiten der Winkel- und Linien-Messungen untersuche, und danach feststelle, ob die zuletzt erwähnten beiden Schriftsteller mit Recht oder mit Unrecht dasjenige verwerfen, was bisher nach den theoretischen Sätzen der Ausgleichungsrechnung für wahr gehalten wurde.

Zugleich möge hier noch erwähnt werden, dass im Folgenden der von Vielen für höchst wichtig gehaltene, s. g. wahrscheinliche Fehler von mir gar nicht in Betracht gezogen wird; dieses scheint aber bei der Untersuchung a *posteriori* um so mehr nothwendig, als man sich hier von der Wahrscheinlichkeits-Hypothese ganz unabhängig zu machen, und letztere ebenso nach der Erfahrung zu prüfen hat; hiermit stimmt auch eine Aeusserung von Gauss in seinem Briefwechsel mit Schumacher (I, pag. 433), welche so lautet: „Die sogenannten wahrscheinlichen Fehler wünsche ich eigentlich, als von Hypothese abhängig, ganz proscribirt, man mag sie aber berechnen, indem man die mittleren mit 0,6744897 multiplicirt.“

Endlich sei noch zur Literatur der Linienmessungen hier angeführt, dass sich im 6. Band (1845) des Archivs der Mathematik und Physik von Grunert, No. XLVI, pag. 375 etc. ein Artikel von Professor Dr. Gerling in Marburg „über die Genauigkeit der Ketten-Messungen“, und in vorliegender Zeitschrift, 6. Jahrgang (1861) No. V, pag. 108 ein dem ersteren sich anschliessender Artikel von Professor Dr. Winckler in Gratz „über den mittleren Fehler der Kettenmessungen“ vorfindet, welche beide alle Beachtung verdienen.

Erster Abschnitt.

Genauigkeit der Winkelmessungen.

§ 1.

An jedem mit dem Theodolithen gemessenen Winkel haften zwei wesentlich von einander verschiedene Fehler; der eine hat seinen Grund in der Art der Beleuchtung und der Gestalt des Objects, in der durch die Unvollkommenheit unseres Sehorgans ungenauen Pointirung, in den am Instrumente selbst haftenden, bei aller Sorgfalt unvermeidlichen Mangelhaftigkeiten, und in äusseren, bald mehr, bald weniger auf die Messungen einwirkenden Einflüssen, als Luftzitterungen, Winde etc., die Gesammtheit der hier zu befürchtenden Fehler äussert sich bei der Einstellung des Visirpunctes; der zweite liegt in der Kreis- und Nonientheilung, und ebenfalls wieder in unserem Auge, er ist zu suchen bei der Ablesung.

§ 2.

1. Da jeder einfach gemessene Winkel durch zwei Einstellungen und zwei Ablesungen bestimmt wird, so haben auch alle einfachen, mit demselben Instrumente gemesenen, Winkel, ganz unabhängig von ihrer Grösse, gleiche Genauigkeit, also auch gleiche mittlere Fehler, und bezeichnet man diesen mit m, den mittleren Fehler der Einstellung mit m_e, den der Ablesung mit m_a, so ist:

$$mm = 2m_e m_e + 2m_a m_a,$$

oder

$$m = \sqrt{2(m_e m_e + m_a m_a)}, \tag{1}$$

und führt man die zugehörigen Gewichte $p = \frac{1}{mm}$, $p_e = \frac{1}{m_e m_e}$, $p_a = \frac{1}{m_a m_a}$ ein, auch

$$p = \frac{p_a p_e}{2(p_a + p_e)} \tag{2}$$

2. Hat man einen Winkel n mal unabhängig von einander gemessen, also $2n$ mal eingestellt und $2n$ mal abgelesen, und bezeichnet man den mittleren Fehler des daraus berechneten arithmetischen Mittels mit μ_n, dessen Gewicht mit p_n, so ist:

$$\mu_n = \frac{\sqrt{2n\,(m_e m_e + m_a m_a)}}{n}$$

$$= \frac{\sqrt{2\,(m_e m_e + m_a m_a)}}{\sqrt{n}}$$

$$= \frac{m}{\sqrt{n}} \tag{3}$$

und

$$p_n = n\,\frac{p_a p_e}{2\,(p_a + p_e)} \tag{4}$$

3. Ist ein Winkel zuerst n mal und dann q mal unabhängig von einander mit demselben Instrumente gemessen, und bezeichnet man die mittleren Fehler beider arithmetischen Mittel mit μ_n, μ_q, ihre Gewichte mit p_n und p_q, so erhält man:

5) $$\frac{\mu_n}{\mu_q} = \frac{\sqrt{q}}{\sqrt{n}}$$

und

6) $$\frac{p_n}{p_q} = \frac{n}{q},$$

d. h. die mittleren Fehler der aus unabhängigen Messungen abgeleiteten arithmetischen Mittel zweier Winkel verhalten sich umgekehrt wie die Quadratwurzeln aus den Anzahlen der unabhängigen Messungen, ihre Gewichte aber direct wie die Anzahlen dieser unabhängigen Messungen; hieraus folgt aber $\sqrt{n}.\mu_n = \sqrt{q}.\mu_q =$ Const., oder der mittlere Fehler des arithmetischen Mittels, multiplicirt mit der Wurzel aus der Anzahl der Messungen desselben Winkels, muss eine constante Grösse sein.

§ 3.

1. Ist ein Winkel durch r Repetitionen bestimmt, so dass $2r$ Einstellungen auf nur 2 Ablesungen kommen, so gehen die Formeln (3.) und (4.) über in:

7) $$\mu_r = \frac{\sqrt{2(rm_e m_e + m_a m_a)}}{r} = \frac{\sqrt{2\left(m_e m_e + \frac{m_a m_a}{r}\right)}}{\sqrt{r}}$$

und

8) $$p_r = r^2 \frac{p_a p_e}{2(rp_a + p_e)}.$$

2. Je grösser nun r, und je kleiner m_a, d. h. je grösser p_a wird, um so mehr kann man $\frac{m_a m_a}{r}$ gegen $m_e m_e$ und p_e gegen rp_a vernachlässigen und man erhält folgende genäherte Werthe:

9) $$\mu_r = \frac{\sqrt{2}\,.\,m_e}{\sqrt{r}},\ \sqrt{r}\,.\,\mu_r = \sqrt{2}\,.\,m_e$$

10) $$p_r = r\,.\,\frac{p_e}{2},\ \frac{p_r}{r} = \frac{p_e}{2}$$

d. h. $\sqrt{r}\,.\,\mu_r$ und $\frac{p_r}{r}$ werden sich in diesem Falle constanten Grössen immer mehr nähern, jedenfalls aber werden sie den Constanten $\sqrt{2}\,.\,m_e$, beziehungsweise $\frac{p_e}{2}$ näher liegen als $r.\mu_r$ und $\frac{p_r}{r^2}$, wie Hartner annimmt.

3. Es folgt also auch, dass bei Winkeln, welche durch verschiedene, *der eine durch r,* der andere durch ϱ Repetitionen bestimmt sind, ebenfalls:

11) $$\frac{\mu_r}{\mu_\varrho} = \frac{\sqrt{\varrho}}{\sqrt{r}}$$

und

12) $$\frac{p_r}{p_\varrho} = \frac{r}{\varrho},$$

d. h. $\sqrt{r}.\,\mu_r = \sqrt{\varrho}.\,\mu_\varrho$ = einer constanten Grösse zu setzen ist.

4. Ein strenges Festhalten an den entwickelten Formeln (7.) und (8.) für die Bestimmung der μ und p wird einem Praktiker nie einfallen, da er aus der Erfahrung weiss, dass der zu erwartende Nutzen nur illusorisch, dagegen die Arbeit unverhältnissmässig weitläufiger ist, da er ferner weiss, dass sich eben nach der Natur der zufälligen Fehler auch die μ und p der vorzüglichsten Beobachtungsreihe einer bestimmten Formel nie absolut genau anschliessen werden, und wird daher auch umgekehrt ein einfacheres, näherungsweise richtiges, dem praktischen Gefühle entsprechendes Gesetz stets vorziehen. Hiernach kann der Satz so aufgefasst werden:

Die mittleren Fehler zweier, mit demselben Instrumente durch Repetitionen gemessener, Winkel stehen in umgekehrtem Verhältnisse der Quadratwurzeln ihrer Repetitionszahlen, ihre Gewichte aber verhalten sich direct wie die Repetitionszahlen selbst.

Um nun auch die Richtigkeit dieses theoretisch entwickelten Satzes umgekehrt aus den Beobachtungen selbst nachzuweisen, wurde in folgender Weise verfahren.

§ 4.

1. Bei einigermassen ausgedehnten trigonometrischen Arbeiten erhält man die einzelnen Winkel dadurch, dass man dieselben nicht blos r mal, sondern $2r$ mal, $3r$ mal, allgemein zr mal repetirt, und zur Controle zwischen je r Repetitionen abliest. Zwei aufeinander folgende r fache Winkel zwischen denselben Objecten haben jedesmal eine gemeinschaftliche Ablesung, sind also theilweise von einander abhängig; hat man aber einen Winkel aus $3r$, $5r$ etc. Repetitionen, so sind der 1te, 3te, 5te, 7te etc., oder 2te, 4te, 6te etc. r fache Winkel von einander unabhängig. Aus zwei solchen r fachen, von einander unabhängigen, zwischen denselben Objecten gemessenen Winkeln $w_{\prime}$ und $w_{\prime\prime}$ findet man aber den mittleren Fehler des r fachen Winkels nach der bekannten Formel $m = \sqrt{\frac{[v\,v]}{z-1}}$, wo z die Anzahl der Beobachtungen und $[v\,v]$ nach der hierbei üblichen Bezeichnungsweise die Summe der Fehlerquadrate bedeutet,

$$r.m_r = \sqrt{\left(w_{\prime} - \frac{w_{\prime} + w_{\prime\prime}}{2}\right)^2 + \left(w_{\prime\prime} - \frac{w_{\prime} + w_{\prime\prime}}{2}\right)^2}$$

13) $$= (w_{\prime} - w_{\prime\prime})\sqrt{\tfrac{1}{2}} = \frac{d}{\sqrt{2}},$$

wo $d = (w_{,} - w_{,,})$ gesetzt ist, den mittleren Fehler des Winkels selbst aber:

$$14)\qquad m_r = \frac{d}{r\sqrt{2}}.$$

2. Dieser mittlere Fehler m_r eines durch r Repetitionen bestimmten Winkels bietet jedoch, da er nur auf zwei Beobachtungen basirt ist, eine zu geringe Glaubwürdigkeit, und muss daher noch durch andere Zeugen der Wahrheit näher festgestellt werden. Da nun das m eines einfachen Winkels immer unabhängig von der Grösse desselben und nur abhängig von den Umständen der Beobachtung ist, so dass man nur dann die m zweier Winkel gleich setzen kann, wenn letztere über gleichen Unterlagen, zwischen gleichmarkirten Objecten, mit demselben oder gleichguten Instrumenten gemessen wurden, dagegen verschiedene m erhält, wenn die Aufstellungen das einemal auf Postamentsteinen, das anderemal auf Stativen stattfand, oder das einemal Heliotropenlicht, das anderemal phasengefährliche Thürme zwischen die Fäden gebracht wurden, so wird auch allen durch Repetition jedoch unter gleichen Umständen bestimmten Winkeln, ganz abgesehen von ihrer Grösse, wenn sie nur dieselbe Repetitionszahl r haben, dasselbe m_r zuzuschreiben sein. Ebenso wird auch das arithmetische Mittel aus s solchen $m_r = \frac{d}{r\sqrt{2}}$, welche, ganz abgesehen von dem doppelten Vorzeichen, auf die im Satze 1. dieses Paragraphen angeführte Weise aus s gleichvielmal, zwischen beliebigen jedoch gleichmarkirten Objecten repetirten, Winkel-Paaren gewonnen wurden, einer Grösse μ_r gleich zu setzen sein, welche sich als der mittlere Fehler eines aus r Repetitionen abgeleiteten Winkels ergeben hätte, wenn zu der Berechnung dieses Fehlers eine Gruppe von s wirklich angestellten Beobachtungen ein und desselben Winkels, jede Beobachtung aus r Repetitionen zusammengesetzt, benutzt worden wäre. Man hat hiernach für den mittleren Fehler eines $r$fachen Winkels nunmehr zu setzen:

$$r.\mu_r = \frac{\frac{d_1}{\sqrt{2}} + \frac{d_2}{\sqrt{2}} + \frac{d_3}{\sqrt{2}} + \ldots + \frac{d_s}{\sqrt{2}}}{s} = \frac{[d]}{s\sqrt{2}} = \sqrt{2\,(r m_e\, m_e + m_a\, m_a)},$$

oder für den mittleren Fehler des Winkels selbst:

$$15)\qquad \mu_r = \frac{[d]}{r.s\sqrt{2}} = \frac{\sqrt{2\left(m_e\, m_e + \frac{m_a\, m_a}{r}\right)}}{\sqrt{r}}$$

3. Hat man ferner 2σ durch Repetitionen, aber unabhängig von einander gemessene, paarweise jedoch zusammengehörige, ϱfache Winkel, so erhält man ebenso:

$$\varrho\,.\,\mu\varrho = \frac{[\delta]}{\sigma\sqrt{2}} = \sqrt{2\,(\varrho\, m_e\, m_e + m_a\, m_a)}$$

und für den aus ϱ Repetitionen bestimmten Winkel selbst:

16) $$\mu_\varrho = \frac{[\delta]}{\varrho.\sigma.\sqrt{2}} = \frac{\sqrt{2\left(m_e m_e + \frac{m_a m_a}{\varrho}\right)}}{\sqrt{\varrho}},$$

und kann nun aus beiden Gleichungen (15.) und (16.), oder den folgenden:

17) $$\begin{cases} 0 = \frac{[d]^2}{2 s^2} - 2 r m_e m_e - 2 m_a m_a \\ 0 = \frac{[\delta]^2}{2 \sigma^2} - 2 \varrho m_e m_e - 2 m_a m_a \end{cases}$$

die beiden Unbekannten m_e und m_a bestimmen.

4. Berechnet man rückwärts mit den aus (17) gefundenen m_e und m_a und dadurch, dass man für r der Reihe nach 1, 2, 3, ... setzt, die diesen Repetitionszahlen entsprechenden, je z verschiedenen, μ_r, $\sqrt{r}.\mu_r$ und $r.\mu_r$, und hieraus die in § 3, 2. und 3. angedeuteten Constanten für die beiden Annahmen dadurch, dass man

18) $$\frac{\mu_1 + \sqrt{2}.\mu_2 + \sqrt{3}.\mu_3 + \ldots + \sqrt{z}.\mu_z}{z} = \frac{[\sqrt{r}.\mu_r]}{z} = C,$$

19) $$\frac{\mu_1 + 2.\mu_2 + 3.\mu_3 + \ldots + z.\mu_z}{z} = \frac{[r.\mu_r]}{z} = K$$

setzt; bildet sodann aus diesen C, K und der Veränderlichen r die je z verschiedenen

20) $$\frac{C}{\sqrt{r}} = \mu_c \text{ und } \frac{K}{r} = \mu_k,$$

ferner die beiden Gruppen aus je z Differenzen von der Form:

21) $$\mu_r - \mu_c = \Delta \text{ und } \mu_r - \mu_k = \Delta_1,$$

oder statt dieser, da man zur Berechnung von C und K die $\sqrt{r}.\mu_r$ und $r.\mu_r$ doch haben muss, die folgenden:

22) $$\sqrt{r}.\mu_r - C = \sqrt{r}.\Delta \text{ und } r.\mu_r - K = r.\Delta_1,$$

und endlich durch Quadriren und Summiren der Differenzen 21), oder durch Dividiren der einzelnen Differenzen 22) mit $\sqrt{r}$ bezws. r, und nachheriges Quadriren und Summiren dieser Quotienten die Gleichungen:

23) $$[(\mu_r - \mu_c)^2] = [\Delta\,\Delta],$$

24) $$[(\mu_r - \mu_k)^2] = \Delta_1\,\Delta_1],$$

so sind die Summen der Quadrate der Abweichungen, nämlich $[\Delta\,\Delta]$ und $[\Delta_1\,\Delta_1]$ Minima, und es wird offenbar die der beiden Annahmen $\frac{C}{\sqrt{r}}$ oder $\frac{K}{r}$ die richtige sein, welche die kleinste Quadratsumme liefert.

§. 5.

Mit Anwendung der in §. 4 entwickelten Formeln auf eine hinlängliche Anzahl selbst gemachter Beobachtungen werde ich nun versuchen (also durch die Erfahrung) nachzuweisen, ob durch $\sqrt{r}.\mu_r = C$

$= K$ das Gesetz für die Genauigkeit der aus Repetitionen erhaltenen Winkel ausgesprochen wird.

1. Die Horizontal-Winkel-Messungen der topographischen Landesaufnahme von Kurhessen wurden in den Jahren 1845—1853 von mir in der Weise ausgeführt, dass bei Winkeln zur Bestimmung von Punkten 1ter und 2ter Ordnung von 6 zu 6, bei Winkeln zur Bestimmung von Punkten 3ter Ordnung dagegen von 4 zu 4 Repetitionen am Kreise eine Ablesung geschah. Von jeder Art dieser mit demselben Theodolithen und unter gleichen Umständen, aber durch Ueberspringung von 6, resp. 4 Repetitionen unabhängig von einander beobachteten, Winkel sind 140, wovon je 2 denselben Objecten angehören, d. h. unabhängige Doppeltbeobachtungen sind, — selbstverständlich ohne vorhergehende Auswahl —, zur Berechnung der m_e und m_a benutzt worden.

Die 70 Winkel zu je 2 mal 6 Repetitionen gaben:

$$[d] = 1273'',2,$$

die 70 Winkel aber zu je 2 mal 4 Repetitionen:

$$[\delta] = 1120'',6;$$

da nun $s = \sigma = 70$, $r = 6$ und $\varrho = 4$ ist, so folgt nach 17):

$$0 = 165,41 - 12 m_e m_e - 2 m_a m_a$$
$$0 = 128,14 - \;\; 8 m_e m_e - 2 m_a m_a$$

und hieraus:

$$m_e = \pm 3'',0525, \qquad m_a = \pm 5'',1768.$$

2. Mit diesen Werthen von m_e und m_a und der Veränderlichen r ist die am Ende beigefügte Tabelle I berechnet.

Die 1te Verticalspalte giebt die Anzahl r der Repetitionen von 1 bis 30 ($= z$), die 2te und 5te die zugehörigen $\sqrt{r}.\mu_r$ und $r.\mu_r$; ihre arithmetischen Mittel $\frac{[\sqrt{r}.\mu_r]}{30} = C = 5,0106$ und $\frac{[r.\mu_r]}{30} = K = 17,9036$ sind die Constanten für die beiden Annahmen, dass sich die μ umgekehrt verhalten, entweder wie die Quadratwurzeln aus den Repetitionszahlen, oder wie diese Zahlen selbst. Die 3te und 6te Spalte enthält die Differenzen $\sqrt{r}.\mu_r - C = \sqrt{r}.\triangle$ und $r.\mu_r - K = r.\triangle_1$; diese sind vor dem Quadriren durch $\sqrt{r}$, beziehungsweise r zu dividiren, um die in der 4ten und 7ten Spalte aufgeführten Quadrate $\triangle\triangle$ und $\triangle_1\triangle_1$ der Differenzen zu erhalten. Für die Annahme $\sqrt{r}.\mu_r = C$ ist die Quadratsumme $[\triangle\triangle] = 14,290$, für die Annahme $r.\mu_r = K$ aber $[\triangle_1\triangle_1] = 118,137$, woraus sofort folgt, dass die Annahme $\sqrt{r}.\mu_r = C$ der Wahrheit zunächst liegt. In der Spalte 8 sind die mittleren Fehler μ_r für die durch r Repetitionen bestimmten Winkel, in der 9ten die μ_n für die arithmetischen Mittel der aus $n = r$ Einzelmessungen erhaltenen Winkel, endlich in den Spalten 10 und 11 die aus den Constanten $C = 5,0106$ und $K = 17,9036$ rückwärts berechneten μ_c und μ_k zur Vergleichung mit den μ_r zusammengestellt. Diese Vergleichung ergiebt, dass die mittleren Fehler bei dem Repetitionsverfahren anfangs zwar schneller abnehmen, als bei dem arithmetischen Mittel aus unabhängigen Einzelbeobachtungen, dass der Unterschied aber mit wachsendem r sich immer mehr ausgleicht, dass zwischen den μ_r und μ_e schon bei 20 Repetitionen eine ganz gleiche Zunahme stattfindet, während zwischen den μ_r und μ_k die beiden Reihen divergiren. Construirt man, wie in der beigefügten Zeichnung, die Fehlercurven, so gehen dieselben für μ_r und μ_n von einem Anfangspunkte aus, die erstere krümmt sich anfangs stärker, wird aber der Curve für μ_n allmählich parallel; die Curve für μ_e schmiegt sich der für μ_r am innigsten an, indem sie letztere zwischen $r = 8$ und $r = 9$ durchschneidet; die Curve für μ_k hat die stärkste Krümmung und durchschneidet die drei übrigen.

Hiermit ist auch aus den Beobachtungen die Richtigkeit des theoretisch aufgestellten Satzes, dass die Genauigkeiten der durch Repetitionen gemessenen Winkel den Quadratwurzeln der Repetitionszahlen, die Gewichte also diesen Zahlen selbst proportional sind, nachgewiesen.

§. 6.

1. Wenn Hartner (siehe Einleitung) die in §. 5 *a posteriori* begründete, für jeden practischen Gebrauch hinlänglich genaue, und bei der Zunahme der Repetitionszahlen der Wahrheit sich immer mehr nähernde, Annahme für die Bestimmung der Gewichte verwirft, und diese den Quadraten der Repetitionszahlen proportional setzt, so verfällt er geradezu in einen Fehler, welcher gegen die Grundlage der Ausgleichungsrechnung verstösst, da die unvermeidlichen Fehler den Beobachtungen selbst anhaftende und mit diesen in innigem Zusammenhange stehende sehr kleine Grössen derselben Gattung sind, mithin ihre Entstehungsart durch die der Beobachtungen selbst bedingt ist. Nur wenn die zwischen der ersten und letzten Einstellung liegenden $(2r - 2)$ Einstellungsfehler $= 0$ wären, d. h. wenn der $r$fache Winkel als ein einfach gemessener, aus 2 Ablesungen und 2 Einstellungen abgeleiteter, und der gesuchte Winkel als der r^{te} Theil desselben angesehen werden dürfte, könnte die Hartner'sche Annahme die richtige sein; da aber diese Voraussetzung nicht stattfindet und nie stattfinden kann, da vielmehr der $r$fache Winkel durch Addition (Repetition) von r einfachen, wenn auch zusammenhängenden, Beobachtungen entstanden, und der Winkel selbst das arithmetische Mittel derselben ist, so kann die Genauigkeit dieses so gewonnenen Resultates nicht einem Gesetze folgen, welches auf Division einer einfachen Beobachtung beruht, und liegt hiermit die Unhaltbarkeit der von mir angegriffenen Annahme klar auf der Hand.

2. Ferner sind von Hartner zur Begründung seiner Annahme in dessen Handbuche der niederen Geodäsie die Nr. 331 und 336 gegebenen Beispiele 3) und 1) falsch gewählt. Wie pag. 226, Nr. 172 zu ersehen ist, wurde nämlich ein Winkel 12 mal repetirt und, ausser am Anfange und

am Ende, auch nach der 1ten, 4ten und 8ten Repetition abgelesen, hierauf, wenn man die Anfangsablesung mit (0), die nach der 1ten, 4ten, 8ten und 12ten Repetition mit (1), (4), (8) und (12) bezeichnet (wobei die vollen Umdrehungen um 360° mit eingeschlossen sind), (1)—(0), (4)—(0), (8)—(0) und (12)—(0) gebildet, so dass der Winkel (1)—(0) mit seinen Fehlern in (4)—(0), dieser ebenso in (8)—(0) und dieser in (12)—(0) enthalten ist, und nun in No. 329 3) behauptet:

$$\frac{1\Big((1)-(0)\Big)+16\,\frac{(4)-(0)}{4}+64\,\frac{(8)-(0)}{8}}{1+16+64}$$

$$=\frac{\Big((1)-(0)\Big)+4\Big((4)-(0)\Big)+8\Big((8)-(0)\Big)}{1+16+64}$$

sei der nach den benutzten Messungen richtigste Winkel, während dieser doch ganz einfach $=\frac{(8)-(0)}{8}$ ist.

Zweiter Abschnitt.

Genauigkeit der Linien-Messungen.

§. 7.

Zu Linienmessungen werden vorzugsweise zwei, in ihrer Construction durchaus verschiedene, Längenmess-Instrumente verwendet, die Messkette und die Messlatte. Die Aufgabe wird daher auch eine doppelte sein, nämlich die Bestimmung der Genauigkeit

1. der einzelnen mit einer Kette oder Latte gemessenen Linien unter sich, und
2. einer Kettenmessung gegen eine Lattenmessung.

Die Kettenmessungen hat bereits Vorländer (siehe Einleitung) einer Untersuchung *a posteriori* unterworfen, hiernach wächst der Fehler proportional der gemessenen Linie. Dieses im Widerspruche mit den Schlüssen der Wahrscheinlichkeitsrechnung gefundene Resultat veranlasst mich hauptsächlich in ganz ähnlicher Weise im Folgenden die Lattenmessungen zu vergleichen, und dann die Gründe aufzusuchen, weshalb Vorländer zu dem angeführten Resultate gelangte.

§. 8.

1. Sind die Fehler der einzelnen Lattenanlagen einer einmalig gemessenen Linie von x Lattenlängen $= v_{,}, v_{,,}, v_{,,,}, \ldots$, und denkt man sich neben dieser wirklich gemessenen Linie noch eine zweite Messung von der *Art, dass alle* Fehler der einzelnen Lattenanlagen einander gleich sind, so

erhält man den mittleren Fehler $m_{,}$ einer Lattenanlage, also der Längeneinheit, durch die bereits schon in §. 4 angeführte Formel:

$$m_{,} = \sqrt{\frac{[vv]}{x-1}}$$

2. Nicht aber allein der mittlere Fehler der Längeneinheit, sondern auch der mittlere Fehler m jeder aus x Latten zusammengesetzten Linie, und dessen Abhängigkeit von der Länge dieser Linie und dem mittleren Fehler $m_{,}$ der Längeneinheit, welches Gesetz allgemein durch $m_{,}.f(x)$ ausgedrückt werden kann, wird gesucht. Da nun die Länge einer Linie durch Aneinanderfügen, d. h. Addiren der Latten erhalten wird, so muss man auch für den mittleren Fehler m einer Linie von x Lattenlängen

$$m = \pm m_1 \pm m_2 \pm m_3 \ldots \pm m_x = \sqrt{m_1 m_1 + m_2 m_2 + m_3 m_3 \ldots + m_x m_x}$$

oder da $m_1 = m_2 = m_3 \ldots = m_{,}$

25) $$m = m_{,}\sqrt{x},\ m_{,} = \frac{m}{\sqrt{x}},$$

also für $f(x) = \sqrt{x}$ zu setzen haben; der mittlere Fehler der ganzen Linie ist hiernach proportional der Quadratwurzel aus ihrer Länge. Vorländer setzt aber bei dem mittleren Einheitsfehler $= m'$:

26) $$m = m'.x,\ m' = \frac{m}{x},$$

also $f(x) = x$, was nur dann richtig sein könnte, wenn entweder die Länge der Linien durch Multiplication gefunden worden wäre, d. h. wenn man, vorausgesetzt, dass dieses überhaupt möglich, eine Linie zuerst absolut genau in gleiche Theile zerlegt, einen Theil gemessen und hierauf durch Multiplication mit der Anzahl der Theile die Länge der ganzen Linie berechnet hätte, oder wenn ein überwiegender constanter Fehler bei der Messung mitwirkte.

§. 9.

Der mittlere Fehler der Längeneinheit sowohl, als auch der jeder Linie, oder doch das Verhältniss der Genauigkeiten von Linienmessungen verschiedener Längen unter sich, kann aus Beobachtungen am genauesten gefunden werden, wenn man eine hinlängliche Anzahl Linien von verschiedenen, aber zweckmässig gewählten, womöglich gleichmässig wachsenden Längen unter gleichen Umständen wiederholt, jedoch unabhängig von einander, mit der Latte misst, und die Ergebnisse der Berechnung unterwirft. In Ermangelung solcher kostspieliger und zeitraubender Messungen kann man aber auch, ähnlich wie im ersten Abschnitte bei der Ermittelung der Genauigkeiten der Winkelmessungen, die bei Generalvermessungen z Controle doppelt gemessenen Polygonseiten verwenden. Das Verfah hierbei ist folgendes:

1. Zur Berechnung der Genauigkeit von Linienmessungen mit

Latte (hier die Kurhessische Catasterruthe zu 14 Kasseler Fuss à 126,3 Pariser Linien, als Längeneinheit) wurden die 1095 Doppelmessungen der Polygonseiten aus den Kurhessischen Generalvermessungsacten von drei Gemarkungen, Altenmittlau, Bernbach und Lamerden gewählt. Die Messungen sind von drei der zuverlässigsten Geometer in bergigem und coupirtem, also ungünstigem Terrain ausgeführt, und enthalten Linien von den verschiedensten Längen.

2. Bei der Beschaffenheit des Messinstrumentes, einer Ruthenlatte als Längeneinheit, einem ungetheilten Ganzen — im Gegensatze zu der fünfruthigen aus mehr als 120 Gliedern zusammengesetzten Messkette — und dem bei derartigen Messungen eingeführten, dem Zwecke entsprechenden Gebrauche, das Erdmaas nur auf 0,01 höchstens auf 0,005 Ruthen genau, also nicht mikroscopisch, abzulesen (nur bei sehr kurzen Linien könnte diese Ungenauigkeit für den vorliegenden Gebrauch von nachtheiligem Einflusse sein), kann man, gut und genau gearbeitete Latten und zuverlässige Handhabung derselben vorausgesetzt, die unvermeidlichen Theilungs- und Ablesungsfehler unbedenklich $= 0$ setzen, und hat die Messungsfehler nur in der Lattenanlegung zu suchen, so dass bei den Doppelmessungen aller Linien zwischen $x - 1$ und x Ruthen Länge die Differenzen beider Messungen dieselben bleiben werden, oder mit anderen Worten, dass bei allen Linien zwischen $x - 1$ und x Ruthen Länge derselbe mittlere Fehler zu befürchten ist. Berechnet man nun aus jeder Doppelmessung jeder Linie zwischen $x - 1$ und x Ruthen den zugehörigen mittleren Fehler der einfachen Messung, so wird man n Doppelmessungen von verschiedenen, alle jedoch zwischen $x - 1$ und x Ruthen Länge liegenden Linien, nur allein zur Bestimmung des mittleren Fehlers, zusammen als eine n malige Messung ein und derselben Linie, und zwar, weil dazu immer x Lattenanlagen gehören, von gerade x Ruthen Länge betrachten können. Der aus einer solchen Doppelmessung abgeleitete mittlere Fehler m_2 der einfachen Messung ist aber, wenn $x_{,}$ die 1te, $x_{,,}$ die 2te und d die Differenz beider Messungen bedeutet:

$$m_2 = \sqrt{\left(x_{,} - \frac{x_{,} + x_{,,}}{2}\right)^2 + \left(x_{,,} - \frac{x_{,} + x_{,,}}{2}\right)^2}$$

$$27) \qquad = \sqrt{\frac{d^2}{4} + \frac{d^2}{4}} = d\sqrt{\tfrac{1}{2}} = \frac{x_{,} - x_{,,}}{\sqrt{2}}.$$

Dividirt man daher die Summe $\triangle = [d]$ aller, aus n Doppelmessungen zwischen $x - 1$ und x Ruthen Länge gefundenen, Differenzen d mit $n\sqrt{2}$, so ist dieser Quotient das Mittel aus allen n mittleren Fehlern m_2, und einem mittleren Fehler y gleich zu setzen, welcher unmittelbar aus einer n mal gemessenen Linie von x Ruthen Länge berechnet worden wäre, d. h.:

$$28) \qquad y = \frac{\triangle}{n\sqrt{2}} = \frac{[x_{,} - x_{,,}]}{n\sqrt{2}}$$

Man hat also eine Relation zwischen x als unabhängiger und y als abhängiger Variablen, welche man allgemein als eine nach steigenden Potenzen von x fortlaufende, und zwar bei dem in der Natur der Sache liegenden endlichen sehr kleinen Werthe von y selbstverständlich als sehr stark convergirende Reihe darstellen kann, bei welcher, wie die später folgende Berechnung auch zeigen wird, die beiden ersten Glieder zur Bestimmung von y vollständig ausreichen, ja schon das erste Glied einen für jede praktische Anwendung hinlänglich genauen Werth für y giebt, nämlich:

$$29)\quad \begin{cases} y = a x^{\alpha} + b x^{2\alpha} + \ldots \\ \text{oder} \\ \dfrac{y}{x^{\alpha}} - a - b x^{\alpha} - \ldots = 0 \end{cases}$$

3. Sind nun in der vorstehend angegebenen Weise verschiedene Linien von $x_1, x_2, x_3 \ldots$ Ruthenanlagen $n_1, n_2, n_3 \ldots$ mal gemessen — jede Messung aus zwei Repetitionen bestehend — und hieraus die $y_1, y_2, y_3 \ldots$, d. h. $\frac{\Delta_1}{n_1\sqrt{2}}, \frac{\Delta_2}{n_2\sqrt{2}}, \frac{\Delta_3}{n_3\sqrt{2}} \ldots$ abgeleitet, so wird man aus den in überschüssiger Anzahl vorhandenen Beobachtungen, wenn man für α einen bestimmten Werth einführt und die folgenden Glieder der Reihe vernachlässigt, für a und b die wahrscheinlichsten Werthe finden, indem man die Summe der $n$fachen Quadrate der Widersprüche zu einem Minimum macht, d. h.

$$30)\quad [n(y - a x^{\alpha} - b x^{2\alpha})^2] = Min.$$

oder

$$31)\quad \left[n\left(\frac{y}{x^{\alpha}} - a - b x^{\alpha}\right)^2\right] = Min.$$

setzt, hierauf nach a und b partiell differentiirt, die beiden Differentialquotienten $= 0$ setzt, und hierdurch entweder nach 30) oder, wie folgt, nach 31) die beiden Gleichungen:

$$32)\quad \begin{gathered} \left[\frac{ny}{x^{\alpha}}\right] - [n]\,a - [n x^{\alpha}]\,b = 0 \\ [ny] - [n x^{\alpha}]\,a - [n x^{2\alpha}]\,b = 0 \end{gathered}$$

erhält, aus welchen man nun endlich die Zahlenwerthe für a und b berechnen kann.

§. 10.

Die unter 28) bis 32) dargestellten allgemeinen Gleichungen geben nun ein Mittel an die Hand, das nach den Principien der Ausgleichungsrechnung in 25) ausgesprochene Gesetz, und das für Kettenmessungen von Vorländer aus Beobachtungen rückwärts berechnete Resultat 26) auch für Lattenmessungen *a posteriori* einer Vergleichuug zu unterwerfen, und aus deren Ergebnisse die Entscheidung für die eine oder die andere Annahme festzustellen, dann weiter aber die Gründe aufzusuchen, weshalb die theoretisch entwickelten, und die von Vorländer gefundenen, Endresultate zwei so entgegengesetzte Gesetze ergeben konnten.

1. In der schliesslich beigefügten Tabelle II sind in der Spalte 1 die Längen der in §. 9, 1. angeführten 1095 Polygonseiten, und zwar nach der im Vorhergehenden auseinandergesetzten leitenden Idee nach vollen Ruthen in $z_x = 55$ Gruppen zusammengestellt, so dass z. B. eine Linie von $21^r,58$ zu der Gruppe von 22 Ruthen gehört. Die 2te Spalte enthält die Anzahlen n der Doppelmessungen der einzelnen Gruppen, die 3te Spalte die Summen $\triangle$ der aus den Doppelmessungen jeder einzelnen Gruppe abgeleiteten Differenzen d, in Tausendtel-Ruthen ausgedrückt; durch Addition der Verticalspalten 2 und 3 und durch Division der letzten Summe mit $\sqrt{2}$ erhält man aber:

$$[n] = 1095,\ [\triangle] = 8235,\ \left[\frac{\triangle}{\sqrt{2}}\right] = 5823,02.$$

Eine besondere Spalte für die einzelnen $\frac{\triangle}{\sqrt{2}}$, schliesslich mit der Summe $\left[\frac{\triangle}{\sqrt{2}}\right]$, würde überflüssig gewesen sein.

Setzt man nun den Exponenten α in den Gleichungen 29) bis 32) einmal $= \frac{1}{2}$, das anderemal $= 1$, so wird für den ersten Fall $x^\alpha = \sqrt{x}$, $x^{2\alpha} = x$, für den zweiten aber $x^\alpha = x$ und $x^{2\alpha} = x^2$ werden; berechnet man sodann aus den nun gegebenen Grössen in den Spalten 4, 5, 6, 7, 13, 14 und 15 die $\frac{\triangle}{\sqrt{2x}}$, $n\sqrt{x}$, nx, $\frac{\triangle}{n\sqrt{2x}}$, $\frac{\triangle}{x\sqrt{2}}$, nx^2 und $\frac{\triangle}{nx\sqrt{2}}$, und endlich durch Summirung der Verticalspalten 4, 5, 6, 13 und 14:

$$\left[\frac{\triangle}{\sqrt{2x}}\right] = 1298,070;\ [n\sqrt{x}\,] = 4822,12;\ [nx] = 22726;\ \left[\frac{\triangle}{x\sqrt{2}}\right] = 311,968;$$
$$[nx^2] = 617694,$$

so kann man in die Gleichungen:

$$33)\quad \begin{aligned} &\left[\frac{\triangle}{\sqrt{2x}}\right] - [n].a - [n.\sqrt{x}\,].\mathrm{b} = o, \\ &\left[\frac{\triangle}{\sqrt{2}}\right] - [n.\sqrt{x}\,].a - [n.x].b = o \end{aligned}$$

und

$$34)\quad \begin{aligned} &\left[\frac{\triangle}{x\sqrt{2}}\right] - [n].a_1 - [n.x].b_1 = o, \\ &\left[\frac{\triangle}{\sqrt{2}}\right] - [n.x].a_1 - [n.x^2].b_1 = o, \end{aligned}$$

in welche die Gleichungen 32), wenn man aus 28) $y = \frac{\triangle}{n\sqrt{2}}$, und einmal α

$=\frac{1}{2}$, das anderemal $\alpha=1$ einführt, übergehen, die Zahlenwerthe der Constanten substituiren und daraus a, b, sowie a_1, b_1 berechnen. Man erhält nämlich für $\alpha=\frac{1}{2}$ nach 33):

$$1298{,}07 - 1005 \, . \, a - 4822{,}12 \, . \, b = 0$$
$$5823{,}02 - 4822{,}12 \, . \, a - 22726 \, . \, b = 0$$

und hieraus durch Elimination:

$$a = +\,0{,}870418, \quad b = +\,0{,}071535,$$

setzt man aber $\alpha=1$, so folgt nach 34):

$$311{,}968 - 1096 \, . \, a_1 - 22726 \, . \, b_1 = 0$$
$$5823{,}020 - 22726 \, . \, a_1 - 617694 \, . \, b_1 = 0$$

und ebenfalls durch Elimination:

$$a_1 = +\,0{,}377523, \quad b_1 = -\,0{,}004463.$$

2. Bildet man hierauf aus den x, welche 55 verschiedene Längen repräsentiren, den jeder Gruppe der x zugehörigen $y=\frac{\Delta}{n\sqrt{2}}$ und den eben gefundenen a und b, sowie a_1 und b_1, für jede der beiden Annahmen, sowohl für $\alpha=\frac{1}{2}$, als auch für $\alpha=1$, die 55 Differenzengleichungen von der Form:

$$\frac{\Delta}{n\sqrt{2}} - \sqrt{x} \, . \, a - x \, . \, b = \delta \tag{35}$$

und

$$\frac{\Delta}{n\sqrt{2}} - x \, . \, a_1 - x^2 . \, b_1 = \vartheta, \tag{36}$$

und quadrirt die so erhaltenen 2 mal 55 Differenzen, so wird nothwendig die Annahme der Wahrheit zunächt liegen, d. h. nach den vorhandenen Beobachtungen für die Wahrheit selbst genommen werden müssen, nach welcher die Summe der $n$fachen Quadrate der Differenzen, nämlich $[n \, . \, \delta\delta]$ oder $[n \, . \, \vartheta\vartheta]$ die kleinere ist. Will man aber statt 35) und 36) die Differenzengleichungen:

$$\frac{\Delta}{n\sqrt{2x}} - a - \sqrt{x} \, . \, b = \frac{\delta}{\sqrt{x}} \tag{37}$$

und

$$\frac{\Delta}{nx\sqrt{2}} - a_1 - x \, . \, b_1 = \frac{\vartheta}{\sqrt{x}} \tag{38}$$

einführen, welche man durch Division der vorigen mit $\sqrt{x}$ beziehungsweise x erhält, und eine Benutzung der bereits schon für die Gleichungen 33) und 34) berechneten $\frac{\Delta}{\sqrt{2x}}$ und $\frac{\Delta}{x\sqrt{2}}$ gestatten, ausserdem auch die Coefficienten von a und a_1 beseitigen, und die von b und b_1 vereinfachen, so muss man vor dem Quadriren die Differenzen $\frac{\delta}{\sqrt{x}}$ und $\frac{\vartheta}{x}$ selbstverständlich mit $\sqrt{x}$

beziehungsweise x multipliciren, um die zur Vergleichung richtigen Quadratsummen $[n\delta\delta]$ und $[n\vartheta\vartheta]$ zu erhalten.

In den Spalten 7 und 15 der Tabelle II. sind nun die $\frac{\Delta}{n\sqrt{2x}}$ und $\frac{\Delta}{nx\sqrt{2}}$ zusammengestellt, ihnen gegenüber in 8 und 16 die Glieder $\sqrt{x}\,.\,b$ und $x\,.\,b_1$, oben unmittelbar unter dem Kopfe dieser Spalten aber steht das jetzt constante Glied a und a_1, welches jedem $\sqrt{x}\,.\,b$, resp. $x\,.\,b_1$ vor seiner Subtraction von $\frac{\Delta}{n\sqrt{2x}}$ und $\frac{\Delta}{nx\sqrt{2}}$ zu addiren ist; in 9 und 17 sind sodann die Differenzen $\frac{\delta}{\sqrt{x}}$ und $\frac{\vartheta}{x}$, und endlich in 10 und 18 die n fachen Quadrate $n\,.\,\delta\delta$ und $n\,.\,\vartheta\vartheta$ gebildet, durch deren Addition für die Annahme $\alpha = \frac{1}{2}$

$$[n\delta\delta] = 1173{,}325, \text{ und } [n\vartheta\vartheta] = 2921{,}766$$

für die Annahme $\alpha = 1$ erhalten wird.

Diese Zahlen zeigen sofort, dass die Gleichungen 29), wenn darin $\alpha = \frac{1}{2}$ gesetzt wird, nämlich:

39) $$y = \sqrt{x}\,.\,a + x\,.\,b + \,..$$

das richtige Gesetz für die Bestimmung des mittleren Fehlers bei Lattenmessungen abgiebt. Aber selbst ein entgegengesetztes Resultat würde den aufgestellten Satz der Wahrscheinlichkeitsrechnung so ohne Weiteres nicht umgestossen und dafür

40) $$y = x\,.\,a_1 + x^2 b_1 + \,..$$

als richtig eingeführt, sondern nur gezeigt haben, dass bei Aufstellung der Formel eine Fehlerquelle nicht berücksichtigt wurde, oder dass ein constanter Factor, hervorgerufen durch eine Unvollkommenheit des Instrumentes, mitwirkte, der vorher hätte beseitigt werden müssen.

3. Aus der Betrachtung der Zahlenwerthe von $b = +\,0{,}071535$ und $b_1 = -\,0{,}004463$ geht hervor, dass in der Gleichung 39) das Glied xb erst bei $x = 76$ Ruthen, in der Gleichung 40) das Glied $x^2 b_1$ freilich schon früher, bei $x = 35$ Ruthen, 5, ... Tausendtel-Ruthen erreicht, eine Grösse, welche der äussersten Grenze der Lattenablesung, nämlich 0,005 Ruthen (siehe §. 9, 2) gleichkommt, so dass man zur Vereinfachung der Formel das zweite Glied in 39) unbedenklich, in 40) aber doch ohne wesentlichen Nachtheil vernachlässigen, und dadurch dem Zwecke hinlänglich entsprechende Näherungswerthe für y erhalten kann; man hat aber hiernach:

41) $$y = \frac{\Delta}{n\sqrt{2}} = \sqrt{x}\,.\,a \text{ oder } \frac{y}{\sqrt{x}} = \frac{\Delta}{n\sqrt{2x}} = a$$

42) $$y = \frac{\Delta}{n\sqrt{2}} = x\,.\,a_1 \text{ oder } \frac{y}{x} = \frac{\Delta}{nx\sqrt{2}} = a_1$$

Vergleicht man diese Formeln mit 25) und 26), so folgt alsbald, dass

$a = m_{,}$, $a_1 = m'$, nämlich die mittleren Fehler der Längeneinheit für die beiden aufgestellten Annahmen sind.

Will man auch hier aus den in überschüssiger Anzahl vorhandenen Beobachtungen die wahrscheinlichsten Werthe von a und a_1 berechnen, so hat man nach 33) und 34)

$$43)\qquad \left[\frac{\Delta}{\sqrt{2x}}\right] - [n].a = 0$$

$$44)\qquad \left[\frac{\Delta}{x\sqrt{2}}\right] - [n].a_1 = 0$$

also

$$a = m_{,} = \frac{\left[\frac{\Delta}{\sqrt{2x}}\right]}{[n]},$$

$$a_1 = m' = \frac{\left[\frac{\Delta}{x\sqrt{2}}\right]}{[n]}.$$

Die Zahlenwerthe von a und a_1 findet man aber, wenn man in der Tabelle II. die Summen der Spalten 4 und 13 durch $[n]$ dividirt, nämlich:

$$a = m_{,} = \frac{1298,070}{1095} = 1,18545,$$

$$a_1 = m' = \frac{311,968}{1095} = 0,28492.$$

Bildet man hierauf für beide Annahmen die 55 Differenzengleichungen von der Form:

$$45)\qquad \frac{\Delta}{n\sqrt{2x}} - m_{,} = \frac{\delta_1}{\sqrt{x}},$$

$$46)\qquad \frac{\Delta}{nx\sqrt{2}} - m' = \frac{\vartheta_1}{x},$$

d. h. zieht man $m_{,}$ und m' von den einzelnen Zahlengrössen der Spalten 7 und 15 ab, so erhält man in 11 und 19 die Differenzen $\frac{\delta_1}{\sqrt{x}}$ und $\frac{\vartheta_1}{x}$, multiplicirt man diese mit $\sqrt{nx}$, bezws. $x\sqrt{n}$ und quadrirt, so ergeben sich in den Spalten 12 und 20 die $n\delta_1\delta_1$ und $n\vartheta_1\vartheta_1$ und endlich durch Summirung derselben:

$$[n\,\delta_1\,\delta_1] = 1659,045, \quad [n\,\vartheta_1\,\vartheta_1] = 3413,552.$$

Auch hier zeigen die Werthe der beiden Summen der $n$fachen Quadrate der Differenzen, dass durch die Gleichung

$$47)\qquad y = m_{,}\sqrt{x} \text{ oder } \frac{y}{\sqrt{x}} = m_{,},$$

welche mit der 25) gleichbedeutend ist, das Gesetz der Abhängigkeit des mittleren Fehlers y einer mit der Latte gemessenen Linie von dem mittleren Fehler $m_{,}$ der Längeneinheit und von der Länge der ganzen Linie ausgesprochen wird, d. h. dass die mittleren Fehler der mit der Latte gemessenen Linien proportional den Quadratwurzeln ihrer Längen sind.

Vergleicht man die Werthe von y aus den Gleichungen 39) und 41), so erhält man bei $x=120$ Ruthen eine Differenz von 5,.. Tausendtel-Ruthen, während die Gleichungen 40) und 42) die gleiche Differenz schon bei $x=46$ Ruthen ergeben, ein Beweis, dass auch schon in dieser Hinsicht die Annahme $y=\sqrt{x}.a$ vor der anderen $y=x.a_1$ den Vorzug hat.

Quadrirt man die Gleichungen 47) und setzt für die Constante $m_{,}^2=p$, so ist

48) $$y^2=px,$$

oder die Fehlercurve bei Lattenmessungen ist eine Parabel.

§. 11.

1. Für die Kettenmessungen wird man zur Bestimmung der Genauigkeit die Doppelmessungen von Polygonseiten in der Weise wie bei Lattenmessungen nicht benutzen können, indem voraussichtlich die zufälligen Fehler, welche in der vielgegliederten Kette selbst liegen, die Fehler am Ende jeder Kettenspannung überwiegen werden. Eine fünfruthige Kette besteht aus 129 Theilen, nämlich aus 50 s. g. Fussgliedern, welche durch 55 kleinere Ringe, ausserdem zwischen den vollen Ruthen durch 4 Wirbel mit je 2 Bolzen und je 2 Halbringen, und an den Enden durch 2 grössere Ringe mit je 1 drehbaren Haken verbunden sind. Sieht man zum Zwecke der Vereinfachung der Rechnung die Bolzen und Halbringe als Eins mit den Wirbeln, und die Haken als Eins mit den Endringen an, so hat man noch 111 Theile, und fasst man endlich jedes Fussglied mit einem Ringe zusammen, und vernachlässigt die noch übrigen 11 kleineren Theile, als zu den Fussgliedern gehörig, oder nimmt überhaupt die Kette in ihrer einfachsten Construction, so hat man als den mittleren Fehler m_1 einer Kettenspannung, wenn man die mittleren Fehler der unter sich gleichen Fussglieder (einschliesslich der Ringe etc.) mit m_g, den mittleren Fehler am Ende der Kettenspannung aber mit m_k bezeichnet:

49) $$m_1=\sqrt{50\,m_g m_g+m_k m_k},$$

für eine Länge von x vollen Kettenspannungen aber:

50) $$m_x=\sqrt{50\,x\,m_g m_g+x\,m_k m_k}=m_1\sqrt{x}$$

2. Für jede weitere Zehntel-Ruthe tritt aber ein m_g, für jede ganze Kettenspannung, also für jede fünf Ruthen nur ein m_k hinzu; bezeichnet man nun die Anzahl der vollen Kettenspannungen einer in 0,1 Ruthen ausgedrückten Linie l mit x und die Anzahl der noch zählenden Zehntel-Ruthen der letzten übergreifenden Spannung mit z, welches also zwischen 0 und 50 liegen kann, so ist für den vorliegenden Zweck

51) $$l=50x+z$$

bis auf das letzte Fussglied, d. h. auf 0,1 Ruthe genau ausgedrückt. Der mittlere Fehler m_l der Linie l wird hiernach sein:

$$52)\quad \begin{cases} m_l = \sqrt{(50x+z)\,m_g m_g + x\,m_k m_k)} \\ \quad = \sqrt{l\,m_g m_g + x\,m_k m_k} \\ \quad = \sqrt{l}.\left(m_g + \frac{m_k m_k}{2m_g}.\frac{x}{l} - \frac{m_k^4}{8m_g^3}.\frac{x^2}{l^2} + \ldots\right). \end{cases}$$

Vernachlässigt man das dritte und die folgenden Glieder der Reihe und setzt $\frac{m_k m_k}{2m_g} = q$, so hat man:

$$53)\quad \frac{m_l}{\sqrt{l}} - m_g - \frac{x}{l}.q = 0,$$

also eine ganz ähnliche Gleichung wie 29) bei den Lattenmessungen, die auch, zumal da das Glied $\frac{x}{l}.q$ bei wachsendem l sehr schnell abnimmt, und gegen m_g als verschwindend klein anzusehen ist, zu demselben Resultate:

$$54)\quad \frac{m_l}{\sqrt{l}} = m_g \text{ oder } m_l = \sqrt{l}.m_g$$

führt, d. h. auch bei Kettenmessungen ist der mittlere Fehler m_l einer Linie proportional der Quadratwurzel aus ihrer Länge.

Um die Richtigkeit dieses Satzes auch *a posteriori* nachweisen zu können, fehlen mir leider die Beobachtungen, da bei den hiesigen Catastervermessungen die Kette schon lange nicht mehr angewendet wird, die in dieser Zeitschrift von Vorländer nur gruppenweise in vollen Kettenlängen gegebenen Linien sich aber zu vorstehendem Zwecke nicht eignen.

§. 12.

1. Es bleibt nun noch zu untersuchen, weshalb Vorländer zu einem anderen Resultate als dem am Ende des vorigen §. ausgesprochenen Satze gelangte; der Grund liegt darin, dass er von einer ganz falschen Voraussetzung ausgeht, nämlich der, dass innerhalb einer Kettenspannung kein Fehler zu befürchten, der mittlere Fehler also nur von der Anzahl der vollen Kettenzüge abhängig sein würde, und dass er in diesem Glauben die Fehler der letzten übergreifenden Kettenspannung vernachlässigt. Ausserdem enthält seine Abhandlung zwei falsche Schlüsse, die eben seine Ansicht unterstützen, bei richtigen Voraussetzungen aber zu falschen Resultaten führen würden. Vorländer schliesst nämlich aus den kleineren oder grösseren Zahlenwerthen von t und t', sowie $[n\triangle\triangle]$ und $[n\triangle'\triangle']$ — welche nach meiner Entwickelung den Ausdrücken $b.\sqrt{2}$ und $b_1.\sqrt{2}$, sowie $\left[\frac{2n\delta_1\delta_1}{x}\right]$ und $\left[\frac{2n\vartheta_1\vartheta_1}{x^2}\right]$ entsprechen würden —, auf die mehr oder weniger genaue Uebereinstimmung der aufgestellten beiden Annahmen mit den aus den Messungen entwickelten Resultaten; t und t' werden aber um so

kleiner, je grösser in den 29) analogen Gleichungen die Exponenten der gemessenen Linien (Anzahl der Kettenzüge) sind; es würde also nur ein möglichst grosser Exponent einzuführen sein, um ein der Wahrheit möglichst naheliegendes Gesetz für die Genauigkeit zu erhalten. Abgesehen davon, dass diese Schlussfolgerung schon an und für sich unhaltbar ist, zeigen aber auch die von mir bei den Lattenmessungen gefundenen Werthe von $b = +0{,}071532$ und $b_1 = -0{,}004463$ gerade das Gegentheil, indem das grössere b der Annahme angehört, welche mit den Messungsresultaten am besten stimmt. Dass ferner nicht die Werthe von $[n\triangle\triangle]$ und $[n\triangle'\triangle']$, sondern erst die von $\left[\frac{nx\triangle\triangle}{2}\right]$ und $\left[\frac{nx^2\triangle'\triangle'}{2}\right]$ die Summen der $n$fachen Quadrate der gesuchten Differenzen sind, und als solche ein Maass in der Vergleichung beider aufgestellter Sätze abgeben, ist bereits in §. 10, 2. auseinandergesetzt worden. Berechnet man aber die so abgeänderten Summen, so erhält man (die mittleren Fehler in Tausendtel-Ruthen ausgedrückt) auf dem Sandboden:

$$\left[\frac{nx\triangle\triangle}{2}\right] = 263004{,}02, \quad \left[\frac{nx^2\triangle'\triangle'}{2}\right] = 135533{,}59,$$

auf dem Kleiboden aber:

$$\left[\frac{nx\triangle\triangle}{2}\right] = 34352{,}53, \quad \left[\frac{nx^2\triangle'\triangle'}{2}\right] = 32918{,}85,$$

so dass also auf dem für Kettenmessungen günstigeren Kleiboden das Resultat der Vorländer'schen Hypothese gerade weniger günstig ist; ein weiterer Beweis, dass das hierbei angewendete Verfahren unrichtig.

2. Ergiebt die Untersuchung bei richtiger Benutzung aller Fehlerquellen aber trotzdem, dass der mittlere Fehler mit der Länge der gemessenen Linie proportional ist, so ist nicht „die Behauptung der Wahrscheinlichkeitsrechner", sondern dass Messinstrument falsch, d. h. es haftet ausser den zufälligen auch noch ein überwiegender constanter Fehler an der Kette (vergl. den im Eingange erwähnten Artikel von Winckler); dieselbe ist alsdann weder für die Praxis zu empfehlen, ja durchaus nicht zu gebrauchen, wo Anspruch auf Schärfe der Messungen gemacht wird, noch können die Messungen mit ihr einer wissenschaftlichen Untersuchung vorstehender Art unterworfen werden, wenn dadurch nicht zugleich der constante Fehler ermittelt und bei der Anwendung der Kette unschädlich gemacht werden kann. Das praktische Gefühl hat auch bereits über die Kettenmessungen das Urtheil gesprochen, indem die Kette immer mehr durch die Latte verdrängt wird.

3. Die Untersuchung von Vorländer hat also keineswegs den theoretisch aufgestellten Satz umgestossen, wohl aber die unbedingte Zuverlässigkeit der Kettenmessungen in Frage gestellt und ist also auch, bevor *nicht weitere, mit aller Schärfe a posteriori* ausgeführte, Ermittelungen das

Gegentheil unwiderleglich darthun, für die Folge anzunehmen, dass die mittleren Fehler bei Kettenmessungen ebenso wie bei Lattenmessungen den Quadratwurzeln aus den Längen proportional sind.

§. 13.

Eine Vergleichung der Genauigkeiten der Latten- mit den Ketten-Messungen aus gemachten Beobachtungen kann nach vorstehenden Ermittelungen, genau genommen, nicht stattfinden, doch soll gleichfalls auf Tabelle III. von 5 zu 5 Ruthen eine Zusammenstellung der mittleren Fehler in Tausendtel-Ruthen durch Rückwärtsberechnung aus den gefundenen mittleren Fehlern der Längeneinheit folgen, und zwar für beide Annahmen aus den Vorländer'schen und meinen Berechnungen; die Zahlen werden zur Genüge für die theoretisch aufgestellte Regel entscheiden. Dass hierbei die Latte eine Kasseler Catasterruthe, die Kette aber fünf Preussische Ruthen sind, kommt hierbei nicht in Betracht, da bei der Latte nicht ihre Länge, sondern nur ihre Anlage in Rechnung gebracht wurde, eine Latte von einer Preussischen Ruthe Länge also bei einer gleichen Anzahl von Lattenanlagen dieselben Resultate gegeben hätte. Dieses führt aber zugleich zu dem weiteren Schlusse, dass man die Latten, unbeschadet ihrer leichten Handhabung, möglichst lang zu nehmen hat, um für dieselbe Länge einer Linie den kleinsten mittleren Fehler zu erhalten.

Schlussbemerkung.

1. Die Untersuchungen *a posteriori* haben ganz zu denselben Resultaten geführt, welche die Wahrscheinlichkeitsrechnung in strenger Schlussfolgerung, also auf rein theoretischem Wege, aufgestellt hat; hiernach sind

2. die Genauigkeiten der aus unabhängigen einfachen Winkelmessungen abgeleiteten arithmetischen Mittel sowohl, als auch der durch Repetitionen bestimmten Winkelresultate für alle praktischen Anwendungen den Quadratwurzeln aus den Anzahlen der einzelnen unabhängigen Beobachtungen, beziehungsweise aus den Repetitionszahlen proportional,

3. die Genauigkeiten von Linienmessungen, sowohl mit der Latte, als auch mit der Kette ausgeführt, aber den Quadratwurzeln aus den Längen der Linien umgekehrt proportional zu setzen.

XII.

Ueber die Anziehung eines Cylinders.

Von Dr. F. Grube zu Hamburg.

Sind X, Y, Z die Anziehungscomponenten in der Richtung von drei aufeinander senkrechten Coordinatenaxen, x, y, z die rechtwinkeligen Coordinaten irgend eines Punktes einer nach dem Newton'schen Gesetze anziehenden homogenen Masse von der Dichtigkeit 1, a, b, c die des angezogenen Punktes, so ist bekanntlich

$$1)\quad X=\int\int dy\,dz\left(\frac{1}{\sqrt{(x_1-a)^2+(y-b)^2+(z-c)^2}}-\frac{1}{\sqrt{(x_2-a)^2+(y-b)^2+(z-c)^2}}\right)$$

wo x_1 und x_2 die äussersten Werthe bedeuten, die x annimmt. Die Ausdrücke für Y und Z sind dem für X analog. Bezeichnet man die Polarcoordinaten eines Punctes der anziehenden Masse mit r, Θ, φ und verlegt zugleich den Pol in den angezogenen Punkt a, b, c, so ist

$$2)\quad \begin{cases} X=\int\int\int \cos\Theta\,\sin\Theta\,dr\,d\Theta\,d\varphi \\ Y=\int\int\int \sin\Theta^2\cos\varphi\,dr\,d\Theta\,d\varphi \\ Z=\int\int\int \cos\Theta^2\sin\varphi\,dr\,d\Theta\,d\varphi \end{cases}$$

Diese Integrale sind auszudehnen auf alle Punkte der anziehenden Masse. Hat also dieselbe die Form eines geraden Cylinders, dessen Höhe h, dessen Basis eine Ellipse ist mit den Halbaxen α und β, so erstrecken sich die Integrationen unter 1) auf alle Werthe von x, y, z, welche diesen beiden Ungleichheiten genügen

$$0<x<h$$
$$\frac{y^2}{\alpha^2}+\frac{z^2}{\beta^2}<1,$$

und die Integrationen unter 2) auf alle Werthe von r, Θ, φ, für welche

$$3)\quad \frac{(r\sin\Theta\cos\varphi+b)^2}{\alpha^2}+\frac{(r\sin\Theta\sin\varphi+c)^2}{\beta^2}<1$$
$$-a<r\cos\Theta<h-a.$$

X ist dann die Componente in der Richtung der Axe des Cylinders, Y und Z sind die Componenten in der Richtung der Axen der elliptischen Basis.

I.

Attractionscomponenten für einen inneren Punkt.

Liegt der angezogene Punkt im Innern der Masse, dann wird für jede Combination Θ, φ ein radius vector existiren. Die radien vectoren, die in den ebenen Flächen des Cylinders endigen, hängen nur von Θ ab; in der oberen Fläche erstrecken sie sich für jeden Winkel φ von 0 bis $\frac{h-a}{\cos\Theta}$, in der unteren von 0 bis $\frac{-a}{\cos\Theta}$. Die radien vectoren, die im Mantel endigen, werden aus 3) bestimmt; aus 3) folgt

$$lr^2 + mr < n$$

wo

$$l = \frac{\sin\Theta^2 \cos\varphi^2}{\alpha^2} + \frac{\sin\Theta^2 \sin\varphi^2}{\beta^2}$$

$$m = \frac{b \sin\Theta \cos\varphi}{\alpha^2} + \frac{c \sin\Theta \sin\varphi}{\beta^2}$$

$$n = 1 - \frac{b^2}{\alpha^2} - \frac{c^2}{\alpha^2}.$$

Daraus ergiebt sich, mit Berücksichtigung, dass r und für den inneren Punkt auch n wesentlich positiv ist, als äusserster Werth von r

$$\frac{-m + \sqrt{ln + m^2}}{l}.$$

Die radien vectoren, die gegen den Mantel stossen, erstrecken sich also von 0 bis $-\frac{\Phi}{\sin\Theta}$, wo

$$\Phi = \frac{\frac{b\cos\varphi}{\alpha^2} + \frac{c\sin\varphi}{\beta^2} - \sqrt{\left[\left(1 - \frac{b^2}{\alpha^2} - \frac{c^2}{\beta^2}\right)\left(\frac{\cos\varphi^2}{\alpha^2} + \frac{\sin\varphi^2}{\beta^2}\right) + \left(\frac{b\cos\varphi}{\alpha^2} + \frac{c\sin\varphi}{\beta^2}\right)^2\right]}}{\frac{\cos\varphi^2}{\alpha^2} + \frac{\sin\varphi^2}{\beta^2}}.$$

Die Integration nach Θ zerfällt in drei Theile, welche resp. die radien vectoren umfassen, die in der oberen Basis, im Mantel und in der unteren Basis endigen. Setzt man

$$\Theta' = arctg \frac{\Phi}{a-h}, \quad \Theta'' = arctg \frac{\Phi}{a},$$

so ergiebt sich, wenn man gleich die Integration nach r ausführt

$$4)\quad X=(h-a)\int_0^{2\pi}d\varphi\int_0^{\Theta'}\sin\Theta\,d\Theta-\int_0^{2\pi}d\varphi\,\Phi\int_{\Theta'}^{\Theta''}\cos\Theta\,d\Theta-a\int_0^{2\pi}d\varphi\int_{\Theta''}^{\pi}\sin\Theta\,d\Theta$$

$$=2\pi(h-2a)+\int_0^{2\pi}\sqrt{a^2+\Phi^2}\,d\varphi+\int_0^{2\pi}\sqrt{(h-a)^2+\Phi^2}\,d\varphi$$

Bezeichnen wir durch X' die Componente in der Richtung der Cylinderaxe für den Fall, dass der Punkt ausserhalb des Cylinders, aber innerhalb des verlängerten Mantels liegt, so folgt aus 4), da der Cylinder von der Höhe h auf den für ihn äusseren Punkt in der Richtung der Axe offenbar dieselbe Anziehung ausübt, wie ein Cylinder von der Höhe $(2a-h)$ auf denselben für ihn inneren Punkt

$$X'=-2\pi h+\int_0^{2\pi}\sqrt{a^2+\Phi^2}\,d\varphi-\int_0^{2\pi}\sqrt{(h-a)^2+\Phi^2}\,d\varphi.$$

Es ist ferner

$$Y=(h-a)\int_0^{2\pi}\cos\varphi\,d\varphi\int_0^{\Theta'}\frac{\sin\Theta^2}{\cos\Theta}d\Theta-\int_0^{2\pi}\Phi\cos\varphi\,d\varphi\int_{\Theta'}^{\Theta''}\sin\Theta\,d\Theta$$

$$-a\int_0^{2\pi}\cos\varphi\,d\varphi\int_{\Theta''}^{\pi}\frac{\sin\Theta^2}{\cos\Theta}d\Theta,$$

oder wenn man im mittleren Integral die Integration nach Θ ausführt, wegen

$$\Phi\cos\Theta'=-(h-a)\sin\Theta'$$
$$\Phi\cos\Theta''=\quad a\sin\Theta''$$

$$Y=(h-a)\int_0^{2\pi}\cos\varphi\,d\varphi\left(\int_0^{\Theta'}\frac{\sin\Theta^2}{\cos\Theta}d\Theta+\sin\Theta'\right)-a\int_0^{2\pi}\cos\varphi\,d\varphi\left(\int_{\Theta''}^{\pi}\frac{\sin\Theta^2}{\cos\Theta}d\Theta-\sin\Theta''\right)$$

Hieraus ergiebt sich durch theilweise Integration nach $\cos\varphi\,d\varphi$

$$Y=(a-h)\int_0^{2\pi}\frac{\sin\varphi}{\cos\Theta'}\,\frac{d\Theta'}{d\varphi}\,d\varphi-a\int_0^{2\pi}\frac{\sin\varphi}{\cos\Theta''}\,\frac{d\Theta''}{d\varphi}\,d\varphi$$

$$Z=(a-h)\int_0^{2\pi}\frac{-\cos\varphi}{\cos\Theta'}\,\frac{d\Theta'}{d\varphi}\,d\varphi-a\int_0^{2\pi}\frac{-\cos\varphi}{\cos\Theta''}\,\frac{d\Theta''}{d\varphi}\,d\varphi.$$

Führt man statt φ eine neue Veränderliche ψ ein, so dass

$$tg\,\varphi=\frac{\beta\sin\psi-c}{\alpha\cos\psi-b}$$

so erhält man

$$\Phi^2=(\alpha\cos\psi-b)^2+(\beta\sin\psi-c)^2$$

$$
5)\quad \begin{cases}
X = \begin{matrix} 2\pi(h-2a) \\ -2\pi h \end{matrix} + \int_0^{2\pi} \left(\sqrt{a^2+\Phi^2} - \sqrt{(h-a)^2+\Phi^2}\right) \dfrac{\alpha\beta - b\beta\cos\psi - c\alpha\sin\psi}{\Phi^2}\, d\psi, \\[2ex]
Y = \int_0^{2\pi} \left(\dfrac{(a-h)(\beta\sin\psi - c)}{\sqrt{(h-a)^2+\Phi^2}} - \dfrac{a(\beta\sin\psi - c)}{\sqrt{a^2+\Phi^2}}\right) \dfrac{(\beta^2-\alpha^2)\cos\psi\sin\psi - \alpha b\sin\psi - \beta c\cos\psi}{\Phi^2}\, d\psi \\[2ex]
Z = \int_0^{2\pi} \left(\dfrac{(a-h)(b-\alpha\cos\psi)}{\sqrt{(h-a)^2+\Phi^2}} - \dfrac{a(b-\alpha\cos\psi)}{\sqrt{a^2+\Phi^2}}\right) \dfrac{(\beta^2-\alpha^2)\cos\psi\sin\psi - \alpha b\sin\psi - \beta c\cos\psi}{\Phi^2}\, d\psi.
\end{cases}
$$

Die Formel für X gilt für alle Punkte, die innerhalb des Cylinders selbst, oder innerhalb des verlängerten Mantels liegen; für jene gilt das obere, für diese das untere vor dem Integral stehende Glied. Man überzeugt sich aber leicht, dass auch die Formeln für Y und Z nicht blos für die innerhalb des Cylinders selbst, sondern auch für alle innerhalb des verlängerten Mantels fallenden Punkte gültig sind. Deshalb werden wir von jetzt an auch alle diejenigen Punkte innere nennen, die innerhalb des verlängerten Mantels liegen. — Man sieht auf der Stelle, dass die vorstehenden Integrale durch die Substitution

$$tg\frac{\psi}{2} = x$$

in ganze elliptische Integrale übergehen.

II.

Bestimmung der Componenten Y, Z für einen äusseren Punkt.

In ähnlicher Weise, wie sich mit Hülfe des Ivory'schen Satzes für das Ellipsoid das Attractionsproblem für einen äusseren Punkt auf das für einen inneren zurückführen lässt, kann diese Zurückführung auch für die beiden Componenten Y, Z des Cylinders geschehen.

Es ist für irgend ein Attractionsgesetz

$$Y = \int_0^h \int_{-\beta}^{\beta} dx\, dz\, [f(r_2) - f(r_1)],$$

wo

$$\begin{matrix} r_2 \\ r_1 \end{matrix} = \sqrt{(x-a)^2 + \left(\pm\alpha\sqrt{1-\frac{z^2}{\beta^2}} - b\right)^2 + (z-c)^2},$$

oder, wenn man $z = \beta t$ setzt

$$Y = \beta\int_0^h \int_{-1}^{1} dx\, dt\, [f(r_2) - f(r_1)],$$

wo

$$\begin{matrix} r_2 \\ r_1 \end{matrix} = \sqrt{x^2 - 2ax - (\alpha^2-\beta^2)t^2 \mp 2b\alpha\sqrt{1-t^2} - 2\beta ct + a^2 + b^2 + c^2 + \alpha^2}$$

Wir wollen nun untersuchen, ob nicht ein neuer Cylinder (α', β', h') und ein neuer angezogener Punkt (a', b', c') existirt, so dass jenes Integral, abgesehen von einem constanten Factor, unverändert bleibt. Damit durch Aenderung der Constanten die Wurzelgrösse nicht geändert werde, darf a nicht geändert werden und die neuen Grössen b', c', α', β' müssen diesen 4 Gleichungen genügen:

$$\text{I)} \qquad b^2+c^2+\alpha^2=b'^2+c'^2+\alpha'^2$$

$$\text{II)} \qquad \alpha b=\alpha' b'$$

$$\text{III)} \qquad \beta c=\beta' c'$$

$$\text{IV)} \qquad \alpha^2-\beta^2=\alpha'^2-\beta'^2.$$

Ist diesen Gleichungen genügt, so wird das Integral unverändert bleiben, weil die zu ändernden Grössen in den Grenzen des Integrals nicht vorkommen. Nach I), II), III) ist

$$\alpha'^2-\alpha^2-(\alpha'^2-\alpha^2)\frac{b^2}{\alpha'^2}-(\beta'^2-\beta^2)\frac{c^2}{\beta'^2}=0$$

und da nach IV)

$$\alpha'^2-\alpha^2=\beta'^2-\beta^2,$$

so folgt

$$\text{V)} \qquad 1-\frac{b^2}{\alpha'^2}-\frac{c^2}{\beta'^2}=0,$$

oder, wenn man $\beta^2-\alpha^2=\delta^2$ setzt

$$1-\frac{b^2}{\alpha'^2}-\frac{c^2}{\alpha'^2+\delta^2}=0.$$

Hieraus ergiebt sich α', und zwar immer als eine reelle, positive Grösse; aus α' lassen sich dann auch β', b', c' unmittelbar berechnen.

Die beiden Cylinder sind von gleicher Höhe, auch haben die beiden angezogenen Punkte dieselbe Coordinate a. Es ist ferner nach IV) der neue Cylinder confocal mit dem alten. Die beiden Punkte haben immer entgegengesetzte Lage. Ist der eine ein äusserer, so ist der andere für seinen Cylinder ein innerer. Denn nach V) liegt der alte Punkt auf dem Mantel des neuen Cylinders; aber umgekehrt liegt auch der neue Punkt auf dem Mantel des alten Cylinders; denn aus II), III), V) folgt

$$1-\frac{b'^2}{\alpha^2}-\frac{c'^2}{\beta^2}=0$$

Bezeichnet man also die Componenten eines Cylinders (h, α, β) in Bezug auf irgend einen äusseren Punkt (a, b, c) durch Y, Z, und die des neuen Cylinders (h, α', β') in Bezug auf den für ihn dann inneren Punkt (a, b', c') durch Y', Z', so hat man

$$Y=\frac{\beta}{\beta'}\,Y',\; Z=\frac{\alpha}{\alpha'}\,Z'.$$

Y', Z' ergeben sich aus 5). Somit lassen sich die beiden Componenten Y, Z immer durch ganze elliptische Integrale ausdrücken.

III.

Allgemeine Bestimmung der Componente X.

Die Componente X, welche wir bis jetzt nur für innere Punkte bestimmt haben, lässt sich ganz allgemein bestimmen, einerlei ob der Punkt ein innerer oder ein äusserer ist, nach der so fruchtbaren Dirichlet'schen Methode zur Bestimmung vielfacher Integrale durch Multiplication mit einem discontinuirlichen Factor. Die folgende Entwickelung wird von der von Dirichlet (in den Abhandlungen der Berliner Akademie, Jahrgang 1839) für das Ellipsoid gegebenen nicht wesentlich verschieden sein.

Wir gehen aus vom Potential

$$V=\int\frac{dx\,dy\,dz}{r}.$$

Die Integrationen erstrecken sich auf alle die Werthe y, z, für welche

$$\frac{y^2}{\alpha^2}+\frac{z^2}{\beta^2}<1.$$

Man kann jedoch den Veränderlichen y, z alle Werthe von $-\infty$ bis ∞ beilegen, wenn man nur zugleich mit einem Factor multiplicirt, der 1 ist für die Werthe y, z, die jener Ungleichung genügen, für die übrigen 0. Ein solcher Factor ist bekanntlich das Integral

$$\frac{2}{\pi}\int_0^\infty\frac{\sin\varphi}{\varphi}\cos\lambda\varphi\,d\varphi,$$

oder der reelle Theil des Integrals

$$\frac{2}{\pi}\int_0^\infty\frac{\sin\varphi}{\varphi}e^{\lambda\varphi i}d\varphi,$$

welcher 1 ist, wenn $\lambda<1$, 0 wenn $\lambda>1$. Setzen wir also $\lambda=\frac{y^2}{\alpha^2}+\frac{z^2}{\beta^2}$, so ist V gleich dem reellen Theile von

$$\frac{2}{\pi}\int_0^h dx\int_{-\infty}^{\infty}\int_{-\infty}^{\infty}\frac{dy\,dz}{r}\int_0^\infty\frac{\sin\varphi}{\varphi}e^{\lambda\varphi i}d\varphi.$$

Ersetzt man jetzt $\frac{1}{r}$ durch ein bestimmtes Integral vermittelst der Formel

$$\text{6)}\qquad\int_0^\infty e^{\Theta\psi i}\psi^{q-1}d\psi=\frac{\Gamma(q)}{(\pm\Theta)^q}e^{+q\frac{\pi}{2}i},$$

in welcher das obere oder untere Zeichen zu nehmen ist, je nachdem Θ positiv oder negativ ist, und setzt noch $\psi=\frac{\varphi}{s}$, so lassen sich die Integ tionen nach y und z ausführen. Differenzirt man dann, um die Componente X zu erhalten, nach a, so sind auch die Integrationen nach x und (mit Hülfe der Formel 6)) nach φ nach einander ausführbar und man erhält nach Ausscheidung des Imaginären

$$X = -2\alpha\beta \int_{\sigma}^{\infty} \frac{\left[1-\left(\frac{a^2}{s}+\frac{b^2}{s+\alpha^2}+\frac{c^2}{s+\beta^2}\right)\right] ds}{\sqrt{s(s+\alpha^2)(s+\beta^2)-a^2(s+\alpha^2)(s+\beta^2)-b^2 s(s+\beta^2)-c^2 s(s+\alpha^2)}} + F(h-a, \sigma'),$$

wo σ und σ' die immer existirenden positiven Wurzeln der cubischen Gleichungen

$$1 = \frac{a^2}{s} + \frac{a^2}{\alpha^2+s} + \frac{c^2}{\beta^2+s}$$

$$1 = \frac{(h-a)^2}{s} + \frac{b^2}{\alpha^2+s} + \frac{c^2}{\beta^2+s},$$

und $F(h-a, \sigma')$ ein dem ersten Theil von X ganz analoger Ausdruck, nur dass statt a überall $h-a$ zu setzen ist. Es ist leicht, die vorstehenden elliptischen Integrale auf die Normalform zu bringen. Bezeichnen wir die beiden anderen (negativen) Wurzeln der ersten cubischen Gleichung durch $-u$, $-v$, so ist der Nenner des ersten in X vorkommenden Integrals gleich $\sqrt{(s-\sigma)(s+u)(s+v)}$. Wir bezeichnen ferner nach Legendre die Grösse $\sqrt{1-k^2 \sin\varphi^2}$ durch $\Delta\varphi$ und die Integrale erster, zweiter, dritter Gattung

$$\int_0^{\varphi} \frac{d\varphi}{\Delta\varphi}, \int_0^{\varphi} \Delta\varphi\, d\varphi, \int_0^{\varphi} \frac{d\varphi}{(1-\alpha \sin\varphi^2)\Delta\varphi}$$

durch $F(\varphi)$, $E(\varphi)$, $\Pi_1(\varphi,\alpha)$, und die entsprechenden ganzen Integrale zwischen den Grenzen 0 und $\frac{\pi}{2}$ mit K, E, $\Pi_1(\alpha)$. Durch die Substitution

$$s = \sigma + \sqrt{(\sigma+v)(\sigma+u)}\ \frac{1+x}{1+x}$$

geht das Integral

$$\int_{\sigma}^{\infty} \frac{ds}{\sqrt{(s-\sigma)(s+u)(s+v)}}$$

über in die Normalform

$$\frac{2}{\sqrt{\sigma+v}+\sqrt{\sigma+u}} \int_{-1}^{1} \frac{dx}{\sqrt{(1-x^2)(1-k^2x^2)}},$$

wo

$$k = \frac{\sqrt{\sigma+v}-\sqrt{\sigma+u}}{\sqrt{\sigma+v}+\sqrt{\sigma+u}}.$$

Nach einigen Reductionen ergiebt sich hieraus folgender allgemein gültige Werth für die Componente X, der aus ganzen elliptischen Integralen erster und dritter Gattung (nach Legendre) zusammengesetzt ist:

$$X = \frac{8\alpha\beta}{\sqrt{\sigma+v}+\sqrt{\sigma+u}}\Big[-\Big(1+\frac{a^2}{l-\sigma}+\frac{b^2}{l-\sigma-\alpha^2}+\frac{c^2}{l-\sigma-\beta^2}\Big)K$$
$$+\frac{2a^2l}{l^2-\sigma^2}\Pi_1(n')+\frac{2b^2l}{l^2-(\sigma+\alpha^2)^2}\Pi_1(n'')+\frac{2c^2l}{l^2-(\sigma+\beta^2)^2}\Pi_1(n''')\Big]$$
$$-F(h-a),$$

wo σ die positive, $-u$, $-v$ die beiden negativen Wurzeln dieser cubischen Gleichung

$$\frac{a^2}{s}+\frac{b^2}{s+\alpha^2}+\frac{c^2}{s+\beta^2}=1,$$

$$l=\sqrt{(\sigma+v)(\sigma+u)},\quad k=\frac{\sqrt{\sigma+v}-\sqrt{\sigma+u}}{\sqrt{\sigma+v}+\sqrt{\sigma+u}},$$

$$n'=\Big(\frac{l-\sigma}{l+\sigma}\Big)^2,\quad n''=\Big(\frac{l-\sigma-\alpha^2}{l+\sigma+\alpha^2}\Big)^2,\quad n'''=\Big(\frac{l-\sigma-\beta^2}{l+\sigma+\beta^2}\Big)^2.$$

IV.

Reduction der Componenten für den kreisförmigen Cylinder auf die Normalform.

Bezeichnen wir den Radius des Cylinders mit r, setzen also in den Formeln 5) $\alpha=\beta=r$ und zugleich, was jetzt immer erlaubt ist $c=0$, wodurch auch $Z=0$ wird, so gehen dieselben über in die folgenden:

$$\Phi^2=r^2+b^2-2rb\cos\psi$$

$$7)\quad\left\{\begin{aligned} X &= 2r\int_0^\pi\frac{a^2+\Phi^2}{\sqrt{a^2+\Phi^2}}\,\frac{r-b\cos\psi}{\Phi^2}\,d\psi-F(h-a)+\begin{cases}2x(h-2a)\\-2\pi h\end{cases}\\ Y &= 2abr^2\int_0^\pi\frac{\sin\psi^2}{\sqrt{a^2+\Phi^2}}\,\frac{d\psi}{\Phi^2}+f(h-a).\end{aligned}\right.$$

Um die Componente für einen äusseren Punkt (b) zu erhalten, brauchen wir nach dem Obigen nur zu fragen, welche Anziehung der Cylinder (h, b) auf den inneren Punkt (a, r) ausübe, also in der letzten Formel r und b mit einander zu vertauschen und dann den erhaltenen Ausdruck mit $\frac{r}{b}$ zu multipliciren. Dadurch wird der für Y erhaltene Ausdruck durchaus nicht verändert. Die Formel unter 7) für Y gilt also für jeden Punkt.

Substituirt man in 7) $\cos\psi=2\sin\varphi^2-1$, wodurch die Grenzen $\frac{\pi}{2}$ und 0 werden, so erhält man leicht nach einigen Reductionen

$$8)\begin{cases} X = \dfrac{2}{\sqrt{a^2+(r+b)^2}}\left[(r^2-b^2)K+(a^2+(r+b)^2)E+a^2\dfrac{r-b}{r+b}\Pi_1(n)\right] \\ \qquad -F(h-a)+\begin{cases}2\pi(h-2a)\\ -2\pi h\end{cases} \\ Y = \dfrac{a}{b\sqrt{a^2+(r+b)^2}}\left[(a^2+2r^2+2b^2)K-(a^2+(r+b)^2)E-(r-b)^2\Pi_1(n)\right] \\ \qquad +f(h-a) \end{cases}$$

$$k^2 = \frac{4rb}{a^2+(r+b)^2},\ n = \frac{4rb}{(r+b)^2}.$$

Wir wollen noch das hier vorkommende Legendre'sche Integral dritter Gattung auf die Jacobi'sche Normalform bringen. Jacobi setzt:

$$u = \int_0^\varphi \frac{d\varphi}{\Delta\varphi},\ \int_0^u \frac{k^2 \sin am g \cos am g\, \Delta am g \sin^2 am u\, du}{1-k^2 \sin^2 am g \sin^2 am u} = \Pi(u,g).$$

Wenn wir also

$$\sin^2 am g = \frac{n}{k^2}$$

setzen, so wird

$$\Pi_1(\varphi,n) = u + \frac{\sin am g}{\cos am g\, \Delta am g}\Pi(u,g).$$

Da aber $\frac{n}{k^2} = \frac{a^2+(r+b)^2}{(r+b)^2}$ grösser als 1 und kleiner als $\frac{1}{k^2}$ ist, so geht g in die Form $ig+K$ über, in welcher bekanntlich g von 0 bis K' wächst, während $\sin am g$ von 1 bis $\frac{1}{k}$ zunimmt. Wir setzen also

$$\frac{\sqrt{a^2+(r+b)^2}}{r+b} = \sin am(ig+K).$$

Dann wird

$$\Pi_1(n) = K + \frac{\sin am(ig+K)}{\cos am(ig+K)\Delta am(ig+K)}\Pi(K, ig+K).$$

Mit Berücksichtigung der Formeln

$$\Pi(K,a) = KZ(a)$$

$$iZ(ig+K) = \frac{\pi g}{2KK'} - \frac{k'^2 \sin am(g,k')\cos am(g,k')}{\Delta am(g,k')} + Z(g,k')$$

$$\sin am(ig+K) = -\left(\frac{1}{\Delta am(g,k')}\right)$$

$$\cos am(ig+K) = -\frac{ik' \sin am(g,k')}{\Delta am(g,k')}$$

$$\Delta am(ig+K) = \frac{k' \cos am(g,k')}{\Delta am(g,k')}$$

$$\sin am(g,k') = \frac{a}{\sqrt{a^2+(r-b)^2}}$$

erhält man

$$\Pi_1(n) = \pm \frac{(r+b)\sqrt{a^2+(r+b)^2}}{a(r-b)} K\left(\frac{\pi g}{2KK'}\right) + Z(g,k')\Big),$$

und daraus die Componente X für einen inneren Punkt

$$9)\quad X = \frac{2(r^2-b^2)K}{\sqrt{a^2+(r+b)^2}} + 2\sqrt{a^2+(r+b)^2}\,E + \frac{a\pi}{K'} g + 2aK\,Z(g,k') \quad ,$$
$$- F(h-a) + \begin{cases} 2\pi(h-2a) \\ -2\pi h \end{cases},$$

und die Componente Y für alle Punkte

$$10)\quad Y = \frac{a(a^2+2r^2+2b^2)}{b\sqrt{a^2+(r+b)^2}} K - \frac{a}{b}\sqrt{a^2+(r+b)^2}\,E \mp \frac{r^2-b^2}{b}\left(\frac{\pi g}{2K'} + K\,Z(g,k')\right)$$
$$+ f(h-a)$$

wo das Zeichen — oder + zu nehmen ist, je nach dem $r >$ oder $< b$ ist.

Der allgemein gültige Ausdruck für X wird

$$X = -2r^2 \int_6^\infty \frac{1 - \frac{a^2}{s} - \frac{b^2}{s+r^2}}{\sqrt{(s-\sigma)(s+u)(s+v)}} ds - F(h-a,\sigma')$$

wo

$$\begin{matrix}\sigma \\ u\end{matrix} = \frac{\sqrt{(a^2+b^2-r^2)^2+4a^2r^2} \pm (a^2+b^2-r^2)}{2}$$
$$v = r^2.$$

Bringt man vorstehendes Integral auf die Legendre'sche Normalform, so erhält man

$$X = \frac{8r^2}{\sqrt{\sigma+v}+\sqrt{\sigma+u}}\Big[-\left(1+\frac{a^2}{l-\sigma}+\frac{b^2}{l-\sigma-a^2}\right)K + \frac{2a^2 l}{l^2-\sigma^2}\Pi_1(n')$$
$$+ \frac{2b^2 l}{l^2-(\sigma+r^2)^2}\Pi_1(n'')\Big] - F(h-a)$$

wo

$$l = \sqrt{(\sigma+u)(\sigma+v)},\ k = \frac{\sqrt{\sigma+v}-\sqrt{\sigma+u}}{\sqrt{\sigma+v}+\sqrt{\sigma+u}}$$
$$n' = \left(\frac{l-\sigma}{l+\sigma}\right)^2 \quad n'' = \left(\frac{l-\sigma-r^2}{l+\sigma+r^2}\right)^2.$$

Man überzeugt sich leicht, dass $n'' = k^2$. Dann reducirt sich das Legendre'sche Integral dritter Gattung $\Pi_1(n'')$ auf ein Integral der zweiten Gattung. Es ist nämlich

$$\Pi_1(n'',\varphi) = F(\varphi) + k^2\int_0^\varphi \frac{\sin\varphi^2\,d\varphi}{(1-k^2\sin\varphi^2)\Delta\varphi}.$$

Da ferner

$$d\frac{tg\,\varphi}{\Delta\varphi}=\left(\frac{d\varphi}{\cos\varphi^2\Delta\varphi}\right)+\left(\frac{k^2\sin\varphi^2 d\varphi}{(1-k^2\sin\varphi^2)\Delta\varphi}.\right)$$

so folgt

$$k^2\int_0^{\varphi}\frac{\sin\varphi^2 d\varphi}{(1-k^2\sin\varphi^2)\Delta\varphi}=\frac{tg\,\varphi}{\Delta\varphi}-\int_0^{\varphi}\frac{d\varphi}{\cos\varphi^2\Delta\varphi}.$$

Aus

$$d(tg\,\varphi\,\Delta\varphi)=\frac{\Delta\varphi}{\cos\varphi^2}-\frac{k^2\sin\varphi^2}{\Delta\varphi}=\frac{k'^2+k^2\cos^4\varphi}{\cos\varphi^2\Delta\varphi}$$

folgt aber

$$\int_0^{\varphi}\frac{d\varphi}{\cos\varphi^2\Delta\varphi}=\frac{tg\,\varphi\,\Delta\varphi}{k'^2}-\frac{E(\varphi)}{k'^2}+F(\varphi)$$

und daraus

$$\Pi_1(n'',\varphi)=-\frac{k^2\sin\varphi\cos\varphi}{k'^2\Delta\varphi}+\frac{E(\varphi)}{k'^2},$$

also

$$\Pi_1(n'')=\frac{E}{k'^2}.$$

Das andere Legendre'sche Integral dritter Gattung $\Pi_1(n')$ wollen wir wieder auf die Jacobi'sche Normalform bringen. Da

$$\frac{\sqrt{n'}}{k}=\frac{l-\sigma}{l+\sigma}\,\frac{\sqrt{\sigma+v}+\sqrt{\sigma+u}}{\sqrt{\sigma+v}-\sqrt{\sigma+u}}$$

grösser als 1, kleiner als $\frac{1}{k}$ ist, setzen wir wieder

$$\sin am(ig_1+K')=\frac{l-\sigma}{l+\sigma}\,\frac{\sqrt{\sigma+v}+\sqrt{\sigma+u}}{\sqrt{\sigma+v}-\sqrt{\sigma+u}},$$

dann wird

$$\sin am(g_1,k')=\frac{r\sqrt{u}}{l-\sigma}$$

und man erhält

$$\Pi_1(n')=\frac{(l^2-\sigma^2)(\sqrt{\sigma+v}+\sqrt{\sigma+u})}{4lar^2}\left(\frac{\pi g}{2KK'}+Z(g_1,k')\right)K$$

und daraus den für X allgemein gültigen Werth

$$X=\frac{-8r^2}{\sqrt{\sigma+v}+\sqrt{\sigma+u}}\left(1+\frac{a^2}{l-\sigma}+\frac{b^2}{l-\sigma-a^2}\right)K$$

$$+\frac{4b^2r^2}{l^2-(\sigma+r^2)^2}(\sqrt{\sigma+v}+\sqrt{\sigma+u})E+\frac{2a\pi}{K'}g_1+4aKZ(g_1,k')-F(h-a).$$

V.

Bestimmung der Componenten auf dem Mantel und auf der Axe.

Setzt man in 9) und 10) $r=b$, so erhält man die Componenten für einen auf dem Mantel oder auf der Verlängerung des Mantels liegenden Punkt. Es wird

$$\sin am(g,k')=1,$$

also

$$g=k',\ Z(g,k')=Z(K',k')=0$$

$$X=\frac{\pi(h-2a)}{-\pi h}+2\sqrt{a^2+4r^2}\,E-2\sqrt{(h-a)^2+4r^2}\,E_1,$$

$$Y=a\sqrt{4+\frac{a^2}{r^2}}(K-E)+(h-a)\sqrt{4+\frac{(h-a)^2}{r^2}}(K_1-E_1).$$

Die Moduln für K, E und K_1, E_1 sind resp.

$$\frac{r^2}{r^2+\frac{a^2}{4}},\quad \frac{r^2}{r^2+\frac{(h-a)^2}{4}}.$$

Setzt man in diesen Formeln noch $a=0$, so erhält man die Componenten auf dem Rande

$$11)\quad \begin{cases} X=h\left(\pi+\frac{4r}{h}-2\sqrt{1+\frac{4r^2}{h^2}}E\right), \\ Y=h\sqrt{4+\frac{h^2}{r^2}}(K-E), \end{cases}\quad k^2=\frac{1}{1+\frac{h^2}{4r^2}}.$$

Setzt man $a=\frac{h}{2}$, so erhält man die Anziehung auf die Peripherie des Mittelkreises

$$12)\quad Y=h\sqrt{4+\frac{h^2}{4r^2}}(K-E),\ k^2=\frac{1}{1+\frac{h^2}{16r^2}}.$$

Setzt man in 9) $b=0$, so erhält man die Anziehung auf der Axe und auf der verlängerten Axe:

$$X=\frac{2\pi(h-2a)}{-2\pi h}+2\pi\left(\sqrt{a^2+r^2}-\sqrt{(h-a)^2+r^2}\right),$$

und am Ende der Axe

$$13)\quad X=-2\pi h\left(1+\frac{r}{h}-\sqrt{1+\frac{r^2}{h^2}}\right).$$

Aus den Formeln 11) ergiebt sich, dass die Punkte, die auf den Rändern ähnlicher Cylinder liegen, nach derselben Richtung gezogen werden, und zwar mit einer Intensität, die proportional ist der Höhe (oder dem Durchmesser) des Cylinders. Dasselbe gilt nach 12) und 13) für die Punkte, die auf der Peripherie des Mittelkreises und am Ende der Axe ähnlicher Cylinder liegen.

Lässt man die Höhe des Cylinders wachsen, so wird für die Punkte auf der Axe

$$\lim X = 2\pi(\sqrt{a^2+r^2}-a).$$

Liegt der angezogene Punkt am Ende der Axe, so ist

$$14)\qquad \lim X = 2\pi r.$$

Die Anziehung einer Kugel vom Radius r und von der Dichtigkeit 1 auf einen Punkt ihrer Oberfläche ist

$$\frac{4}{3}\pi r.$$

Hieraus erkennt man folgenden Satz:

Ein Punkt erleidet dieselbe Anziehung auf der Oberfläche einer Kugel und am Ende der Axe eines unendlich hohen Cylinders, dessen Radius $\frac{2}{3}$ vom Radius der Kugel beträgt.

Für die auf dem Rande liegenden Punkte wird:

$$\lim X = 4r \text{ (rational)}$$

$$15)\qquad \lim Y = \pi r.$$

Aus 14) und 15) ergiebt sich folgender Satz:

Ein Punkt erleidet dieselbe Anziehung am Ende der Axe eines unendlich hohen Cylinders und auf der Oberfläche eines sich nach beiden Seiten hin in's Unendliche erstreckenden Cylinders von demselben Radius.

XII.

Bemerkung zur Theorie der Gase.

Von J. Stefan,

correspondirendem Mitgliede der kaiserlichen Akademie der Wissenschaften.

(Vorgelegt in der Sitzung vom 22. Januar 1863.)

I. Ueber die Wärmeleitung in Gasen.

Es ist schon öfters von Hoppe, Jochmann, Puschl gegen die neue Theorie der Gase der Einwurf erhoben worden, dass nach dieser Theorie ein localer Temperaturüberschuss in einem Gase fast augenblicklich von seinem Orte verschwinden müsste. Diese Folgerung hat man aus der Betrachtung jenes einfachen Falles gezogen, in welchem es sich um die Fortpflanzung der lebendigen Kraft in einer Reihe gleich grosser elastischer Kugeln handelt. Jede Kugel tauscht beim centralen Zusammenstosse mit der nächsten mit dieser die Geschwindigkeit aus, und der Geschwindigkeitsüberschuss pflanzt sich durch die ganze Reihe mit derselben Geschwindigkeit fort, mit welcher diese Kugel sich bewegt. Da die Rechnung für die Geschwindigkeiten, mit denen sich die Moleküle in einem Gase fortschreitend bewegen, sehr grosse Werthe liefert, so hat man darauf de erwähnten Einwurf gegründet.

Gegen diesen Einwurf hat Clausius in seiner Theorie der Wärmeleitung in Gasen*) geantwortet. Seine auf die neue Anschauung über die Constitution der Gase basirte Rechnung liefert für das Wärmeleitungsvermögen der Gase einen sehr kleinen Werth. Dieses Resultat führt Clausius als Widerlegung des gedachten Einwurfes auf. Er verwirft die von Hoppe und Jochmann betrachteten einfachen Fälle der Fortpflanzung lebendiger Kraft als gänzlich unbrauchbar, auch nur in angenäherter Weise über den fraglichen Punkt Aufschluss zu geben. Im Gegentheile legt Clausius auf die Betrachtung der Irregularität der Bewegungen der Gasmoleküle besonderes Gewicht, und mit Recht. Nach der Darstellung von Clausius gewinnt es aber den Anschein, als ob diese Irregularität die geringe Grösse der Wärmeleitungsfähigkeit der Gase bedinge und dies ist nicht der Fall. Auch von der einfacheren Vorstellung regulärer Bewegun-

*) Poggendorff's Annalen. CXV. I.

gen ausgehend, gelangt man zu dem Resultat, dass die Gase für Wärme ein kleines Leitungsvermögen besitzen, und nebenbei bleibt der gedachte Einwurf unwiderlegt bestehen. Ich will zuerst zeigen, wie man zu diesem Resultate gelangen kann. Denken wir uns eine Gasmasse durch zwei unendlich ausgedehnte horizontale Wände begrenzt. Beide Wände werden fortan bei constanten Temperaturen gehalten, die obere bei einer höheren, die untere bei einer tieferen. Von der oberen Wand geht dann zur unteren durch die Gasmasse ein Wärmestrom. Theilt man das Gas durch horizontale Ebenen in sehr dünne Schichten, so kann man die Temperatur innerhalb einer solchen Schicht als constant annehmen, von Schichte zu Schichte jedoch wird sich die Temperatur ändern und zwar abnehmen von oben nach unten. Theilen wir die Gesammtzahl der Gasmoleküle in drei gleiche Partieen. Die der ersten Partie angehörigen sollen sich nur in verticaler Richtung, die den beiden anderen Partieen angehörigen nur in horizontalen Richtungen bewegen. Nur die der ersten Partie angehörigen Moleküle sind dann diejenigen, welche den Uebergang von lebendiger Kraft aus einer Schichte in die andere vermitteln.

Nehmen wir eine bestimmte Horizontalebene in Betracht. Auf der oberen Seite derselben sollen sich ihr zunächst Moleküle von der mittleren Geschwindigkeit c in dem mittleren Abstande δ von einander befinden und nach unten sich bewegen. Durch die Flächeneinheit dieser Ebene gehen dann in der Zeiteinheit, weil die Bewegungen alternirend sind,

$$\frac{1}{\delta^2} \cdot \frac{c}{2\delta}$$

Moleküle nach unten. Unter der angenommenen Ebene sollen sich die Moleküle in dem mittleren Abstande δ' von einander befinden und mit der mittleren Geschwindigkeit c' sich gegen die Ebene bewegen. Dann gehen durch die Flächeneinheit derselben in der Zeiteinheit

$$\frac{1}{\delta'^2} \cdot \frac{c'}{2\delta'}$$

Moleküle nach oben. Damit in der Zeiteinheit eben so viele Moleküle durch die Ebene nach der einen als nach der anderen Seite treten, die Dichte des Gases also an jedem Orte im Laufe der Zeit sich nicht ändere, muss

$$1) \qquad \frac{c}{\delta^3} = \frac{c'}{\delta'^3}$$

sein.

Nehmen wir an, dass im Mittel jedes Molekül, welches von oben in die Ebene tritt, durch dieselbe die lebendige Kraft $\frac{mc^2}{2}$ trägt, jedes von unten kommende die lebendige Kraft $\frac{mc'^2}{2}$, so gehen durch die Flächeneinheit die lebendigen Kräfte

$$\frac{mc^3}{4\delta^3}, \quad \frac{mc'^3}{4\delta'^3}$$

in der Richtung nach unten und in der Richtung nach oben. In der ersten Richtung geht daher ein Ueberschuss

$$L = \frac{mc^3}{4\delta^3} - \frac{mc'^3}{4\delta'^3}$$

oder wenn man aus diesem Ausdrucke δ' mittelst der Gleichung 1) eliminirt

$$L = \frac{mc}{4\delta^3}(c^2 - c'^2). \tag{2}$$

Ist k der Factor, mit welchem man die lebendige Kraft der fortschreitenden Bewegungen der Moleküle in einer Gasmenge multipliciren muss, um die in dieser Gasmasse enthaltende Wärmemenge in calorischem Masse ausgedrückt zu erhalten, so ist

$$G = \frac{kmc}{4\delta^3}(c^2 - c'^2) \tag{3}$$

die Wärmemenge, welche in der Zeiteinheit durch die Flächeneinheit der betrachteten Ebene von oben nach unten geht.

Ist N die Anzahl der Moleküle in der Volumseinheit des Gases bei einem bestimmten Drucke und bei der absoluten Temperatur T, N_0 die Anzahl bei demselben Drucke und der absoluten Temperatur T_0, so besteht die Proportion

$$N : N_0 = T_0 : T$$

und somit ist

$$\frac{1}{\delta^3} = \frac{N}{3} = \frac{N_0 T_0}{3T}.$$

Entsprechen den Temperaturen T, T', T_0 die Molekülgeschwindigkeiten c, c', c_0, so gilt die Relation

$$c^2 : c'^2 : c_0^2 = T : T' : T_0,$$

woraus man

$$c = c_0\sqrt{\frac{T}{T_0}}, \quad c' = c_0\sqrt{\frac{T'}{T_0}}$$

findet. Setzt man diese Werthe in die Gleichung 3), so verwandelt sich dieselbe in

$$G = \frac{kmN_0c_0^3}{12\sqrt{TT_0}}(T - T'). \tag{4}$$

Nennt man die Normale zur betrachteten Ebene x und rechnet die Richtung nach unten als die positive, so kann man unter der Voraussetzung, dass die Temperatur des Gases längs dieser Normale sich allmählich ändert, nach der Taylor'schen Formel

$$T' = T + \frac{dT}{dx}\varepsilon$$

setzen, wenn ε den mittleren Abstand zwischen den Molekülen von den

Geschwindigkeiten c und c' bedeutet. Statt der Formel 4) können wir dann schreiben

$$5)\qquad G = -\frac{k m N_0 c_0^2}{12\sqrt{T T_0}} \frac{dT}{dx} \varepsilon.$$

Diese Formel stimmt mit der von Clausius abgeleiteten nicht ganz überein, indem Clausius

$$6)\qquad G = -\frac{5 k m N_0 c_0^2}{24 T_0} \sqrt{\frac{T}{T_0}} \frac{dT}{dx} \varepsilon$$

findet, worin alle Buchstaben dieselben Bedeutungen haben wie in der Formel 5), bis auf ε, welches bei Clausius den mittleren Weg, den ein Molekül von einem bis zum nächsten Zusammenstosse macht, bedeutet. Doch hat diese Abweichung hier nichts zu bedeuten, da es sich zunächst nur um den Nachweis handelt, dass man auch von der Betrachtung regelmässiger Bewegungen ausgehend für das Wärmeleitungsvermögen der Gase eine Zahl erhält, welche bezüglich der Grösse von derselben Ordnung ist, wie die von Clausius gefundene. Dass dies der Fall, ist aus der Formel 5) unmittelbar ersichtlich. Ja wenn man noch voraussetzt, dass beim Durchgange durch die betrachtete Ebene fast alle entgegengesetzt bewegten Moleküle zum Zusammenstosse gelangen, so hat man in der Gleichung 5) δ für ε zu setzen und erhält für das Wärmeleitungsvermögen eine Zahl, welche so vielmal kleiner ist als die von Clausius gefundene, wie vielmal der mittlere Abstand zweier Moleküle kleiner ist, als der mittlere Weg, den nach der Theorie von Clausius ein Molekül von einem bis zum nächsten Zusammenstosse macht.

Daraus geht hervor, dass die Kleinheit des Leitungsvermögens der Gase für Wärme nicht in der Irregularität der Bewegungen der Gasmoleküle ihren Grund habe, und dass somit durch den Nachweis dieser Kleinheit allein der Vorwurf gegen die neue Theorie, dass nach ihr locale Temperaturen in einem Gase unmöglich sind, nicht widerlegt ist.

Vor weiteren Bemerkungen über diesen Einwurf will ich noch die Geschwindigkeit bestimmen, mit der sich die Wärme in dem soeben betrachteten Falle einer beharrenden Strömung in einem Körper fortpflanzt.

Nehmen wir einen unendlich ausgedehnten Körper und theilen ihn durch sehr nahe an einander liegende horizontale Ebenen in gleich dicke Schichten. In allen Punkten einer und derselben Schichte soll die Temperatur dieselbe sein, in verticaler Richtung jedoch von Schichte zu Schichte sich gleichmässig ändern, so dass die Temperaturen je zweier Schichten, welche um die Längeneinheit von einander abstehen, um einen Grad verschieden sind. Die Wärmebewegung in der Richtung von den wärmeren zu den kälteren Schichten befindet sich dann im Zustande der Beharrung und ebenso die Temperatur in jedem Orte. Die Wärmemenge, welche durch die Flächeneinheit einer Horizontalebene in der Zeiteinheit geht, misst das Wärmeleitungsvermögen des Körpers,. Nennen wir die Dicke einer der gewählten Schichten λ, so ist das Volumen eines Primas, welches die Flächeneinheit zur Basis, die Dicke einer Schichte zur Höhe hat, ebenfalls λ. Ebenso ist λ nach der gemachten Voraussetzung über die Aenderung der Temperatur von Schichte zu Schichte die Differenz der Temperaturen zweier auf einander folgenden Schichten.

Ist c die Wärmecapacität, s das specifische Gewicht des Körpers, so genügt die Wärmemenge $\frac{1}{2}cs\lambda^2$, um die Temperatur des Primas vom Volumen λ um $\frac{1}{2}\lambda$ zu erhöhen. Wird diese Wärmemenge von der ersten Schichte der zweiten in der Zeit τ zugeführt, so giebt in derselben Zeit die zweite Schichte dieselbe Wärmemenge an die dritte Schichte ab. Während des zweiten Zeittheilchen τ giebt die erste Schichte wieder eine gleich grosse Wärmemenge an die zweite ab, die zweite giebt die während der ersten τ von dersten Schichte erhaltene Wärmemenge an die dritte ab u. s. f. In jedem Zeittheilchen τ wandert die im ersten Zeittheilchen von der ersten an die zweite Schichte abgegebene Wärmemenge um das Stück λ weiter. Nennt man den Weg, welchen diese Wärmemenge in der Zeiteinheit macht, x, so ist

$$x = \frac{\lambda}{\tau} \tag{7}$$

Nennen wir die Wärmemenge, welche in der Zeiteinheit von einer Schichte zur nächsten durch die Flächeneinheit geht, d. i. das Wärmeleitungsvermögen des Körpers K, so haben wir

$$K : \tfrac{1}{2}cs\lambda^2 = 1 : \tau$$

und daraus

$$\tau = \frac{cs\lambda^2}{2K}.$$

Setzen wir diesen Werth in die Formel 7), so folgt

$$x = \frac{2K}{cs\lambda}. \tag{8}$$

Es muss bemerkt werden, dass diese Formel für x keinen unendlich grossen Werth liefert, obwohl λ im Nenner sehr klein ist, weil λ auch in K als Factor erscheint, worin es die Temperaturdifferenz zweier auf einander folgenden Schichten bedeutet.

Um dieses Resultat mit der Formel 6) in Verbindung bringen zu können, müssen wir diese noch einer Umwandlung unterwerfen. Nach dieser Formel ist das Wärmeleitungsvermögen der Luft bei der Temperatur T_0

$$K = \frac{5kmN_0c_0^2\varepsilon}{24T_0}.$$

Darin ist $\frac{kmN_0c_0^2}{2}$ die in der Volumseinheit des Gases bei der absoluten Temperatur T_0 enthaltene Wärmemenge. Bezeichnen wir die specifische Wärme des Gases bei constanten Volumen mit c, das specifische Gewicht des Gases mit s, so ist

$$\frac{kmN_0c_0^2}{2} = csT_0,$$

somit können wir auch schreiben

$$K = \frac{5cs}{12}c_0 \varepsilon$$

und setzen wir aus einem später sich ergebenden Grunde nur den halben Werth von K in die Formel 8), so folgt

$$x = \frac{5\varepsilon}{12\lambda}c_0.$$

Die Dicke einer Schichte müssen wir, um mit den Voraussetzungen, welche bei Ableitung der Formel 9) gemacht werden, in Uebereinstimmung zu bleiben, dem mittleren Wege, welchen ein Molekül in der Richtung des Wärmestromes macht, gleich setzen. Dieser ist für den Fall, dass alle möglichen Bewegungsrichtungen vorhanden sind, aus der Gleichung

$$\lambda = \frac{2\varepsilon}{\pi}$$

zu nehmen. Sonach wird

$$x = \frac{5\pi}{24}c_0$$

die Geschwindigkeit, mit welcher sich die Wärme unter den gemachten Voraussetzungen in einem Gase verbreitet. Da nach der Rechnung von Clausius c_0 für Luft 485 Meter beträgt, so wird

$$x = 317 \text{ Meter}$$

also nicht viel verschieden von der Fortpflanzungsgeschwindigkeit des Schalles, welche 332 Meter beträgt.

Die Geschwindigkeit, mit welcher sich die Wärme in einem Gase verbreitet, wird daher auch für den Fall, wenn man von der Betrachtung unregelmässiger Bewegungen der Moleküle ausgeht, gross und zwar so gross als die Fortpflanzungsgeschwindigkeit des Schalles gefunden. Daraus folgt jedoch nicht, dass ein localer Temperaturüberschuss in einem Gase mit derselben Geschwindigkeit von dem Orte, an dem er sich eben befindet, weiter wandert und an demselben verschwindet.

Es ist nämlich noch nicht erwiesen, dass ein Wärmeüberschuss in einem Orte des Gases augenblicklich an die Umgebung und zwar ungeschwächt abgegeben werde. Wäre dies der Fall, dann hätte der erwähnte Vorwurf seine Berechtigung. Er ist aber vollständig widerlegt, wenn im entgegengesetzten Falle gezeigt wird, dass der Einfluss einer Temperaturerhöhung zwar in kurzer Zeit bis auf grosse Entfernungen wirksam wird, dass jedoch die Stärke dieses Einflusses mit Zunahme der Entfernung immer schwächer und für kurze Zeiten auch schon für geringe Entfernungen verschwindend klein wird. Aus der vorangegangenen Betrachtung des beharrenden Wärmestromes lässt sich diese Folgerung nicht ziehen. Wir müssen auf den Fall, auf den sich der Vorwurf zunächst bezieht, auf die Art, wie die an einem Orte plötzlich hervorgerufene Temperaturerhöhung der Umgebung sich mittheilt, eingehen.

Denken wir uns wieder eine unendlich ausgedehnte Gasmasse von überall gleicher Temperatur und theilen dieselbe durch horizontale Ebenen in sehr dünne Schichten. In der obersten Schichte der ersten werde plötzlich die Temperatur erhöht, also die lebendige Kraft der fortschreitenden Bewegung dor Moleküle vermehrt. Denken wir uns zuerst die Bewegungen regulär, so müssen wir, damit eine vollständige Mittheilung des Ueberschusses an lebendiger Kraft von Schichte zu Schichte möglich wird, die Bewegungsrichtungen schief gegen die horizontalen Ebenen annehmen. Dann geht der Ueberschuss an lebendiger Kraft in der ersten Schichte ungeschwächt über an die zweite, von dieser an die dritte und so weiter, wandert also durch die Gasmasse mit derselben Geschwindigkeit fort, mit welcher die einzelnen Moleküle in der ersten Schichte sich bewegen. Unter dieser Voraussetzung ist daher auch die Bildung eines beharrenden Wärmestromes auf die Art, wie wir sie aus der Erfahrung kennen, nämlich mit gleichmässig von oben nach unten abnehmenden Temperaturen unmöglich.

Ganz anders gestaltet sich jedoch die Sache, wenn die Bewegungen der Moleküle unregelmässig geschehen, wenn alle möglichen Bewegungsrichtungen vorkommen und was wesentlich ist, wenn diese Unregelmässigkeit darin ihren Grund hat, dass die Zusammenstösse der Moleküle keine geraden, centralen sind. Ein Molekül tauscht dann beim Zusammenstosse mit einem anderen seine Geschwindigkeit mit diesem nicht aus, es wird nicht der ganze Ueberschuss der lebendigen Kraft des einen Moleküls auf das andere übertragen, sondern im Mittel nur die Hälfte desselben, wenn man nämlich annimmt, dass die Bewegungsrichtungen der Moleküle gegen die Linie, welche im Augenblicke des Zusammenstosses ihre Centra verbindet, alle möglichen Neigungen besitzen. Es wird daher zunächst von der ersten Schichte in der Zeit, in welcher ein Molekül diese Schichte durchläuft, der halbe Temperaturüberschuss an die zweite Schichte abgegeben, von der zweiten gelangt dann im nächsten Zeittheilchen an die dritte Schichte $\frac{1}{4}$, von der dritten an die vierte Schichte $\frac{1}{8}$ des ursprünglichen Temperaturüberschusses u. s. w. Die n^{te} Schichte erhält zuerst nur $\frac{1}{2^{n-1}}$ dieses Ueberschusses. Wei

auch der Temperaturüberschuss nach der vorhin angestellten Rechnung schon nach $\frac{1}{300}$ Secunde bis auf ein Meter Distanz einen Einfluss geltend macht, so ist dieser Einfluss doch verschwindend klein, wenn man bedenkt, wie gross die Anzahl der Schichten ist, in welche wir eine 1 Meter dicke Gasmasse theilen müssen. Nach Maxwell's Berechnung des mittleren Weges eines Moleküls beträgt nämlich diese Anzahl bei 25 Millionen. Es wird daher eine sehr lange Zeit verfliessen müssen, bis die auf 1 Meter fortgeführte lebendige Kraft so viel ausmacht, dass sie merkbar wird. Ist auch diese Vorstellung vom Wärmeübergange von Schichte zu Schichte nicht ganz streng, so liegt sie der Wirklichkeit doch unvergleichlich viel näher, als die aus der Betrachtung regulärer Bewegungen fliessende, welche die wesentlichste Stütze, dass beim schiefen Stosse die Geschwindigkeiten zweier sich stossenden Moleküle sich nicht austauschen, der Theorie entzieht.

Die Frage nach der Geschwindigkeit, mit welcher sich die Wärme in einem Körper verbreitet, ist neu. Die von Fourier begründete, von ihm und seinen Nachfolgern so hoch ausgebildete Theorie der Wärmeleitung giebt auf diese Frage eben so wenig eine directe Antwort, als die Erfahrung. Beide führen nur zur Bestimmung der Grösse des Leitungsvermögens für Wärme und der Fortpflanzungsgeschwindigkeit einer bestimmten Temperatur. Mit diesen Grössen ist die Fortpflanzungsgeschwindigkeit der Wärme nicht zu verwechseln, sie ist nur mit der letzteren verwandt, insofern sie die Fortpflanzungsgeschwindigkeit einer sehr kleinen Temperaturerhöhung ist.

Betrachten wir zur Verdeutlichung des Gesagten folgenden Fall. Von einem Stabe, der ursprünglich an allen Stellen die gleiche Temperatur etwa von 0° besitzt, werde plötzlich das eine Ende auf 100° erwärmt und dann fortwährend bei dieser Temperatur erhalten. Beobachtet man eine Stelle, welche um 1 Meter von diesem Ende entfernt ist, so wird dieselbe z. B. nach einer Stunde die Temperatur von 50° annehmen. An derselben Stelle befand sich aber schon viel früher die Temperatur von 40°, noch früher die von 30° u. s. f. Schliesst man auf diese Art weiter, so gelangt man zu dem Resultate, dass eine unendlich kleine Temperaturerhöhung an dieser Stelle schon nach einer unendlich kurzen Zeit eintreten musste, woraus für die Grösse, welche als Fortpflanzungsgeschwindigkeit der Wärme bezeichnet wurde, eine unendlich grosse Zahl folgt. Dass die Fortpflanzungsgeschwindigkeit der Wärme nicht unendlich gross sein kann, ist klar, ebensowenig wie in der Wirklichkeit bei der Verbreitung der Wärme der Temperaturunterschied zwischen zwei auf einander folgenden Schichten unendlich klein sein kann, unendlich klein nämlich im Sinne der Analysis, *weil die* Dicke einer Schichte nicht in diesem Sinne unendlich klein ge*nommen werden* kann. Nach dem Resultate, welches für die Fortpflanzungsgeschwindigkeit der Wärme in Gasen erhalten wurde, muss man im Gegentheile schliessen, dass die Fortpflanzungsgeschwindigkeiten des Schalles und der Wärme gleich sind und dass sich die Fortpflanzung des Schalles von der Fortpflanzung der Wärme nur dadurch unterscheidet, dass bei ersterer der durch Verdichtung oder Verdünnung in der Volumseinheit hervorgebrachte Unterschied an lebendiger Kraft an die umliegende Gasmasse ungeschwächt abgeben wird, während dies bei der Fortpflanzung der Wärme mit dem durch die Temperaturerhöhung hervorgerufenen Ueberschuss an lebendiger Kraft nicht der Fall ist, indem von diesem nur die Hälfte der Umgebung mitgetheilt wird.

Ich will für jetzt nur an einem einfachen Falle zeigen, worin dieser Unterschied begründet ist. Denken wir uns wieder ein unendlich ausgedehntes Gas und theilen dasselbe durch parallele Ebenen in sehr dünne Schichten. In der ersten Schichte werde plötzlich eine Verdichtung hervorgerufen. Um eine gleichzeitige Vermehrung der Geschwindigkeiten der Moleküle auszuschliessen, denken wir uns die Verdichtung dadurch hervorgebracht, dass in die erste Schichte mehrere Moleküle eingesetzt werden, welche mit den bereits vorhandenen gleiche Geschwindigkeiten besitzen. Dann treten offenbar aus der ersten Schichte mehr Moleküle in die zweite, als umgekehrt. Die Verdichtung geht auf die zweite Schichte über, von dieser auf die dritte u. s. w., und zwar ohne während der Fortpflanzung abgeschwächt zu werden; da nämlich die Moleküle dieselben Geschwindigkeiten besitzen, so haben die schiefen Stösse auf die Vertheilung der Geschwindigkeiten und der Dichte nicht mehr denselben Einfluss, wie bei der Fortpflanzung der Wärme. Daraus würde folgen, dass die Verdichtung mit einer Geschwindigkeit weiter wandert, welche gleich gesetzt werden kann der mittleren Geschwindigkeit, welche ein Molekül in der Richtung der Fortpflanzung besitzt. Für Luft von 0° erhielte man für sie auf diese Art $485 . \frac{2}{\pi}$ oder beiläufig 300 Meter, eine Zahl, welche der aus Beobachtungen für die Fortpflanzungsgeschwindigkeit des Schalles gefundenen viel näher liegt, als die aus der Newton'schen Formel be[…]nete. Diese Bemerkung hatte nur den Zweck, das oben Gesagte [...] läutern, nicht aber das Problem der Fortpflanzung des Schalles [...] Gasen zu erledigen, welchem eine strengere Untersuchung gewidm[...] den muss.

II. Ueber die Spannkraft der G[...]

In einer Abhandlung über den Wärmezustand de[...]

*) Sitzungsberichte, Bd. XLV, S. 357.

gegen die von Clausius durchgeführte Berechnung des Druckes, welchen ein Gas gegen eine feste Wand ausübt, einen Einwurf erhoben, aus welchem ich schliesse, dass es nicht überflüssig sein wird, dieses erste Problem der Theorie der Gase noch in anderer Weise zu betrachten, als es bisher geschehen. Namentlich scheint es mir zweckmässig, auf den Vorwurf Puschl's deshalb näher einzugehen, weil er auf einer unrichtigen Auffassung des so fruchtbaren mechanischen Satzes von der Aequivalenz der Arbeit und lebendigen Kraft, dieser Satz nämlich ist gemeint, wenn Puschl von dem Principe der Erhaltung der Kraft spricht, beruht. Ich betrachte zunächst folgende Aufgabe.

Ein schwer Körper A fällt frei durch eine gewisse Höhe und stösst in dem Augenblicke, als er die Geschwindigkeit C erlangt, an einen zweiten Körper B, welcher ihm mit einer Geschwindigkeit c entgegenkommt. Nach dem Zusammenstosse sollen beide umkehren, A soll durch eine gewisse Höhe steigen und dann wieder fallen, B hingegen auf seinem Wege an eine starre Wand gerathen und von dieser in verticaler Richtung zurückgeworfen werden.

Es sollen die Bedingungen angegeben werden, unter welchen der nächste Zusammenstoss der beiden Körper A und B an demselben Orte und unter denselben Umständen, wie der erste, erfolgt, die Bewegung dieser Körper somit in einem Zustande der Beharrung sich befindet.

Zunächst ist erforderlich, dass durch den Zusammenstoss die absoluten Grössen der Geschwindigkeiten beider Körper nicht geändert, ihre Richtungen aber umgekehrt werden. Dies wird der Fall, wenn die beiden Körper elastisch sind, central einander stossen und ihre Massen und Geschwindigkeiten in der Beziehung

$$a) \qquad MC = mc$$

zu einander stehen, unter M die Masse des Körpers A, unter m die Masse des Körpers B verstanden.

Damit der nächste Zusammenstoss wieder an demselben Orte erfolge, muss A seinen Auf- und Niedergang in derselben Zeit vollbringen, in welcher B bis zur Wand und wieder zurück bis zum Orte des früheren Zusammenstosses gelangt. Ist g die Beschleunigung der Schwere, so ist der Körper A durch die Zeit $\frac{C}{g}$ im Steigen, durch dieselbe Zeit im Fallen begriffen, im Ganzen also durch die Zeit $\frac{2C}{g}$ auf dem Wege. Vollbringt B seinen Hin- und Hergang in der Zeit t, so ist die zweite Bedingungsgleichung

$$b) \qquad \frac{2C}{g} = t.$$

Eliminirt man aus den Gleichungen a) und b) die Grösse C und nennt P das absolute Gewicht des Körpers A, setzt also

$$P = Mg,$$

so erhält man

$$c) \qquad P = \frac{2mc}{t}.$$

Ist M sehr gross gegen m, so werden die Schwankungen des Körpers A auch, wenn c einen bedeutenden Werth hat, sehr gering sein. Dieser Körper wird durch die von B ihm ertheilten Stösse schwebend erhalten, und man kann den ganzen Vorgang so auffassen, als würde die continuirliche Wirkung der Schwere auf den Körper A aufgehoben durch eine Reihe schnell auf einander folgender Stösse des Körpers B. Es befindet sich A unter diesen zweifachen Einwirkungen in einer Art Gleichgewicht, oder wie man sich gewöhnlich ausdrückt, B übt gegen A einen Druck aus, welcher gleich ist dem absoluten Gewichte von A.

Ebenso übt B auch einen Druck aus gegen die untere starre Wand. Diese kann man auch durch einen Körper ersetzen, welcher von einer vertical aufwärts wirkenden Kraft afficirt wird, oder auch durch einen Körper, der in ähnlichen Verhältnissen sich befindet, wie der Körper B. Den Druck gegen die untere Wand findet man nach c), wenn man darin für c die Geschwindigkeit c' setzt, mit welcher der Körper B die untere Wand trifft. Dieser Druck ist

$$P' = \frac{2mc'}{t}.$$

Ist der Körper B der Schwere unterworfen und geschieht die Umkehr der Geschwindigkeiten beim Stosse in einer verschwindend kleinen Zeit, so ist

$$v = c + \tfrac{1}{2}gt,$$

somit wird

$$P' = \frac{2mc}{t} + mg = P + mg,$$

d. h. B drückt um sein eigenes Gewicht stärker nach unten als nach oben. Der von der Schwere herrührende Druck, welchen der ruhende Körper B auf seine Unterlage ausübte, vereinigt sich mit dem aus der Bewegung stammenden. Beide sind gleichartige Grössen. Man kann daher auch den Druck eines ruhenden Körpers auf seine Unterlage oder sein Gewicht als den Effect von sehr schnell aufeinander fo[illegible] Stöss[illegible]en.

Nehmen wir an, der Körper B sei d[illegible]
oder was dasselbe bedeutet, vernachlässig[illegible]
gegen c, dann bewegt sich B zwischen der
A gleichförmig hin und her. Ist der Weg,
eines Auf- und Niederganges macht, s, so w[illegible]

und man kann die Formel c) ersetzen durch

$$d) \qquad Ps = mc^2.$$

Daraus folgt, dass der Körper B, um A in der Höhe s schwebend zu erhalten, mit einer lebendigen Kraft ausgerüstet sein muss, welche genügt, den Körper A durch die Höhe $\frac{s}{2}$ zu heben. Zur Hebung des Körpers A um die Höhe s ist daher eine lebendige Kraft nöthig, welche doppelt so gross ist als diejenige, welche dann hinreicht, A in dieser Höhe zu erhalten, also gewissermassen die einmal geleistete Arbeit zu conserviren. Wird z. B. die lebendige Kraft des Körpers B plötzlich erhöht, so muss sich dieser bei gleich bleibendem A einen weiteren Spielraum für seine Bewegung erringen, falls ein Gleichgewicht in dem früher betrachteten Sinne wieder hergestellt werden soll. Die dem Körper B mitgetheilte lebendige Kraft theilt sich in zwei Partieen, eine Partie wird zur Hebung des Körpers A verbraucht und ist doppelt so gross als die andere, welche in B zurückbleibt, um gewissermassen die von der anderen Partie gethane Arbeit zu erhalten.

Es ist jedoch zu beachten, dass auch die lebendige Kraft im Körper B nur durch die Gegenwirkungen des Körpers A und der festen Wand erhalten wird, dass man es hier mit einem ähnlichen Falle zu thun hat, wie bei einem Körper, der geradlinige Schwingungen um seine Ruhelage macht. Dieser leistet auf jeder Hälfte seiner Bahn eine der lebendigen Kraft, welche er in der Ruhelage hat, äquivalente Arbeit, während einer Schwingung also die doppelte Arbeit, was dadurch möglich wird, dass die in einer Richtung zu überwindende Kraft dem Körper die verbrauchte lebendige Kraft wieder in entgegengesetzter Richtung ertheilt. Nur geschehen bei unserem Problem Verbrauch und Wiedererzeugung der lebendigen Kraft in sehr kurzen unmittelbar auf einander folgenden Zeitmomenten.

Der Fehler, den Puschl gemacht hat, besteht darin, dass er aus dem Principe der Erhaltung der Kraft folgerte, dass ein Körper wie B dieselbe lebendige Kraft besitzen müsse, um A in einer gewissen Höhe zu erhalten, welche zur Hebung des A durch diese Höhe erforderlich ist, während erstere nur halb so gross ist als letztere.

Hat man statt des Körpers B mehrere Körper, welche mit gleichen Massen und gleichen Geschwindigkeiten sich zwischen A und der festen Wand neben oder hinter einander bewegen, so findet man den Druck, welchen sie gegen A ausüben, wenn man [illegible] mel d) die [illegible] der Massen aller Körper, oder wenn die Kö[illegible] dene Ma[illegible] schwindigkeiten besitzen, für $\frac{1}{2}mc^2$ di[illegible] Körper einsetzt.

Befinden sich in einem [illegible] *Raume unendlich* viele nach a[illegible] so zerlegen wir die Geschwindigkeit eines jeden derselben in drei zu den Flächen des Parallelepipeds senkrechte Componenten. Sind a_1, a_2, a_3 die Längen der drei in einem Eck zusammenstossenden Kanten, α_1, α_2, α_3 die zu diesen Kanten normalen Flächen des Parallelepipedes, P_1, P_2, P_3 die Drücke auf diese drei Flächen, so haben wir

$$e)\qquad \begin{aligned} P_1 a_1 &= \Sigma m c^2 \cos^2 \lambda, \\ P_2 a_2 &= \Sigma m c^2 \cos^2 \mu, \\ P_3 a_3 &= \Sigma m c_2 \cos \nu, \end{aligned}$$

wenn λ, μ, ν die Winkel zwischen der Bewegungsrichtung eines der Körper und den Richtungen der a_1, a_2, a_3 sind. Die Summirung bezieht sich auf alle in dem Parallelepiped eingeschlossenen Körper. Ist der Druck für die drei Flächen α_1, α_2, α_3 bezogen auf die Flächeneinheit gleich p, so ist

$$P_1 = \alpha_1 p, \quad P_2 = \alpha_2 p, \quad P_3 = \alpha_3 p$$

somit gehen die Gleichungen $e)$ über in

$$\begin{aligned} \alpha_1 a_1 p &= \Sigma m c^2 \cos^2 \lambda, \\ \alpha_2 a_2 p &= \Sigma m c^2 \cos \mu, \\ \alpha_3 a_3 p &= \Sigma m c^2 \cos \nu. \end{aligned}$$

Addirt man diese drei Gleichungen und berücksichtigt, dass

$$\alpha_1 a_1 = \alpha_2 a_2 = \alpha_3 a_3 = v$$

das Volumen des Parallelepipedes ist, und dass man für jedes Molekül

$$\cos^2 \lambda + \cos^2 \mu + \cos^2 \nu = 1$$

hat, so folgt

$$f)\qquad 3pv = \Sigma m c^2$$

oder wenn man die Massen und Geschwindigkeiten für alle Körper gleich nimmt und die Anzahl der Körper mit n bezeichnet

$$g)\qquad pv = \frac{n m c^2}{3}$$

Betrachtet man ein Gas als ein System von elastischen, vielleicht kugelförmigen Körpern, Molekülen, welche sich nach allen Seiten sehr rasch fortschreitend bewegen, misst durch die lebendige Kraft dieser Bewegung die absolute Temperatur des Gases, so enthalten die Gleichungen $f)$ oder $g)$ das Gesetz von **Mariotte** und **Gay-Lussac**.

Befindet sich das Gas in einem prismatischen Gefässe vom Querschnitt 1, welches oben durch einen beweglichen Stempel vom Gewichte p, einen von aussen gegen den Stempel geübten Druck in p eingerechnet, abgeschlossen ist, so drückt pv die Arbeit aus, welche bei Hebung des Stem-[illegible] Boden bis zur Höhe, in welcher er sich eben befindet, geleistet [illegible] Arbeit ist eine lebendige Kraft äquivalent, welche [illegible]e wirklich vorhandenen beträgt. Natürlich ist [illegible] Kraft die Rede, welche in der fortschreiten[illegible] liegt. Wird die lebendige Kraft dieser [illegible], so findet neben der Temperaturerhöhung gleichzeitig eine Ausdehnung des Gases statt. Die zugeführte lebendige Kraft theilt sich in zwei Partieen, eine wird zur Arbeit bei der Vorwärtsschiebung des Stempels verbraucht, die zweite zur bleibenden Vermehrung der lebendigen Kraft der Moleküle verwendet. Diese beiden Antheile verhalten sich zu einander wie 2 zu 3. Ist ausser der fortschreitenden Bewegung der Moleküle auch eine andere vorhanden, so ist jener Theil der lebendigen Kraft, welcher dieser Bewegung zugeführt wird, in Abrechnung zu bringen und für den Rest gilt die angegebene Vertheilung.

Daraus geht hervor, dass die Anwesenheit einer bestimmten lebendigen Kraft in einem Gase, welche in den fortschreitenden Bewegungen der Moleküle liegt, immer mit der Erhaltung einer durch ein fixes Verhältniss bestimmten Arbeitsgrösse verbunden ist. Wenn die Wärme eines festen Körpers in den Schwingungen seiner Moleküle besteht und die Temperatur desselben durch die lebendige Kraft, welche in diesen Schwingungen liegt, gemessen wird, so wird auch in festen Körpern das constante Verhältniss zwischen jenen Antheilen einer zugeführten lebendigen Kraft bestehen, welche zur Verrichtung von Arbeit und zur bleibenden Erhöhung der lebendigen Kraft in dem Körper verwendet werden. Unter dieser Voraussetzung ist dann durch die dynamische Theorie der Wärme auch das Gesetz von Dulong und Petit, dass die Wärmecapacitäten der einfachen Stoffe ihren Atomgewichten umgekehrt proportional sind, erklärt. Nach der angegebenen Definition der Temperatur kann nämlich diese Proportionalität zunächt nur für jene Theile der Wärmecapacitäten stattfinden, welche zur bleibenden Vermehrung der lebendigen Kraft der Moleküle, zur Temperaturerhöhung allein verwendet werden. Wenn aber diesen Antheilen auch die zur Verrichtung der Arbeit bei der Ausdehnung des Körpers verwendeten direkt proportional sind, und zwar für alle Körper in einerlei Weise, und wenn andere Bewegungen als die schwingenden der Moleküle in den einfachen Körpern nicht vorkommen, so ist dadurch das genannte Gesetz gegeben. Ich habe übrigens schon an einem anderen Orte aus dem Dulong-Petit'schen Gesetze gefolgert, dass für die einfachen Gesetze die Arbeit, welche bei der Temperaturerhöhung der Volumseinheit eines Körpers zur Ausdehnung derselben nöthig ist, der Anzahl der Atome in der Volumseinheit proportional ist. Darin liegt auch der Grund der schon öfters bemerkten Beziehungen zwischen Elasticitäts- und Ausdehnungscoefficienten und dem Atomgewichten der Körper, ein Gegenstand, auf den ich später einmal wieder zurückkommen werde.

XIII.

Ueber allgemeine Strahlensysteme des Lichtes in verschiedenen Mitteln.

Von Dr. RUDOLF MEIBAUER,
Lehrer an der Realschule zu Bromberg.

I.

Um ein ganz allgemeines System von Lichtstrahlen zu erhalten, soll ein Verfahren angewandt werden, dessen ich mich auch in meiner Dissertation*) bedient habe.

In einem homogenen Mittel sei die dasselbe characterisirende elementare Wellenfläche gegeben. Es soll in demselben das Strahlensystem einer beliebig gekrümmten Hauptwelle gefunden werden.

Um diese Aufgabe zunächst geometrisch zu lösen, wählen wir eine bestimmte Zeit t, construiren für t in unserem Mittel die elementare Wellenfläche und lassen eine ihr congruente und gleichliegende Elementarwelle in jedem Punkte der Hauptwelle berühren. Durch einen jeden Punkt der Hauptwelle legt man nun eine Gerade nach dem Erschütterungsmittelpunkte derjenigen Elementarwelle, welche daselbst berührt, das heisst, mit der Hauptwelle dieselbe Tangentialebene hat; und diese Gerade ist der Lichtstrahl. Wollte man aber, um für eine bestimmte Hauptwelle in einem bestimmten Medium das Strahlensystem zu construiren, die ganze Schaar von Elementarwellen errichten, so würde man die Betrachtung sehr erschweren und die Rechnung würde sogar schon für den einfachen Fall, wo die Elementarwellen Kugeln sind, auf fast unübersteigliche Hindernisse stossen. Das haben namentlich französische Mathematiker erfahren.

Wir verlegen daher den Erschütterungsmittelpunkt einer einzig Elementarwelle in den Coordinatenanfangspunkt O und wollen im Pu der Hauptwelle (x', y', z') den Lichtstrahl finden. Wir legen durch $y', z')$ die Tangentialebene und dieser parallel an die elementare Wel fläche auch eine Tangentialebene, die in (x, y, z) berühre.

*) *De generalibus et infinite tenuibus luminis fascibus* (Verlag von lin 1861).

Der gesuchte Lichtstrahl ist dann eine Gerade durch (x, y', z'), parallel dem Radiu-svector in (x, y, z) der elementaren Wellenfläche. Die Punkte (x, y, z) und (x', y', z'), sowie die parallelen Tangentialebenen daselbst wollen wir entsprechende nennen.

Wir suchen jetzt die Gleichungen eines Lichtstrahles als Functionen der Hauptwelle und der Elementarwelle auf.

Seine Gleichungen seien

$$1)\qquad \frac{X-x'}{\xi}=\frac{Y-y'}{\eta}=\frac{Z-z'}{\zeta},$$

wenn X, Y und Z seine laufenden Coordinaten und ξ, η und ζ die Cosinus der Winkel sind, die der Strahl mit den Coordinatenaxen macht. Der Radius-vector der Elementarwelle in (x, y, z) ist diesem Strahle parallel und geht durch den Coordinatenanfang. Wir haben also

$$\frac{x}{\xi}=\frac{y}{\eta}=\frac{z}{\zeta},$$

folglich

$$\xi=\frac{\pm x}{\sqrt{x^2+y^2+z^2}},$$

$$\eta=\frac{\pm y}{\sqrt{x^2+y^2+z^2}},$$

$$\zeta=\frac{\pm z}{\sqrt{x^2+y^2+z^2}}.$$

Setzen wir für ξ, η und ζ diese Werthe in die Gleichungen bei 1) ein, so erhalten wir als Gleichungen des Lichtstrahles

$$2)\qquad \frac{X-x'}{x}=\frac{Y-y'}{y}=\frac{Z-z'}{z},$$

welche von den entsprechenden Punkten (x, y, z) und (x', y', z') allein abhängen.

Bevor wir zu einem benachbarten Strahle übergehen, setzen wir fest, dass die Tangentialebene in (x', y', z')

$$Z-z'=P(X-x')+Q(Y-y')$$

sei, wo P und Q die ersten partiellen Differentialquotienten der Hauptwelle bezeichnen, und die Tangentialebene im entsprechenden Punkte (x, y, z) der Elementarwelle ist

$$Z-z=p(X-x)+q(Y-y),$$

wenn p und q die ersten partiellen Differentialquotienten der Ele[...] welle sind.

Da diese beiden Tangentialebenen entsprechend, d. h. para[...] so ist

$$3)\qquad p=P,\ q=Q.$$

II.

Das unendlich dünne Strahlenbündel.

Ein unendlich dünnes Strahlenbündel ist ein Strahl, die **Axe** genannt, nebst allen ihm unendlich nahe liegenden Strahlen.*)

Die Axe eines solchen **Kummer**'schen Strahlenbündels wird nur in zwei bestimmten Punkten, den **Brennpunkten**, von je einem der unendlich nahen Strahlen des Bündels geschnitten. Diese beiden schneidenden Strahlen sind in zwei durch die Axe gehenden Ebenen, den **Fokalebenen** des Bündels, enthalten. Alle Strahlen des Bündels gehen durch zwei zu der Axe in den Brennpunkten senkrechte Geraden, die unendlich kurzen, **geradlinigen Querschnitte**.**)

Wie das ganze Strahlensystem aus unendlich dünnen Bündeln von Lichtstrahlen bestehend betrachtet werden kann, so geben die beiden geradlinigen Querschnitte die Elemente zu den beiden Schalen der Brennfläche des Strahlensystems ab, und die Fokalebenen sind die Tangentialebenen der Brennflächen.

Es sei γ der Winkel zwischen den Fokalebenen, 2δ die Entfernung der Brennpunkte.

Wird $\delta = 0$, so schneiden sich die geradlinigen Querschnitte. In diesem Falle geht durch den Durchschnittspunkt eine Fokalebene, welche die erste Brennfläche berührt und eine zweite, welche die zweite Brennfläche berührt. Mithin ist in diesem Falle der Winkel γ zwischen den Fokalebenen derjenige, unter dem sich die beiden Schalen schneiden.

Untersuchen wir jetzt zwei unendlich nahe Strahlen; und zwar soll der eine die Axe des unendlich dünnen Bündels sein und der andere irgend einer der ihr unendlich nahen Strahlen.

Wir haben als Gleichung eines unendlich nahen Lichtstrahles

$$\frac{X-(x'+dx')}{x+dx} = \frac{Y-(y'+dy')}{y+dy} = \frac{Z-(z'+dz')}{z+dz}.$$

Nennen wir den durch den Punkt (x', y', z') der Hauptwelle gehenden Strahl die Axe, so wird durch $\frac{dy'}{dx'}$ die Richtung auf der Hauptwelle bestimmt, in welcher man zu dem unendlich nahen Strahl gelangt, während $\frac{dy}{dx}$ die **entsprechende Richtung** auf der Elementarwelle ist.

Wir wollen [illegible] beiden entsprechenden Richtungen von einan[illegible] Das ermöglichen die Gleichungen bei 3), wel[illegible] dafür sind, dass (x, y, z)

---

*) Im [illegible] wendet worden. S. Crell[illegible]

**) [illegible]

und (x', y', z') entsprechende Punkte sind:

$$p = P,\ q = Q.$$

Aus ihrer Differentiation folgt:

$$r\,dx + s\,dy = R\,dx' + S\,dy',$$
$$s\,dx + t\,dy = S\,dx' + T\,dy',$$

wo R, S und T die zweiten partiellen Differentialquotienten der Hauptwelle; r, s und t die entsprechenden der elementaren Wellenfläche bedeuten.

Durch die Fortschaffung von dx aus diesen beiden Gleichungen, kommt

$$dy = \frac{(Rs - Sr)dx' + (Ss - Tr)dy'}{s^2 - rt},$$

ebenso erhält man durch Elimination von dy

$$dx = \frac{(Ss - Rt)dx' + (Ts - St)dy'}{s^2 - rt}.$$

Die Division der letzten Gleichung in die vorletzte liefert

$$4)\qquad \frac{dy}{dx} = \frac{(Rs - Sr) + (Ss - Tr)\dfrac{dy'}{dx'}}{(Ss - Rt) + (Ts - St)\dfrac{dy'}{dx'}}.$$

Durch diese Gleichung können wir für jede Richtung $\frac{dy'}{dx'}$ die entsprechende auf der Elementarwelle finden. Sie vereinfacht sich noch bedeutend, wenn wir statt der Richtung $\frac{dy'}{dx'}$ die ihr in Dupin'scher Weise conjugirte einführen.

Bezeichnet $\frac{\delta y'}{\delta x'}$ die zu $\frac{dy'}{dx'}$ conjugirte Richtung auf der Hauptwelle, so hat bekanntlich Dupin die Gleichung gefunden

$$5)\qquad \frac{dy'}{dx'} = -\frac{R + S\dfrac{\delta y'}{\delta x'}}{S + T\dfrac{\delta y'}{\delta x'}}.$$

Ebenso ist für die Elementarwelle [illegible] in'sche Glei[illegible]

$$6)\qquad \frac{dy}{dx} = - [illegible]$$

wo $\frac{dy}{dx}$ und $\frac{\delta y}{\delta x}$ die conjugirt[illegible]tun[illegible]

Nun substituiren wir [illegible]

in 4), so entsteht die Gleich[illegible]

$$\frac{dy}{dx}=\frac{(Rs-Sr)\left(S+T\frac{\delta y'}{\delta x'}\right)-(Ss-Tr)\left(R+S\frac{\delta y'}{\delta x'}\right)}{(Ss-Tr)\left(S+T\frac{\delta y'}{\delta x'}\right)-(Ts-St)\left(R+S\frac{\delta y'}{\delta x'}\right)},$$

oder nach Auflösung der Klammern:

7) $$\frac{dy}{dx}=-\frac{r+s\frac{\delta y'}{\delta x'}}{s+t\frac{\delta y'}{\delta x'}}.$$

Indem wir $\frac{dy'}{dx'}$ aus 4) fortgeschafft haben, sind R, S, T zugleich mit herausgefallen, und es bleibt eine Gleichung, welche in einfacher Weise $\frac{dy}{dx}$ mit der Richtung verbindet, die ihrer entsprechenden Richtung auf der Hauptwelle conjugirt ist.

Vergleichen wir die Gleichungen bei 6) und 7), so ergiebt sich:

8) $$\frac{\delta y'}{\delta x'}=\frac{\delta y}{\delta x}.$$

Das gewonnene Resultat lässt sich in folgenden sehr fruchtbaren Sätzen aussprechen:

I. Hat man auf der Hauptwelle und der Elementarwelle irgend ein Paar entsprechende Richtungen, so sind die ihnen conjugirten Richtungen einander parallel.

Sind umgekehrt die beiden Richtungen $\frac{\delta y}{\delta x}$ und $\frac{\delta y'}{\delta x'}$ parallel, also $\frac{\delta y}{\delta x}=\frac{\delta y'}{\delta x'}$ gegeben, so kann ich die ihnen conjugirten Richtnungen einführen, alle obigen Schlüsse rückwärts machen und nachweisen, dass die Gleichung bei 4) besteht, das heisst $\frac{dy}{dx}$ und $\frac{dy'}{dx'}$ sich entsprechen. Also

II. hat man in irgend zwei entsprechenden Punkten ein beliebiges Paar paralleler Tangenten, so sind die ihnen conjugirten Richtungen einander entsprechend.

Einen geometrischen Beweis für diese beiden Sätze werde ich in einer ...licheren Abhandlung über diesen Gegenstand liefern.

III.

...kalebenen.

...nige am interessantesten, in welcher ...se zu demjenigen unendlich nahen

Strahl gelangt, welcher die Axe in einem Brennpunkte schneidet. Er heisse **Fokalstrahl.**

Da es zwei Brennpunkte giebt, hat jedes Bündel zwei Fokalstrahlen. Sie liegen in den beiden Fokalebenen. Wir legen die z-Axe des Coordinatensystemes parallel mit der Axe des Bündels, das heisst, in denjenigen Radius-vector der Elementarwelle, welcher der Axe des Bündels entspricht. —

Da in der Fokalebene die Axe des Bündels und der Fokalstrahl liegt, so liegen die diesen entsprechenden radii vectores in einer Ebene parallel der Fokalebene.

In diesen beiden parallelen Ebenen liegen aber die entsprechenden Richtungen für den Fokalstrahl. Ihre Projectionen auf die xy-Ebene, die durch $\frac{dy}{dx}$ und $\frac{dy'}{dx'}$ bestimmt werden, sind also parallele, und es ist für die Fokalebene

9) $$\frac{dy}{dx} = \frac{dy'}{dx'}.$$

Kurz, liegt die durch $\frac{dy'}{dx'}$ bestimmte Richtung in einer der beiden Fokalebenen, so sind $\frac{dy'}{dx'}$ und $\frac{dy}{dx}$ nicht nur entsprechend, sondern auch gleich.

Die bezüglich conjugirten Richtungen $\frac{\delta y}{\delta x}$ und $\frac{\delta y'}{\delta x'}$ sind erstens nach Satz I. parallel, denn $\frac{dy'}{dx'}$ und $\frac{dy}{dx}$ entsprechen sich; zweitens sind auch $\frac{\delta y}{\delta x}$ und $\frac{\delta y'}{\delta x'}$ nach Satz II. entsprechend, denn es gilt die Gleichung bei 9). Wenn demnach $\frac{dy'}{dx'}$ in einer Fokalebene liegt, so liegt auch $\frac{\delta y'}{\delta x'}$ in einer Fokalebene, nämlich der zweiten.

Somit kann man für die obigen beiden allgemeinen Sätze bei den [illegible] kalebenen die speciellen aufstellen:

III. Die beiden Fokalebenen schneiden sich [illegible] Hauptwelle in conjugirten Richtungen.

IV. Die den Fokalebenen entsprechenden Eb[illegible] den sich auf der Elementarwelle in conjugirter [illegible]

Als Bedingungsgleichungen für die Fokalebenen gelte[illegible] *III. und IV.:*

$$10)\quad \begin{cases} \dfrac{dy'}{dx'} = \dfrac{dy}{dx}, \quad \dfrac{\delta y'}{\delta x'} = \dfrac{\delta y}{\delta x}, \\[2ex] \dfrac{dy'}{dx'} = -\dfrac{R + S\dfrac{\delta y'}{\delta x'}}{S + T\dfrac{\delta y'}{\delta x'}}, \\[2ex] \dfrac{dy}{dx} = -\dfrac{r + s\dfrac{\delta y}{\delta x}}{s + t\dfrac{\delta y}{\delta x}}. \end{cases}$$

Ich gehe jetzt zur Untersuchung jenes wichtigen Winkels γ zwischen den Fokalebenen über.

Es verbleibe die z-Axe in demjenigen Radius-vector, welcher der Bündelaxe entspricht, so dass die Ebene der xy-Axe senkrecht zur Axe steht.

Die erste Fokalebene mache mit der xz-Ebene den Winkel α; die zweite Fokalebene mit der xz-Ebene den Winkel β, so ist

$$\angle\gamma = \angle\beta - \angle\alpha,$$

oder

$$11)\quad tg\gamma = tg(\beta - \alpha) = \frac{tg\beta - tg\alpha}{1 + tg\alpha . tg\beta}.$$

Ferner bemerken wir, dass die Gleichungen bei 10) von dz unabhängig sind, mithin für die Durchschnitte der Fokalebenen mit der xy-Ebene gelten. Nicht minder gelten die Winkel α, β, γ für die Durchschnitte der Fokalebene mit der xy-Ebene und es ist

$$\frac{dy'}{dx'} = \frac{dy}{dx} = tg\beta, \quad \frac{\delta y'}{\delta x'} = \frac{\delta y}{\delta x} = tg\alpha.$$

Setzen wir diese Werthe in die beiden letzten Gleichungen bei 10) ein, so kommt

$$12)\quad \begin{cases} tg\beta = -\dfrac{R + S . tg\alpha}{S + T . tg\alpha}, \\[2ex] tg\beta = -\dfrac{r + s . tg\alpha}{s + t . tg\alpha} \end{cases}$$

Wir eliminiren nun aus 11) entweder $tg\alpha$ und $tg\beta$ zugleich mittelst der Gleichungen bei 12), oder wir schaffen aus 11) nur $tg\beta$ mittelst der Gleic[illegible] [illegible] behandeln die erste Methode weiter unten. Nach [illegible] beiden Gleichungen

$$13)\quad [illegible] \frac{[illegible] + R}{[illegible] - S}$$

[illegible] Winkels zwischen

den Fokalebenen mit den Elementen R, S und T der Hauptwelle; die andere verbindet γ mit r, s und t, den Elementen der Elementarwelle.

Aus der vollständigen Analogie von 13) und 14) lässt sich schon abnehmen, dass zu jedem Satze über die Elementarwelle einer über die Hauptwelle gehören wird.

Habe ich im Anschluss an 14) im Punkte (x, y, z) der Elementarwelle ein Strahlenbündel, und kenne ich den Winkel α, den die erste Fokalebene mit der xz-Ebene bildet, so kann ich $\angle\gamma$ berechnen; für jeden anderen Werth von α erhalte ich ein anderes Strahlenbündel, das einen anderen $\angle\gamma$ besitzt. Der geometrische Vorgang, durch den wir bei dieser ersten Methode uns die Erzeugung aller möglichen Strahlenbündel im Punkte (x, y, z) der Elementarwelle versinnbildlichen können, besteht darin, dass wir die erste Fokalebene um die Achse des Bündels herumdrehen.

Wir untersuchen jetzt, indem wir uns auf 14) beschränken, welche Strahlenbündel für einen bestimmten Punkt (r, s, t) der Elementarwelle möglich sind. Das kommt auf die Untersuchung der Natur und des Laufes der Function $tg\gamma$ bei 14) hinaus, während $tg\alpha$ variirt.

IV.

Die in einem Punkte der Elementarwelle möglichen Strahlenbündel des Lichtes.

Es fragt sich, ob die Function $tg\gamma$ bei der Veränderung von $tg\alpha$ etwa einen Maximumswerth annehmen könne, oder ob und wann sie ins Unendliche zu wachsen vermag.

Dann muss der Nenner der rechten Seite gleich Null werden können.

15) $$tg^2\alpha + \frac{r-t}{s} tg\alpha - 1 = 0.$$

Dies ist die Bedingung dafür, dass $tg\gamma = \infty$ sei, also die Fokalebenen auf einander senkrecht stehen.

Aus 15) folgt:

16) $$tg\alpha = \frac{t - r \pm \sqrt{(r-t)^2 + 4s^2}}{2s}.$$

Da die Wurzel stets real ist, so giebt es für jeden Punkt der Elementarwelle zwei Lagen der ersten Fokalebene, in denen die zweite auf ihr senkrecht steht; weil aber in 15) das letzte Glied -1 ist, so sind die beiden Lagen der ersten Fokalebene, in welchen die zweite auf ihr senkrecht steht, selber auf einander senkrecht. Die Fokalebenen sind nur mit einander vertauscht.

In jedem Punkte der Elementarwelle giebt es immer

eine, doch nie mehr Lagen, in welcher die Fokalebenen senkrecht sind.*)

In 16) ist $tg\alpha = \frac{0}{0}$, wenn

17) $$s = 0, \quad r = t;$$

bezeichnen aber ϱ_1 und ϱ_2 die Hauptkrümmungsradien, und ist $s = 0$, so ist bekanntlich

$$\varrho_1 = \frac{1}{r}, \quad \varrho_2 = \frac{1}{t},$$

und nach der zweiten Gleichung bei 17) also

$$\varrho_1 = \varrho_2.$$

Ist die Elementarwelle eine Kugel oder der angewandte Punkt ein Nabelpunkt, so giebt es keine bestimmte Lage, wo die Fokalebenen einander senkrecht sind, sondern sämmtliche Bündel haben $\gamma = \frac{\pi}{2}$. Das liefert den Satz:

Die Fokalebenen

1) aller Strahlenbündel in homogenen Mitteln,
2) der ordentlichen Strahlen in einachsigen Krystallen,
3) derjenigen Strahlenbündel, deren Axe mit der optischen Axe in einaxigen Krystallen parallel läuft, sind einander senkrecht.

Hieraus leiten sich für das ganze System von Lichtstrahlen in einfacher Weise folgende schon längst bekannte Sätze ab:

Die Brennflächen aller in homogenen Mitteln möglichen Strahlensysteme schneiden sich, wenn überhaupt, unter rechten Winkeln. Dasselbe thun sie in einaxigen Krystallen für ordentliche Strahlensysteme.

Nunmehr soll die Function $tg\gamma$ bei 14) auch verschwinden. Es werde rechts der Zähler gleich Null:

$$t.tg^2\alpha + 2s.tg\alpha + r = 0,$$

oder

18) $$tg\alpha = \frac{-s \pm \sqrt{s^2 - rt}}{t}.$$

Es wird dadurch die Lage der ersten Fokalebene bestimmt, in welcher die zweite mit ihr zusammen fällt. Immer giebt es zwei solche Lagen, wenn $s^2 - rt > 0$, der angewandte Punkt auf der Elementarwelle also concav-convex ist. Unter den in der Natur vorkommenden Elementarwellen findet das auf der Fresnel'schen an jenen vier Stellen statt, die nach Hamilton's Entdeckung von 4 auf den 4 singulären Tangentialebenen liegenden Kreisen begrenzt werden.

---

*) Dieser, sowie eine Anzahl der folgenden Sätze sind von Herrn Kummer in den Berl. Monatsber. 1860, p. 469—474 veröffentlicht.

Ist zweitens in 18)

$$s^2 - rt = 0,$$

so handelt es sich um einen solchen Punkt der Elementarwelle, der von einer abwickelbaren Fläche osculirt wird. Bei der Fresnel'schen Elementarwelle ist innerhalb jener vier Kreise $s^2 - rt > 0$; ausserhalb derselben $s^2 - rt < 0$. So muss auf den Kreisen selbst $s^2 - rt = 0$ sein.

Auf jenen Kreisen findet aber die Hamilton'sche innere konische Refraction statt. Will man die Eigenschaften der Fokalebenen und Brennflächen bei der inneren konischen Refraction studiren, so muss man $s^2 - rt = 0$ setzen. Dann wird in 18)

$$tg\alpha = -\frac{s}{t},$$

und aus 14) wird $tg\gamma = \frac{0}{0}$.

Auf diesen Fall hoffe ich in einer anderen Arbeit zurückzukommen.

Ist drittens in 18) $s^2 - rt < 0$, also der Punkt der Elementarwelle concav-concav, so ist $tg\alpha$ imaginär. In diesem Falle kann $tg\gamma$ nicht verschwinden, sondern hat ein Minimum. Wir müssen daher eine regelrechte Minimumsberechnung vornehmen und setzen in 14) den partiellen Differentialquotienten von $tg\gamma$, nach $tg\alpha$ genommen, gleich Null, so kommt:

$$(2t.tg\alpha + 2s).[s.tg^2\alpha + (r-t).tg\alpha - s] - (2s.tg\alpha + r - t).(t.tg^2\alpha + 2s.tg\alpha + r) = 0,$$

oder

$$tg\alpha = \frac{s(r+t) \pm \sqrt{s^2(r+t)^2 + [r(r-t) + 2s^2].[t.(r-t) - 2s^2)]}}{t.(r-t) - 2s^2},$$

oder nach leichten Umformungen

$$19)\qquad tg\alpha = \frac{s(r+t) \pm \sqrt{(rt - s^2).[(r-t)^2 + 4s^2]}}{t.(r-t) - 2s^2}.$$

Das Vorzeichen der Grösse unter der Wurzel hängt allein $rt - s^2$ ab. Für concav-concave Punkte der Elementarwelle, wo $rt - s^2 > 0$, giebt es somit zwei durch die Gleichung bei 19) bestimmte Lagen der ersten Fokalebene, wo γ ein Minimum ist.

Um nun den Minimumswerth von $tg\gamma$ zu finden, müssen wir in

$$20)\qquad tg\gamma = -\frac{t.tg^2\alpha + 2s.tg\alpha + r}{s.tg^2\alpha + (r-t)tg\alpha - s}$$

aus 19) den Werth $tg\alpha$ einsetzen. Um die umständliche Rechnung zu vermeiden, machen wir von der letzten noch gestatteten Coordinatenverlegung Gebrauch. Bis jetzt ging nur die z-Axe durch (x, y, z) auf der Elementarwelle parallel der Axe des Bündels, aber die xz und die yz-Ebene waren noch um die z-Axe drehbar.

Wir legen sie jetzt so, dass

$$s = 0$$

wird, was auch Dupin in ähnlichen Untersuchungen zu thun pflegt. Es wird dadurch das Resultat nichts an seiner Allgemeinheit verlieren..

Wie die Coordinaten-Ebenen jetzt liegen, lässt sich leicht mit Hülfe der Gleichung bei 16) ermitteln. Dieselbe bestimmte doch den Winkel α, den die erste Fokalebene mit der xz-Ebene macht, wenn die beiden Fokalebenen auf einander senkrecht stehen. Nun wird in derselben für $s=0$ der Winkel $\alpha=\frac{\pi}{2}$ und es fallen für dieses Coordinatensystem die auf einander senkrecht stehenden Fokalebenen mit der xz — und yz-Ebene zusammen.*)

Aus 19) wird für $s=0$

$$21) \qquad tg\,\alpha=\pm\sqrt{\frac{r}{t}}$$

und aus 26)

$$tg\,\gamma=\frac{r+t.tg^2\alpha}{(r-t)tg\,\alpha}.$$

Der Werth für $tg\,\alpha$ aus 21) hierin eingesetzt, liefert für $tg\,\gamma$ das gesuchte Minimum

$$tg\,\gamma=\frac{\pm 2\sqrt{rt}}{r-t}=\frac{2\sqrt{\varrho_1\cdot\varrho_2}}{\varrho_1-\varrho_2}.$$

Bekanntlich ist immer

$$tg\,2\alpha=\frac{2.tg\,\alpha}{1-tg^2\alpha},$$

also nach Gleichung bei 21)

$$tg\,2\alpha=\frac{\pm 2.\sqrt{rt}}{r-t}=tg\,\gamma$$

und $\frac{\gamma}{2}=\alpha$ ist der kleinste Werth von γ. Mithin ist in derjenigen Lage der Fokalebenen, wo sie den kleinsten Winkel mit einander machen, der Winkel, welchen die erste Fokalebene mit der xz-Ebene macht, doppelt so gross als der, den sie mit der zweiten macht. Nach 21) ist noch

$$tg\,\alpha=tg\frac{\gamma}{2}=\pm\sqrt{\frac{r}{t}}=\pm\sqrt{\frac{\varrho_2}{\varrho_1}}.$$

Mit dieser Gleichung kann man für jeden Punk[illegible] unabhängig vom Coordinatensystem das Minimum ber[illegible]

*) Ein verwandtes Coordinatensystem wen[illegible] *Rays. Transact. of the royal Irish Acad. vol. XV*, [illegible] *the theory of Systems of Rays* ebendaselbst vol. X[illegible]

V.

Die in einem Punkte der Hauptwelle möglichen Strahlenbündel des Lichtes.

Im vorigen Abschnitte wurde durch Discussion der Gleichung bei 14) die Frage beantwortet: welche unendlich dünnen Strahlenbündel des Lichtes sind in einem bestimmten Punkte der Elementarwelle möglich? Dabei blieb die Hauptwelle unberücksichtigt und musste für die verschiedenen Bündel als stets variirend gedacht werden. Jetzt sollen die Strahlenbündel in einem Punkte der Hauptwelle untersucht werden. Es wird jetzt möglich sein, die unendlich dünnen Strahlenbündel zum Strahlensysteme, die Elemente der Hauptwelle, deren wir eins (x', y', z') betrachten, zur Hauptwelle des Lichtes, die geradlinigen Querschnitte zur Brennfläche zu vereinigen. Jetzt bleibt die Elementarwelle unberücksichtigt, und es ist also das Medium beliebig. Das heisst soviel, wir untersuchen, welche verschiedenen Strahlensysteme zu derselben Hauptwelle gehören können, wenn sie in anderen Mitteln sich befindet.

Wird in der Gleichung bei 13)

$$21) \qquad tg\gamma = -\frac{T.tg^2\alpha + 2S.tg\alpha + R}{S.tg^2\alpha + (R-T).tg\alpha - S}$$

der Nenner der rechten Seite gleich Null, so kommt dem Früheren analog

$$22) \qquad tg\alpha = \frac{T-R \pm \sqrt{(R-T)^2 + 4.S^2}}{2S}.$$

In jedem Punkte der Hauptwelle giebt es eine einzige Lage der Fokalebenen, in der sie auf einander senkrecht sind:

Unter allen Strahlensystemen, die für eine bestimmte Hauptwelle je nach der Verschiedenheit der Medien möglich sind, giebt es im Allgemeinen nur eines, dessen Brennflächen sich rechtwinkelig schneiden. —

In 22) wird $tg\alpha = \frac{0}{0}$, wenn $S = 0$, $R = T$ ist. Bezeichnen wir mit P_1 und P_2 die Hauptkrümmungsradien unseres Punktes der Hauptwelle, so ist alsdann bekanntlich $P_1 = P_2$. Es muss der Punkt eine sphärische Krümmung besitzen, wenn sämmtliche in ihm möglichen Bündel einander senkrechte Fokalebenen haben sollen:

Sphärische Hauptwellen besitzen in jedem Mittel nur Brennflächen, die sich, wenn überhaupt, unter rechten Winkeln schneiden.

Verschwindet in 13) der Zähler rechts, so ist

$$23) \qquad tg\alpha = \frac{-S + \sqrt{S^2 - RT}}{T}.$$

In jedem concav-convexen Punkte der Hauptwelle giebt es zwei unendlich dünne Strahlenbündel, in denen die Fokalebenen zusammen fallen.

Folglich giebt es auch unter allen Strahlensystemen einer concav-convexen Hauptwelle immer zwei, die nur eine Brennfläche besitzen. Die Tangentialebenen an die Brennfläche des einen schneiden, beiläufig gesagt, die eine Schaar von Geraden aus der Hauptwelle aus; die Tangentialebenen an die Brennfläche des zweiten Strahlensystemes die andere.

Bei einer Minimumsbetrachtung würde die Gleichung entstehen:

$$tg\alpha = \frac{S.(R+T) \pm \sqrt{(RT-S^2)[(R-T)^2+4S^2]}}{T(R-T)-2S^2}.$$

Für concav-concave Theile der Hauptwelle sind Strahlensysteme mit einschaaligen Brennflächen unmöglich; vielmehr giebt es immer zwei Strahlensysteme, deren Brennflächen sich unter den kleinsten für diese Hauptwelle möglichen Winkeln schneiden. Die Grösse dieses Winkels ändert sich mit R, S, T, den zweiten partiellen Differentialquotienten der Hauptwelle. Ist diese gegeben, so kann man ihn von Punkt zu Punkt berechnen.

VI.

Einleitung.

Wir waren zu den Gleichungen bei 13) und 14) dadurch gelangt, dass wir aus

$$11) \qquad tg\gamma = \frac{tg\beta - tg\alpha}{1+tg\alpha.tg\beta}$$

den Werth von $tg\beta$ entweder mittelst

$$12) \left\{ \begin{array}{l} R + S(tg\alpha + tg\beta) + T.tg\alpha.tg\beta = 0 \\ \text{oder mittelst} \\ r + s(tg\alpha + tg\beta) + t.tg\alpha.tg\beta = 0 \end{array} \right.$$

fortschafften. Es soll jetzt $tg\alpha$ und $tg\beta$ gleichzeitig eliminirt werden. Zu diesem Zwecke geben wir der Gleichung bei 11) folgende Form:

$$tg\gamma = \frac{\sqrt{(tg\alpha + tg\beta)^2 - 4tg\alpha.tg\beta}}{1+tg\alpha.tg\beta}.$$

Nach den Gleichungen bei 12) ist

$$tg\alpha + tg\beta = + \frac{Tr - Rt}{Ts - St};$$

$$tg\alpha.tg\beta = \frac{Sr - Rs}{Ts - St},$$

diese Werthe in $tg\gamma$ eingesetzt:

$$tg\gamma = \pm \frac{\sqrt{(Tr + Rt)^2 - 4(Sr - Rs)(Ts - St)}}{(Ts - St) + (Sr - Rs)},$$

oder auch nach leichter Umformung

$$24)\quad tg\gamma = \pm \frac{\sqrt{(Tr+Rt-2Ss)^2-4(S^2-RT)(s^2-rt)}}{s(T-R)-S(t-r)}.$$

Es ist diese Gleichung ganz besonders dazu geeignet, die gemeinsame Einwirkung der Haupt- und Elementarwelle auf das Strahlensystem zu untersuchen. Wiederum werden wir den Gang der Function $tg\gamma$ in doppelter Weise betrachten. Ein Mal sollen die partiellen Differentialquotienten der Elementarwelle r, s, t constant bleiben, und die der Hauptwelle R, S, T variiren. Wir betrachten alsdann einen bestimmten Punkt der Elementarwelle, während die Hauptwelle alle möglichen Gestalten erhält, oder man alle ihre Punkte durchläuft. Zweitens lassen wir R, S, T constant und variiren r, s, t.

Kann man auch der Elementarwelle nicht alle möglichen Gestalten geben, denn sie ist für jedes Mittel eine bestimmte, und lässt sich auch nicht drehen, denn sie hat in ihrem Mittel eine feste Lage, so lassen sich doch alle möglichen Mittel der Reihe nach durchgehen und man kann auch das ganze Mittel sammt der in ihm festliegenden Elementarwelle, z. B. einen Krystall, drehen und eine herankommende, durch R, S, T bestimmte Hauptwelle in anderen und anderen Richtungen durch den Krystall gehen lassen. Dieser geometrische Vorgang ist noch anschaulicher als das Drehen der ersten Fokalebene um ihre Axe.

Wegen der Symmetrie von 24) brauchen wir nur die Rechnung ein Mal auszuführen, und können wieder die Resultate für die andere Operation sogleich ablesen.

Freilich muss bei dieser Variation der zweiten partiellen Differenzialquotienten mit einiger Vorsicht verfahren werden, denn in singulären Punkten werden diese Functionen discontinuirlich. Glücklicherweise aber schneiden sich die beiden Fokalebenen auf beiden Flächen, sowohl der Haupt- als auch der Elementarwelle unter conjugirten Richtungen, und wenn die eine Fläche und ihre Gleichungen den Dienst versagen, so nimmt man die andere. Hat man es z. B. mit einem der vier singulären Punkte der Elementarwelle von zweiaigen Krystallen zu thun, so sind r, s, t discontinuirlich; aber so lange wir nur nicht R, S, T auch discontinuirlich werden lassen, variiren wir die Hauptwelle.

VII.

Die Hauptstrahlen.

Wir beginnen unsere Betrachtung mit einem besonderen Falle, der dann in Folgendem unberücksichtigt bleiben wird. Das unendlich dünne Strahlenbündel kann nämlich in der Weise ausarten, dass alle seine Strahlen *durch einen* einzigen Punkt der Axe gehen. Dann wird jeder Strahl also zum Fokalstrahl, jede durch die Axe mögliche Ebene ist Fokalebene, Winkel γ wird unbestimmt, und es entsteht die Gleichung

$$tg\gamma = \frac{0}{0}.$$

Derartige unendlich dünne Strahlenbündel heissen **Hauptstrahlen**. Aus solchen Hauptstrahlen kann man sich z. B. ein Strahlensystem bestehend denken, welches durch eine Linse in einen gewöhnlichen Brennpunkt gesammelt ist.

Wir bringen die Gleichung bei 24) in folgende Form:

$$tg^2\gamma = \frac{(Tr + Rt - 2Ss)^2 - 4(S^2 - RT)(s^2 - rt)}{[S(r-t) - s(R-T)]^2},$$

betrachten r, s, t als constant und setzen den Zähler und Nenner, jeden für sich nach R, S, T differenzirt, gleich Null.

Der Nenner giebt

$$-2[S(r-t) - s(R-T)](r - t - s + s) = 0,$$

oder

25) $$S.(r-t) - s(R-T) = 0$$

Der Zähler liefert:

26) $$2(Tr + Rt - 2Ss)(r + t - 2s) + 4(s^2 - rt)(R + T - 2S) = 0.$$

Diese beiden Bedingungsgleichungen bei 25) und 26) werden befriedigt, wenn

27) $$R = 0,\ S = 0,\ T = 0,$$

oder wenn

28) $$R = r,\ S = s,\ T = t$$

ist. Wäre nach r, s, t differenzirt worden, so würde man die Gleichung 28) und ausserdem noch folgende

29) $$r = 0,\ s = 0,\ t = 0$$

als Bedingung für die Hauptstrahlen erhalten haben. Die Gleichungen bei 29) scheiden wir aus, denn dieselben sprechen von einer ebenen Elementarwelle oder von Wendepunkten; solche kommen aber in der Natur an keiner Elementarwelle vor.

Die Gleichungen bei 27) sind von r, s, t unabhängig, gel[illegible] für jede Elementarwelle.

Sie besagen, dass für jedes beliebige Mittel e[illegible] wellen nur Hauptstrahlen besitzen.

Das stimmt auch vollkommen mit der Erfahru[illegible] Dioptrik und Katoptrik, in welcher besonders die e[illegible] Rolle spielen, hat es fast nur mit Strahlensysteme[illegible] strahlen bestehen.

Liegt der Hauptbrennpunkt der Hauptstrah[illegible] so besteht das System aus lauter Parallelstrahle[illegible]

Gelten die Gleichungen 28), so haben Ha[illegible] einen Contact zweiter Ordnung.

In jedem Punkte der Elementarwelle also eines jeden Mittels sind Hauptstrahlen möglich, wenn die Hauptwelle einen Contact zweiter Ordnung mit der Elementarwelle hat.

Greifen wir zur Erläuterung einige einzelne Fälle heraus. In homogenen Medien muss die Hauptwelle eine Kugel sein, wenn sie einen Contact zweiter Ordnung mit der Elementarwelle haben soll, und

es sind die Strahlenbündel ebener und sphärischer Hauptwellen in homogenen Mitteln alle Hauptstrahlen,

wie jeder weiss.

Beachtet man ferner, dass die Fresnel'sche Wellenfläche in den Punkten, wo sie von einer singulären Tangentialebene berührt wird, wo $s^2 - rt = 0$ ist, und die innere konische Refraction stattfindet, von einer Abwickelbaren berührt wird, so kann man sagen:

Von den bei der inneren konischen Refraction möglichen Strahlenbündeln sind diejenigen Hauptstrahlen, deren entsprechender Punkt auf der Hauptwelle eben ist, oder von einer Abwickelbaren osculirt werden kann.

Es erübrigt noch

$$tg\gamma = -\frac{t.tg^2\alpha + 2s.tg\alpha + r}{s.tg^2\alpha + (r-t)tg\alpha - s} = \frac{0}{0}$$

zu setzen. Es sollen Zähler und Nenner, für sich nach $tg\alpha$ differenzirt, verschwinden.

$$t.tg\alpha + s = 0$$
$$2s.tg\alpha + r - t = 0,$$

so entsteht hieraus durch Elimination von $tg\alpha$ als Bedingung der Hauptstrahlen

$$\frac{s}{t} = \frac{r-t}{2s},$$

oder

$$s^2 - rt = -(s^2 + t^2).$$

Diese Bedingungsgleichung ist erfüllt, wenn $s = 0$, $r = t$, die Elementarwelle also eine Kugel ist; im Allgemeinen aber ist $s^2 - rt < 0$ und es **existiren nur für concav-convexe Punkte der Elementarwelle Hauptstrahlen.** Da auch

$$S^2 - RT = -(S^2 + T^2)$$

ist, so **haben concav-concave Hauptwellen mit Ausnahme der sphärischen, für die $S = 0$, $R = T$ ist, keine Hauptstrahlen.**

VIII.

Die Haupt- und die Elementarwelle in ihrer Wechselbeziehung.

Es möge, um zu erfahren, wann $\gamma = \frac{\pi}{2}$ ist, in

$$24)\quad tg\gamma = \frac{\pm\sqrt{(Tr+Rt-2Ss)^2-4(S^2-RT)(s^2-rt)}}{S(r-t)-s(R-T)}$$

der Nenner rechts verschwinden, so kommt durch die Gleichung

$$25)\quad S(r-t) = s(R-T)$$

nichts Neues. Sie ist mit 25), der einen Bedingung für Hauptstrahlen identisch. Schliesst man die bei 27), 28), 29) gegebenen Bedingungen zu ihrer Befriedigung aus, so bleiben noch die Gleichungen

$$17)\quad s=0,\ r=t \text{ und } S=0,\ R=T,$$

welche schon discutirt sind.

Es handelt sich jetzt um die Frage, wann $\gamma = 0$ wird. Das hängt davon ab, ob es möglich ist, die Gleichung

$$4(S^2-RT)(s^2-rt) = (Tr+Rt-2Ss)^2$$

zu erfüllen. Die rechte Seite ist stets positiv. Die linke kann nur dann gleich der rechten werden, wenn S^2-RT mit s^2-rt dasselbe Vorzeichen hat, und

die beiden Fokalebenen können nur dann zusammenfallen, wenn die Haupt- und Elementarwelle gleichartige Krümmung haben.

Dann können die Fokalebenen zwar zusammenfallen, es ist aber nicht nothwendig; vielmehr wissen wir schon, dass in concav-concaven Punkten γ stets einen kleinsten Werth besitzt. Um dieses Minimum zu finden, differenziren wir 24) nach R, S, T und betrachten r, s, t constant, also die in einem bestimmten Punkte der Elementarwelle möglichen Bündel:

$$\begin{aligned}&[2(Tr+Rt-2Ss)(r+t-2s)+4(s^2-rt)(R+T-2S)]\\ &\times[S(r-t)-s(R-T)]^2+2[S(r-t)-s(R-T)](r-t)\\ 26)\quad &\times[(Tr+Rt-2Ss)^2-4(S^2-RT)(s^2-rt)]=0.\end{aligned}$$

Da schon bekannt ist, dass die Function kein Maximum hat, so braucht man sich nicht erst durch nochmalige Differentiation von 26) zu überzeugen, dass der Werth ein Minimum sei.

Die Bedeutung dieser Gleichung ist schwierig abzulesen. Zunächst enthält sie 25) als gemeinschaftlichen Factor. Nehmen wir denselben heraus und werfen ihn fort, da er nichts Neues bringt.

Erinnern wir uns, was wir für ein Coordinatensystem haben. Es handelt sich um einen durch r, s, t bestimmten Punkt der Elementarwelle; die Formeln sind darauf begründet, dass die Bündelaxe Coordinaten der z sei. Es steht noch wie bei der vorigen Methode eine Drehung dieser Axe frei, und die geschehe so, dass $s=0$ wird. Alsdann gilt die Hauptkrümmungsradien in (r, s, t)

$$\varrho_1 = \frac{1}{r};\quad \varrho_2 = \frac{1}{t}.$$

Für $s = 0$ lässt sich 26) in folgende Form bringen:

$$27)\quad (Tr-Rt)^2-[t(r-t)R-r(r-t)T]S=$$

Das liefert für das Minimum von γ die Bedingungen:

28) $$S = 0, \quad \frac{T}{R} = \frac{t}{r} = \frac{\varrho_2}{\varrho_1}.$$

Sind aber P_1 und P_2 Hauptkrümmungsradien der Hauptwelle, so ist für $S = 0$ auch $P_1 = \frac{1}{R}$, $P_2 = \frac{1}{T}$, also

29) $$\frac{P_1}{P_2} = \frac{\varrho_1}{\varrho_2}.$$

Wäre R, S, T constant gewesen, nach r, s, t differenzirt, und $S = 0$ gesetzt, so hätte man

30) $$s = 0, \quad Tr = Rt = 0,$$

also dasselbe Resultat bekommen.

Von allen, in einem Punkte der Hauptwelle möglichen, unendlich dünnen Strahlenbündeln besitzt dasjenige den kleinsten Winkel zwischen den Fokalebenen, dessen zugehöriger Punkt auf der Elementarwelle Hauptkrümmungsradien besitzt, proportional den entsprechenden auf der Hauptwelle. Für die Strahlensysteme selber liefert das folgenden Satz:

Schneiden sich die Brennflächen eines allgemeinen Strahlensystemes, so ist der Winkel, den sie bilden, in allen Punkten der Durchschnittscurve der kleinste, welcher für diese Hauptwelle in diesem Mittel möglich ist, wenn die Krümmungsradien in allen einander entsprechenden Punkten der Haupt- und Elementarwelle proportional sind.

Durch Substitution von 28) oder 30) in 24) entstehen die schon in Capitel III gefundenen Werthe des Minimums von $tg\gamma$, nämlich:

$$tg\gamma = \frac{2.\sqrt{RT}}{R-T} = \frac{2.\sqrt{P_1 P_2}}{P_1 - P_2},$$

oder

$$tg\gamma = \frac{2.\sqrt{rt}}{r-t} = \frac{2\sqrt{\varrho_1 \varrho_2}}{\varrho_1 - \varrho_2}.$$

Kleinere Mittheilungen.

XXX. Ueber das Wärmeleitungsvermögen des Kupfers und Eisens bei verschiedenen Temperaturen. Von J. A. Angström. (Pogg. Ann. Bd. 118. S. 423 aus Oefversigt af K. Vetensk. Förhandl. 1862 No. 2.) Angström hatte bereits 1861 in Oefversigt af K. Vet. Acad. Förhandl. eine neue Methode beschrieben, das Wärmeleitungsvermögen zu bestimmen und ihre Brauchbarkeit an einigen von ihm angestellten Versuchen nachzuweisen versucht. Eine Mittheilung darüber befindet sich in Pogg. Ann. Bd. 114. S. 513. Ihr entnehme ich Folgendes:

1. Es ist die Wärmemenge bestimmt worden, welche zwischen den zwei Oberflächen einer Metallwand von den Temperaturen u und u' und der Dicke Δx übergeht, es ist dann beim Wärmeleitungsvermögen k für die Flächeneinheit:

$$k\frac{u-u'}{\Delta x}=Q,$$

die in der Zeiteinheit hindurchgegangene Wärmemenge. Wenn Q durch Beobachtung bekannt geworden ist, kann dann aus obiger Gleichung k gefunden werden. 2. Es ist die Ausbreitung der Wärme in einem Metallstabe beobachtet worden, dessen eines Ende auf einer constanten Temperatur erhalten wurde, natürlich nachdem alle Querschnitte constante Temperatur erlangt hatten. Die Temperatur u lässt sich hier nach der Biot'schen Differenzialgleichung:

$$\frac{d^2u}{dx^2}=\frac{hp}{kw}u$$

berechnen, in welcher h die äussere Wärmeleitungsfähigkeit der Oberfläche, k die innere Wärmeleitungsfähigkeit des Querschnittes, p den Umfang und w den Querschnitt des Stabes bedeuten. Beobachtet man an verschiedenen Stellen des Stabes vermittelst eingesenkter Thermometer oder Anlegung eines thermoelectrischen Elementes die Temperatur, so erhält man aus den Temperaturbeobachtungen k als Function von h. Die erste Methode giebt nach Angström's Ansicht deswegen keine guten Resultate, weil man a) durch den Contakt beider Oberflächen mit Wasser oder Dampf das Leitungsvermögen so ändert, dass nach Péclet der Unterschied zwischen den Leitungsfähigkeiten der Metalle ganz und gar verschwind wenn man sie mit der geringen Leitungsfähigkeit des Wassers vergleicht, b) begünstigt man die Wärmeaufnahme des Wassers durch rasche Bewegung desselben, so steht zu befürchten, dass durch die Reibung des Wassers an der Metalloberfläche Wärme frei wird, welche das Versuchsresultat beeinträchtigt. Diesem Umstande ist es wohl zuzuschreiben, dass die von verschiedenen Beobachtern nach dieser Methode gemachten Bestimmungen der Wärmeleitungsfähigkeit des Kupfers um das 81fache von einander differiren. Die zweite Methode leidet an dem Mangel, dass k als Function von h erhalten wird, h ist aber bei derselben Oberflächenbeschaffenheit von der Temperatur des Raumes und des Stabes abhängig und hat bei derselben Temperatur auch nur denselben Werth, sobald die Stäbe ganz genau gleichen Flächenüberzug haben.

Wie die Methoden zu beurtheilen sind, die man als aus beiden vorhergehenden gemischte bezeichnen kann, wird vollständig aus dem Vorhergehenden erhellen. Es sind bei diesen Versuchen kurze Stäbe von den zu untersuchenden Stoffen verwendet worden, sie wurden an dem einen Ende erhitzt und gaben am anderen Ende die Wärme an Wasser oder Quecksilber ab, während die Seitenflächen an Luft grenzten. Die Methode von Angström besteht nun darin, dass er einen Metallstab von hinreichender Länge an einem Ende abwechselnd erhitzte und erkältete, und sobald im Stabe die Temperaturänderungen regelmässige Perioden befolgten, an bestimmten Stellen des Stabes mittelst eingesenkter Thermometer von Minute zu Minute beobachtete. Er erhielt dann aus den Beobachtungen die innere Leitungsfähigkeit k in absolutem Masse, unabhängig von der äusseren Leitungsfähigkeit h ausgedrückt. Zur Berechnung wendet er die Differenzialgleichung

$$\frac{\partial u}{\partial t} = K \frac{\partial^2 u}{\partial x^2} - Hu$$

an, worin $K = \frac{k}{c\delta}$ und $H = \frac{hp}{c\delta w}$ und c die specifische Wärme des Stabes, δ dessen Dichtigkeit ist.

Da hier u eine periodische Function der Zeit sein muss, hat Angström das Integral in eine nach den Sinus der Vielfachen von t fortschreitende Reihe entwickelt, sich jedoch bei der Berechnung von k auf deren erste Glieder beschränkt. Da er jedoch nicht nachgewiesen hat, dass er mit den angegebenen Gliedern ausreicht und ausserdem ein falsches Integral für u angegeben hat (wie ihm auch in den Fortschritten der Physik im Jahre 1861, dargestellt von der physikalischen Gesellschaft zu Berlin, Seite 403 u. ff. nachgewiesen worden ist), so ist sehr wahrscheinlich, dass die bei seinen Wärmeleitungsbestimmungen von Kupfer und Eisen erhaltene Uebereinstimmung der Zahlen illusorisch ist. Er fand hierbei: ist eine *Metallwand von Kupfer* oder Eisen, die Oberflächen von 51° *C.* und 52° *C.*

Temperatur, der Abstand 1 Centimeter, der durchströmte Querschnitt 1 □ Centimeter, so gehen in der Minute über

bei Kupfer 0,05402 Wärmeeinheiten,
bei Eisen 0,00977 „

Die Wärmeeinheit bezogen auf 1 Kilogramm und 1° *C*.

Angström hat nun in seiner neueren Arbeit das Gesetz aufzufinden gesucht, nachdem die Wärmeleitungsfähigkeit mit der Temperatur abnimmt. Er fand, dass innerhalb des Fundamentalabstandes die Leitungsfähigkeit:

$k = 0{,}06163\,(1 - 0{,}00214\,t)$ für Kupfer,
$k = 0{,}011927\,(1 - 0{,}002874\,t)$ für Eisen ist.

Es würde hiernach immer wahrscheinlicher werden, dass die von Franz und Wiedemann aufgestellte Proportionalität zwischen Wärmeleitungs- und Electricitätsleitungsvermögen wirklich existirt, allein die ganze Frage muss immer noch so lange als eine offene betrachtet werden, als nicht Angström seine Resultate von den Fehlern befreit hat, welche jetzt noch in denselben nachzuweisen sind. Dr. Kahl.

XXXI. Wellenlänge der hellen Linien farbiger Flammen. Die Wellenlänge der rothen Kaliumlinie hat Mascart (Poggendorf. Annalen, Bd. 118, S. 367) und die Wellenlänge des rothen und blauen Lithiumstreifens, des gelben Natriumlichtes, der blauen Strontiumlinie und der grünen Thalliumlinie hat J. Müller (Pogg. Ann., Bd. 118, S. 641) gemessen.

Beide Beobachter haben die Wellenlänge mittelst eines Beugungsgitters bestimmt, das Gitter von Mascart war in Vierzigstel-Millimeter getheilt, das von Müller, ein Nobert'sches Gitter, hatte 500 Striche auf 1 Pariser Linie. Mascart wendete zur Beleuchtung des Gitters die Flamme von mit Kaliumdämpfen beladenem Wasserstoff an, während Müller der gefärbten Bunsen'schen Lampe sich bediente. Mascart fand für die Wellenlänge der rothen Kaliumlinie $0{,}000768^{mm}$. Diese Zahl ist aus einer sehr grossen Menge von Beobachtungen abgeleitet, denen Mascart selbst keine allzugrosse Genauigkeit zuschreibt. Bisher nahm man die Wellenlänge der Linie *A*, welche mit der rothen Kaliumlinie genau zusammenfällt $0{,}000750^{mm}$ an.

J. Müller fand für die Wellenlängen:

der rothen Lithiumlinie: $0{,}0006763^{mm}$,
der gelben Natriumlinie: $0{,}0005918^{mm}$,
der grünen Thalliumlinie: $0{,}0005348^{mm}$,
der blauen Strontiumlinie: $0{,}0004631^{mm}$.

J. Müller macht a. a. O. auch auf die Brauchbarkeit der hellen Spectrallinien zur Bestimmung des Brechungsindex nach Frauenhofer's Metho-

aufmerksam, da dieselben zu jeder Zeit unabhängig von der Witterung hervorzubringen sind, während die Beobachtung der Frauenhofer'schen Linien geeignete Witterung und auch geeignetes Local voraussetzt.

Dr. KAHL.

XXXII. Anwendung des analytischen Spectrums bei der Stahlindustrie. Das Ausland, 36. Jahrg., S. 264, berichtet, dass Spectroscope bei grossen Eisenwaarenmanufactur in Shieffield — in Anwendung kommen werden. Wenn der Guss des Stahles gelingen soll, so muss man gewisse bei seiner Schmelzung entweichende Gase los geworden sein. Ob diese bereits fort sind, will man, wie das Ausland wissen will, durch Betrachtung der Flamme über dem Stahl im Ofen mit dem Spectroscop erfahren. Dr. KAHL.

XXXIII. Die Sätze vom Feuerbach'schen Kreise und ihre Erweiterungen. Es bedarf wohl kaum der näheren Angabe der Sätze, welche hierdurch bezeichnet werden sollen; sie sind durch Jacob Steiner's Schrift: „Die geometrischen Constructionen" etc. (Berlin, 1833), wo sie sich in eine ausgedehntere Anmerkung im §. 12 (p. 49—55) entwickelt finden, allgemein bekannt geworden, nachdem sie in Feuerbach's Schrift: „Das geradlinige Dreieck" (1822) wohl zuerst gegeben waren (p. 55 fl.). Neuerdings hat sie R. Baltzer in seine trefflichen „Elemente der Mathematik" (II. Band, Leipzig 1862; p. 86 fl., 306 fl.) aufgenommen.

Die Gruppe dieser Sätze hatte aber auch im Jahre 1860 die Aufmerksamkeit der Geometer von Dublin auf sich gezogen, oder vielmehr, allem Anscheine nach, sie wurde von diesen neu aufgefunden, und Rev. G. Salmon theilte im „Quarterly Jurnal of Mathem.", Vol. IV, p. 152 fl. die Resultate von A. Hart, W. R. Hamilton und ihm selbst in gedrängter Kürze mit. Die Uebertragung der Gruppe dieser Sätze auf die Kugel war eine Frucht dieser Studien; A. Hart sprach zuerst die Existenz des Feuerbach'schen Kreises im sphärischen Dreiecke aus, und mein verehrter Freund, Rev. Salmon, machte mir kürzlich eine briefliche Mittheilung über den einfachen analytischen Beweis derselben, welche mich zu einigen Bemerkungen an diesem Orte veranlasst.

Das System der einem gegebenen Dreieck eingeschriebenen Kreise mit dem umgeschriebenen und dem Feuerbach'schen Kreise, oder wie man ihn zuweilen genannt findet, dem Kreise der neun oder zwölf Punkte, weil er durch die drei Höhenfusspunkte, die drei Seitenmittelpunkte und durch sechs Punkte geht, von denen drei die Strecken der Höhen zwischen ihrem Durchschnittspunkte und den Ecken des Dreiecks halbieren, während die drei anderen vom Durchschnittspunkte der Seitenhalbierungslinien halb so weit entfernt sind, als dieser von der Peripherie des umgeschriebenen Kreises — kann als ein System von Kegelschnitten betrachtet und nach denselben Principien in ein allgemeineres System übergeführt werden, welche ich in dem Werke „Analytische Geometrie der Kegelschnitte" im dritten Abschnitt des XVI. Kapitels entwickelt und in den Art. 477—80 auf das Beispiel von den Normalen eines Kegelschnittes etc. angewendet habe. Diese allgemeinere Auffassung hängt sodann mit der erwähnten Uebertragung auf die Sphärik in der Art zusammen, dass der für die Letztere geführte Beweis zugleich jene selbst rechtfertiget.

Die Erweiterung selbst beruht aber auf der geometrischen Wahrheit, dass alle Kreise durch zwei imaginäre feste Punkte im Unendlichen gehen einerseits, und auf der Auffassung des rechten Winkels andererseits, welche in ihm ebenso einen speciellen Fall des harmonischen Strahlenbüschels wie in der Halbierung einer Strecke einen speciellen Fall der harmonischen Theilung sieht (vergl. „Anal. Geom. der Kegelschn.", Art. 282, 320, 418). Sie gestaltet sich daher wie folgt. An die Stelle des Systemes der vier dem Dreieck eingeschriebenen Kreise tritt das System der vier Kegelschnitte S_1, S_2, S_3, S_4, welche durch drei Tangenten t_1, t_2, t_3 und zwei feste Punkte P und Q bestimmt sind; der umgeschriebene Kreis wird vertreten durch den Kegelschnitt, welcher durch die fünf Punkte $A\,(t_2, t_3)$, $B\,(t_3, t_1)$, $C\,(t_1, t_2)$, P, Q hindurchgeht, und zur Bestimmung des an die Stelle des Feuerbach'schen Kreises tretenden Kegelschnittes führen folgende Bemerkungen. Er ist nach wie vorher durch neun oder zwölf näher anzugebende Punkte bezeichnet, während er zugleich die festen Punkte P und Q enthält; denn an die Stelle der drei Seitenmittelpunkte treten die drei Punkte α_1, β_1, γ_1, welche in den Seiten BC, CA, AB in Bezug auf die Endpunkte derselben die conjugirt harmonischen Punkte sind zu den respectiven Schnittpunkten α, β, γ derselben mit der geraden Linie PQ, welche die festen Punkte verbindet. Die Höhen des Dreieckes werden ersetzt durch jene Geraden, die in Bezug auf die Verbindungslinien der respectiven Ecke mit den festen Punkten P und Q derjenigen Geraden harmonisch conjugirt sind, welche nach dem Durchschnittspunkte der Gegenseite des Dreieckes mit PQ gezogen wird; diese bestimmen in den Gegenseiten die Punkte A_1, B_1, C_1, welche an Stelle der drei Höhenfusspunkte dem Kegelschnitte der neun Punkte angehören. Die übrigen Punkte, welche ihm angehören, sind ebenfalls leicht zu bezeichnen; ist H der Durchschnittspunkt der drei vorher gefundenen die Höhen ersetzenden Geraden und nennen wir a, b, c ihre Durchschnittspunkte mit der Geraden PQ, so sind drei jener Punkte die vierten harmonischen Punkte a_1, b_1, c_1 zu jenen in Bezug auf die Strekken AH, BH, CH respective, etc.

Ferner treten an die Stelle der Centra der Kreise des Systemes die Pole der Geraden PQ in Bezug auf die Kegelschnitte desselben, und die Relationen, welche sich auf die Lage der ersteren beziehen, übertragen sich leicht auf diese letzteren; etc.

Aber endlich ist ein System von Kegelschnitten, welche durch zwei feste Punkte gehen, nur als ein specieller Fall eines Systemes von Kegelschnitten anzusehen, welche mit einem festen Kegelschnitt eine doppelte Berührung besitzen, und auf ein System dieser Art überträgt sich daher die Reihe der Sätze, welche sich auf die betrachtete Figur beziehen, im allgemeinsten Falle. Der Hauptsatz derselben sagt dann aus, dass die vier Kegelschnitte, welche drei gemeinschaftliche Tangenten haben und zugleich einen gegebenen Kegelschnitt doppelt berühren, sämmtlich von einem fünften Kegelschnitt einfach berührt werden, der selbst mit dem gegebenen eine doppelte Berührung hat.

Und eben da tritt die Sphärik als zuständiges Beweismittel ein; denn Kreise auf einer Kugel entsprechen vollständig solchen Kegelschnitten einer Ebene, welche mit einem festen Kegelschnitt eine doppelte Berührung haben.

Wenn durch

$$S = 0$$

ein Kegelschnitt und durch

$$\alpha = 0$$

eine gerade Linie dargestellt wird, so ist

$$S = k\alpha^2 \text{ oder } S = \alpha^2$$

die Gleichung eines Kegelschnittes, welcher den ersteren in den beiden Punkten berührt, welche die Gerade α mit ihm gemein hat. Und auf die nämliche allgemeine Form reducirt sich ohne Schwierigkeit die Gleichung eines kleinen Kugelkreises oder eines geraden Kreiskegels. Es dürfte vielleicht genügen, hierfür die §§ 20 und 32 von F. A. Möbius' Abhandlung: „Ueber eine neue Behandlungsweise der analytischen Sphärik" zu citiren. Aber es ist zum Verständniss des Folgenden wohl angemessener, einige Bemerkungen hier anzuschliessen, welche eine einfache Betrachtungsweise der Probleme der analytischen Sphärik begründen. Sie fusset auf dem folgenden Princip: Wenn die Coordinaten irgend eines Punktes P der Kugel, die wir aus dem Anfangspunkt des Systemes als Centrum beschrieben denken, in die Gleichung einer durch ihr Centrum gehenden Ebene substituirt werden, so bezeichnet das Substitutionsresultat die Länge der von P auf sie gefällten Normale oder den *sinus* des sphärischen Bogens, welcher durch P normal zur Ebene jenes grössten Kreises gelegt wird.

Denn mit Hülfe desselben überträgt sich leicht und ungezwungen die Interpretationsmethode für die Gleichungen ebener Curven, welche in den Kapiteln IV und XIV der „Anal. Geom. der Kegelschnitte" dargelegt worden ist, auf die Probleme der Sphärik.

In Bezug auf die zunächst vorliegende Frage brauchen wir nur zu bemerken, dass für alle Punkte eines kleinen Kugelkreises der *sinus* ihrer *sphärischen Entfernung* von den Polaren seines Centrums constant ist, denn für x', y', z' als die Coordinaten des Kreiscentrums ist die Gleichung der Polare desselben

$$xx' + yy' + zz' = 0,$$

die Gleichung der Normalebene aus dem Centrum der Kegel zu dem nach jenem gehenden Radius derselben; und wenn wir die linke Seite dieser Gleichung kurz durch α und durch β den sphärischen Radius des betrachteten Kreises bezeichnen, so ist

$$\alpha^2 . \sec\beta = x^2 + y^2 + z^2$$

die Gleichung des fraglichen Kreises, d. h. sie ist, wie behauptet wurde, von der Form

$$\alpha^2 = S.$$

Die einfache Weiterbildung jener Principien nach Analogie der analytischen Geometrie der Ebene führt dann zu den allgemeinen trimetrischen Coordinatensystemen der Kugelfläche und für unser Problem dazu, als die Ausdrucksformen der vier dem sphärischen Dreieck von den Winkeln A, B, C eingeschriebenen Kugelkreise die Gleichungen

$$x^2 + y^2 + z^2 - 2yz\cos A - 2zx\cos B - 2xy\cos C = (x \pm y \pm z)^2$$

zu erkennen. Die specielle Form

$$x^2 + y^2 + z^2 - 2yz\cos A - 2zx\cos B - 2xy\cos C = (x + y + z)^2,$$

der Gleichung für den eingeschriebenen Kreis reducirt sich auf

$$yz\cos^2\frac{A}{2} + zx\cos^2\frac{B}{2} + xy\cos^2\frac{C}{2} = 0,$$

und man sieht leicht, dass zwischen ihm und der durch

$$\lambda x + \mu y + \nu z = 0$$

dargestellten Ebene oder grössten Kreislinie Berührung stattfindet, wenn die Bedingung

$$\cos\frac{A}{2}\lambda^{\frac{1}{2}} + \cos\frac{B}{2}\mu^{\frac{1}{2}} + \cos\frac{C}{2}\nu^{\frac{1}{2}} = 0$$

erfüllt ist. Die vier Kreise

$$x^2 + y^2 + z^2 - 2yz\cos A - 2zx\cos B - 2xy\cos C = (x \pm y \pm z)^2$$

werden von dem Kreise

$$x^2 + y^2 + z^2 - 2yz\cos A - 2zx\cos B - 2xy\cos C$$
$$= \{x\cos(B - C) + y\cos(C - A) + z\cos(A - B)\}^2$$

gemeinschaftlich berührt, und derselbe wird leicht als das Analogon des Feuerbach'schen Kreises nachgewiesen. Sein Centrum hat die Coordinaten

$$\cos(B - C),\ \cos(C - A),\ \cos(A - B)$$

und liegt daher in dem grössten Kreise, welcher den Schnittpunkt der Höhen und den Schnittpunkt der Seitenhalbierungslinien verbindet. Diese Andeutungen werden an diesem Orte genügen; für die weitere Ausführung darf ich wohl auch meine deutsche Ausgabe von Rev. G. Salmon's „*Geometry of three Dimensions*“ verweisen, welche zu baldigem Erscheinen vorbereitet ist.

Ich will nur noch bemerken, dass sich dieselben Principien der Verallgemeinerung auf andere Sätze des Systemes leicht übertragen, z. B. auf den Folgesatz, durch welchen die Gruppe der fünf oder sechs Kreise zu einer Gruppe von sechszehn, respective zwanzig Kreisen erweitert wird, dass nämlich der Feuerbach'sche Kreis des Originaldreieckes ABC auch für jedes der drei Dreiecke HAB, HBC, HCA und die ihnen eingeschriebenen Kreise die nämliche characteristische Curve bleibt; etc.

Und endlich sei darauf hingewiesen, dass die Erweiterung der Sätze auf ein System von Kegelschnitten, welche mit einem gegebenen Kegelschnitt eine doppelte Berührung besitzen, sie in diejenige Sphäre der Allgemeinheit erhoben hat, in welcher das Princip der Reciprocität auf sie Anwendung erleidet. Auch dies folgt aus ihrer Geltung auf der Kugelfläche schon, aber ebenso aus der nunmehrigen Gestalt der Sätze selbst.

Chemnitz, im März 1863. Dr. WILH. FIEDLER.

XXXIV. Ueber die Dreiecke, deren Ecken die Mittelpunkte der vier Berührungskreise eines gegebenen Dreieckes sind. Von ED. JAC. NOEGGERATH. In einem Aufsatze: „Ueber die Entfernungen der merkwürdigen Punkte des ebenen Dreieckes von einander", der in dem Archiv der Mathematik und Physik, Band 36, S. 325, von Herrn Professor Grunert mitgetheilt wird, sind die beachtenswerthe Resultate, welche der Herr Verfasser erzielt, lediglich im Wege analytischer Behandlung und durchgehend mittelst sehr weitläufiger Rechnungsoperationen ermittelt. Es erschien wünschenswerth, denselben Gegenstand mit elementaren Hülfsmitteln auf einfacherem Wege zu behandeln, und den Zusammenhang desselben mit anderen merkwürdigen Eigenschaften des Dreieckes darzulegen. Die folgenden Untersuchungen haben diesen Zweck und zeigen, dass wenn der Durchmesser des umschriebenen Kreises eines Dreieckes als Masseinheit angenommen wird, sich die Grössenbeziehungen desselben durch besonders einfache und elegante Formeln ausdrücken lassen.

1.

Bezeichnet Δ den Inhalt eines Dreieckes ABC, dessen Winkel A, B und C sind, dessen innerer Berührungskreis den Radius r hat, während r_a, r_b und r_c beziehentlich die Radien der äusseren Berührungskreise bezeichnen, welche in den Winkeln A, B und C liegen, und ist μ der Durchmesser des umschriebenen Kreises zu Dreieck ABC, so findet sich mittelst einfacher Entwickelung:

$$1) \qquad \Delta = \tfrac{1}{2}\mu^2 \sin A \,.\, \sin B \,.\, \sin C,$$

2)
$$\left\{\begin{array}{l} r = 2\mu \sin\frac{A}{2} \sin\frac{B}{2} \sin\frac{C}{2}, \\ r_a = 2\mu \sin\frac{A}{2} \cos\frac{B}{2} . \cos\frac{C}{2} \\ r_b = 2\mu \cos\frac{A}{2} \sin\frac{B}{2} . \cos\frac{C}{2} \\ r_c = 2\mu \cos\frac{A}{2} \cos\frac{B}{2} \sin\frac{C}{2} \end{array}\right.$$

und es lassen sich aus diesen Formeln sofort die bekannten Relationen:

3) $$r_a + r_b + r_c = 2\mu + r$$

4) $$\frac{1}{r_a} + \frac{1}{r_b} + \frac{1}{r_c} = \frac{1}{r}$$

und

$$r . r_a . r_b . r_c = \Delta^2$$

herleiten.

2.

Die gerade Verbindungslinie des Mittelpunktes des inneren Berührungskreises eines Dreieckes mit dem Mittelpunkte eines seiner äusseren Berührungskreise sei, der einfacheren Bezeichnung halber, die innere Centrale und die gerade Verbindungslinie der Mittelpunkte der beiden anderen äusseren Berührungskreise die zugehörige äussere Centrale genannt. Das von den drei äusseren Centralen gebildete Dreieck heisse äusseres Mittelpunktsdreieck, und jedes Dreieck, welches von zwei inneren Centralen und der nicht zu denselben gehörigen äusseren Centrale gebildet wird, heisse inneres Mittelpunktsdreieck.

Zwei zusammen gehörige Centralen stehen normal auf einander.

Die Normale auf der Mitte einer Dreieckseite trifft die Mitten der zugehörigen Centralen.

Jedes Dreieck ist das Höhenfusspunktendreieck seines äusseren Mittelpunktsdreieckes.

Jeder Winkel des äusseren Mittelpunktsdreieckes ist Complementswinkel zur Hälfte des gegenüberstehenden Winkels im Ursprungsdreieck.

Bezeichnen A', B' und C' die den Eckpunkten A, B und C beziehlich gegenüberliegenden Mittelpunkte der äusseren Berührungskreise zu Dreieck ABO, dessen innerer Berührungskreis den Mittelpunkt N hat, so folgt für die inneren Centralen:

6)
$$\left\{\begin{array}{l} A'N = 2\mu \sin\frac{A}{2}, \\ B'N = 2\mu \sin\frac{B}{2}, \\ C'N = 2\mu \sin\frac{C}{2}, \end{array}\right.$$

die äusseren Centralen:

$$
6)\quad \begin{cases} B'C' = 2\mu \cos \frac{A}{2}, \\ A'C' = 2\mu \cos \frac{B}{2}, \\ A'B' = 2\mu \cos \frac{C}{2}, \end{cases}
$$

Die hieraus sich ergebenden einfachen Beziehungen zusammengehöriger Centralen sind bemerkenswerth. Sie gestatten die unmittelbare Ableitung beachtenswerther Relationen. So folgen z. B. aus ihnen sofort nachstehende Sätze:

Das Product zusammen gehöriger Centralen ist gleich dem doppelten Product aus dem Durchmesser des umschriebenen Kreises und der zugehörigen Dreieckseite.

Die Summe der Quadrate zusammen gehöriger Centralen ist gleich dem Quadrat des doppelten Durchmessers des umschriebenen Kreises.

Die Radien der umschriebenen Kreise der vier Mittelpunktsdreiecke sind einander gleich, und zwar ist jeder gleich dem Durchmesser des umschriebenen Kreises des Ursprungsdreieckes.

Aus jeder Seite eines Dreieckes, dem oberen Abschnitt der zugehörigen Höhe und dem Durchmesser des umschriebenen Kreises lässt sich ein rechtwinkeliges Dreieck zusammen setzen, in dem dieser Durchmesser Hypotenuse ist.

Zieht man von einer Ecke eines Dreieckes aus dem Durchmesser des umschriebenen Kreises und verbindet dessen Endpunkt geradlinig mit den beiden anderen Ecken, so sind diese Verbindungslinien gleich den oberen Abschnitten der Höhen, welche zu den Dreiecksseiten gehören, die an jener Ecke zusammenstossen.

Ferner ergiebt sich, wenn Δ' den Inhalt des äusseren und Δ_a, Δ_b und Δ_c beziehlich die Inhalte der inneren Mittelpunktsdreiecke des Dreieckes vom Inhalt Δ bezeichnen, welche den Eckpunkten A, B und C gegenüber liegen:

$$
7)\quad \begin{cases} \Delta' = 2\mu^2 \cos \frac{A}{2} \cos \frac{B}{2} \cos \frac{C}{2}, \\ \Delta_a = 2\mu^2 \cos \frac{A}{2} \sin \frac{B}{2} \sin \frac{C}{2}, \\ \Delta_b = 2\mu^2 \sin \frac{A}{2} \cos \frac{B}{2} \sin \frac{C}{2}, \\ \Delta_c = 2\mu^2 \sin \frac{A}{2} \sin \frac{B}{2} \cos \frac{C}{2}, \end{cases}
$$

$$
8)\quad \Delta' : \Delta_a : \Delta_b : \Delta_c = \frac{1}{r} : \frac{1}{r_a} : \frac{1}{r_b} : \frac{1}{r_c}
$$

9) $$A'B' + A'C' + B'C' = \frac{16\Delta}{\mu}$$

10) $$A'B' . A'C' . B'C' = 4\mu\Delta.$$

Ist ϱ der Radius des inneren Berührungskreises zum äusseren Mittelpunktsdreieck, und sind ϱ_a, ϱ_b und ϱ_c die Radien dieser Kreise zu den drei inneren Mittelpunktsdreiecken, so ist

11) $$A'B' + A'C' + B'C' = 4\mu + \varrho + \varrho_a + \varrho_b + \varrho_c$$

und, wenn ${}_a\varrho$, ${}_b\varrho$ und ${}_c\varrho$ die Radien der drei äusseren Berührungskreise des äusseren Mittelpunktsdreieckes $A'B'C'$ bezeichnen:

12) $$A'B' + A'C' + B'C' = {}_a\varrho + {}_b\varrho + {}_c\varrho + \varrho_a + \varrho_b + \varrho_c,$$

welche Relation sich aus 11) ergiebt, wenn man das in 3) ausgedrückte Gesetz berücksichtigt.

Ferner ist:

13) $$A'N + B'N + C'N = 2\mu + 2\varrho$$

14) $$A'N . B'N . C'N = 4\mu^2 r$$

15) $$A'B'^2 + A'C'^2 + B'C'^2 = 8\mu^2 + 4\mu r$$

16) $$A'N^2 + B'N^2 + C'N^2 = 4\mu^2 - 4\mu r$$

und folgt aus den beiden letzten Sätzen, dass die Summe der Quadrate sämmtlicher Centralen gleich dem zwölffachen Quadrat des Durchmessers des umschriebenen Kreises ist.

3.

Die beiden Theile, in welche jede Centrale durch die Ecke des Dreieckes, welche auf ihr liegt, zerlegt wird, mögen **Centralabschnitte** heissen.

Für die Abschnitte der äusseren Centrale $B'C'$ ergeben sich die Relationen:

17) $$\begin{cases} AB' = 2\mu \sin\frac{B}{2} \cos\frac{C}{2} \\ AC' = 2\mu \cos\frac{B}{2} \sin\frac{C}{2} \end{cases}$$

aus denen hervorgeht, dass jeder Abschnitt einer äusseren Centrale gleich ist dem Product aus dem doppelten Durchmesser des umschri
ses, dem Cosinus des anliegenden Winkels und dem Sinus d
ungsstück liegenden Winkels im zugehörigen inneren Mittel

Für die Abschnitte der inneren Centrale AN folgen da
lationen:

18) $$\begin{cases} AA' = 2\mu \cos\frac{B}{2} \cos\frac{C}{2} \\ A'N = 2\mu \sin\frac{B}{2} \sin\frac{C}{2} \end{cases}$$

aus denen sich der allgemeine Satz ergiebt, da
Abschnitt einer inneren Centrale gleich ist de

ten Durchmesser des umschriebenen Kreises und beziehlich den Cosinus oder den Sinus der beiden halben Dreieckswinkel, welche sie nicht trifft.

Mit Hülfe dieser Relationen lassen sich nun in einfachster Weise folgende Sätze herleiten:

$$19)\qquad AB'.AC' = AA'.AN$$

d. h. das Product zweier zusammen gehörigen äusseren Centralabschnitte ist gleich dem Product der beiden entsprechenden inneren Centralabschnitte, oder, in einem Dreieck ist das Product der Abschnitte einer Seite, in welche dieselbe durch die zugehörige Höhe zerlegt wird, gleich dem Product aus dieser Höhe in ihren unteren Abschnitt.

$$20)\qquad A'N.AN = \mu.2r$$

d. h. das Product einer inneren Centrale und ihres inneren Abschnittes ist gleich dem Product aus den Durchmessern des umschriebenen und des inneren eingeschriebenen Kreises, oder in einem Dreieck sind die Producte zusammen gehöriger Höhenabschnitte einander gleich.

Für die Producte der inneren Centralen und der zugehörigen äusseren Abschnitte derselben ergeben sich die Beziehungen:

$$21)\qquad \begin{cases} A'N.A'A = \mu.2r_a \\ B'N.B'B = \mu.2r_b \\ C'N.C'C = \mu.2r_c. \end{cases}$$

Für die Producte der äusseren Centralen und deren gleichliegenden Abschnitte folgt in der derselben Weise

$$22)\qquad \begin{cases} A'B'.A'C = \mu.2r_a \\ B'C'.B'A = \mu.2r_b \\ A'O'.C'B = \mu.2r_c \end{cases}$$

und man erkennt, dass das Product jeder inneren Centrale und ihres äusseren Abschnittes gleich ist dem Product der zugehörigen äusseren Centrale und desjenigen Abschnittes derselben, welcher mit jenem Abschnitte von demselben Punkte ausgeht.

Ferner folgt:

$$23)\qquad \begin{cases} A'N.A'A' + B'N.B'B + C'N.C'C = A'B'.A'C + B'C'.B'A + A'C'.C'B \\ \qquad = \dfrac{A'B'^2 + B'C'^2 + A'C'^2}{2} \end{cases}$$

und

$$24)\qquad AA'.BB'.CC' = \frac{2\Delta'^2}{\mu},$$

d. h. das Product der drei Höhen eines Dreieckes ist gleich dem doppelten Quadrat des Inhalts desselben, dividirt durch den Halbmesser des umschriebenen Kreises.

4.

Die Mittelpunkte der umschriebenen Kreise zu den Mittelpunktsdreiecken $A'B'C'$, $B'N'C'$, $A'N'C'$ und $A'N'B'$, nebenstehende Figur, seien beziehlich M, A'', B'' und C''. Die dadurch gebildeten Vierecke $A''B'C'M$, $B''A'C'M$ und $C'A'B'M$ sind Rhomben von der Seite μ.

Die Vierecke $A'B''C''N$, $B'A'C''N$ und $C'A''B''N$ sind ebenfalls Rhomben von der Seite μ und beziehlich congruent jenen Rhomben.

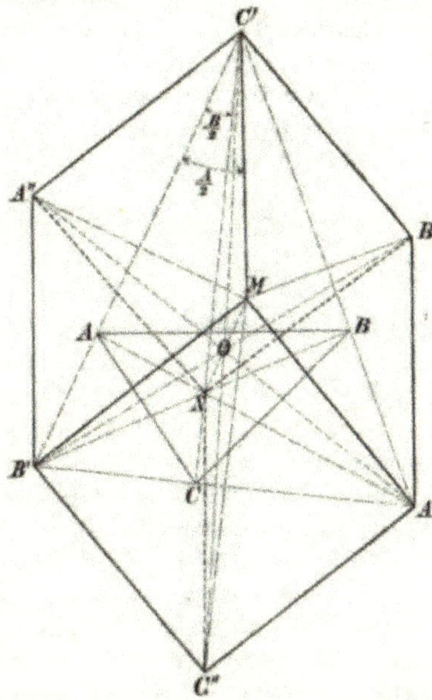

Die Figur $MA'B'C'NA''B''C''$ kann daher als ein schiefer Würfel betrachtet werden, dessen drei, an den einander gegenüberstehenden Ecken M und N zusammenstossenden Seitenwinkel vier Rechte betragen. Da sämmtliche Ecken dieses Würfels Mittelpunkte zu Berührungskreisen des Dreieckes ABC sind, so werde derselbe der **Mittelpunktswürfel** dieses Dreieckes genannt.

Jede der drei Kanten des Mittelpunktswürfels, welche von einer Ecke losgehen, steht normal auf einer der drei Seiten des Ursprungsdreieckes.

Die drei Kanten des Mittelpunktswürfels, welche von einem der drei Mittelpunkte der äusseren Berührungskreise des Ursprungsdreieckes ausgehen, schneiden dessen Seiten in den Berührungspunkten des zugehörigen Berührungskreises.

Die Diagonalen der Seitenebenen des Mittelpunktswürfels sind gleich den Centralen des Ursprungsdreieckes.

Der Durchnittspunkt O der Diagonalen $A'A''$, $B'B''$, $C'C''$ und MN ist der Mittelpunkt des umschriebenen Kreises des Ursprungsdreieckes.

Da M Mittelpunkt des umschriebenen Kreises zu Dreieck $A'B'C'$ und als Mittelpunkt des eingeschriebenen Kreises zu Dreieck ABC, ausserdem aber $MO = NO$ ist, so folgt der bemerkenswerthe Satz:

Die Mittelpunkte der eingeschriebenen und umschriebenen Kreise eines Dreieckes liegen in gerader Linie mit dem Mittelpunkte des umschriebenen Kreises des zugehörigen äusseren Mittelpunktsdreieckes, und zwar so, dass der Mittelpunkt des umschriebenen Kreises des Ursprungs-

dreieckes gleich weit ab von den beiden anderen Mittelpunkten liegt.

5.

Die Diagonalen NM, $A'A''$, $B'B''$, $C'C''$ des Mittelpunktswürfels bilden die Entfernungen der Mittelpunkte der vier eingeschriebenen Kreise des Ursprungsdreieckes von den Mittelpunkten der umschriebenen Kreise der vier entsprechenden Mittelpunktsdreiecke. Der Mittelpunkt des umschriebenen Kreises des Ursprungsdreieckes halbirt jede dieser Entfernungen. Die Schnittpunkte der Höhen der vier Mittelpunktsdreiecke liegen daher ebensoweit von dem Mittel O des umschriebenen Kreises des Ursprungsdreieckes, wie dieser von den Mittelpunkten der entsprechenden umschriebenen Kreise jener Dreiecke.

Aus der Gleichung:

$$MN^2 = NC'^2 + MC'^2 - 2NC'^2 . MC' \cos \frac{A-B}{2}$$

folgt

25) $$MN^2 = \mu(\mu - 4r)$$

und weiter folgt, mittelst entsprechend gebildeter Gleichungen:

25) $$\begin{cases} A'A''^2 = \mu(\mu + 4r_a) \\ B'B''^2 = \mu(\mu + 4r_b) \\ C'C'' = \mu(\mu + 4r_c) \end{cases}$$

woraus sich

26) $$MN^2 + A'A''^2 + B'B''^2 + C'C''^2 = 12\mu^2$$

ergiebt, eine Gleichung, die mit der bekannten Eigenschaft des schiefen Würfels, dass die Summe der Quadrate der vier Diagonalen gleich ist dem 12fachen Quadrat der Kante, übereinstimmt, ausserdem das Gesetz darlegt:

dass die Summe der Quadrate der vier Diagonalen des Mittelpunktswürfels gleich ist der Summe der Quadrate der sechs Centralen des Ursprungsdreiecks.

Aus 25) folgen, wie leicht erhellt, die bekannten Beziehungen

$$MO = \sqrt{\frac{\mu}{2}\left(\frac{\mu}{2} - 2r\right)}$$

$$A'O = \sqrt{\frac{\mu}{2}\left(\frac{\mu}{2} + 2r_a\right)}$$

$$B'O = \sqrt{\frac{\mu}{2}\left(\frac{\mu}{2} + 2r_b\right)}$$

$$C'O = \sqrt{\frac{\mu}{2}\left(\frac{\mu}{2} + 2r_c\right)}.$$

XV.

Ueber einige hypergeometrische Reihen nebst Zahlenwerthen.

Von Dr. Ad. Dronke,
Rector der höheren Bürgerschule in Grevenbroich.

Wie Herr Prof. Kirchhoff[1]) gezeigt hat, kommt es bei der Bestimmung des durch eine unendlich weit entfernte magnetische Masse in einem weichen Eisen-Cylinder inducirten Magnetismus darauf an, das Integral der Differential-Gleichung

$$\varrho . \frac{d^2 V}{d\varrho^2} + \alpha . \frac{dV}{d\varrho} - V = 0$$

herzustellen. Hr. Prof. Kummer[2]) gab als vollständiges Integral dieser Gleichung

$$\int_0^\infty e^{-u} . u^{-\alpha} . e^{-\frac{\varrho}{u}} . du$$

und wandelte dies um in folgende Summe:

$$\Pi(\alpha - 1) . \psi(1 - \alpha, \varrho) + \Pi(-\alpha - 1) . \varrho^\alpha . \psi(1 + \alpha, \varrho),$$

wo nach Gauss[3])

$$\Pi(\alpha - 1) = \int_0^\infty u^{\alpha - 1} e^{-u} du$$

und $\psi(1 - \alpha, \varrho)$ folgende hypergeometrische Reihe bedeutet:

$$1 + \frac{1}{1-\alpha} . \frac{\varrho}{1} + \frac{1}{(1-\alpha)(2-\alpha)} . \frac{\varrho^2}{1.2} + \frac{1}{(1-\alpha)(2-\alpha)(3-\alpha)} . \frac{\varrho^3}{1.2.3} + \ldots . in\, inf.$$

Für ganze Zahlen divergiren offenbar diese Reihen und für $\alpha = 0$ erhalten wir:

$$2 . \Psi(0) . \psi(1, \varrho),$$

wo sich die Grösse $\Psi(0)$ durch folgende Gleichung bestimmt:

---

[1]) *Crelle, vol.* 48. [2]) *Crelle, vol.* 17. [3]) *Comment. Gotting. societ.* 1812. „*Circa seriem infin.*"

$$\frac{d\Pi(z)}{dz} = \Psi(z).\Pi(z);$$

sie hat den Werth — 0,577215664901 ....

Der obigen Differentialgleichung genügt, wie man ohne Weiteres ersehen kann, die Reihe $\psi(\alpha,\varrho)$ als particuläres Integral. Wir können sie auch durch folgende einfache Betrachtung erhalten. Denken wir uns, was hierbei stets möglich ist, eine Reihe nach steigenden Potenzen von ϱ entwickelt:

$$a_0 + a_1\varrho + a_2\varrho^2 + a_3\varrho^3 + \ldots\ldots\ldots in\,inf,$$

so sind die Grössen a_0, a_1, a_2, a_3 u. s. w. Functionen von α, die sich leicht bestimmen lassen, indem die Reihe für jeden Werth von ϱ der Differentialgleichung genügen muss. Wir erhalten daher folgende Bestimmungsgleichungen für diese Grössen:

$$\begin{gathered}\alpha.a_1 - a_0 = 0\\ 2\alpha.a_2 + 1.2a_2 - a_1 = 0\\ 3\alpha.a_3 + 2.3a_3 - a_2 = 0\\ \cdot\quad\cdot\quad\cdot\\ \cdot\quad\cdot\quad\cdot\\ \cdot\quad\cdot\quad\cdot\\ n.\alpha.a_n + \overline{n-1}.n.a_n - a_{n-1} = 0\end{gathered}$$

und somit ergeben sich folgende Werthe:

$$\begin{aligned}a_1 &= \frac{a_0}{\alpha}\cdot\frac{1}{1}\\ a_2 &= \frac{a_0}{\alpha.\overline{\alpha+1}}\cdot\frac{1}{1.2}\\ a_3 &= \frac{a_0}{\alpha.\overline{\alpha+1}.\overline{\alpha+2}}\cdot\frac{1}{1.2.3}\\ &\cdot\quad\cdot\quad\cdot\\ &\cdot\quad\cdot\quad\cdot\\ &\cdot\quad\cdot\quad\cdot\\ &\cdot\quad\cdot\quad\cdot\\ &\cdot\quad\cdot\quad\cdot\\ a_n &= \frac{a_0}{\alpha.\overline{\alpha+1}.\overline{\alpha+2}\ldots\ldots\overline{\alpha+n-1}}\cdot\frac{1}{1.2.3\ldots\ldots n}\end{aligned}$$

Wir erhalten also als particuläres Integral

$$a_0\cdot\psi(\alpha,\varrho),$$

wobei a_0 eine beliebige Constante bedeutet, also ist $\psi(\alpha,\varrho)$ selbst particuläres Integral.

Wollte man auf dieselbe Weise eine Reihe nach fallenden Potenzen von α suchen, so würde man alle Coefficienten $= 0$ finden; es ist also eine *solche* Entwickelung nicht möglich.

Gehen wir nun zunächst zur Betrachtung der Reihe $\psi(\alpha,\varrho)$ über. Offenbar ist, wie man ohne Weiteres ersehen kann:

$$\frac{\psi(\alpha+1,\varrho)}{\alpha}=\frac{d\psi(\alpha,\varrho)}{d\varrho}$$

$$\frac{\psi(\alpha+2,\varrho)}{\alpha.\overline{\alpha+1}}=\frac{d^2\psi(\alpha,\varrho)}{d\varrho^2}$$

oder allgemein

$$\psi(\alpha,\varrho)=\overline{\alpha-1}.\ \overline{\alpha-2}.\ \overline{\alpha-3}\ldots\ldots\overline{\alpha-n}.\frac{d^n\psi(\alpha-n,\varrho)}{d\varrho^n}.$$

Bedeutet α eine ganze Zahl, so ist noch

$$\psi(\alpha,\varrho)=\overline{\alpha-1}.\ \overline{\alpha-2}.\ \overline{\alpha-3}\ldots\ldots 3.2.\frac{d^\alpha\psi(1,\varrho)}{d\varrho^\alpha}.$$

Um die Eigenschaften der Reihe $\psi(\alpha,\varrho)$ also kennen zu lernen, wird man zunächst $\psi(1,\varrho)$ betrachten. Es ist ausserdem der Fall, wo $\alpha=1$ wird einer der wichtigsten, indem die Differentialgleichung

$$\varrho.\frac{d^2V}{d\varrho^2}+\frac{dV}{d\varrho}-V=0$$

ausser bei dem erwähnten Beispiele noch vielfache Anwendungen findet. Wir wollen uns hier mit einer begnügen.

Denken wir uns irgend einen Rotationskörper auf seiner Rotationsaxe erwärmt, während auf der Oberfläche die constante Temperatur 0 durch ein umgebendes Medium erhalten wird, so gilt, wenn wir den Körper auf ein rechtwinkeliges Coordinatensystem beziehen, für die Temperatur T eines jeden Punktes beim Wärme-Gleichgewicht:

$$\frac{\partial^2 T}{\partial x^2}+\frac{\partial^2 T}{\partial y^2}+\frac{\partial^2 T}{\partial z^2}=0.$$

Ist die z-Axe mit der Rotationsaxe zusammenfallend und führt man die Polar-Coordinaten r und Θ statt x und y ein, so erhält man unter Berücksichtigung, dass T nicht von Θ nach unseren Prämissen abhängig sein kann, falls der betrachtete Körper, wie wir unterstellen, homogen und isotrop ist:

$$\frac{\partial^2 T}{\partial z^2}+\frac{\partial^2 T}{\partial r^2}+\frac{1}{r}\ \text{[illegible]}$$

Setzt man nun, was man bei im Mitt[illegible]

Platten, oder Rotationsellipsoiden [illegible]

$$T\ \text{[illegible]}$$

wo n eine Constante bedeutet, d[illegible]
cienten des Körpers und des umg[illegible]
der Rotationsaxe und von dem R[illegible]

gig ist, während V die Coordinate z nicht mehr involvirt; dann erhalten wir als bestimmende Differentialgleichung für V folgende:

$$n^2 V - \frac{1}{r} \cdot \frac{dV}{dr} - \frac{d^2 V}{dr^2} = 0,$$

welche sogleich durch die Substitution von $\varrho = \frac{n^2 r^2}{4}$ in unsere frühere übergeht

$$\varrho \frac{d^2 V}{d\varrho^2} + \frac{dV}{d\varrho} - V = 0.$$

Bei diesem Beispiele könnte ϱ keinen negativen Werth annehmen. Dieselbe Differentialgleichung tritt auch bei der Wellenbewegung des Wassers in einem cylindrischen Gefässe von sehr grossem Radius auf, und hierbei sind auch die Fälle zu berücksichtigen, wo ϱ negativ wird.

Betrachten wir nun zunächst die Reihe $\psi(1, \varrho)$; sie ist offenbar für jeden Werth von ϱ convergent, und stets > 1 für alle Werthe von $\varrho > 0$; für $\varrho = 0$ wird die Reihe $= 1$. Sobald jedoch $\varrho < 0$ wird, nimmt die Reihe ab und ist von nun an abwechselnd positiv und negativ, erreicht aber nie mehr den Werth ± 1. Wurzelwerthe der Reihe sind $\varrho = -1,4458\ldots$, $-7,6179$ u. s. w., bei $\varrho = -3,6687\ldots$ erreicht die Reihe den Minimumswerth $-0,40277$ und für $\varrho = -11,9\ldots$ erreicht sie das Maximum mit $+0,2989$.. Aus diesen Angaben ersehen wir bereits, dass die Wurzeln der Gleichung $\psi(1, \varrho) = 0$ um so weiter auseinander liegen, als ϱ grösser und grösser wird; ferner dass die Werthe für sehr grosse ϱ nur sehr wenig von der Null verschieden sind, so dass die Reihe alsdann als Summand vernachlässigt werden kann. Denkt man sich ein rechtwinkeliges Coordinatensystem in der Ebene und auf der Abscissenaxe ϱ, als Ordinaten aber $\psi(1, \varrho)$ aufgetragen, so stellt $\psi(1, \varrho)$ eine Curve dar, welche 2 unendliche Aeste hat; der auf der Seite der positiven Abscissenaxe liegende ist gegen diese vollständig convex und steigt rasch an; der zweite aber, der mit dem ersten continuirlich zusammenhängt, bildet eine die negative Abscissenaxe unendlich oft schneidende Curve, die sich derselben immer mehr und mehr nähert.

Aus dem bereits Gesagten ersieht man nun ferner, dass die Reihen $\psi(2, \varrho)$, $\psi(3, \varrho)$ u. s. w., deren positive Aeste auch in's Unendliche fortwachsen, aber nicht so rasch wie $\psi(1, \varrho)$, alle durch den Punkt 1 für $\varrho = 0$ gehen und alsdann langsamer fallen, als $\psi(1, \varrho)$; die Reihe $\psi(2, \varrho)$ verschwindet für alle die Werthe von ϱ, welche die anderen zum Maximum oder Minimum machen ($\varrho = -3,6687\ldots$, $11,9$ u. s. w.), während an diesen Stellen für $\psi(3, \varrho)$ die Wendepunkte liegen u. s. w. Alle Reihen verlaufen also auf der negativen Seite ähnlich, wie die oben betrachtete, sie werden flacher für wachsende ϱ und verschwinden für sehr grosse negative *Werthe* von ϱ.

Geben wir nun zur Bestimmung des Gesammt-Integrales der Differentialgleichung

$$\varrho\frac{d^2 V}{d\varrho^2}+\frac{dV}{d\varrho}-V=0$$

über. Nach dem Früheren ist dies

$$\int_0^{\infty} u^{-1}.e^{-u}.e^{-\varrho:u}.du.$$

Prof. Kirchhoff wandelte dies durch Grenzbetrachtungen in folgende Reihen um:

$$2\left\{\frac{1}{1}\cdot\frac{\varrho}{1}+\frac{1+\frac{1}{2}}{1.2}\cdot\frac{\varrho^2}{1.2}+\frac{1+\frac{1}{2}+\frac{1}{3}}{1.2.3}\cdot\frac{\varrho^3}{1.2.3}+\ldots\ldots \textit{in inf}\ldots\right\}$$
$$+[2\,\Psi(0)-\textit{log. nat. }\varrho].\ \psi(1,\varrho).$$

Die neue in diesem Ausdrucke auftretende Reihe, die wir aus $\psi(1,\varrho)$ offenbar erhalten, wenn man jedes Glied mit dem Factor $1+\frac{1}{2}+\frac{1}{3}+\ldots+\frac{1}{n-1}$ multiplicirt, wollen wir näher betrachten; sie soll durch $\Theta(\alpha,\varrho)$ bezeichnet werden. Es würde demgemäss also durch $\Theta(1,\varrho)$ folgende Reihe bezeichnet werden:

$$\frac{\frac{1}{\alpha}}{\alpha}\cdot\frac{\varrho}{1}+\frac{\frac{1}{\alpha}+\frac{1}{\alpha+1}}{\alpha.\overline{\alpha+1}}\cdot\frac{\varrho^2}{1.2}+\frac{\frac{1}{\alpha}+\frac{1}{\alpha+1}+\frac{1}{\alpha+2}}{\alpha.\overline{\alpha+1}.\overline{\alpha+2}}\cdot\frac{\varrho^3}{1.2.3}+\ldots\ldots \textit{in inf.}$$

Für diese findet man ohne Weiteres durch Differentiation das Gesetz:

$$\frac{d^n\Theta(\alpha,\varrho)}{d\varrho^n}=\frac{d^n\psi(\alpha,\varrho)}{d\varrho^n}\left\{\frac{1}{\alpha}+\frac{1}{\alpha+1}+\frac{1}{\alpha+2}+\ldots+\frac{1}{\alpha+n-1}\right\}$$
$$+\frac{\Theta(\alpha+n,\varrho)}{\alpha.\alpha+1.\alpha+2.\alpha+3\ldots\ldots\alpha+n-1}.$$

Bedeutet β eine ganze Zahl, so folgt also hieraus:

$$\Theta(\beta+1,\varrho)=1.2.3.4\ldots\overline{\beta-1}\left\{\frac{d^\beta\Theta(1,\varrho)}{d\varrho^\beta}-\left(1+\frac{1}{2}+\frac{1}{3}+\ldots+\frac{1}{\beta-1}\right)\cdot\frac{d^\beta\psi(1,\varrho)}{d\varrho^\beta}\right\}$$

Auch bei Betrachtung der Reihen Θ kommt es also darauf an, die Reihe $\Theta(1,\varrho)$ genauer zu kennen.

Bezeichnen wir mit A_n den Coefficienten des n^{ten}-Gliedes dieser Reihe, also

$$\frac{1+\frac{1}{2}+\frac{1}{3}+\ldots+\frac{1}{n}}{(1.2.3\ldots\ldots n)^2},$$

so haben diese die folgenden Werthe (durch *log.* $a.B_n$ sind di Logarithmen der Coefficienten der Reihe $\psi(1,\varrho)$ angegeben):

...ch eine andere Entwickelung finden. Es ist

$$du = 2e^{-2\sqrt{\varrho}}\left\{\int_0^\infty u^{-\frac{1}{2}} e^{-4u\sqrt{\varrho}}\, du + \right.$$

$$\left. \frac{\ldots 7 \ldots (2m-1)}{\ldots 1.2.3.4\ldots m} \cdot \int_0^\infty u^{m-\frac{1}{2}} e^{-4u\sqrt{\varrho}}\, du \right\}.$$

...nde Beziehungen statthaben:

$$= 2\int_0^\infty v^{2m} e^{-v^2.4\sqrt{\varrho}}\, dv = (-1)^m . 2 . d^m \frac{\int_0^\infty e^{-4v^2\sqrt{\varrho}}\, dv}{d(4\sqrt{\varrho})^m},$$

$$\int_0^\infty e^{-v^2 4\sqrt{\varrho}}\, dv = \frac{1}{2} \cdot \frac{\sqrt{\pi}}{\sqrt{4\sqrt{\varrho}}},$$

$$\int_0^\infty u^{-\frac{1}{2}} . e^{-4u\sqrt{\varrho}} = \frac{\sqrt{\pi}}{\sqrt{4\sqrt{\varrho}}},$$

...mittelbar:

$$\int_0^\infty u^{-1} . e^{-u} . e^{-\varrho : u}\, du = 2\sqrt{\pi} . e^{-2\sqrt{\varrho}} . \{4\sqrt{\varrho}\}^{-\frac{1}{2}} .$$

$$\left\{1 + \sum_1^\infty (-1)^m . \frac{(1.3.5.7\ldots\overline{2m-1})^2}{2^{2m}.1.2.3.4\ldots m} \cdot \frac{1}{(4\sqrt{\varrho})^m}\right\}.$$

... ist jedoch nur semiconvergent und unter Anwendung der von ... eingeführten ... kann man dies auch so schreiben:

$$2\sqrt{\pi} \ldots \left(\frac{1}{2}, \frac{1}{2}, 4\sqrt{\varrho}\right).$$

... können, indem man in ... Resultate

$$\ldots -1) . \varrho^a \ldots (1 + a, \varrho)$$

... und X vorgenommen

... der Bahnen ... und

der Zahlenwerthe; es schien daher nicht unpassend, in einer kleinen Tafel die Werthe dieser drei Grössen nebeneinander zu stellen. Die erste Columne giebt den absoluten Werth von ϱ, die zweite den Werth $\psi(1, +\varrho)$, die dritte $\psi(1, -\varrho)$, die vierte $\Theta(1, +\varrho)$, die fünfte $\Theta(1, -\varrho)$ und endlich die letzte den Werth des Gesammt-Integrales, wobei aber, wie aus allen obigen Entwickelungen zu ersehen ist, ϱ positiv zu nehmen ist, da sonst imaginäre Grössen auftreten. Die Werthe sind alle mittelst eilfziffriger Logarithmen, resp. durch directe Rechnung bestimmt.

ϱ	$\psi(1,+\varrho)$	$\psi(1,-\varrho)$	$\Theta(1,+\varrho)$	$\Theta(1,-\varrho)$	$\int_0^\infty u^{-1} . e^{-u} . e^{-\varrho:u} . du$
0.0	1,00000	+1,00000	0,00000	0,00000	+∞
0.1	1,10253	0.90247	0,10380	−0,09630	1,47347
0.2	1,21023	0.80978	0,21541	0,18540	0,98148
0.3	1,32326	0,72176	0,33516	0,26760	0,75587
0,4	1,44183	0,63826	0.46335	0,34317	0.58334
0.5	1,56608	+0.55913	0,60035	−0.41230	0,47828
0.6	1.69623	0,48422	0,74648	0.47554	0,40126
0.7	1.83246	0,41338	0,90211	0,53288	0,34245
0.8	1,97496	0,34647	1,06746	0,58449	0,29564
0,9	2,12393	0.28335	1.24334	0,63109	0.25853
1.0	2.27958	+0,22389	1,42970	−0.67246	0,22777
1.1	2 41213	0,16796	1.62709	0.70898	0,20215
1.2	2 61178	0.11543	1,83591	0,74088	0,18051
1.3	2,78875	0,06618	2,05658	0.76837	0,16206
1,4	2.97328	+0,020088	2,28042	0.79156	0,14597
1,5	3.16559	−0,022966	2,53419	−0,81197	0,13040
1,6	3.36592	0,06310	2,79404	0.82648	0,12037
1,7	3.57451	0,10041	3.06653	0.83838	0,10980
1,8	3.70161	0,13502	3.35313	0,84687	0.10046
1.9	4.01747	0.16704	3.65333	0.85114	0.09014
2 0	4.25235	−0,19655	3.97066	−0.85432	0.08495
2,1	4.49652	0.22366	4.30202	0.85362	0.07815
2.2	4.75026	0,24848	4.65072	0.85019	0,07222
2.3	5.01383	0,27108	5.01552	0.84419	0,06677
2,4	5.28752	0.29158	5.39758	0.83577	0,06202
2.5	5.57162	−0.31005	5.79746	−0.82507	0,05763
2.6	5.86644	0.32657	6,21574	0.81224	0.05364
2.7	6.17227	0.34124	6,65304	0.79743	0.04998
2,8	6.48043	0.35414	7,10995	0.78075	0.04666
2.9	6.81823	0.36534	7,58712	0.76235	0.04362
3 0	7.15900	−0.37493	8.08517	−0.74233	0,04082
3.1	7.51207	0.38297	8.60478	0.72080	0,03819
3.2	7,87778	0.38954	9.14665	0.69794	0,03579
3.3	8,25648	0,39471	9,71143	0,67380	0,03361
3,4	8,64853	0,39854	10,29984	0,64851	0,03159

ϱ	$\psi(1,+\varrho)$	$\psi(1,-\varrho)$	$\Theta(1,+\varrho)$	$\Theta(1,-\varrho)$	$\int_0^\infty u^{-1} . e^{-u} . e^{-\varrho:u} . du$
3,5	9.05428	—0,40111	10,91262	—0.62216	0.02972
3,6	9,47412	0,40248	11,55050	0,59483	0,02806
3,7	9,90840	0,40271	12,21428	0,56368	0,02649
3,8	10,35754	0,40186	12,90469	0,53774	0,02508
3.9	10,82191	0.40000	13.62256	0,50813	0,02362
4.0	11.30192	—0.39715	14,36870	—0,47791	0,02232
4,1	11,79798	0,39341	15,14395	0,44719	0.02115
4,2	12.31054	0,38880	15,94915	0,41601	0,02007
4,3	12,84001	0,38339	16,78521	0,38448	0,01904
4,4	13,38680	0,37721	17.65302	0.35266	0,01804
4.5	13,95141	—0.37034	18,55348	—0.32062	0,01709
4.6	14,53427	0,36280	19,48764	0.28832	0,01617
4,7	15.13585	0,35464	20,45615	0,25610	0,01533
4.8	15,75664	0,34590	21,46033	0,22377	0,01459
4,9	16,39711	0,33644	22.50104	0,19145	0,01387
5,0	17,05770	—0,32695	23,57931	—0,15919	0,01336

XVI.

Ueber die Hauptkrümmungshalbmesser einiger Flächen.

Von Dr. A. Enneper,
Docent an der Universität Göttingen.

I.

Die orthogonalen Coordinaten x, y, z eines Punktes einer Fläche seien Functionen zweier unabhängigen Veränderlichen u und v. Setzt man zur Abkürzung:

$$1)\quad \begin{aligned} \left(\frac{\partial x}{\partial u}\right)^2+\left(\frac{\partial y}{\partial u}\right)^2+\left(\frac{\partial z}{\partial u}\right)^2&=E\\ \left(\frac{\partial x}{\partial v}\right)^2+\left(\frac{\partial y}{\partial v}\right)^2+\left(\frac{\partial z}{\partial v}\right)^2&=G\\ \frac{\partial x}{\partial u}\frac{\partial x}{\partial v}+\frac{\partial y}{\partial u}\frac{\partial y}{\partial v}+\frac{\partial z}{\partial u}\frac{\partial z}{\partial v}&=F \end{aligned}$$

$$2)\quad \begin{vmatrix} \frac{\partial^2 x}{\partial u^2}, & \frac{\partial^2 y}{\partial u^2}, & \frac{\partial^2 z}{\partial u^2}\\ \frac{\partial x}{\partial u}, & \frac{\partial y}{\partial u}, & \frac{\partial z}{\partial u}\\ \frac{\partial x}{\partial v}, & \frac{\partial y}{\partial v}, & \frac{\partial z}{\partial v} \end{vmatrix}=A \qquad \begin{vmatrix} \frac{\partial^2 x}{\partial v^2}, & \frac{\partial^2 y}{\partial v^2}, & \frac{\partial^2 z}{\partial v^2}\\ \frac{\partial x}{\partial u}, & \frac{\partial y}{\partial u}, & \frac{\partial z}{\partial u}\\ \frac{\partial x}{\partial v}, & \frac{\partial y}{\partial v}, & \frac{\partial z}{\partial v} \end{vmatrix}=B$$

$$\begin{vmatrix} \frac{\partial^2 x}{\partial u\partial v}, & \frac{\partial^2 y}{\partial u\partial v}, & \frac{\partial^2 z}{\partial u\partial v}\\ \frac{\partial x}{\partial u}, & \frac{\partial y}{\partial u}, & \frac{\partial z}{\partial u}\\ \frac{\partial x}{\partial v}, & \frac{\partial y}{\partial v}, & \frac{\partial z}{\partial v} \end{vmatrix}=C,$$

so sind die beiden Hauptkrümmungshalbmesser im Punkte (x, y, z) R' und R'' durch folgende Gleichungen bestimmt:

$$3)\quad \frac{1}{R'}+\frac{1}{R''}=\frac{AG+BE-2CF}{(EG-F^2)^{\frac{3}{2}}}$$

$$4)\quad \frac{1}{R'R''}=\frac{AB-C^2}{(EG-F^2)^2}$$

Die Determinante $AB - C^2$ lässt sich durch die Differentialquotienten von E, F, G nach u und v ausdrücken, was zuerst Gauss bei der Aufstellung seines berühmten Theoremes über die Abwickelung der Flächen bemerkt hat. Durch Differentiation der Gleichungen 1) nach u und v findet man:

$$5)\quad \begin{aligned}
&\frac{\partial x}{\partial u}\frac{\partial^2 x}{\partial u^2}+\frac{\partial y}{\partial u}\frac{\partial^2 y}{\partial u^2}+\frac{\partial z}{\partial u}\frac{\partial^2 z}{\partial u^2}=\frac{1}{2}\frac{\partial E}{\partial u}\\
&\frac{\partial x}{\partial v}\frac{\partial^2 x}{\partial v^2}+\frac{\partial y}{\partial v}\frac{\partial^2 y}{\partial v^2}+\frac{\partial z}{\partial v}\frac{\partial^2 z}{\partial v^2}=\frac{1}{2}\frac{\partial G}{\partial v}\\
&\frac{\partial x}{\partial u}\frac{\partial^2 x}{\partial u\partial v}+\frac{\partial y}{\partial u}\frac{\partial^2 y}{\partial u\partial v}+\frac{\partial z}{\partial u}\frac{\partial^2 z}{\partial u\partial v}=\frac{1}{2}\frac{\partial E}{\partial v}\\
&\frac{\partial x}{\partial v}\frac{\partial^2 x}{\partial u dv}+\frac{\partial y}{\partial v}\frac{\partial^2 y}{\partial u dv}+\frac{\partial z}{\partial v}\frac{\partial^2 z}{\partial u\partial v}=\frac{1}{2}\frac{\partial G}{\partial u}\\
&\frac{\partial x}{\partial v}\frac{\partial^2 x}{\partial u^2}+\frac{\partial y}{\partial v}\frac{\partial^2 y}{\partial u^2}+\frac{\partial z}{\partial v}\frac{\partial^2 z}{\partial u^2}=\frac{\partial F}{\partial u}-\frac{1}{2}\frac{\partial E}{\partial v}\\
&\frac{\partial x}{du}\frac{\partial^2 x}{\partial v^2}+\frac{\partial y}{\partial u}\frac{\partial^2 y}{\partial v^2}+\frac{\partial z}{\partial u}\frac{\partial^2 z}{\partial v^2}=\frac{\partial F}{\partial v}-\frac{1}{2}\frac{\partial G}{\partial u}.
\end{aligned}$$

Differentiirt man die dritte und fünfte der vorstehenden Gleichungen nach v, bildet dann die Differenz

$$\frac{\partial^2 F}{\partial u\partial v}-\frac{\partial^2 E}{\partial v^2},$$

differentiirt man ferner die vierte und sechste der Gleichungen 5) nach u, bildet die Differenz

$$\frac{\partial^2 F}{\partial u\partial v}-\frac{\partial^2 G}{\partial u^2},$$

so giebt die Addition der so erhaltenen Gleichungen

$$6)\quad \begin{aligned}
\frac{1}{2}\left(\frac{\partial^2 E}{\partial v^2}-2\frac{\partial^2 F}{\partial u\partial v}+\frac{\partial^2 G}{\partial u^2}\right)&=\left(\frac{\partial^2 x}{\partial u\partial v}\right)^2+\left(\frac{\partial^2 y}{\partial u\partial v}\right)^2+\left(\frac{\partial^2 z}{\partial u\partial v}\right)^2\\
&-\frac{\partial^2 x}{\partial u^2}\cdot\frac{\partial^2 x}{\partial v^2}-\frac{\partial^2 y}{\partial u^2}\cdot\frac{\partial^2 y}{\partial v^2}-\frac{\partial^2 z}{\partial u^2}\cdot\frac{\partial^2 z}{\partial v^2}.
\end{aligned}$$

Mit Rücksicht auf die Gleichungen 5) findet man aus 2)

$$AB=\begin{vmatrix}
\frac{\partial^2 x}{\partial u^2}\frac{\partial^2 x}{\partial v^2}+\frac{\partial^2 y}{\partial u^2}\frac{\partial^2 y}{\partial v^2}+\frac{\partial^2 z}{\partial u^2}\frac{\partial^2 z}{\partial v^2}, & \frac{\partial F}{\partial v}-\frac{1}{2}\frac{\partial G}{\partial u}, & \frac{1}{2}\frac{\partial G}{\partial v}\\
\frac{1}{2}\frac{\partial E}{\partial u}, & E, & F\\
\frac{\partial F}{\partial u}-\frac{1}{2}\frac{\partial E}{\partial v}, & F, & G
\end{vmatrix}$$

$$C^2=\begin{vmatrix}
\left(\frac{\partial^2 x}{\partial u\partial v}\right)^2+\left(\frac{\partial^2 y}{\partial u\partial v}\right)^2+\left(\frac{\partial^2 z}{\partial u\partial v}\right)^2, & \frac{1}{2}\frac{\partial E}{\partial v}, & \frac{1}{2}\frac{\partial G}{\partial u}\\
\frac{1}{2}\frac{\partial E}{\partial v}, & E, & F\\
\frac{1}{2}\frac{\partial G}{\partial u}, & F, & G
\end{vmatrix}$$

Mittelst dieser Gleichungen und 6) lässt sich die Gleichung 4) in folgen Form bringen:

$$4\frac{(EG-F^2)^2}{R'R''}=2(EG-F^2)\left\{\frac{\partial}{\partial u}\left(\frac{\frac{\partial F}{\partial v}-\frac{\partial G}{\partial u}}{\sqrt{(EG-F^2)}}\right)+\frac{\partial}{\partial v}\left(\frac{\frac{\partial F}{\partial u}-\frac{\partial E}{\partial v}}{\sqrt{(EG-F^2)}}\right)\right\}$$

$$+\begin{vmatrix} E, & G, & F \\ \frac{\partial E}{\partial u}, & \frac{\partial G}{\partial u}, & \frac{\partial F}{\partial u} \\ \frac{\partial E}{\partial v}, & \frac{\partial G}{\partial v}, & \frac{\partial F}{\partial v} \end{vmatrix}$$

Die Determinanten A, B, C lassen sich durch die Differentialquotient nach u und v der Quantitäten E, F, G und $R^2=x^2+y^2+z^2$ darstell. Man findet leicht:

$$7)\quad \begin{aligned} \frac{\partial}{\partial u}\left(R\frac{\partial R}{\partial u}\right)-E&=x\frac{\partial^2 x}{\partial u^2}+y\frac{\partial^2 y}{\partial u^2}+z\frac{\partial^2 z}{\partial u^2} \\ \frac{\partial}{\partial v}\left(R\frac{\partial R}{\partial v}\right)-G&=x\frac{\partial^2 x}{\partial v^2}+y\frac{\partial^2 y}{\partial v^2}+z\frac{\partial^2 z}{\partial v^2} \\ \frac{\partial}{\partial u}\left(R\frac{\partial R}{\partial v}\right)-F&=x\frac{\partial^2 x}{\partial u\partial v}+y\frac{\partial^2 y}{\partial u\partial v}+z\frac{\partial^2 z}{\partial u\partial v}. \end{aligned}$$

Setzt man:

$$8)\quad \begin{vmatrix} x, & y, & z \\ \frac{\partial x}{\partial u}, & \frac{\partial y}{\partial u}, & \frac{\partial z}{\partial u} \\ \frac{\partial x}{\partial v}, & \frac{\partial y}{\partial v}, & \frac{\partial z}{\partial v} \end{vmatrix}=h,$$

so erhält man mittelst der Gleichungen 2) und 7) für Ah, Bh und Ch f gende Gleichungen:

$$Ah=\begin{vmatrix} \frac{\partial}{\partial u}\left(R\frac{\partial R}{\partial u}\right)-E, & R\frac{\partial R}{\partial u}, & R\frac{\partial R}{\partial v} \\ \frac{1}{2}\frac{\partial E}{\partial u}, & E, & F \\ \frac{\partial F}{\partial u}-\frac{1}{2}\frac{\partial E}{\partial v}, & F, & G \end{vmatrix}$$

$$Bh=\begin{vmatrix} \frac{\partial}{\partial v}\left(R\frac{\partial R}{\partial v}\right)-G, & R\frac{\partial R}{\partial u}, & R\frac{\partial R}{\partial v} \\ \frac{\partial F}{\partial v}-\frac{1}{2}\frac{\partial G}{\partial u}, & E, & F \\ \frac{1}{2}\frac{\partial G}{\partial v}, & F, & G \end{vmatrix}$$

$$Ch = \begin{vmatrix} \frac{\partial}{\partial v}\left(R\frac{\partial R}{\partial u}\right) - F, & R\frac{\partial R}{\partial u}, & R\frac{\partial R}{\partial v} \\ \frac{1}{2}\frac{\partial E}{\partial v}, & E, & F \\ \frac{1}{2}\frac{\partial G}{\partial u}, & F, & G \end{vmatrix}$$

Durch Substitution dieser Werthe von A, B, C nimmt die Gleichung 3) folgende Form an:

$$\begin{aligned}\left(\frac{1}{R'} + \frac{1}{R''}\right)h.(EG-F^2)^{\frac{3}{2}} = (EG-F^2)\Big\{G\frac{\partial}{\partial u}\left(R\frac{\partial R}{\partial u}\right) + E\frac{\partial}{\partial v}\left(R\frac{\partial R}{\partial v}\right) \\ - 2F\frac{\partial}{\partial v}\left(R\frac{\partial R}{\partial u}\right)\Big\} \\ + R\frac{\partial R}{\partial u}\Big\{-\frac{1}{2}G\frac{\partial}{\partial u}(EG-F^2) + (EG-F^2)\frac{\partial G}{\partial u} + \frac{1}{2}F\frac{\partial EG}{\partial v} - EG\frac{\partial F}{\partial v}\Big\} \\ + R\frac{\partial R}{\partial v}\Big\{-\frac{1}{2}E\frac{\partial}{\partial v}(EG-F^2) + (EG-F^2)\frac{\partial E}{\partial v} + \frac{1}{2}F\frac{\partial EG}{\partial u} - EG\frac{\partial F}{\partial u}\Big\} \\ - 2(EG-F^2)^2,\end{aligned}$$

oder einfacher:

9)

$$\left(\frac{1}{R'} + \frac{1}{R''}\right)h = -2\sqrt{(EG-F^2)} + \frac{\partial}{\partial u}\left(R\frac{G\frac{\partial R}{\partial u} - F\frac{\partial R}{\partial v}}{\sqrt{(EG-F^2)}}\right) + \frac{\partial}{\partial v}\left(R\frac{E\frac{\partial R}{\partial v} - F\frac{\partial R}{\partial u}}{\sqrt{(EG-F^2)}}\right)$$

Für das Quadrat von h erhält man aus 8) leicht folgende Gleichung:

$$h^2 = \begin{vmatrix} R^2, & R\frac{\partial R}{\partial u}, & R\frac{\partial R}{\partial v} \\ R\frac{\partial R}{\partial u}, & E, & F \\ R\frac{\partial R}{\partial v}, & F, & G \end{vmatrix}$$

oder

$$10)\quad \left(\frac{h}{R}\right)^2 = EG - F^2 - E\left(\frac{\partial R}{\partial v}\right)^2 - G\left(\frac{\partial R}{\partial u}\right)^2 + 2F\frac{\partial R}{\partial u}\frac{\partial R}{\partial v}.$$

Bemerkt man, dass die Gleichung der berührenden Ebene im Punkte (x, y, z) folgende ist

$$\begin{aligned}(\xi - x)\left(\frac{\partial y}{\partial u}\frac{\partial z}{\partial v} - \frac{\partial z}{\partial u}\frac{\partial y}{\partial v}\right) + (\eta - y)\left(\frac{\partial z}{\partial u}\frac{\partial x}{\partial v} - \frac{\partial x}{\partial u}\frac{\partial z}{\partial v}\right) \\ + (\zeta - z)\left(\frac{\partial x}{\partial u}\frac{\partial y}{\partial v} - \frac{\partial y}{\partial u}\frac{\partial x}{\partial v}\right) = 0,\end{aligned}$$

so erhält man für das Perpendikel p, gefällt aus dem Anfangspunkte der Coordinaten auf diese Ebene, folgende Gleichung:

$$p^2 = \frac{h^2}{EG - F^2}.$$

II.

Die Gleichungen 9) und 10) gestatten eine elegante Anwendung auf die Bestimmung des endlichen Hauptkrümmungshalbmessers einer developpabelen Fläche.

Die Coordinaten ξ, η, ζ eines Punktes einer Curve doppelter Krümmung seien Functionen einer Variabelen u, ds das Bogenelement, ϱ der Krümmungshalbmesser und r der Torsionsradius. Sind:

$$\begin{matrix} \alpha & \beta & \gamma \\ \lambda & \mu & \nu \\ a & b & c \end{matrix}$$

die Winkel, welche respective die Tangente, der Krümmungshalbmesser und die Normale zur Krümmungsebene mit den Coordinatenaxen bilden, so hat man folgendes System von Gleichungen:

$$\frac{\partial \xi}{\partial u} = \cos\alpha \frac{\partial s}{\partial u}, \quad \frac{\partial \eta}{\partial u} = \cos\beta \frac{\partial s}{\partial u}, \quad \frac{\partial \zeta}{\partial u} = \cos\gamma \frac{\partial s}{\partial u}$$

$$\frac{\partial \cos\alpha}{\partial u} = \frac{\cos\lambda}{\varrho} \frac{\partial s}{\partial u}, \quad \frac{\partial \cos\beta}{\partial u} = \frac{\cos\mu}{\varrho} \frac{\partial s}{\partial u}, \quad \frac{\partial \cos\gamma}{\partial u} = \frac{\cos\nu}{\varrho} \frac{\partial s}{\partial u}$$

$$11)\quad \frac{\partial \cos a}{\partial u} = \frac{\cos\lambda}{r} \frac{\partial s}{\partial u}, \quad \frac{\partial \cos b}{\partial u} = \frac{\cos\mu}{r} \frac{\partial s}{\partial u}, \quad \frac{\partial \cos c}{\partial u} = \frac{\cos\nu}{r} \frac{ds}{du}$$

$$\frac{\partial \cos\lambda}{\partial u} = -\left(\frac{\cos\alpha}{\varrho} + \frac{\cos a}{r}\right) \frac{\partial s}{\partial u}, \quad \frac{\partial \cos\mu}{\partial u} = -\left(\frac{\cos\beta}{\varrho} + \frac{\cos b}{r}\right) \frac{\partial s}{\partial u}$$

$$\frac{\partial \cos\nu}{\partial u} = -\left(\frac{\cos\gamma}{\varrho} + \frac{\cos c}{r}\right) \frac{\partial s}{\partial u}.$$

(Vergl. hierüber Serret im Journal de Mathématiques t. XVI., I. série.)

Bezeichnet man durch v die Distanz eines Punktes (x, y, z) einer developpabelen Fläche vom Punkte (ξ, η, ζ) der Wendecurve auf der Generatrix, bestimmt durch die Winkel α, β, γ, so hat man folgende Gleichungen:

$$\begin{aligned} x &= \xi + v\cos\alpha \\ y &= \eta + v\cos\beta \\ z &= \zeta + v\cos\gamma. \end{aligned}$$

Differentiirt man diese Gleichung in Beziehung auf u und v, so erhält man, mit Rücksicht auf 11):

$$\frac{\partial x}{\partial u} = \left(\cos\alpha + \frac{v}{\varrho}\cos\lambda\right)\frac{\partial s}{\partial u} \quad \frac{\partial x}{\partial v} = \cos\alpha$$

$$\frac{\partial y}{\partial u} = \left(\cos\beta + \frac{v}{\varrho}\cos\mu\right)\frac{\partial s}{\partial u} \quad \frac{\partial y}{\partial v} = \cos\beta$$

$$\frac{\partial z}{\partial u} = \left(\cos\gamma + \frac{v}{\varrho}\cos\nu\right)\frac{\partial s}{\partial u} \quad \frac{\partial z}{\partial v} = \cos\gamma.$$

Für $E, G, F, R\frac{\partial R}{\partial u}, R\frac{\partial R}{\partial v}$ findet man folgende Werthe:

$$E=\left(1+\frac{v^2}{\varrho^2}\right)\left(\frac{\partial s}{\partial u}\right)^2,\quad G=1,\quad F=\frac{\partial s}{\partial u},\quad \sqrt{(EG-F^2)}=\frac{\partial s}{\partial u}\frac{v}{\varrho}$$

$$R\frac{\partial R}{\partial u}=\left\{\xi\cos\alpha+\eta\cos\beta+\zeta\cos\gamma+v+(\xi\cos\lambda+\eta\cos\mu+\zeta\cos\nu)\frac{v}{\varrho}\right\}\frac{\partial s}{\partial u}$$

$$R\frac{\partial R}{\partial v}=\xi\cos\alpha+\eta\cos\beta+\zeta\cos\gamma+v$$

und hieraus:

$$R\frac{G\frac{\partial R}{\partial u}-F\frac{\partial R}{\partial v}}{\sqrt{(EG-F^2)}}=\xi\cos\lambda+\eta\cos\mu+\zeta\cos\nu$$

$$R\frac{E\frac{\partial R}{\partial v}-F\frac{\partial R}{\partial u}}{\sqrt{(EG-F^2)}}=\left\{(\xi\cos\alpha+\eta\cos\beta+\zeta\cos\gamma+v)\frac{v}{\varrho}\right.$$
$$\left.-(\xi\cos\lambda+\eta\cos\mu+\zeta\cos\nu)\right\}\frac{\partial s}{\partial u}.$$

Die Gleichung 9) geht hierdurch über in für $R''=\infty$

$$\frac{h}{R'}=-(\xi\cos a+\eta\cos b+\zeta\cos c)\frac{1}{r}\frac{\partial s}{\partial u}.$$

Aus 10) findet man leicht:

$$h=\pm(\xi\cos a+\eta\cos b+\zeta\cos c)\frac{v}{\varrho}\frac{\partial s}{\partial u},$$

folglich:

$$R'=\pm\frac{r}{\varrho}v.$$

Das doppelte Zeichen bezieht sich auf zwei äquidistante Punkte, welche mit (ξ, η, ζ) auf derselben Generatrix liegen.

III.

Die Bestimmung des endlichen Hauptkrümmungshalbmessers einer developpabelen Fläche ist ein besonderer Fall des Problemes, die Hauptkrümmungshalbmesser einer windschiefen Fläche zu bestimmen. Das folgende Verfahren möchte wohl das einfachste sein.

Die Winkel, welche die Generatrix einer windschiefen Fläche mit den Coordinatenaxen bildet, seien l, m, n; ferner (x, y, z) ein Punkt der Fläche auf dieser Generatrix und v seine variabele Distanz vom Punkte (ξ_1, η_1, ζ_1) der Strictionslinie. Für x, y, z finden dann die Gleichungen statt:

$$x=\xi_1+v\cos l$$
$$y=\eta_1+v\cos m$$
$$z=\zeta_1+v\cos n.$$

Die Quantitäten ξ_1, η_1, ζ_1 und l, m, n werden als Functionen einer Variabelen u angesehen. Bekanntlich ist die Strictionslinie einer windschiefen Fläche die Folgereihe der Punkte, in welchen die succesiven Generatricen sich am nächsten kommen.

Auf den beiden Geraden

$$\frac{x-\xi_1}{\cos l}=\frac{y-\eta_1}{\cos m}=\frac{z-\zeta_1}{\cos n}$$

$$13)\qquad \frac{x-\xi_1-\varepsilon\frac{\partial \xi_1}{\partial u}}{\cos l+\varepsilon\frac{\partial \cos l}{\partial u}}=\frac{y-\eta_1-\varepsilon\frac{\partial \eta_1}{\partial u}}{\cos m+\varepsilon\frac{\partial \cos m}{\partial u}}=\frac{z-\zeta_1-\varepsilon\frac{\partial \zeta_1}{\partial u}}{\cos n+\varepsilon\frac{\partial \cos n}{\partial u}}$$

seien ξ_1, η_1, ζ_1 und ξ'_1, η'_1, ζ'_1 die beiden Endpunkte ihrer kürzesten Distanz. Bezeichnet g eine Unbestimmte, so hat man offenbar

$$14)\qquad \begin{aligned} \xi'_1-\xi_1&=\varepsilon\frac{\partial \xi_1}{\partial u}+g\left(\cos l+\varepsilon\frac{\partial \cos l}{\partial u}\right)\\ \eta'_1-\eta_1&=\varepsilon\frac{\partial \eta_1}{\partial u}+g\left(\cos m+\varepsilon\frac{\partial \cos m}{\partial u}\right)\\ \zeta'_1-\zeta_1&=\varepsilon\frac{\partial \zeta_1}{\partial u}+g\left(\cos n+\varepsilon\frac{\partial \cos n}{\partial u}\right). \end{aligned}$$

Die linken Seiten dieser Gleichungen sind den Cosinus der Winkel proportional, welche die Verbindungslinie der Punkte (ξ_1, η_1, ζ_1) $(\xi'_1, \eta'_1, \zeta'_1)$ mit den Axen bildet, da diese Verbindungslinie auf jeder der Geraden 13) senkrecht steht, so finden die Relationen statt:

$$(\xi'_1-\xi_1)\cos l+(\eta'_1-\eta_1)\cos m+(\zeta'_1-\zeta_1)\cos n=0$$

$$(\xi'_1-\xi_1)\frac{\partial \cos l}{\partial u}+(\eta'_1-\eta_1)\frac{\partial \cos m}{\partial u}+(\zeta'_1-\zeta_1)\frac{\partial \cos n}{\partial n}=0.$$

Wegen

$$\cos l\frac{\partial \cos l}{\partial u}+\cos m\frac{\partial \cos m}{\partial u}+\cos n\frac{\partial \cos n}{\partial u}=0$$

und der Gleichungen 14) werden diese Relationen

$$\frac{\partial \xi_1}{\partial u}\cos l+\frac{\partial \eta_1}{\partial u}\cos m+\frac{\partial \zeta_1}{\partial u}\cos n=-\frac{g}{\varepsilon}$$

$$\frac{\partial \xi_1}{\partial u}\frac{\partial \cos l}{\partial u}+\frac{\partial \eta_1}{\partial u}\frac{\partial \cos m}{\partial u}+\frac{\partial \zeta_1}{\partial u}\frac{\partial \cos n}{\partial u}$$
$$+g\left[\left(\frac{\partial \cos l}{\partial u}\right)^2+\left(\frac{\partial \cos m}{\partial u}\right)^2+\left(\frac{\partial \cos n}{\partial u}\right)^2\right]=0.$$

Durch Elimination von g zwischen diesen Gleichungen folgt:

$$15)\qquad \frac{\partial \xi_1}{\partial u}\frac{\partial \cos l}{\partial u}+\frac{\partial \eta_1}{\partial u}\frac{\partial \cos m}{\partial u}+\frac{\partial \zeta_1}{\partial u}\frac{\partial \cos n}{\partial u}=$$
$$\left(\frac{\partial \xi_1}{\partial u}\cos l+\frac{\partial \eta_1}{\partial u}\cos m+\frac{\partial \zeta_1}{\partial u}\cos n\right)\left[\left(\frac{\partial \cos l}{\partial u}\right)^2+\left(\frac{\partial \cos m}{\partial u}\right)^2+\left(\frac{b \cos n}{\partial u}\right)^2\right].\varepsilon.$$

Sind die beiden Geraden 13) zwei successive Generatricen der windschiefen Fläche, so convergirt ε gegen Null, die Gleichung 15) wird dann:

$$16)\qquad \frac{\partial \xi_1}{\partial u}\frac{\partial \cos l}{\partial u}+\frac{\partial \eta_1}{\partial u}\frac{\partial \cos m}{\partial u}+\frac{\partial \zeta_1}{\partial u}\frac{\partial \cos n}{\partial u}=0.$$

Durch diese Gleichung ist die Strictionslinie einer windschiefen Fläche characterisirt.

Aus den Gleichungen 12) findet man:

$$\frac{\partial x}{\partial u}=\frac{\partial \xi_1}{\partial u}+v\frac{\partial \cos l}{\partial u},\quad \frac{\partial x}{\partial v}=\cos l$$

$$17)\qquad \frac{\partial^2 x}{\partial u^2}=\frac{\partial^2 \xi_1}{\partial u^2}+v\frac{\partial^2 \cos l}{\partial u^2},\quad \frac{\partial^2 x}{\partial v^2}=0$$

$$\frac{\partial^2 x}{\partial u\,\partial v}=\frac{\partial \cos l}{\partial u}$$

und ähnliche Ausdrücke für die Differentialquotienten von y und z. Man setze zur Abkürzung:

$$\left(\frac{\partial \cos l}{\partial u}\right)^2+\left(\frac{\partial \cos m}{\partial u}\right)^2+\left(\frac{\partial \cos n}{\partial u}\right)^2=\left(P\frac{\partial s_1}{\partial u}\right)^2$$

$$18)\qquad \frac{\partial \cos l}{\partial u}\frac{\partial^2 \xi_1}{\partial u^2}+\frac{\partial \cos m}{\partial u}\frac{\partial^2 \eta_1}{\partial u^2}+\frac{\partial \cos n}{\partial u}\frac{\partial^2 \zeta_1}{\partial u^2}=Q\left(\frac{\partial s_1}{\partial u}\right)^2$$

$$\frac{\partial \xi_1}{\partial u}\cos l+\frac{\partial \eta_1}{\partial u}\cos m+\frac{\partial \zeta_1}{\partial u}\cos n=\frac{\partial s_1}{\partial u}\cos\omega,$$

wo ∂s_1 das Bogenelement der Strictionslinie bedeutet und ω der Winkel ist, welchen die Strictionslinie mit der Generatrix bildet. Die Gleichungen 16), 17) und 18) geben dann für E, F, G, A, B und C der Gleichungen 1) und 2) folgende Werthe:

19)

$$E=\left(\frac{\partial s_1}{\partial u}\right)^2(1+v^2P^2),\ G=1,\ F=\frac{\partial s_1}{\partial u}\cos\omega,\ \sqrt{(EG-F)}=\frac{\partial s_1}{\partial u}\sqrt{(\sin^2\omega+v^2P^2)}$$

$$B=0$$

$$A=\begin{vmatrix} \frac{\partial^2 \xi_1}{\partial u^2}+v\frac{\partial^2 \cos l}{\partial u^2}, & \frac{\partial^2 \eta_1}{\partial u^2}+v\frac{\partial^2 \cos m}{\partial u^2}, & \frac{\partial^2 \zeta_1}{\partial u^2}+v\frac{\partial^2 \cos n}{\partial u^2} \\ \frac{\partial \xi_1}{\partial u}+v\frac{\partial \cos l}{\partial u}, & \frac{\partial \eta_1}{\partial u}+v\frac{\partial \cos m}{\partial u}, & \frac{\partial \zeta_1}{\partial u}+v\frac{\partial \cos n}{\partial u} \\ \cos l, & \cos m, & \cos n \end{vmatrix}$$

$$C=\begin{vmatrix} \frac{\partial \cos l}{\partial u}, & \frac{\partial \cos m}{\partial u}, & \frac{\partial \cos n}{\partial u} \\ \frac{\partial \xi_1}{\partial u}+v\frac{\partial \cos l}{\partial u}, & \frac{\partial \eta_1}{\partial u}+v\frac{\partial \cos m}{\partial u}, & \frac{\partial \zeta_1}{\partial u}+v\frac{\partial \cos n}{\partial u} \\ \cos l, & \cos m, & \cos n \end{vmatrix}=\begin{vmatrix} \cos l, & \cos m, & \cos \\ \frac{\partial \cos l}{\partial u}, & \partial \cos m & \partial co \\ \frac{\partial \xi_1}{\partial u}, & & \end{vmatrix}$$

Kugelfläche von variabelem Radius erzeugt wird, deren Mittelpunkt sich auf einer gegebenen Curve bewegt.

Die Coordinaten ξ, η, ζ eines Punktes der gegebenen Curve und der variabele Halbmesser R der Kugelfläche seien Functionen von u. Mit Beibehaltung der Bezeichnungen von II folgt die Gleichung der einhüllenden Fläche aller Kugelflächen durch Elimination von u zwischen den Gleichungen:

$$30)\quad \begin{aligned} &(x-\xi)^2+(y-\eta)^2+(z-\zeta)^2=R^2 \\ &(x-\xi)\cos\alpha+(y-\eta)\cos\beta+(z-\zeta)\cos\gamma=-R\frac{\frac{\partial R}{\partial u}}{\frac{\partial s}{\partial u}}. \end{aligned}$$

Setzt man zur Abkürzung:

$$R\frac{\partial R}{\partial u}=p\frac{\partial s}{\partial u},\quad \sqrt{(R^2-p^2)}=\Delta,$$

so lassen sich die obigen Gleichungen durch folgende drei Gleichungen ersetzen, in denen v ein variabeler Winkel ist:

$$30)\quad \begin{aligned} x&=\xi-p\cos\alpha+\Delta(\cos\lambda\cos v+\cos a\sin v) \\ y&=\eta-p\cos\beta+\Delta(\cos\mu\cos v+\cos b\sin v) \\ z&=\zeta-p\cos\gamma+\Delta(\cos\nu\cos v+\cos c\sin v). \end{aligned}$$

Durch Differentiation nach u giebt die erste Gleichung:

$$\frac{\partial x}{\partial u}=\left[\frac{\partial s}{\partial u}-\frac{\partial p}{\partial u}-\frac{\Delta}{\varrho}\frac{\partial s}{\partial u}\cos v\right]\cos\alpha+\left[\frac{R\frac{\partial R}{\partial u}-p\frac{\partial p}{\partial u}}{\Delta}\cos v+\Delta\frac{\partial s}{\partial u}\frac{\sin v}{r}-p\frac{\partial s}{\partial u}\cdot\frac{1}{\varrho}\right]\cos\lambda$$

$$+\left[\frac{R\frac{\partial R}{\partial u}-p\frac{\partial p}{\partial u}}{\Delta}\sin v-\Delta\frac{\partial s}{\partial u}\frac{\cos v}{r}\right]\cos a,$$

oder einfacher:

$$\frac{\partial x}{\partial u}=L\cos\alpha+M\cos\lambda+N\cos a,$$

wo:

$$31)\quad \begin{aligned} L&=\frac{\partial s}{\partial u}-\frac{\partial p}{\partial u}-\frac{\Delta}{\varrho}\frac{\partial s}{\partial u}\cos v \\ M&=\frac{R\frac{\partial R}{\partial u}-p\frac{\partial p}{\partial u}}{\Delta}\cos v+\Delta\frac{\partial s}{\partial u}\cdot\frac{\sin v}{r}-\frac{p}{\varrho}\frac{\partial s}{\partial u} \\ N&=\frac{R\frac{\partial R}{\partial u}-p\frac{\partial p}{\partial u}}{\Delta}\sin v-\Delta\frac{\partial s}{\partial u}\frac{\cos v}{r}. \end{aligned}$$

Da

$$R\frac{\partial R}{\partial u}=p\frac{\partial s}{\partial u},$$

so lassen sich M und N auch auf folgende Weise durch L ausdrücken:

32)
$$M = \frac{p\cos v}{\Delta}L + \frac{\partial s}{\partial u}\left(\frac{\Delta}{r} - \frac{p}{\varrho}\sin v\right)\sin v$$
$$N = \frac{p\sin v}{\Delta}L - \frac{\partial s}{\partial u}\left(\frac{\Delta}{r} - \frac{p}{\varrho}\sin v\right)\cos v,$$

also

$$M\cos v + N\sin v = \frac{p}{\Delta}L.$$

Mittelst der Gleichungen

$$\frac{\partial x}{\partial u} = L\cos\alpha + M\cos\lambda + N\cos a$$
$$\frac{\partial x}{\partial v} = \Delta(-\cos\lambda\sin v + \cos a\cos v)$$

und vier ähnlichen Gleichungen für die Differentialquotienten von y und z, erhält man für E, F, G der Gleichungen 1) folgende Werthe:

$$E = L^2 + M^2 + N^2 = \left(\frac{LR}{\Delta}\right)^2 + \left(\frac{\partial s}{\partial u}\right)^2\left(\frac{\Delta}{r} - \frac{p}{\varrho}\sin v\right)^2$$

33) $$G = \Delta^2$$
$$F = \Delta(N\cos v - M\sin v) = -\Delta\frac{\partial s}{\partial u}\left(\frac{\Delta}{r} - \frac{p}{\varrho}\sin v\right).$$

Es ist ferner

$$\frac{\partial^2 x}{\partial u^2} = \left(\frac{\partial L}{\partial u} - \frac{M}{\varrho}\frac{\partial s}{\partial u}\right)\cos\alpha + \left(\frac{\partial M}{\partial u} + \frac{\partial s}{\partial u}\frac{L}{\varrho} + \frac{\partial s}{\partial u}\frac{N}{r}\right)\cos\lambda + \left(\frac{\partial N}{\partial u} - \frac{M}{r}\frac{\partial s}{\partial u}\right)\cos a$$
$$\frac{\partial^2 x}{\partial v^2} = -\Delta(\cos\lambda\cos v + \cos a\sin v)$$
$$\frac{\partial^2 x}{\partial u\partial v} = \sin v\frac{\partial s}{\partial u}\frac{\Delta}{\varrho}\cos\alpha + \left(\frac{\Delta}{r}\frac{\partial s}{\partial u}\cos v - \frac{\partial\Delta}{\partial u}\sin v\right)\cos\lambda + \left(\frac{\Delta}{r}\frac{\partial s}{\partial u}\sin v + \frac{\partial\Delta}{\partial u}\cos v\right)$$

Multiplicirt man die Determinanten A, B, C mit

$$\begin{vmatrix} \cos\alpha, & \cos\beta, & \cos\gamma \\ \cos\lambda, & \cos\mu, & \cos\nu \\ \cos a, & \cos b, & \cos c \end{vmatrix} = \delta,$$

wo $\delta^2 = 1$, also $\delta = \pm 1$, so folgt:

$$\delta A = \begin{vmatrix} \frac{\partial L}{\partial u} - \frac{M}{\varrho}\frac{\partial s}{\partial u}, & \frac{\partial M}{\partial u} + \left(\frac{L}{\varrho} + \frac{N}{r}\right)\frac{\partial s}{\partial u}, & \frac{\partial N}{\partial u} - \frac{M}{r}\frac{\partial s}{\partial u} \\ L, & M, & N \\ 0, & -\Delta\sin v, & \Delta\cos v \end{vmatrix}$$

$$\delta B = \begin{vmatrix} 0, & -\Delta\cos v, & -\Delta\sin v \\ L, & M, & N \\ 0, & -\Delta\sin v & \Delta\cos v \end{vmatrix}$$

$$\delta C = \begin{vmatrix} \frac{\partial s}{\partial u}\frac{\Delta}{\varrho}\sin v, & \frac{\Delta}{r}\frac{\partial s}{\partial u}\cos v - \frac{\partial\Delta}{\partial u}\sin v, & \frac{\Delta}{r}\frac{\partial s}{\partial u}\sin v + \frac{\partial\Delta}{\partial u}\cos v \\ L, & M, & N, \\ 0, & -\Delta\sin v, & \Delta\cos v, \end{vmatrix}$$

Die Determinante δA entwickelt, giebt:

$$\delta A = \Delta\left[(M\cos v + N\sin v)\frac{\partial L}{\partial u} - L\frac{\partial}{\partial u}(M\cos v + N\sin v)\right]$$
$$-\Delta\frac{\partial s}{\partial u}\left[\frac{M}{\varrho}(M\cos v + N\sin v) + L\left(\frac{L}{\varrho}+\frac{N}{r}\right)\cos v - \frac{LM}{r}\sin v\right]$$

oder da

$$M\cos v + N\sin v = \frac{p}{\Delta}L$$

$$\frac{\delta A}{L} = -\frac{R^2\frac{\partial p}{\partial u} - pR\frac{\partial R}{\partial u}}{\Delta^2}L - p\frac{M}{\varrho}\frac{\partial s}{\partial u} - \Delta\frac{L}{\varrho}\frac{\partial s}{\partial u}\cos v + \frac{\partial s}{\partial u}\frac{1}{r}(M\sin v - N\cos v)$$

Setzt man in dieser Gleichung

$$\frac{\partial p}{\partial u} = \frac{\partial s}{\partial u} - \frac{\Delta}{\varrho}\frac{\partial s}{\partial u}\cos v - L,\quad R\frac{\partial R}{\partial u} = p\frac{\partial s}{\partial u}$$

und für M, N ihre Werthe aus 32), so folgt:

$$\frac{\delta A}{L} = \left(\frac{RL}{\Delta}\right)^2 + \left(\frac{\partial s}{\partial u}\right)^2\left(\frac{\Delta}{r} - \frac{p}{\varrho}\sin v\right)^2 - L\frac{\partial s}{\partial u}$$

oder wegen der ersten Gleichung 33)

$$\frac{\delta A}{L} = E - L\frac{\partial s}{\partial u}.$$

Analog findet man durch Entwickelung der Determinanten B und C:

$$\frac{\delta B}{L} = \Delta^2 = G$$

$$\frac{\delta C}{L} = -\Delta\frac{\partial s}{\partial u}\left(\frac{\Delta}{r} - \frac{p}{\varrho}\sin v\right) = F.$$

Mittelst dieser Werthe von A, B, C erhält man aus den Gleichungen : und 4):

$$\delta\left(\frac{1}{R'}+\frac{1}{R''}\right) = \frac{1}{R}\left[2 - \frac{\Delta^2}{LR^2}\frac{\partial s}{\partial u}\right]$$
$$\frac{1}{R'R''} = \frac{1}{R^2}\left[1 - \frac{\Delta^2}{LR^2}\frac{\partial s}{\partial u}\right]$$

folglich:

$$\frac{\delta}{R'} = \frac{1}{R}$$
$$\frac{\delta}{R''} = \frac{1}{R} - \frac{\Delta^2}{LR^3}\frac{\partial s}{\partial u} = \frac{1}{R} - \frac{1}{R^3}\frac{\partial s}{\partial u}\frac{R^2-p^2}{\frac{\partial s}{\partial u} - \frac{\partial p}{\partial u} - \frac{\Delta}{\varrho}\frac{\partial s}{\partial u}\cos v}$$
$$= \frac{1}{R} - \frac{1}{R^3}\frac{R^2-p^2}{1 - \frac{\partial p}{\partial s} - \frac{\Delta}{\varrho}\cos v}.$$

Die Quantität L, welche in R'' vorkommt, lässt
Winkel λ, μ, ν den Krümmungsradius ϱ und die Coo
entsprechenden Punktes der Wendecurve (*arête de re*

ausdrücken. Die Wendecurve ist bekanntlich die Folgereihe der Punkte, in welchen je drei successive charakteristische Linien einen Punkt mit einander gemein haben. Im vorliegenden Falle ist die Wendecurve durch folgende Gleichungen bestimmt:

$$(x'-\xi)^2+(y'-\eta)^2+(z'-\zeta)^2=R^2$$
$$(x'-\xi)\cos\alpha+(y'-\eta)\cos\beta+(z'-\zeta)\cos\gamma=-p$$
$$(x'-\xi)\cos\lambda+(y'-\eta)\cos\mu+(z'-\zeta)\cos\nu=\frac{\varrho}{\frac{\partial s}{\partial u}}\left(\frac{\partial s}{\partial u}-\frac{\partial p}{\partial u}\right).$$

Die letzte Gleichung in Verbindung mit:

$$(x-\xi)\cos\lambda+(y-\eta)\cos\mu+(z-\zeta)\cos\nu=\Delta\cos\nu$$

giebt:

$$(x'-x)\cos\lambda+(y'-y)\cos\mu+(z'-z)\cos\nu=\frac{\varrho}{\frac{\partial s}{\partial u}}\left(\frac{\partial s}{\partial u}-\frac{\partial p}{\partial u}-\frac{\partial s}{\partial u}\cdot\frac{\Delta}{\varrho}\cos\nu\right)=\frac{\varrho L}{\frac{\partial s}{\partial u}}.$$

Die Gleichung für R' geht hierdurch über in:

$$\delta\frac{R}{R'}=1-\frac{R^2-p^2}{R^2}\,\frac{\varrho}{(x'-x)\cos\lambda+(y'-y)\cos\mu+(z'-z)\cos\nu},$$

oder

$$\delta\frac{R}{R'}=1-\frac{\varrho}{(x'-x)\cos\lambda+(y'-y)\cos\mu+(z'-z)\cos\nu}\;\frac{R^2-[(x-\xi)\cos\alpha+(y-\eta)\cos\mu+(z-\zeta)\cos\nu]^2}{R^2}.$$

Für den Fall, dass $p=R$ also $\frac{\partial R}{\partial u}=\frac{\partial s}{\partial u}$ repräsentiren die Gleichungen 30) keine Fläche mehr, sondern eine Curve doppelter Krümmung. Die in Rede stehende Fläche wird nämlich aus Kreisen zusammengesetzt, deren Ebenen in der Entfernung p von den entsprechenden Punkten (ξ, η, ζ) der gegebenen Curve doppelter Krümmung (Directrix) auf den Tangenten der Directrix senkrecht stehen. Wenn nun $p=R$ ist, so berührt die Ebene eines solchen Kreises die variabele Kugelfläche, so dass eine Reihe von Punkten [illegible] der Kreise tritt.

V.

[illegible] Schmiegungskugeln (osculatorischen Ku- [illegible]uf die Hauptkrümmungshalbmesser, zu [illegible] z_1) der Mittelpunkt der Schmie- [illegible]er Curve doppelter Krümmung

$$z_1 = \zeta + \varrho \cos v - r\frac{\partial \varrho}{\partial s}\cos c.$$

Diese Gleichungen nach s differentiirt geben, mit Rücksicht auf die Gleichungen 11),:

$$\frac{\partial x_1}{\partial s} = -\left[\frac{\varrho}{r} + \frac{\partial}{\partial s}\left(r\frac{\partial \varrho}{\partial s}\right)\right]\cos a$$

34) $$\frac{\partial y_1}{\partial s} = -\left[\frac{\varrho}{r} + \frac{\partial}{\partial s}\left(r\frac{\partial \varrho}{\partial s}\right)\right]\cos b$$

$$\frac{\partial z_1}{\partial s} = -\left[\frac{\varrho}{r} + \frac{\partial}{\partial s}\left(r\frac{\partial \varrho}{\partial s}\right)\right]\cos c.$$

Setzt man $u = s$, so ist die einhüllende Fläche der Schmiegungskugeln das Resultat der Elimination von s aus der Gleichung:

$$(x - x_1)^2 + (y - y_1)^2 + (z - z_1)^2 = \varrho^2 + \left(r\frac{\partial \varrho}{\partial s}\right)^2$$

und dem Differentialquotienten dieser Gleichung nach s, d. h. von:

$$(x - x_1)\cos a + (y - y_1)\cos b + (z - z_1)\cos c = r\frac{\partial \varrho}{\partial s}.$$

Diese beiden Gleichungen lassen sich durch folgende ersetzen:

$$x = x_1 + \varrho(\cos\alpha\cos v + \cos\lambda\sin v) + r\frac{\partial \varrho}{\partial s}\cos a$$

35) $$y = y_1 + \varrho(\cos\beta\cos v + \cos\mu\sin v) + r\frac{\partial \varrho}{\partial s}\cos b$$

$$z = z_1 + \varrho(\cos\gamma\cos v + \cos\nu\sin v) + r\frac{\partial \varrho}{\partial s}\cos c,$$

wo v ein beliebiger variabeler Winkel ist. Unter Zuziehung der Gleichungen 11) und 34) findet man:

$$\frac{\partial x}{\partial s} = \left(\cos v\frac{\partial \varrho}{\partial s} - \sin v\right)\cos\alpha + \left[(1 + \sin v)\frac{\partial \varrho}{\partial s} + \cos v\right]\cos\lambda - (1 + \sin v)\frac{\varrho}{r}\cos a$$

$$\frac{\partial x}{\partial v} = (-\cos\alpha\sin v + \cos\lambda\cos v)\varrho$$

$$\frac{\partial^2 x}{\partial s^2} = \left[\frac{\partial^2 \varrho}{\partial s^2}\cos v - (1 + \sin v)\frac{1}{\varrho}\frac{\partial \varrho}{\partial s} - \frac{\cos v}{\varrho}\right]\cos\alpha$$
$$+ \left[\frac{\partial^2 \varrho}{\partial s^2}(1 + \sin v) + \cos v\frac{1}{\varrho}\frac{\partial \varrho}{\partial s} - \frac{\sin v}{\varrho} - (1 + \sin v)\frac{\varrho}{r^2}\right]\cos\lambda$$
$$- \left[(1 + \sin v)\frac{\partial}{\partial s}\frac{\varrho}{r} + (1 + \sin v)\frac{1}{r}\frac{\partial \varrho}{\partial s} + \frac{\cos v}{r}\right]\cos a$$

$$\frac{\partial^2 x}{\partial v^2} = -\varrho(\cos\alpha\cos v + \cos\lambda\sin v$$

$$\frac{\partial^2 x}{\partial s\,\partial v} = -\left(\sin v\frac{\partial \varrho}{\partial s} + \cos v\right)\cos\alpha + \left(\cos v\frac{\partial \varrho}{\partial s} - \sin v\right)\cos\lambda - \frac{\varrho}{r}\cos v\,.\cos a.$$

Für E, F, G erhält man leicht folgende Werthe:

$$E = (1 + \sin v)^2\left[\left(\frac{\partial \varrho}{\partial s}\right)^2 + \left(\frac{\varrho}{r}\right)^2\right] + \left(1 + \frac{\partial \varrho}{\partial s}\cos v\right)^2$$

$$F=\left(1+\frac{\partial \varrho}{\partial s}\cos v\right)\varrho$$
$$G=\varrho^2$$
$$EG-F^2=\varrho^2(1+\sin v)^2\left[\left(\frac{\partial \varrho}{\partial s}\right)^2+\left(\frac{\varrho}{r}\right)^2\right].$$

Multiplicirt man die Determinanten A, B, C wieder mit

$$\begin{vmatrix} \cos\alpha, & \cos\beta, & \cos\gamma \\ \cos\lambda, & \cos\mu, & \cos\nu \\ \cos a, & \cos b, & \cos c \end{vmatrix}=\delta=\pm 1$$

entwickelt die Producte, so folgt:

$$\frac{r}{\varrho}\frac{\delta A}{1+\sin v}=-\frac{(1+\sin v)^2}{r^2}\left[\varrho^2+r^2\left(\frac{\partial \varrho}{\partial s}\right)^2\right]-\left(1+\cos v\frac{\partial \varrho}{\partial s}\right)^2$$
$$+\frac{1+\sin v}{r^2}\frac{\varrho}{\frac{\partial \varrho}{\partial s}}\frac{1}{2}\frac{\partial}{\partial s}\left[\varrho^2+r^2\left(\frac{\partial \varrho}{\partial s}\right)^2\right]$$

$$\frac{r}{\varrho}\cdot\frac{\delta B}{1+\sin v}=-\varrho^2$$

$$\frac{r}{\varrho}\frac{\delta C}{1+\sin v}=-\varrho\left(1+\cos v\frac{\partial \varrho}{\partial s}\right).$$

Die Gleichungen 3) und 4) gehen durch Substitution dieser Werthe von A, B, C, E, F und G über in:

$$\frac{1}{R'R''}\left[\varrho^2+r^2\left(\frac{\partial \varrho}{\partial s}\right)^2\right]=1-\frac{1}{1+\sin v}\frac{\varrho}{\frac{\partial \varrho}{\partial s}}\cdot\frac{1}{2}\frac{\partial}{\partial s}\log\left[\varrho^2+r^2\left(\frac{\partial \varrho}{\partial s}\right)^2\right]$$

$$\delta\left(\frac{1}{R'}+\frac{1}{R''}\right)\sqrt{\left[\varrho^2+\left(\frac{\partial \varrho}{\partial s}\right)^2 r^2\right]}=-2+\frac{1}{1+\sin v}\frac{\varrho}{\frac{\partial \varrho}{\partial s}}\frac{1}{2}\frac{\partial}{\partial s}\log\left[\varrho^2+r^2\left(\frac{\partial \varrho}{\partial s}\right)^2\right]$$

Für $\frac{\delta}{R'}$, $\frac{\delta}{R''}$ erhält man hieraus folgende Gleichungen:

$$\frac{\delta}{R'}=-\frac{1}{\sqrt{\left[\varrho^2+r^2\left(\frac{\partial \varrho}{\partial s}\right)^2\right]}}$$

6) $$\frac{\delta}{R''}=-\frac{1}{\sqrt{\left[\varrho^2+r^2\left(\frac{\partial \varrho}{\partial s}\right)^2\right]}}\left(1-\frac{1}{1+\sin v}\frac{\varrho}{\frac{\partial \varrho}{\partial s}}\frac{1}{2}\frac{\partial}{\partial s}\log\left[\varrho^2 \ldots\left(\frac{\partial \varrho}{\partial s}\right)^2\right]\right)$$

Der Differentialquotient von $\varrho^2+r^2\left(\frac{\partial \varrho}{\partial s}\right)^2$ nach s lässt s[illegible]

und den Krümmungshalbmesser ϱ_1 der Curve des [illegible]
der Schmiegungskugel ausdrücken. Haben ϱ_1 [illegible]
selbe Bedeutung für x_1, y_1, z_1 wie ϱ, s etc. für ξ, [illegible]
ungen 34) quadrirt und addirt:

$$\left(\frac{\partial s_1}{\partial s}\right)^2=\left(\frac{\varrho}{r}+\frac{\partial}{\partial s}r\frac{\partial}{\partial}\ldots\right.$$

Setzt man

$$\frac{\partial s_1}{\partial s} = \frac{\varrho}{r} + \frac{\partial}{\partial s} r \frac{\partial \varrho}{\partial s},$$

so geben die Gleichungen 34)

$$\cos\alpha_1 = -\cos a, \quad \cos\beta_1 = -\cos b, \quad \cos\gamma_1 = -\cos c.$$

Differentiirt man diese Gleichungen nach s, so folgt:

$$\frac{\cos\lambda_1}{\varrho_1}\frac{\partial s_1}{\partial s} = -\frac{\cos\lambda}{r}, \quad \frac{\cos\mu_1}{\varrho_1}\frac{\partial s_1}{\partial s} = -\frac{\cos\mu}{r}, \quad \frac{\cos\nu_1}{\varrho_1}\frac{\partial s_1}{\partial s} = -\frac{\cos\nu}{r}.$$

Addirt man die Quadrate dieser Gleichungen, so ist

$$\left(\frac{1}{\varrho_1}\frac{\partial s_1}{\partial s}\right)^2 = \frac{1}{r^2},$$

oder

$$r\frac{\partial s_1}{\partial s} = \varrho_1,$$

d. i. wegen des obigen Werthes von $\frac{\partial s_1}{\partial s}$,

$$\varrho_1 = \varrho + r\frac{\partial \varrho}{\partial s}\frac{\partial r}{\partial s} + r^2\frac{\partial^2 \varrho}{\partial s^2},$$

oder

$$\varrho_1 \frac{\partial \varrho}{\partial s} = \frac{1}{2}\frac{\partial}{\partial s}\left[\varrho^2 + \left(r\frac{\partial \varrho}{\partial s}\right)^2\right].$$

Mittelst dieser Gleichung geht die zweite Gleichung 36) über in:

$$-\frac{\delta}{R''}\sqrt{\left[r^2 + \left(\varrho\frac{\partial \varrho}{\partial s}\right)^2\right]} = 1 - \frac{\varrho}{1+\sin v}\cdot\frac{\varrho_1}{\varrho^2 + \left(r\frac{\partial \varrho}{\partial s}\right)^2}.$$

Aus den Gleichungen 35) folgt:

$$(x-\xi)\cos\lambda + (y-\eta)\cos\mu + (z-\zeta)\cos\nu = \varrho(1+\sin v)$$

und da

$$\delta\sqrt{\left[\varrho^2 + \left(r\frac{\partial \varrho}{\partial s}\right)^2\right]} = -R',$$

so lässt sich die obige Gleichung für R'' auch schreiben:

$$\frac{R'}{R''} = 1 - \frac{\varrho_1 \varrho^2}{R'^2}\,\frac{1}{(x-\xi)\cos\lambda + (y-\eta)\cos\mu + (z-\zeta)\cos\nu}.$$

XVII.

Ueber das Ausströmen des Wasserdampfes aus einem Gefässe und sein Einströmen in ein solches.

Von Joh. Bauschinger,

Lehrer an der kgl. Gewerbe- und Handelsschule in Fürth.

§ 1.

In einer früheren Arbeit (s. Seite 81 u. 153 dieses Bandes) habe ich die Vorgänge bei dem Ausströmen vollkommener Gase aus einem Gefässe und ihrem Einströmen in ein solches näher untersucht, indem ich die Principien der mechanischen Wärmethorie auf diese Vorgänge anwandte. Von grösserer praktischer Bedeutung, namentlich für die Theorie der Dampfmaschinen, ist aber das Verhalten der Dämpfe und insbesondere das des Wasserdampfes in dieser Beziehung. Es ist der Zweck der vorliegenden Arbeit, dieses Verhalten einer näheren Betrachtung zu unterwerfen. Die Methode, mittelst welcher dies geschehen soll, ist ganz die nämliche wie in meiner früheren Arbeit; nur werden dort gewonnene Resultate von allgemeinerer Natur die Mittel an die Hand geben, auf kürzeren Wegen zum Ziele zu gelangen.

Zunächst möge es mir, des Zusammenhanges und besseren Verständnisses wegen, gestattet sein, die zu den nachfolgenden Entwickelungen nothwendigen Formeln der mechanischen Wärmetheorie, welche für Dämpfe überhaupt und speciell für Wasserdämpfe Gültigkeit haben, voranzustellen. Ich nehme dabei, wie überhaupt immer in der Folge, als Einheit des Längen-Flächen- und Körpermasses den Meter, Quadrat und Cubikmeter und als Einheit des Gewichtes oder Druckes das Kilogramm. Die Temperatur wird immer in Graden der Centesimal-Scala, vom Eispunkt an gezählt, ausgedrückt.

Im Allgemeinen ist der Zust[illegible] eines durchweg homogenen, insoweit dersel[illegible]metheorie in Betracht kommt, durch seinen Dr[illegible] speci-fisches Volumen v und seine Temp[illegible] hängen diese drei Grössen in der W[illegible] ihnen als Function [illegible] und

[illegible] Wärme,
[illegible] Dampf von
[illegible]
[illegible] Wassers, eine
[illegible]

[illegible] werden wir für u die
[illegible] „Grundzügen der mechani-
[illegible] in neuester Zeit in Ding-
[illegible] veröffentlicht hat.
[illegible] u berechnete Zeuner
[illegible] der von ihm gefundenen
[illegible]

trachtet werden kann. Bei den Dämpfen, die wir uns, um sie stets im Sättigungszustande zu haben, immer mit einer gewissen Quantität der Flüssigkeit, aus welcher sie entstanden sind, verbunden denken, ist der Druck nur Function der Temperatur allein. Für den Wasserdampf ist diese Abhängigkeit durch die Regnault'schen Versuche näher bestimmt worden. Von den für diese Abhängigkeit aufgestellten Formeln werden wir in der Folge keine benützen, sondern uns begnügen, sie im Allgemeinen durch das Symbol

1) $$p = p(t)$$

anzudeuten. In besonderen Fällen, zur Berechnung von Zahlenbeispielen, werden wir uns dann der aus Regnault's Versuchen berechneten Tabellen bedienen.

Das specifische Volumen v eines Dampfes ist aber nicht blos von der Temperatur, sondern auch von dem Verhältniss abhängig, in welchem Flüssigkeit und Dampf in dem betrachteten Gemische beider zu einander stehen. Seien, um jenes Verhältniss festzustellen, in der Gewichtseinheit, also in einem Kilogramme, des Gemisches x^k Dampf und also $(1-x)^k$ Flüssigkeit enthalten; bezeichne ferner s das specifische Volumen des trockenen gesättigten Dampfes, σ das der Flüssigkeit, zwei Grössen, die nur von der Temperatur abhängig sind, so ist offenbar

$$v = sx + (1-x)\sigma = (s-\sigma)x + \sigma,$$

oder, wenn wir kürzer $s-\sigma$ mit u bezeichnen,

2) $$v = ux + \sigma.$$

σ als Function von t folgt aus den Beobachtungen über die Ausdehnung der Flüssigkeiten durch die Wärme; da aber diese Ausdehnung, namentlich bei Wasser, eine sehr geringe ist, so kann σ bei allen Anwendungen auf die Praxis als constant angesehen und für Wasser gleich 0,001 Cubikmeter gesetzt werden. Für u giebt die mechanische Wärmetheorie eine Formel, die nur bekannte, sehr sorgfältig beobachtete Grössen enthält. Diese ist*)

3) $$u = \frac{r}{A(a+t)\frac{dp}{dt}}.$$

Dabei bezeichnet A den reciproken Werth des sogenannten mechanischen Aequivalentes der Wärme, oder nach Joule's Bestimmungen die Zahl $\frac{1}{424}$; a ist der reciproke Werth des Ausdehnungscoefficienten der vollkommenen Gase oder die Zahl 273; r endlich ist die sogenannte latente Wärme des Wasserdampfes,**) d. h. die Wärmemenge, welche nothwendig ist, um ein Kilogramm Wasser von bestimmter Temperatur in Dampf von derselben

---

*) Vgl. Clausius in Poggendorff's Annalen, Bd. 97, S. 458, Formel VI.

**) Der Kürze halber soll von jetzt an nur von diesem die Rede sein; die folgenden Entwickelungen gelten übrigens mit einigen hier und da anzubringenden, von *selbst verständlichen* Abänderungen allgemein für jede Flüssigkeit und ihren Dampf.

Temperatur zu verwandeln. Nach Regnault ist die gesammte Wärme, welche nothwendig ist, um aus einem Kilogramm Wasser von 0° Dampf von t^0 zu bilden,

$$4)\qquad Q = 606{,}5 + 0{,}305\,t.$$

Bezeichnet man daher mit c die specifische Wärme des Wassers, eine Grösse, die nach Regnault durch die Formel

$$5)\qquad c = 1 + 0{,}00004\,t + 0{,}0000009\,t^2$$

gegeben ist, so ist

$$r = Q - \int_0^t c\,dt,$$

oder, obige Werthe für Q und c eingesetzt:

$$6)\qquad r = 606{,}5 - 0{,}695\,t - 0{,}00002\,t^2 - 0{,}0000003\,t^3.$$

Nach Clausius kann diese Formel durch die einfachere

$$7)\qquad r = 607 - 0{,}708\,t$$

ersetzt werden. — Bei numerischen Berechnungen werden wir für u die Tabelle benutzen, welche Zeuner in seinen „Grundzügen der mechanischen Wärmetheorie" und in erweiterter Form in neuester Zeit in Dingler's „polytechnischem Journal", Bd. 168, S. 86—89, veröffentlicht hat. Das in Columne 8 der letzteren Tabelle enthaltene u berechnete Zeuner jedoch nicht auf obigem Wege, sondern mittelst der von ihm gefundenen empirischen Formel

$$8)\qquad Apu = B\log nat\frac{a+t}{n},$$

wo B und n Constanten und bezüglich gleich 30,456 und 100 sind.

Wenn die Gewichtseinheit eines Wasser- und Dampfgemisches aus dem durch die Grössen p_0, t_0, x_0, v_0, u_0 bestimmten Zustande in irgend einen anderen p, t, x, v, u übergeht, ohne dass ihr Wärme zugeführt oder entzogen wird, so findet zwischen obigen Grössen folgende Relation statt:*)

$$9)\qquad \frac{rx}{a+t} = \frac{r_0x_0}{a+t_0} - \int_{t_0}^{t}\frac{c}{a+t}\,dt,$$

und die dabei geleistete (oder, im Falle sie negativ wird, absorbirte) Arbeit ist**)

$$10)\qquad L = pux - p_0u_0x_0 - \frac{1}{A}\left(rx - r_0x_0 + \int_{t_0}^{t} c\,dt\right)$$

*) Vgl. Clausius in Poggendorff's Annalen, Bd. 97, S. 460, Formel VII.
**) Vgl. Clausius, ebendas. S. 468, Formel IX.

Der Kürze halber bezeichnen wir die beiden Integrale

$$\int_0^t \frac{c}{a+t} dt \quad \text{und} \quad \int_0^t c\,dt$$

bezüglich mit K und k und hängen diesen Buchstaben in der Folge dieselben Indices und Accente an, wie dem t, der oberen Grenze jener Integrale. Dann schreibt sich die Gleichung 9) auch so:

11) $$\frac{rx}{a+t} + K = \frac{r_0 x_0}{a+t_0} + K_0.$$

Die Gleichung 10) kann folgendermassen umgeformt werden:

$$L = -\frac{1}{A}\left[(r - Apu)x - (r_0 - Ap_0 u_0)x_0 + (k - k_0)\right],$$

oder, wenn wir mit Zeuner

12) $$r - Apu = \varrho$$

setzen,

13) $$L = -\frac{1}{A}(\varrho x - \varrho_0 x_0 + k - k_0).$$

Die von Zeuner sogenannte innere latente Wärme ϱ kann aus obigen Angaben berechnet werden. Zeuner findet dafür die, allerdings nur für solche Dampftemperaturen, wie sie bei Dampfmaschinen vorkommen, gültige Formel

14) $$\varrho = 575{,}03 - 0{,}7882\,t,$$

und hiernach ist die Columne 7) in seiner oben erwähnten Tabelle im „Polytechnischen Journal" berechnet. Dieselbe Tabelle enthält in Columne 5 die Werthe von Apu. Durch Addition der entsprechenden Zahlen der 5. und 7. Columne kann also r erhalten werden. — Den Werth

15) $$J = Q - Apu = r + \int_0^t c\,dt - Apu = \varrho + k$$

nennt Zeuner die innere Dampfwärme. Er findet dafür direkt aus Regnault's Versuchen die allgemein gültige Formel

16) $$J = 573{,}34 + 0{,}2342\,t$$

und nach dieser ist Columne 6) jener Tabelle von ihm berechnet. Durch Subtraction der Zahlen der 7. von den entsprechenden der 6. Columne dieser Tabelle ergiebt sich daher k, das jedoch, wie obiges ϱ, nur für Dampftemperaturen, wie sie bei Dampfmaschinen vorkommen, gilt. In einer Formel ausgedrückt, ergiebt sich dieses k (nach Gl. 14), 15) und 16)):

17) $$k = -1{,}69 + 1{,}0224\,t,$$

woraus für c der, nur für obige Temperaturen gültige, mittlere Werth

18) $$c = 1{,}0224$$

folgt. Es wird demnach auch für eben jene Temperaturen

$$K = \int_0^t \frac{c}{a+t}\,dt = 1{,}0224\,lognat\,\frac{a+t}{a},$$

oder für Brigg'sche Logarithmen

$$19)\qquad K = 2{,}3542\,log\,\frac{a+t}{a}.$$

Bezeichnet endlich noch w die Wirkungsfunction der Gewichtseinheit eines Wasser- und Dampfgemisches, wenn dessen Zustand durch die Grössen p, t, x, r, u bestimmt ist, und w dieselbe Grösse für irgend einen Anfangszustand p_1, t_1, x_1, r_1, u_1, so ist*)

$$w = w_1 + (rx - r_1x_1) - A(pux - p_1u_1x_1) + \int_{t_1}^{t}\left(c - Ap\frac{d\sigma}{dt}\right)dt,$$

oder mit obigen Bezeichnungen und $\frac{d\sigma}{dt} = 0$ angenommen:

$$20)\qquad w = w_1 + \varrho x - \varrho_1 x_1 + k - k_1.$$

§ 2.

Die zu lösende Aufgabe ist nun folgende: In einem Gefässe vom Inhalte V, dessen Wände für die Wärme undurchdringlich vorausgesetzt werden, befinde sich gesättigter, mit Wasser gemischter Dampf vom Drucke p_0, dem specifischen Volumen v_0 und der Temperatur t_0; das Mischungsverhältniss sei x_0; alle übrigen auf diesen Zustand bezüglichen Grössen bezeichnen wir durch Buchstaben mit demselben Index 0. In einem zweiten, dicht daran befindlichen Gefässe vom Inhalte V' und derselben Beschaffenheit sei ebenfalls ein Wasser- und Dampfgemische, aber in dem Zustande p_0', v_0', t_0', x_0', enthalten; die übrigen von letzteren abhängigen Grössen versehen wir mit dem nämlichen Index und Accent. Der Druck p_0 sei grösser als p_0'. Ausserdem denken wir uns das dem Dampfe beigemengte Wasser in so feinen Tröpfchen in demselben vertheilt, dass es von ihm in alle seine Bewegungen mit fortgerissen werden und mit Leichtigkeit den Aenderungen seiner Temperatur folgen kann, somit stets die nämliche Temperatur wie er selbst hat.**) Wenn jene beiden Gefässe mit einander in Verbindung gesetzt werden, so dass der Dampf von V nach V' überströmt, welches ist dann zu irgend einem Zeitpunkt während dieses Ueberströmens der Zustand des Wasser- und Dampfgemisches in dem Ausströmungsgefässe V sowohl, wie in dem Einströmungsgefässe V'; wie gross ist

*) Vgl. z. B. Zeuner, Grundzüge der mechanischen Wärmetheorie, S. 105, Formel IV.

**) Diese Voraussetzung, welche z. B. bei dem vom Dampfe aus einem Dampfkessel mechanisch mit fortgerissenen Wasser sicherlich erfüllt ist, ist ebensowohl für die Lösung unserer Aufgabe überhaupt, als auch schon für die Gültigkeit der obigen Formeln 11), 13) und 20) nothwendig.

ferner die Geschwindigkeit des durch die Oeffnung fliessenden Dampfstromes in eben jenem Augenblicke; in welchem Zustande befindet sich der Dampf in jedem der beiden Gefässe zu Ende des Vorganges, nachdem der Druck in beiden Gefässen gleichgross geworden ist, und welche Dampfmenge ist bis dahin übergetreten? Stattfindende Reibungshindernisse sollen vorläufig noch unberücksichtigt gelassen werden. Es passen also streng genommen die folgenden Entwickelungen nur auf zwei Gefässe, welche durch eine Oeffnung in dünner Wand oder durch ein sehr kurzes und weites Röhrenstück in Verbindung stehen.

In irgend einem Augenblicke während des Ueberströmens sei p, v, t, x der Zustand des Wasser- und Dampfgemisches im Ausströmungs-, p', v', t', x' der im Einströmungsgefässe. Die übrigen, von jenen abhängigen Grössen versehen wir mit einem Accent oder nicht, je nachdem sie sich auf das Einströmungs- oder Ausströmungsgefäss beziehen. Der Zustand im Ausströmungsgefässe springt natürlich nicht plötzlich an der Oeffnung in den des Einströmungsgefässes über, sondern es wird von einer gewissen Fläche ab vor der Oeffnung in jenem ersteren Gefässe bis zu einer anderen Fläche cd hinter der Oeffnung im Einströmungsgefässe ein allmäliger Uebergang stattfinden. Eine Dampfmasse dm (wir verstehen darunter wieder nicht eigentlich die Masse, sondern das Gewicht) vom Volumen dV wird an der Fläche ab, wo sie sich noch in Ruhe und im Zustande p, t, x befindet, allmälig anfangen, sich zu bewegen, wird dann eine immer grössere und grössere Geschwindigkeit annehmen, bis sie durch die Fläche cd hinter der Oeffnung fliesst, wo sie den Druck p' und damit auch die Temperatur t' im Einströmungsgefässe und zugleich ihre grösste Geschwindigkeit, die eigentliche Ausströmungsgeschwindigkeit γ erhält. Ihr Mischungsverhältniss sei in diesem Augenblicke mit (x') und ihr specifisches Volumen dem entsprechend mit (v') bezeichnet. Wenn wir annehmen, was wegen der Kürze der Zeit sicher zulässig ist, dass die Dampfmasse dm auf ihrem Wege von ab nach cd weder Wärme abgiebt, noch solche empfängt, so findet sich (x') nach Formel 11) aus der Gleichung

$$21)\qquad \frac{r'}{a+t'}(x') + K' = \frac{r}{a+t}x + K.$$

Die Arbeit, welche bei der hierbei stattfindenden Ausdehnung der Dampfmasse dm von derselben geleistet wird, ist nach Formel 13)

$$22)\qquad dA_1 = -\frac{1}{A}\left[\varrho'(x') - \varrho x + k' - k\right] dm$$

da ϱ und k nur von der Temperatur, und nicht von x, abhängig sind.

Während des Durchflusses durch den Raum $abcd$ finden von beiden Seiten her Drückungen gegen die Dampfmasse dm statt, deren Arbeitsleistung durch

$$dA_2 = p\,dV - p'\,dV'$$

ausgedrückt wird, wenn man voraussetzt, dass das Volumen der Dampfmasse dm bei ihrem Eintritt in die Fläche cd gleich dV' geworden ist. Es ist dann

$$dm = \frac{dV}{v} = \frac{dV'}{(v')}$$

und daher

$$dA_2 = [pv - p'(v')]\,dm.$$

Nun ist aber ferner nach Formel 2)

$$v = ux + \sigma$$
$$(v') = u'(x') + \sigma$$

und daher

23) $$dA_2 = [pux - p'u'(x') + (p - p')\sigma]\,dm.$$

Wenn wir die Wirkung der Schwere vernachlässigen, so ist die gesammte, auf das Element dm übertragene oder von ihm geleistete Arbeit:

$$dA_1 + dA_2 = \frac{1}{A}\left[(\varrho + Apu)x - (\varrho' + Ap'u')(x') + (k - k') + A(p - p')\sigma\right]dm,$$

oder nach Formel 12)

$$dA_1 + dA_2 = \frac{1}{A}\left[rx - r'(x') + (k - k') + A(p - p')\sigma\right]dm.$$

Mit Benutzung der Gleichung 21) für (x') geht dieser Ausdruck über in

24) $$dA_1 + dA_2 = \frac{1}{A}\left[rx\frac{t - t'}{a + t} - (K - K')(a + t') + (k - k') + A(p - p')\sigma\right]dm.$$

Diese gesammte Arbeit wird blos dazu verwendet, dem Elemente dm vom Zustande der Ruhe aus die Geschwindigkeit γ und somit die lebendige Potenz $\frac{1}{2}\frac{dm}{g}\gamma^2$, unter g die Beschleunigung der Schwere $= 9{,}8088^m$ verstanden, zu ertheilen. Es muss daher die Gleichung stattfinden:

$$\frac{1}{2}\frac{dm}{g}\gamma^2 = \frac{1}{A}\left[rx\frac{t - t'}{a + t} - (K - K')(a + t') + (k - k') + A(p - p')\sigma\right]dm,$$

woraus

25) $$\gamma^2 = \frac{2g}{A}\left[rx\frac{t - t'}{a + t} - (K - K')(a + t') + (k - k') + A(p - p')\sigma\right].$$

Dieser Ausdruck lässt sich durch einige kleine, in der Praxis meist zulässige Vernachlässigungen sehr bedeutend vereinfachen. Unserer Bezeichnung gemäss ist:

$$(K - K')(a + t') - (k - k') = (a + t')\int_{t'}^{t}\frac{c}{a + t}\,dt - \int_{t'}^{t} c\,dt,$$

oder, c als constant angenommen,

$$(K - K')(a + t') - (k - k') = c(a + t')\log nat\frac{a + t}{a + t'} - c(t - t').$$

Wenn nun die Temperaturen t und t' nicht sehr verschieden sind, so kann man, da a eine verhältnissmässig grosse Zahl ist,

$$\log nat \frac{a+t}{a+t'} = \log nat\left(1+\frac{t-t'}{a+t'}\right) = \frac{t-t'}{a+t'}$$

setzen. Damit wird aber

$$(a+t')(K-K')-(k-k')=0,$$

und man hat daher, wenn man ausserdem das mit σ multiplicirte Glied in Gleichung 25) der Kleinheit von σ halber vernachlässigt, für die Geschwindigkeit γ den sehr einfachen Ausdruck:

26) $$\gamma = \sqrt{\frac{2g}{A} r x \frac{t-t'}{a+t'}}.$$

Mit Benützung der Formel 3) kann man diesen auch schreiben:

$$\gamma = \sqrt{2g\frac{dp}{dt} u x (t-t')}$$

oder nach Formel 2) mit Vernachlässigung des σ gegen ux

27) $$\gamma = \sqrt{2gv\frac{dp}{dt}(t-t')}.$$

Der Differentialquotient $\frac{dp}{dt}$ findet sich, mit g bezeichnet, in der von Clausius veröffentlichten Tabelle in Poggendorff's Annalen, Bd. 97, Seite 555 bis 558.

Zahlenbeispiel. In einem Gefässe befinde sich trockener gesättigter Dampf ($x=1$) unter einem Drucke von 2 Atmosphären ($p=20668^k$) und der entsprechenden Temperatur $t=120{,}60^0$. Ausserhalb des Gefässes herrsche ein Druck von 1 Atmosphäre und die entsprechende Temperatur von 100^0. Mit welcher Geschwindigkeit strömt der Dampf aus dem Gefässe?

Die Berechnung ist nach den Formeln 25), 26), 27) und mittelst der schon öfters erwähnten Tabellen, namentlich der von Zeuner in Dingler's Journal, leicht zu führen. Um die Grösse der verschiedenen Glieder in Formel 25) leichter beurtheilen zu können, setzen wir diese einzeln hierher. Es wird nämlich

$$rx\frac{t-t'}{a+t} = 27{,}304$$

$$(K-K')(a+t') = 20{,}989$$

$$(k-k') = 20{,}06$$

$$A(p-p')\sigma = 0{,}024.$$

Die Formel 25) ergiebt also: $\gamma = 468{,}51^m$.
Die Formel 26) ergiebt dagegen: $\gamma = 476{,}52^m$
und die Formel 27) ergiebt: $\gamma = 475{,}99^m$.

Wenn sich in demselben Gefässe atmosphärische Luft von dem nämlichen Drucke von 2 Atmosphären und derselben Temperatur $120{,}60^0$ befunden hätte, so würde ihre Ausflussgeschwindigkeit nach Formel 8a) oder

47b) meiner vorigen Abhandlung (S. 90 und 106 dieses Bandes) 488,58^{m} betragen haben.

§ 3.

Den Zeitpunkt, für welchen wir den Zustand des Wasser- und Dampfgemisches in beiden Gefässen kennen lernen wollen, setzen wir zunächst dadurch fest, dass wir den Druck p und die entsprechende Temperatur t annehmen, bis zu welchen der ursprüngliche Druck p_0 und die Temperatur t_0 in dem Ausströmungsgefässe herabgesunken sind. Die in dem Ausströmungsgefässe zurückgebliebene Dampfmasse hat sich dann so ausgedehnt (vgl. meine vorige Abhandlung, S. 92—93 dieses Bandes), dass sie aus dem Zustande p_0, t_0, x_0 unter steter Ueberwindung eines ihrem Drucke gleichen Widerstandes in den Zustand p, t, x übergegangen ist, ohne dass ihr Wärme zugeführt oder entzogen wurde. Bei gegebenem p und t findet sich also x aus der Gleichung:

28) $$\frac{r}{a+t}x + K = \frac{r_0}{a+t_0}x_0 + K_0.$$

Ist x bekannt, so folgt das specifische Volumen v aus der Formel

29) $$v = ux + \sigma,$$

da u schon durch t bekannt ist. Für die bis zu dem betrachteten Augenblicke ausgeströmte Gasmasse m ergiebt sich

30) $$m = \frac{V}{v_0} - \frac{V}{v}.$$

Bezeichnet man mit p', v', t', x' den Zustand des Dampfes im Einströmungsgefässe für denselben Augenblick, wo er im Ausströmungsgefässe p, v, t, x ist, so muss, da in das Einströmungsgefäss dieselbe Masse einströmt, die aus dem Ausströmungsgefässe kommt, vor Allem die Gleichung

31) $$m = \frac{V}{v_0} - \frac{V}{v} = \frac{V'}{v'} - \frac{V'}{v_0'}$$

erfüllt sein, aus welcher v' gefunden werden kann.

Der ganzen in beiden Gefässen enthaltenen Dampfmasse wird unserer Voraussetzung zufolge während des Ueberströmens weder Wärme zugeführt, noch solche entzogen; und da sie nach Aussen hin auch keinerlei Arbeit leistet, noch solche von Aussen aufnimmt, so ist klar, dass ihre Wirkungsfunction unverändert bleiben muss. Daraus ergiebt sich unter Benutzung der Formel 20) folgende Gleichung:

$$\frac{V}{v_0}(w_1+\varrho_0 x_0-\varrho_1 x_1+k_0-k_1)+\frac{V'}{v_0'}(w_1+\varrho_0' x_0'-\varrho_1 x_1+k_0'-k_1)$$
$$=\frac{V}{v}(w_1+\varrho x-\varrho_1 x_1+k-k_1)+\frac{V'}{v'}(w_1+\varrho' x'-\varrho_1 x_1+k'-k_1),$$

oder einfacher, mit Berücksichtigung der Gleichung 31)

32) $$\frac{V}{v_0}(\varrho_0 x_0+k_0)+\frac{V'}{v_0'}(\varrho_0' x_0'+k_0')=\frac{V}{v}(\varrho x+k)+\frac{V'}{v'}(\varrho' x'+k').$$

In dieser Gleichung ist neben den von t' abhängigen Grössen ϱ' und k' auch nach x' unbekannt; man hat aber auch noch die Gleichung

$$33)\qquad v' = u'x' + \sigma,$$

so dass, nachdem v' aus 31) bestimmt ist, aus den Gleichungen 32) und 33) die unabhängig Veränderlichen t' und x' und mit ihnen die von ihnen abhängigen Grössen, wenn in vielen Fällen auch nur durch Näherungsrechnungen, berechnet werden können. Ueberhaupt sind die Gleichungen 28), 29), 31), 32) und 33) ausreichend, 5 von den 6 Grössen t, v, x, t', v', x', welche den Zustand des Wasser- und Dampfgemisches in jedem der beiden Gefässe in irgend einem Augenblick bestimmen, berechnen zu können, wenn eine derselben oder auch die ausgeströmte Dampfmasse m behufs Fixirung des betrachteten Zeitmomentes gegeben ist. Mit der Aufstellung dieser Gleichungen haben wir also die gestellte Aufgabe gelöst. Ihre Auflösung in irgend einem besonderen Falle hat, wenn sie manchmal auch nur auf Näherungswegen geschehen kann, doch keine Schwierigkeit mehr. Ein solcher besonderer Fall ist auch der, den wir nun betrachten wollen.

Der Vorgang des Ueberströmens ist zu Ende, wenn der Druck und damit auch die Temperatur und die von diesen abhängigen Grössen in beiden Gefässen gleich geworden sind. Bezeichnet man die diesem Endzustande entsprechenden Grössen mit denselben Buchstaben wie bisher, versieht sie aber durchweg mit dem Index 1 und mit einem Accent oder nicht, je nachdem sie dem Ein- oder Ausströmungsgefässe angehören, so ist zunächst zu bemerken, dass die blos von Druck und Temperatur abhängigen Grössen mit dem Index 1 gleich sind, ob sie einen Accent haben oder nicht. Die Gleichung 32), in welche allein diese Bedingungen für das Ende des Vorganges eingeführt werden können, ergiebt so:

$$\frac{V}{v_1}(\varrho_1 x_1 + k_1) + \frac{V'}{v_1'}(\varrho_1 x_1' + k_1) = \frac{V}{v_0}(\varrho_0 x_0 + k_0) + \frac{V'}{v_0'}(\varrho_0' x_0' + k_0').$$

Aus dieser Gleichung muss der am Ende des Vorganges stattfindende Druck, sowie die entsprechende Temperatur berechnet werden. Da sie aber ausserdem noch die Unbekannten v_1, x_1, v_1', x_1' enthält, so müssen wir sie zu jenem Zwecke erst umformen. Es ist:

$$v_1' = u_1 x_1' + \sigma$$
$$v_1 = u_1 x_1 + \sigma$$

und daraus

$$x_1' = \frac{v_1' - \sigma}{u_1}$$

$$x_1 = \frac{v_1 - \sigma}{u_1}.$$

Durch Einsetzen dieser Werthe in obige Gleichung erhält man:

$$\frac{V}{v_1}\left(\frac{\varrho_1 v_1}{u_1} - \frac{\varrho_1 \sigma}{u_1} + k_1\right) + \frac{V'}{v_1'}\left(\frac{\varrho_1 v_1'}{u_1} - \frac{\varrho_1 \sigma}{u_1} + k_1\right) = \frac{V}{v_0}\left((\varrho_0 x_0 + k_0) + \frac{V'}{v_0'}(\varrho_0' x_0' + k_0'\right)$$

oder:

$$(V+V')\frac{\varrho_1}{u_1}-\left(\frac{V}{v_1}+\frac{V'}{v_1'}\right)\left(\frac{\varrho_1\sigma}{u_1}-k_1\right)=\frac{V}{v_0}(\varrho_0x_0+k_0)+\frac{V'}{v_0'}(\varrho_0'x_0'+k_0'),$$

oder unter Anwendung der Gleichung 31) für diesen Fall:

34)

$$\frac{\varrho_1}{u_1}\left[V+V'-\sigma\left(\frac{V}{v_0}+\frac{V'}{v_0'}\right)\right]+k_1\left(\frac{V}{v_0}+\frac{V}{v_0'}\right)=\frac{V}{v_0}(\varrho_0x_0+k_0)+\frac{V'}{v_0'}(\varrho_0'x_0'+k_0').$$

In dieser Gleichung sind nun nur noch die allein von der Temperatur t_1 abhängigen Grössen ϱ_1, u_1 und k_1 unbekannt. Der Enddruck p_1 und die Endtemperatur t_1 können daher aus ihr, wenn auch nur durch Näherung, berechnet werden. Gute Dienste wird hierbei die Columne 9) der Zeuner'schen Tabelle in Dingler's Journal für $\frac{\varrho}{u}$ leisten. Ist p_1 und t_1 gefunden, so folgt aus der Gleichung (vgl. Gleichung 28):

35) $$\frac{r_1}{a+t_1}x_1+K_1=\frac{r_0}{a+t_0}x_0+K_0$$

das Mischungsverhältniss x_1 und aus der Gleichung

36) $$v_1=u_1x_1+\sigma$$

das specifische Volumen v_1. Die gesammte übergeströmte Dampfmasse ist folglich

37) $$M=\frac{V}{v_0}-\frac{V}{v_1},$$

und da sich diese im Einströmungsgefässe wieder findet, so hat man auch:

38) $$M=\frac{V}{v_1'}-\frac{V}{v_0'},$$

woraus das specifische Volumen v_1' gefunden werden kann. Aus der Gleichung

39) $$v_1'=u_1x_1'+\sigma$$

folgt endlich noch das Mischungsverhältniss x_1'.

§ 4.

Es sind besonders zwei specielle Fälle, welche in ihrer Anwendung, namentlich auf die Theorie der Dampfmaschinen, von Wichtigkeit sind.

Erster specieller Fall. Aus einem Raume, welcher gesättigten Dampf enthält und in welchem, sei es, weil er sehr gross gegen das Einströmungsgefäss ist, sei es aus einem anderen Grunde, die Grössen p, t, v, x constante Werthe p_0, v_0, t_0, x_0 behalten, strömt der Dampf in ein Gefäss V', in welchem ursprünglich der Zustand p_0', v_0', t_0', x_0' statt hat. Verwirklicht ist dieser Fall in der Praxis bei dem Einströmen des Dampfes aus dem Kessel in den Cylinder einer Dampfmaschine, vorausgesetzt, dass auf dem Wege des Einströmens der Dampf weder durch Reibung noch durch Abkühlung einen Verlust von Arbeit oder Wärme erleidet. Wenn hierbei auch der Zustand des Dampfes im Kessel nur in Folge der fortgesetzten Verdampfung constant bleibt, so müssen wir doch, um unsere Formeln, namentlich die 32), anwenden zu können, annehmen, dass dieselbe Wirkung durch einen sehr grossen Kessel ($V = \infty$), in welchem der Dampf ungeändert bleibt, erzielt werde. Für diesen Fall sind die Gleichungen 28) und 29) von selbst erfüllt. Um in die Gleichung 32) die Bedingung $V = \infty$ einführen zu können, müssen wir sie mit Hülfe der Gleichung 30) erst etwas umformen. Wir erhalten so:

$$\frac{V}{v_0}(\varrho x + k) - m(\varrho x + k) + \frac{V'}{v'}(\varrho' x' + k') = \frac{V}{v_0}(\varrho_0 x_0 + k_0) + \frac{V'}{v_0'}(\varrho_0' x_0' + k_0').$$

Nun nähern sich in dem Maasse als V grösser wird, ϱ, x und k den Werthen ϱ_0, x_0 und k_0, und es kann daher kein Zweifel sein, dass für $V = \infty$ die ersten Glieder auf der linken und rechten Seite des Gleichheitszeichens obiger Gleichung einander gleich werden und wir daher schreiben können:

$$\frac{V'}{v'}(\varrho' x' + k') = \frac{V'}{v_0'}(\varrho_0' x_0' + k_0') + m(\varrho x + k).$$

Nun ist auch:

$$m = \frac{V'}{v'} - \frac{V'}{v_0'},$$

und dies oben eingesetzt, giebt:

$$40)\qquad \frac{\varrho' x' + k' - \varrho_0 x_0 - k_0}{v'} = \frac{\varrho_0' x_0' + k_0' - \varrho_0 x_0 - k_0}{v_0'},$$

oder für v' und v_0' ihre Werthe nach Formel 2) gesetzt:

$$41)\qquad \frac{\varrho' x' + k' - \varrho_0 x_0 - k_0}{u' x' + \sigma} = \frac{\varrho_0' x_0' + k_0' - \varrho_0 x_0 - k_0}{u_0' x_0' + \sigma}.$$

Wenn wir voraussetzen, dass zur Fixirung des Zeitpunktes, in welchem der Zustand des Dampfes in beiden Gefässen betrachtet wird, der Druck p' und die entsprechende Temperatur t' (und mit ihnen die Grössen ϱ', k', u') gegeben sind, bis zu welchem sich diese Grössen im Einströmungsgefässe von ihren ursprünglichen Werthen p_0' und t_0' an erhoben haben, so kann x' aus obiger Gleichung leicht gefunden werden. Im umgekehrten Falle, wenn x' gegeben wäre, könnte die Auflösung jener Gleichung nach p' oder t' freilich nur durch Näherung bewerkstelligt werden. Das specifische Volumen v' folgt dann aus

$$42)\qquad v' = u' x' + \sigma$$

und die übergeströmte Dampfmasse m aus

$$43)\qquad m = \frac{V'}{v'} - \frac{V'}{v_0'}.$$

Das Ende des Ueberströmens ist erreicht, wenn der Druck p' im Einströmungsgefässe gleich p_0, dem im Ausströmungsgefässe, geworden ist. Hält man die zu Ende des vorigen Paragraphen eingeführte Bezeichnung für das Ende des Vorganges fest, so wird aus Gleichung 41):

$$44)\qquad \frac{\varrho_0 x_1' - \varrho_0 x_0}{u_0 x_1' + \sigma} = \frac{\varrho_0' x_0' + k_0' - \varrho_0 x_0 - k_0}{u_0' x_0' + \sigma},$$

woraus x_1' gefunden werden kann; v_1' folgt dann aus

$$45)\qquad v_1' = u_0 x_1' + \sigma$$

und die ganze übergeströmte Dampfmasse aus

$$46)\qquad M = \frac{V'}{v_1'} - \frac{V'}{v_0'}.$$

Zahlenbeispiel. In einem Raume, dessen Inhalt V wir als unendlich gross voraussetzen, befinde sich ein Wasser- und Dampfgemische von dem constanten Drucke von 5 Atmosphären ($p_0 = 51670^k$) und der entsprechenden Temperatur $t_0 = 152{,}22^0$; das Mischungsverhältniss sei $x_0 = 0{,}80$. Dieser Raum stehe in Verbindung mit einem Gefässe, in welchem ursprünglich ein Druck von 1 Atmosphäre ($p_0 = 10334^k$) und die entsprechende Temperatur $t_0' = 100^0$ herrsche. Für das ursprüngliche Mischungsverhältniss in diesem Gefäss nehmen wir die 5 Fälle: $x_0' = 0{,}40$; 0,60; 0,80; 0,90; 1,00. — Welches ist die Geschwindigkeit des Ueberströmens und das Mischungsverhältniss im Einströmungsgefässe, nachdem sich der Druck in letzterem auf 2, 3, 4 und endlich auf 5 Atmosphären erhoben hat? Die übrigen Grössen, das specifische Volumen und die übergeströmte Dampfmasse können leicht aus dem Druck und dem Mischungsverhältniss berechnet werden (Formel 42) und 43)); letztere freilich nur dann, wenn auch die Grösse des Einströmungsgefässes gegeben ist, was wir, da es die übrigen Grössen nicht erfordern, unterlassen haben.

Die Lösung der Aufgabe geben die Gleichungen 25) und 41); die Berechnung des γ und x' aus denselben unterliegt nicht den mindesten Schwierigkeiten, besonders wenn man sich der schon mehrmals erwähnten Zeuner'schen Tabellen in Dingler's polytechnischem Journal bedient. Die Resultate dieser Berechnung sind in folgender Tabelle I. zusammengestellt. Die Werthe von γ sind von dem Mischungsverhältniss im Einströmungsgefässe unabhängig. Für den Fall, dass das Mischungsverhältniss in beiden Gefässen ursprünglich gleich ist, sind in der Tabelle auch die Werthe von x' angegeben, welche statt haben, nachdem sich der Druck im Einströmungsgefässe erst auf 1,1 und 1,5 Atmosphären erhoben hat. Ebenso ist der Werth von γ für den Beginn des Ueberströmens beigefügt.

Tabelle I.

$V = \infty$; $p_0 = 5$ Atm.; $x_0 = 0{,}80$; $p_0' = 1$ Atm.; $x_0' = 0{,}40$; 0,60; 0,80; 0,90; 1,00.

p'	γ	x' für $x_0' =$				
		0,40	0,60	0,80	0,90	1,00
Atm.	Meter					
1	661,2	0,40	0,60	0,80	0,90	1,00
1,1	—	—	—	0,8014	—	—
1,5	—	—	—	0,8038	—	—
2	513,5	0,5181	0,6788	0,8035	0,8559	0,9029
3	383,2	0,5762	0,7082	0,7998	0,8358	0,8671
4	255,3	0,6103	0,7222	0,7932	0,8226	0,8463
5	0	0,6323	0,7295	0,7902	0,8128	0,8317

Zweiter specieller Fall. Der Inhalt des Einströmungsgefässes V' wird als unendlich gross vorausgesetzt. Es kommt dies vor beim Ausströmen des Dampfes aus dem Cylinder einer Dampfmaschine in die freie Luft oder in den Condensator. Im ersteren Falle müssen wir uns freilich die Luft durch Dampf von gleichem Druck und entsprechender Temperatur ersetzt denken. Das Mischungsverhältniss dieses Dampfes hat, wie sich zeigen wird, auf keine der zu berechnenden Grössen Einfluss; die Temperatur nur auf die Geschwindigkeit γ (Formel 25), und in Bezug auf den Druck an sich muss es völlig gleichgültig sein, ob er durch Luft oder Dampf hervorgebracht wird. — In dem Falle, wo der Dampf aus dem Cylinder in den Condensator strömt, wird dieser zwar selten so gross sein, dass sich die Annahme $V' = \infty$ rechtfertigen liesse; aber in Folge des fortgesetzten Einspritzens von kaltem Wasser in ihn bleibt der Zustand des Dampfes in demselben nahezu constant, und dieser Erfolg wird auch durch die Annahme $V' = \infty$ erzielt.

Die allein hier in Betracht kommenden Formeln 28) bis 30) bleiben ungeändert; wir setzen sie nur der Vollständigkeit halber nochmals hierher.

47) $$\frac{r}{a+t}x + K = \frac{r_0}{a+t_0}x_0 + K_0,$$

48) $$v = ux + \sigma,$$

49) $$m = \frac{V}{v_0} - \frac{V}{v},$$

Für das Ende des Ausströmens hat man:

$$p = p_0'$$

und dem entsprechend $t = t_0'$, $v = v_0'$ etc. zu setzen. Es berechnet sich dann aus der Gleichung

50) $$\frac{r_0'}{a+t_0'}x_1 + K_0' = \frac{r_0}{a+t_0}x_0 + K_0$$

das Mischungsverhältniss x_1 am Ende und aus diesem das specifische Volumen

51) $$v_1 = u_0' x_1 + \sigma$$

und die gesammte ausgeströmte Dampfmasse

52) $$M = \frac{V}{v_0} - \frac{V}{v_1}.$$

Zahlenbeispiel. Ein Gefäss enthalte 1 Kilogramm trockenen gesättigten Wasserdampf von 5 Atmosphären Spannung. Sein Inhalt V ist also $=0{,}3627$ Kubikmeter (s. Zeuner's Tabelle in Dingler's Journal, Col. 11). Wenn dieses Gefäss gegen einen Raum hin, in welchem ein genügend kleiner Druck statt hat, geöffnet wird, welches ist das Mischungsverhältniss von Wasser und Dampf in demselben, nachdem die Spannung in ihm auf 4, 3, 2, 1, 0,5 und endlich 0,1 Atmosphären herabgesunken ist; welche Dampfmenge ist zu diesem Zeitpunkte noch im Gefäss enthalten und welche ausgeströmt?

Die Lösung dieser Aufgabe ergiebt sich leicht aus den Formeln 47) bis 49) mittelst der schon oft erwähnten Zeuner'schen Tabelle. Die Resultate sind in folgender Tabelle II. enthalten.

Tabelle II.

$p_0 = 5$ Atm. $x_0 = 1{,}00$; $V = 0{,}3627$ Cub.-M.

p	x	Zurückgebl. Dampfm. $\frac{V}{v}$	Ausgestr. Dampfm. $\frac{V}{v_0} - \frac{V}{v}$
Atm.		Kilogramm	Kilogramm
5	1,0000	1,0000	0
4	0,9856	0,8230	0,1770
3	0,9676	0,6397	0,3603
2	0,9452	0,4477	0,5523
1	0,9095	0,2423	0,7577
0,5	0,8779	0,1305	0,8695
0,1	0,8159	0,0306	0,9694

Fürth, im Juni 1863.

XVIII.

Ueber das System in der darstellenden Geometrie.

Von Dr. Wilh. Fiedler,

Lehrer der darstellenden Geometrie an der Gewerbeschule in Chemnitz.

Wenn man von einem System in der darstellenden Geometrie spricht, so muss man nothwendig absehen von jenen Beschränkungen der Unterweisung und der Lehrbücher, nach welchen wohl etwa die orthogonale Parallelprojection mit Ausschluss der schrägen und der Centralprojection, oder die Parallelprojection mit Ausschluss der Centralprojection behandelt, oder die Vereinigung beider als das Ganze der darstellend geometrischen Wissenschaft gegeben wird.

Denn fast von gleichem Alter mit der Auforderung zur Nachahmung der Gesichtseindrücke durch Zeichnungen auf ebenen Flächen, welche im Beginn der neueren Zeit zur wissenschaftlichen Begründung der Perspective geführt hat, ist die Anforderung zur scenischen Darstellung auf dem beschränkten Raume einer Bühne, der Idee nach also die räumliche für ein beobachtendes Auge täuschend richtige Ersetzung räumlicher Formen durch andere von geringeren Dimensionen. Es ist augenscheinlich, dass die höhere Gartenkunst, insofern sie auch die Formung der Erdoberfläche in den Kreis ihrer Objecte ziehen darf, analoge Probleme darbietet, und bekannt, dass die Entwickelung der plastischen Kunst in der Darstellung der Reliefs dieselbe Aufgabe gestellt hat.

Man hat längst in der Construction und Ausführung verjüngter geometrisch ähnlicher Modelle einen einfachsten speciellen Fall der allgemeinen Aufgabe gelöst, die hierdurch der darstellenden Geometrie vorgelegt erscheint, und nach welcher nun nicht nur ihre Objecte die geometrischen Formen im Raum von drei Dimensionen sind, sondern auch die Form ihrer Darstellung ebensowohl die räumliche sein kann, als sie gewöhnlich die in einer Zeichnungsebene ist. Es ist bekannt, dass zuerst im Jahre 1798 von J. A. Breysig, Prof. an der Kunstschule zu Magdeburg in dem „Versuch einer Erläuterung der Reliefsperspective" die strengen Regeln zur constructiven Lösung jener Aufgaben, obwohl nur empirisch, vorgetragen worden sind; Regeln, welche mit denen genau übereinstimmen, die in Poncelet's

„*Traité des propriétés projectives des figures*" (1822) mathematisch entwickelt wurden.

Das System der darstellenden Geometrie muss diese Constructionsmethoden der centralen Collineation oder der räumlichen homographischen Transformation in sich aufnehmen und es ist gewiss, dass sie in allen ihren Theilen davon grosse Vortheile zu ziehen im Stande sein wird. Das Letztere ist in vielem Einzelnen längst bekannt, und es kann nicht ausbleiben, dass auch die systematische Einführung der betreffenden Theorien der neueren Geometrie in die darstellende Geometrie vollzogen werden wird, weil sie eben dieser Letzteren naturgemäss angehören.

Aber es scheint bisher nicht beachtet worden zu sein, dass jene Methoden der räumlichen centralen Collineation namentlich auch insofern für die darstellende Geometrie von allgemeiner Bedeutung sind, als in ihnen alle die verschiedenen Methoden derselben als specielle Fälle enthalten sind. Es ist der Zweck dieser kurzen Erörterung, darauf aufmerksam zu machen.

Es genügt dafür, eine der Constructionsmethoden central-collinearer Systeme zu berücksichtigen. Man bestimmt aus dem Centrum der Collineation C, der Collineationsebene E, d. i. der Ebene aller derjenigen Punkte, welche mit ihren homologen zusammenfallen, und der Gegenebene F, oder, wie man nach Analogie der Perspective sagen kann, der Fluchtebene, d. i. der Ebene derjenigen Punkte des abgeleiteten Systemes, welche den unendlich entfernten Punkten des Originalsystemes entsprechen — man erkennt daraus sofort, dass sie der Collineationsebene parallel sein muss — den Punkt des abgeleiteten Systemes π, welcher einem gegebenen Punkte p des Originalsystemes entspricht, als Durchnittspunkt zweier durch ihn gehenden Geraden, wie folgt: Man zieht die Gerade Cp, welche sich selbst entspricht und somit den gesuchten Punkt π enthält; man legt durch p irgend eine andere Gerade L und bestimmt die ihr entsprechende Gerade l, indem man den Durchschnittspunkt a, α von L mit E, als welcher sich selbst entspricht, mit dem Durchschnittspunkt ω einer durch C zu L gezogenen Parallelen mit F, als welcher dem unendlich entfernten Punkte von L entspricht, durch eine Gerade verbindet; sie schneidet Cp und der Schnittpunkt ist der gesuchte Punkt π des abgeleiteten Systemes.

Aus dieser Construction der allgemeinen Construction räumlicher Modelle, die man als perspectivische bezeichnen kann, weil sie für ein im Centralpunkt befindliches Auge den Eindruck des Originals vollkommen ersetzen, gehen alle hauptsächlichsten Constructionen der darstellenden Geometrie als specielle Fälle hervor.

Zuerst die Centralprojection einerseits und die Construction ähnlicher verjüngter Modelle andererseits; jene, indem man die Collineations- und die Fluchtebene zur Deckung bringt, d. h. die in den

Richtung der Sehstrahlen gemessenen Dimensionen der abgeleiteten Figur auf Null reducirt; diese, indem man dieselben beiden Ebenen in unendliche Entfernung hinausrückt, d. h. dem abgeleiteten System, in seiner Vollständigkeit gedacht, ebenfalls den unbegrenzten Raum zur Verfügung stellt.

Denn unter jener Voraussetzung giebt die gegebene Construction die folgenden Resultate: der Sehstrahl Cp bestimmt in seinem Durchschnittspunkte mit der Bildebene EF das Bild π des Punktes p, wenn man zugleich das Bild l einer durch p gehenden Geraden L bestimmt, indem man ihren Durchschnittspunkt a mit der Bildebene mit dem Bilde ihres unendlich entfernten Punktes, d. i. dem Durchschnitt einer durch C gehenden Parallelen zu ihr mit der Bildebene verbindet. Man sieht, in der Centralprojection kann ein Punkt nur als einer Geraden (oder einer Ebene) angehörig und eine Gerade durch Angabe der beiden Punkte bestimmt werden, welche als Durchgangspunkt und Fluchtpunkt bezeichnet werden. Ich erlaube mir, auf die Ausführung einer geometrischen Centralprojection von diesem Standpunkte aus in meiner Programmschrift vom Jahre 1860 zu verweisen.

Unter der zweiten Voraussetzung aber erhält man die Punkte des abgeleiteten Systemes auf den vom Centrum nach den Punkten des Originalsystemes gehenden Geraden so, dass die entsprechenden Geraden und Ebenen beider Systeme einander parallel sind; das Centrum wird zum Aehnlichkeitspunkt ähnlich gelegener ähnlicher Systeme. Dieselben werden congruent, sobald man überdies auch das Centrum unendlich entfernt voraussetzt.

Sodann die orthogonale und die schiefe Parallelprojection durch die Voraussetzung, dass das Centrum selbst in unendlicher Entfernung liege; jene für die specielle Annahme, dass es mit dem Pol oder dem unendlich fernen Punkt der Normalen der Collineationsebene zusammenfalle; diese, sobald dies nicht geschieht. Denken wir das Centrum als den unendlich entfernten Punkt einer gegebenen Geraden L^*, so ergiebt sich der dem Punkte p entsprechende Punkt des abgeleiteten Systemes nach obiger Construction, indem man durch p eine Parallele l zu L^* zieht, sodann durch p die beliebige Gerade L legt und ihren Durchschnittspunkt a mit der Collineationsebene bestimmt und ihn mit dem unendlich entfernten Punkte der geraden Linie verbindet, in welcher eine durch L gehende und zu L^* parallele Ebene die Fluchtebene, oder auch die Collineationsebene schneidet; diese Linie schneidet die projicirende Parallele von p in dem gesuchten Punkte π und da sie in der Collineationsebene selbst enthalten ist, so fällt auch π in dieselbe und man erkennt 1) dass die Bilder aller der Punkte p, welche einer und derselben Parallelen zur festen Geraden L angehören, in einem Punkte zusammenfallen, nämlich in ihrem Fusspunkte in der Collineations- oder Bildebene (dies findet in der Centralprojection ebenfalls statt); 2) dass *die Bilder* aller der Geraden, welche in einer und derselben zu L parallelen

Ebene enthalten sind, in einer geraden Linie zusammenfallen, nämlich in der Durchnittslinie jener Ebene mit der Bildebene; 3) dass die Fluchtebene ihre ganze Bedeutung in der Construction verliert und dass die unendlich entfernten Punkte und Geraden, d. h. die Richtungen gerader Linien und die Stellungen von Ebenen, nicht mehr direct darstellbar sind. Daher kann durch eine einzige Parallelprojection eine geometrische Form nicht bestimmt werden, es ist nöthig, zwei oder drei derselben zu diesem Zwecke zu combiniren, oder numerische Bestimmungen mit einer derselben zu verbinden; das Erstere geschieht in der orthogonalen Parallelprojection, das Letztere in der axonometrischen Projection.

Wenn man damit endlich noch das Gesetz der Gleichheit der Doppelschnittverhältnisse verbindet, welches die metrischen Verhältnisse der beiden Systeme beherrscht, so ergeben sich die Grundgesetze der Projections- und Modellirungsmethoden vollständig.

Es wäre leicht, eine Menge Einzelheiten aus diesen allgemeinen Anschauungen abzuleiten und lehrreich, einzelne Aufgaben und Constructionen nach derselben durch die verschiedenen Methoden zu verfolgen; beides geht jedoch über den Zweck der gegenwärtigen Darstellung hinaus. Sie soll nur den allgemeinen Standpunkt bezeichnen, von welchem aus das System in der darstellenden Geometrie naturgemäss zu beurtheilen ist. Und nur die eine Folgerung mag aus der Natur des Systemes gezogen werden, dass die Behandlung der geraden Linie — nicht des Punktes — das Fundamentale in dem Aufbau der darstellenden Geometrie sein muss. (Vergl. das von A. F. Möbius in „Der Barycentrische Calcul" § 217 Gesagte.)

Kleinere Mittheilungen.

XXXV. Zur constructiven Auflösung der dreiseitigen Ecke. Gegenüber der gebräuchlichen Behandlungsweise dieses Problems auf dem Wege der Construction scheint mir die in Nachstehendem kurz dargestellte, welche ich benutze und von der ich nicht weiss, ob sie sonst veröffentlicht ist, den Vorzug der grösseren Symmetrie zu besitzen; sie erlangt ihn durch die unverstümmelte Aufnahme der Polarecke in die Construction und ist insofern eben nur eine symmetrische Ausbildung des gewöhnlichen Verfahrens.

Ich denke eine dreiseitige Ecke vom Scheitel S, die aus dem letzteren beschriebene Kugel und das auf ihr durch die Ecke verzeichnete sphärische Dreieck ABC; die Tangentenpaare der Seiten in den Ecken dieses Dreieckes bestimmen die Flächen der Polarecke, deren Scheitel durch S' und deren Kanten durch $S'A'$, $S'B'$, $S'C'$ in der Art bezeichnet sein mögen, dass die zwei Gruppen von je drei Kreisvierecken, welche den aus beiden Ecken gebildeten Körper begrenzen, durch

$$ASBC', \quad BSCA', \quad CSAB';$$
$$AS'B'C, \quad B'S'C'A, \quad C'S'A'B$$

dargestellt sind. Während in den ersteren die Gleichheiten

$$SA = SB, \quad SC = SC$$

bestehen, ist für die Letzteren

$$S'A = S'B = S'C,$$

die drei rechtwinkeligen Dreiecke

$$SS'A, \quad SS'B, \quad SS'C$$

sind congruent und haben zu ihrer gemeinschaftlichen auf die Hypotenuse SS' bezogenen Höhe den Halbmesser des Kreises, welcher dem Dreieck ABC umschrieben ist.

Darin sind die Elemente der Construction vollständig enthalten; aus den drei Kantenwinkeln bestimmen sich z. B. zuerst die Kreisvierecke der ersten Gruppe und das Dreieck ABC mit dem Halbmesser des ihm umgeschriebenen Kreises, aus diesem aber die gemeinschaftliche Diagonale der Kreisvierecke der zweiten Gruppe, diese selbst und die Flächenwinkel der Ecke. Die ganz symmetrische Lösung aller übrigen Aufgaben zur Bestimmung der dreiseitigen Ecke bedarf keiner Erörterung; ich würde mir nicht *erlaubt* haben, diese einfache Methode hier zu erwähnen, wenn sie nicht einen im Unterricht so wichtigen Gegenstand beträfen und sich nicht an die Definitionen von Flächenwinkeln und sphärischen Dreiecke so direct anschlösse. Dr. WILH. FIEDLER.

XXXVI. Ueber die scheinbaren Einschränkungen des Euler'schen Satzes von den Polyedern. Von Dr. LUDWIG MATTHIESSEN in Jever.

In den Lehrbüchern und Vorlesungen der Geometrie wird zwar überall angegeben, dass der schöne Euler'sche Satz $E+F=K+2$ in einzelnen Fällen eine „Einschränkung" erleide, oder „nicht zu gelten scheine"; den eigentlichen Grund dieser Ausnahmen aber erfährt man nicht. Als Beispiel wird gewöhnlich der Fall angeführt, in welchem eine dreiseitige Pyramide $ABCD$ (Fig. 1, Tafel IV) mitten auf eine Fläche eines Tetraeders $EFGH$ aufgesetzt ist, so dass keine der Kanten des einen Körpers mit einer solchen des anderen ganz zusammenfällt. (Man vergleiche Heis und Eschweiler Lehrbuch der Geom. II, pag. 56.) Hier ist „wunderlicher Weise $E+F=K+3$" heisst es wörtlich in meinem Collegienhefte, und damit war die Sache damals abgethan. Grunert, welcher in seinem Lehrbuche der Stereometrie, § 173, mehrere Beweise des Euler'schen Satzes mitgetheilt hat, sucht daselbst diese Schwierigkeit dadurch zu umgehen, dass er die Polyeder in Euler'sche (convexe) und Nicht-Euler'sche eintheilt, indem er unter den letzteren alle diejenigen Polyeder versteht:

1) in denen einzelne Seitenflächen ringförmige Vielecke, d. h. solche Figuren bilden, wie sie der zwischen zwei Vielecken, von denen das eine ganz innerhalb des anderen liegt, enthaltene Raum zeigt;

2) die in ihrem Innern einen hohlen Raum umschliessen, d. h. von zwei Oberflächen so begrenzt werden, dass die eine die andere ganz umschliesst;

3) welche ein oder mehrere Male ringförmig (canalartig) durchbrochen sind.

Zu der ersteren Art gehört offenbar das oben angeführte Beispiel. Die angeführten Ausnahmen finden bei näherer Betrachtung nur scheinbar statt und es behält der Euler'sche Satz auch noch in jenen Fällen seine Gültigkeit, wenn man die Polyeder vollständig auflöst, d. h. Ecken, Flächen oder Kanten berücksichtigt, welche nothwendig mitzurechnen sind. Bei Kanten ist ein Irrthum um so eher möglich, als die flachen Keile eine Ebene bilden, z. B. der Keil DE (Fig. 1, Tafel IV). Durch die nothwendige Annahme einer solchen Kante wird nämlich die ringförmige Figur GEH, welches nicht als Sechseck betrachtet werden kann, ein wahres Polygon und zwar ein Achteck, in der Weise nämlich, dass zwei Seiten desselben sich in DE von Aussen berühren. Es ist also $E=8$, $F=7$, $K=13$, also wieder $E+F=K+2$. Auf ähnliche Weise lässt sich die Anomalie in de anderen beiden Fällen erklären. Hierzu scheint es in der That erford lich zu sein, den Begriff eines einfachen Polyeders festzustellen, wie es auch oben bei dem achteckigen Polygon der Fall war. Zu den Euler'schen Polyedern sind aber auser den convexen alle diejenigen zu rechnen, welche so construirt sind, dass

a) alle Polygone ein Netz continuirlich untereinander zusammenhängender Figuren bilden und dass ohne Ausnahme jede derselben mittelst Kanten oder Ecken mit dem Ganzen zusammenhänge [vergl. oben 2)];

b) durch Abtrennung eines beliebigen Figurennetzes man immer zwei gesonderte vollständige Figurennetze erhält, in welchen keines der inneren Polygone fehlt [vergl. oben 3)].

Alle diejenigen Polyeder, welche die eben ausgesprochenen Eigenschaften nicht besitzen, lassen sich indessen dergestalt analysiren, dass auch für sie der Euler'sche Satz seine Gültigkeit behält. Was nämlich zunächst diejenigen Polyeder betrifft, welche andere in ihrem Inneren einschliessen (Fig. 2, Tafel IV), so ist der erforderliche Zusammenhang der Flächen des umschliessenden und des eingeschlossenen Polyeders nur versteckt, ähnlich wie bei dem Achteck (Fig. 1, Tafel IV). Da derselbe mannigfacher Weise sein kann, so möge unter allen möglichen Fällen einer construirt werden. Man denke sich sowohl durch eine beliebige Kante FE der äusseren, als durch KM der inneren Ebenen gelegt, welche sich in der Kante ON schneiden. Auf diese Weise entstehen zwei unendlich nahe gelegene congruente Flächen $FONE$ und $OKMN$, ferner drei Doppelkanten NM, ON, FE und zwei neue Ecken O und N; mithin ist $F=14$, $E=14$, $K=26$, also $F+E=K+2$.

Die dritte Art der Nicht-Euler'schen Polyeder, welche ein oder mehrere Male kanalförmig durchbrochen sind, scheinen ebenfalls dem Euler'schen Theoreme nicht zu folgen. Es lassen sich indess unter allen Umständen an ihnen versteckte Flächen und Kanten nachweisen, wodurch die Polyeder den in a) und b) ausgesprochenen Bedingungen genügen und der Satz $E+F-K=2$ seine Richtigkeit behält. Sei beispielsweise das Polyeder $ABCD\,abcd$ (Fig. 3, Tafel IV) von dem Kanal $AEFG\,gcef$ durchbrochen, und denkt man sich durch die Kanten Af und Aa eine Ebene Afa gelegt, so kann man das Polyeder als ein solches betrachten, an welchem sich zwei congruente Flächen desselben in dem Dreieck Afa berühren. Denkt man sich also das Polyeder in dieser Fläche durch einen unendlich dünnen Zwischenraum getrennt, so hat dasselbe offenbar drei Ecken und Kanten, aber nur zwei Flächen mehr als scheinbar. Die Anzahl der Flächen ist also 12, die der Ecken 17, die der Kanten 27; mithin ist $E+F-K=2$.

XXXVII. Ueber Gestalt und Mass der singulären Punkte der Curven und Flächen. Von Dr. LUDWIG MATTHIESSEN in Jever.

Ueber die merkwürdigen Eigenschaften der unendlich kleinen Abschnitte der Curven und Flächen sind schon früher (V. Jahrg. d. Zeitschr., pag. 147) einige Theoreme mitgetheilt worden. Während ich dieselben nochmals einer genaueren Prüfung unterwarf, erkannte ich, dass sie nur einen kleinen Theil aller möglichen besonders merkwürdigen (singulären) Punkte, oder man könnte sagen, mikroskopischen Bestandtheile der geometrischen Gebilde beträfen. Zu ihnen gehört der a. a. O. ebenfalls angeführte Völler'sche Satz, der trotz seiner Einfachheit das Interesse der Mathematiker so erregt hat, dass man schon über die Erfinder streitet (Grun. Arch. XXXVIII, 365). Zu einer bequemen Uebersicht der folgenden Entwickelungen theilen wir sämmtliche singulären Punkte in zwei Hauptgruppen und zwar in:

1) die an Curven auftretenden flachen Segmente, Schlusspunkte, Spitzen erster Art, Spitzen zweiter Art oder Schnäbel (Ramphoide) und vorspringenden Punkte.

2) die an gekrümmten Flächen auftretenden Calotten, Dornen (Acanthoide), Nadeln (Belonoide), Schneiden (Ktenoide), Hörner (Ceratoide), Nabeln (Omphaloide) und Keile (Sphenoide).

Dabei stellen wir uns folgende Probleme vor:

a) es werden von einer Curve der oben angeführten Arten ein unendlich kleines Segment senkrecht oder parallel zur Normalen des Scheitelpunktes abgeschnitten und in den Endpunkten der Sehne Tangenten an das Bogenelement, sowie zwei andere Sehnen an den Fusspunkt der Normale gelegt: das Verhältniss der Peripherien, sowie die Flächen des Tangentendreieckes zu denen des Segments und des Sehnendreieckes zu bestimmen;

b) von einem der vorbenannten singulären Elemente gekrümmter Flächen werde senkrecht oder parallel zur Normalen oder Normalebene des Scheitels ein unendlich kleines Stück abgeschnitten und an der Durchschnittscurve durch die Normale oder Tangente an allen Normalschnitten Tangenten gezogen, sowie alle Punkte der Durchschnittscurve mit dem Scheitel des Segments verbunden, so entsteht ein äusserer und ein innerer Kegel: es soll das Verhältniss ihrer Mantelflächen und Volumina zu denen des Segments berechnet werden.

1) Die flachen Segmente (Fig. 4, Tafel IV). Sei die Gleichung der Curve $y=f(x)$, so wird im Allgemeinen die Curve an den Stellen discontinuirlich werden, wo der Werth $\frac{d^2y}{dx^2}$ entweder 0 oder ∞ wird, oder auch die Ordinate y für $x=a$ nur einen Werth b, hingegen für $x=a+h$

(h unendlich klein) zwei reelle Werthe, für $x=a-h$ imaginäre Werthe erhält. Bei den flachen Segmenten findet keiner der angegebenen Fälle statt. Im V. Bande der Zeitschr., pag. 147 ist gezeigt worden, dass, wenn CE die Normale des Punktes D ist und AB senkrecht zu CE gezogen wird, das Curvenelement ADB alle Eigenschaften des Scheitels einer Parabel besitzt und dass demselben die Gleichung $AE^2=2\varrho.DE$ zukomme, wo ϱ den Krümmungsradius des Punktes D bezeichnet. Aus diesem Grunde schneiden sich die Tangenten in C, ABC und ADB sind gleichschenkelige Dreiecke. Bezeichnet man die Flächen des Sehnendreieckes, des Segments und des Tangentendreieckes bezüglich mit $\varDelta_s$, S, $\varDelta_t$, sowie die Peripherieen mit Ausschluss der Basis AB bezüglich mit U_s, A, U_t, so finden die Proportionen statt:

$$\varDelta_s : S : \varDelta_t = 3:4:6,$$

$$U_s : A : U_t = \left[1+\frac{1}{8}\left(\frac{y}{\varrho}\right)^2\right] : \left[1+\frac{1}{3}\left(\frac{y}{\varrho}\right)^2\right] : \left[1+\frac{1}{2}\left(\frac{y}{\varrho}\right)^2\right] = 1:1:1.$$

2) Die Schlusspunkte (Fig. 5, Tafel IV). Diese treten dann auf, wenn die Ordinate für einen unendlich kleinen Zuwachs von x von einem Werthe zu einem anderen überspringt. Die Basis des Segments kann nun sowohl senkrecht zur Normalen wie AE, als auch parallel zu derselben wie RS gelegt werden. Im ersten Falle ist das Segment AED offenbar die Hälfte von einem flachen und bedarf deshalb keiner weiteren Untersuchung. Es ist mithin

$$\varDelta_s : S : \varDelta_t = 3:4:6$$
$$\varDelta_s : A : U_t = 1:1:1.$$

Im zweiten Falle ist das Sehnendreieck RSQ grösser als das Tangentendreieck RST. Da QS aber die eine Hälfte des Scheitels einer Parabel ist, so ist $QT=\frac{1}{2}SM=\frac{1}{2}y=\frac{1}{2}QR$, mithin $\varDelta_t=\frac{1}{4}xy$. Ausserdem ist aber $\varDelta_s=\frac{1}{2}xy$ und $S=\frac{1}{3}xy$, folglich sonderbarer Weise:

$$\varDelta_s : S : \varDelta_t = 6:4:3$$

$$U_s : A : U_t = \left[1+\frac{1}{8}\left(\frac{y}{\varrho}\right)^2\right] : \left[1+\frac{1}{3}\left(\frac{y}{\varrho}\right)^2\right] : \frac{1}{2}\left[1+\frac{1}{2}\left(\frac{y}{\varrho}\right)^2\right] = 2:2:1$$

3) Die Spitzen der Rückkehrpunkte erster Art (Fig. 6, Tafel IV). Dieselben können als doppelte Schlusspunkte betrachtet werden, welche sich in ihrem Scheitel D berühren und zwei verschiedene und entgegengesetzte Krümmungsradien ϱ_0 und ϱ_1 besitzen. Legt man den Schnitt AB parallel zur Normalen NN', so ist der Inhalt des Sehnendreieckes ADB gleich $\frac{1}{2}(x_0+x_1)y$, der des Segments ADB gleich $\frac{1}{3}(x_0+x_1)y$, endlich der des Tangentendreieckes ACB gleich $\frac{1}{4}(x_0+x_1)y$, woraus folgt:

$$\varDelta_s : S : \varDelta_t = 6:4:3$$
$$\varDelta_s : A : U_t = 2:2:1.$$

4) Die Spitzen oder Rückkehrpunkte zweiter Art (Fig. 7a, b,

Taf. IV). Diese Curventheile, welche wegen ihrer Gestalt auch Schnäbel oder Ramphoide heissen (*Francoeur, Cours de math. II.* § 784), gestatten eine ähnliche Betrachtung wie die Spitzen erster Art, von denen sie sich dadurch unterscheiden, dass die beiden Krümmungsmittelpunkte des Scheitels nach derselben Seite liegen. Legt man den Schnitt AB senkrecht zur Normalen DN und zieht die Tangenten AC, BC, sowie die Sehnen AD, BD, so kann man das Schnabelsegment ABD gleich dem Unterschiede der beiden parabolischen Ausschnitte AED und BED setzen. Wir fügen hier noch die Bemerkung bei, dass, wenn man den Bogen BD um die Normale DN durch Drehung in die neue Lage B_1D bringt, man eine singuläre Art von flachen Segmenten erhält, welche von den sub No. 1 betrachteten verschieden ist, weil dem Scheitel D zwei verschiedene Krümmungshalbmesser von demselben Zeichen angehören. Ein solcher Fall tritt z. B. ein, wenn die Evolute der Curve in diesem Punkte von einem Punkte β zu einem anderen γ überspringt. Setzen wir $EB = EB_1 = y_0$, $EA = y_1$ und $ED = x$, so ist das Areal des Sehnendreieckes $ABD = \frac{1}{2}x(y_1 - y_0)$, $AB_1D = \frac{1}{2}x(y_1 + y_0)$, das der Segmente ADB oder $ADB_1 = \frac{2}{3}x(y_1 \mp y_0)$ und das Areal des Tangentendreieckes ACB resp. $ACB_1 = x(y_1 \mp y_0)$, mithin

$$\varDelta_s : S : \varDelta_t = 3 : 4 : 6$$
$$U_s : A : U_t = 1 : 1 : 1.$$

Legt man jetzt den Schnitt AB parallel zur Normalen (Fig. 7b, Tafel IV), setzt $BE = x_0$, $AE = x_1$ und $DE = y$, so findet man für die gesuchten Flächen leicht die Werthe $\frac{1}{2}y(x_1 - x_0)$, $\frac{1}{3}y(x_1 - x_0)$ und $\frac{1}{4}y(x_1 - x_0)$, mithin

$$\varDelta_s : S : \varDelta_t = 6 : 4 : 3$$
$$U_s : A : U_t = 2 : 2 : 1.$$

5) Die vorspringenden Punkte (Fig. 8a, b, c, Taf. IV). In den bis jetzt betrachteten Fällen behielt der Ausdruck $\frac{dy}{dx}$ für zwei unendlich nahe liegende Punkte einer Curve einen constanten Werth; ändert sich derselbe aber sprungweise, so dass die Tangente des Punktes zwei endlich verschiedene Werthe erhält, so wird derselbe ein vorspringender Punkt genannt. Bleibt dabei das Vorzeichen von $\frac{d^2y}{dx^2}$ dasselbe, so hat man die beiden Fälle Fig. 8a, b, Tafel IV; im Punkte S Fig. 8c, Tafel IV, hingegen ändert der zweite Differentialquotient sein Zeichen. Ein Beispiel hierzu ist die Curve, deren Gleichung $y = x \, arctan \, \frac{1}{x}$ ist. Für $x = 0$ nimmt $\frac{dy}{dx}$ den Werth $\pi \pm \frac{\pi}{2}$ an. Der Werth von $\frac{d^2y}{dx^2}$ ist negativ für $x = 0 + h$ und $0 - h$, weshalb die Curve zur Gattung (a) gehört. Legt man die Secante AB senkrecht zu einer der beiden Normalen DN oder DN', so fallen die Grenzbetrachtungen unter die Kategorie der Schlusspunkte, da das

Flächenstück EBD verschwindend klein gegen AED ist. Es ist also

$$\Delta_s : S : \Delta_t = 3 : 4 : 6$$
$$U_s : A : U_t = 1 : 1 : 1.$$

6) Die Calotten (Fig. 9, Tafel IV). Im fünften Bande der Zeitschrift habe ich darzulegen gesucht, dass auf Grund des Euler'schen Theorems eine unendlich nahe, mit der Tangentialebene eines beliebigen Punktes einer krummen Fläche parallel durch dieselbe gelegte Secantenebene, die Fläche in einer Curve zweiten Grades schneide und dass bei einer Ellipse die Halbaxen sich wie die Wurzeln der Krümmungsradien ϱ_0 und ϱ_1 der beiden Hauptnormalschnitte verhalten. Ferner ist a. a. O. bewiesen, dass der Inhalt des eingeschriebenen Sehnenkegels $DABA_1B_1$ oder K_s gleich $\frac{2}{3}\pi\sqrt{\varrho_0\varrho_1}\cdot z^2$, der des Tangentenkegels $CABA_1B_1$ oder K_t gleich $\frac{4}{3}\pi\sqrt{\varrho_0\varrho_1}\cdot z^2$ und der Inhalt der parabolischen Calotte C gleich $\pi\sqrt{\varrho_0\varrho_1}\cdot z^2$ sei, mithin die Proportion stattfinde:

$$K_s : C : K_t = 2 : 3 : 4.$$

Das Verhältniss der drei zugehörigen Mantelflächen ist für $a = b$:

$$O_s : O : O_t = \left(1 + \frac{1}{4}\frac{z}{\varrho}\right) : \left(1 + \frac{1}{2}\frac{z}{\varrho}\right) : \left(1 + \frac{z}{\varrho}\right) = 1 : 1 : 1.$$

7) Die Dornen oder Acanthoide (Fig. 10, Tafel IV). Mit diesem Namen mögen solche singuläre Punkte einer krummen Fläche bezeichnet werden, in denen die Tangentialebene sich auf eine Gerade reducirt, die Normalen hingegen eine Ebene bilden.

Wird die Secantenebene ABA_1 in einem unendlich kleinen Abstande DE parallel zur Normalebene gelegt, so kann die Schnittlinie ABA_1 eine beliebige krumme Linie sein, deren Beschaffenheit von der Gleichung der Fläche abhängig sein wird. Ihre Gleichung sei $f(r, \vartheta) = 0$. Wir denken uns nun durch die Axe DE eine Ebene BDE gelegt. Der Durchschnitt derselben mit der Oberfläche, nämlich der Bogen BbD ist ein Parabelbogen, dessen Axe DN ist. Hieraus folgt, dass DC gleich der halben Ordinate des Punktes B, also gleich $\frac{1}{2}DE = EC = \frac{1}{2}z$ ist. Aus diesem Grunde erhält man das Verhältniss der Volumina der drei Elemente, wenn man dieselben für zwei unendlich nahe durch DE gelegte ebene Schnitte bestimmt, wie z. B. $DEBB_1$. Nun ist das Volumen der dreiseitigen Pyramide $CEBB_1$ gleich $\frac{1}{2}zr_0^2 d\vartheta$, das Volumen von $DEBB_1$ gleich $\frac{1}{6}zr_0^2 d\vartheta$. Der Inhalt des Dornsectors $DbBB_1E$ wird endlich bestimmt durch das Integral

$$\frac{1}{2}\int_0^z r^2 dz\,.\,d\vartheta = \frac{1}{10}z\,.\,r_0^2 d\vartheta.$$

Folglich ist das gesuchte Verhältniss

$$K_s : C : K_t = 10 : 6 : 5.$$

Die Mantelflächen der drei Körper sind aus denselben oben angeführten Gründen, denen der Streifen CBB_1, sowie $DbBB_2$ und DBB_1 proportional. Sei ψ der Winkel, welchen die Tangente in B mit dem rad. vect. bildet, so ist der Inhalt des Dreieckes CBB_1 gleich $\frac{1}{4}z.r.\frac{sec\,\varphi}{sec\,\omega}d\vartheta$, der des Dreieckes DBB_1 gleich $\frac{1}{2}z.r.\frac{sec\,\varphi}{sec\,\omega}d\vartheta$, wobei ω den Winkel bedeutet, den die Tangente des Bogenelementes BB_1 mit BD macht. Das Areal der Flächenstreifen des Acanthoides erhält man endlich aus der Betrachtung, dass zwei parallele Schnitte desselben EBB_1 und E_1bb_1 ähnlich sind. Dann sei $DE = y$, so ist $y^2 = 2\varrho_0 r_,$ und $z^2 = 2\varrho_0 r_0$, also $r_, : r_0 = y^2 : z^2$. Für einen anderen Schnitt ist $y^2 = 2\varrho_, r_{,,,}$ und $z^2 = 2\varrho_, r_{,,}$, also $r_{,,,} : r_{,,} = y^2 : z^2$; woraus folgt $r_, : r_0 = r_{,,,} : r_{,,}$. Ferner folgt daraus für ein Bogenelement des horizontalen Schnittes $ds_0 : ds_, = r_0 : r_,$. Es ist nun die gesuchte Fläche ausgedrückt durch das Integral

$$\Delta F = \int_0^{r_0} \frac{sec\,\varphi}{sec\,\omega} r.d\vartheta.d\sigma$$

wo σ den Bogen Db bezeichnet. Nun ist $d\sigma = dr\sqrt{1+\left(\frac{dy}{dr}\right)^2}$ $= dr.\sqrt{1+\frac{1}{2}\frac{\varrho_0}{r}}$, und da r gegen ϱ_0 verschwindend klein ist, so reducirt sich das Integral auf

$$\Delta F = \int_0^{r_0} \frac{sec\,\varphi}{sec\,\omega}.\sqrt{\frac{1}{2}\varrho_0 r}.dr.d\vartheta = \frac{1}{3}z.r.\frac{sec\,\varphi}{sec\,\omega}.d\vartheta.$$

Hieraus ergiebt sich das Verhältniss der Mantelflächen, wie folgt

$$O_, : O : O_{,} = 6 : 4 : 3.$$

8) Die Nadeln oder Belonoide (Fig. 11, Tafel IV). Unter dem Namen Nadeln sind solche Flächenelemente begriffen, welche von ähnlicher Beschaffenheit wie die sub No. 7 beschriebene Gattung sind, mit dem Unterschiede indess, dass die Axe DE nicht innerhalb, sondern ganz ausserhalb derselben liegt. Wir denken uns zunächst eine Secantenebene $ABA_{,,}$ parallel zur Normalebene des Scheitels D gelegt, und die beiden Kegel $DABA_{,,}$ und $CABA_{,,}$ construirt. Es ist klar, dass man wiederum das Verhältniss der drei Grössen $K_,$, C, $K_{,}$ erhalten wird, wenn man durch die Axe und das Belonoid zwei unendlich nahe Ebenen legt und die so entstandenen Volumenelemente mit einander vergleicht. Wird die Basis in den Linien AB und $A_,B_,$ geschnitten und bezeichnet man die Höhe des Belonoids mit z, so ist $K_,$ gleich $\frac{1}{3}\overline{ABA_,B_,}.z$, $K_{,}$ gleich $\frac{1}{6}\overline{ABA_,B_,}.z$ und das Stück $DABA_,B_,$ des Belonoids gleich der Differenz $DAA_,E$ und $DBB_,E$. Diese drei Grössen sind offenbar ähnliche Functionen wie in der

vorigen Nummer. Bezeichnen wir die Gerade EB mit r_0, EA mit $r_,$, so ist K_s gleich $\frac{1}{6} z (r_0^2 - r_,^2) d\vartheta$, K_t gleich $\frac{1}{12} z (r_0^2 - r_,^2) d\vartheta$ und C gleich $\frac{1}{10} z (r_0^2 - r_,^2) d\vartheta$; mithin

$$K_s : C : K_t = 10 : 6 : 5$$
$$O_s : O : O_t = 6 : 4 : 3.$$

Wenn man jetzt die Secantenebene $AB_{,,,}$ senkrecht zur Normalen DN des Hauptschnittes DEA legt, so ändern sich die Verhältnisse in die in No. 6 erhaltenen um. Es ist nämlich der Inhalt des Sehnenkegels $DAB_{,,,}$ gleich $\frac{1}{3} r_, (z_0^2 - z_,) d\vartheta$, der des Tangentenkegels $C_, AB_{,,,}$ gleich $^2 r_, (z_0^2 - z_,^2) d\vartheta$, worin z_0 und $z_,$ bezüglich die Abstände $AE_,$ und $B_{,,,}E_,$ bedeuten; endlich der Inhalt des Calottensectors gleich $\frac{1}{2} r_, (z_0^2 - z_,^2) d\vartheta$, folglich

$$K_s : C : K_t = 2 : 3 : 4$$
$$O_s : O : O_t = 1 : 1 : 1.$$

Bemerkenswerth ist, dass, wenn man von E aus Tangenten $EA_{,,}$ und $EA_{,,,}$ an die Basis des Belonoids zieht, die durch dieselben und die Axe DE gebildeten Ebenen das Belonoid in der ganzen Ausdehnung der Parabelbögen $DA_{,,}$ und $DA_{,,,}$ berühren. Denn sollten es zwei verschiedene Curvenelemente sein, so hätten sie ausser dem Scheitel D noch den Punkt $A_{,,}$ gemeinschaftlich. Es wäre mithin $ED^2 = 2p . EA_{,,}$ und $ED^2 = 2p_, . EA_{,,,}$ was die Gleichheit von p und $p_,$ erfordert. Von den unendlich vielen im Scheitel möglichen Tangentialebenen ist diese diejenige, welche sich dem Belonoide am meisten anschmiegt.

9) Die Schneiden oder Ktenoide (Fig. 12, Tafel IV). Unter Schneiden verstehen wir solche Flächenelemente, bei denen der Normalschnitt, nämlich JDK ein flaches Parabelsegment, alle übrigen hingegen, z. B. DAR Spitzen der zweiten Art oder Schnäbel bilden. Sei DN die Normale, welche auf der Schneide JDK in D auf der Fläche $JDKA$ senkrecht steht und der Schnitt $JAKB$ senkrecht zur Normalen gelegt. Man erhält nun offenbar das gesuchte Verhältniss, wenn man für die von zwei unendlich nahen Schnitten CEA und $CEA_,$ eingeschlossenen Volumen- und Flächenelemente berechnet. Der vorliegende Fall führt durch dieselben wie in No. 8 angestellten Betrachtungen zu den Proportionen

$$K_s : C : K_t = 2 : 3 : 4$$
$$O_s : O : O_t = 1 : 1 : 1.$$

10) Die Hörner, Nabelflächen und Keile sind singuläre Flächenelemente, welche in ihrem Scheitel mehr als eine Normalebene besitzen, wie z. B. der Scheitelpunkt eines Kegels. Die Normalebenen der beiden ersten Arten umhüllen einen Kegel, die Keile haben in jedem Punkte zwei Normalen. Von diesen Flächenelementen gelten ähnliche Bemerkungen wie von den vorspringenden Punkten.

XXXVIII. Ueber eine besondere Art secundärer Gleichgewichtsfiguren.
Von Dr. LUDWIG MATTHIESSEN in Jever.

In meinem im Jahre 1859 veröffentlichten Schriftchen „Neue Untersuchungen" über frei bewegliche nur dem Gesetze der gegenseitigen Anziehung unterworfene flüssige Systeme ist von mir bereits auf den Unterschied der continuirlichen und discontinuirlichen Gleichgewichtsfiguren hingewiesen worden. Eine wichtige Gruppe der zweiten Art, welche zu den „secundären" Gleichgewichtsformen gehören, bilden die Doppelsterne, eine Gattung von Fixsternen, welche in neuester Zeit ein besonderer Gegenstand aufmerksamer Beobachtung unserer Astronomen geworden sind, da dieselben geeignet sind, zum mindesten über die Massen der ausser dem Bereiche des Sonnensystemes liegenden Weltkörper einigen Aufschluss zu geben. Unter diesen Systemen giebt es auch solche dreier Körper, sogenannte Tripelsterne. Eines dieser Tripelgestirne befindet sich im Sternbilde des Fuhrmannes No. 653 des Struve'schen Kataloges genannt „14 aurigae". Es hat die Form eines dreiseitigen Dreieckes in Distanzen von 13″ bis 15″, welche es bis jetzt ziemlich unveränderlich beibehalten hat. Wenn nun auch im Allgemeinen bei Sternen, die demselben Attractionssysteme angehören, die gegenseitigen Positionen und Distanzen derselben sich fortwährend ändern werden, so liegt doch die Frage nahe, ob es nicht Positionen und Massenverhältnisse geben könne, welche entweder eine gleiche Umlaufszeit um ihren gemeinschaftlichen Schwerpunkt haben oder doch wenigstens eine Reihe von Umläufen hierdurch beibehalten können. Eine mathematische Untersuchung dieses Problemes hat mich zu folgenden merkwürdigen Theoremen geführt:

1) dem Gleichgewichte des Tripelgestirnes genügt einzig und allein die Gestalt eines gleichseitigen Dreieckes, wovon das Verhältniss der Massen unabhängig bleibt;

2) die Massen der drei Körper verhalten sich wie die Inhalte der von den gegenüberliegenden Seiten und dem Schwerpunkte des Systemes gebildeten Dreiecke;

3) bei einer constanten Summe der Massen giebt es unter allen Massenverhältnissen ein Minimum und ein Maximum der Summe der Bewegungsquantitäten;

4) das Gleichgewicht des Systemes ist labil.

Es seien m, m', m'' die Massen der drei Körper, r, r', r'' die denselben gegenüberliegenden Distanzen, ferner (α, β), (γ, δ), (ε, ζ) die Winkel, in welche die des ganzen Dreieckes von den rad. vect. ϱ, ϱ', ϱ'' getheilt werden. Da die Umwälzung der drei Körper gleichmässig und gleichzeitig sein soll, so müssen wir voraussetzen, dass sie sich in drei gesonderten concentrischen Kreisbahnen bewegen, deren Mittelpunkt der Schwerpunkt des Systemes ist, sowie ferner, dass sie eine dieser Bedingung entsprechende Winkelgeschwindigkeit ω haben. Die Gleichungen sind alsdann

a) für die Bewegung in der Kreisbahn

1) $$\frac{m' \cos\varepsilon}{r''^2} + \frac{m'' \cos\zeta}{r'^2} = \omega^2 \varrho$$

2) $$\frac{m \cos\delta}{r''^2} + \frac{m'' \cos\gamma}{r^2} = \omega^2 \varrho'$$

3) $$\frac{m \cos\alpha}{r'^2} + \frac{m' \cos\beta}{r^2} = \omega^2 \varrho'';$$

b) für die Bedingung des Gleichgewichtes

4) $$\frac{m' \sin\varepsilon}{r''^2} - \frac{m'' \sin\zeta}{r'^2} = 0$$

5) $$\frac{m \sin\delta}{r''^2} - \frac{m'' \sin\gamma}{r^2} = 0$$

6) $$\frac{m \sin\alpha}{r'^2} - \frac{m' \sin\beta}{r^2} = 0;$$

c) für den Schwerpunkt des Systemes

7) $$\frac{m}{r.\varrho'' \sin\beta} = \frac{m}{r.\varrho' \sin\gamma} = \frac{m'}{r' \varrho'' \sin\alpha} = \frac{m'}{r' \varrho \sin\zeta} = \frac{m''}{r'' \varrho \sin\varepsilon} = \frac{m''}{r'' \varrho' \sin\delta}.$$

Führt man die Gleichungen 7) in 4), 5), 6) ein, so erhält man beispielsweis aus den Gleichungen

$$\frac{m' \sin\varepsilon}{r''^2} - \frac{m'' \sin\zeta}{r'^2} = 0, \text{ und } \frac{m'}{r' \varrho \sin\zeta} = \frac{m''}{r'' \varrho \sin\varepsilon}$$

die Bedingungsgleichung $r' = r''$. Ebenso findet man $r = r'$, womit da erste Theorem bewiesen ist.

Wir führen diese Bedingung $r'' = r' = r$ in die Bewegungsgleichungen ein, wodurch dieselben folgende einfachere Gestalt erhalten:

8) $$\frac{m' \cos\varepsilon + m'' \cos\zeta}{r^2} = \omega^2 \varrho$$

9) $$\frac{m \cos\delta + m'' \cos\gamma}{r^2} = \omega^2 \varrho'$$

10) $$\frac{m \cos\alpha + m' \cos\beta}{r^2} = \omega^2 \varrho''.$$

Eliminirt man aus 9) m'' mittelst der Gleichung 4), so geht sie über in

$$\frac{m' \cos\varepsilon + m' . \frac{\cos\zeta}{\sin\zeta} \sin\varepsilon}{r^2} = \frac{m'}{r^2 \sin\zeta} \sin(\varepsilon + \zeta) = \omega^2 \varrho$$

oder

11) $$m' = \omega^2 r^2 \varrho . \frac{\sin\zeta}{\sin(\varepsilon + \zeta)}.$$

Da aber das Dreieck gleichseitig ist und $\frac{1}{2} r \varrho \sin\zeta$ der Ausdruck für de Inhalt J' des dem Körper m' gegenüberliegenden Dreieckes, so ist

$$12)\quad \left\{\begin{array}{l} m' = \frac{4}{\sqrt{3}} J'.\omega^2.r \\ \text{und analog} \\ m = \frac{4}{\sqrt{3}} J'.\omega^2.r \\ m'' = \frac{4}{\sqrt{3}} J''.\omega^2.r. \end{array}\right.$$

Diese Gleichungen beweisen das zweite Theorem.

Ist einer der Körper von weit überwiegender Masse, so kann er Centralkörper werden, wenn der Schwerpunkt des Systemes in seiner Masse liegt; die beiden anderen bewegen sich alsdann um ihn in gleichen Entfernungen mit gleicher Umlaufsgeschwindigkeit. Sind die Massen gleich, so drehen sie sich um den Mittelpunkt des dem gleichseitigen Dreiecke umschriebenen Kreises. Sind zwei Massen gleich, die dritte aber von verschwindender Kleinheit gegen die beiden anderen, so drehen sie sich um den Mittelpunkt der die beiden Massen verbindenden Seite. Aus 12) geht ferner hervor, dass für eine gegebene Summe der Massen $M(=m+m'+m'')$ die Quadrate der Umlaufszeiten sich wie die Cuben der Distanz verhalten (3. Kepler'sches Gesetz); und dass für eine und dieselbe Distanz die Umlaufszeit für jede beliebige Massenvertheilung constant ist.

Die Summe der Bewegungsquantitäten ist ferner ausgedrückt durch die Gleichung

$$13)\qquad E = \frac{\omega}{2}\,\Sigma(\varrho^2 m) = \frac{\omega}{2}\,[m\varrho^2 + m'\varrho'^2 + m''\varrho''^2]$$

und da ω eine constante Grösse ist für gleiche Distanzen, so bleibt zu untersuchen, wann der Ausdruck $m\varrho^2 + m'\varrho'^2 + m''\varrho''^2$ ein Minimum oder Maximum ist. Er ist ein Minimum, wenn sämmtliche Massen in einer vereinigt sind, ein Maximum hingegen, wenn $m = m' = m''$. Im letzteren Falle ist $E = \frac{\omega}{2}.\frac{Mr^2}{3}$. Wir nehmen beispielsweise $m' = m''$, $m \lessgtr m'$ an, dann ist $\varrho' = \varrho''$ hingegen $\varrho \lessgtr \varrho'$. Sei der Abstand des Mittelpunktes des Dreieckes von einer Ecke a, und $\varrho = a \pm \varDelta a$, so ist $\varrho' = \varrho'' = \sqrt{a^2 \mp a\varDelta a + \varDelta a^2}$. Ferner ist

$$\begin{gathered} m:(m'+m'') = (\tfrac{1}{2}a \mp \varDelta a):(a \pm \varDelta a) \\ m:M = (\tfrac{1}{2}a \mp \varDelta a):\tfrac{3}{2}a \\ (m'+m''):M = (a \pm \varDelta a):\tfrac{3}{2}a, \end{gathered}$$

folglich

$$E = \frac{\omega}{2}.\frac{M}{\frac{3}{2}a}\left[\left(\frac{a}{2} \mp \varDelta a\right)(a \pm \varDelta a)^2 + (a \pm \varDelta a)(a^2 \mp a\varDelta a + \varDelta a^2)\right],$$

oder

$$E = \frac{\omega}{2}.M.(a^2 - \varDelta a^2) = \frac{\omega}{2}\frac{M.r^2}{3} - \frac{\omega}{2}M.\varDelta a^2.$$

Hieraus folgt noch, dass es für eine und dieselbe Summe der Bewegungsquantitäten immer wenigstens zwei mögliche Gleichgewichtsfiguren giebt, wie es auch bei den Ellipsoiden der Fall ist.

Es bleibt noch die Stabilität des Systemes zu untersuchen. Wir nehmen demgemäss an, dass für einen Moment die Gleichung 6) nicht stattfände, so müsste m'' um ein Stück ds in der Richtung der Tangente seiner Bahn verschoben werden, und es würde das System nicht stabil sein, wenn nicht m'' in seine frühere Lage zurückkehrte, sondern sich dem nächsten Körper immer mehr näherte. Nehmen wir an, dass die Ausweichung von α nach β hin geschieht und dass $m = m''$ sei, so ist offenbar $\alpha' < \alpha$ und also $\alpha' < \beta'$, und ebenfalls $r' > r$, folglich

$$\frac{\sin\alpha'}{r'^2} < \frac{\sin\beta'}{r^2}.$$

Die Folge hiervon ist, dass m'' mit beschleunigter Bewegung seine Gleichgewichtslage verlassen wird, kurz, das Gleichgewicht des Tripelgestirnes ist unter allen Umständen labil, wie im letzten Satze behauptet worden ist.

XXXIX. Ueber die Inhaltsbestimmung der fünf regulären Körper.

Von Dr. F. Dellmann.

Von den 5 regulären Körpern kommen deren 3 in der Krystallographie vor, nämlich das Tetraeder, Hexaeder und Oktaeder; ihre Inhaltsbestimmung hat nach allgemeinen Formeln stattgefunden in meinem Aufsatze über den Kubik- und Oberflächen-Inhalt sämmtlicher einfachen Formen des regelmässigen Krystallsystemes im 4. Hefte des 7. Jahrganges dieser Zeitschrift. Von dieser krystallographischen Bestimmungsweise soll hier ganz abgesehen werden. Indessen hat doch eine für alle 5 Körper gemeinsame Betrachtungsweise, die krystallographische nämlich, zur Ermittelung der Inhaltsbestimmung auch des Dodekaeders und Ikosaeders geführt.

Wir betrachten also die 5 Körper als aufgebaut um 3 aufeinander rechtwinkelige, gleiche Axen; beim Tetraeder, Dodekaeder und Ikosaeder sind es Kantenaxen, beim Oktaeder Eckenaxen und beim Hexaeder Flächenaxen. Durch die Endpunkte dieser Axen denken wir eine Kugel gelegt, deren Radius also gleich ist der Sechseckseite eines grössten Kreises derselben; er heisse s, wogegen die Zehneckseite desselben Kreises Z heissen möge.

Wenn man das Dodekaeder um eine Eckenaxe dreht, so ist ein Aequatorschnitt das reguläre Sechseck des grössten Kreises der Kugel, welche durch die Halbirungspunkte der Kanten geht; dreht man es aber um eine Flächenaxe, so ist der Aequatorschnitt das reguläre Zehneck desselben Kreises. Das Ikosaeder muss man umgekehrt um eine Eckenaxe drehen, um zum Aequatorschnitt diese, und um eine Flächenaxe, um jene Figur*) zum Aequatorschnitt zu erhalten. Die Gerade, welche an beiden Körpern die Halbirungspunkte zweier aneinander stossender Kanten verbindet, ist also Z; beim Dodekaeder ist s die Gerade, welche die Halbirungspunkte zweier nicht aneinander stossender Kanten verbindet, die aber demselben Fünfeck angehören; beim Ikosaeder verbindet s die Halbirungspunkte zweier Kanten, welche nicht benachbart sind an derselben Ecke.

Aus diesem folgt gleich, dass die Diagonale eines Fünfeckes des Dodekaeders $2Z$, eine Seite dieses Fünfeckes oder Kante des Dodekaeders $2(s-Z)$ und eine Kante des Ikosaeders $2Z$ ist.

Stellen wir nun die 6 Körper in dieselbe Lage, wo eine der drei Axen von oben nach unten, die andere von rechts nach links, die dritte von vorn nach hinten geht, so erkennen wir leicht, dass das Tetraeder aus dem Hexaeder erhalten wird, wenn wir durch 4 Schnitte, welche durch 3 Diagonalen der Quadrate des Hexaeders gehen, 4 Pyramiden abschneiden, welche die halbe Hexaederfläche zur Grundfläche und die Hexaederkante zur Höhe haben. Da die Hexaederkante $2s$ ist, so ist also das Hexaeder: $8s^3$, und das Tetraeder: $8s^3 - 4.2s^2.\frac{2s}{3} = \frac{24}{3}s^3 - \frac{16}{3}s^3 = \frac{8}{3}s^3$. Also:

Der Inhalt des Tetraeders ist ein Drittel des Inhaltes des Hexaeders mit derselben Axe.

Das Oktaeder besteht aus 2 vierseitigen Pyramiden, deren Grundflächen die halbe Hexaederfläche betragen, also $2s^2$; und da ihre Höhe s ist, so ist der Inhalt des Oktaeders: $2.2.s^2.\frac{s}{3} = \frac{4}{3}s^3$. Also:

Der Inhalt des Oktaeders ist ein Sechstel des Inhaltes des Hexaeders mit derselben Axe.

Wir sehen, dass zur Inhaltsbestimmung dieser 3 Körper s ausreicht; zur Inhaltsbestimmung aber des Dodekaeders und Ikosaeders müssen wir Z zu Hülfe nehmen.

Im Dodekaeder steckt ein Würfel, dessen Ecken in 8 Dodekaederecken fallen; eine Gerade, welche 2 dieser Ecken verbindet, ist eine Diagonale des Fünfeckes, also $2Z$ und der Würfel $8Z^3$. Wir können diesen Würfel durch 6 Schnitte herausschneiden und erhalten als Abfälle 6 dreiseitige Prismen, wo eine Seite die Würfelfläche ist, die wir aber nicht als Grundfläche betrachten. Um 2 parallele, auf den Seitenkanten senkrechte, dreiseitige Grundflächen dieser Prismen zu erhalten, müssen wir erst unten und oben eine kleine Pyramide abschneiden, deren Grundflächen die Länge der Kanten des herausgeschnittenen Würfels haben, also $2Z$, wogegen die

*) Wenn man nur die Punkte berücksichtigt, welche in der Kugeloberfläche liegen und diese durch Gerade verbindet.

Breite dieser Grundflächen die Differenz zwischen dieser halben Würfelkante und der halben Dodekaederkante beträgt, also $Z-(s-Z)=2Z-s$. Da die Höhe dieser Pyramiden $s-Z$ ist, wie die Anschauung des Dodekaeders zeigt, so beträgt also der Inhalt der 12 Pyramiden: $8Z(2Z-s)(s-Z)$. Endlich ist der Inhalt der 6 dreiseitigen Prismen, deren Grundflächen Dreiecke sind mit der Grundlinie $2Z$ und der Höhe $s-Z$, also vom Inhalte $Z(s-Z)$, und deren Höhe eine Dodekaederfläche, also $2(s-Z)$ ist $12Z(s-Z)^2$. Also ist der Inhalt des Dodekaeders:

$$\begin{aligned}
&8Z^3+8Z(2Z-s)(s-Z)+12Z(s-Z)^2=\\
&4Z[2Z^2+2(2Z-s)(s-Z)+3(s-Z)^2]=\\
&4Z[2Z^2+(s-Z)(4Z-2s+3s-3Z)]=\\
&4Z[2Z^2+(s-Z)(s+Z)]=\\
&4Z(2Z^2+s^2-Z^2)=\\
&4Z(Z^2+s^2).
\end{aligned}$$

Das heisst:

Der Inhalt des regulären Dodekaeders ist eine Summe zweier Parallelepipeden, deren Grundflächen die Quadrate des regelmässigen Zehneckes und Sechseckes des grössten Kreises einer durch die Halbirungspunkte seiner Kanten gelegten Kugel sind und deren Höhe die vierfache Seite dieses Zehneckes ist.

Um den Inhalt des Ikosaeders zu berechnen, bediene man sich der Fig. Es soll das symmetrische Sechseck *abcdef* einen durch 2 der rechtwinkeligen Axen gelegten Schnitt des Ikosaeders bedeuten, also *be* und *gh* die beiden Axen; *cd* und *af* sind Kanten, *ab*, *bc*, *de* und *ef* aber Höhen der Dreiecke des Ikosaeders; *cd* und *af* also $=2Z$; *ch*, *hd*, *fg* und $ga=Z$; *bo* und $oe=s$. Das Quadrat *mpnq* ist durch die Punkte *acdf* gelegt und seine Seiten sind den Seiten des Quadrates *bgeh* parallel; *bm* und *en* sind also $=ch=hd=Z$; *ar* ist perpendikulär auf *mn*, also $=s$.

Nun denke man sich die 8 Dreiecke des Ikosaeders, in deren Mittelpunkten die Ecken des Ikosaeder steckenden Würfel liegen, erweitert, so dass ihre Ebenen in das Ikosaeder einschliessendes Oktaeder bilden, dessen Schnitt durch 2 der rechtwinkeligen Axen also das äussere Quadrat der Figur, das Quadrat *mpnq* darstellt. Die Höhe der 12 Pyramiden, welche durch Erweiterung der 8 Flächen des Ikosaeders gesetzt sind, um es zum Oktaeder zu ergänzen, ist $ar=s$; die Grundfläche dieser Pyramiden liegt also in der Ebene zweier der rechtwinkeligen Axen. Eine Seite dieser Grundfläche, die Grundlinie dieser gleichschenkeligen Dreiecke, ist eine Kante des Ikosaeders, also $2Z$; die Höhe dieser Dreiecke ist *bm*, *en* etc., also Z, also der Inhalt eines solchen Dreieckes Z^2, also der Inhalt einer der Pyramiden: Z^2s, folglich der Inhalt der 12 Pyramiden: $4Z^2s$.

Der Inhalt des Ikosaeders wird also gefunden, wenn man vom Inhalte des Oktaeders mit der Axe $mn=2(s+Z)$ den Inhalt der 12 Pyramiden subtrahirt.

Da nun der Inhalt des Oktaeders ein Sechstel des Inhaltes des Würfels mit derselben Axe ist, so ist das Oktaeder um das Ikosaeder: $\frac{8(s+Z)^3}{6}$, also der Inhalt des Ikosaeders:

$$\frac{8(s+Z)^3}{6}-4Z^2s=\frac{4(s+Z)^3}{3}-4Z^2s.$$

Man findet also den Inhalt des Ikosaeders, wenn man das Hexaeder aus der Summe der Seiten des regulären Sechseckes und Zehneckes eines grössten Kreises einer durch die Halbirungspunkte der Kanten des Ikosaeders gelegten Kugel mit $\frac{4}{3}$ multiplicirt, und von diesem Produkte ein Parallelepipedon subtrahirt, dessen Grundfläche das Quadrat der Zehneckaxe und dessen Höhe die vierfache Sechseckaxe desselben Kreises ist.

XL. Kurzer Beweis des Satzes vom Kubik-Inhalte des Hexakisoktaeders. Von Dr. F. Dellmann.

Auf S. 274 des vorigen Jahrganges dieser Zeitschrift ist der Satz vom Kubik-Inhalte des Hexakisoktaeders aus der eben vorher entwickelten Formel herausgelesen. Wem es blos um den Beweis dieses Satzes zu thun ist, findet ihn in aller Kürze in Folgendem:

Wenn man das Hexakisoktaeder aus 48 Pyramiden bestehend betrachtet, von denen je 6 mit ihrer Spitze in einer sechseckigen (Hexader-) Ecke zusammenstossen und deren Grundflächen also die Dreiecke sind, deren Seiten den Mittelpunkt der Krystallform, eine achtseitige [Oktaeder-) und eine vierseitige Dodekaeder-) Ecke verbinden, so sieht man sofort ein, dass der Inhalt dieser Grundfläche, als deren Grundlinie man die Verbindung des Mittelpunktes mit einer achtseitigen Ecke zu betrachten hat, das Produkt aus der halben Oktaederaxe, der Grundlinie und dem halben Perpendikel aus der vierseitigen Ecke auf die Oktaederaxe, der halben Höhe ist. Dies Produkt ist also noch mit einem Drittel der Höhe der Pyramide zu multipliciren, um deren Inhalt zu finden. Diese Höhe ist aber ein Perpendikel aus einer sechsseitigen Ecke auf die Ebene zweier Oktaederaxen. Nennen wir also die halbe Oktaederaxe oder das Perpendikel aus einer achtseitigen Ecke auf die Ebene zweier Oktaederaxen p, das Perpendikel aus einer vierseitigen Ecke auf dieselbe Ebene p' und das Perpendikel aus einer sechsseitigen Ecke ebenfalls auf diese Ebene p'', so ist der Kubik-Inhalt einer der 48 Pyramiden:

$$\frac{p.p'.p''}{2.3},$$

also aller 48 Pyramiden:

$$\frac{48.p.p'.p''}{2.3} = 2p.2p'.2p''.$$

Also in Worten:

Der Inhalt des Hexakisoktaeders ist ein Produkt der doppelten Perpendikel, welche aus den dreierlei Ecken auf die Ebene zweier Oktaederaxen gefällt werden.

XLI. Erweiterung des Satzes, dass eine einen geraden Kegel schneidende Ebene von zwei demselben eingeschriebenen Kugeln in des Brennpunkten des entstehenden Kegelschnittes berührt wird.

Der Satz, den wir beweisen, lautet:

Wenn die Enveloppe einer einfachen Kugelschaar von einer Ebene in einem Kegelschnitte geschnitten wird, und zwar so, dass die Kugeln der Schaar diesen Kegelschnitt in je zwei verschiedenen Punkten berühren, so wird die Ebene des Kegelschnittes jedesmal von 2 Kugeln der Schaar in den Brennpunkten berührt.

Beweis: Man denke sich über allen Sehnen, welche der kleinen Axe eines beliebigen Kegelschnittes parallel laufen, Kreise geschlagen, so werden alle diese Kreise wieder einen Kegelschnitt enveloppiren, wovon man sich leicht auf synthetischem oder analytischem Wege überzeugen kann. Die Brennpunkte des neuen Kegelschnittes liegen in den Scheiteln der grossen Axe des alten, und es lässt sich leicht einsehen, dass man nur auf diese Weise jeden Kegelschnitt als Enveloppe eines in zwei verschiedenen Punkten berührenden Kreises erzeugen kann. Jede Kreisschaar also, welche den Kegelschnitt in zwei verschiedenen Punkten (reell oder imaginair) berührt, enthält zwei unendlich kleine Kreise um die beiden Brennpunkte des Kegelschnittes. Schneidet nun eine Ebene aus einer Kugelenveloppe einen Kegelschnitt aus, so kann man denselben betrachten als die Enveloppe der Kreisschaar, welche die Ebene aus der Kugelschaar ausschneidet. Es ist klar, dass die Kugeln, welche in unendlich kleinen Kreisen geschnitten werden, die Ebene berühren. Da aber die unendlich kleinen Kreise die Brennpunkte zu Mittelpunkten haben, so berühren 2 Kugeln in den Brennpunkten. *Q.E.D.*

Die Anwendung des Satzes auf den Kegel, das Rotationsellipsoid und das Rotationshyperboloid ergiebt sich von selbst.

Berlin. Theodor Berner, stud. math.

Literaturzeitung

der

Zeitschrift für Mathematik und Physik

herausgegeben

unter der verantwortlichen Redaction

von

Dr. O. Schlömilch, Dr. E. Kahl

und

Dr. M. Cantor.

Achter Jahrgang.

LEIPZIG,

Verlag von B. G. Teubner.

1863.

Inhalt.

Geschichte der Mathematik.

Arithmetik und Analysis.

Theoretische und praktische Geometrie.

Mechanik und Astronomie.

Physik.

Literaturzeitung.

Recensionen.

A history of the progress of the calculus of variations during the nineteenth century. By J. TODHUNTER. *Macmillan and Co. Cambridge and London.* 1861. 8.

In dem zweiten Bande der Turiner Memoiren (1760 und 1761, p. 183 ff.) gab Lagrange die Lösung des Problems: „Die Formen der Functionen y und z zu finden, welche $\int Z dx$ zu einem Maximum oder Minimum machen, wo $Z = f\left(x, y, \frac{dy}{dx}, \frac{d^2y}{dx^2} \ldots, z, \frac{dz}{dx}, \frac{d^2z}{dx^2} \ldots, \int Z_1 dx\right)$ und $Z_1 = f_1\left(x, y, z, \frac{dy}{dx}, \frac{dz}{dx} \ldots\right)$."

Dasselbe Problem hatte bereits Euler in seiner „*Methodus inveniendi*" für den einfacheren Fall gelöst, dass in Z und Z_1 nur eine unbekannte Function y und deren Differentialquotienten enthalten sind, während von seinen Vorgängern, den Bernoulli's u. A. nur die Lösungen specieller Probleme der Variationsrechnung gegeben waren, in welchen die in Z enthaltenen Differentialquotienten der Unbekannten die erste Ordnung nicht überstiegen.

Ist

$$N = \frac{df}{dy}, \quad P = \frac{df}{d \cdot \frac{dy}{dx}}, \quad Q = \frac{df}{d \cdot \frac{d^2y}{dx^2}} \ldots,$$

$$\nu = \frac{df_1}{dy}, \quad \pi = \frac{df_1}{d \cdot \frac{dy}{dx}}, \quad \chi = \frac{df_1}{d \cdot \frac{d^2y}{dx^2}} \ldots;$$

ferner λ ein vermittelst Z und Z_1 näher zu bestimmender Factor, so benutzte Euler zur Darstellung der die unbekannte Function bestimmenden Hauptgleichung:

$$N + \lambda\nu - \frac{d(P + \lambda\pi)}{dx} + \frac{d^2(Q + \lambda\chi)}{dx^2} = 0,$$

das Verfahren, dass er in der zu suchenden Function oder in der als ein Polygon von unendlich vielen unendlich kleinen Seiten betrachteten Curv die Ordinate y' eines beliebigen Punktes derselben variiren lässt und die durch diese Variation bedingten Werthänderungen der den auf einander folgenden Ordinaten $y, y', y'' \ldots$ entsprechenden Differentialquotienten $p, q, p', q', \ldots$ nämlich

$$p = \frac{dy}{dx} = \frac{y'-y}{dx}, \quad p' = \frac{y''-y'}{dx}, \quad q = \frac{d^2y}{dx^2} = \frac{dp}{dx} = \frac{p'-p}{dx} = \frac{y''-2y'+y}{dx}$$

in die den $y, y' \ldots$ entsprechenden Elemente Zdx, $Z'dx \ldots$ substituirt, diese Elemente darnach summirt und durch diese Summation die Hauptgleichung erhält, welche die Form derjenigen Curve bestimmt, für welche das in der ganzen Ausdehnung der Curve genommene $\int Zdx$ ein Maximum oder ein Minimum wird.

Euler nimmt also auf die Grenzen des Integrals weiter keine Rücksicht, indem er die Bestimmung der aus der Integration der erhaltenen Hauptgleichung hervorgehenden Constanten der gewöhnlichen Infinitesimalrechnung zuweist. Abgesehen nun davon, dass die Euler'sche Herleitung der Hauptgleichung keine rein analytische, vielmehr eine aus geometrischer und analytischer Behandlungs- und Betrachtungsweise gemischte, ferner in complicirteren Fällen in Folge der Summation der in die Behandlung eingehenden unendlichen Reihen $Zdx + Z'dx \ldots$ eine sehr schwierige war und deshalb erstens von Euler nach seiner eigenen Erklärung auch auf die Untersuchung von Doppelintegralen nicht ausgedehnt ward, so liess die Euler'sche Methode weiter zweitens eine bestimmte Aufstellung der sogenannten Grenzgleichungen und drittens eine Feststellung der Bestimmung, ob durch die Lösung ein Maximum oder ein Minimum, oder keines von beiden gefunden wird, zu wünschen übrig.

Den beiden ersten Forderungen genügte Lagrange in der oben citirten Abhandlung. „*Essai d'une nouvelle méthode pour déterminer les maxima et les minima des formules intégrales indéfinies*" durch seine bekannte rein analytische auf die Anwendung der partiellen Integration und die Einführung eines neuen Algorithmus δ (wonach $\delta \,.\, d^n z = d^n \,.\, \delta z$, $\delta \,.\, \int Z = \int \delta Z$) gegründete Methode.

Euler, dem dieselbe bereits einige Jahre vorher von Lagrange mitgetheilt war, adoptirte sie und gab in der Abhandlung: „*Elementa calculi variationum* (*Novi Comm. Acad. Petrop.* T. X. 1764)" mit dem Namen auch eine eingehende Darstellung der Grundzüge der Variationsrechnung, in dieser Abhandlung (p. 88 ff.) und noch mehr in der ihr angefügten: „*Analytica explicatio methodi maximorum et minimorum*" der Aufstellung der Grenzgleichungen seine Aufmerksamkeit zuwendend; bald nachher („*Institutiones calculi integralis*" Vol. III. 1770. p. 459 ff.; „*Appendix de calculo variationum*" Cap. V. p. 549 ff.) zog er auch Doppelintegrale in den Kreis der zu behandelnden Probleme und gab in seiner „*Methodus nova et facilis calculum variationum tractandi*" (*Novi Comm. Acad. Petr.* T. XVI. p. 35 ff.) der Variationsrechnung eine neue, später wiederholt benutzte Grundlage durch die Einführung einer Hilfsvariabeln t, indem er die zu suchende Function $y = f(x)$ in eine andere $y = \varphi(x, t)$ übergehen lässt, welche für $t = 0$ die ursprüngliche Form $y = f(x)$ wieder annimmt, und bestimmt $\delta y = \frac{\partial \cdot \varphi(x, t)}{\partial t} dt$, hiervon (p. 45 ff.) auf die Variation von Doppelintegralen Anwendung machend.

Nachdem über 30 Jahre nachher diese letztere Methode der Einführung einer Hilfsvariabeln in die Function $y = \varphi(x)$ und weiter deren Entwickelung nach Potenzen der Hilfsvariabeln vermittelst des Maclaurin'schen Lehrsatzes von Lagrange in seinen „*Leçons sur les calcul des fonctions*" (p. 442 ff.) angenommen und von den gewonnenen Resultaten (p. 472 ff.) Anwendung auf die Variation von Doppelintegralen innerhalb constanter Integrationsgrenzen gemacht worden war, fand nach weiteren 25 Jahren c. eine Erweiterung der Methode der Variationsrechnung auf Probleme, in denen die Maxima oder Minima von Doppelintegralen, deren Integrationsgrenzen variabel angenommen sind, bestimmt werden sollen, durch Gauss bei der Behandlung eines speciellen Problems, durch Poisson in allgemeiner theoretischer Untersuchung, und auf Grund der so begonnenen Untersuchungen eine Weiterführung derselben auf drei- und mehrfache Integrale durch Ostrogradsky und neben Delaunay u. A. durch Sarrus*) statt.

Doch kehren wir noch einmal zurück und lassen wir die ungegründeten Einwürfe von Fontaine gegen Lagrange's Erstlingsarbeit auf dem Gebiete der Variationsrechnung und die theilweise gegründeten von Borda hinsichtlich der Grenzgleichungen unberücksichtigt, Einwürfe, denen Lagrange in dem vierten Bande der Turiner Memoiren**) die adäquate Behandlung zu Theil werden liess, so muss doch hervorgehoben werden, dass der oben gerügte Mangel der Aufstellung einer festen Regel

---

*) a. Gauss: *Principia generalia theoriae figurae fluidorum in statu aequilibrii* (*Comm. Soc. Gotting. T. VII.* 1833. *p.* 67 *ff.*).

b. Poisson: *Mémoire sur le calcul des variations* (*Mémoires de l'académie royale des sciences de l'institut de France. T. XII.* 1833. *p* 223 *ff.*).

c. Ostrogradsky: *Mémoire sur le calcul des variations des intégrales multiples* (*Mémoires de l'académie impériale des sciences de St. Pétersbourg. VIième série. T. I.* 1838.)

d. Delaunay: *Mémoire sur le calcul des variations* (*Journal de l'école polytechnique.* 29e *cahier.* 1843. *p.* 37 *ff.*)

e. Sarrus: *Recherches sur le calcul des variations* (*Mémoires présentés par divers savants à l'académie royale des sciences de l'institut de France. T. X.* 1848. *p.* 1 *ff.*)

**) a. Fontaine: *Addition à la méthode pour la solution des problèmes de maximis et minimis* (*Mémoires de mathématique ... de l'académie royale des sciences. Paris* 1767. *p.* 588 *ff.*)

b. Borda: *Eclaircissement sur les méthodes de trouver les courbes qui jouissent de quelques propriétés du maximum ou du minimum* (*Ibid. p.* 551 *ff.*)

c. Lagrange: *Sur la méthode des variations* (*Miscellanea Taurinensia. T. IV. p.* 163 *ff.*)

zur Unterscheidung, ob die durch die Methode der Variationsrechnung bei den einzelnen ihr angehörigen Problemen gefundene Function wirklich ein Maximum oder ein Minimum, oder keines von beiden sei, von Euler gar nicht berührt und von Lagrange erst viel später zu heben versucht ward, nachdem zuvor Laplace darauf aufmerksam gemacht und mit Benutzung der früheren Euler'schen Behandlungsweise eine Bestimmung festzustellen sich bemüht, weiter aber Legendre in einer nach Form und Inhalt eleganten Abhandlung*) das nach ihm benannte Kriterium gegeben hatte. Dieses Kriterium blieb lange Zeit massgebend, selbst bis in die letztverflossenen Jahre, ungeachtet dass Jacobi in seiner genialen und schöpferischen Conception eine die Schwierigkeiten der Legendre'schen beseitigende und von Lebesgue, Delaunay, Bertrand, Spitzer, Eisenlohr, Heine, Hesse, Minding, Clebsch theils näher begründete, theils erweiterte Methode zur Unterscheidung des Maximums und Minimums in den Problemen der Variationsrechnung gegeben hatte.

Legendre's Verfahren bestand nämlich darin, dass er — (um nur einen einfachen Fall in das Auge zu fassen) — durch Einführung einer zunächst als willkürlich angenommenen Function α die zweite Variation des zu einem Maximum oder Minimum zu machenden $\int_{x_0}^{x_1} v dx$ — $\left[\text{wo } v = f(x, y, p), \; p = \frac{dy}{dx}\right]$ — so transformirte, dass der unter dem Integralzeichen befindliche Ausdruck das Product von $\frac{\partial^2 v}{\partial p^2}$ in ein vollständiges Quadrat ward und der vom Integralzeichen freie Theil die Form $(\alpha \delta y^2)_1 - (\alpha \delta y^2)_0$ annahm. Die aus der Integration der so α bestimmenden Differentialgleichung hervorgehende willkürliche Constante diente ihm dazu, $(\alpha \delta y^2)_1 - (\alpha \delta y^2)_0$ entweder $= 0$ oder von gleichem Zeichen mit $\frac{\partial^2 v}{\partial p^2}$ zu machen, so dass also die Bestimmung des Maximums oder Minimums von $\int_{x_0}^{x_1} v dx$ lediglich durch das Zeichen von $\frac{\partial^2 v}{\partial p^2}$ bedingt ist.

Die Hauptschwierigkeit besteht aber gerade in der Integration der zur Bestimmung von α sich ergebenden einen — oder bei mehreren α_1, α_2 mehreren — Differentialgleichungen. Legendre begnügte sich mit dem

*) a. Laplace: *Disquisitiones de maximis et minimis fluentium indefinitarum* (*Nova acta eruditorum. Lipsiae* 1774. *p.* 193 *ff.*)

b. Legendre: *Mémoire sur la manière de distinguer les maxima des minima dans le calcul des variations* (*Mémoires . . . de l'académie royale. Paris* 1786. *p.* 7 *ff* ; 1787. *p.* 348 *ff.*)

c. Lagrange: *Théorie de fonctions. Paris* 1806 (No. 170 ff.).

Nachweise der Möglichkeit ihrer Existenz, ohne ihre wirkliche Lösung für nothwendig zu erachten.

In der „*Théorie des fonctions*" transformirte Lagrange die bei der zweiten Variation unter dem Integralzeichen befindliche Grösse nicht, wie Legendre, in ein Quadrat, sondern in einen zwischen den Grenzen des Integrals mit einem und demselben Zeichen behafteten Ausdruck und erhält, um dies möglich zu machen, zur Bestimmung von α — oder $\alpha_1, \alpha_2 \ldots$ — an Stelle der obigen Differentialgleichungen Ungleichheiten, die als besonderen Fall die Legendre'schen Differentialgleichungen enthalten. Die Lösung dieser Ungleichheiten bietet aber dieselben Schwierigkeiten, und so schloss Lagrange seine theoretische Entwickelung mit den Worten: „*Mais d'après ce que nous avons dit ci-dessus, il faudrait pour l'exactitude de ce résultat, qu'on pût s'assurer, que la valeur de v (α) ne deviendra point infinie pour une valeur de x comprise entre les valeurs données a et b; ce qui sera les plus souvent impossible par l'impossibilité de trouver l'équation primitive en v et x.* (*Théorie des fonctions p.* 208.)"

Und mit einer kurzen Besprechung dieses Theiles der „*Théorie des fonctions*", nachdem zuvor nach No. 168 desselben Werkes die Curve bestimmt ist, für welche in jedem Punkte $\left\{y+(m-x)\frac{dy}{dx}\right\}.\left\{y+(n-x)\frac{dy}{dx}\right\}$ ein Maximum oder ein Minimum ist, beginnt das erste Capitel (p. 1—27) des in der Ueberschrift angezeigten trefflichen Werkes von Todhunter.*) Hieran schliesst sich eine Inhaltsangabe von No. 177—181 der „*Théorie des fonctions*" und die von Lagrange in No. 182 gegebene Lösung des Problems der Brachistochrone.

Weiter giebt der Verfasser eine Darstellung des Inhalts von p. 444. und 472—474 der 22. Lection des „*Calcul des fonctions*" (siehe oben pag. 3) und in dem übrigen Theil des 1. Capitels eine Uebersicht über die nichts Neues bietende und meist auf Grundlage der oben erwähnten Euler'schen Abhandlungen von Lacroix in seinem „*Traité du calcul différentiel et du calcul intégral, Vol. II, p.* 721—816" ausgearbeitete Darstellung der Variationsrechnung. Besonders wird aufmerksam gemacht auf die zuerst von Poisson monirten, bei Lacroix, wie bereits zuvor bei Euler sich findenden Irrthümer in der Entwickelung von $\delta\frac{dz}{dx}, \delta\frac{dz}{dy}, \delta\frac{d^2z}{dx^2}\ldots$ bei Gelegenheit der Darstellung der Variation einer Function von zwei unabhängigen Variabeln, ebenso wie auf die bei

---

*) Die Kürze gerade bei der Darstellung der Lagrange'schen Arbeiten, sowie den Mangel eines Rückblicks auf die vorhergehende Geschichte der Variationsrechnung entschuldigt der Verfasser damit, dass dies alles ausführlich in dem wohlbekannten Werke von Woodhouse dargestellt sei, wobei Referent leider gestehen muss, dass es ihm trotz mannichfacher Bemühungen nicht gelungen ist, das genannte, im Buchhandel nicht mehr befindliche Werk sich zu verschaffen.

der Transformation von $\iint \frac{dV}{d\,.\,\frac{d^2z}{dx\,dy}}\,\delta\,.\,\frac{d^2z}{dx\,dy}\,dx\,dy$ durch theilweise Integration mehrmals wiederkehrenden Fehler, weil Lacroix nicht beachtet, dass bei einem Doppelintegral die Grenzwerthe derjenigen Variabeln, nach welcher zuerst integrirt wird, im Allgemeinen Functionen der anderen Variabeln und nicht beider unabhängigen Variabeln sind.

Das zweite Capitel (p. 28—36) enthält die Inhaltsangabe der „Analytischen Darstellung der Variationsrechnung, von Dirksen (1823)“ und der „Lehre vom Grössten und Kleinsten, von M. Ohm (1825)“; von letzterem wird noch das zum Auffinden des Maximums und Minimums eines Doppelintegrales mit variabeln Grenzen im einfachsten Falle angewendete Verfahren mitgetheilt und daran eine kurze Uebersicht geknüpft über die in dem 5. und 7. Bande des Ohm'schen „Systems der Mathematik“ gegebenen Untersuchungen über Probleme der Variationsrechnung, von denen die Ohm'sche Lösung der Aufgabe, „den Maximum- oder Minimumwerth von $\int_a^b \frac{z}{p}\,dx$, wo $p = \frac{dy}{dx}$ und $z = \int_a^x y\,dx$ ist, zu finden,“ wiedergegeben ist.

Capitel III (p. 37—52) enthält eine Uebersetzung des mit der Variation eines Doppelintegrales sich beschäftigenden Theiles der oben (p. 3) citirten Gauss'schen Abhandlung: „*Principia theoriae figurae fluidorum etc.*“, und

Capitel V (p. 111—139) eine Uebersetzung von Ostrogradsky's „*Mémoire sur le calcul des intégrales multiples*“. Beide Uebersetzungen (nicht „*accounts*“, wie der Verfasser in der Vorrede angiebt) sind correct; die erste ist mit einem grösseren Zusatze — die Berechnung des Flächeninhaltes des durch Variation der Coordinaten der Eckpunkte entstehenden Triangularelementes — versehen; p. 40, Z. 8 ist statt „*for a point*“ zu setzen: „*for any point*“; p. 44, Z. 13 ist „*the other co-ordinats of these points*“ ein zu enger Begriff für „*reliquae quantitates ad haec puncta pertinentes*“, um andere geringfügige Aenderungen, wie p. 49, Z. 8 und gegen Ende von Artikel 88, nicht weiter zu beachten.

In der zweiten Uebersetzung finden sich einige Aenderungen auf p. 121 von Zeile 14 an, p. 124 ist von T. ein eigener Zusatz eingeschoben, der in conciserer Form die Entwickelung von $\delta\,(dx\,dy\,dz)$ nach der von Ostrogradsky gegebenen allgemeinen Entwickelung $\delta\,(dx\,dy\,dz\,\ldots)$ giebt.

In dem zwischenliegenden vierten — die oben citirte Poisson'sche Abhandlung behandelnden — Capitel (p. 53—110) wird zuerst eine Uebersetzung des Schlusses der von Poisson (p. 223—229) gegebenen historischen Uebersicht, darauf nach einigen Bemerkungen die Uebersetzung von Art. 1—3, mit Ausnahme des Anfangs- und Schlusssatzes, gegeben. Poisson entwickelt hier die Fundamentalgleichungen der Variationsrechnung für den Fall eines einfachen Integrals $U=\int_{x_0}^{x_1} V dx$, wo $V=f(x,y,y',y''..)$, indem er eine neue Variable u einführt, von welcher x und daher auch y Functionen sind. Die anderweite Herleitung derselben (Art. 4) durch die alte Euler'sche, von Poisson erweiterte Methode wird nur erwähnt. Von Art. 5, worin Poisson die gefundenen Resultate zur Bestimmung des Maximums oder Minimums von U benutzt, ist ein kurzer Auszug gegeben.

Gegen die von Poisson aufgestellte Zerlegung eines jeden Problems der Variationsrechnung (Art. 6) in zwei Theile, von denen der eine — Bestimmung der zu suchenden Function — der Variationsrechnung, der andere — die Bestimmung der eingehenden willkürlichen Constanten — der gewöhnlichen Infinitesimalrechnung zugewiesen werde, erhebt T. einige beachtenswerthe Bedenken, ebenso zu dem Inhalte von Art. 7 und 8, in denen der Fall betrachtet wird, dass V eine Function der unabhängigen Variabeln x und von zwei abhängigen Variabeln y und z und ihren Differentialquotienten nach x ist. Von den Art. 9—12 — (über die Bedingungen der Integrabilität der Functionen) — wird eine kurze, von den Art. 13—15 — (über relative Maxima und Minima) — eine noch kürzere Uebersicht gegeben, worauf, nachdem im Allgemeinen der Inhalt von Art. 16 angegeben ist, speciell die vollständige Lösung der von Poisson aufgestellten Aufgabe: „Unter allen ebenen Curven von gegebener Länge diejenige zu finden, welche den grössten Flächeninhalt einschliesst," nur mit einem von T. abgekürzten Schlusse folgt.

Nachdem so theils mehr, theils weniger eingehend der erste Theil der Poisson'schen Abhandlung, die Variation von Integralen mit einer unabhängigen Variabeln betreffend, absolvirt ist, wird von dem zweiten Theile, welcher die Variation von Doppelintegralen zum Vorwurf hat, und welcher den wichtigsten Theil des ganzen Memoirs bildet, eine vollständige Uebersetzung gegeben; die hierin (Art. 24) sich findenden Errata sind nach Björling emendirt, und am Schlusse (p. 107) ist noch eine Lösung des von Poisson am Ende seiner Abhandlung gelösten Problems: „Diejenige krumme Fläche — elastische Scheibe — zu bestimmen, für welche bei einem gegebenen Inhalt $\iint\left(\frac{1}{\varrho}+\frac{1}{\xi}\right)^2 dx\,dy$ ein Minimum wird, wo ϱ und ξ die beiden auf einander senkrechten Hauptkrümmungshalbmesser eines Punktes der krummen Fläche sind," von T. hinzugefügt.

Das sechste Capitel (p. 140—181) enthält eine Skizzirung vc Delaunay's „*Mémoire sur le calcul des variations*". Auch hi wird nur der Schluss der von Delaunay (p. 37—43) gegebenen histo schen Einleitung wiedergegeben. Das Delaunay'sche Verfahren der Untersuchung der Variation vielfacher Integrale beschränkt T. auf die eines dreifachen Integrals, und in solcher Beschränkung entspricht der Inhalt von No. 135—137 T.'s vollständig dem von §. 1 bis §. 3 der Delaunay'schen Abhandlung.

Ist

$$U = \int_{x_0}^{x_1} dx \int_{y_0}^{y_1} dy \int_{z_0}^{z_1} dz\, K,$$

wo

$$K = \varphi\left(x, y, z, u, \frac{du}{dx}, \frac{du}{dy}, \frac{du}{dz}, \ldots\right)$$

und die Grenzwerthe von z der Gleichung $f(x, y, z) = 0$ genügen, die Grenzwerthe von y der Gleichung $f_1(x, y)$, die durch die Elimination von z aus $f = 0$ und $\frac{df}{dz} = 0$ erhalten wird, die Grenzwerthe von x schliesslich durch die Gleichung $f_2(x) = 0$ bestimmt sind, welche durch die Elimination von y zwischen $f_1 = 0$ und $\frac{df_1}{dy} = 0$ erhalten wird, so ist

$$\delta U = \int_{x_0}^{x_1} dx \int_{y_0}^{y_1} dy \int_{z_0}^{z_1} dz\, \Sigma \frac{dK}{dp}\delta p + \int_{x_0}^{x_1} dx \int_{y_0}^{y_1} dy\, K_1 \delta z_1 - \int_{x_0}^{x_1} dx \int_{y_0}^{y_1} dy\, K_0 \delta z_0.$$

In No. 138 macht T. darauf aufmerksam, dass δU nur Terme enthält, die aus der Variation der Grenzen der ersten Integration hervorgehen, dies näher erörternd.

In No. 139 und 140 wird eine Uebersetzung von §. 4, die Erläuterung des Ausdrucks

$$\int_{x_0}^{x_1} dx \int_{y_0}^{y_1} dy\, h = \int_{x_0}^{x_1} H_1\, dx - \int_{x_0}^{x_1} H_0\, dx = \int_{(x)}^{(x)} H\, dx$$

an einer Figur veranschaulicht, gegeben.

Die folgende Nummer behandelt die Transformation des ersten Theiles von δU durch partielle Integration an einem Beispiele nachgewiesen.

Die von Delaunay in §. 10 (p. 59—77) gegebenen allgemeinen Formeln für die Variation eines vielfachen Integrals werden in No. 143 für zwei- und in No. 144 für dreifache Integrale entwickelt.

No. 145—147 geben die Resultate des zweiten Theiles der Delaunay'schen Abhandlung (p. 79—97) über die Bedingungen für die Bestimmung der Maxima und Minima eines bestimmten Integrals mit einzelnen Bemerkungen von Todhunter und Jellett.

No. 148 enthält die von Delaunay gegebene Lösung der Aufgabe: „*Die längste* oder kürzeste Curve von constanter Krümmung zwischen zwei gegebenen Punkten zu finden." Hierzu giebt T. theils eigene, theils aus Jellett's Variationsrechnung genommene Zusätze und Erweiterungen.

No. 159—162 enthält zuletzt ein Verzeichniss der von Delaunay von §. 35 (p. 103) an behandelten weiteren Probleme mit kurzen Zusätzen.

Das siebente Capitel (p. 182—209) behandelt die Abhandlung von Sarrus: „*Recherches sur le calcul des variations*," welche T. mit Recht als überaus werthvoll und als wichtigen Originalbeitrag zur Variationsrechnung bezeichnet. Die Untersuchungen von Sarrus beschäftigen sich mit der Variation von vielfachen Integralen von beliebiger Ordnung; wie bei Delaunay erläutert T. die Methode von Sarrus an einem dreifachen Integrale. Nach einigen Vorbemerkungen wird in No. 167 die Erklärung des von Sarrus neu eingeführten Substitutionszeichens $\Big]_p^q u$, womit das Resultat bezeichnet wird, welches man erhält, wenn man in $u = f(p)$ q für p setzt, gegeben, ein Symbol, das mit einem anderen von T. nicht erwähnten dazu dient, die aufzustellenden complicirten Formeln in kürzerer und übersichtlicherer Fassung wiederzugeben. Nach Art. 9 der Abhandlung giebt T. die Entwickelung von

$$\frac{d}{dt}\int_x^{x_1} dx\,u = \int_{x_0}^{x_1} dx\,\frac{du}{dt} + \frac{dx_1}{dt}\Big]_x^{x_1} u - \frac{dx_0}{dt}\Big]_x^{x_0} u,$$

wo u eine beliebige Function von x und t ist. Im Anschluss hieran wird nach Art. 10 ein zwei- und ein dreifaches Integral nach einem darin enthaltenen veränderlichen Parameter differenzirt und nach Art. 17 noch einige andere, später zur Anwendung kommende Formeln entwickelt.

Von No. 173 an werden die gewonnenen Resultate benutzt zur Aufstellung der Variation eines dreifachen Integrals nach den von Sarrus auf p. 90—95 seiner Abhandlung gegebenen Transformationsformeln. Darnach wird in No. 180 die Lösung der zweiten der von Sarrus behandelten drei Aufgaben wiedergegeben: „Das Dichtigkeitsgesetz eines Körpers von gegebener Form, Lage und Masse so zu bestimmen, dass das über die ganze Ausdehnung des Körpers sich erstreckende

$$\int dx \int dy \int dz \sqrt{1 + \left(\frac{dv}{dx}\right)^2 + \left(\frac{dv}{dy}\right)^2 + \left(\frac{dv}{dz}\right)^2}$$

ein Minimum ist, wo v die Dichtigkeit in dem Punkte (x, y, z) bezeichnet," und, nachdem in No. 183 die Formeln 110 und 111 auf S. 88 der Sarrus'schen Abhandlung reproducirt sind, vermittelst derselben von T. die Variation eines Doppelintegrales bestimmt, in welchem die vorkommenden Differentialquotienten die zweite Ordnung nicht übersteigen.

Im achten Capitel (p. 210—228) wird Cauchy's „*Mémoire sur le calcul des variations*" besprochen, das nach T. nur eine Reproduction eines Theiles der Untersuchungen von Sarrus mit einiger Verschiedenheit in der Bezeichnung ist. Nach Mittheilung der Ueberschriften der neun Paragraphen, in welche die qu. Abhandlung eingetheilt ist, bringt No. 190 eine eingehendere Erörterung des Cauchy'schen Beweises (p. 97 f.) der folgenden Formel:

$$\delta\int_{x_0}^{x_1}dx\int_{y_0}^{y_1}dy\int_{z_0}^{z_1}dz\,u=\int_{x_0}^{x_1}dx\int_{y_0}^{y_1}dy\int_{z_0}^{z_1}dz\left(\delta u-\frac{du}{dx}\delta x-\frac{du}{dy}\delta y-\frac{du}{dz}\delta z\right)$$
$$+\int_{x_0}^{x_1}dx\int_{y_0}^{y_1}dy\int_{z}^{z_1}dz\left(\frac{du\,\delta x}{dx}+\frac{du\,\delta y}{dy}+\frac{du\,\delta z}{dz}\right).$$

In No. 191 wird nach §. 7 die früher in No. 184 gefundene Variation eines Doppelintegrales in der von Cauchy durch Modification des Sarrus'schen Substitutionszeichens aufgestellten Bezeichnungsweise gegeben. Wenn Sarrus $\int_{x_0}^{x_1} dx\frac{du}{dx}=\Big]_x^{x_1}u-\Big]_x^{x_0}u$ setzt, so bezeichnet dies Cauchy mit $\Big|_{x=x_0}^{x=x_1}u$, noch kürzer schreibt T., geleitet durch einen in einer Anmerkung auf p. 100 der Cauchy'schen Abhandlung befindlichen Druckfehler, dafür $\Big|_{x_0}^{x_1}u$, eine Bezeichnungsweise, die auch vor T. bereits Lindeloef in seiner Abhandlung: „*Variations-Kalkylens theori och des anwänding till bestämmande af multipla integralers maxima och minima*" von p. 14 an angewendet hatte.

No. 192 enthält die von Cauchy am Schlusse seiner Abhandlung (p. 124 ff.) gegebene Entwickelung von

$$\delta s=\int_{x_0}^{x_1}dx\int_{y_0}^{y_1}dy\int_{z_0}^{z_1}dz\,R\,\frac{d^3\delta u}{dx\,dy\,dz}$$

und No. 193 dieselbe unter der von Cauchy speciell gemachten Annahme von $R=1$.

Als Zusatz giebt T. die Lösung des von Sarrus aufgestellten dritten Problems: „Das Dichtigkeitsgesetz eines Körpers von gegebener Form und Lage zu bestimmen, so dass das über die ganze Ausdehnung des Körpers sich erstreckende Integral

$$\int_{x_0}^{x_1}dx\int_{y_0}^{y_1}dy\int_{z_0}^{z_1}dz\,w\,\frac{d^3v}{dx\,dy\,dz}$$

ein Maximum oder ein Minimum sei, wo v die Dichtigkeit im Punkte (x, y, z) und w eine gegebene Function von x, y, z und v ist, und schliesst darauf mit der Entwickelung von $\delta\iiint V\,dx\,dy\,dz$, wo

$$V = f\left(x, y, z, u, \frac{du}{dx}, \frac{du}{dy}, \frac{du}{dz}\right)$$

ist, den ersten, die Erweiterung der Methoden der Variationsrechnung auf mehrfache Integrale mit veränderlichen Grenzen enthaltenden Theil seines Werkes.

Der zweite Theil, welcher die Entwickelung der Methoden zur Unterscheidung der Maxima und Minima, also die Untersuchung der zweiten Variation enthält, beginnt, indem an den Anfang wieder angeknüpft wird, im neunten Capitel (p. 228—253) mit einer Darlegung des Inhaltes der oben (p. 4) citirten Abhandlung Legendre's: „*Mémoire sur la manière de distinguer etc.*" und der von ihm erhaltenen Resultate, von denen das p. 21, Art. 11 gegebene Kriterium falsch ist. Legendre weist nämlich hier nach, dass das Maximum oder Minimum von $\int v\,dx$, wo $v = f(x, y, p, \varphi)$ und $\frac{d\varphi}{dx} = \psi$ ist, durch das Zeichen von $\frac{\partial^2 v}{\partial p^2}$ bestimmt sei. Nach einigen Bemerkungen über den Umfang der Legendre'schen Methode giebt T. einen gleich geschickten Auszug von Brunacci's Abhandlung: „*Sopra i criteri che distinguono i massimi dai minimi delle formole integrali* (*Memorie dell Instituto nazionale italiano. T. I. P. 2. Bologna* 1806)," der obiges falsche Resultat verbessert (p. 192) und als Kriterium nicht das Zeichen von $\frac{\partial^2 v}{\partial p^2}$, sondern das von $\frac{\partial^2 v}{\partial p^2} - \alpha\frac{\partial^2 \psi}{\partial p^2}$ feststellt, wo α eine vermittelst der durch die erste Variation gegebenen Gleichung bestimmte Function ist. Anstatt des von Brunacci ursprünglich gegebenen Beweises giebt T. einen anderen.

Darauf folgt eine Analyse einer zweiten Abhandlung von Brunacci (*Memorie etc. Vol. II. P. 2. Bologna* 1810. *p.* 121—170) und speciell der in §. 7 (p. 141—143) von Brunacci discutirten zweiten Variation des Doppelintegrales $\iint \psi\,dx\,dy$, wo $\psi = f\left(x, y, z, \frac{dz}{dx}, \frac{dz}{dy}\right)$ ist; von dem Reste der Abhandlung wird nur noch auf den Inhalt von §. 8 aufmerksam gemacht, wo $\psi = f\left(x, y, z, \frac{dz}{dx}, \frac{dz}{dy}, \frac{d^2z}{dx^2}, \frac{d^2z}{dx\,dy}, \frac{d^2z}{dy^2}\right)$ ist, und wobei Brunacci bereits zu demselben Resultate gelangt, welches Delaunay p. 90 ff. der oben besprochenen Abhandlung aufstellt. Den Schluss des Capitels bildet die Uebersetzung von Jacobi's schöner Abhandlung: „Ueber die Theorie der Variationsrechnung und der Differentialgleichungen (Crelle's Journal, Bd. XVII, p. 68—81). Wie wir oben (p. 4 f.) sahen, hängt die genaue Feststellung des Kriteriums, ob ein Maximum oder ein Minimum vorhanden ist, noch davon ab, dass man zur Bestimmung von α (oder α_1, α_2 . . .) eine (oder mehrere) Differentialgleichung integriren könne. Während nun Legendre und Lagrange nur mit der Aufstellung dieser Gleichung sich begnügten, gab Jacobi in der citirten Abhandlung ein Verfahren an, wonach die Integration dieser Gleichungen sofort ausgeführt werden kann, wenn der erste Theil der Lösung eines jeden Problems der Variationsrechnung — die Integration der Hauptgleichung — absolvirt ist, ohne jedoch die Theoreme, auf welchen sein Verfahren beruht, zu beweisen.

Die hierdurch veranlassten Abhandlungen bilden den Gegenstand der Discussion in den beiden folgenden Capiteln. Zuerst wird im zehnten Capitel der von Lebesgue: „*Mémoire sur une formule de Vandermonde* (*Liouville* 1841. *T. VI, p.* 17—36)" gegebene Beweis eines Theorems der Jacobi'schen Abhandlung als schwierig und complicirt recensirt und von der Abhandlung als Inhaltsangabe nur die Uebersetzung des ersten Satzes (p. 17) gegeben. Von der darauf folgenden Abhandlung Delaunay's: „*Thèse sur la distinction des maxima et des minima* (*Liouville* 1841. *T. VI, p.* 209—237)" findet sich ausser einigen Zusätzen und Berichtigungen nur die Inhaltsangabe vor.

Ausführlicher dagegen, nur in theilweise veränderter Form, wird der von Bertrand im 28. Hefte des „*Journal de l'école polytechnique*" („*Démonstration d'un théorème de M. Jacobi*") aufgestellte Beweis des folgenden Jacobi'schen Theorems wiedergegeben:

„Sei $Y = Ay + \frac{d\,.\,A_1 y'}{dx} + \ldots + \frac{d^n\,.\,A_n y^{(n)}}{dx^n} = 0$ eine lineäre Differentialgleichung der zweiten Ordnung, worin $y^{(m)} = \frac{d^m y}{dx^m}$ und A, $A_1 \ldots$ gegebene Functionen von x sind; sei ferner y ein Integral von $Y = 0$ und setzt man $yt = u$, so ist auch $y\left(Au + \frac{d\,.\,A_1 u'}{dx} + \ldots + \frac{d^n\,.\,A_n u^{(n)}}{dx^n}\right) = yU$ integrabel und zwar ist $\int yU\,dx = Bt' + \frac{d\,.\,Bt''}{dx} + \ldots + \frac{d^{n-1}\,.\,B_{n-1} t^{(n)}}{dx^{n-1}}$, wo B, $B_1 \ldots$ durch A, $A_1 \ldots$, y und deren Differentialquotienten bestimmt werden können."

Von der Mainardi'schen Abhandlung: „*Sul calcolo delle variazioni* (*Tortolini: Annali di science matematiche etc. Roma* 1852. *T. III. p.* 149—192)," erfolgt zuerst die Inhaltsangabe, darauf specieller die Darstellung von Mainardi's Verfahren, die Unterscheidung zwischen einem Maximum und Minimum von $\int F(x, y, y')\,dx$ und $\int F(x, y, y', y'')\,dx$ festzustellen und diese in grösserer Ausführlichkeit, als sie bei Mainardi (p. 154—158) sich vorfindet. Zwei von einander verschiedene Untersuchungen über die Kriterien des Maximums oder Minimums von

$$\int dx \int dy\, F\left(x, y, z, \frac{dz}{dx}, \frac{dz}{dy}\right)$$

deren letztere (p. 183 f.) der Jacobi'schen Methode genau sich anschliesst, beenden die Besprechung.

Nachdem noch von Brioschi's kurzem Artikel: „*Sopra un teorema di Jacobi etc.*" (p. 322—326 desselben Bandes) die Hauptsache erwähnt ist, wird ausführlicher auf Eisenlohr's „Untersuchungen über Variationsrechnung. Mannheim 1853," eingegangen. Von ihrem Inhalte wird zuerst eine allgemeine Uebersicht gegeben, dann der Inhalt von No. 6, der Beweis des obigen Jacobi'schen Theorems in etwas veränderter Form, der von No. 7, worin Eisenlohr nachweist, wie die Terme der zweiten Ordnung in der Variation eines Integrales die Jacobi'sche Form annehmen, in derselben, dagegen der Inhalt von No. 10 — die Erweiterung des Jacobi'schen Verfahrens auf Doppelintegrale — in weit ausführlicherer Weise, als bei Eisenlohr, gegeben.

Weiter folgt sodann Spitzer's Abhandlung: „Ueber die Kriterien der Grössten und Kleinsten bei den Problemen der Variationsrechnung" (Sitzungsberichte der Wiener Akademie. 1854. 12. Bd., p. 1014—1071; 14. Bd., p. 41—120).

Nach Mittheilung der Inhaltsübersicht giebt T. die von Spitzer zuerst discutirte Aufgabe, zwischen dem Maximum und Minimum von $\int_{x_0}^{x_1} V dx$, wo $V = \varphi(x, y, y')$ ist, zu unterscheiden, wenn $\frac{\partial^2 V}{\partial y'^2} = 0$ (§. 8) ist und ferner, wenn auch noch $\left(\frac{\partial^2 V}{\partial y \partial y'}\right)' - \frac{\partial^2 V}{\partial y^2} = 0$ ist (§. 14), für welchen letzteren Fall Todhunter noch in anderer Weise die Form der Function φ bestimmt; hierauf wird zu der Aufgabe übergegangen, für welche $V = \varphi(x, y, y', y'')$ ist, und im Anschluss hieran wieder der specielle Fall discutirt, 1) wenn noch $\frac{\partial^2 V}{\partial y''^2} = 0$ ist, 2) wenn ausserdem noch

$$\frac{\partial^2 V}{\partial y'^2} - 2\frac{\partial^2 V}{\partial y \partial y''} - \left(\frac{\partial^2 V}{\partial y' \partial y''}\right)' = 0$$

ist und 3) wenn zu diesen beiden Bedingungen noch hinzutritt, dass

$$\frac{\partial^2 V}{\partial y^2} - \left(\frac{\partial^2 V}{\partial y \partial y'}\right)' + \left(\frac{\partial^2 V}{\partial y \partial y''}\right)'' = 0,$$

wozu für den ersten Fall wiederum eine besondere Lösung gegeben ist.

Den Schluss des zehnten Capitels bildet eine überaus kurze Inhaltsangabe der in dem 54., 55. und 56. Bande von Crelle's Journal enthaltenen Abhandlungen von Hesse und Clebsch, nur dass bei der ersten noch der Schluss von §. 7 gegeben wird.

Das elfte Capitel (p. 311—382) enthält die Uebersetzungen von Bertrand's „*Sur la plus courte distance entre deux points d'une surface*" in der von ihm veranstalteten dritten Ausgabe der „*Mécanique analytique*" von Lagrange (T. II, Note VI, p. 350—352), von Bonnet's

„*Sur quelques propriétés des lignes géodésiques*“ (*Comptes rendus T.* 40, 1855, *p.* 1311—1313 und *T.* 41, *p.* 32—35, 1855) und von Heine's „Bemerkungen zu Jacobi's Abhandlung über Variationsrechnung“ (Crelle's Journal für die reine und angewandte Mathematik, herausgeg. von C. W. Borchardt, Bd. 54, p. 68—71, 1857). Nachdem noch einer Abhandlung von Minding: „Ueber die Transformationen, welche in der Variationsrechnung u. s. w.“ (Crelle's Journal, Bd. 55, p. 300—309) Erwähnung gethan ist, wird vom Verfasser noch die zweite Variation an zwei Beispielen untersucht, in deren letztem die Grenzen des zu untersuchenden Integralausdrucks als variabel angenommen sind.

Das zwölfte Capitel (p. 333—372) enthält eine Reihe von verschiedenen Artikeln verschiedener Mathematiker, theils Lösungen einzelner Probleme, theils Beweise einzelner Theoreme, theils historische Abhandlungen aus dem Gebiete der Variationsrechnung. Den Anfang macht die Lösung einer Aufgabe von Poisson aus dem Jahre 1812; von den übrigen Abhandlungen heben wir neben Björling's „*Calculi variationum integralium duplicium exercitationes. Upsal* 1842“ und Bertrand's „Begründung der Euler'schen Methode der Lösung der Aufgaben der relativen Maxima und Minima (*Liouville T.* 7, *p.* 55—58, 1842)“ vorzüglich noch hervor: Schellbach's „Probleme der Variationsrechnung“ (Crelle, Bd. 41, p. 293—363, 1851), von denen T. nach vorausgeschickter Inhaltsangabe No. 14, 20, 21 und 34 speciell giebt. Den Schluss bildet Lindelöf's Abhandlung in den *Comptes rendus* 1860, *T.* 50, *p.* 85—88, die nur eine Reproduction eines Theiles der oben (p. 10) erwähnten Abhandlung desselben Verfassers ist.

Das dreizehnte Capitel (p. 373—435) behandelt die ausführlichen, über Variationsrechnung erschienenen Werke von Strauch, Jellett und Stegmann. Von jedem Werke wird ausführlich der Inhalt angegeben, einzelne Punkte, bei denen kleinere oder grössere Missgriffe zu Tage treten, werden besonders hervorgehoben. Bei Strauch wird der auf die Ausarbeitung verwendete Fleiss nebst der grossen Genauigkeit anerkannt, als werthvollster Theil wird die vierte Abtheilung (Band II, p. 219—739) bezeichnet, von welcher zwei Drittel die Maxima und Minima von einfachen und ein Drittel die von Doppelintegralen behandeln. An die Discussion verschiedener, dem Verfasser incorrect scheinender Punkte werden weiter angereiht eine ausführlichere Bemerkung über das Verfahren, die zwei Theile der Variation eines Integrales $=0$ zu setzen, dann die Lösungen zweier Aufgaben, in denen je ein Quotient von zwei Integralausdrücken zu einem Minimum gemacht werden soll. T. schliesst darauf, nachdem er früher die historischen Schlussbemerkungen Strauch's bei einzelnen Problemen im Allgemeinen als ausgezeichnet bezeichnet hatte, mit der Bemerkung, dass in einigen — der überhaupt circa zwölf beachtenswerthen — Schlussbemerkungen die von **Strauch** vorgebrachten kritischen Schlussbemerkungen sehr läppisch („*of a very trifling character*“) nennt, näher auf **Strauch's** Einwürfe gegen die Behandlung der Probleme der relativen Maxima und Minima eingehend. Im Anschluss hieran folgt noch die Inhaltsangabe von **Strauch's** „Anwendung des sogenannten Variationscalcüls auf zwei- und dreifache Integrale“ (Denkschriften der kais. Akademie der Wissenschaften in Wien, 16. Bd., 1859, p. 19—172), welche Abhandlung T. als „*remarkable for the accuracy and beauty of the printing*“ bezeichnet.

In Betreff des vortrefflichen Werkes von **Jellett**: „*An elementary treatise on the calculus of Variations. Dublin* 1850,“ macht T. aufmerksam auf die (p. 118 ff.) von **Jellett** gegebene Discussion über die Anzahl der willkürlichen Constanten, welche bei der Lösung eines Problems der Variationsrechnung sich ergeben und über die Anzahl der Hilfsgleichungen, welche die Bedingungen der Aufgabe zur Bestimmung dieser Constanten liefern. Darnach wird die bei der Lösung der Aufgabe: „diejenige Curve zu bestimmen, für welche $\int \mu ds$ ein Maximum oder ein Minimum ist, ferner ds ein Element der zu suchenden Curve und μ eine gegebene Function ihrer Coordinaten ist,“ von **Jellett** (p. 139) aufgestellte Behauptung, „dass die Existenz der von ihm bei der Lösung erhaltenen willkürlichen Constante eine Zweideutigkeit ist, die ihren Grund darin habe, dass s als unabhängige Variable angenommen sei,“ von T. als nicht genügend nachzuweisen (p. 405 ff.) gesucht. Ausser der Berichtigung noch einiger anderer sich vorfindender Unvollkommenheiten giebt T. noch eine Lösung zu einer von **Jellett** in der Note k vorgelegten Aufgabe: „Ueber einer gegebenen Basis AB eine solche Curve zu construiren, dass der durch ihre Umdrehung um AB erzeugte Körper ein Maximum sei, während seine Oberfläche eine gegebene Grösse habe.“

Zuletzt wird noch **Stegmann's** „Lehrbuch der Variationsrechnung und ihrer Anwendung bei Untersuchungen über das Maximum und Minimum. Cassel 1854“ besprochen. Nachdem T. bereits bei der Mittheilung des Inhaltsverzeichnisses der einzelnen Capitel des **Stegmann**'schen Lehrbuches einzelne Theile besonders hervorgehoben hat, geht er nachher noch specieller auf die Discussion einiger Probleme ein, dem von **Stegmann** bei ihrer Lösung eingeschlagenen Wege bald mehr, bald weniger genau folgend. Solche sind: 1) Eine Curve von gegebener Länge zu bestimmen, so dass, indem sie durch zwei gegebene Punkte geht, der von ihr, den Ordinaten der gegebenen Punkte und der Abscissenachse eingeschlossene Flächenraum ein Maximum ist; 2) den Werth von y zu finden, welcher $\int_a^\xi Z^n dx$ zu einem Maximum oder

Minimum macht, wo $Z=\int_{\alpha}^{x}\sqrt{1+p^2}\,dx$ ist; 3) den Minimumswerth von $\frac{1}{2}\int_0^1 p^2 dx$ zu suchen, unter der Bedingung, dass $y_0=1$ und $\int_0^1 \frac{y}{y_1}\,dx=-1$ ist; 4) die Fläche mit dem kleinsten Inhalte zu finden, welche bei unbestimmter Gestalt, aber gegebener Länge der Begrenzungslinie möglich ist." — Ueber die Trefflichkeit und Brauchbarkeit des Werkes spricht sich T. nicht weiter aus, ebensowenig stellt er Vergleiche zwischen den drei letztgenannten Lehrbüchern an.

Das vierzehnte Capitel giebt Notizen über einzelne in verschiedenen Werken der höheren Analysis sich mit Variationsrechnung beschäftigenden Partien. Den Anfang macht die Besprechung von Brunacci: „*Corso di matematica sublime.* 1808. *T. IV, p.* 166—255." Ausser diesem wird ausführlicher behandelt: Bordoni's „*Lezioni di calcolo sublime.* 1831. *T. II. p.* 192—208," ferner eine Abhandlnng von Momsen: „*Elementa Calculi variationum etc. Altona* 1831," in welcher T. viele Unrichtigkeiten nachweist, wie Gleiches auch mit der von Price in seinem „*Treatise on Infinitesimal Calculus.* 1854" gegebenen Darstellung der Variationsrechnung geschieht. Den Schluss des Capitels bildet eine Mittheilung über die nicht weiter empfehlenswerthen „*Nouveaux éléments du calcul des variations par A. Meyer. Liége* 1856".

Das fünfzehnte und sechszehnte Capitel enthalten Bemerkungen über einzelne Abhandlungen, welche theils in grösserer, theils in weniger enger Beziehung zur Variationsrechnung stehen. Den Anfang macht eine Abhandlung von Ampère aus dem Jahre 1805, den Schluss bildet eine Abhandlung von Löffler aus dem 41. Bande der Sitzungsberichte der Wiener Akademie 1860, zu welcher T. die Bemerkung macht: „*It is remarkable that a scientific society should print a communication with so little to recommend it.*" T. mag dabei nicht vergessen, dass bei der überreichen Fülle von Abhandlungen, welche von der genannten jungen Akademie herausgegeben sind, unter vielen bedeutenden auch eine minder bedeutende mit unterlaufen kann, und möge bedenken, dass Missgriffe in dieser oder jener Beziehung im Laufe der Zeit wohl bei jeder gelehrten Gesellschaft vorkommen.

Das siebenzehnte Schlusscapitel bildet eine treffliche Darstellung der Geschichte der Kriterien der Integrabilität.

Bei einem Ueberblick über das ganze Todhunter'sche Werk fühlt sich der Referent zur vollen Anerkennung des grossen Fleisses und der ungemeinen Sorgfalt, welche der Verfasser auf die Durcharbeitung der vielen, dem Gebiete der Variationsrechnung und verwandten Theilen angehörenden Werke, Abhandlungen, Noten u. s. f. verwendet hat, verpflichtet. Nur wenige Abhandlungen von höherer Bedeutung, wie Jacobi's „*Theoria novi multiplicatoris etc. p.* 212—226“ (*C. G. J. Jacobi Opuscula mathematica*, 1846, *Vol. I, p.* 47 *sqq.*) u. s. f. sind nicht berücksichtigt worden. Indess ist nach des Referenten Ansicht der den einzelnen Besprechungen zugewendete Fleiss ein ungleicher, obgleich der Verfasser die ausführlichere oder weniger ausführliche Besprechung mit der grösseren oder geringeren Zugänglichkeit zu den einzelnen Werken entschuldigt. Aber bei einem Werke, wie Todhunter's, das für einen grösseren Kreis von Lesern, als dem des engeren Heimathlandes bestimmt ist, wird der Begriff dieser grösseren oder geringeren Zugänglichkeit illusorisch.

Ueberhaupt besteht ja bei der historischen Bearbeitung der Entwickelung einzelner wissenschaftlicher Gebiete, sei es der mathematischen, sei es einer anderen Disciplin, die Hauptsache in der Darlegung und Besprechung der wirklich Epoche machenden und eine wesentliche Bereicherung und Erweiterung des bisherigen Wissensstandpunktes bewirkenden Arbeiten. Diese sind darum zunächst festzustellen, und — wenn es vielleicht dem subjectiven Ermessen zu viel eingeräumt erscheinen möchte, den Entwickelungsgang der einzelnen in ihnen gegebenen Methoden in möglichster, jedoch nicht das Wesen beeinträchtigender Kürze wiederzugeben — sie im anderen Falle in getreuer Uebersetzung oder noch besser im Original wiederzugeben, während die klare und zuverlässige Darstellung der inneren Zusammengehörigkeit und der Ueberleitung von der einen zur nächstfolgenden Stufe Aufgabe des Bearbeiters ist. Von anderen secundären Producten kann auch nur in zweiter Reihe die Rede sein und ihnen auch nur eine kürzere Darstellung gewidmet werden.

So hätte Referent es für zweckmässiger erachtet, wenn T. im ersten Theile seines Werkes nach der beachtenswerthen Analyse der zugehörigen Partien „*théorie*“ und des „*calcul des fonctions*“ von Lagrange weiter gegangen wäre zu Gauss, Poisson (2. Theil), Ostrogradski, Sarrus. Mit demselben Rechte z. B., wie Lacroix im ersten Capitel wegen seiner Variationsrechnung zur ausführlichen Besprechung kommt, mit gleichem hätte da auch von Bordoni die Rede sein müssen; denn dass die von Lacroix gegebene Darstellung nachher in viele Lehrbücher übergegangen ist, kann hier weniger in Betracht kommen. Hat T. ferner wirklich kein Bedenken getragen, ein ganzes Capitel der Besprechung der Lehrbücher von Dirksen und Ohm zu widmen? War weiter eine so ausführliche Behandlung der Werke von Strauch, Jellett, Stegmann, wie sie T. giebt, für den vorliegenden Zweck nothwendig, insofern in ihnen nicht etwa neue, wesentlich die Entwickelung der Wissenschaft fördernde Beiträge enthalten sind? Ebenso mag es zu viel erscheinen, wenn der Verfasser der Abhandlung von Cauchy, die im Allgemeinen doch nur eine, wenn auch der Zeit nach frühere Reproduction derjenigen von

Sarrus ist, ein vollständiges Capitel einräumt. Mit gleichem oder noch mehr Recht hätte T. darnach unmittelbar auch Lindelöf's *Variations-Kalkylens theori* und §. 30 ff. Schellbach's Abhandlung discutiren müssen; doch den Versuchen — wie sie sich auch bei Poisson und bei Mainardi finden — auf modificirter Grundlage der alten, von den Bernoulli's und Euler eingeführten Grundlage die Variationsrechnung weiter fortzuführen, hat überhaupt T. geringere Beachtung zu Theil werden lassen.

Volle Anerkennung verdient das Bemühen des Verfassers, auf die ihm bei dem Studium der verschiedenen Arbeiten entgegentretenden Unklarheiten, Irrthümer u. s. f. genauer einzugehen, an Stelle des Unvollkommenen Vollkommeneres, an Stelle einer weitläufigen Behandlung eine gedrängtere, kürzere zu geben; aber abgesehen davon, dass dies bei der Exposition mustergiltiger Abhandlungen nur in geringem Grade der Fall sein wird, ferner dass dann an Stelle der Geschichte eine — allerdings in historischer Reihenfolge fortlaufende — Zusammenstellung von Kritiken tritt, so ist zur gerechten Würdigung dieser Kritiken ihnen stets eine Wiedergabe der kritisirten Originalstellen beizugesellen, oder es muss vorausgesetzt werden, dass dem Leser die betreffenden Werke zur Hand sind. Wenn nun auch weiter einem solchen Commentar eine gewisse Berechtigung nicht abzusprechen sein würde, so ist es doch fraglich, ob er wirklich den Zweck erfüllt, den man an eine Geschichte des betreffenden wissenschaftlichen Gebietes zu stellen hat. Wiederholt hat nun der Verfasser einzelne Partien nur hervorgehoben, um daran eigene Lösungs- und Behandlungsweisen zu knüpfen; das hätte in besonderen Abhandlungen geschehen mögen; indem sie aber in das vorliegende Werk aufgenommen sind, wird dessen eigentliche Bestimmung ausser Acht gelassen; wie voluminös würde dann überhaupt eine Geschichte der Mathematik bei ähnlicher Behandlung werden? Darum, so dankenswerth an sich die von T. gegebenen Zusätze, wie p. 389 ff., p. 107 ff., p. 41 f., p. 149 ff., p. 298 f. u. s. f. im Allgemeinen sind, so gehören sie doch nicht in das vorliegende Werk, während wiederum Noten, wie sie p. 200 ff., p. 166 ff. u. s. f. sich finden, an anderer Stelle zu behandeln gewesen wären. Weiter ist aber wohl zu erwägen — wenn auch angenommen wird, dass die gemachten Verbesserungen wirklich Verbesserungen sind, — ob mit der dem Autorenrechte eines Verfassers der einzelnen, zumal bedeutenderen Arbeiten schuldigen Achtung eine Veränderung des Originals verträglich ist. Referent kann dies nicht zugeben. ebensowenig wie die Berechtigung zu einer willkürlichen Veränderung der Bezeichnungsweise, welche die einzelnen Verfasser in den Originalabhandlungen angewendet haben. Eine solche Veränderung wäre nur zu gestatten, wenn die gewählte Bezeichnungsweise wirklich mangelhaft und unverständlich wäre, oder wenn ein und dieselbe Bezeichnungsweise auch fortwährend durch das ganze historische Werk beibehalten würde; aber auch dies ist bei T. nicht geschehen.

Wenn es ausserdem bei der Kritik eines einzelnen Werkes gestattet ist, bei anzuführenden Verbesserungen, überhaupt bei den verschiedenen zu machenden Bemerkungen, nur kurz auf die betreffende Stelle des Werkes zu verweisen, so möchte es doch nicht in einem Werke, wie dem vorliegenden, zweckmässig sein, in gleicher Weise zu verfahren und Bemerkungen zu machen, welche, wenn man selbst in dem betreffenden Werke nicht nachschlagen kann, auch nicht klar sein würden. Das gilt z. B. von der Verbesserung, die T. p. 465 zu der Price'schen Behandlung des Problems der kürzesten Linie zwischen zwei gegebenen Punkten gegeben hat, weiter von der Bemerkung p. 383 in Betreff einer Lösung Strauch's: „Aber er (Strauch) hat die Werthe der Grössen, welche er aus seinen Gleichungen XXIV und XXXI erhält, verwechselt und bemerkt nicht, dass die wahren Werthe sein $F(y)$ unendlich und seine Lösung falsch machen,“ und p. 384: „Seine Gleichung XXVIII zeigt, dass y unmöglich ist u. s. f.,“ ohne dass diese Gleichungen näher angegeben werden u. s. f. Dergleichen Bemerkungen hätten höchstens in besonderen Anmerkungen, getrennt von dem Haupttheile des Werkes, gemacht werden können, da sie, wie gesagt, ohne Einsicht in das Original unverständlich sind.

Es ist möglich, dass der Verfasser bei einer weniger schnellen Veröffentlichung seiner Arbeit in Betreff der Redaction desselben vielleicht noch anders verfahren wäre, dass er z. B. auch den Abhandlungen von Clebsch sein kritisches Talent zugewendet haben würde, dass er dann nicht verbessernde Zusätze, wie p. 338 f. zu einer Abhandlung Minding's (Crelle V, p. 297), als bereits von einem Vorgänger (Magnus in Crelle VI, p. 81 ff.) längst anticipirt später (p. 486) hätte notiren müssen.

Gleichwohl ist, auch wenn alle vom Referenten aufgestellten Bemerkungen und Einwürfe als vollständig gegründet anerkannt würden, doch Todhunter's Werk ein so schätzenswerther Beitrag zur Geschichte der Mathematik und so reichhaltig an Discussionen der verschiedensten Art, dass der Referent es nur der vollen Beachtung empfehlen kann.

Um nun auch zum Schlusse einiger Aeusserlichkeiten zu gedenken, so ist zu bemerken, dass der Verfasser die Titel der in Zeitschriften veröffentlichten Abhandlungen nicht im Original wiedergegeben, sondern übersetzt hat, worin Ref. ihm nicht beistimmen kann, wie denn auch T. verschiedene Male davon abgegangen ist; ferner muss aber noch der Schönheit der Ausstattung und der ausserordentlichen Genauigkeit der Correctur grosses Lob gezollt werden; nur wenige Druckfehler, wie p. 190, Z. 5: $\frac{du}{dx}\delta z$ statt $\frac{du}{dz}\delta z$; p. 379, Z. 17: $x=a$ statt $x=-a$; p. 182, Z. 8: 127 statt 128; p. 198, Z. 9: 119 statt 120 etc.; p. 427, Z. 17: 175—180 statt 171—180, sind dem Ref. aufgefallen.

Delitzsch. F. Giesel.

Der Planetenlauf. Eine graphische Darstellung der Bahnen der Planeten, um mit Leichtigkeit ihren jedesmaligen Ort unter den Gestirnen auf eine Reihe von Jahren voraus zu bestimmen. Von Dr. A. M. Nell, Vorsteher der Mannheimer Sternwarte und Privatdocent der Astronomie in Heidelberg. Mit einem Atlas von fünf Tafeln in Stahlstich. Royal - Quart. Braunschweig, Vieweg & Sohn. 8. 43 Seiten.

Die zu Ortsbestimmungen der Himmelskörper früher in der praktischen Astronomie angewandte Methode wurde, als die Vervollkommnung der Instrumente schärfere Beobachtungen ermöglichte, hier auf diejenigen Erörterungen beschränkt, wo vorläufige oder annähernde Angaben erzielt werden sollten, und die genauen Ortsbestimmungen wurden nur durch die rechnende Methode ermittelt. Die graphische Methode hat aber den Vortheil, dass sie die innere Anschauung unterstützt, während der reine Calcul derselben in keiner Weise zu Hilfe kommt. Nachdem die Astronomie aus dem vagen Kreis der Sternwarte in einen weitern Bereich der gebildeten Klasse des gesellschaftlichen Lebens sich Eingang verschafft hat, nahm die graphische Darstellung astronomischer Anschauungen einen neuen Aufschwung; denn der in ihr genährte Vortheil, dessen wohl die Astronomen von Fach entbehren konnten, war den Liebhabern der Astronomie zweckdienlich und willkommen. Die populär - astronomische Literatur der letztvergangenen Jahrzehnde bewahrheitet diesen Ausspruch; man findet hier, so weit es nur möglich ist, Veranschaulichung der astronomischen Gedanken durch bildliche Darstellungen. — Auch das oben angezeigte Werkchen gehört in den Bereich von astronomischen Mittheilungen in diesem Sinne. In demselben bilden die Tafeln die Hauptsache und das Büchlein enthält die erforderlichen Erläuterungen derselben. Auf jenen wird dargestellt: 1) der Lauf des Merkur bis 1865, der Venus bis 1879, des Mars bis 1867, des Jupiter bis 1867, des Saturn bis 1876 und des Uranur bis 1875 in Bezug auf die Ekliptik, 2) die Lage der Ekliptik im Fixsternenhimmel, 3) die scheinbare Stellung der Planeten unter den Fixsternen, ihre progressive und regressive Bewegung und ihr Stillstand. Das Werkchen ist zwar schon vor mehreren Jahren erschienen, aber wie man aus den Mittheilungen ersehen kann, noch für längere Zeit brauchbar. Indem wir den Freunden der Astronomie diese Tafeln zur Benutzung empfehlen, bemerken wir noch, dass auch die äussere Herstellung derselben sorgfältig und sauber ausgeführt worden ist.

A. D.

Das astronomische Diagramm. Ein Instrument, mittelst dessen Aufgaben der astronomischen Geographie und nautischen Astronomie ohne Rechnung gelöst werden können. Von Dr. M. A. F. Prestel, Oberlehrer der Mathematik und Naturwissenschaften am Gymnasium in Emden. Braunschweig, Vieweg & Sohn. XXI und 404 S.

Der durch seine schriftstellerische Thätigkeit bereits in weitern Kreisen rühmlich bekannte Verfasser dieses Werkes hat in demselben ein Mittel an die Hand gegeben, für jeden Augenblick des Tages durch ein mechanisches Verfahren nach beobachteter Sonnenhöhe die Zeit bis auf einige Secunden genau zu bestimmen. Dieses Mittel ist das „astronomische Diogramm," eine Zeichnung im grossen Maassstabe, gefertigt nach den Resultaten tabellarischer, astronomischer Berechnungen. Aus Polhöhe, Höhe und Declination eines Gestirnes kann man bekanntlich den Stundenwinkel berechnen und erhält aus diesem den Zeit-Abstand vom wahren Mittage. Das zur Berechnung hierbei anzuwendende sphärische Dreieck giebt auch die Formeln für halben Tagebogen, Ascensionaldifferenz, Morgenweite u. s. w. Der Verfasser hat diese Berechnungen in Form von Sinus, Tangenten und Zeit-Maassstab linear dargestellt und die Regeln angegeben, nach welchen man, nach Ausführung der zu machenden Beobachtung, mit dem Resultate derselben in die Maassstäbe eingeht und nach einigen Uebertragungen die Antwort auf die gestellte Frage unmittelbar erhält. Das Diagramm, eine graphische Darstellung der in den bezeichneten Bereich gehörigen Operationen mit trigonometrischen Functionen, dient ausser zu der erwähnten Zeitbestimmung auch zur Ermittelung der Abweichung der Magnetnadel, der Auf- und Untergänge und der Culminationen der Gestirne, des Azimuthes u. s. w. Ausser dem Capitel über das Diagramm und den Gebrauch desselben enthält das Buch auch die Erklärung der Grundbegriffe der sphärischen Astronomie, die aus der sphärischen Trigonometrie in der sphärischen Astronomie in Anwendung kommenden trigonometrischen Formeln, eine ausführliche Beschreibung der tragbaren astronomischen Instrumente, und 29 Hilfstafeln zur Abkürzung von astronomischen und darauf bezüglichen Berechnungen verschiedener Art. — Das Buch ist den Liebhabern der Astronomie wegen der darin enthaltenen praktischen Anweisungen und denjenigen Praktikanten zu empfehlen, welche einer genauen Kenntniss der Zeit bedürfen, aber die dazu erforderlichen Berechnungen nicht ausführen wollen. Dieselben würden aber nur das Kapitel herauszunehmen haben, welches speciell das Diagramm behandelt, um mit Hilfe desselben sich in den Gebrauch des Diagramms einzuarbeiten. Die äussere Ausstattung des Buches ist sehr gut, und entspricht daher dem stoffreichen Gehalte desselben. — Wir machen unsere Leser nur kurz nachträglich auf dieses Werk aufmerksam, wenn etwa dem einen oder dem andern dasselbe noch nicht bekannt geworden sein sollte.

A. D.

Einleitung in die Physik und Chemie für die Untersecunda und die Tertia der Realschulen und höheren Bürgerschulen, sowie auch für höhere Stadtschulen. Von Dr. C. M. Evens, ordentlichem Lehrer der Naturwissenschaften und der Mathematik zu Crefeld. Mit 184 in den Text gedruckten Holzschnitten. Essen, Druck und Verlag von G. D. Baedecker. 1863.

Der Verfasser spricht in der Vorrede die Ueberzeugung aus, dass dem strengwissenschaftlichen Unterrichte in der Physik ein vorbereitender Unterricht in dieser Wissenschaft vorhergehen müsse, welcher sich mit den Naturerscheinungen, zugleich aber mit den Gründen für dieselben zu beschäftigen habe, ohne jedoch sich zu den Naturgesetzen und der strengen Beweisführung für dieselben zu erheben. — Ich habe mich ebenfalls in der Lage befunden, über Stoff und Behandlungsweise bei einem Präliminarcursus in der Physik Entwürfe zu machen und es ist mir willkommen, mich über einen von mir oft durchdachten Gegenstand auszusprechen. Was das Material anbelangt, so habe ich bei der Auswahl die Absicht festgehalten, die Schüler in übersichtlicher Weise mit den Erscheinungen bekannt zu machen, welche zum Gegenstande der Physik gehören. Dass hierbei auch die chemischen Erscheinungen, Krystallphänomene und Molecularerscheinungen besprochen werden müssen, erheischt das Streben nach Vollständigkeit, ebenso habe ich namentlich auch die akustischen Phänomene berücksichtigen zu müssen geglaubt, weil die Undulationstheorie des Lichtes, die in der höheren Physik jedenfalls Hauptgegenstand der Betrachtung sein muss, bei einer aufmerksamen Behandlung der Schallerscheinungen vorbereitet werden kann. Bei dem Bekenntniss zu dieser Ansicht war ich erstaunt, als ich in der Vorrede der oben genannten Schrift las: „Die Lehre vom Schalle hier auszuschliessen, war unbedenklich, da sie über die Grenzen des Lehrbuches hinausfällt.“ Für meine Ansicht führe ich noch den Grund an, dass die Schallerscheinungen so zum Alltäglichen gehören, dass sie sich bei einem Vorcursus, welcher von den Erscheinungen im gewöhnlichen Leben ausgeht, ganz von selbst als Ausgangspunkt mit vielen anderen anbieten. Die Beugung und Interferenz des Lichtes, hervorgehend aus Versuchen, welche der Laie nie, nur der Physiker in seinem Cabinet anstellt, hat der Verfasser, ich glaube, mit derselben Berechtigung weggelassen, mit der er alles beseitigen müsste, welches wegen seiner schwierigen Erklärung die Uebersicht nur erschwert und nicht an die Anschauungen des Schülers anknüpft. Die Methode anlangend, die ich für meinen Vorcursus ausgewählt hatte, so sollte sie zunächst durch Lösung leichterer inductiver Aufgaben an die oft vorkommenden methodischen Operationen der höheren Physik vorbereiten, d. i. an die Anwendung präciser Definitionen und an leichtere Abstractionen gewöhnen. Die vorliegende Schrift hat mich, der ich an meiner wohlbegründeten Ansicht festhalte, nicht befriedigen können. Die Klarheit erfordert z. B. nothwendig bei der Bewegung der Körper die Abstraction auf einen Punkt, was allein nur Sinn hat, wenigstens anzudeuten. Bei der Oberflächengestalt des Wassers sollte immerhin im Lehrbuch (in der Unterrichtsstunde muss es ja doch geschehen), auf die Prüfungsmethode hingewiesen werden, deren Ergebniss ist, dass die Oberfläche ruhenden Wassers eine Ebene ist; dasselbe gilt von dem experimentellen Nachweis, dass dieselbe horizontal ist, d. h. dass alle durch den Durchschnittspunkt eines ruhenden Pendels mit der Wasseroberfläche auf dieselbe gelegten Geraden rechtwinklig auf der Richtung des Lothfadens sind. Wenn man bei der Spiegelung und Brechung des Lichtes von vorn herein die Definition vom optischen Bild eines Punktes und Gegenstandes einführt, so ist hiermit das Mittel in die Darstellung aufgenommen, das ganze Wissen über Spiegel, Linsen, Prismen systematisch vorzutragen. Die Ordnung, welche der Schüler durch solche bestimmte Begriffe in sein Wissen bringt, wird ihm den physikalischen Unterricht angenehm machen und in ihm das Bewusstsein erzeugen, dass er ausser Kenntniss der Erscheinungen auch noch einen anderen Gewinn d. i. die wissenschaftliche Methode aus der Unterrichtsstunde resp. aus der Lectüre des Lehrbuchs mit sich fortgetragen hat. Das vorliegende Buch, welches sich gerade nicht sehr von vielen unserer öfters benutzten physikalischen Lehrbüchern unterscheidet, regt den Recensenten an, Mängel, die fast allen physikalischen Lehrbüchern eigen sind, zu rügen und er weiss, dass er mit seiner Rüge viele für gut gehaltene Lehrbücher trifft. Wie oft trifft man den Versuch mit der Münze, welche am Boden eines Gefässes befestigt ist, in welches man Wasser giesst, zu Anfange der Brechung ohne Weiteres angeführt, wo wie ein *Deus ex machina* die Brechung der Lichtstrahlen daraus folgen soll. Man weiss aber, dass die Erklärung nicht so unmittelbar erfolgen kann, sie setzt die Sätze voraus: 1) sendet ein leuchtender Punkt aus dem Innern einer Substanz Strahlen durch eine ebene oder wenig gekrümmte Fläche nach Aussen, so bewirkt die Brechung an der Grenzfläche im Allgemeinen, dass ein optisches Bild erscheint, welches wiederum (angenähert oder genau) ein Punkt ist; 2) eine leuchtende Fläche hat unter denselben Verhältnissen ein optisches Bild, welches ihr ganz oder fast ganz ähnlich ist. Die Einführung des Begriffes optisches Bild wird hier beim Versuch mit der Münze ebenso nützlich sein, als bei der Erklärung des Versuches, wobei man eine enge weisse Spalte durch ein Prisma betrachtet. Die Anforderungen an physikalische Lehrbücher, durch bessere Anordnung des Stoffes, Festhalten an bestimmten Definitionen, bestimmtere Andeutung der Beweise sich didactische Vorzüge anzueignen, erscheinen mir durchaus nicht übermässig. Was würde man wohl von einem mathematischen Lehrbuche halten, in welchem Definitionen weggelassen worden wären und indem zwischen den Sätzen Lücken existirten, die sich nicht einfach und schnell ausfüllen liessen? Nach dieser Digression kehre ich wieder zum vorliegenden Lehrbuche zurück und hebe zum Schlusse noch hervor, dass die Verlagshandlung durch die Wahl von dem Papier und durch die sehr sorgfältige Ausführung der Holzschnitte demselben grosse Vorzüge gegeben hat.

Dr. Kahl.

Ueber die Spannkraft der Dämpfe aus Flüssigkeitsgemischen. Inauguraldissertation, welche mit Genehmigung der philosophischen Facultät zu Marburg zur Erlangung der Doctorwürde einreicht FERDINAND DRONKE aus Fulda. Marburg, Druck von C. L. Pfeil. 1862.

Zu Anfang dieses, Sr. Hochwürden Herrn Dr. Komp, Regens des bischöflichen Priesterseminars in Fulda gewidmeten Schriftchens, macht der Verfasser zunächst auf die ausgedehnten Versuche aufmerksam, durch welche Magnus und Regnault in ausreichend'ster Weise die wichtige Frage über die Spannkraft der Wasserdämpfe beantwortet haben. An die von Regnault auch für andere Flüssigkeiten experimentell bearbeitete Aufgabe über die Spannkräfte des Dampfes einer Flüssigkeit bei verschiedenen Temperaturen knüpft sich die Frage nach der eintretenden Aenderung der Spannkräfte: 1) wenn der Flüssigkeit nicht verdampfbare Substanzen beigemischt werden; 2) wenn der Flüssigkeit verdampfbare Substanzen zugemischt werden. Die erste Frage hat Wüllner experimentell untersucht und die folgenden Resultate in Pogg. Ann. Bd. 103. S. 529, Bd. 105. S. 85, Bd. 110. S. 387 und 564 mitgetheilt: Die Spannkraft des Wasserdampfes wird bei jeder Temperatur durch ein oder mehrere in demselben gelösten Salze vermindert. Die Verminderung der Spannkraft des Wasserdampfes bei irgend welcher Temperatur ist proportional den Quantitäten gelösten Substanz. Die Spannkraftsverminderungen werden bei ein und demselben Salze oder Salzgemisch bei steigender Temperatur grösser und sind für jedes Salz oder Salzgemisch eine andere Function der Temperatur. Die zweite Frage, wie sich die Spannkraft ändere, wenn zur primären Flüssigkeit andere mit Spannkraft versehene Flüssigkeiten hinzugefügt werden, war bis jetzt weniger untersucht worden, nur hatten Magnus und Regnault entschieden, dass das Dalton'sche Gesetz nur für Flüssigkeiten gelte, die sich nicht mit einander mischen, dass jedoch für mischbare Flüssigkeiten die Spannkraft stets kleiner sei, als die der die grösste Spannkraft besitzenden Flüssigkeit.

Der Verfasser der vorliegenden Dissertation hat nun zunächst eine Reihe von Versuchen über die Spannkräfte von Gemischen von Alkohol und Wasser sehr sorgfältig ausgeführt, dieselben in seiner Dissertation beschrieben und ihre Resultate mitgetheilt. Die Resultate der Arbeit von Dronke sind: Jedes Gemisch befolgt sein eigenes Spannkraftsgesetz und es besteht wenigstens kein einfaches Gesetz zwischen den Spannkräften und den Mengeverhältnissen.

Wir machen auf die Dissertation besonders auch wegen ihres praktischen Werthes aufmerksam. Es werden nämlich in ihr alle die Punkte berührt, die bei einer Beurtheilung des Geissler'schen Vaporimeters zur Bestimmung des Alkoholgehaltes in Gemischen in Betracht kommen. Ausserdem sind aber jedenfalls die Dronke'schen Versuche wegen ihrer theoretischen Bedeutung ganz beachtenswerth. Dr. KAHL.

Rechenaufgaben aus der Elektricitätslehre, besonders für Telegraphenbeamte. Von C. A. Nystrom, Telegraphen-Stations-Director zu Oerebro in Schweden. Berlin 1862. 12½ Ngr.

Eine grosse Anzahl von Aufgaben und Fragen aus der Elektricitätslehre haben in der elektrischen Telegraphie eine hohe praktische Bedeutung erlangt und umgekehrt liefert die Telegraphie eine Menge interessante Beispiele und Belege für die Sätze der Elektricitätslehre. Schon deshalb empfiehlt sich dieses ergiebige Gebiet der angewandten Physik jedem Gebildeten zu einem eingehenden Studium. Da nun die Lösung passender Aufgaben jedes Studium wesentlich fördert, so wird auch die von Herrn Nystrom verfasste Aufgabensammlung gewiss Vielen eine recht willkommene Erscheinung sein, namentlich aber denjenigen Telegraphenbeamten, welche sich mit allen für den Betrieb der Telegraphie wichtigen Verhältnisse vollkommen vertraut zu machen bemüht sind; denn in die speciellen Werke über Telegraphie sind meist keine Uebungsbeispiele aufgenommen.

Die vorliegende Sammlung ist sehr reichhaltig; sie enthält 81 Aufgaben über die Bestimmung der elektromotorischen Kraft und der Stromstärke, des Widerstandes in den Batterien, in festen und flüssigen Leitern, ferner über die Ermittelung der Stromstärke bei getheilten Leitern oder getheilten Batterien, bei Seitenströmen, Ableitungen und Berührung verschiedener Leitungen, über die Aufsuchung des Ortes einer Ableitung, Berührung oder Unterbrechung, über Einschaltung der Batterien und endlich über die elektromagnetischen Anziehungsgesetze. Die beigefügten vollständigen Auflösungen, welche einen doppelt so grossen Raum füllen, als die Aufgaben, sind eine zweckmässige Beigabe und erhöhen die Brauchbarkeit der Sammlung wesentlich, da in ihnen stets der zur Lösung führende Weg ausführlich gezeigt und beleuchtet, die Sache selbst aber nach Bedarf durch eine Figur anschaulich gemacht ist. Die hauptsächlichsten Aufgaben sind erst allgemein gelöst und einige Zahlenbeispiele durch Anwendung der allgemeinen Formel hinzugefügt. Die Lösungen selbst sind durchweg elementar; sie führen höchstens auf Gleichungen mit mehreren Unbekannten und vom zweiten Grade. Für gewisse Zwecke ist noch eine Tafel fünfstelliger Tangenten und Cotangenten von 10 zu 10 Minuten hinzugefügt. Die ganze äussere Erscheinung der Sammlung ist recht nett und freundlich, namentlich der Druck sehr deutlich und rein.

Die Ausdrucksweise an verschiedenen Stellen lässt darauf schliessen, dass die deutsche Sprache nicht die Muttersprache des Verfassers ist; darin dürfte es auch seinen Grund haben, dass die Fassung einzelner Aufgaben etwas unklar ist. Die Schreibweise „Rheostat“ verdient den Vorzug vor „Reostat“; ferner ist es nicht üblich, das $\int$ anstatt S zu setzen. Das Komma zur Abtheilung der Tausender u. s. w. bei ganzen Zahlen zu benutzen, ist mindestens in Werken, worin vielfach Decimalbrüche vorkommen, nicht zu billigen. Ferner würde es wohl den Gebrauch der Sammlung erleichtern, wenn in verschiedenen Aufgaben dieselbe Grösse auch stets mit demselben Buchstaben bezeichnet wäre; der Leitungswiderstand z. B. ist in Nr. 7 mit m, in Nr. 21—24 mit t, in Nr. 44 mit L bezeichnet; dagegen bezeichnet in Nr. 2 und Nr. 39 B den Widerstand, in Nr. 38 und 39 dagegen das Leitungsvermögen der Batterie, u. dgl. m. In Nr. 20 ff. ist die Stromstärke $S = tan\, v$ gesetzt, wobei v den Ausschlag einer Tangentenboussole bezeichnet; dabei hätte darauf aufmerksam gemacht werden sollen, dass man bei Anwendung dieser Formel als Stromeinheit denjenigen Strom zu betrachten hat, der die Nadel der Tangentenboussole um 45° ablenkt; besser jedoch hätte Herr Nystrom $S = M\, tan\, v$ gesetzt, wobei dann in einzelnen Aufgaben ebenfalls der Factor M aufgetreten wäre.

Chemnitz, October 1862. Dr. Zetzsche.

Gemeinfassliche Naturlehre mit Inbegriff der Chemie. Sehr erweiterte und verbesserte Ausgabe des in fünf Auflagen erschienenen Grundrisses der Naturlehre von G. H. F. Scholl, Decan und Schulinspector in Nürtingen. Mit 121 dem Texte beigedruckten Holzschnitten. Ulm, 1861. Verlag der Wöhler'schen Buchhandlung. (F. Lindemann.)

Der Verfasser beabsichtigte, wie die Vorrede sagt, ein Lehrbuch zu liefern, aus welchem der jüngere Lehrer an Volksschulen alles entnehmen könnte, was er sich nach den Forderungen der Zeit von den Lehren der Physik und Chemie anzueignen habe, ausserdem hofft der Verfasser, dass das Buch auch für den ersten Cursus der Naturlehre in Realschulen brauchbar sei. Das Buch enthält in gedrängter Kürze das Wissenswerthe aus den Gebieten der Physik und Chemie, wobei der Verfasser nie versäumt, an bekannte alltägliche Erscheinungen anzuknüpfen und zu erklären. Wenn nun hierin ein Vorzug des Buches gefunden werden kann, so lässt sich andererseits ein Gleiches nicht in Beziehung auf den Lehrgang behaupten. Derselbe hebt sich von dem früher usuell gewordenen, der mit den allgemeinen Körpereigenschaften beginnt, nicht ab; einem allgemeineren Gebrauche würde die Andeutung des Zusammenhanges auf einanderfolgender Lehren recht nützlich gewesen sein, welche gar nicht oder oft in ungenügender Weise stattgefunden hat. In der Wahl des Papieres und in der Ausführung der Holzschnitte steht das gegenwärtige Buch manchem anderen nach.

Dr. K.

Grundzüge der Photometrie. Bearbeitet von Dr. Rheinauer. Halle, Druck und Verlag von H. W. Schmidt. 1862.

Dieses Schriftchen enthält den rechnenden Theil der Photometrie in einer Vollständigkeit, wie er in keinem Lehrbuche der Physik dargeboten wird. Zu Anfange demonstrirt der Verfasser die Fundamentalgesetze der Photometrie mit Hinzufügung der experimentellen Bestätigungen derselben nach Lambert. In den folgenden Capiteln macht er ausführlich Anwendung davon auf die Lichtverhältnisse der Planeten; die Darstellung ist immer so gewählt, dass für den mit der höheren Mathematik noch wenig Vertrauten das Verständniss erleichtert wird. Auf die Discussion über die Photometer, die zu jeder Zeit das höchste Interesse in Anspruch genommen hat, hat der Verfasser nicht eingehen wollen, da er bei der geringen Zugänglichkeit des Werkes von Lambert dem Anfänger durch sein Schriftchen nur das Studium der Anfänge der Photometrie hat erleichtern wollen.

Dr. Kahl.

Abriss der Experimentalphysik. Von Dr. v. Quintius Icilius, Lehrer an der polytechnischen Schule in Hannover. Hannover, Schmorl und von Seefeld. 1863.

Indem ich die ausgezeichnete Beurtheilung, welche die Experimentalphysik des ebengenannten Verfassers allseitig gefunden hat, in's Gedächtniss zurückrufe, weise ich hin auf die in der Vorrede des vorliegenden Werkchens ausgesprochene Absicht, in diesem dem Schüler und Zuhörer ein zu häuslichen Repetitionen geeignetes Werkchen in die Hand zu geben, dessen Lehrgang mit dem der Experimentalphysik übereinstimmt. Dem Zwecke solcher Repetitionen entsprechend, sind in demselben die Lehren der Physik kurz und übersichtlich zusammengestellt worden, wobei die überall erfolgte Andeutung des Zusammenhanges der einzelnen Sätze nicht verfehlen wird, den Schüler zur wirklichen Ausführung der Beweise anzuregen; es ist demnach durch die Einrichtung die Tauglichkeit des Werkchens für den bestimmt vorliegenden Zweck angestrebt worden. Jedem Paragraphen das Abrisses sind im Einschluss die bezüglichen Paragraphen der Experimentalphysik beigefügt worden, wodurch die Repetition wesentlich bequemer gemacht wird. Uebrigens hat die Verlagshandlung auch dafür gesorgt, dass das Werkchen bei seiner Benutzung einen angenehmen Eindruck durch seine äussere Ausstattung macht. Dr. K.

Compendium der höheren Analysis. Von Dr. O. Schlömilch. Zweite, völlig umgearbeitete und vermehrte Auflage. Erster Band. Braunschweig, Fr. Vieweg & Sohn.

Vorrede. Die gegenwärtige zweite Auflage meines Compendiums der höheren Analysis weicht von der ersten in materieller und formeller Beziehung so bedeutend ab, dass sie wohl als ein ganz neues Werk gelten kann. Was erstens den Inhalt betrifft, so mochte ich mich nicht dem Vorwurfe aussetzen, dass kurze Abrisse einzelner wichtiger Theorien, wie z. B. der elliptischen Functionen, der partiellen Differentialgleichungen etc.

für ein auf das Nothwendigste beschränktes Studium zu viel, dagegen für ein tieferes Eingehen zu wenig bieten, und so blieb mir nur die Wahl, das Werk entweder auf ein Lehrbuch für den ersten Unterricht zu reduciren oder es zu einem ausführlichen Handbuche zu erweitern. Da es an Werken der ersten Art nicht fehlt, während aus neuerer Zeit fast keines der zweiten Art existirt (Moigno's Leçons sind bekanntlich unvollendet geblieben), so entschied ich mich für das Letztere; um gleichzeitig den Gebrauch des Buches in Schule und Haus möglichst bequem zu machen, habe ich das ganze Material auf zwei Bände vertheilt. Der vorliegende erste Band umfasst ungefähr so viel, als an Universitäten und polytechnischen Instituten in einem Jahre vorgetragen werden kann; sein Inhalt dürfte zum Studium der bekannteren Werke über analytische Mechanik, Ingenieurwissenschaften etc. ausreichen. Der zweite Band wird besonders wichtige Theorien, wie z. B. die Lehre von den Functionen complexer Variabelen, die Reihen von Bürmann und Lagrange, die halbconvergenten Reihen, die periodischen Reihen, die elliptischen Functionen u. s. w. ausführlicher behandeln.

Ueber die Begründung der einzelnen und namentlich gewisser fundamentaler Sätze der Differential- sowie der Integralrechnung ist schon von mehreren Seiten bemerkt worden, dass sie fast nirgends (selbst bei Cauchy und Moigno nicht) in voller Strenge zu finden sei; ich habe mir daher gerade nach dieser Richtung hin die äusserste Genauigkeit zur Pflicht gemacht und hoffe, auch den rigorosesten Anforderungen zu genügen. Begreiflicherweise musste deswegen die Anordnung des Stoffes sehr wesentliche Aenderungen erleiden und zugleich manche neue Betrachtung eingeschaltet werden. In letzterer Beziehung verweise ich u. A. auf Einleitung No. IV und die §§. 11, 42, 45, 47, 49, 67, 82, 98, 102, wobei ich den Wunsch hinzufüge, dass es mir gelungen sein möge, Einfachheit mit Strenge zu vereinigen.

Dresden, im October 1862. Dr. O. Schlömilch.

Bibliographie

vom 15. October bis 31. December 1862.

Periodische Schriften.

Abhandlungen der königl. Gesellschaft zu Göttingen. 10. Bd. Von den Jahren 1861 und 1862. Göttingen, Dieterich. 12 Thlr.

Sitzungsberichte der königl. bayrischen Akademie der Wissenschaften zu München. Jahrg. 1862. Band 2, Heft 1. München, Franz. 16 Ngr.

Archiv der Mathematik und Physik. Herausgegeben von J. A. Grunert. 39. Theil. Heft 1. Greifswald, Koch. pro compl. 3 Thlr.

Annalen der königl. Sternwarte bei München. Herausgegeben von J. Lamont. Bd. 11. München, Franz. 1⅔ Thlr.

Astronomische Nachrichten. Begründet von Schumacher, fortgesetzt von P. A. Hansen und F. A. Peters. 59. Bd., No. 1. Hamburg, Perthes, Besser und Mauke. pro compl. 5 Thlr.

Astronomisches Jahrbuch für 1865. Herausgegeben von F. Encke und Wolfers. Berlin, Dümmler. 3 Thlr.

Fortschritte der Physik im Jahre 1860. Dargestellt von der physikalischen Gesellschaft zu Berlin. 16. Jahrg. Redigirt von E. Jochmann. 2. Abth. Berlin, G. Reimer. 2¾ Thlr.

Mémoires de l'Académie des sciences de l'Institut de France. *Tome 26. Paris, Didot frères fils et Comp.*

Annales de l'observatoire impérial de Paris, *publiées par* U. J. Le Verrier. *Observations. Tome V.* 1843—44. *Paris, Mallet-Bachelier.* 40 *frcs.*

Annales de l'observatoire physique central de Russie. *Publiées par* A. Kupffer. *Année* 1859. Leipzig, Voss. 7 Thlr.

Correspondance météorologique. *Publication annuelle, rédigée par* A. Kupffer. *Année* 1860. Ebendaselbst. 5 Thlr.

Mélanges physiques et chimiques tirées du bulletin de l'Académie des sciences de Pétersbourg. *Tome V, livr.* 3. Ebend. 13 Ngr.

Reine Mathematik.

Leibnitzen's Mathematische Schriften. Herausgeg. von G. J. Gerhardt. 2. Abth. 3. Bd. Halle, Schmidt. 3 Thlr.

SCHLÖMILCH, O., Compendium der höheren Analysis. 2. Aufl. 1. Bd., 3. (letzte) Lief. Braunschweig, Vieweg. 1 Thlr.

HUG, J. C., Mathematische Mittheilungen, enth. Sätze über algebraische und transcendente Gleichungen, sowie über die Unmöglichkeit einer neuen rein mathematischen Einheit. Zürich, Orell, Füssli & Co. 4 Ngr.

GROSSMANN, J., Elementar-Algebra für Mittelschulen. Pesth, Kilian. 1⅓ Thlr.

SCHRÖN, L., Logarithmen. 3. Stereotypausg. Braunschweig, Vieweg. 1¾ Thlr.

KOPPE, K., Die Planimetrie. 8. Aufl. Essen, Bädeker. 18 Ngr.

HEILERMANN, Lehr- und Uebungsbuch für den Unterricht in der Mathematik an Gymnasien, Realschulen etc. 1. Theil: Geometrie der Ebene. Coblenz, Hergt. 18¾ Ngr.

HELMES, J., Die Elementarmathematik. 2. Bd.: Die Planimetrie. Hannover, Hahn. ⅔ Thlr.

NAGEL, C. H., Lehrbuch der ebenen Geometrie. 10. Aufl. Ulm, Wöhler. ⅔ Thlr.

— — Materialien zur ebenen Geometrie. 4. Aufl. Ebend. ⅔ Thlr.

TEMME, J., System der Geometrie für Gymnasien etc. 2. Theil: Stereometrie und ebene Trigonometrie. Arnsberg, v. Schilgen. 9 Ngr.

DILLING, A., Sammlung von Aufgaben aus der algebraischen Geometrie. Paderborn, Schöningh. 1⅓ Thlr.

BERKHAN, W., Die Anwendung der Trigonometrie auf Arithmetik und Algebra. Halle, Schmidt. 24 Ngr.

LÜBSEN, H. B., Ausführliches Lehrbuch der analytischen oder höheren Geometrie. 5. Aufl. Leipzig, Brandstetter. 1⅓ Thlr.

GANDTNER, O., Die Elemente der analytischen Geometrie. Minden, Volkening. 6 Ngr.

HABERL, J., Aufgabensammlung aus der analytischen Geometrie der Ebene und des Raumes. Wien, Gerold's Sohn. 3 Thlr.

FIEDLER, W., Elemente der neueren Geometrie und der Algebra der binären Formen. Ein Beitrag zur Einführung in die Algebra der linearen Transformationen. Leipzig, Teubner. 1 Thlr. 14 Ngr.

BIERENS DE HAAN, *Exposé de la théorie, des propriétés, des formules de transformation et des méthodes d'évaluation des intégrales définies. Amsterdam, van der Post.* 18 *Fl.*

Angewandte Mathematik.

CLEBSCH, A. Theorie der Elasticität fester Körper. Leipzig, Teubner. 3 Thlr.

WEISBACH, J., Lehrbuch der Ingenieur- und Maschinenmechanik. 4. Aufl. Theil 1, Lief. 5 und 6. Braunschweig, Vieweg. 1 Thlr.

Ritter, A., Elementare Theorie und Berechnung eiserner Dach- und Brückenconstructionen. Hannover, Rümpler. 2⅓ Thlr.

Oettinger, L., Weitere Ausführung der politischen Arithmetik. Greifswald, Koch. 2 Thlr.

Neumann, C., Allgemeine Lösung des Problems über den stationären Temperaturzustand eines homogenen Körpers, welcher von zwei nicht concentrischen Kugelflächen begrenzt wird. Halle, Schmidt. 1⅔ Thlr.

Roch, G., Anwendung der Potentialausdrücke auf die Theorie der molecular-physikalischen Fernwirkungen und der Bewegung der Elektricität in Leitern. (Inaug.-Dissert.) Göttingen, Vandenhoeck & Ruprecht. ⅓ Thlr.

Redl, H., Formeln, Aufgaben und Tabellen für Curvenbestimmungen, nebst einem Anhang über Situations- und Terrainsaufnahme. Wien, Gerold's Sohn. 1⅓ Thlr.

Brünnow, F., Lehrbuch der sphärischen Astronomie. Mit Vorwort von J. F. Encke. 2. Ausg. Berlin, Dümmler. 4 Thlr.

Jentzsch, H., Geometrische und mechanische Theorie der Asteroiden. Greifswald, Koch. 1⅔ Thlr.

Schönfeld, E., Astronomische Beobachtungen auf der grossherzogl. Sternwarte zu Mannheim. 1. Abth.: Beobachtungen von Nebelflecken und Sternhaufen. Mannheim, Bensheimer. 1⅓ Thlr.

Merz, Th., Ueber die Rückkehr der Planeten an den nämlichen geometrischen Punkt des Himmels. (Inaug.-Dissert.) Göttingen, Dieterich. 8 Ngr.

Worms, H., *The earth and its mechanism, being an account of the various proofs of the rotation of the earth, which is added the theory of Foucaults pendulum etc. London, Longman.* 10 *sh.* 6 *d.*

Pariset, G. H., *Recherches sur le magnétisme terrestre. Paris, Mallet-Bachelier.* 5 *frcs.*

Physik.

Scherling, C., Grundriss der Physik und Meteorologie für Gymnasien und Realschulen. Leipzig, Hässel. 1 Thlr.

Scholl, G. H. F., Grundriss der Naturlehre für den populären Vortrag. 6. Aufl. Ulm, Wöhler. 16 Ngr.

Schabus, J., Grundzüge der Physik. 3. Aufl. Wien, Gerold's Sohn. 2 Thlr. 12 Ngr.

Mach, E., Compendium der Physik für Mediciner. Wien, Braumüller. 2 Thlr.

Blum, L., Grundriss der Physik und Mechanik für gewerbliche Fortbildungsschulen. 2. Aufl. Leipzig, C. F. Winter. 16 Ngr.

Subic, S., Grundzüge einer Molecular-Physik und einer mechanischen Theorie der Elektricität und des Magnetismus. Wien, Braumüller. 1 Thlr. 6 Ngr.

Littrow, C. v., und C. Hornstein, Meteorologische Beobachtungen an der k. k. Sternwarte in Wien von 1775—1855. Bd. 1—3. Wien, Wallishauser. 3 Thlr. 18 Ngr.

Dub, J., Die Anwendung des Elektromagnetismus mit besonderer Berücksichtigung der Telegraphie. 1. Hälfte. Berlin, Springer. 2¼ Thlr.

Wiedemann, G., Die Lehre vom Galvanismus und Elektromagnetismus. 2. Bd., 2. Abth., 1. Lief. Braunschweig, Vieweg. 1½ Thlr.

Grove, W. K., Die Wechselwirkung der physischen Kräfte. Aus dem Englischen übersetzt von E. v. Russdorf. Berlin, Springer. 1 Thlr.

Lohage, F. A., Ueber den Zusammenhang der imponderabilen Naturerscheinungen mit den Molecularbewegungen beim chemischen Process. Unna, Rubens. ⅙ Thlr.

Literaturzeitung.

Recensionen.

Tetraedrometrie. Von Dr. GUSTAV JUNGHANN. 1. Theil: Die Goniometrie dreier Dimensionen. Gotha, E. F. Thienemann. 1862.

Der Verfasser definirt die Tetraedrometrie als das stereometrische Seitenstück zur Trigonometrie, und zwar sollen in diesem neuen Zweige der Wissenschaft dreiseitige Ecken auf ähnliche Weise durch Eckenfunctionen repräsentirt und in Rechnung gebracht werden wie in der Trigonometrie die Winkel durch goniometrische Functionen. Dem entsprechend zerfällt die Tetraedrometrie in zwei Hauptheile, von welchen der erste der Goniometrie, der zweite der eigentlichen Trigonometrie und Polygonometrie analog sein müsste. Der vorliegende, 9 Bogen umfassende Band enthält den ersten dieser beiden Haupttheile und befolgt nachstehenden Gedankengang.

Sind a, b, c die Seiten, α, β, γ die Gegenwinkel einer dreiseitigen Ecke, so hat man erstens

$$\frac{\sin a}{\sin \alpha} = \frac{\sin b}{\sin \beta} = \frac{\sin c}{\sin \gamma};$$

den gemeinschaftlichen Werth dieser drei Quotienten nennt der Verfasser, übereinstimmend mit Prof. Bretschneider, den Modulus der Ecke. Ferner gelten, wenn s die halbe Seitensumme, σ die halbe Eckensumme bezeichnet, die Formeln

$$\tfrac{1}{2} \sin b \sin c \sin \alpha = \sqrt{\sin s \sin (s-a) \sin (s-b) \sin (s-c)},$$

$$\tfrac{1}{2} \sin \beta \sin \gamma \sin a = \sqrt{-\cos \sigma \cos (\sigma-\alpha) \cos (\sigma-\beta) \cos (\sigma-\gamma)},$$

welche dem Verfasser geeignet erscheinen, um dreiseitige Ecken als Rechnungsgrössen einzuführen; er nennt deshalb

$\sin b \sin c \sin \alpha$ den Eckensinus,

$\sin \beta \sin \gamma \sin a$ „ polaren Eckensinus

und benutzt dafür die Symbole $2P$ und 2Π, so dass P eine symmetrische Function von α, β, γ, und der polare Eckensinus gleich dem Eckensinus der Polarecke ist. Die Analogie von $2P$ mit dem gewöhnlichen Sinus tritt hervor, wenn man $\sin w$ nicht wie gewöhnlich als Verhältniss zweier Strecken, sondern als Verhältniss zweier ebenen Flächen betrachtet, nämlich des gleichschenkligen Dreiecks, dessen Schenkel $= 1$ und dessen Schenkelwinkel $= w$ ist, und des gleichschenklig-rechtwinkligen Dreiecks mit dem Schenkel 1. Schneidet man dem entsprechend auf den Kanten einer dreiseitigen Ecke drei Strecken $= 1$ ab, so entsteht eine gleichschenklige Pyramide, deren cubischer Inhalt $= \frac{1}{3}P$ ist; für den speciellen Fall, dass die dreiseitige Ecke drei rechte Winkel besitzt, wird jener Inhalt $= \frac{1}{6}$, mithin ist $2P$ das Verhältniss der Volumina beider Pyramiden. Nach diesen fundamentalen Erörterungen, die Ref. hier nur angedeutet hat, geht der Verfasser zu einer sehr genauen Untersuchung der vierstrahligen und vierebenigen, sowie der fünfstrahligen und fünfebenigen Eckensysteme über; von jedem derselben giebt er zunächst eine geometrische Uebersicht und entwickelt dann die zugehörigen Grundgleichungen. In Cap. VII kommen noch mehrere anderweite Eckenfunctionen zur Sprache, nämlich

$$2 \sin \tfrac{1}{2}a \sin \tfrac{1}{2}b \sin \tfrac{1}{2}c = S \qquad 2 \sin \tfrac{1}{2}\alpha \sin \tfrac{1}{2}\beta \sin \tfrac{1}{2}\gamma = \Sigma$$

$$2 \cos \tfrac{1}{2}a \cos \tfrac{1}{2}b \cos \tfrac{1}{2}c = C \qquad 2 \cos \tfrac{1}{2}\alpha \cos \tfrac{1}{2}\beta \cos \tfrac{1}{2}\gamma = \Gamma$$

$$\tfrac{1}{2}(1 + \cos a + \cos b + \cos c) = F \qquad \tfrac{1}{2}(1 - \cos\alpha - \cos\beta - \cos\gamma) = \Phi;$$

dazu sind ferner zu rechnen die trigonometrischen Functionen von

$$180^0 - \tfrac{1}{2}(a + b + c) = e,$$

dem sogenannten sphärischen Defect, und von r, dem sphärischen Radius des eingeschriebenen Kreises

$$\tfrac{1}{2}(\alpha + \beta + \gamma) - 360^0 = \varepsilon,$$

dem sogenannten sphärischen Excess, und von ϱ, dem sphärischen Radius des umschriebenen Kreises;

endlich noch die durch die Gleichung

$$\cot r + \tan \varrho = K$$

definirte Eckenfunction. Zwischen allen diesen Functionen finden einfache Beziehungen statt, wie z. B.

$$P = \tan r \sin e, \qquad \Pi = \cot \varrho \sin \varepsilon,$$

$$\tan r = \frac{\Pi}{\Gamma}, \qquad \cot \varrho = \frac{P}{S},$$

$$\sin e = \frac{\Pi}{\Sigma}, \qquad \sin \varepsilon = \frac{P}{C},$$

$$\cos e = \frac{\Phi}{\Sigma}, \qquad \cos \varepsilon = \frac{F}{C},$$

$$\Pi^2 + \Phi^2 = \Sigma^2,$$

$$\sin a + \sin b + \sin c = 2P\sqrt{1 + K^2},$$

$$\sin \alpha + \sin \beta + \sin \gamma = 2\Pi\sqrt{1 + K^2},$$

in denen einige Analogie zu den bekannten Relationen zwischen den trigonometrischen Functionen eines Winkels liegen. Den Schluss bildet die Betrachtung der Cofunctionen, d. h. der Functionen der Nebenecken.

Das Schriftchen ist mit unverkennbarem Fleisse und vieler Umsicht gearbeitet; es enthält zahlreiche elegante Entwickelungen und namentlich findet man sehr einfache Beweise für eine Reihe stereometrischer Sätze von Tinseau, Carnot, Lagrange, Feuerbach, Bretschneider u. A., z. B. auch für den Satz

$$\sin d = \sqrt{\sin^2(\varrho - r) - \cos^2\varrho \sin^2 r},$$

worin d den Abstand der Mittelpunkte der mit den Radien ϱ und r beschriebenen Kreise bedeutet.

Einen Zweifel kann Ref. nicht bergen. In der ebenen Trigonometrie sieht man leicht die Nothwendigkeit ein, Winkel mittelst der Seitenverhältnisse des rechtwinkligen Dreiecks in Rechnung zu bringen, dagegen hat Ref. in dem vorliegenden Schriftchen keinen zwingenden Grund gefunden, warum gerade diese und keine anderen Combinationen aus $\sin a$, $\sin b$ etc. als besondere Eckenfunctionen eingeführt werden. Demzufolge erscheinen die P, Π etc. nur als willkürliche, wenn immerhin zweckmässig gewählte Abkürzungen, und es dürfte ihnen wohl kaum die tiefe und weitgreifende Bedeutung der trigonometrischen Functionen zukommen. Indessen braucht man die, wie es scheint, etwas sanguinischen Hoffnungen des Verfassers nicht zu theilen, um in seiner Arbeit einen sehr beachtenswerthen Beitrag zur trigonometrischen Behandlung räumlicher Gebilde zu erkennen. SCHLÖMILCH.

Neue allgemeine Methode zur elementaren Bestimmung des Maximums und Minimums. Von Dr. W. SCHRADER, Director der königl. Provinzialgewerbeschule zu Halle a. d. S. Halle, Schrödel & Simon. 1862.

Das Verfahren des Verfassers ist folgendes: Wenn y eine algebraische explicite Function von x bedeutet, welche für $x = x_1$ ihr Maximum y_1 erreicht, so ist für alle Werthe von x, welche in der Nähe von x_1 liegen, $y_1 - y$ positiv. Nun lässt sich bei algebraischen Functionen $y_1 - y$ durch $x_1 - x$ dividiren, mithin

$$y_1 - y = (x_1 - x)\,Q$$

setzen, wo Q von x und x_1 abhängt. Da die linke Seite immer positiv bleibt, so müssen $x_1 - x$ und Q stets gleiche Vorzeichen haben, und wenn der eine Factor irgendwo sein Zeichen wechselt, so erleidet der andere Factor an derselben Stelle einen gleichen Wechsel. Der erste Factor ändert sein Vorzeichen bei $x = x_1$, wenn man sich x von $x_1 - \delta$ bis $x_1 + \delta$ wachsend denkt, also muss der zweite Factor gleichfalls für $x = x_1$ sein Zeichen wechseln, d. h. zu Null werden. Demnach ist, wenn Q_1 dasjenige bezeichnet, was für $x = x_1$ aus Q wird,

$$Q_1 = 0.$$

Falls das Minimum von y gesucht wird, ist $y_1 - y$ negativ, und dann ändert sich in der vorigen Schlussweise nur das Eine, dass $x_1 - x$ entgegengesetzte Vorzeichen haben; die Folgerung bleibt aber dieselbe. Um das Maximum vom Minimum zu unterscheiden, beachtet man, dass

$$y_1 - y = (x_1 - x)\,Q = (x_1 - x)\,(Q - Q_1)$$

und bei algebraischen Functionen $Q_1 - Q = (x_1 - x) R$ gesetzt werden kann; es ist daher

$$y_1 - y = -(x_1 - x)^2 R.$$

Geht nun, wenn $x = x_1$ gesetzt wird, R in R_1 über, so entspricht einem negativen R_1 ein positives $y_1 - y$, d. h. ein Maximum, dagegen deutet ein positives R_1 auf ein Minimum.

Wie man sieht, ist dieses Verfahren genau dasselbe, dessen sich die Differentialrechnung bedient; es ist nämlich, wenn $y = f(x)$ gesetzt wird, $Q_1 = f'(x_1)$, $R_1 = f''(x_1)$. Gleichwohl hat das vorliegende Schriftchen wenigstens das Verdienst, die Methode elementar zugänglich und dadurch für Gymnasien, Real- und Gewerbeschulen brauchbar gemacht zu haben. Ferner ist nicht zu verkennen, dass des Verfassers Methode vor der Schellbach'schen den Vorzug besitzt, ein Unterscheidungszeichen für Maxima Minima zu geben und auch *mutatis mutandis* auf implicite Functionen anwendbar zu sein.

Eine kleine Rüge können wir dem Verfasser nicht ersparen. In den vorbereitenden Sätzen heisst es S. 4, *d*: „Aendert eine endliche veränderliche Grösse ihr Vorzeichen, so hat sie im Momente dieses Ueberganges den Werth Null.“ Hier fehlt gerade die *conditio sine qua non* der Continuität, denn z. B. $\arctan \frac{1}{x-1}$ bleibt immer endlich, geht aber an der Stelle $x = 1$ sprungweise von $-\frac{1}{2}\pi$ nach $+\frac{1}{2}\pi$ über. Eben deswegen ist bei der Untersuchung von $f'(x)$ auch auf die sprungweisen Zeichenwechsel zu achten, weil durch diese, namentlich wenn $f(x)$ stetig bleibt, ein Maximum oder Minimum angezeigt werden kann. So ist z. B. $f(x) = 1 - \sqrt[3]{(1-x)^2}$ continuirlich, dagegen ändert $f'(x)$ sein Vorzeichen discontinuirlich an der Stelle $x = 1$, und in der That entspricht diesem Werthe ein Maximum von $f(x)$, während die Gleichung $f'(x) = 0$ weder ein Maximum noch ein Minimum giebt. — Ref. würde übrigens diesen Punkt nicht urgirt haben, wenn es nicht Pflicht des Elementarunterrichtes wäre, den trügerischen Schimmer von Allgemeinheit, den manche Sätze an sich tragen, zu vermeiden und dadurch die Schüler vor späteren Fehlschlüssen zu bewahren.

Die vom Verfasser gegebenen Beispiele sind meist glücklich gewählt. Bei den geometrischen Aufgaben findet sich gelegentlich folgender, wie es scheint, neue Satz: „In der Ebene jedes ebenen Dreiecks liegen symmetrisch, zu dessen Schwerpunkte zwei Punkte von der Beschaffenheit, dass für jede beliebige durch einen derselben gelegte Gerade die Quadratsumme der Senkrechten von den Ecken des Dreiecks auf jene Gerade einen constanten Werth hat.“ Jedenfalls hängt dieser Satz, wie überhaupt das auf S. 28—35 Entwickelte, mit der Theorie der Trägheitsmomente zusammen. Auch die aus der Mechanik entlehnten Beispiele sind von Interesse und beschränken sich nicht auf das Gewöhnliche.

Schlömilch.

Beschreibende und analytische Geometrie, als Leitfaden beim Unterrichte an höheren Lehranstalten. Von W. Mink, Oberlehrer a. d. Realschule zu Crefeld. Crefeld, Druck und Verlag von C. M. Schüller. 1862.

Das vorliegende, 11 Bogen zählende Büchlein verdankt (wie das früher angezeigte von Fasbender) seine Existenz der Unterrichts- und Prüfungsordnung vom 6. October 1859, durch welche für die preussischen Realschulen eine Erweiterung des mathematischen Unterrichts vorgeschrieben wurde. Ref. weiss nicht, ob in jener Verordnung direct gesagt ist, dass die beschreibende Geometrie genau im Sinne von Monge, Hachette etc. behandelt werden soll, oder ob nur beschreibende Geometrie im Allgemeinen angeordnet wurde. Im letzteren Falle müsste Ref. gegen die vorliegende Schrift, soweit sie darstellende Geometrie enthält, dasselbe erinnern, was er in Jahrg. 6, S. 97 der Literaturzeitung bei der Besprechung des Fasbender'schen Buches erwähnte, dass ihm nämlich für den Unterricht auf Realschulen eine ordentliche Projectionslehre sowohl in pädagogischer als in praktischer Hinsicht viel werthvoller erscheint, als die eigentliche descriptive Geometrie, die man als zweiten Cursus der darstellenden Geometrie den polytechnischen Instituten überlassen sollte. Abgesehen von dieser Principienfrage ist an dem ersten Theile des vorliegenden Werkchens nichts Wesentliches zu tadeln; nur wäre zu wünschen gewesen, dass der Verfasser die bereits eingebürgerten Ausdrücke „Spuren einer Geraden" und „Spuren einer Ebene" beibehalten hätte, statt sie durch die längeren und nicht bezeichnenderen „Durchgänge einer Geraden" und „Schnitte einer Ebene" zu ersetzen.

Der zweite Theil des Buches enthält analytische Geometrie der Ebene und des Raumes, erstere ausführlicher, letztere etwas knapp bemessen, wie es dem Zwecke des Ganzen entsprechen mag. Die Darstellung ist deutlich, der Calcül meistens elegant. Eine *partie malhonteuse* darin bildet leider die Quadratur der Hyperbel, bei welcher der Verfasser auf eine unendliche Reihe kommt, deren Summe er als bekannt voraussetzt. Es ist aber jedenfalls ein Umweg, eine endliche Grösse (nämlich die gesuchte Fläche) erst in eine unendliche Reihe zu verwandeln und letztere wieder durch eine endliche Grösse zu summiren; in der That lässt sich, wie schon Grunert gezeigt hat, mit viel weniger Rechnungsaufwand jene Quadratur direct ausführen.*)

Am wenigsten hat dem Ref. die analytische Geometrie des Raumes gefallen, weil dieselbe ganz abstract und ohne alle Verbindung mit der vorausgegangenen descriptiven Geometrie behandelt ist. Gerade für die Schule hat es grossen Werth, beide anscheinend so verschiedenen Auffassungsweisen in Verbindung zu bringen und ihre oft sehr weit gehende

*) Vergl. auch des Ref. Stereometrie, §. 39.

Uebereinstimmung nachzuweisen. Um dies nur an einem Beispiele zu zeigen, erinnert Ref. an das Criterium, woran man erkennt, ob sich zwei Gerade im Raume schneiden oder kreuzen. Die descriptive Geometrie sagt in diesem Falle, es findet Durchschnitt oder Kreuzung statt, je nachdem der Durchschnitt der Horizontalprojectionen beider Geraden vertical unter dem Durchschnitte ihrer Verticalprojectionen liegt oder nicht; die analytische Geometrie giebt, wenn

$$y = Bx + b, \quad z = Cx + c,$$
$$y = B_1x + b_1, \quad z = C_1x + c_1$$

die Gleichungen der betreffenden Geraden sind, für den Fall des Durchschnitts die Bedingungsgleichung

$$\frac{b_1 - b}{B_1 - B} = \frac{c_1 - c}{C_1 - C},$$

welche mit dem vorigen Kennzeichen wörtlich übereinstimmt. Solche Analogieen durchzuführen, hält Ref. für eine würdige Aufgabe eines tüchtigen Schulmannes, aber freilich gehört dazu etwas mehr, als auf dem alten ausgetretenen Wege herumzuwandeln.

Die typographische Ausstattung genügt den Anforderungen, die man heut zu Tage selbst an Schulbücher macht, in keiner Weise. Namentlich sind für das Auge die eingedruckten Figuren beleidigend, die weiss in schwarz auf dünnem und rauhen Papiere klecksig aussehen und auf der anderen Papierseite durchscheinen. Auf. pag. 31 scheint es sogar, als wäre mit einem zersprungenen Holzschnitte ruhig weiter gedruckt worden.

SCHLÖMILCH.

Grundriss der Physik nach ihrem gegenwärtigen Standpunkte. Von PHILIPP SPILLER. Dritte erweiterte Auflage. Mit 250 in den Text gedruckten Figuren. Triest 1862. Verlag der literarisch-artistischen Abtheilung des österreichischen Lloyd.

Mir wurde dies Buch von einem Freunde der Naturwissenschaften mit der Bitte in die Hand gegeben, mein Urtheil darüber auszusprechen. Nachdem ich die sehr vortheilhafte Recension der zweiten Auflage (Zeitschr. für Math. u. Phys. Bd. II. Literaturzeitung, S. 52), auf welche ich hier wieder verweise, gelesen hatte, wählte ich mir verschiedene im Buche behandelte Objecte aus, um über die Behandlungsweise der Gegenstände ein Urtheil zu gewinnen. Diese waren: der Schwerpunkt, die Maschinen, die Bewegung, das Barometer, die Vertheilung des Magnetismus in einen Magneten, die Ursachen des elektrischen Stromes, die Spiegel und Linsen, die Farbenzerstreuung, das Auge, die Fernröhre, die Thermometer und die Wärmeleitung.

Es lässt sich allerdings nicht verkennen, dass die genannten Gegenstände bei Erweiterung des Umfanges des Buches einer noch besseren Behandlung fähig gewesen wären, allein man muss bei der gedrängten Kürze des Grundrisses manchen Tadel, welcher sich geltend machen will, zurückdrängen, da das Bestreben nach Klarheit im Vortrage überall deutlich hervortritt. Wenn ich nach dem Durchlesen manches anderen Lehrbuchs von grösserem Umfange die Ueberzeugung gewinnen musste, dass gerade in der Hauptsache gefehlt war, in der Einführung von bestimmten Begriffen, welche dem Verständnisse der Erscheinungen als Grundlage dienen müssen, so kann ich im Gegentheil von dem Durchlesen des besprochenen Grundrisses mit der Befriedigung zurückkehren, dass bei aller Kürze der Darstellung Gewicht auf scharfe Definitionen gelegt worden ist. In dieser Beziehung zeichnet sich das Capitel über den Schwerpunkt und über die Magnetpole vortheilhaft aus. Möchte vielleicht beim Gebrauche fürs Selbststudium die Kürze der Darstellung dem Lernenden unwillkommen sein, so dürfte doch der vorliegende Grundriss bei einem guten physikalischen Unterrichte als willkommene Zugabe betrachtet werden können. Für den elementaren Unterricht eignet sich der Grundriss wegen des eingeschränkten Gebrauchs der Mathematik besonders, von welcher übrigens nur die einfachsten Begriffe der Arithmetik und Geometrie zur Anwendung kommen. Als Beigabe zum physikalischen Unterricht eignet sich das Buch wegen seiner Anregung zu häuslichen Repetitionen, welchen in den zahlreichen, mit kleiner Schrift gedruckten Anmerkungen, die sich auf besondere Experimente oder auf Erscheinungen des gewöhnlichen Lebens beziehen, ein hinreichender Stoff geboten wird. Als Empfehlung für den genannten Zweck möge noch der billige Preis (1⅓ Thaler) dienen.

Dr. Kahl.

Bibliographie

vom 1. Januar bis 15. Februar 1863.

Periodische Schriften.

Annalen der k. k. Sternwarte in Wien. Herausgegeben von C. v. Littrow. 3. Folge, 11. Bd. Jahrg. 1861. Wien, Wallishauser. 3 Thlr. 17 Ngr.

Wochenschrift für Astronomie, Meteorologie und Geographie. Redigirt von Heis. Neue Folge. 6. Jahrgang. 1863. No Halle, Schmidt. *pro compl.* 3 T

Reine Mathematik.

KUNZE, C. L. A., Ueber einige Aufgaben aus der diophantischen Analysis. Weimar, Kühn. 6 Ngr.

BEYSSEL, Die Kegelschnitte. Ein Leitfaden für Gewerbeschulen. Braunschweig, Vieweg. 12 Ngr.

HECHEL, C., Lehrbuch der Elementargeometrie für den Schulgebrauch. 1. Theil: Planimetrie. 2. Auflage. Dorpat und Leipzig, Köhler. 18 Ngr.

SCHELLBACH, K. H., Sammlung und Auflösung mathematischer Aufgaben. Unter Mitwirkung von H. LIEBER herausgegeben von E. FISCHER. Berlin, G. Reimer. 1¼ Thlr.

LE BESGUE, V. A., *Introduction à la théorie des nombres. Paris, Mallet-Bachelier.* 4 Fr.

HANKEL, H., Die Euler'schen Integrale bei unbeschränkter Variabilität des Argumentes. Habilitations-Dissertation. Leipzig, Voss.

Angewandte Mathematik.

HUNÄUS, G. C. K., Die geometrischen Instrumente der gesammten praktischen Geometrie, deren Theorie, Beschreibung und Gebrauch. 2. Heft. Hannover, Rümpler. 2 Thlr. 12 Ngr.

BREMIKER, C., Nautisches Jahrbuch, oder vollständige Ephemeriden und Tafeln für das Jahr 1865 zur Bestimmung der Länge und Breite etc. Berlin, G. Reimer. ½ Thlr.

CAMERON, P., *The variation and deviation of the compass rectified by azimuth and altitude tables. London, Philip.* 7 sh. 6 d.

Physik.

MÜLLER, J., Lehrbuch der Physik und Meteorologie. Theilweise nach Pouillet's Lehrbuch bearbeitet. 6. Aufl., 1. Bd., 3—5. Lief. Braunschweig, Vieweg. 1⅓ Thlr.

Literaturzeitung.

Recensionen.

Scritti di Leonardo Pisano, Matematico del secolo decimoterzo, publicati da Baldassare Boncompagni. 2. Band. Rom 1862. 4.

Es sind gerade zehn Jahre her, dass Prinz Boncompagni seine ersten Untersuchungen über Leonardo von Pisa veröffentlichte, und das mathematische Publikum darauf vorbereitete, mehr über einen Mann zu erfahren, von dessen ganzer Bedeutsamkeit man zwar eine dunkle Ahnung hatte, ohne sie jedoch ganz schätzen zu können. Es ist eines der grossen Verdienste, welche Prinz Boncompagni sich um die Geschichte der Wissenschaft erworben hat, dass er die zum Theil verlorenen und fast verschollenen Schriften Leonardo's wieder auffand und im Drucke herausgab. Schlage man dieses Verdienst ja nicht zu gering an. Der Laie in historischen Fragen ist sehr geneigt, sich einer solchen Undankbarkeit schuldig zu machen. Was ist nun weiter dabei, fragt er gern; man bekommt eine Handschrift, sieht, dass ein glücklicher Zufall uns ein bisher noch nicht bekanntes Werk in die Hände gespielt hat, und schickt es in die Druckerei. Ja, wenn das so einfach zuginge! Aber erstens ist eine himmelweite Verschiedenheit dazwischen vorhanden, ob man irgend ein Manuscript durch blossen Zufall auffindet, oder ob man dasselbe aufsucht. Wer sich nie ähnlichen Forschungen hingab, der ahnt allerdings nicht die Unzahl von Werken aller Art, die man durchstöbern muss, bis man einer kleinen Notiz habhaft wird, die Einen zu leiten geeignet scheint. Nun stürzt man mit wahrem Heisshunger nach dem Orte, wo man seine Befriedigung zu finden hofft, und — sieht sich getäuscht. Der Laie, wie gesagt, kennt diese fehlgeschlagenen Versuche nicht, denn wer wird alle die Irrthümer angeben, in die er verfiel, bevor er das Ziel erreichte? wen würde eine solche Angabe auch nur interessiren? Kaum den nächsten Fachgenossen, wenn nicht irgend ein Nebenumstand gerade jenem Versuche einige Wichtigkeit verleiht. Aber ich will diese vergeblichen Anstrengungen als überwunden ansehen, ich will die Entmuthigung nicht in Anschlag bringen, die zeitweise jeden Forscher befällt, wenn er das Ziel schon dicht vor sich glaubte und es nun plötzlich weit entrückt sieht. Ich will auch annehmen, man habe das Glück, überall liebenswürdige Bibliothekare zu finden, welche durch Zuvorkommenheit dem suchenden Fremden die Hälfte seiner Mühe erleichtern. Man hat endlich und endlich das heiss ersehnte Manuscript in Händen. Dann ist man deshalb noch nicht so viel weiter, als der Leser glaubt. Nun kommt die zweite Schwierigkeit, die darin besteht, aus einem Complexe von Schriften, wie die meisten älteren Manuscripte sie darbieten, das auszusondern, was wirklich unserem Schriftsteller angehört, sich durch die Notizen der sogenannten Manuscriptenkataloge nicht irre machen zu lassen, welche meistens von Männern herrühren, die zwar in bibliographischer und allgemein historischer Beziehung ausgezeichnete Kenntnisse besitzen mochten, die aber von Mathematik blutwenig verstanden. Und wenn auch diese zweite Schwierigkeit beseitigt ist, dann bleibt noch die dritte, mitunter die grösste, die Herausgabe des vielfach unlesbaren, verderbten, wenn nicht gar verfälschten Textes. Dieses kleine, aber noch sehr gemilderte Bild der Mühen und Anstrengungen, der aufregenden Geistesarbeit, welche das Auffinden alter mathematischer Schriften erfordert, mag als Folie hinzutreten, wenn ich wiederhole, dass wir dem Prinzen Boncompagni die Herausgabe der Gesammtwerke des Leonardo von Pisa verdanken, während vorher nur Bruchstücke des Abacuswerkes dieses Schriftstellers in Libri's Geschichte der mathematischen Wissenschaften in Italien zum Abdrucke gelangt waren.

Diese Gesammtwerke füllen zwei Bände in grossem Quartformate, deren erster, 1857 erschienen, eben jenes Buch von Abacus (*Liber Abbaci*) enthält, welches im Jahre 1202 geschrieben, das erste bekannte Werk des Leonardo von Pisa, oder wie er fast häufiger genannt wird, des Leonardo Fibonacci ist, und von welchem durch Libri einige Capitel bekannt geworden waren. Heute haben wir es mit dem zweiten und letzten Bande der Gesammtausgabe zu thun, welcher im vorigen Jahre die Presse verliess und an Reichthum des wissenschaftlichen Inhaltes den ersten Band wohl eben so sehr übertrifft, wie die einzelnen Abhandlungen chronologisch späteren Datums sind. Man kann wohl in der Weise die beiden Bände unterscheiden, dass im ersten Leonardo sich als selbstthätiger, denkender Schüler erweist, im zweiten als genialer Erfinder. Im ersten Bande zeigt sich eine Verarbeitung fremden Stoffes zu einem Ganzen, welches auch nicht arm an Eigenthümlichkeiten ist; im zweiten Bande sind wenige fremde Elemente in fast lauter selbstständige Untersuchungen eingearbeitet. Ich müsste die Grenzen einer Besprechung weit überschreiten, wenn ich auf Alles aufmerksam machen wollte, was in diesem zweiten Bande von merkwürdigen Untersuchungen enthalten ist. Ich will nur aus einigen Capiteln Einzelnes herausreissen, welches zeigen mag, mit welch einem Schriftsteller man es hier zu thun hat.

Den ersten und grössten Theil unseres Bandes nimmt S. 1—224 die praktische Geometrie ein: *Incipit pratica geometriae composita a Leonardo pisano de filijs bonaccij anno M°. CC°. XX°.* Sie ist einem gewissen Dominicus zugeeignet, den Leonardo als Freund und hochzuverehrender Lehrer anredet. Wer der so Angeredete ist, war durchaus unbekannt, bis Prinz Boncompagni auch diese Frage erledigte. Guido Bonatti, Verfasser verschiedener astronomischer Werke, ein Zeitgenosse des Leonardo Fibonacci (denn er sagt in einer seiner Schriften, er habe einen gewissen Riccardo im Jahre 1223 zu Ravenna gesehen), nennt unter den gleichalterigen Astronomen Johann von Pavia, Dominicus von Spanien, Michael von Schottland und andere. Wenn wir nun bedenken, dass Guido Bonatti sowohl als Michael Scotus am Hofe Friedrich II. von Hohenstaufen lebten, dass es also wahrscheinlich ist, dass auch die übrigen genannten Männer zu diesem Hofe in Beziehung standen; wenn wir damit die Kenntniss verbinden, dass auch Leonardo mit dem Kaiserhofe in Berührung war, dass er eine Schrift eben dem Michael Scotus zueignete, eine zweite dem Kaiser selbst, eine dritte dem Hofastrologen Meister Theodor; wenn wir lesen, dass Leonardo dem Kaiser in Pisa durch Meister Dominicus vorgestellt wurde, der also selbst zu den berechtigten Hofkreisen gehören musste, dann können wir doch füglich den Beweis für geführt erklären, dass die praktische Geometrie dem Dominicus Hispanus gewidmet ist. Die scharfsinnige Untersuchung, deren wesentliche Punkte ich hier zusammengefasst habe, findet sich in einer Schrift: *Interno ad alcune opere di Leonardo Pisano*, *Roma* 1854 (400 Seiten 8°), welche gewissermassen als der im Voraus veröffentlichte Commentar der Gesammtwerke des Leonardo aus der Feder des Herausgebers zu betrachten ist, und daher nicht entbehrt werden kann, wenn man den Schriftsteller selbst mit Nutzen studiren will.

In dem sogenannten Widmungsschreiben kündigt Leonardo die Eintheilung seines Werkes in acht Capitel an. Das erste Capitel behandelt die Ausmessung der Rechtecke, das zweite einige geometrische Regeln und die Ausziehung der Quadratwurzeln, soweit sie für solche nöthig ist, die nicht blos nach geometrischen Methoden verfahren wollen. Das dritte Capitel lehrt den Flächeninhalt von Feldern irgend welcher Gestalt finden, das vierte die Theilung von Feldern. In dem fünften kommen die Cubikwurzeln zur Sprache, das sechste Capitel beschäftigt sich alsdann mit dem Rauminhalte von Körpern, das siebente mit Höhenmessungen, das achte mit einigen geometrischen Subtilitäten. Diesem Allen geht eine vier Seiten lange Einleitung voraus, welche theils einige Grundbegriffe der Geometrie feststellt, theils Aufschluss über einige Längen- und Flächenmaasse giebt, beides in der Art, wie man sie von römischen Geometern, z. B. von Boethius her gewohnt ist.

Der Leser entdeckt in der eigentlichen Geometrie mit wahrem Staunen, wenigstens ging es mir so, die Anfänge von Untersuchungen, welche man nicht in so früher Zeit zu vermuthen geneigt ist, und unter welchen wieder ganz besonders die sich auszeichnen, welche nach heutiger Ausdruckweise eine Anwendung der Algebra auf die Geometrie bilden. Ich will Beispiele anführen.

S. 19 ist der Satz ausgesprochen, dass die Quadratwurzel einer n zifferigen Zahl aus $E\left(\frac{n}{2}\right)$ Ziffern bestehe, wo E die bekannte Bedeutung der in einem Bruche enthaltenen Ganzen enthalten haben soll.

S. 32 ist der pythagorische Lehrsatz nicht in euclidischer Weise, sondern durch Aehnlichkeit von Dreiecken und Proportionen bewiesen, indem aus der Spitze des rechten Winkels eine Hilfssenkrechte auf die Hypotenuse gefällt wird. Das ist übrigens derselbe Beweis, dessen Bhascura-Acharya, ein indischer Schriftsteller des zwölften Jahrhunderts, sich bediente, der später in Europa von dem Engländer Wallis aufs Neue entdeckt wurde.

S. 35 ist eine weitere Verwandtschaft mit indischer Geometrie auffallend, indem die Ausmessung des Dreiecks eben so bewiesen wird, wie bei Ganesa. Man zieht nämlich die Höhe des Dreiecks, durch deren Mitte eine Parallele zur Grundlinie, in den Endpunkten der Grundlinie Senkrechte, und zeigt durch Congruenz von Dreiecken, dass das so entstandene Rechteck in der That dem Dreieck identisch ist, dass die Stücke nur anders gelagert sind.

S. 40 ist die Formel des Dreieckinhaltes aus den drei Seiten, die jetzt allgemein unter dem Namen der Formel der drei Brüder bekannt ist, geometrisch bewiesen, und es dürfte von Interesse sein, zu bemerken, dass dieselbe S. 43 auf das Dreieck von den Seiten 5, 6, 7 angewandt wird, dessen Flächeninhalt $\sqrt{216}$, also eine Irrationalzahl ist; während man sonst gewöhnt ist, nur das Dreieck mit den Seiten 13, 14, 15 benutzt zu finden, welches den rationalen Flächeninhalt 84 liefert.

S. 84 ist das Viereck mit einspringendem Winkel als *figura barbata* besprochen und ausdrücklich bemerkt, wie hier die eine Diagonale ausserhalb des Viereckes liege.

S. 40 flg. ist die Zahl $\pi = \frac{22}{7}$ durch Betrachtungen über das 96 Eck abgeleitet; wenige Seiten später kommt S. 94 der Name *Sinus versus* vor, was als Beweis dienen kann, dass Leonardo die Schriften des Gerhard von Cremona gelesen hatte, in welchen das Wort *Sinus* wenigstens durchgängig gebraucht ist.

S. 107 ist von dem Messen solcher Felder die Rede, welche am Abhange eines Berges liegen, und Leonardo zeigt, wie man hier die Projection auf die Grundebene vornehmen müsse. Denn, sagt er, *non mensurantur montes secundum superficies apparentes in eis: cum domus et edificia, arbores, nec non et semina non secundum rectum angulum super ipsas superficies eleventur.*

S. 113 ist bewiesen, dass zwei Medianen eines Dreiecks sich in dem Längenverhältnisse 2:1 ihrer Stücke schneiden, und dass folglich alle drei Medianen einen und denselben gemeinsamen Durchschnittspunkt besitzen müssen.

S. 148 beginnt das fünfte Capitel, welches, wie ich sagte, mit den Cubikwurzeln sich beschäftigt. Es ist eine fast genaue Abschrift des Abschnittes aus dem *Liber abbaci*, welcher S. 378 flgg. des ersten Bandes der Gesammtausgabe abgedruckt ist. An dieser Originalstelle ist nun auseinandergesetzt, wie $(a+b)^3 = a^3 + b^3 + 3a^2b + 3b^2a$ sei, und darauf fährt Leonardo fort: *Et cum super hanc diffinitionem diucius cogitarem*, *inveni hunc modum reperiendi radices*, *secundum quod inferius explicabo.* Dann folgt die Ausziehung der Cubikwurzel, wie sie noch heute in Gebrauch ist. Ich gestehe zu meiner Schande, dass, so lange ich mich auch schon mit Geschichte der Mathematik beschäftige, mir die Frage noch nicht einfiel, von wo die Ausziehung der Cubikwurzel sich herschreibe. Erst das obige *inveni* des Leonardo machte mich aufmerksam, dass hier eine, freilich allgemeine Lücke der historischen Kenntnisse existirt, welche vielleicht zugleich auch ausgefüllt ist. In der That ist Leonardo so gewissenhaft in seinen Citaten, er schreibt sich so selten eine Erfindung zu, dass, wo er es thut, wir ihm sicherlich Glauben beilegen müssen. Es ist mir daher kein Zweifel, dass Leonardo von Pisa die Ausziehung der Cubikwurzel selbstständig ersonnen hat. Möglich bliebe dann immer noch, dass auch bei anderen Schriftstellern eben so selbstständig dieselbe Methode aufträte. Vorläufig scheint mir aber auch dieses sehr unwahrscheinlich. Wenigstens finde ich die Ausziehung der Cubikwurzel von keinem früheren Schriftsteller angeführt, und von späteren Schriftstellern zuerst in dem Algorismus des 1256 verstorbenen Johannes von Sacrobosco, der also aus Leonardo's Schriften geschöpft haben kann. Genaueres kann ich freilich nicht angeben, da ich die arabischen Quellen nicht kenne, aus welchen Johann von Sacrobosco zum Theil wenigstens seine Kenntnisse gezogen haben mag. Mir ist nur seine eigene Abhandlung zugänglich, welche Haliwell in seine Sammlung: *Rara Mathematica. London* 1839. 8°, von S. 1—26 unter dem Titel: *Joannis de Sacro-Bosco tractatus de arte numerandi*, aufgenommen hat, und in welcher das 11. Capitel (S. 24 bis zum Schlusse) *Extractio radicum in cubicis* heisst. So viel ist sicher, dass andere Algorithmiker, welche den Arabern näher standen, wie z. B. Johann von Sevilla, die Cubikwurzelausziehung nicht kennen, und dass diese Rechnungsoperation eben so wenig bei den Griechen vorkommt, welche doch seit dem vierten Jahrhundert n. Chr. G., wenn nicht schon früher, die Quadratwurzelausziehung an Zahlen übten, die Cubikwurzel jedoch immer nur geometrisch construirten. Ich brauche nämlich wohl kaum zu erinnern, dass das sogenannte delische Problem der Würfelverdoppelung darauf hinauslief.

S. 164 finde ich neben anderen stereometrischen Sätzen auch den Satz, den man als einen der Fundamentalsätze der ganzen analytischen Geometrie des Raumes zu betrachten hat, dass nämlich das Quadrat der Diagonale eines rechtwinkligen Parallelepipedums gleich der Summe der Quadrate dreier in einer Ecke zusammenstossenden Kanten sein müsse.

S. 202 flgg. das Capitel von den Höhenmessungen ist etwas stiefmütterlich bedacht. Allenfalls wäre daraus S. 204 die Beschreibung des Quadranten hervorzuheben, welches man auch Horoskop zu nennen pflege, und mit welchem *pulcre et subtiliter et facile altitudines metiuntur.*

S. 207—216 stehen die Sätze, welche Leonardo als geometrische Subtilitäten bezeichnet, und welche sich sämmtlich auf die Aufgaben beziehen, aus der Länge des Kreisdurchmessers die Länge des ein- und umschriebenen Fünfecks und Zehnecks zu finden und umgekehrt.

Einigermassen unklar ist es, wie darauf plötzlich S. 217 die Aufgabe sich anschliesst, eine Quadratzahl zu finden, welche mit 5 vergrössert wieder eine Quadratzahl gebe. Leonardo zeigt, dass dieses Problem ein unbestimmtes ist, welches unendlich viele Auflösungen zulässt. Denn setzt man $x^2 + 5 = (x + y)^2$, so folgt $x = \frac{5 - y^2}{2y}$, wo y einen ganz beliebigen Werth haben darf. Diese Aufgabe scheint mir historisch noch von ganz besonderer Wichtigkeit zu sein. Ich sagte bereits oben, dass Meister Dominicus unseren Leonardo am Kaiserhofe vorstellte. Das Datum dieser Vorstellung ist durch Prinz Boncompagni etwa auf das Jahr 1225 bestimmt worden nach Wahrscheinlichkeitsgründen, welche auf dem Datum späterer Arbeiten beruhen; ich glaube, man kann mit Bezug auf die erst erwähnte Aufgabe diese Hypothese so weit bestätigen, dass man behaupten kann, die Vorstellung habe nach dem Jahre 1220 stattgefunden. Mit jener Audienz war nämlich eine Art öffentlicher Disputation, oder sage ich lieber ein mathematischer Wettkampf verbunden, an welchem sich ein gewisser Johann von Palermo betheiligte, welcher zwar, so viel ich sehe, nirgends weiter genannt wird, welcher aber kein unbedeutender Mann gewesen sein kann, wenn ein Rückschluss erlaubt ist aus den Aufgaben, die er dem Leonardo zur Lösung vorlegte. Die erste derselben bestand nämlich darin, eine Quadratzahl zu finden, welche noch Quadratzahl bleibe, wenn man sie um 5 vermehre und vermindere. Ich frage nun, ob es wohl denkbar ist, dass Leonardo, nachdem er diese Aufgaben weit complicirterer Natur gelöst hatte, auf die einfacheren in der praktischen Geometrie nochmals zurückgekommen wäre; ob es nicht vielmehr geradezu umgekehrt gewesen sein muss: Leonardo hatte den einfachen Fall veröffentlicht, Johann von Palermo knüpfte daran eine schwierigere Frage, welcher zum Theil dieselben Zahlenangaben, hier die Zahl 5, zu Grunde liegen. Und wenn man diese meine Annahme gerecht findet, woran ich nicht zweifle, und wobei mir nur auffällt, dass dieser Zusammen hang bisher unbemerkt blieb, dann wird man auch vielleicht die zweite Aufgabe des Johann von Palermo, welche auf eine cubische Gleichung führte, in Verbindung setzen mit den Untersuchungen über Cubikwurzeln, welche Leonardo auch schon weiter geführt hatte, als seine Zeitgenossen.

Als diese Disputation zum grössten Ruhme Leonardo's beendigt war, drang man von allen Seiten in ihn, die Methoden zu veröffentlichen, nach welchen er bei Auflösung jener so schwierigen Aufgaben verfahren sei. Er genügte denn auch diesem Wunsche in drei Abhandlungen, welche seit 1225 erschienen, und auf welche man sich beruft, wenn man die Vorstellung am Kaiserhofe in oder kurz vor das Jahr 1225 setzt. Diese drei Abhandlungen bilden den Schluss des uns vorliegenden Bandes. Ich glaube indessen mit Stillschweigen über dieselben hinweggehen zu dürfen, da es dieselben Abhandlungen sind, welche in zwei Ausgaben (Florenz 1854 und ebenda 1856) als *Opuscoli di Leonardo Pisano* erschienen, und von Terquem, dem leider verstorbenen gelehrten Herausgeber der *Nouvelles annales de mathématiques*, im XV. Bande seiner Zeitschrift einer eben so gründlichen als interessanten Besprechung unterworfen wurden, der kaum etwas hinzuzusetzen wäre. Ich schliesse daher hiermit diese Anzeige, und hoffe, dass die Keime neuer Untersuchungen, die ich selbst in ihr auszusäen mir erlaubte, auf günstigen Boden fallen und weiter gepflegt werden mögen. Nur durch Zusammenwirken und freundnachbarliche Hilfe aller Forscher, welcher Nation sie auch angehören, lässt sich ja ein wahrer Fortschritt in der Wissenschaft erzielen. Freuen wir uns, dass die leidige Politik mit ihren Gehässigkeiten es nicht vermocht hat, auf diesem Gebiete sich heimisch zu machen. CANTOR.

Die Archimedische Spirale mit Rücksicht auf ihre Geschichte. Von FR. X. LEHMANN. Beilage zu dem Freiburger Lyceums-Programme von 1862.

Das mir vorliegende kleine Schriftchen ist eine recht fleissig gearbeitete Zusammenstellung der hauptsächlichen Arbeiten, welche über die sogenannte archimedische Spirale erschienen sind. Der Verfasser hat nicht mit Unrecht seine Abhandlung in zwei Theile gesondert, deren erster sich mit der Geschichte der archimedischen Spirale vor der Aufstellung der Infinitesimalrechnung beschäftigt, während der zweite Theil diejenigen Eigenschaften derselben Curve betrachtet, welche man seit der Erfindung des Infinitesimalcalcüls noch weiter kennen lernte. Der erste Theil besteht darnach aus vier Capiteln: Archimedes, Pappus, Wallis, Bullialdus. Der zweite Theil dagegen, und darin finde ich eine kleine Schwäche des Schriftchens, ist nicht nach den Schriftstellern geordnet, welche die Analysis des Unendlichen auf die archimedische Spirale anwandten, sondern nach den

Eigenschaften, welche bewiesen wurden. So erscheinen hier die Capitel: Gleichung, Subtangente, Tangente, Subnormale, Normale, Krümmungshalbmesser, Evolute, Fusspunktlinie, Rectification, Quadratur, endlich Spirale und Parabel. Damit ist die Symmetrie beider Theile in unangenehmer Weise gestört. Entweder musste nach meiner Ansicht auch der zweite Theil eine historische Reihenfolge einhalten; oder, wenn dem sich allzugrosse Schwierigkeiten widersetzten — wie ich gern zugeben will, dass die Aufgabe dadurch eine weit mühsamere geworden wäre und höchst wahrscheinlich nicht in dem Zeitraume hätte bewältigt werden können, der in der Regel dem Verfasser eines Lyceatprogramms zu Gebote steht —, so musste der erste Theil nochmals umgearbeitet und in den zweiten Theil eingeschoben werden, was, wie ich glaube, nicht viel weitere Arbeit gekostet hätte. Im Ganzen übrigens wiederhole ich, dass der Gegenstand ziemlich erschöpfend behandelt ist, und dass die Literatur reichlich gebraucht ist. Ich will nur eine kleine Dissertation noch gelegentlich anführen, welche kaum irgend einem Mathematiker bekannt ist und welche gleichfalls mit Spirallinien (nicht blos mit der archimedischen Spirale) sich beschäftigt. Ich meine C. J. Küchenmeister, *De lineis spiralibus*. Braunschweig 1833. Man möge diese Notiz einem Schüler zu Gute halten, der sich des Lehrers erinnert, welcher ihn zuerst in die Elemente der Mathematik einführte. CANTOR.

Elemente der Vermessungskunde. Von Dr. C. M. BAUERNFEIND, Baurath und Professor zu München. Zweite Auflage. München, literar.-artistische Anstalt der Cotta'schen Buchhandlung. 1862.

Die erste Auflage dieses vorzüglichen Werkes hat in der Literaturzeitung bereits die wohlverdiente Anerkennung gefunden, und es ist daher nur übrig, die Veränderungen hervorzuheben, wodurch sich die zweite Auflage von der ersten unterscheidet. Die beste Auskunft hierüber giebt der Verfasser selber, wenn er in der Vorrede sagt:

„In der neuen Auflage ist die Instrumentenlehre um zehn Paragraphen und dreissig Abbildungen vermehrt, die Theorie der Messungen aber theilweise abgekürzt und umgearbeitet. Die Kürzungen betreffen namentlich die Kapitel von der Messung der Linien und den fehlerzeigenden Dreiecken, welche mir bei wiederholter Durchsicht noch etwas zu ausführlich erschienen, obgleich ich schon bei der ersten Bearbeitung alle theoretischen Sätze wegliess, welche keine Beziehung zur Praxis haben. Eine gänzliche Umarbeitung erfuhr die Lehre vom barometrischen Höhenmessen, nachdem ich in der Zwischenzeit über diesen Gegenstand umfassende Beobachtungen und Untersuchungen angestellt hatte, welche nicht unwichtige theoretische und praktische Ergebnisse lieferten und auch zu neuen hypsometrischen Tafeln führten, die im Anhange enthalten sind. Die meisten Kapitel liess ich unverändert, insbesondere jenes von den Grubenmessungen, über welches sich zwei öffentliche Stimmen insofern widersprachen, als eine behauptete, dasselbe sei zu lang, und eine andere, es sei zu kurz. In diesem Widerspruche fand ich einerseits den Beweis, dass ich gerade den für ein Lehrbuch passenden Mittelweg getroffen habe, und andererseits die Aufforderung, jenem Wege auch ferner zu folgen, mit offenen Augen für das Neue, das er bietet.

Dieser Aufforderung leistete ich sofort Genüge, indem ich in die Instrumentenlehre alle brauchbaren neuen Erfindungen, welche unterdessen gemacht wurden, aufnahm. Der Markscheide-Apparat ist hierdurch so vervollständigt worden, als es die Lehre von den damit auszuführenden Arbeiten schon vorher war. Man bedarf jedoch, wie ich bereits in der Vorrede zur ersten Auflage angeführt habe, die ganze Markscheidekunde nicht in der kleinen Zahl von Blättern suchen, welche die Ueberschrift „Grubenmessungen" führen, sondern muss bedenken, dass jene wesentlichen Theile der bergmännischen Messkunst, welche mit den gleichnamigen geodätischen übereinstimmen, bereits in der Instrumentenlehre und in den Abschnitten von den Horizontal- und Verticalmessungen enthalten sind. In dem von den Grubenmessungen handelnden Abschnitte ist wesentlich nur das vorgetragen, was man die „alte Markscheidekunst" zu nennen beliebt, und was sich bis auf Weiteres weder aus dem Gebiete der Messkunde hinausweisen, noch gut mit der Geodäsie vereinigen lässt.

Diejenigen praktischen Geometer, welche der Meinung sind, dass der Messtisch und die Kippregel einer unwissenschaftlichen Vergangenheit angehören, werden diese Auflage vielleicht deshalb tadeln, weil ich in ihr neben dem älteren Reichenbach'schen Menselapparate auch den neuen dargestellt habe, welchen ich voriges Jahr in dem hiesigen Ertel'schen mechanischen Institute für meinen Gebrauch anfertigen liess. Dieselben mögen aber bedenken, dass dieser Apparat gegenwärtig durch die Bemühungen mehrerer Ingenieure und Mechaniker dem Theodolithen ziemlich nahe gebracht und deshalb zu Aufnahmen von geringer Genauigkeit geeigneter ist, als jede andere Vorrichtung, welche die Abbildung des Gemessenen nicht unmittelbar zulässt. Diese Aufnahmen sind sehr bequem und schnell zu machen, wenn das Fernrohr der Kippregel zum Distanzmessen eingerichtet ist; eine Einrichtung, welche man auffallender Weise viel weniger verbreitet findet, als sie verdient. Um jedoch nicht missverstanden zu werden, bemerke ich ausdrücklich, dass ich für genaue Messungen, und selbst schon für die Aufnahme des Details der Katasterpläne, die Dreiecks- und Coordinatenmethode jeder anderen vorziehe, wie ich dieses auch bereits in der ersten Auflage deutlich ausgesprochen und durch umständliche Behandlung jener Methode thatsächlich bewiesen habe."

Durch ein von Prof. Dohlemann ausgeführtes alphabetisches Sachregister ist das Nachschlagen sehr erleichtert worden, was bei einem so umfänglichen und ausserordentlich verschiedenartiges Material enthaltendem Werke als eine schätzenswerthe Zugabe anerkannt werden muss.

Papier, Druck und Holzschnitte sind vortrefflich und beweisen, dass die Verlagshandlung bemüht gewesen ist, in ihren Leistungen nicht hinter denen des Verfassers zurückstehen zu wollen. SCHLÖMILCH.

Ueber die Entwickelung einer Function mit imaginärem Argument nach den Kugelfunctionen erster und zweiter Art. Von C. NEUMANN. Halle, Schmidt. 1862.

Bekanntlich hat zuerst Cauchy den Maclaurin'schen Satz auf complexe Variabele ausgedehnt, indem er von der Formel

$$f(r_1 e^{\vartheta_1 i}) = \frac{1}{2\pi}\int_0^{2\pi} \frac{f(r e^{\vartheta i})}{r e^{\vartheta i} - r_1 e^{\vartheta_1 i}} r e^{\vartheta i} d\vartheta$$

oder

$$f(z_1) = \frac{1}{2\pi i}\int \frac{f(z)}{z - z_1} dz$$

ausging, die Reihenentwickelung

$$\frac{1}{z-z_1} = \frac{1}{z}\left[1 + \frac{z_1}{z} + \left(\frac{z_1}{z}\right)^2 + \ldots\right]$$

$$mod\, z < mod\, z_1$$

anwendete und die einzelnen Reihenglieder integrirte.*) Aus derselben Integralformel kann man auch andere Reihen für $f(z_1)$ herleiten, sobald es gelingt, den Bruch $\frac{1}{z-z_1}$ auf andere Weise zu entwickeln. Hierzu bietet ein von Prof. Heine gefundener Satz Gelegenheit; es ist nämlich

$$\frac{1}{z-z_1} = P^{(0)}(z_1)\, Q^{(0)}(z) + 3P^{(1)}(z_1)\, Q^{(1)}(z) + 5P^{(2)}(z_1)\, Q^{(2)}(z) + \ldots,$$

worin $P^{(n)}(z)$ und $Q^{(n)}(z)$ die Kugelfunctionen erster und zweiter Art bezeichnen. Den hiermit genügend angedeuteten Grundgedanken führt der Verfasser mit gewohnter Meisterschaft aus und gelangt dadurch zu mehreren bemerkenswerthen Theoremen. SCHLÖMILCH.

Grundlehren der Zahlentheorie. Von Dr. GUSTAV SKRIVAN, Director der öffentlichen Oberrealschule auf dem Bauernmarkte in Wien. Wien, Braumüller. 1862.

Wenn Ref. nicht irrt, ist die vorliegende Schrift die erste, welche von

*) Vergl. den Aufsatz „Ueber Functionen complexer Grössen, von Dr. Roch." Jahrg. VII dieser Zeitschr. S. 24 und 25.

einem österreichischen Gelehrten über die Zahlentheorie verfasst wurde, und sie verdient schon deshalb einige Aufmerksamkeit. Der Vorrede zufolge will der Verfasser sein Werk nur als Schulbuch betrachtet wissen und er hat deshalb Alles ausgeschlossen, was nicht elementarer Natur ist. Dem entspricht folgender Inhalt: *A.* Die Congruenz der Zahlen, *B.* Allgemeine Sätze über die Theilbarkeit der Zahlen (Theoreme von Fermat, Gauss u. s. w.), *C.* Allgemeine Sätze über Potenzreste (insbesondere quadratische Reste, primitive Wurzeln etc.), *D.* Die verschiedenen Zahlensysteme und die Theilbarkeit bestimmter ganzer Zahlen, *E.* Die unbestimmten Gleichungen ersten Grades, *F.* Speciellere Untersuchung über quadratische Reste und Nichtreste (Reciprocitätsgesetz), *G.* Zur Theorie der Kettenbrüche, *H.* Auflösung der Congruenzen zweiten Grades, *I.* Die linearen Zahlenformen der Stammfactoren von $x^2 \pm D$, *K.* Ueber quadratische Zahlenformen. — Die Darstellung ist deutlich und präcis, nur dürfte nichtösterreichischen Lesern die k. k. Orthographie (Sistem, Fisik u. s. w.) anfangs etwas störend auffallen. Im Uebrigen sei das fleissig gearbeitete, auch äusserlich nett erscheinende Büchlein den Schulmännern und Studirenden bestens empfohlen. SCHLÖMILCH.

Bibliographie

vom 15. Februar bis 15. April 1863.

Periodische Schriften.

Annalen der Physik und Chemie, herausgeg. von J. C. Poggendorff. Jahrg. 1863, 1. Heft. Leipzig, Barth. *pro compl.* 9⅓ Thlr.

Archiv der Mathematik und Physik, herausgeg. von J. A. Grunert. 40. Band. 1. Heft. Greifswald, Koch. *pro compl.* 3 Thlr.

Monatsberichte der königl. preussischen Akademie der Wissenschaften zu Berlin. Jahrg. 1863, 1. Heft. Berlin, Dümmler in Comm. *pro compl.* 2 Thlr.

Denkschriften der kaiserl. Akademie der Wissenschaften zu Wien. Mathem.-naturwissenschaftliche Classe. 21. Band. Wien, Gerold's Sohn in Comm. 9 Thlr.

Beobachtungen auf der königl. Universitätssternwarte zu Königsberg, herausgeg. von E. Luther. 34. Abth. Leipzig, Rein. 3 Thlr.

Astronomische Beobachtungen auf der Universitätssternwarte zu Bonn, angestellt von F. W. A. Argelander. 5. Band. Bonner Sternverzeichniss, 3. Sect. Bonn, Marcus. 5 Thlr.

Annales de l'observatoire de Paris, publiées par U. J. Leverrier. *Observations. Tome* 17. 1861. *Paris, Mallet-Bachelier.* 40 Frcs.

Annuario marittimo per l'anno 1863, *compilato dal Lloyd austriaco.* 13. *Annata.* Triest, österr. Lloyd. 1⅓ Thlr.

Reine Mathematik.

Gauss, C. F., Werke. Herausgegeben von der königl. Gesellschaft der Wissenschaften zu Göttingen. 1. Band, enth.: *Disquisitiones arithmeticae.* Göttingen, Vandenhoeck & Ruprecht. 6 Thlr., Velinp. 7 Thlr.

Hermite, C., Uebersicht der Theorie der elliptischen Functionen; aus dem Französischen übersetzt von L. Natani. Berlin, Wiegandt & Hempel. 28 Ngr.

Winckler, A., Ueber einige neue Eigenschaften der Kugelfunctionon einer Veränderlichen etc. Wien, Gerold's Sohn in Comm. 18 Ngr.

Hankel, H., Die Euler'schen Integrale bei unbeschränkter Variabilität des Arguments. Leipzig, Voss in Comm. ⅓ Thlr.

August, E. F., Vollständige logarithmische und trigonometrische Tafeln etc. 5. Auflage. Leipzig, Veit & Comp. ½ Thlr.

Bland's Algebraische Gleichungen des ersten und zweiten Grades. Nach dem Englischen bearbeitet von C. Girl. 2 Bände, 2. Auflage. Halle, Schmidt. 2 Thlr.

Wittstein, Th., Lehrbuch der Elementarmathematik. 1. Band, 1. Abth.: Arithmetik. 2. Auflage. Hannover, Hahn. ⅚ Thlr.

Wirth, G., Algebraische Aufgaben mit elementaren Lösungen. 3. Auflage. Langensalza, Gressler. 9 Ngr.

Weissenborn, H., Die geometrische Deutung complexer Zahlen. Eisenach, Bärecke. 2 Ngr.

Prym, F. A., *Theoria nova functionum ultraellipticarum. Pars I.* Berlin, Duncker in Comm. ⅙ Thlr.

Angewandte Mathematik.

Bremiker, C., Theorie des Amsler'schen Polarplanimeters. Berlin, Decker. ⅓ Thlr.

Meyer, M. H. und C. Th., Lehrbuch der axonometrischen Projectionslehre. 4. Lief. Leipzig, Haessel. 2 Thlr.

Heussi, J., Leichtfassliche Anleitung zum Feldmessen und Nivelliren. Leipzig, Brockhaus. ⅙ Thlr.

Fils, A. W., Barometer-Höhenmessungen vom Kreise Schleusingen im Regierungsbezirke Erfurt, ausgeführt in den Jahren 1859—62. Suhl, Hiersche. 1⅓ Thlr.

Marin, A. G., Portefeuille für Ingenieure, enthaltend 86 Tafeln etc. 2. Auflage. Brünn, Buschack & Irrgang. 2 Thlr.

Scheffler, H., Die Berechnung der Fontaine zu Herrenhausen bei Hannover. Wiesbaden, Kreidel. 16 Ngr.

Kohlrausch, F., Ueber die elastische Nachwirkung bei der Torsion. Inaugural-Dissertation. Göttingen, Rente. 8 Ngr.

Stefan, J., Ueber die Bewegung flüssiger Körper. Wien, Gerold's Sohn in Comm. 4 Ngr.

Lippich, F., Ueber die transversalen Schwingungen belasteter Stäbe. Wien, Gerold's Sohn in Comm. 1 Thlr. 4 Ngr.

Kammerer, F., Die Lichtintensitätscurven auf krummen Flächen. Wien, Gerold's Sohn in Comm. ⅙ Thlr.

Dittmann, A., Die veränderliche Umdrehungsrichtung oder doppelte Achsendrehung der Erde. Schleswig, Heiberg in Comm. 1 Thlr.

Spoerer, Beobachtungen von Sonnenflecken. II. Die Stürme auf der Sonne. Anclam, Dietze in Comm. ⅓ Thlr.

Böckh, A., Ueber die vierjährigen Sonnenkreise der Alten, vorzüglich den Eudoxischen. Berlin, G. Reimer. 2 Thlr.

Physik.

Wüllner, A., Lehrbuch der Experimentalphysik. 1. Bd., 2. Abth.: Optik. Leipzig, Teubner. 2 Thlr. 12 Ngr.

Mousson, A., Die Physik auf Grundlage der Erfahrung. 2. Abtheil.: Physik des Aethers. 3. Heft. Zürich, Schulthess. 28 Ngr.

Encyclopädie der Physik, herausgegeben von Karsten. 12. Lief. Leipzig, Voss. 2⅔ Thlr.

Emsmann, H., Physikalische Aufgaben nebst ihrer Auflösung. 2. Auflage. Leipzig, O. Wigand. 1 Thlr.

Jungk, Veranschaulichung einiger Erscheinungen an der Volta'schen Säule, mit Bezug auf die Zweifel, ob die Erde als Leiter oder als Reservoir zu betrachten ist. Berlin, Gärtner. 3 Ngr.

Mathematisches Abhandlungsregister.

1862.

Erste Hälfte: 1. Januar bis 30. Juni.

A.

Abel's Theorem.

Vergl. Functionen 62.

Analytische Geometrie der Ebene.

1. *Théorie des points multiples et des tangentes.* Salmon. *N. ann. math. XXI*, 41.
2. *Théorie des diamètres rectilignes et curvilignes.* Salmon. *N. ann. math. XXI*, 119.
3. Ueber Leitlinien. Cantor. Zeitschr. Math. Phys. VII, 50.
4. *Sur un chemin consistant en deux droites parcouru dans le temps le plus court.* De Virieu. *N. ann. math. XXI*, 206.
5. *Propriété d'un point tel que la somme des carrés de sa distance à points d'une courbe algébrique donnés soit constante.* Faure *N. ann. math. XXI*, 64.
6. *De l'angle de section de certaines ellipses par une courbe donnée.* Delorme. *N. ann. math. XXI*, 178.
7. *Courbe dont la tangente polaire est constante.* Giard. *N. ann. math. XXI*, 70.
   Vergl. Asymptoten. Ellipse. Gleichungen 90. Hyperbel. Kegelschnitte. Kreis. Krümmung 108. Parabel. Spirallinien.

Analytische Geometrie des Raumes.

8. Das System der Dreilinien-Coordinaten in allgemeiner analytischer Entwickelung. Grunert. Grun. Archiv XXXVIII, 389.
9. *Théorie géométrique des coordonnées curvilignes quelconques.* Aoust. *Compt. rend. LIV*, 461.
10. *Théorie générale des systèmes de rayons rectilignes.* Kummer. *N. ann. math. XXI*, 31, 82. [Vergl. Bd. VII, No. 203.]
11. Ueber die Darstellung der Curven durch Krümmung und Torsion. Hoppe. Crelle LX, 182. [Vergl. Bd. VI, No. 244.]
12. *Sur les arcs de courbes planes ou sphériques considérées comme enveloppes de cercles.* Mannheim. *Journ. Mathém. XXVII*, 121.
13. Geometrischer Sinn einer Transformation unbestimmter Gleichungen. Boeklen. Grun. Archiv XXXVIII, 198. [Vergl. Bd. VII, No. 278.]
   Vergl. Determinanten in geometrischer Anwendung. Ellipsoid. Krümmung. Oberflächen. Oberflächen zweiter Ordnung. Paraboloid. Sphärik.

Approximation.

14. *Méthode pour la résolution par approximations successives des problèmes à deux inconnues posés ou non posés en équation.* De Saint-Venant. *Compt. rend. LIV*, 845.

Astronomie.

15. Ueber kosmische Bewegungsgeschwindigkeiten mit Beziehung auf Doppler's Hypothese der Entstehung der Farben. Maedler. Wien. Acad. Ber. XLIII, 285.

Asymptoten.

16. *Note sur les asymptotes.* P. Serret. *N. ann. math. XXI*, 23.

Attraction.

17. *Attraction d'un plan sur un point.* Dupain. *N. ann. math. XXI*, 158.
18. Ueber die Anziehung einer von zwei ähnlichen Flächen zweiten Grades begrenzten Schale. Mehler. Crelle LX, 321.

B.

Ballistik.

19. Ueber den Einfluss der Rotationen kugelförmiger Geschosse auf die Flugbahnen derselben. Rouvroy. Zeitschr. Math. Phys. VII, 163.
20. *Sur le mouvement d'un projectile dans l'âme d'un canon rayé.* Gorlof. *Compt. rend. LIV*, 596.
21. Ueber die Messung kleiner Flugzeiten von Geschossen mittelst bewegter Elektricität. Kahl. Zeitschr. Math. Phys. VII, 93.

Bernoulli'sche Zahlen.

22. Zahlentheoretisches über die Bernoulli'schen Zahlen und über die Binomialcoefficienten. G. F. Meyer. Grun. Archiv XXXVIII, 241.
23. *Sur les nombres de Bernoulli et sur quelques formules qui en dépendent.* Catalan. *Compt. rend. LIV*, 1030, 1059.

Bestimmte Integrale.

24. Ueber die Eigenschaften einiger bestimmten Integrale. Winckler. Wien. Acad. Ber. XLIII, 315.
25. *Détermination de quelques intégrales définies.* Volpicelli. *Compt. rend. LIV*, 222.
26. Einfachste Herleitung zweier bekannter Integralformeln. Lommel. Grun. Archiv XXXVIII, 206.
27. Bestimmung des Integrals $\int_0^\infty \frac{x^{u-1}}{1+x}\,dx$ durch Integration von Differentialgleichungen. Veltmann. Grun. Archiv XXXVIII, 337.
28. $\int_0^\infty (u+k)_{k+2}\,du = (-1)^k \int_0^\infty (u)_{k+2}\,du$. Lindmann. Grun. Archiv XXXVIII, 251.

Vergl. Determinanten. Differentialgleichungen 40. Elliptische Functionen. Gammafunctionen. Integrallogarithmus. Lamé'sche Functionen. Reihen.

Binomialcoefficienten.

29. Transformation einer endlichen Reihe. Schlömilch. Ztschr. Math. Phys. VII, 49.
Vergl. Bernoulli'sche Zahlen 22.

C.

Cartographie.

30. *Recherches sur la représentation plane de la surface du globe terrestre.* Collignon. *Compt. rend. LIV*, 1215.

Combinatorik.

31. *Des fonctions algébriques de plusieurs quantités, de leur formation, et de permutations qui les laissent invariables.* Mathieu. *N. ann. math. XXI*, 227.
32. *Sur une formule relative à la théorie des nombres.* Emile Mathieu. *Crelle LX*, 351.

Cubatur.

Vergl. Maxima und Minima 113.

D.

Determinanten.

33. Algebraische Reduction des Integrals $\int F(x,y)\,dx$, wo $F(x,y)$ eine beliebige rationale Function von x, y bedeutet, und zwischen diesen Grössen eine Gleichung dritten Grades von der allgemeinsten Form besteht. Aronhold. Berl. Acad. Ber. 1861. 462.

Vergl. Differenzengleichungen 46. Elimination.

Determinanten in geometrischer Anwendung.

34. *Considérations générales sur les courbes en espace.* Cayley. *Compt. rend. LIV*, 55, 396, 672.
35. Zerlegung der Bedingung für die Gleichheit der Hauptachsen eines auf einer Oberfläche zweiter Ordnung liegenden Kegelschnittes in die Summe von Quadraten. Hesse. Crelle LX, 305.
    Vergl. Homographie. Maxima und Minima 113. Planimetrie 144.

Differentialgleichungen.

36. Integration der linearen Differentialgleichung $a_2 y'' + (a_1 + b_1 x) y' + (a_0 + b_0 x) y = 0$. S. Spitzer. Grun. Archiv XXXVIII, 462.
37. Ueber die Integration der linearen Differentialgleichung $(a_2 + b_2 x) y'' + (a_1 + b_1 x) y' + (a_0 + b_0 x) y = 0$. S. Spitzer. Grun. Archiv XXXVIII, 133.
38. Integration der linearen Differentialgleichung $y''' = x y' - n y$ mittelst bestimmter Integrale unter der Voraussetzung, dass n eine ganze positive Zahl bezeichnet. S. Spitzer. Zeitschr. Math. Phys. VII, 113.
39. Note über die Integration einiger linearen Differentialgleichungen der Form $y^{(n)} = A x^m y'' + B x^{m-1} y' + C x^{m-2} y$. S. Spitzer. Grun. Arch. XXXVIII, 77.
40. Integration der linearen Differentialgleichung $A_1 x^2 y^{(n+2)} + B_1 x y^{(n+1)} + C_1 y^{(n)} = x^m (A x^2 y'' + B x y' + C y)$, woselbst $A_1, B_1, C_1, m, A, B, C$ constante Zahlen bezeichnen, mittelst bestimmter Integrale. S. Spitzer. Grun. Archiv XXXVIII, 137.
41. Ueber Differentialgleichungen der Form $z^{(n)} = x^m (A x z' + B z)$. S. Spitzer. Grun. Archiv XXXVIII, 458.
42. *Nova methodus, aequationes differentiales partiales primi ordinis inter numerum variabilium quemcunque propositas integrandi.* C G. J. Jacobi. *Crelle LX*, 1.
43. *Sur l'intégration des équations différentielles partielles du premier et du second ordre.* Bour. *Compt. rend. LIV*, 439, 509, 588, 645.
44. Zur Theorie der Flächen und partiellen Differentialgleichungen. Enneper. Zeitschr. Math. Phys. VII, 1.
45. Ueber die Integration der partiellen Differentialgleichung
$$(x+y)^2 \frac{d^2 z}{dx\,dy} + m_1 (x+y) \frac{dz}{dx} + m_2 (x+y) \frac{dz}{dy} + y z = 0.$$
S. Spitzer. Grun. Archiv XXXVIII, 451.
    Vergl. Analytische Geometrie der Ebene 3. Bestimmte Integrale 27. Differenzengleichungen 46. Maxima und Minima 112. Pfaff'sches Problem.

Differenzengleichungen.

46. *Sur une classe nouvelle d'équations différentielles et d'équations aux différences finies d'une forme intégrable.* Sylvester. *Compt. rend. LIV*, 129, 170.
47. Integration der Differenzengleichung $f(x+n) = f(x) \cdot \varphi(x)$, in welcher n eine ganze positive Zahl und $\varphi(x)$ eine gegebene Function von x ist. S. Spitzer. Grun. Archiv XXXVIII, 456.

Differenzenrechnung.

48. *Différences et dérivées d'un ordre quelconque des deux fonctions circulaires* $\sin(ax+b)$, $\cos(ax+b)$. Colombier. *N. ann. math. XXI*, 11.
49. *Réclamation de M. Lemonnier. N. ann. math. XXI*, 130. [Vergl. Bd. VI. No. 43.]

E.

Elimination.

50. *Note sur l'élimination.* Cayley *Crelle LX*, 375.
    Vergl. Gleichungen 90.

Ellipse.

51. Conjugirte Punkte der Ellipse. Grunert. Grun. Archiv XXXVIII, 487.
52. *Théorèmes sur l'ellipse. Bartet et Lébasteur. N. ann. math. XXI*, 133.
53. *Théorème sur l'ellipse. Schnée. N. ann. math. XXI*, 172. — *Lébasteur, ibid.* 174.
54. Ueber zwei Ellipsen, von denen eine einem unregelmässigen Polygone umschrieben, die andere demselben eingeschrieben ist. Enneper. Zeitschr. Math. Phys. VII, 190.
    Vergl. Analytische Geometrie der Ebene 6. Krümmung 109. Mechanik 120. Rectification 179.

Ellipsoid.

55. Kürzeste Entfernung zweier Normalen eines Ellipsoids von einander. Grunert. Grun. Archiv XXXVIII, 228. [Vergl. Bd. VI, No. 240.]
Vergl. Krümmung 110.

Elliptische Functionen.

56. *Sur la théorie des fonctions elliptiques et ses applications à l'arithmétique.* Hermite. *Journ. Mathém. XXVII*, 25. — Liouville. ibid. 41. — Liouville. ibid. 44. [Vergl. Bd. VII, No. 442.]
57. *Sur la transformation du troisième ordre de fonctions elliptiques.* Hermite. Crelle *LX*, 304.
58. *Note sur les fonctions al (x) etc. de M. Weierstrass.* Cayley. *Journ. Mathém. XXVII*, 137.
Vergl. Determinanten. Mittelgrössen.

Exponentialgrösse.

59. Ueber ein Paar Ungleichungen und Grenzwerthe. Fort. Zeitschr. Math. Phys. VII, 46.

F.

Foucault'scher Pendelversuch.

60. Theorie der Pendelabweichung. Jelinek. Wien. Acad. Ber. XLIV, 241.

Functionen.

61. Ueber die Schreibart $sin^2\varphi$. Gauss. Grun. Archiv XXXVIII, 366.
62. Nachweisung einiger Eigenschaften einer ausgedehnten Classe transcendenter Functionen. Winckler. Wien. Acad. Ber. XLIV, 477.
63. *Sur une identité de Waring qui se démontre en prouvant qu'une certaine expression est une fonction symmétrique.* De Virieu. *N. ann. math. XXI*, 45.
Vergl. Bernoulli'sche Zahlen. Binomialcoefficienten. Combinatorik 31. Elliptische Functionen. Exponentialgrössen. Gammafunctionen. Homogene Functionen. Hyperbolische Functionen. Integrallogarithmus. Lamé'sche Functionen.

G.

Gammafunction.

64. Bemerkung über die Gammafunctionen. Enneper. Zeitschr. Math. Phys. VII, 189.

Geodäsie.

65. Berechnung der Flächeninhalte einer geradlinigen Figur bei Messungen mit der Boussole unmittelbar aus den gemessenen Seiten der Figur und den an der Nadel gemachten Ablesungen. Grunert. Grun. Archiv XXXVIII, 165.
Vergl. Nautik.

Geodätische Linie.

66. Ueber die geodätischen Linien auf dem dreiachsigen Ellipsoid. Weierstrass. Berl. Acad. Ber. 1861. 986.
Vergl. Variationsrechnung.

Geometrie (höhere).

67. *Théorème sur une courbe plane et sa polaire.* Sacchi. *N. ann. math. XXI*. 109.
68. *Théorèmes de Mr. Steiner sur les quadrilatères.* Mention. *N. ann. math. XXI*, 16, 65.
69. *Note sur les cubiques gauches.* Cremona. Crelle *LX*, 188.
70. *Propriétés des courbes à double courbure du quatrième ordre provenant de l'intersection de deux surfaces du second ordre.* Chasles. *Compt. rend. LIV*, 317, 418.
71. *Sur deux suites recurrentes de cercles et de sphères.* P. Serret. *N. ann. math. XXI*, 184.
72. *Sur les surfaces gauches du troisième degré.* Cremona. Crelle *LX*, 313.
73. *Théorème de M. Steiner sur trois cônes du même degré ayant leurs sommets en ligne droite et deux de leurs trois courbes d'intersection planes.* P. Serret. *N. ann. math. XXI*, 21.
Vergl. Kegelschnitte 105.

Geschichte der Mathematik.

74. *Arithmétique et algèbre des Chinois.* Biernatzki. *N. ann. math. XXI. Bulletin de bibl.* 35.

75. *Sur la découverte de la variation lunaire.* Chasles. *Compt. rend. LIV,* 1002.
76. *Note sur Ferro Scipione.* Boncompagni. *N. ann. math. XXI. Bulletin de bibl.* 17.
77. *Sur le rapport d'Adrien Metius.* Prouhet. N. *ann. math. XXI. Bulletin de bibl.* 6.
78. *Relations de savants entre eux avant la création de l'académie des sciences en* 1666. Piobert. *Compt. rend. LIV,* 703.
79. Zur Geschichte des Euler'schen Satzes von den Polyedern. Baltzer. Berl. Acad. Ber. 1861, 1043.
80. Zur Geschichte der regulären Sternpolyeder. Baltzer. Berl. Acad. Ber. 1861, 1046.
81. *Signalement physique et moral de Leibnitz. N. ann. math. XXI. Bulletin de bibl.* 8.
82. *Sur Nicolas Fatio Duillier.* Terquem. *N. ann. math. XXI. Bulletin de bibl.* 28.
83. *Note historique des latitudes croissantes.* Caillet. *N. ann. math. XXI. Bulletin de bibl.* 31.
84. Möbius, der Erfinder des sogen. Völler'schen Satzes. Grun. Archiv XXXVIII, 365. [Vergl. Bd. IV; No. 248]
85. Herausgabe der Werke von Carl Friedrich Gauss. Grun. Archiv XXXVIII, 188.
86. Zur Lebensgeschichte des Mathematikers Ludwig Immanuel Magnus. Crelle LX, 379.
87. Todesanzeige von Terquem. Gerono. *N. ann. math. XXI,* 161.
Vergl. Kegelschnitte 105.

Gleichungen.

88. Studien über die algebraische Auflösung der Gleichungen. Kronecker. Berl. Acad. Ber. 1861, 609.
89. *Sur la méthode d'approximation de Newton.* Lemonnier. *N. ann. math. XXI,* 188.
90. *Elimination d'un angle φ entre deux équations transcendentes.* Delorme. *N. ann. math. XXI,* 176.
Vergl. Approximation. Elimination. Hyperbolische Functionen. Zahlentheorie 208.

H.

Homogene Functionen.

91. *Les propriétés les plus remarquables des fonctions homogènes entières.* Hesse. *N. ann. math. XXI. Bulletin de bibl.* 18.
92. Ueber eine Eigenschaft der Kugelfunctionen. Clebsch. Crelle LX, 343.

Homographie.

93. *Sur l'équation cubique de laquelle dépend la solution d'un problème d'homographie de M. Chasles.* Hesse. *Compt. rend. LIV,* 678.

Hyperbel.

94. *La différence des carrés des diamètres conjugués d'une hyperbole est constante. N. ann. math. XXI,* 176.

Hyperbolische Functionen.

95. Grundzüge der Theorie der hyperbolischen Functionen und der Anwendung derselben zur Ausziehung der Wurzeln und zur Auflösung der Gleichungen. Grunert. Grun. Archiv XXXVIII, 48.

I.

Imaginäres.

96. *Nouvelle théorie des fonctions de variables imaginaires.* Marie. *Journ. Mathém. XXVII,* 81. [Vergl. Bd. VII, No. 317.]

Integrallogarithmus.

97. Ueber die richtige Werthbestimmung der Constante des Integrallogarithmus. Oettinger. Crelle LX, 375.

Integralrechnung.

98. *Sur l'intégrabilité des fonctions différentielles d'un ordre supérieur au premier.* Stoffel *et* Bach. *Journ. Mathém. XXVII,* 49.
99. Ueber Reduction eines unbestimmten Integrals. S. Spitzer. Zeitschr. Math. Phys. VII, 123.

100. Das Integral $\int\sqrt{a^2-x^2}\,dx$ im Zusammenhang mit anderen ähnlichen. **Fischer.** Grun. Archiv XXXVIII, 150. [Vergl. Bd. VII, No. 320.]

K.

Kegelschnitte.

101. *Sur les sections anti-parallèles.* **Martin.** *N. ann. math. XXI*, 27.
102. Ueber den Kreis, der drei gegebene Punkte mit einem Kegelschnitte gemein hat. **Strehlke.** Grun. Archiv XXXVIII, 155. [Vergl. Bd. VII, No. 339.]
103. *Problème sur une conique passant par quatre points donnés.* **Janni.** *N. ann. math. XXI*, 77.
104. *Si deux coniques touchent les côtés d'un quadrilatère, les huit points de contact se trouvent sur une autre conique.* **Janni.** *N. ann. math. XXI*, 78.
105. Das Problem des Pappus *ad tres aut plures lineas* im Zusammenhange mit der Theorie der Kegelschnitte durch die Methode der Synthesis und der Coordinaten. **Braendli.** Grun. Archiv XXXVIII, 1.

Vergl. Ellipse. Hyperbel. Kreis. Parabel.

Kreis.

106. *Théorème sur le cercle de neuf points d'un triangle.* **Saint-Michel.** *N. ann. math. XXI*, 183.
107. Analytisch-geometrische Notizen. **Fiedler**, Zeitschr. Math. Phys. VII, 53.

Vergl. Analytische Geometrie des Raumes 12. Geometrie (höhere) 68, 71. Productenfolge. Rectification 180.

Krümmung.

108. *Note sur les rayons de courbure.* **Mannheim.** *N. ann. math. XXI*, 123.
109. *Théorème sur les cercles osculateurs à une ellipse.* **Janni.** *N. ann. math. XXI*, 80.
110. Ueber die Krümmungslinien des Ellipsoids. **Boeklen.** Grun. Arch XXXVIII, 158.

L.

Lamé'sche Function.

111. Die Lamé'schen Functionen verschiedener Ordnungen. **Heine.** Crelle LX, 252.

M.

Maxima und Minima.

112. Die allgemeine Gleichung der Minimumsflächen. **Weiler.** Grun. Archiv XXXVIII, 356.
113. *Détermination du volume maximum d'un tétraèdre dont les faces ont des aires données.* **Painvin.** *Compt. rend. LIV*, 379
114. Ueber eine Aufgabe aus der Lehre vom Grössten und Kleinsten. **Grunert.** Grun. Archiv XXXVIII, 475.

Vergl. Analytische Geometrie derselben 1.

Mechanik.

115. *Théorie du mouvement relatif.* **Breshmann.** *N. ann. math. XXI*, 49.
116. *Sur la stabilité du mouvement de rotation d'un corps autour d'un axe principal.* **Finck.** *N. ann. math. XXI*, 146.
117. *Sur l'application du théorème de l'équivalence des transformations au travail intérieur.* **Clausius.** *Journ Mathém. XVII*, 209.
118. *Sur les solutions singulières en mécanique.* **Finck.** *N. ann. math. XXI*, 139.
119. *Sur le calcul des moments de flexion dans une poutre droite à plusieurs travées.* **Bresse.** *Compt. rend. LIV*, 912.
120. *Sur la résultante de quatre forces représentées en grandeur direction et sens par les droites qui vont de deux sommets opposés d'un quadrilatère aux deux autres.* **P. Serret.** *N. ann. math. XXI*, 24.
121. *Sur un pendule s'enroulant sur une certaine courbe.* **Dieu.** *N. ann. math. XXI*, 193.

Vergl. Attraction. Ballistik. Foucault's Pendelversuch. Potential. Schwerpunkt. Trägheitsmoment.

Methode der kleinsten Quadrate.

122. Ueber Genauigkeit der Functionen bedingter Beobachtungen. Gerling. Grun. Archiv XXXVIII, 379.
Vergl. Maxima und Minima 114.

Mittelgrössen.

123. *Sur des moyennes en partie géométriques, en partie arithmétiques (problème de Gauss).* *Colot. N. ann. math. XXI*, 57.

N.

Nautik.

124. Geometrische Aufgaben, welche zur Anwendung in der nautischen Geodäsie geeignet sind. Grunert. Grun. Archiv XXXVIII, 81.

O.

Oberflächen.

125. *Mémoire sur les surfaces orthogonales. Ossian Bonnet. Compt. rend. LIV*, 554, 655.
126. Ueber einige Formeln aus der analytischen Geometrie der Flächen. Enneper. Zeitschr. Math. Phys. VII, 75.
127. Notiz über Evoluten. Enneper. Zeitschr. Math. Phys. VII, 120.
128. *Propriétés des surfaces développables circonscrites à deux surfaces du second ordre. Chasles. Compt. rend. LIV*, 715.
129. *Note sur les surfaces parallèles. W. Roberts. Compt. rend. LIV*, 797.
130. Ueber die Cyclide. Enneper. Zeitschr. Math. Phys. VII, 198
131. *Sur les surfaces développables du cinquième ordre. Cremona. Compt. rend. LIV*, 604.
132. *Discussion de la surface* $e^z = \frac{\cos x}{\cos y}$. *Dupain. N ann. math. XXI*, 163.
Vergl. Differentialgleichungen 44. Geometrie (höhere) 72. Maxima und Minima 112.

Oberflächen zweiter Ordnung.

133. Zur analytischen Behandlung der Oberflächen zweiten Grades; insbesondere über homofocale und conjugirte Oberflächen zweiten Grades. Fiedler. Zeitschr. Math. Phys. VII, 25.
134. *Des surfaces du second ordre doublement tangentes en leurs ombilics à deux sphères égales. Aoust. Compt. rend. LIV*, 765.
Vergl. Attraction 18. Determinanten in geometrischer Anwendung 85. Ellipsoid. Geometrie (höhere) 70. Kreis 107. Paraboloid.

Optik.

135. Ueber die Anwendung der optischen Eigenschaften in der Naturgeschichte unorganischer Naturproducte. Ditscheiner. Wien. Acad. Ber. XLIII, 229.
136. Ueber die Beugung des polarisirten Lichtes. Lommel. Grun. Arch. XXXVIII, 209. [Vergl. Bd. VII, No. 128.[
137. Ueber die Gesetze der Doppelbrechung. v. Lang. Wien Acad. Ber. XLIII, 627.
138. Zur Theorie der Spiegelung und Brechung des Lichtes. v. Lang. Wien. Acad. Ber. XLIV, 147.
Vergl. Astronomie. Stereoskopie.

P.

Parabel.

139. *Théorème sur un quadrilatère circonscrit à une parabole. Janni. N. ann. math. XXI*, 80, 191.

Paraboloid.

140. Eine Verhältnissreihe von Körpern, die einem bestimmten Paraboloidsegmente ein- und umgeschrieben sind. Martus. Grun. Archiv XXXVIII, 253.

Pfaff'sches Problem.

141. Ueber das Pfaff'sche Problem. Clebsch. Crelle LX, 193.

Planimetrie.

142. Satz über das durch eine Transversale geschnittene Dreieck. K. Becker. Grun. Archiv XXXVIII, 342.

143. Sätze über Dreieckstransversalen. P. Serret. Grun. Archiv XXXVIII, 483.
144. *Théorème sur le triangle et ses hauteurs. Saint-Michel. N. ann. math. XXI*, 116. — *Richard. ibid.* 159. — *Mahnet et Delafond. ibid.* 179.
145. Allgemeiner Satz vom Viereck und Satz vom umschriebenen Viereck. P. Serret. Grun. Archiv XXXVIII, 481.
146. Ueber die Vielecke von gebrochener Seitenzahl. Schröder. Zeitschr. Math. Phys. VII, 55.

Potential.

147. Ueber das Potential der Kugelschaale. Schlömilch. Zeitschr. Math. Phys. VII, 207.

Produktenfolge.

148. Ausdruck des Wallis für π. Grunert. Grun. Archiv XXXVIII, 367, 466. Vergl. Zahlentheorie 206, 207, 211.

Q.

Quadratische Formen.

149. Zur Theorie der quadratischen Formen. Skrivan. Grun. Archiv XXXVIII, 259.
150. *Tables de formes quadratiques binaires. Cayley.* Crelle LX, 357.
151. *Sur la forme* $x^2+y^2+z^2+16t^2$. *Liouville. Journ. Mathém. XXVII*, 165.
152. *Sur la forme* $x^2+y^2+8z^2+8t^2$. *Liouville. Journ. Mathém. XXVII*, 109.
153. *Sur la forme* $x^2+y^2+2z^2+6t^2$. *Liouville. Journ. Mathém. XXVII*, 99.
154. *Sur la forme* $x^2+y^2+2z^2+8t^2$. *Liouville. Journ. Mathém. XXVII*, 155.
155. *Sur la forme* $x^2+y^2+2z^2+16t^2$. *Liouville. Journ. Mathém. XXVII*, 205.
156. *Sur la forme* $x^2+y^2+4z^2+8t^2$. *Liouville. Journ. Mathém. XXVII*, 103.
157. *Sur la forme* $x^2+y^2+4z^2+16t^2$. *Liouville. Journ. Mathém. XXVII*, 157.
158. *Sur la forme* $x^2+y^2+8z^2+16t^2$. *Liouville. Journ. Mathém. XXVII*, 201.
159. *Sur la forme* $x^2+y^2+16z^2+16t^2$. *Liouville. Journ. Mathém. XXVII*, 117.
160. *Sur la forme* $x^2+2y^2+2z^2+4t^2$. *Liouville. Journ. Mathém. XXVII*, 1.
161. *Sur la forme* $x^2+2y^2+2z^2+8t^2$. *Liouville. Journ. Mathém. XXVII*, 148.
162. *Sur la forme* $x^2+2y^2+2z^2+16t^2$. *Liouville. Journ. Mathém. XXVII*, 161.
163. *Sur la forme* $x^2+2y^2+4z^2+4t^2$. *Liouville. Journ. Mathém. XXVII*, 62.
164. *Sur la forme* $x^2+2y^2+4z^2+16t^2$. *Liouville. Journ. Mathém. XXVII*, 150.
165. *Sur la forme* $x^2+2y^2+8z^2+8t^2$. *Liouville. Journ. Mathém. XXVII*, 65.
166. *Sur la forme* $x^2+2y^2+8z^2+16t^2$. *Liouville. Journ. Mathém. XXVII*, 153.
167. *Sur la forme* $x^2+2y^2+16z^2+16t^2$. *Liouville. Journ. Mathém. XXVII*, 145.
168. *Sur la forme* $x^2+4y^2+4z^2+8t^2$. *Liouville. Journ. Mathém. XXVII*, 9.
169. *Sur la forme* $x^2+4y^2+4z^2+16t^2$. *Liouville. Journ. Mathém. XXVII*, 73.
170. *Sur la forme* $x^2+4y^2+8z^2+8t^2$. *Liouville. Journ. Mathém. XXVII*, 113.
171. *Sur la forme* $x^2+4y^2+8z^2+16t^2$. *Liouville. Journ. Mathém. XXVII*, 143.
172. *Sur la forme* $x^2+4y^2+16z^2+16t^2$. *Liouville. Journ. Mathém. XXVII*, 105.
173. *Sur la forme* $x^2+8(y^2+z^2+t^2)$. *Liouville. Journ. Mathém. XXVII*, 5.
174. *Sur la forme* $x^2+8y^2+8z^2+16t^2$. *Liouville. Journ. Mathém. XXVII*, 13.
175. *Sur la forme* $x^2+8y^2+16z^2+16t^2$. *Liouville. Journ. Mathém. XXVII*, 69.
176. *Sur la forme* $x^2+16(y^2+z^2+t^2)$. *Liouville. Journ. Mathém. XXVII*, 77.

Quadratur.

177. Zur Theorie des Polarplanimeters. Lieblein. Grun. Archiv XXXVIII, 146.
178. Ueber die Curve achten Grades, welche ein Punkt einer Ellipsensehne von constanter Länge beschreibt. Enneper. Zeitschr. Math. Phys. VII, 200. Vergl. Geodäsie.

R.

Rectification.

179. *Sur 3 ellipses dont les circonférences sont en rapport d'égalité des 2 premières prises ensemble à la troisieme. Colot. N. ann. math. XXI*, 55.
180. *Sur un rectification approchée du cercle. Nadal. N. ann. math. XXI*, 137.

Reihen.

181. Ueber einige bestimmte Integrale nebst Summirung einiger endlichen Reihen. Lindman. Grun. Archiv XXXVIII, 246.
182 *Théorème sur les séries. Laurent. N. ann. math. XXI*, 126.

183. *Série homographique.* Terquem. *N. ann. math. XXI*, 114.
Vergl. Binomialcoefficienten. Zahlentheorie 210.

S.

Schwerpunkt.

184. *Théorème de M. Steiner sur le centre de gravité de n points matériels de mêmes masses.* Faure. *N. ann. math. XXI*, 62.

Sphärik.

185. Ueber den Dualismus in den metrischen Relationen am vollständigen Viereck und Vierseit auf der Kugel und in der Ebene. Beez. Zeitschr. Math. Phys. VII, 129.
186. *Démonstration nouvelle du théorème de Legendre sur les triangles sphériques dont les côtés sont très-petits relativement au rayon de la sphère.* Tissot. *N. ann. math. XXI*, 5.
187. Ueber den sphärischen Excess. Grun. Archiv XXXVIII, 220.
Vergl. Analytische Geometrie des Raumes 12. Potential.

Spirallinien.

Vergl. Reihen 182.

Stereometrie.

188. *Theorème sur les angles polyèdres.* Dupain. *N. ann. math. XXI*, 157.
189. Ueber die Identität der Prismatoide mit den Trapezoidalkörpern. August. Crelle LX, 377.
190. Zur Polyedrometrie. K. Becker. Grun. Archiv XXXVIII, 345
191. Ein Satz vom Octaeder. Levy. Grun. Archiv XXXVIII, 485.
Vergl. Kegelschnitte 101.

Stereoskopie.

192. Beiträge zur Lehre vom Sehen der dritten Dimension. Becker und Rollett. Wien. Acad. Ber. XLIII, 667.

T.

Tabellen.

193. Fehler im Texte zu Schrön's siebenstelligen Logarithmentafeln 1860 und 1861. Grun. Archiv XXXVIII, 252.
194. Formeln und Tafeln zur Auflösung hypsometrischer Aufgaben. Rogg. Zeitschr. Math. Phys. VII, 143.
195. Ueber die tägliche Variation des Barometers und die atmosphärische Lunarfluth. Knorr. Zeitschr. Math. Phys. VII, 180.

Trägheitsmoment.

196. Einige Formeln für das Trägheitsmoment ebener Vielecke. Zetzsche. Ztschr. Math. Phys. VII, 202.

Trigonometrie.

197. *Equations trigonométriques.* Dupain. *N. ann. math. XXI*, 61.
198. Ueber die zwischen den Seiten und Diagonalen eines jeden Vierecks stattfindende Relation. Grunert. Grun. Archiv XXXVIII, 373.
199 Ueber die Dreiecke, welche den ein- und umschriebenen Kreis gemein haben. Boeklen. Grun. Archiv XXXVIII, 141.

V.

Variationsrechnung.

200. Lehrsatz von den kürzesten Linien auf Rotationsflächen. Lommel. Grun. Archiv XXXVIII, 201. — Grunert. ibid. 203.

W.

Wahrscheinlichkeitsrechnung.

201. *Solution élémentaire d'une question de probabilités.* Blazejarski. *N. ann. XXI*, 131.

202. Einige Bemerkungen über die Berechnung der sogenannten Mittel und deren Anwendung in den Erfahrungswissenschaften. Segnitz. Zeitschr. Math. Phys. VII, 65.

Wurzelausziehung.

Vergl. Hyperbolische Functionen.

Z.

Zahlentheorie.

203. *Arithmologie élémentaire.* Lebesgue. *N. ann. math. XXI*, 219.
204. *Note sur les nombres premiers des différentes classes par rapport à la raison d'une progression arithmétique donnée.* A. de Polignac. *Compt. rend. LIV*, 158.
205. Ueber die Theilbarkeit der Zahlen. Niegemann. Grun. Archiv XXXVIII, 384.
206. *Sur quatre produits d'entiers consécutifs.* Guibert. *N. ann. math. XXI*, 102.
207. *Le produit* $(p+2)(p+3)\ldots(p+q)$ *est divisible par* $1.2.3..q$ *losque* $p+1$ *est premier avec* q, *et il n'est pas divisible dans le cas contraire.* Magni et Delerme. *N. ann math. XXI*, 118.
208. *Note sur l'équation du troisième degré.* Catalan. *Compt. rend LIV*, 659.
209. *Addition à la démonstration du théorème de Lagrange donnée dans la séance précédente.* Sylvester. *Compt. rend. LIV*, 53.
210. Ueber eine durch die Primzahl p theilbare Reihensumme. G. F. Meyer. Grun. Archiv XXXVIII, 245.
211. *Trouver n nombres entiers et positifs, dont la somme égale le produit.* Housel. *N. ann. math. XXI*, 67.
212. *Sur 3 carrés, lorsqu'ils sont en progression arithmétique.* Guibert. *N. ann. math. XXI*, 213.
213. *Nouveau théorème concernant les nombres premiers de la forme* $8\mu+1$. Liouville. *Journ. Mathém. XXVII*, 19.
214. *Nouveau théorème concernant les nombres premiers de la forme* $16g+11$. Liouville. *Journ. Mathém. XXVII*, 17.
215. *Théorème concernant le double du carré d'un nombre premier* $8\mu+3$. Liouville. *Journ. Mathém. XXVII*, 136.
216. *Théorème concernant le produit de deux nombres premiers inégaux de la forme* $8\mu+3$. Liouville. *Journ. Mathém. XXVII*, 21.
217. *Théorème concernant la quatrième puissance d'un nombre premier de la forme* $8\mu+3$. Liouville. *Journ. Mathém. XXVII*, 23.
218. Klassenzahl der aus $n$ten Einheitswurzeln gebildeten complexen Zahlen. Kummer. Berl. Acad. Ber. 1861, 1051.

Vergl. Analytische Geometrie des Raumes 13. Bernoulli'sche Zahlen 22. Combinatorik 32. Elliptische Functionen 56, 57. Quadratische Formen.

Zinsrechnung.

219. Weitere Ausführung der politischen Arithmetik. Oettinger. Grun. Archiv XXXVIII, 263. [Vergl. Bd. VII, No. 448.]

Literaturzeitung.

Recensionen.

Catalogo di Manoscritti ora posseduti da D. Baldassare Boncompagni compilato da Enrico Narducci. *Roma* 1862. 8.

Es ist eigentlich eine schwierige Aufgabe für einen Referenten, ein Urtheil über einen Katalog abzugeben, ohne die Sammlung zu kennen, zu welcher er gehört. Nur diese doppelte Kenntniss macht es ihm möglich, sich darüber auszusprechen, ob die einzelnen Stücke der Sammlung richtig bezeichnet und insbesondere, ob sie richtig gewürdigt sind, ob nicht, um die Sprache moderner Reisehandbücher zu gebrauchen, ziemlich Unbedeutendes mit einem oder gar mit zwei Sternchen hervorgehoben ist, während wahrhaft Wichtiges unerörtert blieb, wenigstens nicht an hervorragender Stelle genannt wurde. In dieser Lage befinde ich mich dem meiner Besprechung unterworfenen Kataloge gegenüber, und ich kann daher nichts Weiteres thun, als im Allgemeinen über den Inhalt desselben einige Worte sagen und dann einige Manuscripte daraus erwähnen, die mir der Beschreibung nach für den Mathematiker besonderes Interesse zu besitzen scheinen. Der Inhalt selbst erweckt ein günstiges Vorurtheil für den Verfasser; denn der Katalog bezieht sich auf die Sammlung von 365 Manuscripten*, welche im Besitze des Prinzen Boncompagni in Rom sind, und der Name dieses genauen Kenners aller der Punkte, die für den Benutzer eines Kataloges von Wichtigkeit sind, bürgt reichlich dafür, dass er keinen untauglichen, kenntnisslosen Mann mit der Katalogisirung seiner Handschriften betraut haben wird. Dieses günstige Vorurtheil wird aber durch die Darstellungsweise unterstützt, indem man manche Manuscripte zwar und mit den Werken angeführt sieht, welche in den Auctionskatalogen jener Versteigerungen vorkamen, auf welchen der gegenwärtige Eigenthümer sie erstand, manche anderen hingegen in neuer und offenbar genauer Weise beschrieben sind, so dass man jede wünschenswerthe Stelle derselben gleich beim ersten Aufschlagen vor sich haben muss. In einer Anzeige dieses Kataloges, welche in den ersten Tagen des Monats März in der Beilage der Augsburger allgemeinen Zeitung las, war die Beschreibungsart wenigstens der neueren Druckschriften, welche mitunter citirt sind, als allzupedantisch genau und ausführlich einigermassen getadelt. Ich kann mich diesem Vorwurfe, a leise er sicherlich gemeint war, nicht anschliessen; denn was uns heute pedantisch vorkommt, ist in hundert Jahren nur noch bequem, in zweihundert Jahren Bedürfniss. Wie viel gäben die Historiker nicht darum, wenn die guten Alten dieselbe Pedanterie geübt hätten!

Die Manuscripte, welche in alphabetischer Reihenfolge mit Ordnungsnummern versehen sind, beziehen sich zum weitaus grössten Theil auf Mathematik und deren Geschichte, und sollte man noch eine bestimmtere Disciplin hervorheben, so möchte ich sagen, sei die Arithmetik vor der Geometrie bevorzugt. Ich will meinem Versprechen nach einige Manuscripte nennen, wobei ich die Rangfolge der Numerirung innehalte.

No. 14 ist als Arithmetik eines Anonymus bezeichnet. Die Beschreibung lässt es aber ausser Zweifel, dass man es hier mit einer italienischen Uebersetzung zu thun hat, welche im 15. Jahrhundert (vielleicht 1463) verfasst wurde. Man sieht daraus, wie sehr damals das Studium dieses Schriftstellers in Italien verbreitet war, was allerdings mit derselben Bestimmtheit auch aus den Werken des Lucas Paccioli zu entnehmen ist.

No. 19 (gleichfalls Arithmetik eines Anonymus) aus dem 15. Jahrhundert enthält die Worte *regula del* 3. Kommt der Name Regeldetri wohl schon früher vor?

No. 21 giebt mir gleichfalls zu einer Frage Veranlassung. Es ist nämlich eine deutsch geschriebene Arithmetik aus dem 15. Jahrhundert, welche anfängt: „Ic(?) hebt sich an der algorismus.“ Offenbar ist dieses Verfahren eines der ältesten in deutscher Sprache verfassten, aber giebt es überhaupt ältere deutsche Rechenbücher, als aus der zweiten Hälfte des 15. Jahrhunderts?

No. 153 flg. *Baldi (Bernardino) De le vite de' mathematici* zwei autographirte Bände eines noch unedirten Werkes vom Ende des 16. Jahrhunderts. Die Schriften dieses Verfassers, welcher Abt von Guastalla war, haben das Schicksal, Spätgeburten zu sein. Auch seine *Cronica de mathematici* erschien erst 1707 in Urbino bei Angelo Monticelli mehr als 100 Jahre nach dem Tode des Verfassers. Der Herausgeber dieses Druckes sagt, Baldi habe beabsichtigt, die Lebensbeschreibungen der bedeutendsten Mathematiker zu bearbeiten. Dieselben hätten zwei Bände bilden sollen, deren erster bis zu Christi Geburt, der zweite von Boethius bis auf die neueste Zeit gehen sollte. In der Voraussicht dieses Unternehmen nicht zu Ende zu führen habe Baldi wenigstens diese Chronik, gleichsam ein Register des späteren grossen Werkes, zusammengestellt. In der That habe auch Baldi das Hauptwort unvollendet hinterlassen, wiewohl er 12 Jahre unermüdete Arbeit darauf verwandte. Indessen sei auch so schon dessen Inhalt ein sehr reicher, und wenn diese Chronik den Anklang beim Publicum finde, welche sie als der erste derartige Versuch verdiene, so sei er, der Drucker, bereit, auch die zwei Bände Biographien, soweit sie vorhanden, herauszugeben. Es scheint fast, als habe die Betheiligung des

Publikums den Wünschen des Druckers nicht entsprochen, wenigstens wüsste ich nicht, dass die Biographien wirklich im Drucke erschienen wären, und auch unser Katalog nennt die Handschrift derselben, von welcher ich hier spreche, ein noch nicht herausgegebenes Werk (Vorrede S. XXI). Dass man sich seiner Zeit um die Chronik nicht gerade gerissen, ist leicht erklärlich, indem damals seit 60 Jahren schon die Schrift des *Vossius*, *De universae mathesios (sic!) natura et constitutione* (Amsterdam 1650 mit dem Motto: *Diutius si immorer, vereor, ne videar immori velle*) in den Händen aller Gelehrten war, und eine so nothdürftige Aufzählung überflüssig machte, welcher auch noch das Verdienst, der erste zu sein, abging, welches der Drucker ihr Vossius zum Nachtheil beilegen wollte. Nichts desto weniger kann man erwarten, dass das Hauptwerk manches Interessante erhalten müsse, dessen Kenntniss auch noch heute wünschenswerth wäre. Ob eine vollständige Herausgabe dem Drucker heute eher den Ersatz seiner Kosten sichern würde, als vor 150 Jahren, scheint freilich problematisch; überaus verdienstlich wäre es aber sicherlich, wenn der jetzige Eigenthümer der Handschrift oder ein anderer gewiegter Historiker an Ort und Stelle das Manuscript einer Durchsicht unterwerfen wollte, die der Eigenthümer sicherlich gestatten würde, und uns Auszüge in irgend einer Zeitschrift mittheilen wollte, so weit sie neue Daten enthalten. Einige Biographien, welche den Referenten besonders interessiren würden, wären Pythagoras (63 Seiten!), Archytas (17 Seiten), Vitruvius (16 Seiten), Michael Scotus, der Freund des Leonardo von Pisa, Henricus Hassianus, der Mathematiker und Theolog, welcher am Ende des 14. Jahrhunderts die mathematischen Studien in Deutschland einbürgerte (vergl. diese Zeitschrift II, 362), Lucas Paccioli und andere Italiener, wenn auch die drei Letztgenannten nur auf wenigen Seiten abgehandelt sind.

No. 177 ist eine jener Geometrien des Boethius in 5 Büchern, wie sie mitunter handschriftlich vorkommen. Ueber die Art des Stoffes finde ich Nichts angegeben, während doch gerade hier ein Gegenstand vorliegt, welcher die Neugierde des Historikers reizt. Grosse Wichtigkeit hat übrigens dieses Manuscript keinenfalls, weil es erst dem 16. Jahrhundert angehört.

No. 230 ist der älteste Codex der Sammlung aus dem 12. Jahrhundert. Er enthält Schriften über den Abacus von Gerland, Bernelinus und Anderen. Die Vorrede des Bernelinus ist am Schlusse des Kataloges S. 179—180 vollständig abgedruckt und beweist die Uebereinstimmung der Schrift mit einem Manuscripte, welches H. Chasles näher untersucht hat; wenigstens finde ich hier die Angabe wieder, dass die Lothringer vor Allen Meister in der Kunst des Abacus seien, welche auch der Gelehrte hervorhob (*Compt. rend. de l'académie XVI*, 1418). Beiläufig bemerke ich, dass diese Handschrift aus der Naumann'schen Versteigerung herrührt und dieselbe ist, von welcher H. Friedlein (Gerbert, die Geometrie des Boethius und die indischen Ziffern. Erlangen 1861. S. 13) das Bedauern aussprach, nicht zu wissen, wohin sie gekommen sei.

No. 315 aus dem 15. Jahrhundert enthält neben astronomischen Schriften von Georg Peurbach auch einen Algorithmus, welche sich zum Theil mit Reihensummirungen beschäftigen und überhaupt für die Geschichte der Mathematik von Wichtigkeit sein soll.

No. 332 ist das seit Libri ziemlich bekannte chirurgische Werk des *Guglielmo da Saliceto*, in welchem das Wort *Algebra* in der Bedeutung „Einrichtung gebrochener Gliedmassen" also dem wörtlich richtigen Sinne vorkommt.

No. 347 ist die Arithmetik von Stephani, einem Zeitgenossen des Lucas Paccioli, mit dessen bekannter „*Summa*" die vorliegende Schrift eine entschiedene Familienähnlichkeit besitze, aber keineswegs ein blosser Auszug derselben sei. Auch andere Schriftsteller seien darin benutzt, welche uns spurlos verloren gegangen sind, und zu deren annähernden Schätzung es wohl beitragen könnte, wenn auch diesem noch ungedruckten Werke mindestens die Ehre eines ausführlichen Referates zu Theil würde.

Diese Notizen, welche das blosse Durchlesen des Kataloges mir ergab, mögen beweisen, mit welcher Sorgfalt er zusammengestellt ist, mögen aber noch mehr dazu dienen, darauf aufmerksam zu machen, welche historischen Schätze in der beschriebenen Bibliothek enthalten sind, die kein irgend dazu berufener Besucher Roms näher einzusehen unterlassen wird.

Cantor.

Ueber Gitter- und Bogenträger und über die Festigkeit der Gefässwände, insbesondere über die Haltbarkeit der Dampfkessel und die Ursachen der Explosionen. Zwei Monographieen zur Erweiterung der Biegungs- und Festigkeitstheorie, von Dr. Hermann Scheffler, Baurath. Mit in den Text eingedruckten Holzstichen. Braunschweig, Druck und Verlag von Friedr. Vieweg und Sohn. 1862.

Die erste der in der vorliegenden Schrift enthaltenen beiden Monographieen beschäftigt sich mit der auf mathematische Untersuchung der Festigkeits- und Biegungsverhältnisse belasteter Träger gestützten Beantwortung einer Reihe von Fragen, welche auf die Construction der für die neuere Eisenbahntechnik so wichtigen eisernen Brücken Bezug haben. Sie zerfällt in zwei Abtheilungen, welche von der Festigkeit der bogenförmigen Träger handeln. In der ersten dieser beiden Abtheilungen wird zunächst die Vertheilung der auf das Gitterwerk wirkenden Kräfte nebst den davon herrührenden Spannungen unter der Voraussetzung eines aus starrem Material bestehenden Trägers, d. h. unabhängig von den eintretenden Biegungen und Längenveränderungen untersucht. Die Biegungsverhältnisse werden einer nachträglichen Betrachtung unterworfen, die sich ebensowohl auf den gesammten Träger als auf die einzelnen Gitterstäbe bezieht. Hieran knüpft sich die Untersuchung der Art und Weise, in welcher die zur Verbindung der einzelnen Theile des Gitterwerkes, sowie die beiden Hauptträger einer Brücke dienenden Stücke in Anspruch genommen werden, ferner eine Ermittelung des Einflusses, welchen die auf den Stützpunkten stattfindende Reibung auf die Tragfähigkeit äussern kann. Dem auf die Festigkeit der bogenförmigen Träger bezüglichen Theile schickt der Verfasser eine in der Form grossentheils neue Theorie der Biegung für Träger mit krummliniger Längenachse voraus. Die hierbei gewonnenen theoretischen Resultate werden auf kreisförmige und parabolische Träger angewendet und führen zum Schlusse auf Träger mit gradliniger Längenachse zurück. Die Festigkeit einer der Zerknickung unterworfenen Säule, welche der Verfasser bereits in einer früheren werthvollen Monographie*) einer besonderen Untersuchung unterworfen hatte, erscheint hierbei in einer neuen Form.

Von grosser Wichtigkeit zunächst für die Dampfmaschinentechnik ist der Inhalt der zweiten Abhandlung, welche sich mit der Festigkeit der Gefässwände beschäftigt, insofern die Resultate der darin niedergelegten Untersuchungen im innigen Zusammenhange mit den Ursachen der leider noch so häufigen Dampfkesselexplosionen stehen. Der Verfasser knüpft hierbei an die Erfahrung an, dass solche Explosionen vorzugsweise bei Dampfkesseln vorkommen, in denen sich innere Siede- oder Flammröhren befinden, welche den Druck von Aussen empfangen, und dass in den Fällen, wo derartige Röhren nicht vorhanden sind, die Explosion in der Regel durch die oberen Kopfplatten der Kessel vor sich geht. In Zusammenhang hiermit werden die im Jahre 1859 veröffentlichten Resultate der Versuche von Fairbairn gebracht, bei welchen Röhren mit befestigten Enden einem allseitigen äusseren Drucke unterworfen wurden und wobei sich zeigte, dass nicht allein der Widerstand solcher Röhren gegen das Zusammendrücken von Aussen viel geringer ist, als die Festigkeit bei einem von Innen wirkenden Drucke, sondern dass auch die erfahrungsmässige Abhängigkeit dieses Widerstandes von den Röhrendimensionen sich nicht im Einklange mit den jetzt allgemein gültigen Theorieen befindet. Gestützt auf diese Erfahrungen unterwirft der Verfasser die hierbei in Frage kommenden Verhältnisse einer neuen thoretischen Untersuchung, in welcher besonders der Gedanke neu erscheint, die an den Enden befestigten Röhren einem Systeme von Ringen zu assimiliren, welche durch biegsame Saiten nach der Längenrichtung der Röhren an ihren Umfängen zusammengehalten werden. Mit Rücksicht hierauf nimmt die Untersuchung ihren Ausgang von der Betrachtung gespannter Saiten, d. h. solcher prismatischer Körper, deren

*) Scheffler, die Festigkeit gegen das Zerknicken. Braunschweig 1858. Diese Schrift ist besprochen im vierten Jahrgange dieser Literaturzeitung S. 67.

nicht als bekannt voraus und verwendet jenen Satz gewissermassen als Definition. Der Gedankengang ist hiernach folgender. Im Anfang von Capitel III. wird die naheliegende Frage nach derjenigen Curve K angeregt, welche von den Projectionsstrahlen zweier schiefliegenden projectivischen Geraden berührt wird, sowie die analoge Frage nach der Curve k, in welcher die Durchschnitte der entsprechenden Strahlen zweier schief gestellten Büschel liegen. Durch eine längere Discussion findet sich, dass K eine Curve zweiter Classe, k eine Curve zweiter Ordnung ist, dass beide Curven gewisse harmonische und involutorische Eigenschaften gemeinschaftlich besitzen und dass sie auf drei verschiedene Formen $E=e$, $H=h$, $P=p$ zurückkommen. Mittelst der vorigen Eigenschaften werden die Gleichungen dieser Curven entwickelt und hieraus ergiebt sich, dass E, H und P die drei Curven zweiten Grades oder, wenn man will, Schnitte des Kegels sind. Dieser Gedankengang bietet zwar den Vortheil von stereometrischen Betrachtungen frei zu sein, aber (*incidit in Scyllam etc.*) er hat auch die beiden Schattenseiten, dass die Betrachtung etwas umständlich wird und schliesslich noch zur Rechnung nöthigt. Referent ist dagegen der Meinung, dass der Abstand zwischen Planimetrie und Stereometrie bei Weitem geringer ist, als der Abstand zwischen reiner Geometrie und Rechnung, und es hätte ihm daher mehr zugesagt, wenn jede Rechnung vermieden und die Identät von E, H, P mit den Kegelschnitten durch eine rein stereometrische Betrachtung nachgewiesen wäre. Doch sind das eben subjective Ansichten und Referent will daraus keinen Tadel gegen den Verfasser herleiten. Im letzten Capitel werden noch einige specielle Eigenschaften der Kegelschnitte entwickelt, namentlich solche, die auf metrische Relationen hinausführen.

Das ganze auch typographisch gut ausgestattete Werk macht den Eindruck einer sehr fleissigen und sorgfältigen Arbeit; es sei hiermit den Freunden der neueren Geometrie empfohlen. SCHLÖMILCH.

Die Elemente der neueren Geometrie und der Algebra der binären Formen. Ein Beitrag zur Einführung in die Algebra der linearen Transformationen. Von Dr. WILH. FIEDLER. Leipzig, Verlag von B. G. Teubner.

Unter neuerer Geometrie schlechthin versteht man meistens eine rein geometrische Behandlung der räumlichen Gebilde, wobei es mehr auf Lagenverhältnisse als auf metrische Relationen ankommt; der Verfasser nimmt das Wort im gerade entgegengesetzten Sinne und meint eigentlich die neuere analytische Geometrie, wie sie von Salmon, Cayley, Plücker, Hesse u. A. ausgebildet worden ist und die gleichfalls, wenn auch von ganz anderer Seite her, auf projectivische Verhältnisse, Involution etc. zurückführt. Wird nämlich ein geometrisches Gebild durch eine Gleichung zwischen zwei, drei oder vier veränderlichen Grössen charakterisirt, d. h. im Allgemeinen, wird es auf irgend ein Coordinatensystem bezogen, so können aus jener Gleichung zweierlei Arten neuer Relationen hergeleitet werden. Diese sind nämlich entweder so beschaffen, dass sie nur bei der gerade angenommenen Lage des Coordinatensystemes gegen das Gebild bestehen, oder sie haben die entgegengesetzte Eigenschaft, von dieser Lage unabhängig zu sein; im letzteren Falle üben die algebraischen Transformationen, welche einer Lagenänderung des Coordinatensystemes entsprechen, keinen Einfluss auf jene Relationen. Eine Methode, welche solche analytische Ausdrücke (Invarianten und Covarianten) finden lehrt, die durch Coordinatentransformation nicht gestört werden, ist ohne Zweifel, wenn auch nicht „das allgemeine", doch wenigstens ein weitgreifendes Princip zur Entdeckung geometrischer Wahrheiten auf rein analytischem Wege. Jene Methode besteht nun in der sogenannten Algebra der linearen Transformationen d. h. in einer allgemeinen Theorie der Coordinatenumwandlung, wobei die Aufmerksamkeit vorzugsweise auf ungeändert bleibende Functionen der Coordinaten zu richten ist. — Dieser Angabe des Principes, welches der genannten Schrift zu Grunde liegt, möge eine nähere Bezeichnung des Inhaltes folgen.

In Capitel I. zeigt der Verfasser, auf welche Weise Punktreihen, Strahlenbüschel, Ebenenbüschel, harmonische Theilung, Doppelschnittsverhältnisse, Involution, Brennpunkte involutorischer Systeme etc. analytisch auszudrücken sind, wobei der Nachweis der Invarianten- und Covariantennatur der auftretenden Functionen vorläufig *a posteriori* gegeben wird. Capitel II. enthält die eigentliche Algebra der binären Formen als Grundlage für die analytische Theorie der geometrischen Elementargebilde, welche in die vier Hauptabschnitte zerfällt: a) zur Theorie der symmetrischen Functionen; b) über die Determinanten der Wurzeln (algebraischer Gleichungen) und die Functionen von Sturm und Sylvester; c) über die Resultante und die gemeinschaftlichen Wurzeln zweier Gleichungen; d) die Invarianten und Covarianten binärer Formen. Im dritten und letzten Capitel finden sich noch die binären Formen des dritten und vierten Grades nebst den Elementen der Theorie metrischer Relationen.

Die Schrift hat das anzuerkennende Verdienst, auf dem kleinen Raume von 15 Bogen einen bedeutenden Reichthum meistens neuerer analytischer Entwickelungen (namentlich viele Arbeiten englischer Mathematiker) mitzutheilen. Lesern, die mit der Determinantentheorie vertraut sind, wird dies um so willkommener sein, als jene Arbeiten in einer grossen Menge von einzelnen Originalabhandlungen zerstreut und nicht Jedem zugänglich sind. Die typographische Austattung ist von der gewöhnlichen Teubner'schen Eleganz. SCHLÖMILCH.

Lehrbuch der Experimentalphysik. Mit theilweiser Benutzung von Jamin's *Cours de physique de l'école polytechnique*, bearbeitet von Dr. ADOLPH WÜLLNER, Director der Provinzialgewerbschule zu Aachen. Vollständig in zwei Bänden. Jeder Band in zwei Abtheilungen. Mit vielen in den Text gedruckten Abbildungen in Holzschnitt. Ersten Bandes zweite Abtheilung. Optik. (Mit zwei Tafeln in lithographischem Farbendruck.) Leipzig, Druck und Verlag von B. G. Teubner. 1863.

Das von mir am Ende der Recension von der ersten Abtheilung des ersten Bandes gestellte Prognostikon (Zeitschr. f. Math. u. Phys. VII. Literaturztg. 78), die physikalische Literatur werde in Dr. Wüllner's Lehrbuch einen recht gediegenen Zuwachs erhalten, hat sich für mich bei der zweiten Abtheilung ersten Bandes vollkommen bestätigt. Der Stoff, den die Optik darbietet, ist recht vollständig und mit geschicktem Gebrauche der Elementarmathematik bearbeitet worden. Es sind zwei Abschnitte, in denen die Lehre vom Lichte vorgetragen wird: 1) Ausbreitung und Wahrnehmung des Lichtes, enthaltend geradlinige Bewegung, Zurückwerfung, Brechung, Absorption, Fluorescenz, chemische Wirkung, Wahrnehmung des Lichtes. 2) Theoretische Optik, enthaltend Interferenz und Beugung, Polarisation, Doppelbrechung, Interferenz des polarisirten Lichtes. Es sind zwar die rein theoretischen Theile von den übrigen, von Alters her bekannten Theilen dieser Wissenschaft getrennt worden, da aber bereits in der ersten Hälfte des ersten Bandes ein Capitel von 130 Seiten die Wellenlehre ausführlich behandelt, so schliessen sich die Erklärungen nach der Undulationstheorie ungezwungen an jedes Hauptgesetz in dem älteren Theile der Optik an. Dem Titel: Lehrbuch der Experimentalphysik, welchen das Lehrbuch von Dr. Wüllner trägt, ist gehörig entsprochen worden durch sorgfältige Berücksichtigung der experimentellen Bedürfnisse, die man beim Leser vermuthen muss; ich bemerke hier nur die Hinweise S. 629 auf die experimentelle Bestätigung des Helligkeitsgesetzes, die Winke zur Darstellung eines reinen Spectrums S. 708, und zur objectiven Darstellung der Beugungserscheinungen S. 920. Dass der optische Theil des Lehrbuches von Dr. Wüllner den Anforderungen an ein Lehrbuch zum Selbstunterrichte vollkommen entspricht, geht aus der Behandlung einzelner Lehren mit Evidenz hervor: die Gesetze der Lichtbrechung an Linsen sind theils mit Vernachlässigung der Dicke, theils mit Berücksichtigung der Dicke nach Gauss aufgesucht worden. Es ist auf diese Weise der Weg gebahnt worden, dass später die Theorie des Auges auf eingehende Weise (nach Listing) hat verfolgt werden können. Auch die rein theoretischen Theile entsprechen der Bestimmung des Lehrbuches, es ist z. B. die Erklärung der Dispersion nach Cauchy S. 871, der Newton'schen Ringe, der Doppelbrechung von Krystallen etc. etc. mit wünschenswerther Klarheit und Ausführlichkeit bearbeitet worden. Die auch in diesem zweiten Theile des ersten Bandes beibehaltene Einrichtung, durch Citate auf die Hauptoriginalarbeiten aufmerksam zu machen, sowie andererseits die elegante Ausstattung, wie man sie von der Verlagshandlung B. G. Teubner nicht anders gewöhnt ist, tragen auch zur warmen Empfehlung der vorliegenden Abtheilung von Wüllner's Physik mit bei. Es ist nicht nur Papier, Druck und Sauberkeit der Holzschnitte, die hier rühmend anzuerkennen sind, sondern es sind auch die der Abtheilung beigegebenen zwei Tafeln in Farbendruck, darstellend die Spectren der Alkalien und alkalischen Erden und Beugungsspectra von Gittern hervorzuheben.

Dr. Kahl.

Uebersicht der Theorie der elliptischen Functionen. Von C. Hermite. Aus dem Französischen übertragen und mit einem Anhange versehen von Leop. Natani. Berlin, Verlag von Wiegandt & Hempel.

Das Original der vorliegenden, 10 Druckbogen umfassenden Abhandlung, bildet einen Anhang zur sechsten Auflage des *Traité élémentaire de calcul différentiel et intégral* von Lacroix; Separatabdrücke jenes Anhanges scheinen nicht zu existiren, und es ist daher in diesem Falle eine Uebersetzung vollkommen zu billigen, da ohne eine solche die geistreiche Arbeit des berühmten Verfassers wenig Verbreitung in Deutschland gefunden haben würde. Ihr Inhalt ist folgender.

Zunächst werden diejenigen Eigenschaften besprochen, welche den trigonometrischen und elliptischen Functionen gemeinschaftlich zukommen, namentlich die reelle Periodicität derselben und die Unbestimmtheit des Productes

$$x\left(1+\frac{x}{1}\right)\left(1+\frac{x}{2}\right)\cdots\left(1+\frac{x}{m}\right)\left(1-\frac{x}{1}\right)\left(1-\frac{x}{2}\right)\cdots\left(1-\frac{x}{n}\right)$$

falls m und n gleichzeitig unendlich wachsen.*) Für den Eintritt in das

---

*) Der vom Verfasser auf S. 11—13 gegebene Beweis für die Gleichung

$$Lim\left\{x\left(1+\frac{x}{1}\right)\cdots\left(1+\frac{x}{m}\right)\left(1-\frac{x}{1}\right)\cdots\left(1-\frac{x}{n}\right)\right\}$$
$$=\frac{1}{\pi}\,\omega^x \sin\pi x,$$

worin ω den Grenzwerth des Verhältnisses $m:n$ bedeutet, ist insofern ungenau, als er auf der Voraussetzung beruht, dass bei unendlich wachsenden n

$$Lim\int_0^n\left[\left(1-\frac{z}{n}\right)^n-\left(1-\frac{z}{n}\right)^{\omega n}\right]\frac{dz}{z}=\int_0^\infty\left(e^{-z}-e^{-\omega z}\right)\frac{dz}{z}=l\omega$$

werde. Dies folgt aber nicht unmittelbar aus dem Satze

$$Lim\left\{\left(1-\frac{z}{n}\right)^n\right\}=e^{-z},$$

Gebiet der eigentlichen elliptischen Functionen benutzt der Verfasser zwei verschiedene Wege. Der erste ist derselbe, dessen sich Jacobi in seinen Vorlesungen mehrmals bedient hat und welcher von der Untersuchung der Functionen

$$\Theta(u) = A\left(1 - 2q\cos\frac{\pi u}{K} + q^2\right)\left(1 - 2q^3\cos\frac{\pi u}{K} + q^6\right)\ldots$$

$$H(u) = 2A\sqrt[4]{q}\sin\frac{\pi u}{2K}\left(1 - 2q^2\cos\frac{\pi u}{K} + q^4\right)\left(1 - 2q^4\cos\frac{\pi u}{K} + q^8\right)\ldots$$

ausgeht. Die zweite Methode beruht auf einem Satze Liouville's, wonach eine eindeutige ganze Function nicht gleichzeitig zwei Perioden haben kann; der Verfasser versucht demgemäss, eine doppelt-periodische Function unter der Form eines Bruches darzustellen, dessen Zähler und Nenner, in Reihen verwandelt, gleichfalls auf Θ und H führen. Die Reihen und Producte für diese Functionen werden nachher verglichen und liefern u. A. die nähere Bestimmung der Constanten A. Hieran knüpfen sich die algebraischen Beziehungen und Differentialgleichungen zwischen Θ und H, aus denen die bekannten Differentialgleichungen der elliptischen Functionen folgen, wenn $\sin am u$, $\cos am u$ und $\Delta am u$ als die Quotienten

$$\frac{1}{\sqrt{k}}\,\frac{H(u)}{\Theta(u)},\quad \sqrt{\frac{k'}{k}}\,\frac{H(u+K)}{\Theta(u)},\quad \sqrt{k'}\,\frac{\Theta(u+K)}{\Theta(u)}$$

definirt werden. Auf die elliptischen Functionen zweiter und dritter Gattung kommt der Verfasser durch Betrachtung des Integrales

$$\int F(\sin am\, x,\ \cos am\, x,\ \Delta am\, x)\, dx,$$

worin F eine beliebige rationale Function bedeutet. Für alle drei Arten von Functionen werden schliesslich die Additionstheoreme und die unendlichen, nach Sinus und Cosinus der Vielfachen der Amplitude fortgehenden Reihen entwickelt.

Sehr zweckmässig ist es, dass der Uebersetzer einen Anhang beigegefügt hat, worin mehrere Punkte erörtert werden, die der Verfasser als bekannt voraussetzt, obschon sie in dem *Traité* von Lacroix ebensowenig vorkommen, als in den meisten Lehrbüchern der höheren Analysis. Dahin gehören: die geometrische Deutung der complexen Zahlen, die hierauf begründete Theorie der Functionen complexer Variabelen, die Mehrdeutigkeit solcher bestimmten Integrale, die zwischen complexen Grenzen genommen sind und dergl. Am Schlusse des Anhanges zeigt der Uebersetzer noch, wie Integrale von der Form

---

denn letzterer gilt nur unter der Bedingung, dass z einen endlichen Werth behält, während n unendlich wächst, und gerade diese Bedingung ist innerhalb eines von $z=0$ bis $z=n$ gehenden Integrales nicht erfüllt. Der Beweis des vorigen Satzes wird einfacher und zugleich streng, wenn man den Logarithmus des fraglichen Productes nach Potenzen von x entwickelt und dabei $\Sigma\frac{1}{m}$ sowie $\Sigma\frac{1}{n}$ in die bekannten halbconvergenten Reihen umsetzt.

$$\int \frac{f(x)\,dx}{\varphi(x)\sqrt{(x-\alpha)(x-\beta)(x-\gamma)(x-\delta)}},$$

worin $f(x)$ und $\varphi(x)$ ganze rationale Functionen von x sind, auf elliptische Functionen reducirt werden, und kommt damit auf den historischen Anfang der Theorie zurück.

Betrachtet man die Abhandlung im Ganzen, so ist zwar nicht zu leugnen, dass Hermite's Verfahren mit vieler Eleganz und wenig Rechnung zum Ziele führt; aber es bleibt trotzdem sehr fraglich, ob diese Methode dem Gegenstande adäquat ist, denn sie fängt eigentlich am hinteren Ende der Theorie an und hört am vorderen Ende auf. Jacobi hat allerdings bei seiner zweiten Darstellung denselben Weg betreten, aber wohl nur, um gewissen Schwierigkeiten zu entgehen, die aus der Einführung der Imaginären entspringen und die in der unendlichen Vieldeutigkeit des Integrals ihren Grund haben. Durch die neueren Arbeiten von Riemann, Briot und Bouquet sind diese Schwierigkeiten gehoben und es scheint daher gegenwärtig das Richtigste, wieder mit den elliptischen Integralen anzufangen, daraus die elliptischen Functionen (*sin am u, cos am u,* Δ *am u*) herzuleiten und diese zuletzt auf die elliptischen Transcendenten (Θ und H) zurückzuführen, wie dies die vorhin genannten Meister gethan haben. Gleichwohl ist die vorliegende Schrift immer sehr brauchbar, namentlich für solche, die das Studium der genannten Theorie beginnen wollen; besonders empfiehlt sie sich hierzu durch die Leichtigkeit der Entwickelungen und durch die zahlreichen Seitenblicke auf verwandte Theorien.

SCHLÖMILCH.

Bibliographie

vom 15. April bis 15. Juni 1863.

Periodische Schriften.

Sitzungsberichte der K. Bayr. Akademie der Wissenschaften. 1862, Bd. 2, Heft 3 und 4; 1863, Bd. 1, Heft 1 u. 2. München, Franz. à 16 Ngr.

Crelle's Journal für reine und angewandte Mathematik, fortges. von Borchardt. 62. Bd. 1. Heft. Berlin, G. Reimer. *pro compl.* 4 Thlr.

Bibliotheca historico naturalis, physico-chemica et mathematica ed. E. A. Zuchold. 12. Jahrg. 2. Heft, Juli—December 1862. Göttingen, Vandenhoeck & Ruprecht. ⅛ Thlr.

Annales de l'Observatoire de Paris, publiées par U. J. Le Verrier. *Tome* 7. *Paris, Mallet-Bachelier.* 40 Frcs.

Reine Mathematik.

Cantor, M., Mathematische Beiträge zum Culturleben der Völker. Halle, Schmidt. 3 Thlr.

Colenso, J. W., Elemente der Algebra nebst Aufgaben. Nach der 15. Aufl. des engl. Originals bearb. v. G. Wolpert. Stuttgart, Koch. ⅚ Thlr.

Nordheim, J., Directe Lösung der Gleichungen höheren Grades, Entwickelung und Summirung der Reihen. Frankfurt a. M., Brönner. 12 Ngr.

Neumann, C., Die Umkehrung der Abel'schen Integrale. Halle, Waisenhausbuchhandlung. 3 Ngr.

Zech, J., Tafeln der Additions- und Subtractionslogarithmen auf 7 Stellen. 2. Aufl. Berlin, Weidmann. 1 Thlr.

Féaux, B., Geometrisches Uebungsbuch, enth. Aufgaben aus der Planimetrie, Trigonometrie und Stereometrie. Paderborn, Badorff. ⅓ Thlr.

Wiegand, A., Erster Cursus der Planimetrie. 7. Aufl. Halle, Schmidt. ⅙ Thlr.

KAMBLY, L., Die Elementarmathematik. 1. Theil: Arithm. und Algebra. 6. Aufl. Breslau, Hirt. 12½ Ngr.

„ „ „ 2. Theil. Planimetrie. 10. Aufl. Ebendas. 12½ Ngr.

STAMMER, W., Lehrbuch der analytischen Geometrie. 1. Thl. Anal. Geom. d. Ebene. München, Lindauer. 1¾ Thlr.

JOACHIMSTHAL, J., Elemente der analytischen Geometrie der Ebene. Berlin, Reimer. 1⅕ Thlr.

Angewandte Mathematik.

ZILLMER, A., Beiträge zur Theorie der Prämienreserve bei Lebensversicherungsanstalten. Stettin, v. d. Nahmer. ⅓ Thlr.

MACH, E., Ueber die Gesetze des Mitschwingens. Wien, Gerold's Sohn. ⅙ Thlr.

HEIS, E., Die Sonnenfinsterniss am 17. Mai 1863. Halle, Schmidt. 6 Ngr.

WEISSE, M., *Positiones mediae stellarum fixarum in zonis Regiomontanis a Besselio inter* + 15° *et* + 45° *declinationis observatarum ad annum* 1825 *reductae et in catalogum ordinatae. Curavit et praefatus est* O. STRUVE. *Petersburg. Leipzig, Voss.* 3 Thlr.

VOIZOT, M., *Mémoire sur la mécanique céleste et sur la cosmogonie; suivi de notes sur la théorie des comètes et sur la méthode en mathématiques. Paris, Mallet-Bachelier.*

Physik.

HULLMANN, C., Das Grundgesetz der Materie. Ein Beitrag zur Erweiterung der rationellen Physik. Oldenburg, Stalling. ⅙ Thlr.

PÖSSNECKER, W., Die einheitliche Ursache aller Kräfteerscheinungen im Universum etc. München, Gummi. 18 Ngr.

PICK, H., Vorschule der Physik. Wien, Gerold's Sohn. 24 Ngr.

MÜLLER-POUILLET, Lehrbuch der Physik und Meteorologie. 6. Aufl. 1. Bd., Lief. 6—10. Braunschweig, Vieweg. 2⅓ Thlr.

HOFER, J., Lehrbuch der Experimentalphysik für Handelsschulen etc. 1. Bd. 2. Aufl. Wien, Sallmayer. ⅚ Thlr.

JOCHMANN, E., Die Fortschritte der Physik im Jahre 1861. Abth. 1. Berlin, G. Reimer. 2 Thlr.

WEBER, W., Electrodynamische Maassbestimmungen, inbesondere Widerstandsmessungen. 2. Abdr. Leipzig, Hirzel. 1 Thlr.

WEBER, H., Ueber die Bestimmung des galvanischen Widerstandes der Metalldräthe etc. Inauguraldissert. Leipzig, Barth. 12 Ngr.

Du-Bois-Reymond, E., **Beschreibung einiger Vorrichtungen und Versuchsweisen zu elektrophysiologischen Zwecken.** Berlin, Dümmler. 1⅓ Thlr.

Oettingen, A. v., **Ueber das Laden der Leidener Batterie durch Induction und über die Entladung der Batterie durch das Inductorium.** Dorpat, Gläser. ⅓ Thlr.

Neumann, C., **Die magnetische Drehung der Polarisationsebene des Lichtes.** Versuch einer mathemat. Theorie. Halle, Waisenhausbuchhandlung. ⅔ Thlr.

Mühry, A., **Beiträge zur Geophysik und Klimatographie.** 1. Heft. Leipzig, Winter. ⅔ Thlr.

Becquerel, M., *Recherches sur la température de l'air, suivies de: Note sur la psychrométrie électrique; mémoire sur la coloration électrochymique, et mémoire sur la production électrique de la silice et de l'alumine. Paris, Didot frères.*

Regneault, E., *Essai sur la constitution des corps célestes. Nancy.*

In dem Aufsatze „Ueber die scheinbare Aenderung des Ortes und der Gestalt unter Wasser befindlicher Objecte" (Heft 3, S. 204 ff.) sind folgende sinnentstellende Druckfehler, die hierdurch berichtiget werden:

S. 205, Z. 3 statt gleich l. möglich.
„ 205, „ 27 „ stumpfer l. stumpferer.
„ 206, „ 2 „ Anfange l. Anhange.
„ 208, „ 3 v. u. statt physische Element l. psychische Moment.
„ 209, „ 1 „ „ fehlt: $z =$
„ 211, „ 20 statt in l. und.
„ 212, „ 5 „ $\alpha > \varepsilon\, 90^0\, x$ l. $\alpha > 90^0 + \varepsilon$.
„ 213, „ 8 „ $\frac{1-\partial\alpha\varphi}{-\cos^2(\alpha-\varphi)}$ l. $\frac{1-\partial\alpha\varphi}{\cos^2(\alpha-\varphi)}$
„ 214, „ 3 v. u. statt strömenden l. störenden.
„ 215, Z. 23 u. 217, Z. 14 statt dioptischen l. dioptrischen.

Literaturzeitung.

Recensionen.

Mathematische Beiträge zum Culturleben der Völker. Von Dr. MORITZ CANTOR. Mit vier Tafeln. Halle 1863 bei H. W. Schmidt.

Der Inhalt dieses Buches wurde schon im vorigen Bande dieser Zeitschrift, Literaturzeitung S. 59, bei Gelegenheit der Anzeige der Friedlein'schen Brochure „Gerbert, die Geometrie des Boethius und die indischen Ziffern" im Voraus angekündigt. Sein Zweck ist nicht blos die in jenem Schriftchen enthaltenen Meinungen zu widerlegen, sondern auch andere neue Thatsachen zusammenzustellen, welche geeignet scheinen, einen tieferen Einblick in den Culturzusammenhang der Völker des Alterthums zu gestatten, als dem Mathematiker bisher möglich war. Einige Schriften, welche mehr oder weniger eng mit dem Gegenstande verbunden sind, erhielt ich erst, als der Druck fast vollendet war. Sie konnten daher nicht mehr benutzt werden, indessen würde deren Benutzung keine einzige von meinen Behauptungen verändert haben; höchstens würden noch einige neue Gründe aus denselben haben beigebracht werden können. Diese Schriften sind in chronologischer Reihenfolge: *Gros*, *Essai sur les numérations des différens peuples* in dem Journal *de la société les sciences*, *agriculture et arts du département du Bas-Rhin. Strassbourg, année* 1825, 3e *numéro.* Pott, die quinare und vigesimale Zählmethode bei Völkern aller Welttheile. Halle, 1847. *Pihan*, *Exposé des signes de numération usités chez les peuples orientaux. Paris*, 1860. CANTOR.

Theorie der Elasticität fester Körper. Von Dr. A. CLEBSCH, Professor an der Polytechnischen Schule zu Carlsruhe. gr. 8. 424 Seiten. Leipzig, B. G. Teubner. 1862.

Die mathematische Theorie der Elasticität ist eine Wissenschaft von ziemlich neuem Datum, denn man darf als ihre Schöpfer Navier, Cauchy, Poisson, Lamé und Clapeyron bezeichnen und die Veröffentlichung ihrer daher gehörenden Arbeiten fällt in die Jahre 1823—1829; erst im Jahre 1852 schlossen sich an sie die „*Leçons sur la théorie mathématique de l'élasticité des corps solides*" von A. Lamé an, die durch ihre wohlverdiente weite Verbreitung die vorgetragene Lehre in weiteren Kreisen bekannt machten. Es wäre überflüssig, von dem Inhalte dieses Werkes hier zu sprechen; obwohl dasselbe keine Uebersetzung erfahren hat, so ist es doch in Deutschland wohl ziemlich allgemein gekannt und geschätzt; ich selbst habe überdies im IV. Bande dieser Zeitschrift (Literaturzeitung, p. 17 ff.) gelegentlich der Besprechung eines späteren Werkes dieses ausgezeichneten Gelehrten die Stelle genauer bezeichnet, welche das Erwähnte im Zusammenhange seiner Publicationen einnimmt.

Man weiss, dass die Elasticitätstheorie neben der Electrostatik und der Theorie der Wärme der dritte ist unter den Theilen der mathematischen Physik, welche bisher eine solide Begründung und entsprechende Ausführung gefunden haben; und wenn Lamé von ihr sagt: *Cest le plus difficile, le moins complet; il est aussi le plus utile, á une époque où l'on veut apprécier l'importance d'une théorie mathématique par les résultats qu'elle peut fournir immédiatement à la pratique industrielle*", so hat doch sein Werk wohl gerade in dieser Richtung am Wenigsten gewirkt; die mathematische Physik und die industrielle Praxis erschienen nach wie vor durch eine breite Kluft getrennt, weil die partiellen Differentialgleichungen der Elasticitätstheorie selbst in den einfachsten praktischen Fällen der Integration Schwierigkeiten entgegenstellten, welche zu zu besiegen noch nicht gelungen war.

„*C'est pourquoi* — sagt *Bresse*, *Répétiteur de Mécanique aux écoles imp. Polytechnique et des Ponts et Chaussées* in der Vorrede seiner „*Recherches analytiques sur la flexion et la résistance dés pièces courbes*". *Paris*, 1854. 4°. 270 *p.* — *dans l'état actuel des choses, elles sont bien plus un objet propre à exercer la sagacité des géomètres, qu'un instrument utile aux ingenieurs et susceptible d'être employé par eux, pour fixer les bases rationelles devant servir à la réduction d'un projet de construction quelconque*".

Den wesentlichen Schritt in dieser wichtigen Vermittelung hatte bereits um dieselbe Zeit de Saint Venant gethan in seinem durch Lamé's Bericht in der letzten Sitzung von 1853 der „*Academie des Sciences*" warm empfohlenen *Memoire de la Torsion des prismes avec des considérations sur leur flexion etc.* — veröffentlicht im Jahre 1855 im XIV. Bande der „*Mémoires présentées par divers savants à l'academie des sciences*", 4to. 332 *p.* — und er liess im folgenden Jahre das „*Mémoire sur la flexion des prismes*" folgen, welches nachher 1856 im I. Bande (II*ième Série*) des „*Journal de Mathematiques*" (p. 89—189) bekannt gemacht worden ist.

In der That, diese Arbeiten waren von grosser Bedeutung; es scheint leider nach manchen Anzeichen, dass sie nicht die verdiente Beachtung gefunden haben. Ihren Character ausführlich zu schildern, ist hier überflüssig, wo mir die angenehme Aufgabe vorliegt, eine glückliche elegante Erneuerung und Weiterbildung der Grundidee zu charakterisieren. Einige Andeutungen mögen genügen: Während die Elasticitätstheorie durch einfache Differentiationen das Problem löst, in welchem aus der Kenntniss der Gesetzmässigkeit der stattfindenden Verschiebungen die in einem festen Mittel entspringenden Kräfte zu bestimmen sind, ist die Ableitung der eintretenden Verschiebungen aus den auf den Körper wirkenden Kräften auf den Fortschritt der Integrationsmethoden der partiellen Differentialgleichungen verwiesen, und zunächst nur in wenigen sehr speciellen Fällen möglich. In dieser Lage der Sache fasste de Saint-Venant die glückliche Idee, einer — wie er selbst sagt — gemischten Methode. Wenn man einen Theil der Verschiebungen und einen Theil der wirkenden Kräfte als gegeben annimmt, so kann man, gestützt auf die allgemeine Theorie, die Grösse und Art der übrigen Verschiebungen und Kräfte so bestimmen, dass der betrachtete Körper im Gleichgewicht der Elasticität sich befindet; ein Theil der Aufgabe wird durch Differentiation gelöst und die Integrationen, welche die Lösung des Restes erfordert, sind ausführbar. Auf diesem Wege wird es möglich, eine Reihe von Gleichgewichtszuständen vollständig zu untersuchen; de Saint-Venant studirte so die Biegung eines Prismas unter der Voraussetzung, dass sie kreisförmig sei und in Abwesenheit lateraler Drücke oder bei bestimmten Voraussetzungen über diese; die Torsion gleichfalls unter Voraussetzung verschwindender lateraler Pressungen und einer bestimmten Grösse der Torsion selbst. Die Resultate waren wichtig und einige unter ihnen von entscheidender praktischer Bedeutung. Es zeigte sich, dass die ursprünglich ebenen Querschnitte durch die Biegung oder Torsion gekrümmt werden, und de Saint-Venant hatte nicht versäumt, durch Experimente an Prismen von Kautchouk die Uebereinstimmung seiner Rechnungsergebnisse mit der Erfahrung zu prüfen. Er bestätigte auf dieselbe Weise die Richtigkeit des anderen der üblichen Theorie widersprechenden Resultates, nach welchem bei einer der Torsion unterworfenen Prisma von elliptischem Querschnitt die am meisten gefährdete Faser — *le point dangereux* nach Poncelet — den Endpunkten der kleinen Achse entspricht. Und dennoch sind bedeutendere Einwirkungen nicht zu berichten Die übliche Theorie hat ja in dem schönen Institut der Sicherheitsmodule ein herrliches Mittel, sich vor der Wirkung ihrer eigenen Fehler zu schützen, und es war also kein Grund vorhanden, den so scharf begründeten Angriff auf ihre Fundamente viel zu beachten.

Die Förderungen, welche der Sache und den Arbeiten von de Saint-Venant erwuchsen, lagen auf der Seite der reinen Theorie und knüpfen sich an G. Kirchhoff's berühmten Namen. Schon im Jahre 1850 hatte dieser gelehrte Forscher in der schönen Abhandlung „über das Gleichgewicht und die Bewegung einer elastischen Scheibe" („Crelle's Journal" Bd. XL, p. 51—88) die Theorie der Klangfiguren endgiltig festgestellt, die von Sophie Germain zuerst nicht sehr glücklich versucht, von Poisson dann mathematisch weiter gebildet worden war. Er gab nun im Jahre 1859 in der Abhandlung: „Ueber das Gleichgewicht und die Bewegung eines unendlich dünnen elastischen Stabes" („Journal f. d. r. u. a. Math.",

Bd. LVI, p. 285 - 313) die Grundsätze, nach welchen eine strenge und allgemeine Theorie der Formänderungen solcher elastischer Körper zu entwickeln ist, welche eine oder zwei unendlich kleine Dimensionen haben. Es ist zu erwähnen, dass hierin de Saint-Venant vorangegangen war, indem er die Mängel der von Poisson herrührenden Theorie dieser Formänderungen nachweist und, allerdings nur unter einschränkenden Voraussetzungen, die richtige Theorie begründete.

Zu diesen weiterführenden Arbeiten ist nun das vorliegende Werk getreten; die neuen Entwickelungen, welche dasselbe enthält, sind so bedeutend, dass sie an sich schon die höchste Beachtung in Anspruch nehmen würden, ihre Verdienstlichkeit wird aber beträchtlich durch die systematische Darstellung erhöht, in welcher sie gegeben und aus welcher sie entsprungen sind. Nach der eingehenden Beschäftigung mit dem Werke, welche diesem Referat vorangegangen ist, beseelt mich die Ueberzeugung, dass dasselbe durch Inhalt und Form vorzüglich geeignet ist, der mathematischen Theorie der Elasticität fester Körper in den weitesten Kreisen der nach gründlicher Einsicht Strebenden die verdiente Achtung zu gewinnen; ich erfülle eine angenehme Pflicht, indem ich den Reichthum seines Inhaltes übersichtlich darzulegen versuche, und es ist das ein Vergnügen, welches ich mir von der Zeit an gewünscht habe, wo ich zur Wirksamkeit an eine technische Anstalt berufen, die Arbeiten von Lamé und de Saint-Venant studirte, deren erste damals eben erschienen war.

Das Werk zerfällt in drei, wenn man will vier, wohl in einander greifende Abschnitte; von denselben ist der erste der Darstellung der allgemeinen Theorie gewidmet (p. 1—70), während der zweite das elastische Gleichgewicht cylindrischer Körper und das Problem von de Saint-Venant behandelt (p. 70—180); beide sind in dem Werke zu einer „Theorie elastischer Körper von überall endlichen Dimensionen“ zusammen gefasst. Darauf folgt die „Theorie elastischer Körper, deren Dimensionen zum Theil sehr klein (unendlich klein) sind“ (p. 190—355) in zwei Haupttheilen, deren erster den elastischen Körpern mit zwei sehr kleinen Dimensionen (Stäbe, Federn, Saiten, Drähte) und der andere den elastischen dünnen Platten gewidmet ist. Endlich beschliesst eine Gruppe von „Anwendungen“ (p. 356—424) das Werk; sie enthält hauptsächlich dasjenige, was für die Lehrcurse technischer Anstalten nothwendig ist und würden jedenfalls den wesentlichen Kern eines Leitfadens für die Vorlesungen des Verfassers am Polytechnicum von Karlsruhe gebildet haben, wenn er sich unglücklicherweise auf einen solchen beschränkt hätte.

In dem ersten von der allgemeinen Theorie handelnden ist es besonders die ausgezeichnete Klarheit der Darstellung, welche den Leser fesseln muss, auch wenn er Lamé's „*Leçons*“ gelesen hat, die man doch sonst in diesem Betracht viel gerühmt hat. So sogleich die ersten Paragraphen von den Vorstellungen, welche der Theorie der elastischen Körper zu

Grunde liegen, von der Ausdehnung eines unkrystallinischen Parallelepipedons durch normale Zug- oder Druckkräfte (Elasticitätsmodul und seitliche Contraction), von der Verschiebung paralleler Schichten des Körpers gegen einander. Bei der Untersuchung des Gleichgewichtes des Parallelepipedons unter dem Einfluss beliebig gerichteter gleichförmig über die Flächen vertheilter Zug- oder Druckkräfte tritt sodann ein Vorzug der Bezeichnungsweise hervor, der ebenso einfach gewonnen als werthvoll ist. Man zerlegt bekanntlich die auf die Flächen des Parallelepipedons wirkenden Kräfte nach den Richtungen seiner Kanten und ermittelt und summirt die Ausdehnungen und Verschiebungen, welche dieselbe hervorrufen; Lamé hat sie als Normal- und Tangentialkräfte unterschieden, und da die letzteren für den Fall des Gleichgewichtes einander paarweise gleich sein müssen, das System seiner N_1, N_2, N_3, T_1, T_2, T_3 erhalten. Die hier gewählte Bezeichnung mit doppelten Indices, von denen der erste der zur betrachteten Fläche normalen Kante, der zweite aber der Zerlegungsrichtung entspricht,

$$t_{11},\ t_{22},\ t_{33},\ t_{23}=t_{32},\ t_{31}=t_{13},\ t_{12}=t_{21}$$

ist consequenter und einfacher und verdient schon deshalb den Vorzug, weil sie mit der der quadratischen Functionen von drei Veränderlichen übereinstimmt, die durch das Elasticitäts- und das Verschiebungs-Ellipsoid im innigsten Zusammenhange mit dieser Theorie sind. Dieser Zusammenhang wird in den §§ 5—10 vortrefflich entwickelt. Durch Untersuchung des Gleichgewichtes eines Tetraeders wird die Grösse und Richtung der elastischen Zugkräfte für ein ebenes Element von beliebiger Lage im Innern des Parallelepipedons ermittelt und der Satz bewiesen: Wenn man durch einen Punkt des Körpers sämmtliche mögliche Ebenen legt und die auf sie wirkenden Zugkräfte der Richtung und Grösse nach als Radien einer Fläche betrachtet, so wird dieselbe das Elasticitätsellipsoid. Die Hauptebenen desselben sind die drei Ebenen, welchen normale resultirende Zugkräfte entsprechen, die Hauptspannungen T', T'', T''', zugleich die Hauptachsen des Elasticitätsellipsoids. Die Untersuchung seiner speciellen Fälle geben die §§ 8 und 9, und es erscheint mir besonders die einfache und klare Darstellung desselben in Ebenencoordinaten als eine werthvolle Ergänzung, weil durch sie die den Werthen $T'''=0$, $T'''=T''=0$ entsprechenden wichtigen Grenzfälle lichtvoll hervortreten; jener, in welchem für alle möglichen Ebenen die entsprechenden Spannungsrichtungen in einer Ebene liegen und der Endpunkt der Zugkraft eine Ellipse beschreibt, dieser, in welchem für alle denkbaren Angriffsebenen die Zugkraft die nämliche Grösse und Richtung hat und das Elasticitätsellipsoid sich auf zwei einzelne Punkte reducirt. § 10 beweist den schönen allgemeineren Satz, nach welchem die Zugrichtungen, die irgend drei auf einander senkrechten Ebenen entsprechen, conjugirte Durchmesser des Elasticitätsellipsoids sind.

Nachdem dann in § 11 die Grundgleichungen für ein krystallinisches

Parallelepipedon entwickelt und die Betrachtungen als gleichmässig für diesen Fall geltend erwiesen sind, welche sich an das Elasticitätsellipsoid anschliessen, werden in § 12 die Gleichgewichtsbedingungen für einen von beliebigen Kräften ergiffenen elastischen Körper aufgestellt, in § 13 die Spannungen durch die Verschiebungen eines Punktes ausgedrückt und in § 14 die Gleichungen für die Bewegung abgeleitet, um sie mit dem wichtigen Satze zu schliessen: die Schwingungen eines äusseren Kräften unterworfenen Körpers um die diesen Kräften entsprechende Gleichgewichtslage sind genau identisch mit den Schwingungen, welche der Körper um seine natürliche Lage ausführt, wenn gar keine Kräfte auf ihn wirken — der sofort eine Theilung der allgemeinen Aufgabe in die Aufsuchung einer Gleichgewichtslage und die Bestimmung von Schwingungen ohne Zutritt äusserer Kräfte gestattet. Von ausgezeichneter Klarheit ist die Darstellung in dem wichtigen § 13, wo die Verschiebungsgrössen durch die Nothwendigkeit, dass die verschiedenen Elementarparallelepipeda den ganzen Körper continuirlich erfüllen, auf drei Unbekannte zurückgeführt werden. Im § 15 tritt in der Betrachtung des Verschiebungsellipsoids, d. h. des geometrischen Ortes derjenigen Punkte nach der Verschiebung, welche vor derselben einer Kugelfläche angehörten, sofort die geometrische Anschaulichkeit wieder hinzu; man erkennt, dass jede drei ursprünglich auf einander senkrechte gerade Linien zu conjugirten Durchmessern des Verschiebungsellipsoids werden und dass für unkrystallinische Medien die Hauptachsenrichtungen dieser Fläche mit denen des Elasticitätsellipsoids zusammenfallen. Bei der Untersuchung der Arbeitsgrösse für eine kleine Verschiebung ergiebt sich sodann aus der bekannten Wahrheit, wonach die Arbeit innerer von den Molekularwirkungen herrührender Kräfte stets ein vollständiges Differential ist und aus der linearen Abhängigkeit der Spannungen von den Verschiebungen, dass es stets eine homogene Function zweiter Ordnung von diesen sechs Grössen geben muss, für welche die Spannungen als die nach den einzelnen Verschiebungen gebildeten Differentialquotienten erscheinen; daraus entspringt dann für krystallinische Medien jene Gruppe von 15 Bedingungsgleichungen zwischen den 36 Coefficienten der allgemeinen Gleichungen des § 11. Endlich werden in § 17 die Gleichungen der Bewegungen und des Gleichgewichtes für unkrystallinische Substanzen insbesondere aufgestellt und der Uebergang zu den Anwendungen gemacht, als welche sich namentlich diejenigen Fälle empfehlen, in denen die Oberfläche des Körpers durch eine sehr einfache Gleichung ausgedrückt wird und in denen möglichst einfache Gesetze die Verschiebungen beherrschen. Die §§ 18 und 19 sind der Betrachtung des elastischen Gleichgewichtes der Schwingungen einer von normalen gleichförmig vertheilten Druckkräften ergriffenen Kugelschale gewidmet. Jeder Punkt wird nur auf den ihm entsprechenden Radius verschoben und alle Punkte derselben concentrischen Kugelfläche erfahren gleiche Verschiebungen. Für eine Vollkugel ist die

Ausdehnung der Längeneinheit in Richtung des Radius in der ganzen Kugel constant, die ganze Kugel befindet sich in gleichförmig comprimirtem Zustand; bei einer Hohlkugel ist die lineare Ausdehnung im Radius nicht mehr unveränderlich, wohl aber die Ausdehnung der Volumeneinheit; das Elasticitätsellipsoid jedes Punktes ist ein Rotationsellipsoid um den zugehörigen Radius als Achse. Die Schwingungen der Punkte des Körpers in der Richtung des Radius sind als Summe von Einzelschwingungen zu denken, welche für die verschiedenen Punkte des Körpers gemeinsame Dauer, aber verschiedene Amplitude besitzen etc. Die Bestimmung der Schwingungsdauer erfolgt dabei durch eine transcendente Gleichung von eigenthümlicher Beschaffenheit, die im § 10 näher untersucht wird; es zeigt sich, dass sie immer nur reelle positive Wurzeln besitzt, und wird nachgewiesen, dass der eigentliche Sinn dieses Satzes darin besteht, dass die inneren Bewegungen eines elastischen Körpers, wenn er ganz sich selbst überlassen ist, an Ausdehnung für alle Zeit weder wachsen noch abnehmen, sondern dass alle Einzelbewegungen in gleichmässigen Perioden innerhalb unveränderlich bestehender Grenzen ausgeführt werden, welche sie niemals überschreiten, aber auch immer nach Verlauf gewisser Zeiten wieder erreichen.

Im Anschluss hieran wird dann im § 21 der Beweis geführt, dass die Probleme des Gleichgewichtes elastischer Körper völlig bestimmt sind, sobald man noch so viel Bedingungen hinzufügt, als genügen, um die Lage eines starren Körpers vollständig zu bestimmen.

Nach der Entwickelung dieser Ergebnisse bei Gelegenheit des einfachen Beispieles der Kugel wendet sich der Verfasser zu Körpern von cylindrischer Form, als welche wegen ihrer grossen Wichtigkeit in den Anwendungen eine vollständigere theoretische Behandlung wünschenswerth machen. Er bezeichnet die daran sich schliesenden Untersuchungen bescheiden als eine modificirte Darstellung der Hauptpunkte der Arbeiten von de Saint-Venant; sie ist höchst verdienstlich durch die Klarheit und logische Kraft der Entwickelung, und sie enthält zudem viel Eigenthümliches. Wenn, wie ich höre, der treffliche französische Forscher selbst die Einführung des vorliegenden Werkes in Frankreich durch Uebersetzung zu unternehmen gedenkt, so wird ihm sicherlich diese Darstellung und Weiterentwickelung seiner eigenen Grundgedanken im systematischen Zusammenhange mit dem Ganzen der Elasticitätstheorie die grösste Freude bereiten; er darf sich wohl auch in seinem Lande für die Würdigung seiner Bestrebungen in den namentlich technischerseits betheiligten Kreisen vorzüglichen Erfolg davon versprechen. Das Problem von de Saint-Venant ist dieses: Welches sind diejenigen Gleichgewichtszustände eines cylindrischen Körpers, auf dessen cylindrische Oberfläche keine Kräfte wirken und dessen Inneres keinen äusseren Kräften unterworfen ist, bei welchen die den Körper zusammensetzenden Fasern keinerlei seitlichen Druck erleiden? Welches sind die Kräfte, die auf die freie Endfläche wirken müssen, um dergleichen Zustände hervorzurufen? Seine Lösung, d. h. die Bestimmung der Verschiebungen und der Spannungen, welche dabei eintreten, ist auf mehrfache Weise möglich und alle Lösungen haben die Eigenschaft, dass die Querschnitte der einzelnen Fasern Rechtecke bleiben, sowie dass die seitlichen Contractionen desselben genau den Ausdehnungen entsprechen, welche ihre Längenspannungen hervorzurufen geeignet sind. Die Gleichungen des Problems werden in § 22 aufgestellt, in § 23 behandelt und in § 24 die Functionen discutirt, auf welche diese Untersuchung führt; am Schlusse dieses § sind die Lösungen des Problems in Gleichungen gegeben, welche sechs willkürliche Constanten in linearer Weise enthalten. Wenn man von diesen irgend fünf verschwinden lässt, so werden die Verschiebungen bis auf einen constanten Factor völlig bestimmt, und die allgemeinen Verschiebungen erscheinen daher als das Resultat von sechs gleichzeitig stattfindenden Einzelverschiebungen von bestimmter Natur, aber veränderlicher Intensität, so dass sich durch Feststellung dieser Letzteren die manichfachsten Verschiebungen zusammensetzen lassen. Sie zerfallen in vier Gruppen, von denen zwei überdies sich völlig gleichen. Die drei daraus entspringenden Hauptfälle entsprechen der einfachen Ausdehnung, der Biegung und der Torsion, so dass im ersten und letzten Falle eine einzige Constante nicht verschwindet, im zweiten aber zwei Constanten erhalten bleiben. Die nähere Characteristik solcher Verschiebungen geschieht durch die Betrachtung der Gestalt einer ursprünglich der x-Achse parallelen Faser und durch die Untersuchung der Gestalt eines Querschnittes, welcher ursprünglich zu derselben Achse normal war. Im Falle der Biegung ist die erste eine Parabel dritter Ordnung in einer zur Achse der x parallelen Ebene, und die in yz-Ebene gelegenen Fasern erleiden weder Ausdehnung noch Zusammenziehung; in dem der Torsion sind sie geneigte gerade Linien, und die ursprünglich auf einem Kreiscylinder gelegenen Fasern bilden nach der Verschiebung ein einfaches Hyperboloid mit zwei der z-Achse parallelen Erzeugenden und einem im Durchschnitt der Achse des Cylinders mit der festgelegten Endfläche bestimmten Centrum; eine der Fasern bleibt in ihrer ursprünglichen Lage, ihre Bestimmung ist abhängig von der Form des Querschnittes. Die Querschnitte erscheinen in beiden Fällen gekrümmt, und die Art der Krümmung ist abhängig von der Form des Querschnittes, sie ist aber in dem Falle der Torsion für alle Querschnitte genau dieselbe, während in dem Falle der Biegung die einzelnen Querschnittsgestalten nicht congruent sind; in diesem letzteren Falle bleibt die Tangentenebene des Querschnittes in dem ursprünglich der z-Achse angehörenden Punkte parallel der y-Achse, und der Winkel, welchen sie mit der x-Achse bildet, wächst gegen das freie Ende hin. Aus der Betrachtung der Spannungen ergiebt sich überdies der Satz: die Spannungen, welche aus der seitlichen Verschiebung der Fasern gegen einander entspringen, sind längs der ganzen Ausdehnung jeder Faser constant.

Wenn nun in wirklichen Problemen grösstentheils die Aufgabe vorliegt, aus gegebenen die Endfläche in beliebiger Weise ergreifenden Kräften die Ausdehnungen, Biegungen und Torsionen zu bestimmen, welche der Körper durch sie erfährt, so kann man doch die den so untersuchten Zuständen entsprechenden Kräftesysteme mit denen wirklicher Probleme durch Verfügung über die Constanten möglichst gleich machen, indem man die Componenten- und Momentensummen beider mit einander vergleicht, und es kann als eine bedeutende Annäherung gelten, wenn man die daraus entspringenden Zustände wie gezeigt untersuchen kann. Diesen Gedanken, der die Wichtigkeit des Problems von de Saint-Venant für die Technik in helles Licht setzt, führen die §§ 28—37 gründlich und mit analytischer Eleganz durch; besonders sind die symmetrischen Querschnitte überhaupt, als für welche die Ausdehnung, die beiden Klassen der Biegung und die Torsion vier völlig gesonderte Probleme bilden, und der elliptische Querschnitt genauer untersucht. In dem Falle der durch eine im Schwerpunkt der Endfläche wirkende Kraft hervorgerufenen Biegung werden die Querschnitte in Flächen dritter Ordnung deformirt, welche gegen die Biegungsebenen symmetrisch siud und von den der Längenachse parallelen und zur Biegungsebene normalen Ebenen in Parabeln geschnitten werden. Dem Falle der Torsion überspricht der Uebergang der ebenen Querschnitte in hyperbolische Paraboloide, welche die xz- und yz-Ebene zu Parallelebenen haben. Die unverschobene Faser fällt mit der Schwerpunktsfaser zusammen. Der Pfeil der Biegung ist von der Querschnittsgestalt abhängig und man darf diesen Einfluss nur bei kleinen Querdimensionen unbedeutend nennen. Der § 36 ist der Untersuchung des Elasticitätsellipsoids gewidmet und ein schönes Beispiel geometrischer Anschaulichkeit; das Ellipsoid reducirt sich auf eine Ellipse, deren Ebenen sowohl als deren Achsen nach Richtung und Grösse durch eine einfache Construction aus den auftretenden Spannungen abgeleitet werden. Im Allgemeinen, nur den Fall der reinen Ausdehnung ausgenommen, haben die Punkte eines gewissen hyperbolischen Paraboloids, dessen Erzeugende den Querschnitten parallel sind, die Eigenschaft, dass diese Ellipsen sich in Kreise verwandeln, und im Falle der reinen Torsion gehört diese Eigenschaft allen Punkten des Körpers zu.

Die Aufsuchung der am stärksten angegriffenen Stelle für den Fall der Biegung und den der Torsion bildet den Gegenstand des § 37 und es ergeben sich dafür gleichfalls sehr einfache Regeln.

Von hohem Interesse ist der Inhalt des § 38, die Vergleichung mit der üblichen Theorie. Was die Biegung anbetrifft, so geht dieselbe aus von zwei Voraussetzungen, die die strenge Theorie als gleich falsch erkennen liess, von der unveränderten ebenen Form der Querschnitte nach der Verschiebung und der normalen Lage der gebogenen Fasern gegen dieselben. Sie unterscheidet ferner eine sogenannte neutrale Linie von der Linie der Schwerpunkte — um eine zweite Gleichgewichtsbedingung zu erhalten —

und die strenge Theorie zeigt auch diese Voraussetzung als unbegründet. Doch man muss diese Kritik an Ort und Stelle und im Zusammenhange studiren und wird sie für die Theorie der Biegung wie für die der Torsion als eine fruchtbringende positive anzuerkennen nicht anstehen. Im letzten Theile des Werkes (§ 83) wird sodann (ergänzend) gezeigt, wie alle die Voraussetzungen der gewöhnlichen Theorie für einen äusserst kleinen Querschnitt erfüllt sind und nur das Eine auch dann noch unmöglich ist, das Entstehen einer ebenen Biegung, deren Biegungsebene nicht durch die eine Hauptachse jedes Querschnittes hindurchgeht. Der Verfasser stellt diesen Untersuchungen hiernach andere zur Seite, bei welchen an Stelle der cylindrische Körper mit vorwiegender Längendimension ohne Seitendruck cylindrischer Körper mit vorwiegenden Querdimensionen (Platten) ohne Spannung in der zur Platte normalen Richtung treten. Im § 39 werden die Gleichungen des Problems aufgestellt und gelöst, in den §§ 40—46 werden die darin enthaltenen Zustände discutirt und die Anwendungen auf wirkliche Probleme entwickelt. Die Zustände der einen Art lassen sich als Zug ohne Drehung oder vom Character der Ausdehnung bezeichnen. Die Punkte der Mittelfläche bleiben in ihr, die zur Platte normalen Fasern krümmen sich nach Parabeln, deren Scheitel in jener und welche in Normalebenen zu ihr liegen; die ganze Platte erfährt eine gleichförmige Ausdehnung und das Elasticitätsellipsoid reducirt sich auf einen den Endflächen der Platten parallelen Kreis. Die Untersuchung ergiebt die Lösbarkeit des Problems: eine Platte soll durch Kräfte, welche auf den Rand derselben wirken, so ausgedehnt werden, dass die Contraction senkrecht gegen die Fläche der Platte überall dieselbe ist, während die sämmtlichen Punkte des Randes nach der Normale desselben willkürlich voraus bestimmte Verschiebungen erfahren. Dasselbe wird allgemein discutirt und im § 42 für den speciellen Fall einer kreisförmigen Platte gelöst. Im § 43 wird zur Anwendung auf die angenäherte Lösung der Aufgabe: den Gleichgewichtszustand einer Platte zu bestimmen, auf deren cylindrische Seitenflächen parallel den ebenen Endflächen der Platte symmetrisch vertheilte Kräfte wirken, verschritten und in § 44 die vollständige Auflösung desselben für eine kreisförmige Platte gegeben.

Die Zustände der anderen Art können als Biegung durch blosse Kräftepaare characterisirt werden. Bei ihnen sind die Spannungen im unteren Theile der Platte denen im oberen Theile derselben genau gleich und entgegengesetzt, so auch die auf den cylindrischen Rand wirkenden Zugkräfte; die Mittelfläche selbst erfährt keinerlei Spannungen, aber eine Gestaltsveränderung durch normale Verschiebung aller ihrer Punkte, bei welcher die einzelnen Fasern geradlinig bleiben, indem sie nur ihre Richtung ändern. Es wird gezeigt, dass in einem gewissen speciellen Falle die verschobenen Fasern als Strahlen eines Bündels aufgefasst werden dürfen, dass die der Mittelfläche parallelen Querschnitte in einander congruente

Rotationsparaboloide übergehen, und dass endlich dieser Fall dann eintritt, wenn die wirkenden Kräfte für jede Seite des Randcylinders dieselben proportional den Abständen ihrer Angriffspunkte von der Mittelfläche und überall normal zur Cylinderfläche sind. In § 46 kehrt die Untersuchung wieder zu dem allgemeineren Problem zurück: durch passende, in der angegebenen Weise wirkende Kräftepaare soll die Platte so gebogen werden, dass die Peripherie der Mittelfläche nach der Biegung auf einer beliebig vorgeschriebenen der ursprünglichen Peripherie sehr nahe kommenden Oberfläche liegt; es lässt sich dasselbe durch das einfachere ersetzen: die Platte soll durch die Kräftepaare so gebogen werden, dass die Peripherie der Mittelfläche senkrecht zu dieser Fläche selbst gegebene Verschiebungen erleidet — welches auf unendlich vielen Arten lösbar ist, aber unter der Bedingung, dass an keiner Stelle der Platte Volumenveränderungen stattfinden sollen, vollkommen bestimmt wird.

In der Gegenüberstellung dieser zwei Gruppen in der Behandlung des de Saint-Venant'schen Problemes, der Cylinder mit vorwaltender Längendimension ohne Seitendruck und der Cylinder mit vorwaltenden Querdimensionen ohne Spannungen normal zur Platte, erblicke ich einen Hauptwerthpunkt dieser Darstellung, werthvoll auch abgesehen von der nicht geringen mathematischen Bedeutung der völlig neuen letzterwähnten Partie von rein pädagogischem Gesichtspunkte aus.

Ich habe geglaubt, über diesen Theil des Werkes mit besonderer Ausführlichkeit berichten zu sollen, weil besonders nach der in ihm verfolgten Richtung hin demselben eine tief eingreifende Wirkung gewünscht werden muss. So sehr mich aber die Schönheiten des zweiten Haupttheiles anziehen, so fühle ich doch, dass eine Fortsetzung des Referates in der bisherigen Weise nicht möglich ist und hoffe um so sicherer, dass eine kürzere Darstellung hier genüge, da die Probleme dieses Theiles mehr den mathematischen Physiker interessiren, der nicht erst dafür gewonnen zu werden braucht. Denn derselbe giebt die Theorie elastischer Körper von zum Theil unendlich kleinen Dimensionen, der dünnen Stäbe und der dünnen Platten.

Der einleitende § 47 betont mit voller Klarheit die wesentlich unterscheidenden Momente für die Behandlung elastischer Körper von zum Theil unendlich kleinen Dimensionen gegen solche mit überall endlichen Dimensionen: man darf die Grundgleichungen für die Theorie der Elasticität der Körper hier nicht mehr anwenden; sie sind nur für die inneren Verschiebungen der Elemente noch gültig und für diese Anwendung gilt der Kirchhoff'sche Satz: die inneren Verschiebungen eines sehr kleinen Körpers sind nur abhängig von den Kräften, welche auf seine Oberfläche, nicht aber von denjenigen, welche auf sein Inneres wirken, vorausgesetzt, dass die Letzteren nicht gegen die Ersteren sehr gross sind. Wenn aber auch die Verschiebungen der Elemente an sich nur sehr klein sind, so können sie sich doch so addiren, dass die räumliche Verschiebung eines Elementes sehr bedeutend wird. Und was den Charakter der inneren Verschiebungen selbst betrifft, so werden dieselben nicht nothwendig hier wie bei den Körpern von überall endlichen Dimensionen durch die Kleinheit constanter Factoren klein erhalten, sondern diese Constanten können beträchtliche Werthe annehmen, ohne dass die Kleinheit der inneren Verschiebungen aufhört, weil die Kleinheit der Dimensionen sehr kleine Factoren ohnedies in die Ausdrücke einführt.

§ 48 zeigt sodann, dass die Formeln des de Saint-Venant'schen Problemes, den Gleichgewichtszustand eines Cylinders zu bestimmen, wenn die Componenten und Drehungsmomente der auf seine Endflächen wirkenden Kräfte gegeben sind (§ 23), mit Strenge auf die Verschiebungen angewendet werden dürfen, welche im Inneren eines der cylindrischen Elementes des Stabes stattfinden, falls auf deren krumme Oberfläche keine Kräfte wirken, bei denen man die auf das Innere wirkenden Kräfte vernachlässigen kann und die an den ebenen Endflächen von den elastischen Kräften der angrenzenden Theile ergriffen sind; wenn jene Formeln eine bestimmte Vertheilung dieser letzteren Kräfte voraussetzen, so verschwindet die daraus bei allgemeiner Anwendung entspringende Ungenauigkeit doch nothwendig bei verschwindend kleinem Querschnitt. Diese Gleichungen gelten nur für sehr kleine Werthe der Coordinaten, und eine lichtvolle Erörterung über die Ordnung der in ihnen auftretenden Grössen schliesst sich daher an sie an. § 49 fügt diesen Gleichungen die aus der continuirlichen Verbindung der Elemente zum Stabe entspringenden Bedingungen hinzu und § 50 stellt die Bedingungen für das Gleichgewicht des Stabes auf. In den nächsten §§ werden Anwendungen dieser Formeln hinzugefügt, nämlich die Untersuchung des Falles, in dem nur das Ende des Stabes durch Kräfte und Kräftepaare ergriffen ist, und die der Biegung eines Stabes in einer Ebene, welche eine Hauptachse seines Querschnittes enthält; dann wird der Zusammenhang mit der gewöhnlichen Theorie erläutert. Die §§ 55—58 erweitern aber ferner die Gültigkeit der allgemeinen Formeln auf ursprünglich gekrümmte Stäbe und geben Formeln für sehr kleine Gestaltsveränderungen ursprünglich gekrümmter Stäbe.

Im § 59 werden nach dem Princip von d'Alembert aus den Gleichgewichtsgleichungen die Bewegungsgleichungen abgeleitet und die Systeme der Gleichungen und Grenzbedingungen für Transversalschwingungen, Longitudinalschwingungen und Torsionsschwingungen aufgestellt, welche dann in den drei folgenden Paragraphen einzeln discutirt werden; in § 63 schliesst diese Untersuchung mit einer Betrachtung der im Innern stattfindenden Spannungen. Es ist von hohem Interesse, namentlich die Theorie der Transversalverschwingungen mit der gewöhnlichen Ableitung aus der Theorie der absolut biegsamen Körper zu vergleichen.

Die §§ 64—80 enthalten die Theorie der dünnen Platten; sie begründen zunächst das innere Gleichgewicht der Elemente, stellen die Continuitätsbedingungen auf, schreiten durch die Bedingungen des äusseren Gleichgewichtes der Elemente zu den Gleichungen fort, welche das Gleichgewicht der ganzen Scheibe bedingen. Im Rückgang auf die allgemeinen Gleichungen des § 17 werden die Spannungen auf den Seitenflächen eines den Achsen parallelen unendlich kleinen Parallelepipedons im Innern des Elementes bestimmt, die Bedingungen des inneren Gleichgewichtes aufgestellt und die Verschiebungen und Spannungen daraus abgeleitet; es zeigt sich, dass die Ausdrücke derselben durch die entsprechende Specialisirung der Formeln des § 39 erhalten werden könnten, welche das de Saint-Venant'sche Problem für Platten von endlicher Dicke auflösen; die Spannungen oder die auf den Rand des Elementes wirkenden Kräfte von anderen als den dort vorausgesetzten Richtungen nehmen Werthe an, vermöge deren sie nur Verschiebungen erzeugen, welche gegenüber den übrigen von einer höheren Ordnung sind. Man erkennt darin die schöne Symmetrie der Gliederung des Werkes in seinen Hauptheilen. Ich will nur noch die Entwickelung des § 67 hervorheben, die jedem geometrischen Leser viel Freude bereiten wird und in welcher aus den Grundformeln gezeigt ist, dass nur abwickelbare Flächen für die Gestalt der gebogenen Mittelfläche zulässig sind. In Folge dessen kann die wahre Gestalt dieser Fläche nur unendlich wenig von einer solchen abwickelbaren verschieden sein, durch Abweichungen, die dem Einfluss der auf das Innere wirkenden Kräfte entsprechen und die man durch eine zweite Näherung bestimmen kann, während doch die Lösung des Näherungsproblemes im Allgemeinen für die Bestimmung der Formänderung genügt.

Der § 69 giebt die definitive Form der Gleichgewichtsbedingungen, und in den §§ 70—76 ist die Behandlung des Problemes und die Anwendung auf Beispiele so entwickelt, dass zuerst jene abwickelbare Fläche der Mittelfläche der Platte bestimmt, dann die Dilatationen, welche den äusseren Kräften entsprechen, und endlich die kleinen Abweichungen der wirklichen Gestalt der Mittelfläche von der gefundenen abwickelbaren Fläche abgeleitet werden. Diese Entwickelungen enthalten grosse analytische Reichthümer und Methoden, welche für den Fortschritt der Untersuchungen von hohem Werthe sein dürften. Die §§ 77—80 sind den Bewegungen gewidmet und enthalten die Theorie der Klangfiguren in einer vorzüglich schönen und weiter führenden Darstellung. Der allgemeine Beweis der Periodicität der Bewegungen und der Bestimmtheit der Gleichgewichtsprobleme schliesst diesen Abschnitt und den Haupttheil des Werkes.

Die Anwendungen, welche in den §§ 81—92 auf die Theorie gerader cylindrischer Stäbe besonders in ihren technischen Verwendungen gemacht werden, stehen jedoch ebensowohl mit dem allgemeinen theoretischen Theile in nothwendigem Zusammenhange, als sie werthvoll und wichtig sind; sie werden ohne Zweifel den gründlich mathematisch gebildeten

Techniker in hohem Grade sich erwerben. Jene Verbindung erhellt daraus, dass die aus dem Problem von de Saint-Venant entwickelten Formeln, deren allgemeinere Gültigkeit für verhältnissmässig kleine Querschnitte später erwiesen ward, hier zur Grundlage dienen, obwohl auch — mit mindererer Strenge jedoch — wie überall gewissenhaft angegeben ist, nach meiner Meinung keiner der geringsten Vorzüge des Werkes — Körper von nicht ganz cylindrischer Form behandelt werden. Diese ihre Wichtigkeit für die Technik erkennt man aus der Uebersicht der behandelten Probleme, welche ich hier noch beifüge. Man findet hier die Ausdehnung von Stäben mit überall gleichem Querschnitt und bei unveränderlichem Querschnitt und überall gleicher Spannung; die allgemeine Theorie der Biegung, insbesondere unter dem Einfluss stetig vertheilter Kräfte ohne Zug oder Druck in der Richtung der Achse und unter dem Einfluss stetig vertheilter Kräfte, verbunden mit Einzelkräften, endlich bei sehr grossem Zug oder Druck in der Richtung der Längsachse; daran schliessen sich Untersuchungen über Stabsysteme ohne Biegung und Stabsysteme mit Biegung, und ich will nicht vergessen zu erwähnen den inhaltreichen § 88 über die Berechnung der Trägheitsradien. Mit der elementaren Theorie der Torsion schliesst das Werk.

Nach dieser Uebersicht des Inhaltes wird es nicht nöthig sein, weder über den Reichthum des Werkes im Allgemeinen, noch insbesondere über den Reichthum desselben an neuen Untersuchungen und Resultaten ein Mehreres zu sagen; das Werk erfüllt eben, was der Verfasser sich vorgesetzt hat, zu schaffen, es ist das erste wirkliche Lehrbuch der Theorie der Elasticität fester Körper, welches die mathematische Literatur besitzt und ein solches konnte ohne Vereinigung aller der dies Buch zierenden Eigenschaften nicht geschrieben werden. Es wird dem Analytiker wie dem mathematischen Physiker und selbst dem Geometer ein belohnendes Studium sein, während es doch diese verschiedenen Richtungen mathematischer Arbeit in dem einen Zwecke vereinigt, eine als Grundlage der gesammten Bauconstructionen vor Allem technisch hochwichtige Lehre von ihren zahlreichen irrigen und schiefen Voraussetzungen und Entwickelungen zu reinigen und wahrhaft streng zu begründen. Darum muss das Werk der sorgfältigsten Beachtung und dem Studium aller Derer zuerst angelegentlich empfohlen werden, welche an höheren technischen Unterrichtsanstalten für diesen Theil der Ingenieurwissenschaften wirksam sind, sodann aber dem Selbststudium aller Strebsamen unter den Jüngern derselben; denn es ist zugleich voll vortrefflicher Uebungsstudien zur analytischen Mechanik. Es wird heutzutage allgemein anerkannt, dass eine sorgfältige mathematische Durchbildung die beste Grundlage der mechanisch-technischen Berufsbildung ist und es ist dem gegenüber nicht länger zulässig, dass man in gewissen Partieen der technischen Mechanik den Anforderungen der mathematischen Strenge so wenig genügt. Gewiss darf man den Werth angenäherter und einfacherer Resultate nicht unterschätzen, aber dieser Werth ist doch nur dann reell, wenn man überall in die Ordnung der vernachlässigten Grössen eine klare Einsicht sich bewahrt hat. Auch für diese Kunst des wahrhaft wissenschaftlichen Annäherungsverfahrens bietet das Werk von Prof. Clebsch vortreffliche Belehrung und schöne Beispiele.

Aber noch eine andere Seite der Sache muss ich hervorheben, ehe ich schliesse; sie betrifft die allgemeine Bedeutung der mathematischen Physik, deren einen Haupttheil ja die Theorie der Elasticität fester Körper bildet. Es ist wahr, sie erfordert eine ziemlich ausgedehnte Anwendung der Hülfsmittel der Integralrechnung. Aber es ist so, wie der Verfasser an einer Stelle seines Vorwortes sagt; dass in allen mathematisch-physikalischen Untersuchungen die mathematischen Schwierigkeiten durch die aus der Natur der Sache entspringenden Anschauungen so sehr erleichtert werden, dass auch der Lernende im Stande ist, sich bequem über Probleme hinzubewegen, welche in rein mathematischer Fassung zu überwinden die äusserste Anstrengung erfordern würde. Und weiterhin: hoffentlich ist die Zeit nahe, in welcher man aufhören wird, von dem Studium der mathematischen Physik wegen eingebildeter Schwierigkeiten zurückzuschrecken. Man wird dann vielleicht sehen, dass eben diese physikalischen Studien für den Mathematiker, nach Ueberwindung der Elemente seiner Wissenschaft, den passendsten Eingang bilden zu jenen höheren und abstracteren Theilen, welche unmittelbar angegriffen oft fremdartig und dunkel erscheinen, welche aber uns befreundet entgegenkommen und zum weiteren Ausbau einzuladen scheinen, nachdem wir sie in dem farbenreichen Gewande physikalischer Anwendung kennen gelernt haben.

Das ist dieselbe Wahrheit, die auch Lamé in seinen seit 1852 veröffentlichten Werken ausdauernd gepredigt hat, und es steht zu hoffen und zu wünschen, dass das vorliegende Werk zur weiteren Erkenntniss derselben recht viel beitrage. Aber ihre Erwägung führt zu einem Wunsche an den Verfasser des hier besprochenen Werkes. Derselbe hat in den Bänden LVII und LXI des „Journal f. d. r. u. a. Mathematik", das überhaupt in seinen letzten zehn Bänden zahlreiche schöne Beiträge von seiner Hand gebracht hat, Studien aus dem Gebiete der Optik mitgetheilt („Theorie der circularpolarisirenden Medien", „Ueber die Reflexion an einer Kugelfläche"), welche den Wunsch begründen, dass er diesem Theile der mathematischen Physik, der mit der Elasticitätstheorie so nahe zusammenhängt, eine umfassende Darstellung zuwenden möge.

Es muss den aufrichtigen Freund des höheren technischen Unterrichtswesens schmerzlich berühren, dass der Verfasser dieses Werkes dem Lehrer-Collegium der polytechnischen Schule zu Karlsruhe, als dessen Mitglied er dasselbe schrieb, nun bereits nicht mehr angehört; er ward zu einer ehrenvollen Wirksamkeit an die Universität Giessen berufen und ist diesem Rufe gefolgt. Es ist das ein Verlust, der neben dem Tode Redtenbacher's unvermindert gefühlt werden muss. Das Werk, von dem ich spreche, ist so zu einem Abschiedsgeschenk an jene Anstalt geworden, und es ist wahrhaft eine Abschiedsgabe von seltenem Werthe! Möge es in der Ingenieur-Wissenschaft recht wirksam sein.

Man darf vielleicht hoffen, dass die allgemein wissenschaftliche Wirksamkeit, in der er nun steht, dem Verfasser vielseitigen Anlass zur Weiterführung seiner mathematisch-physikalischen Arbeiten geben wird; sicher ist, dass die bisherigen Veröffentlichungen ihm die aufmerksame Beachtung aller wissenschaftlichen Kreise gewonnen haben, so dass sie einer Wirksamkeit dieser Art allen Erfolg versprechen, den man wünschen muss.

Die Verlagsbuchhandlung hat durch eine schöne Ausstattung das ihre beigetragen, dem Werke eine freundliche Aufnahme zu gewinnen.

Chemnitz, Juni 1853. WILHELM FIEDLER.

Grundriss der Differential und Integralrechnung mit Anwendungen. Von M. STEGEMANN, Assistenten für praktische Geometrie und darstellende Geometrie an der polytechnischen Schule zu Hannover. 1. Theil. Differentialrechnung. Hannover, Helwing'sche Hofbuchhandlung.

Das vorliegende Buch ist, wie Vorrede und Inhalt zeigen, in der wohlmeinenden Absicht geschrieben, den Schülern das Studium der höheren Analysis durch möglichst fassliche Darstellung, graphische Hülfsmittel und zahlreiche Beispiele thunlichst zu erleichtern — ein Bemühen, das ohne Zweifel seine Berechtigung hat und auch alle Anerkennung verdient, so lange dabei die Forderungen wissenschaftlicher Strenge nicht vernachlässigt werden. Wenn nun auch Ref. gern zugiebt, dass der Verfasser jene Absicht theilweise erreicht hat, so kann er doch auf der anderen Seite nicht verschweigen, dass dies fast durchgängig auf Kosten der Strenge geschehen ist. Ja es scheint sogar, als wäre der Verfasser völlig unbekannt mit den zahlreichen Einwürfen, die z. B. von Liouville, Arndt u. A. gegen mehrere der herkömmlichen Beweisarten erhoben worden sind, und als sähe er eben deswegen die besseren (häufig nicht einmal umständlicheren) Methoden der neueren Zeit für unnütze Subtilitäten an. Als Belege für dieses Urtheil mögen einige Stellen aus dem Buche folgen.

1. Der Verfasser erklärt auf S. 12 eine Reihe für convergent, „wenn „die Summe ihrer unendlich vielen Glieder einen bestimmten endlichen „Werth hat, und es ausserdem möglich ist, durch Addition einer genügen„den Anzahl der ersten Glieder diesem Werthe näher zu kommen, als der „Werth jeder beliebig kleinen Zahl ist.“ Diese Definition leidet an Ueberbestimmtheit; ist nämlich

$$\psi(n) = u_0 + u_1 + u_2 + \dots + u_{n-1}$$

und $Lim\,\psi(n)$ = einer endlichen Grösse s, so versteht sich ganz von selbst, dass bei hinreichend grossen n der Unterschied zwischen s und $\psi(n)$ beliebig klein gemacht werden kann; denn im Gegenfalle wäre eben s nicht der Grenzwerth von $\psi(n)$. Das vom Verfasser gegebene Beispiel ist übrigens sehr unglücklich gewählt, weil darin bereits $u_2 = \infty$ wird und damit alle weitere Untersuchung aufhört.

2. Auf S. 18 benutzt der Verfasser den binomischen Satz zur Ableitung der Formel

$$Lim\left[\left(1+\frac{1}{n}\right)^n\right]=1+\frac{1}{1}+\frac{1}{1.2}+\frac{1}{1.2.3}+\dots$$

Dagegen ist zweierlei zu erinnern. Für die Einleitung in die Differentialrechnung bedarf es der vorstehenden Formel gar nicht, vielmehr reicht der Nachweis hin, dass sich $\left(1+\frac{1}{n}\right)^n$ einer bestimmten, zwischen 2 und 4 liegenden Grenze nähert; der numerische Betrag derselben findet sich später gelegentlich aus der Reihe für e^x. Will man aber die obige Formel doch entwickeln, so muss man sich wenigstens vor den Einwürfen sicher stellen, die bereits Liouville gemacht und die Ref. bei der Anzeige des Tellkampf'schen Buches (Jahrg. 1862, S. 68 der Literaturztg.) wieder in Erinnerung gebracht hat. Leider ist des Verfassers Herleitung in dieser Beziehung äusserst mangelhaft und zwar hauptsächlich zufolge einer falschen Anwendung des Satzes, dass der Grenzwerth einer Summe gleich ist der Summe von den Grenzwerthen der einzelnen Theile. Dieser Satz gilt nämlich für jede Summe einer endlichen Menge von Summanden, er erleidet aber häufige Ausnahmen, wenn die Anzahl der Summanden entweder von Hause aus unendlich ist, oder es durch den Grenzenübergang wird. Wäre z. B. der Grenzwerth folgender Summe zu bestimmen

$$S_n=1+\left[\frac{1}{1}+\frac{1}{n^2}\right]+\left[\frac{1-\frac{1}{n}}{1.2}+\frac{2}{n^2}\right]+\left[\frac{\left(1-\frac{1}{n}\right)\left(1-\frac{2}{n}\right)}{1.2.3}+\frac{3}{n^2}\right]$$
$$+\dots+\left[\frac{\left(1-\frac{1}{n}\right)\left(1-\frac{2}{n}\right)\dots\left(1-\frac{n-1}{n}\right)}{1.2.3\dots.n}+\frac{n}{n^2}\right],$$

so müsste der Verfasser consequenterweise schliessen: da sich die einzelnen Glieder den Grenzen

$$1,\ \frac{1}{1},\ \frac{1}{1.2},\ \frac{1}{1.2.3},\ \dots.$$

nähern, so ist

$$Lim\,S_n = 1+\frac{1}{1}+\frac{1}{1.2}+\frac{1}{1.2.3}+\dots. = e.$$

Darin steckt aber ein bedeutender Fehler, denn der richtige Grenzwerth ist hier $e+\frac{1}{2}$. —

Auch kann Ref. die ungenaue Ausdruckweise „für $n = \infty$ wird $\frac{1}{n}$ gleich Null" nicht ungerügt lassen. Unter keinen Umständen wird $\frac{1}{n} = 0$, vielmehr hat $\frac{1}{n}$ die Null zur (gewissermassen idealen) Grenze, unddas ist sehr zweierlei und von wesentlicher Bedeutung für die richtige Auffassung des Unendlich kleinen.

3. Die Differentiale erklärt der Verfasser für Grössen, welche dem Werthe nach Nullen, aber keineswegs absolute Nichtse sind —; auf S. 37 giebt zwar der Verfasser selber den hierin liegenden Widerspruch zu, tröstet sich aber damit, dass wir das Unendlichkleine an sich nicht sollen denken können. Dabei ist es allerdings ganz unbegreiflich, wie es der menschliche Geist nur wagen konnte, mit undenkbaren Dingen rechnen zu wollen, und ein wahres Räthsel bleibt es, dass ein geistiges Instrument, welches sich selber widerspricht, richtige Resultate liefert. Die Sache erklärt sich sehr leicht; nur der Verfasser kann sich das Unendlichkleine nicht denken, weil er aus dem Dilemma „eine Grösse ist entweder Etwas oder Nichts" keinen Ausweg zu finden weiss. Dieses Dilemma ist allerdings für eine absolute Constante richtig, nicht aber für eine Variabele, denn eine solche kann, von irgend einem endlichen Werthe ausgehend, sich dem Nichts (d. h. der Null) fortwährend und beliebig weit nähern; sie ist dann weder Etwas noch Nichts.*) Mit vollkommener Deutlichkeit ersieht man dies auch aus den Anwendungen der Differential- und Integralrechnung. Theilt man z. B. jeden der beiden Schenkel AC und BC eines gleichschenkeligen Dreieckes in n gleiche Theile, verbindet den ersten Theilpunkt auf AC mit dem $(n-1)$ten auf BC, den zweiten auf AC mit dem $(n-2)$ten auf BC u. s. w., so erhält man ein Polygon, welches einer gewissen Parabel umschrieben ist und bei unendlich wachsenden n sich dieser Parabel als Grenze nähert. Nach der Lehre von den einhüllenden Curven zeigt sich bei genauer Ansicht der Rechnung,**) dass, wenn k den Abstand irgend eines Theilpunktes (von C aus gerechnet) bezeichnet, $\Delta k = \frac{AC}{n}$ ist; dann bedeutet aber dk denselben Quotienten nur mit der Clausel, dass n als unendlich wachsende Zahl gedacht werden soll. Dagegen hat es hier gar keinen Sinn, dk für Null auszugeben. Bei der Quadratur ebener Curven stösst man auf dieselbe Deutung des Differentiales. Erstreckt sich die Fläche der Curve von $x = a$ bis $x = b$, ist

---

*) Schon der alte ehrwürdige Tobias Mayer sagt ebenso wahr als klar: „Ueberhaupt gedenken wir uns in der Mathematik das Unendliche nie im Zustande des würklichen Seyns, sondern nur im Zustande des Werdens; wir sagen nie, eine Grösse ist unendlich, sondern, sie wird unendlich." (Differentialrechnung S. 33.)

**) Vergl. d. Verf. Compendium der höheren Analysis. 2te Aufl. S. 131.

ferner $\delta = \frac{b-a}{n}$ und bedeuten $y_0, y_1, y_2 \ldots y_{n-1}$ die Ordinaten, welche den Abscissen $a, a+\delta, a+2\delta, \ldots a+(n-1)\delta$ entsprechen, so hat man bekanntlich

$$\begin{aligned} S &= Lim\,(y_0\delta + y_1\delta + y_2\delta + \ldots + y_{n-1}\delta) \\ &= Lim\,\Sigma y\delta, \qquad (\text{von } x = a \text{ bis } x = b-\delta), \\ &= Lim\,\Sigma y\,\Delta x = \int_a^b y\,dx, \end{aligned}$$

mithin ist wiederum $dx = \frac{b-a}{n}$ unter der Voraussetzung eines unendlich wachsenden n. — Diese Anschauungsweise geht bekanntlich durch die gesammte höhere Geometrie, Mechanik u. s. w., und es begreift sich deshalb schwer, wie der Verfasser zu seinen Unklarheiten kommen und sie festhalten konnte.

4. Auf S. 56 und 57 handelt es sich um den Beweis des Satzes: wenn u und v Functionen von x sind, so wird

$$\frac{df(u,v)}{dx} = \frac{\partial f(u,v)}{\partial u}\frac{du}{dx} + \frac{\partial f(u,v)}{\partial v}\frac{dv}{dx};$$

dazu benutzt der Verfasser die Gleichung

$$Lim\frac{f(u+\Delta u, v+\Delta v) - f(u, v+\Delta v)}{\Delta u} = \frac{\partial f(u,v)}{\partial u}.$$

und meint, dieselbe folge aus

$$Lim\frac{f(u+\Delta u, v) - f(u,v)}{\Delta u} = \frac{\partial f(u,v)}{\partial u}.$$

Nach einer schon von Arndt gemachten Bemerkung muss diese Schlussweise als hypothetisch bezeichnet werden. Die letzte Gleichung ist ohne Zweifel richtig, die erste aber enthält v nicht als Constante, und da v von x abhängt und daher auch mit u im Zusammenhange steht, so fragt es sich doch, ob die Anwesenheit von Δv ohne Einfluss ist oder nicht.

5. Bei den Reihenentwickelungen bedient sich der Verfasser meistentheils der Methode der unbestimmten Coefficienten, ohne jedoch über die Gültigkeitsgrenzen irgend eine Untersuchung anzustellen. Weiss denn der Verfasser nicht, dass man durch eine solche Handhabung jener Methode Alles beweisen kann, was man nur will. So findet man z. B.

$$sec\,x = 1 + \frac{1}{2}x^2 + \frac{5}{24}x^4 + \frac{61}{720}x^6 + \ldots;$$

die rechte Seite bleibt immer positiv, also hat wohl auch $sec\,x$ keinen Zeichenwechsel. Gestattet man sich aber einmal den Zweifel, ob die Gleichung über $x = \frac{1}{2}\pi$ hinaus richtig bleiben werde, so ist es immer noch fraglich, ob sie auch innerhalb des ganzen ersten Quadranten gilt; vielleicht beschränkt sich ihre Geltung auf das Intervall $x = 0$ bis $x = \frac{1}{4}\pi$ oder auf ein noch kleineres. Dies zu wissen, ist schon aus dem praktischen Grunde nothwendig, weil man die Reihen so häufig zur Integration benutzt; hiernach bleibt es z. B. unentschieden, ob die Formel

$$\int_0^{\frac{1}{2}\pi} x \sec x \, dx = \frac{1}{2}\left(\frac{\pi}{2}\right)^2 + \frac{1}{8}\left(\frac{\pi}{2}\right)^4 + \frac{5}{144}\left(\frac{\pi}{2}\right)^6 + \ldots.$$

richtig oder falsch ist. — Alles dies ist schon hundertmal gesagt und durch Beispiele belegt worden, aber es giebt in der That Wahrheiten, die man nicht oft genug wiederholen kann.

Am Ende des Capitels über die Reihenentwickelungen werden auch die Reste der Reihen von Taylor und Mac Laurin bestimmt — leider auf dem unbequemsten Wege, der gerade zu den minder brauchbaren Formen der Reste führt. Von einer Anwendung dieser Lehren ist keine Rede.

6. In § 42 begegnet man wieder dem so oft gerügten handgreiflichen Fehler, dass die Exponentialreihe, die vorher nur für reelle Exponenten bewiesen worden ist, sofort auf imaginäre Exponenten ausgedehnt wird. Wie kann man denn von einer Grösse e^{ix} reden, deren Bedeutung man nicht kennt und über die nicht einmal eine Definition gegeben ist. Wenn ein solcher Uebergang von den Exponentialgrössen zu den goniometrischen Functionen richtig wäre, so müsste es auch der umgekehrte Gang sein, nämlich

$$\cos x = 1 - \frac{x^2}{1.2} + \frac{x^4}{1.2.3.4} - \ldots.$$

mithin

$$\cos(ix) = 1 + \frac{x^2}{1.2} + \frac{x^4}{1.2.3.4} + \ldots.$$

d. h.

$$\cos(ix) = \tfrac{1}{2}(e^x + e^{-x}).$$

Hier springt freilich in die Augen, dass es gar keinen vernünftigen Sinn hat, ohne nähere Erklärung vom Cosinus eines imaginären Bogens zu reden; dasselbe gilt aber auch von e^{ix}.

Gleich darauf macht der Verfasser den weiteren Fehler, Sätze wie $e^u . e^v = e^{u+v}$, $(e^u)^m = e^{mu}$ für imaginäre u und v anzuwenden, obschon die gewöhnlichen Beweise jener Formeln nur bei reellen u und v eine klare Bedeutung haben. Der richtige Gedankengang ist gerade umgekehrt; aus der Definition

$$e^{x+iy} = Lim\left\{\left(1 + \frac{x+iy}{m}\right)^m\right\} = e^x(\cos y + i \sin y)$$

folgt nämlich, dass die obigen Formeln auch bei complexen Exponenten richtig bleiben, und zwar besteht dieses Resultat ganz unabhängig von der Reihenlehre.

7. Bei der Bestimmung des wahren Werthes von

$$\frac{F(a)}{f(a)} \text{ für den Fall } F(a) = 0, \; f(a) = 0,$$

geht der Verfasser von der Annahme aus, dass $F(a+h)$ und $f(a+h)$ nach dem Taylor'schen Satze entwickelbar sind. Wenn dieses Verfahren genau sein soll, so müssen wenigstens die Reste mitgerechnet werden (was der Verfasser unterlässt), aber die ganze Voraussetzung ist überflüssig, und es bedarf nur der Definition der Differentialquotienten, um den gesuchten wahren Werth zu erhalten.

Nach diesen Proben darf man schliessen, dass der Verfasser entweder die neuere mathematische Literatur nicht hinreichend kennt, oder dass er bei seinen Studien die Aufmerksamkeit immer nur auf die Resultate der Wissenschaft gerichtet hat, ohne die Grundbegriffe einer näheren Untersuchung zu würdigen und ohne sich nach den Gründen zu fragen, warum verschiedene Schriftsteller so verschiedene Methoden anwenden. Das Eine wie das Andere muss als wesentlicher Mangel bezeichnet werden; denn gerade von einem Lehrer verlangt man ausser einer nicht geringen Literaturkenntniss vorzugsweise Klarheit in den Grundbegriffen und ein sicheres Urtheil über die gegenseitige Stellung und den Werth der verschiedenen Methoden. Hoffen wir, dass es dem Verfasser gelingen möge, den in Aussicht gestellten zweiten Band befriedigender zu gestalten.

Schlömilch.

Bibliographie

vom 15. Juni bis 1. August 1863.

Periodische Schriften.

Sitzungsberichte der Kaiserl. Akademie der Wissenschaften. Mathem.-naturw. Classe. Jahrg. 1863. Heft 1 und 2. Wien, Gerold's Sohn in Comm. *pro compl.* 8 Thlr.

Abhandlungen der mathem.-physikal. Classe der Königl. Bayrischen Akademie der Wissensch. Bd. 9, Abth. 3. München, Franz. in Comm. 2⅔ Thlr.

Repertorium für Meteorologie, herausgeg. von der Kais. geograph. Gesellschaft zu Petersburg, redig. von L. F. Kämtz. 3. Bd., 1. Heft. Dorpat und Leipzig, Köhler. 6⅔ Thlr.

Annales de l'Observatoire de Paris, publiées par M. J. Leverrier. *Mémoires, tome VII. Paris, Mallet-Bachelier.* 27 Frcs.

Reine Mathematik.

Salmon, G., Vorlesungen zur Einführung in die Algebra der linearen Transformationen. Deutsch bearb. von W. Fiedler. Leipzig, Teubner. 1 Thlr. 24 Ngr.

Gronau, J. F. W., Ueber die allgemeine und volle Gültigkeit der mathematischen Formeln. Ein Beitrag zur Deutung des Negativen und Imaginären. 2. Theil, 1. Heft. Danzig, Ziemssen. 18 Ngr.

Féaux, B., Buchstabenrechnung und Algebra nebst Uebungsaufgaben. 3. Aufl. Paderborn, Schöningh. 17½ Ngr.

Köpp, G., Organische Entwickelung der ebenen und körperlichen Trigonometrie. Für Gymnasien, Realschulen etc. Eisenach, Bärecke. 1 Thlr. 18 Ngr.

Fort, O., und O. Schlömilch, Lehrbuch der analytischen Geometrie. 1. Theil Analyt. Geom. d. Ebene, von O. Fort. 2. Aufl. Leipzig, Teubner. 1¼ Thlr.

Joerres, P., Die Curven dritten Grades als Kegelschnitte betrachtet. Bonn, Henry. 8 Ngr.

Martus, H. C. E., Kegelschnittkantige Pyramiden und curvenkantige Prismen; von krummen Seitenflächen begrenzte Körper, welche sich cubiren lassen. Berlin, Springer. 1 Thlr.

Hoüel, J., *Essai d'une exposition rationelle des principes fondamentaux de la géometrie élémentaire.* Greifswald, Koch. ⅓ Thlr.

Angewandte Mathematik.

Freeden, W. v., Die Praxis der Methode der kleinsten Quadrate; für Anfänger bearb. 1. Theil. Braunschweig, Vieweg. 1 Thlr.

Steinhauser, A., Grundzüge der mathematischen Geographie und der Landkartenprojection. 2. Ausg. Wien, Beck's Univ.-Buchhandlung. 1 Thlr. 6 Ngr.

Weisbach, J., Lehrbuch der Ingenieur- und Maschinen-Mechanik. 1. Theil, 4. Aufl. 7—11 Lief. Braunschweig, Vieweg. 2⅓ Thlr.

Zeuner, G., Das Locomotiven-Blasrohr. Experimentelle und theoretische Untersuchungen über die Zugerzeugung durch Dampfstrahlen und über die saugende Wirkung der Flüssigkeitsstrahlen überhaupt. Zürich, Meyer & Zeller. 1⅚ Thlr.

Roerdansz, R., Ballistik, abgeleitet aus der graphischen Darstellung der Schuss- und Wurftafeln. Berlin, Vossische Buchhandlung. 1 Thlr. 12½ Ngr.

Carl, P., Die Principien der astronomischen Instrumentenkunde. Leipzig, Voigt & Günther. 2 Thlr.

Kepleri, J., *Opera omnia. Edidit* Ch. Frisch. Vol. IV. Fasc. 2. Frankfurt a. M., Heyder & Zimmer. 2 Thlr.

Hoppé, J. F., *Determination de l'orbite d'une comète par trois observations. — Attraction des ellipsoïdes homogènes.* Strassburg. Berger-Levrault & Sohn. 1 Thlr. 2 Ngr.

Petit, M. F., *Annales de l'Observatoire de Toulouse. Tome* 1. *Toulouse.*

Physik.

Seidel, L., Resultate photometrischer Messungen an 208 Fixsternen. München, Franz in Comm. 1⅚ Thlr.

Kirchhoff, G., **Untersuchungen über das Sonnenspectrum und die Spectren der chemischen Elemente.** 2. Theil. Berlin, Dümmler in Comm. $\frac{5}{6}$ Thlr.

Dub, J., **Die Anwendung des Elektromagnetismus mit besonderer Berücksichtigung der Telegraphie.** 2. Hälfte. Berlin, Springer. 3 Thlr. $2\frac{1}{2}$ Ngr.

Becquerel, M., *Recherches sur la température de l'air et sur celle des couches superficielles de la terre. (Extrait du Tome 32 de l'Académie des sciences.) Paris.*

Druckfehler in Heft 4: Literaturzeitung S. 65, Z. 10 v. u. statt „und mit den Werken" lies: „nur mit den Worten".
S. 66, Z. 13 nach „Uebersetzung" lies: „des Leonardo von Pisa".

Literaturzeitung.

Recensionen.

Olry Terquem. Biographische Notiz von M. Cantor.

Im Monat Mai des vorigen Jahres durchlief die mathematische Welt die traurige Nachricht, dass Herr Terquem, einer der Leiter der „*Nouvelles annales de mathématiques*" gestorben sei. Wenige Monate darauf erschien in der von ihm gegründeten Zeitschrift sein Nekrolog aus der Feder seines Nachfolgers, des Herrn E. Prouhet. Endlich brachte das diesjährige Juniheft derselben Zeitschrift einen biographischen Nachruf von Seiten des H. Chasles, eigentlich einen Auszug aus einem Berichte, welcher dazu bestimmt war, einen Jahresgehalt für die Wittwe des Verstorbenen aus den Mitteln der Versorgungsanstalt der Freunde der Wissenschaft zu erwirken. Diese beiden Aufsätze dienten mir als Quelle für die Notizen, welche ich gegenwärtig den Lesern unserer Zeitschrift vorlege, um auch in ihnen die Erinnerung an einen Ehrenmann wach zu erhalten, den Jeder, der ihn kannte, schätzen und lieben musste.

Olry Terquem wurde den 16. Juni 1782 in Metz geboren. Sein Vater, von Religion Jude und strenggläubig, wie es zu jener Zeit selbstverständlich war, liess ihn die Rabinerschule besuchen, in welcher er bis zu seinem 12. Jahre mit allen Feinheiten des Hebräischen bekannt wurde und die Spitzfindigkeiten des Talmuds zu deuten begann, ohne übrigens jemals einen eigentlich grammatischen Unterricht zu erhalten. Andere Kenntnisse vollends wurden gänzlich vernachlässigt. Diese Erziehungsweise war eben damals noch allgemein unter den Juden der deutsch-französischen Provinzen verbreitet, welche in jeder Beziehung tief unterhalb ihrer Glaubensgenossen diesseits des Rheines standen, fast ebenso tief wie diese selbst wieder unter den Juden Norddeutschlands, besonders Berlins. Von 1794 an erhielt der junge Terquem erst Unterricht in der deutschen Sprache, dem einige Jahre später der in der französischen Sprache folgte. In seinem elterlichen Hause wurde nämlich nur jener unbeschreibbare jüdische Provinzialdialekt von Metz gesprochen, der aus zufällig und sogar absichtlich verketzerten Bestandtheilen aller möglichen Sprachen zusammengesetzt die Erlernung auch der vaterländischen Sprachen, der des natürlichen wie des politischen Vaterlandes, als vollständig fremder Idiome nothwendig machte. Dieser Umstand machte Terquem noch viel zu schaffen, als er die für alle Confessionen frisch eröffnete Centralschule zu besuchen anfing und in ihr eine Menge neuer Dinge in einer Sprache vortragen hörte, welche ihm selbst noch Schwierigkeiten verursachte. Sein erster Versuch, Aufnahme in die polytechnische Schule zu erlangen, scheiterte an dieser unvollständigen Kenntniss des Französischen. Mit unbeirrtem Eifer setzte er seine Studien fort, und im October 1801 bestand er die Aufnahmeprüfung mit gutem Erfolge.

Dieselben Erfolge begleiteten seinen Aufenthalt an der Schule, welcher er bald als Klassenaufseher, wie wir heute sagen würden (damals hiess es Divisionschef), beigegeben wurde, und im April 1804 kam er nach Mainz, um den Lehrstuhl der höheren Mathematik am dortigen Lyceum einzunehmen. Er verband damit seit 1811 eine Professur an der ebendaselbst gegründeten Artillerieschule und wurde den 5. März 1812 zum Ehrendoctor promovirt. Als Mainz im Jahre 1814 durch deutsche Waffen wieder gewonnen war, musste Terquem es verlassen. Zwei Stellen wurden ihm gleichzeitig angeboten: die eine an dem Lyceum in Rheims, die andere an der Artillerieschule in Grenoble. Terquem schlug beide Stellen aus. Er fühlte, dass seine grenzenlose Wissbegierde nur in Paris selbst Nahrung finden konnte, und dass seine ganze wissenschaftliche Richtung durch diesen geistigen Heisshunger bedingt war. Terquem war keiner von jenen genialen Schriftstellern, welche unsere Bewunderung dadurch herausfordern, dass sie so zu sagen Alles neu schaffen, dass sie die Entdeckungen auch auf dem Gebiete ihrer Lieblingsforschungen, welche von Anderen herrühren, consequent unbeachtet lassen. Terquem's Verdienste gehören einer anderen Gattung an. Ihm fehlte der wesentlich spontane Erfindungsgeist; dagegen besass er den Trieb der Gelehrsamkeit, den Trieb alles Wissen in sich zu vereinigen und zu verarbeiten, und es dann in neuer Ordnung klarer und fasslicher zu reproduciren, als die Erfinder selbst es geschaffen hatten. Er fühlte, was er in dieser Weise zu leisten im Stande war, wenn er auch den Werth dieser Leistungen selbst in bescheidenster Weise anschlug, man kann wohl sagen unterschätzte. Er fühlte zugleich, dass wenn Männer der ersten Art an jedem Orte und in jeder Lebensstellung gedeihen können, für Männer der zweiten Art ein besonders vorbereiteter Boden nothwendig ist. Sie müssen Nahrung in reichem Masse aufnehmen können, um aus ihr die eigenen Producte bereiten zu können, denen es darum noch nicht an Selbstständigkeit fehlt. Ein solcher Boden fand sich für Terquem, als ihm die Vorstandsstelle der Artilleriebibliothek zu Paris mit dem Titel Professor angeboten wurde, und diesmal griff er eben so eifrig zu, als er vorher die Anerbieten spröde abgewiesen hatte.

Die Bibliothek war allerdings nur klein. Sie enthielt, als Terquem sie übernahm, nicht mehr als 300 Werke. Aber unter seiner Leitung vergrösserte sie sich überraschend schnell, und im gegenwärtigen Augenblick zählt sie zu den bedeutendsten Büchersammlungen des Faches. Auch dieser Umstand trug nicht wenig dazu bei, den wissenschaftlichen Charakter von Terquem's Forschungen zu bestimmen. Es war gewissermassen seine eigene Bibliothek, welche in den Räumlichkeiten der rue St. Thomas d'Aquin aufgestellt war. Jedes Buch fast war bei seiner Anschaffung durch seine Hände gegangen, jedes hatte er wenigstens flüchtig durchgesehen und den Inhalt in seinem wunderbar treuen Gedächtnisse aufbewahrt. Er war ein lebendiger Katalog seiner Büchersammlung. Dort, in dem Expeditionszimmer, hielt er sich stundenlang auf, um auf alle möglichen Fragen Antwort zu ertheilen, und an einen Besuch in diesem dem Publikum geöffneten Arbeitscabinete des bescheidenen Gelehrten knüpfen sich auch meine persönlichen Erinnerungen an ihn. Er war ein kleines Männchen mit scharf ausgesprochenen Zügen. Kleine glänzende Augen lagen tief unter der Stirne, über welcher ein wahrer Urwald von pechschwarzen Haaren sich ungestüm kräuselte. Die Unterhaltung mit ihm war nicht ganz leicht, da er damals schon, im Sommer 1856, ziemlich harthörig war. Hatte er sich aber an ein Organ erst einmal gewöhnt, so minderte sich diese Schwierigkeit bedeutend, und es war wohl der Mühe werth, es bis zu dieser Gewohnheit zu bringen, so angenehm und geistreich war sein Gespräch, so liebenswürdig waren sogar die zahllosen Zerstreutheiten, die er sich zu Schulden kommen liess. Terquem behielt die Stelle des Bibliothekars, sowie die für ihn damit verbundene Professur bis zu seinem Tode, und man scheint darnach für ihn eine Ausnahme von der statutenmässigen Vorschrift gemacht zu haben, nach welcher Professoren an Artillerieschulen mit dem 60. Lebensjahre pensionirt werden müssen.

Die erste wissenschaftliche Arbeit Terquem's, welche ich angegeben finde, ist eine Abhandlung in der „*Correspondance de l'école polytechnique*" vom Januar 1816. Sie ist historischen Inhaltes und beschäftigt sich mit der Algebra und Arithmetik der Indier, besonders des Brahmegupta und des Bhascara-Acharya, welche damals anfingen, im Auszuge bekannt zu werden, und welche, wie man weiss, ein Jahr später (1817) durch Colebrooke englisch herausgegeben wurden. Dieser Abhandlung folgte eine Reihe anderer in den verschiedenen französischen Zeitschriften, wie z. B. in den „*Annales de mathématiques*" von Gergonne, in dem Bulletin von Férussac, in dem „*Journal de mathématiques*" von Liouville, aus welcher ich nur die letztveröffentlichte Abhandlung: *Notice sur un manuscrit hébreu d'arithmétique d'Ibn Esra* aus dem Jahre 1841 (Journ. Mathém. VI, 275—296) nenne. Dieser mit grosser Sachkenntniss verfertigte Bericht über ein Werk aus dem S. XIII, also von einem ungefähren Zeitgenossen des Leonardo von Pisa, ist voller Interesse und verdiente in historischen Arbeiten weit mehr berücksichtigt zu werden, als ihm in der Regel widerfährt. Ich selbst muss mich solcher Unterlassungssünden anschuldigen, da mir die Abhandlung erst jetzt bekannt wurde. Im Jahre 1842 fasste Hr. Gérono den Plan, eine neue mathematische Zeitschrift zu gründen, welche elementarer gehalten als die übrigen damals bestehenden den jüngeren Candidaten der Wissenschaft sowohl zum Studium dienen könne, als auch zum Stapelplatze, wo sie selbst die Erstlingsfrüchte ihrer literarischen Thätigkeit abzusetzen Gelegenheit fänden. Terquem ging mit Vergnügen auf den Vorschlag ein, sich bei dem neuen Unternehmen zu betheiligen, und so entstanden die „*Nouvelles annales de mathématiques, Journal des candidats aux écoles polytechnique et normale*“, deren 22. Band gegenwärtig erscheint und für die Lebensfähigkeit des Unternehmens zeugt, während in Neapel seit Anfang dieses Jahres eine auf denselben Principien fussende neue Zeitschrift ins Dasein getreten ist, das „*Giornale di matematiche ad uso delli studenti delle università Italiane publicato per cura dei professori G. Battaglini, V. Janni e N. Trudi*“. Auch der seit 1861 erscheinende „*Oxford, Cambridge and Duplin Messenger of Mathematics*“ scheint ähnliche Zwecke zu verfolgen. Zur Verbreitung von historisch-mathematischen Kenntnissen, auf welche Terquem von Anfang an sein Augenmerk richtete, fügte er seiner Zeitschrift seit 1855 einen besonders paginirten Anhang bei, das *Bulletin d'histoire, de biographie et de bibliographie mathématiques*. Ich gestehe, dass ich mit dieser Absonderung nicht einverstanden bin, da sie geeignet ist, dem lesenden Anfänger die gegentheilige Meinung beizubringen, als der Herausgeber sicherlich beabsichtigte, die Meinung nämlich, als habe man es hier mit Kenntnissen zu thun, welche nicht in das allgemeine Bereich der mathematischen Wissenschaft gehören. Hr. Prouhet scheint gleichfalls meiner Ansicht zu sein und hat deshalb den Inhalt des seitherigen *Bulletin de bibl.* wieder mit der Zeitschrift verschmolzen. Ausser durch die historischen Notizen hat sich Terquem besonders durch solche Aufsätze um seine Leser verdient gemacht, welche neue Theorien in fasslicher Weise darstellen und zum Studium der Originalarbeiten anleiten sollen. Aufsätze von dieser Art finden sich von ihm in vielen Bänden seiner Zeitschrift. Eigentliche Bücher hat Terquem zwar auch geschrieben, sie sind aber theils äusserst elementarer Natur (Leitfaden der Algebra, der Geometrie, der Mechanik), theils Bearbeitungen deutscher und englischer Schriften und sind somit dem Auslande wenig bekannt worden. Ein der französischen Academie durch die Erben überreichtes Manuscript ist ein noch unedirter Commentar zu der *Mécanique céleste* des *Laplace* in 16 Heften von zusammen 1421 Seiten. Nach dem Urtheile von H. Chasles enthält er viel Wissenswürdiges.

Auch auf nichtmathematischem Gebiete ist Terquem als Schriftsteller mit Glück aufgetreten. Er veröffentlichte von 1821 bis 1837 neun Hefte: „Tsarphatische Briefe“ religiösen Inhaltes. Die Tendenz dieser Briefe spricht sich deutlich in dem Wahlspruche ihres Verfassers aus, zu welchem er noch am 11. April 1862 sich auf's Neue bekannte: „Rechtgläubig ist jeder Ehrenmann, ein Ketzer jeder Schurke“. Dass bei solchen Ansichten Terquem die Ehre der heftigsten Angriffe zu Theil wurde, versteht sich von selbst. Eine anti-reformistische Zeitschrift nannte ihn sogar ein von der Hölle ausgespieenes Ungethüm!

Ende April 1862 erkrankte Terquem, und während dieser Krankheit beschäftigte er sich noch wissenschaftlich. Er las mit grossem Genusse das Werkchen: *De motu animalium* von Borelli, welches er durch H. Chasles erhalten hatte, und wovon er einen Auszug für seine Zeitschrift vorbereitete.

Am 2. Mai wurde er jedoch bettlägerig, am 6. Mai war er eine Leiche. Die hinterbliebene Familie besteht aus einer Wittwe, mit welcher Terquem seit 1820 verheirathet war, aus drei Söhnen und zwei Töchtern. Die Söhne treten mit Erfolg in die wissenschaftlichen Fusstapfen des Vaters. Der älteste, Hr. Paul Terquem, ist Professor der Hydrographie in Dünkirchen. Für die Wittwe hat die durch Hrn. Thénard gestiftete *Société de secours des Amis des Sciences* auf den von Hrn. Chasles erstatteten Bericht hin einen Jahresgehalt von 1200 Francs beschlossen, eine wohlverdiente und um so höher anzuschlagende Begünstigung, als die Mittel jener Versorgungsanstalt 17000 Francs jährlicher Einkünfte nicht übersteigen.

—

J. A. MÜTTRICH: **Sammlung stereometrischer Aufgaben**, herausgegeben von H. v. BEHR, Oberlehrer: Königsberg, Verlag von J. H. Bon.

Nach Angabe der Vorrede war der Verfasser dieser Aufgaben lange Jahre hindurch Professor am Altstädter Gymnasium zu Königsberg in Preussen und hat es mit seltenem Geschick verstanden, bei den Schülern ein reges Interesse für seine Wissenschaft zu erwecken; namentlich legte er besonderes Gewicht auf die Stereometrie, welcher er durch sinnige Aufgaben einen eigenen Reiz zu verleihen wusste. — Es ist sehr zu bedauern, dass der verstorbene Müttrich sich niemals zur Veröffentlichung seines Lehrganges und seiner Aufgaben entschliessen konnte, denn die vorliegende Sammlung, welche H. v. Behr aus Schülerheften und Abiturientenarbeiten zusammengestellt hat, macht es sehr wahrscheinlich, dass die obigen Angaben keine Uebertreibung enthalten. In der That sind die meisten der mitgetheilten 178 Aufgaben sehr glücklich gewählt und wohl geeignet, bei den Schülern Interesse für die Stereometrie zu erregen. Ein grosser Theil der Aufgaben bezieht sich auf Projectionen, ebene Schnitte und Durchdringungen verschiedener Körper; ein kleinerer behandelt solche Fragen, bei denen der Schwerpunkt eine wesentliche Rolle spielt. Den leichteren Aufgaben sind die Lösungen ohne weiteres angehangen; bei schwereren finden sich Andeutungen über den zweckmässigsten Gang der Auflösung.

Mit Recht bemerkt der Herausgeber, dass gerade stereometrische Aufgaben das Vorstellungsvermögen weit kräftiger üben als es jede andere mathematische Disciplin vermögen würde; Ref. möchte dem beifügen, dass sich der Werth dieses Bildungsmittels noch bedeutend erhöht, wenn man

Constructionsübungen damit verbindet. Hierzu bedarf es keineswegs einer umständlichen descriptiven Geometrie, vielmehr reicht eine einfache Projectionslehre (Grundriss und Aufriss) vollkommen aus. Auch die instrumentalen Hülfsmittel sind kein Hinderniss; hält man die Zeichnungen im Formate der Schulhefte, so dass auf dem Blatte links die Figur und rechts der zugehörige Text steht, so lässt sich mit einem Lineale von circa 9 Zoll Länge, einem rechtwinkeligen Dreiecke aus Katheten von 4 Zoll und 6 Zoll, einem Einsatzzirkel und einer Reissfeder unglaublich viel ausrichten.

SCHLÖMILCH.

Das Locomotiven-Blasrohr. Experimentelle und theoretische Untersuchungen über die Zugerzeugung durch Dampfstrahlen und über die saugende Wirkung der Flüssigkeitsstrahlen überhaupt. Von Dr. GUSTAV ZEUNER, Professor der Mechanik und theoretischen Maschinenlehre am Eidgenössischem Polytechnicum zu Zürich.

Wie die Vorrede besagt, ist die Entstehung dieser Schrift aus dem Bestreben des Verfassers hervorgegangen, die einzelnen Theile der Locomotive und alle damit zusammenhängenden Fragen möglichst abgerundet und vollständig dem heutigen Standpunkte der Wissenschaft entsprechend darzustellen. Auch erfährt man aus der Vorrede weiter, dass in der That dieses Bestreben ein hinreichend gerechtfertigtes ist und nicht blos auf speculative Studien und Untersuchungen gerichtet sein sollte. — Gleich im Anfange der Einleitung wird der wichtige Ausspruch gethan, dass dem Theoretiker bei der Betrachtung der verschiedenen Theile einer Locomotive, eine ganze Reihe von Fragen entgegentreten, die nur sehr unbefriedigt beantwortet werden, ja sogar solche, bei denen nicht einmal der Versuch einer theoretischen Lösung vorliegt. Dieser Ausspruch ist in gewisser Beziehung sehr wahr; er kann aber leicht missverstanden werden und zu Betrachtungen führen, die nicht zu Gunsten des Theoretikers ausfallen möchten, sobald man die Forderungen der wissenschaftlichen und der praktischen Mechanik nicht scharf trennt. Hierüber musste sich schon Rankine in seinem Werke: „*A Manual of Applied mechanics*" aussprechen, indem er die Eigenthümlichkeiten in Beziehung auf die Behandlung der wissenschaftlichen und der praktischen Mechanik hervorzuheben sucht. Er sagt z. B.:

„In der wissenschaftlichen oder theoretischen Mechanik ist die Frage: Was haben wir zu denken! Findet sich ein zweifelhafter Punkt bei Beantwortung dieser Frage und fehlen hierzu auch die erfahrungsmässigen Thatsachen, oder ist der mathematische Calcül zur Behandlung der Frage noch nicht hinreichend ausgebildet, so ist es die Pflicht des philosophischen Verstandes, nicht über die Wahrscheinlichkeit der entgegenstehenden Annahmen zu streiten, sondern auf die Mittel zu denken, sowohl die experimentalen Untersuchungen, oder die mathematische Methode, oder auch beide, auszubilden und geduldig die Zeit abzuwarten, bis die Lösung der Aufgabe erfolgen kann.

Anders ist es aber in der praktischen Mechanik; hier ist die Frage: Was haben wir zu thun! Eine Frage, deren Lösung zur Annahme von Arbeitsregeln auffordert. Kommen hier zweifelhafte Punkte vor, so können wir mit unseren Maschinen und ihren Verbesserungen nicht auf die Fortschritte der Wissenschaft und der experimentalen Methoden warten; sondern müssen, wenn auch die Thatsachen zur genauen Auflösung der Aufgaben nicht vollständig vorhanden sind, die näherungsweise Lösung bewirken und müssen hierzu die besten vorhandenen Thatsachen benutzen, insofern sie sich zugleich als die richtigsten zeigen. Die Resultate solcher Lösungen stehen daher nicht unwandelbar fest, sondern sie unterliegen beständigen Aenderungen, welche sie vervollständigen und verbessern. Diese wohlthätigen Aenderungen stehen aber in genauem Zusammenhange mit den Fortschritten der rein wissenschaftlichen Forschungen, mit der Erweiterung und Vervollkommnung der experimentalen Untersuchungen und mit den Fortschritten der Praxis."

Dies Alles finden wir in dem vorliegenden Werke vollkommen bestätigt und es bedurfte vieler und neuer Experimente und beträchtlicher Fortschritte in der Wissenschaft, um neuere oder genauere Resultate gewinnen zu können.

Die Untersuchung über den Einfluss der Blasrohrvorrichtung der Locomotiven auf den Gang der Heizung und der Dampfentwickelung nach dem jetzigen Standpunkte der Wissenschaft liegt nun vor.

Zunächst hat der Verfasser in der Einleitung alles mit der obigen Untersuchung Einschlagendes geschichtlich kurz zusammengestellt und alsdann seine Untersuchung in 3 Abschnitten vorgelegt.

Im 1. Abschnitte sind die Versuchsresultate, welche mit einem besonderen Apparate gewonnen wurden, zusammengestellt.

Im 2. Abschnitte ist die Theorie der Zugerzeugung durch Dampfstrahlen abgehandelt.

Im 3. Abschnitte ist die anfachende Wirkung des Locomotivenblasrohres untersucht und festgestellt.

Schon der 1. Abschnitt ist in mehrfacher Beziehung interessant und wichtig. Es wird darin zunächst der Apparat beschrieben, mit welchem der Verfasser operirte und wobei schon mehrere Vorfragen über die Stellung und Anordnung gewisser Theile des Apparates zur Erledigung kommen. Dann folgen die Ergebnisse der Versuche mit geschlossenem Gehäuse und zuletzt die Ergebnisse der Versuche mit offenem Gehäuse (angesaugte Luftmengen). Es würde viel zu weit führen, in nähere Details dieses Abschnittes einzugehen und die aus den höchst zweckmässig und übersichtlich zusammen gestellten Tabellen, sofort in die Augen springenden wichtigen und neuen Resultate wenn auch nur ganz kurz, aufzuführen.

jenigen Fälle der Praxis, in denen man es mit der Zugerzeugung durch Dampfstrahlen zu thun hat und wobei der Dampf in einem Raume ausströmt, in welchem nahezu atmosphärische Pressung stattfindet, eine sehr gut passende, einfache Näherungsformel aufzustellen, von welcher dann später der geeignete Gebrauch gemacht wird.

Im 2. Kapitel wird nun auf Grundlage der entwickelten theoretischen Formeln, die Theorie der Vorgänge bei den Versuchen mit geschlossenem Gehäuse, und zwar zuerst das Wasser und dann der Dampf als saugende Flüssigkeit angenommen, entwickelt.

Im 3. Kapitel endlich die Theorie der Vorgänge bei den Versuchen mit offenem Gehäuse aufgestellt und zwar zunächst die saugende Wirkung der Flüssigkeitsstrahlen überhaupt und dann weiter der Dampfstrahlen am Versuchsapparate, so wie endlich die Berechnung der angesaugten Luftmenge vorgenommen.

Wie schon Eingangs bemerkt, ist nicht nur dieser zweite Abschnitt der wichtigste Theil des Werkes, sondern auch der reichhaltigste und umfassendste. Er giebt überraschende Aufschlüsse über die Wirkung verschiedener Apparate und stellt den inneren Zusammenhang der Resultate am Versuchsapparate, welchen die Tabelle V zum Theil schon aufdeckte, in voller Uebereinstimmung mit derselben und in voller Klarheit dar. Er ist als eine wesentliche Erweiterung und Bereicherung der Hydraulik anzusehen. Das zu lösende Problem erscheint bei der reichhaltigen Ausbeute, welche seine Lösung durch die allgemeinen Betrachtungen über den Ausfluss herbeigeführt haben, fast als ein untergeordneter Gegenstand und man möchte dem Verfasser beinahe einen Vorwurf darüber machen, dass er sein Werk nur mit dem Titel „Das Locomotiven-Blasrohr" einführte. Den Schluss dieses Abschnittes bildet die Aufstellung der Gleichung (84). Es wird nämlich das Verhältniss der Luftmenge L zu der Dampfmenge D, die das Herbeisaugen dieser Luftquantität bewirkt, aufgestellt und vom Verfasser ganz bescheiden als das eigentliche Ziel seiner Untersuchungen ausgegeben. Diese Gleichung bildet allerdings die Grundlage für die Untersuchungen im dritten Abschnitt und sie geben die eigentliche Lösung des vorgelegten Problemes.

Betrachtet man die Ergebnisse dieses 3. Abschnittes vom wissenschaftlichen Standpunkte aus, so muss man nicht blos zugeben, dass die Lösung des Problemes sich ermöglicht hat, sondern dass sie als eine gelungene zu bezeichnen ist. In der That werden alle Vorgänge der saugenden Wirkung des Blaserohres und alle übrigen im Zusammenhange stehenden Umstände so einfach und klar aus den theoretischen Grundlagen entwickelt, dass man mit grosser Befriedigung die herrliche Ausbeute dieser Untersuchungen entgegennimmt. Von diesem Standpunkte aus muss man anerkennen, dass alle die in Frage vorkommenden Vorgänge und Wirkungen ins Reine gebracht sind und der Werth gewisser Vorrichtungen um die

Zugwirkung des Blaserohres nach Umständen zu verändern, genau nachgewiesen ist.

Vom praktischen Standpunkte dagegen sind die gewonnenen Endresultate über die wirksamsten Vorrichtungen um die Zugwirkung des Blaserohres zu modificiren, nicht überraschend. Bereits ist man in der Praxis auf dem Wege des Probirens und Experimentirens ebenfalls dahin gelangt. Aber es ist nicht zu vergessen, dass man über den wahren Werth und über die eigenthümlichen Wirkungen dieser verschiedenen Vorrichtungen trotz alles Experimentirens doch nicht im Klaren war und auch nicht kommen konnte. Nur durch die Aufdeckung und Erkennung des inneren Zusammenhanges aller hier in Betracht zu ziehenden Vorgänge konnte der Praxis ein sicherer Weg über ihr weiteres Verhalten vorgezeichnet werden, und dies ist jedenfalls ein bedeutender Gewinn für dieselbe. Dies geht insbesondere hervor aus den Untersuchungen über das Ausströmen der Gase und Dämpfe unter veränderlichem Drucke und weiter über das Ausströmen des Dampfes aus dem Cylinder der Dampfmaschinen mit Schiebersteuerung. Diese Untersuchungen geben dann Aufschlüsse über den Blasrohrdruck und über die Luftverdünnung der Rauchkammer. Die Resultate dieser neuen und interessanten Untersuchungen haben durch Experimente bereits ihre Bestätigung gefunden.

Am Schlusse dieses Abschnittes berechnet endlich der Verfasser den Wirkungsgrad der Vorrichtung. An einem numerischen Beispiele ist einerseits zu ersehen, wie bedeutend der Aufwand an Pferdestärken ist, um die Zugwirkung zu erzeugen; andererseits aber auch, dass auch eine bedeutende Anzahl Pferdestärken unnütz verloren geht.

So liegt denn nun ein Werk vor, welches in der That den Bestrebungen des Verfassers in einer Weise entspricht, die ihm nur rühmende Anerkennung von Fachmännern zuführen kann.

Dass mit dem vorliegenden Werke die eigentlichen streng theoretischen Fragen nur innerhalb gewisser Beschränkungen beantwortet sind, die sich der Verfasser für seinen vorliegenden Zweck und bei der Schwierigkeit der Behandlung aufzulegen für zweckmässig und hinreichend fand, kann keinen Vorwurf begründen. Es ist nicht zu verhehlen, dass die rein theoretische Behandlung ohne Experiment noch immer nicht im Stande ist, das vorliegende Problem vollständig zu lösen. Ferner, dass es wünschenswerth gewesen wäre, die Experimente noch auf höhere Dampfspannungen auszudehnen. Aber demungeachtet hat die theoretische Behandlung des Problemes bei der Anschauungsweise des Verfassers die Uebereinstimmung schlagend nachgewiesen, woraus umgekehrt hervorgeht, dass bei dem jetzigen Standpunkte der Wissenschaft ein weit sicheres Eingehen und Zutreffen der gewonnenen Resultate bei Beurtheilung derartiger Vorgänge zu erwarten steht.

Endlich hebe ich noch hervor, dass der Verfasser die Arbeiten anderer

Schriftsteller, soweit sie bei der Lösung des vorliegenden Problemes irgend wie betheiligt sind, gewissenhaft anführt und die Beurtheilung ihrer Arbeiten in einer Weise vornimmt, die höchst ehrenhaft für den Verfasser ist und gewaltig gegen den Geschmack und Sitte in neuerer Zeit absticht, wo es unter den Männern der Wissenschaft fast Mode geworden ist, einander herunter zu machen — oder nicht zu kennen.

Die Ausstattung des Werkes ist sehr gut. SCHNEIDER.

Vorschule der Physik. Von Med. Dr. HERMANN PICK, Lehrer der Physik am k. k. akad. Gymnasium. Für die unteren Klassen der Mittelschulen. Mit 190 in den Text eingedruckten Holzschnitten. 8°. 184 Seiten. Wien, Gerold's Sohn.

Dieses Werk soll nach des Verfassers Absicht einen Leitfaden der Physik für die unteren Klassen der Mittelschulen bilden. Nach des Verfassers Meinung enthalten die für den ersten Unterricht bestimmten Lehrbücher zu viel Materiale und ein solches Werk solle nicht mehr enthalten, als sich mit den Schülern verarbeiten lässt. Das Werk enthält daher die Lehren der Experimentalphysik ohne alle mathematische Begründung, ja selbst grösstentheils ohne alle mathematischen Formen, was wir gerade nicht billigen, indem durch manche Formel sich eine ganze Reihe von Erscheinungen aussprechen lässt, die ohne die mathematische Zeichensprache erst seitenlange Erklärungen fordern. Das Werk zerfällt in 8 Kapitel, wovon Kap. I von den allgemeinen Eigenschaften und den Molekülarkräften, Kap. II von der Wärme, Kap. III von der Mechanik, Kap. IV vom Magnetismus, Kap. V von den elektrischen Erscheinungen, Kap. VI. vom Schalle, Kap. VII vom Lichte und Kap. VIII von der strahlenden Wärme handelt. Mit der in der Vorrede ausgesprochenen Ansicht des Verfassers, dass ein für untere Klassen bestimmtes Lehrbuch kein Auszug eines für obere Klassen bestimmtes sein dürfe, sind wir vollkommen einverstanden; es ist daher auch die Weglassung von Partien, wie Electricität durch Induction, Interferenz und Beugung des Lichtes u. s. w. ganz gerechtfertigt; ob es aber dem Verfasser, wie er sich in der Vorrede ausdrückt, gelungen ist, „durch scharfe Begriffsbestimmung, klare Sprache und sorgfältige Sichtung des Stoffes selbst Schüler von mittlerer Begabung in den Stand zu setzen, die besprochenen Erscheinungen aufzufassen," möchten wir bezweifeln, wie die Darlegung einiger besonders auffallenden Stellen bezeugen wird.

Seite 1 wird die Eigenschaft der Trägheit mit der trägen Masse verwechselt.

Seite 5 heisst es: „Alle Körper sind schwer und auch in gleichem Grade," was an dieser Stelle von den Schülern noch nicht verstanden werden kann, und im nächsten Abschnitte: „Es lässt sich nicht mit Recht erwarten, dass die Grösse des Druckes von der Menge der Massentheilchen abhängen wird." Wozu der Ausdruck „mit Recht." Der Satz ist ja schon im Vorhergehenden enthalten.

Seite 7 werden die Beispiele der Cohaesions- und Adhaesions-Erscheinungen in ganz verworrener Ordnung aufgezählt.

Seite 8: „Die gasförmigen Körper setzen dem Eindringen fremder Körper keinen Widerstand entgegen." Es giebt also auch keinen Widerstand des Mittels, könnte man daraus folgern.

Seite 8. Hinsichtlich der Adhäsion wird behauptet: „sie tritt nicht zwischen je zwei sich berührenden Körpern auf."

Seite 9: „Zwischen dem trockenen Finger und dem Quecksilber, andererseits zwischen dem benetzten Finger und dem Oele besteht keine Adhäsion." Weil die Cohäsion der Quecksilber- und Oeltheilchen grösser ist, als die Adhäsion zwischen Finger und Quecksilber oder Oel, so glaubt der Verfasser, es finde gar keine Adhäsion statt.

Seite 15: „Der Sauerstoff kommt nie rein, d. i. unverbunden in der Natur vor." Bei der Beschreibung des Versuches, um Sauerstoff zu gewinnen, wird zuerst mit der pneumatischen Wanne begonnen, von da auf die Retorte, dann auf das Gasentbindungsrohr und zuletzt wieder zu den Bestandtheilen der pneumatischen Wanne übergegangen.

Seite 15: „Phosphor in Sauerstoff gebracht, entzündet sich augenblicklich."

Seite 24: „Diesen Vorgang des Zerfallens organischer Körper und die Umwandlung in unorganische pflegt man je nach Verschiedenheit der Zersetzungsprodukte Gährung, Fäulniss und Verwesung zu nennen." Also Weingeist, der aus Zucker durch Gährung erhalten wird, wäre nach der Ansicht des Verfassers ein unorganischer Körper.

Seite 25: „Die Empfindungen der Wärme erscheinen uns angenehm, die der Kälte unangenehm."

Seite 26: „Jede Herabsetzung der Temperatur hat eine Volumsverminderung zur Folge." Manche Flüssigkeiten besitzen für eine bestimmte Temperatur ein Minimum des Volumens und von dieser Temperatur wird eine Herabsetzung derselben eine Vergrösserung des Volumens zur Folge haben.

Seite 27: „Das Quecksilber dehnt sich stärker aus als der Weingeist."

Seite 28—30. Der Verfasser verfertigt Thermometer auf folgende Art: zuerst wird die Kugel und ein Theil der Röhre mit Quecksilber gefüllt, dann die Theilung an die Röhre angebracht und zuletzt die Röhre zugeschmolzen.

Seite 34. Das Maximum der Dichte des Wassers findet bei $+ 4C$ statt und nicht bei $+ 4R$. Letztere Angabe kommt auf Seite 34 zweimal vor.

Seite 38. Zwei Kräfte, die auf denselben Punkt in entgegengesetzten Richtungen wirkend sich das Gleichgewicht halten, werden gleich genannt. Dieser Satz ist eine Definition und kein Lehrsatz. Die darauf folgende Darstellung der Zusammensetzung und Zerlegung der Kräfte zeichnet sich durch Unklarheit und Weitläufigkeit aus. Nicht weniger als 8 Seiten werden benöthigt, um die Sätze des Parallelogramm der Kräfte und der parallelen Kräfte auszusprechen.

Seite 57. Die Entstehung der Schraubenlinie ist ganz unverständlich dargestellt.

Seite 69—74, enthaltend das archimedische Princip und seine Anwendungen, lässt sich bequem auf zwei Seiten zusammenfassen.

Seite 81. Warum wird statt der Zeichnung der zweistiefeligen Luftpumpe nicht lieber eine einfache Zeichnung gegeben, aus welcher man das Spiel der Ventile ersehen kann? Dasselbe gilt auch von der Seite 84 gegebenen Zeichnung der Compressionspumpe.

Seite 88: „Den Dünsten kommt bei jeder Temperatur, die sie besitzen, eine ganz bestimmte Spannkraft zu.“ Dieser Satz ist mangelhaft, indem die Spannkraft auch von der Dichte abhängt.

Seite 90: „Die Haupttheile jeder Dampfmaschine sind: „der Dampfkessel, die Dampfsteuerung, der Dampfcylinder und der Kolben“ statt: der Dampfkessel, der Dampfcylinder mit dem Kolben und die Dampfsteuerung.

Seite 92, wo vom Falle in verticaler Richtung gehandelt wird, heisst es: „Geschieht dies im luftleeren Raume, so nennt man diese Art der Bewegung den freien Fall.“ Freier Fall heisst der Fall in verticaler Richtung im Gegensatze zu dem auf vorgeschriebener Bahn, z. B. auf einer schiefen Ebene.

Seite 100. Warum wird die Formel für die Schwingungsdauer eines einfachen Pendels $t = \pi \sqrt{\frac{l}{g}}$ nicht an die Spitze gestellt und daraus die Erscheinungen erläutert? Dieses wäre doch übersichtlicher als das zwei Seiten lange Gerede.

Seite 121: „Physiologische Wirkungen sind solche, die unsere Empfindungsnerven afficiren.“ Wenn sich unsere Muskeln in Folge electrischer Einwirkungen zusammenziehen, so bewirken dies die motorischen und keineswegs die sensitiven Nerven. Bei physiologischen Wirkungen werden beiderlei Nerven afficirt.

Seite 122. Niemand wird aus dieser Darstellung die Ursache der Verstärkung einer Leidnerflasche erkennen.

Seite 155. Die angegebene Regel, um die Anzahl der Bilder bei einem

Winkelspiegel zu bestimmen, ist nicht allgemein richtig. Kunzeck's Studien aus der höheren Physik.

Seite 174. Die Abbildung des Auges könnte hinsichtlich der Kristall-Linse naturgetreuer sein.

Seite 177. Dass wir die Gegenstände aufrecht sehen, obgleich das Bild auf der Netzhaut verkehrt ist, kommt daher, weil wir alle Gegenstände verkehrt sehen, also die relative Lage der einzelnen Gegenstände ungeändert bleibt.

Aus dieser Darstellung der auffallendsten Unrichtigkeiten und Verworrenheiten ergiebt sich, dass die Vorschule der Physik von Dr. M. Pick nicht einmal die bei solchen Werken doch leicht erreichbare Eigenschaft der Richtigkeit der physikalischen Theorieen besitzt. Berücksichtigt man noch die Begriffsverwirrung und Unklarheit der Darstellung, so können wir mit Recht unser Urtheil dahin aussprechen, dass uns auf diesem Gebiete der Wissenschaft noch nichts Schlechteres begegnet ist und dass wir alle Anfänger vor diesem Werke ernstlich warnen müssen.

Wien. Dr. Johann Frischauf.

Untersuchungen über das Sonnenspectrum und die Spectren der chemischen Elemente. Von G. Kirchhoff, Zweiter Theil. Besonderer Abdruck aus den Abhandlungen der Königl. Academie der Wissenschaften zu Berlin 1862. Mit 2 Tafeln. Berlin, gedruckt in der Druckerei der Königl. Academie der Wissenschaften. 1863. In Commission bei F. Dümmler's Verlags-Buchhandlung (Harrwitz und Gossmann).

Der erste Theil der Untersuchungen über das Sonnenspectrum ist im Jahrg. 1862 dieser Zeitschrift, Literatur-Ztg. S. 87, besprochen worden; die dem ersten Theile der Untersuchungen etc. beigegebenen Tafeln und Linienverzeichnisse enthalten nur den Theil des Sonnenspectrums und der Flammenspectren zwischen den Linien D und F (noch etwas darüber hinaus). Der zweite Theil der Untersuchungen etc. enthält auf 2 Steindrucktafeln die Resultate der von Hofmann mit denselben Apparaten und nach derselben Methode fortgesetzten Untersuchungen, die von Kirchhoff begonnen und im ersten Theil der Untersuchungen etc. dargestellt worden waren. Die beiden Steindrucktafeln des zweiten Theiles ergänzen die Steindrucktafeln des ersten Theiles, indem sie die Darstellung der Spectrallinien von A bis D und von F bis G liefern. Die im Text enthaltenen Spectrallinien-Verzeichnisse enthalten sowohl die Linien, die der eben angeführten Ergänzung angehören, als auch alle Spectrallinien, welche Hofmann bei der Untersuchung der Spectren von Kalium, Rubidium, Lithium, Cer, Lanthan, Didyn, Platin, Palladium und einer Legirung von Iridium und Ruthenium auffand.

Die Vorzüge der Einrichtung und Ausstattung, die bereits bei der Ankündigung des ersten Theiles hervorgehoben wurden, kommen auch dem zweiten Theile zu, so dass auch die Ergänzungen der Untersuchungen etc. durch den zweiten Theil den Physikern eine willkommene Erscheinung sein werden. **Dr. Kahl.**

Bibliographie

vom 1. August bis 15. November 1863.

Periodische Schriften.

Sitzungsberichte der K. Sächs. Gesellschaft der Wissenschaften. Mathem.-phys. Cl. 1862. Leipzig, Hirzel. ⅓ Thlr.

Sitzungsberichte der K. Bayr. Akademie der Wissenschaften. 1863. Bd. 1, Heft 3. München, Franz. 16 Ngr.

Sitzungsberichte der Kaiserl. Akademie der Wissenschaften zu Wien. Math.-naturw. Cl. 1863. Abth. 1, Hefte 1—3, und Abth. 2, Hefte 1—4. Wien, Gerolds Sohn. *pro compl.* à Abthlg. 8 Thlr.

Mémoires de l'académie imp. des sciences de Pétersbourg. Tome VI, no. 5—9. Leipzig, Voss. 4 Thlr. 16 Ngr.

Mélanges physiques et chimiques tirés du bulletin de l'académie de Pétersbourg. Tome V, no. 4. Ebendas. ⅓ Thlr.

Bibliotheca historico-naturalis, physico-chemica et mathematica, ed. A. Zuchold. 13. Jahrg. Heft 1, Januar — Juni 1863. Göttingen, Vandenhoeck & Ruprecht. 8 Ngr.

Reine Mathematik.

Winckler, A. Ueber einige Reductionsformeln der Integralrechnung. (Akad.) Wien, Gerold's Sohn. 6 Ngr.

Gordan, P. Ueber die Transformationen der Θ-Functionen. Inaug. Dissert. Giessen, Ferber. ⅓ Thlr

Hoppe, R. Einige mathematische Aufsätze. Berlin, Calvary & Comp. ⅓ Thlr.

Schweizer, Quadrattafeln, wie sie von Bessel für die Methode der kleinsten Quadrate vorgeschlagen wurden. Mitau, Reyher. 14 Ngr.

Stegemann, M. Grundriss der Differential- und Integralrechnung. 2 Thlr. Integralrechnung. Hannover, Helwing. 2 Thlr.

Grelle, F. Principien der Arithmetik. Hannover, Rümpler. 2 Thlr.

Lübsen, H. B. Ausführliches Lehrbuch der Arithmetik und Algebra. 6. Aufl. Leipzig, Brandstetter. 1⅓ Thlr.

Spitz, C. Lehrbuch der allgemeinen Arithmetik. 1 Thlr. Leipzig, Winter. 2 Thlr. 8 Ngr.

„ „ „ Anhang dazu. Resultate und Andeutungen zur Lösung der im Lehrb. befindl. Aufgaben. Ebendas. 10 Ngr.

Matzek, F. Lehrbuch der Arithmetik für Unterrealschulen. Brünn, Winiker. 1 Thlr. 6 Ngr.

Gernerth, A. Bemerkungen über ältere und neuere mathematische Tafeln. Wien, Gerold's Sohn. 8 Ngr.

Dase, Z. Factorentafeln für alle Zahlen der 8ten Million (7002001 bis 801000) mit den darin vorkommenden Primzahlen. Hamburg, Perthes-Besser & Maucke. 6 Thlr.

Junghann, G. Tetraedrometrie. 2. Theil. Die Eckenfunctionen in Verbindung mit den Längen-, Flächen- und Körpergrössen. Gotha, Thienemann. 1⅚ Thlr.

Gleue, A. Zur Theorie der Distanz- und Summenlinien. Inaug.-Dissert. Celle, Schulze. ⅓ Thlr.

Meyer, C. Lehrbuch der Geometrie für Gymnasien. 3 Thlr. Algebr. Geometrie und Trigonometrie. 3. Aufl. Mühlheim a. d. R. ⅔ Thlr.

Herold, F. Einleitung zur Geometrie. Nürnberg, J. L. Schmid. 4 Ngr.

„ „ „ Leitfaden zum Unterrichte in der ebenen Trigonometrie. Ebendas. ⅓ Thlr.

Funck, F. Das Euklidische System der Geometrie, als Leitfaden für den Unterricht etc. Berlin, Adolf & Comp. ¾ Thlr.

Angewandte Mathematik.

Ingenieurs Taschenbuch. Herausgeg. von dem Vereine „die Hütte." 5. Aufl. Berlin, Ernst & Korn. 1½ Thlr.

Schellen, H. Die Schule der Elementar-Mechanik und Maschinenlehre. 2 Thlr. 2. Aufl. Braunschweig, Vieweg. 2 Thlr. 24 Ngr.

Dienger, J. Studien zur analytischen Mechanik. Die allgemeinen Gesetze der Bewegung. Stuttgart, Metzler. ⅚ Thlr.

Völckers, J. Der Indicator. Anleitung zum Gebrauch desselben bei der Prüfung von Dampfmaschinen etc. Berlin, Gärtner. 1½ Thlr.

Bresson, C. Lehrbuch der Mechanik in ihrer Anwendung auf die physikalischen Wissenschaften, Künste und Gewerbe. Nach dem Französ. 1. Lief. Leipzig, Bänsch.

Redtenbacher, F. Der Maschinenbau. 2. Bd. Mannheim, Bassermann. 6 Thlr. 4 Ngr.

Sawitsch, A. Die Anwendung der Wahrscheinlichkeitstheorie auf die Berechnung der Beobachtungen und geodätischen Messungen, oder die Methode der kleinsten Quadrate. Deutsch bearb. von C. G. Lais. Mitau, Reyher. 2 Thlr. 22 Ngr.

Koristka, C. Hypsometrie von Mähren und Oestreichisch-Schlesien. Olmütz, Hölzel. 2 Thlr.

Stampfer, S. Theoretische und praktische Anleitung zum Nivelliren und den damit verwandten beim Eisenbahnbau vorkommenden Arbeiten. 5. Aufl. Wien, Gerold's Sohn. 1⅓ Thlr.

Littrow, C. v. Ueber die Methode der Längenbestimmung durch Differenzen von Circummeridianhöhen und deren Anwendung während der Weltumsegelung der Fregatte Novara. (Akad.) Wien, Gerold's Sohn. 5 Ngr.

Klinkerfues, E. F. W. Ueber die Construction von Störungstafeln für die kleinen Planeten. Göttingen, Dieterich. 12 Ngr.

Heis, E. Die grosse Feuerkugel vom 4. März 1863. Halle, Schmidt. ½ Thlr.

Morin, A. *Mécanique pratique. Etudes sur la ventilation. 2 Vols. Paris, Hachette et Comp.* 18 Frcs.

Girard, L. D. *Hydraulique. Utilisation de la force vive de l'eau. Critique de la théorie connue et exposé d'une théorie nouvelle. Paris, Mallet-Bachelier.* 15 Frcs.

Physik.

Dove, H. W. Die Stürme der gemässigten Zone mit besonderer Berücksichtigung der Stürme des Winters 1862—63. Berlin. Reimer. ¾ Thlr.

Sofka, F. O. Die kosmischen Abkühlungen, ein meteorologisches Princip. Wien, Prandel & Ewald. ⅔ Thlr.

Emsmann, G. Vorbereitender Cursus der Experimentalphysik. Frankfurt a. d. O., Harnecker & Comp. 6½ Ngr.

Eisenlohr, W. Lehrbuch der Physik. 9. Aufl. Stuttgart, Engelhorn. 2⅔ Thlr.

Müller-Pouillet, Lehrbuch der Physik. 6. Aufl. 2. Bd. 1. u. 2. Lief. Braunschweig, Vieweg. 1 Thlr.

DIBBITS, H. C. *De spectraal-analyse. Akademisch proefschrift. Rotterdam, Tassemeijer.* 2 f. 50 c.

WAARNEMINGEN, *meteorologische in Nederland en zijne bezittingen, on afwijkingen van temperatur en barometerstand op vele platsen in Europa. Uitgegeven door het kon. Nederlandsch meteorologisch instituut. Utrecht, Kemink et Zoon.* 5 f.

COLNET D'HUART, *Determination de la relation qui existe entre la chaleur rayonnante, la chaleur de conductibilité et la chaleur latente. Luxembourg, Bück.* ⅔ Thlr.

Mathematisches Abhandlungsregister.

1862.

Zweite Hälfte: 1. Juli bis 31. December.

A.

Abel's Theorem.

Vergl. Ultraelliptische Functionen 440, 441.

Aerodynamik.

220. *Sur la vitesse de propagation du son dans l'air.* Duhamel. *Compt. rend. LV,* 6, 221, 370. — Clausius *ibid.* 204, 367. — De Saint-Venant *ibid.* 205.
221. *Equations générales des petits mouvements des molecules des gaz, Application à la propagation du son.* Duhamel. *Compt. rend. LV.* 223.

Analytische Geometrie der Ebene.

222. Theorie der elliptischen Coordinaten in der Ebene. Grunert. Grun. Archiv XXXIX, 377.
223. *On a property of the fundamental triangle in trilinear coordinates.* Turnbull. *Quart. Journ. math. V,* 236.
224. *On the discontinuity of intrinsic equations of curves.* Walton. *Quart. Journ. math. V,* 260.
225. *Théorème sur une courbe du troisième ordre.* L. P. *N. ann. math. XXI,* 348.
226. *De parallelogrammis quorum latera per quattuor puncta data transeunt.* Lindmann. *Grun. Archiv XXXIX,* 348.
227. *Sur l'hypocycloïde.* Siucci. *N. ann. math. XXI,* 328.
228. *On certain systems of curves of the third degree passing through the vertices and the intersections of opposite sides and diagonals of a given quadrilateral.* S. Roberts. *Quart. Journ. math. V.* 54. — M. Roberts *ibid.* 365.

Vergl. Ellipse. Kegelschnitte. Kreis. Krümmung 351, 352, 353. Mechanik 364. Normallinien. Parabel.

Analytische Geometrie des Raumes.

229. *The equations of the straight line and plane in trilinear and quatriplanar coordinates.* Essen. *Quart Journ. math. V.* 373.
230. Theorie der elliptischen Coordinaten im Raume. Grunert. Grun. Archiv XXXIX, 402.
231. Ueber die elliptische Kegelfläche. Enneper. Zeitschr. Math. Phys. VII, 354.
232. *De quelques analogies de la géométrie du plan à celle de l'espace.* P. Serret. *Journ. Mathém. XXVII,* 377.

Vergl. Astronomie 236. Cubatur. Determinanten in geometrischer Anwendung 260, 261, 262, 269. Geodätische Linien. Krümmung 354, 355, 356. Oberflächen zweiter Ordnung. Sphärik.

Arithmetische Progression.

233. *Propriétés regulatives à des nombres premiers.* Guibert. *Journ. Mathém. XXVII,* 414. (*Vergl. Bd. VII. No.* 436.)
234. *Sur quatre nombres en progression arithmétique dont les extrèmes et un moyen sont des carrés.* Guibert. *N. ann. math. XXI,* 249.

Vergl. Reihen 421.

Astronomie.

235. *On the variations of the node and inclination in the planetary theory.* Cheyne. *Quart. Journ math. V*, 76. *(Vergl. Bd. VII, No. 221.)*
236. Transformation gewisser von Hansen aufgestellter Gleichungen ohne Hülfe von Transcendenten. Hopff. Astr. Nachr. LVII, 137.
237. *On the kinematical solution of certain problems in plane astronomy.* Walton. *Quart. Journ. math. V*. 289.
238. *The Gaussian constant k.* Newcomb. Astr. Nachr. LVII, 65. (Vergl. Bd. VII., No. 224.)

Vergl. Keppler's Problem. Geschichte der Mathematik 296, 297. Refraction. Tabellen.

Attraction.

239. *Attraction d'un plan sur un point.* De Tranquelléon. *N. ann. math. XXI*, 401. *(Vergl. No. 17.)*
240. Untersuchungen über die Anwendung eines Abbildungsprincipes auf die Theorie der Gravitation. Lipschitz. Crelle LXI, 22.

Vergl. Hypsometrie. Potential.

B.

Bestimmte Integrale.

241. Ueber bestimmte Integrale. Oettinger. Grun. Archiv XXXIX, 121, 241, 425.
242. Ueber einige Integralformeln. Schlömilch. Zeitschr. Math. Phys. VII, 262.
243. Ueber einige bestimmte Integrale. Enneper. Zeitschr. Math. Phys. VII, 346.
244. Ueber einige bestimmte Integrale. Heine. Crelle LXI, 356.
245. Ueber die Integrale $\int_0^\infty \frac{\cos a x}{1+x^2} dx$ und $\int_0^\infty \frac{\sin x}{x} dx$. Zehfuss. Zeitschr. Math. Phys. VII, 445.
246. Ueber das bestimmte Integral $\int_0^\infty \frac{1-\cos x^m}{x^2} dx$. J. Stefan. Zeitschr. Math. Phys VII, 356.

Vergl. Reihen 420.

C.

Cartographie.

247. *On projections for maps applying to a very large extent of the earth's surface.* James et Clarke. *Phil. Mag. XXIII*, 306.

Combinatorik.

248. Ueber eine der Theilung der Zahlen ähnliche Untersuchung und deren Anwendung auf die Theorie der quadratischen Reste. Stern. Crelle LXI, 66.
249. Zur Theorie der quadratischen Reste. Stern. Crelle LXI, 334.
250. *On the puzzle of the fifteen young ladies.* Kirkman. *Phil. mag. XXIII*, 198.
251. *Sir Wm. Hamilton's icosian game.* Herschel. *Quart Journ. math. V*, 305.

Cubatur.

252. Ueber den Inhalt der Kugel und verwandter Körper. Wittstein. Grun. Arch. XXXIX, 1.
253. *Cubature de la surface des ondes.* W. Roberts. *Compt. rend. LV*, 593.
254. *Note sur les volumes des surfaces podaires.* T. A. Hirst. *Compt. rend. LV*, 572.

Vergl. Maxima und Minima 360.

D.

Determinanten.

255. *On the covariants of a binary quantique of the n'th degree.* M. Roberts. *Quart. Journ. math. V*, 144.
256. *On some applications of algebra to the theory of covariants.* M. Roberts. *Quart. Journ. math. V*, 18.

257. Zwei Sätze über Determinanten. Zehfuss. Zeitschr. Math. Phys. VII, 436.
258. Anwendungen einer besonderen Determinante. Zehfuss. Zeitschr. Math. Phys. VII, 439.
259. Ueber Determinanten aus Unterdeterminanten. Franke. Crelle LXI, 350.
Vergl. Differenzengleichungen 273. Integralrechnung. Kettenbrüche 345.

Determinanten in geometrischer Anwendung.

260. *On a new analytical representation of curves in space.* Cayley. *Quart. Journ. math. V*, 81. *(Vergl. Bd. V, No.* 290.)
261. *Notes on tetrahedral and quadriplanar coordinates.* Ferrers. *Quart. Journ. math. V*, 172.
262. *On certain properties of the tetrahedron.* Ferrers. *Quart Journ. math. V*, 167.
263. *Determination of the foci of the conic section expressed by trilinear coordinates.* Hensley. *Quart. Journ. math. V*, 177.
264. *On the determination of the foci of a conic.* Salmon. *Quart. Journ math. V*, 307.
265. *On the conics which pass through the four foci of a given conic.* Cayley. *Quart. Journ. math. V*, 275.
266. *Determination of the trilinear equation of the axes of a conic section.* Hensley. *Quart. Journ. math. V*, 273.
267. *Determination of the trilinear equation to the axes of a conic section.* Whitworth. *Quart. Journ. math. V*, 335.
268. *On the eqvation of the six-points circle.* Greer. *Quart. Journ. math. V*, 313.
269. Ueber die der Ellipse parallele Curve und die dem Ellipsoid parallele Fläche. Fiedler. Grun. Archiv XXXIX, 19, 480. (Vergl. Bd. VII, No. 39.)
270. *Remarques concernant le problème du polygone inscrit et circonscrit.* Cayley. *Compt. rend. LV*, 700.
271. *On some formulae relating to the distances of a point from the vertices of a triangle and to the problem of tactions.* Cayley. *Quart. Journ. math. V*, 381.
272. *On the construction of the ninth point of intersection of the cubics which pass through eight given points.* Cayley. *Quart. Journ. math. V*, 222.
Vergl. Maxima und Minima 360.

Differentialgleichungen.

273. *Mémoire sur l'intégration des équations differentielles.* Malmsten *Journ. Mathém. XXVII*, 257.
274. *On Petzval's asymptotic method of solving differential equations.* Spottiswoode. *Quart. Journ. math. V*. 154.
275. *On a new species of differential equations.* Cockle. *Phil. mag. XXIV*, 37.
276. *On the transformation of a certain differential equation.* Cayley. *Phil. Mag. XXIII*, 266.
277. Ueber die Integration der Gleichung $(a_n+b_n x)y^{(n)}+(a_{n-1}+b_{n-1}x)y^{(n-1)}+\ldots+(a_1+b_1 x)y'+(a_0+b_0 x)y=0$. S. Spitzer. Zeitschr. Math. Phys. VII, 261.
278. Ueber die partielle Differentialgleichung zweiter Ordnung: $Rr+Rs+Tt+U(s^2-rt)=V$. Boole. Crelle LXI, 309.
279. Ueber partielle Differentialgleichungen von der Form $x\frac{d^n x}{dz^n}=\frac{d^n z}{dy^n}$. S. Spitzer. Zeitschr. Math. Phys. VII, 343. (Vergl. Bd. IV, No. 51.
Vergl. Aerodynamik 221. Hydrodynamik 326. Mechanik 361. Pfaff'sches Prodlem. Ultraelliptische Functionen 439.

Differenzengleichungen.

280. *On the integral of the général equation in differences.* Sylvester. *Phil. Mag. XXIV*, 436.

E.

Elasticität.

281. *On the internal pressures within an elastic solid.* Warren. *Quart. Journ. math. V*, 109.
282. *On the relation of the lateral contraction to the longitudinal expansion in rods of spring steel.* G. Kirchhoff. *Phil. Mag. XXIII*, 28.

Elektrodynamik.

283. Untersuchungen über die Anwendung eines Abbildungsprincipes auf die Theorie der Vertheilung der Elektricität. **Lipschitz.** Crelle LXI, 1. [Vergl. Bd. VI, No. 54, 55.]

284. Anwendung der Potentialausdrücke auf die Theorie der molekular-physikalischen Fernewirkungen und der Bewegung der Elektricität in Leitern. **Roch.** Crelle LXI, 283.

Ellipse.

285. *Théorème sur l'ellipse.* *Delorme.* *N. ann. math. XXI,* 316. — *Ferfik ibid.* 317. [Vergl. No 53.]

286. *On Lambert's angles.* *Walton.* *Quart. Journ. math. V,* 86.

Vergl. Determinanten in geometrischer Anwendung 269. Elliptische Functionen. Normallinien.

Elliptische Functionen.

287. *Sur la théorie des fonctions elliptiques et ses applications à l'arithmétique.* *Hermite.* *Compt. rend. LV,* 85.

288. Ueber die complexe Multiplication der elliptischen Functionen. **Kronecker.** Berl. Acad. Ber. 1862, 463.

289. Vervielfachung und Theilung der elliptischen Integrale und damit im Zusammenhange stehende Eigenschaften confocaler Kegelschnitte. **C. Küpper.** Zeitschr. Math. Phys. VII, 239.

290. *On the Gudermannian of u,* $gd.u=\frac{1}{i}\log\tan(\frac{1}{4}\pi+\frac{1}{2}ui)$. *Cayley.* *Phil. Mag. XXIV,* 19.

Vergl. Quadratische Formen 407.

F.

Foucault'scher Pendelversuch.

91. Ueber die Abweichung des freien Falles der Körper von der Verticalen. **Matthiessen.** Zeitschr. Math. Phys. VII, 252. [Vergl. Bd. VI, No. 64.]

G.

Geodätische Linien.

292. Zur Theorie der geodätischen Linien. **Boeklen.** Grun. Archiv XXXIX, 189.

Vergl. Krümmung 354, 355.

Geometrie (descriptive).

293. Neue analytische Darstellung der Haupteigenschaften der stereographischen Projection. **Grunert.** Grun. Archiv XXXIX, 332.

Vergl. Cartographie. Sphärik 429.

Geometrie (höhere).

294. *Mémoire de géométrie pure sur les cubiques gauches.* *Cremona.* *N. ann. math. XXI,* 287, 366.

295. *Etude sur les singularités des surfaces algébriques.* *De Jonquières.* *Journ. Math. XXVII,* 409.

Geschichte der Mathematik.

296. Ueber die Identität der Angaben von der Dauer des längsten Tages bei den Chaldäern, Chinesen und Indern. **Weber.** Berl. Acad. Ber. 1862, 222.

297. *On Chinese astronomical epochs.* *J H. Pratt.* *Phil. Mag. XXIII,* 1, 496.

298. *Ouvrages sur le calcul des variations.* *Terquem.* *N. ann. math. XXI, Bulletin de bibl.* 55.

299. Ueber Friedrich Theodor Schubert. **E. M. Arndt.** Grun. Arch. XXXIX, 479.

300. Ueber die neue Ausgabe der Werke von Gauss. Astr. Nachr. LVII, 53. — Quart. Journ. math. V, 288.

301. *Documents relatifs à la vie et aux travaux scientifiques ou litteraires de Jean-Baptiste Biot.* *Lefort.* *N. ann. math. XXI, Bulletin de bibl.* 57.

302. *Notice sur la vie et les travaux d'Olry Terquem.* *Prouhet.* *N. ann. math. XXI, Bulletin de Bibl.* 81.

303. Nekrolog von C. F. Pape. **Peters.** Astr. Nachr. LVII, 321.

Vergl. Quadratur 411. Reihen 424.

Gleichungen.

304. *Note on Descartes rule of signs.* Walton. *Quart. Journ. math. V*, 153.
305. *Theory of generic equations.* Blissard. *Quart. Journ. math. V*, 58, 185. [Vergl. Bd. VII, No. 302.]
306. *On transcendental and algebraic solution.* Cockle. *Phil. Mag. XXIII*, 135. [Vergl. Bd. VII, No. 81.]
307. *On the theory of the transcendental solution of algebraic equations.* Harley. *Quart. Journ. math. V*, 337.
308. *Note on the higher algebra.* Cockle. *Quart. Journ. math. V*, 1. [Vergl. Bd. VI, No. III.]
309. *Dn certain properties of the roots of algebraic equations.* Cockle. *Quart. Journ. math. V*, 291.
310. *On Abelian cubics and on symmetrical equations.* Cockle. *Quart. Journ. math. V*, 237.
311. *Notre sur la réalité des racines d'une équation quadratique.* Cayley. *Crelle LXI*, 367. [Vergl. No. 35.]
312. Ueber die Zerlegung der Function $ax^2+bxy+cy^2+dx+ey+f$ in zwei lineare Factoren. Grunert. Grun. Archiv XXXIX, 98.
313. Umformung von zwei Producten. Grun. Archiv XXXIX, 120.
314. Zu Clausen's Behandlung des *casus irreducibilis*. G. F. Meyer. Grun. Archiv XXXIX, 235.
315. Neue Auflösung der Gleichungen des vierten Grades. Grunert. Grun. Archiv XXXIX, 198.
316. Zu Schlömilch's Auflösung der Gleichungen vierten Grades. G. F. Meyer. Grun. Archiv XXXIX, 230. [Vergl. Bd. VII, No. 83.]
317. Die Gleichungen $x-y=a$ u. $x^4-y^4=a^4$. Grunert. Grun. Archiv XXXIX. 354.
318. *On the algebraic resolution of equations of the fifth degree.* Jerrard. *Phil. Mag. XXIII*, 146, 196, 469; *XXIV*, 193, 457. — Cayley. *Phil. Mag. XXIII*, 195; *XXIV*, 290. — Cockle. *Phil. Mag. XXIV*, 289.
319. *On the theory of quintics.* Harley. *Quart. Journ. math. V*, 248. [Vergl. Bd. VI, No. 121.]
320. *Determination of the forms of the roots of solvible quintic équations, whose coefficients are functions of a variable.* Young. *Quart. Journ. math. V*, 212.
321. *Elimination d'un angle φ entre deux équations transcendantes.* Beltrami. *N. ann. math. XXI*, 315. [Vergl. No. 90.]
322. $f(x)=0$ *étant une équation algébrique dont toutes les racines sont réelles et inégales, les racines de l'équation* $\dfrac{d^n \frac{1}{f(x)}}{dx^n}=0$ *seront toutes imaginaires.* Colombier. *N. ann. math. XXI*, 244.
323. *De la méthode des substitutions successives pour le calcul des racines des équations.* Sancery. *N. ann. math. XXI*, 305, 384.
324. *Sur la méthode d'approximation de Newton.* Lemonnier. *N. ann. math. XX*, 243. [Vergl. No. 89.]
325. Beiträge zu Weddle's Methode der Auflösung numerischer Gleichungen. Popper. Zeitschr. Math. Phys. VII, 384.

Vergl. Determinanten 255, 258. Kettenbrüche 344. Operationscalcul 387. Planimetrie 403. Zahlentheorie 453, 455.

H.

Hydrodynamik.

326. *On the general differential equations of hydrodynamics.* Challis. *Phil. Mag. XXIII*, 436.
327. Ueber Hydrodiffusion. Beez. Zeitschr. Math. Phys. VII, 227. [Vergl. Bd. V, No. 102.]
328. *On Ostrogradsky's hydrostatical shell.* Walton. *Quart. Journ. math. V*, 209.

Hypsometrie.

329. Ueber die Formeln für barometrische Höhenmessungen. Guldberg. Zeitschr. Math. Phys. VII, 359. [Vergl. No. 194.]

I.

Imaginäres.

330. *Nouvelle théorie des fontions de variables imaginaires.* Marie. *Journ. Mathém. XXVII*, 425. [Vergl. No 96.]
Vergl. Gleichungen 322.

Integralrechnung.

331. Ueber eine neue algebraische Behandlungsweise der Integrale irrationaler Differentiale von der Form $\Pi(x, y)\,dx$, in welcher $\Pi(x, y)$ eine beliebige rationale Function ist und zwischen x und y eine allgemeine Gleichung zweiter Ordnung besteht. Aronhold. Crelle LXI, 95.

Interpolation.

332. *Méthode d'interpolation de Gauss pour des demi intervalles d'argument. N. ann. math. XXI*, 253.

K.

Kegelschnitte.

333. Kegelschnitte, welche durch dieselben vier Punkte gehen, bestimmen mit einer beliebigen geraden Transversalen ein System involutorischer Segmente. Cayley und Fiedler. Zeitschr. Math. Phys. VII, 269.
334. Eine Ergänzung des Satzes über die Involution eines Kegelschnittbüschels. Fiedler. Zeitschr. Math. Phys. VII, 270.
335. *Conique passant par 9 points d'une quadrilatére complet.* Haus et Vandesbroncque. *N. ann. math. XXI*, 458.
336. *Geometrical theorems.* Salmon. *Quart. Journ. math. V*, 362.
337. *On the radical axis of two similar and similarly situated conics.* Ferrers. *Quart. Journ. math. V*, 312.
338. *Théorème de Steiner sur deux coniques homothétiques.* Janni. *N. ann. math. XXI*, 335.
339. *Pascal's théorem.* Challis. *Quart. Journ. math. V*, 183.
340. *Sur le lieu du sommet d'un angle, dont les côtés sont respectivement tangents à deux coniques.* Caqué. *N. ann. math. XXI*, 402.
341. *On M. Cullaghs property of a self-conjugate triangle and Sir W. Hamilton's law of force for a body describing a conic section.* Casey. *Quart. Journ. math. V*, 233.
Vergl. Determinanten in geometrischer Anwendung 263—267. Ellipse. Elliptische Functionen 289. Kreis. Parabel.

Keppler's Problem.

342. Ueber das Keppler'sche Problem. Wolfers. Astr. Nachr. LVII, 113, 207.
343. Ueber das Keppler'sche Problem speciell bei den Planeten. Karlinski. Astr. Nachr. LVII, 183.

Kettenbrüche.

344. Ueber die Kettenbrüche, welche Wurzeln cubischer Gleichungen darstellen. Märcker. Grun. Archiv XXXIX, 39.
345. Ueber die Transformation von Reihen in Kettenbrüche. Herm. Hankel. Zeitschr. Math. Phys. VII, 338.

Kreis.

346. *Théorèmes géométriques.* P. Serret. *N. ann. math. XXI*, 323. — Nicolaïdes *ibid.* 464.
347. Ort der Durchschnittspunkte der Höhen in den Dreiecken, welche über einer und derselben Sehne als Grundlinie einem Kreise einbeschrieben sind. Grunert. Grun. Archiv XXXIX, 352.
348. *Théorème sur les axes radicaux d'une circonférence donnée et d'une circonférence variable.* Delafond et Mahuet. *N. ann. math. XXI*, 312. — Kessler *ibid.* 344.
349. *On coaxial circles.* Casey. *Quart. Journ. math. V*, 43, 118.
350. *Properties of the eight circles, which are tangential to three given circles.* Casey. *Quart. Journ. math. V*, 318.
Vergl. Determinanten in geometrischer Anwendung 268.

Krümmung.

351. *Deux théorèmes sur les rayons de courbure et l'angle d'incidence d'une courbe.* P. Serret. *N. ann. math. XXI*, 325.
352. *Relation entre des rayons de courbure.* Viaut. *N. ann. math. XXI*, 337. [Vergl. No. 108.
353. *Sur le rayon de courbure de la développée d'une certaine courbe.* Sacchi. N. *ann. math. XXI*, 321.
354. *On lines of curvature and geodesic lines.* Joyce. *Quart. Journ. math. V*, 265.
355. *Théorèms on lines of curvature und geodesic lines on an ellipsoid.* Laing. *Quart. Journ. math. V*, 367.
356. Ueber ein in Gyps gegossenes Modell der Krümmungsmittelpunktsfläche des dreiaxigen Ellipsoids von Schwarz. Kummer. Berl. Acad. Ber. 1862, 426.

Kugelfunctionen.

357. Ueber die Reflexion an einer Kugelfläche. Clebsch. Crelle LXI, 195.

L.

Laplace'sche Function.

358. *Geometrical proof of the fundamental principle of Laplace's functions.* Pratt. *Phil. Mag. XXIV*, 504.

M.

Maxima und Minima.

359. *On the criteria of maxima and minima of functions of two independent variables.* Walton. *Quart. Journ. math. V*, 20.
360. *Détermination du volume maximum d'une tétraèdre dont les faces ont des aires données.* Painvin. *N. ann. math. XXI*, 267, 353, 414. [Vergl. No. 113.]
   Vergl. Analytische Geometrie der Ebene 226.

Mechanik.

361. *Sur l'intégration des équations différentielles du mouvement.* Sokoloff. *Compt. rend. LV*, 99.
362. *Sur le principe de la moindre action.* Sokoloff. *Compt. rend. LV*, 46.
363. *On physical lines of forces.* Maxwell. *Phil. Mag. XXIII*, 12, 85. [Vergl. Bd. VII, No. 120.]
364. *Sur un pendule s'enroulant sur une certaine courbe.* Vieille. *N. ann. math. XXI*, 247. — Dieu *ibid.* 378. [Vergl. No. 121.]
365. *On the motion of a plate of metal on an inclined plane when dilated and contracted.* Mosely. *Phil. Mag. XXIII*, 72.
366. *Note sur une question de mécanique.* Viant. *N. ann. math. XXI*, 381.
   Vergl. Aerodynamik. Astronomie. Attraction. Elasticität. Elektrodynamik. Foucault's Pendelversuch. Hydrodynamik. Kegelschnitte 341. Optik. Potential. Schwerpunkt. Trigonometrie 437. Wärmetheorie. Wellenbewegung.

N.

Normallinien.

367. *De l'équation du systéme de quatre normales menées d'un point à une ellipse.* Crofton. *N. ann. math. XXI*, 449.

O.

Oberflächen.

368. Allgemeine Eigenschaften der algebraischen Flächen. Dietrich. Zeitschr. Math. Phys. VII, 398.
369. Untersuchungen über die Theorie der Linien auf den Flächen. Boeklen. Grun. Archiv XXXIX, 204.
370. Ueber einige Formeln aus der analytischen Geometrie der Flächen. Enneper. Zeitschr. Math. Phys. VII, 313, 365. [Vergl. No. 126.]
371. Ueber die Brennfläche eines Strahlenbündels, welches durch ein System von centrirten sphärischen Gläsern hindurch gegangen ist. Seidel. Berl. Acad. Ber. 1862, 695.

372. *On certain relations between the tangent planes and radii of the wave-surface and the ellipsoid of construction.* Walton. *Quart. Journ. math. V*, 285.
373. *On some applications of a theorem relating to parallel surfaces.* W. Roberts. *Phil. Mag. XXIV*, 89.
374. Geometrisches. Bischoff. Crelle LXI, 369.
375. *On the skew surface of the third ordre.* Cayley. *Phil. Mag. XXIV*, 514.
Vergl. Cubatur 253, 254. Geometrie (höhere) 295.

Oberflächen zweiter Ordnung.

376. Zur analytischen Behandlung der Oberflächen zweiter Ordnung; insbesondere über homofocale und conjugirte Oberflächen. W. Fiedler. Zeitschr. Math. Phys. VII, 217, 285. [Vergl. No. 133.]
377. *Surface gauche du second ordre engendrée par une droite glissant d'une certaine façon sur deux autres non situées dans un même plane.* Schnée. *N. ann. math. XXI*, 318, 379.
378. *Génération géométrique d'une surface du second ordre.* Schnée, Bartet et Lebasteur. *N. ann. math. XXI*, 345.
379. *Toute surface conique qui ayant son sommet au foyer d'une surface de révolution du second ordre, passe par une section plane quelconque de cette surface, est elle même une surface de révolution.* Bartet. *N. ann. math. XXI*, 212.
380 *Surface du second degré ayant pour centre le centre de gravité d'un tétraèdre.* Andlauer et Chauveau. *N. ann. math. XXI*, 402.
381. *On the equations of the planes of circular section of a surface of the second degree represented by tetrahedral coordinates.* Ferrers. *Quart. Journ. math. V*, 78.
238. *Problème sur une paraboloide hyperbolique.* Romard. *N. ann. math. XXI*, 470.
Vergl. Determinanten in geometrischer Anwendung 269. Krümmung 355, 356. Sphärik.

Operationscalcül.

383. *On some general theorems in the calculus of operations and their applications.* Warren. *Quart. Journ. math. V*, 29.
384. *Theorems in the calculus of symbols.* Russell. *Phil. Mag. XXIII*, 282.
385. *Correlations of analysis.* Cockle. *Phil. Mag. XXIV*, 531.
386. *On symbolical decomposition.* Cockle. *Phil. Mag. XXIV*, 288.
387. *On the existence of a symbolic and biquadratic equation which is satisfied by the symbol of linear or distributive operation on a quaternion.* W. R. Hamilton. *Phil. Mag. XXIV*, 127.
388. *Note on the m'th differences of* 0. Scott. *Quart. Journ. math. V*, 323.
Vergl. Reihen 422, 423.

Optik.

389. *Explanations of phenomena of light on the hypothesis of undulations.* Challis. *Phil. Mag. XXIV*, 462.
390. *On certain analytical relations between conjugate wave-velocities, ray-velocities and planes of polarization.* Walton. *Quart. Journ. math. V*, 127.
391. *Theorems concerning wave-velocities and ray-slownesses in a biaxal crystal.* Walton. *Quart. Journ. math. V*, 360.
392. *Note on internal radiation.* Stokes. *Phil. Mag. XXIV*, 474.
393. *On the intensity of the light reflected from or transmitted through a pile of plates.* Stokes. *Phil. Mag. XXIV*, 480.
394. *On the inclination of the optic axis to the ray axis of a biaxal crystal.* Walton. *Quart. Journ. math. V*, 317.
395. Ueber die Vereinigungsweite der von einem Hohlspiegel reflectirten Strahlen. J. Stefan. Zeitschr. Math. Phys. VII, 359.
Vergl. Oberflächen 371, 372.

P.

Parabel.

396. *Théorème sur les paraboles tangentes à un angle droit donné.* Bartet. *N. ann. math. XXI*, 314.
397. *Les droites inscrites dans un angle droit et qui on leur milieux sur une même droite, qui ne passe pas par le sommet de l'angle sont toutes tangentes à la même parabole.* Schnée et Gourdon. *N. ann. math. XXI*, 447. — Nicolaïdes *ibid.* 469.
498. *On the equation of the evolute of a parabola.* Turnbull. *Quart. Journ. math. V*, 152.

Partialbrüche.

399. *Décomposition de fractions rationnelles.* *Moch.* *N. ann. math. XXI*, 339.
400. *Decomposition of rational fractions.* *Horner.* *Quart. Journ. math. V*, 39.

Pfaff'sches Problem.

401. Ueber das Pfaff'sche Problem. (Zweite Abhandlung.) Clebsch. Crelle LXI, [Vergl. No. 141.]

Planimetrie.

402. *Geometrical notes.* *Mr. Dowell.* *Quart. Journ. math. V*, 269, 280.
403. *Généralisation du théorème de Pythagore.* *Sacchi.* *N. ann. math. XXI*, 330.
404. Satz von Mac Laurin über eine durch den Schwerpunkt eines Dreieckes gezogene Transversale. E. v. Hunyady. Zeitschr. Math. Phys. VII, 268.
Vergl. Quadratur 411. Rectification 415.

Potential.

405. Das Potential eines homogenen rechtwinkeligen Cylinders. O. Röthig. Crelle LXI, 180. Clebsch ibid. 187.
Vergl. Elektrodynamik 284.

Q.

Quadratische Formen.

406. *Sur la théorie des formes quadratiques.* *Hermite.* *Compt. rend. LV*, 684.
407. Ueber eine neue Eigenschaft der quadratischen Formen von negativer Determinante. Kronecker. Berl. Acad. Ber. 1862, 302.
408. *Sur la forme* $x^2+8y^2+8z^2+64t^2$. *Liouville.* *Journ. Mathém. XXVII*, 246.
409. *Sur la forme* $x^2+8y^2+16z^2+64t^2$. *Liouville.* *Journ. Mathém. XXVII*, 249.
410. *Sur la forme* $x^2+8y^2+64(z^2+t^2)$. *Liouville.* *Journ. Mathém. XXVII*, 421.

Quadratur.

411. Beweis der drei Brüder für den Ausdruck des Dreieckinhaltes durch die Seiten. Kinkelin. Grun. Archiv XXXIX, 186.
412. *Aire du triangle rectiligne en fonction des bissectrices conjuguées.* *Sacchi.* *N. ann. math. XXI*, 332.
413. Der Kreisabschnitt und die Simpson'sche Formel. Wittstein. Grun. Archiv XXXIX, 12.

R.

Rectification.

414. Ueber den Wallis'schen Ausdruck für π. Sturm. Grun. Archiv XXXIX, 356.
415. *Elementary proof of* $8\pi>25$. *W. R. Hamilton.* *Phil. Mag. XXIII*, 267.
416. *On the approximate calculus of* π. *Drach.* *Phil. Mag. XXIV*, 560.

Refraction.

417. Ueber die Anwendbarkeit der doppelten Strahlenbrechung bei astronomischen Messungen und Beobachtungen. Erman. Astr. Nachr. LVII, 273.
418. Ueber atmosphärische Strahlenbrechung. Kummer. Crelle LXI, 263. [Vergl. Bd. VI, No. 385.]

Reihen.

419. Ueber die bedingt convergirenden Reihen. Schlömilch. Zeitschr. Math. Phys. VII, 283.
420. Allgemeine Form der Fourier'schen Reihen. Anwendung auf die Berechnung bestimmter Integrale und die Summirung der Reihen. Dienger. Grun. Archiv XXXIX, 303.
421. Summirung von Reihen der 2ten und 3ten Potenzen der Glieder einer arithmetischen Progression. Grunert. Grun. Archiv XXXIX, 477.
422. *On the discovery and properties of a peculiar class of algebraic formulae.* *Blissart.* *Quart. Journ. math. V*, 325.
423. *On the expension of powers of the trigonometrical ratios in terms of series of ascending powers of the variable.* *Jeffery.* *Quart. Journ. math. V*, 91.
424. *M. Schellbach a déjà considéré des spirales dans la théorie des séries.* *Beltrami.* *N. ann. math. XXI*, 449. [Vergl. No. 182.]
Vergl. Arithmetische Progression. Kettenbrüche 345.

S.

Schwerpunkt.

425. Ueber den Schwerpunkt und dessen nützliche Anwendung in der Stereometrie. Landré. Grun. Archiv XXXIX, 361.
426. *On the walking and grazing of quadrupeds.* *Walton.* *Quart. Journ. math. V*, 377.
Vergl. Oberflächen zweiter Ordnung 380. Planimetrie 404.

Sphärik.

427. Ableitung der Formeln der sphärischen Trigonometrie. Bacaloglo. Grun. Archiv XXXIX, 360.
428. Ueber die Formeln der sphärischen Trigonometrie. Grebe. Grun. Archiv XXXIX, 226.
429. Anwendung der stereographischen Projection zur Entwickelung der Theorie des sphärischen Dreieckes und des sphärischen Viereckes. Grunert. Grun. Archiv XXXIX, 318.
430. Ueber den sphärischen Excess. Bacaloglo. Grun. Archiv XXXIX, 237. – Lobatto ibid. 240. [Vergl. No. 187.]
431. Geometrischer Lehrsatz. S. Spitzer. Grun. Archiv XXXIX, 359.
Vergl. Cubatur 252.

Spirallinien.

Vergl. Reihen 424.

Stereometrie.

432. Ueber den Kubik- und Oberflächeninhalt sämmtlicher einfachen Formen des regelmässigen Krystallsystemes. Dellmann. Zeitschr. Math. Phys. VII, 270.
433. Ueber das Prismatoid. Grebe. Grun. Archiv XXXIX, 93.
434. Zur Theorie des Prismoids. Kinkelin. Grun. Archiv XXXIX, 181.
435. *Geometrical curiosity.* *Herschel.* *Quart. Journ. math. V*, 306.
Vergl. Schwerpunkt 425.

T.

Tabellen.

436. Tabelle zur Parallaxenrechnung. Schönfeld. Astr. Nachr. LVII, 193.
Vergl. Astronomie 238. Hypsometrie. Interpolation.

Tetraeder.

Vergl. Determinanten in geometrischer Anwendung 261, 262. Maxima und Minima 300. Oberflächen zweiter Ordnung 380.

Trigonometrie.

437. Elementare Beweise einiger Sätze, welche für die Lehre von den regelmässigen Polygonen von Wichtigkeit sind. Hessel. Grun. Archiv XXXIX, 279.
438. *Geometrical investigation of certain trigonometrical formulae.* *Bond.* *Quart. Journ. math. V*, 166.
Vergl. Quadratur 412.

U.

Ultraelliptische Functionen.

439. Ueber die Integration der hyperelliptischen Differentialgleichungen. Weierstrass. Berl. Acad. Ber. 1862, 127.
440. Der Abel'sche Satz. Heine. Crelle LXI, 276.
441. *Abstract of Sir W. Rowan Hamilton's exposition of Abel's argument.* *Cockle.* *Quart. Journ. math. V*, 130.

V.

Variationsrechnung.

442. *On the principle of discontinuity in solutions of problems in the calculus of variations.* *Challis.* *Phil. Mag. XXIV*, 196.
443. *On the direction of the joints in the faces of oblique arches.* *Airy.* *Phil. Mag. XXIII*, 24.
Vergl. Geschichte der Mathematik 298.

W.

Wärmetheorie.

444. *On the application of the theorem of the equivalence of transformations to the internal work of a mass of matter.* Clausius. *Phil. Mag. XXIV*, 81, 201.
445. *On the conduction of heat by gases.* Clausius. *Phil. Mag. XXIII*, 417, 512.
446. *On the fourth law of the relations of the elastic force, density and temperature in gases.* Potter. *Phil. Mag. XXIII*, 52.

Wahrscheinlichkeitsrechnung.

447. Die Mortalität in Gesellschaften mit successiv eintretenden und ausscheidenden Mitgliedern. Wittstein. Grun. Archiv XXXIX, 67.
448. *On a question of concomitance.* *Cayley. Phil. Mag. XXIII*, 352, 363, 470. — *Boole. Phil. Mag. XXIII*, 361; *XXIV*, 80.

Wellenbewegung.

449. *Note sur la longueur des ondes.* Duhamel. *Compt. rend. LV*, 227, 253.
450. *The mathematical theory of the vibrations of an elastic fluid.* Challis. *Phil. Mag. XXIV*, 135, 291.

Z.

Zahlentheorie.

451. *Arithmologie élémentaire.* Le Besgue. *N. ann. math. XXI*, 254, 405. [Vergl. No. 203.]
452. *Démonstration de ce qu'il y a une infinité de nombres premiers de la forme* $2pz-1$, *p étant premier.* Le Besgue. *Journ. Mathém. XXVII*, 417. [Vergl. Bd. VI, No. 346.]
453. *Sur l'équation du troisième degré.* Eisenlohr. *Compt. rend. LV*, 64. Vergl. No. 208.]
454. *On certain properties of prime numbers.* Wolstenholme. *Quart. Journ. math. V*, 35.
455. Ueber die Perioden, welche aus den Wurzeln der Gleichung $\omega^n = 1$ gebildet sind, wenn n eine zusammengesetzte Zahl ist. Fuchs. Crelle LXI, 374.
456. *On certain remarcable properties of numbers.* Blissard. *Quart. Journ. math. V*, 184.
457. *Formules concernant la somme des diviseurs d'un nombre.* Besge. *Journ. Mathém. XXVII*, 256. — Liouville. *ibid.* 375.
458. *Théorème concernant les nombres triangulaires.* Liouville. *Journ. Mathém. XXVII*, 407.
459. *Sur le système des deux équations* $x^{2m} = ay^{2n}+1$, $x^{2p+1} = by^{2q+1}+c$. Delorme. *N. ann. math. XXI*, 455.

In Heft 5 haben sich folgende Druckfehler eingeschlichen, welche hiermit berichtiget werden:

pag. 390, Zeile 15, 16 v. o.	einer ausgedehnteren	statt	eine ausgedehntere.
- 392, - 1 v. u.	der Polare	-	den Polaren.
- 393, - 4 v. o.	Kugel	-	Kegel.

Literaturzeitung:

pag. 81, Zeile 1 v. u.	G. Lamé	statt	A. Lamé.
- 82, - 20 v. o.	zu	-	zu zu.
- 83, - 18 v. u.	einem	-	einer.
- 83, - 10 - -	nach	-	und.
- 84, - 9 - -	würde	-	würden.
- 86, - 8 - -	dem	-	den.
- 88, - 19 - -	in der yz	-	in yz.
- 89, 18 - -	Ebene	-	Ebenen.
- 90, - 11 v. o.	cylindrischen	-	cylindrische.
- 90, - 12 v. u.	derselben	-	desselben.
- 91, - 12 v. o.	viele	-	vielen.
- 92, - 14 - -	Elemente	-	Elementes.

- 93, - 1 v. u. den Beifall gründlich statt den gründlich.
- 93, - 1 - - gebildeter statt gebildeten.
- 94, - 10 v. o. veränderlichen statt unveränderlichen.

CPSIA information can be obtained
at www.ICGtesting.com
Printed in the USA
LVHW042117030423
743357LV00005B/427

9 783382 009588